김우창 金禹昌

1936년 전라남도 함평 출생. 서울대학교 문리과대학 정치학과에 입학해 영문학과로 전과했다. 미국 오하이오 웨슬리언대학교를 거쳐 코넬대학교에서 영문학 석사 학위를, 하버드대학교에서 미국 문명사 박사 학위를 취득했다. 서울대학교 영문학과 전임강사, 고려대학교 영문학과 교수와 이화여자대학교 학술원 석좌교수를 지냈으며 《세계의 문학》 편집위원, 《비평》 편집인이었다. 현재 고려대학교 명예교수, 대한민국예술원 회원으로 있다.

저서로 『궁핍한 시대의 시인』(1977), 『지상의 척도』(1981), 『심미적 이성의 탐구』(1992), 『풍경과 마음』(2002), 『자유와 인간적인 삶』(2007), 『정의와 정의의 조건』(2008), 『깊은 마음의 생태학』(2014) 등이 있으며, 역서 『가을에 부쳐』(1976), 『미메시스』(공역, 1987), 『나, 후안 데 파레하』(2008) 등과 대담집 『세 개의 동그라미』(2008) 등이 있다. 서울문화예술평론상, 팔봉비평문학상, 대산문학상, 금호학술상, 고려대학술상, 한국백상출판문화상 저작상, 인촌상, 경암학술상을 수상했고, 2003년 녹조근정훈장을 받았다.

대담/인터뷰 1

대담/인터뷰 1

김우창 전집

18

1968~1999

민음사

간행의 말

1960년대부터 글을 발표하기 시작한 김우창은 문학 평론가이자 영문학자로 글쓰기를 시작하여 2016년 현재까지 50년에 걸쳐 활동해 온 한국의 인문학자이다. 서양 문학과 서구 이론에 대한 광범위한 천착을 한국 문학에 대한 깊은 관심과 현실 진단으로 연결시킨 김우창의 평론은 한국 현대 문학사의 고전으로 읽히고 있다. 우리 사회의 대표적 지성으로서 세계의 석학들과 소통해 온 그의 이력은 개인의 실존적 체험을 사상하지 않은 채, 개인과 사회 정치적 현실을 매개할 지평을 찾아 나간 곤핍한 역정이었다. 전통의 원형은 역사의 파란 속에 흩어지고, 사회는 크고 작은 이념 논쟁으로 흔들리며, 개인은 정보 과잉 속에서 자신을 잃고 부유하는 오늘날, 전체적 비전을 잃지 않으면서 오늘의 구체로부터 삶의 더 넓고 깊은 가능성을 모색하는 김우창의 학문은 우리가 믿고 의지할 수 있는 소중한 자산의 하나가 아닌가 한다. 그리하여 간행 위원들은 그 모든 고민이 담긴 글을 잠정적이나마 하나의 완결된 형태로 묶어 선보여야 할 필요성을 절감했다. 이것이 바로 이번 김우창 전집이 기획된 이유이다.

김우창의 원고는 그 분량에 있어 실로 방대하고, 그 주제에 있어 가히 전면적(全面的)이다. 글의 전체 분량은 새로 선보이는 전집 19권을 기준으로 약 원고지 6만 5000매에 이른다. 새 전집의 각 권은 평균 700~800쪽 가량인데, 300쪽 내외로 책을 내는 요즘 기준으로 보면 실제로는 40권에 달한다고 봐야 할 것이다. 이 막대한 분량은 그 자체로 일제 시대와 해방 전후, 6·25 전쟁과 군부 독재기 그리고 세계화 시대에 이르기까지 한국 현대사를 따라온 흔적이다. 김우창의 저작은, 그의 책 제목을 빗대어 말하면, '정치와 삶의 세계'를 성찰하고 '정의와 정의의 조건'을 탐색하면서 '이성적 사회를 향하여' 나아가고자 애쓰는 가운데 '자유와 인간적인 삶'을 갈구해 온 어떤 정신의 행로를 보여 준다. 그것은 '궁핍한 시대'에 한 인간이 '기이한 생각의 바다'를 항해하면서 '보편 이념과 나날의 삶'이 조화되는 '지상의 척도'를 모색한 자취로 요약해도 좋을 것이다.

2014년 1월에 민음사와 전집을 내기로 결정한 후 5월부터 실무진이 구성되어 본격적인 활동을 시작했다. 방대한 원고에 대한 책임 있는 편집 작업은 일관된 원칙 아래 서너 분야, 곧 자료 조사와 기록 그리고 입력, 원문 대조와 교정 교열, 재검토와 확인 등으로 세분화되었고, 각 분야의 성과는 편집 회의에서 끊임없이 확인, 보충을 거쳐 재통합되었다.

편집 회의는 대개 2주마다 한 번씩 열렸고, 2016년 8월 현재까지 42차례 진행되었다. 이 회의에는 김우창 선생을 비롯하여 문광훈 간행 위원, 류한형 간사, 민음사 박향우 차장, 신새벽 대리가 거의 빠짐없이 참석했다. 이 회의에서는 그간의 작업에서 진척된 내용과 보충되어야 할 사항에 대해 서로 의견을 교환했고, 다음 회의까지 무엇을 해야 할지를 결정했다. 일관된 원칙과 유기적인 협업 아래 진행된 편집 회의는 매번 많은 물음과 제안을 낳았고, 이것들은 그때그때 상호 확인 속에서 계속 보완되었다. 그것은 개별 사안에 대한 고도의 집중과 전체 지형에 대한 포괄적 조감 그리고 짜임새 있는 편성력을 요구하는 일이었다. 이렇게 19권의 전체 목록은 점차 뚜렷한 윤곽을 잡아 갔다.

자료의 수집과 입력 그리고 원문 대조는 류한형 간사를 중심으로 서울대학교 국어국문학과 대학원의 천춘화 박사, 김경은, 허선애, 허윤, 노민혜, 김은하 선생이 해 주셨다. 최근 자료는 스캔했지만, 세로쓰기로 된 1970년대 이전 자료는 직접 타자해야 했다. 원문 대조가 끝난 원고의 1차 교정은 조판 후 민음사 편집부의 박향우 차장과 신새벽 대리가 맡았다. 문광훈 위원은 1차로 교정된 이 원고를 그동안 단행본으로 묶이지 않은 글과 함께 모두 검토했다. 단어나 문장의 뜻이 불분명한 경우에는 하나도 남김없이 김우창 선생의 확인을 받고 고쳤다. 이 원고는 다시 편집부로 전해져 박향우 차장의 책임 아래 신새벽 대리와 파주 편집팀의 남선영 차장, 김남희 과장, 박상미 대리, 김정미 대리, 김연정 사원이 교정 교열을 보았다.

최선을 다했으나 여러 미비가 있을 것이다. 독자 여러분들의 관심과 질정을 기대한다.

2016년 8월
김우창 전집 간행 위원회

일러두기

편집상의 큰 원칙은 아래와 같다.

1 민음사판 『김우창 전집』은 1964년부터 2014년까지 한국어로 발표된 김우창의 모든 글을 모은 것이다. 외국어 원고는 제외하되, 『풍경과 마음』의 영문판은 포함했다.(12권)

2 이미 출간된 단행본인 경우에는 원래의 형태를 존중하였다. 그에 따라 기존 『김우창 전집』(전 5권, 민음사)이 이번 전집의 1~5권을 이룬다. 그 외의 단행본은 분량과 주제를 고려하여 서로 관련되는 것끼리 묶었다.(12~16권)

3 단행본으로 나온 적이 없는 새로운 원고는 6~11권, 17~19권으로 묶었다. 이 책은 1968년에서 1999년까지의 대담과 인터뷰를 모은 것이다. 모든 대담자 및 인터뷰어의 게재 동의를 구하기 위해 최선을 다했으나 누락이나 착오가 있으면 다음 쇄에 반드시 반영할 것을 약속드린다. 각 글의 제목과 체재 및 내용은 발표 지면 그대로 싣는 것을 원칙으로 하되 편집상 필요한 경우 수정하였다.

4 각 권은 모두 발표 연도를 기준으로 배열하였고, 이렇게 배열한 한 권의 분량 안에서 다시 주제별로 묶었다. 훗날 수정, 보충한 글은 마지막 고친 연도에 작성된 것으로 간주하여 실었다. 예외로 자전적 글과 수필을 묶은 10권 5부와 17권 4부가 있다.

5 각 권은 대부분 시, 소설에 대한 비평 등 문학에 대한 논의 이외에 사회, 정치 분석과 철학, 인문 과학론 그리고 문화론을 포함한다.(6~7권, 10~11권) 주제적으로 아주 다른 글들, 예를 들어 도시론과 건축론 그리고 미학은 『예술론: 도시, 주거, 예술』(8권)에 따로 모았고, 미술론은 『사물의 상상력과 미술』(9권)으로 묶었다. 여기에는 대담/인터뷰(18~19권)도 포함된다.

6 기존의 원고는 발표된 상태 그대로 싣는 것을 원칙으로 삼아 탈오자나 인명, 지명이 오래된 표기일 때만 고쳤다. 단어나 문장의 의미가 불분명한 경우에는 저자의 확인을 받은 후 수정하였다. 단락 구분이 잘못되어 있거나 문장이 너무 긴 경우에는 가독성을 위해 행 조절을 했다.

7 각주는 원문의 저자 주이다. 출전에 관해 설명을 덧붙인 경우에는 '편집자 주'로 표시하였다.

8 맞춤법과 외래어 표기는 국립국어원 규정에 따르되, 띄어쓰기는 민음사 자체 규정을 따랐다. 한자어는 처음 1회 병기하는 것을 원칙으로 하고, 문맥상 필요하다고 판단되는 경우 여러 번 병기하였다.

본문에서 쓰인 기호는 다음과 같다.

　　책명, 전집, 단행본, 총서(문고) 이름: 『　』

　　개별 작품, 논문, 기사: 「　」

　　신문, 잡지: 《　》

1부

1968~1979

언어, 사상, 시대

김종길(시인, 고려대 문과대 교수)

김춘수(시인, 경북대 문과대 교수)

송욱(시인, 서울대 문리대 교수)

조지훈(시인, 고려대 문과대 교수)

김우창(문학 평론가, 서울대 문리대 전임강사)

1968년《신동아》6월호

신시의 시대 구분 문제

김춘수 이번 심포지엄의 「신시육십년보고서(新詩六十年報告書)」에서 저는 1920년대까지를 한 매듭으로 보고 그다음에 1930년대, 그리고 1940년대에서 현재로 구분해 보았습니다. 1920년대까지는 우리 고전 시가 가지고 있던 서정성이 별 반성 없이 그대로 답습되고 1930년대에 들어서서 이른바 모더니즘의 시인, 이론가들이 나온 이후의 경향에 대한 수정이 가해진 것으로 보았습니다. 1940년대 이후에서 현재까지 이 두 경향이 계승되어 어떤 면에서는 무자각하게 그대로 답습되고 있는 면도 있고, 또 하나는 1930년대에 이를테면 반서정적인 경향을 받아서 좀 더 치밀해지고 다채로워졌지만 그러나 대체로 1920년대, 1930년대가 그대로 계속된 것이 아닌가, 우리 시의 현황으로 볼 때 그런 두 가지 경향을 들 수 있지 않나, 이렇게 봅니다.

김종길 그러니까 20년대 이전의 경향과 30년대 이후의 그것으로 나누자는 얘기인가요?

　김춘수　육당(六堂) 이후 20년대까지 한 구분으로 하자는 것이지요.

　김종길　결국 20년대까지와 그다음에 30년대 이후의 두 시기로 나눈단 말씀이지요?

　김춘수　제가 보기엔 서정주의(抒情主義)적인 면은 반성 없이 그대로 답습된 것 같고 30년대에 있었던 그런 재래적인 서정주의에 반대하는 입장, 이 경향도 40년대 이후에 현재까지 역시 계속되고 있다고 보는데 이 경향에는 상당히 자각적인 면이 있어서 훨씬 폭이 넓어진 것 같아요. 다채로워지기도 하고…….

　김종길　크게 나누어서 두 가지로 얘기할 수 있다는 말씀인데 여기 이 보고서에 보면 세 가지로 경향을 요약하셨어요. 서정주의, 주지주의(主知主義), 기타 경향, 이렇게……. 그러면 기타 경향이라고 하는 것은 지금 말씀하신 서정주의나 주지주의와는 다른 것인가요? 그렇게 하는 것이 편리하다고 하는 그런 것인가요?

　김우창　지금 1920년대를 기점으로 해서 전통적인 서정주의가 그대로 계속되어서 답습되어 왔다고 하셨는데, 그렇다면 20년 이전 최남선, 이광수 이 무렵의 시는 비전통적이라 이런 말씀이 되나요?

　김춘수　그런 의미가 아니고 20년대에 액센트를 두는 거지요. 20년대까지는 무자각하게 우리 시가 가지고 있었던 서정주의랄까 그런 면이 그대로 답습되고 있는 것이 아닌가 그런 것입니다.

　김우창　20년대에는 자각적인 변화가 없었다 그 말씀인가요?

　김춘수　30년대에 들어서서 시에 대한 자각이라고 하는 것이 있었고 서정주의에 대한 반대 입장에 서서 비로소 여기에 대한 자각이 어느 정도 표면에 드러난 것이 아닌가 보는 것입니다.

　김우창　물론 시를 읽어 보면 최남선, 이광수 그때의 시와 20년대 이후 시가 다른 것을 알 수 있지만, 20년대를 분계선으로 삼는 데 무슨 이유가 있는지……. 한번 규정해 볼 만한 것이 아닐는지…….

김종길 분기점은 30년경이지요. 김춘수 선생 말씀대로 하면.

김우창 아까 말씀으로는 20년, 30년 그리고 40년 이렇게 3단계로 구분하신 것 같은데요…….

김춘수 '20년'이라고 하는 것은 20년까지이고 '30년'이란 것은 20년 이후 30년까지를 한 매듭으로 볼 수 있고, 그 이후부터 현재까지…… 그런 뜻이지요, 시기적으로. 역사적으로는 30년경을 분기점으로 보시는 것 같은데요.

김우창 이것은 자명한 얘기를 끄집어내어서 다시 검토하고 정리하는 문제가 되겠지만, 30년대가 분기점이 되고 그 이전까지는 서정주의 전통이 확실했다, 이렇게 말하면 30년대까지는 이조 시대부터의 전통적 시가 가능했다, 누구나 시를 보면 알 수 있는 일이지만 논리적으로는 그런 말씀이 될 것 같은데요.

김종길 제가 생각하기에는 서정주의라고 하는 용어가 너무 포괄적이어서 막연한 것 같지만 리리시즘이 하나의 경향이고, 이것과 대립되는 경향을 주지주의, 기타 경향이라고 하신 것 같아요. 리리시즘을 주지주의나 기타 무슨 경향과 동위 개념으로 사용하는 건 좀 불편하지 않나 생각됩니다. 주지주의라는 말도 문학 용어로서는 일본에서나 사용되었던 것이고. 서정주의, 즉 서정시에 대조되는 양식으로 서사시나 극시가 있다면 서정주의라는 용어도 사용할 수 있지만 우리 현대시의 경우 서사시나 극시의 뚜렷한 전통이 있는 것은 아니니 이 말이 성립되기가 어려울 것 같아요. 서정성이라는 것은 차라리 전반적으로 적용될 수 있는 개념이지요.

조지훈 주의라고 하는 것은 어떤 주장을 내세워서 그렇게 해야 된다는 이론을 내세우는 것인데 지금 여기서 얘기되는 서정주의는 주의라고까지

할 수 있어요? 말하지만 서정성이지…….

김춘수 김종길 선생께서 리리시즘을 말씀하셨는데 서정주의란 서정을 고집한다든가 서정을 앞세우고 글을 쓴다든가 그런 경향을 말하지요.

조지훈 주지주의의 대어(對語)로서는 주정주의(主情主義)라고 부를 수도 있겠지.

김종길 저는 그것도 온당한 용어 같진 않아요. 우리나라 말로서는…… 결국 김춘수 선생께서 서정주의라고 말씀하시는 것을 차라리 낭만주의라고 하는 것이 뚜렷하고 재미가 있을 것 같아요. 거기 대해서 30년대 이후의 주지주의니 하는 것들을 신고전주의라고 붙여 보든지, 이런 식으로 하는 것이 어떨까 생각해요.

김춘수 이런 식으로 하면 20년대까지를 낭만주의가 전성했다든가 이렇게 말한다면 되겠습니다.

조지훈 20년대 하면 20년에서 30년까지를 가리킨 것인데 이 연대는 낭만주의라고 쓸 수도 있지요. 그러나 1908년에서 20년까지는 낭만주의라고 하기가 어려울 것입니다.

김종길 세분해서 얘기하는 것이 좋을는지 모르지만 그 시기의 일반적인 시의 성격, 그 시기의 가령 「해(海)에게서 소년에게」와 같은 작품은 낭만주의적이 아닐까요? 최근에 이재선 씨가 그 작품에 바이런의 영향이 보인다 했는데 그럴법해요. 그다음 파인(巴人)이나 주요한 같은 이들의 서정적인 작품도 낭만주의 시라고 할 수 있잖을까요?

시론의 대두는 30년대에

조지훈 1900년대, 다시 말하면 《창조》, 《폐허》 같은 것이 나오기 전의 시를 낭만주의로 말하는 것은 어렵잖을까요? 거기에는 아직 정서의 성숙이라는 것이 되어 있지 않았어요. 시니까 그 바탕으로서의 낭만성은 있었겠지만 낭만주의라기에는 너무 계몽적이고 공식적이고 거칠었으니까 말예요.

김우창 용어보다는 그 변화가 어떤 것이냐 이런 것을 따지고 넘어가는 것이 좋지 않을까요?

김춘수 조 선생이 말씀하신 그런 의미도 다분히 있습니다. 시론적인 전개가 전혀 없었다, 그런데 30년대에 들어서서 그것이 고개를 들기 시작하면서 20년대까지의 추세를 반대하는 입장이 나왔습니다.

김종길 시론의 전개가 이 초기 시에 보이지 않았다 하더라도 다들 일정한 태도를 가지고 있었다고 볼 수 있잖아요? 나타난 것으로는 현대 시 초기의 시론을 대표한다고 할 수 있는 소월의 「시론」이 있을 정도지요. 그러나 다들 자기 나름대로의 작시상의 요령이 있었잖겠어요?

김우창 시론이 대두되었다는 것을 가지고 시에 질적인 변화가 왔다고 말한다는 것은 우발적인 것을 가지고 본질적인 것을 설명하려는 것이 되지 않을까요?

김춘수 우발적인 것보다는 좌우간 20년대에 비하면 30년대에 들어서서 그 방면에 변화가 일어난 것은 사실이에요. 그러면서 시 자체의 경향이 달라졌어요. 그 달라진 경향을 뒷받침하는 시론이 생겨야 하는 거니까.

김종길 시론은 시를 '의식'하게 되면 자연히 생겨 나오겠지요.

김춘수 그것이 하나의 변화가 아닌가 저는 봅니다. 시에 대한 의식이라고도 할 수 있고 자각이라고도 할 수 있고 이런 것이 30년대에 들어서서 뚜렷해진 것이 아닌가, 동시에 그런 자각을 뒷받침해 보겠다는 경향이 나타난 것이라고 보고 그 이전 20년대까지의 경향이라고 하는 것은 그런 자각이 없는, 말하자면 의식 없는 맹목적인 자연 발생적인 그런 것이 지배적이 아니었나 이렇게 봅니다.

김종길 그렇게 볼 수 있겠지요.

김춘수 보고서에 그런 것을 좀 언급해 보았습니다마는 이것은 사소한 일이 될는지 모르지만 그 신체시라고 하는 것이 원래 일본서 건너온 것이 아닙니까? 건너왔다는 것은 좀 어폐가 있을지 모르겠습니다마는 일본에서 생긴 거예요. 내가 어떤 기회에 조윤제 박사의 『국문학사』를 보니까 그런 말을 했더군요. "일본의 신체시가 형식 없는 자유시인데 그것을 받아들여가지고 신시를 썼다." 이런 식으로 얘기를 했어요. 그래서 그 신시라고 하는 것이 육당, 춘원 이분들의 시를 두고 얘기하는데, 내가 어떤 필요에서 일본 것을 조사하다가 보니까 사실은 그런 게 아녜요.

조지훈 일본의 신체시도 우리나라 창가 같은 것으로 시작되었지요.

김춘수 일본 사람들이 말하는 신체시라고 하는 것은 정형시라고 했더군요. 엄격한 율이 있어요. 과거에 자기네가 가지고 있던 것과는 다르다는 정도의 의도에서 이루어진 것이 아닌가, 이렇게 볼 때에 우리 신시는 호사가들의 일시적인 시도에 지나지 않은 것이 아닌가, 이렇게 생각됩니다.

김종길 신시 초창기의 시인들은 말하자면 우리 시를 범사회적인 범문화적인 개화 풍조 가운데서 시의 개화를 시험한 것이겠지요.

김춘수 7·5, 8·6 등 여러 가지 새 운율이 나왔지요.

우리 자유시의 유래

김종길 지금 얘기하고 있는 우리 현대 시의 초창기에 있어서의 우리 시의 외국 시와의 접촉 관계, 영향 관계, 이런 것을 학문적으로 조사하는 일은 지금 조금씩 시작되고 있는 것 같아요.

김춘수 신체시라고 할 때에 육당, 춘원의 그 초창기 한 10년 동안을 무어라 할까요, 신체시라고 할까요? '신시'라는 말과 '신체시'라고 하는 말을 규정했으면 하는데요.

조지훈 신체시라고 하면 고대 시 곧 기존하는 시 형식에 대한 개념이 두드러지고 신시라고 하면 폭이 좀 넓어지는 느낌이 들어요.

김춘수 내용도 포개지는 것 같은데…….

김종길 신체시라고 하면 좀 더 특수화해서 말하는 것이 될 것 같아요.

김춘수 일본에서는 신체시라는 것을 따로 규정하고 있는데 우리도 그것을 할 수 있지 않을까요? 육당의 1908년 그 당시의 시가 좀 이상하게 자유시 같기도 하고 정형시 같기도 하고, 대체로 몇 가지 유형이 있더군요. 이것이 우리 언어하고 어떠한 관계가 있는 것인가, 그렇지 않으면 일본의 신체시를 받아들였기 때문에 받아들이는 데 있어서의 어떤 관계로 그렇게 되었는지. 일본에서는 우리보다 근 30년 전에 신체시가 나오고 있거든요. 그래서 십수 년 동안 정형시를 썼어요. 7·5 아니면 8·6조를 가진 정형시를 썼는데 그러던 것이 산문으로 쓰여지기는 13, 4년 경과해 가지고 시작되었는데, 육당이 일본 유학을 갔을 때는 일본의 신체시라고 하는 것이 정형과 산문 두 가지로 다 쓰여지고 있었어요. 그러니까 우리나라에서 그런 것이 생기지 않았는가……. 어떤 것은 정형으로 되어 있고, 어떤 것은 산문적인 형태로 쓴 것도 있고, 자유시에 가까운 것도 있고 어떤 것은 이런 것도 같고 저런 것도 같고. 그러니까 받아들이는 데 있어서 어떤 시간적 간격이라든지 이런 데에서 오는 것인가, 그렇지 않으면 무엇인가 새로운 것을 해 보려고 할 때에 우리 언어에서 오는 무엇인가…….

조지훈 우리나라 가사처럼 7·5조로 쓴 장편시는 있지요.

김종길 우리 신시에 있어서는 자유시가 빨리, 그리고 나중에는 압도적으로 나오게 됐지요.

김춘수 처음부터 우리는 산문적으로 쓰기 시작했는데 일본은 달라요.

김종길 일본에서는 처음에 정형이 압도적이었지요. 우리말과 일본 말의 언어학적인 특성에서 그렇게 될 연유가 있었는지 모르지만, 제 생각에는 일본에는 화가(和歌)니 단가(短歌)니 하는 그들의 정형시가 세력을 갖고 내려왔는데, 물론 일본에서도 한시(漢詩)를 쓰기는 했지만 역시 자기 나라 말로 쓰는 시형(詩形)을 완성해서 오랜 역사를 가지고 내려왔어요. 거기 비해서 우리나라는 우리 한글을 15세기에 만들어 놓고도 실제로 지식층들이나 문화인들이 별로 사용하지 않고 해서 이조 말엽까지 압도적이었던 것은 여전히 한문이어서 시조나 가사 형식이 있어도 그것은 개화기까지 큰 세력을 갖지 못했다고 볼 수밖에 없잖아요? 이것이 아마 큰 이유일 것 같아요.

조지훈 우리나라에 사설시조가 나왔다는 것은 과거의 우리나라 시를 보면 장편 기행문을 쓸 정도의 가사가 있고, 사설시조가 나오고 했으니까 그런 면에서 볼 때에 일본보다 우리나라에 자유시적인 전통이 있다고 볼 수 있지요.

한국어의 언어로서의 가능성

김춘수 우리 언어가 일본어하고 비교해 보면 비슷한 점도 있는데…….

김종길 역사적인 사정이 일본과 우리나라가 다르고 언어학적으로 일본 말이 질적으로 정형시에 적합하고, 우리말이 좀 덜 적합하다는 이런 말을 할 수 있잖을는지. 일본 말에는 점착성(粘着性)이라고 할까 그런 것이 더 많은 것 같아요. 그래서 일본 말이 정형시에는 더 적합할 것 같기도 한데…….

송욱 말의 성질로 보면 오히려 시어로서는 우리말이 훨씬 나을 거예요. 정형은 만들기에 달렸지만 만들지 않았을 뿐이지 한국어 자체가 그런 것은 아니예요.

김춘수 실제로 보면 언어 자체를 가지고 주장하기는 곤란하지만 일본 말과 우리말을 실제로 비교해 보면 우리 정형이 속히 분해가 되어 버려요. 이조 때에 벌써 무너져 버렸어요.

조지훈 우리글에는 한문이 너무 많이 침식되었기 때문에 우리말은 한자어의 토 구실밖에 안 되는 형편이었으니까 순수한 우리말 자체를 만드는 노력이 부족해서 그런 거지요. 일본 말은 톱날형이 아닙니까? 받침 하나 없이.

김종길 말의 플래스티시티, 가소성(可塑性)이라고 할까요? 이것이 일본 말에는 더 많은 것 같아요. 따라서 서정적인 정형 시어로의 가능성도 일본 말이 더 많은 것 같고.

송욱 그렇지 않습니다. 가능성은 한국어가 더 있다고 생각하는데요. 왜냐하면 우리말은 음이 더 풍부하거든요. 모음도 풍부하고 자음도 풍부하고……, 그런데 외국 사람이 우리 한국어를 어떻게 보느냐 하면 예일 대학의 새뮤얼 마틴이라는 사람의 논문에서 일본 말의 존대법과 한국말의 존대법의 비교를 보니까 사운드 심볼리즘은 한국어가 세계 언어 중에서 가장 풍부하다 그렇게 되어 있어요.

김종길 우리말에 사운드가 많은 것은 사실이지만 사운드가 풍부하다는 것이 반드시 정형시에 편리하냐 하는 것은 문제가 되는 것 같아요.

송욱 그것은 해 보아야지요. 언어의 본질이 시에 적당한지 안 한지는…….

김우창 문제는 한국 시인들이 지금까지 우리 언어를 방치해 두었다는 데 있지요.

송욱 일본하고의 시 관계는 그만합시다. 따분해서…….

김춘수 아까 서정주의라는 말이 아주 어색하고 주지주의라는 말은 더구나 서구에서는 쓰지도 않는 것은 일본 사람들이 쓰고 있었다, 그런 말까지 나왔는데 그러면 20년대 것을 서정주의라는 말을 피하고 낭만주의라는 말을 쓰자, 낭만주의까지 안 가더라도 그 시의 조류로 보아서 낭만적이다, 그렇게 되나요?

김종길 저는 대충 그렇게 말할 수 있으리라고 보는데요.

송욱 구체적으로 시인을 들어가지고 말씀하셔야지 연대만 들어가지고는 알 수 없지 않아요?

조지훈 나는 이런 식으로 나눌 필요가 있느냐 이렇게 생각해요. 지(知)적인 시와 정(情)적인 시, 이렇게 하다가는 프로시 같은 색다른 목적의식을 가진 그런 것도 있어요.

송욱 아까 김종길 선생께서도 말씀하셨는데 이 분류라는 것은 대단히 중요하고 보편타당성이 있어야 하는데, 보편성도 없고 타당성도 없는 분류를 하신 것 같아요.

김종길 여기 보고서에 "낭만주의고 상징주의고 자연주의고 간에 20년대의 시인들이 표방한 여러 이즘을 물리치고……" 이런 말씀을 하셨는데, 가령 상징주의라고 한 것은 황석우 씨 같은 분을 말하는 것 같은데, 황석우 씨가 그대로 프랑스의 상징주의 시와 같은 시를 썼다는 뜻은 아닐게고 또 자연주의라고 하셨는데 우리 신문학에서 염상섭 씨의 어떤 단편 같은 것을 가지고 자연주의라고 말하는 모양인데 우리 시에서 자연주의라면 어떤 것인지.

김춘수 시에서는 별로 그런 말을 안 썼었지요.

김종길 황석우의 시는 퇴폐적인 낭만 시라고 할 수 있고, 이상화 같은 경우는 가장 낭만적인 낭만 시인이고…… 그런데 한용운 씨만은 이것을 명상적 낭만주의라고 붙이나요? 그저 낭만주의라고 처리하기 어려운 특수한 시인 같아요. 그러면서도 어떤 의미에서는 한용운 씨도 낭만 시의 카테고리에 개괄해서 넣을 수도 있다고 생각해요.

송욱 불교 시인인데 상징주의가 아니라 상징적으로 깊이 들어갔고, 또 철학적이고 사유적이고 불교 철학을 배경으로 하고 있으니까 철학 시인이라고도 할 수 있지요.

김종길 자기의 정신세계의 표출도 '자기표현'이라고 할 수 있다면 한용운도 그런 의미에서 낭만주의자가 아니겠어요?

송욱 주의에 집어넣기에는 너무 깊고 너무 넓은 것이라 생각해요. 종교가가 시의 형식을 빌려서 논의한 근대화된 불교 철학 입문이라고도 할 수 있지요.

김우창 개별적인 특징을 들자면 한이 없겠지요.

김춘수 20년대를 자세히 보면 무엇인가 있기는 있어요. 고월(古月) 같은 분도 보면.

송욱 얘기를 주의로 하지 말고 또 연대별로 하지 말고 내용별로 해야 얘기에 진전이 있을 것 같아요.

김우창 주의를 얘기하더라도 우리 시를 구체적으로 적용해서 낭만주의는 이러이러한 특징을 가지고 있다, 이러이러한 시는 어디에 해당된다, 이런 식으로 해야지 주지주의니 하고 추상으로만 얘기하기는 어려울 것 같아요.

송욱 우선 훌륭한 시인과 훌륭한 작품을 중심으로 얘기하지요.

시인은 문화의 극한 상황을 표현

김우창 역사적인 배경과 관련짓는 것은 괜찮을 것 같아요. 가령 낭만주의 같은 것도 여러 가지로 규정할 수가 있지만 소재로서 인생이라든가 이런 것을 다루는 방법이 주관적이고 감정적이고, 세계를 바라보는 눈이 개인 중심적이고 이렇게 규정해 보면, 전체를 설명할 수 있는 안정된 세계관이 없어지니까, 눈이 안으로 향해서 내면적이 되고 인트로바트가 되었다, 이렇게 역사적인 설명을 가할 수 있을 것입니다.

송욱 시도 그렇고 소설도 그렇고 새로 출발할 때에는 다 낭만적으로 우선 출발하고 보는 것이 아녜요? 그다음에 거기에서 교정하는 경향으로서 고전주의 이렇게 나오는 거지요.

김종길 자기중심이란 말을 바꾸면 낭만주의가 되지요.

조지훈 시의 본질로서 낭만성을 말하는 것이 되지요. 그것이 바탕이 되어가지고 끌어가다가 어떤 시대의 요청에 의해서 수정이 되고…….

김우창 시조 같은 것도 감정 표현에 어떤 서정적 요소를 가지고 있지만, 시조하고 우리 신문학 이후의 시가 다른 중요한 차이는, 시조에서는 그것을 쓰는 사람이 얘기하는 감정이나 아이디어를 자기중심적인 관점에서 본 독특한 발견으로 생각하지 않았다는 거지요.

송욱 감정이나 사고의 패턴을 그대로 배경에서 취해 온 것이지요.

김우창 새로운 로맨티시즘에서 세계를 바라보는 눈도 새로운 것이 되었지요. 자기 눈으로 직접 보고 새로운 것을 쓰려면 모든 것이 낭만주의적이 되지만, 20년대의 시를 낭만주의라고 할 때, 이런 것이 특징이 아닐까요…….

김종길 김춘수 선생도 얘기하셨는데 50년대까지의 우리 시는 서구적인 시의 표현 그 어법에 적응하는 과정에 있었다고 볼 수 있어요. 그리고 그 기간은 역사적으로 사조적으로 본다면 조금의 변화는 있었지만 거의 동일한 시기라 할 수 있잖겠어요?

김우창 서구 사상을 받아들일 때, 우리의 입장에서 출발을 못했다는 데에 우리 시의 약점이 있는데 역시 받아들이기만 한 것이 아니라 어떤 호응해 가는 작용도 있지 않겠어요. 퇴폐주의가 들어올 때에도, 한국의 퇴폐주의가 성립할 수 있는 여건이 어느 정도 있었기 때문에 그것이 환영을 받는다 이런 것이 있지 않겠어요?

김종길 50년 동안을 들어보면 대충 10년대마다 시의 경향에 변화가 있어 왔어요. 그러나 50년의 반 너머가 일제 시대였고 일제의 압력이 우리네의 사상적인 철학적인 자체 전개를 거의 불가능하게 만들었었잖아요? 그래서 부자유스러운 테두리 안에서 할 수 있었던 일을 할 수밖에 없었는데 그 기간 동안에 한 것이 주로 서구의 근대 시, 시적 표현에 적응하는 것이었다고 볼 수 있지요.

김우창 그래도 일제하에서 한국인의 마음의 변화를 보여 주는 리듬이 경향의 차이로서 나타나는 면도 있을 것입니다. 가령 퇴폐주의하고는 3·1 운동의 실패 그런 것하고 연결되겠지요.

김종길 일제 시대의 우리 시인들은 일제라는 외부적인 구속이 허용하는 자유, 물론 거기에 대한 저항도 있기는 있었지만 대부분은 제한된 자유 안에서 어느 정도 문화적인 자각이나 주체적인 자각을 형성해 왔다고 보아 무방하겠지요.

송욱 그 상황과 시인하고를 연결시키자, 이렇게 얘기가 되었는데, 그리고 서구의 신문학사를 기준으로 해서 얘기를 하게 되면 자꾸만 부정적으로 되는데 여기에서 관점을 달리해서 생각하면 하여간 부족하고 잘못되고, 그렇다 하더라도, 한국의 신시가 60년 동안 발전해 왔고 또 그것이 한국 문화 전체에 있어서 아주 중요한 역할을 해 왔는데 지금의 현상을 어떻게 설명하느냐, 현재 프랑스의 구조주의 철학자로 알려져 있는 미셸 푸코라는 사람은 그의 저서 『언어와 사물』이라고 하는 데에서 "시인은 어떤 문화 가령 한국 문화면 한국 문화에서의 극한 상황을 표시하는 사람이다." 이런 얘기를 하고 있는데 나는 이것은 한국 시인의 경우에도 그대로 들어맞을 것 같아요. 말하자면 육당은 육당대로 그때의 문화의 극한 상황을 표시했고, 한용운은 한용운대로 『님의 침묵』이라는 시집을 통해서 그때의 한국의 문화적인 극한 상황을 표시했다고 이렇게 말할 수 있지 않을까 이렇게 생각합니다.

신화를 가졌던 일제 때 시인

조지훈 아까 20년대와 30년대를 얘기했는데 육당이 시를 쓴 때는 마리네티가 미래파를 선언한 시기인데 육당의 그때 사상은 프랑스 백과전서파에 해당돼요. 20년대에 가서는, 문학을 일본을 통해서 받아들일 때, 김동인, 염상섭, 주요한 같은 사람들이 문예 사조로 볼 때에 자연주의란 이름으로 사실주의(寫實主義)를 먼저 받았어요. 그래 가지고 3·1 운동이 터지고 퇴폐주의적 낭만주의 사조라는 것이 그다음에 들어왔어요. 그러니 우리 문학 사조는 육당의 고전주의 다음에 사실주의, 낭만주의 순이라는 것이 그 시대의 상황으로 두드러집니다. 그리고 유럽의 사조나 그 시대의 상황을 직접 받아들인 것은 30년대 이후에 가서 비로소 뒤늦게나마 비슷한 시기에 시대적인 호흡을 받아들일 수 있었어요. 그러니까 신시 60년사가 그대로 우리나라 근대 문화사에 상징이라고 볼 수 있지요.

김우창 아까 송 선생이 말씀하신 것처럼 극한 상황을 시인이 표현한다고 하면 우리나라 시가 60년 동안에 큰 작품을 내지 못(못)한 것은 극한 상황을 표현 못하게끔 외부적인 작용이 있었기 때문이다, 이렇게 생각할 수도 있지요.

송욱 외부적인 압력도 있었다고 볼 수 있지요. 그러나 한편으로는 외부적인 압력을 극복할 수 있는 시인이 나타나지 않았다, 그렇게 얘기할 수도 있지요.

김종길 시인은 그 시대에 있어서의 가장 첨단적인 극한적인 의식을 시로써 나타낸다고 말할 수 있지만 그것을 일제 시대의 시에 결부시킨다면 우리 시인들 가운데 정말 극한적인 무엇을 했다고 볼 수 있는 이는 사후에 유고가 발표된 윤동주 혹은 육사 시의 일부 같은 것을 들 수 있겠지요.

김우창 시인이 살고 있는 시대의 내부적인 모순에 민감하다, 이런 의미에서 극한적 상황을 표시한다, 이렇게 얘기할 수 있을 것 같아요. 첨단과 극한과는 다르게 생각해야겠지요. 한국에서 가장 두드러지게 개념을 시에도 도입한 김기림은 가장 첨단적이긴 해도 극한 상황을 표현했다고 볼 수는 없지요. 한국의 리얼리티가 가지고 있는 자체 모순에서 가장 멀리 떨어져 있는 시를 썼으니까.

김종길 김기림의 모더니즘 같은 것은 그렇게 볼 수 있지요.

송욱 외부적인 상황과 예술의 발전과 반드시 일치하지 않은 예로서 흔히 인용하는 예가 있는데, 프랑스 혁명 때 훌륭한 예술가가 하나도 안 나타났다는 거예요. 발레리나 보들레르도 그렇고, 혁명이라면 지긋지긋하다, 총소리 나면 지긋지긋하다 이렇게 얘기하고 있는데…… 그러니까 실지로 혁명을 생각하는 것은 신나는 얘기지만 혁명 속에서 살면서 시를 쓰려면 죽을 지경이지요.

조지훈 전쟁이나 혁명의 와중에서는 일반적으로는 아무래도 시가 있기 어렵지요. 그러나 동양에서는 국난이라든가, 망국 직전 같은 비참한 시기에 우수한 시인이 많이 나오는 경향이 있지요.

송욱 프랑스 혁명뿐만 아니라 볼셰비키 혁명도 훌륭한 예술가나 작가를 내지 못했다는 것은 이것은 바로 사르트르가 비평하는 얘기입니다. 어떤 혁명이든지 그렇다는 얘기지요.

김우창 혁명이라는 것은 행동인데 예술이나 시라는 것은 그와 달리 정(靜)적인 것이니까…….

조지훈 시인이란 어느 의미에서는 평시에도 자신의 정신세계를 어떠한 영어(囹圄) 속에 가두어서 거기서 탈옥시킨달까 뭐 그런 자기 제약을 일부러 가지는 그런 면이 있지요. 정신적인 또는 형식적인 제약이 시를 심화시키는 것이죠.

송욱 그래서 해방 후의 시인이 일제하의 시인보다 어느 면에서는 낭만적으로 안 된 것이 거기에도 이유가 있었습니다. 사회를 어떻게 처리하느냐 하는 것이 복잡해졌다 말이에요. 일제 시대에는 일제에 대항한다는 의식이 비교적 있었고…….

김우창 일제 시대 때에는 시인이 일종의 신화를 가졌지요.

송욱 반(反)일제라는 신화를 가졌지요. 그렇습니다.

김우창 또 오늘날 60년대에 들어와서 근대화가 된 것이니까, 반(反)물질적인 것에 대한 어떤 신화 이런 것이 성립될 것 같아요.

송욱 시라는 것은 고속 도로를 만든다거나 이런 것처럼 계획적으로 전환이 될 수는 없는 거지요.

조지훈 문명 부정론(文明否定論)에도 여러 가지 경향이 있습니다만 어쨌든 문명은 복리를 주는 동시에 폐해를 가져오기도 하는 것이니까 이런 식의 얘기는 곤란하지만 여기에 어떠한 문제가 있는 것은 사실이지요.

송욱 현대 문명의 폐해를 논하리만큼, 우리나라의 과학이 발달된 것도 아니에요. 김춘수 선생은 철학적 심리적 경향, 이렇게 말씀을 하셨는데 철학이 그렇게 발달한 것도 아니고 심리학이 발달한 것도 아니고…… 그런

데 한용운 씨는 불교 철학을 배경으로 하고 있기 때문에, 그것은 적어도 몇 천 년 동안의 전통이 있지 않아요? 그러니까 가능한 거지요.

김종길 그러니까 시기적으로 나누어서 개괄하는 것은 의미가 없다, 우수한 시인, 우수한 시를 중심으로 얘기하자…… 이 말씀인가요?

송욱 우수한 시인이라는 것은, 현재에도 중요한 의의가 있는 시인들과 그 작품 그것이지요.

시의 경향을 일곱 갈래로 나누면

김종길 잠깐 창졸간에 나대로 추려 보았다는데 현재로서 대체로 일곱 갈래쯤 될 것 같아요. 첫째 주정주의라는 말로 파인, 요한(耀翰), 상화(相和) 같은 이들을 포함시키고, 둘째로는 철학적인 명상적인 일파로 한용운(韓龍雲) 그리고 오상순(吳相淳) 같은 이들을 거기에 넣을 수 있겠고, 셋째는 언어 감각에 치중하는 파로 이장희(李章熙), 정지용(鄭芝溶), 게다가 현재 쓰고 있는 이들로는 박남수(朴南秀), 김광림(金光林), 김종삼(金宗三) 같은 사람들을 여기에 넣을 수 있을 것 같은데…….

김우창 여기에 계시는 조 선생도 그렇고…….

김종길 조 선생은 다른 파에 넣기로 하죠. 그다음에 문명 비평적인 일파로서 김기림(金起林) 등 30년대의 모더니스트, 그리고 여기 계시는 송 선생 같은 분도 여기에 넣을 수 있다고 보겠고, 그다음에 소위 말하는 인생파들 청마(靑馬), 정주(廷柱) 같은 이들이 거기에 들고…….

김우창 한용운 씨도 인생파라면 인생파지요.

김종길 인생에 대한 좀 더 뚜렷한 집착 같은 것으로 보아서 청마, 정주 정도를 넣기로 하고 그다음에는 특히 의식의 깊이를 표출, 탐구하는 일파로 여기에 이상(李箱)이라든지 김구용(金丘庸), 그리고 초기의 전봉건(全鳳健) 같은 경우를 넣고…….

김춘수 조향(趙鄕) 씨 같은 이도…….

김종길 조향 씨는 김기림과 비슷한 것 아니에요?

송욱 《신동아》 4월호에 실린 작품에는 그것이 그대로 나타나 있더군요.

김종길 거기에는 그렇더라도 좀 다르잖아요? 그러니까 이상, 김구용 이런 사람, 그리고 전봉건의 초기 시 혹은 그 뒤에 요즘 현대 시에 나오는 김영태(金榮泰), 이수익(李秀翼), 박의상(朴義祥) 이런 사람들을 여기에 넣고, 그다음에는 자연 관조파로 여기 계시는 조 선생의 초기 시를 여기에 넣지요. 사실 우리 현대 시에 있어서의 자연 시는 고전 시가의 전통으로 보아서 진작부터 있었을 것 같은데 본격적인 자연 시는 이상하게도 일제 말엽에 와서 세칭 청록파에서 뚜렷하게 나왔어요. 그래서 일곱 갈래가 되는데 여기에다 보태거나 합치거나 해서 다시 정할 수도 있겠지요. 이렇게 하면 비교적 중요한 트렌드는 거의 일단, 열거가 되는 것 같은데 어떻습니까?

송욱 그 정도로 얘기하면 우리 얘기가 끝나는 것 아니에요?

김우창 그런 정도로 해가지고 작품이라든지 시인을 들어 얘기하면 되겠지요.

김종길 반시적인 비트 시 같은 것을 지금 쓰고 있는 김수영(金洙暎) 씨 같은 이는 어디에 넣느냐 하면 인생파에다가 집어넣겠어요.

그러면 현재까지 시단의 판도라고 할까, 현 시단에 남아 있는 뚜렷한 경향 같은 것을…… 말하자면 이때까지 얘기한 것은 이때까지 흘러 내려온 종(縱)적인 것을 본 것이고, 단면적으로 현 시단을 보는 것이 좋겠어요.

송욱 우선 김종길 선생께서 말씀을 하시지요.

김종길 거기에 들어가기 전에 오늘 김춘수 선생 보고서에 나온 김현승(金顯承) 씨를 일곱 가지 가운데 어디에 넣느냐, 철학파에 들어가나요?

김우창 관념파라고 할까요? 한용운 씨하고 같은 계통의 철학파는 아니지요.

김종길 그런데 다분히 인생파적인 그런 면이 있지요. 김현승 씨는 지금 일곱 갈래의 흐름 가운데에서 굳이 어떤 한 갈래에 붙인다면 김기림에 가까울 것 같아요. 그러면 문명 비평파에 들어갈까요?

김우창 문명 비평도 아닌데……. 서정주 씨하고 비하면 좀 드라이하고…….

김종길 그러니까 감정파, 언어 감각파, 인생파, 이 세 흐름을 함께 내포하고 있는 그런 성격을 가진 시인이 되나요?

김춘수 그런 식으로 하나씩 하나씩 맞추어 나가자면 한이 없을 거예요.

김종길 김현승 씨는 작품 활동도 왕성하고 중요한 시인이기도 한데 이번에 낸 시집에 대해서 김우창 선생이 《동아일보》에 평을 쓰셨는데 김 선생님께서 말씀해 주시지요.

김춘수 그 시집에 수록된 것이 오래된 것도 있습니까?

김우창 그게 관념과 이미지를 결합시키는 독특한 힘을 가지고 있는데 김기림하고 다른 것은 김기림의 관광객 비슷한 요소가 없고 말하자면 리얼리티가 개입되어 있고 철학적인 것으로 발달해 나아가려는 점이 있다는 것입니다. 그렇다고 교훈적인 것은 아니지만 이번의 『견고한 고독』에는 교훈적인 것이 나타나서 좋기는 좋은데 좀 좁아진 것 같아요.

김종길 김현승 씨와 비슷한 젊은 시인은 누구인가요?

김우창 박성룡(朴成龍) 씨가 더 가깝지 않을까요? 둘 다, 이미지하고 관념을 동시에 파악하는 데 능하고…….

김춘수 오히려 서정성이 훨씬 농후하지 않아요?

김우창 박성룡 씨의 모랄리스트의 풍모가 김현승 씨의 경우보다는 더 감각적인 면으로 나타나는 것 같아요. 더 서정 위주의 형태로 나오는 것이 박성룡 씨가 아닌가 이렇게 보고 있어요.

　김종길　박성룡 씨가 좀 달라졌지요. 박성룡 씨의 초기를 보면 상당히 감각적인 시인인데 그 감각을 감각 그대로 내버려 두지 않고 그것이 어떤 사유의 테두리 속에 담겨지는 그러한 시지요.

　조지훈　김수영 씨하고 비슷한 점도 있어요. 생각하는 바탕이나 이런 것을 떠나서…….

　김종길　작년에 《조선일보》의 한 월평을 보니까 스타일로 보아서는 김수영 씨가 쓴 것 같은데 김현승 씨에 대한 열광적인 반응을 보이고 있었어요.

　김춘수　박두진(朴斗鎭), 김수영이 자세로서는 같지요.

　김종길　김현승 씨에게 소위 말하는 저항적인 것은 별로 없지요? 하나의 개인으로서 사회에 저항하는 그런 면은…….

　김우창　『견고한 고독』에는 그런 것이 다소 포함되어 있어요.

　김종길　그럼 김현승 씨는 그만하고, 그분과 비슷한 김수영 씨에 대해서는 김춘수 선생께서 상당히 문제시하고 있는 것 같은데 김수영 씨의 시의 경향이라고 할까 그러한 것에 대해서 어떻게 생각하세요?

　김우창　김춘수 선생의 시도, 김현승 씨의 시와 비슷한 데가 있는 것 같은데…….

　김춘수　제 시가요?

　김종길　저도 그렇게 보았는데, 상당히 다른 거 같지만…….

　송욱　드디어 다가서는군요. (웃음)

　김우창　김현승 씨는 영향받은 작가로 릴케를 이야기하고 있는 것 같은데요. 이 점에도 비슷하지 않나…….

　김종길　글쎄요. 그 말은 무근한 말은 아닐 것 같아요. 릴케에 있어서의 관념을 물건으로 나타내는 그런 점에 있어서 릴케의 방법을 어느 정도 터득했다고 볼 수 있을 것 같은데. 김춘수 선생은 오늘 주제를 발표하셨다고 얘기는 안 하려고 하십니까? (웃음) 어느 정도 얘기를 해 주셔야지…….

김춘수 아까 제가 얘기를 시작했으니까.

김종길 부르주아 운운했더군요.

송욱 부르주아라는 말을 거기에 사용할 순 없지요.

조지훈 기분 나는 대로 하는 얘기지요.

김종길 김수영 씨가 하는 얘기나 시나 처신하는 태도가 다다이즘적인 체질을 보이잖아요? 기존의 것은 그저 두들겨 부수고 싶은 그런 충동적인…….

김우창 신선한 맛도 있지 않을까요?

김종길 그이의 시는 조잡하게 마구 쓰는 것 같은데 거기에 이따금 히트가 나와요. 순서가 바뀌었습니다마는 서정주 씨 얘기를 여기서 좀 해야 할 것 같습니다. 서정주 씨는 최근에는 점점 비교(秘敎)적인 색채를 띠고 있다고 보고서에서 말씀을 하셨는데 최근의 작품들은 어떻습니까? 별로 많이 발표하는 것 같지 않지요?

김우창 요즘도 심심치 않게 쓰고 계십니다. 이번 잡지에도 나왔고, 요전에 「동아시단」에도 나왔는데 제목은 기억에 없습니다마는 무슨 얘기인지 알기 어려운 그런 시가 나왔더군요.

김종길 여기 송 선생과 같이 서정주 씨도 요즘 난해한 시인 행세를 하는가요? 「신라초」 이후에 그분의 시에 다소의 변동이 있는 것 같습니까?

김우창 좀 난해한 방향으로 나가고 있어요. 그런데 다른 한쪽으로는 우리 국어의 가능성을 개발해 나가는 시들도 있습니다.

김종길 우리말 가운데에서 가장 토속적이면서 원초적인 것을 그분은 사용하지요. "언니언니 큰언니 깨묵 같은 큰언니" 하는 식으로 말이죠.

김우창 그이에게서는 우리말이 상당히 시적으로 사용되어 왔지만, 일상 회화의 시적인 가능성은 비교적 망각되어 왔습니다. 이제 그의 언어에 무언가 큰 이야깃거리를 담는다면 좋겠는데, 어떤 때는 무슨 얘기인지 모르는 말도 나오고 해서…….

김종길 지금 서정주 씨가 하고 있는 일이 그이한테는 새로운 시도가 될 거예요.

환도 직후의 서정주 씨의 시어와 질적으로 대단히 근사하다고 하는 시인으로 박재삼(朴在森) 씨가 있는데, 박재삼 씨는 그 뒤에 건강 때문에 시작 발표가 별로 없었지요?

김춘수 별로 없었습니다.

김우창 그분은 서정주 씨보다 눈물이 훨씬 많은 시인이지요.

조지훈 그렇지요. 좀 섬세하지요.

김우창 서정주 씨는 석유를 먹는 분이고, 박재삼 씨는 눈물을 흘리는 분이고…….

김종길 석유를 먹는 것이 아니라 토함산 약수(藥水)물을 먹는다고 해야 잖을까요?

김우창 그전에 신문에 냉수에 관한 에세이를 썼는데 퍽 재미있었어요.

김종길 박목월 씨는 요즘도 꾸준히 활동하고 있는데 최근에는 아주 경상도적 인간의 체취, 인정 이런 것을 경상도 사투리로 표현하고 있더군요. 김우창 선생께서 《동아일보》 시평란에서 박목월 씨의 최근 시에 대해서 다분히 비판적으로 말씀하신 것 같은데, 『청담(晴曇)』에 실린 시들에서 보이는 무형식해지려는 경향은 경계해야 할 거라고 봐요. 역시 시를 쓴다는 의식을 가지고 시를 써야지 아무렇게나 써도 시가 된다는 생각은 위험하거든요. 그런 의미에서 자기 시의 일종의 타성을 좀 정비하느라고 이러한 특수한 프로그램을 세우고 있지 않는가, 저는 그렇게 봅니다. 제가 경상도 사람이라 그런지 박목월 씨의 「경상도 시편」은 몇 해 전의 「동물시초(動物詩抄)」 비슷한 수준으로 재미있는 것 같아요.

김우창 저는 경상도 사투리를 타고난 사람이 아니어서 그런지…….

김종길 경상도 사투리에 대해서 김 선생은 일종의 반발 같은 것을 느끼세요?

김우창 지금이 경상도 세상이긴 하지만, 무슨 반발은 안 느낍니다.

김춘수 사투리나 사투리의 내용에 대해서 부정하고 있는 것 아니에요?

김종길 그분의 초기 작품에도 사투리가 좀 나오는데 이번에는 좀 더 계획적으로 집약적으로 시도하고 있는 것 같아요.

김우창 태도에 있어서 역시 경상도 시에 나타나는 아주 소박한 인정주의하고 아까 김종길 선생이 지적하신 것처럼 박목월 씨가 시를 쓸 때 자기 절제를 버렸다라는 것하고 연관성이 있지 않은가……이렇게 볼 수 있지 않을까요?

김종길 시작(詩作)에 있어서 자기 절제를 회복하려는 하나의 시도같이 보이는데……. 그밖에 중요한 활동을 하고 있는 분으로 청마는 작고한 지 1년이 지났고 조 선생께서 오래 침묵하시다가 몇 편 쓰신 것 같은데, 철학파에 들어갈 그러한 시작을 하시는데 앞으로도 계속이 되겠지요. 그리고 송 선생께서도…….

송욱 청탁을 받았어요.

김종길 그리고 김춘수 선생은 요즘 시 발표가 별로 없으신 것 같은데…….

김춘수 그동안에 별로 없었습니다. 신문에 청탁이나 받아가지고 좀 쓰고 했습니다만…….

전봉건 씨는 「춘춘가(春春歌)」 같은 것을 냈지요?

창작 기금은 자꾸 주어야

김종길 요즘 문제작이라면 신동엽(申東曄) 씨의 「금강」을 넣어야 되겠군요. 이것은 김우창 선생께서 《창작과비평》에서 길게 평을 하셨지만 그 형식이 신동엽 씨 나름으로 서사시(敍事詩)라 하는 새로운 장르를 설정한다면 모르지만 종래의 서사시라는 형식에 맞느냐 안 맞느냐 이것은 문제가 될 것 같아요.

송욱 그보다도 시로서 훌륭하냐 안 하냐 그것이 문제가 되지요.

김우창 저는 《창작과비평》에 평을 쓰면서 「금강」이 본질적으로는 서정시라고 했습니다마는 광범위한 정의로 하면, 역사를 담은 시가 서사시다 이렇게 말할 수 있겠고, 「금강」은 한국 역사의 다이나믹스의 핵심에 이르러 보겠다는 노력이 있으니까 그런 점에서 서사시적인 성질도 있지 않은가 합니다.

김종길 장려(壯麗)가 있느냐 하는 점이?

김우창 그런저는 없지요. 서정적이고 연민(憐憫)과 같은 여성적인 감정이 지배적인 감정이 되어 있고 그래서 장대한 것은 없는데 역시 한국 역사의 핵심적인 문제를 파악했다는 점에서 서사적인 성격을 가지고 있다고 할 수 있습니다. 우리가 보통 서사시와 관련해서 생각하는 남성적인 웅대함은 없습니다마는…….

김종길 그 책이 아시아재단에서 생활 원조 기금을 받으면서 쓴 작품인데 같은 케이스의 김종문(金宗文) 씨는 장시라고 표시하고 신동엽 씨는 서사시라고 표시했는데 장시라고 하는 것은 긴 시를 장시라고 했는데 우리 시단에서는 은연중에 장시라고 하는 것이 하나의 장르가 되어 있어요.

송욱 표제는 별로 중요하지 않고 작품이 잘 되어 있느냐 하는 것이 문제지요.

김종길 그런데 연구비 문제를 가지고 얘기하면 어느 정도의 연구 업적을 내지 않을 수 없는데 이 창작 기금이 대단히 재미있는 것 같아요. 연구 업적에 대한 평가 기준을 창작에는 적용하기가 어렵거든요.

송욱 창작 기금이라는 것은 쓰든 안 쓰든 자꾸 주어야지요.

김종길 그렇지만 그것도 업적을 요구하고 있어요.

김우창 신동엽 씨의 얘기를 들으니까 5만 원 받고 여섯 달 동안 쓰라고 했는데 실제 자기가 조금씩 써 온 것은 60년부터라고 하니까 8년 동안에 5만 원이지요. 소설은 15만 원 주었다고 하더군요.

조지훈 짧은 시 한 편에 5만 원 줘도 시원치 않지요.

송욱 그것은 패트런이 주는 것이지요. 시를 사랑하는 돈 많은 마담이나…….

시인이란 직함이 아니다

김종길 그러면 앞으로 우리 시가 어떻게 될 것 같아요?

김우창 짐작하기 어려운 일이지만 꽤 달라지지 않을까 생각됩니다.

김종길 60년대에 들어와서 우리 시가 침체하고 혼미 저조하다고 보고 있는데 언제쯤 가면 좀 나아질는지……. 환도 이후 몇 해 동안과 4·19 이후에 시단이 활발했는데 거기 대해서 좀 말씀해 주시지요.

송욱 혼미하고 저조하고 그런 것은 길게 보면 어떤 준비를 위한 것이라고 볼 수 있겠지요. 역시 그것은 그것대로 하나의 극한 상황을 말한다, 그렇게 볼 수 있겠지요.

조지훈 나 자신도 그동안 죽 안 썼고 남의 시를 읽어도 감동이 없는데 요즘 동인지 가져오는 것을 읽어 보니까 작품들이 좀 나아진 것 같아요.

한 4, 5년 동안 자세히 보았는데…….

김종길 그만큼 이런 상태가 계속되었으면 정리가 되든지 뭐가 나올 법도 하지요.

송욱 시가 없어지거나 나아지거나 둘 중에 하나가 되겠지요.

김우창: 요즘 특이한 것이 한동안 안 쓰시던 분이 새로 쓰기 시작한 것이더군요.

김종길 우스운 것이, 통 안 쓰다가 송 선생 말씀처럼, 잡지에서 원고 청탁을 받고 응하지 않을 수가 없어서 무얼 만들어 본 적이 있는데, 그 뒤에 청탁이 없으면 또 안 쓰게 되고, 그러니까 역시 발표의 기회라는 것도 상당히 문제예요.

김우창 청탁이 영감(靈感)이라…… 이렇게 되겠군요. 역시 발표하는 기회가 시가 결정이 되는 계기가 되겠지요.

김종길 60년대에 들어와서 시단이 혼미하고 저조한 이유의 일부는 문예지들이 안이하게 추천 시인들을 남발하는 경향에 있는 것 같은데 요즘에는 그 빈도가 연전에 비해서 어떻습니까?

김우창 《현대문학》 같은 데에서는 여전히 나오고 있지요. 재미있는 것은 요전에 동국대학에서 《동국문학연(東國文學燕)》인가 하는 문집이 나왔는데 목차에 보니까 시 제목을 쓰고 그 밑에 삼년 누구, 사년 누구 했는데 그중에 시인 사 학년 누구, 이런 것이 있어요. 추천을 받았다는 거겠지요.

김종길 그야말로 '밴텀급 동양 랭킹 2위' 이런 식이군요.

김우창 사실은 시를 발표할 때마다 추천 받는 것이 아니에요?

김종길 신인들은 섭섭하게 생각할는지 모르지만 60년대에 시인의 산출은 많았는데 가치 있는 시의 산출은 빈약하다는 말이 성립될지도 모르겠습니다.

송욱 그러면 결국은 시인의 산출이 적게 되었다는 얘기가 되겠지요.

김우창 우리나라에만 있는 실정 같아요. 추천 받으면 시인이라는 직함이 붙는게.

송욱 시인이라는 것은 사실은 직함(職銜)이 아닌데…….

김종길 요전에 어느 모임에서 어떤 사람이 나를 어느 미국인에게 소개하면서 평론하는 사람이라고 얘기를 했던 모양이에요. 그 미(美)인이 사회 평론을 쓰느냐 하더군요. 그래 사회 평론이 아니라 문학 평론 같은 것을 쓰고 있다고 하니까 일본의 어느 사회 평론가는 해외여행을 하는 데 여권의 직업란에 '사회 평론가'라고 썼다라나요. 우리나라에도 어느 시인이 여권 직업란에 시인이라고 써가지고 해외여행을 했는데 이집트엔가 갔더니 출입국 관리들이 매우 경의를 표하더라는 말이 있더군요.

김우창 시를 열심히 쓰고 생각하는 분들이 시인이라는 타이틀을 가지는 것은 좋은데 한두 번 추천 받았으니까 공식 명칭으로 가질 수 있다, 이것은 좀 우스운 일 같아요.

김종길 송 선생은 그동안 상당히 오랫동안 침묵을 지키다가 오래간만에 몇 편 발표한 것으로 보아 송 선생의 개인적인 변모라든가 어떤 계획을 세우고 계시는지요?

송욱 창조라고 하는 것은 새로운 것을 만들어 내는 것이니까 달라져야 된다고 생각합니다. 그런 계획은 없습니다.

김종길 그러면 한 편 단위로 해 나가시는군요.

송욱 계획이 있다고 그대로 됩니까?

김우창 시인 자신이 어떤 계획을 세운다고 하는 것은 어려울 것입니다. 비평가는 지금까지 우리 한국에는 이러이러한 시가 있으니까 앞으로 이러한 것이 필요하다, 이렇게 얘기할 수도 있지요.

지양돼야 할 안이한 시작 태도

김종길 현재 우리 시단에 대한 일반적인 충고라면 어떤 충고를 할 수 있을까요?

송욱 시를 너무 쉽게 생각하고 있는 것 같아요. 그래서 우리가 시인이라는 것은 어떤 사회의 문화에 있어서도 극한 상황을 표현한다는 얘기를 했는데 어떤 문화에 있어서의 극한 상황을 표시한다고 하면 그렇게 쉽게 생각할 수는 없는 문제지요. 다시 말씀하면 오늘날의 문화의 패턴이 지리멸렬이라 할 수 있을 것 같아요.

김종길 문화 일반 속에서 좀 더 철저하게 현실을 파악한다…….

송욱 그렇게 시를 쉽게 생각한다고 하는 것은 지금 우리 한국 문화의 패턴이 지리멸렬이다 하는 것을 의식하지 않고 시를 쓰는 것이지요.

김종길 즉 지리멸렬이라고 하는 것은 혼란이라는 말인데 그 혼란 속에서 안정을 해야 된다는 거겠지요.

김춘수 선생의 시를 최근에 본 것은 어떤 신문에서 본 것 같은데요…….

김춘수 아마 그랬을 것입니다. 「눈 오는 날」이라는 것을 썼지요. 저는 앞으로 기회가 있으면 시의 효용성, 이런 문제를 좀 헤쳐 보았으면 합니다.

김종길 요즘 얘기되고 있는 참여 논쟁과 결부된…….?

김춘수 그렇습니다. 효용 문제를 가지고 시비가 벌어지면 자연히 어떤 문제가 제기되리라고 생각해 보는데…….

김종길 근본적으로 문제점을 제기하는 데에 의의가 있을른지 모르지요. 다음에 조 선생께서 충고라든지 어떤 개인적인 생각이 있으시면…….

조지훈 옛날에 손대 놓은 학문적인 것을 좀 정리해 놓고 다시 시작하려고 시작을 쉬고 있습니다. 작품 활동을 쉬면 솜씨는 무디어지게 마련입니다만 정신의 모색은 되지요. 그런데 신문 잡지 같은 데서 청탁이 자주 오니까 아주 휴식할 수 없는 것이 난점이지요.

김종길 그러니까 조 선생의 40대를 정리하고 내년부터는 시작을 한번 해 보겠다 그런 말씀이신가요?

조지훈 그럴 생각입니다만 좀 더 늦어질는지도 모르지요.

김춘수 시에 있어서는 대체로 계획을 세우기가 대단히 어렵게 되어 있지 않습니까? 우선 계획에 대한 모색이겠지요. 외국의 저명한 시인을 보면 장기간에 걸친 시작이 어떤 계기에서 달라지는데, 자기의 시의 프로그램이 있는 것 같아요. 외국의 시인들은 대개 충분한 준비가 있은 후에 하는 사람들이 많지요. 하지만 우리는 준비가 있어가지고 쓰는 것이 아니고 잠정(暫定)적인 어떤 계획에서 우선 한번 써 보자 이런 것이 아닐까요?

김종길 시도 사실은 그때그때 심정을 시로서 계획해 나간다, 이런 것보다도 시를 쓴다고 하는 평생 사업으로 삼으면 무엇인가 있을 법도 하고 또 있을 것도 같아요.

김춘수 제 경우를 생각하면 적어도 상당한 기간 동안 물고 늘어질 수 있는 계획이 아니라 잠정적으로 우선 합당하니까 한번 해 보자 그런 정도지요. 그전에야 시인이라고 하면 손으로 꼽을 수 있을 정도였는데 지금은 300명, 400명이죠. 지금 지방에 있는 사람들은 자기네들은 소외되어 있다고 불평을 하는데, 왜 그러냐 하면 가령 《현대문학》에서 추천을 받아가지고 관문을 통과했지만 그다음에 작품 한 편을 발표하려면 2~3년이 걸리거든요. 그러니까 그만큼 제한되기도 합니다.

조지훈 잡지가 시인을 남조(濫造)하는 경향이 있어요. 시인이란 칭호부터 먼저 줘 놓고 시 공부를 시키는 격이지…….

김우창 발표할 기회가 적다는 문제는 좀 더 확고한 편집 방침을 세움으로써 해결되리라고 봅니다. 그러니까 시인을 대접할 것이 아니라 시를 대접해 주어야 되지요……. 아까 얘기가 나온 우리 시의 전망에 대해서는 아까 송 선생이 말씀하신 것처럼 시인이 사회의 적극적인 상황을 표현하는 것이라면 오늘부터 사회를 시로써 보여 줄 수 있는 그러한 시, 오늘의 시대에 시가 보여 주는 정신의 세계가 어떤 의미를 갖느냐를 생각하는 그러한 시가 쓰여질 필요가 있다고 생각합니다.

김종길 저로서 한 가지 말씀드리고 싶은 것은 우리 신시의 역사가 60년이라지만 서구적인 시법(詩法)에 적응해 온 약 50년 동안은 말하자면 우리 자신들의 트레이닝 시기고 근년에 그 적응이 어느 정도 되어서 우리대로의 무엇을 창조해 내겠다는 이러한 활동이 벌어지고 있는 것 같은데, 이것을 좀 더 강화해서 그 서구식의 전통에 대한 의식을 좀 잊어버릴 필요가 있을 것 같아요. 개인적인 체험을 좀 더 대담하게 시작(詩作)에 표현하도록 하고, 서구의 현대 시에 있었던 몇 가지 시파(詩派)들에 대응되는 의식적인 실험은 지양됐으면 좋겠어요.

김춘수 외국 문학 하는 분들이 좀 계몽을 해 주어야 되겠어요.

김종길 릴케가 어떻고 발레리가 어떻고 다다이즘이 어떻고 하는 낡은 의식 그것은 과거지사로 돌리자 그것입니다.

송욱 그것이 그대로 있어야지 그것을 안 하고야 무엇이 되나요?

김종길 어느 정도는 했지요.

송욱 말로만 했지 실질적으로는 못 했지요.

김종길 시를 쓰는 사람이 너무 외국의 유파를 의식하기 때문에 주체성이 희박한데 그것이 불가피한 과정이었습니다만 이제 그런 과정은 지나지 않았느냐 그거지요. 그동안 서구적인 시론에만 지나치게 쏠렸는데 이제 우리 동양의 시론도 좀 의식을 하고…….

송욱 서구 의식에 너무 쏠려 있다는 것은 김 선생 개인의 경우가 아니에요. (웃음)

김종길 내가 시를 쓸 때에는 나 자신의 체험에서 출발하지 않을 수가 없습니다. 몇 편 안 되는 시지만 나 자신에서 출발했어요.

송욱 말하자면 시의 근본으로 돌아간다, 그거지요?

김종길 시의 근본으로 돌아가면서 또한 시인의 근본으로 돌아간다 그거죠.

김우창 말하자면 시가 보여 주는 누메논(noumenon)의 세계에 철저하면서 또 그것의 오늘날에 있어서의 운명에 대해서 관심을 가져야 되겠지요.

송욱 현재 상황의 밑바닥을 규명한다…….

조지훈 모든 사람이 회의 상태에 있는데, 되는 대로 참여도 그렇고 현실에 눈을 감는 것도 그렇고 식으로, 그래서는 안 되지요.

김종길 좋은 얘기 많이 나왔는데 이 정도로 하지요.

시인과 현실

김종길(고려대 문과대 교수, 영문학)

백낙청(서울대 문리대 조교수, 영문학)

김우창(서울대 문리대 전임 강사, 영문학)

1973년《신동아》7월호

시단의 답답한 사정

김종길　이번에 신경림(申庚林) 씨가 시집 『농무(農舞)』를 냈습니다. 다 아시다시피 그의 첫 시집인데, 이 『농무』를 계기로《신동아》에서 한국 시의 장래, 앞으로의 방향 등에 대해서 좌담을 가져 보자고 해서 모인 것이 오늘의 모임인 것 같습니다. 그런데《신동아》측에서 저희들에게 각별히 부탁을 하나 한 점이 있습니다. 특히 최근에 주목받고 있는 시인들 중의 한 사람이 신경림 씨이고, 여러 가지 포괄적인 문제점을 또한 많이 안고 있는 시인들 중의 한 사람이 신경림 씨이긴 합니다만,《신동아》측에서는 신경림의 시가 성공했다든가 실패했다든가 하는 평가 그 자체보다도 이것을 계기로 해서 오늘의 한국 시가 왜 부진한가, 왜 대중들로부터 외면당하는가, 왜 진로를 못 찾는가 하는 점을 얘기해 보자는 것이고, 그런 제 문제들이 어떻게 보면 신경림의 시를 이야기함으로써 자연스럽게 드러날 수 있다고 생각했던 것 같습니다. 그래서 이렇게 하면 어떻겠습니까? 우선 신경림의 시 자체를 이야기하고, 그것이 한국 시의 전통과 어떻게 연결되는가를 살피고, 그리고 그것의 앞으로의 방향을 얘기하고 하는 식으로 말입니다.

사실 요즘 우리 시단을 평하는 말로 흔히들 답답하다는 표현을 많이 씁니다만, 이 답답하다는 내용은 몇 가지로 요약되고 풀이될 수 있을 것 같습니다. 제가 1960년대 전반에 1년 남짓 신문에 시 월평을 써 본 일이 있는데, 그때도 늘 되풀이해서 비슷한 얘기를 했었고, 그것을 그만두고 난 뒤에도 사뭇 마찬가지 느낌이었습니다. 어떤 의미에서는 막다른 골목에 들어와 버리지 않았느냐 하는 생각이 들었어요. 그러한 전체적인 상황은 대체로 지금까지도 계속되고 있는 것 같고, 제 생각으로는 아직도 어떤 만족스러운 해결이 확실하게 보이고 있다고는 말할 수 없을 것 같습니다. 저 자신 그런 저런 이유 때문에 요즈음 나오는 시는 별로 읽고 있지 않습니다만, 신경림의 시 같은 종류의 시가 시단에 하나의 새로운 유파라고 할까, 하나의 무슨 가능성을 제시할 수는 있을 것 같기도 해요.

60년 말이던가 동아방송에서 주최한 문학 관계 좌담회에서도 얘기했습니다만, 60년대에 나왔던 몇몇 유파들 가운데 신경림의 시 같은 종류의 시가 근년의 우리 시단에서 하나의 흐름을 이루고 있는 것은 확실한 것 같아요. 그런데 이 흐름은 사실은 50년대 후반부터 김수영 씨가 출발시킨 것 같고, 그다음에 작고한 신동엽 씨, 그리고 이성부(李盛夫), 조태일(趙泰一) 같은 시인들이 발전시킨 것이지요. 지금 우리가 얘기하는 신경림은 이성부나 조태일보다 시단 경력으로 보아서는 더 앞서는 것 같은데, 뒤늦게 시집을 냄으로써 그 흐름의 새로운 기수로 등장하는 느낌입니다. 그러니까 이 흐름은 50년대 말부터 시작해서 60년대를 거쳐서 70년대 초까지 근 15년, 즉 반세대쯤 이어오고 있는 셈인데, 이렇게 우선 생각나는 이름들만 들더라도 그들은 말하자면 모두 실력이 있는 시인들이라고 할 수 있어요. 이것은 여기 백 선생이 계시지만,《창작과비평》을 통한 백 선생의 공로라고 할까, 기여가 컸다고 봅니다. 다만 이 흐름에서 김수영 씨는 사실은 체질이 좀 다른 시인이고, 신동엽 씨 이후는 거의 보조가 같다고 볼 수 있는 데…….

백낙청 지금 김종길 선생께서 60년대 시인들과 신경림 씨와의 계보 관계 비슷한 것을 얘기하셨는데, 거기 대해서 우선 저 나름의 의견을 말씀드리고, 그다음에, 물론 그런 시인들과의 계보 관계가 분명히 있지만 그의 작품이 쉽고 재미있게 읽힌다는 사실 때문에 오히려 간과되기 쉬운 신경림 씨 시의 독보적인 성격 같은 것을 강조해 볼까 합니다.

우선 신경림 씨의 작품 배경에 김수영이라든가 역시 60년대에 작고한 신동엽 같은 분들의 활동이 있었고, 또 60년대 말기와 70년대 초기에 들어와서는 조태일, 김지하 등 젊은 시인들이 종래 우리 시단의 인습 같은 것을 많이 깨뜨리고 시의 가능성을 크게 넓혀 주었다는 사실도 들 수 있겠습니다. 즉 신경림 씨 혼자만이 아니고 여러 사람이 함께 추구하고 있는 과업의 일환으로 신경림의 작품이 나왔음을 뜻하는 것이겠지요.

사실 김수영과 신동엽은 상당히 좋은 대조를 이루는 시인이지요. 김수영은 도시적인 시인이고 신동엽은 훨씬 더 농촌적 토속적 체취가 강한 분입니다. 기법상으로도 김수영이야말로 어떤 의미에서는 난해 시의 대표라고도 할 수 있는데, 그리고 우리가 읽기 쉬운 시를 원하면서도 읽기 힘든 시가 무조건 다 엉터리 시는 아니라 할 때, 저는 누구보다 먼저 김수영 씨를 생각하게 됩니다마는, 이렇게 난해하다는 점에서도 김수영 씨와 신경림 씨는 구별되며 신동엽 씨와의 유사점은 확인된다고 하겠습니다. 그럼에도 불구하고 신경림 씨와 신동엽 씨는 상당히 다르다는 점, 김수영 씨와 오히려 가까운 면이 신경림 씨에게 많다는 점을 강조하는 것은, 우선 신동엽 씨는 주로 서정적인 시인인데 신경림 씨는 뭐라 할까요, 시가 단편 소설 같은 성격을 띠고 있지요. 훨씬 객관적이라고 할 수 있고, 그런 의미에서 지적 콘트롤이 훨씬 강하고 선명한 시인인 것 같습니다. 외견상 김수영 씨하고 많이 틀리면서도 이런 점에서 많이 통하고, 또 언어에 있어서 김수영 씨는 어려운 말을 많이 쓰는데 신경림 씨는 어려운 말을 잘 안 쓴다는 차이가 있지만, 신경림 씨의 언어에 대한 감각이 신동엽 씨에 비하면 훨씬 현대적인 것 같아요.

참여 시인들의 활약

김우창 언어 자체로 보면 신경림 씨가 신동엽 씨보다 더 어려운 것 같아요. 스타일이나 문맥(文脈) 같은 것이 신동엽 씨의 시와는 달리 그냥 쭉 흘려 보아서는 얼른 알아볼 수 없는 구절이 많은 것 같아요. 가령 단상에서 낭독을 한다고 할 때, 시라는 것이 반드시 의미만으로만 전달되는 것은 아니니까, 신동엽의 시는 금방 이해가 될 성싶은데, 이것은 얼른 이해가 안 될 것 같아요.

김종길 신동엽 씨의 시는 종래의 우리 시의 서정의 양식을 그냥 물려받은 점에서 좀 쉽게 읽힐 수가 있고, 또 시의 밀도가 희박하다는 점에서도 읽기 쉽지요. 그런데 신경림 씨의 경우, 언어에 상당히 밀도가 있어요. 결코 말은 어렵지 않고 구문이라든가 논리가 비약한다든가 난삽한 것도 별로 없는데 좀 뻑뻑하게 되어 있지요. 시 자체는 역시 서정시라고 해야 하겠는데, 단 서정의 양식이 종래의 우리 시에서 보통 하던 것과는 상당히 다른 새로운 양식 같아요. 아마 그 때문에 좀 쉽고 자연스럽게 받아들여지지 않는지 모르겠어요.

백낙청 제가 신경림이 어떤 의미에서는 김수영에게 더 가깝다고 할 수 있다는 것도 그런 뜻입니다. 우선 김수영은 초기의 서정적인 기분을 많이 탈피해서 우리 문학에 흔한 서정시들과는 근본적으로 성격이 다른 시를 작고하기 전 5~6년 사이에 많이 썼지요. 신동엽은 우수한 서정 시인이지만 전통적 서정 양식에서 근본적으로 벗어난 것은 아니지요. 그래서 신경림이나 김수영 씨가 둘 다 종래의 서정 양식을 탈피하고 있다는 점에서 비슷하고, 언어에 있어 현대적인 밀도를 갖추고 있다는 점에서도 서로 통한다는 말입니다. 이것은 물론 신경림과 신동엽 사이에 누구나 상식적으로 판단이 되는 유사점이 많다는 것을 전제로 하고 있는 이야기지요.

그런데 이렇게 김수영, 신동엽 두 분과 신경림의 관계를 말해 놓고 보면 이런 생각이 납니다. 즉 구태여 신경림이라 할 것 없이, 어떤 한국 시인이 김수영처럼 밀도 있는 언어를 구사하고 종래 우리 서정시의 양식을 탈피하면서 동시에 신동엽이 가진 독자에게 친숙한 맛이라든가 농민적 토속적 체취라든가 하는 것을 견지할 수 있다면 그것은 상당히 주목할 만한 성과가 아니겠는가 하는 것입니다.

김종길 제가 김수영 씨가 이 흐름에 있어 첫 시작을 연 시인이면서도 상당히 다른 종류의 시인이라고 한 것은 주로 사상이라고 할까 현실 가운데서 생활하는 태도라고 할까 그런 점에 있어서 그렇고, 신경림, 신동엽, 이성부, 조태일 등이 비슷하다는 것도 그런 의미에 있어서 그렇다는 것이었어요. 김수영의 경우는 미국의 비트 시인들과 매우 흡사한 것 같아요. 김수영 씨가 의식적으로 비트 시인들에게 흥미를 가지고 번역하고 소개를 한 자료가 신문이나 잡지에 어느 정도 나와 있는지는 궁금합니다만, 그것을 쉬운 정치적인 용어로 말한다면 무정부주의적인 제스추어라 할 수 있는데, 한편 신동엽 이후 신경림에 이르는 몇몇 시인을 무정부주의적이라고 할 수는 없을 것 같아요. 그들에게는 확실한 일종의 방향이라 할까 그런 것이 밑바닥에 깔려 있는 것 같아요. 두 방향 중 어느 것을 더 취하느냐 하는 것을 묻는다면 정견 발표 비슷한 것이 되는데(웃음), 두 가지 다 문제가 있지 않나 싶어요.

사실은 시단에 등장한 연대로 보아서는 신경림이 이성부, 조태일들보다는 앞서는 시인이라는 말은 아까도 했습니다만, 이번 시집을 보니까 맨 마지막 부분, 즉 5부가《문학예술》에서 추천을 받을 무렵의 초기작들이고, 65년경부터 다시 쓰기 시작했더군요. 그런데 등장할 때의 시풍은 종래의 우리 시의 일반적인 그것을 대체로 이어받은 것이고 별다른 특색은 없는 시인 같았어요. 그 무렵에 같은《문학예술》을 통해서 등장한 박성룡, 민재식(閔在植), 허만하(許萬夏) 같은 신인들이 그때로 봐서는 훨씬 인상적이었지요. 그런데 7~8년 공백기를 두고 65년경부터 다시 시작했을 때의 신경림은 상당히 다른 새로운 자세와 새로운 방법을 보인 것 같아요.

서정성의 초극의 문제

백낙청 초기 시의 문제는 구태여 논의하지 않더라도, 신경림, 이성부, 조태일 이런 사람들에게 어떤 같은 방향이 있는지 없는지 저는 모르겠습니다. 오히려 있다고 말하기가 힘들지 않을까 하는 생각입니다. 단지 김수영 씨의 무정부주의적인 면모라고 할까 초현실주의 등 서양의 전위 예술의 영향을 많이 받은 점에 대해서 저 자신으로서는 좀 착잡한 반응을 갖게 됩니다. 한편으로는 김수영 씨의 경우, 초현실주의적 경향이라는 것이 단순히 하나의 유행이라든가 그런 것만이 아니고 그 나름으로 독자적인 어떤 지적 내지 시적인 탐구의 일부를 이루는 점에서 일단 평가하고 인정하게 됩니다마는, 다른 한편 그것은 역시 우리한테 생소한 면이 많고 많을 수밖에 없다는 점에서 어떻게 해서든지 청산되고 또 다른 무엇으로 지양되어야 하지 않겠느냐 하는 생각을 갖게 되는 것입니다. 그런데 그것을 김종길 선생께서 지금 열거하신 몇몇 시인들이 어떤 동일한 노선을 갖고서 청산했다고 생각되지는 않습니다. 각기 자기 나름으로 여러 가지 모색을 하고 있을 터인데, 신경림 씨가 거둔 성과를 제가 높이 평가하는 것은 단지 초현실주의의 영향뿐 아니라, 뭐라 할까요, 한국 시를 민중 현실 및 민중 감정과 격리시켜 온 과거의 여러 가지 행태를 일거에 청산하고 있다는 느낌을 받기 때문입니다. 즉 우리 시가 서양의 초현실주의적인 또는 비트적인 물을 먹어서 민중과 멀어지든, 아니면 지금 현재 민중 현실과 격리된 복고적인 것을 탐구하기 때문에 민중의 감정과 멀어지든, 또는 자기의 순전히 개인적인 감정이나 심경에 집착하기 때문에 민중과 멀어지든 간에, 민중과 멀어지게 만드는 이런 여러 가지 면이 신경림의 시에서는 훌륭히 청산되어 있다는 것입니다.

신경림 씨의 업적을 평가하는 한 방편으로 이런 구체적인 예를 들어 말할 수도 있겠지요. 아까 제가 조태일과 김지하를 우리 시의 가능성을 크게 넓혀 준 젊은 시인들로 들었습니다마는, 신경림이 거둔 성과는 이 두 사람의 것과도 또 다릅니다. 세 시인을 두고 그 문학적인 우열을 여기서 가리자는 것은 아니고, 현재 이야기의 문맥에서 볼 때 조태일 같은 시인은 역시 서정적인 테두리 내에서 머물고 있는 점이 많지요. 물론 이 시인은 그 나름의 세계를 갖고 또 매우 우렁차고 튼튼한 음성을 들려주는 것이 사실이고 그것은 신경림으로서는 못 따르는 면이라 하겠습니다. 김지하의 경우, 시집 『향토(鄕土)』에서는 굉장히 섬세한 서정 시인의 일면을 보여 주고 있습니다. 또 섬세한 일면 이외에 김지하 역시 그만이 갖는 우렁차고 튼튼한 음성을 『황토(黃土)』에 실린 여러 시편에서 들려주고 있습니다만, 그러나 김지하가 서정적인 테두리를 넘는 것은 『황토』에서 이루어진 서정적 감정의 세계를 가지고 그것을 좀 더 객관적인 세계로 넓히고 굳혔다기보다 그와는 전혀 다른 세계, 즉 저 유명한 두 편의 담시(譚詩)의 세계로 비약했다고 보겠습니다. 순전히 시적인 성과만으로 볼 때 이 시인의 시 세계 내부의 이러한 대조적인 요소들이 어떤 통일성 같은 것을 이룩할 날을 기대해 볼 만하고, 여하튼 신경림 씨의 시집에서처럼 종래 서정시들과 분명히 구별되는 무엇이 단단하게 이루어진 것은 매우 독창적인 성과라고 생각합니다.

김우창 백 선생께서 꼭 우열을 가리기 위해서 말씀하신 것은 아니라고 하지만, 신경림 씨가 지금까지의 여러 가지 시 쓰는 방법을 완전히 지양하고 새것으로 출발했다는 것은 좀 문제가 있을 성싶군요. 여러 가지로 보아서 전연 새로운 것이 반드시 좋은 것이냐 하는 문제가 있는 것 같아요. 왜냐하면 얼른 듣기에 인간 의지에 역점을 두고 한 사람이 일거에 걷어치울 수 있다는 그런 인상을 받는데, 새로 출발하기 위해서는 과거에도 잘 되었든 잘못되었든 무엇인가는 있어야 하고, 전부가 안 된 시만 있었다는 것은 좀 이상하지 않겠어요? 거기에는 그렇게 된 사정이 있을 것이니까, 그런 사정을 지양하는 스타일도 필요할는지 모르지요. 그러니까 김지하의 경우, 현실 비판적인 것과 서정적인 면도 있는 단절된 스타일을 볼 수 있다고 하셨는데, 통일된 것만이 좋은 것도 아닐 테니까, 양쪽을 다 포함해서 왜 옛날에 이렇게 썼느냐, 왜 그러한 점이 나왔느냐 하는 것이 또 하나의 문제이니까, 양쪽 다 지양을 해서 새로운 스타일을 보여 주고 거기에 대해서 답변도 해 주는 그런 시가 가치 면에 있어서 뛰어난 것이 아닌가 생각합니다.

백낙청 신경림 씨가 '일거에' 무엇을 청산했다, 벗어났다 하는 말은 제 표현이 잘못되었는지는 모르겠습니다마는, 그가 과거에 하던 것을 의지로써 딱 청산했다는 것은 물론 아니고, 지난날의 모든 것이 덜 떨어진 것이었다 하는 태도를 말하는 것은 더더구나 아닙니다.

우선 시집 『농무』만 보더라도 제5부에 있는 초기 시들은 상당히 서정적이고, 다른 사람들이 많이 쓰는 시와 전연 다른 시도 아닌데, 얼마간의 공백기를 두고 시풍이 많이 달라졌다고는 하지만 제5부의 작품들과 아무런 연속성이 없다고까지는 못 할 겁니다. 특히 제3부에 실린 과거를 회상하고 옛날에 죽은 아내를 생각하고 하는 시들은 초기 시에 없던 튼튼함을 분명히 지녔으면서도 굉장히 애절한 개인적인 사연과 감정에 차 있습니다. 그래서 이 시집만 보더라도 신경림 자신이 원래 자기 바탕을 일거에 타기한다거나 하는 일이 없이 면면히 성장해 온 과정을 그 안에 담고 있는 것이고, 단편 소설처럼 된 시도 넓은 의미에서는 서정시라고 부를 수 있는 것이고—우리가 소설에서 서정적 소설이라는 것을 말할 수도 있듯이 말이지요—그래서 결코 일거에 무엇을 척결해 버렸다는 것은 아니고, 단지 제가 얘기하고자 한 것은, 시라는 것이 시인 개인의 어떤 주관적인 세계의 표현에만 그침으로써 넓은 층의 독자들에게 감명을 못 주는 것이 우리 시단의 큰 병폐처럼 되어 있는 마당에 이를 탈피하고자 하는 노력이 하여간 일단 하나의 결실을 이루었다는 것이지요. 이런 인상을 강조하는 표현으로서 '일거'라는 말을 썼던 것입니다.

시에 있어서의 '우리'의 정체

김우창 한 마디만 질문하겠습니다. 백 선생께서 쓰신 『농무』의 발문에 시란 사람이 사람에 대해서 하는 말로써 통할 수 있어야 된다, 또 시는 '우리'를 이야기하여야 한다고 말씀하셨는데, 그 점에 대해서는 원칙적으로 동의합니다. 그러니까 그 점에 대해서 무얼 반박하기 위해서가 아니라, 내용을 좀 더 분명히 하기 위해서 물어보는 것인데, '우리의 얘기를 주로 한 것이다.'고 말할 때, 구체적으로 '우리'라는 것이 누구인가 하는 질문입니다. 실제로 많은 시인들이 겪고 있는 고민 중의 하나가 '우리'가 누구인지를 잘 모르는 것이라고 생각하는데, 그 '우리'가 누구냐 할 때에 무엇인지 얼른 오지가 않아요.

백낙청 '우리'라는 사람들의 명단을 제출하라는 말이신데(웃음), 우선 이런 식으로 한번 해명 비슷하게 해 보지요. '우리'라는 말에 해당되는 사람이란 우선, 한국에 살면서 한국의 현실과 그 일부로서의 한국 문학에 대해서 관심을 지님에 있어서 '우리'라는 말을 쓰고자 하는 의욕이 있는 사람이라야지 '우리'라는 말에 해당될 수가 있겠지요. 무슨 말장난 같습니다만, 실지로 글을 쓰는 분이나 시를 논하는 사람들 중에는 '우리'라는 말에 큰 관심이 없는 분들이 많은 것 같아요. 그냥 하나의 문장을 기술하는 편의상 필자라는 말 대신 '우리'를 쓰는 경우야 얼마든지 있고, 또 몇몇 소수의 사람들끼리만 서로 특권 의식을 확인하는 낱말로 '우리'가 쓰이기도 하지요. 그러나 한국인으로서 한국 현실에 살고 있고, 한국의 역사에 함께 걸려 있다는 의식을 가지고 이렇게 함께 걸려 있는 사람들 모두가 '우리'라는 연대 의식을 가지고 문학을 대하고 현실을 대해야겠다는 의욕과 의지가 있는 문사(文士)들은 많지 않을는지 모르겠습니다. 이런 의욕과 의지가 우선 있어야겠다는 뜻에서, 그리고 이런 의지의 유무가 문사, 비문사(非文士)의 차이보다 더 중요한 기준이 된다는 점을 염두에 두고 저는 '우리'라는 말을 썼던 것입니다. 물론 그 의지만 갖고서 충분한 것은 아니지만……

김우창 사회학적 관점에서 '우리'가 누구냐 이런 것은 어떨까요?

백낙청 그러니까 화이트 칼라라든가 블루 칼라라든가 이런 식의 분류를 요구하시는 건가요?

김우창 시집 『농무』를 읽을 수 있는 독자가 누구인가, 이 시가 읽기 쉽다고 할 때, 어떤 관점에서 구체적으로 누가 이 시를 읽을 수 있겠느냐 하는 아주 초보적인 질문입니다.

백낙청 이 시의 독자가 많을 수가 있고 많아서 마땅하다고 주장하면서도 저 자신 당장에 많으리라고는 예상하지 않습니다. 우선 현실적인 얘기로, 이런 시집 찍어 봤자 몇 백 부 이상 못 찍었을 것이고, 광고도 별로 안 되었을 것이고, 이런 엄연한 사실들을 들 수 있겠습니다. 다음에 도대체가 많지 않은 기성의 시 독자들 가운데는 상당수가 이 시집을 보면 공연히 시 같지 않다는 느낌을 가질 수도 있으리라고 짐작됩니다. 그러고 보면 실지로 이 시집을 손에 들고 그것을 볼 기회를 갖게 한정된 사람들 가운데에서도 시 같지 않아서, 너무 쉽고 너무 보통 시집에서 보는 묘한 뭐가 없는 것 같아서 이것을 평가 안 하는 사람도 많을 것이고, 그다음에 습관적으로 시를 안 읽는 사람들은, 그런 습관 때문에 신경림 시집이건 누구 시집이건 모르고 지나기 십상이고, 이런 의미에서 독자가 많지 않을 수밖에 없습니다.

하지만 신경림 시집의 경우, 이런 현재의 사정만으로는 잘라 말할 수 없는 것이, 대다수 시집하고 독자와의 관계에서 있어서도 다르다고 봅니다. 즉 보통 시를 읽는 사람들보다도 시를 안 읽는 사람들이 훨씬 더 많은 현실에서, 이런 다수인들에게 이런 시를 읽고 생각할 수 있는 기회가 주어진다면 현재 소수 시 독자들간에 훨씬 더 많이 읽히는 시집보다도 더 잘 먹혀들어 갈 객관적인 소지가 이 시집 안에 있다는 점입니다. 따라서 현실의 독자도 얼마 안 되고 그 좁은 테두리를 벗어나면 잠재적인 독자도 거의 없는 대다수 시집들과는 달리, 『농무』는 많은 잠재적 독자들이 있고 약간 장기적으로 본다면 실제로 많은 사람들에게 읽힐 수 있으리라고 믿습니다.

김우창 가령 김지하의 담시 같은 것은 얼른 생각에, 이것은 돈벌이가 되겠다는 인상을 가졌는데, 가령 장터에 가서 돈 받고 읽어도 장사 될 만하지 않을까 한다면, '우리'라는 것이 꽤 분명하다는 얘기일 것 같습니다. 『농무』에서 단순히 사회학적인 의미에서만이 아니라 시라는 입장에서 주인공이 되어 있는 사람들이 이것을 읽고 자기들을 확인할 수 있겠는가 하는 문제가 있습니다. 그러니까 나로서는 김수영 씨에 대해서보다는 얼른 공감이 안 갑니다. 가령 방영웅의 『분례기』 같은 것의 경우도 도시에 살면서 월급 타먹고 넥타이 매고 다니는 사람으로서의 '나'하고는 먼 경험이면서도 '아, 이 세계도 있을 수 있다.'고 공감할 수 있는 세계라는 느낌이 드는데 말입니다.

'우리'와 허구

김종길 신경림의 시를 보면 '우리'라는 말도 나오지만 역시 '나'라는 말이 더 많이 나오는 것 같아요. 그런데 그 '나'가 종래 우리 시단의 서정시에 있어서의 '나', 즉 대체로 시인과 구별이 안 되는 그런 '나'가 아니고, 여기서는 아까 단편 소설 비슷하다는 말이 나왔지만 그야말로 픽션 속에 나오는 '나' 같은 그런 성격을 띠고 있어요. 전체 가운데의 일부로서의 '나'라고나 할까요. 그런 의미에서 시를 보면 알 수 있지만, 이 시집에 있어서 '우리'란 주로 시골 사람들, 농촌 사람들, 그 가운데서도 '가난하고 억울하고 원통한' 사람들이라고 볼 수 있지요. 그런 문제에서 신경림의 시는 뭐라 할까 상당히 사회성을 가지고 있어요. 또 상당히 사실적이고, 우리 시단의 보통 서정시보다는 훨씬 허구성이 높지요.

나 자신 시골 출신이고 시골 사람들의 딱한 사정도 어느 정도 알 수가 있는데, 솔직히 말해서 이런 시는 뭔가 직접적으로 호소해 오질 않아요. 김수영의 시는 나로서도 직접 공감할 수가 있는데, 신경림의 시와 같은 시는 어디에 무대를 가설해 놓고 동원이 되어서 구경을 가는 듯한 그런 느낌을 주어요. 그러니까 이것은 좋은 뜻으로든지 나쁜 뜻으로든지 작위성이 상당히 강하다고 봐요. 이 시집에는 내가 보기에 1부의 작품들이 시로서 가장 밀도가 있는 작품들 같은데, 2부의 작품은 쓰여진 연대를 보면 그 시기에 있을 법하지 않은 얘기들이 쓰여져 있어요. 시 가운데의 '나'는 대부분의 경우 시인 자신이고, 시는 시인의 현실적인 경험과 어떤 관련이나 대응을 갖는 법인데, 그것이 희박해요. 경험이라는 것은 특정한 시간과 공간 속에서의 경험이니까 그 특정한 시간과 공간이 시 가운데 다루어진 경험과 역시 무슨 관련을 갖는 것이 아니겠어요. 그런데 이 시집의 특히 2부에 들어 있는 작품들은 그런 의미에서 허구성이 강하다는 얘깁니다. 허구성이 강하다는 것이 시로서 나쁘다든가 그런 것은 아닙니다. 다만 단편 소설 비슷하다고 백 선생이 말씀하신 그 원인이 내가 얘기한 그런 것과 관련이 있지 않느냐 생각합니다.

백낙청 분명히 관련이 있지요. 그러니까 단편 소설적이다, 또는 극적이다 하는 의미에서 '허구성'이 강하다고 한다면, 저는 거기에 전적으로 동감입니다. 다만 현실감이 부족하다는 얘기하고는 다르겠지요. 그리고 신경림의 시를 읽을 때 어떤 무대나 그런 데에 강제 동원되어 나가는 느낌이 든다는 말씀은 알 듯도 하고 모를 듯도 하군요. 물론 『농무』의 세계는 저 자신의 일상생활과도 상당히 거리가 있는 것이 사실입니다마는, 신경림 씨가 일단 이런 세계를 시로써 그려 놓았을 때, 저 자신은 이것이 역시 '우리'라는 말에 적용되는 어떤 공통의 세계다 하는 느낌이 별 저항 없이 오는 것 같습니다. 그런 의미에서 저는 신경림의 시가 꼭 그 시의 소재가 된 사람들에게만 자기 것으로 느껴지는 것이 아니고 예컨대 김수영 씨에게 특히 친화감을 느끼는 독자라든가 그런 사람에게도 바로 그 사람의 시로서 읽힐 수 있다고 봅니다. 그래서 이 시를 가지고 '우리'라는 말을 적용할 수 있는 사람들이 적어도 잠재적으로 상당히 많다고 느끼는 것입니다.

물론 이런 면은 있지요. 우리 일상생활이 그런 세계하고 괴리가 있고, 또 단순히 거리가 먼 것뿐 아니라 사회의 여러 가지 풍조나 경향이 『농무』의 세계 같은 것은 아예 남의 문제다 하는 식으로 생각하는 사고방식을 조장하는 면이 강하기 때문에, 이런 작품이 나타나서는 그런 경향, 그런 사고 방식에 대해서 어떤 제동 작용을 가하는 것이 사실입니다. 이런 의미에서, 즉 우리 사회나 문단에서 상당히 강력하게 작용하고 있는 흐름을 좀 바꾸도록 힘을 가한다는 의미에서, 어떤 독자에게는 약간의 강제성 같은 효과를 발휘할는지 모르겠습니다마는, 그런 강제성이라면 좋은 의미의 강제성이고……

　김종길　그 강제성이 반드시 나쁘다고 하지는 않더라도 느낌으로는 그 비슷한 카테고리에 넣을 수 있다는 말입니다. 김수영 씨 같은 것은 우리가 읽고서 그대로 직접 공감할 수 있는 시지만, 그렇다고 해서 거기에 '우리'라는 관념이 전연 없다는 것은 아니거든요. 그리고 도대체 문학의 경우, 우리가 대하는 것은 어떤 특정한 인물, 특정한 상황, 특정한 사건이지만, 그것은 결국 보편성이나 일반성을 갖는 것이고, 보편성이나 일반성의 밑바닥에는 '우리'라는 것이 잠재적으로 작용하고 있거든요. 그런 밑바닥의 '우리'라는 관념이 이런 시에서는 전면에 튀어나온단 말입니다. 그래서 이런 시는 자기 안방이나 자기 공부방에서 혼자 읽는 경우에도 우리를 광장이나 가설무대 같은 데로 끌어내는 느낌을 준다는 말입니다.

시인과 민중 현실

　김우창　결국 같은 얘기일 것 같은데, 아까 제가 '우리' 문제를 제기한 것은 시인과 독자와의 관계를 염두에 두고 한 것입니다. 우선 선의의 관점에서 보아서, 모든 시인들이 다 독자를 원하고 있지만, 자기 나름으로 현실에 대한 감각에 차이가 있어서 어떤 사람은 많은 사람을 상대로 해서 쓸 수 있고, 어떤 사람은 독자가 없이 자기만 쓰게 되는 것이 아닌가 합니다. 말하자면 의지적이라고 하기보다는, 대부분의 사람들은 독자를 원하는데도 무엇인가 생각하는 방향이 좀 부정확하다든지 여러 가지 외부적인 요건이 있어서, 독자가 많기도 하고 적기도 하고, 또 어렵기도 하고 쉽기도 한 시가 구분된다고 볼 수 있겠지요. 그런 전제 아래에서 출발하면, 시인이라는 것은 '우리'를 인식하고 쓰든, 아니면 '나'만을 인식하고 쓰든, 자기에게 절실해야 되니까, 또 읽는 사람은 정말 그렇다고 무릎을 칠 수 있어야 하니까, 그런 경우 매우 좁아진 관점으로부터 출발해서 어떻게 넓은 세계로 나가느냐 하는 것은 고민점이 많은 문제일 것 같아요. 더 넓은 사회를 대표하고 있는 것이 대중이라면, 실지 쓰고 있는 사람은 그 사람들 사이의 일부가 아닌 경우가 많겠지요. 물론 다 그렇다는 것은 아니지만, 우리나라의 경우 시를 쓰고 글을 읽고 문학을 논할 정도가 되려면 이미 대학도 다니고 외국어줄이나 읽고 하여 대중에서부터 상당히 분리되어 나온 사람이 되는데, 이 사람이 어떻게 해서 저쪽에 있는 경험을 절실하게 쓰느냐 하는 것은 어려운 문제일 것입니다. 왜냐하면 자기 경험으로 진실한 것을 쓰면서 동시에 많은 사람들에게 진실을 쓰지 않으면 시가 안 된다고 할 때, 자기 경험과 많은 사람들의 경험 사이에 초점이 안 맞는 경우가 많지 않겠습니까? 자의적인 것이 아니라 정말 안으로부터의 경험을 어떻게 절실하게 묘사하느냐 하는 것이 문제가 되지 않을까 하는 말입니다. 말하자면 제가 말씀드리는 것은 이런 문제가 신경림의 시에서 완전히 해소된 것은 아니지 않는가 하는 것이지요.

　백낙청　김 선생께서 제기하시는 문제야말로 오늘 우리가 여기서 한국 시단에 관해서 논의해야 할 가장 핵심적인 문제가 아닌가 생각하는데요. 다시 말하면 실지로 우리나라에서는 민중을 구성하고 있는 사람들은 대부분 너무 가난하다거니 또는 훈련을 거치지 못해서 시를 쓰거나 읽는 일과는 별 상관없이 사는 형편이고, 반면에 어떤 사람이 시를 읽는다든지 시를 쓴다든지 할 때 그 사람은 이미 확률적으로 민중과 분리된 생활을 하고 있기가 쉽습니다. 이런 경우 어떻게 시를 쓰는 사람이 자기가 시인으로서 개인으로서 절실한 것을 표현하면서 동시에 실지로 시와는 거리가 먼 생활을 하고 있는 대다수 민중의 실감을 표현하느냐 하는 문제가 생깁니다. 거기에 대해서는 어떤 간단한 대답이 있을 수가 없겠지요. 그러나 상황이 이러니까 민중적인 시인이란 도대체 못 나온다고 말하기 전에, 이렇게 한번 바꾸어서 생각해 볼 필요가 있을 것 같습니다. 즉 실지로 시를 쓰고 읽고 하면 이미 그 사람은 무식하고 가난하고 시를 모르는 대중은 아니니까, 그 사실만으로 그는 도저히 가난한 민중과 연대 의식을 갖고 공통된 실감을 표현할 수 없음이 분명하다고 말하는 것이야말로 일종의 기계적인 결정론이 되는 것 아니겠습니까? 어렵기는 하지만 그런 일이 가능은 하고 그런 어려운 일을 하니까 그 사람이 시인 대접을 받는 것이고…….

김우창 물론 책을 읽는다는 것은 서로의 경험을 나누어 가질 수 있다는 전제로서 책을 읽게 되기 때문에, 시인이 민중의 경험을 어떻게 실감 있게 표현하는가 하는 것은 작가가 위대할수록 가능하고 작가가 위대하지 못하면 불가능하다고 할 수 있겠습니다. 시를 단순한 르포르타주로 해결할 수는 없다는 얘기입니다. 가령 신문 기자가 수해 지역에 가서 기사를 만들어 오는 것하고 시인이 수해 지구 재민(災民)의 얘기를 시의 소재로 하는 것하고는 상당히 거리가 멀다는 것 같은 얘기지요.

백낙청 그러니까 결국은 신경림의 경우도 르포르타주적인 경우도 많은데, 만족스러운 답변을 못한다는 얘기입니까?

김우창 기능적으로는 인정을 하겠어요. 더구나 그것이 지금 우리 시단에서 또는 우리가 처해 있는 위치에서 중요한 기능적인 기여를 한다고는 말할 수 있겠어요. 물론 시인이라는 것은 대중적일수록 좋고 대중뿐 아니라 일반적으로 만인이 공감할 수 있는 경우면 더 좋겠지요. 따지고 보면 사회가 다 좋아야 만인이 공감할 수 있는 시가 가능하겠지만, 시인이라는 것은 자기가 경험할 수 있는 세계를 그려야 될 것 아닙니까? 오늘날 시인이라면 여러 가지 사회적인 요인으로 민중과는 분리된 지위에서 시를 쓰는데, 그 문제가 쉽게 해결된 것은 아니다, 이런 것입니다.

백낙청 저 자신 신경림의 시집을 가지고 완전한 해결이라든가 위대한 성과라든가 하는 용어는 쓸 생각이 없습니다. 그러나 지금 르포르타주라는 말을 쓰셨으니까, 저 나름으로 몇 마디 덧붙여 볼까 합니다. 르포르타주도 르포르타주 나름이겠습니다만, 시가 르포르타주 같다고 할 때는 대개 시로서 미흡하다는 얘기가 되지요. 자기가 정말 체험한 것이 아니고 신문기자가 가서 잠깐 보면서 취재한 것과 같다든가…….

김우창 꼭 체험해야 할 필요가 있다는 얘기는 아니고 작품 쓸 수 있는 범위라는 것이…….

백낙청 물론입니다. 저도 시가 우리에게 주는 인상이나 효과를 가지고 얘기하는 것이고, 실지로 신경림이라는 사람이 이것을 체험했느냐 안 했느냐 하는 것은 별개 문제지요. 예를 들어 「눈길」이라는 시를 보면 신경림이라는 사람이 실지로 아편 장사를 해 보았는지는 모르겠지만, 아편 장사를 해 본 사람만이 쓸 수 있을 법한 강렬한 인상과 실감이 있습니다. 그런 의미에서 저는 르포르타주라는 말이 방관자의 입장에서 쓴 기사를 시사하는 한, 적합한 단어가 못 된다고 봅니다.

또 한 가지는, 시를 두고 르포르타주 같다고 얘기할 때에는 그것이 어떤 세계를 너무나 평면적이고 피상적으로 그리고 있다는 의미를 갖기가 쉽습니다. 또 신경림의 시집에 대해 그런 식의 비판이 이미 나온 것으로 알고 있습니다. 신경림 씨가 흔히 있는 풍경들을 별 깊이 없이 그려 놓았을 따름이라는 인상을 사실 우리가 그의 시에서 받기가 쉽게 되어 있지요. 그의 시가 너무 선명하기 때문에 우리가 속아 넘어가기 쉬운 일면이 있는 것 같습니다. 신경림 씨가 일단 써 놓으면 모든 것이 선명하게 정리되어 버려서 차라리 별것 아닌 것 같은 인상마저 주는데, 체호프나 헤밍웨이 같은 이들이 단편을 써 놓았을 때도 우리는 흔히 그런 인상을 받곤 합니다. 아무도 그게 작품거리가 되리라는 생각도 잘 못하던 것을 그 사람이 써 놓고 나면 누구나 쓸 것 같은 생각이 들지요. 그렇다고 그 이후에도 누구나 써지느냐 하면 물론 그런 것도 아니고요. 더구나 신경림 씨가 그리는 세계를 자세히 따져 보면 결코 평면적이라고 할 수 없는 점들이 곧 드러납니다.

첫째로 거기에는 아무렇지 않게 지나칠 수도 있는 이야기 속에 숨은 사연들이 참 많습니다. 숨은 사연이라는 것도 인생 도처에 숨은 사연이라는 게 없는 데가 없는 것이니까, 이래도 좋고 저래도 좋은 그런 사연이 아니고, 어떤 구체적인 역사적인 의미를 가진 숨은 사연이 발견됩니다. 예를 들어서 「친구」라는 시를 보면 친구의 장인뻘되는 사람이 몰매를 맞아 죽은 사람이라는 얘기가 얼핏 나오는데, 이렇게 우리가 일제 시대부터 8·15 이후의 격동기를 거치면서, 또 6·25 같은 것을 겪으면서 우리 민족의 대부분이 자기가 직접, 아니면 한 다리 건너서 겪었고, 단순히 겪었을 뿐만 아니라 지금 시인이 이런 식으로 다시 캐내 주지 않으면 자꾸 숨겨지고 있는 그런 사연에다 초점을 맞추어 새로 캐내고 있는 것입니다. 즉 시골 풍경의 묘사도 그냥 피상적인 표면적인 보도가 아니고 역사적인 깊이를 가졌다는 것입니다. 그리고 과거를 향해서 그런 깊이가 있듯이 미래를 향해서도, 평면적인 것 같은 묘사에 항상 어떤 심도가 있다고 저는 보는데, 그것은 물론 우리가 어떤 미래를 바라고 그 미래가 어떻게 도래할 수 있을까 하는 데 대해서 각자가 가진 생각에 따라 달라지는 문제이기는 합니다만, 신경림 씨가 얘기하는 "피맺힌 분노와 맹세"라든가 거듭 표현되는 희망과 결의, 또는 절망에서도 항상 현실을 현재의 선에서 끊어서 보지 않고 미래의 어떤 비전을 암시하는 측면이 있는 것 같습니다.

경험과 의식의 관계

김종길 제가 아까 직접적인 호소력이 무디다든가, 작위성이라든가 허구성이라든가 하는 말을 사용했습니다마는, 왜 그러면 신경림 씨의 시가 그렇게 되었을까를 생각해 보면, 저로서는 이렇게 추측이 돼요. 작위성이나 허구성이 강하다는 것은 시인에 있어서는 의식이 강하다는 것과 실지에 있어서는 같은 것이 될 수 있어요. 그리고 신경림의 경우 그 의식은 어떤 이론에 대한 자의식을 포함하는 것 같아요. 설사 그런 것이 있더라도 이런 것은 될 수 있는 대로 뒤로 돌려서, 그런 것을 거의 의식하지 않으면서도 시인으로서 자기 자신이 정말 경험했다거나 느꼈다거나 하는 데서 출발했을 때 서정시에는 직접적인 호소력이 생길 것 같아요.

백낙청 김 선생의 호소력이 둔화된다는 말씀은 서정적인 호소력의 둔화를 얘기하시는 것 같은데, 저는 신경림의 시가 가지고 있는 호소력의 특성을 바로 서정적인 한계를 넘어서 리얼리스틱한, 어떤 단편 소설가가 씀직한 그런 경지로까지 들어갔다는 점에서 찾고 있어요.

김우창 저는 서정시가 아닌 바로 그 점이 흠집이 아닌가 하는데요. 좀 더 서정적인 어필을 갖기 위해서는, 말하자면 말하는 자기가 누구라는 것도 알 수 있는 경우 서정적인 톤을 띠게 되지 않을까요? 얘기하는 사람들이 자기를 객관화함으로써 박진성이라는 것이 상당히 없어져 버리고 만다, 극단적인 예로 서정성이 강화되면 오히려 어필한다는 것이지요.

백낙청 김 선생님은 어떤 가정을 하고 계신 것 같군요. 넥타이 맨 시인이 무슨 민중의 시인이냐, 민중의 삶을 노래하면서 민중의 일부가 아닌 넥타이 맨 시인이 갖는 자의식, 소시민의 고뇌 같은 것도 좀 집어넣어야 더 실감이 나지 않느냐, 이런 이야기신 것 같습니다. 사실은 『농무』에도 군데군데 소지식인의 한이라 할까 고뇌 같은 것이 담긴 시들이 보여요. 그러나 일반적으로 넥타이 맨 시인을 의식 못할 때가 많은 것은 이 시인의 약점이 아니라 강점이라 보아야지요. 작자가 일종의 위선 행위로서 자신을 작품에서 빼 버렸을 때는 우리가 작자를 의식 못 하는 것이 아니라 오히려 더 의식을 하게 마련입니다. 사실 우리가, 시인이 넥타이를 매고 사는 이상 어떠어떠한 투의 시밖에 못 쓴다라는 선입견을 떠나서 본다면, 『농무』에 나오는 작품 중 이건 일부러 자기를 감추고 쓰지 않고서는 못 쓰는 시다라는 느낌이 드는 시는 별로 없다고 봅니다. 오히려 작자를 의식한다면, 요즈음 시인 중에서 이런 시를 쓰는 사람도 있구나 하는 찬탄감에 가까운 쪽이지요.

김종길 아까 얘기의 연장인데, 이 시를 읽으면 '나'라는 말이 상당히 많이 나오면서도 시인 자신은 별로 느낄 수가 없어요. 이것은 엘리엇의 초기 시 같은 것에 있어서도 마찬가지입니다만, 이 점도 신경림의 시의 특성을 생각할 때 어떤 시사를 던지는 걸로 보여요. 그러나 이것은 현재 우리 시단에서 비단 신경림 씨뿐만 아니라 그와는 대조적인 시를 쓰는 시인들에게도 볼 수 있는 현상이지요.

신경림의 시 같은 종류와는 대조적인 시를 쓰는 사람들의 시를 읽어 보면, 아직도 난해성 자체에 가치가 있는 것처럼 생각하는 그런 시인들도 있고, 난해성과 관계 없이 읽어서 대단히 알기 쉬운 말로 뻔한 시를 쓰는 사람들도 있는데, 그런 두 종류의 시 가운데서 읽어서 진짜 시다라는 느낌을 주는 경우가 매우 드물다 말이에요. 그런 시인들은 뭐라 할까 신경림과는 달리 '우리' 의식 같은 것이 별로 없이 개인의 세계를 쓴다는 말인데, 그런 의미에서 그것은 폐쇄적이지요. 폐쇄적인 시라도 그것 나름대로의 호소력을 가질 수도 있는데, 그것이 좀체로 없단 말입니다. 그래서 그것을 타개하는 방도로 현실에 사는 사람으로서의 잡다한 경험을 통합하고, 그것에 의미를 부여하는 작업을 착실하게 할 필요가 있다고 생각합니다. 그 의미란 어떤 새로운 것이어야겠고, 뚜렷해야겠고, 박진력이 있어야겠어요. 그러나 사실 경험의 통합이라든가 이런 의미의 발견이 실지로 쉬운 일은 아니거든요. 나는 신경림의 시를 읽고 의식적이다, 이론적이다, 어떤 의미에서는 계획적이다고 느끼지만, 그러나 그것대로 새로운 데가 있어요. 이런 것이 하나의 시적인 타개책을 암시할 수도 있어요. 어떻든 일반적으로 말하면 우리 시는 좀 더 굳건한 경험적인 것이어야 할 것 같아요.

백낙청 지금 우리 시단에서 신경림 씨와 가장 대조적인 시를 쓰면서도 그 나름으로는 훌륭한 시를 쓰고 있는 이를 들라고 한다면 저는 김현승 씨 같은 분을 들겠습니다. 그분의 시집 제목으로서의 '견고한 고독'이라든가 '절대 고독'이라는 말들이 시사하듯이, 김현승 씨는 자기의 굉장히 좁은 세계를 지키면서 그 좁은 세계에서의 자기 실감을 얘기하고 있습니다. 그것이 메마른 세계라는 것도 알고, 할 말이 그리 많지 않은 세계라는 것도 압니다. 심지어는 「신년송(新年頌)」인가 하는 짧은 시에서는 백 마디 하던 말을 열 마디로 줄이고 다시 한 마디로 줄여 종국에는 "내 언어의 과부가 되고저" 한다는 일종의 포부까지 토론하고 있지요. 하여간 좁은 세계나마 거기에 투철해서 그것을 정밀하게 시로 얘기하고 있다는 점에서 저는 확실히 김현승 씨의 시는 그것대로 평가해야 한다고 믿습니다. 그러나 가짜 시를 대할 때의 답답함하고는 다른 답답함을 이분의 시 세계에서 느끼지 않을 수가 없는 것도 사실입니다. 그런 의미에서는 김 선생께서 말씀하신 풍부한 경험을 살려서 폭넓은 시를 쓰기로는 김광섭(金珖燮) 씨 같은 분이 더 우리의 답답증을 풀어 주는 면이 있는 듯합니다.

김종길 지금 노경(老境)에 든 선배 시인들을 말씀하셨는데, 그분들은 지금 주목할 만한 지속력을 보이고 있고 업적을 내고 있어요. 제 개인으로 볼 때 그 두 분의 시는 사실은 기교적으로 서투른 데가 있는 시인들인데, 김광섭 씨의 경우 말년에 와서 건강이 매우 좋지 않고 생활이 적어도 안락한 것은 아니거든요. 그런 병고 속에서 오히려 그분이 젊었을 때 쓴 것보다도 더 주목할 만한 시를 쓸 수 있다는 것은 한편으로는 그분 개인적인 현실이 그러한 시적인 탈출을 제공한 것이 아닌가 싶어요. 김수영의 경우도 자기대로는 생(生)을 철저하게 산 사람인데, 말하자면 자기 자신을 내던지는 그런 생활인으로서의 용기라고 할까, 이런 것이 있었기 때문에 좋은 시를 쓸 수 있었던 것 같아요. 천상병(千祥炳) 씨의 경우도 비슷하죠. 그러나 김현승 씨의 경우는 성격상 상당히 고독한 분이지요. 그분의 생활 자체는 김광섭 씨나 천상병 씨의 그것과는 다르지만 성격상 꽤 철저한 분이기 때문에 지속력이 생기는 것 같아요. 다만, 글쎄요, 주목할 만한 활동을 하고는 있지만 그분들의 시가 시단의 답답증을 완전히 풀어 줄 수 있느냐 하는 데 대해서는 상당히 의문도 없지 않은 것 같아요.

백낙청 제가 김현승 씨 얘기를 한 것은 그분의 시에서 시단의 답답증이 풀린다는 얘기가 아니고 오히려 정반대 얘기를 강조하기 위해서 한 얘기입니다. 다만 제가 신경림 씨 시 같은 것을 높이 평가할 때 아주 대조적인 시작 태도를 전면 부인하는 것이 아니고, 인정을 하면서도 역시 거기서는 답답증이 난다는 말이죠. 그것이 메마르고 답답한 세계라는 것을 시인 자신이 인정하고, 그것을 성실히 다듬어진 언어로 얘기하고 있으니까 가짜 시라고는 할 수 없는 반면, 그런 좁은 세계만 자꾸 얘기하는 데 대한 답답증을 우리가 느끼는 것입니다.

김종길 좀 개방할 필요가 있다, 개방이라는 것도 몇 가지 내용을 가질 것 같은데, 현실에 대해서 좀 개방적일 것, 혹은 자기 자신의 경험의 전부, 잡다한 경험 전부에 대해서 좀 개방적일 것, 그리고 언어에 대해서 좀 개방적일 필요가 있을는지도 모르지요.

시인과 언어와 현실

백낙청 언어에 대한 얘기가 나왔으니까 말입니다만, 원래 시인의 사명 중의 하나가 자기 모국어를 순화하고 정화하고 개발하는 것이라고들 흔히 말합니다. 그런 관점에서 볼 때 적어도 지난 수십 년간 우리 시단의 많은 시인들이 그와 정반대되는 기능을 상당히 해 온 것 같습니다. 물론 우리가 잘 안 쓰는 말 같은 것을 많이 소개하고 해서, 다른 분야에서 서양 문물을 들여와 전파한 것과 비슷한 역할은 많이 했지요. 동시에 이런 작업이, 다른 분야에서도 비슷한 일이 일어났습니다만, 우리 모국어에 대한 조직적인 파괴 행위를 자행했다고 해도 과언이 아닐 것입니다. 물론 거기에 예외가 있습니다마는. 예컨대 우리가 서정주 씨 같은 시인의 많은 작품이나 그분의 시에 대한 생각 같은 것에 대해 많은 비판을 하면서도 역시 어떤 평가를 하는 것은 우리의 모국어를 이런 와중에서 지키고 다듬어왔다는 업적을 인정하기 때문입니다. 그러나 서정주 씨의 경우에도 그가 지켜 온 모국어, 주로 그의 토속어라는 것이 어떻게 보면 특수 계층에만 어필하는 토속어라고 볼 수 있지요. 그리고 복고적인 경향이 내재하는 말들을 주로 개발해 왔는데, 이렇게 토산물을 일부러 관광객 앞에 제시하는 식의 모국어 개발이란 반드시 좋은 일만도 아니고, 이에 비한다면 우리 현실에서 순탄하게 쓰이는 말을 신경림 씨가 그대로 쓰면서 그것을 밀도 있는 시어로 만들어 냈다는 것은 차원이 다른 업적으로 높이 평가해야지요. 그리고 그런 방향으로 더 많은 모색이 있어야겠다고 생각합니다.

김우창 시인이 언어를 지킨다는 것은 토속어와는 직접적인 관계가 없는 것 같아요. 시인이 언어를 지킨다는 것은 간단히 얘기해서 이름을 바르게 지키는 것과 다르지 않은 것 같습니다. 그러니까 사실과 언어 사이에 일정한 밀착된 긴장 관계를 유지하는 것이 시인이 언어를 지키는 것이지, 빌음

하기가 좋은 말을 사용한다든지 한문자(漢文字)를 안 쓴다든지 하는 것과 직접적인 관계는 없다고 하겠습니다. 따라서 한국말이 우리 경험과 진짜 깊이 있게 밀착된 관계가 있다는 의미에서 토속어라는 것이 중요시되어야 하겠지만, 그러나 그 자체가 중요한 것은 아니겠지요. 가령 외래어 같은 것이 좋지 못한 효과를 가져오는 것은 외래어이기 때문이 아니라 우리가 경험하는 세계와 먼, 사실과 유리된 것이기 때문에 그런 것일 것입니다.

그런데 또 다른 한 가지, 시인이 의지력에 의해서 한 말이 갖는 의미와 말이 지칭하는 의미체와를 늘 밀착시키면서 이것을 유지하는 것은 불가능한 것 같습니다. 그것은 구체적으로 우리가 경험으로 확인할 수 있는 세계에서 살아야 가능한데, 우리가 사는 세계가 경험적으로 확인할 수 있는 세계가 아닌 게 되어 버리는 것이 오늘날의 실정입니다. 가령 정치 용어에 대하여 실감이 안 나는 경우라면, 그것이 우리가 경험하는 세계하고 관계가 없는 말처럼 되어 버렸기 때문일 텐데 결국 문제는 시인이 사회의 경험에 철저하다면 이것이 곧 언어를 지키는 방법이 아닐까요? 그러니까 시의 언어를 제한되게 썼다는 것은 시인들의 잘못이라고 할 수도 있겠지요. 새로운 경험을 우리가 인정할 수 있는 것으로 옮겨 놓는 것이 시인들의 역할이라 볼 때에, 우리 시인이 그러한 역할에 충실했었다고 말할 수 있을는지 의문입니다. 지금 어떻게 보면 시어라는 것이 우리의 중요한 사회적인 경험의 말과 완전히 분리가 되어 있다고 하겠는데, 이것은 우리가 인격분열이 되어 있다는 증거라고 할 수 있어요. 시인들이 충분한 노력을 안 하고 있다는 얘기도 되겠고, 우리에게 현대적 체험을 다룰 수 있게 하는 유산이 없다는 얘기도 되겠지요.

백낙청 그렇지요. 시인이 국어를 지킨다는 것은 결코 좁은 의미의 토속어를 지키는 것이 아님은 물론, 단순히 우리에게 익숙한 말을 주로 쓴다는 것만도 아닙니다. 그러나 어떤 특수한 전문 지식을 가졌다거나 전문적인 경험을 갖지 않고도 서로 이해할 수 있는 언어, 여러 사람이 공유하고 있는 언어에 대해서 현재의 역사적 상황이 어떤 조직적인 파괴 작용을 가하고 있다는 가정이 사실이라면, 거창한 철학적인 이야기에까지 갈 것 없이 그냥 순한 우리말로 시를 써서 그것을 읽히게 만든다는 자체가 상당한 역사적인 공헌을 하는 것이고 모국어 순화의 이름에 값하는 것이 되리라 믿습니다. 그리고 이러한 시를 쓴다는 것이 시인의 의지만 가지고는 절대로 되는 것이 아니고, 김 선생 말씀대로 시인의 절실한 경험을 토대로 해가지고 그 경험을 남과 나누어 가질 수 있어야 하는 만큼, 단순한 언어 구사의 문제가 아닐 것은 확실합니다. 토속어에만 치중하는 것은 저도 건전한 태도가 못 된다고 봅니다. 근본적으로 그것은 우리가 과거의 민중 현실은 인정하지만 현재의 그것은 인정 못 하겠다는 그런 태도의 소산이지요. 그런 점에서 김수영 씨라든가 신경림 씨도 그렇고, 그런 토속어의 테두리 안에 머물고 있지 않는 시인들에게 더 큰 기대를 걸어 볼 만하겠지요.

김종길 더러 시를 쓴답시고 써 보는 사람은 언어라는 것이 만만찮은 저항력을 가지고 있다는 것을 뼈저리게 실감하지요. 그런데 비교적 만만한 것이 사실은 토속어 같은 것이거든요.

김우창 말과 사회와는 어떤 함수 관계에 있습니다. 말하자면 사회의 언어와 시의 언어를 부단히 가깝게 만드는 것이 시인의 작업이라 할 수 있는데, 우리가 실지 살고 있는 세계의 진실이 무엇이냐를 시인이 파악하는 것과 언어를 정확하게 사용하는 것과는 병행하는 것이라 할 것입니다.

백낙청 그러나 또 실지로 시어의 가능성을 높여 준 업적이 나올 때 보면 업적 중의 일부는 항상 토속어에 대한 새로운 감각 같은 것을 가지고 현대어의 일부로서 포용하고 있지요. 김수영 씨 같은 분의 언어는 토속어와 거리가 먼 것 같지만, 실지로 요소요소에 토속어를 쓰기도 하고 시에 잘 안 쓰이는 비속한 말들도 그럴 듯하게 잘 집어넣어서 소화하는 경향이 있지요. 또 아까 말한, 최근 몇 년 사이에 한국 시어의 여러 가지 새로운 가능성을 열어 준 시인들로서 신경림 외에 조태일, 김지하 등을 들었습니다만, 이들의 작품에서도 토속어가 상당한 비중을 차지하는 것이 사실입니다.

김우창 토속적인 기반이 없는 언어라는 것도 사실은 허무맹랑한 것이니까, 결국은 토속어 그것을 쓰지 말자는 것이 아니고, 그것을 현재 경험에 의해서 재생시켜야 한다는 말입니다. 옛날로 돌아가는 것이 아니라 토속의 소리가 우리 민족의 생활 기저로서 현대 사회에서 재생이 되어야 된다는 말입니다. 이에는 상당히 복잡한 작업이 수반되어야 할 것입니다.

아까 김현승 씨 시의 세계가 답답하고, 그것이 그럴싸하면서도 답답하다고 하셨는데, 그것이 대부분의 사람들의 세계 아니겠어요? 그러니까 김현승 씨의 시가 증언하는 세계라는 것은 모든 것이 내가 가까이 느낄 수 없는 것이고, 모든 것이 부재하고, 없고, 메말라 버리고, 그렇기 때문에 믿을 것이라는 것은 메말랐다는 것을 인정하는 역설적인 자기 주장밖에 없다, 세상에 내가 가까이할 수 있는 것이 없다는 세계이겠는데, 그것은 사실은 오늘을 사는 많은 사람들의 경험일 것 같아요. 따라서 거기에서 신경림 씨가 얘기하는 '우리'의 세계로 연결되어 나가는 방도가 있다면 크게 바람직한 일이겠는데, 그런 무슨 방도는 없을까요? 말하자면 김현승 씨가 그리고 있는 경험 세계, 막막한, 주로 겨울 얘기의 세계가 많은 사람들의 세계라고 한다면, 그 세계가 의미를 갖는 것은 다른 사람들의 세계에 그와 같은 것이 있기 때문에 의미를 갖는 것입니다. 따라서 한국 시인들이 하여야 하는 중요한 문제 중의 하나는 어떻게 해서 자기 고독만이 확인되는 세계에서 '우리'의 세계로까지 옮겨 가느냐 하는 것이 된다고 생각되는데요…….

백낙청 하지만 이것도 현실의 일부이고 저것도 현실의 일부이다 하는 정도로 대등하게 평가할 수는 없을 것 같은데요. 우선 한 가지만 들더라도 김현승 씨의 고독한 세계를 고집한다면 신경림 씨의 추구하는 그런 세계로의 발전이라는 것이 있기가 힘들다고 보겠습니다. 그 반면에 우리가 우리의 세계를 신경림 씨가 추구하는 방향으로 넓혀 간다고 한다면, 김현승 씨 같은 분의 특수한 세계를 어떻게 포용하느냐 하는 문제가 굉장히 어렵고 미묘한 문제로 대두하기는 합니다만, 애초부터 그런 포용의 가능성을 배제하고 나가는 것은 아닌 셈이지요.

김종길 '나'에게서 '우리'에게로 옮겨 가는 '나'란, 단순한 유추로 얘기한다면, 폐쇄된 세계에서 '우리'라는 개방된 세계로, 폐쇄된 세계에서 그 껍질을 깨고 개방된 세계로 살금살금 기어 나와야 되겠다는 얘기겠는데, 이렇게 끝내고 보면 좀 우습겠습니다만, 어때요, 더 하실 말씀 있으세요?

김우창 신경림 씨의 시에 관한 얘기가 너무 많아진 것 같습니다만, 그와 연결시켜서 대개 얘기될 것은 거의 된 것 같아요.

김종길 그럼 여기서 그치죠. 오랫동안 감사합니다.

어떻게 할 것인가

민족·세계·문학

백낙청

유종호

김우창

1976년《세계의 문학》가을호

종합화와 의식화

유종호 호우를 무릅쓰고 이렇게 참석해 주셔서 감사합니다.《세계의 문학》창간을 기념해서 마련된 이 자리에서 기탄없고 솔직한 의견 교환이 있으시길 바랍니다. 움직이는 세계니 변화하는 인간이니 해서 인간과 현실의 유동성과 가변성을 우리가 늘 입에 올리지만 변화하는 부분도 있고 변화하지 않는 부분도 있는 것 아니겠어요? 이 변화하지 않는 연속성이 이를테면 사람과 사물의 인지를 가능케 하는 동일성의 기반이 되어 주는 것이고, 사람이 나날이 변모하고 탈피하는 것이 아닌 이상 이왕에 의견 발표하셨던 것과 설혹 중복되는 것이 있더라도 그 점에 너무 구애받지 마시고 활발한 의견 개진이 있으시면 합니다.《세계의 문학》창간에 있어 많은 기여가 있으신 것으로 알고 있는 김 선생께서 이 새로운 계간지가 갖게 될 성격이라든가 지향점이라든가 하는 것을 독자들을 위해 말씀해 보시는 것이 어떻는지요?

김우창 잡지도 그렇고 무슨 일이 새로 시작되면, 그것이 혼자만 하는 일이 아닌 이상, 도대체 무엇 때문에 그 일을 벌이느냐 하는 것에 대한 해명이 있어 마땅하겠지요. 그러나 사람 사는 일이 꼭 취지를 세워가지고 하게 되는 것만이 아닌 경우가 많겠는데, 사실 이《세계의 문학》도 가령, 분명한 취지를 가지고 경영하고 있는《창작과비평》과 같이 분명한 의도를 가지고 기획되었다고 할 수는 없지요. 하여튼 첫 이니셔티브는 민음사에서 왔고 잡지를 하자 하니까 취지가 뒤따른 셈이라고 할 수 있을 것입니다. 원래 취지 가지고 세상에 태어나는 인생은 아니니까…… 그러나 한마디 한다면, 잡지는 밥을 먹는다든지 하는 것과는 달라서 꼭 필요한 일이 아니라고 해야 하는 만큼, 분명하게 납득될 수 있는 의의가 없다며는 구태여 하지 않는 것이 마땅할 것입니다. 그러니까 잡지가 나온다는 데 의미가 있는 것이 아니라 제대로 나온다는 데에 의미가 있는 것이겠지요.《세계의 문학》도 이왕에 시작되었으니 우리로 하여금 보다 분명하게 스스로와 세계를 인식하게 하는 일에 기여함으로써 스스로의 존재를 정당화하여야 한다고 생각합니다. 그렇지 않다면 그만두어야지요.

유종호 사람 사는 일에 있어서 목표나 지향이 없을 수 없지만 뚜렷한 목적의식이나 선명한 기치만으로 살아가는 것은 아니겠지요. 마찬가지로 계간지의 성격 같은 것도 성장하고 커 가는 사이에 어떤 개성이랄까 특성이랄까를 얻어 가는 것이지 처음부터 그 형태가 꼭 잡혀 있는 것은 도리어 예외가 아닐는지요? 다만 이미《창작과비평》과 같은 개성적인 계간지가 훌륭히 발전해 가고 있는 이상, 새로 나오는 계간지가 자기 나름의 개성을 가지고 우리 문화에 기여해야 하지 않겠느냐는 점은 생각할 수가 있겠습니다. 이질적인 문화와의 충돌 속에서 하나의 문화가 늘 풍요해졌다는 점에서 하나의 가정으로서, 또 출발점으로서 저는 이런 것도 생각해 볼 필요가 있지 않나 합니다. 마침 이름이《세계의 문학》이래서가 아니라 외국 문학의 연구나 이해가 그대로 우리 문학의 연구와 이해로 이어지는 어떤 행복한 계기를 지향할 수는 있지 않느냐는 점입니다. 르네 웰렉이 하나의 이상적인 상태로 문학 연구를 설정하고 있지요. 마치 철학의 경우에 영국 철학, 프랑스 철학이 아닌 '철학'을 연구하듯이 영문학이나 프랑스 문학이 아닌 '문학'을 연구해야 할 것이라는 거지요. 사실 어느 특수 민족사가 아닌 역사의 연구가 있듯이 말이죠. 물론 언어의 특수성이 문학의 경우엔 큰 장애로 되어 있고, 또 웰렉만 하더라도 유럽을 하나의 문화적 단위로 상정할 수 있는 우리와는 다른 입장이라는 점을 간과해서는 안 되겠지만요. 어떻게 생각하면 늘 들어오던 모호한 소리지만 전반적인 '문학' 연구나 이해의 가능성을 모색해 볼 수는 있겠지요. 아울러 문학의 이해가 그대로 인문 과학의 한 형태라는 자각 아래 보다 나은 사회와 보다 풍요한 문화를 건설하려는 우리들 공동의 노력 속에서 문학이 할 수 있는 기여를 모색해 보아야 할 것이 아닌가 생각합니다. 《창작과비평》을 직접 이끌어 오시면서 바야흐로 무르익고 있는 계간지 시대의 도래에 선도적 역할을 하신 백 선생께서 이 점 유익한 말씀이 있으실 것 같은데요?

백낙청 먼저 《세계의 문학》의 창간을 맞아 문단인의 한 사람으로서 또 동업지를 대표하는 사람으로서 충심으로 축하의 말씀을 드립니다. 그리고 특히 비슷한 일에 종사하고 있는 저를 창간 기념 좌담회에 불러 주신 것을 영광으로 생각하며 《세계의 문학》 측의 아량에 경의를 표합니다. 그러나 한편으로는 동업자로서 크게 도와드리지는 못할망정 신통찮은 얘기나 해서 창간호를 욕되게 하는 것이 아닌가 염려되기도 하고, 여러 가지 조심스러운 심정이기도 합니다. 이제 《세계의 문학》 발간 취지에 관해 하신 말씀을 듣건대 저희 《창작과비평》이나 또 하나의 계간지인 《문학과지성》에서 지향하고 있는 것과 크게 다르지는 않은 것 같습니다. 대원칙에 있어서는 말이지요. 제가 보기에는 지금 하신 말씀들을 문학이나 기타 지적 작업의 보편성을 신봉하는 일종의 보편주의라고 요약할 수가 있을 것 같은데, 문제는 이 보편성을 우리가 구체적으로 어떻게 파악하느냐 하는 점과, 이것을 당면한 현실 상황에서 어떻게 실천해 나가느냐 하는 점에서 서로간의 태도의 차이가 나타날 수는 있으리라고 생각합니다. 지금 말씀하셨듯이 《세계의 문학》이란 지명(誌名)대로 외국 문학의 연구·소개, 또 단순한 소개나 연구가 아니고 우리 문학을 세계 문학의 차원에서 생각하면서 소개하고 연구하고 평가하는 작업을 하시겠다는 것이겠지요. 이것은 저희《창작과비평》으로서도 전혀 외면해 온 것은 아니나 그런 쪽에서 스스로 상당히 부족하였다고 느껴 오던 터이라 반갑고 또 기대가 큽니다. 잡지를 해 나가는 데 수많은 난관이 있는 우리 현실에서 건전하고 유익하리라고 기대되는 계간지가 새로 나온다는 것은 정말 반가운 일이 아닐 수 없습니다.

　김우창　아까 말씀하신 대로 새 계간지가 나온다면 도대체 그것이 무얼 하는 잡지냐 하는 의문이 의당 일어날 수 있는 일이겠지요. 아까 다분히 주변적이고 일반적인 말씀을 드렸는데 좀 더 구체적으로는 이런 관점의 정위가 가능하겠지요.《세계의 문학》이라면 아까 유 선생께서 지적하신 것처럼 다분히 보편주의적 입장에 선 외국 및 우리 문학의 연구의 모색도 가능하겠지만 막연히 보편주의적 문학 연구라고 하는 것보다 훨씬 구체적인 내용을 생각해 볼 수도 있을 것 같습니다. 백 선생께서 어떻게 밀고 나가느냐가 문제라고 말씀하셨는데 그것도 그런 면에 대한 의문일 것 같습니다. 비근하게 얘기해 보면 우리나라의 많은 대학에 외국 문학과가 있으니까 이 외국 문학 연구를 종합화해서 한국 문화의 일부분으로서 기여할 수 있게 하는 매개체가 있어야겠다. 이런 것도《세계의 문학》의 한 존립 이유가 될 수 있을 것 같습니다. 실제 대학 같은 데서 외국 문학 특히 서양 문학과가 많은데 이 외국 문학과가 자연 발생적으로 한국 문화에 기여하겠지 하는 막연한 전제하에서 연구가 되고 있는 데 대해서 이런 것을 반성적·의식적으로 종합화해서 한국 문화나 한국 문학의 의미 있는 일부가 되도록 하는 것도 있을 수 있는 하나의 관점이 아닐까 합니다. 이렇게 무의식·무반성적으로 산만하게 놓여 있는 한국에 있어서의 외국 문학 연구를 종합화해서 한국 문화의 일부로 정립시킨다는 것 이외에 한국 문학, 혹은 한국 문학 자체를 보아도 우리가 그것을 좋게 보든 좋게 보지 않든 간에 소위 신문학(新文學) 혹은 신문화(新文化)라고 하는 것이 발전되어 온 역사적인 양상을 보면, 역시 외국 문학 내지는 외국 문화와의 상호 작용 가운데서 이루어진 게 사실인 것 같습니다. 그리고 이것은 대등한 위치에서의 상호 작용이라기보다는 절대적인 압력처럼 보이는 영향 하에서 이루어져 온 것이기 때문에, 또 현재에도 문학뿐만 아니라 우리 사회가 움직여 가고 있는 것이 외국과의 접촉, 영향, 또는 압력 아래서 이루어져 가고 있으니까 이런 것을 우리가 단순히 무반성적으로 받아들이기보다는 철저히 의식화해서 한국 문화 전체의 관점에서 이것이 무엇을 의미하는가를 생각하면서 오늘의 한국 문학과 내일의 한국 문학을 생각해 볼 필요가 있을 것 같습니다.

특히 중요한 것은 우리가 좋든 궂든 외국 문화의 중요성을 인정하면서도 외국 문화 혹은 외국 문학이 단편적으로 받아들여지기 때문에 실제 그것이 객관적으로 평가되고 또 우리 사회나 문화에서 제대로 작용하고 수용되고 혹은 거부되지를 못하고 무비판적으로 수용되거나 무비판적으로 거부되는 것 같은데, 이러한 무의식·무비판의 상황을 의식화하는 데 있어서 문화나 문학을 단편적으로 보는 것이 아니라 전체적으로 볼 수 있는 안목의 정립이 아닐까 합니다. 따라서 《세계의 문학》에서도 문학을 그저 문학으로 보는 것이 아니라 저 사람들의 역사적인 상황, 역사적인 문화라는 전체적 상황 속에서 파악하고 검토하는 일을 해야 하지 않을까 생각합니다. 그리고 이러한 파악·이해를 통해서 우리 문학에 매개되고 또 우리 문화 속에서 갖게 되는 의미를 탐구해야 할 것입니다. 한 가지 더 첨가해 본다면 아까 우리 신문학 속에서의 외국 문학의 영향이 컸다고 했는데 이런 경우의 외국 문학이란 대체로 유럽 문학, 더 나아가서는 대서양 양안의 대서양 문화권의 문학을 의미했습니다. 이렇게 우리에게 있어 외국 문학이나 세계 문학이 그 어느 지역보다도 대서양 양안의 문학에 대한 관심이었다는 것이 무엇을 의미하는가를 반성하고 검토하는 것도 소홀히 해서는 안 될 국면이겠지요. 다시 요약해 본다면《세계의 문학》이란 구미 편중에서 벗어나, 온 세계가 현재 나아가고 있는 전체적 상황 속의 세계 문학이어야 한다는 뜻이지요.

민족 문학과 세계 문학

유종호 아주 구체적으로 말씀해 주셨습니다. 그런데 모든 것이 혼자서 특정한 성격을 갖기보다는 다른 것과의 구체적인 관련 속에서 일정한 의미나 성격을 갖게 된다고 볼 수가 있겠지요. 그런 의미에서 새로 나오는 《세계의 문학》도 기존하는 다른 계간지나 잡지와의 상호 연관 속에서 일정한 성격을 갖게 되게 마련이라고 하겠습니다. 아까 대원칙이란 점에서는 가령《창작과비평》등과 크게 다를 바 없다고 하셨는데 사실《창작과비평》은 과거 10년간의 노력 속에서 이제는 움직일 수 없는 뚜렷한 성격을 갖게 되었는데 그것은 우리의 과거, 좀 더 구체적으로 얘기해서 실학의 연구 혹은 구비 문학이나 민속극의 연구와 같이, 외국 문학에 대한 관심보다는 우리의 문화유산의 새로운 발굴과 평가 쪽으로 노력을 경주해 온 것이 사실이겠습니다. 그래서 의식적인 것은 아니겠지만 자연 외국 것에 대해서 비교적 소홀해진 것이 아닌가, 소홀하다는 것이 어폐가 있다면 선택적 접근에 있어서 이렇다 할 비중을 두지 않은 것이 아닌가 생각됩니다. 이 점

외국 문학에 대해서 좀 더 개방적인 태도를 취하게 되면《세계의 문학》이 기존의 계간지와 상호 보충하는 성격을 갖게 될 것이 아닌가 생각됩니다.

백낙청 그러니까 단순히 역량이 모자라서 등한히 한 면이 있을 테고 다른 한편으로는 대원칙이 같더라도 그것을 해석하는 각도상의 차이를 지적하신 면도 있는 것 같습니다. 김 선생께서도 말씀하셨듯이 우리 문학이건 외국 문학이건 그것을 전체적인 상황 속에서 보아야 한다는 점에 저도 동감입니다. 저 자신으로서는 현재 우리가 외국 문학 혹은 세계 문학이라고 할 때 흔히 생각하는 구미의 문학, 지금 김 선생이 말씀하신 용어로 한다면, 대서양 문화권의 문학을 현재 서양 역사의 어떤 전체적인 상황 속에서 볼 때, 그것을 보는 우리의 시각을 민족 문학이라는 관점에서 잡는 것이 타당한 것이 아닌가 생각합니다.

흔히들 민족 문학 하면 세계 문학과 반대되는 개념으로 생각하기가 쉬운데, 저로서는 우리 문학을 우리의 전체적인 상황에서 볼 때도 그렇지만 외국 문학을 저들의 전체적인 상황 속에서 볼 때도 역시 한국이나 다른 이른바 후진국의 민족 문학이란 것이 특별한 세계사적인 의의를 갖는다고 봅니다. 그것을 바꾸어 말한다면 현대의 서구 문학이 그 나름으로 건강하고 튼튼한 성격을 가져서 우리가 능력이 닿는 한 그것을 배우고 흡수만 한다면 우리에게 보탬이 되는 그러한 성격이라기보다는, 그들 자신의 입장에서도 갖가지 문제점을 안고 있고 더구나 그들과 처지가 다른 후진국 사람들에게 도리어 해독이 되고 침략적인 성격을 띠는 그러한 문화 현상이라는 측면이 있다는 것입니다. 그러한 성격을 올바로 의식하면서 여기서 빚어지는 민족적 현실에 주체적으로 대응하는 자세를 지닌 민족 문학을 갖는다는 것은 소극적으로는 외부로부터의 불건전한 문화적 영향에 대한 방어요, 더 나아가서는 서구 내부에서도 문제점이 많은 문화 현상, 세계사적으로 보아 어떤 큰 장벽에 부닥쳐 있는 이 현상에 대한 보편타당한 어떤 돌파구를 마련하는 계기가 될 수 있으리라고 봅니다. 그런 생각에서 세계 문학의 차원에서도 민족 문학을 중시하게 되고 또 저희 잡지로서도 민족 문학 전통의 발굴과 민족 문학의 모든 문제에 치중해 온 면이 있겠습니다. 물론 한편으로는 단순한 역량의 부족으로 외국 문학에 더 힘을 기울이지 못한 것이 사실입니다만, 다른 한편 민족 문학을 올바로 파악하고 추진하는 것이 외국 문학을 그저 공부하고 소개하는 것보다 급선무라는 의식이 깔려 있었던 것입니다.

김우창 지금 말씀하신 것은 이왕의 다른 자리에서도 표명하신 것으로 생각되는데 그보다 자세히 해 주셨군요. 우리가 오늘 현재 상태에서 세계 주의나 보편주의를 지향할 수 없고, 한다 하더라도 그것이 보다 근본적인 의미에서의 세계주의·보편주의에 역행할 수 있다는 지적은 정당한 것이라고 생각됩니다. 가령 세계 문제에 관심을 가지고 있는 전 세계의 문인들이 어떤 연합체 같은 것을 구성한다고 가정해 보더라도 그것이 참으로 대등하고 평등한 입장에서 모든 국민, 모든 언어의 문학자들이 모이는 집합체가 되기는 어렵다고 할 수 있지요. 가령 이런 것은 펜클럽 같은 데서도 엿볼 수 있는 것이겠지만, 오늘날 세계 질서에서 차지하고 있는 정치 역량 같은 것으로 미루어 보아 한국 작가가 미국이나 일본처럼 강력한 정치력·경제력의 뒷받침을 가지고 있는 나라의 작가와 실질적으로 대등하게 대할 수는 없겠지요. 그러니까 우선 당장 급한 것은 한국 작가도 미국이나 일본 정도의 강력한 정치력, 경제력의 뒷받침을 받아야 참으로 평등한 문인 결합체의 일원으로서 대등한 위치를 차지할 수 있을 겝니다. 그냥 현재 상태에서 그것을 구성해 보았자 진정한 의미에서의 세계적, 보편적 문학인의 연합체를 구성하는 것은 어렵겠지요. 현재 상태의 문인 연합에서 설치고 다니는 것은 미국이나 프랑스 작가이고 제3세계에서 온 작가들은 열세에 몰릴 것은 뻔하지요. 그런 의미에서 오늘의 민족주의도 단순히 세계주의에 역행하는 것이 아니라 진정한 의미의 세계주의로 나가기 위한 가장 초급한 정치적, 문화적 과업이라고 할 수 있고 민족 문학도 이러한 민족주의의 문학적 표현이라고 하겠지요.

오늘날 세계 정치에서도 가령 핵 확산 방지 조약 같은 것은 언뜻 보아 핵전쟁 방지를 위한 것처럼 보이고 사실상 그런 요소가 없는 것은 아니나 한편으로 핵무기를 소유한 강대국들에 의한 세계 질서의 현상 유지를 위해서 이용된다는 측면도 있는 것이지요. 비슷한 얘기를 문학에도 적용시킬 수 있겠지요. 그러나 한편으로는 민족 문학이란 말이 보편적인 것을 지향하는 사람들에게 어떤 꺼림칙한 저항감을 불러일으키는 수가 있는데 그것은 민족주의나 민족 문학도 궁극적으로는 보편적인 것, 합리적인 것, 세계 평화라든지, 세계 전체 문화의 발전이라든지 하는 것을 목표로 하는 것에 의해서 매개되며, 그것과 부단히 관계되는 민족주의, 민족 문학은 수긍이 가지만 그것 자체로서 한정되는 민족주의나 문학은 좀 난점이 있지 않나 생각돼요. 다시 말해서 우리의 입장을 떠나서 막연하고 추상적인 얘기를 하는 것은 그 추상적인 얘기마저 안 되어 버리는 결과를 빚기도 하지만 우리가 사고하는 그 근본의 선험적 존재라고 할까, 아 프리오리라고 할까, 이것은 누구나 생각할 수 있는 보편적인 것, 합리적인 것, 혹은 세계적인 것이라야 하지 않을까 생각합니다. 또 좀 다른 의미에서 중요하게 생각되는 점은, 민족주의란 자기비판이 불가능한 이념처럼 보이기도 한다는 점이지요, 자기비판도 허용하는 이념이라야 생각하는 사람들, 혹은 지식인의 입장에서도 그럴싸하게 납득이 가는 것이 아니냐 생각돼요. 그런데 우리 민족 것은 다 좋고 다른 민족 것은 다 수상하다는 투의 비합리적인 입장에 서기 쉬운 그런 민족주의는 퇴영적이고 또 자기도 비판하고 남도 비판하는 원리에서 동떨어진 것이 아니겠느냐, 그렇게 생각돼요.

백낙청 우리 민족 것은 덮어놓고 좋다는 것은, 글쎄요, 민족주의의 타락한 모습일지는 몰라도 민족주의 자체를 얘기할 때 앞세울 만한 문제는 되지 못하겠지요. 지금 김 선생께서 민족주의 내지 민족 문학의 긍정적인 측면을 얘기하시고, 또 부정적인 측면이랄까 우려되는 바도 말씀하셨는데, 그중 긍정적 측면은 아까 제가 얘기한 민족 문학의 어떤 소극적인 의의, 즉 자기방어적인 측면에 해당되는 것 같습니다. 다시 말해서 평등하지 않은 입장에서 외부의 작용을 받고 있으면서 자기의 생존을 지키고, 또 최소한의 자기 거점을 확보하는 데 필요한 어떤 민족의식 내지 민족적 자기주장이라는 국면이 되겠습니다.

그런데 거기서 한걸음 더 나아가서 보다 적극적인 측면도 얘기했었지요. 다시 말해서 우리가 현재 약하니까 강한 쪽과 맞서기 위해서 자기주장을 해야겠다는 정도가 아니고 현재 전 세계적으로 벽에 부닥친 상황에서 새로운 돌파구를 마련할 수 있는 계기를 후진국의 민족주의 및 민족 문학에서 찾을 수도 있지 않겠느냐는 것입니다. 정말 이 돌파구가 될 만한 원리나 이념을 찾을 수가 있다면 그것은 김 선생께서 우려하시는 민족주의와는 물론 전혀 달라야 하겠지요. 그런데 지금 김 선생께서 우려를 표명하신 것 같이 민족주의가 세계적으로 파괴적인 기능을 맡게 되는 것은 서구의 소위 선진국들의 민족주의에서나 있는 일이 아닌가 생각돼요. 서구의 민족주의란 대체로 시민 계급이 주동이 되어 시민 사회를 이룩하면서 동시에 민족국가를 형성하던 단계의 민족주의를 말하는데, 실제 서구 역사에서 보면 얼마 안 가서 그것이 침략적인 제국주의로 변모했고, 특히 뒤늦게 출발한 독일 같은 나라의 경우엔 국수주의 내지는 파시즘으로 흘렀던 것이지요.

그런데 우리의 경우 역사적인 상황이 전혀 다르지요. 그래서 서구에서 볼 수 있었던 것 같은 제국주의나 침략적인 국수주의란 있을 수가 없고 솔직히 말해서 그럴 힘도 없어요. 물론 민족주의가 자기방어적인 국면에만 치중되어 세계사적인 차원의 비전을 갖지 못할 경우 국수주의로 타락할 위험은 있지요. 그러나 그 경우에도 진정한 위험은 남을 침략하는 세력이 된다기보다 남의 침략을 막겠다는 애초의 자기방어의 임무를 제대로 못 해 내게 된다는 데에 있을 것입니다. 그런데 아까 세계문인 연합체 같은 것을 두고 지적하셨듯이 저들은 잘살고 나라도 부강한데 우리는 못사니까 우선 저들만큼 된 뒤에라야 평등한 위치에 설 수 있다라는 생각은 당연하지만, 그런 소박한 차원에만 머문다면 우리도 빨리 국력을 배양해서 중진국 혹은 선진국이 되어 저들처럼 행세해 보자 하는 얘기에 머물고 마는 게 아닐까요? 우리나라 하나가 중진국이 되고 선진국이 된다고 해서 지금 우리에게 후진국의 설움을 맛보여 주는 현재의 이 세계 질서가 정당화될 수 있을 것인가 하는 점에까지 생각이 미쳐야 하지 않겠어요? 물론 그런 생각은 소위 선진국 사람들도 해야겠지만 직접 아픔을 당하지 않기 때문에 안 하는 경우가 많은 것 같아요. 거기에 비해서 약육강식의 세계 질서에 의해서 희생되고 있는 민족의 경우에는 직접 당하고 있으니까 쉽게 그런 점에 착안하게 되고, 또 이러한 부당한 질서에 대해 자기방어를 해야겠다는 소극적 의미에서 출발해서 이것과는 다른 차원의 어떤 세계 질서가 이루어져야겠다는 생각에까지 나갈 수가 있을 것 같습니다. 우리가 현재 후진국으로서 선진국에게 당하는 것이 싫으니까 어서 우리도 선진국이 되어서 남들을 좀 짓밟아 보자는 것이 아니고, 선진국이 후진국을 이런 식으로 짓밟아서는 안 되겠다, 아무리 뒤떨어진 민족이라도 자체의 훌륭한 전통은 존중되고 민족적인 존엄이 지켜지는 국제 관계가 성립되며 그러한 터전에서 비로소 보다 낫고 새로운 세계가 이루어질 것이라는 신념에까지 발전해야 한다는 것입니다. 그런 의미에서 후진국의 민족주의라는 것은 남보다 앞선 위치에서 근대적 민족 국가를 성립시킨 서구의 민족주의 내지 국민주의와는 근본적으로 다른 것이고, 그러한 국민주의가 제국주의로 전환하는 가운데서 이룩된 지금까지의 세계 질서에서는 볼 수 없었던 새로운 내용을 담을 수 있다고 보는 것입니다. 또 그러한 맥락 속에서 있는 민족 문학이라는 것도 어떤 세계사적인 의의를 지닐 수 있는 것이 아닌가 생각합니다.

보편성의 안팎

김우창 아까 제 얘기 가운데서 우리가 진정 실질적인 의미에서 평등해진 다음에 세계의 문화, 세계 공동 사회의 일원으로서 참여할 수 있다고 한 것은 단순히 우리도 선진국적인 입장에 서야 한다는 뜻은 아니겠지요. 사실상 또 현재의 이른바 후진국들이 대거 선진국의 대열 속에 끼어들었을 때는 선진국이 선진국으로 남아 있을 수가 없다고 계산하는 사람들도 있습니다. 또 세계 공동 사회에 대한 전제를 근본적으로 바꾸지 않고서는 현재 상태의 연장선상에서 모든 나라가 그대로 선진국이 될 수가 없다는 얘기도 있지요. 오늘날 가령 미국이 쓰고 있는 정도의 자원을 쓰지 않고서는 다른 나라들이 미국 정도의 풍요를 누리지 못할 테니까 미국이 미국으로 남아 있는 한, 자원이 한정되어 있는 이 지구상에서 모든 나라들이 생활 조건을 향상시켜서 미국과 같은 수준의 생활 수준을 유지할 수 없다는 얘깁니다. 따라서 우리가 선진국과 대등한 입장으로까지 가야 한다는 것이 선진국과 같은 전제 아래서 같은 문화, 같은 사회 조직 속에서 공동체가 이루어지도록 노력하는 한 일환으로서 민족주의를 해야겠다는 얘기는 물론 아닙니다. 먼저 전제 자체가 바뀌어져야 할 테니깐요. 백 선생께서 말씀하신 것은 제3세계로서의 한국이 오히려 선진 제국보다도 보편적인 사고를 할 수 있다, 즉 선진 제국이 불평등한 현재의 세계 질서를 당연시하는 데 반(反)해서 당하고 있는 쪽인 후진국들이 보다 보편적으로 사고하며, 보다 자유롭고 평등하고 대등한 국제 질서를 얘기할 수 있고 그러한 이념을 구현하는 문학을 산출할 수 있다는 것으로 해석됩니다. 저도 그렇게 되기를 간절히 희망한다는 점에서는 동감이나, 실제에 있어 후진국에서 ─ 후진국이란 불쾌한 말입니다만 ─ 다시 말해 기술적인 면에서 혹은 제국주의적인 세계 질서 속에서 낙후된 지역에서 반드시 보편적인 세계 공동체의 이념이 산출되느냐 하는 것은 다분히 희망적인 관측인 것 같고 현실적 실현 가능성은 좀 더 두고 볼 수밖에 없다는 생각이 들어요.

　백낙청　올바른 민족주의 또는 진정한 민족 문학을 실현하는 데 있어서의 난관은 이루 말할 수가 없을 것입니다. 그러나 이것을 단순히 이론적인 문제로 생각하는 것이 아니고 나 자신이, 또 내 민족이, 그리고 내가 그 일원인 인류 전체가 부닥친 문제로 실감한다면, 그것이 바람직하기는 하지만 과연 가능할지 두고 보아야겠다는 입장은 있기 어려운 것이 아닌가 생각합니다. 아까 제가 보편주의의 대원칙에는 동감이나 그것을 구체적으로 어떻게 파악하느냐는 점에선 태도의 차이가 나타날지 모르겠다고 했는데, 우선 보편성이란 것 자체를 관념적으로 보지 않고 구체적으로 볼 필요가 있을 것 같습니다. 즉 실제 생활에 있어서 세계적인 것, 보편적인 것, 전지구적인 것, 이런 것이 어떻게 이루어졌는가 하는 경위를 생각해 볼 필요가 있어요. 보편성이란 관념은 예부터 있어 왔고 많은 사람들이 얘기해 왔지만 전 세계적인 어떤 질서가 실질적으로 이루어진 것은 서구의 자본주의가 선도적인 역할을 해서 이룩한 정치·경제·사회 기타의 변화를 통해서입니다. 즉 세계가 거의 하나의 시장이 되었다든지, 식민지 경영이 시작되었다든지, 공업 기술의 발달로 해서 교통·통신망이 크게 발달했다든지 하는 현상들을 생각게 되는데 그러면 김 선생께서도 되풀이 지적하셨듯이 이것이 평등한 관계에서 이룩된 것이 아니고 그 초창기에는 직접적인 식민지 경영이라는 형태로 많은 것이 이루어졌고 식민지가 없어진 이후에도 불평등한 무역 관계라든가 이른바 다국적 기업의 온갖 작용들을 통해서 이루어지고 있지요. 비단 정치·경제 면에서뿐만 아니라 문화 면에서도 그래요. 선진국의 문화인이 후진국의 문화인보다 정치·경제·물질 면에서 더 유복하기 때문에 불평등하다는 뜻이 아니고 선진국에서 생산한 모든 정신 현상, 즉 문학이라든지 철학이라든지가 이제까지 그 사람들이 경영해 온 세계 질서의 확립과 유지에 부응하는 형태의 것이었고, 새로운 질서를 이룩하려는 노력에는 직접·간접으로 해롭기까지 한 형태로 전개되지 않았나 하는 것입니다. 이러한 상황에서 어떤 대안을 찾으려고 하는데, 그런 대안이 희망스럽기는 하지만 과연 가능할지 두고 보자는 입장은 이제까지 후진 국민에게 불리했던 사고방식의 지배권을 계속 인정해 주고 들어가는 결과가 되지 않을까 하는 우려를 갖게 됩니다.

가치관에 있어서의 자기 분열과 참다운 민족주의

유종호 지금까지의 얘기 가운데 우리는 몇 가지 중요한 일치점을 찾을 수 있을 것 같습니다. 아주 단순화시켜서 말해 본다면 추상적인 의미에서의 세계 문학이란 없는 것이고, 각각 개성 있는 복수의 민족 문학이 참으로 평등한 국제 질서 속에서 대등하게 참여할 때 비로소 그것이 의미 있는 개념으로 될 수 있다는 것이겠습니다. 다음 보편성이라는 개념에서도 거의 의견의 일치를 보고 있는 셈이겠습니다.

백 선생께서 특히 강조하셨지만 근대의 보편성이란, 실제에 있어 서구 근대의 식민주의자들이 세계 도처에서 식민지 통치를 하면서 원주민들에게 부과한 저들의 문화 양식을 듣기 좋게 규정한 일종의 상표라 할 수 있는 측면도 있습니다. 단적으로 말해서 서구 근대 식민주의의 이데올로기적 측면이 강한데, 현재 식민지로 있거나 과거 식민지로 있었던 지역의 원주민들이 자기들의 문화 전통을 소홀히 하고 섣불리 이 보편성이란 것만을 구했다가는 그야말로 혼을 날치기 당한 정신적 망자가 될 위험성이 있다는 것은 부정할 수가 없겠습니다. 그러나 우리들이 '보편성'에 대한 이만한 정도의 통찰을 가질 수 있는 것도 사고의 이데올로기적 성격을 폭로적으로 드러내는 사고 경향, 반드시 우리에게 고유한 것만이 아닌 사고의 세례를 받은 결과라는 것은 우리가 분명히 의식해 둘 가치가 있지 않나 생각됩니다. 또한 우리가 반성해야 할 것은 공업화·상업화를 달성해서 하루 빨리 소득을 올리고 중진국이 되어야겠다는 가치관이 사실상 서구의 근대를 하나의 모범으로 삼고 있는 것이고 그 자체가 서구 근대 사회의 가치관의 직수입이 아니냐 하는 점이지요. 그러나 생활 조건의 향상이나 상업화 면에서는 서구적 가치관을 그야말로 무비판적으로 받아들이면서, 한편 문화나 모호한 정신 면에서는 또 사회 제도의 면에서는 우리의 것을 강조하는 자기 분열적인 현상의 건강성은 일단 검토가 있어야 하지 않나 생각됩니다. 물론 산업화의 물결을 타고 들어오는 외래적인 것에 대한 반동으로 우리의 것을 강조하는 보상적 측면도 있겠습니다만 실제 생활에 있어서의 서구 근대적 가치관의 존중과 '정신적인 것'에 있어서의 우리 것, 그것도 다분히 옛날의 우리 것을 강조하는 사태는 문학이라는 맥락 속에서도 검토의 여지가 있을 것 같습니다.

김우창 아까 세계 문학과 민족 문학을 얘기했는데 사실 우리가 세계 문학을 하느냐 민족 문학을 하느냐가 초급한 문제는 아니고, 가장 긴급한 것은 오늘 우리가 이 시점에서 여기에 살고 있는 사람으로서 문학을 하는데 어떻게 하느냐 하는 점일 것입니다. 그리고 이런 긴급한 문제를 생각하다 보니까 우리 문제를 이 관점에서 생각하느냐, 저 관점에서 생각하느냐 하게 되는 것인데 이것은 상당히 추상화된 관점이라 하겠습니다. 정작 긴급한 문제는 우리가 처한 상황이 어떠한 것이고 어떻게 헤쳐 나가느냐 하는 점이겠지요. 이 점 유 선생 말씀과 연관시키면서의 얘긴데, 우리가 민족 문학에 대해서 가질 수 있는 또 한 가지의 유보는 사실상 경제 면이라든가 정치·사회 면에서 기성의 세계 질서 속에서 살면서, 정신적인 면으로만 민족을 찾아가지고 자기기만도 생기고 여러 가지 사태를 호도하고 잘못 보게 하는 일도 생기는 것 같은데 문화라는 것도 그 자체로서 보편성을 띠어서 당장 여기서 좋은 것이 저기서도 좋다는 식으로야 물론 얘기할 수 없지마는 정치적·경제적으로 의존하면서 문화적으로 민족주의가 되는 것보다는 적어도 가설적으로는 정치적 경제적으로 독립하면서 문화적으로 세계적이 되는 것이 더 좋지 않을까 하는 생각도 해 볼 가치가 있지 않을까요? (웃음)

　　백낙청　제가 제국주의적 문화 질서를 얘기한 것은 그보다 앞서 제국주의적인 정치 질서·경제 질서를 얘기하고 나서였지요. 지금 유 선생이나 김 선생이 말씀하신 것처럼 현실의 물질 생활에 있어서는 세계의 기성 질서를 그대로 받아들이면서 문화 면에서만 민족적 독창성을 고집한다면 그야말로 자기기만이지요. 그런데 지금 말씀 중에서 얼핏 느낀 것은 우리가 물질 면에서 기존하는 국제 질서를 받아들인다는 것을 하나의 기정 사실처럼 말씀하시는 게 아닌가 하는 인상이에요. 우리 사회에서 그렇게 생각하는 사람이 다수일는지도 모르고, 또 지금 당장의 제반 여건이 그러한 국제 질서에 맞춰져 있다는 뜻으로도 생각될 수 있지만, 저로서는 그 이상의 의미를 부여할 수는 없다고 봅니다. 또 그것이 지식인으로서의 당연한 자세가 아니겠는가고 생각합니다. 따라서 소박한 자기방어 충동을 넘어서는 민족주의보다는 문화적 독창성뿐만 아니라 현실적 경제·사회 생활에 있어서도, 보다 새롭고 보편타당한 국제 관계 속에서 자신의 주체성을 확립하려는 노력을 반드시 내포해야 한다는 것이지요. 실제로는 중요한 현실 문제에 있어서 기성 질서를 무조건 받아들이는 경우이면 경우일수록 지엽적인 면, 소위 '정신적'이라는 면에서만 독창성을 주장하는 일이 많습니다. 그것이 계획된 기만책인지, 혹은 무의식적인 자기 위안인지는 모르지만 여하간 별로 난해한 현상은 못 돼요. 진정한 민족주의와는 완전히 상반되는 것이지요.

김우창 민족적이라는 어휘 자체가 다르게 씌어 있는 현상이겠지요. 가령 허물어진 옛 성을 새로 짓는 민족주의도 있고, 또 지금 표명하신 종합적인 관점의 소산으로서의 민족주의가 있고 그래서 혼란이 생기는 거겠지요.

백낙청 의미론적인 혼란은 비단 민족주의뿐만 아니라 모든 단어에 따라다니는 문제죠. 또 어떻게 보면 중요하거나 의미 있는 단어일수록 갖가지 다른 의미를 붙여서 혼란을 조장하고 대중의 사고를 마비시키는 것이 현대 세계의 한 특징인지도 모르겠습니다. 따라서 그런 의미론적 천착이란 한이 없을뿐더러 우리가 경계해야 할 측면을 가진 것이고, 정말 중요한 것은 우리 민족이 어떠한 상황에 놓여 있느냐 하는 것을 구체적으로 깨닫고 느끼는 일일 것입니다. 민족 분단의 현실, 과거의 식민지 경험과 아직도 일소되지 않은 그 잔재, 정치·경제·국방 등 여러 면에서 여전히 목표로만 남아 있는 자주성의 문제, 또 현실적으로 민족 구성원의 대다수가 어떠한 삶을 영위하고 있는가 하는 문제들을 생각할 때, 이것을 민족적이 아닌 다른 차원에서 온당하게 파악하고 해결할 수 있는 단계는 아직 오지 않았다고 볼 수밖에 없습니다.

비판·관념·행동

김우창 가령 이런 문제는 가설적으로 생각해 볼 수 있겠지요. 예컨대 남북 분단 문제 같은 것도 어떤 정치적인 입장에 서든지 반드시 그 앞에서 모자를 벗어야 하고 신성시해야 되는 민족이라는 입장을 떠나서 볼 때, 사태가 좀 더 분명해지지 않느냐 하는 점입니다. 일보 전진을 위한 방법상의 일보 후퇴라고 할까…… 민족 개념을 떠나서 봄으로써 얻어지는 새로운 통찰 같은 것도, 적어도 이론상으로 검토를 해 봐야겠지요, 민족 문화의 경우에도 그렇고…….

백낙청 민족이란 말만 나와도 모자를 벗고 사고를 정지해서는 안 되겠다는 것이야 더 말할 것 없지요. 그러나 구체적인 현실에서 민족이란 개념을 빼고 제대로 사고해 나갈 수 있느냐 하면 그것이야말로 거듭 생각해 볼 문제지요.

유종호 지금 엿보이는 견해의 차이는 이론과 실제의 어떤 거리 같은 것에서 나오는 것이 아닌가 생각됩니다. 민족주의나 민족 문학의 경우에도 일단 자명한 듯이 보이는 공리나 사항까지도 타부에 대한 두려움이나 외경이 없이 비판에 회부되어야 하겠다는 점에는 누구나 동의할 것입니다. 가령 우리가 20세기의 전반기를 일제의 식민지로 보내면서 식민주의자들의 정치, 경제, 문화적 착취와 폭행의 희생이 되어 왔다는 것은 실제 체험을 통해서 잘 알고 있습니다. 그러나 일본 제국주의의 잔학한 침략 행위를 강조할 때 일본 제국주의의 침략에 무기력하게 대처할 수 없었던 조선 말기의 지배층, 또 조선 후기 사회가 가지고 있었던 억압적인 사회 질서와 사회적 모순이 자칫 간과되기 쉽지 않나 하는 점도 참작해야 할 것입니다. 일본제국주의만 상륙하지 않았더라면 이럭저럭 잘 되어 가는 것인데 그렇게 되었다는 식으로 되기가 쉽지요. 사실 조선 후기 사회의 내부 모순이 일제의 침략의 원인이기도 한 것인데, 조선 사회의 붕괴가 일제 침략의 결과이기만 한 것처럼 생각되게 하는 면도 있지요. 그러니까 특히 민족이라든가, 민족주의라든가, 우리의 자애(自愛) 본능이 지배적인 국면을 얘기할 때는 대담한 자기비판의 가능성이 열려야 하고 또 강조되어야 하지 않는가 생각됩니다. 따라서 일단 자명한 것처럼 보이는 공리도 재검토할 필요가 있는 것이고…….

　백낙청　그건 그렇지요. 그러나 민족의 통일이라든가, 민족주의의 기본 방향이라든가 하는 문제에 관한 한, 우리는 그러한 비판과 검토를 이미 끝내고 다음 일에 착수해야 될 단계가 아닌가 생각합니다. 적어도 책임 있는 지식인이라면 말입니다. 그리고 이것은 물론 저 자신에 대한 자기비판을 겸해서 하는 얘기지요. 그런데 지금 유 선생께서 지적한 조선 왕조 후기 사회의 억압성과 모순성과 민족 통일이라는 오늘날 과제를 저는 이런 식으로 연관시켜 생각해 봅니다. 우리가 일제 식민지가 되었다는 것은 덮어 놓고 일인(日人)들만 욕할 성질의 것은 아닙니다. 조선 왕조 말기에 우리가 당면했던 과제는 내부적으로 그 사회가 가지고 있던 비인간적 측면을 극복하면서 동시에 외부로부터 들어오는 부당한 침략에 항거해 나가는 것이었겠습니다. 그리고 이 두 가지는 상호 연관되었던 것으로 두 가지를 함께 달성하지 않고서는 그 어느 하나도 이룰 수가 없는 성질의 것이었겠지요. 그런데 침략에 대항하는 힘도 약했거니와 내부 문제를 해결하는 데 있어서도 우리의 민족적 역량이 부족해서 우리가 익히 아는 불행을 빚어내게 된 것이겠지요. 그러한 사정은 우리 민족이 해낸 여러 가지 저항과 투쟁에도 불구하고 식민지 시대에도 계속되었고, 그 결과 해방을 맞아서도 통일된 단일한 그리고 떳떳한 민족 국가를 건설하지 못하고 타율적인 분단의 비극을 감수해야 했던 것입니다. 따라서 오늘날 우리 앞에 놓인 과제는 조선 왕조 후기에도, 일제 시대에도 못했고 또 오늘날까지 완전히 청산하지 못하고 있는 전래의 모순된 내부적 문제들을 극복하고, 동시에 그때 상실했던 정치·사회·경제적 자주성을 확립하며, 거기다가 분단으로 생긴 온갖 대내적·대외적 문제를 해결하는 일이겠지요. 이런 중대하고도 험난한 작업임을 생각할 때 오늘날 우리 민족의 대다수가 통일이라는 명제 앞에서 자연 발생적으로 느끼는 절실한 감정을 존중한다는 것은 단순한 도덕적인 당위의 문제도 아니요, 또 반드시 비판 정신의 결여를 뜻하는 것도 아닐 것입니다. 오히려 이 판국에서 모든 가능성을 이론적·관념적으로 검토할 것을 강조하는 것이 우리의 민족적 요구에 대해 냉소적인 입장을 취하는 사람들의 보편성 이론에 무비판적으로 말려 들어가는 결과가 되기 쉽다고 생각합니다.

　김우창　그런 측면을 아주 부인할 수는 없습니다. 그러나 또 이런 측면이 있어요. 아까 조선 왕조, 일제 시대의 얘기가 나왔는데 일제하의 한국 민족주의가 해방 후에 잘사는 사회, 혹은 바람직한 사회의 원리로 연결되지 못한 원인 중의 하나는 일제하의 민족주의가 자기비판적 측면에 결해 있었기 때문이 아닌가 해요. 즉 민족 내부의 모순도 비판하고 침략적 외부 세력에 대해서 투쟁도 하는 양면으로 움직이는 원리로서 정립되지 못한 것이 아니냐고 생각됩니다. 물론 역사라는 것이 원리 하나로 움직여지는 건 아니겠지요마는, 그런 의미에서 저는 어떤 사회에서건 어떤 원리가 토의의 대상이 되고 부단한 토론 속에서 재정립되어야 한다고 생각하는 거지요. 민족주의나 민족 문학을 포함한 모든 이념의 문제에 있어서 문제의 엄숙성이란 것과 토의의 대상이 된다는 것은 상호 배제적인 것이 아니고, 양립할 수 있는 것이라고 생각합니다. 다시 말해서 어떠한 원리도 이것을 의심해서 재정립하고, 또 회의 속에서 되찾고자 하는 것이 필요하다고 생각하는 것입니다. 물론 그 과정에서 약화될 우려도 있고 어떤 유도 작전에 말려 들어갈 우려도 있는 것이지만 이러한 위험 부담을 안고서라도 어떤 원리나 이념을 계속적으로 토의의 대상으로 삼아서 재정립하는 것이 그 이념을 위해서도 건설적이라고 생각하는 겁니다. 한 이념을 그냥 확고한 신념으로 소유하는 것과 부단한 회의 속에서 되찾는 것과는 그 에너지 면에서도 아무래도 다르다는 면이 있지요. 그러나 이러한 신념이냐, 비판적 재정립이냐 하는 갈등은 사람이 늘 새롭고 활달하게 사는 데 받아들여야 할 위험의 하나일 것입니다. 이 갈등과 토의의 장이 사람이 같이 사는 공간이고 이 공간의 활력이 인간의 정치적, 사회적 삶의 기본 원리가 되는 것이 아닐까요?

유종호 자명한 것처럼 보이는 모든 명제들을 부단히 검토하고 모색해야 한다는 점은 이론상으로 수긍이 가는 거겠지요. 차이점은 어느 선에서 검증을 끝내는 것으로 치부하느냐 하는 것, 즉 과연 어디가 토론 종결선이 되느냐는 점에서 드러나게 마련이겠지요. 그 점에서 일치점을 찾기는 어려울 것 같습니다. 사람마다 만족의 상한선이 다르듯이 말이죠…….

백낙청 여담일지 모르지만, 무슨 이야기든 나올 때마다 그걸 좀 새롭게 검토해 보자는 태도 그 자체도 검토해 봐야 하지 않을까요?(웃음)

유종호 네, 부단한 토론이나 대화를 위한 요청이 기성 질서나 현상의 유지, 즉 무기 연기를 위한 것이거나, 혹은 초급한 문제를 호도하고 회피하는 연막 전술인 경우가 있다는 건 사실입니다. 그 점에 무감각한 것은 아닙니다. 그러나 적어도 문화적 활동 내지는 문학 행위 속에는 어떤 우회적 관념성이랄까, 속결(速決)에 저항하는 우회적 요소가 있는 것 아니겠어요? 그런 것을 다 빼어 버릴 때 사람들에게 남겨진 사고의 영역이랄까, 그런 것은 매우 제한된 것이겠지요. 어떻게 생각하면 사고한다는 것 자체가 결단의 유예나 연기 속에서 생겨나는 것이기도 하고요.

김우창 지금 얘기는 바꾸어 말해서 행동과 관념의 관계가 되겠지요. 행동의 영역에서는 사실상 선다형(選多型)의 문제가 없습니다. 정치적 행동이건 개인적 행동이건 행동은 늘 긴박한 선택이니까, 일단 선택하면 옳건 그르건 그것을 밀고 갈 수밖에 없지요. 한꺼번에 여러 가지를 이렇게도 해 보고 저렇게도 해 보는 것은 사람들의 생존 구조상 불가능한 일입니다. 그러니까 행동 논리라고 하는 것은 모든 논리적인 가능성을 부단히 검토하면서 행동하는 것을 불가능하게 하는 것이죠. 그러나 문화나 문학이라는 것은 대개의 경우, 어떤 거리를 갖게 마련이 아닌가 하는 생각이 듭니다. 이것을 행동의 긴박성으로만 대하는 것도 꼭 사실에 맞는 것은 아닐 것입니다. 물론 행동의 중요한 경우에 편안히 앉아서 모든 논리적 가능성을 검토하고 회의 속에서 재정립하고자 할 여유는 없는 거겠지요. 그러니까 행동이 더 중요하냐, 문화가 중요하냐, 어떤 시기에 있어서 행동이 더 긴급하게 요청되는 것이냐, 어떤 행동의 가능성이 어떤 시점에서 열려 있느냐, 또 어떤 시점에는 그것이 닫혀 있으며, 문화적인 것이 열려 있느냐 하는 상황은 늘 새롭게 결단되어야 할 것입니다. 그러나 구극적으로 행동과 토의가 반드시 상호 배제적인 것도 아닙니다. '결단'이란 것은 행동에의 신념을 통한 자기 투입이지만, 또 이 결단은 사고와 토의, 무엇보다도 공적 공간에서의 토의로서 이루어져야 되는 것이겠지요. 사실상 내 생각으로는 민족이란 것도 타고나면서 주어지는 것보다 구체적인 대화와 생활의 공간에서 얻어지는 것이 아닌가 합니다.

수용의 이상과 현실

유종호 보편성을 어떻게 파악할 것이냐 하는 문제에서 시작해서 많은 문제가 논의된 것 같습니다. 다시 한 번 단초로 돌아가면서 좀 구체적인 예증을 들어서 얘기했으면 싶습니다. 외국 문학 혹은 외국 문화와 접촉해서 거기서 어떤 새롭거나 유익한 것을 받아들이려 할 때 늘 따르는 유혹이랄까 위험성 같은 것이 있습니다. 어떤 문명, 어떤 문화고 간에 그것이 이질적 문명, 혹은 문화와 접촉함으로써 더 풍요해지고, 또 상대성의 감각을 획득함으로써 편협함에서 벗어나고, 보다 넓고 큰 것에의 지향을 얻게 된다는 것은 흔히 볼 수 있는 현상이라고 하겠습니다. 그런데 주로 기술 문명에 관련되는 것이지만 탁월한 기술 문명의 성과와 그것이 제공해 주는 생활의 편이는 그것을 갖지 못한 문화권의 사람들에게 선망의 대상이 되고 또 어떤 초조한 낙후감을 주어서 새 문명에의 성급한 추종·동화 의욕을 낳게 하는 수가 있습니다. 그 결과 본의 아니게 본래의 소속 집단에 대해서 반역적이랄까, 이심적(離心的)이라고 할까 그런 태도를 취해서 소속 집단으로부터 이단시되는 경우도 있겠습니다.

일본의 명치(明治)유신 때 어느 서구 유학생은 일본이 부강해지는 길은 하루빨리 서구의 기술 문명을 도입하는 것이고 그러자면 아주 일본 말을 철폐하고 영어를 일상어로 해야 한다고 주장한 이도 있었지요. 대신까지 지낸 자인데, 이것은 물론 불가능한 일이요, 터무니없는 단견이겠지만 어쨌든 비슷한 유형의 성향이 나타나는 것이 아닌가 해요. 가령 널리 알려진 『북학의(北學議)』의 저자 박제가(朴齊家)만 하더라도 이용후생(利用厚生) 면에서 긴요한 제안을 많이 한 학자인데 그의 책을 읽어 보면, 중국 것과 우리 것이 일일이 구체적으로 대비되어 논해지고 있는데 일단 중국이 본이 되어서 이쪽 것은 모두 저쪽 식으로 고쳐야 한다는 식으로 되어 있지요. 중국을 본받지 않는 한, 우리는 빈곤을 면하지 못한다고 하고 또 중국 문화의 빠른 습득을 위해서는 우리말을 뒤 두고 중국 말을 배워야 한다는 말까지 비치고 있어요. 그런데 이것은 하나의 패턴으로서 그 후의 많은 사람들이 비슷한 성향을 보여 주지 않았나 합니다. 명치유신을 본받으려고 한 조선 왕조 말기의 개화파나 그 이후의 문화적 개화파들의 경우에도 말이지요. 추상적으로 선택적 접근이라고 하지만 실제에 있어서는 외래적인 것에 대한 경도나 지향이 곧잘 사대적(事大的)인 것으로 공격받기도 하고…… 어쨌든 외국 것을 검토하고 섭취하는 과정에서 늘 문제되는 국면이 아닐까요? 그리고 우리의 역사 속에 적지 않은 수효의 정신적 탈국적자가 어떤 문화적 순기능을 담당한 경우도 있는 것 같고…….

백낙청 글쎄요. 박제가에 대해서 많은 것은 모르지만 적어도 오늘날 이 시점에서 우선 잘살고 보자, 그러기 위해서는 무슨 짓을 해도 좋다는 식의 사고를 가진 사람에게 박제가가 이용된다면 그것은 부당한 일이겠지요. 박제가는 실학파 중에서도 실제적 이용후생에 관심을 가졌던 분인 것은 사실인데 우리는 그의 여러 제안들을 어디까지나 당시의 역사적 문맥 속에서 파악해야겠지요. 가령 그의 중국경도(中國傾倒)도 터무니없이 청을 멸시하고 이미 망해 버린 명을 숭상하던 당시의 지배층에 대한 반론적 측면이 있었던 것이지요. 또 이용후생만 하더라도 그것을 전혀 등한시한 당시의 지적 풍토 속에서 기술적인 진보를 중시하고 여러 가지 개혁안을 제안했다는 것 자체에 더 큰 의미를 두어야 할 것입니다. 물론 실학자들 중에서 박제가나 박지원(朴趾源) 등 이른바 북학파들은 계보상으로도 훗날의 개화파와 이어지는 것으로 알고 있고 그런 의미에서 유 선생께서 박제가를 거론하신 것이 적절한 면도 있습니다만, 단지 박제가를 외국 것 익혀서 잘살고 보자는 경향의 한 유형으로 본다거나 그런 사람들이 『북학의』에서 어떤 위안을 얻는 것은 곤란하겠다는 거지요.

김우창 간단히 얘기해서 외래문화의 문제는 자기 소화력의 문제인 것 같습니다. 음식을 가려먹는 것도 문제지만 얼마만큼 소화할 수 있느냐 하는 소화 능력이 중요한 것 같아요. 버터만 먹어야 된다든가 김치만 먹어야 한다든가 하는 문제는 아닌 것 같아요. 아까 백 선생 말씀대로 우리가 외국의 물질문화를 무조건 받아들여서 한번 잘살아 보자, 깃발을 날려 보자, 하는 투의 수용 방식이 바람직스럽지 못하다는 것은 사실이나, 실제에 있어선 그런 형태의 수용이 이루어지는 것도 사실이지요.

가령 바가지를 쓰던 사람이 나이롱 바가지를 보고 그것 참 좋아 보인다고 해서 사 쓰는 것같이 말이지요. 이상적으로는 우리의 주체적인 소화 능력을 강화해서 우리가 잘살기 위한 비전을 가지고 취사선택해서 외국 기술·문화 등을 우리 문화의 일부로서, 또 우리 문화의 근본 바탕에 큰 차질이나 훼손이나 부조화가 오지 않도록 흡수하는 것이지만 그렇게 순조롭게만 되지는 않을 것 같습니다. 한편으로는 또 이런 국면도 있어요. 가령 미국 사람들 사이에는 자기 사회의 퇴폐적인 문화에 염증을 느끼고 또 자기 사회가 바람직스러운 방향으로 나가고 있지 못하다고 느끼는 사람들이 제3세계를 그리워하고 이상화하는 경향을 볼 수 있습니다. 여기에야말로 새로운 세계의 다이나믹이 있다고 하면서 말이죠. 한편 이쪽에서는 고도 성장 사회에 대해 무턱대고 선망을 느끼는 사람들이 많고…… 그런 것을 보면 소박할는지 모르나, 사대주의냐 아니냐를 떠나서 외부 세계에 대한 그리움이 자기 세계 속에서 하나의 발전적인 에너지로 작용하는 것도 사실인 것 같습니다. 자기 사회에 부족한 것을 외국에 투영해서 구체적인 시간, 장소에서 구체적인 사람들이 하고 있는 일을 우리도 한번 해 보자는 발전적인 계기를 마련하게 되는 일도 있는 것 같아요. 이럴 때 갖게 되는 외국관(外國觀)이란 것은 반드시 정확한 것도 아니고, 또 자기 사회 속에서의 탈락자들이 열등감과 함께 막연히 동경하는 측면도 있으나 실제 역사의 진행에 있어서는 여러 바람직스러운 요소가 바람직스럽지 못한 요소와 결합해서 발전의 계기가 되는 면이 있는 것만은 사실입니다. 따라서 일률적으로 얘기하기가 어렵겠지요.

오늘의 문학적 노력

유종호 지금까지 우리 문학의 방향과 외국 문학 수용에 따르는 문제에 관해서 일반론적인 얘기가 충분히 논의되었다고 생각됩니다. 그런데 이러한 기준에서 보건대 현재 진행되고 있는 문학적 노력을 어떻게 평가해야 할 것인가 하는 점이 당연히 논의되어야 하겠지요. 물론 작가, 시인들의 개별적인 노력을 일괄해서 논의하기란 벅찬 일이지만 대충 줄기랄까 맥락을 따져 보면 어떻게 되는지요?

백낙청 우리 문단의 현황에 대한 구체적인 평가를 말씀드려야 옳겠습니다만 그럴 준비가 제대로 안 되어 있는 저로서는 막연한 소감 같은 것을 술회하는 것으로 대신할까 합니다. 크게 보아 두 가지 엇갈리는 느낌을 갖고는 하는데요. 우선 민족 문학에 대한 저 나름의 견해를 한참 말하다 보면 문단 내에서조차 어떤 벽에 부닥치는 느낌을 가질 때가 많아요. 제 힘이 부족해서 그런 것이 첫째 이유겠지만 저뿐 아니라 다른 분들도 비교적 분명하게 밝혀 놓은 이야기를 마치 처음부터 없었던 것처럼 똑같은 반론이 나오고, 우려가 나오고, 유보가 나와요. 그럴 때는 이 벽이 도대체 무슨 벽일까 생각하게 됩니다. 그러나 다른 한편으로는 지난 60년대 이후 민족 문학에 대한 이론적 이해와 그러한 이론적 이해에 상통하는 작품들이 많이 나오고 있는 것을 볼 때 다시금 어떤 확신과 용기를 얻습니다. 양적으로 풍성한 것은 아니나 그 성격이나 수준에 있어서, 민족 문학으로서 세계 문학의 대열에 끼어 조금도 부끄럽지 않고, 개중에는 이미 세계적인 명성을 얻은 작품조차 있는 것입니다. 그 점 문단 한구석에 있는 사람으로서 자부심마저 느낍니다.

김우창 이번에도 다른 각도에서 문제를 제기하고 싶습니다. 우선 반복의 문제가 있는 것 같습니다. 우리 상황에 관심을 가지면서 대처한다는 넓은 의미의 민족 문학에 대한 공감은 이미 표시한 바 있습니다만 같은 얘기가 되풀이된다는 점은 어떻게 해석해야 할는지 의문입니다. 가령 백 선생이 이미 하신 얘기를 제가 그대로 반복한다면 백 선생의 경우에는 참말이지만 저의 경우에는 거짓말이 되고 만다는 것이 언어가 갖는 독특하고 묘한 분위기가 아닌가 생각합니다. 민족 문학이라는 테두리에서 나올 때 말이 반복적으로 비슷하게 나온다면 보는 사람은 이것은 약간 거짓말 같다는 인상을 받게 되지요. 또 한 가지는 제가 최근 일제하의 작가 상황이나 문학을 검토하는 기회에 부딪친 문제인데, 많은 작가들이 일제 식민지 하라는 분명한 의식이 없이 작품 활동을 한 것이 눈에 뜨이더군요. 모두 다 그런 것은 아니지만 많은 경우에 그러했습니다. 그러니까 상황에 대한 분명한 의식 없이 요즈음 비근하게 쓰이는 말로 '순수 문학'을 한 셈인데 그것이 설사 도덕적으로 보아서 비판받아야 할 성질의 것임에도 결과적으로 안 한 것보다는 낫지 않으냐, 그런 생각이 들어요. 즉 안 했으면 좋았다는 생각은 안 한다는 말입니다. 그런 문학이 있었으므로 해서 해방 이후의 문학이 더 풍성해진 것이 아니겠느냐 하는 생각이 들었어요. 그런 의미에서 본다면 민족 문학이 좁은 영역을 설정함으로써 문학적 효과를 상실할 수도 있지 않으냐 하는 것을 생각하게 됩니다. 또 분명하게 민족 문학의 이념 아래 출발하지 않은 문학, 윤리적으로 잘못되었다고 생각할 수 있는 문학이라도 그다음에 오는 문학을 위해 밑거름이 될 수 있지 않은가 하는 생각이 들었습니다. 이것이 좋다든가 나쁘다든가 하는 뜻에서가 아니라 단지 문제 제기의 형태로 얘기하는 것입니다.

백낙청 '민족 문학'이란 개념은 우리 민족의 어떤 전체적인 상황과의 관련에서 우리 문학의 문제를 의식화하고자 할 때 요청되는 것이지 작가가 작품을 창작하는 과정을 반드시 이런 의식화 과정이 지배해야 한다는 것은 아니지요. 작가마다 그의 작업에 가장 알맞은 분위기나 사정이 있을 것이고, 설혹 의식화의 방향이 옳다 하더라도 의식이 승(勝)한 것이 꼭 좋다는 법은 없지요. 그런데 일제하 일부 작가들의 민족의식이 투철하지 못했다는 점과 그렇더라도 그런 작가들의 작품이 있다는 것은 없는 것보다는 고맙지 않으냐고 하신 말씀에는 대체로 동감입니다. 사람의 목숨이 누구의 것이나 고귀하듯이, 고귀한 삶의 진지한 표현으로서의 문학에 대해서는 그것이 어떠한 입장에서 이루어졌든 적어도 문학 하는 사람으로서는 고마워하지 않을 수가 없겠지요. 다만 일제 식민지하의 작가 의식과 관련하여 더 부연해 본다면, 1930년대를 우리 문학의 찬란한 결실기로 보는 견해도 있습니다만 저는 김 선생 말씀대로 그들의 민족의식이 투철하지 못했다고 보고 그 결과 그들의 업적에는 문학적으로도 엄연한 한계가 있었다고 봅니다. 그런데 이 점은 우리가 남의 일처럼 여겨서는 안 될 것입니다. 오늘날의 시대가 요청하는 민족의식은 물론 30년대가 요청했던 민족의식과는 다른 것이겠지만, 후세의 평자들이 1970년대의 작가·시인·평론가들을 두고 그 친구들은 자기가 살고 있던 시대가 어떤 시대인지에 대해 투철한 의식이 없이 살았지만 그래도 그만큼이라도 해 준 것이 고맙지 않느냐 하는 애매한 찬사가 나오지 않도록, 30년대의 문학을 타산지석으로 삼아야 할 것입니다.

큰 결과 작은 결

유종호 얘기가 조금 비약하는지도 모르겠습니다만 근래에 어떤 비평가가 제인 오스틴에 관해서 쓴 것을 보았습니다. 제인 오스틴은 가령 나폴레옹 전쟁 시대에 살았지만, 나폴레옹 전쟁은 작품 속에서 비치지도 않았고 따라서 자기 시대의 결정적인 사건들을 무시했다는 관례적 비판을 받고 있기도 하고, 심한 경우엔 역사의 초연한 방관자라고 불리기도 했었지요. 그런데 이 비평가의 관점에 의하면 역사란 많은 흐름을 가지고 있다는 것이지요. 유럽 대륙을 직접적으로, 또 영국을 그보다는 덜 직접적으로 뒤흔든 나폴레옹 전쟁만이 역사의 흐름이 아니고, 적어도 지주 계급의 사회

사는 당시 영국에서 가장 중요한 역사의 부분을 이룬다. 즉 상속받고, 울타리를 치고, 독점하고, 또 무역, 식민지 근무나 투자, 군대 복무에서 나온 이득이 가옥·재산·사회적 지위·결혼 등으로 바뀌어 가는 사회사가 아주 중요한 흐름을 이루고 있는데 오스틴의 소설에서 중심적인 위치를 차지하는 것이 바로 이러한 사회사라는 것입니다. 외관상 그것은 나폴레옹 전쟁처럼 큰 흐름은 아니나 그것대로 커다란 흐름이라는 것이지요. 따라서 제인 오스틴의 역사적 태도를 좀 새로운 각도에서 보고 있습니다. 그냥 현실이나 역사에 무관심한 작가가 아니었다는 거지요.

그런데 말을 조금 바꾸어서 이런 얘기를 할 수 있을 것 같습니다. 역사나 상황에도 크고 굵은 결이 있고, 또 작고 고운 결이 있다. 그런데 언뜻 큰 결에 관심을 경주하는 사람들은 상황 의식이 투철한 것처럼 보이는 반면에 작은 결에 관심을 두는 작가들은 상황 의식이 투철하지 못한 것처럼 보이는 수가 있다고 말이지요. 그런데 30년대의 작가들을 이해하는 데 있어서 이런 것은 시사하는 바가 있지 않나 합니다. 가령 작가, 시인들이 비교적 검열의 억압으로부터 자유로웠던(그것은 일제 당국이 자유를 존중해서가 아니라 얼마 안 되는 문학지의 독자를 무시한 데서 온 방만함에서 유래한 것이지요.) 20년대의 시인이 '조선 독립 만세'를 쓴 것하고 모든 상황이 한결 궁색하게 폐쇄되어 있던 40년대의 작가가 미미하게나마 민족 현실을 암시한 것하고를 획일적으로 논할 수 없는 것이 아닌가 생각합니다. 가령 정지용 같은 경우 그를 단순한 취미와 기교의 장인적 시인에 불과하다는 견해가 지배적인데, 그가 투철한 민족의식이나 뚜렷한 상황 의식을 가졌던 시인이라고는 할 수 없지만 "언어 미술이 존재하는 한, 그 민족은 열렬하리라."라는 에피그램을 남겨 놓고 있는 그가 우리말을 자각적으로 세련되게 조직한 노력과 성과는 이에 상당한 평가를 받아야 하지 않나 생각합니다. 그는 그 나름대로 역사나 상황의 작은 결에 충실했고, 또 너무 가시적인 직접성에 구애되지 않았다면 그의 건설적인 영향력은 가령, 오늘날의 우수한 참여 시인에게서도 발견될 수 있지 않나 생각합니다. 예를 들면 말이죠.

백낙청 민족 문학이나 민족의식을 얘기하는 것이 곧 문학에서 직접적인 발언을 요구하는 것이 아닐 것입니다. 제가 1930년대 우리 문학의 민족의식의 한계를 얘기할 때 '조선 독립 만세'를 부른 작품이 안 나왔다는 것으로 해석하시면 곤란하지요. 유 선생께서도 염상섭(廉想涉)을 논하신 글에서 전체적으로 보아 「만세전」이나 「삼대」에서 보여 주던 현실 감각이 뒤로 가면서 왜소화해진다는 것을 지적하셨는데 저는 이것을 단순히 염상섭 개인의 문제로만 보지 않고 우리 문학 전체의 상황, 그리고 이상(李箱)이나 상허(尙虛) 등 30년대의 우수한 작가들에게까지 확대해서 말씀드리는 것입니다. 식민지 통치가 장기화되어 3·1 운동의 기억이 점점 희미해져 가고, 또 3·1 운동 이후에 일본의 소위 문화 정치라는 것이 한국의 교양 계층에 상당히 주효해서 민족 현실을 보는 차원이 점점 낮아지는 경향과 대응하는 현상이라고 봅니다. 그런 의미에서 민족의식의 한계를 말한 것이지요. 그리고 제인 오스틴 말씀을 하셨는데, 저도 오스틴이 한정된 역사 현장의 작가일지언정 결코 역사의 방관자라고는 보지 않습니다. 자기가 처한 위치에서 자기가 부닥쳤던 역사에 대해서 가장 진지한 역사적 관점을 보였던 작가의 한 사람이라고까지 말할 수 있겠지요. 그러나 제인 오스틴이 18세기 말에서 19세기 초 영국의 상류 계층에 속하는 규수 작가로서 그만한 세계를 그렇게 그린 것과, 30년대의 한국에서 작가가 조국이 엄연히 식민지가 되었음에도 불구하고 그 사실을 제대로 의식하지 못했다거나, 그 상황이 어떻게 연유해서 어떤 인간적·민족적 결과를 낳고 있는가를 충분히 감안하지 않고 작품 활동을 했다는 것과는 전혀 아날로지가 성립하지 않이요.

유종호 '조선 독립 만세' 말이 나온 것은 하나의 선명한 보기로 갖다 댄

것이지 민족 문학을 주장하는 분들이 그런 문학을 평가한다는 뜻은 전혀 아니지요. 그러나 말이 나온 김에 하는 얘기지만 백 선생에 대한 얘기가 아니라 어떤 작품 속에 담겨진 직접적 진술의 내용에 따라 작가나 작품을 평가하는 경향이 상당히 퍼져 있는 것은 사실입니다. 표면에 드러나 있는 명백하게 가시적인 것에 대한 성향이 불어나고 있다는 점은 얘기할 수 있을 것 같아요. 또 제인 오스틴과 30년대 작가 사이에 아날로지가 성립 안 된다는 것은 분명합니다. 그러나 제가 제인 오스틴을 얘기한 것은 역사의 흐름이 여러 개라는 것, 또 역사의 결에는 큰 결도 있고 작은 결도 있다는 점을 얘기하기 위해서 비친 것입니다. 상황에 따라서 또 사람에 따라서 큰 결에 주요 관심을 기울이는 이도 있고, 또 능력이나 성향 때문에 작은 결에만 관심을 기울이는 이도 있는데, 우리가 문학 작품이나 작가를 평가하는 데 있어서 일률적인 척도만을 적용치 말고 좀 더 세밀하고 자상한 검토와 배려가 필요하지 않겠느냐는 것입니다.

교양 소설과 우리의 상황

김우창 지금, 역사의 큰 결과 작은 결은 상황에 따라선 큰 결이 얘기될 때도 있고 작은 결이 얘기될 때도 있다는 뜻인 것 같은데 사실상 큰 결과 작은 결이 연결되기보다는 어떤 모순 관계가 있는 경우도 많습니다. 오늘날 우리가 역사의식, 민족의식을 얘기하는데 그런 관점에서 본다면 작은 것, 신변적인 것을 다루는 문학은 전진적이기보다는 뒷걸음질치는 것으로 보일 테지요. 그런데 이것은 뒤집어 말하면 한국 사회의 특징 중의 하나가 이조 시대부터 오늘까지 인간 생활이 단일화되어서 파악된 것과 연관된 것이 아닌가 합니다. 단일적으로 파악되었다는 것은 인간 생활에서 중요한 것이 가령 입신출세다, 사회에 나가서 중요한 일을 해라 하는 것과 같이 중요성과 가치가 단일화되어 파악되고 있다는 뜻입니다. 이에 반해서 각자가 중요한 것을 설정해가지고 그것을 실현해 가면서 사는 것, 다시 말해서 작은 일에도 주의할 수 있게 되어 가는 것, 이것도 하나의 발전적인 현상이라 할 수 있을 것 같습니다. 서구 소설의 발생도 그런 관점에서 파악할 수 있을 것 같아요. 반드시 역사는 아니겠지만 큰 문제만 취급할 것이 아니라 작은 문제, 일상생활 같은 것도 취급할 가치가 있다고 생각한 데서 소설이 생겨난 것이 아닙니까? 이점 교양 소설을 흥미 있는 경우로 생각합니다.

가령 디포 같은 작가의 경우 주인공이 사회적으로 성공했느냐, 돈을 벌었느냐, 하는 다분히 공적인 의미에서 사람의 생애가 판단되는 데 비해서 교양 소설에 와서는 자기가 설정한 의미에 따라서 하나의 생애가 종합적으로 판단되는 것이지요. 따라서 교양 소설에 나오는 최종적인 인간 생존에 대한 가치 판단은 획일적인 것이 아니고 각자가 설정한 관점에 따라서 삶의 의의 여부가 정의되는 셈입니다. 그러니까 개인의 생존을 다양하고 구체적인 의미에서 파악하고, 그것이 그대로 중요하다고 인정하는 것이지요. 그러니까 예부터 우리의 경우 사람의 생애가 너무 큰 이념의 구조 속에서 윤리적 평가를 받은 데 반해, 소설 본래의 충동은 사람의 생존을 작은 틀 속에서 나타나는 대로 기획하고 실현해 나가는 것이라고 생각됩니다. 따라서 어느 모로는 역사의 작은 결을 얘기하는 것이 개인의 해방 혹은 자유의 신장을 위해 기여하는 것이라고도 할 수 있을 것 같습니다. 또 교양 소설뿐만 아니라 대개의 사실주의 소설에서 작중 인물에게 직접적인 현실로써 주어지는 것은 개인적 경험 또는 좁은 테두리의 사회 이해입니다. 이 관점에서 볼 때, 사회나 역사의 큰 테두리는 당연히 주어지는 것이 아니라 얻어지는 것이지요. 어떻게 얻어지느냐 이것도 그러니까 해결되어 있는 것이 아니라 해결되어야 하는 과제입니다. 그러나 민족적 상황을 역사의 작은 결에 파고드는 소설이나 긴박하게 염두에 두는 상황에서는 교양 소설 같은 것이 뒤처진다고 할 수 있겠습니다. 거의 자리가 없다고 할 수 있지요.

백낙청 교양 소설이 민족 문학의 개념과 양립할 수 없는 것은 아닐 테지요. 서양 문학에 나타난 것과 똑같은 교양 소설이 그대로 우리 문학에 나올 수 없다는 것은 더 말할 필요도 없지만, 교양 소설의 개념을 조금 넓혀서 한 주인공이 갖가지 인생 경험을 통해서 성숙해 가고, 또 사회 속에서 자기 자리를 찾는 과정을 그린 소설이라고 한다면 민족 문학의 개념과 양립 못할 것이 없습니다. 다만 그 교육 과정의 성격은 달라지겠지요. 자기가 살고 있는 사회에 대한 통찰력을 갖게 되는 것이 교육 체험의 본질을 이루는 것인데, 가령 식민지하의 주인공이 자기가 살고 있는 상황에 대한 투철한 이해를 갖게 되는 과정을 그린 교양 소설이 없으란 법이 없고 따라서 민족 문학과 교양 소설이 양립할 수 없다고는 할 수 없지요.

김우창 양립할 수 없다는 것은 아니지요. 다만 큰 흐름을 보는 것과 자기의 개인적인 성장에 관심을 갖는 것 사이, 역사의 큰 결과 작은 결 사이에 어떤 괴리가 생길 것이 아니냐는 것입니다. 넓은 의미에서는 개인적 자각의 과정은 곧 민족적 자각의 과정과 동일한 것이어야 마땅하지만, 어떤 경우에 민족은 과정이 아니라 받아들여야만 하는 절대적 범주라고 주장되는 것이 아닙니까? 또 그렇지 않으면 안 될 긴박한 경우도 있고.

백낙청 두 가지 경우를 상상할 수 있을 것 같군요. 큰 문제가 너무 긴박하게 닥치니까 작은 문제를 아예 못 보는 경우가 있겠고, 작은 문제를 보기는 보되 상황에 비추어 그런 이야기를 의도적으로 줄이는 경우가 있겠습니다. 전자의 경우라면 각박한 상황 때문에 인간적인 성장에 중요한 제약을 가져온 사태일 것이고, 후자의 경우라면 볼 것을 다 보고나서 의식적인 선택을 한 것이니까 부분적인 제약에 그치거나 아니면 그 시대로는 가장 적절한 표현 양식이며 오히려 인간적인 업적이 될 수도 있는 것이겠지요.

김우창 제 얘기가 좀 산만하게 전개된 것 같아 정리해 보면 이렇게 돼요. 일제하의 작가 상황을 검토하다가 마주친 두드러진 상황의 하나는 많은 작가들이 개인적인 교양과 발전에 대한 강력한 충동을 가지고 있다는 것, 또 이 개인적인 교양과 발전에 대한 충동이 민족적 상황과 양립할 수 없다는 생각을 가지고 있고 이 때문에 많은 갈등을 겪었다는 점입니다. 이 때문에 많은 작가들의 생애가 복잡해지기도 하고 서양의 경우에는 개인의 생애가 반드시 전체적인 상황에 의해서 규정되지 않더라도 어느 정도는 발전할 수 있다는 의식이 성장하는 것과 함께 교양 소설이 생겼는데, 한국에서는 개인적인 성장, 개인적인 교양에 대한 관심은 서양 문학이 생겨서 생겨난 것 같아요. 거기다 이조의 유교가 청교(淸敎)주의로 개인의 행복의 추구나 성적 쾌락, 이런 것을 극도로 억제했기 때문에 개인의 성장이나 교양에 대한 충동은 계속 억제되어 왔겠지요. 그러니까 신문학 이후 개인적 성장에 대한 충동이 강력하게 나오다가 민족적 생존 현실이 도저히 그것을 허용할 수 없으니까 거기서 마찰이 생겨나는 것이 아닌가 느껴지고, 이런 큰 가닥과 작은 가닥 사이에서 모순과 갈등이 일지 않았나 해요. 그런데 이 것은 특히 긴박한 경우의 예이고 여기에 들어 있는 근본 문제는 한 사회가 정치 공동체로 성립되는 기본 공리가 어떤 것이어야 하느냐 하는 데 대한 이해에도 관계되는 것입니다. 즉 어떤 정치 공동체가 개인과 전체가 분리된 상황을 무시하고도 그대로 성립할 수 있느냐, 또는 이 분리를 언어와 실천을 통해서 극복하려는 노력 없이 그것이 성립할 수 없다고 보느냐 이런 문제죠. 소설의 두 가닥도 이런 데 귀착시켜 볼 수 있습니다.

백낙청 크게 보아 교양 소설과 민족 문학이 양립할 수 있다고 했습니다만 좀 더 한정해서 생각해 보면 이렇게도 얘기할 수 있겠습니다. 교양 소설의 원형이라고 하는 괴테의『빌헬름 마이스터』에 맞춰서 교양 소설을 좁은 의미로 해석한다면 그것은 식민지적 상황에서는 있기가 어렵다고 생각됩니다. 실제로 식민지적 상황에서는 교양이 갖는 사회적 의의가 달라질 수밖에 없는 거지요.『빌헬름 마이스터』의 경우 개인적 교양을 쌓는 부르주아적 자기완성의 과정이 그가 속한 사회의 발전 방향과 근본적으로 일치하기 때문에 여러 가지 갈등에도 불구하고 궁극적으로는 개인이 교양을 쌓음으로써 그 사회 내에서 설 자리를 찾을 수 있는 것이 아닙니까? 교양 소설의 성격을 이렇게 좁혀서 생각한다면 몸의『인간의 굴레』의 경우처럼 개인이 진정한 성장을 이룬다기보다 환멸에 도달해서 사회 속에 안주하게 된다든가, 또는 미국 문학에서 특히 흔한 예입니다만 개인이 어느 정도 성장해서 사회의 성격에 대한 통찰에 도달한 결과가 그 사회를 완전히 버리려는 결단으로 귀착하는 경우, 이런 것은 좁은 의미의 교양 소설에 넣을 수 없을 것입니다. 식민지적 상황이란 그 사회에 대한 이해에 도달했을 때 상황의 극복을 위한 철저히 거부적인 자세로 가거나, 아니면 모든 것을 체념하고 안주하려는 유혹이 특히 강한 상황이 아니겠어요? 따라서 개인적인 교양을 완성함으로써 사회 안에서 설 자리를 찾고 사회와 화해하려는 교양 소설은 식민지적 상황에서는 어렵게 마련입니다. 작가의 역량이 모자라거나 민족 문학의 개념이 편협해서가 아니라 객관적인 현실 자체가『빌헬름 마이스터』적 교양 소설의 지양을 요구하고 있기 때문입니다.

김우창 그런데 대체로 문학 하는 사람들의 충동이란 것이 사회의 큰 문제를 생각하고 비전을 갖기보다는 자기 성장이나 자기완성에 대한 관심에서 출발하는 경우가 많은 것 같습니다. 낭만적인 시를 읽는 것 같은 일이 그 첫 출발의 계기가 되는 것이 아닐까요? 그러니까 그들이 초기에 느끼는 충동이란 교양 소설에서 보는 것과 같은 자기 교양에의 관심과 비슷한 것으로 생각할 수 있겠습니다.

그러한 것에 대한 강력한 충동을 가지고 있으나 각박한 상황 때문에 그보다 다른 차원의 충동에 부딪치게 되는 것이 아닌가 합니다. 즉 본래 예언자, 선지자, 윤리가, 정치가 등이 갖고 있는 충동에 부딪치게 되어 심한 갈등을 느끼는 것이라 할 수 있겠습니다. 비록 문학인의 경우만이 아니라도 조선 사회가 무너지고 급격한 변화에 휩쓸리게 되면서 강력한 자기실현에의 충동을 많은 사람들이 갖게 되었을 것입니다. 상황에 대한 변혁 의지, 정치적, 사회적으로 호적한 환경을 만들어 보자는 것도 개인적인 자기실현을 꾀하겠다는 데 연결되는 것이었을 수가 있습니다. 그러나 백 선생께서 누누이 얘기한 식민지적 상황 때문에 잘 안 되는 것이겠지요. 이러한 사태는 오늘날에 있어서도 그대로 지속되고 있는 것일 것입니다. 예술가들이 가지고 있는 충동이란 대체로 사회적으로 규정된 역할보다는 스스로 규정하는 역할을 자기 나름대로 실현해 보겠다는 것이라 할 수 있습니다. 이것이 예술 충동의 가장 줏대 되는 원동력이겠지요. 이런 충동이 허용되지 않는 상황 속에서 민족 문학이라는 테두리 속에 시원스레 귀속되는 작품도 생기고 그렇지 못한 경우도 생기는 것 같아요.

역사 소설과 역사 인식

유종호 크게 보아 교양 소설이 민족 문학의 테두리 안에서 양립할 수 있는 것이나, 보다 엄밀하게 규정된 교양 소설은 실제 과거의 우리 상황에서는 나오기 어려웠다, 또 오늘날에 있어서 교양적인 자기실현을 밑바닥에 깔고 있는 예술 충동이 보다 큰 것에 부딪쳐 갈등을 경험하기 마련이다라는 얘기로 두 분의 교양 소설 논의는 거칠게나마 요약이 될 수 있을 것 같습니다. 그래서 그런지 과연 우리에게는 교양 소설이라고 얼핏 연상되는 작품이 결해 있고, 또 최근의 작품 생산량 속에서도 그러한 성향의 것은 찾아지지 않는 것 같습니다. 요즈음 우리 문학계의 큰 수확으로 자주 거론되는 박경리(朴景利) 씨의 『토지』나 황석영(黃晳暎) 씨의 『장길산』만 하더라도 그것이 지향하고 포용하는 세계가 근본적으로 교양 소설의 차원과는 생판 다른 것이지만, 수많은 등장인물의 개인사 속에서도 자기실현의 과정에서 중대한 체험의 순간으로 응결되는 자아 각성이나 깨달음의 순간 같은 것은 찾아지지 않는 것 같아요. 즉 진진하고 극적인 외적 사건이 풍요하게 전개되는 반면에 한 사람의 성숙이나 세계 통찰을 위해서 결정적인 구실을 하는 내적 경험의 탐구에는 아주 등한시되어 있어요. 철부지의 상태에서 이미 철부지로서의 현상 유지를 불가능하게 하는 그러한 경험의 순간, 이니시에이션의 과정이 포착되어 있는 경우는 매우 드뭅니다. 이것은 근본적으로 '팔자는 못 속이는 법'이라는 갑갑한 신분 사회, 수직적인 사회 이동도 지리적인 사회 이동도 꿈꾸기가 어려웠던 지난날의 삶을 그리는 이상 당연한 일이라고 할 수도 있겠습니다.

사실 교양 소설의 주인공은 일단 자기 고향을 떠나지요. 자기가 속해 있던 공동체를 떠나서, 속되게 말하면 자기실현의 기회가 많이 깔려 있는 가령 도회지로 나가고, 또 육체적인 의미에서나 내면적인 의미에서나 여행 — 그것은 방황이나 모색이나 일종의 세속적 구도(求道)라고 부를 수도 있는 것이지만 — 을 하고 마침내 어느 사회적 공간에서 안주할 수 있는 자리를 발견하게 되는 것인데, 우리의 과거와 같이 신분 사회의 여러 억압적인 굴레, 개인의 자기완성을 훼방하고 다양한 가능성보다는 입신양명해서 가문을 빛내 달라는 가족 내부의 강력한 요구나 압력, 교양 소설적인 실제적·관념적인 편력에 대한 강력한 쐐기로서의 조혼(早婚) 등에 얽매인 지난날의 젊은이들에 있어서 사실 교양 소설적 체험이란 무연한 것이 아니었나 합니다. 그래서 이런 유(類)의 경험이 아까 얘기한 『토지』나 『장길산』

의 경우에도 무연한 것으로 되어 있다고 하겠어요. 이왕 얘기가 나온 김이니 이 두 작품에 대한 얘기도 나누어 보지요. 너무 방대한 작품이어서 한 번쯤 독파하고 얘기하는 것도 무책임하고 실례가 되는 것도 같으나 아무 얘기도 않고 넘어가는 것도 결례가 될 것 같습니다.

백낙청 『토지』나 『장길산』뿐 아니라 요즈음 역사 소설이 많이 씌어지고 있어요. 문학뿐 아니라 요즘 신문·잡지들을 보더라도 과거에의 관심이 고조되어 가고 있는데, 이것은 한편으로는 오늘의 상황에 대한 주체적인 이해·파악을 위해 우리의 과거를 탐구해 보자는 측면이 있고, 다른 한편으로는 현실적인 제약이 많으니까 옛날 이야기나 해 보자는 식으로 현실에의 관심의 농도가 엷어진 데서 오는 측면도 있는 것 같습니다. 물론 위의 두 작품은 이러한 전반적인 시대 분위기가 작가의 역량과 잘 맞아떨어진 역작으로 평가되어야겠지요.

유종호 흔히들 지적하지만 우리의 경우 사회사가 정리되어 있지 않아서 정치사나 전쟁사, 혹은 궁정의 음모사의 차원을 벗어난 지난날의 삶의 실상에 대한 감각을 갖기가 어려운 면이 있습니다. 가령 우리는 아테네의 전성기에 실제로 아테네 시민들이 어떠한 일상생활을 영위해 갔는가를 원하기만 한다면 상당히 구체적으로 떠올릴 수 있습니다. 부자라도 양말을 신지 않았다던가, 주식이 보리떡이었다던가, 스프링이 없는 딱딱한 침대에서 잤다던가 하는 식으로 말이죠. 이것이 우리 경우에는 이조 선조 말기라면 모르지만 조금만 올라가도 잘 알 수가 없는 것 같아요. 언제고 자료 정리가 되어 밝혀지겠지만. 그런 의미에서 박경리 씨나 황석영 씨 같은 분들이 지난날의 일상생활의 결을 다루기가 참으로 힘들겠다는 생각이 들어요. 그래서 우리가 이 두 작품에 보낼 수 있는 아낌없는 찬사는 반복을 피하기 위해 일단 접어 두고 그 특성을 얘기해 본다면 대체로 서구의 사실적 근대 소설이 갖는 구체적이고 자상한 생활상이나 시대상의 묘사는 드물게 나타나게 되는 것 같습니다. 저쪽의 사실 소설과 다르니까 조금 못났다는 뜻이 아니고 하나의 특성으로 지적할 수 있다는 얘깁니다. 예컨대 저쪽에서는 지루할 정도의 공간 묘사, 가령 거주 공간이나 의상의 묘사가 나와서 등장인물의 일상적 상황이 선명하게 드러나는 데 반해서 두 작품은 극적인 외적 사건의 묘사에는 풍부하지만 구체적인 일상생활의 결에는 자상한 전개가 결해 있더군요. 또 두 작품에 공통되는 것이 무속 같은 옛 풍속을 연구성 있게 활용하고 있다는 점이고, 또 우리말의 어휘, 속담이 굉장히 풍요해서 문학적 설득력을 발휘하는 데 기여하고 있다는 점이더군요. 속담 같은 것도 옛것, 요새 것, 작가가 발명한 것 등 가지가지지만 굉장히 다양해서 이를 통해 등장인물들이 생기를 띠게 되는 것 같아요. 아까도 지적했듯이 제재의 성질상 내면적 경험은 등한히 되어 있다는 것이 역시 사실적 서구 소설과는 다른 점이더군요. 사건을 일어나는 현장에서 묘사하기보다는, 기정 사실로 된 후의 것을 간간이 추억하는 것으로 그리는 것이 『토지』의 특성인 것 같습니다.

백낙청 저는 두 작품 모두가 민족 문학의 값진 성과라고 보는 입장에서 이야기를 두 갈래로 전개해 볼까 합니다. 즉 한편으로 우리 문학의 전통 내부에서의 위치 같은 것을 가늠해 보고, 동시에 유 선생께서 제기하신 근대적 사실주의 전통과의 연관에서 살펴볼까 합니다. 한마디로 『토지』나 『장길산』은 해방 이후에 씌어진 것으로서 본격적인 역사 소설이라 일컬을 만한 최초의 예에 속하는 것이 아닌가 합니다. 그리고 이 두 작품 외에도 이문구(李文求)의 『오자룡(吳子龍)』 같은 작품도 비슷한 시기에 나왔다는 점에서 우리 문학의 연륜 같은 것을 느끼게도 해 줍니다. 이들 작품들은 우선 한결같이 우리말에 대한 강렬한 애착과 탁월한 예술적 구사력을 보여 주고 있다는 점에서 본격 문학으로서의 한 가지 기본 여건을 갖추었습니다. 읽고 나면 우리말의 보고(寶庫) 속에 들어갔다 나온 느낌이 드는데, 이것은 그동안 흔히 보아 온 무수한 역사 소설들에서 찾아보기 어렵고 신문학 초기의 이광수나 김동인도 못 미치는 점입니다. 또 과거를 그리는 데 있어서도 당시 민중의 구체적인 생활 현장을 그리려는 노력이 역력히 보입니다.

『토지』의 경우, 그 1부밖에 못 읽어서 면목이 없습니다만, 다분히 개인적인 사연과 몰락하는 양반 가문의 이야기에 치중하면서도 거기에 부수되어 전개되는 당시 농민들 생활상의 풍부한 묘사는 '리얼리즘의 승리'라는 유명한 낱말을 떠올리는 일면이 있습니다.『장길산』의 경우 당대의 민중 생활을 정면으로 그리는 것이 오늘날 역사 소설의 당연한 임무이고, 또 오늘날의 현실이 요구하는 민족 문학의 정도(正道)라는 어떤 분명한 의식을 갖고 쓴 것 같습니다. 그리고 이번에 책으로 나온 제1부의 성과를 볼 때, 부분적인 고증의 실수를 말하는 사람도 있고, 또 전반적인 분위기라든가 상업의 발달성 등이 숙종조보다는 좀 더 뒤의 시대를 생각게 한다는 지적도 낳고 있습니다만, 여하간 조선 왕조 시대의 사회상이 이만큼 생생하고 풍성하게 펼쳐진 것은 벽초(碧初)의 거작(巨作) 이래로는 처음 있는 일일 것입니다. 다만 유 선생께서 말씀하셨듯이 일상적인 생활 현실의 묘사가 좀 엷은 느낌이 있고, 좀 더 구체적으로 말해서 당대 민중의 핵심을 이루는 양인(良人), 그중에서도 농민들의 생활에 대한 구체적인 인식이 미흡한 느낌입니다.

장길산이 광대였고 더구나 제1부는 「광대」편이니까 양인보다 천인이 소설 무대에 많이 나오는 것은 당연한 것이지만, 요는 광대들을 다루는 데 있어서 그들이 양인과 구별되는 특수한 존재라는 인식이 분명치 않을 때가 있더군요. 광대인 작중 인물들이 놀이를 한다거나 재담을 늘어놓는다거나 '손돌'이 자살하는 장면 등 특별한 사건이 벌어질 때를 빼고는 그들의 생활 감정은 마치 농민의 그것을 이식해 놓은 인상을 줍니다. 당시의 광대나 천민의 독특한 생활 감정이 어떤 것인지는 저도 구체적으로 잘 모릅니다만 역시 일반 농민·수공업자·상인의 그것과는 많이 달랐겠지요. 여하간 농민 신분의 등장인물이 많고 적은 것보다도 민중을 구성하는 많은 계층들의 차이, 그들의 각기 다른 생활상과 생활 감정, 상이한 역사적 기능, 이런 것을 좀 더 분명히 의식하면서 민중의 어느 부분이든 그려 내야겠지요. 민중의 삶을 충실히 그리고 민중의 역사적 역할을 제대로 평가하기 위해서는 실재하는 민중의 모습을 과학적으로 인식할 필요가 있을 것입니다. 『장길산』의 작업이 진행되면서 이런 면에서도, 보다 전진이 있기를 기대하고 또 그러리라 믿습니다.

이야기가 길어집니다만 『토지』와 『장길산』의 경우를 근대 서구 문학의 사실주의 전통과 관련해서도 언급해 보고 싶습니다. 어떤 의미에서는 제가 아까 민족 문학 및 세계 문학에 관해 말씀 드렸던 것과도 직결된 문제니까요. 유 선생께서 지적하셨듯이 『토지』나 『장길산』의 경우, 서구의 근대 사실주의 소설에서 마주치는 세밀하고 자상한 일상생활상의 묘사, 충분한 사회사적 업적의 바탕 위에서만 가능한 묘사가 부족한 느낌이 있습니다. 그러나 서구의 사실주의 소설들과 비교할 때 이런 면도 눈에 띄어요. 서구의 사실주의 대가들은 작품의 소재를 왕년의 상류 사회 중심에서 중산층의 일상생활에까지 넓혀 오지만 그 이하의 민중 생활은 외면하는 경우가 많아요. 영국의 조지 엘리엇 같은 소설가는 제인 오스틴의 소설에서는 볼 수 없던 농민의 생활, 농민의 언어를 소설 속에 집어넣은 작가로서 『사일러스 마너』 같은 작품에서도 동네 주막집에서 시골 사람들이 모여서 잡담하는 장면 같은 것은 극히 생생한 것입니다만, 이런 장면은 역시 일종의 배경 효과에 그치고 말아요. 더구나 『펠릭스 홀트』 같은 정치적 주제를 직접 다룬 소설에 이르면 민중에 대한 작가의 뿌리 깊은 불신감 때문에 작품의 구조 자체가 왜곡되고 만다는 점을 레이먼드 윌리엄스 같은 비평가도 지적한 바 있지요. 이러한 민중에 대한 불신감은 조지 엘리엇의 문제가 아니고 19세기 서구 문학의 큰 흐름의 하나이고 20세기에 올수록 완화되기는 커녕 오히려 심해지는 것입니다. 거기에 비한다면 『토지』나 『장길산』은 그 작중 인물들을 보나 작가 자신의 언어를 보나, 민중에 대한 서구 지식인들의 편견에서 시원스레 벗어나 있습니다. 바로 그렇기 때문에 서구에서는 이미 노쇠해 버리다시피 된 리얼리즘의 형식이 박경리·황석영 두 분뿐만 아니라 우리의 많은 유능한 작가의 손에서 아직도 무한한 발전과 성취를 기다리는 유연성을 지니고 있는 것입니다. 그 점에서도 저는 우리의 민족 문학이 이미 세계 문학의 차원에서 줄 것을 주고, 받을 것을 받을 수 있는 경지에 도달했다고 믿는 것입니다.

　김우창　사실 저는 이 두 작가에 대해서 별로 할 말이 준비되지 못하였습니다. 아직 『토지』와 『장길산』을 제대로 읽지를 않았으니까요. 다만 단편적으로 『장길산』이 신문에 연재되었을 때 간헐적으로 본 것과 『토지』의 1부를 본 인상으로 기술적인 면에 대해서 한마디 해 보지요. 『토지』가 드물게 건실한 작품이란 것은 여러 평가들이 말한 대로입니다만, 가령 그것이 분량으로 보아서 방대한 것인 이유도 관계되는 것이겠지만 이야기의 흐름이 조금 지나치게 단편적인 것이 아닌가, 그래서 참을성이 부족한 독자에게는 좀 지루한 느낌을 주는 것이 아닌가 하는 생각이 들었습니다. 이것을 지적하는 것은 반드시 그것이 이 작품의 단점이라든가 하는 뜻에서가 아니고 농촌 중심이 부딪치게 되는 한 문제를 말한다는 뜻에서입니다. 사실 서양의 리얼리즘이란 것이 반드시 어떤 대중적 민주주의의 전제를 가지고 있는 것이 아닌 것은 틀림없는 것인데, 이것은 백 선생이 지적하다시피 그들 작가가 가지고 있던 어떤 대중에 대한 불신감에도 관계되는 일이겠으나 다른 한편으로, 그들의 묘사의 초점이 부르주아의 세계를 향하고 있다면, 이것은 부르주아 계급이 어느 정도의 폭이 있는 삶을 확보하게 된 것에 관계있는 일일 것입니다. 결국 소설도 그렇고 문학 작품 일반이 너무 눌려 있는 세계만을 묘사하기는 어려운 게 아닌가 합니다.

문학 작품에는 우선 재미가 있어야 하는데, 이러한 요구로 하여 행동의 폭도 크고 관심도 다양할 수 있는 여유가 있는 생활이 소설의 소재로서 적합하기 쉽다는 일반론이 설 수 있을 것입니다. 그리고 이 재미란 것은 독자가 근본적으로 생의 영웅적이고 창의적인 가능성을 믿고 싶어 하는 것에 연결된다고 봅니다. 큰 행동이 쉽지 않은 농촌의 삶의 묘사가 삽화적이 되는 것은 불가피한지 모릅니다. 여기에 대해서 황석영 씨는 그 주인공을 광대에서 취하고 있는데, 광대는 말하자면 사회 조직의 밖에 서 있는 인물이기 때문에 쉽게 낭만적인 영웅의 역할을 할 수 있다고 하겠습니다. 그런데 백 선생께서 말씀하시듯 광대가 전형적인 농민일 수는 없겠지요. 그러니까 큰 스케일의 행동과 농민의 생활에 대한 깊이 있는 이해를 어떻게 조화시키느냐 하는 것은 하나의 기술적인 문제로 남아 있는 것으로 생각할 수 있습니다. 이런 것은 어쩌면 백 선생이 제시한 큰 테제 앞에서는 지엽적인 문제인지 모르겠습니다마는…….

유종호 오랜 시간 수고가 많으셨습니다. 우리가 글쓰기를 선택한 것은 입으로 말해지는 말의 무반성적 성격, 그 돌이킬 수 없는 일성(一性, 일회성(一回性)), 입 밖에 나온 말의 당돌한 자의성, 진정 하고 싶었던 말과의 엄청난 위화감, 이런 것에 대한 저항에서이기도 하였지요. 오늘 하신 말씀이 활자로 굳어져 나온 것을 보시면, 과연 이런 말을 했던가 하는 위화감을 주는 대목도 있으리라 생각합니다. 제 뱃속에서 나왔다지만 어찌할 수 없는 자식이라는 모정 같은 것 말입니다. 그런 점이 있으시다면 《세계의 문학》이란 모색의 광장에서, 입에서 튀어나오는 말의 자의성을 버리고 다시 글자를 통한 엄밀성을 선택하기로 하십시다.

한국 문단과 한국 문학

유종호(문학 평론가, 인하대 사대 부교수, 영문학)

이호철(소설가)

김우창(문학 평론가, 고려대 문과대 교수, 영문학)

1976년《신동아》7월호

한국 문단 성립의 배경

유종호 요즘 흔히 하는 말로 문학계 내부의 부조리라는 것이 많아졌다는 얘기가 주로 문단 내부에서 들려오는 것 같고 외부에서도 화제가 되기도 하여 매스컴의 읽을거리가 되기도 했습니다. 그래서 문학 단체가 친목 단체로 출발을 했는데 어째서 몇몇 사태가 매스컴에서 화제가 되느냐, 이런 문제를 통속 사회학이랄까 그런 관점에서 얘기를 해 보면 좋겠어요.

이호철 여태까지 여러 매스컴에 문단과 문학 단체를 둘러싼 얘기가 많았지만 거품 같은 얘기 아닙니까? 병리로 따지자면 비단 문단만 병리가 있는 것이 아니라 우리 사회 각 분야에 잇는 병리의 일환으로서 문단 병리도 있지 않겠느냐 이런 전제를 달고 싶은데, 우리나라 문단이 독자하고 구체적으로 연결되는 면이 꽤나 희박하고, 그러면서도 정작 문단은 대형화되어 있고, 문단 인구를 전부 수용해 낼 만한 발표 기관은 터무니없이 모자라고, 근본적으로 이런 사정에서 야기되는 문제 같아요. 그러니까 엄격하게 말해서 지금 우리나라 문단은 이중 구조로 되어 있는 것 같아요. 이를테면 본래적인 뜻의 문단, 그 나름대로 독자와 연결되는 문학 저널리즘이라는 것이 있고, 그다음에 문학 단체 중심의 혹은 문단 내 싸움이다 이런 식으로 운위되는 문단, 즉 병적이라면 병적인 문단이지요. 실상 본래적인 문단하고 별로 상관이 없고, 막말로 문단 잉여 인구라고 할까요. 그런 요인과, 또 한 우리 사회의 다른 분야에도 공통적으로 태반이 지니고 있는 그런 쪽의 분위기가 문단까지 옮아와 가지고 벌어진 사태가 아니냐? 다시 말하면 문학 단체를 중심으로 한 그런저런 잡음은 문단이라고 얘기할 수 있는 성질이 엄격히 말해서 아닌 것이다, 이런 얘기가 되겠지요.

김우창 그러니까 세 개가 있군요. 문학 단체 중심의 문학인이 있고 문단 중심의 문학 활동이 있고 또 문단도 문학 단체도 아닌 문학 활동도 있고, 이런 세 가지가 있겠군요.

유종호 이청준 씨가 근래에 쓴 소설을 보니까 이런 것이 있더군요. 작품의 주문을 받는 대로 척척 납품을 하지 못하는 작가의 고충을 쓴, 말하자면 소설 제작 과정의 어려움을 쓴 작품인데, 제일 마지막에 가서 이런 얘기를 하고 있어요. "에라, 빌어먹을 것, 작품도 안 나오고 하니까 나도 감투나 쓰고 문단, 협회나 나가야 되겠다." 하는 얘기인데요. 상당히 날카로운 풍자를 하고 있는데, 문단 권외에 계시는 김 선생이 우리나라와 외국과의 비교를 통해서 우리나라에서 이런 일들이 화제가 되고 하는 것이 어떠한 여건하에서 어떠한 필연성을 가지고 나타나는가 하는 것을 말씀해 주시지요.

김우창 거기에 대해서 심각하게 생각을 안 해 봐서 얘기해 봐야 통속 사회학적인 얘기밖에 안 되는데, 문단이라는 것이 있다는 것은 한편으로는 좋은 일인 것 같아요. 문학인에 자신감을 주고 또 자기의 작품에 대해서 반응을 주는 그런 중앙 집권적인 무대를 만들어 놓는다는 것은 좋은 것 같아요. 전에 사르트르가 미국 작가들에 대해서 쓴 글 중에서, 미국 작가들은 작품 하나를 써 놓고는 완전히 문학계에서 사라져 노동자 사회에도 가 있고 식당 보이로도 가 있다가 또 몇 년 만에 작품 하나 들고 나타났다가 사라졌다가 하는데, 프랑스에서는 한번 작품을 썼다 하면 계속적으로 파리에 살면서 날마다 문단 사람과 만나고 다방에서 주로 살고 하는데, 사르트르가 미국에 대해서 전체적으로는 상당히 비판적인 견해를 가지고 있지만 그 점만은 상당히 부러운 눈으로 얘기를 한 것이 있어요. 우리나라 문단도 프랑스의 경우와 비슷한 것 같은데, 문단이라는 것이, 하나의 문학이라는 것이, 결국 권력 형성과 관계가 있으니까 그런 것이 성립되기도 하지요. 우리나라에서는 문단이 독자하고 관계를 맺지 못했기 때문에 결성되는 것이 상당히 있을 것 같아요. 그러니까 초기에는 자기네들끼리 기분 맞추자는 의미에서 문단 같은 것을 만든 것이 아닌가 생각합니다. 그래서 주로 모이면 술 먹고 명월관에 가는 것이 소설에도 많이 나옵니다만, 이런 현실, 말하자면 독자와의 거리에서부터 출발된 경향이 있기 때문에 문화의 핵심 속에서 작용하지 못하고 하나의 주변 문화에서 특히 외국 모델을 수입해서 모방하면서 산다, 그러다 보니까 뭔가 그럴듯한 일을 한다는 느낌을 받기 위해서 성립한 의미도 있지 않나 생각합니다.

작가와 관료 의식

이호철 그렇겠지요. 요즘에는 문단 등용문이라는 것이 있지 않습니까? 그러니까 그것이 고시 합격처럼 일정한 수속 절차를 밟으면 문단에 등용이 된다, 이렇게 되거든요. 그래서 어느새 본인들도 문단에 출세를 했다는 의식을 갖게 되지요. 이 점은 20년대 우리나라 문단이 생길 때부터의 그런 사정과도 연결된 것이어서 병폐로 치자면 매우 뿌리가 깊지요.

김우창 그것은 중요한 지적인 것 같아요. 특히 추천 제도라는 것 때문에 그렇겠지만 이것을 마치 고시처럼 생각하는 것이 무의식 속에 작용하고 있어요. 한번 패스하면 영원히 자격을 획득했다고 생각하죠. 고시라는 것이 그런 것 아닙니까?

이호철 그런데 고시는 일정한 자격을 획득하면 그 자격에 해당할 만한 혜택이라는 것을 평생 누릴 수 있는데, 이쪽은 자격과 간판만 있고, 그다음에 정작 개개의 생활은 여전히 마찬가지고 계속 작품을 써도 혜택은커녕 알아줄까 말까 하거든요. 그러니까 울분, 화, 이런 것까지 겹쳐서 끼리끼리 엉뚱한 잡음을 일으키지 않는가 하는 생각이 듭니다. 객관적으로 그 사람 작가다 할 때에, 작가의 사회적 위치랄까 그런 것을 누가 알아주나요. 기껏 그 사람 고생줄 열렸다 하는 시선이나 받게 되고, 이런 것의 누적에서 그런 현상이 빚어지지 않나 싶어요. 또 처음부터 그런 여건을 견디고 극복해낼 만한 문단적인 가치 기준이 전통적으로 서 있지 못한 데서 '뜻밖이다. 문단이 이런가?' 하는 일종의 좌절감을 한 번씩 치르는 것 같아요. 이제 출세했다고 생각을 했는데, 그에 부응할 만한 혜택은 별로 없거든요. 이 점은 원칙적으로 잘못되어 있는 점이지요. 그리고 이것은 우리 문단이 우리 사회 현실과 처음부터 폭넓게 밀착해 있지 못한 데서 유래되었고요. 이 점을 개개 나름대로 치열한 문학 의식으로든 체념으로든 극복을 하면 어느 정도 유지가 되겠지만, 그렇지 못하면 아예 다른 직업으로 옮아가거나, 그것도 제대로 안 되면 소위 문단에서 돌면서 여러 가지 잡음 속에나 흠뻑 빠져들게 되지요.

김우창 문학인이라는 것은 자격을 얻어 가지고 되는 것이 아니라 쓰고 있을 때만 문인이라고 볼 수 있잖아요? 그런 계속적인 과정으로 생각하지 않고 일종의 관료적인 사고에서 나오는 출세로 착각하고 있지나 않은지 모르겠어요. 그와 관련된 제 경험이 하나 있는데, 어떤 시인에 대해서 글을 하나 쓰는데 한국 시사(韓國詩史)적인 위치에서 써 달라고 그랬어요. 그런데 제 생각으로는 한국 시의 역사라든가 또는 한국 문학사에서 중요한 위치를 차지하려면 상당히 큰 에네르기를 문학계나 또는 문화에 일으키고 한국 사회에도 영향을 끼치고 해야 비로소 역사 속에 투입이 되고 작용하는데, 그때 부탁받은 그 사람은 틀림없이 그런 시를 쓰기는 썼지만 한국문학에 중요한 영향을 줄 만한 사람은 아닌데 그렇게 시사의 위치에 관해서 써 달라고 했어요. 그런데 그 얘기를 듣고 가만히 생각해 보니까 왜 이런 발상이 생겼느냐 하면 시인이 되고 시를 쓰고 있으면 자연히 그의 문학 활동이 기록이 되어서 그것이 말하자면 한국 시의 역사가 되고 한국 문단의 역사가 된다고 생각한 것입니다.

오염된 문학 의식

유종호 시인과 작가를 만들어 내는 과정이 지금 화제에 오르고 있는데, 이것이 우리나라의 소위 문단이라는 것과 밀접한 연관이 있는 것 같아요. 여담이지만 시골에도 문학 지망자들이 굉장히 많은데 그 사람들이 일반적으로 가지고 있는 생각은 문단의 힘 있는 사람들과 접촉이 없어 자기들이 부당한 박대를 당한다는 의식이 강해요. 피해 의식, 울분 같은 것이 굉장히 강한데, 우리가 그 사람들에게 전적으로 이것은 편견이다라고 할 수는 없는 것 같아요. 이런 사람들도 문단이라는 것을 아는 사람들끼리 상호협조하면서 먹고사는 놀음 정도로 생각하고 있는 것 같습니다. 그런데 그런 사람들 얘기를 들어 보면 지방으로 다니면서 여러 가지 형태의 피해를 주는 사람들도 있다는 얘기예요. 가령 관계하는 잡지를 수단으로 해서 작품의 질과는 관계없이 거래를 한다든가, 그런 식의 부조리를 호소하는 사람이 있어요. 이것은 문단에서 화제가 되는 싸움과 밀접한 관계가 있는 것 같아요.

이호철 유 선생이 얘기한 시골의 그것도 서울 중심의 어떤 문단 의식이 그대로 지방에 오염이 되어 가지고 그 사람들의 문단 의식과 문학 의식이 뒤범벅이 되어 있는 현상 아닐까요? 말하자면 문학 의식인지 문단 의식인지 알쏭달쏭한 것이지요. 문단에 등용되는 것이 곧 문학을 하는 목적처럼 된다는 말이지요.

유종호 문학을 한다고 하는 행위는 건축가가 집을 짓는 것과는 달리 이렇다 할 가시적 성과, 즉 만인들이 공인할 성과라는 것이 거의 없는 것 아니겠어요? 그러니까 아까 얘기 나온 대로 등록이 돼야 안심이 된다는 것과 또 일단 등록이 되어서 외형화되기 이전에는 자기의 아이덴티티를 확인할 길이 없으니까 그런 현상이 일어나는 것이라고 할 수 있겠지요.

이호철 시골에서 문학 하는 사람들한테 얘기를 하는 경우, 실은 저 자신도 한편으로는 무안을 느껴요. 나도 지금 문단에 적을 갖고 또 발표 기관에 별로 지장 없이 문학 활동을 하고 있으니까 속 편하게 이런 얘기도 하는 게 아닌가 하고 말입니다. 당신은 그 정도로 얘기할 처지니까 좋은 소리 평평 하지만, 우린 당장이 급하다. 이러면 사실 할 말이 없어지거든요.

유종호 문인이 된다고 하는 것이 지금 우리나라 같은 사회에서는 특히 어려운 일이라고 생각이 되는데, 그럼에도 불구하고 문인 지망자는 상당히 많고 현재 등록된 사람도 1000여 명이 되는 것 아니겠어요? 그런데 제 생각입니다만 우리나라에서는 시인이 되려다가 시인이 되는 사람들, 작가가 되려다가 작가가 되는 사람들이 너무 많지요. 건축가가 되려다가 안 되니까 혹은 되고 나서 거기에 만족하지 못하고 소설이라도 한번 써 본다든가, 마도로스가 되었다가 배에서 겪은 얘기를 하지 않고는 배길 수 없어 소설로 써 본다든가 하는 식보다는, 어려서부터 나는 꼭 시인이 돼야 되겠다, 소설가가 돼야 되겠다 하다가 정말 스물서너 살에 시인·작가가 되어 버린 사람들의 수효가 많다는 것은 우리 문학을 위해서는 별로 좋은 현상이 아닌 것 같은데, 딴 나라의 경우는 어떨까요?

비문학적인 문학 단체

김우창 글쎄요. 문단 성립이 어떻게 돌아가는지 외국의 예를 잘 모르니까. 그런데 문단이라는 것이 있어서 한 가지 좋은 점 중의 하나는 가령 미국에서 작가와 독자를 직접적으로 중계 역할하는 것이 출판사인데, 출판사라는 것이 높은 비평적인 안목을 가진 경우도 있지만 상당히 상업적인 이해관계에서 좌우되기 때문에 그러한 상업적인 장벽을 통해서 작가가 사회에 진출하는 것보다는 문단이라는 그래도 조금 비상업적인 것을 통해서 사회에 진출하는 기구를 가지고 있다는 것은 그 기구의 좋은 점이라는 생각이 들어요. 그러나 다른 한편으로 작가의 투쟁이 약화되기 쉽기 때문에 안일하게 증명서만 하나 가지고 작가 행세하는 사람도 생기는 병폐도 있을 것 같아요.

유종호 유파(流派)라는 것이 이념이 같아서 모이는 것은 괜찮지만, 그렇지 않고 어떤 비문학적인 혹은 외적인 필요라든가 글 쓰는 사람들이 어떠한 수단으로 무리를 모으고 도당을 꾸미는 것은 좋지 않다 하는 얘기가 수없이 되풀이되었음에도 계속 치열한 양상으로 나타나는 것을 어떻게 설명해야 할까요?

김우창 등록하고 관계가 많지요. 일생 동안 계속해서 글을 써서 전집을 한아름씩 만들어 놔도 이것이 정말 내가 밥 먹고 쓸데없는 일 하는 것이 아닌가 하는 느낌을 갖는 것이 보통 문학인인데, 증명서 하나 받아 가지고 이것이 문인이다 그러니까 문인에 상당한 무엇이 있어야 될 것이 아니냐, 이런 의식이 문단의 하부 구조를 이루고 있는 것 같아요.

이호철 그런 전제에서 문단 헤게모니 쟁탈전이랄까, 그런 관료적인 풍토가 생기지요. 이를테면 문단의 주도권을 누가 장악하느냐, 문단의 주인이 누가 되느냐, 이런 쪽의 발상 양태가 생기게 되지요. 문단 싸움이라는 것도 문단 주도권을 중심으로 한 그런 것이 아니겠어요?

유종호 근자에 소설가협회니 해서 문학 단체의 수가 많아졌는데 사실 그런 것이 무슨 기능이 있습니까? 이름만 있는 것 아닙니까?

이호철 문단에 깊이 몸담고 있는 사람으로서 함부로 얘기할 수는 없지만, 협회면 협회를 만든 사람들의 의도에 합당할 만큼의 기능은 역시 있다고 봐야겠지요.

김우창 누가 무엇 때문에 어떻게 싸우는지 잘은 모르지만, 옛날에는 한국 사회나 문화에 문학이 깊이 작용을 못하니까 문단이 생겼는데, 요즘은 그것이 세력이 되니까 세력을 이용하자는 사람이 생기게 되고, 그것이 상당히 큰 정치 세력으로까지 등장합니다. 말하자면 요즘은 먹을 것이 많아지니까 싸우는지도 모르지요.

이호철 옛날에는 먹을 것은 각자가 미리 갖고 있다가 문학 합네 하고 말아먹었지요. 대개 땅마지기나 있고 풍족한 사람들이어서 겉멋 반 하이칼라 반, 이런 식으로 문학 한 것이 아니었겠어요? 독자야 어찌 됐든 간에 문인끼리만 서로 위안받자고 이루어진 것이 문단이었어요. 그 나름으로 막연히 좋은 일 한다는 의식도 좀 있었고. 바로 그렇기 때문에 몽땅 말아먹었겠지만.

김우창 문학 단체를 통해서 흘러나오는 무엇인가가 있지 않아요?

이호철 잘 모르지만 별거 없을 거예요. 세미나다 뭐다 해서 관광 버스 타고 속리산 같은 데 가는 것, 거기 말 몇 마디 하고 몇 푼 타먹는 정도, 그밖에 이런저런 문학상 추천권이 있을까요. 상을 주는 재단에서 후보자 추천 의뢰가 오거든요. 그런 걸 결정하는 데 참여할 수 있는 이사라는 감투 정도, 그 밖에는 보조금이다, 문예진흥원에서 나오는 돈이다, 이런 것은 소문뿐이지요. 잘 모르겠지만, 아마 그럴 거예요.

문단과 문예지의 편집 방향

유종호 아까 문단에 등록된 인구가 1000여 명이라고 했는데 역시 시인들의 수효가 많고 시 전문지가 적어서 그런지 모르지만 문예지들이 정실(情實)에 의해서 편집을 한다, 자기하고 가까운 사람들에 대해서는 후대를 하고 그렇지 않은 사람들은 게재 기회를 얻기 어렵다는 얘기도 있어요. 그래서 현상 응모에 당선이 되었는데도 불구하고 문예지에서는 도무지 취급을 안 해 준다, 또 문예지의 추천을 받은 사람들은 두 번이나 소정의 절차를 밟아 가지고 버젓한 시인으로 등록이 되었음에도 불구하고 일반 신문 잡지에서는 구박을 한다 해서 서로 불평이 많은데, 이런 것은 과연 어느 정도의 신빙성이 있는지 또 이런 문제는 어떻게 해야 합리적인 해결이 될 수 있는 것인지요?

이호철 합리적인 방안이 없을 것 같아요. 신문의 신춘 문예 같은 것이 그 나름으로 공인을 받고 있지만 어떤 잡지에서는 인정을 안 합니다. 신춘 문예에서 나온 사람들은 그 잡지 나름대로의 소정의 절차를 밟아라 이런 식이지요. 그런데 작가가 진짜로 실력이 있는 경우가 김승옥(金承鈺) 씨 같은 예인데, 신춘 문예에서 나오고, 여기저기 발표한 것이 계속적으로 반응이 좋으니까, 그런 때는 잡지 쪽에서도 수그리고 드는 것이지요. 따라서 일괄해서 전부 한 묶음으로 묶어서 얘기하기는 힘들지요. 그저 신인들에게는 의당 당연한 얘기밖에 할 길이 없어요. 하여튼 좋은 작품 쓰게 되면 알아주더라, 이렇게밖에 얘기할 수 없어요.

김우창 어떻게 보면 외국보다는 문학 작품으로 출세하기가 쉬운 데가 우리나라인 것 같아요. 쉽게 알려지고 쉽게 원고 팔 수 있고……. 그렇게 보면 작품만 좋으면 별 문제가 없을 것 같아요. 등록을 마쳤으니 가만히 있어도 좋은 일이 있어야 될 것이 아니냐 이렇게 생각하면 곤란하겠지요.

유종호 제가 처음 글을 발표하기 시작한 때만 해도 옛날이고 여러 가지 그럴 만한 사정이 있어서 그랬지만, 별로 편집자의 횡포다 하는 것까지 생각을 안 해 봤는데, 지금은 편집자의 횡포라고 하는 것에 대한 원성이 상당히 자자하다고 볼 수 있어요. 훌륭한 작가인데 우대를 안 해 준다, 너무 편협하게 군다, 이런 원성 같은 것이 널리 퍼져 있는 것 같아요. 가령 그것이 《창작과비평》이나 《문학과지성》 등등 누가 보더라도 자기들의 독특한 이념에 의해서 책을 만들어 간다면 ── 거기는 거기대로 원성이 있겠지만, 대체로 말이 적지만 일반 문학지에 대한 원성이 더 높은 것 같아요. 그런데 이것이 과연 이른바 편집자들이 정실 일변도로만 나가서 그런 것인지 과장된 소문에 지나지 않는 것인지, 이런 것에 대한 신빙성은 전반적으로 어느 정도라고 얘기할 수 있을까요?

이호철 지금 우리나라 문학잡지가 상당히 많은데, 제대로 장사가 돼야 되겠다 하는 생각이 철저한 경우에는 마구잡이로 정실 쪽으로만은 못하겠지요. 그런 식으로 하다 보면 장사가 안 될 테니까 생각을 달리하는 수밖에 없는 것이지요.

유종호 최근에 영인본으로 나온 《인문평론》을 한번 훑어보았는데 친일적인 잡지다, 명예롭지 못한 짓을 했다, 이런 것을 떠나서 볼 것 같으면 지금에 비해서 오히려 어떤 면에서는 퓨어리스트적인 요소가 강했던 것 같아요. 상당히 자기들 나름대로의 격조를 유지하려 했고, 일정한 주제를 잡아가지고 일을 하려고 했어요. 그래서 문학지라는 면에서 볼 때 오히려 지금에 비해서 훨씬 정열적이고 순수했다고 볼 수 있어요. 거기에 비하면 요즘 잡지는 무슨 화장품 회사의 PR 잡지마냥 알록달록하게 나열해 가지고 독자들을 현혹시키는 취미가 있는데, 이것을 시장 지향 사회의 한 반영이니까 불가피한 현상으로 넘겨야 할 것인지요?

이호철 《인문평론》이나 《문장》이 나오던 시절에도 역시 장사는 잘 안됐을 거예요. 장사는 안 되지만 우선 잡지는 제대로 만들자, 이런 문학적인 의식 같은 것은 꽤 있었어요. 이것은 50년대에도 그랬던 것 같아요. 예를 들어서 《현대문학》이나 《문학예술》이 처음 나올 무렵과 그 후의 《문학춘추》, 《문학》이 나올 때만 해도 문학잡지를 한다면, 장사 되고 안 되고는 둘째 쳐놓고 그런 대로 준열한 의식 같은 것이 있었지요. 이를테면 좋은 잡지 만드는 것이 장사도 된다는 생각이었지요. 헌데 요즘은 텔레비전 문화를 비롯한 소비문화 생태가 범람하고, 바람이 마구잡이로 휩쓸려 들어와서 그런지, 문학잡지로서의 일정한 품격이 적지 않게 마비되어 있는 것 같아요. 그러니까 문학잡지를 하는 사람들도 주간지(週刊誌)식으로든 어떤 식으로든 하여튼 많이 팔리면 장사가 되는 것이다, 이런 식의 생각을 하는데 이건 곤란하지요.

김우창 문학잡지의 편집 기준 같은 것이 상당히 상업화됐다는 말씀인데, 그렇게 해서 옛날 잡지보다 독자하고 접촉이 더욱 많아진 셈입니까?

이호철 많아져 봤자 그런 독자는 제대로 생긴 독자라고 할 수 없지요. 작가 쪽으로나 독자 쪽으로나 편집자 쪽으로나 폐만 조장하기 십상이지요.

작가와 작가 의식

유종호 요즘의 작품, 특히 소설 작품 가운데서 눈에 띄는 경향은, 과거에 상당히 비판적인 태도로 현실을 묘사하던 30대 후반에서 40대 이상의 중견 작가층에서 나타나고 있는 체념에 가까운 현실 긍정의 자세인 것 같습니다. 또 도시 생활을 주로 비판적인 측면에서 다루고 있는 풍속 소설도 그전의 작품 세계보다는 훨씬 긴장이 해이해지면서 현실 순응의 방향으로 흐르고 있는 것 같은데, 이러한 관찰이 대체로 맞는 것인지요? 또 그 이유를 여러모로 뜯어본다면 어떻게 되는지요?

이호철 그렇게 된 이유에는 여러 가지 여건이 있겠지요. 얘기를 문단 안으로 끌어들여서 볼 때 50년대 무렵은 작가가 작품을 발표하면 그 작품에 대한 반응이 지금보다는 분명한 것이었어요. 그 무렵에는 원체 문단 인구도 적었고 잡지도 적어서 그랬겠지만 가치 기준의 일원화라고 할까, 단선적이라고 할까, 그런 면이 있었던 것 같아요. 그런데 요즘은 세태도 그렇고 모든 것이 가치라는 대목을 떠나서 무정견하게 방대해지고 헤벌어지지 않았습니까? 문단만 해도 글 쓰는 사람의 수도 많아지고 잡지도 많아지고 그런 데에서 다층화 다원화 현상이 생겨 있는 것 같아요. 거듭 얘기지만 제가 글을 쓰기 시작할 무렵인 50년대에는 한 작가가 문단에 새로 나왔다 하면 온통 야단들이었거든요. 그리고 대뜸 문단의 한구석에 끼어들 수가 있었지요. 그런데 이것이 도시화, 그리고 이에 따른 상업주의의 팽배로 문단이 어느 한구석으로 점점 밀려나서 작가 자신들이 여타의 직업과 대동소이한 직업의식 속에 주저앉아 버린 감이 있어요.

김우창 지금 두 분 말씀은 부정적으로 보시는 것 같은데 그것은 바람직한 사태는 아니지요. 그러니까 한쪽으로는 상당히 감각적인 방향, 풍속적인 방향으로 가고, 한쪽으로는 작품을 써 봐야 전체적인 비평을 불러일으키기 어렵다는, 별로 좋지 않은 현상이 일어나고 있습니다만 그것은 작가가 정치적인 사회적인 방향 감각을 상실했다는 얘기도 되지만 다른 한쪽으로는 종전에 작가들이 가졌던 정치적인 사회적인 방향 감각이 깊은 데서 우러나온 것이 아니었다는 얘기도 되지요. 보다 깊은 의미에서 구체적으로 한국 현실을 들여다보고 작가적인 반성을 시도하고 그런 것을 요구하는 상황이 됐다는 의미에서는 긍정적인 것이 있을 것 같아요.

대중 사회와 문학

유종호 이 선생이 다원화 현상이라는 얘기를 했지만 과거에 비해서 우선 작품 발표 기관이 많아지고 또 작가의 수도 많아지고 해서 일반적 추세나 경향을 한마디로 얘기하기가 퍽 어렵게 됐어요. 그런데 내가 하나 느낀 것은 사실 과거 10년간에 우리 사회에 일어난 변화라고 하는 것을 우리가 어떠한 이름을 붙여 보든지 간에 물질적으로 풍족해진 것은 사실인 것 같아요. 매우 불안하긴 하지만 물질적인 유복(裕福)이라고 하는 것이 도시 생활에서 엿보이고 부의 축적 현상이라고 하는 것이 권력 찬미의 무드를 조성하는 면도 있고 해서, 이런 것하고도 관련이 있는 것이 아닌가 하는 생각이 들어서 하는 얘기입니다. 요즘 또 하나 우리가 부정적인 관점에서 볼 수 있는 것은 일반적으로 소설의 경향입니다만, 젊은 작가의 경우에 화술과 재치 같은 것이 발랄하다 하는 느낌을 받아요. 그것이 어디에서 나왔는가 하는 것을 생각해 보니까 역시 지금 젊은 작가라고 하는 사람들이 어려서부터 라디오나 텔레비전의 재치 문답 같은 것을 많이 봐 가지고 그런 면의 재치가 굉장히 발달된 것이 아니냐 하는 생각이 들어요. 그것이 때로 경박한 재담(才談)으로 피상적으로 흐를 위험성이 있는 것 같아서 하는 얘깁니다.

김우창 말씀을 중단시켜서 안 되었습니다만 거기에 추가해서 말한다면 요즘에 와서 점점 사람들이 전통적인 구조를 떠나서 만나게 된 것, 이것도 관계가 있을 것 같아요. 종전 같으면 가족의 테두리라든가 친구의 테두리, 동창의 테두리 안에서 만났던 것에 반해서 오늘날은 거의 군중 중심의 사회가 아닙니까? 그러니까 여러 사람들이 대등한 관계에서 만나고 서로 모르는 사회에서 만나는 관계가 많아졌다는 사회적 요인이 있는 것 같아요.

이호철 같은 얘기지만 50년대 내지 60년대 초에 소위 문단에서 활동한 작가들의 문학 의식이란 6·25 직후의 첨예한 사회 현상과도 깊게 관련이 있었던 것 같아요. 그러니까 작가들 나름대로의 주제 의식 하나는 강했었고, 이 점에 그 무렵 작가들의 동질성이 엿보이는데, 그것이 최근에 와서 대중문화의 범람에서 모두가 한 가락, 한 색깔로 휩쓸려 들어서, 작건 크건 샐러리화되었어요. 이래서 생활이 풍족해졌다는 것도 그 풍족해진 성격이 근본적으로 문제가 되어야 할 터인데, 그냥 그 흐름에 빠져들어서 문학 의식의 쇠퇴 현상이 일반화해가는 것 같아요. 저의 이 얘기는 어디까지나 10년 전, 20년 전의 문단 분위기와 오늘의 일반적인 문단 분위기를 비교하는 시점에서 하는 얘기입니다. 작가란 단순히 원고 써 먹는 사람, 원고 팔아서 사는 사람은 아니거든요. 20년 전만 해도 원고 써서 차까지 굴리고 이름도 얻고 하는 일은 엄두도 못 냈어요. 그러나 그때의 작가들은 나름대로 오기 하나씩은 짊어지고 있었지요. 바로 그 오기가 객기로 빠지건 치기로 빠지건 건강한 문학 의식의 가장 굳건한 근거이자 밑천이 되었던 것이지요.

김우창 실제 지금까지 우리가 대중성과 오락성에서 문제를 생각해 봤지만 우선 서울 시내에서 이렇게 많은 사람을 볼 수 있다는 것 자체가 방향을 짐작하기가 어려운 상태 아닙니까? 이런 상황에서 어떤 작가는 깊이가 심화되고 어떤 작가는 대중 사회에 맞춰 그쪽으로 흡수되고, 어떤 사람들은 소외가 사실상 깊어 가겠지요. 대중 사회의 소외가 깊어가고 그 소외를 절실하게 깨달은 작가의 고통은 더욱 심해지고 또 투쟁도 격렬해지니까 그런 격렬한 투쟁 속에서 자기가 만족하는 작품보다는 더 스케일이 크고 투쟁열이 강하고 날카로운 작품이 나올 수 있다고 얘기할 수 있습니다.

유종호 독자들한테도 그렇게 얘기할 수 있겠어요. 문학에 있어서 새로운 풍조라고 하는 것은 작가 측에서 유도하는 것도 있겠지만 독자 측의 수요에 의해서 작가들이 응한다는 측면도 있는데, 요즘 일부의 물질적인 풍족을 즐기면서 길들여진 독자들은 어두운 면이라든가 비판적인 면을 강력하게 제시해서 자기의 일상생활을 불안하게 만들어 주는 것보다는 적당히 현실 긍정을 해서 자기 삶의 쾌적한 상태를 조화해 가는 데로 쏠린다고도 볼 수 있어요. 그래서 일단 작가 측에서도 그렇고 일반 독자층에서도 자기들의 일상생활 자체를 불안하게 하는 그러한 작품보다는 만족스럽고 쾌적한 상태에 기여해 주는 작품을 원하는 것이 아닌가 하는 생각이 들어요. 그리고 재치 같은 것이 많아졌다고 하는 것도 결국 일상생활의 큰 테두리를 불안하게 하지 않게 하는 범위 내에서 재미를 주고 약간의 거리를 가지고 현실을 본다는 태도를 취하다 보니까 결국 그런 경향이 심화되는 것이 아닌가…….

상황과 작가

김우창 작가 측에서는 우리가 살아가는 현 사회에 대해서 비판적이고 분석적이고 날카롭게 파헤치는 의사(義士)적인 것, 또 지사(志士)적인 것만 가지고는 안 되겠다는 의식이 문제인 것 같아요. 실지 필요한 것은 사회의 움직임과, 인간이 서로 연결을 맺고 사는 방식에 대한 구체적이고 사실적인 탐구입니다. 그러니까 작가가 특별한 선량(選良)이 아니라는 것, 작가가 전체적인 상황 속에 휩쓸려 사는, 그 휩쓸려 있는 상황을 초월해서 보다 좀 명석하게 상황을 파악하려고 하는 노력을 남달리 경주하는 사람이라는 조금 더 건전한 인식을 가질 수 있어야 할 것입니다.

이호철 작가는 어떤 의미에서 선량이기도 하고 선량이 아니기도 한 면이 있는데, 선량이 아닌 쪽으로 쉽게 자처해 버리면 자칫하다가는 금방 수렁에 빠져들어 샐러리화될 가능성이 있거든요. 그렇다고 선량 쪽으로만 지나치게 힘을 주다보면 저 혼자만 잘난 척하는 사람이 되어서 괜시리 주위의 지탄을 받게 되지요. 그 지탄에도 문제가 없는 것은 아닙니다만, 아무튼 작가가 선량이다 아니다 하는 문제는 작가 자신의 깊은 성실성으로써 해결되어야 할 것입니다. 그러나 작가가 처음부터 선량이 아니다, 작가만 어째서 그런 무거운 멍에를 지느냐 하는 식의 의식은 더 안 좋아 보입니다.

김우창 작가가 선량이냐 아니냐 하는 문제에 한마디 덧붙이고 싶은 것은 오늘날 작가의 소외가 심화되는 상황에서는 작가 자신이 선량 의식(選良意識) 속으로 도피할 수 없다는 것을 인식하는 데서 비로소 선량이 될 수 있지 않을까 하는 생각입니다. 자기 선량 의식에서 도피할 수 없다는 그런 의미에서도 더 철저한 자기반성적인, 자기비판인, 또 자기비판을 통해서 사회 전체에 대한 비판적인 입장을 취할 수 있는 작가 의식이 절실합니다.

유종호 지금 선량이라는 말에 조금 어폐가 생기는데, 역시 작가라고 하는 것이 완전히 한 사회의 콘포미스트가 되어 있을 경우에 사실 거기서 나온 작품이 독자에게 큰 호소력을 갖기가 어려운 것이겠지요. 그런 면에서도 이 선생께서 이야기하는 것은 작가라고 하는 것이 사실 어느 정도의 논콘포미스트가 되어야 제대로 작가의 구실을 할 수 있다, 이런 뜻이 아니겠습니까?

김우창 작가가 부정적으로 보는 사회로부터 어느 정도 멀리 떨어져 있어야 되느냐 하는 것은 상당히 어려운 문제 같아요.

이호철 상황이 날카로워질수록 어떤 작가의 경우 소외 현상이 끝으로 몰리고 그럴수록 좋건 나쁘건 점점 제 모습이 드러나게 되겠지요. 그러나 이러한 시점은 너무 각박해 보이기도 해요. 작가 개개인은 그때그때 상황에 대응하는 제 나름대로의 방식이 있을 테니까, 이거냐 저거냐, 그렇게만 일도양단식으로 따질 수는 없지요. 따라서 이런 점까지 포함해서 상황이 극복될 때 우리가 원하고 있는 바람직한 작가상이라는 것이 이루어지지 않겠어요?

문단의 순기능과 역기능

유종호 우리가 여태까지 부정적인 측면의 얘기를 많이 한 것 같은데 그러면 그에 대한 대응으로서 마땅히 어떤 일을 해야 되고 현 시점에서 문학 단체가 할 수 있는 일이 무엇인가? 순기능을 살리기 위해서 제시할 수 있는 활동의 범위라고 하는 것이 무엇인가? 이런 얘기를 한번 해 보지요.

이호철 기왕에 문학을 하는 사람들의 모임으로 단체가 있을 수 있다면 예를 들어 원고료 문제라든지 출판사와의 문제, 그 밖에 문인들의 권익 옹호라든지 그런 쪽으로 일을 할 수 있어야 하는데, 이때까지의 예를 보면 원고료 투쟁 같은 것도 정작 문학 단체에서 주로 활동하는 사람들은 그다지 관심이 없는 것 같고, 권익 옹호라든지 이런 것도 이 눈치 저 눈치 보아야 할 형편인 것 같아요. 솔직히 얘기해서 문학 단체가 현재와 같은 양태로 있어 가지고는 우리가 바라는 좋은 일을 제대로 할 수 있다는 것은 기대할 수 없을 것 같아요.

김우창 권익 옹호 얘기를 하셨는데 실제로 문인 협회가 인적인 요소가 줄어지고 원칙적인 요소가 강화되어야 되지 않을까 생각합니다. 하나의

원칙에 누구나 다 동의할 수는 없겠지만, 특히 과거에 문단에서 현실 참여
니 하는 여러 가지 원칙적인 논쟁이 있었고 실제 글 쓰는 사람도 그쪽이 좋
다는 사람도 있었고 안 좋다는 사람도 있었는데, 그런 것까지는 일치하지
못하더라도 가장 기본적인 의미에서 작가가 작품 활동을 하는 데 기본적
이고 법적인 요건, 또 사회적인 요건에 대한 원칙적인 검토를 해서 일치할
수 있는 데가 있을 것 같아요. 작품 활동을 위한 자유의 옹호라든지 또는
작가의 개인적인 작품 활동의 자유가 침해됨으로써 오는 개인적인 피해
에 대해서 공적인 입장을 밝힌다든지, 이런 종류의 작가의 권익 옹호가 있
어야 될 것 같고, 그렇게 되려면 문인 협회 자체가 자기 이해를 넓혀야 될
것 같아요. 저는 그런 데에 관여를 안 해서 그런지는 몰라도 작가라는 것은
그 당대에 이름을 날리거나 또는 일시적으로 잘했다고 하는 것도 중요하
지만, 좀 더 넓은 의미에서 오히려 한국 사회 또는 한국 문화를 이러이러한
방향으로 창조해 가고 형성해 가는 데 어떤 조그마한 역할을 맡고 있다는
장기적인 안목을 가져야 할 것 같아요. 한국 문학이 어떠한 일을 해야 되겠
다는 넓고 고차적인 의미에서, 일시적인 문제에 구애되지 않고 작가적인
옹호, 우선 제일 긴급한 것이 작품 활동의 자유 같은 것이지요. 그런 것부
터 해야 될 것 같아요.

유종호 기본적인 권익 옹호라든지 표현의 자유라든지 이런 것은 거의
한 일이 없는 것 아닙니까?

이호철 성명서로 표현의 자유를 주장한 일은 한두 번 있긴 있었지요.

김우창 사람의 정치적 정열이란 것이 성욕과 마찬가지로 상당히 본능적
이고 생태적인 것인데, 정치적 정열이라는 것이 적정한 채널을 통해서 발
산이 안 되기 때문에 볼썽사나운 싸움으로 직결되는 경향도 있지요.

유종호 정치라는 것이 넓은 의미로 권력과 관련이 있는 것이고 권력이
라는 것이 결과적으로 남을 움직일 수 있는 힘 아니겠어요? 이런 의미의

정치 본능이라고 하는 것이 사실 모든 사람에게 다 있는 것이지요. 좀 오해를 살지 모르겠습니다만 정치가나 사업가들이 정치 본능을 발휘해 가지고 치고받고 하는 것은 어느 정도 당연한 것이고 글 쓰는 사람들이 그러는 것은 안 되겠다 이런 생각은 좀 문제 같아요. 이 사람들도 똑같은 사람들인데 왜 A라는 사람들에게 허용되는 것이 B라는 사람들에게 허용이 안 되느냐 이것입니다. 말하자면 문인이라든가 교사에 대해서 별종으로 치는데, 대우를 해 주고 그러는 것이 아니라 욕할 적에 너희는 다른 사람이 아니냐 하고 쥐어박는 수가 많이 있어요. 사실 우리가 자꾸 이런 자리에서 싸운다 싸운다 하는 것도 얘기하기가 곤란한 것 같아요.

김우창 어떤 의미에서는 싸운다는 것이 건설적인 것 아니겠어요? 분위기만 자유롭고 실제 주먹다짐만 안 한다면 싸움은 하면 할수록 생각이 분명해지고 숨어 있던 문제들이 모두 부각될 수 있지요.

이호철 제대로 싸움할 여건이 아니니까 문제가 생기는 것이지요.

유종호 반칙이 많고, 페어플레이를 하지 않는 데에서 문제가 생기는 것이지요. 하여튼 현 우리의 문학이 도시화되어 가고 있는 것이 다 사회의 반영이라고 했는데, 이런 것도 정치적인 반영이 아니겠어요?

김우창 자유로운 분위기에서 말만 가지고 싸우면 아무리 사람이 미련하다고 하더라도 이치가 대개 통하게 마련이지요. 그런데 싸움에서 몰리다 보면 이치나 말로만은 싸울 수 없으니까 밖에 있는 다른 세력을 유리하게 이용해서 전세를 바꾸어 보려고 하는 데에서 싸움이 더러워지고 복잡해지는 것 아니겠어요? 이미 존재하던 서열 관계를 가지고 이치를 고집한다든가, 이성이 이치가 아니라 서열이 이치다, 이런 식으로 해서 싸움이 더러워지는 것이지요. 문단도 이치대로만 싸우면 싸움이 많을수록 발전하는 것이지요. 만사가 다 통하면 말할 필요가 있겠어요? 서로 기분 좋지. (웃음)

이호철 문학 단체라는 것이 있건 없건 싸울 만한 일은 싸워야지요. 애들도 싸워야 큰다는 말이 있지 않습니까? 어른들도 사실 죽을 때까지 머리 큰 애들이거든요. 크고 싶거든 싸워야지요. 마음 놓고 싸우면 옳고 그른 것이 금방 가려지지요. 요컨대 이것이 제대로 생긴 민주주의가 아니겠어요? 한편이 우격다짐이니까 다른 한편은 더 앙앙거리는 거지요. 듣자니 영국 의정단상(議政壇上)도 싸울 때는 무지무지하다더군요. 서로 똑같은 조건에서 마음껏 싸우고, 그다음 수로 가부(可否)를 결(決)해서 결정이 나면 깨끗이 승복을 하는, 이게 총화(總和)지요.

　김우창　어떤 이성적인 싸움도 권력 문제와 관련이 있는데 이성을 통해서 권력을 획득할 수 없으니까 더러운 싸움을 한다는 얘기가 되겠지요. 앞으로는 이러한 일이 없도록 서로가 협조하는 방향으로 나가야 할 것 같습니다. 시간이 다 된 것 같군요.

신춘 문예, 그 문제점

조병화

김종길

김우창

1976년 《심상》 3월호

객관적 이미지, 상황 설정 아쉬워

김종길 신인들이 시단에 등단하는 길은 몇 가지가 있는 줄 알고 있습니다. 오늘은 그중에서 '신춘 문예'를 중심으로 얘기를 나누어 볼까 합니다. 조병화(趙炳華) 선생께서는 《조선일보》 신춘 문예를 심사하셨고 김우창 선생께서는 《서울신문》을, 그리고 저는 《동아일보》의 신춘 문예를 심사했습니다. 물론 각 신문사의 투고 작품들이 같은 경향을 보인다든가, 같은 수준을 보이는 것은 아니겠습니다만 얘기를 나누는 가운데 전반적인 신춘 문예의 경향이랄까 수준 같은 것이 드러날 것 같습니다. 우선 금년의 신춘 문예의 응모작을 읽으시고 그 수준에 대해서 어떤 인상을 받으셨는지 조 선생부터 얘기를 나눠 주시죠.

조병화 이따가도 얘기가 나오겠습니다만 뽑아 놓으면 표절이 되곤 해서 신문사에 대해서도 미안하고 독자에게도, 또 응모자들에게도 미안한 감을 갖고 있습니다. 신인이라면 좀 더 자신 있고 참신한 자기 세계를 가져야 하겠는데 시단에 나오기 위한 진지한 자기 수업이 지나치게 결여되어 있다는 느낌을 받았어요. 그리고 신춘 문예의 수준도 매년 낮아지는 것 같았어요. 그 이유는 문단에 데뷔하는 걸 너무 의식하기 때문에 거기에 문학이나 작가는 없고 형식만 남게 되는 게 아닌가 합니다.

김우창 저도 3년 동안을 신춘 문예 심사를 보아 왔는데요. 그 수준이라면 약간씩은 들고나는 바가 있긴 하지만 비슷하지 않나 생각했습니다. 그리고 그것이 떨어지느냐 나아지느냐 하는 것은 원래 시 몇 편으로는 판가름할 수도 없을뿐더러 너무 기대를 높이 해서 보지만 않는다면 무난한 수준이 아니었나 생각했습니다.

김종길 저는 죽 보아 오다가 작년에는 한 군데도 보질 않았습니다. 그리고 금년에 응모작을 보았는데 제 생각으로는 그 수준이 계속해서 저하되고 있는 것으로 보였습니다. 《동아일보》에 들어온 것이 3000여 편 된다는데 물론 예선을 거친 작품들을 봤습니다만 그 많은 작품 가운데서 결국은 도리없이 가작밖에 내지 못했을 정도로 저조했습니다. 저는 이런 각도에서 그 원인을 생각해 봤습니다. 우리 기성 시단 전반의 수준과 병행해서 응모를 하니까 신춘 문예의 작품도 저하되는 게 아닌가 생각합니다. 그리고 또 구체적인 실례로 신춘 문예엔 그때의 시단의 무슨 투랄까 그런 걸 따라가곤 했는데 근년엔 기성 시단에 그 투라는 게 없어지고 여러 가지 투가 함께 공존을 하고 있다는 점에서 신인들이 어떤 것을 좇는 게 유리할 것이다 하는 어떤 구심점을 잃고 있지 않은가 하는 생각을 했습니다. 신문사에 따라 수준은 이쯤 얘기하고 근년의 신춘 문예에 나오는 작품들의 경향을 살펴보기로 하지요. 근년의 투고작들 중에 눈에 뜨이는 새로운 스타일이랄까 경향들이 있었는지 얘기들을 나누기로 하죠.

조병화 김 선생께서 여러 가지 말씀을 해 주신 대로 특색이 없다는 생각을 했어요. 일반적으로 관념을 가지고 비벼 대는 것이 많았다고 생각을 했습니다. 적어도 문학을 하려면 자기의 냄새, 철학, 현실에 대한 몸가짐이랄까 문학을 무엇 때문에 한다는 몸가짐이 있어야 하겠는데 그런 것 없이 뿌연 관념으로 언어를 쓰고 있지 않나 생각했어요. 한마디로 해서 특색이 없구나 하는 생각을 했습니다.

김우창 조 선생님 말씀하신 관념적이란 말, 제가 우리 시단의 시를 볼 때도, 신춘 문예의 시를 볼 때도 적절한 말인 것 같습니다. 관념적이라고 해서 무슨 철학적이라든가 논리적으로 정연한 논설을 펴는 시라기보다는 대부분의 시인들이 자기의 경험이라든가 내면세계를 표현하려고 애는 많이 쓰는 것 같은데 객관적인 이미지나 상황 설정으로 파악하기보다는 관념적이고 철학적으로 표현하고자 하니까 시가 자꾸 어려워지는 것 같습니다. 또 시의 형식이 무형식적인 그러니까 별다른 절제도 없는 내면적인 독백의 연속적인 흐름의 형태로 나타나고 결과적으로 독자가 쉽게 알아볼 수 없는 시를 만들게 되는 것 같습니다. 신춘 문예에서도 작품을 고를 때 얼른 봐서 시가 무엇을 말하고자 하는 것인가를 알 수 있는 작품은 매우 드물었어요. 그러니까 고르는 과정에서도 적어도 제 경우에 있어서는 읽어서 알수 있어야만 다시 한 번 읽게 되고 후보작으로 선정하게 되는 기준이 되는 것 같습니다. 응모작들의 전체적인 경향이 너무 애매하고 사변적이고 절제가 없다는 점을 지적하고 싶습니다.

김종길 저도 비슷한 점을 느꼈고 비슷한 얘기가 될 것 같습니다. 일반적으로 무언가 명확하고 선명한 주제가 없는 것 같습니다. 김우창 교수께서 지적하신 관념적이란 말과도 일치가 되겠습니다만 예년의 신춘 문예에서는 세부적으로 날카롭다는 면이 특색이었는데 금년의 《동아일보》를 보니까 그런 경향은 별로 눈에 띄지 않더군요. 그리고 내면을 추구하는 관념적인 세계들이 많이 보였는데 그중에선 수사적으로 성공을 하고 있는 것도 있고 어느 것은 지나치게 수사에 능한 것도 있었습니다. 가끔은 관념적인 세계를 꽤 시로써 만질 줄 아는 것도 있었습니다. 연전의 것들처럼 세부적인 것을 파고드는 데서 오는 난해성은 어느 정도 해소되고 있습니다. 투로 봐선 쉽게 쓰고자 하는 노력들이 보인단 말이죠. 그러나 아까 말한 것처럼 주제가 선명칠 않고 지나치게 관념적이라고 봅니다.

김우창 예, 그리고 그 난해성이란 게 쉬르리얼리틱한 그런 데서 오는 건 아닌 것 같더군요.

생활 속에 뿌리박으려는 노력도

김종길 그래요. 시를 쉽게 쓰려는 노력들은 보이지만 주제가 선명하질 않거나 관념적이어서 시적으로 뚜렷이 형성화되지 못하고 있어요. 그리고 또 하나는 이번에《동아일보》에 가작으로 뽑은 작품도 그렇습니다만 농촌 사람들이나 농촌 생활을 주제로 한 것들이 눈에 뜹니다. 어떤 의미에선 시를 우리의 생활 속에 뿌리박게 하려는 노력들이 눈에 보인다고도 말할 수 있지요. 한편 바람직한 경향이라고 보입니다만 그런 작품들도 지나치게 관념적이거나 주제가 선명하지 못하다는 결함을 지니고 있습니다.

김우창 시를 쓸 때 여러 가지 정신적인 자세라든가 태도가 필요하겠지만 시인이 쓰고자 하는 경험과 그 경험을 대하는 시인의 눈 사이에 좀 거리가 있었으면 좋겠다고 생각했습니다. 그래서 경험의 흐름 가운데서 주제를 선명하게 끊어 내고 그것에 모양을 주고 분명한 언어로써 표현하려면 거기에 거리가 있어야 하리라는 생각이 듭니다. 너무 자신의 경험하고 시를 쓰는 과정이 일치되어 버리는 것 같습니다.

조병화 주제의 빈곤 그리고 기법상의 표현 빈곤들을 말씀하셨는데《조선일보》의 심사를 하면서 저 역시 같은 걸 느꼈습니다. 쓰는 사람이 박약한 지식을 적당히 얼버무리는 경향들이 있었습니다. 능숙한 수법 그리고 자기의 뚜렷한 주제 의식이 묻어 나와야겠는데 그것이 기성 시단을 흉내 내고 시단의 흐름을 적당히 모방하는 데서 드러나는 미숙성들을 찾아볼 수 있었습니다. 투고자들의 대부분이 청년이고 대략 20대라고 볼 때 20대 만이 갖는 무언가 생리적인 것이 있을 텐데 그런 것이 보이지 않는다는 점이 아쉬웠습니다.

김우창 우리 시가 좀 불명확하고 전체적으로 객관성이 부족하다는 얘기는 이번에 김 선생이 내신 『20세기 영시선』을 볼 때 원어로 볼 땐 그렇지 않았는데 우리말로 번역된 걸 보니까 이런 건 우리 시단에서 볼 땐 시가 아니지 않을까 하는 생각을 했습니다. 왜냐하면 거기에 나온 시는 상당히 산문적인 맥락이라든지 논리가 분명하고 에세이적인 것이 많은 데 비해서 우리가 신춘 문예나 잡지에서 보는 시라는 건 상당히 시적인 요소가 많은 것 같습니다. 물론 시적인 것이 무어냐 하는 게 또 문제가 되겠습니다만……

김종길 네. 그래요. 번역이기 때문에 도리 없이 산문적인 느낌을 줄지도 모르지만 원래 영시는 전통적으로 그런 요소가 있지 않습니까. 아까 우리 시는 상당히 시적이라고 말씀하셨는데 우리 시뿐 아니라 한시라든가…… 대부분 우리가 말하는 시, 순수시에 가까운 것들은 시적인 상태로 곧장 들어가는 게 우리네 동양인의 사고방식이죠. 서양에서는 밑받침을 훨씬 튼튼히 하게 되고…….

지적인 통제도 아쉬워

김우창 제가 원어에서 볼 때와는 달리 매우 산문적으로 느꼈다는 것은 번역의 잘못에서 오는 것이 아니라 영어로 볼 때는 시란 이런 것이다 하는 영어적인 선입관을 가지고 보니까 자연스러운데 한국어로서의 시란 이런 것이다 하는 선입관을 가지고 보니까 이건 에세이에 가깝다는 생각을 했어요……. 특히 필립 라킨의 시 같은 것이 그렇지요. 그런 작품을 읽으면서 느끼는 건 우리 시에도 그런 요소들이 좀 더 많아져야 하지 않겠는가 하는 겁니다. 감정적인 상태를 그대로 드러내는 것이 아니라 지적인 통제를 가해서 표출하는 그런 노력이 있는 게 바람직하지 않을까 생각했습니다.

조병화 작품을 꾸미는 데 있어서 통일성이랄까 어떤 정수를 뽑아내지 못하는 약점들이 있는 것 같더군요. 그리고 산문적인 특징들도 볼 수가 있지요.

김우창 말하자면 발레리가 말했듯이 시라는 건 결국 끝이 있을 수 없는 것인데 인쇄하고 출판해야 되는 사정 때문에 끝내게 된다는 말처럼 내면의 흐름에 집착하다 보면 시란 끝날 수가 없어요. 내면의 호흡이란 끝나지 않는 거니까……. 아까 영시 얘기도 했습니다만 시인이 자기 경험을 소재로 삼을 때는 거기에 비평적인 거리를 유지해야 주제가 더욱 선명해지지 않을까 생각합니다.

조병화 그리고 일반적으로 응모자들이 신춘 문예란 걸 너무 의식하고 있는 것 같지 않습니까…… 특히 그 길이에 있어서 신문의 어느 만큼의 지면을 차지해야 당선의 가능성이 있다는…….

김종길 시의 내용도 거창해야 하고 일반적인 상황이라든가 사상성이 비쳐야 한다는 선입관을 가지고 있는 듯도 하죠.

김우창 제 생각으론 그런 점은 잘 짚고 넘어 가는 것이라고 봅니다. 제가 관여한《서울신문》에선 간결하고 구체성 있는 작품을 당선시켰는데 역시 길이도 짧고 간단한 내용이어서 별수 없이 두 편을 함께 당선작으로 내게 되었습니다. 그러니까 고르는 사람의 입장에서도 길이가 짧고 소품적이면 불안한 느낌이 들더군요.

김종길 그리고 신춘 문예라는 게 계절적으로 겨울이니까 무언가 겨울과 관계되는 소재들이 많죠.

김우창 겨울이고 신춘이고 한 관계도 있습니다만 자기 생의 마디가 된다든가 출발이 된다든지 해서 그렇겠지만 출발, 겨울, 항구에서 배 떠나는 얘기, 금광을 캔다든지 하는 얘기라든지 등을 많이 쓰고 있는데 당연한 결과인 것 같습니다.

김종길 신춘 문예의 투가 그렇다는 걸 나쁘다고만 할 수는 없죠. 문제는 아까 조 선생께서도 말씀하셨듯이 기성 시단의 유행을 의식하고 모방이 지나친 것은 피해야겠죠. 신인으로서 자신의 언어로 주체적인 면모를 뚜렷이 보여 주는 것이 바람직하겠죠…….

조병화 그러니까 석 장이나 넉 장으로는 충분한 걸 늘리다보니까 희박한 부분들이 생겨서 산만하다는 느낌을 선자들에게 주고 있지 않나 생각합니다.

김우창 다른 한편으론 이런 점도 있는 것 같아요. 아까 출항을 테마로 한다든지 인생의 표적이라는 점과 관련해서 신춘 문예를 살펴보니까 시인이 자기 인생 전체를 크게 한번 파악해 보려는 그런 노력이 강한 것 같아요. 국부적인 인상이라든지 기분 묘사보다는…… 이런 점은 의도로 봐서 괜찮을 것 같아요.

김종길 커다란 테마를 시화(詩化)하기 위해선 상당한 역량이 필요하겠지요. 대부분의 그런 작품들이 실패하는 이유도 그런 점에 있지 않나 봅니다. 그리고 아까 조 선생도 앞에서 말씀하셨습니다만 매년 되풀이되는 표절의 문제에 대해서도 한마디하고 넘어가야 하겠어요.

준엄한 문학 정신으로

조병화 우선 문학을 하겠다는 준엄한 문학 정신이 결여된 데서 이런 일이 있게 되겠지요. 한편 선자의 입장에서 볼 때 선자가 지방 대학 신문까지 모두 읽을 수는 없는 일이겠고…… 작년엔가요…… 지방 대학 신문의 것의 표절이었어요…… 오늘 이 좌담을 문학 지망생들이 많이 볼 것 같은데 이왕 문학을 하겠다는 마음이면 인생을 걸고 하는 태도가 필요하겠죠. 앞에서도 얘기가 나왔습니다만 시단의 조류라든가 특정 개인의 시 작품에 편승해서야 되겠어요?

김종길 저도 경험이 있습니다만 불상사임에 틀림이 없고…… 문학을 하겠다는 준엄한 태도가 필요할 겁니다.

김우창 제 생각으로는 선자 자신이 표절 작품을 골라 낼 수 있었으면 좋겠지만 그렇지 못한 경우에도 선자의 책임은 아닌 것 같습니다. 물건을 사기했다는 것과는 다른 면이 있습니다. 서로 믿는 사이에서 이루어지지 않으면 안 되는 것이 근본인 문학의 세계에선 현실 사회에서와는 좀 다른 면이 있지 않나 생각합니다. 물론 속이는 사람이 나쁘죠. 그러나 속임을 당하는 입장엔 책임이 없다고 봅니다. 그리고 별로 신경을 쓸 필요가 없는 이유의 두 번째는 전체적으로 모작을 한 게 아니고 부분적으로 모작을 했을 경우 별로 탓할 수 없을 것 같아요.

김종길 정도 문제겠지요…… 분명히 글자 한자 틀리지 않는다면 곤란하겠죠.

김우창 결국 시의 힘이 세부를 연구하기보다는 세부를 종합하는 데 창작력이 있는 것이니까 새로운 종합 속에서 더욱 빛나게 됐다면 오히려 표절한 사람이 당한 사람보다 더 빛나는 시인이라고 인정을 해야 한다고도 봅니다. (웃음) 이렇게 볼 때 셰익스피어도 표절 극작가이고 엘리엇도 그렇고 농담이지만 확대해서 본다면 인생 자체가 표절 아닙니까…… 남이 살고 간 인생을 사는 거니까…… 그 인생 자체가 얼마나 새로운 각도에서 빛나게 사느냐가 문제지 어떤 인생을 살았느냐는 것은 2차적인 문제인 것 같은 생각이 듭니다.

김종길 표절이 아닌 작품도 꼬치꼬치 캐서 보면 표절이라고 생각되는 구절이 나올 수도 있겠죠…… 요는 정도의 문제이지요.

조병화 쓰는 사람이 의식적으로 썼느냐 아니냐가 문제가 되겠죠. 하여간 김우창 선생같이 너그러운 입장이 아니라 소위 창작을 들고 나오는 경우 그 자세를 탓할 수밖에 없겠습니다.

김우창 극단적으로 말해서 창조적인 표절은 괜찮고 비창조적인 표절은 나쁘다 이렇게 말할 수 있겠어요……. (웃음) 물론 이 경우 표절이란 인용이라야 하겠습니다. 그러나 한마디로 표절한다는 사실은 미친 사람들의 짓이죠…… 물론 상금이 있겠습니다만 그것으로 크게 출세할 수는 없고 돈도 벌 수 없는 상황에서 표절이라도 해서 당선을 하겠다는 정신 자세라면 큰일이 아닐 수 없습니다.

김종길 상금도 문제겠지만 허영으로 문학을 하겠대서야 거기서 무엇을 기대하겠습니까? 그리고 제가 보기엔 신춘 문예라는 것의 근본적인 의의가 재검토돼야 하지 않겠는가도 생각합니다. 우리나라에선 꽤 오래전부터 있어 왔는데 바람직한 것은 신인들이 뛰어난 작품을 가지고 나와 줬으면 하는 겁니다만…….

김우창 제가 신춘 문예를 보아 오면서 항상 느끼는 겁니다만 어떻게 한두 편을 보고 그 사람의 시인으로서의 역량을 판가름할 수 있을까 하는 겁니다. 투고작 중에서 어느 작품이 좀 더 낫다고 말할 순 있을지 몰라도 시인으로 돼 있다고 말할 수는 없을 것 같아요. 계속적으로 일생을 써야 시인이 될 수 있을지도 모르는 건데 한두 편으로 그걸 고른다는 게 무리인 것 같아요.

조병화 신춘 문예가 출발의 계기는 마련해 주겠죠……. 최근의 신춘 문예가 지나치게 행사적인 면이 있긴 하지만…… 그리고 그 신춘 문예를 목표로 많이들 공부하고 있기도 합니다.

바람직한 신인상

김종길 그럼 얘기를 대충 매듭짓기로 하고 마지막으로 우리가 바라는 바람직한 신인상(新人像)이랄까 가령 이런 신인이 나와 줬으면 좋겠다 하는 느낌들이 있으시면 이 기회에 말씀들 해 주시죠.

조병화 앞서도 지적했습니다만 주제가 선명하고 그 주제를 운반하는 언어들이 때가 안 묻은 언어를 가진 신인이 나와 줬으면 좋겠습니다. 짜임새가 좀 부족하더라도 제 목소리를 가진 독창적인 시인이 나와 줬으면 좋겠어요.

김종길 순수한 작품을 바란다는 말씀이겠지요.

김우창 좋은 시인이 나와야 한다는 것은 좋은 시가 나와야 한다는 말이 되겠는데 그러면 좋은 시가 무엇이냐가 문제가 되겠죠. 좋은 시의 필요조건은 많겠지만 우선 쉽게 썼으면 좋겠어요. 쉽고도 어려운 작품이랄까요…… 쉽고도 어렵다는 말은 대수학(代數學)에서 대수(代數)의 공식 같은 시를 들고 싶어요. 말하자면 공식은 우아하고 간단하지만 대입하는 사람에 따라서는 상당히 복잡한 사상을 표현할 수도 있거든요. 가령 $y = ax + b$

라는 공식을 보더라도 공식은 간단하지만 그것이 표현할 수 있는 세계는 상당히 크고 넓고 깊거든요. 좀 더 구체적인 예를 든다면 장례식에서 『성경』을 읽는 목소릴 듣고 생각한 것입니다만 사람이 죽는다는 사실은 대단히 간단한 일이기도 하고 매우 복잡한 얘기이기도 합니다. 사람이 죽었을 때 사람이 사람으로서의 위엄을 찾기 위해서 한마디가 없을 수 없으니까 『성경』으로 위엄을 찾는 겁니다. 이런 것처럼 인생을 단순하게 얘기하면서 매우 심오한 사상을 얘기해 주는 시, 그런 것이 나와 줬으면 좋겠습니다.

김종길 아주 원론적인 말씀을 해 주셨는데 저도 비슷한 얘기가 되겠습니다. 아까도 얘기가 됐지만 신춘 문예에 응모하는 사람들은 개성적이고 시인으로서 주체성이랄까 개성을 견지하면서 뚜렷이 드러나는 작품들을 써야 하겠어요.

오늘 종합적으로 검토된 문제점들이 앞으로의 신춘 문예, 나아가 우리 시단을 떠맡아 갈 이 나라 문학 지망생들에게 도움이 되어 줬으면 하는 마음입니다. 오랫동안 수고들 많으셨습니다. 감사합니다.

한국, 내일을 위한 발상

김적교(경제학, 한국개발연구원 제2부장)

최상철(조경학, 서울대 교수)

안계춘(사회학, 연세대 교수)

김우창(영문학, 고려대 교수)

사회 한상범(법학, 동국대 교수)

1978년《월간중앙》3월호

당면 문제에서 시발(始發)을

한상범(사회) '내일을 위한 발상'은 민족사적으로 일대 전환기에 처해 있는 우리 입장에서는 오늘의 당면한 문제점을 토대로 바르고 긴 안목에서 구상하지 않으면 안 되겠습니다. 우선 내적으로는 민족 경제의 자립이란 목표의 달성, 풍요 속에 균형 있는 발전을 이룩하여 복지 사회를 이룩해야 하겠고, 이와 병행해서 국민의 역량을 밑으로부터 자발적으로 결집시킬 수 있는 정치 문화 풍토를 이룩해야 할 것 같습니다. 한편 외적으로는 국제 사회에서 우리의 자주적 지위를 확보하는 한편, 국토 분단이라는 제약된 상황 속에서도 한반도의 평화의 정착을 남북의 대화와 대결의 양면을 통해서 해야 한다는 문제가 있습니다. 이러한 여러 과제에 대한 발상은 어디까지나 현재의 문제 상황의 분석을 통해 제기되어야겠습니다.

얼마 전 정부는 KDI(한국개발연구원)를 통해 '한국 1991년'의 미래상을 발표하기도 했습니다만 여기 모이신 선생님들도 13년 뒤의 이른바 풍요 사회를 실감하자면 건강하게 오래 사셔야겠습니다. (웃음) 우리가 작년부터 수출 100억 달러라고 해서 경제 성장을 내세우고 있습니다만 경제의 자주적인 터전을 정립한다고 하면 '풍요 속에서의 균형'이라는 복지적 공평성이 기해지고 발전과 균형이 조화되는 면에서 자립의 토대가 구축되어야겠는데 먼저 이런 점에서 김 선생께서 말씀해 주시기 바랍니다.

김적교 우리나라는 60년대부터 70년대 중반까지 일찍이 다른 나라에서 보지 못한 고도성장을 했습니다. 62년 제1차 5개년 계획을 세워가지고 작년까지 15년 동안 연평균 10퍼센트를 성장했습니다. 이것은 일본 사람들의 한국동란을 틈탄 경기 이후 '오일 쇼크'까지 이뤄 온 성장률과 비슷합니다. 이젠 일본의 성장률은 우리에 비해 뒤지고 있지만 대만도 비슷한 성장을 했어요.

이 같은 우리의 성장은 이미 세계 각국에서 평가되고 있습니다만……이와 같이 우리가 고도성장을 할 수 있었다는 것은 첫째 개발 전략 면에서 우리가 수출을 발판으로 한 대외 지향적 공업화 전략을 추진해 왔다는 것이 중요한 요인의 하나이고, 실질적으로 그것을 뒷받침할 수 있었던 것은 교육 정도가 고르고 풍부한 양질의 노동력과 국민의 끈질긴 집념과 의지가 밑바탕이 되었겠지요. 그리고 역시 강력한 정부의 정책 실시와 '테크노크라트'의 적극적인 정책 참여 등 이러한 것이 삼위일체가 되어서 결국 우리 경제가 그동안 고도성장을 해 왔다 생각합니다. 물론 이를 뒷받침한 여건으로 정치적인 안정도 빼놓을 수 없겠지요. 그러나 이러한 고도성장을 하는 과정에도 여러 가지 한국 경제가 당면하고 있는 문제가 있습니다.

첫째는 우리가 일본이나 자유 중국 같은 곳과는 달리 고도성장을 했으면서도 물가가 안정되어 있지 못하다는 것입니다. 물론 '오일 쇼크' 문제도 있기는 합니다마는, 물가 문제가 아직도 정착되지 못했다는 것은 우리 경제의 하나의 커다란 당면 과제라고 할 수 있습니다. 두 번째는 역시 우리는 대외 지향적 공업화 전략을 해 왔으므로 대외 의존도가 70퍼센트 이상 정도로 높다는 것입니다. 세 번째는 분배 문제가 되겠습니다. 물론 지금 세계은행이라든지 다른 전문 기관에서 조사한 것을 보면 우리나라의 분배 문제가 실질적으로 다른 개발 도상 국가에 비해서 그렇게 나쁘지는 않다는 것입니다. 그러나 그것은 우리나라를 다른 나라와 비교했을 때 상대적으로 그렇다는 것이지 현실적으로 우리나라 내부의 계층 간의 소득 차라든지 그런 것으로 볼 때 아직도 분배 문제는 상당히 심각한 문제로 남아 있다고 봅니다.

세 가지 문제점

이상 세 가지 문제점이 한국 경제가 많은 성장을 했으면서도 동시에 안고 있는 당면 과제인데, 이렇게 볼 때 중요한 것은 우리 경제가 어디에 역점을 두면서 장기적으로 경제 정책의 '타깃'을 세워 나갈 것이냐 하는 데 있습니다. 지금 말한 대로 계속 성장을 할 것이냐, 이에 따르는 물가 문제를 어떻게 할 것이냐, 또는 대외 의존도를 줄일 것이냐 하는 정책 간의 취사 문제가 앞으로의 정책을 구상하는 데 가장 중요하다고 생각합니다.

안계준 그런데 우리가 경제 성장을 더 이룩한다고 할 때 대외 의존도가 높아져 가는 것은 불가피한 일 아닙니까? 문제는 몇 나라에 너무 의존해 있다고 하는 데 있는 것이지, 일반적으로 대외 의존 관계 자체는 별 문제가 없는 것 같습니다.

김적교 네, 문제는 앞으로 계속 개발 전략을 우리가 어디에 역점을 두어 가지고 나가야 될 것이냐 하는 전략 목표 설정이 중요하겠지요. 앞으로 우리가 80년대를 내다볼 때 경제 정책을 세우는 데 가장 중요하게 생각하지 않을 수 없는 것은 노동력입니다.

현재 우리나라의 노동 인구가 3.6퍼센트 정도 늘었어요. 이에 대해 노동 생산성은 6.5퍼센트 정도 올랐어요. 우리가 GNP의 성장률로 따질 때 노동 면에서 노동력의 증가율＋노동 생산성의 증가율 하면 GNP의 성장률이 나옵니다. 그러면 10퍼센트쯤 되지 않습니까. 그렇게 해서 GNP 성장률을 10퍼센트로 잡는 이유를 설명합니다. 그러면 앞으로 그러한 노동 인구가 어떻게 되겠느냐 할 때(과거보다는 물론 증가율이 낮겠지만) 앞으로 계속 높은 인구의 증가가 예상되고 있습니다. 그것은 왜 그러냐 하면 잘 아시다시피 6·25동란 이후에 '베이비붐'이 일어났어요. 그때 결혼해서 태어난 아이들이 지금 노동력이 왕성한 20세 전후로서 상당한 노동 인구층에 유입되기 때문에 이러한 것이 앞으로 상당히 계속된다는 이야기입니다. 이 때문에 85년까지는 실제로 인구 증가율이 떨어지지 않습니다. 80년 후반에 들어서 겨우 인구 증가율이 1.6퍼센트 내지 1.5퍼센트 정도로 떨어지지 85년까지는 떨어지지 않아요. 물론 가족 계획 정책이 추진되기는 하겠습니다마는 거기서 어느 정도 줄어들지 모르겠습니다. 그것은 잘 안 될 것입니다.

안계준 81년도의 4차 5개년 계획이 끝날 때 연평균 인구 증가율이 1.6퍼센트 가까이 됩니다. 그것도 제대로 되는 것이 아니고 피나는 노력을 해야 그 정도가 된다는 얘기이므로 더 이상 증가율을 낮출 수는 없지 않느냐고 생각이 됩니다.

김적교 그런데 노동력이라는 것은 15세 이상 남자라도 군대 가는 학생들을 빼는 것이란 말이에요. 그러면 91년도까지 노동력이 3.1퍼센트 정도 늘 것으로 예상합니다. 거기에 앞으로는 부녀자들의 노동 참가율이 '플러스' 되는 것이지요. 이 같은 노동력의 증가율이 3.1퍼센트가 된다는 얘기인데 그러면 노동 생산성이 6~6.5퍼센트로 큰 변화가 없다고 할 때 우선

3.1퍼센트로 늘어나는 노동력에 비추어 일자리를 이들에게 전부 주려면 연 10퍼센트 가까이 경제가 성장해야 된다는 얘기입니다. KDI가 작성한 『91년의 청사진』에서는 10퍼센트 성장의 경우 고용을 2030만 명 수준으로 잡았습니다만 이 사람들의 완전 고용 기회를 창출하기 위해서는 한국 경제가 계속 고도성장을 추구하지 않을 수 없다고 한마디로 말씀드릴 수 있겠습니다. 이렇게 따지고 보면 지금 물가 안정 문제도 결국은 기본적으로 우리가 고도성장을 추구하는 하나의 과정에서 불가피하게 일어나는 현상이 아니겠느냐, 이것이 기본적으로 물가에 상승 압력을 주는 하나의 중요한 요인입니다.

그다음 두 번째 요인이 '에너지' 문제입니다. 아시다시피 우리나라 '에너지'라는 것은 거의 90퍼센트 이상 해외에 의존하고 있습니다. 석탄을 조금 생산하는 것 외에는 '에너지'를 전부 해외에 의존하는데 '오일 쇼크' 이후에 더욱 계속적으로 올라가고 있지 않습니까. 더구나 한전의 운영 문제가 여기에서 이 '에너지' 가격의 상승을 촉진하는 또 하나의 요인이 되고 있습니다. 이 때문에 첫째 고도성장을 추구하는 하나의 여파로서 초과 수요가 항상 있기 때문에 거기에 비해서 공급과 수요를 '커버' 못하는 입장에 처하는 것입니다. 그러니까 잠재 물가 상승 압력이 상존하게 됩니다. 이런 '에너지' 문제뿐만 아니라 그다음으로 식료품 문제도 포함이 되겠습니다. 원래 식료품 즉 농수산물이라는 것은 가격의 공급 탄력성이 매우 적습니다. 가격의 공급 탄력성이 적은 데다가 수요가 계속 올라가고 있습니다. 이렇게 첫째로 고도성장을 추진하는 데서 오는 초과 수요, 두 번째는 '에너지' 문제, 셋째로 식료품·농수산물 가격 이러한 것이 가격 상승 압력에 크게 작용을 해서 물가 상승을 가중시키는 것입니다.

긴급한 전략 '에너지' 비축

사회 '에너지' 문제가 나왔으니 말입니다만 우리나라같이 자원이 부족한 나라에서는 '에너지' 자원 부족이 큰 문제인 것 같습니다. 최근 미국은 루이지애나 주의 300~500미터 지하에 있는 암염(岩鹽) 돔 안에 1억 2000만 배럴(10만 톤 탱커 200척분)의 원유 비축 시설을 마련하는 등 지하 비축 시설을 전국에 12~16개를 설치한다고 합니다. 이는 지표 밑의 암염층에 파이프로 하수를 집어넣어 6리터의 물로 1리터분의 암염을 용해하여 생기는 공동(空洞) 안에 원유를 비축하는 방식인데 자기 나라의 기름은 아끼고 메이저들로 하여금 사우디아라비아에서 원유를 수입, 전략 석유 비축을 하는 것입니다. 우리나라의 수입 에너지 비중은 장차 75퍼센트로 높아질 전망이라는데 이런 상태로 괜찮을는지…….

김적교　일본에서는 석유의 비축을 6개월분으로 잡고 있다고 들었습니다. 예를 들어 전쟁이 터진다고 하더라도 현재의 전쟁은 3개월을 넘기기 어렵고 또 설사 어느 지역의 유정(油井)이 파괴되더라도 복구하는 데 3개월만 잡으면 충분하답니다. 그러니 합계 6개월이면 된다는 얘기죠. 국가적으로 에너지 비축이 중요합니다. 우리가 만든 청사진에는 91년에 에너지 수요가 현재보다 다섯 배가량 늘어나 수력에 대한 원자력 비율이 16퍼센트(76년 1.5퍼센트)가 되고 연간 원유 도입량은 5억 2000만 배럴로 잡고 있습니다. 에너지 비축 문제는 우리나라 같은 처지에서는 특히 안보 차원에서 크게 비중을 차지하는데 앞으로는 원자력 발전의 코스트를 낮춰 점차 대체해야 할 것입니다.

최상철　에너지 공급 면에서 수력 발전의 전력은 현재 총 에너지 수요의 5피센트밖에 충당하지 못하는 실정이고 나머지는 모두 화력으로 충당하는 실정이지요. 에너지로서는 분명히 전기가 좋긴 하지만 송전 코스트가 많이 먹히기 때문에 전기 생산의 효율을 더욱 높이는 데 연구를 기울여야 합니다.

에너지 비축 문제는 새로 발족하는 석유개발공사가 연구를 하긴 할 것입니다.

김우창 앞서 말한 것 가운데 잠깐 한 말씀 물어보겠습니다. 김적교 선생이 아까 일본이나 자유 중국 같은 데서는 고도성장을 이룩하면서도 인플레이션을 억제했다고 말씀하셨는데 물가 문제를 크게 일으키고 있는 우리네 사정하고는 어떻게 여건이 다릅니까?

김적교 자유 중국의 경우 물가 문제가 일어날 때가 '오일 쇼크' 이전이지요. 그렇기 때문에 거의 영향이 없었고 또 거긴 우리나라와 비교해서 기온이 덥기 때문에 에너지 사용량이 굉장히 적어요. 또 하나 그곳은 경제 성장을 할 때 농업부터 먼저 했습니다. 농업을 우선적으로 발달시키고 그다음에 공업화로 들어갔습니다. 그런 면에서 상당히 우리하고 다른 여건에 있지요. 물론 대기업의 독과점 문제가 추가될 수 있겠지요.

사회 그러면 다음은 국토 개발 문제를 최 교수께서 말씀해 주셔야 되겠습니다. 역시 경제 발전이라든지 경제 정책이 국토의 개발적인 측면에서 이루어지고 있다고 보는데 제가 보기에는 자연 보존과 국토의 개발 관계, 도시와 농촌 간의 조화된 발전, 또 나아가서는 '서울 공간'이라고 하는 말도 있지만 지방과 중앙의 효과적인 개발의 밸런스, 이러한 문제에 대해 최 교수께서 우선 기본 문제가 되는 것을 꼬집어서 말씀해 주시지요.

최상철 김적교 선생께서 앞으로 우리나라 경제 방향은 고도성장을 계속할 것이고 또 해야 한다는 것을 말씀하셨습니다. 고도성장이라는 명제를 국토 개발이라는 차원에서 해석한다면 우리 국토 공간이라는 것은 다른 경제 구조와 달라서 인위적으로 확대를 한다든가 팽창을 한다는 것이 불가능할 것 같습니다. 한정된 국토 공간에 고도성장을 한다는 것은 우리나라가 현재 초고밀도 사회 구조로 나가고 있고 더욱 이와 같은 것이 강화되고 있는 만큼 현재 도시에 사는 사람은 도시에 사는 사람대로 농촌에 사는 사람은 농촌에 사는 사람대로 각각 문제가 발생되는 것 같습니다. 도시에는 현재 전 인구 3500만 인구 중 약 60퍼센트 이상의 인구가 집중되어 있는데 이같이 도시 인구의 비율이 계속 높아져서 거의 75퍼센트 내지 80퍼센트까지 상승할 것은 불가피한 현상이 아니냐, 이렇게 생각이 됩니다. 이와 같이 초고밀도 사회로 전 국민의 75퍼센트 내지 80퍼센트가 도시에 산다고 볼 때, 특히 서울과 같은 단일 도시의 인구가 전 국민의 5분의 1이 집중될 만큼 지나치게 집중됨으로써 국토 개발의 불균형적인 문제, 도시 자체의 내부 문제를 일으키고 있는 것입니다.

공간적 수렴 현상의 문제

그다음 두 번째로 나타날 수 있는 현상은 공간적 수렴 현상(收斂現象)이라고 할 수 있겠습니다. 즉 현재도 전국을 1일 생활권 운운하고 있습니다만 교통수단이 더욱 발달하고 국민의 생활 공간에 대한 의식 구조상, 또는 실제 행동반경상 수렴이 되는 현상이 나타날 것 같습니다. 그래서 이러한 공간적 수렴 현상을 국토 개발이라는 측면에서 어떻게 끌고 나갈 것이냐가 큰 문제로 대두됩니다. 앞으로 공간적 수렴 현상을 지원할 수 있는 대다수 사회 간접 자본 시설, 특히 교통수단에 대한 시설 확충이 시급해집니다. 이미 중요 철도의 용량이 초과되어 있고 고속 도로도 지난 10여 년 동안 많이 건설했습니다마는, 전국적인 차원에서 더 많은 고속 도로와 철도 용량의 확대, 나아가서는 시간당 200킬로미터를 달릴 수 있는 초고속 교통수단이 일본에서 등장되는 것처럼, 공간적 수렴 현상이 더욱 가속화되지 않느냐 이렇게 보입니다.

그러므로 이 고밀도 도시 사회로 전환하는 과정에서 오는 한 면을 보면, 상대적으로 지금 도시 이외의 지역은 인구가 계속 감소되고 있습니다. 지금 전국의 면(面) 중에서 거의 80퍼센트가 절대적 인구의 감소 현상이 나타나고 있습니다. 그리고 도시도 아니고 농촌도 아닌 읍(邑)이나 소도읍(小都邑) 같은 경우, 인구가 약 5만 명부터 1만 명이 되는 경우가 180여 개가 있습니다. 우리나라 전 인구의 10퍼센트 정도가 살고 있는 이런 소도읍이 절대적으로 인구 감소 현상을 일으키고 있는 것입니다. 그래서 우리나라는 한편으로는 대도시를 중심으로 하는 초고밀도 도시 사회로 나아가면서, 한편으로는 이른바 인구가 지나치게 감소되고 또 일부 국지적으로는 노동력 부족 현상이 나타나는 이른바 과소 지역의 문제를 동반하지 않느냐 이렇게 보입니다. 그래서 이 같은 과밀화와 과소화의 문제를 어떻게 조화시켜 나가느냐 하는 것이 중요한 과제로 남을 것입니다.

그다음 자연 보호 내지 자연 보존의 문제인데 역시 이 좁은 국토에 계속해서 증가하는 인구, 그리고 고도 산업 사회를 향하는 경제적 물량의 증가에 따라서, 꼬집어서 말씀 드리면 공해 같은 것이라고 할까, 특히 중화학 공업이 더욱 발전되어 앞으로 영해 공단, 낙동강 공단, 아산만 공단 등이 새로 생기게 되면 우리나라의 삼면의 바다는 거의 공단대(工團帶)에 둘러싸이게 되는 것입니다. 이렇게 되면 환경 오염의 문제, 자연 파괴의 문제가 필연적으로 동반되고 양식 어장과의 갈등 문제도 산업상 수반되지 않느냐 봅니다. 우리나라는 현재 공업의 생산력을 국토 면적으로 나눈 정도를 볼 때 거의 일본에 육박하고 있습니다. 이 같은 추세로 80년대에 가면 우리나라 국토 안에서 사람이 살 수 있고 공장도 지을 수 있는 면적은 극히 제한되겠습니다. 그런 국토 면적에 비교한다면 오히려 선진 제국을 훨씬 앞질러 가는 환경 오염 문제의 가능성을 충분히 가지고 있다고 봅니다.

가용 국토의 확대

김적교 아까 말씀하신 중에 국토로 공업 생산을 나눈 정도가 한국과 일본이 같다고 하셨는데요.

최상철 80년대에 가면 거의 같다는 얘기입니다. 80년대 전반으로 저는 보고 있습니다만 공업 생산력으로 볼 때 KDI지표에 따르면 1982년 내지 83년에 여러 가지 면에서 현재 일본이 가지고 있는 국토 공간에 대한 경제 밀도 수준과 같다는 얘기입니다.

김적교 여기서 말하는 국토라는 개념은 전체 표면적을 말하는 것입니까?

최상철 아닙니다. 실제 우리나라(남한)가 9만 8000제곱킬로미터이지만 그중에 65퍼센트 내지 67퍼센트는 인위적인 활용이 불가능한 산지로 되어 있습니다. 공장이 들어서더라도 산꼭대기에 들어설 수는 없는 것이고, 따라서 지금으로서는 약 25퍼센트 정도를 가용지로 보고 있는데 일부 통계에 차이가 있는 것 같습니다. 그런데 정부로서는 이를 28퍼센트 정도로 높이겠다, 다시 말해서 서해안 간척지라든가, 야산 개발 또는 댐 같은 것을 만들어서 수몰이나 홍수 범람 지구에 대한 유휴지 개간을 한다든가 하면 약 3퍼센트(3000제곱킬로미터) 확대된 28퍼센트로 늘릴 수 있다는 것입니다. 그런데 일본은 우리나라보다 더 높습니다. 전 국토에 대해서 거의 35퍼센트가 가용됩니다.

특히 경제 성장을 중화학 공업과 대외 지향적인 데 의존한다면 산업 시설이라는 것이 바닷가로 점점 해안선을 따라서 입지하지 않을 수 없습니다. 현재까지는 비교적 경공업 정책하에서 노동력이라든가 자원 등이 소비 시장을 따라서 도시로 집중이 됐는데 앞으로 중화학 공업으로 나간다면 자원의 수송비, 수출 코스트로 보아서도 해안에 입지하지 않을 수 없다는 것입니다. 섬나라인 일본에 비할 수는 없지만 우리나라는 다행히 해안선이 길어서 삼척, 묵호, 북평에서, 그다음에 포항, 울산, 경산, 마산, 진해, 창원, 그다음에 광양만의 여천, 또 서해안 쪽으로 가면 구체적인 계획은 없습니다마는 목포, 군산, 비인(庇仁) 단지 또 아산만 일대 인천 등지까지 공업 단지화하지 않을까 생각됩니다.

이렇게 되면 용지, 용수가 큰 문제입니다. 지난 20년 동안 공업 용수 단가는 물가 상승을 상회하고 있습니다. 예를 들어 울산 공단은 이미 태화강 물로는 크게 부족하며 포항도 저수지 수량을 빌릴 정도입니다. 여수 같은 데는 섬진강에서 물을 끌어오기 때문에 가장 비싼 물을 쓰고 있어요. 현재 서울만 하더라도 1일 300만~400만 톤을 쓰니까 1초당 15톤을 먹는 셈인데 이대로 가면 30톤이 필요합니다. 한강이 가장 물이 조용히 흐를 때 초당 80톤이 흐르는데 바닷물이 거슬러 들어와 이대로 가다간 인천, 김포 지역 사람들은 식수도 먹기 힘들 지경이 됩니다. 동해안의 삼척, 묵호는 공단 지역으로는 입지가 좋으나 이곳도 역시 물의 공급원이 없어 북한강을 역류시켜 공급하는 임계 인공 댐을 만들 계획입니다.

신중해야 할 공업 입지 선정

김적교 국토 이용 문제에도 관련이 됩니다마는 앞으로 계속해서 중화학 공업이 확대될 때 현재 경공업 55퍼센트, 중공업 45퍼센트 비율이 80년대 말에 가면 경공업이 35퍼센트, 중공업이 65퍼센트로 바뀌지는 것으로 대충 구상을 하고 있습니다. 최 교수님 말씀대로 앞으로 공장의 배치·입지의 문제가 상당히 중요하게 대두할 것 같아요.

사회 도시 등 일반 토지 가격도 그렇지만 공업 입지 관계에서는 지가

(地價)와 토지 수용 문제가 심각한 것 같아요. 어떤 일본 학자는 도시의 토지 등의 소유권은 더 이상 개인 본위로 생각할 수 없다는 급진적인 이론도 제시했었지만 그 정도까지는 안 가도 도시에서의 토지 투기는 방지해야 할 필요가 있는 한편, 농촌의 공업 입지에의 토지 수용 상황을 보면 지금까지 생활 공간으로 사용해 오던 토지를 빼앗겨 다른 데로 이주한다든가, 환지 가격이 말썽이 되기도 하는 등 심각한 문제가 대두되기도 하는데…….

최상철 토지의 문제가 심각해요. 이와 함께 공권력의 개입이 점차 강화될 것인데 이미 우리나라의 토지에 있어서도 행정 지침으로 여러 가지 계획이 실현된 일이 있지 않아요? 한편으로 현행 우리 민법 등 기본적인 관계 법규 면에서는 선진 외국에 비해 오히려 보수적인 조항이 많다고 합니다. 영국이나 프랑스, 일본 같은 선진국에서도 토지 수용의 경우에 있어 사실상 토지 소유권 자체는 건드리지 않는다 하더라도 토지 소유에 대한 이용 내지 사용권은 거의 공권력에 의해 규제되고 있는 것 같습니다. 토지 관계는 특히 이해관계가 다양화되어 있어요. 그것은 종국에 가서는 국가가 책임져야 할 일이지만 일본의 경우는 중앙 정부에 하나의 성(省)인 국토성이라는 것을 신설해서 모든 토지의 관리·정책 입안·이용 계획을 완전히 통괄을 하고 있는 것 같습니다. 이것은 영국에 있어서는 환경성이 그 역할을 하지요.

김적교 제가 네덜란드에 좀 가 있을 때 경험한 것인데 네덜란드는 잘 아시다시피 경상북도만 합니다. 그런데 거기서 보면 도시의 사이사이마다 의무적으로 녹지가 있어 나라 전체가 공원이나 화원 같은 인상이 듭니다. 이렇게 해서 국토를 완전히 개혁한 것이지요. 이런 식으로 지금부터 국토의 개혁이 있어야지, 우리나라의 국토 개발 계획을 보면 한심하기 짝이 없습니다. 우선 신시가 지구라는 저 영동 지구나 반포동 한번 가 보세요. 그냥 아파트가 즐비하니 수백 채가 늘어서 있어도 녹지가 있습니까, 어린이 놀이터가 제대로 있습니까. 이런 식으로 국토를 이용해가지곤…… 사람더러 살라고 하는 것도 아니고 큰일입니다. 주거 지역에 아파트를 세울 땐 법령화하더라도 행정으로 규제해서 주거 환경을 올바르게 만들어 놓아야지 이러한 규정을 안 해 놓으면 시민 아파트처럼 10년 후에는 또 엉터리다 해서 전부 부숴 버리고 새로 길 내고 새로 나무 갖다가 심는 시행착오를 저지르지 않겠느냐 하는 것입니다. 아무나 뚝딱 지어서 돈만 벌면 되도록 정부가 방관하면 안 되지요.

국토의 그래비티 센터

사회 국토 확장 문제라든가 임시 행정 수도 문제도 좀 말씀을 하실까요? 임시 행정 수도의 필요성이라는 것이 정치적인 차원에서 되었는지…… 어떻게 보십니까?

최상철 저도 구체적으로 정치적인 것인지 어떤지는 알 도리가 없습니다마는 정부의 발표를 보면 지난 10여 년 동안 서울의 인구 집중 억제를 위한 여러 가지 단편적인 시책을 썼지만 그것이 주효하지 못하고 계속해서 서울로 인구가 모여들고 또 휴전선으로부터 가상 포화 사정권 내에 우리나라 전 인구의 3분의 1이 살고 있다는 이 엄연한 사실을 놓고 볼 때 정치적이라기보다는 오히려 국가 안보적인 차원에서 단행한 결단이 아니었나 생각됩니다.

그런데 최근 대통령 연두 기자 회견 때도 발표됐다시피 "최소한 행정 수도라는 것은 10년 내지 15년이 걸리는 일이다."라는 차원에서 볼 때 그렇게 서두르는 것 같지는 않은 인상입니다. 제 나름대로 여기에 새로운 의미를 붙여 본다면 사실 남북 분단 상태하에서의 국토 통일이라는 것이 국민의 염원에 비해서 현실은 아직도 실마리가 보이지 않고 있는데 그런 여건 속에서 9만 8000제곱킬로미터의 남한만이 새로운 국토 공간의 구조적 개편, 실제 우리 남한만을 볼 때 국토 총 무게의 '그래비티 센터'라는 것은 중부 지역 어디에, 아마 충북 내지 충남 경계 지역에 중심이라는 것이 있을 것 같지 않습니까? 지금 우리나라 전체로 볼 때 인구나 국부가 서울에 굉장히 편재되어 있고 그럼으로써 나타나는 경제 공간의 비효율성, 이러한 측면에서 볼 때 단순히 상징적인 통치 기관의 중심뿐만 아니라 새로운 기능적인 중심으로 통치권의 위치를 바꿈으로써 보다 효율적인 경제 발전 내지 국토 개발을 유도할 수 있지 않느냐 하는 생각이 드는 것입니다.

실제로 발전 추세를 보면 서울과 부산이 양극화되고 있습니다. 인구의 집중이라든가 산업 시설, 그것의 양극화 현상을 지양하자면 중간에 또 하나의 개발의 핵을 만들어 줌으로써 양극화를 지양하고 좁은 국토나마 안전하게 통합되고 합리적으로 조정된 신행정 수도를 국토의 중심부에 입지시키는 동시에 거기에 연관되는 인접 도시라든가 또는 개발 거점들, 말하자면 광주, 전주 등 지금까지 상대적으로 낙후된 지역의 개발을 촉진시켜주는 촉매제가 될 수도 있지 않겠느냐, 또 국민적 통합이라는 차원에서 볼 때도 좋지 않으냐 생각합니다.

수도권 고가 고속화 도로들

시희 다음은 안 교수님께서 사회 복지 문제에 있어서 근대화와 소득 격차에 따른 사회의 이중 구조 문제 등과 인구의 도시 집중 문제 등을 말씀해 주시지요.

안계준 산업화 과정에서 발생하는 도시 집중 자체를 부정적으로 받아들일 필요는 없지만 우리나라의 경우 서울이 가장 큰 문제입니다. 왜 그렇게 서울로 사람들이 많이 모여드느냐는 것은 서울에 너무나 중요한 기능이 모두 집합됐기 때문입니다. 전에 본 통계인데 내국세 총액 중 60퍼센트 이상을 서울에서 거두어들였다는 건데 그만큼 리조트를 비롯한 모든 시설이 모여 있다는 것이지요. 거기에 비해 인구 억제 정책이라는 것이 예를 들면 서울에 대학 정원을 안 늘려 준다든가 그런 지엽적인 정책만 세웠지 근본적인 대책이 강행되지 못해 왔어요.

우리나라 같은 데서는 역시 행정부의 '그래비티'라는 것이 가장 큰 것이고 그것이 다른 중요한 기능을 좌우합니다. 그렇기 때문에 임시 행정 수도가 새로 서서 행정의 중심이 그쪽으로 간다고 하면 다른 부수적인 기능들도 따라가는 것이 많이 있을 것 같아요. 그런데 문제는 임시 행정 수도가 현재 서울의 중앙 행정부가 행사하고 있는 것과 똑같은 그러한 행정 권한을 그대로 가지고 행사한다고 한다면 그것은 불편만 더 많아질 것이고 오히려 서울의 문제가 그쪽으로 옮겨지는 결과가 되지 않을까 하는 염려도 없지 않습니다. 그러니까 행정 수도가 생긴다고 하더라도 행정 권한의 상당한 이양이 반드시 수반돼야 되리라고 봅니다. 그래야만 국민들이 일상 생활을 하는 데 불편이 없으리라고 봅니다.

사회 서울 자체의 문제는 근원적으로 그런 장기적인 안목에서 풀어 나가야겠는데 당면한 교통, 주택은 어떻습니까. 한 가지 예를 보더라도 장충동 국립 극장엘 가면서 항상 느끼는 것인데 차도만 있고 보도는 없어요. 그것이 한국 교통 행정의 단적인 심벌인 것 같아요. 아침에 일반 버스 타는 사람은 아침부터 전쟁입니다. 등굣길에 승객에 밀려 버스에서 추락하는 사태가 흔한 교통 체제를 남겨 두는 한 후진성을 벗어나지 못하는 것이지요. 따라서 이러한 것을 단시일 내에 쉽게는 해소가 안 되겠지만 어느 정도 기본적인 방향이라고 할까, 무슨 대책은 없을까, 이러한 면에서 생각을 해 주셨으면 좋겠습니다.

안계준 그런데 서울의 교통 문제는 도시 구조 자체가 일제하에서 인구 70만 명을 수용하는 기준으로 계획된 만큼 역사적으로 보면 불가피한 것 같아요. 게다가 그동안의 장기 계획이 없는 정책, 예를 들어 태평로와 평행화시켜야 할 도로망에 세운상가를 지어 버린 것 등 행정상의 시행착오로 교통 체증을 가중화하고 있는 등 아직도 개선할 점은 많이 있다고 보아요. 내 개인적인 생각으로는 순환 도로를 좀 고속화해서 서울을 삥 돌 수 있는 고가 고속 도로를 만들어가지고 쭉 중앙을 통과해서 가지 않는다 하더라도 그 하이웨이를 가다가 필요한 부근에서 빠져서 들어가고, 갈 때도 거기서 빠져나가 하이웨이로 갈 수 있게 하는 그런 도로망을 만들어 놓지 않으면 서울의 교통 문제는 그렇게 쉽게 해결될 것 같지 않아요. 결국은 한정된 지역에 너무 사람이 많이 몰리니까 그런 것이겠습니다마는 서울의 인구 집중 문제가 좀 완화된다고 하면 서울의 교통 문제도 자연히 해소되는 것이겠지요.

이중 구조, 양극화 현상

사회 그리고 사회 복지 문제에 있어서도 현재 교원 연금이라든가 의료 보험 제도 생기고 해서 어느 정도 성장을 하면 뒤따르겠습니다마는 당면하고 있는 현 입장에서 어떤 것을 당장 고쳐야 되겠는가, 또 당면한 문제의 상황은 무엇인가, 아까 김 박사께서 생활 보호 대상자가 전국에 170만 내지 200만의 빈곤층이 있다는 지적을 하셨는데 그런 것을 곁들여서 말씀해 주시지요.

안계준 요구호(要求護) 대상자층이라고 할까요. 좌우간 생계에 위협을 받는 층이 없어야 되겠다는 것은 두말할 필요도 없는 얘기가 되겠습니다. 그러니까 사회 보장 제도를 우리나라에서도 빨리 실시를 해야 되지 않을까 하는 생각이 듭니다. 물론 지금은 부분적으로 의료 보험이라든가 연금법이 있어가지고 그런 제도가 실시되고는 있습니다마는 보다 더 근본적인 사회 보장 제도, 전에 한번 실시 논의를 하다가 연기하게 된 것으로 알고 있는데 구체적인 계획이 언제쯤 가서 되게 되어 있는지요.

김적교 그것이 국민 복지 연금이지요. 자꾸 연기를 했는데 내년쯤 되지 않겠습니까.

안계준 역시 예산이 문제겠지요. 그러나 경제 성장을 해서 여유가 좀 생긴다고 하면 우선적으로 사회 복지를 증진하는 방향으로 투자를 해야 되겠고 그 구체적인 것으로 노인 문제도 생각할 수 있어요. 더군다나 산업화나 도시화가 진행되면서 가족 형태도 상당히 달라지고 있어요. 소위 핵가족화하는 경향이 아무래도 많아져 그렇게 될 경우에 노인들의 문제도 제기가 되겠어요. 또 아까 사회의 이중 구조의 말씀도 하셨습니다마는 이것은 바로 계층 구조를 두고 양극화되는 현상을 말합니다. 문제는 하류층들, 다시 말해서 아까 생계를 유지하는 데 필요한 소득을 못 받는 저소득층의 비율을 얼마만큼 빠른 시일 안에 줄이느냐 하는 것이 중요한 정책의 방향이 되어야 할 것 같아요.

일반적인 얘기입니다마는 이렇게 계층 구조가 양극화된다고 하는 것은 소위 공산주의가 침투할 수 있는 가장 좋은 사회적인 여건을 형성한다는 얘기들을 하거든요. 그러니까 우리가 말로만 반공, 반공, 떠드는 것보다도 중산층의 폭을 확대시키고 하류층의 비율을 좀 적게 하는 방향의 정책적 노력을 하면 그것이 결과적으로는 자연히 반공을 하는 것도 되지 않겠느냐 하는 생각이 듭니다.

과감한 교육 투자를

김적교 사회 개발과 관련해서 제가 생각하는 것은 우리나라에서는 교육 문제가 가장 심각한 것 같아요. 경제적인 측면에서 본다고 하면 사회 개발에는 당연히 교육 인력의 개발도 포함되는데 우리나라가 고도성장을 할 수 있었던 것도, 자유당 정부 때 말썽도 많이 있었지만, 정부가 교육을 장려해서 그랬든지, 아니면 우리네 전통적 가치관에 따른 교육열이 많아서 그랬든지 아무튼 교육받은 인재가 많아 오늘날 크게 밑거름이 되었다는 사실입니다.

아시다시피 자원이 없고 앞으로 공업 구조가 중화학 중심으로 개편되는 마당에 거기에 결정적인 요인은 기술 기능 문제가 아니겠어요. 요즈음 각 회사에서 얘기를 들어 보면 특히 공대 출신의 기술자들이 크게 부족하다고 그래요. 기능공의 경우에는 요즈음 훈련소도 많이 세워져 6개월, 3개월의 단기 코스로 해서 그 나름대로의 공급이 되지만 정상적인 고등 기술 교육을 받은 인재는 역시 정상 교육 과정을 통해 교육받지 않고는 수요를 충족할 수도 없고, 또 기술 향상 및 개발을 할 수도 없어요. 그래서 이러한 것을 고려할 때 앞으로 고등 교육 기관에 대한 투자가 무엇보다도 과감하게 이루어져야 할 것으로 생각합니다.

제가 과거에 정부의 재정 통계를 쭉 보니까 지방 정부와 중앙 정부를 다 합한 교육 부분의 투자가 전체 예산에서 10퍼센트도 안 돼요. 이러한 것은 큰 문제입니다. 물론 중앙 정부가 다 하는 것이 아니고 사립 학교도 있는데 사교육 기관에는 하나도 국고 보조나 투자를 하지 않으면서 간섭은 심하단 말이에요. 경제 성장은 자꾸 진행되는데 교육 인적 자원은 60년 대나 70년대 초까지 계속 똑같이 내려오는 것은 그동안 정부가 교육에 대해 너무 투자를 소홀히 하고 경시한 결과가 뒤늦게 나타난 것으로 판명되고 있어요. 몇 년 전만 해도 대학 정원을 줄이지 않았습니까. 그때는 모두 졸업을 해 보아도 취직도 잘 안 되니까 줄여도 별로 사회적으로 물의를 안 일으켰는데 이제는 취직이 안 되기는커녕 한 사람이 세 군데 네 군데에 취직 자리를 두고 왔다갔다 하는 형편인데 그때 취한 일종의 정책이 지금에 와서 하나의 사회적인 코스트로 나타난다는 얘기입니다. 그렇게 생각할 적에 특히 사업 구조의 고도화, 기술의 국내 개발, 기술의 지속 성장 개량 또는 전체적인 성장의 결실이 앞으로 교육 부문에 나타나야 되지 않겠습니까.

교육 위기 자초하는 정부

안계준 그런데도 정부 당국이 대학 정원을 고집, 왜 그렇게 정원 증원에 인색한지 모르겠어요. 인구가 성장한 것과 대학 정원이 늘어난 것과 비교하면 대학 정원이 얼마나 안 늘어나고 있는지 알 수 있을 것입니다. 정부 당국의 유일한 핑계는 도시 인구 집중 현상의 방지라는 것인데 대학 증원을 한다고 해서 도대체 얼마만 한 인구 증가를 억제한다는 것입니까.

현행 입시 제도를 보면 예비고사에 합격된 사람과 정원을 비교할 때 예비고사에 합격한 사람이 지금 대학 정원의 두 배 정도 되지 않습니까? 그러니까 입시 경쟁을 더욱 가중시키고 사회적으로 재수생 문제를 떠들지만 재수생 문제는 사실상 정부 당국이 제도적으로 만들도록 자초한 것이나 다를 바 없어요. 이런 상황에서 어디 재수생이 안 생겨날 수가 있습니까.

그만큼 대학에 진학하겠다는 사람은 많은데 왜 그것을 자꾸 막느냐 그것이에요. 그렇다면 아예 예비고사에서 대학 정원만큼 뽑든지, 그렇지 않으면 꼭 그 수가 맞지 않더라도 거기에 비슷하게 뽑든지 해서 거기에 합격 못 하는 사람은 기능공으로 빼돌리든지 직업 교육을 시키든지 해야지 이 때문에 입시 경쟁을 가속화시키고, 이에 따라 과외비 지출, 과외 수업 등 사회 전반에 부작용을 일으켜 오늘날 가장 큰 사회적 불만의 요소가 되고 있습니다. 개인적으로 공부를 시키겠다는 것을 왜 국가가 막는 것입니까.

김우창 제 생각에는 재수생 문제 같은 것은 대학 정원을 터 놓는 것이 하나의 방법도 되겠지만 근원적으로는 우리 사회가 필요로 하는 인력 수요에 대한 구조적인 이해가 있어야 할 것 같습니다. 정말 대학에 가고 싶은 사람은 전부 가는 것이 좋은지 아닌지에 대한 고려가 선행되어야 하며, 대학 정원을 늘린다든지 또는 재수생이 없게끔 예비고사를 확대한다든지 하는 조치는 그다음에 따라야 할 것 같습니다. 그런데 인력 수급에 관해서 생각할 때 그것은 순전히 경제 성장이라는 관점에서 고려할 수 있겠지만 사회의 균등 발전이라는 관점에서도 봐야 되겠지요.

가령 지금 아귀다툼을 하면서까지 대학에 꼭 들어가려는 이유 중의 하나는, 누구나 다 아다시피 대학을 나온 사람만이 사회적으로나 또는 경제적으로 비교적 안정된 생활을 영위할 수 있다는 데 자극되는 것이 아니겠습니까. 그러니까 단순히 대학을 개방해서 증원을 한다든지 재수생을 없애기 위해서 좀 더 유연성 있게 대한다든지 하는 차원을 떠나서 근원적으로 사회적인 문제로서 평등 문제라든지 교육의 기회균등 참여 문제도 있어야 되며 그러한 것이 종합적으로 어울려서 해결되어야 합니다.

사회 오늘날의 교육은 대량 생산 교육이니까 그렇겠지만 너무 경쟁 위주의 교육이 되다 보니까 인간 부재라고 할까, 사회 협동심이나 인간에 대한 존중심보다는 남보다 뛰어나야겠다는 생각이 앞서는 것 같아요. 경쟁 교육이 빚은 역기능이라고 할까 나쁜 부작용이 있다고 볼 수 있겠는데 이에 대해서는 어떻게 보시는지요.

김우창 교육만으로 해결할 수 없는 문제가 사회 구조적인 문제, 그리고 경제적인 문제인데, 원칙적으로 볼 때 교육에 경쟁보다는 협동을, 갈등보다는 조화를 강조할 수 있는 사람, 또 자기의 개인적인 어떤 업적 성취보다는 바로 이웃에 대한 봉사를 강조할 수 있는 그러한 인간형을 만들어 내야 하는 것이고, 사회 자체가 그런 방향으로 개편되어야 하는 것입니다.

문화의 장식적 기능 탈피

사회 그런데 문화 하면 중세 때부터 서양에서는 귀족 중심, 교회 중심이 되었다가 르네상스 이후 이때도 유력한 귀족이나 부호 같은 사람이 스폰서가 됐습니다마는 그 뒤 시민 사회, 계몽 시대를 겪는 동안 어느 정도 산업화의 기초가 구축되면서 문화적인 창조물이라든지 문화 산물이 시장을 갖게 되면서 이것이 결국은 대중화되고 문화가 보편화되고 교육의 기회도 넓어진 것 같습니다.

그런데 우리 경우를 보면 해방 전까지는 그냥 식민지 지배하에서의 문화 풍토, 그나마 조선조 때 사회의 전통적 문화 구조와 일본의 왜곡된 근대화랄까, 복합된 문화 형태를 겪다가 해방 후 어느 정도 서구 문화를 직접 받아들인 계기가 마련되었다 볼 수 있겠습니다. 그런데 여기에서 근자에 와서는 이러한 서구 문화나 외래어 문화에 대한 수입의 반성이라고 할까, 우리의 전통 문화, 고유의 민족 문화에 대한 문제가 상당히 거론되는데, 문제는 이런 문화 면에서 우리가 가치 기준이라고 할까 사고방식이라고 할까 또는 생활 양식이라고 할까 이른바 근대화 과정에서 겪는 문화 문제라고 할까 이러한 것을 어떻게 평가해야 할지 김 교수가 말씀해 주시지요.

김우창 제가 문화 일반에 대해서 얘기할 만큼 공부가 돼 있지도 않고 또 전문적인 견해를 가진 것도 없습니다만, 일반적으로 문화의 상태가 어떻게 되어 있느냐, 또 앞으로 어떻게 될 것이냐 이런 것을 생각해 보면 문화라는 것이 '참 쓸모없는 것'이라는 인상을 받는 것이 요즈음의 형편이 아닌가 생각이 듭니다. 사실 사회 발전 또는 자연 과학의 발전이라든지 경제 성장이라든지, 경제 발전을 어떻게 하느냐는 것은 상당히 분명하니까 거기에 편입이 되어서 기여하고 작용하고 할 수 있겠지만, 문화라는 것은 오늘날 우리 사회의 지배적인 성장 에너지가 되어 있는 경제하고 어떻게 관련되어 있느냐는 측면에서 볼 때 아주 알쏭달쏭한 입장에 처해 있습니다.

간단히 얘기하면 모든 경제 발전, 사회 발전이라는 것이 근본적으로 사람이 잘살자고 하는 것에 목적을 두는 것이고, 그 잘사는 것이 무엇이고 어떻게 잘살아야 되는 것인가 하는 데 대한 일종의 목적이나 가치관에 관한 반성을 시도하는 것은 인문 과학이나 문화에 종사하는 사람들의 일인데, 현실적으로 볼 때 문화라는 것은 경제 성장이라는 압도적인 추진력에 뒤처져 저 멀리 제2차적인 위치로 떨어지는 것이 아닌가 생각됩니다. 그래서 문화라는 것이 고도 경제 성장을 함에 따라서 일종의 레크리에이션의 제공자, 소비적인 문화에서 레크리에이션을 제공하는 그러한 기능을 가지게 되고 또 장식적인 기능을 가지는 것으로 전락됩니다. 말하자면 돈을 많이 번 사람이 방 안에다가 그림을 걸어 놓는다든가 하는 식의 장식적인 기능을 가지기 쉽다는 것입니다. 그러니까 이러한 문화 자체에 대해서 좀 더 심각하게 생각하는 사람의 관점에서 볼 때는 그렇게 좋은 현상은 아니지 않느냐는 것입니다.

그러니까 문화는 전반적으로 장식적이고 일종의 레크리에이션의 제공자이고 또 직접적으로 경제 성장의 생산에 관계되는 것보다는 소비에 관계되는 것이기 때문에 제2차적으로 밀려나게 된 것이 현상인 것 같고 또 앞으로도 소비 생산이 많아질수록 그런 현상이 강화될 것이라는 생각도 듭니다. 그렇다고 해서 문화를 사회의 경제 발전 속에 편입해 들이려고 하는 노력이 없는 것은 아니에요. 문예 진흥이라든지 산학 협동이라든지 하는 것으로서 학문 활동에 있어서도 그러한 것들이 있습니다. 또 사실상 문화보다는 교육 문제도 아까 말씀하신 대로 기술적인 요원을 교육 기관에서 공급을 해 줘야 된다든지 그것과 아울러서 산업 사회에서 어떻게 행동하고 어떠한 가치를 가지고 살아야 될 것인가 하는 것에 대한 훈련을 시키는 것 역시 문화가 있어야 될 테니까 그런 면에서는 차차 사회의 필요에 따른 요구가 생기게 되는 것이지요.

김적교 김 교수님은 문화의 역할을 너무 소극적으로 과소평가하는 것 같아요. 문화가 하나의 소비 대상으로서 레크리에이션의 하나의 수단이기 때문에 경제 발전이나 다른 발전의 2차적인 역할밖에 못 한다, 이렇게 상당히 과소평가하는 것 같은데 나는 문화의 역할이 더욱 1차적인 것이 아니겠느냐 생각합니다.

'살아남는 경제'를

사회 지금까지 여러 부문에 걸쳐 폭넓게 우리가 내일의 삶을 위해 펴 나갈 구상을 해 주셨습니다. 정책 당국은 우리의 경제 성장이 계속 성장 추세로 발전할 것이란 전망을 낙관적으로 하고 있는 것 같지만 한국처럼 주변에 강대국이 둘러싸고 있고 반도적 상황 속에서 각축되어 있는 환경에서 '살아남는 경제'를 이룩하자면 국민에게 공평히 부가 배분되는 정책이 아쉽습니다. 저는 경제에 대해선 문외한이지만 우리 주변의, 예를 들어 중공 같은 나라가 풍부한 인적, 물적 자원을 동원해서 앞으로 공업화 과정을 달성할 때 그러한 상황에서 우리는 어떻게 될 것인가 가끔 생각해 보곤 합니다. 경제전문가인 김적교 박사의 견해는 어떠한지요.

김적교 네, 역시 발상적인 문제입니다. 물론 자원의 무한한 잠재력을 갖고 있는 중공이 공업화되는 경우, 우리에게는 대외 무역상에 위협적 존재로 나타날 것이지만 공업화 과정은 하면 할수록 국제 분업상 교호 작용이 있다고 봅니다. 한쪽이 급성장되고 균형이 깨지면 약육강식 현상이 일어나지만 두 나라가 같이 발전하면 교호적 공존이 일어납니다. 예를 들어 현재의 일본과 한국의 경제 상황이 이를 입증하는 것입니다만 제가 보기에 중공이 10~15년 이후 공업화가 달성된다면 현재의 체코나 헝가리, 동독, 폴란드 등과 같은 동구적 수준에 이르리라고 봅니다. 그땐 오히려 경제적 상황에서는 이데올로기의 문제가 둔화되고 상호 대등한 입장에서 교호되지 않겠느냐 전망됩니다.

문제는 중공의 정치적 컬러에 영향이 크겠지만 중공이 동구적 추세로 발전한다면 위협적인 존재는 아니라고 여겨집니다. 요는 우리의 성장 결의가 결의인 만큼 정착되느냐가 문제인데 그러자면 경제의 내실이 다져져야 합니다. 그러자면 80년대로부터는 사회 복지 정책의 실시도 불가피할 것으로 전망됩니다만 경제 사회가 발전되면 될수록 '기대감에 대한 만족도'가 중요합니다. 임금 향상, 교육비, 주택, 의료 시혜 등 내부적 욕구가 충족되어야 합니다. 가난하고 무식했을 때는 강요적 인내가 통할 수 있을지 모르지만 소득이 높아지면 그렇게 되지 않는 게 아닙니까. 코스트가 많이 들지만 늦어도 80년대 후반엔 제도적 장치로서 사회 복지 정책을 실시해야지요.

자발적 참여의 분위기

사회 경제 개발에 따라서 우리가 보다 관심을 두어야 하는 것은 소득의 격차 해소, 균형 있는 발전을 도모하는 것이란 점은 앞서도 여러 선생님의 말씀이 있었습니다. 이 점은 역시 당국의 정책적인 배려가 있어야 하고, 지금까지 추진해 왔다고도 하겠습니다만, 여기서 지적하고 싶은 것은 좀 더 국민이 밑으로부터 자발적으로 참여하는 분위기를 조성하는 것이 급하지 않나 생각됩니다. 다른 말로 표현하면 관(官)과 민(民)의 대화의 통로가 폭넓게 개방되는 것이 아닐까 생각됩니다. 당국으로서는 질서와 자유, 안보와 인권의 조화적인 양립이라는 점에 더욱 관심을 두어야겠고, 또 한편 일반 국민의 입장에서는 보다 활발한 참여 의식이 있어야겠다는 것입니다. 아무리 정부 당국이 잘한다고 해도 국민이 팔짱을 끼고 방관자적 자세를 견지해가지고는 발전이란 것이 한계에 부닥친다는 것은 새삼 말할 것도 없겠지요.

김우창 역시 국민의 자유롭고도 활발한 발언이 가능해야겠지요.

사회 그런데 국민의 참여 문제에 한 가지 구체적으로 생각해야 할 것은 정당 문제가 아닌가 생각됩니다. 물론 지금 보수 양당이 주역이 되어 한국 정치를 담당하고 있는 것은 두루 아는 사실인데 그것으로 족한가 하는 것도 한번 생각해 볼 문제가 아니냐 합니다. 물론 여기서 혁신 정당론을 들먹이는 것은 아닙니다만 정당 체질의 개선과 보다 국민과 밀착되는 국민 정당적 기반 구축을 위한 재야 정당의 자체 정비랄까…… 좀 더 자기 정립의 모색을 생각해 보고 싶습니다. 물론 현재 상황이 주는 각종의 제약을 도외시한 공론을 펴는 것은 아니고, 앞으로 사회 발전에 따른, 또는 경제 개발에 따른 각종의 문제 제기를 앞두고 정치적 활동 분야에서 좀 더 정신을 차려야 한다고 할까요. 정책이나 정치적 구상 면에서 좀 더 깊이 멀리 보는 정치적 비전이 있어야겠죠.

우리의 대외적인 상황을 봐도 우리가 경제의 대외 의존도 면에서 어느 소수의 특정 국가에만 치중하는 것이 위험하듯이 외교 면에서도 일부 특정 국가에만 치중하고 나아갈 수 있는 시기는 지났다는 것은 두루 알고 있는 사실이 아니겠어요? 무엇보다 정상화된 외교 관계가 우방 국가와의 사이에서 이루어져야 한다는 것은 당연한 것이고, 중립국이라는 비동맹 국가나 신생 국가와의 관계는 물론, 어느 시기에는 우리가 소련이나 중공을 직접 상대해야 하겠지요. 이것은 독립 국가의 외교적 자생성이란 점을 새삼 지적하지 않더라도 당연한 사리이고 상식에 속하는 것이 아니겠어요.

남북 간 문화의 이질화

한편 이러한 국제 관계 속에서 우리는 남북 문제에서 평화 조건의 구축과 통일을 위한 장기적인 대책과 현실적인 대북 관계로서 남북 대화를 끌고 나가야 한다고 하겠죠. 물론 저는 이 분야의 전문가로서 말할 수 있는 입장에 있지는 않습니다만 이것은 우리 모두가 중지(衆智)를 짜내서 계속 모색해야 할 민족적인 과제라고 보겠죠.

김우창 남북 간 문화 면의 이질화에 관해서 근자에 관심이 커지고 있습니다만 깊이 생각해서 다루어야 할 중대한 당면 과제라고 하겠습니다.

사회 그렇죠. 우리가 언젠가는 민족이 통일되고, 꼭 통일되어야 한다는 것은 민족사적 당위죠. 그렇다면 지금 우리가 할 수 있고 해야 할 일은 무엇이냐 하는 것을 구체적으로 모색하면서 단기적 대책과 장기적 대책을 병행한 구상을 세워서 나아가야겠죠. 여기서 우선 우리가 북한 공산 집단의 호전성을 억제하는 것이 문제인데, 이 점에서는 무엇보다 우리 국민 스스로 밑으로부터 우러나오는 민족적 과제에 대한 공동 목표 아래 국민적 일체감을 강화하는 것이 과제라고 봅니다. 나의 일은 내가 하고 우리 민족의 과제는 민족 주체성을 견지하면서 우리가 한다는 자세가 있어야 하고, 이러한 자세의 정립이란 바탕에서 통일과 관련된 외교 국방 문제의 실마리를 풀어 나가야 한다고 할까요. 제가 이러한 전문적인 문제에 관해서 주제넘은 말 같습니다만, 최소한 민족적 주체성이라는 면이 가장 기본이 되는 것이 아니냐 하는 점에서 몇 말씀 드려 본 것입니다.

쉬운 시는 왜 못 쓰나

최하림

김우창

1978년《문예중앙》여름호

시는 쉬워지고 있다

김우창 주최자 측으로부터 오늘 대담의 주제로 주어진 제목은 '쉬운 시를 왜 못 쓰나' 하는 것입니다. 그리고 그런 주제를 제시한 의도의 배후에는 요즘 시는 안 읽힌다는 것과 그것은 시가 어렵기 때문이라는 생각이 전제되어서일 것으로 생각됩니다. 그렇다면 본 주제를 논의하기에 앞서 그런 전제들이 과연 정당한가의 여부를 먼저 검증해 보는 것이 순서일 것같이 생각됩니다. 이에 대한 최 선생님의 생각은 어떠신지요?

최하림 현대의 시가 안 읽힌다, 혹은 어렵다, 쉽다 하고 말할 수 있는 것은 결국 기준을 어디다 설정하느냐에 따라 옳은 말일 수도 있고 혹은 그릇된 판단일 수도 있을 것입니다. 그러나 일반적으로 말한다면 한국 시사상 현대 시가 가장 쉽다, 혹은 쉬워졌다는 사실은 인정할 수 있을 것입니다. 만약 읽히지 않고 있다고 단정한다면 그 시를 누가 읽고 누가 안 읽는가 하는 독자의 기준 설정이 문제이겠죠. 시의 독자로 노동자나 농민들을 상정한다면 안 읽히고 있다는 것이 사실일지도 모릅니다.

김우창 일반적으로 이야기해서 요즘은 시집도 많이 팔리고 시가 많이 쉬워진 것도 사실입니다. 그러니까 문제의 설정이 현상에서 벗어났다고도 말할 수 있겠군요.

최하림 그렇게 볼 수 있을 것입니다. 그렇다면 요즘 시가 어떤 이유 때문에 쉬워졌고 또 시집이 그나마 팔리는 까닭은 어디에 있는가, 이런 점들을 따져 볼 수 있을 것 같군요.

김우창 그러니까 최 선생님 말씀은 요즘은 과거 어느 때보다 시가 많이 읽히고 또 쉽다고 하셨는데 저의 경우에는 그 구체적인 사실을 짐작할 수 없는데 최 선생님은 시인이시니까 체험을 토대로 하여 말씀해 주시지요.

최하림 제 경우에서 보면 그렇습니다. 저도 시를 써 왔지만, 과거에는 시인 스스로도 잘 모르는 시가 많았고 또 저 자신도 그런 시를 썼습니다. 시의 난해성이란 점에서 보면 특히 시어의 선택에서, 또는 시어와 시어의 결합에서 그 의미가 애매하고 몽롱한 상태로 전개되었던 것이 사실입니다. 이런 현상은, 한편으로 시가 너무 쉬워졌다는 비난을 받을는지 몰라도 확실히 많이 가져진 것은 틀림없는 사실입니다.

우리의 현대 시가 이렇게 쉬워지고 또 많이 읽히고 있음에도 불구하고, 시는 여전히 어렵고 안 읽힘으로써 독자들로부터 소외되고 있다는 일종의 고정 관념 비슷한 것이 좀체 사라지지 않고 있습니다. 저는 그래서 가끔 이런 고정 관념은 얼마만큼 사실이고 또 그런 고정 관념이 형성되게 된 이유는 무엇인가를 생각해 보기도 하였습니다. 저 개인 생각으로는 그런 고정 관념의 형성에는 조선 말에서 일제 시대에 이르는 과정에서 대중의 시에 대한 인식이나 관념이 많은 영향을 미치지 않았나 생각도 해 보았습니다.

김우창 조선조의 시, 예컨대 시조 같은 것은 오히려 상당히 쉬웠다는 것이 객관적 평가 아닙니까? 한시 같은 것은 좀 예외지만 말입니다.

최하림 오늘날 와서는 시조라는 시 형식이 상당한 평가를 받고 있고 또 시조가 평이한 면이 있다는 점은 인정을 합니다만 조선조 사회 전체를 놓고 생각한다면, 물론 제 개인 생각입니다만, 그 당시 엘리트층이라 할 수 있는 사대부 계급 사이에서는 시조보다는 역시 한시 쪽이 보다 일반적 형태가 아니었나 하는 생각을 해 봤습니다. 이것은 어느 면에서는 당시의 문화를 소수 사대부층이 독점하고 있었다는 점에 기인하는 것이기도 하고, 또 거기에는 문화를 계속 독점하겠다는 계급 의지가 내재해 있는 것으로도 볼 수 있을 것입니다.

시인도 이해하기 힘든 난해 시

이와 관련된 개인의 체험을 말씀드리지요. 일전 어느 지방의 시비 제막식에 다녀왔습니다. 그 시비에는 뒷면에 한글로 씌어져 있었는데 그 지방에서 존경 받는 유지 한 분이 이런 말씀을 하더군요. "왜 이런 중요한 비문을 한글로 썼느냐. 이것은 돌아가신 분에 대한 모독이 아니냐? 돌아가신 분 당신도 생전에는 한글보다는 한문을 많이 하신 분이니 더욱 그렇다."는 말씀을 하면서 매우 섭섭해하는 것을 유심히 보았습니다. 그리고 비문 가운데서 썩 잘 되었다고 감탄하고 칭찬하는 부분을 보니까 그 문장은 돌아가신 분의 전체적인 삶이나 그 시대의 의미에 관한 것이 아니라 한시의 차용 구거나 혹은 그 기교적인 측면이었습니다. 그런 점에서 본다면 아직도 우리의 문화 담당층은 조선조의 봉건적인 잔재나 시에 대한 편견을 완전히 청산하지 못한 것이 아닌가 하는 강한 의구심을 갖게 되었습니다. 비단 그런 소수 특정 계층의 사람들뿐만 아니라, 문자가 어느 특정 계급의 저유물이었던 시대는 이미 사라졌음을 알고 있는 많은 대중들조차도 아직까지

시는 특수한 계층의 세련된 감수성을 가지고 훈련된 정서로만이 감상할 수 있고 지을 수 있는 어떤 것으로 생각하는 것이 아닌가 합니다.

또 하나 지적할 수 있는 것은 신문학 이후라고 해도 좋겠고 보다 정확하게 말하자면 6·25 이후라고 하는 것이 저에게는 훨씬 실감이 있는데요, 이때 씌어진 많은 시들이 6·25란 엄청난 역사적 경험과 유리되어 있었다는 점입니다. 전쟁이란 상황이 으레 그렇듯 많은 사람들이 자기의 삶의 방식을 송두리째 박탈당하고 변화된 삶, 누구나가 공유한 전쟁의 고통과 충격을 체험하는 삶의 전장에 내팽개쳐졌다고 할 수 있습니다. 그러나 그 당시의 시들은 이런 현실에서 시적인 힘을 취해 오지 않고 어떤 면에서는 무력화되고, 가열한 현실에서도 도피하여, 당시 쏟아져 들어온 외래 사조나 양식에 탐닉함으로써 당연히 그 독자들이어야 할 대중을 스스로 배반한 것이 아닌가 생각되며 그런 상황은 1960년대 초까지 계속되어 왔습니다. 때문에 시는 어려워졌고 따라서 대중의 삶과는 무관한 고도의 관념적인 그 무엇으로 인식되기에 이른 것이라 할 수 있습니다.

시가 왜 난해하게 되었고 또 대중에게 그런 고정 관념을 붙어넣어 주었느냐 하는 데 대해서는 보다 정밀한 사고와 분석이 있어야겠지만 대충 앞서 말씀드린 두 측면으로 나누어 볼 수 있지 않을까 합니다.

민중과 유리되면 난해해지기 마련

김우창 대중으로부터 유리된 시나 문학이 난해해진다는 지적이나, 문학은 원칙적으로 많은 대중에게 호소력을 가져야 된다는 주장에는 저도 동감입니다. 그렇지만 지금 최 선생님 말씀하신 데 대해서 제 나름의 의문을 몇 가지 제기해 보겠습니다. 조선조 시의 경우부터 말씀 드리죠. 조선조의 봉건 사회는 문자가 사대부 계층의 독점물이었으니까 난해해졌다고 말씀하셨는데 그러나 문자를 자기의 것으로 한 선비들에게는 결코 어려운 것이 아니었을 것입니다. 뒤집어 말하자면 특정 계급에 소유되었기에 쉬워진 측면도 있었을 것입니다. 비유를 하자면 영어를 가르쳐서 밥 벌이를 하는 우리 같은 사람들 동류에게는 영시 이야기가 결코 난해한 것만은 아니지요. 50년대의 모더니즘 계열의 시도 마찬가지겠죠.

최하림 시조나 한시의 경우도 그런 양식이 생겨난 문화적 기반을 볼 때, 보는 관점에 따라선 500~600년 동안이란 장구한 시일에 걸친 자기화의 과정을 거친 양식입니다. 서민층의 입장에서 보아도 말입니다. 그러나 신문학 이후나 6·25 이후의 시라는 형식은 그런 과정마저 거치지 못했다는 것입니다.

김우창 서양 문학에서도 그런 것 같습니다. 어느 특정 계급이 문화 담당층일 때 문학이 오히려 쉬워지는 반면 난해한 작품들은 다계급적인 문화를 토대로 한 문학에서 자주 발견되는 것 같더군요. 6·25의 혼란기에 당시 일부 시인들이 자기들도 잘 몰랐던 시를 쓰게 된 원인은 그렇게 간단하게 분석될 수 없는 여러 요인이 있었겠죠. 그런 현상만으로 문화가 대중으로부터 일탈되었다고 단정할 수도 없는 것이고요. 그러면 다시 본제로 돌아가서 시가 어려워진 이유는 무엇일까요?

최하림 저는 시를 쓰는 당사자이니까 그 점은 김 선생께서 먼저 말씀하시는 게 도리일 듯 생각됩니다. (웃음)

김우창 시가 어렵다, 안 읽힌다 하는 것은 시집 판매에 관한 통계를 보면 금방 알 수 있습니다. 또 최 선생님 같은 분이 시가 쉬워지고 또 많이 읽힌다고 말씀하신 것 즉 시인이 독자로부터 소외되지 않고 있다고 느끼는 그 사실이 보다 중요한 것이라고 봅니다. 서양의 경우 보들레르 같은 시인은 많이 읽히고도 있지만 통계 숫자보다 중요한 것은 시인이 독자와 대화를 하고 있다는 느낌입니다. 독자와 유리되어 있고 소외되어 있다고 믿는 시인의 시집이 많이 팔렸다고 해도 그것은 의미가 대단치 않은 것이고 시집이 비록 많이 팔리지는 않더라도 시인 스스로가 독자들로부터 사랑받고 있다고 느낀다면 그것이 더욱 중요한 의미를 가진다는 말씀입니다. 그 점과 관련해서 최 선생께선 어떻게, 무슨 근거로 그런 느낌을 갖게 되었는가를 말씀해 주시면 독자들의 이해에 도움이 될 수 있을 것입니다.

좋은 작품은 어느 시대에도 읽힌다

최하림 제 경우를 예로 들어 말씀드리는 것은 외람되고 주제넘은 짓이니까 할 수 없겠습니다. 하지만 시가 아무리 안 읽혔다고 말해지는 어떤 시대에도 좋은 시는 읽혀 왔던 것으로 생각됩니다. 가령 일제 시대, 해방 이후, 6·25 이후 어느 시대에도 소월이나 윤동주 혹은 육사(陸史) 등의 시는 독자들로부터 사랑을 받고 애송되었거든요.

저 자신도 윤동주나 소월의 시를 좋아했는데 '윤동주의 시 혹은 소월의 시는 이미 지나간 시대의 시다.'라고 하는 일반적인, 또는 말을 바꾸어 시단적(詩壇的)인 재단(裁斷) 때문에 시는 다른 것을 읽어야 한다 해서 다른 시, 구체적으로는 당시의 시인들 전봉건이나 김수영의 시를 암송하기도 하였죠. 우리들의 감수성으로 받아들일 수 있는 시, 애송하는 시를 억지로 버리고 강요된 시를 암송하고 다닌 시절이 있었습니다. 그것은 다시 말하자면 그 시대를 주도하는 일부 시인들이 독자들을 오도(誤導)하고 있었고 오도된 가운데서도 우리들은 좋은 시 또는 받아들일 수 있는 시를 읽고 있었다는 뜻도 됩니다. 오늘날에도 독자가 시를 어떻게 받아들이고 또 평가하는가를 구체적으로 밝힐 방법은 없습니다만 지금도 민중의 감성에 맞고 그들의 이상을 반영하여 그들이 요구하는 시를 쓰는 경우에는 많이 읽히고 사랑받을 수 있을 것입니다. 시인 신경림 씨의 시집 『농무』가 1만 부씩 판매되는 것은 그 방증의 하나일 것이고 그에 따라 독자들의 시에 대한 열정도 고조될 것이 아닌가 하는 생각도 가져봅니다.

김우창 소월의 시가 애송되고 있는 이유가 그럼 무엇인가 하는 의문이 제기되는데 앞서 최 선생님이 들려주신 시비 제막식에서의 에피소드는 매우 뜻깊은 시사가 있는 것 같습니다. 사실 인간의 평가란 원래 어려운 것이지만 전체적이고 인간적인 평가보다 기교적인 측면에 치우친 평가라고 말씀하셨는데 그러면 소월의 시가 많이 읽힌다는 사실과 시가 쉽다는 사실과는 어떤 관련이 있는 것일까요.

쉽다는 것이 반드시 문화의 향상이나 보편화를 의미하는 것은 아니지 않은가 하는 의문도 가져볼 수 있습니다. 문학이 ─ 시까지도 포함해서 ─ 삶을 새롭게 탐구하는 시도라고도 할 수 있다면 그것은 다소간은 어려워질 수밖에 없지 않을까 하는 생각도 드는군요. 쉽다는 것은 기성의 문학 테두리 안에서 형성된 것일 경우이고 그 테두리를 벗어난 시도는 어차피 어렵기 마련 아닌가 말이죠. 삶을 새로 평가하고 탐구하는 것은 쉽게 이해될 수는 없겠지요.

최하림 문학이 쉬워지고 또 시가 많이들 읽히고 있다는 사실은 일단 바람직한 것이겠지만, 그런 현상은 어떤 면에서 바람직하고 또 어떤 점에서 부정적일 수 있는가 하는 점을 먼저 여쭤 보고 싶군요.

한국의 문화는 청소년 문화

김우창 시를 두고 말할 때 일단은 많이 읽히고 쉽게 이해될 수 있는 시기 좋겠지만 또 한편 많이 읽히고 쉬운 시가 다 좋은 시는 아니겠지요.

최하림 문제를 독자에게까지 확대시켜서 말씀해 주시죠. 아직도 우리의 시 독자 대부분은 여고생 혹은 대학 초년생이란 말을 자조적으로 하는 사람들도 있었습니다. 그런 점과 관련시켜서 시가 반성해야 될 점 등을 검토해 보기로 하지요.

김우창 그런 현상은 비단 시에 국한된 것이 아닐 것입니다. 모든 출판물의 독자들, 예컨대 시 아닌 소설이나 기타 출판물의 독자들도 마찬가지인 것으로 알고 있습니다. 보다 비관적으로 본다면 우리의 독서 문화 자체가 청소년 문화라고 할 수 있을 것입니다.

최하림 시가 쉽다는 사실이 단순하게 쉬운 것으로 그치고 쉬우면서도 깊은 뜻을 담은 것이 아니라, 의미의 함축이 없고 평면적인 시어의 나열에 그친다면 그것은 엄청난 상상력의 소산이 아니라는 점에서 시인 모두가 깊은 자기반성을 해야 될 문제라고 생각됩니다. 그런 점에서 시가 단순화·평이화된다는 사실에도 함정은 있다고 봅니다.

김우창 우리의 언어 자체가 신선하긴 하지만 또 그만큼 문화의 축적이 부족한 것도 사실입니다. 언어란 사고의 형식이라 할 수 있고, 생각을 담는 그릇과 같은 것인데 우리는 우리말로 사고한 지가 기껏 백 년 남짓한 거 아닙니까? 사색하게 하고 읽는 이로 하여금 쉽게 이해할 수 있는 시를 쓰는 것이 쉬운 일은 아니지만 그렇다고 포기할 수도 없는 시의 이상이겠지요.

최하림 요즘은 그 어느 때보다 시의 심화를 위해 왕성한 평론 활동이 요청되는 시대인 것 같습니다. 또 현실적으로도 시나 소설의 창작보다도 평론 활동이 훨씬 두드러져 보이고요. 평론 활동은 특히 계간 문예지의 활발한 기능과 역할과도 관계가 있을 것입니다. 시의 심화를 위한 평론 활동, 구체적으로는 가령 시에 있어서 민중이란 무엇인가? 혹은 시에 있어서 산업화는 어떻게 이해되어야 하는가 등등의 문제에 대한 논의를 통해 기여하여야 하리라고 봅니다.

김우창 시인이 앞서 가야 하는 것 아닙니까. 창조하는 시인이나 작가를 상상의 도둑에 비한다면, 평론가는 그를 추적하는 형사의 입장 아닐까요. (웃음)

한물간 참여와 순수의 대립

최하림 그렇다면 한창 유행하고 있는 '민중'이란 시인 즉 도둑의 말을 평론가라는 이름의 형사가 추적해 잡아 주어야 할 것 같습니다. (웃음)

김우창 시가 쉬워져야 한다는 명제의 배후에는 은연중 민중이란 존재를 전제한 것이 아닌가 하는 느낌입니다. 그리고 시가 쉬워지는 데에는 첨예한 성격의 시인의 창조적 소산이 큰 역할을 하는 것입니다. 또 시인 자신이 민중 — 또는 민중적 정서 — 의 대변자라는 자부심과 민중이 어떤 표현을 요구하는가에 대한 끊임없는 성찰이 있어야겠지요.

최하림 오늘 이 대담의 주제와 어울리는 문제인지는 잘 모르겠습니다만 저는 요즘 시를 읽다가 자주 이런 생각을 해 봅니다. 50년대 말 이후 우리 문단의 대표적인 쟁점의 하나가 되었던 것이 소위 참여와 순수의 논쟁이라고 하겠는데 70년대에 들어와서는 참여시라고 일컫는 시가 주류를 형성하고 있다고 해도 과언이 아니지 않은가 하는 것입니다.

김우창 주로 민중 시인이라고 일컬어지는 일군의 시인의 역할 때문이겠지요. 그렇다면 오늘의 상황은 어떤지 말씀해 주시지요. 누가 무엇을 쓰고 있으며 또 누가 무엇을 쓸 것인가 하는 문제와 관련해서 말이죠. 좀 각도를 달리해서 저의 생각으로는 시가 쉬워지는 데 기여한 참여 시인들의 시작 활동이 최근 1, 2년 동안은 오히려 좀 뜸한 게 아닌가 하는 느낌도 갖는데요.

최하림　그 점 저도 같은 생각입니다. 신문, 잡지의 월평 같은 데서도 드물게밖에는 보이지 않고요. 그 반면 시작(詩作)에서 반대의 입장에 서는 젊은 시인들의 시를 자주 볼 수 있습니다. 그와 아울러 또 하나 의문을 갖는 것이 있습니다. 강우식(姜禹植) 시인의 경우 요즘 활발하게 4행시를 발표하고 있습니다. 저의 생각으로는 4행시의 형식으로 담을 수 있는 내용에는 한계가 있을 것 같은데 왜 그런 시가 얼굴을 내밀고 있는가 하는 점입니다. 이것도 지난 10여 년 동안의 참여시에 대한 일종의 반작용이 아닐까 하고 생각되기도 합니다.

　또 참여시의 반작용을 말하기 전에 참여와 순수 문제에도 분명히 청산해야 될 숙제, 혹은 극복해야 될 문제가 있지 않은가 합니다. 즉 순수 쪽에서 참여시를 비난할 때 흔히 동원되는 표현이 '상투적이다', '획일적이다', '목소리가 높다' 등이었고, 참여 쪽에서 순수시를 비판할 때도 그러면 '순수시는 얼마나 상투형에서 벗어나 있는가' 또는 '애매모호한 분위기의 시' 등으로 표현해 왔습니다. 한국의 시가 발전하기 위해서는 명징성이 필요한 것이 아닌가 생각합니다.

　김우창　양쪽의 비판에 모두 상투성이 있다는 말씀에 전적으로 동감입니다. 그리고 참여시의 시작 발표가 뜸한 것은 현재의 정치적 분위기 때문에도 그 이유의 일단이 있는 것 아닌가 생각됩니다.

　최하림　시인의 개인적 입장에서 보면, 흔히 지적받는 상투성의 극복 문제 때문에도 그런 것 같습니다. 그 진통기라고나 할까요.

전통적 기반 없어진 순수시

　김우창　사회 자체의 변화 즉 산업화 시대로 치닫는 현상과도 관계가 있을 것 같습니다. 가령 참여 시인의 대표적 시인이라고 할 수 있는 신경림 씨의 경우도 시집 『농무』 이후는 왕성한 시작 활동을 보이지 않고 있는데 그 이유도 사회적 변화, 사회 구조 자체의 변화에 연유한 것이 아닌가 합니다. 『농무』의 시 세계는 우리 사회의 산업화를 위해 가장 혹독한 역사적 부담을 졌던 농민적 정서의 세계인데, 고도 산업화 사회에서 시인 자신이 어떤 내면적 갈등을 가지고 있는 것이 아닌가 합니다.

최하림 저 자신도 농촌 출신입니다만 산업화 시대에서는 저도 그런 갈등을 느낍니다. 임금 근로자가 대두하는 시대에 그들의 정서와 생활 경험이란 우리에게 생소한 것이기도 합니다.

그리고 사회 자체의 변화는 비단 참여시뿐만 아니라 순수시에도 변화를 강요한 것이 아닌가 하는 생각도 들고요. 특히 정현종(鄭玄宗) 시인이나 오규원(吳圭原) 시인을 보면 더욱 그런 느낌이 짙어집니다.

김우창 재래적 의미에서의 순수시는 이미 없어진 것 아닙니까. (웃음) 순수시의 기반이라고 할까 하는 전통적 기반 자체가 사회의 변화와 함께 소멸되어 버린 것이죠. 정현종 시인이나 오규원 시인도 사회를 움직이는 동력이 어느 특정 계층에 있다고 믿지 않는 시인입니다. 그것은 나쁘게 보면 자기 계층에 서서 그 눈으로 사물을 보고 느낀 바를 시로 쓴다고 할 수 있고, 좋게 보면 보편적 차원에서 시를 쓴다고 할 수 있겠죠.

순수파의 대표적 시인이라 할 수 있는 김춘수 시인의 경우에도 '나무와 같은 딱딱한 공기'의 이미지를 집요하게 자주 등장시키고 있는데 그것도 이해하기에 따라서는 정치적 상황을 의미한다고 봅니다. 순수시도 그만큼 변화를 보인 것이지요. 아마 참여시도 바뀌어야 할 것입니다.

최하림 참여와 순수의 두 유파는 한 문제를 놓고 서로 적대 관계에서가 아니라 대화하는 입장에서 시의 심화에 기여하여야 되고 또 그럴 수 있으리라고 믿고 있습니다. 이것은 기계주의적 절충을 뜻하는 것은 결코 아님니다.

김우창 시인뿐만 아니라 시 자체만으로도 평가는 시대에 따라 달라질 수 있습니다. 조지훈 시인이나 얼마 전에 돌아가신 박목월 시인 같은 분의 초기 시는 그 당시에는 비참여시였지만 요즘에 와서 보면 「청노루」도 현대의 산업 사회를 비판적으로 볼 수 있다는 점에서 참여시일 수 있습니다. 물론 비판하는 정도의 적극성에는 차이가 있겠지만 말이죠.

최하림 여러 유파의 시가 공존할 수 있는 것이지요. 정현종·오규원 시인의 시는 옛날의 순수시와는 훨씬 다르고 오늘의 현실을 육화(肉化)했다는 점에서 높은 평가를 받고 있습니다만 그 때문에 동시에 참여시도 확실한 자기 걸음을 걸을 수 있는 것 아니겠습니까? 그러니까 서로 공격을 일삼기보다는 발전시킬 길을 모색하는 것이 옳은 것이 아닐까 생각합니다.

김우창 발전은 서로 공격함으로써 발전하는 측면도 있으니까요. (웃음)

제 생각으로는 시는 시대와 함께 움직이는 것이라고 봅니다. 아까도 말씀드린 바와 같이 지금 이 사회는 과거 참여 시인들이 핵심으로 다루었던 문제, 농촌과 농민의 문제에서 도시 임금 노동자 혹은 도시의 저변층을 형성하는 이동 부랑민이 가장 큰 소외된 집단이 돼 버린 사회입니다.

영혼의 안식처가 없는 시대

최하림 비록 도시 임금 근로자나 혹은 비임금 근로자라 할 수 있는 부랑민들이 농촌을 떠나왔지만 아직도 그들의 정서는 농촌적인 데가 있지 않을까 생각되는데요. 그들의 의식 상태도 그렇고요……. 농촌을 떠난 농민과 농촌에 살고 있는 농민과는 의식과 정서에서 차이가 나겠지만요. 중요한 것은 우리 시인들의 시어 자체도 부랑하고 있다는 점이지요. 일전 어느 라디오 방송에서 전남 진도에 살고 있는 양홍도 할머니의 민요를 들은 적이 있습니다. 민요 백과사전이라 할 수 있는 분인데 그분의 민요를 듣고 있으면 가슴이 저리도록 감동이 큰 데 비해서 흔히 텔레비전이나 라디오에서 듣는 가수들에 의해 불리는 민요에서는 그런 감동을 못 느끼거든요. 활력을 상실했다고나 할까…….

김우창 노래는 생활의 일부가 되었을 때 그 기능을 완전히 발휘하고 감동을 주는 것이니까 그럴 것입니다.

최하림 아침에 일어나 만원 버스에 시달리며 출근하고 저녁에 또 시달리며 퇴근하는 쳇바퀴 도는 것 같은 이런 삶 속에서도 시가 나올까 하는 의문을 갖고 있습니다. 과거 한 평의 땅, 한 채의 집이 샐러리맨의 소망이었던 시대에는 집은 영혼의 안식처였습니다. 그러나 지금은 집은 재형 투자의 대상이 돼 버린 시대입니다.

김우창 확실히 시를 쓰기는 어려운 시대인 것 같습니다. 최 선생님은 앞으로도 계속 시를 쓰실 것인데 무엇을 써야 할 것인가에 대해서 말씀해 주시지요. 시란 내적으로는 주문대로 쓸 수 없는 것이 시의 모양 아니겠습니까? 그러니까 오늘날 시인이 부딪치고 고민하는 문제는 무엇인가 하는 물음이기도 하겠지요.

저의 개인 의견으로는 참여시도, 참여적인 순수시도, 순수한 순수시도 계속 필요하다고 봅니다. 왜냐하면 개인적인 위안이란, 그것은 그것대로 가치가 있는 것이니까요. 중요한 것은 이 시대를 어떻게 파악하고 있는가 하는 점이라고 하겠습니다. 가령 신동엽 시인의 시를 두고 말해 봅시다. 그의 시의 시적인 요소는 오늘날에도 해당되면서도 소재로 삼았던 구체적 이슈는 이미 물러간 시에 속하는 것이 아닌가 합니다. '배고프다'는 이슈나 "대사관 앞에서 줄지어서 구걸"하는 이미지로 대표되는 시 의식의 문제는 이미 핵심에서 퇴장한 이슈이기도 합니다. 순수시를 쓰든 참여시를 쓰든 시인은 자기 시대에 대한 일정한 인식을 가져야 될 것입니다.

　최하림　시인이 자기가 살고 있는 시대에 대해서 일정한 인식을 갖고 시작을 해야 한다는 점에 대해 저도 같은 생각입니다. 신동엽 시인의 시에 대해서 하신 말씀 중 이미 지나간 이슈라고 말씀하신 시 의식 문제 같은 것은 아직도 우리 사회에 작용하고 있는 것 아닌가 하는 생각입니다. 표면에 드러나지 않고 은닉된 채 기능하고 있는 것은 아닌지요. 또 대사관 앞에 줄지어서 구걸하는 이미지도 외세 의존적 구조에 대해 한 신인이 역사적 안목으로 통찰한 선견(先見)으로 볼 수도 있을 것입니다. 그런 점에서 신동엽 시인의 시는 바로 오늘날의 시라고도 할 수 있겠죠. 필요한 것은 정치의식과 역사 의식을 보다 심화시켜야 하는 것이 아닐까요.

복권돼야 할 민요의 '리듬'

　김우창　네. 그리고 시인이 변화해 가는 사회를 어떻게 새롭게 표현하는가 하는 것도 문제지요. 예컨대 다국적 기업 같은 문제도 남의 나라 이야기가 아니라 바로 우리의 현실적 과제인데 시인이 그것을 어떻게 표현할 것인가 하는 것이죠.

　최하림　그와 아울러 민족주의 문제가 있을 것 같습니다. 해방 이후는 민족주의의 열광의 시대라고도 할 수 있는데 그에 관한 한 아직까지 훌륭한 성과라고 할 만한 시는 오히려 드문 형편입니다. 구체적으로 시는 많이 못 읽었습니다만 고은(高銀) 시인이 시 속에서 남북 문제를 계속 추구하고 있는 것으로 압니다.

　김우창　오늘날 시인이 무엇을 해야 되고 또 무엇이 일어나고 있는가 하는 것을 깊이 인식하는 것이 중요한 것 같군요. 역사의 움직임은 거친 것이고 역사란 언제나 결과이며 반드시 의도와 일치하는 것은 아닙니다. 남북 문제만 해도 비특권층의 먹고사는 문제와 직결된 것으로 파악하고, 그런 측면에서 추구해야 될 문제겠죠. 참여 시인도 심층적인 통찰과 아울러 새로운 언어의 개발이 시급한 시대입니다. 현대는 피난처가 없는 시대인데 그러므로 더욱 시는 있어야 할 명분이 있는 것이죠. 옛날에는 참여 시인은 자기 시대의 고통 받는 시인이었는데 현재는 순수시의 기반이 없기 때문에 순수 시인이 더욱 고통 받는 시대입니다.

최하림 마지막으로 시의 '리듬' 문제를 언급하면서 대담을 끝마치기로 하지요. 평론가 김현 씨가 쓴 어느 글을 보니까 요즘 대부분의 시에 리듬이 없어졌다는 지적을 했습니다. 흔히 미당 서정주, 박재삼 시인의 시에 리듬이 있다고들 말하지만 그것은 제가 보기엔 전라도 리듬입니다.

김우창 시인에 전라도 출신이 많아서 편향된 것 아닐까요? (웃음)

최하림 아무튼 우려할 만한 현상이라 느껴집니다.

김우창 시는 상황의 산물입니다. 그리고 정작 제대로 된 시는 표준어로 씌어진 시이어야죠. 결국 표준어의 문제로 귀결되는데, 표준어란 '교육받은 서울 중산층에 의해 사용되는 말'이라고 하지만 그것도 명확한 것은 아니거든요. 교육의 정도의 기준이며, 중산층이란 과연 있기는 한가 등등, 가치 전도의 시대에는 그것도 극히 불투명한 상태지요.

최하림 뿐만 아니라 말에 질서를 부여하는 문법의 혼란과 어법의 변화, 거기다가 서구적인 번역투 문법의 오염 등도 추가할 수 있겠습니다.

김우창 대중적 언어를 찾아야지요.

최하림 민요가 가진 리듬도 복권되어야 할 것입니다. 과거의 민요 채집만이 아니라 현대의 변화된 민요의 채집도 매우 중요한 것 같더군요. 언제나 노동의 현장에는 노동요가 있었던 것으로 알고 있습니다. 따라서 각종 노동요의 채집과 재인식이 활발해지면 현대 시에도 시사하는 바가 있을 것입니다. 현대 상황에 맞게 옛 구전 민요를 개작한다든지 하는 시도는 그 효과와 시의 가치를 떠나서도 중요한 의미를 가질 것 아닌가 생각됩니다.

김우창 오랜 시간 감사합니다.

시는 무엇을 위해 쓰는가

신경림

김우창
1978년《한국문학》11월호

시의 기능

신경림 오늘날 시가 대중에 깊이 읽히지 않고 있다고들 합니다. 그 책임이 문학의 바깥쪽에 원인이 있지 않느냐고 하는 것은 잘못된 생각입니다. 문학이 저지르고 있는 잘못을 문학 밖으로 책임을 돌리기보다는 문학, 즉 시 자체 속에 더 큰 책임이 있다고 봐요. 이것은 문학사적 견지에서가 아니라 내 개인의 생각이지만 오늘 독자가 문학에 요구하는 사회적 책임이 있는데 문학이 그 책임을 다하지 못하니까 독자가 문학을 외면하는 것이다, 이렇게 보아지는 거지요. 가령 시에 있어서 아방가르드 같은 것이 독자를 잃어버리는 원인이 되었고, 소설 역시 사회적 책임을 벗어나서 흥미 위주로 나가니까 진정한 독자를 잃어 가고 있습니다.

김우창 저는 다른 관점에서 보고 싶습니다. 사회적 요인보다도 문학 내적인 요인에서 시가 안 읽힌다는 것은 시인에게 큰 비중을 두는 것이고 시인이 힘 있는 사람으로 보고 사회적 요건을 시인이 통제할 수 있다고 볼 수 있겠느냐는 것이지요. 소설에 있어서도 사회적 관심을 소외시켰기 때문에 독자를 잃는다고 나섰는데 거꾸로 봐서 흥미 위주로 나갔기 때문에 독자의 관심을 더 이끌 수 있다는 말도 성립되지 않을까요.

신경림 사회적 관심이란 정치적인 것만을 의미하는 것이 아니고 삶과 무관한 시가 아닌 삶과 밀착된 시가 되자는 것입니다. 사람이 사는 모습이 보이는 시, 삶이 들어 있는 시가 아니고는 독자의 지지를 받을 수 없다는 말이지요.

김우창 시인이 자기 의무를 등한시한다, 이런 것도 있지만 시뿐만 아니라 어떤 문학적인 발언도 우리는 주의를 안 기울이게끔 상황이 되어 가고 있는게 아닐까요.

신경림 그러니까 상황이 그렇게 되어서뿐 아니라 그러한 상황이 되어 가게끔 문학이 조장하는 측면도 있는 것 같아요.

김우창 시뿐만 아니라 다른 인문 과학까지도 사회인들의 관심 밖으로 나가는 것이 아닐까요. 시인이 통제할 수 없는 요인 같은 것.

신경림 시인이 통제할 수 있느냐 없느냐 이전에 그런 의지를 가져야 한다고 봅니다.

김우창 시인이 책무를 다하고 있지 않기 때문에 독자가 외면한다고 말씀하셨는데 과연 그런 관심이 있느냐 하는 것부터 문제 삼아야 하지 않을까요.

신경림 일단 시인들이 자기에게 그러한 책임이 있는데 그러한 책임을 다 해내지 않는다, 이거지요.

김우창 시인이 존재하고 있는 어떤 종류의 욕구, 요망을 등한시하고 있다고 할 때 그러한 요망이란 사회적인 문제를 얘기해 달라는 문제인데, 요망을 가진 독자는 누구입니까?

신경림 문학 속에서 삶의 모습을 찾으려는 사람들은 반드시 정치나 이데올로기만을 얘기하는 것이 아니고 진정한 삶의 단면에 접근하고 싶은 것이지요. 따라서 시가 살아남을 길은 그러한 독자의 요구에 부응하는 시가 되어야 한다고 생각합니다.

김우창 어떠한 문학자가 사회적인 것을 쓰든 비사회적인 것을 쓰든 자기가 알고 있는 삶의 모습을 있는 대로 그리지 않고 있다고 생각하는 사람은 드물 것이고 현실과 유리된 삶을 그린다는 것은 있을 수 없는 일이 아닐까요.

신경림 제가 보기에는 일부 순수시를 쓰는 사람들은 시가 삶을 완전히 배제했을 때 가능한 것이라고 믿고 있는 것 같아요.

김우창 그 사람에겐 그것이 곧 실감나는 삶이라고 생각하겠지요. 신 선생님이 보는 것과 다른 실감나는 삶이 진정한 삶으로 정의되겠지요.

순수시와 참여시

그렇게 보지 않고 김동리 선생같이 개인의 삶이나 신의 문제를 다루는 것이 삶의 중심적인 문제라고 생각하는 이도 있고 사회적인 생존을 해 나가는 과정이 중요하다고 믿는 사람도 있지요. 신 선생님이 생각하는 삶을 요구하는 독자가 모든 사람이라고 보기는 어렵지 않겠어요. 시를 쓰는 사람들 자신도 삶을 보는 눈이 나뉠 수 있을 것입니다. 결국 순수 참여에 귀결되는군요. 신문학 초기부터 계속적으로 존재하는 문학 문제인데 이것은 논쟁을 좋아하는 사람이 일으킨 것이기보다는 우리 상황 속에 불가피하게 존재하는 이슈이기도 합니다. 참다운 참여시란 어떤 것일까요.

신경림 되풀이되는 말입니다만 사람답게 사는 길로 인도하는 시, 올바로 사는 길을 피해 가지 않는 시, 그런 이념을 바탕으로 쓰여진 시를 뜻한다고 봅니다.

김우창 정현종 씨가 《동아일보》 월평에서 요즘 참여시가 (참여시라고 지칭은 하지 않았습니다만, 뉘앙스로) 자꾸 넋두리가 되어 간다고 지적했는데, 그 점에 대해서는…….

신경림 그런 측면도 없지는 않지요. 그것은 사회의식을 가지고 하는 문학 자체에 문제가 있는 것이 아니고 하는 사람 자체에 문제가 있는 거지요. 올바로 삶을 이해하지 못하고 올바른 삶을 바탕으로 한 문학을 하지 못하니까 그렇게 되는 것이지요. 저 자신까지도 포함시켜서 반성하는 것입니다만 그럴 경우 목소리만 높다는 비평을 받게 마련이지요.

김우창 개인 문제, 재능의 문제라고 해석할 수도 있지만 참여 문학에 접근하는 방법 자체에 문제도 있다고 보입니다. 너무 지나치게 사람다운 삶, 공존의식 유대 감각을 강조하다보면 그것을 되풀이해서 이야기하게 되는 경우를 낳지요. 우리 삶 속에서 어떻게 사람들이 어울려 사는가, 삶의 구체적인 모습, 사회적인 표현, 이런 것에 관심을 넓히지 않고 처음의 주장만 내세우다보면 내용이 공소하고 목소리만 높아지는 것이 아닐까요. 또한 너무 사회의식에 집착한 나머지 모든 낱낱의 작품에 구현시키려는 무리가 따르고 강박 관념이 생기는 것 같아요.

신경림 그렇다기보다는 낱낱의 작품에 삶의 인식이 투철하지 못한 데서 오는 결과라고 해야겠지요.

김우창 순수시를 보더라도 1950년대나 1960년대에 음풍영월하는 시를 두고 공격을 했었는데 지금 와서는 음풍영월도 사회의식이 없이는 가능하지 못한 것이 되고 있다고 봐요. 꽃도 없고 바람도 없는 도시 공간에서 꽃도 보고 달도 볼 수 있는 삶을 찾는 주장이 된다고 보면 어떨까요.

신경림 순수시를 쓰는 대부분의 시인들이 그런 의식으로 시를 쓰는 것이라고는 보여지지 않고 오히려 순수시는 삶을 배제해야 한다는 인식을 바탕에 두고 시를 쓰는 게 아닐까요.

김우창 서로 다른 인생, 서로 다른 세계를 가지고 있을망정, 성과가 참다운 삶의 모습을 표현했느냐 아니냐가 문제이겠지마는 출발에 있어서는 삶의 진실을 보는 눈으로 시작한다는 것은 어떤 문학자에게 있어서도 마찬가지가 될 수 있지요.

신경림 시는 말을 재료로 해서 쓰는 것이니까 말의 아름다움을 추구하는 것이다, 이것이 순수시가 표방하는 것이라면, 말의 아름다움이나 말의 진실과 삶의 아름다움이나 삶의 진실을 동떨어지게 생각하는 데서 순수시의 공소함을 부인할 수 없습니다.

김우창 좋은 시는 순수시나 참여시나 말의 질서하고 삶의 질서하고 딱 맞아떨어졌을 때에 공감을 얻게 되는 게 아닐까요. 그러니까 어느 쪽이나 다 의도 자체는 틀리지 않고 자기 나름으로 체험적인 것 위에 말의 질서를 부여해 나가는 것이지 말만 가지고 시를 쓰는 사람은 없지 않습니까.

신경림 지나치게 말의 질서에 매달리다 보니까 삶의 질서가 배제되는 경우를 본다 이거지요.

김우창 순수시와 참여시는 서로 보는 입장에 따라서 상대쪽이 직전한 삶의 진술을 못하고 있는 것이라고 주장하는 데 거리가 있는 것 같습니다. 한쪽은 삶의 현장을 멀리하는 데서 시를 쓴다, 한쪽은 삶의 현장에 접근하려는 데서 시를 쓴다, 이렇게 다른 시각으로 볼 것이 아니라 의도는 같은 결국 누가 옳고 바르게 보는 것인가 하는 객관적인 기준이 문제겠지요.

신경림 저는 다르게 생각합니다. 순수시 쪽에선 그만한 철저한 사회의식이 없는 게 아니냐는 것이지요. 시인은 말을 가지고 일을 하는 사람인데, 말이란 사람과 사람을 융합시키기도 하고 사람과 사람을 갈라놓기도 하듯이 역사의 발전에 이바지하기도 하고 역사의 발전을 저해하기도 하지요. 삶 자체를 두고, 어떠한 삶을 택하는 것이 현실이나 역사에 기여하는가 구별될 수 있을 것입니다.

시와 독자

김우창 어떠한 삶의 이해가 옳으냐 하는 것은 이념의 선택이지 객관적인 기준이 되지 않는 것이라고 봅니다. 지금까지 순수시가 언어의 장난에 그친다는 말을 듣지만 서정주 씨의 경우만 하더라도 참여시라고는 말하지 않지요. 대부분의 좋은 시가 순수시로 받아들여지고 있고 순수시를 좋아하는 것이 곧 시를 좋아하는 것으로 우리 사회가 널리 받아들이고 있는데 이것이 정치적인 힘에 의해서만 그렇게 되었다고는 볼 수 없겠지요. 정책 입안자가 누구누구의 시를 교과서에 실려서 널리 읽히자는 결정은 하지 않았을 것입니다. 일반적으로 시에 대한 독자의 관심은 개탄할 일이지만 시가 어떻게 되든 시인이 굶어 죽든 아니든 관여하려 들지 않는 풍토에서 시가 오늘날에 이른 것이지요.

신경림 해방 후에 우리나라 상황이 순수시만 독자에게 제공해 온 결과 독자가 순수시 이외의 시의 참맛을 모르고 살아온 것 같아요. 이것이 시의 독자를 줄어들게 한 원인의 하나라고 보는 것이지요.

김우창 소월만 하더라도 그를 저항 시인이라고 하는 사람이 있는데 그것은 저항이라는 말 자체를 애매하게 하는 잘못된 말이고, 소월의 독자가 많았다는 것은 소월의 시에 대한 요구가 있었다는 것을 인정해야겠지요.

신경림 일반적으로 모든 순수시가 다 잘못되었다는 것은 아닙니다. 좋은 의미로 쓰여진 시라도 그 어느 한쪽 방향으로 자꾸 흘러가서 말의 장난이 되고 말을 타락시킨다면 사회에 해독이 될 수도 있다는 것입니다.

김우창 사회적인 요구가 어느 한쪽만의 것으로 치우칠 수는 없겠지요.

도덕성인 각성이나 행동의 의지를 참여시가 추구한다면 순수시는 삶의 위주로서 정치적 사회적 시각이 아닌 인간이 본성적으로 깨닫고 느끼고 보는 아름답고 좋은 것들을 아름답고 좋은 것으로 알아보도록 이끌어 간다는 것에 의미를 찾을 수 있겠지요. 또한 문학이 정신의 훈련이라면 시가 언어의 기교, 언어의 장난에 그친다 하더라도 시가 언어를 통해서 언어가 장난스럽게 쓸 수 있다는 것 자체가 정신을 해방시켜 주고 유연하게 만들어 주고 많은 것에 개방적인 감수성을 갖게 해 주고 더 깊은 의미로 보면 불교나 기독교, 참여시에서도 백낙청 같은 분이 말하는 본마음이라는 것, 마음의 본성에 이르는 것이 중요하다, 이것은 순수시를 통해서 깨우침의 순간, 세상의 복잡과 혼란을 넘어서 깨끗한 마음에 도달하는 넓은 의미의 대아에 이르는 도움을 줄 수 있다는 뜻도 있습니다.

　신경림　여러 목소리가 있는 속에서 작은 목소리로 말하는 것 가운데도 진실은 있을 수 있지요. 순수시 자체를 전면적으로 부정한다는 것은 있을 수 없고, 우리의 현실에 있어서 너무 작은 소리라 말을 하니까 정작 옳은 소리를 듣고 싶어 하는 사람들에게 어떤 혼란을 가져올 수도 있다는 것입니다. 즉 참다운 것이 어떤 것인가를 흐리게 하는 결과를 낳을 수 있다는 것이지요. 순수시가 다 그르다거나 모든 시가 참여시가 되어야 한다는 것이 아니라 순수시보다는 참여시가 우리 역사나 민족에 기여하는 도가 더 높다는 것을 강조하려는 것입니다.

통일 문제를 시에 어떻게 적응시킬 것인가

　김우창　결국 시대 상황에 따라 문학의 어떤 방법에 더 비중을 둘 것인가 하는 문제인데, 오늘 우리에게 부닥친 상황 가운데 가장 두드러진 섯은 분단의 문제이고 통일에 대한 염원이나 기대를 어떻게 시에 적응시킬 것인 가 하는 것이 대두되겠는데, 저로서는 이것만은 유보를 가지고 있습니다. 시가 고차적인 의미에서 인류의 운명도 이야기하고 민족의 운명도 이야기 하지만 시인이 가지고 있는 대부분의 도구는 시인의 감수성이지요. 시인 이 처한 사회에서 느끼고 보는 것이 도구이지 과학적이거나 추상적인 분 석의 방법을 가진 것은 아닙니다. 오히려 그런 기능의 시는 효과가 없는 시 가 되기 쉽지요. 통계 자료나 정치 이론을 가지고 시를 쓸 수 없는 것과 마 찬가지의 논리입니다. 그렇기 때문에 시인이 통일 문제를 자기 내적인 체 험으로 소화시킬 것인가 하는 것은 하나의 과제로 남아 있는 게 아닐까요.

신경림 통일 문제가 시에 구현될 때 그것은 의지로서 나타나는 것이지 방법으로서는 가능하지 않지요. 통일에 대한 염원이나 방법이 구체화될 수는 없고 시의 밑바탕에서 의지로 작용할 수는 있습니다.

김우창 시인의 체험으로 구현하지 않고 막연한 관념으로 표현했을 때 실감나는 의식으로서 독자가 받아들일 수는 없겠지요. 머릿속에 있는 것 만으로 다른 사람을 설득하기란 어려운 거겠지요.

신경림 현실을 올바르게 인식하는 것과 통일에의 의지가 다른 것이 아 니라면, 현실을 바탕으로 한 삶의 올바른 파악을 시로 어떻게 형상화시키 느냐 하는 것으로 성패가 가름될 수 있겠지요. 통일을 방해하는 여러 가지 내적 요소들을 극복하는 것이 곧 통일을 지향하는 것이니까 관념적이거나 추상적이 아닌 현실 문제들을 시로 구현하는 것은 가능하다고 보입니다.

김우창 시인이 실감나는 생활 내적인 것과 상관관계를 이루어야지, 막 연하게 통일은 지상 과제이고 통일을 방해하려는 모든 요인은 나쁘다고 말한다면 그것은 정치학자나 정치 연설가들이 할 수 있는 얘기가 되겠지 요. 참여 문학에 있어서도 현실 문제에 관심을 가져야 된다, 유대감을 가져 야 된다는 하는 것이 우리 생활의 구체적인 여러 양상 속에 나타나느냐를 내적으로 긴밀히 탐구하지 않고 단순히 추상적인 과제로서 얘기하는 경우 공소한 것이 되고 말지 않느냐 하는 것입니다. 대전제만 내세울 것이 아니고 사람을 대하는 것, 사물을 보는 것, 또 그것을 깊이 하는 눈, 이런 것들이 시로 구현되어 갈 때 시의 영역은 넓어질 수 있을 것이고 시의 재미를 돋구어 갈 수 있다고 생각할 때 순수시도 방법은 다르다 하더라도 그 나름대로의 삶과 사물의 인식을 깊이 하고 깨닫게 하는 역할을 하고 있다고 볼 수 있겠지요.

80년대의 시

신경림 순수나 참여를 떠나서 시가 삶의 구체적인 표현을 얻지 못하고 삶에서 이탈해 갈 때 시는 기능이 상실되고 뜻을 잃게 되지 않을 수 없다는 것을 결론적으로 말하고 싶군요.

김우창 제가 보기에는 시인이나 문학자의 의도와는 관계없이 시는 차츰 그 기능이 저하되어 가고 있는 추세가 엿보인다, 어느 쪽으로 얘기하든지 듣는 사람들은 자꾸 줄어들어 갈 것이고 그렇게 되면 한쪽에선 더욱 급진적이고 정치적인 시가 나올 가능성이 있고 한쪽에선 현대 사회에서 소외된 사람들의 도피 의식, 위안 의식이 강화되어 갈 징조가 내다보이고 그렇게 되면 순수시나 참여시가 모두 어려워질 것이라는 예측이 가능하지요.

신경림 그렇게 될수록 시를 아무렇게나 써도 좋다는 생각을 한다거나 바깥쪽에만 책임을 돌릴 것이 아니라 시인 자신에게 있다는 각성을 해서 역사에 대한 올바른 자세와 인식으로 참다운 삶을 보여 주지 않으면 안 된다고 봐요.

김우창 시나 소설을 읽는 독자가 아마 기성 세대가 아니라 미성 세대, 즉 현실을 살고 있는 세대가 아니라 앞으로 살아나가려는 세대라는 것을 감안할 때 이미 30, 40, 50대들의 의식 구조를 시나 문학으로 개조할 수는 없는 일이고 젊은 세대에게 미래 지향적인 방법을 제시하는 것이라면 다음 세대의 현실이 되기 쉬우니까 좀 더 장기적인 안목에서 다음 세대의 가치관과 행복의 척도를 부여하는 문학이 되어야 하지 않나 생각합니다. 우리 문학이 다음 세대에게 읽힐 만한 좋은 시가 없는 것은 시인들의 책임이니까 조금 고생스럽더라도 더 많은 노력을 기울여야 할 당위성이 있습니다.

2부

1980~1989

민주화의 방향과 문제

김영모(중앙대 교수, 사회학)

유한성(고려대 교수, 경제학)

이문영(고려대 교수, 법학)

이영희(크리스천아카데미 간사, 법학)

사회 김우창(고려대 교수, 영문학,《세계의 문학》편집 위원)

1980년《세계의 문학》봄호

무엇을 이야기할 것인가

김우창(사회) 날씨도 춥고 한데 이렇게 나와 주셔서 감사합니다. 특히 그동안 민주화 투쟁에 여러 가지로 고통을 당하신 이문영 선생님이 여기에 참석하시게 된 것을 기쁘게 생각합니다. 사회자로서 경의와 감사를 표하고 싶습니다. 아시다시피 지금 한창 민주화의 기세가 높아져 가고 또 거기에 대한 토의가 제한된 여건하에서도 그런대로 진행되고 있습니다. 민주화의 문제는 이즈음에 와서는 헌법을 비롯한 법률적인 토의로 문제가 집약돼 가고 있는 것 같습니다. 그래서 우리도 그러한 것을 얘기해야 할 텐데, 단지 헌법 문제에만 한정하거나, 너무 법률 조항에 집착해서 얘기하는 것보다 더 광범위하게, 우리가 헌법으로 할 수 있는 게 무엇이냐, 또 헌법으로 할 수 없는 게 무엇이냐, 광범위한 민주화가 어떻게 어떤 문제를 가지고 어떤 방향으로 진행될 수 있겠느냐 — 이런 것을 좀 더 긴 안목으로 깊이 있게 얘기해서 좀 더 넓은 원근법을 제시해 보았으면 합니다. 글로 써도 의미가 있겠지만 평소에 생각하시던 문제들일 터이니까 시기가 시기인 만큼 급한 대로 좌담회에서도 하실 말씀을 하실 수 있을 것으로 생각합니다.

여기서 무슨 문제를 얘기하느냐 하는 것에 대해서는 주제 넘는 일이지마는 제가 잡지에 관계하고 있기 때문에 제 나름의 생각을 말씀해 보겠습니다. 이런 문제를 꼭 얘기하자 하는 것보다도 여러 선생님들이 생각하시는 데 하나의 근거가 될 수 있도록 몇 가지 미리 생각해 본 것입니다. 제가 항목을 설정해 말씀 드리겠습니다마는 여기에 매일 필요는 없을 것입니다. 이제 전체적으로 기운이 무르익어 가고 있는 게 민주화해야 되겠다는 국민들의 의지인데 최근에 와서는 구체적으로 헌법을 어떤 식으로 만들어야 되느냐, 어떤 절차, 어떤 방법으로 만들고, 어떤 내용을 가져야 하느냐 이런 것들이 주로 얘기가 되고 있습니다. 이 헌법에 대해서 지금 공청회도 하고 있고 하니까 우리가 길게 얘기할 것은 없지만 우리도 간단히 얘기할 수는 있지 않나 생각합니다.

그리고 제 생각으로는 헌법이 중요하기는 하지만 헌법에 너무 집착해서 얘기한다는 것은 마치 헌법으로 모든 문제가 해결되는 것처럼 생각케 할 위험성을 가지고 있기 때문에 헌법 또는 헌법 이외의 다른 여러 가지 법적인 규정의 문제를 떠나서 민주화가 실현되기 위해서는 어떠한 일들이 행해져야 되겠느냐 이런 것이 다음으로 이야기되어야 할 것 같습니다.

법 이외의 문제를 얘기한다고 할 때 우리 사회의 제일 큰 문제가 근대화라든지 산업화 이러한 테두리 위에서 이해될 수 있을 것으로 생각하는데, 산업화에 대해서 얘기를 해 봐야 되지 않겠느냐 생각합니다. 민주화의 노력과 산업화의 관계가 어떤 것이냐를 고려해 보자는 것입니다. 산업화의 목표, 방법에 대한 일반적인 문제도 있겠지만, 우선 당장에 노사 문제나 소득 분배의 문제가 중요한 고려 대상이 될 것입니다. 또 우리 경제의 전체적인 구조로 보아 오늘날 진행되고 있는 산업화가 국민 전체를 행복하게 자유롭게 평등하게 살게 하는 사회를 가져올 수 있느냐 하는, 넓은 경제 및 사회 구조의 민주화에 관해서도 언급이 있을 것 같습니다. 이게 제가 생각하는 세 번째 문제입니다.

그다음은 우리가 좋은 산업화의 계획 또는 좋은 헌법 이런 것들을 얘기해도 그게 결국 공문서에 그치면 별 의미가 없는 것일 것입니다. 과거에도 유신 헌법 이외의 헌법이 없었던 것도 아니지요. 그렇기 때문에 결국은 광범위한 의미에서, 법률적인, 정치 제도적인 또는 경제 사회적인 민주화를 총체적으로 이룩하려고 할 때, 이것이 종이 위에 써 놓은 것이라든지 또는 어떤 관념으로서만 주고받은 것이라든지 하는 데 그쳐서는 별 의미가 없을 것입니다. 현실적인 세력이 있어서 그것을 현실에 옮겨 놓을 수 있어야 될 것입니다. 이러한 민주화를 이룩할 수 있는 세력이나 담당자가 누구냐 또 누가 이러한 세력이 될 수 있으며, 그것은 어떻게 형성될 수 있느냐 하는 문제를 생각해 보아야 할 것입니다. 이것이 네 번째 문제입니다.

민주화를 담당하는 세력의 문제를 생각해 볼 때 여기 앉아 계신 분들이 지식인이라고 할 수 있는 입장에 있는데 민주화의 움직임에서 지식인이 어떤 역할을 할 수 있느냐 하는 것을 구체적으로 생각해 보았으면 합니다. 그다음 민주화 운동에 있어서 학생이나, 노동자가 중요한 역할을 하고 있는 것은 사실입니다. 학생은 그럼 무엇을 할 수 있느냐, 또 노동자가 민주화 운동에서 어떠한 위치에 있느냐, 일반 국민은 어떤 위치에 있느냐 이런 문제를 얘기할 수 있지 않을까 생각합니다. 또 이런 것하고 합쳐서 정당이라든지 여러 정치 단체, 결사의 문제도 얘기될 수 있지 않을까 합니다. 민주화 얘기를 할 때, 그것이 일시적인 축제 같은 것이 아니라 어떻게 구조적으로 제도적으로 하나의 지속적인 세력으로 될 수 있느냐 하는 것이 가장 중요한 문제 중의 하나인 것 같습니다. 정당이나 기타 정치 단체의 문제는 여기에 관련될 것입니다.

마지막으로 한 가지 더 제안하고 싶은 것은 지식인의 경우에 관련해 볼 때 언론 자유 이것이 제 생각 같아서는 민주화하는 데서는 가장 중요한 핵심적인 자유인 것 같으니까 언론 자유에 대해서 좀 얘기하고 또 언론 자유에 관련해서 또 다른 자유 ─ 민주화의 가장 중요한 부분 중의 하나가 자유화일 테니까 그 자유에 대해서 얘기를 하자는 것입니다. 그걸로 이야기를 그치면은 일단 중요한 가닥은 잡히는 게 아닐까 생각합니다. 지금 이문영 선생님은 법률을 하시고 이영희 선생님은 노동법을 하시고 유한성 선생님은 재정 및 경제에 전문이시고 김영모 선생님은 사회 복지 문제에 관심을 많이 가지셨으니까 법 제도, 노동, 경제, 사회 문제에 대해서 각각 말씀을 해 주실 것을 기대합니다. 저는 문학을 하는 사람입니다마는 대개 질문을 해서 좀 계발을 받도록 하겠습니다.

헌법 논의의 현실성

이제 항목별로 얘기를 해 나가죠. 헌법에 관해서 우선 얘기를 하기로 하지요. 그러나 조항에 매일 것 없이 얘기들을 자유롭게 하여 주십시오.

이문영 맞춰 가면 뭐가 또 나오겠지요. 잘 짜셨네요.

사회 요즘 헌법 논의가 많이 되고 있는데 여기서 종합적으로 대개 어떤 방향으로 지금 진행되고 있고 어떤 방향으로 진행해야 마땅하다 하는 그 절차나 내용에 대해서 우선 느끼시고 계신 것을 이 선생님부터 먼저 말씀해 주실까요? 전공 분야가 다 다르고 전문적인 배경을 무시할 수 없지만 또 동시에 이 문제는 국민 일반이 다 가져야 되는 관심의 대상이니까 꼭 그 전공에 한정시키지 말고 자유롭게 말씀해 주시기를 바랍니다.

이문영 김 선생님께서 아까 저에게 치하의 말씀을 하셨는데 과분한 말씀이라고 생각합니다. 그러나 70년대에 지금 말씀하신 대로 고생을 했다면 고생한 한 사람의 각도가 없지 않아 있습니다. 저는 지금 개헌 문제가 어떻게 진행되고 있느냐에 관하여 요약할 생각은 없고 어떻게 되어야 되느냐의 관점에 관해서 우선 한 가지 말씀을 드리고 싶습니다. 그것은 개헌 논의보다는 민주화의 일정이 더 중요한 것이라는 착안입니다. 말하자면 개헌 논의가 있어도 반드시 민주화가 되지는 않았던 역사상의 예들도 많이 있고 오히려 개헌 논의 과정에서 민주화를 안 해 버리고 만 경우도 있기 때문에 민주화 일정에 대한 보장을 우리가 갖고 있느냐 하는 착안을 우선해 보고 싶습니다. 제가 70년대에 고생을 했다고 하지만 저는 따지고 보면 욕심이 적은 사람 같아요. 왜냐면 YH사건에서 풀려나와서 느끼는 것이 뭐냐면 헌법 학자들이 다양한 말들을 하는데 제가 볼 때는 상당히 사치스럽다 하는 걸 느꼈어요. 반갑다기보다도. 왜냐면 70년대에 이른바 고통을 당했던 사람들의 주장은 유신 헌법을 철폐하자는 것이었습니다. 그러니까 유신 헌법을 철폐만 해도 고맙다는 뜻이겠죠. 새 시대가 됐다고 그 주장을 변경할 것이 아니기 때문에 제 생각은 그냥 유신 헌법을 철폐해서 제3공화국의 3선 개헌 이전의 헌법으로만 돌아가도 감사한데 이건 너무 많이 얘기들만 하고 있습니다. 헌법 개정 논의의 장기화에 관해서는 납득이 안 가기 때문에 단축의 전망이 보여야 되겠다라는 게 첫 번째 말씀입니다.

이영희 역시 헌법 개정 과정이 다소 혼미 상태에 있는 것 같은데, 이것은 개헌을 정치적으로 주도할 수 있는 세력이 존재하지 않고 있다는 묘한 정치적 상황을 그대로 설명해 주고 있다고 하겠습니다. 지금까지 민주화를 위하여 투쟁하여 온 세력이 개헌을 주도할 만한 힘을 갖고 있지 못하기 때문에 결국 애매모호한 상태에서 개헌이 지금 이루어지고 있는 것이고 따라서 그런 혼란이 오고 있지 않느냐 하는 것입니다. 예를 들어 보면 정부와 국회 간에 서로 개헌을 누가 주도하느냐 하는 문제가 전혀 어떤 원칙적인 합의가 없이 진행되고 있고 또 국회 내의 내용을 보더라도 정말 국민의 뜻을 그대로 반영을 하는 그런 의미의 개헌 위원회라고 말하기는 어려운 상태에서 개헌이 논의되고 있고, 그런 어떤 방법, 주체상의 문제 등에서 역시 인식의 혼란을 일으키고 있지 않은가 생각됩니다.

사회 결국 이문영 선생님도 오늘의 현실에 대해서 약간 허황스럽다는 느낌을 가지셨다는데 또 이영희 선생님도 역시 그렇게 말씀하시는군요. 결국 민주화의 의지를 가지고 있는 사람들이 현실 세력으로 완전히 등장하지 못하고 있다는 사실이 그 중요 요인이겠죠. 그렇다면 정부나 오늘날 권력을 가지고 있는 사람들 가운데서 이러한 민주화의 주체적인 구심점이 형성되도록 산파역이라도 해야 될 텐데, 아니면 국민이 스스로 그것을 나오게 만들어야 될 텐데.

이영희 그런 점에서 저는 야당에 대해서도 다소 불만이 있습니다. 물론 우리나라의 정치사 속에서 평화적인 정권 교체라는 것이 한 번도 없었고 이런 중요한 기회에 야당으로서는 당연히 정권 교체를 제일의 목표로 하고 그것을 위해서 서둘러야 되겠지만 그러나 요즈음의 개헌 논의에서 제가 느끼기에는 야당이 집권을 하는 데에만 관심을 가지고 따라서 정치 구조의 문제도 자기들이 여당이 될 것이라고 하는 전제하에서 안일하게 방편적으로 생각하고 있지 않느냐 하는 것입니다. 참으로 이런 계기를 통해서 국민의 뜻을 집약하고 우리나라에 민주주의를 정착화시킬 수 있는 그런 문제에 대해서 좀 더 관심을 가지고 노력하는 것이 미흡한 게 아닌가 하는 생각이 듭니다.

김영모 논의 자체가 지금 이론상으로나 명분상으로나 본다면 모순 속에서 진행되고 있는 것은 사실인 것 같습니다. 과연 민주화의 개헌, 소위 민주주의 제도를 어떻게 토착화시킬 수 있느냐는 큰 문제입니다. 그러나 만일 이것이 현실적으로 성공할 수 있다면 새로운 역사상의 계기를 마련해 주는 것이라고 저는 생각합니다. 민주 헌법을 마련하는 데 상당히 불안감을 갖고 있는 것만은 틀림없습니다.

사회권의 문제

아까 이문영 선생님의 말씀이 유신 헌법의 철폐로써 빨리 일정을 단축시켰으면 하는 말씀을 해 주셨습니다만 현재의 유신 헌법이 철폐되고 구헌법으로 돌아간다고 해서 과연 민주주의가 가능한가 하는 것도 의심이 갑니다. 왜냐하면 구헌법과 유신 헌법에 나타나 있는 특히 그 국민 기본권으로서 사회권 즉 복지권에 대해서는 큰 차이가 없기 때문입니다. 우리가 80년대에 복지 국가를 만든다는 전망에서 볼 때는 새로운 어떤 기본권을 보강해 줘야 되지 않겠느냐는 생각이 듭니다. 예컨대 헌법에 있어서 국민의 기본권이 27개 조항이 있는데 그 가운데서 사회권 즉 복지권에 관련된 것이 약 6개 조항이 있습니다. 그 6개 조항 가운데서도 2개 조항이 노동권에 관한 것이고 4개 조항이 그 외의 복지권에 관한 것입니다. 기본권에서 주로 규정되고 있는 것은 이런 사회권 이외에도 공민권에 관한 것이 아마 가장 중요한 초점이 되고 있는 것 같습니다.

그 밖에 정치권, 즉 정치 참여권에 관한 것도 무시할 수 없습니다. 영국의 마셜 교수는 이 세 가지를 시민권의 구성 요소라고 했습니다. 그래서 제가 볼 때는 우리나라 사회에 민주화가 이룩되기 위해서는 정치적 민주주의도 성취되어야 하겠지만, 이미 그 정치 민주주의가 개화되기 위해서는 그 전제로서 첫째는 사회가 민주화되어야 하겠고, 두 번째는 시민권이 보강되어야 하겠다는 것입니다. 이 두 가지가 해결되지 않고 우리나라의 정치 민주주의를 얘기한다는 것, 전망한다는 것은 거의 불가능하지 않느냐고 생각하고 있습니다.

유한성 헌법 문제가 주로 논의되는데 저로서는 안타까운 게 73년도에 격심한 오일 쇼크를 경험하였는데 지금 바로 다시 그보다 더 심한 상황에 또 처하게 되었다는 것입니다. 헌법 문제에만 논의가 만발하다가 1년이고 2년이고 시간을 보낸다면 경제 문제가 손을 댈 수 없을 정도로 심각해졌을 때 어떻게 하겠느냐 하는 문제가 우선 안타깝습니다. 지금이야말로 고유가 시대입니다. 급변하는 세계 정세에 현명하게 대처하여야겠습니다. 강력한 주체가 없기 때문에 사실 대외 협력이라고는 전혀 얻을 수가 없는 상태지요. 따라서 이러한 불안한 상태에서 국제 협력을 얻을 수 있을지 의문입니다. 물론 다음에 원리금을 합하여 부담이 가중되기는 합니다마는 현실 문제를 해결할 수 있는 길은 그래도 석유 달러를 보유하고 있는 국가로부터 우리가 차관이라도 들여와서 현실 문제를 해결하고 또 앞으로 성장에 의해서 그것을 상환하는 것일 것입니다. 그리고 또 하나는 일정한 계획이 없고 방향이 없기 때문에 에너지 확보를 위한 노력에서만 해도 이번에 석유 공급이 감량되고 산유국에서 직접 구입하는 공급 계약이 종료되어 막대한 외화 손실을 보았습니다. 지금은 스파트 시장에 가서 사가지고 오는 그런 실정입니다. 그래서 다른 나라도 석유 값을 올렸다고는 하지만 우리나라같이 올린 국가가 없습니다. 먼저 작년에 올린 것하고 이번에 올린 것을 합쳐 6개월 사이에 170퍼센트가 상회하게 올랐습니다. 미국, 일본 같은 데서는 최소한으로 유가를 인상하고서 유가를 안정시키려 하는데 우리나라는 최대한으로 인상하였습니다. 이런 원가 부담을 안고 어떻게 국제 시장에서 경쟁을 할 수 있겠습니까. 이런 마당에 자꾸 개헌 문제만 가지고 오래 끌 수 있겠느냐 하는 게 제 의견입니다. 그래서 저는 60년대 후반으로부터 70년대에 이르는 산업화에 따른 부작용도 있다고 보지만 그것보다 더 큰 부작용이 지금 새로 생겨나고 있는데 누가 해결할 것이냐 하는 걱정이 생깁니다. 지금 이렇게 오래 끌고 나가다가 보면은 경제 문제가 큰 난관에 봉착할 것 같습니다. 그래서 정치 일정을 빨리 단축을 하고 아까 말씀드렸지만 과도 내각은 과도 내각으로서 빨리 정권 이양을 하는 절차를 밟아서 강력한 주체에 의해서 장기적인 계획을 수립하여 경제 문제를 해결할 필요가 있지 않느냐 하는 안타까움이 있습니다.

이영희 지금 유 선생님 말씀을 들어 보니까, 헌법 문제보다 국민 경제의 문제부터 시급하게 해결해야 한다는 의미에서 정치적인 안정이 항구적으로 이루어질 수 있는 바탕이 더 바람직하다고 하셨습니다. 또 다른 면에서 이문영 선생님께서는 정치적 안정이라는 것보다는 참으로 민주적인 정치 세력이 집권을 함으로써만 바람직한 헌법을 기대할 수 있다는 그런 말씀입니다. 두 말씀이 다른 성격이지만 같은 면을 갖고 있지 않은가 생각이 됩니다. 역시 헌법이 하는 것은 국가의 기본적인 방침과 규범을 정하는 것이기 때문에 목전에 다급한 문제가 있다고 해서 거기에 너무 구애가 되어가지고 이 문제를 소홀히 할 수는 없는 것이 아니겠는가, 오히려 그런 논리가 자칫 잘못하면 이 헌법 논의의 중요성을 약화시킬 수 있는 우려도 있겠다 싶어서, 역시 이런 중요한 시기에 있어서 헌법이 제대로 만들어지도록 노력하는 것은 중요한 문제가 아니겠는가 생각됩니다. 이번 헌법에 있어서, 결과적으로 권력 형태가 어떻게 되느냐 그것이 문제가 아니라, 어느 정도 우리나라 정치 체제를 민주화하느냐 그리고 어느 정도 국민이 유린돼 왔던 여러 가지 정치적인 권리를 다시 회복하느냐 하는 점이 대단히 중요한 문제가 되는 것 같습니다. 또 하나는 지금까지 헌법이라 한다면 근대 시민 국가를 만들기 위해서 나왔던 기본권들이 중요한 조문으로 나타나 있습니다마는, 역시 바이마르공화국 헌법이 하나의 현대적인 헌법으로서 각광을 받았던 것은 그 헌법이 현대 산업 사회의 문제들을 제대로 다뤘기 때문이라고 봅니다. 그런 의미에서 우리나라도 초기에 헌법을 만들 때에는 외국의 헌법을 본떠서 사실은 그 내용을 제대로 잘 알지 못하고 그냥 그대로 베끼다시피 했는데 이미 산업화 사회에 돌입한 이 단계에 있어서 새롭게 제기되는 제반 문제가 헌법 속에 표현이 돼야 되지 않겠는가 하는 생각이 듭니다.

사회 지금 이영희 선생님이 그 문제에 대해서 미리 논평을 하셨지만, 유 선생님 얘기와 관련해서 제가 한 마디만 더 여쭤 보겠습니다. 오늘날 경제 문제가 굉장히 중요하니까 빨리 안정된 정치 구심점을 만들어가지고 경제 문제를 해결하는 게 시급하다, 이런 점은 누구나 아마 느끼는 점이고 실제 국민 생활에 직접적인 영향을 끼치는 건 정치 문제보다 기름 값이나 상품 값이 더 중요하다, 이렇게 얘기할 수도 있겠는데, 이 안정이라는 어구는 과거에 유신 체제에서 많이 들어왔기 때문에 거기에 대한 해명을 조금 더 해 주시는 것이 오해가 없지 않을까 하는 생각이 듭니다. (일동 웃음)

유한성 지금 국회하고 정부하고 개헌 주도권을 서로 주장하고 있고 서로의 입장에서 의사가 분분한데, 그런 자기들의 의사에 의해서 모든 것이 결정된다고 하더라도, 아까 이문영 선생님이 말씀하신 대로 반드시 민주화가 진전될지 알 수 없는 것이라고 한다면, 정치 과정의 지연에서 오는 손실하고 경제적인 손실을 다 합쳤을 때에 국민이 입는 손실은 막대한 것입니다. 정치 발전 일정도 최소한의 시간으로 단축시켜야지 자꾸 이렇게 해서 내년까지 갔을 때 어떤 부작용이 파생할지 모르겠습니다. 그래서 그런 경제 문제에 민감하게 대처할 수 있도록 하는 것이 중요할 수밖에 없습니다. 예를 들면 아까도 말씀드렸지만 스파트 시장에서 석유를 사 온 것도 2000만 불 정도의 손해를 봤습니다. 지금 자꾸 가격이 내려가고 있는데 그렇게 계약을 했다든지 하여서 장기 계획 없이 이루어지는 단기안의 경제 정책으로 국민이 겪어야 되는 부담이 가중된다고 볼 수 있겠죠. 물론 그런 문제점은 경제를 주로 해서 본 관점이겠죠.

내각 책임제 · 대통령 책임제

사회 지금까지의 말씀은 대체로 현실감이 있는 헌법 논의가 있어야겠
다는 말로 돌아가는 듯한데, 우리 사회 현실에 비추어 새로운 헌법이 생각
해야 할 문제로 권력 구조나 인권 외에 무엇이 있는지 말씀해 주시지요.

이문영 한 가지는 의원 내각제와 대통령 중심제를 가지고 논의들이 많
은데 저는 그렇게 생각해요. 18년 동안에 걸친 단 1인의 통치가 우리에게
가져왔던 중요한 부작용의 하나는 각계에서 인물이 형성되지 않았다는 것
이 아닌가 합니다. 각계에서 말하자면 졸병서부터 장군까지 올라가서 거
물이 되는 인물이 형성돼야 하는데 단순한 능력을 쌓는 게 부족한 게 아니
라 사회적 · 정치적 생활에 있어서 이른바 자기주장을 관철하는 것이 허용
되지 않았기 때문에 사람이 성장할 수가 없었습니다. 이렇게 인물들을 상
실한 것이 우리들의 비극입니다. 의원 내각 제도가 잘 돼 있는 나라, 이웃
일본을 볼 때에 일본에는 지금도 국왕이 있습니다. 거기 세미나에 어쩌다
가 보더라도 우리나라 형편과는 달리 60, 70에 가까운 노인 학자들이 젊은
학자들을 뒤에 앉혀 놓고 끈질기게 토의의 주동을 잡고 있고 거기에서는
장관들도 60대 70대가 잡고 있습니다. 이렇다는 것은 연령이 높은 사람이
그 사회에서의 부합도가 높은 영향력을 행사하고 있다는 증거라고 봅니
다. 그런데 우리의 경우는 그런 것이 형성돼 있지 않기 때문에 이런 조정을
통한 정치가 당장 나타나기가 — 어느 정도 이후에는 모르되 — 어렵다고
생각합니다. 제가 볼 때에는 단적으로 말해서 인물 나온 것은 최규하 · 김
종필 · 김영삼 또 지금 복권이 안 되어 묶여 있는 재야 인사, 이렇게 어른이
넷밖에 없는 것 같아요. 그래서 결국 넷 중에서 하나를 뽑아서 정치적 구심
을 일단 형성한 후 정치 과정의 활성화를 통해서 의원 내각 제도를 할 것이
면 해야 되는 게 아닌가 하는 것이 제 생각입니다.

이영희 이문영 교수님의 말씀에 저도 동감이 되는데 제가 보기에는 대통령 책임제와 의원 내각제 중에서 어느 것이 더 좋으냐를 따지는 것은 좀 곤란한 것 같습니다. 우리가 마치 어떤 옷을 갈아입듯이 이 옷을 입을까, 저 옷을 입을까 그런 의미로 개헌을 할 수는 없는 것이고 결국 우리가 그동안 겪어 온 경험을 바탕으로 해서 그러한 과오를 수정해 나가고 시정해 나가는 의미에서 권력 구조의 개편이 생각되어야 할 텐데, 그런 면에서 과거에 대한 충분한 반성 없이 그냥 이것저것 논의가 되고 있지 않은가 생각이 됩니다. 그리고 대통령 책임제냐 의원 내각제냐 그 자체가 문제가 아니라 내각 책임제를 하게 되면 내각 책임제에서 올 수 있는, 예를 들면 혼란을 초래할 수 있다는 그런 문제를 여하히 제도적으로 잘 막을 수 있느냐를 생각해야 하고 대통령 책임제를 취하면 여하히 장기 집권이나 독재를 막을 수 있느냐를 생각해야 한다고 봅니다. 그러니까 전체적으로 일관해서 생각해야 되는데 지금의 개헌 논의가 어떤 원칙이 없이 그냥 왔다갔다해서 국민들에게 당혹과 혼란을 주고 있다고 하겠습니다.

김영모 정치적 민주주의의 관점에서 본다면 권력 구조가 관심의 초점이 되고 있습니다. 권력 구조에 대한 것은 저 나름대로 지금 생각하면 이문영 선생님이 말씀하신 대로 내각 책임제에 동감을 합니다. 왜 내각 책임제에 대해서 공감을 하느냐 하면 지금 정치 또는 매스컴 일각에서는 우리가 대통령 책임제의 실험을 했고 또 내각 책임제도 실험을 했다지만 4·19 후에 내각 책임제의 실험을 제대로 못했습니다. 하다가 중도에 그쳤죠. 또 다른 이유는 복지적인 차원에서, 그리고 시민권의 신장이라는 측면에서 본다면 내각 책임제가 이룩되지 않은 사회에서 그것이 신장되기는 매우 어렵습니다. 우리가 서양의 헌정사에서 보더라도 복지 국가의 정부 형태는 대개 내각 책임제였습니다. 그래서 우리도 내각 책임제를 통한 민주주의를 발전시켜야 시민권이 신장될 수 있다고 생각합니다.

그다음에 정치 참여권 문제를 본다면 대통령 책임제든 내각 책임제든 간에 직선제에 의해서, 다시 말하면 국민의 정치 참여를 극대화시키는 것이 가장 좋은 방법이라고 생각됩니다. 정치적 민주주의에서 가장 기본적인 전제는 정당 정치인데 현재 우리나라의 정당은 민주 정당으로서의 합법성이 약하다고 생각됩니다. 하여간 국민의 관심을 집약 표현할 수 있는 정당이 설립되어야 하는데 현재 우리나라의 양대 정당은 국민의 이익 정당으로서 합리성이 결여되어 있지 않느냐 하는 것입니다. 이와 같이 정당의 민주적인 성격이 약한 바탕 위에서 현재 우리나라가 내각 책임제를 한다, 또 대통령 책임제를 한다 하는 데는 문제가 있습니다. 또 우리가 정당뿐만 아니라 현대 사회에서 가장 중요한 이익 표현을 하고 있는 기관은 그 이외에도 산업화 사회에서는 노동 조합이 있는데 노동자들의 이익을 표현하는 노동조합 자체가 잘 아시다시피 민주성이 결여돼 있다는 것입니다. 현재 우리나라에 있어서는 이러한 정당, 노조, 농협과 같은 각종의 중간 집단이 많습니다. 이것들이 민주화되어 국민 정치 참여의 매개체가 되어야 합니다.

국민의 정치 참여에는 다른 문제들도 있습니다. 국민의 의식 수준 자체가 아직도 민주적인 의식이 강하지 않습니다. 저는 국민의 정치적 의식이 상당히 낮다고 보고 있기 때문에 이런 상태에서 정치적인 민주주의를 한다는 것은 어렵지 않느냐 하는 것입니다. 국민의 정치의식과 사회의식을 개발한다는 차원에서 보더라도 오히려 대통령 중심제보다는 내각 책임제가 낫다고 저는 보고 있습니다. 지방 자치제의 경우도 마찬가지입니다. 지방 자치제의 경우도 우리나라의 현재의 여건을 본다면 대도시 중심의 지방 자치제를 해야 될 것 같습니다. 따라서 대도시 중심으로는 역시 대선거구제를 통해서 국민의 이익을 대변할 수 있는 사람들을 충원시켜야 되지 않겠느냐고 생각합니다. 그러나 농촌에 있어서는 국민들의 정치의식이 낮기 때문에 소선구제로 해야 할 것 같고 아직도 지방 자치제는 이르지 않은가 하고 생각합니다. 그래서 정치적 민주주의를 하기 위해서는 이런 제도를 운영하면서, 다른 한편으로는 우선 내각 책임제를 통한 민주적 정치 훈련이 필요하지 않겠느냐 생각합니다.

사회권·기타

사회 의원 내각제냐 대통령 중심제냐 이런 권력 구조에 대한 논의 이외에, 이문영 선생님이 가장 많이 느끼실 것이고 또 그것은 유신 체제의 뼈아픈 경험에서 나온 것일 텐데, 인권에 관한 조항 같은 것도 좀 철저하게 헌법에 규정해야 한다는 주장이 나오는데 그런 세부적인 것에 대해서는 어떻게 생각하시는지요?

이문영 미국 헌법을 볼 것 같으면 지금 말씀하신 대로 세부적인 문제가 구체성이 있는 언어로 표현되어 있다는 것이 특징인 것 같아요. 미국 헌법에 보면 예를 들면 국가 공무원이면서 국유 재산을 불하하는 데 참여할 수 없다는 지엽적인 것이 들어 있는데, 저는 예를 들면 이런 것들이 들어갔으면 좋겠다고 생각을 해요. 우리가 60년대 70년대의 경제 건설을 위해서 특정 기업에 특혜를 주었던 것은 사실이거든요. 그런데 지금 사회 발전의 안목에서 이것을 조정해 나가는 것이 우리의 단계라면, 또 그것의 부작용이 있다는 것을 우리 스스로가 깨닫는 것이라면 이런 것도 너무나 구체적인 얘기 같지만 넣을 수 있지 않을까 봅니다. 뭐냐면 규모를 명시할 수도 있겠고요. 어느 규모 이상의 업체로서 정부로부터 보증을 받고 은행에서 융자를 받는 경우는 노동조합이 설립되어 있고 주식이 공개되어야 한다는 규정이 필요할 것 같습니다. 주식도 공개되어 있지 않고 노동조합도 허용되어 있지 않는데 그 많은 부작용을 국민에게 입히면서 돈을 한 사람이 먹어 간다, 이것은 납득이 안 갑니다. 그렇다고 더 앞질러 나가서 이익 균점 제도가 있어야 한다고 요구한다 해서 실현 가능할 것 같지도 않습니다. 최소한도의 우리의 경험을 그대로 살려 주는 뭔가 경험에서 나온 헌법이 있기를 바라고 싶습니다.

사회 저도 법률 문제에 문외한이지만 그런 느낌을 갖게 되는데 헌법이라는 게 앞으로 우리가 어떻게 해야 되겠다는 것을 종이 위에다 쓰는 작업이지마는 지금까지 우리 사회가 이룩한 업적을 종합해서 정착시키는 면이 상당히 많을 것 같은데 요즘 헌법 논의는 좀 과거지사에 대한 반성이라든지 우리가 무엇을 얻고 무엇을 잃었느냐 이런 것에 대한 고찰을 떠나 있는 인상을 주어서 이 선생님 말씀하신 대로 허황한 듯한 인상을 받게도 되는군요. 인권 문제가 중요하지 않은 것은 아니면서 역시 우리 시대의 특징이 그런 만큼 이 선생님 말씀은 경제 문제에 관한 것이 되었습니다. 산업 사회의 문제 같은 것에 대해서는 김영모 선생님께서도 말씀이 있으실 것 같은데요.

김영모 아까 사회의 민주화가 전제되지 않고는 정치의 민주화가 불가능하다고 했는데 사회도 산업화에 따라서 불가피하게 산업 갈등이 심화됩니다. 이런 산업 갈등을 위정자들은 사회악으로 보는 것 같습니다. 어떤 이는 사회 갈등을 사회 질병으로 보고 있고 불안·갈등이 있으면 정치 안정과 사회 안정이 안 되기 때문에 나쁘다고 생각하는 것 같은데 산업화가 이룩되면 산업 갈등의 심화가 필연적인 것입니다. 따라서 이 갈등을 어떻게 수용하느냐, 하는 것이 가장 중요한 과제가 됩니다. 소위 평화적인 권력 교체, 즉 정치 권력뿐만 아니라 사회 권력이 교체되려면, 제가 평소에 강조하는 것입니다만, 갈등의 제도화가 이루어져야 되겠다는 것입니다. 이것을 다른 말로 표현하면 민주주의화를 의미합니다. 따라서 정치적 갈등은 정당을 통해서 해결돼야 되겠고, 산업 갈등은 노조, 노사 관계를 통해서 해결되어야 하겠으며 이것은 제도화를 통해서 해결돼야 하겠습니다. 이 둘의 민주주의화가 이룩된다면 상당히 바람직한 민주주의가 토착화되지 않겠느냐고 저는 생각합니다.

그와 더불어서 우리나라의 직장과 사회 조직에 있어서의 민주주의, 예컨대 학원의 민주화가 성취되어야 한다고 생각합니다. 그다음에 시민권을 중심으로 개정되어야 할 헌법의 내용을 간단히 말씀 드리겠습니다. 시민권 가운데서 언론·출판의 자유와 같은 공민권에 관한 것은 다음에 말씀 드릴 것이기 때문에 여기서는 생략하고 사회권에 관한 것을 가지고 말씀드리겠습니다. 사회권은 노동권이 현 헌법에서는 2개 조항인데 하나는 28조의 근로의 원리이고 또 하나는 29조의 노동 삼권입니다. 이 가운데서 노동 삼권(단결권, 단체 교섭권, 단체 행동권)을 잘 아시다시피 완전히 자유롭게 해야 되는 것은 지금 말씀 안 드려도 이제는 거의 기정사실로 되어 있습니다. 그다음에 복지권으로서 현재 4개 조항이 있습니다. 이것은 우리가 시민권을 확보하고 그리고 80년대의 복지 국가를 만든 데에는 너무 약합니다.

헌법 27조가 평등권인데 이 평등권도 모든 국민은 법률 앞에 차별을 받지 않는다는 1항은 괜찮은데 2항도 문제가 있기는 합니다. 즉 2항은 특수 계급의 제도를 인정하지 않는다고 되어 있는데 이것을 저는 오히려 모든 특권을 배제한다는 것으로 바꾸어야 되겠다는 것입니다. 지금 우리나라 사회가 묘한 사회가 되어서 중산층은 지금 현재 20퍼센트밖에 안 되는데 중산층을 위한 법률, 특혜적인 제도와 정책이 대단히 많습니다. 현재 우리나라의 사회 구조를 본다면, 노동자가 43.5퍼센트이고 그다음에 농민이 25.7퍼센트 그리고 중산층이 약 20퍼센트입니다. 약 70퍼센트나 되는 노동자와 농민이 오히려 소외돼 있지요. 이 사람들을 위한 어떤 특혜 제도라는 것은 전혀 없고 오히려 20퍼센트밖에 안 되는 사람들을 위한, 그중에서도 특히 공무원이라든가 하는 사람들을 위한 제도와 정책이 많습니다. 그래서 이 모든 특권을 배제한다 하는 조항을 신설해야 되지 않을까 생각합니다. 그래 놓으면 상당히 민주주의적인 사회 기반이 형성될 것 같습니다.

그다음에 헌법 30조가 사회 보장권에 관한 것인데 이 사회 보장권을 본다면 우선 복지의 기본 이념이 명시가 안 되어 있습니다. 자유주의 세계에 있어서의 복지의 기본 이념이라는 것은 기회의 평등과 최저 생활의 보장입니다. 즉 기회 균등(Equal Opportunity)과 사회적 최저선의 규정(Social Minimum)인데 이 두 개를 명시해야 되겠습니다. 그리고 사회 보험과 공적 부조에 관해서는 현행 헌법을 약간 수정만 하면 될 것 같습니다. 헌법 27조의 교육권도 고쳐야 되겠더군요. 현재 우리나라의 일류 학교는 완전히 중산층에서 독점하고 있습니다. 그래서 교육권도 교육 기회의 평등을 보장하는 것을 명문화시켜야 하겠습니다. 복지라는 것은 생각해 보면, 기본적으로 국민의 요구에 의해서 복지 제도를 만들어야 되는데 헌법 27조에는 능력에 따른다고 되어 있습니다. 능력이라는 것을 반드시 요구와 능력이라는 두 원리에 의하여 교육권을 명문화시켜야 됩니다. 우리나라의 교육 평준화 정책이라는 것은 오히려 불평등을 조성하고 있습니다. 그래서 이것도 우리가 고쳐야 되겠습니다.

그다음에 문제되는 것이 헌법 31조의 보건과 결혼에 관한 것인데 그것은 완전히 수정을 해야 되겠더군요. 그 외에도 우리가 한국 사회의 고유한 복지 제도라고 말할 수 있는 가족권, 그리고 주거권, 환경권, 이런 것을 신설해야 하지 않겠느냐고 생각합니다. 이와 같은 복지권은 우리가 생활권 또는 생존권이라고 하는데 이것이 헌법상에 보장이 되어야 하겠습니다. 이것이 만약 보장되면 시민권이 강화되고 따라서 국민권과 정치권의 발전과 더불어 국민의 민주주의가 제대로 이루어질 수 있는 것입니다. 제 이야기가 너무 길어져서 죄송합니다.

이문영 아닙니다. 말씀의 순서를 어떻게 할까요. 유 선생님이 하실까요? 아니면 제가 말할까요?

유한성 이 선생님 먼저 말씀하십시오.

이문영 김영모 선생님 말씀을 들으면서 훌륭한 음악을 듣는 것 같은 매혹을 느꼈습니다. 다만 제 관심의 차이 때문에 제 주장이 그런 것이었다는 점 지적하고 싶은 것뿐인데요. 저는 말하자면 이상적인 헌법을 만들려면 어떻게 해야 된다라는 것의 논리가 중요하지마는 민주화만큼은 중요하지 않다, 이상적인 헌법을 가지려고 하는 논의 자체가 민주화 과정은 아니니까 우선 최소한도의 헌법만 가지고도 민주화는 시작된다는 뜻에서, 아까 그런 말씀을 드린 것이었습니다. 따라서 일단 개헌에 너무 시간을 끌지 않고 민주화가 되면 그런 이상적인 헌법은 그때그때 몇 조씩 개편해 나갈 수 있지 않느냐는 것이 저의 전제입니다. 지금의 정부는 임시 정부 즉 과도 정부인데 과도 정부 수반이 취임사에 얘기하는 것을 봐도 지금 김 선생님 말씀하는 것과는 너무나 반대되는 말씀을 하기 때문에 그런 완전한 기본권 존중의 스타일로 안 나갈지도 모른다는 걱정을 현실에서 하게 됩니다. 저는 학문적인 논리의 만족보다는 현실의 요구를 충족시키는 것을 더 존중해야 한다는 생각입니다.

내각 책임제도 그래요. 헌정사의 결과를 볼 때에는 내각 책임제의 국가가 좋다는 게 사실이지만 그러나 과정으로 볼 때 아까 이영희 선생님도 지적하셨지만 그 부작용이 있었던 것도 사실입니다. 히틀러가 나온 것도 의원 내각제에서 나왔고 또 이탈리아에 파쇼가 나온 것도 그렇지 않습니까? 그리고 제가 아까 지적한 초점은 뭐냐면 이러한 구라파 국가라든지 일본이라든지 이런 나라들은 왕만이 아니라 귀족, 보수적인 부르주아들이 그런대로 그 사회에서 정당한 존경을 받고 있는 딘딘힌 보수 세력이었기 때문에 조정의 기술로서의 정치가 가능했다고 저는 봅니다. 그렇기 때문에 어느 정도는 정치 구심의 형성이 필요해요. 민주화와 동반해서요. 1979년의 현상은 구심점이 정당하지 않았다는 것을 말해 줍니다. 이 사실을 존중해서 일단은 민주화를 하되 국민적 합의에 의한 구심점을 만들고 그런 다음에 지금 김 선생님 말씀하신 아름다운 설계의 가미가 가능한 것이라고 생각합니다.

사회 헌법에 관계되는 것으로서 이런 것은 헌법에 포함되어야겠다는 의견이 있으시면 더 붙이고, 이 부분의 얘기를 끝냈으면 합니다. 기본권의 문제가 중요한 것은 말할 것도 없고, 특히 산업화에 따른 새로운 권리와 의무를 헌법으로 규정하는 데에도 꼭 강조되어야 할 것들이 있을 것입니다.

이문영 우리가 긴급 조치를 당했으니까 저는 그런 생각을 갖습니다. 비상 대권을 통치자에게 부여하는 걸 인정하지만, 비상 대권의 행사를 사전과 사후에 제한하는 조치는 있어야겠다고 생각해요. 노동 삼권의 경우도 그 제한을 까다로운 조건하에서 하도록 했으면 좋겠어요. 예를 들면 중요한 국영 기업체에 스트라이크가 난 경우 쟁의가 국가 이익에 안 맞는다고 판단된다면 노동 삼권의 행사를 단기간에 걸쳐서 제한하는 것까지도 말라는 것은 안 됩니다.

참정권을 제한할 수 없는 문제도 제기하고 싶어요. 지금 대학교수는 정당 가입을 할 수 없게끔 정당법이 되어 있는데 예를 들어 연령 몇 살이 되면 피선거권과 선거권이 있다는 정도의 최소한도의 제한을 가할 것이고, 다른 것으로 제한할 수는 없게 됐으면 좋겠다는 것이 제 생각입니다. 차별에 관한 말이 나왔으니까 말인데, 대체로 어느 헌법에나 종교라든지 성별이라든지 종족의 차별을 하지 않는다는 조항이 나오거든요. 그런데 우리나라의 경험이 차별되지 말 것을 하나 더 요구하고 있다고 봐요. 이는 출신 도별로 차별하지 않는다는 거죠. (일동 웃음) 그래서 저는 구체적으로 안

(案)도 있는데 그 안은 우리나라의 도를 횡단 도로를 여러 개 만들어서 적당한 위도별로 잘랐으면 좋겠어요. 불란서 몇 공화국 땐지 모르지만 어느 공화국 때에 국민 통합을 위한 획기적인 조치를 취해서 선으로 지도상에 도를 재조정했어요. 같은 도 사람이 선거한다 하면 그 도의 할아버지격 되는 사람이 나와서 우리 도 사람을 뽑아야 한다고 말하는 유치한 형태는 극복됐으면 좋겠어요.

사회 적극적으로 일반적인 정치 참여의 권리가 확보되어야 할 텐데, 그중에서 요즘 더러 이야기된 저항권은, 법률하는 분들은 다르시겠지만, 현실적으로 그것이 어떻게 작용하는지 쉽게 이해가 가지 않습니다. 여기에 대한 해설이 조금 있었으면…….

이영희 저항권은 두 가지로 나누어서 생각해 볼 수 있을 것 같습니다. 하나는 정치적인 선언으로서 헌법 전문의 내용과 같은 그런 의미입니다. 4·19 정신이라는 것이 헌법 전문에 나옵니다. 이것을 국민의 저항 정신의 표현, 또는 저항권의 승인으로 확대 해석할 수 있고, 그런 면에서 헌법 전문에 국민은 이 나라 주권자로서 헌법 파괴자에 대한 저항을 할 수 있다는 것을 새로이 못박아 둔다는 것은 대단히 의의가 있다고 생각합니다. 그런데 실정법상으로는 그것이 상당히 문제가 될 수 있는데 다만 법적인 체계 내에서 본다고 하면, 예를 들어 헌법 재판소 같은 것이 설치될 경우에 이 헌법 재판소에 어느 한 특정인이 헌법에 위배되는 행위를 할 때 그것을 제소할 수 있는 권리, 그런 것이 저항권의 구체적인 형태가 될 수 있을 것으로 생각합니다. 그러나 보다 원칙적으로는 그것은 하나의 어디까지나 정치적인 권리 선언이고 그것을 사실상 법적으로 보장받는다는 것은 문제가 되겠죠.

사회 헌법 재판소 같은 것은 가령 '시민 저항(civil disobedience)'의 사례가 있을 때, 이것을 거기에 제소하여, 실정법의 범위를 넘어서 사회의 정치적 양심을 널리 따져 보는 계기를 만드는 자리가 될 수도 있겠습니다.

이영희 그렇죠.

경제의 민주화

사회 헌법만 가지고는 해결할 수 없는 여러 가지 문제가 있기 때문에 이야기가 여러 가지로 갈라질 수밖에 없습니다. 김영모 선생님이 말씀하신 것이 헌법에 그대로 규정되느냐 하는 것은 누가 헌법을 만드느냐에 따라서 다르게 되고 또 규정이 됐다고 해도 그것이 실제 실천적인 의지로써 현실에 옮겨지느냐 하는 것도 사회 세력이 어떤 형편에 있느냐에 따라 다를 것입니다. 그러니까 아까 이야기의 구분을 지어 왔지만 저절로 헌법에만 한정해서 얘기를 진행할 수 없겠습니다. 아까 사회권과 관련해서 사회적 측면에 언급했는데, 좀 더 넓게 경제 문제를 해결하는 데 민주화가 그쪽에 마이너스가 아니라 플러스가 되기 위해서는 어떤 방향이 좋을까요? 헌법에는 경제 문제가 어떻게 반영되어야 할까요? 이런 점들에 대해서 말씀해 주시죠.

유한성 그러니까 지금 정치적인 민주주의가 형성돼야 경제적인 민주주의, 산업 민주주의가 파생될 수 있지 않겠습니까? 그래서 우선 그것의 방향이 잡혀져야 경제 정책의 기조도 잡힐 거고 목표도 정해질 것이 아니겠습니까? 여기에 따라서 경제 정책도 맞게 세워지겠지요. 그래서 과거의 고도성장 지향 정책에서 오는 여러 가지 부작용들도 해소되어야 하겠고 또 장기적으로 복지 사회를 이룩할 수 있는 기본적 계획에 맞는 정책이 수립되어야 할 것 같습니다. 우선 정치적인 권력 구조가 정해져야 경제에서도 기본 목표가 정해질 것입니다. 그리고 제4차 경제 개발 5개년 계획의 내용에도 수정이 가해져야 될 것 같습니다. 현실에 맞도록 참다운 목표를 제시해서, 숫자를 나열하는 식의 양적인 성장이라든지 이런 것이 지양돼야 되지 않을까고 생각합니다.

김영모 아까 말씀하신 석유를 비싸게 사 온다든가, 과거에 있었던 일로 미국에서 곡물을 사 올 때 비싸게 사 온다든가 또는 독일에서 탱크를 사 올 때 낡은 것을 사 온다든가 이런 것은 정치 권력 구조와 직결되는 문제라고 볼 수 있습니다. 그런 것은 관료들의 무책임한, 공직자의 어떤 부조리에서 나온 것이 아닐까요?

사회 경제 체제의 어떤 특성, 그것이 민주적이냐 아니냐 하는 것하고 그러한 부조리하고 어떤 관계가 있을까요?

유한성 우리가 지금 생각해 볼 수 있는 것으로 예산이라는 것이 어떻게 만들어집니까? 예산의 편성권이 행정부에만 있으며 몇몇 엘리트 관료들이 관장하여 편성된 예산만이 그대로 국회에서 별 수정 없이 의결되는 그런 상황이 아닙니까? 국회에서 예산을 삭감하기는 한다지만 자원 배분, 기타의 경제 기능에 맞추어서 최적 예산이 되도록 노력한 흔적은 별로 없지요. 그런 면에서 국정 감사권이 없는 마당에서는, 그런 일은 기술적으로 얼마든지 저질러질 수 있는 문제고 그러니까 재정 민주주의가 확립되지 않고서는 아니 되는 것입니다. 여기에 곁들여 세제 개혁도 이루어져야겠습니다.

김영모 지금 그 말씀이 옳은 것 같습니다. 제 생각에도 관료가 무책임하게 행정 결정을 한다는 것은 지금까지 우리가 볼 때는 강력한 어떤 정치 제도의 보호로 하여 일어나는 것입니다. 그 보호하에서 관료들의 부조리 현상이 더 나타나는 것일 겁니다. 어떻게 보면 관료 정치가 70년대의 정치라고 해도 과언이 아니다. 이것을 견제할 수 있는 힘이 없었습니다. 제가 책임 정치를 강조하는 이유가 바로 여기에 있습니다. 그래서 관료들을 견제할 수 있는 세력은 바로 국회가 해야 되지 않겠느냐고 생각합니다. 따라서 무책임한 관료 정치는 반드시 시정해야 될 것 같습니다. 그것도 그렇고 지금 우리가 부정 축재니 분배 불공평이니 이런 문제들을 얘기하는데 관료와 재벌들의 유착이 큰 병폐입니다. 가장 큰 문제가 정보가 독점되는 것입니다. 거기다가 재벌의 경우를 보면, 정부에서 계획을 세우기 전에 벌써 정보가 거기는 다 들어갑니다. 그러니 그 정보를 가지고 일확천금을 다할 수 있다는 얘기죠. 환율 인상 등의 경제 조치가 취해질 때마다 빚어지는 현상입니다.

이문영 고도의 경제 성장과 수출 위주 정책이 갖고 있는 부작용은 전략의 무책임에서 기인한 것입니다. 정권 레벨의 무책임이 굉장하다고 봐요. 그중에 한 가지, 통치비 조달이 문제인데 권위주의형 통치 체제는 민주형 정치보다 더 정치비가 많이 들지 않습니까? 이념이 다른 나라의 얘기입니다마는 소련 같은 나라는 벌써 인구의 40퍼센트가 농촌에 매여 있는데 그건 왜 그러냐 하며는 감독비 즉 집단 농장에서 감독하는 비용이 많이 들어서지요. 이에 비해서 일본 같은 나라는 인구의 5분의 1밖에 농촌에 투입되어 있지 않습니다. 우리 경제에 자율적인 추진력을 부여하는 경제 체제의 전환이 필요합니다. 농촌 경제의 부활도 있어야 되겠고요. 아시아의 국가에서는 자유의 지수가 높은 나라들인 인도라든지 이스라엘의 모형에서 이제는 배워야겠어요. 특히 고도성장했다고 꼭 잘사는 게 아니었다는 것도 배우고, 고도성장했는데도 불구하고 물가는 우리나라같이 10퍼센트 이상이 아니라 10퍼센트 이하인 나라가 있다는 것도 배우고요. 우리의 경우 발전이라는 말이 참 나쁜 말이 돼 버렸는데, 이른바 사회 발전이 동반되는 그런 경제 성장을 해야 합니다.

사회 지금까지 우리가 많이 들어 온 얘기 중의 하나가 민주주의가 비능률적이라는 얘긴데, 우리가 훈련을 조금만 쌓으면, 민주주의라는 것이 모든 사람의 공개적인 토의를 필요로 하는 것이므로, 민주주의가 무슨 일에 있어서나 오히려 합리성을 높여 주게 된다고 생각합니다. 경제에 있어서도 관료나 정치의 무책임 이야기가 나왔지만, 불합리한 결정이 그대로 현실 정책이 되는 것은, 비민주적인 상황이 원인이 되는 것이다, 지금까지 말씀하신 것의 한 결론은 이런 얘기인 것 같습니다.

노동의 권리

아까도 노동에 관한 문제가 나왔습니다마는, 산업화 과정에서 노사 갈등이 일어나고 노동자의 권익이 보호되어야 한다는 사회적인 의무가 발생하는 것은 불가피합니다. 노동권에 관해서 좀 말씀해 주시면 어떨까요?

이영희 노동 삼권의 보장이 필요한 것은 너무나 자명합니다. 그런데 문제가 있을 법한 쟁의권과 관련해서 말씀드리면, 다른 나라의 법률을 보더라도 쟁의권을 헌법상에 절대적인 기본권으로까지 보장한 예는 드물다고 볼 수 있습니다. 근로자의 기본적인 단결권이나 교섭권에 있어서는 특별히 제한을 해야 할 문제가 없습니다만, 쟁의권이라는 문제는 상당히 미묘합니다. 그것은 노동자의 권리라는 측면에서만이 아니라 전체 산업 사회의 생활과 노동자들의 의식 수준 또는 기업의 수준과 관련해서 정책적으로 생각될 수 있기 때문에, 헌법에 어떤 제한을 할 수 있다 하면 그건 반동적이라고 비판할는지도 모르겠습니다만.

사회 노동권의 확보는 가장 중요한 과제의 하나일 것입니다. 그런데 흔히 말하는 삼권 중, 쟁의권의 경우 다른 나라에서도 어떠한 제약을 가하고 국가 공익에 관계되는 경우 국가가 쟁의에 개입한다고 할 때 그런 제한은 어떻게 표현이 됩니까.

이영희 서독의 '본' 헌법에서는 근로자의 단결권은 절대적인 자유이며 단결권을 침해하는 어떠한 계약이나 법률 조문도 무효다라고 규정하고 있습니다. 그러나 그 안에는 행동권은 들어가 있지 않습니다.

사회 그러니까 적극적으로 쟁의권이 제한되는 것이 아니라 헌법 이외의 법률 사항으로 여기에 대한 권리 의무를 새로 규정하는 것이겠군요.

이문영 무분별하게 장기간에 걸쳐 모든 기업체에 일률적으로 적용되는 제한을 못하게 하는 것을 우리의 경험이 요구하고 있다고 생각합니다.

이영희 독일의 경우, 노동 쟁의 조정법이라는 법률이 있습니다. 구체적인 쟁의의 예를 하나하나 헌법에서 예상해서 열거하다보면 다른 조문과 비교해서 균형이 맞지 않기 때문에 헌법상으로는 단결권·쟁의권·행동권까지 보장한다고 해도 좋습니다. 왜냐하면 다른 기본권들도 법률로써 제한할 수 있게 하되 자유의 본질적인 내용을 침해할 수는 없다는 단서가 붙어 있기 때문에, 그렇게 해 두고 쟁의 조정법을 보다 합리적으로 제정하는 것이 바람직하지 않은가 하는 생각입니다.

김영모 실제적인 구속력을 발휘하는 것은 헌법 차원이 아니라 법률이거든요. 그러니까 아까 말씀하신 대로 기본권의 제한을 헌법상으로 명문화시킬 필요는 없을 것 같습니다. 현행 헌법에는 공민권 가운데서 이에 대한 단서 조항, 즉 법률 유보 조항이 다섯 개나 있습니다. 이것 때문에 문제가 많이 생기는데 헌법상으로 언론, 출판에 대한 법률 유보 조항을 완전히 배제해 버리고 나머지도 가능한 한 없애도록 해야 되지 않느냐고 생각합니다. 그리고 기본권 안에 민주주의에 관한 권리 보장은 전혀 없더군요. 그래서 제 생각으로는 총강에 넣든, 별도로 정치권 속에 넣든 이것을 하나 명문화시킬 필요가 있을 것 같습니다.

유한성 이것은 헌법하고 좀 다를는지 모르지만 우리 경제 체제를 기본적으로 무엇으로 하려는지 모르겠어요. 그래서 지금은 혼합 경제 체제인데 거기다가 노동자들의 삼권을 보장하고 이렇게 한다면 사회에 계획적 요소를 가미하는 그런 체제가 되는데 아무래도 산업 사회에 맞게 하려면 체제 자체가 이익이라는 경제적인 자유만을 인정하는 체제가 될 수는 없지 않겠느냐 이렇게 봅니다. 그래서 지금까지는 체제에 대한 기본적인 권력 구조적인 얘기만 하고 있고 경제 체제에 대한 문제는 전혀 얘기되지 않고 있는데 이것이 문제가 좀 되어야 될 것으로 생각합니다.

사회 경제 체제에 대한 일정한 방향의 규정이 있어야겠다는 말씀이죠.

유한성 기본 방향을 어디로 끌고 가겠다 하는 것이 전문이나 어디에서 나타나야 되지 않겠느냐고 봅니다. 그래서 기본 경제 체제에 대해서는 전혀 얘기하고 있지 않은데 당연히 이것도 충분히 얘기되어서 어디까지를 국민이 수용할 용의가 되어 있는지, 또 사회 발전 정도, 정치 발전, 경제 발전에 맞는 체제가 되었는지를 검증해 보아야 할 것입니다. 복지 사회를 지향한다고 할 것 같으면 경제적인 자유만을 인정할 수는 없을 것이고, 여러 가지를 제한하지 않을 수 없을 것입니다. 소유권에 대해서도 제한이 있을 것이고, 기타의 여러 조항이 들어가야 되지 않느냐 하는 생각이 듭니다. 체제에 대한 기본적인 토론도 이번에 마음대로 할 수 있게 허용해 주고 의견을 종합할 수 있게 하고 거기에 대해서는 이때까지는 금기로 삼아 얘기를 못하고 있었는데 활발히 논의됐으면 합니다.

김영모 다시 노동권에 대하여 보충하겠습니다. 기본권 가운데서 헌법 29조의 노동권에 문제가 있더군요. 하나는 공무원 또는 국영 기업체에 종사하는 사람들은 단결권을 못하게 돼 있습니다. 이러한 제한도 없애야 되지 않을까 생각합니다.

이영희 잘못된 거지요.

김영모 이 제한은 산업 노동자만이 아니라 정신 노동자들에 대해서도 해 놨어요. 아까 말씀 드린 학원 민주화 문제도 이러한 제한하에서는 불가능하다 볼 수 있겠습니다. 또 하나는 외국인 투자 기업체에 대한 쟁의 제한 법이 제정되어 제일 먼저 노동권을 제한시켜 버렸지요. 이런 것도 우리가 민족 주체성이라는 차원에서 본다면 바람직하지 못한 것 같습니다.

이영희 국가 공무원 문제로 돌아가 보겠습니다. 오늘날 산업이 점점 독과점화되어 가고 있고 새로운 국영 기업이 생겨나는 예가 상당히 많지 않습니까. 일본의 경우에서도 관공(官公) 계통의 노동 조합원 수가 전체 조합원 수의 5분의 2 정도가 될 겁니다. 앞으로 공익 사업 계통이나 관공 계통의 근로자 수는 점점 증대되고 그 사람들의 근로 조건이 일반 사(私)기업체보다 악화될 수 있는 요인이 많습니다. 그래서 단지 공무원이라는 신분만으로 기본 권리를 제한한다는 것은 잘못된 것이죠. 이 기회에 그런 제한은 없어져야 될 것 같습니다.

환경의 권리·생존의 권리

유한성 환경권 문제가 이야기되었었는데 먼저 헌법에는 그게 규정되어 있지 않죠?

김영모 없었죠.

유한성 그것은 꼭 넣어야 되리라고 봅니다. 먼저 헌법에는 제가 알기로는 '국가 최저선(national minimum)'에 대해서 언급이 되어 있는데 '사회 최저선(social minimum)'에 대해서는 언급이 안 되어 있는 것 같습니다. 산업 사회가 발전하면서 사실은 그 문제가 성장의 대가로서 제일 큰 문제니까 그것은 꼭 삽입을 해서, 기업가나 정부 당국에서 배려가 있도록 하여야 하겠다 이런 얘깁니다. 물가니 소득이니 하는 것만이 아니고 공해 문제나 환경의 침해에서 오는 것 등의 생활의 질에 관한 문제, 이런 것이 꼭 고려되어야겠다는 생각입니다.

사회 환경권은 재규정한다 하더라도 어떤 정부 부처가 이것을 맡아서 어떻게 시행하고 감시하느냐가 중요한 것일 것입니다.

유한성 지금 환경청이 있기는 있죠.

사회 그런데 규정해 놓아도 시행이 안 될 가능성이 있는 게 아니겠어요? 안 된다면 그 근본 요인이 어디서 오느냐를 생각하고 요인 자체를 통제하는 연구를 해야 할 것입니다. 환경법의 시행은 사회 공익과 일부 특수 이익의 대결이라는 형태를 띠기 쉬울 것입니다. 법률만의 문제가 아니라 정치 세력으로서 누가 가장 중요한 역할을 하느냐가 문제이겠지요.

유한성 공해면 공해 발생자 책임 원칙이니 PPP니 이런 것으로서 철저하게 원인을 따져야겠죠.

이문영 거시적인 발상에서의 조직 개편을 말씀드려 보겠습니다. 이스라엘의 경우 이스라엘이 아랍 국가와 한창 전쟁 중일 때, 제 연구실에 배부되어 온 이스라엘의 정부 백서를 보니까, 예를 들면, 여당인 집권당의 정강 정책에 국가 안보라든지 경제 성장이라는 목표가 전연 없고 첫 번째의 조항은 이스라엘 국가 내에 있는 저소득층과 이스라엘에 체류하고 있는 아랍 족속에 대하여 인간적인 대우를 해 주는 것을 최선으로 노력한다는 것으로 되어 있더군요. 이런 목표하에서 움직이는 이스라엘의 행정 조직을 보니까 우리나라와 같이 부총리 제도가 있는데 부총리가 경제 담당이 아니라 그 기능이 사회 발전 담당이에요. 그러니까 권한도 있고 지위도 높은 사람 즉 예산 통제를 하고 명령을 구체적으로 내리고 밑에서의 잘못을 취소할 수가 있는 자가 위에 있으므로 지금 유 선생님이 말씀하신 것, 환경청이라든지 등등이 실효성 있는 새로운 시대의 정책을 집행해 나갈 수 있다는 얘기입니다.

사회 정부 자체가 사회 발전의 비전을 가지고 그 전체적인 안목 아래에서 사회 정책을 만들어 내고 그 아래에서 경제 정책을 만들어 내는 거라는 말씀이군요. 정부가 사회 발전의 의지를 강하게 가지고 있고 이 의지로써 정부의 모든 일을 검토 시행하는 그런 이야기지요.

이영희 환경권이라는 것이 갑자기 요즈음 활발하게 오르내리는데 이 개념 자체가 불분명한 것 같습니다. 예를 들어서 일조권(日照權)과 같이 자기 주변에 빌딩이 들어서서 태양을 막는 것은 시민법상으로도 보호할 수 있는 것이거든요. 이 경우에도 그것을 환경권의 한 일환으로 볼 수가 있고, 또 한편 어떤 공해에 오염된 피해자가 그 구제를 주장할 때 이것도 환경권으로 파악할 수 있습니다. 그런데 다른 한편으로 가난한 사람이 자기가 주거할 집이 없을 때 집을 갖게 해 달라고 할 수 있는 권리, 그것도 헌법상의 생존권적 기본권에서 유래하는 주거권이라고 해야 하겠지만, 이것도 환경권의 연장이라고 해석할 수도 있겠습니다. 따라서 이 환경권이라는 것을 전체적으로 어떻게 이해하느냐 하는 것은 아직도 논란이 더 되어야 할 것으로 생각합니다. 그리고 이러한 것이 권리로서 정착하기 위해서는 역시 권리를 위한 투쟁이 있어야 한다고 생각합니다. 일본에서처럼 시민들이 집단적으로 그들의 공해 피해를 구제하기 위해 노력하는 과정을 통해서 비로소 구체적으로 권리화될 수 있다고 봅니다. 지금 우리나라에서도 많은 공해 피해자들이 있습니다만, 아직 근대적인 시민권적인 정신조차 불충분하기 때문에 이런 권리를 행사하고 있지 못하는 게 아닌가 생각합니다.

유한성 중금속이 들어 있는 쌀이 먼저 문제 됐지 않습니까. 사실 중금속이거든요. 중금속이 아니라고 실험 결과가 발표됐더군요. 그래서 우리나라 쌀은 오염이 안 되었다고 연구소에서 발표를 함으로써 소송 기타의 자기 권리 주장을 못하도록 된 게 아닌가 생각합니다. 기업도 마찬가지입니다. 한강이 오염되는 것도 기업 쪽에서 비용이 적게 먹히는 경성 세제, 그런 것들을 막 흘려 버리기 때문입니다. PPP원칙을 철저하게 적용하여 공해를 발생시키는 사람이 바로 책임을 질 수 있는 그런 규정을 넣자는 얘깁니다. 아까 말씀드린 시민의 권리로써 막연하게 하니까 그 모양이 됐다 이겁니다. 자원 분배 면에서도 그렇고 소득 분배 면에서도 그렇고 도덕상으로도 그렇고 사전 방지라는 면에서도 그렇고 꼭 철저한 규정을 넣어야겠다는 의견입니다. 그래서 환경권은 구체적으로 공해면 공해의 항목을 잡아서 책임자가 분명하게 기업의 비용으로 내부화시킬 수 있는 구조를 만들자는 얘깁니다. 기업이 초과 이윤에서 그것을 부담할 수 있도록 공해세 같은 조세를 설치하게 되면 자연히 기업의 비용으로 내부화됩니다.

사회 경제 권력과 정치 권력은 대개 밀접하게 연결이 돼 있는 것이 아닙니까, 정부가 그런 환경법이라든가 그런 것을 철저하게 시행할 의지를 작용 못 시키는 경우가 많겠죠. 국민 전체가 건강한 환경을 가져야 한다는 권리하고 그것을 유지하는 데 드는 경비하고 사이에서 벌어지는 싸움이 환경 문제라고 할 수 있지 않을까요? 그 경비를 기업에서 안 내겠다는 것과 안 하겠다는 것을 하게 만드는 정치적인 의지가 결여되었다는 것이 문제가 되기 쉬운 것일 것입니다.

유한성 성장 지향 정책의 부작용으로 소득 분배의 불평등이나 따지고 물가만 따지고 기업의 사회적 책임 같은 문제는 전혀 거론하지 않고 있습니다. 많은 부작용을 일으키는데도 계속 기업만을 보호할 수는 없지 않느냐, 세제 기타의 여러 가지 혜택을 다 주면서 거기서까지 혜택을 줄 필요는 없지 않느냐는 생각입니다.

사회 복지·소득 복지

사회 다시 한번 말해서, 헌법 이야기를 하면서 여러 가지 얘기가 나왔는데, 결국 헌법만 가지고 해결할 수 없는 사회 전반에 걸친 문제들이 많다는 이야기겠습니다. 아까 김영모 선생님이 헌법 얘기를 하시면서 특히 사회권을 강조하셨고 유한성 선생님이 환경권을 말씀하셨는데, 이영희 선생님의 말씀에는 이것을 주거권과 같은, 기본적인 생존권에까지 확대하여 볼 수 있는 것이란 말씀이 있었습니다. 이게 조금 더 법을 떠나서 복지 문제, 앞으로의 사회 목표 같은 것을 말씀해 주시기 바랍니다. 또 헌법이라든가 하는 법률 제정을 통해서가 아니라 현실 세력의 움직임으로써 보다 나은 사회의 실현이 이루어지려면 어떤 것이 있어야 되는지 이것을 연결하여 말씀해 주십시오.

김영모 자유주의 사회에 있어서 아까 말한 공해를 발생시킨 사람, 예를 들어 기업인들에게 온정적으로 기대가지고 과연 복지 문제가 성취될 수 있느냐 하는 것이 문제인 것 같습니다. 복지는 피해자의 집단적이고 조직적인 노력에 의해서 성취되어 왔다는 것이 서구의 경험에서 볼 수 있습니다. 과연 우리나라의 국민이 그런 노력에 의해서 목표를 달성할 수 있을 만한 정치의식, 사회의식이 향상되어 있느냐 하는 것이 문제인 것 같습니다. 제가 볼 때에는, 우리 국민을 과소평가한다고 할지 모르겠습니다만 의식이 매우 낮습니다. 왜 그런가 하면 공장 노동자에 대한 의식 조사를 최근에 해 봤는데 조사 대상의 반 정도가 계층 의식의 형성이 안 돼 있습니다. 이런 상태에서 과연 그 노동자들이 자기의 권익을 옹호하기 위한 집단적인 조직 또는 행동이 어느 정도 가능하겠느냐는 것입니다. 우리나라의 노동자의 성격은 결국 가구주의 보조적인 성격이더구먼요. 그러니까 가구주의 보조적인 성격인 경우에는 그들의 생존권에 대한 착실한 의식화가 어렵다고 볼 수 있습니다. 그래서 아까 의회 민주주의를 통한 내각 책임제가 필요하다는 것은 이 사람들의 의식화를 위해서도 더 필요하지 않겠느냐는 생각입니다.

물론 자유주의 사회에 있어서의 핵심적인 계층은 중산층이고 이들에게서 사회 개선의 노력을 기대해 볼 수도 있겠으나, 거기에는 여러 가지 고려해야 할 것이 있습니다. 중산층이 양쪽으로 비대해져 있을 때 그 사람들의 권익을 옹호하기 위한 노력을 하더라도 타당성 있다고 볼 수 있는데 현재 우리나라의 경우는 그렇지 않습니다. 왜 그런가 하면 현재 우리나라는 이념적 차원에서 본다면 자유주의와 통제주의가 혼합되어서 지금까지 정책 구현이 됐다고 봅니다. 그런 경우에는 소수인 중산층이 자기 보장을 위한, 자기 복지를 위한 입법을 하고 정책을 구현하려고 합니다. 구체적으로 말씀드리면 현재 우리나라의 헌법 30조에 사회 보장법이 명문화되어 있는데 여기에서 나타난 보장 제도가 최근에 나온 각종 연금 제도, 의료 보험 제도입니다. 이 연금 제도는 국민의 서비스맨들인 공무원과 군인이 자기 보장부터 먼저 해 놓은 것입니다. (일동 웃음) 심부름꾼이 오히려 주인을 보장하는 게 아니라 자기 보장부터 먼저 했다는 것이 특징입니다. 의료 보험 제도가 76년도부터 실시되었습니다만 현재 가입자가 27퍼센트 됩니다. 이들의 대다수가 중산층입니다. 지금 의료 보험의 가입자를 더 이상은 확대 못한다고 하더군요. 왜냐하면 우리나라 의료 보험이 조합주의 원칙이어서 의료 보험 대상을 확대하면 악성 보험자가 많아지게 되어 결국 국가가 부담해야 되겠기 때문입니다. 이와 같이 우리나라의 특혜적이고 특권적인 제도와 정책은 전부가 중산층을 위한 것으로 돼 있습니다. 우리나라의 사회 발전과 국가 발전이라는 차원에서 볼 때 이 사람들만이 그러한 발전을 위해서 기여했느냐는 거지요. 거꾸로 말씀드리면 오히려 소외된 70퍼센트나 되는 노동자 농민들이 더욱 큰 기여를 했고 또 희생을 감수했으며 이런 층이 소외되어 있으니까 과연 이 사람들을 위한 복지권을 누가 신장시키느냐 하는 것입니다. 이것은 국가나 정부가 안 합니다. 결국은 그 소외된 계층이 자기들 노력으로 성취해야 되는데 그것을 할 수 있는 사회의식이 발달돼 있지 않습니다. 또 그것을 노력할 수 없는 여러 가지 제한이 많습니다. 법적으로나 눈에 보이지 않는 여러 가지 압력 등. 이런 사람들을 민주적인 훈련을 시키기 위해서 제가 볼 때에는 소위 정치적 참여의 기회를 극대화시켜야 되겠다는 것입니다. 그렇게 해야 이 사람들이 비로소 의식화되고 비로소 자기 권익을 주장할 수 있고 이런 노력을 할 수 있지 않느냐 하는 것입니다.

교육 기회 문제만 하더라도 일류 학교 입학생의 가정을 조사해 보았더니 중산층이 독점하고 있습니다. 아까 노동자가 약 40퍼센트라고 했는데 이 노동자의 자손들이 일류 학교에 들어갈 수 있는 기회라는 것은 1퍼센트도 안 됩니다. 우리가 그 사람들에 대한 교육 기회를 박탈하고 있는 겁니다. 현재의 우리나라의 교육 평준화 정책이라는 것도 불평등을 조장한다고 말씀드렸는데 실제로 그렇게 하고 있어요. 교육이란 것은 자기의 요구에 기초해야 되는데 컴퓨터에 의해서 학교가 배정되니까 요구가 박탈돼 왔습니다. 우리나라의 교육 정책뿐만 아니라 경제 정책도 마찬가지입니다. 도시 산업은 자본주의 원리이고 농촌은 통제주의 원리이지요. 교육도 농촌은 자유롭게 해 놓고 도시는 평준화시켜 놓았습니다. 이런 이원적인 경제 및 교육 정책으로 말미암아 일어나는 불평등화 현상은 배제되어야 하겠습니다. 그래서 제가 생각할 때 복지권을 신설하고 강화하는 것은 좋지만 기본적으로 중산층을 위한 특혜, 특권 제도 및 정책이 너무 많기 때문에 이런 것을 배제시키는 것이 복지를 향한 제일보가 아니겠느냐 하는 것입니다. 따라서 인권 운동으로서 특권 배격 운동, 이것을 전개해야만 밝은 사회가 되리라는 생각을 갖고 있습니다.

유한성 그것을 시민들의 자각에 의해서 시민운동으로써 쟁취하는 것이 제일 바람직하지 않느냐 하는 얘긴데 물론 그것이 제일 바람직하지만, 우리나라와 같이 자원이 한정돼 있고 어떤 자원은 전부 수입하는 마당에 자원의 낭비라는 면을 생각해 보고 그다음에 그 부담을 다음 세대에 넘길 수 있느냐 하는 것을 생각해 보고 나아가 한번 잘못되면 재생 불가능하다는 면을 생각해 보면 그렇게까지 기다릴 수 있느냐는 문제가 있습니다. 물론 이것은 특히 환경에 해당되는 것이지만 다른 문제도 비슷한 성질이 있습니다. 자원을 낭비한 뒤엔 자원은 재생 불가능이라는 거죠. 국토는 오염되고 나면 생태학적으로 완전 복원이 안 됩니다. 그리고 기업의 생리라는 것이 이윤이 없으면 투자를 하지 않습니다. 국민이 아직 그만큼 성숙되지 않았다고 한다면 정부가 할 수밖에 없습니다. 그러니까 정부가 할 수 있게끔 만들고 그러다보면 국민의 의식의 수준이 올라가고 그렇게 하면 그것은 자연 확대 발전될 수 있지 않겠느냐는 거죠.

사회 김 선생님 말씀은 연금 제도나 의료 보험 제도로 봐서 정부가 복지적인 것을 시행할 때는 언제나 자기들 자신, 자신이 속해 있는 계층의 복지 문제를 해결하지 다른 문제들은 해결하지 않는다는 요지로 생각되는데…….

유한성 그렇게만 보실 것이 아니라 의료 복지에 관한 한은 나는 긍정적입니다. 사회 보험의 하나로서 의료 보험 제도를 만들어서 공무원과 교직원에 또 300인 이상 근로자가 있는 대기업에만 적용하고 있지만 실효를 거둔다고 봅니다. 실지 우리도 경험해 보니까 중병이 났을 때 도움이 상당히 되고 서로만의 상호 부조라는 성격은 강합니다만 소득 재분배의 기능도 어느 정도 하고 물가 안정에도 기여하며 개발금으로서의 역할도 수행하는 등의 이런 긍정적인 면을 보아야 합니다.

김영모 제가 말씀드린 것은 의료 보험이 나쁘다는 것은 아닙니다.

유한성 그러니까 그런 제도를 만들자는 겁니다.

김영모 그런데 문제가 뭔가 하면 복지라는 것은 국가 개입 즉 개인 책임보다는 국가 책임이 중요하다는 것입니다.

유한성 사회 책임이죠.

김영모 국가 개입의 현상이 현대 사회의 특징입니다. 현재 우리나라에서는 사회 보험은 보편주의 원칙에 의해서 실시되어야 합니다. 문제는 현재 우리나라의 사회 보험이 선택주의적 원칙에 의해서 실시되고 있다는 것입니다. 선택되는 대상이 오히려 중산층이라는 것입니다. 의료 보험만 하더라도 지금 대부분 중산층인 27퍼센트 이상 확대가 안 됩니다. 여기에서 확대되고 악성 피보험자에 대한 국가의 부담이 들어가야 됩니다. 현재 의료 보험이 조합주의니까 국고 부담을 안 넣어도 괜찮게 돼 있습니다. 그러면 현재 의료 보호의 혜택에 소외된 계층이 70퍼센트인데 이 70퍼센트는 진짜 보호를 받아야 될 사람들입니다. 그런데 얼마 전 복지 조사를 했는데 가장 불우한 사람이 노동자와 농민인데 이들의 복지 의식을 알아보았더니 이 사람들이 가장 의식이 낮아서, 이 사람들은 가난 및 불행의 책임이 자기한테 있는 걸로 생각하는 것으로 나타나고 있어요. 상대적으로 행복한 자들은 사무직 전문 기술자인데 이들은 오히려 행복이 국가 책임이라고 말하고 있거든요. 복지 제도를 강화시켜야겠다는 것은 적어도 일단은 국가의 개입을 강화시키겠다는 것이기 때문에 국가 개입은 헌법이라는 제도에 명문화시킴으로써 국민들이 보호를 받게끔 만든다는 것입니다. 아까 헌법 개정에 있어서 자꾸 떠들어야겠다는 것은 사회권 문제가 구헌법이나 자유 헌법에서나 전혀 변함이 없이 그대로 미미하게 존재했다는 것입니다. 이런 기회에 우리가 국민적인 노력에 의해 그것을 쟁취하는, 이런 두가지를 병행할 수 있게 하여야 바람직한 복지 국가를 만들 수 있다고 생각합니다.

유한성　사회 문제의 다른 사항에 대하여 말하여 보겠습니다. 정부가 할 수 있는 일 중에서 지금은 소득 재분배를 하는 장치가 되어 있지 않습니다. 누진 소득세 제도가 되어 있습니다만 부가 가치세입니다. 어느 정도의 목적이 달성되었으므로 과감하게 철폐해야 합니다. 법인세의 개혁도 과감하게 추진하여야 할 것입니다. 소득 재분배 효과가 가장 큰 것으로 알고 있는 이전적 지출 가운데 정부로부터 가계에로의 이전적 지출은 1967~1976년까지 통계를 보면 GNP의 1.5퍼센트 수준에 그치고 있습니다. 외국의 경우에는, 소득을 이전해 주는 것 같은 것이 약 30퍼센트 되는데 우리는 국방 예산 때문에도 그렇지만, 사실 국민이 세금을 많이 내고 그 면에서 우리가 고부담 국가에 속하지마는 20퍼센트 가까이 조세율 부담이 올라가는데도 세금을 받으면 다른 혜택으로 그만큼 상쇄되는 건데 상쇄되는 부분은 얼마되지 않습니다. 국민이 여태까지 성장의 혜택은 못 받으면서, 즉 불공평한 대우를 받으면서 부담을 그렇게 많이 치러 왔다는 겁니다. 그래서 부담을 한 것에 대한 반대급부를 받기 위해서도 정부의 이전적 지출의 증가가 필요하지 않느냐 하는 얘기가 됩니다. 정부 부문 내에서 공공 재산에 자원을 이전시킴으로써 소득 재분배 효과를 거둘 수 있습니다. 국방 예산이 전체 예산의 34퍼센트를 안고 있는데 도저히 해낼 재간이 없다는 이유도 있지요. 사실은 복지와 국방은 대체 관계에 있습니다. 곁들여서 더 말씀드린다면 고도성장 지향 정책을 추진한 결과 소득 격차가 심화되었습니다. 지금 시점에서 수직적인 소득 재분배는 제도적인 장치만으로는 거의 불가능입니다. 왜냐하면 조세로써는 소득 재분배 효과는 거의 없고 아까 말씀드렸던 수직적인 소득 재분배 역할을 하는 사회 보장 제도 중의 공적 부조의 비중이 우리나라는 아주 약합니다. 소득 격차의 원인에 대한 근본적인 메스가 가해져야겠습니다. 다시 말하자면 혁명이라든지 이런 변혁기가 아니면 수직적인 재분배, 강제적인 재분배가 거의 불가능했다는 것이 과거 역사가 보여 주는 것입니다. 혁명인지 어쩐지는 모르지만, 이 일은 5·16혁명 후에도 못했고 4·19에도 못했습니다. 이번 기회에 할 수 있었으면 하는 희망입니다. 우리나라의 현행의 각종 제도하에서는 소득 격차는 더욱 심화될 뿐이므로 이 기회에 일단 정리하여 앞으로 이를 위한 노력을 덜게 하였으면 합니다.

김영모 복지 예산 말입니다. 복지 예산이 선진국에서는 대개 40퍼센트를 차지하는데 우리나라는 교육·원호 등 다 합해 본들 약 20퍼센트밖에 안 돼요.

유한성 그런데 정부에서 내놓은 것은 24.6퍼센트로 나와 있어요.

김영모 정부의 사회 개발 개념은 엉터리죠. 우리 복지에 넣을 수 있는 것만 뽑으면 그렇단 말이죠. 이러한 것을 법적으로 규정할 수가 있느냐 하는 문제가 있을 수 있는데, 일본 같은 데에서는 GNP의 몇 퍼센트를 그러한 목적에 사용해야 한다는 명문 규정이 있습니다.

사회 소득 분배를 서양 사람들은 파이 하나를 놓고 이리저리 자른다는 식으로 많이들 얘기하는데, 한쪽에서 웬만치 가지면 다른 쪽에서 그만큼 부족한 게 아닙니까. 소득 분배는 구극적으로는 사회에 있어서 힘의 구조가 바뀌고 그것이 균형을 이루어야 고라지는 것이겠지요. 그런데 누가 소득을 많이 가졌느냐는 관점의 문제는 접어 두고 우리 경제의 전체적인 규모 안에서 복지적인 것을 정부 의사로써 구현한다고 할 때, 우리 경제가 그것을 감당할 수 없다는 의견들도 있는데, 이러한 의견에 대해서는 어떻게 생각하시는지요.

유한성 헌법 기타의 특별법에 규정하여도 좋겠습니다만 당연히 소득 분배의 문제는 정리를 하고 넘어가야 되지 않느냐 그래서 아주 양극단으로 쪼개져 있는 것을 어느 정도 해소할 수 있게 재분배의 기능을, 참다운 의미의 재분배의 기능을 한번 충분히 발휘할 수 있게 하였으면 하는 것이 제 바람입니다.

이문영 산술적으로 볼 때에, 이미 해 왔던 나쁜 관(官)의 행위 즉 통치비 조달과 기업의 부당 이윤 획득 등을 삭감함으로 복지 달성은 가능하다고 보는데요. 복지 정책이라든지 소득 재분배라는 대목표가 헌법이라든지 정책으로 표시되어야 된다고는 생각해요. 그렇지만 사실상은 이러한 정책들이 점진적으로 관리돼 나갈 거라고 보는데, 그 이유는 김영모 선생님의 의견과 조금 다릅니다. 저는 우리 노동자들과 국민이 말하자면 똑똑하기 때문에 점진주의가 가능하다고 봐요. 의식이 낮아서가 아니라 의식이 높을 정도로 똑똑하기 때문이라는 것입니다.

특히 저는 노동자들이 똑똑하다는 의견을 가진 사람입니다. 제가 70년대에 강의를 나갔다 하면 학생, 성직자, 노동자들의 세 그룹이었거든요. 노동자와 같이 어울려서 뭘 하려면 거리감을 느끼고 힘이 들어요. 그러나 제가 감동을 느낀 것은 저는 말을 어렵게 하는 사람인데 제 강의를 가장 잘 알아듣는 사람이 학력이 낮은 노동자들이고 제 말을 가장 못 알아듣는 사람이 성직자라는 사실이었어요. 그런데 우리 노동자들의 경우를 볼 때 선거를 했다 하면 야당 표가 제일 많이 나오는 데가 노동자들이 많이 있는 구였는데 만약 현재 여당이 야당이 되는 경우, 경우에 따라서는 노동자들은 여당 표를 찍을 것이라는 것이 제 생각이기도 해요. 그들에게는 최종적인 역사의 담당자로서의 긍지도 있다고 생각되는데 유사한 예를 가난한 집에서 고생을 많이 하면서 집안 살림을 이어 가는 어머니에게서 본다고 생각해요. 그리고 노동자 전체의 능력을 평가하기에는 일종의 표피 현상에 불과하다고 생각할 수가 있겠으나 노동자의 기능 수준을 볼 때 우리 노동자의 기능 수준이 높다는 것은 타국에도 알려진 바입니다. 좋은 노동자들이 기능 올림픽에 가서 세계 130개국이 모이는데 그중에서 어쩌다가 1등을 하는 것도 아니고 내리 성적이 좋습니다. 우리가 1등할 때 2등을 인도네시아나 아프리카가 했다면 말이 다르겠지만 2등은 서독이 하고 3등은 스웨덴이 한 정도인데도 우리를 낮게 본다면 이는 밑에 있는 사람을 낮게 보는 통치자 심리가 아닌가 이렇게 봅니다. 공부를 안 한 어머니들이 가정에서 사실 슬기로웠듯이 이 노동자들이 획기적인 일을 했습니다. 공산주의와 원색적인 대결을 했던 건국 초기에는 이네들이 사람을 취조하고 단속하는 수사 본부의 지하실 역할을 했지요. 전진한 씨가 노총의 위원장이던 때가 그런 때입니다. 또 경제 성장 시대의 역군도 사실상 이들입니다. 그리고 경제 분배를 필요로 한다고 느끼는 이도 이들이라고 봐요. 이렇게 우리 노동자의 업적이 큰 것이기 때문에 노동자가 책임성이 있고 성숙해서 노동자의 요구가 과격하지 않다는 게 제 생각이에요. 이들은 반드시 점진적으로 나올 거라는 겁니다.

저는 학생들을 긍정적으로 보는 것도 마찬가지예요. 우리 때 학생 운동 하던 이들은 팔들이 딴딴한 학생들이었습니다. 즉 학생 운동 하는 학생들은 운동선수예요. 그네들은 학생 운동 할 때 돈 받고 했지만 지금 학생들은 학생 운동의 본부가 일류 대학이거든요. 그중에서도 공부 잘하는 학생들이 주동자들이고 그들이 학생 운동을 했다가 제적만 당한 것이 아니라 감옥을 반수가 갔다 왔습니다. 이쯤이면 그들은 똑똑한 아이들인데 이들은 사회가 활성화할 때 움직였느냐를 보면 그렇지 않다고 봐요. 그래서 어려운 우리의 상황 속에서 노동자에게 언어 능력이 없기 때문에 그들이 그저 아무렇게나 대답을 하는 것이지 그들은 원은 슬기롭게 참여해 나가는 우리 민족의 끈질긴 주체 세력이라고 봐요. 이네들이 원은 점진적으로 나가기 때문에 복지 정책이라든지 소득 분배 정책이 사실상은 점진적으로 나아가는 게 아닌가 생각합니다.

사회 파울로 프레이리의 책에 브라질에서의 문맹 퇴치 운동 이야기가 나와 있는데 성인들에게 문자를 깨우치게 할 때, 보통 교과서에 나와 있는 것을 가르치면 영 가르칠 수가 없는데 자기들의 생활에서 나온 단어, 지주라든지 소작, 토지, 이런 것을 가지고 가르칠 때 문자를 깨닫는 도수가 굉장히 빠르다는 얘기가 있지요. 오늘날 우리나라의 노동자들에게 세련된 정치적인 훈련이 없는지 모르지만, 설사 그렇다 하더라도, 그것은 자기들의 이익, 자기들이 생각하는 바를 스스로 표현하게 하는 정치적인 제도적인 마련이 사회 속에 없었기 때문에 그런 것이라 해야 할 것입니다. 그러니까 노동자들이 그들의 의사를 집단적으로 표현하는 자유와 기구가 마련됨에 따라서 그들의 정치 훈련은 금방 이루어질 것이 아닌가 합니다.

　김영모 복지와 관련해서 우리가 소홀히 하고 있는 것이 있는 것 같습니다. 즉 사회 자원의 균등한 배분 문제를 좀 생각해야 될 것 같습니다. 왜냐하면 지난 20년 동안에 경제 개발 정책을 자유주의적인 체제하에서 밀고 왔기 때문에 자본 축적이 바로 경제 개발을 했고 따라서 기업가가 성장하여 재벌이 형성되었습니다. 이들이 갖고 온 외채인 외국 차관이라든가 국민이 저축한 자본을 몰아가지고 줌으로써 현재 비합리적이고 사장된 자원이 많아졌습니다. 지금 공단에 외국 차관에 의하여 설립된 공장이 제대로 가동 못하는 것은 외화의 낭비이고 또 재벌들이 그것을 부동산에 투자해 왔다든가 하여 사장된 자원이 굉장히 많습니다. 이것이 합리적으로 균등히 배분되지 않았기 때문에 불평등이 심화되고 비복지의 사회가 형성된 것이 아니겠느냐고 생각합니다. 따라서 이런 사회 자원의 균등한 배분이 일어나도록 해야 되겠고 지금 이미 사장된 자원도 가용하든가 해서 활성화시켜야 되지 않겠느냐고 생각됩니다. 그렇게 되면 자연히 기업가들의 사회적 책임을 각성시켜 기업가들로 하여금 복지 문제에 적극 참여토록 좀 더 신경을 써야 될 것 같습니다.

　이영희 조금 다른 차원에서 복지 문제를 말씀드려 보겠습니다. 복지 사회란 우선 굶어 죽는 사람이 없고 길거리에 걸인들이 없는 사회라고 할 수 있겠는데, 정말로 우리를 문명된 사회라고 한다면 그렇게 되어야 하지 않을까 생각합니다. 따라서 인간이 태어나서 생존을 유지할 수 있는 권리를 시인하는 그런 차원에서 복지권을 먼저 생각해야 될 것 같은데, 그런 면에서는 봉급 생활자들의 의료 보험보다는 생활 무능력자들의 의료 보호 제도, 생활 보호 제도 같은 것이 더 시급하다 하겠습니다. 그런데 복지라고 하는 용어에 대해서 일반적으로 지식인들이 거부감이랄까 또는 회의적인 느낌을 갖고 있는 것 같은 인상을 받습니다. 그것이 현대 기존 사회의 모순을 부분적으로 해결하는 역할을 할 뿐이 아니냐, 또는 사회의 모순을 적당하게 완화해서 이와 타협하는 것이 아니냐 하는 그런 측면에서 복지라는 말 자체에 대해서 다소 못마땅하게 보는 경우가 더러 있습니다. 복지 사회라는 말의 기본 발상, 기본 유래에 그런 정치적인 의도가 있었는지 모르지만, 제가 보기엔 복지라는 말의 개념을 점차적으로 보다 승화시키고 높이 만드는 것이 중요한 것이 아닌가 생각이 됩니다. 그런 면에서 단지 물질적인 차원에서만이 아니라 정신적인 차원에서 또는 경제적인 문제만이 아니라 정치나 사회 전반적인 문제 속에서 복지의 의미가 정립되어야 할 것으로 생각됩니다.

누구나 이 사회에서 인간답게 살 수 있어야 한다는 것이 승인된 사회, 이웃에 대한 사랑이나 연민이 저절로 싹터 오는 그런 사회가 바로 복지 사회라 할 수 있지 않을까 생각합니다. 그러니까 이기주의적으로 서로 갈등하고 대립하는, 말하자면 권투 선수가 서로 싸우는 투기장과 같은 사회에서 거기서 밀려나오는 사람들한테 약물치료를 해 주는 그런 의미의 복지가 되어서는 안 될 것입니다. 그런 면에서는 우리 사회가 앞으로 지향해야할 목표로서 이러한 복지는 대단히 중요하며 그러므로 거기에는 정신적인 문제가 큰 비중을 차지하며 사실상 복지를 위한 물질적인 조건이라는 것은 그렇게 중요하다고 저는 보지 않습니다. 우리가 지금 경제적으로 소득이 낮은 나라이긴 하지만 그래도 우리가 갖고 있는 현재의 물질적인 능력을 가지고 이 사회에 가난한 사람이 자기가 돈이 없어 치료를 못 받게 하는 것은 없앨 수 있지 않은가, 이것은 결국 우리들의 마음의 문제라는 생각이 듭니다.

사회 방금 이영희 선생님이 복지의 목표가 뭐가 되어야 되겠느냐에 대해서 적절히 요약해 주셨습니다. 실지로 복지라는 언어, 그 내용에 대해서는 여러 가지 논의가 있을 수 있는데 그것은 강자의 자비 정도로 생각될 수도 있고 사회의 전체적 민주화와 사회화 모두를 포함할 수도 있겠지만, 지금 우리 형편에서 복지란 말이 가장 무난하다고 느껴져서 이 말이 많이 사용되는 것으로 생각됩니다. 그렇다고 이것이 편의주의적인 말만은 아니지요. 오늘날 많은 사람들이 알게 모르게 이웃에 대한 유대와 선의라는 인간 본연의 자연스러운 심성이 억압되어 있는 것을 괴롭게 느끼고 있습니다. 이 점에 대하여 무언가 해야겠다는 것은 국민 대다수의 의식적이거나 무의식적인 요구가 되어 있지 않나 합니다. 이러한 요구가 복지라는 말에 일치를 찾는 것일 것입니다. 이것이 극히 주변적인 개념이 될 수 있는 가능성은 있지만, 적어도 지금 단계에서 이것이 넓은 국민적 동의 컨센서스를 표현하는 것은 사실일 것입니다. 하여튼 최소한도는 되지요.

지금 이영희 선생님이 복지적인 사회의 목표를 말씀하신 데 이어 김영모 선생님은 복지가 가능하다, 자원을 합리적이고 공정하게 재배치함으로써 그러한 목표를 달성할 수 있다, 이문영 선생님도 가능하다, 이렇게 말씀하셨습니다. 그것이 현실로 번역되는 과정이 문제겠습니다마는, 복지의 내용에 대해서는, 의료, 연금, 교육, 그 외 일반적인 생존권에 대한 이야기들이 나왔습니다. 이외에도 계층이나 성별, 또 사람이 살아가는 데 있어서의, 인생 회로의 여러 단계, 이런 것들 하나하나에 따르는 특별한 문제들이 있을 것입니다. 그러나 여기서 그러한 여러 문제의 복지적 해결을 일일이 말할 필요는 없습니다. 결국 중요한 것은 사회 성원 간의 현실적 도덕적 의무를 사회 목적으로 삼을 수 있게 하고 바른 사회 건설을 위한 사회적 의지를 기르는 것이겠지요. 그리고 이러한 결의는 현실에 그때그때 일어나는 문제와의 씨름에서 결정화되지 않나 합니다.

민주화의 주체

여기에서 산업화의 문제, 복지의 문제 또는 형평된 사회에 어떻게 도달할 수 있느냐 하는 것 외에, 통일 문제 같은 것도 민주화와의 관계에서 논의했으면 하고 생각했습니다. 저 개인으로는 우리 사회 문제의 해결과 민주화야말로 민족사의 가장 큰 과업인 통일에의 지름길이 되는 것이 아닌가 하는 느낌을 가지고 있습니다. 물론 그것이 곧 통일하고 자동적으로 이어지는 것은 아니겠지만요. 그런데 지금까지 이야기하다 보니, 시간이 너무 많이 길어졌는데, 다른 약속에 계신 선생님들이 계시고 하여, 이 문제는 애석하지만 생략하고 결국 민주화를 담당해 나가는 세력이 어떤 사람들이어야 하고 그것이 어떻게 조직되어야 하느냐 하는 문제를 잠깐 생각해 보았으면 합니다. 이미 언급하기는 했습니다마는 그다음 항목으로 지식인이라든지 학생이라든지 근로자라든지 이런 사람들이 거기에서 어떤 역할을 하느냐를 아울러서 이야기했으면 합니다.

이문영 결국 70년대의 부작용이라는 현실 앞에 진실해야 한다고 봅니다. 부작용을 다음과 같이 설명할 수가 있겠습니다. 관이 지니고 있는 사고방식의 잘못에서 부작용이 생깁니다. 예를 들어 사람을 볼 때 사람 자체를 목적으로 보지 않고 수단시한다는 것이 부작용의 근원이 됩니다. 즉 사람을 정치적 동원 대상으로만 생각한다든가 단순한 기능 보지자 차원으로 보는 것은 잘못입니다. 물론 돈을 버는 이도 사람이고 번 돈을 가지고 사는 사람도 사람이지만 돈을 초월하는 존재가 사람인 것도 사실입니다. 국민인 사람들이 갖고 있는 생각을 받아들여서 입력화(入力化)해가지고 정책을 만들어 체제가 일을 하는 것인데, 관이 정부가 하는 일의 개념을 잘못 가질 수 있습니다. 정부가 하는 일에 대한 관이 갖는 잘못된 생각, 쉬운 말로 표현해 부국강병이라고 말할 수 있겠습니다. 사람을 행복하게 하는 견지에서 부국강병이 실시되는 것이 아니라 부국강병 자체가 목적이 되면은 곤란합니다. 셋째로 관이 시책을 집행하는 방법에 관하여 그릇된 생각을 가질 수 있습니다. 이 집행 방법 중 좋은 방법은 민주적이며 지적인 성적이 효과 측정의 기준이 되는 방법이지만 나쁜 방법은 강압적인 방법입니다. 즉 문(文)이 좋은 방법이며 무(武)는 나쁜 방법입니다. 우리가 지금까지 70년대에 있어서 국민을 수단시해 부국강병책을 밀되 집행 방법으로 무(武)를 택했다, 이렇게 볼 때에 앞으로의 사회 발전 시대, 정치 발전 시대에는 인간 존중에 기반된 사고가 떳떳이 퍼져 나가고 이 기초 위에서 정책들을 받아들이는 통치 집단이 형성되어야 하겠습니다. 통치 집단 정책을 구현하는 방법은 강압적인 게 아니라 민주적이기 때문에 안정적인 것이어야 하겠습니다. 이러한 윤곽에서 볼 때 인간이 존중시 안 됐다는 것은 정책을 수립하는 데 윤리라든가 양심이라는 것을 필요로 하지 않았다는 말이 됩니다. 따라서 앞으로는 이와 같은 잘못을 솔직히 받아들여야 합니다. 인간 위주로 사고하는 제반 고급 지식인들의 정책 투입이 없었다는 것도 솔직히 인정해야 합니다.

제가 볼 때에는 양심 있는 사람과 고급 지성인의 결속이 통치 체제를 어떻게 둘러싸느냐 이것에 1980년대의 열쇠가 있다고 보는데 이러한 세력의 특징은 다음과 같다고 볼 수 있습니다. 하나는 부당하게 불쌍한 처지에 있는 사람들의 편을 드는 마음이 있어야 된다고 봅니다. 단순히 낮고 돈 없는 사람이 아니라 '부당하게' 권력이 없고 '부당하게' 돈 없는 사람의 편을 드는데 그렇다고 덮어놓고 편들면 공산 사회밖에 더 됩니까? 새로운 시대의 지식인은 민주적인 절차에 대해서 신중하게 복종해야 합니다. 말하자면 비폭력주의자여야 한다는 것이죠. 그리고 없는 자 편에서 비폭력의 길을 간 대가로는 자기가 오히려 손해를 보더라도 이를 감수하는 마음이 필요합니다. 끝으로 새 지식인은 개인적으로는 어떤 도의적 흠이 없어야 한다고 봅니다. 말하자면 요즈음 청년 문화(구라파를 휩쓴)에서 본 비물질주의적인 문화를 지녀야 할 것 같습니다. 이 점에서 60년대의 혼란은 어디서 왔느냐 하면 지성인들이 부당하게 높게 있는 자 편에서 그편을 들 뿐만 아니라 폭력에 동조해 주고 폭력에 동조해 준 값으로 대우와 돈을 받고 그리고 그 돈으로 개인적으로 부패해 왔던 데서 왔습니다. 반성해야 한다고 봅니다.

사회 양심적이고 부당하게 고난 받고 있는 사람들과 같이 생각하는 사람들이 정책적인 투입을 해야 한다고 말씀하셨는데 그것이 현실적으로는 어떻게 가능할까요? 어떤 제도적인 조치가 있을 수 있을까요?

이문영 그렇게 되기 위해서는 제가 볼 때는 두 부류가 발전돼야 된다고 봅니다. 하나는 자유라는 시대정신을 관리하기 위한 사회 집단(사회 집단은 통치 집단이 아니기 때문에 통치 집단에 비하면 낮은 자리에 있는 단체입니다.), 이런 집단으로 대학이다 언론 기관이다 야당이다 교회다, 이러한 것이 있는데, 여기에 자율화가 있어야 하고 그 자율화를 위해서 힘쓰는 세력이 뒷받침을 받아야겠다는 것이 한 가지고 또 한 가지는 평등의 관리인데 이런 것을 위해서 중소기업의 연합체라든지 노동조합과 농협이 자율화해야 합니다. 이를 위해서 대학 출신자들도 이러한 단체의 실무자로 더 들어가야 합니다. 1970년에 나온 『객지』라는 황석영의 글 같은 것이 보여 주듯이, 말하자면 있는 자가 없는 자를 불쌍히 여겨 무엇인가를 하되 신중한 절차에 따라서 하고 이와 같은 행동을 통하여 무슨 큰 혜택을 받는 것과는 거리가 멀게 담담한 심정으로 지식인의 길을 가는 이런 중간자 역할을 지식인이 할 때에만 안정 사회가 도래한다고 생각합니다.

이영희 정치적 민주화를 위해서 다른 분들이 노력을 하시고 그런 여러 가지 일들이 오늘날의 이런 결과를 낳았다고 생각합니다만 정치적 민주화가 아직 애매모호한 상태에 있기 때문에 반동의 가능성을 계속 경계해야 하는 상황이라고 하겠습니다. 다른 한편으로는 우리가 민주화를 완성한다고 할 때 주변에 생각해야 할 많은 문제가 있는 것 같습니다. 정신적인 구조 면에서 우리들 스스로도 갖고 있다고 볼 수 있는 흑백 논리적 사고방식, 또는 한국 사회에 뿌리 깊게 배어 있는 수직적인 의식 구조가 지양 개선되고 또한 일상생활을 밑받침해 주는 산업 사회가 민주화가 되어야 되고, 이런 제반의 과제가 있으며 그런 것이 동시에 진행이 됨으로써 민주주의가 서서히 고착되지 않는가 생각합니다. 그런 면에서 볼 때 민주화를 담당해야 할 사회 세력이라고 하는 것은 다만 정치적으로만 말할 수 없고 각계각층에 그런 세력이 있어야 한다고 생각합니다. 물론 현대 사회 속에서 근로자 집단이 가장 큰 대중 집단이라 거기에 대해서도 기대를 할 수 있겠죠. 그러나 제가 생각하기에는 어떤 사회 세력에 기대를 거느냐 할 때 그 세력이 물질적으로 어느 정도 힘을 가지고 있느냐 하는 것보다도 그 세력이 어떤 정신을 가지고 있느냐 하는 것이 더 중요하다고 봅니다. 그래서 아무리 그 세력이 방대하다 하더라도 정신 상태가 건전하지 못하다고 할 때 큰 일을 거기에서 기대할 수 없다고 생각합니다. 한국 사회를 앞으로 민주화해 나가는 데 있어서 어디에 기대를 한다면 지금까지의 민주화 운동을 위해서 노력해 온 사람들 사이에서 나타났던 그 정신, 그것이 확산돼야 하고, 따라서 그런 분들의 계속적인 노력이 요청된다고 생각합니다.

제가 보기에는 특히 우리 사회에 있어서 지식인들의 역할이라고 하는 것은 다른 나라와 달리 좀 더 중요하지 않은가 합니다. 지식인들이 역사적으로 정치적 리더십을 장악해 온 사정 때문인지 모르겠지만 우리나라는 어느 나라보다도 지식인의 영향이 강합니다. 또한 지식인 자신이 자기가 속해 있는 계급적인 이익보다는 대의명분적인 사고와 발상을 항상 가지려고 노력하는 경향이 있어 왔습니다. 그렇기 때문에 한국 사회의 가치나 이데올로기를 만들고 형성해 가는 과정에 있어서 지식인의 역할은 대단히 중요하다고 생각합니다.

그러나 가장 핵심적으로 중요한 것은 정치라고 봅니다. 그래서 결국은 건전한 정치 세력이 형성돼야 되는데 지금 우리가 역시 민주화의 과정을 앞에 놓고 불안하게 생각하는 것은 과연 지금의 야당이 국민의 기대를 이행할 수 있겠는가에 대한 염려인 것입니다. 아무리 민주화를 위해서 노력해 왔다고 하더라도 마지막에 그것이 정치적으로 완성이 되지 못할 때는 실패하고 만다고 봅니다. 그런 면에서 지금까지 민주 운동을 했던 분들이 지나치게 도덕적이었기 때문에 쉽게 정치화할 수 없는 데에서 오는 문제점도 지적되어야 할 것입니다. 그러나 앞으로는 정치라고 하는 것이 어떤 특정한 인물들만이 하는 것이라든가, 또는 대단한 결단을 하고서야 비로소 정치하는 것이 아니라, 정당 활동의 자유를 통해 그 폭이 확대가 되어 비정치인이 정치하는 것이 하등 이상하지 않은 사회가 되고 그런 의미에서 사회적 엘리트들이 정치 정당 속에 힘을 합치고 그 힘이 표현될 수 있어야 되지 않을까 생각합니다.

사회 그러면 그것과 관련해서, 신문에 서울대학의 김철수(金哲洙) 씨가 쓴 것을 보니까 교수 학생들의 정당 참여가 이루어져야겠다고 했던데, 그것도 도움이 되지 않겠습니까?

이영희 예. 저는 그것이 지금 필요하다고 생각합니다.

김영모 우리가 지금 민주화를 위한 어떤 사회 세력이 존재해야 되겠느냐, 또 어떤 사회 세력이 그 주동적인 역할을 할 수 있겠느냐 하는 것이 문제인데 저는 민주화를 위해서는 몇 가지 전제가 필요하다고 생각합니다. 이미 논의된 것에서도 발견할 수 있습니다만 무엇보다도 자유가 보장되어야 된다고 생각합니다. 자유는 공민권에서도 발견할 수 있습니다마는 이 공민권이 최대한도로 신장되어 있고 보장되어 있는 상태에서 민주주의 세력이 형성될 수 있다고 볼 수 있습니다. 이러한 민주 세력은 어떤 특정한 계층의 이익만 대변해서는 안 되리라 생각합니다. 역시 국민이란 각계각층으로 형성되기 때문에 국민 각 계층의 이익이 자유롭게 표현되고 그 표현이 자유롭게 교환될 수 있는 정당 또는 사회단체 이런 것이 자주적으로 형성되어야 되겠고 또 다른 중간 집단의 자율적인 활동에 의해서 우리의 민주주의가 개화될 수 있지 않겠느냐 하는 생각이 듭니다. 대표적인 중간 집단으로서는 아까 여러 선생님이 말씀하신 바와 같이 노동조합, 협동조합, 정당이라든가 하는 것을 말할 수 있겠습니다. 이러한 현재의 조직이 어용화되어 있다든지 또 어떤 경우에는 파당적인 성격, 다시 말해 국민적인 관심과 이익을 대변하지 못한 정당이었기 때문에 이런 것은 민주적인 어떤 조직으로서 발전해야 되지 않겠느냐 생각합니다.

두 번째는 이런 민주 세력이란 것은 어떤 조직 또는 집단 내에 있어서도 견제 세력으로서의 기능을 발휘하여야 됩니다. 무슨 말인가 하면 노동 세계에 있어서는 기업가들의 독주를 견제할 수 있는, 노동자들이 경영에 참여할 수 있는 산업 민주주의가 발달해야 되겠고 또 농민들의 이익이 표현되고 이익을 위해서 활동할 수 있는 농업 협동조합이 발전되어야 되겠고 또한 학원 내에 있어서의 민주화가 실현될 수 있는 여러 가지 조치가 있어야 되지 않겠느냐 하는 것입니다.

마지막으로 말씀드리고 싶은 것은 아직 우리나라의 민주주의를 대변하고 자유를 추구할 수 있는 사람은 지식인이라고 볼 수 있는데 현재 우리나라의 지식인이라는 것은 과거 20년 동안에 오히려 강력한 권력자의 보호를 받아 온 것이 아니냐고 생각합니다. 유신하에서 지식인은 지식인의 할 일을 하지 않고 그 사회적 책임을 저버린 상태에 있었다고 볼 수 있습니다. 쉽게 말해서 지식인 가운데서 가장 제도상으로 신분이 보장되어 있고 가장 역할이 기대되는 교수들이 교수로서의 역할, 학문 연구 또는 학생 지도를 제대로 하지 않고 주로 자기 보양에만 급급하여 놀아 버린 교수들이 많았다고 생각합니다. 자성해야 할 것입니다. 얼마 전 모 일간지에서 모 대학 총장이 발표한 자성적 양심선언을 읽었습니다만 그런 양심선언에서 볼 수 있는 바와 같은 지식인 되어서는 안 되겠지요. 사회적 책임에 대한 의식이 투철한 지식인이 형성되고, 자기의 관심을 표현하고 또한 국가 발전, 사회 발전과 정치 발전을 위해서 기여할 수 있는 자유로운 공민권이 보장된다면 민주화를 위한 주체 세력은 형성될 수 있지 않겠느냐 생각됩니다.

언론의 자유

사회 지금 김 선생님 말씀에 여러 가지 민주적인 세력의 다양한 표현으로서 중간 집단이 많이 이루어지고 이 사람들의 정치적인 힘이 민주화에 진정한 밑바탕이 되어야 된다고 하셨습니다. 그리고 이렇게 되기 위해서는 보장되어야 되는 것이 있다고 말씀하셨는데, 그중에 자유의 말씀을 하셨는데 이 자유에 대한 넓은 토의를 해 보았으면 하는 아쉬움이 있습니다마는 시간 관계상 여러 가지 자유 중에 언론 자유라는 것이 지금 단계에 있어서는 제일 중요한 것이라고 생각합니다. 그것은 모든 다른 자유가 그렇듯이 그 자체로 중요하다기보다, 모든 문제가 남김없이 토의되어서 합리적이고 민주적이고 공평한 해결이 이루어지게 하는 데 필수적인 요건이기 때문입니다. 여기에 대해서 느끼시는 것을 한 말씀씩 하고 끝내기로 하였으면 합니다.

이문영 저는 구체적으로 긴급 조치 9호의 발동, 이것이 있은 다음에 역사가 거꾸로 갔다, 이렇게 봅니다. 9호가 생겨났을 때의 상황이 어떻게 되었었느냐 하면 그 많은, 100여 명이나 되는 훌륭한 신문의, 특히《동아일보》기자들을 내쫓은 데에서 암흑이 비롯됐다고 봅니다. 따라서 민주화의 첫 작업은 언론 자유를 회복할 뿐만 아니라 이러한 기자들이 다시 붓대를 들 수 있게 복직·복권이 되게 함으로써 가능하다고 생각합니다.

이영희 언론 자유의 문제는 우리들이 긴급 조치하에서 이것을 뼈저리게 느꼈기 때문에 정말 자유스러운 보도가 있어야겠다고 하는 욕구라는 것은 말할 수 없는 거죠. 그리고 지극히 당연한 얘기가 될지 모르겠습니다만 사실을 제대로 보도한다는 것이 우리 사회를 위해서도 얼마나 중요한 것인가를 절실하게 느끼게 됩니다. 그런데 원칙적인 면에서 볼 때 언론의 자유는 두 가지 면에서 생각해 볼 수 있겠는데, 일반 출판물에 있어서의 자유 즉 일반 출판사에서 만든 출판물의 자유, 이런 것은 사전 검열제가 존재하지 않는다면, 윤리적인 문제 같은 것은 다르게 책임을 논할 수 있으므로 별 문제가 아니고, 결국 매스컴의 문제가 언론 자유에 있어서 큰 문제가 아닌가 생각됩니다. 그런데 우리나라의 경우는 국민들이 매스컴의 영향을 많이 받고 그 영향도 큽니다. 그런 점에서 언론의 자유를 제도화하기 위해 국영 방송이나 일반 기업화된 대규모의 매스컴은 공영화할 필요가 있다고 생각합니다. 그것은 단지 경영 형태를 공유화한다는 의미가 아니라 민간 기업의 성격을 살리면서도 그것이 공기능적인 기관이라고 하는 면에서 공평하고 공정한 보도를 할 수 있는 그런 제도가 절대로 필요하다고 생각합니다.

사회 KBS가 형식적으로 공영화돼 있지요. 그러나 실제 영국의 BBC라든가 하는 정도의 공적인 입력(入力)이 들어가느냐 하는 점에서는 전혀 다른 형편에 있지요.

이영희 네. 그리고 이것과 관련해서 언론의 자유라고 할 때에는 국민의 알 권리, 들을 권리, 이것이 같이 포함되어 기본권으로서 동시에 보장되어야 할 사항입니다.

김영모 언론 출판의 자유는 너무 자명해서 별로 할 말이 없습니다. 현재 우리나라 언론 자유의 다른 측면을 말씀드리면 좋을 것 같습니다. 아까 말씀 나온 바와 같이 우리나라 매스컴의 상업성도 문제입니다. 어느 특정한 기업인 또는 특정인의 독점하에 언론이 들어갈 가능성이 있다는 것입니다. 그래서 오히려 상업성으로부터의 탈피, 즉 자유 이것이 더욱 필요할 것 같고, 우리가 언론, 출판 하면 대개 편집의 자유를 많이 생각하게 되는 것 같은데 오히려 그보다는 시청의 자유 즉 듣고 보고 읽고 하는 자유도 보장돼야 하지 않겠느냐 하는 생각이 듭니다.

사회 도서 수입 같은 것도 많은 제한을 받고 있다고 알고 있습니다마는…….

김영모 네. 이것을 너무 제한하기 때문에 우리가 지금 공산주의와 싸우기 위해서 공산주의를 이해하고 또 그것을 이기기 위한 어떤 노력을 해야 하는데 이것이 상당히 제한되어 있지 않느냐고 생각합니다. 따라서 그러한 자유도 또한 보장됐으면 합니다.

사회 남북 분단의 현실을 생각할 때 완전한 언론 자유는 있을 수 없다는 생각을 가진 사람이 상당히 많고 또 신문에 그런 얘기들이 나오는데 우리의 언론이 어느 정도 유보를 가질 수밖에 없다는 데 대해서는 어떻게 생각하시는지요.

김영모 그러니까 언론 자체가 정치적인 목적 즉 대한민국의 국시와 반대되는 어떤 목적을 수행하기 위한 어떤 행동을 한다면 그것은 우리가 좀 제약을 해야 되겠지만 그렇지 않은 경우에는 자유가 최대한도 보장되어야 된다고 생각합니다.

유한성 언론 자유도 그렇습니다만 국정 전반에 대한 즉 나라의 살림살이라고 할 수 있는 예산 같은 것도 각종 목적에 따라 분류되어 공개해야 한다고 생각합니다. 예산 자료라고 하는 것의 내용을 보면 전문적입니다만 장관 항목이 나열되어 있어서 일반 국민이라면 그 내용을 도저히 알 수 없게 돼 있습니다. 봐도 뭔지 모르게 하자 하는 관료들의 여러 가지의 의도에서 연유한 것입니다. 이런 것은 적어도 국회에도 행정부와 상응하는 상설 기구가 있으니까 국회의 전문 위원에 의하여서라도 분석되어야 하겠습니다. 현 실정에 맞도록 예산 제도도 개혁되어야겠습니다. 예산의 경직성을 탈피하고 자원의 최적 배분을 이룩하는 제도가 되도록 배려하여야 할 것입니다. 그러므로 국정 감사권도 부활되겠지만 그리고 그것이 어느 정도 유보되더라도 참다운 내용이 완전히 공개가 된다면 상당한 견제 기능을 할 수 있게 될 것입니다. 정치·경제 면의 여러 가지 못마땅한 점이라든가 하는 것도 언론 자유가 보장이 된다면 시정될 수 있으므로 언론 자유가 중요합니다. 그리고 자유롭게 의사 개진 비판할 수 있는 기회도 보장해야 한다고 봅니다. 또한 여러 긴급 비밀들이 많아 자료를 구하기도 힘듭니다. 즉 중앙 관서 같은 데를 가도 별것도 아닌 것을 일급 비밀이니 해서 자료를 숨기고 있습니다. 최소한 연구자들의 연구 자료만이라도 충분히 얻을 수 있게 해야 된다고 생각합니다.

사회 최소한 연구의 자유는 있어야 하고 국정 전반에 대한 국민의 알 권리가 확보돼야 한다, 이런 말씀이시죠.

유한성 네.

김영모 그와 관련해서 언론의 사회성과 언론의 민주화도 지적해야 될 것 같습니다. 우리나라 언론을 보면 누구의 거울이며 누구의 이익을 대변하는지가 의심스러울 정도로 너무 편향적인 보도를 많이 하고 있는 것 같습니다. 예를 들면 제가 너무 계층적인 차원의 얘기만 하는 것 같습니다만 노동자, 농민이 70퍼센트라 한다면 왜 노동자 농민의 이익이나 관심에 관한 보도는 하지 않느냐 하는 것입니다. 보도의 내용을 보면 주로 특정층 즉 정부의 대변인적 역할만 하고 있는데 그보다는 좀 더 광범위한 다수 계층의 관심을 대변하는 공기능적인 역할을 많이 해 줬으면 하는 아쉬움이 있는 것 같습니다.

사회 민주화한다는 의지가 정부에 있어 가지고, 모든 사람의 이해관계를 형평되게 생각하면서 정책을 수행하여야 하고, 또 언론 기관에 있는 분들이 그런 의식을 가지고 언론 활동을 해야 되겠지요. 신문 한 면을 괴기살인 사건의 보도에 바치고 대학 입시의 자자분한 뉴스가 톱 뉴스가 되는 것을 보면, 언론의 사회적인 양식을 의심하게 됩니다. 공익의 기준을 언론인들이 좀 더 철저하게 의식해야 할 것입니다.

이영희 외국의 경우에는 우리의 윤리적인 면에서 볼 때는 전혀 허용이될 수 없는 '포르노' 같은 것들이 범람하고 있거든요. 우리나라의 상정에만 젖어 온 사람은 개탄할지 모르지만, 그러한 완전한 자유 속에서도 체제가 안정되고 잘 유지되고 있거든요. 우리는 그동안 너무 국가 안보다 뭐다해가지고 이 사회를 오염되지 않은 지역으로 만들려고 애를 써서 오히려오염될 가능성이 더 큰 지역으로 만들고 만 것 같아요. 언론의 자유가 대폭 확장이 되어서 무얼 듣고 봐도 감각적으로 놀라지 않는 그런 체제가 돼야 되지 않나 생각합니다. 그리고 예를 들어 국가의 안전에 관한 문제라면그것에 해당되는 법이 있으니까 그러한 행위가 있다고 볼 때야 그것이 언론적 행위든 일반 다른 행위든 구별 없이 그에 따른 법적 제재를 받게 되는것이므로, 일반적인 규제로써 언론을 제한하는 것은 좋지 않다고 봅니다.

사회 아침《조선일보》를 보니까, 서울대 학생의 투서에 이런 말이 있더군요. 전날에 어떤 사람이 서울대학교를 구경하고자 하는 사람에게 학교를 개방하라고 요구한 투서를 한 데 대한 답변인데, 서울대학교는 특수한 곳이고 면학 분위기를 위해서 개방될 수 없는 곳이라고 썼습니다. 서양의 많은 대학을 보면 교통도 혼잡스럽고 구경꾼도 많고 여기 식으로 보면 난장판이지요. 그런 가운데도 서양 대학에서 진행되고 있는 연구라든지 사회적인 기여가 우리만 못한 것이라고 할 수는 없지 않습니까. 아까 김영모 선생님도 갈등을 처리할 수 있는 사회적인 제도가 있어야 한다고 말씀하셨는데 우리는 전체적으로 어지러운 가운데서도 정신차리고 사는 그런 방법을 배워야 될 것 같습니다.

이영희 앞에서의 헌법 논의하고 연결해서 생각해 보면 민주화를 한다고 할 때 결국 권력을 여하히 분산시키느냐 즉 정치 권력을 지방 정부에 얼마큼 주느냐 국회가 얼마큼 갖느냐 국민에게 얼마만큼 돌아가게 하느냐 하는 것이 쟁점이 되는데, 이런 점에서 보면 언론이라는 것이 눈에 보이는 권력 기관은 아니지만 항상 감시자로서 권력자에겐 대단히 귀찮은 존재인 것은 틀림없습니다. 그것이 존재함으로써 양자 간에는 갈등이 있을지 모르지만 그러나 사회 전체적으로는 안정을 가져온다는 점에서도 강조가 돼야 할 것 같습니다.

사회 이쯤으로 이 부분의 이야기를 끝낼까요? 언론 자유의 필요성은 자명한 것이면서, 쉽게 확보하기는 어려운 기본권입니다. 위에서 그 필요성을 다시 한번 확인하였고, 언론이 참으로 민주적이고 정의로운 사회의 건설을 위하여 어떠한 것이어야 하는가 그 구체적인 내용을 언급하였습니다. 즉 언론이 정치 권력에서 자유로워야 함은 물론 상업적 독점의 위험으로부터도 자유로워야 한다는 점을 말하였습니다. 언론의 보다 적극적인 자세로서 정부 활동의 많은 부분이 감추어지고 신비화되는 것을 언론이 들어가 공개적인 것이 되게 하여야 한다는 것도 말했습니다. 국민 전체, 특히 근로 대중에 봉사하는 것이 아니라 한정된 계층의 이익과 관심에 얽매이는 것을 스스로 경계하고 그 기초를 다수 민중에로 확대하고 사회의식을 가지고 그 작업에 임하여야 한다는 점도 생각하였습니다. 연구의 자유가 보장되어야 한다는 것도 확인하였습니다.

여러 사람이 모여 살자면 마찰이 생기게 마련입니다. 이것을 해결하자면 주먹으로 하거나 말로 하는 수밖에 없는데, 가급적이면 말로 해결하는 쪽을 택해야 한다는 것은 자명합니다. 그러자면 듣기 싫은 말, 거짓말 같은 말도 들어 보는 수밖에 없습니다. 물론 훈련을 쌓아 가야 하겠지요. 또 한 가지 나는 언론의 자유에는 윤리적 차원이 있다고 생각합니다. 사람이 모여 사는 데 가장 중요한 것은 서로 믿는다는 것인데, 사실을 사실대로 확인하는 작업이 없이 믿음이란 불가능합니다. 또 사실 내지 진실이야말로 세계의 합리적, 과학적 조정의 기초가 되고 삶의 의의 그것이 되는 것이라고 할 수 있습니다. 이러한 것이, 처음에는 거짓도 섞일 수밖에 없는 표현의 자유의 구극적인 의미가 아닌가 하고 저는 생각합니다.

물론 지금에 있어서는 보다 긴급하게 언론 자유는 오늘 우리가 이야기한 바와 같은 또는 또 다른 문제가 토의되고 국민의 의사로 형성되고 정치 속에 흡수되고 그리하여 우리의 살림의 틀이 되는 데 있어서 가장 기본적인 조건이 되어 있습니다. 너무 장황하여졌습니다. 이 문제에 대해 달리 더 하실 말씀이 없으시면 오늘 이걸로 좌담을 끝내기로 하겠습니다. 제한된 여건에서나마, 여러 가지 문제가 토의되는 것을 보면 우리 사회의 관심의 깊이와 폭, 열도에 마음이 든든해집니다. 저로서는 오늘도 많은 것을 배우고 확인케 해 주셨습니다. 《세계의 문학》의 발행 편집진을 대신하여 그리고 저 자신 《세계의 문학》의 독자의 한 사람으로 독자를 대신하여 깊이 감사드립니다.

문학, 인간, 역사

신경림(시인)

김우창(고려대학교 교수, 영문학)

사회 김병익(문학 평론가)

1982년《정경문화》4월호

무엇을 어떻게 쓸 것인가

김병익(사회) 《정경문화》에서 우리한테 준 주제는 매우 포괄적이고 광범위한 것입니다. 그렇다고 문화사라든가 세계사라든가 인간사를 전부 다 얘기해 달라는 것은 물론 아닐 텐데, 제 생각엔 구체적이고 쉬운 문제부터 다루는 것이 어떨까 합니다. 마침 신 선생님께서《정경문화》2월호 특집에 「무엇을 어떻게 쓸 것인가」란 글을 쓰신 것을 봤는데, 오늘의 주제와 무관하지 않을 것 같습니다. 먼저 신 선생님께서 그 글에서 얘기하셨던 바를 소개하는 것으로 얘기를 풀어 나갔으면 하는데 어떠신지요?

신경림 《정경문화》에서 저는 주로 리얼리즘과 민중 문학론에 대한 얘기를 많이 했고, 시에 대해서 특히 많이 얘기했습니다. 제가 보기에 어떤 면에서는 그동안 시가 너무 활자에 매여 있었다, 80년대에는 이렇게 시가 활자에 갇혀 있는 상태를 극복해 나가는 데서 새로운 길이 열리지 않겠느냐, 그 한 방법으로서 시 낭독이 벽시 운동(壁詩運動)을 전개할 수도 있고,

또 시가 우리의 구비 문학의 가락을 되찾음으로써 좀 더 민중의 호흡을 직접적으로 시 속에서 승화할 수 있지 않겠느냐, 이런 생각을 해 보았습니다만……

사회 신 선생님 말씀의 요지는 역사는 민중에 의해서 이끌어져 왔고 문학은 그 민중을 표현할 수 있어야 한다, 이런 것 같은데 김 선생님은 어떻게 생각하십니까? 한동안 민중 문학이라든가 리얼리즘 문학 또는 민족 문학 등에 대한 논의가 많이 나왔는데……

김우창 지나간 10년 또는 20년 동안 민중 문학이니 민족 문학이니 참여 문학 등에 대한 논의가 있어 왔는데, 이는 조금씩 뉘앙스를 달리 하면서도 우리 사회 또는 시민 생활에서 일어나고 있는 변화에 대해 문학도 발언을 해야 된다, 이런 얘기였던 것 같습니다. 문제는 이런 주장에 동의를 한다고 하더라도 그 주장이 늘 새롭게 얘기돼야 그것이 여러 사람들의 새로운 의식의 내용이 되는 것이 아니겠느냐 하는 것입니다. 지금은 3~4년 전에 비해 세월도 많이 바뀌었고 환경도 바뀌었습니다. 따라서 어떤 문제를 어떻게 새롭게 얘기하느냐, 그것이 중요한 것 같아요. 신 선생님께서 주장하신 것도 우리가 그것을 대전제로 받아들일 때 오늘의 시점에서 어떻게 이런 사람들에게 새로운 충격으로 받아들여지게 하느냐, 이것이 중요하다고 보는데, 이점은 어떻게 생각하시는지요?

사회 신 선생님께서도 바로 그런 점에 대해서 쓰신 것 같습니다. 그동안 '무엇을'에 대해서는 많이 얘기되어 왔는데 '어떻게'에 대해서는 별로 관심을 안 두어 왔다, 이제 그것도 고려해 봐야 되지 않겠느냐 하는 것이 신 선생님의 중요한 결론이 아닌가 합니다. 다만 '어떻게'란 '무엇을'에 의해서 규정될 수 있다는 전제를 붙이셨더군요. 요즘 들어 '무엇을'과 '어떻게'를 구별해서 보는 측면, 무엇인가 이원적인 구조, 대립적인 개념으로 파악하는 경향이 많지 않은가 보이는데, 그것이 어떠한 효용성을 갖는지 매우 궁금합니다. 또 민중이란 말을 사용할 때 우리는 흔히 거기에 대립되는 개념을 떠올리기도 하는데, 여기에 대해서는 어떻게 생각하시는지요?

민중이란 무엇인가

김우창 대립은 어느 사회에나 있는 겁니다. 그런데 우리 사회에서 지금 문제가 되는 것은 이 대립이 구체적으로 분명하게 파악되기 어렵다는 것입니다. 이것은 대립이 없어서가 아닙니다. 문젯거리를 파악하게끔 하는 분위기라 할까, 여건 같은 것이 성립되지 않고 있기 때문입니다. 사실 따져 보면 모든 사회가 대립이 없이 완전히 조화로써 문제를 해결할 수 있다는 것은 인간의 역사를 잘못 보는 것입니다. 그럼에도 불구하고 사회적인 대립이 인정되지 않고 있는 데서 마치 대립 그 자체가 없다는 느낌마저 드는 것이 오늘의 상황이 아닌가 여겨집니다.

신경림 이원적인 파악이라는 것은 부득이하다는 생각이 들지만, 그렇다고 민중 문학을 내세워 서민들의 얘기만 한다는 것은 민중 문학의 폭을 그만큼 좁히는 것이 아니겠느냐 하는 생각이 듭니다. 제가 보기에는 민중 문학이라고 하는 것은 민중 그 자신의 문학은 물론 민중과 아픔을 같이 한다고 할까, 민중 의식을 가진 사람들의 문학까지를 폭넓게 수용해야 되지 않겠느냐, 예컨대 다산(茶山)이라든가, 연암(燕巖) 같은 사람들의 한문학도 민중 문학 속에 수용해야 민중 문학이 커질 수 있고, 그것이 정말 바람직한 민족 문학이 될 수 있지 않을까, 이렇게 생각합니다.

사회 민중에 대립되는 계층으로는 어떤 계층을 들 수 있을는지요?

신경림 지배 계층을 일단 대립된 개념으로 생각할 수 있지 않을까요?

사회 저로서는 이런 생각이 들더군요. 가령 '양반과 상민' 식의 타고난 신분 계층으로 사회가 나뉘어 있을 때는 분명한 대립의 선을 그을 수가 있지만, 법적으로나 제도적으로 지금은 그런 신분 구별을 인정하지 않고 있습니다. 이런 상황에서 과연 민중을 이런 계층으로 인식하고 그에 대립된 개념은 무엇이라고 분명히 나눌 수 있겠느냐, 가령 지금은 농사를 짓는 사람도 국회 의원이 될 수 있고 행정 관료가 될 수 있는데, 옛날처럼 어떻게 엄격하고 분명하게 선을 긋고 대립시킬 수 있느냐…….

신경림 글쎄 저로서도 그렇게 분명하게 선을 그을 수는 없다고 보는데…….

사회 여기서 민중 문학이라고 할 때의 민중이 과연 누구를 가리키느냐 하는 문제가 다시 한번 제기될 수밖에 없는 것 같군요. 물론 고위 관리라든가 정치 지도자라든가, 이런 사람을 뜻하지 않는 것은 분명하지만, 고민하는 지식인이라든가 현실적인 고통 같은 것이 민중 문학 속에 포함될 수 있지 않겠느냐 하는 것이 문제가 될 것 같습니다. 다산의 경우 여기에 포함되겠지요. 다시 말해 민중을 개체적이고 신분적인 것으로 파악할 것인가, 아니면 민중의 삶을 이해하는 사람까지 포함시킬 수 있는가, 그리고 후자의 경우 지식인이라는 것은 무엇이냐 하는 문제가 제기될 것 같아요. 지식인이란 민중과 대립된 개념이 아니라 오히려 민중의 편이 될 수 있는 사람이다, 이렇게 볼 수도 있을 것이란 말이에요.

민중 문학의 폭 넓혀야

신경림 민중이란 객관적으로 분명히 구분되는 무슨 기준이 있는 것이 아니고 어떤 의식을 가지고 있느냐에 따라서 구분할 수 있지 않겠느냐 하는 생각이 들어요. 가령 지식인의 경우 그들을 무조건 민중에 대립된 계층으로 파악할 것이 아니라 그들 중 민중의 편에 설 수 있는 사람들은 민중적으로 보는 것이 옳지 않겠느냐, 이런 생각이 듭니다. 그래서 다산이나 연암의 문학은 어느 면에서 보면 민중 문학에 수용할 수 있어야 되지 않겠느냐, 민중 문학이라는 것이 폐쇄적이 되지 말고 좀 더 개방적이고 진취적이 돼야 하지 않겠느냐, 저는 그렇게 봅니다.

사회 신 선생님 말씀은 예를 들면 지식인이나 민중이란 개념이 신분에 의해서 규정되는 것이 아니라 그 사람의 의식과 사회에 대한 태도로써 규정된다는 말씀이신 것 같은데, 그렇다면 근로자와 농민을 민중이라고 생각하는 좁은 테두리에서 범위가 상당히 확대되겠군요.

신경림 오늘의 시점에서는 민중을 근로자와 농민에만 국한시킬 수 없다고 봐요. 좀 더 확대돼야 합니다. 민중 문학과 관련해서는 이런 생각이 듭니다. 70년대의 소설을 읽어 보면 거의 대부분이 접대부나 깡패에 대한 것이에요. 이것은 작가들이 민중을 깡패나 술집 접대부로 착각해서 받아들였다는 얘기밖에 안 되거든요. 이래서는 안 됩니다. 시야를 넓혀 오늘의 현실을 건강하고 힘차게 살아가는 모든 사람들까지 포함시켜서 그것을 형상화할 때 진짜 민중 문학이 자리 잡을 수 있는 것으로, 그러지 않고서는 스스로의 폭을 좁히는 결과밖에 안 되지 않겠느냐…….

사회 저는 민중이란 말을 잘 쓰지 않는 편입니다만, 굳이 쓴다면 모든 사람한테 정치 참여가 가능해진 근대 이후와 그것이 제한된 근대 이전으로 나누어서 근대 이후는 시민으로 표현하고 그 이전은 민중으로 표현하는 것이 어떨까 하는 생각이 듭니다. 그런데 근대 이전에는 민중과 그들을 통제하는 권력자가 분명히 이원적인 구조를 보이고 있었습니다. 그렇다면 역사를 이끌어 나가는 것은 누구인가 하는 문제가 제기됩니다.

아울러 권력자와 민중들 사이에 있다고 할 수 있는 지식인이 할 수 있는 일은 대체 무엇인가, 정치를 하는 것도 아니고 경제에 관여하는 것도 아니고 그렇다고 농사를 짓는다든가 물건을 만드는 일을 하는 것도 아닌 그들에게 고유하게 주어진 기능이란 무엇인가, 그것이 학문이라든가 문학이라든가 예술 같은 것이 아니겠는가, 그럴 경우 학문이나 문학 혹은 문화라는 것은 정치와 경제, 또는 현실적인 문제 사이에서 갈등을 일으킬 수밖에 없을 것인데, 역사를 이끌어 가는 것은 그 두 가지 측면 중에서 어느 쪽이 더 강한 힘을 갖고 있겠느냐, 그런 것도 한번 짚고 넘어가야 할 것 같습니다. 좀 얘기를 단순화시켜서 말한다면 과연 역사를 이끌어 가는 것은 영웅이냐, 혹은 평범한 민중이냐, 이런 문제가 되겠지요.

역사의 주체는 누구인가

김우창 지금 우리가 얘기하는 것은 정치 철학을 하는 분들이 얘기해야 할 문제 같습니다만, 민중이 역사를 끌고 나간다는 데 대해서 저는 상당한 의문을 갖고 있어요. 실제로 민중이 역사를 끌고 간다고 하면 민중이 애써 정치에 참여하려고 할 필요가 없다는 생각이 들어요. 요컨대 제가 보기에는 실제적으로 역사를 끌고 가는 사람들은 정치 권력자들이 아닌가 하는 생각이 들어요. 물론 권력자들이 역사를 만든다고 해서 민중을 무시하고서는 안 되겠지요. 쉽게 얘기해서 다스린다는 것은 다스림을 받는 쪽이 있어야 되는 것이고, 이때 다스림을 받는 쪽이 눈치를 안 볼 수는 없을 것입니다. 역사는 이처럼 권력자들이 만들어 나가는 것이지만, 그러나 실질적인 의미에서 역사를 유지해 나가는 일은 민중이 해요. 여러 사람이 공장을 건설하고 도로를 만들고 쓰레기를 치워야 역사가 운행되는 것 아닙니까?

사회 그러면 역사를 끌고 나가는 권력과 끌려가는 민중 사이에서 지식인의 역할이라는 것은 무엇일까요?

신경림 과연 민중이 끌려가기만 하느냐 하는 문제를 한번 짚고 넘어가고 싶어요. 제가 보기에는 민중이 끌려가기만 하느냐 하면 그렇지는 않은 것 같아요. 오히려 민중이 어떤 방향으로 나가려고 하는데 정치 권력에서 고삐를 잡고 그 방향으로 나가는 것을 다소 견제하고 있지 않나 하는 느낌도 들어요. 다시 말해 민중은 무엇을 이루어 나가려고 하는 의식이 있는 데 대해 정치 권력에서는 현실을 고수하는 것이 아닌가 해요.

사회 그러면 끌고 가려고 하는 권력자의 의지와 거기에 다소 저항을 느끼는 민중의 의지, 또 끌고 가는 방향을 어떻게 설정해야 할 것인가 하는 선택의 문제 사이에서 지식인의 역할이 나타나지 않을까 하는 생각이 드는군요. 말하자면 지식인이란 권력자와 민중의 사이에서 양쪽의 충돌을 조정해 나간다고 할까요, 그리고 나아가서 민중이 의식하지 못한 부분을 계발시켜 주고 또 권력자가 생각하지 못한 부분에 대해서 가르침을 주는 그런 역할을 감당하는 것이 아닐까 하는 생각이 듭니다. 그럴 경우 역사를 이끌어 나가는 것은 전적으로 권력자와 민중이란 두 요소에 의한다기보다 또 하나의 중간자, 즉 지식인이 개입하고 조절하고 통제하는 것이 아니겠느냐, 그렇게 볼 경우 역사를 끌고 가는 것을 단순히 이원적으로만 본다는 것에 문제가 있지 않겠느냐 하는 생각이 듭니다.

조금 화제를 돌려서 이런 문제를 제기해 보지요. 가령 우리나라의 석굴암이나 이집트의 피라미드를 대할 때 그것이 참 아름답고 장엄하다고 심미적인 관점에서 얘기하는 측면과, 다른 한편 그것을 만들기 위해서 얼마나 많은 노예나 민중들이 고생했을까 하고 오히려 고통을 느끼는 관점, 이두 가지 관점이 있겠는데, 여기에 대해서는 어떻게 생각하십니까? 말하자면 역사라는 것을 문학적으로 파악하느냐, 아니면 현실적으로 파악하느냐 하는 관점의 대립이라고 볼 수도 있을 것 같은데…….

아름다움의 거죽과 내용

김우창 어려운 문제인데요. 사르트르가 언젠가 이런 얘기를 한 일이 있습니다. 한 사람이라도 억울하고 눈물을 흘린 사람이 있다면 파르테논 신전 같은 건 없어도 좋다……. 반면 눈물을 좀 흘리더라도 파르테논 신전을 만들어 낸 것은 옳았다고 보는 견해도 있을 것입니다.

예술이나 문화의 근본적인 가치는 단정적으로 얘기할 수는 없겠지만 대체로 아름답다는 것인데, 아름다움이란 매우 알쏭달쏭한 것 중의 하나라는 느낌이 들어요. 무슨 말이냐 하면 사람들이 아름다운 것을 좋아하는 것은 선험적인 것으로 좋은 것이 좋으니까 아름다운 것은 좋은 것이 아니겠느냐, 이렇게 느낄 수도 있겠고, 한편으로는 사람들이 아름다운 것을 즐기고 아름다움을 추구하는 것은 아름다움이 사람 사는 데 무엇인가 보탬이 되니까 그것을 추구하는 것이다. 이렇게 아름다움을 내용의 표현으로 볼 수도 있겠지요. 말하자면 아름다움이란 우리가 살아가는 데 있어서 끊임없이 사용하는 하나의 척도, 단지 예술이나 문화에서 추구하는 것일 뿐만 아니라 일상생활에서도 실질적으로 필요한 기준이다, 그런 것이지요.

그런데 세상이 복잡해지고 사기꾼이 많아지니까 겉만 보고 사물을 평가했다가는 큰코를 다치는 수가 많아졌어요. 예를 들면 집 장수가 지은 집을 겉만 보고 샀다가는 비가 새고 건물이 무너지고 사람이 다치는 일이 잦고, 옛날에는 건강해 뵈고 아름답게 뵈서 장가가고 시집갔는데 요새는 화장술에 조명까지 동원되는 판이니 잘못하다간 이 또한 사기를 당하는 수가 많아졌어요. 사회가 복잡해질수록 아름답다는 것의 거죽과 실제와의 사이에 괴리가 많이 생기는 것 같은 것이지요. 따라서 거죽이 아름다운 것을 추구하느냐, 실질적인 것을 추구하느냐가 문제로 제기되고, 경우에 따라서는 거꾸로 아름다운 것은 대개 가짜다, 사기꾼들이 하는 것이다 하는 역설까지 생겨난 것 같아요.

'파르테논 신전과 노동자의 눈물' 식으로 분리해서 생각하는 것도 이런 데서 나온 발상이 아닌가 해요. 여기서 생각나는 것은 우리가 건강한 삶을 추구하다 보면 저절로 아름답게 되는 것이 아닌가 해요. 그리고 오늘날같이 아름다움이란 것의 의미가 불분명해지고 복잡해진 상황에서는 아름다움보다 건강하고 발랄한 것이 중요한 것이 아닌가 해요. 그렇지 않고 아름다움을 만들어 내려고 의식적으로 노력하는 것은 무엇인가 역겨운 느낌을 주기까지 해요.

파르테논 신전에 대한 평가

사회 결론적으로는 김 선생님 말씀과 같은 얘기가 될는지 모르겠습니다만 저는 그것을 거꾸로 말씀드리고 싶은데요……. 가짜 아름다움에 대한 것은 구태여 얘기할 필요도 없을 테고, 진짜 아름다움이 우리에게 어떤 현실적 도움이 된다는 것은 분명한 사실이지만, 한 발자국 더 나아가서 오히려 보탬이 안 되기 때문에 도움이 될 수도 있지 않을까 하는……. 말하자면 보다 높은 차원에서 보탬이 되지 않을까 하는 생각이 듭니다.

우리가 아름다운 것을 대할 때 맛보는 기쁨이라든가 즉흥적인 감정, 이런 것들이 현실의 어떤 무게라든가 잘못된 것으로부터 벗어날 수 있는 기회를 만들어 주고, 또 그것을 초월할 수 있는 기회를 만들어 주고, 잘못된 현실과 자아에 대해 성찰할 수 있는 기회를 주고…….

파르테논 신전 얘기가 나왔습니다만 저는 그것을 두 가지 각도에서 볼 수 있다고 생각해요. 하나는 파르테논 신전의 아름다움 그 자체가 후대에까지 심미적인 면에서 긍정이 될 수 있다는 것이고, 다른 하나는 파르테논 신전을 만들기 위해서 많은 사람들이 고통스러웠고 수고를 많이 했겠지만 그들이 단순히 지금 우리가 느끼는 것과 같은 심정, 즉 고통스럽고 수고스럽다는 생각만으로 그 일에 임했을까 하는 것입니다. 돌 하나 나르는 행위 그 자체를 곧 자신의 믿음을 실천하는 기쁨으로 여기지는 않았을까 하는 겁니다.

김우창 미(美)라는 것도 따져 보면 정치적인 것과 밀접한 관계가 있는 것으로 생각되는데, 우리가 아무리 고생스럽고 하기 싫어도 이 일은 어떻게 하든 내가 해야 되겠다, 그리고 이 일은 분명히 보람이 있다고 생각해서 하는 일들이 많지요. 이런 과정을 거치지 않고 이루어진 일이란 거의 없을 것 같아요. 결국 파르테논 신전에 대한 평가도 그것을 만들면서 사람들이 얼마나 기쁨을 느꼈는가가 문제일 것 같아요. 파르테논 신전보다…….

우리가 지나간 시대의 어떤 것에 대해 아름다움을 느끼는 것도 그것이 당대의 사람들이 이룩했던 조화된 삶과 넘쳐나는 생명력이 하나의 흔적으로서 남을 때 아름다움을 느끼게 되는 것이 아닌가 하는 생각이 들어요. 가령 이집트에도 아름다운 것이 있고 그리스에도 아름다운 것이 있는데, 이집트에서는 조각을 할 때 책임을 맡은 사람이 전부 다 기획해서 너는 이 부분만 만들어라, 너는 이 부분을 만들어라 해서 완성되기 때문에 상당히 경직된 형태의 예술품이 나온다고 합니다. 반면 그리스에서는 실제 만드는 사람들이 전부 다 참여해서 자기들의 눈으로 판단하면서 전체적으로 균형을 이루어 나간다는 겁니다. 오늘의 우리들 눈에도 그런 과정은 내면적으로 드러나게 마련입니다.

현실에 대한 무게, 초월의 의지

신경림 제가 보기에는 옛날의 아름다움이 꼭 지배 계층의 의사에 따라서만 이루어진 것은 아니라고 생각됩니다. 말하자면 당시의 사회적 집단 의지의 표현이라는 측면은 없는가, 당시의 민중들의 욕구라든가 소망 같은 것이 표현되지는 않았는가 하는 것이지요.

사회 방향을 좀 바꾸어서 문학과 인간과 역사의 관계를 한번 살펴보면 어떨까요? 이 경우 인간을 가운데에, 그리고 문학과 역사를 양쪽에 놓고 그 관계를 한번 살펴볼 수 있을 것 같습니다. 그때 우리는 역사에 참여하면서 현실의 무게를 감당하는 자세에서 의미를 찾을 수 있겠고, 현실을 초월하고 현실의 무게를 벗어나고자 하는 의지도 발견할 수 있을 것 같습니다. 아름다움이란 결국 문학과 대치될 수 있을 테고, 정치적 권력이라든가 땀 흘리면서 신전을 만든 노고는 역사의 무게라고 할 수 있을 것 같은데, 그 관계는 어떻게 될 것 같습니까?

김우창 인간의 영원한 어떤 것을 다루는 것이 문학이라는 주장도 있겠고, 문학이라는 것은 그때그때의 역사적 현실에 깊이 관여하는 것이다, 이렇게 보는 입장도 있을 텐데, 제가 보기에는 문학은 역사적인 현실에 철저하면서 영원한 것을 지향하는 것이라고 일단 생각하고 싶어요. 그런데 저는 문학이 인간적인 영원한 것을 그린다는 것 자체가 역겨운 느낌을 주는 것 같아요. 인간적인 영원한 것은 다 좋은 것들인데, 그런 좋은 것들을 의식적으로 추구하는 경우는 그리 좋다고 느껴지지 않아요. 가령 착한 사람을 대할 적에 우리는 기분이 좋지만, 스스로 착한 사람이라고 내세우면 그다지 보기가 좋지 않거든요. 나는 착한 사람이다 하는 것보다도 나는 착하지 않다고 생각하면서 남 보기에는 착한 사람이라고 여겨지면 그 사람이 정말 착한 사람인 것 같고, 나는 늘 착한 사람이고 나는 늘 착하게 산다고 생각하는 사람은 무엇인가 신용도 안 가고 보기도 그리 좋지 않고 또 영원한 것을 추구한다고 하는 것도 기분 나쁜 것 같은 생각이 들어요. (웃음)

신경림 제 생각에는 과연 영원이라는 것이 따로 있는 것인가, 이런 의문이 듭니다. 영원이라는 것은 그때그때의 현실에 충실하게 살고 또 철저하게 대응함으로써 거기에서 진실이 얻어지고, 그 진실이 오랫동안 계속됨으로써 영원이 되는 것이지, 애초부터 영원이라는 것이 딱 정해져 있다거나 이것은 영원이고 이것은 일시적인 것이다 식의 구분이 실제 가능한지 모르겠어요.

아름다움이라는 것은 상대적인 것이어서 때에 따라서 바뀌기도 하고 변하기도 하는 것이지, 단군 시대에 아름답게 생각되던 것이 오늘에도 반드시 아름다울 수는 없지 않느냐, 그리고 과연 영원이라는 것이 따로 있는 것인가, 대개 영원을 내세우는 사람들은 문학사적으로 볼 때 현실에 철저하게 대응하는 용기를 갖지 못한 사람들이 하는 것을 흔히 보게 되거든요. 또 영원이라는 말을 많이 하는 사람일수록 마지막에 가서 권력에 붙지 않는 사람이 별로 없어요. 따라서 저는 영원을 내세우는 사람에 대해서는 약간 회의적인 생각이 듭니다.

'순수'와 '참여'의 행방

사회 여기서 조금 혼란이 있지 않은가 싶은데요, 가령 영원 혹은 아름다움 그 자체와 영원 혹은 아름다움을 빙자한 것과의……. 순수와 참여의 문제가 나왔습니다만 70년대에 많은 문인들이 논의를 벌였던 이 문제가 과연 일단락되었는지, 아니면 관심의 도가 그만큼 엷어졌는지 모르겠어요. 다시 말해 순수와 참여 사이에 갈등이 있는 것으로 보이는 것은 따지고 보면 관점의 상반성 때문일 뿐 양쪽 모두가 목표로 한 것은 같다는 결론에 도달했기 때문에 그런 것인지, 아니면 70년대에 문학이 다루어야 할 과제들이 70년대가 지나감과 동시에 어느 정도 해소되어 버렸다거나 잠재된 것으로 봐야 할 것인지 그게 저로서는 애매해요. 요즘 창작가나 비평가들이 문학적인 이슈를 쉽게 발견하지 못하고 있다고 얘기되는 것도 결국 그런 의식의 혼미 상태라 할까, 그런 것 때문이 아닌가 하는데, 여기에 대해서는 어떻게 생각하시는지요?

신경림 제가 보기에는 70년대의 순수와 참여 문제가 해결됐기 때문이라기보다 상황적인 것이 작용했기 때문이 아닐까 하는데요?

사회 단순히 상황 탓일까 하는 데는 회의적인데요?

신경림 70년대에는 그래도 무엇인가 이루어질 것처럼 느껴졌는데, 그것이 일시적으로 무너져내린 것 같은 그런 느낌도 없지 않아 있어요.

사회 그런 점은 충분히 생각됩니다만…… 그러나 그것만이겠느냐…….

신경림 물론 그게 전부라는 얘기는 아니고, 그런 이유가 좀 많지 않겠느냐 하는 생각이 듭니다. 제가 몇 군데에서 강의를 해 봤는데, 학생들 질문의 70~80퍼센트가 순수냐 참여냐 하는 문제더군요. 문단에서는 이미 해결된 것으로 생각하고 있는지 모르겠지만 문단 바깥, 특히 학생들 사이에서는 관심이 상당히 많더군요. 이런 현상을 보면 우리가 어느 면 기피하고 있는 측면도 없지 않다는 느낌이 들더군요.

사회 오히려 저는 70년대에 우리가 다루어 온 문제들이 진부한 것이 됐기 때문이 아닌가 하는데…….

신경림 진부한 질문이 됐다는 것은 그것이 별로 문학적인 성과를 거두지 못했다는 얘기도 되는데, 순수·참여 논쟁이 문학적으로 이렇다 할 성과를 거두지 못한 데 따른 느낌은 아닌지요?

사회 저는 오히려 반대인데요. 70년대에 창작물에서 상당히 중요한 업적이 나온 것으로 보고 싶고, 작품을 통해 순수와 참여가 많이 수용됐기 때문에 오늘에 와서 그것을 다시 제기하기에는 좀 싱겁게 되지 않겠느냐, 그래서 이 문제가 다시 논의되지 않고 있는 것이 아니냐 하는…….

민중 미학을 성취하는 길

신경림 김 선생님 의견에 대해서 저는 조금 견해를 달리합니다. 제가 보기에는 참여 문학 쪽에서 앞으로 작품으로 이루어야 할 것이 상당히 많다고 생각돼요. 지금까지는 문제 제기에 지나지 않아서 가령 민중 문학의 경우 진정한 민중 미학의 성립이라는 차원에까지는 이르지 못했다는 생각이 들거든요. 그래서 앞으로의 민중 문학이라든가 참여 문학은 방법론적인 면에서 상당한 진척을 봐야 하고 그것이 미학으로까지 완성돼야 하지 않겠느냐, 저는 그렇게 생각합니다. 특히 80년대 들어와서 말입니다.

사회 금년도 신춘 문예를 보면 몇 가지 주목할 현상이 나타나고 있습니다. 신춘 문예 당선자들이 대체로 젊어졌고, 전반적인 경향이 내향성을 드러내고 있습니다. 신 선생님께서는 참여적이고 민중적인 미학의 성취가 아직 덜 이루어졌다고 말씀하셨는데, 제가 보기에는 지난 70년대에 상당한 정도의 성취가 있었던 것이 아닌가, 거기에서 경향을 좀 바꾼 것이 금년도의 신춘 문예에서 나타난 것이 아닌가 합니다. 가령 근래에 몇몇 종교 소설이 나타났다든가, 근로자나 농민들의 문제가 좀 뒷전으로 밀려났다든가 하는 것이 작가들이나 일반 지식인 혹은 민중들의 의식이 변모해 가고 있는 것을 나타낸 것이 아닐까 하는 생각이 드는데요…….

신경림 바깥 상황과의 관계에서 그런 결과가 나타났다고 볼 수 있지 않을까요?

사회 물론 상황이 큰 요인이기는 하겠지만, 그것보다 더 큰 요인은 오히려 다른 데 있지 않을까 하는 생각이 들어요. 순수와 참여, 그리고 문학적인 이념이라든가 형식과 내용의 종합 같은 것이 제가 보기에는 조세희 씨의 『난장이가 쏘아올린 작은 공』에 와서 하나의 절정에 이르렀는데 거기에서 문학적으로 더 발전할 수 있는 길이 무엇이겠는가, 다시 말해 『난장이가 쏘아올린 작은 공』이 전하고자 하는 메시지를 더 이상 문학에서 구한다면 그것은 문학이 아닌 사회 과학이나 이념적인 저술 쪽이 될 것이 아니겠는가, 또 조세희 씨 소설에서 순수 미학적 아름다움을 느낀 사람들이 종교 문학이라든가 혹은 내향성의 문학으로 회전한 것이 아닌가, 저는 그렇게 해석을 해 봤는데요.

신경림 조세희 씨의 문학이 70년대에 우리의 참여 문학이 거둔 커다란 성과 중의 하나인 것은 분명하지만 그것이 오늘에 와서 다른 방향으로 회전되어야 하는가, 폭을 넓힐 수 있는 요소는 없는가 하는 생각이 들어요.

사회 그 점에 대해서는 저도 동감을 합니다. 가령 지금 우리한테서 가능한 것으로 대하소설이 나와야 한다든가…….

신경림 방법론적으로 봐서 가령 지금까지는 독자들한테 읽히는 데에 한계가 있었는데, 독자의 폭을 넓혀서 농민이나 노동자가 읽을 수 있도록 할 수는 없을까 하는 생각이 들어요. 구비 문학 양식 같은 것을 활용하면 어떨까 하는 생각도 들고…….

전통이냐 실험이냐

사회 구비 문학을 활용한다면 어떤 장르에 가능성이 있겠습니까?

신경림 어느 장르에 맞겠다, 이런 식으로 생각하지 말고, 가령 판소리의 아니리 같은 것을 많이 살릴 수도 있고, 마당극 요소를 받아들여서 독자한테 더 큰 호응을 얻을 수 있는 방법도 있을 수 있을 것 같아요. 저로서도 한번 실험을 해 볼 작정인데…….

사회 장르상으로는 대하소설에서 한번 기대해 볼 수 있지 않을까 생각되고, 내용상으로는 어떤 사람이 어떻게 고생했다는 그런 얘기보다 그 사람들이 갖고 있는 무한한 어떤 생명력이라든가 맹목적인 정열의 힘 같은 것을 그리면 어떻겠느냐 하는 생각이 듭니다.

신경림 그렇습니다. 민중이 얼마나 고통스럽고 그들이 또 어떻게 싸우고 있는가만을 테마로 해서는 안 됩니다. 민중적 정서라든가 생명력 같은 것이 구체적으로 형상화될 때 그것이 정말 민중 문학이 되는 것이지, 툭하면 불을 지르고 싸우고 하는데, 그런 것만으로는 안 될 것 같아요. 아까 역겹다는 말씀을 했지만 이런 것도 역겨운 것 중의 하나이지요.

김우창 마당극을 한다든지 판소리 스타일로 무엇을 한다든지 하려면 사람이 모여야 되는데, 그것이 우리 현실에서 간단한 문제가 아니지요. 그런 것은 좀 정치적인 문제들인 것 같고…….

신경림 아니 실제적으로 하고 있어요. 저도 여기저기서 하는 것을 봤는데요?

사회 저로서는 아이러니컬하게 느껴지는 것이 마당극이나 판소리는 우리의 전통 예술이 분명한데, 제 또래에 와서는 그것이 실험적인 것으로 받아들여지거든요. 물론 교육의 잘못이라든가, 그동안 우리가 식민지 상태에서 자랐다든가 여러 가지 원인이 있기는 하지만 말입니다.

신경림 그런 것은 이런 데서 오는 것이 아닐까요? 마당극이나 판소리라는 것을 옛날 그대로 재현하다 보니 오늘의 현실에 맞지 않게 되고, 결국 저항감이 생길 수밖에 없는…….

70년대 이슈는 어디로?

사회 황석영 씨의 「객지」에서 그런 리듬을 살려서 묘사한 부분을 볼 때 상당히 흥겹게 느꼈습니다만, 그렇다고 해도 역시 실험적이라는 생각이 들거든요. 어차피 고전적인 문체나 양식 같은 것이 재현될 때는 옛날 그대로는 되지 않을 테고…….

김우창 마당극 같은 것은 공동체적인 예술 양식으로, 공동체적인 행사에 참여하는 폭이 점점 좁아지고 있는 판에 그것을 해 나간다는 것은 상당히 어려운 일이 아닐까 하는 생각이 들어요. 또 과거와는 달리 문학 작업이 집단적으로 이루어진다기보다는 개인적인 작업으로서 이루어지는 경향이 많다는 점도 어려운 점이 아닌가 해요.

신경림 사람들이 점점 개인적으로 되어 가서 자기만의 얘기를 하다 보니까 자꾸 독자를 잃어 가는 측면도 있는데, 제 생각엔 시가 세상 돌아가는 것과는 거꾸로 울타리를 깨고 나가면 어떤 좋은 방향이 열리지 않을까 하는 생각도 듭니다. 제가 그렇게 하겠다는 것은 아니고……. (웃음)

사회 어렵기는 하겠지만 실험적이란 의미에서 일단 중시하고 싶은데, 문제는 얼마나 감동을 줄 수 있을까 하는 것이겠지요.

김우창 아까 참여 문학이니 민중 문학의 주제가 없어진 것이 아니고 다만 상황 탓으로 안 나타난 것뿐이다, 이런 말씀을 하셨는데, 저라고 무슨 이견이 있는 것은 아니고 거기에 대해서 깊이 생각해 본 것도 아니지만, 이런 점은 있을 것 같아요. 지난 2∼3년 동안 우리 역사가 무엇인가 한 모퉁이를 돌아간 것 같은 느낌을 모든 사람들이 가지고 있는 것이 아니겠느냐 하는……. 다시 말해 60년대와 70년대에 있었던 우리 문제가 해결된 것이 아니고 사라졌을 뿐이다, 가령 공동체 문제라든가 평등이나 자유의 문제 같은 것이 사실상 해결된 것이 아니고 사라졌을 뿐이다. 그것은 말할 것도 없이 상황 때문에 그렇게 된 것이다, 이런 생각이 들어요.

한편으로는 무엇인가 맥이 좀 빠진 느낌도 들어요. 그래서 가령 60년대와 70년대의 문제가 사라졌다고 생각하지 않는 사람들까지도 종전의 문제 설정 방식으로는 좀 힘들지 않겠느냐, 현실감을 가진 묘사가 나오기가 어렵지 않겠느냐, 이런 느낌을 가지는 것 같은데, 그렇게 보면 이슈가 사라진 것 같기도 해요. 왜 이렇게 됐느냐, 왜 모두 막막한 느낌을 가지게 되었느냐, 그것은 저 자신도 분명히 알 수가 없어요. 다만 60년대와 70년대의 많은 문제가 해결되지 않았다면 그 문제들을 새로운 각도에서 취급하는 방법이 있어야겠다, 김 선생님께서도 어떻게 할 것인가, 이런 것을 말씀하셨지만 그럴 경우 구전(口傳)적인 문학이라 할까, 현장적인 문학이라 할까, 그런 것이 한 가지 답변일 수 있다고 말씀하셨는데, 그것은 중요한 실험이고 한번 해 봐야 되겠지요. 동시에 이런 생각이 들어요. 60년대부터 70년대까지 우리 현대 문학이 계속적으로 쌓아 온 투쟁적인 민중 문학의 영역은 상당히 축소된 것이 아닐까 하는……. 여기서 투쟁적이라는 것은 단지 우리가 아우성하고 소리를 지르고 하는 것만이 아닙니다. 투쟁적이라는 것은 우리의 미래가 이래야 되겠다 하는 비전과 내용을 가지고 있다는 것인데…….

신경림 투쟁에 대해서 저는 이렇게 봐요. 너무 호흡이 짧고 급하게 생각할 것이 아니지 않느냐, 좀 길고 유장하게 생각해야 하지 않겠느냐…….

사회 싸워야 할 대상에는 어떤 것이 있을까요?

신경림 글쎄요, 얘기하기가 몹시 어렵군요. (웃음) 정치적인 문제나 경제 문제에 있어서 참여할 수 있는 기회를 늘리고……. (웃음)

김우창 추상적으로 간단히 얘기할 수는 있겠지요. 좀 더 민주적이 되자 이것이지요. (웃음) 그런데 그게 어떻게 사람들의 마음에 구체적으로 와 닿겠느냐 하는 것이 3~4년 전과 다른 점이겠지요.

사회 아까부터 민중이란 말을 저도 모르는 사이에 쓰게 됐지만, 역사 소설이나 혹은 비슷한 대하소설이 아닌 현대 소설의 경우 민중보다는 시민이란 말을 쓰는 것이 아무래도 편하고 또 납득도 쉽게 되는 것 같아요. 실제 지금 도시 인구가 한 60퍼센트 이상 되지 않습니까? 그리고 농업에 의존하는 경제 구조보다는 공업이라든가 상업이라든가 2차·3차 산업 쪽으로 많이 기울어져 있는데, 이때 전통적인 개념으로서의 민중의 정서가 어느 정도 먹혀들어 갈 수 있겠느냐, 물론 억압받는다든가 소외된다는 개념에서는 민중이나 도시 근로자나 시민까지도 다를 바가 없지만, 그러나 주제나 분위기상으로는 도시적인 문제로 넘어가지 않겠는가 하는 생각이 듭니다. 이문구의 「우리 동네……」 시리즈도 농촌 문제를 다루고 있지만 도시화와 산업화에 침윤당하는, 그러니까 변모해 가는 농촌을 다루고 있거든요. 사정이 이러하다면 민중의 정서도 옛날식으로 생각하는 것과는 다른 형태와 다른 내용을 가지는 것이 되지 않겠느냐…….

'맥빠짐'과 자기 심화

신경림 민중적 정서라고 농촌적인 정서나 농민적인 정서와 똑같다는 것은 아니잖겠어요?

사회 민중을 지나간 역사 속의 사람들이라고 할 때 요즈음의 근로자라든가 농민이라든가 일반 시민들에게서 전통적인 한(恨)에 대치될 수 있는 것으로 가령 어떤 것을 끄집어낼 수 있겠느냐 하는 문제가 제기되겠군요. 그것을 가령 최인호 식의 소외 개념으로 얘기하기는 빠를지 모르지만, 어차피 몇 년 후 혹은 80년대 안으로 심각한 의식 문제로 제기될 수 있지 않을까 하는 측면이 보이고, 또 한 측면으로는 통일 문제나 국제 정치적인 문제에 구속될 수밖에 없는 우리의 의식 문제도 높은 차원에서 제기돼야 할 것 같습니다. 지난 60년대 이후의 급격한 사회 구조적 변화, 가족 관계의 변화, 생활 풍습의 변화에서 오는 가치 변화의 문제 같은 것도 제기될 수 있겠고, 아울러서 지난 10~20년 동안 우리가 겪었고 이제 와서 인간 내지 문화적인 가치에까지 연결되는 민주적인 가치 또는 내면적인 가치까지도 포함돼야 할 것 같다는 생각이 듭니다만…….

김우창 80년대의 문학이 어떻게 될 것인가 하는 것은 아직 점치기 어려울 것 같고, 60년대와 70년대의 문제는 지금도 그대로 남아 있다는 생각이 들어요. 그리고 제가 보기엔 70년대의 민중 문학과 참여 문학이 매우 거칠고 상투적이긴 했지만, 동시에 그것은 상당히 힘을 가지고 있었다고 생각돼요. 단순히 문학적인 힘뿐만 아니라 실질적인 힘을 가지고 있었고, 역사가 실제 살아 움직이고 있다는 느낌까지 들 정도였다고 봐요.

최근에 와서 그런 느낌이 상당히 사라진 것 같고, 지금 눈에 보이지 않는 현실감 없는 일, 달리 얘기하면 될성부른 움직임이라는 느낌이 안 가면 느낌 자체도 사라지기 때문에 불가피하게 사회 문제를 얘기하더라도 그것을 자신의 문제로 내면화하게 되지 않겠느냐, 이런 생각이 듭니다. 따라서 앞으로는 사회 문제를 의식하면서 쓰더라도 개개인의 생활이나 다른 직종과 다른 계층 사이에서 나타나는 문제를 개인적인 차원에서 심화시키고 구체화시키게 되지 않을까, 그 경우 글을 쓰는 사람들이나 읽는 사람들이 '아, 우리는 정말 역사와 더불어 움직이고 있구나' 하는 느낌을 갖게 되기까지에는 상당한 시간이 걸리지 않을까, 이런 생각도 들어요.

신경림 어떻게 보면 참여 문학이나 민중 문학이 심화되는 과정이고 부정적으로 볼 때는 힘을 잃어 가는 측면도 있다, 그런 말씀이신 것 같은데 동감입니다.

'부드러움'에 대해서

김우창 민중 문학은 실상 비판 문학이고, 비판이라면 보통 무엇인가 재수 없고 힘 없는 사람들이 하는 것 아니겠어요? 예를 들면 돈도 안 벌리고 살기도 궁색하고 무엇인가 답답한 사람들이 하는 얘기가 아닌가……. 그러나 70년대의 민중 문학이라는 것은 제가 보기에는 소외자의 문학은 아니었다고 생각돼요. 70년대의 민중 문학은 실제로 많은 사람들과 더불어 움직였다는 느낌이 늘 있었기 때문에 민중들이 곧 역사의 일부를 이루고 있는 것이지 역사에서 떨어져 나간 것은 아니다, 그리고 기분이 나쁘고 살기가 괴롭고 답답한 사람들의 문학은 아니지 않았느냐, 그런데 앞으로 당분간은 진짜 소외자의 문학으로서 비판 문학이 성립하지 않겠느냐, 상당히 맥이 빠지고 힘이 없는 그런 문학이 되지 않겠느냐 이런 생각이 들어요.

사회 저는 이렇게 보고 싶은데요. 70년대에 벌어진 문학적 논쟁에서 제일 중요한 성과는 자유와 평등이 다 함께 있어야 한다는 것이 아닌가, 그것을 어떻게 구현할 것인가 하는 질문을 던지고 있던 차에 여러 가지 정치적 변화와 새로운 사태가 일어나지 않았는가, 이런 변화와 새로운 사태의 전개를 맞아 문단 내부에서도 어떤 기본적인 태도 변화가 있지 않았는가, 또 70년대에는 문학계가 정치나 현실에 대해서 취하는 태도가 상당히 대립적이고 예각적인 측면을 보였는데 이제 와서는 좀 부드럽게 수용해 보아야 하지 않겠는가 하는 단계에 와 있다고 생각됩니다.

최인훈 씨가 쓴 말이지만, '부드러움'이란 말을 저도 참 좋아해요. 어떤 문제를 반드시 예각적으로 부딪쳐서 해결한다거나 어떤 대상과 정면으로 대결하는 것이 아니고, 부드럽게 대하는 태도 자체에서도 좋은 결론이나 좋은 결과는 얼마든지 끌어낼 수 있다고 봐요. 요컨대 현실 문제에 대해서 부드럽게 대응하고 또 자기의 사고를 부드럽게 만들어 가는 것, 그렇게 해서 자신의 문제와 외부의 어떤 현실 문제를 같이 한번 생각해 볼 시점에 오지 않았는가 하는 생각이 들어요. 근래의 문학에서 좀 내향적이고, 심하게 말하면 개인주의적이고 종교적이기까지 한 현상이 나타난 것도 따지고 보면 이런 발상법의 전환에서 나온 것이 아닌가 하는 생각이 들어요. 말하자면 70년대의 삶의 태도는 날카롭게 대립하고 부닥쳐 가는 데에서 찾아졌다면, 80년대에 와서는 부드럽게 포용해 가면서 거기서 자기 나름의 현실 인식이나 세계 인식을 찾는 것이 아닌가, 이렇게 보여집니다.

김우창 그 부드러움이라는 것이 바람직한 것이냐 하는 것은 별개의 문제일 것 같아요.

신경림 저도 그렇게 생각되는데 그것이 꼭 바람직한 것 같지는 않아요. 오히려 객관적인 상황이 부드러워졌으면 하는 생각이 듭니다. 날카롭게 써 봐야 제대로 수용도 안 될 것이고…….(웃음)

사회 지난 10~20년 동안에 다스리는 사람이나 다스림을 받는 사람이나 생각이 너무 굳어져 온 것만은 사실입니다. 그래서 앞으로는 너무 굳어져 왔고 딱딱해져 온 그간의 태도를 좀 풀어놓고서 부드럽게 한번 바라봐야 되지 않겠느냐, 그렇지 않으면 대상 전체가 확실히 포착되지 않는 함정에 빠져, 헤어나지 못하지 않을까 하는 생각이 드는데…….

진짜 부드러움과 가짜 부드러움

신경림 문제는 굳어져 온 책임이 어느 쪽에 있는가 하는 겁니다. 누가 화투패를 쥐었는가 하는 건데…….(웃음)

사회 그것도 일종의 책임 회피가 아닐는지요?

신경림 화투를 쥐고서 마음대로 돌리는 사람이 어떤 입장에 있는가가

중요하지 패를 받는 쪽에 책임이 있다는 것은 글쎄요……. (웃음)

김우창 부드러워야 할 데에서 부드러우면 좋은 것이겠지요. 또 문학이라는 것은 기본적으로 힘이 약한 사람이 하는 것 아닙니까? 간단히 말해서 주먹싸움을 하지 말고 말로 해 보자는 것인데, 그것도 어떻게 보면 약한 사람들의 부드러움 같은 것 아닙니까? 그런데 좀 기분이 안 좋은 것은 상황이 부드럽게 잘 되어 갈 때 부드러운 것은 좋은 것이지만, 상황이 부드러울 수가 없는데 부드러운 것, 그런 것이에요. (웃음)

사회 제가 말하는 부드러움이란 현실에 대해서 유약하게 대하자, 현실 인식을 그저 적당하게 하자, 그런 것이 아니고 지금까지의 우리들의 사고가 과연 반드시 옳았느냐, 방법론상 반드시 옳았느냐, 현실 인식이 옳았느냐, 이런 것을 한번 뒤집어 놓고 보자, 그래야 더 철저하고 분명해지지 않겠느냐 하는 태도의 표현이라고 얘기하고 싶어요. 현실에 대해서 강경한 태도를 취한다고 해서 현실이 반드시 정확하게 인식되는 것은 아니고, 그렇다고 부드러운 태도를 취한다고 해서 잘못 인식되는 것은 아니지요. 그러니까 사고의 자유로움이라든가 탄력성으로써 현실을 정확하게 포착해 보자는…….

김우창 앞으로 불가피하게 그렇게 될 것 같기도 하고, 또 사고의 자유라는 의미에서 부드럽게 되는 것은 바람직하다고도 생각되어요. 생각하는 사람들이란 현재 있는 것에 대해서 없는 것을 생각하고, 어떤 경우에는 목전에 없는 것을 고려해 보니까 있는 것이 괜찮다, 달리 얘기하면 현재적인 것에 대해 잠재적인 것, 현실적인 것에 대해서 가능성, 현재에 대해서 미래, 이런 것을 생각하는 사람들인데, 이들의 사고가 우리 사회에서 인정돼야 하겠다, 그래야 자신의 생각을 분명히 할 뿐만 아니라 새로운 것을 볼 수도 있다, 그런 느낌이 든다는 겁니다.

뿐만 아니라 우리의 현실도 무직정 주어진 것이 아니라 우리가 여러 가지 가능성 속에서 선택해서 만들어 내는 그런 현실이라는 것이 인정돼야 하겠다, 그런 의미, 그런 태도에서의 부드러움이란 것이겠지요. 다만 문제는 해방 후 오늘에 이르기까지 우리가 진정한 의미에서 올바른 역사적 가능성을 선택함에 있어서 그런 인식이, 특히 권력자에 의해서 받아들여져 왔는가 하는 겁니다. 실제 현실을 움직이고 역사를 만들어 가고 있는 사람들이 주어진 현실과 달리 한번 생각해 보고 다른 각도에서 보려고 하는 태도를 두고 결코 부정적이 아니라고 인정하는 것이 무엇보다 중요하다고 봐요. 그것이 안 되는 상태에서 글을 쓰는 사람이나 생각하는 사람만 부드러워진다는 것은 가짜 부드러움이 되는 거라고 볼 수 있지요.

사회 어느 한쪽의 강경하고 일방적인 태도에 대해서는 얘기하는 방법이 두 가지 있겠습니다. 하나는 그런 사람들에 대해서 당신네들은 지금 몹시 굳어 있고 딱딱하다고 대놓고 얘기를 하는 방법이 있고, 오히려 유머러스하고 부드럽게 대함으로써 상대방이 스스로 '아, 내가 이렇게 나가는 것이 좋은 것이 아니구나.' 하는 것을 깨우치게 하는 것도 한 가지 방법이 아니겠는가…….

신경림 제가 보기에는 한쪽에서 부드럽지 않은데 이쪽에서만 부드럽게 대하겠다 하는 것은 자칫하다가는 패배주의적이고 순응주의적인 것이 되기 쉽지 않느냐 하는데…….

사회 꼭 그렇게 생각되지만은 않는데요. 정치권력이나 기타 다른 힘에 대항할 수 있는 문화의 힘은 바로 부드러움에서 나왔다고 봅니다. 정치 권력이 무엇을 제시했을 때 정면에서 부딪치는 것도 한 가지 방법이겠지만, 문화의 장기는 역시 정면 대결보다 부드럽게 대응하는 태도, 그것이 아닌가 해요. 우리는 무엇을 비교할 때 좋은 측면만 가지고 비교해야지 나쁜 측면만 가지고 비교할 수는 없는 노릇이고…….

김우창 결국 좋은 것이 좋다는 식으로 얼버무려서 얘기하면 독선적인 태도가 없어지기는 해야겠지요. 내 얘기만 제일이고, 다른 사람 얘기는…….

순응주의라는 함정

사회 문학 하는 사람들뿐만 아니라 지난 10~20년 동안 대립된 두 집단의 사고 자체가 지나치게 굳어져 버린 게 아닌가 하는 생각이 드는데 여기에 대해서는 어떻게 생각하는지요?

김우창 사고의 문제가 아니라 사실에서 나타나는 것 아닙니까? 사고는 사실에서 나오는데, 우리 사고의 사실적인 기반이 이렇게 대립적으로 남아 있는 한 사고도 대립적일 수밖에 없습니다. 따라서 문학 하는 사람은 물론, 생각하는 사람들이 모두 자기만이 옳다고 생각하는 데에서 벗어나, 더 넓고 보편적이고, 그리고 부드럽고 다원적으로 되어야 한다고 봅니다.

문학이 이렇게 부드러워지는 데는 특히 우리 사회처럼 정치가 절대적인 영향력을 행사하는 사회에서는 정치하는 사람들의 태도가 실상 더 중요한 것 같아요. 즉 이 문제는 문학인의 태도보다는 어느 면 정치하는 사람들의 태도에 달려 있다고 해도 과언이 아닌 것 같은데, 이 자리에서 강조하고 싶은 것은 우리는 언제나 여러 가지 가능성을 검토하면서 자기가 옳다고 생각하는 것에 열을 올릴 수 있어야 한다는 겁니다. 이때 무엇보다 중요한 것은 권력을 가진 쪽에서 아량을 보여 줘야 한다는 겁니다. 글을 쓰는 사람들이 어떠한 문제를 놓고 이리 생각해 보고, 저리 생각해 보고 하는 것은 다음 세대의 사람들이 정말 유연성 있는 지성과 감성을 가지고 살아 나갈 수 있게 하기 위한 것인데, 그렇게 하는 것이 무시된 채 그냥 한쪽으로만 밀고 나가게 되면 다음 세대의 사람들은 과연 어떻게 되겠느냐 하는 느낌이 많이 들어요.

사회 이쯤 해 두고 80년대를 한번 전망해 볼까요? 문학 하는 사람의 입장에서 80년대에는 어떤 문제점이 제기될 수 있으며 거기에 대응할 수 있을까, 이런 점에 대해서 얘기를 진행해 보지요. 먼저 80년대에 예상될 수 있는 여러 가지 측면 중 신 선생님 글에서도 언급된 남북 문제부터 얘기를 해 보고, 그리고 나서 사회 경제적인 여러 가지 변화 등을 얘기해 보면 어떨까요?

통일 문제는 70년대에 우리 문단에서도 제기된 중요한 테마 중의 하나이고, 신 선생님도 거기에 대해서 여러 가지 발언을 해 오신 것으로 알고 있는데, 우리가 남북 문제를 어떻게 생각해야 하고 그것을 문학적으로 어떻게 수용할 수 있겠는지요? 물론 이 문제는 정치적인 문제이고 해서 함부로 용훼할 수는 없겠습니다만, 그렇다손 치더라도 문학적인 영역과 결부해서 어떤 성찰이 있어야 되지 않겠는가 여겨지는데요?

분단 시대의 문학

신경림 70년대에 들어와 분단 시대의 문학이라든가 통일 지향의 문학이란 말이 많이 나왔습니다. 그런데 분단 시대의 문학이란 분단 상황이 몰고 온 현실이나 분단에 의해서 만들어진 부정적인 요인 같은 것들을 우리가 일단 분명히 인식하고 그것을 문학적으로 형상화함으로써 이루어지는 것이지, '남북 통일 만세' 또는 '38선아 가거라' 한다고 해서 분단 시대의 문학이 이룩되는 것은 아닌 것 같아요.

사회 신 선생님 말씀처럼 문학적으로 형상화한다는 얘기에 반대가 있을 리는 없지만, 그러면 구체적으로 어떻게 해야 하는가에 대해서는 선뜻

대답하기가 어려울 것 같다는 생각이 들어요. 국내의 이념적인 측면들이 보다 탄력성을 가져야 하지 않을까 하는 생각이 듭니다. 이런 문제들은 우리의 정신적인 자산을 넓힌다는 얘기가 될 뿐만 아니라, 다른 한편으로는 앞으로 일어날 수 있는 사태에 대비할 수 있는 지적인 용량을 넓히는 것으로, 여태까지 통일 문제에 대해서 우리가 대처해 온 것은 실상 지나치게 고식적이고 일방적이지 않았는가 하는 생각이 듭니다.

아울러서 이념적인 문제에 대해서 좀 더 관대하고 부드럽게 생각해야 할 단계에 와 있다는 생각이 들고, 그것이 올림픽 대회라든가 통금 해제, 그리고 해외 여행에 대한 자유화 조치 등 우리 사회가 외형적으로 개방 체제로 돌입하기 시작한 그런 면모들이 이념적인 측면에서도 좀 확대돼야 하지 않겠는가, 말하자면 문화적인 면에서도 일종의 통금 해제가 이루어져야 되지 않을까 하는 생각이 듭니다.

남북 문제와 민주화의 길

김우창 전적으로 동감입니다. 문제는 어떻게 해야 문학이 남북 통일에 기여할 수 있겠느냐 하는 구체적인 것인데, 이 문제를 대하면 아주 막연하다는 느낌이 들어요. 이 문제와 결부하여 저는 문학이 그 본분에 충실함으로써 가능하지 않겠는가 하는 생각이 들어요. 무슨 말이냐 하면 문학이 보편적으로 추구하고 있는 것, 즉 모든 사람들이 평등하고 자유롭게 살아가는 데 철저할 것이 무엇보다 중요하다는 생각이 듭니다.

동시에 문학에서 이념적인 것도 중요하지만, 보다 중요한 것은 구체성이 아닌가 하는 생각이 들어요. 달리 얘기하면 남북 문제와 관련된 정치적인 슬로건을 떠나서도 얘기가 되어야 한다는 겁니다. 물론 우리가 살아가는 데 있어서 슬로건이 없을 수는 없고 무슨 일반적인 명제가 없을 수는 없겠지만, 그런 명제들이란 실제 우리가 살아가는 데 구체적으로 무엇을 뜻하느냐, 이것을 늘 검토하는 것이 문학의 역할이라고 생각된다는 거예요. 가령 새마을운동도 좋은 것이지만 그것을 하면서 실제 살아 보니까 구호와 실제와의 사이에는 갭이 좀 있더라, 이런 느낌을 전달할 수 있는 것이 문학이 아닌가 해요. 통일 문제에 있어서도 숱한 좋은 슬로건이 있지만 그것이 구체적으로 우리가 살아가는 데 어떤 의미를 가지고 있느냐, 그것을 검토하는 것이 문학을 할 수 있는 중요한 역할 중의 하나라고 생각돼요.

남북 통일 문제란 제가 보기에는 단순히 명분상의 문제는 아닌 것 같아요. 그것은 우리의 사회 생활의 내적이고 질적인 면에까지 깊숙이 관련되어 있다는 생각이 듭니다. 따라서 통일을 함에 있어서 북쪽 사람들은 어떤 방식으로 살아가고 우리는 어떤 방식을 살아간다, 그러면 우리 사는 방식이 어떻게 돼야 통일의 길목에 한 발자국이라도 가까이 갈 수 있겠느냐, 이북 사람들의 사는 방식이 어떻게 돼야 더 통일하는 쪽으로 접근할 수 있겠느냐, 그것을 구체적인 차원에서 다룰 수 있어야 한다는 생각이 들고, 그것은 달리 얘기하면 결국 민주화의 길로 나아가야 되는 것이 아닌가 하는 느낌이 들어요.

사회 남북 문제 해결을 위해서는 민주화에 대한 검토가 이루어져야 한다는 말씀을 하셨는데, 제가 보기에도 민주화의 문제는 앞으로 여러 가지 각도에서 검토되어야 한다고 생각이 들고, 문학이 어떤 형태로든지 여기에 대해 기여해야 된다는 생각이 들어요.

김우창 가령 TV 사극 같은 것을 보면 왕 앞에서는 신하들이 벌벌 기고 갖은 아첨을 다 하는 눈꼴 시린 장면이 많아요. 또 여자는 남자에게 으레 존댓말을 쓰고 남자는 반말을 하는 것이 예사인데, 이런 것은 어느 의미에서는 남녀 간에 불평등을 조장하고 모든 사람들 사이에 상하 관계가 있다는 관념을 심어 주는 것이 아닌가 하는 생각이 듭니다. TV 세팅 같은 것을 봐도 대개 부잣집을 대상으로 세팅을 한다든가, 또는 사람 사는 것보다는 장식적인 세팅을 하는 등 일견 지엽적인 문제들이 수두룩해요.

사회 경제적인 변화와 사회적인 변화와 관련해서도 좀 말씀해 보시지요. 어떨 것 같습니까? 가령 70년대는 근로자라든가 소외 계층에 대한 의식이 상당히 고취됐고, 그것이 가진 자와 권력을 행사하는 자와의 사이에 어떤 대립적인 관계로까지 급격하게 나타났는데, 앞으로 그런 상태가 지속될 것인지, 변화된다면 그 변화가 어떻게 나타날 것인지…….

신경림 글쎄요, 앞으로는 그런 대립과 갈등이 없을 것이라고 말합니다만, (웃음) 일단 밖으로 보기에는 갈등이 해소되는 것처럼 보이겠지만 근본적으로 문제가 해결되기에는 문제가 있는 것이 아닌가, 말하자면 문제가 잠재하는 것이지 근본적으로 해소되는 것은 아니지 않겠느냐 하는 생각이 듭니다.

갈등은 꼭 부정적인가

사회 요즈음 아파트가 대량으로 생겨남으로써 가족 구조에 변화가 많이 나타나고 있지 않습니까? 저는 그것이 앞으로 중요한 테마로 등장하지 않을까 싶은데, 핵가족화되고 또 가족 이기주의라고 할까, 그런 형태로 우리의 의식이 변화할 가능성이 있고, 그럴 경우 현대 문명 등 그런 문제와도 연결이 될 테고…….

신경림 가족 이기주의 같은 것은 제가 보기에는 민주화에 역행하는 현상이 아닐까 생각돼요. 우리 가족만 잘살고 내 자식만 귀하다, 이렇게 되면 이웃에 대한 관심은 내팽개쳐지고 결국 불평등을 극대화하는 사태에까지

도래할 수 있는 것이지요.

김우창 가령 노사 간에 갈등이 없다고 하면 그것은 꼭 맞는 얘기는 아닐 것 같아요. 아무리 바람직한 사회에서도 갈등은 있게 마련입니다. 여기서 한 가지 생각나는 것은 우리는 지금까지 갈등을 해결해 나가는 방법을 별로 생각하지 못하고 갈등이란 무조건 나쁜 것으로 생각하는 경향이 있지 않았는가 하는 겁니다. 갈등은 건전한 것이라는 것, 그리고 그것을 합리적으로 해결하는 것이 좋은 것이라는 것, 갈등을 해결하기 위한 기구를 많이 만들어야 된다는 것에 대해 앞으로 좀 더 관심을 가져야 되리라 봐요. 그래야 평화가 유지되지 그렇지 않으면 언젠가 위험성이 있고…….

현대 문명의 문제에 대해서는 서양 사람들이 가지고 있는 문제를 우리도 불가피하게 받아들일 것이 아니라 어떻게 하면 그것을 피하면서 창조적으로 좋은 선택을 해 나가느냐가 중요할 것 같습니다. 가령 공업화하는 것이 반드시 좋으냐 하는 것도 한번 짚고 넘어가야 할 것 같아요. 서양 사람들의 공업화 과정을 우리도 그대로 답습해야 하느냐, 이런 것은 의식의 면에서가 아니라 실제 정책적인 차원에서도 선택할 수 있는 여유를 가져야 될 것이 아닌가 하는 생각이 들고……. 가족 이기주의라는 말씀이 있었는데 이렇게 된 데는 다른 무엇에 의지할 수가 없었던 것도 커다란 원인으로 작용한다고 봐요. 공업화·산업화에만 열을 올리다 보니까 어떤 개인에 대해서는 거들떠보지도 않게 되고 결국 의지할 데라곤 우리 집밖에 없다. 이런 생각이 드는 것이 아닌가…….

탁월한 현실 인식으로 대응해야

신경림 우리나라가 앞으로 나갈 길이 반드시 미국이나 일본을 그대로 본떠야 되는 것은 아니라고 봐요. 일부에서는 일본에서 일어나는 문제가 마치 우리나라에 금방 닥칠 것처럼 호들갑을 떨고 신문이나 매스컴에서도 그것을 조장하는 측면이 없잖아 있는데, 이 점 다 같이 반성하면서 부정적인 측면에서 비켜날 수 있는 지혜를 배워야 되리라 봅니다.

사회 70년대에도 문제가 많이 있었고 앞으로도 그에 못지않은 문제들이 우리 앞에 놓여 있는 것 같습니다. 이런 상황에서 문학인들은 탁월한 현실 인식으로 대응해야 될 것 같고, 자신의 역량과 지혜를 끊임없이 쌓아 가야 될 것 같군요.

김우창 한 가지 덧붙이고 싶은 것은 비판적인 소리를 하는 사람들이 장기적으로 볼 때는 우리의 앞날에 대해 플러스가 되는 사람들이다, 이것을 알아야 되겠다는 것입니다.

사회 오랫동안 좋은 말씀 감사합니다.

외국 문화의 수용과 한국 문학의 방향

정명환(성심여대 교수, 불문학)

김우창(고려대 교수, 영문학)

김윤식(서울대 교수, 국문학)

1984년《외국문학》여름호

정명환 안녕하십니까? 오랜만에 서로들 뵙게 되는군요. 오늘 저희가 이렇게 만나게 된 것은, 이번에 새로 창간하게 되는 문학 계간지《외국문학》의 권두정담(卷頭鼎談), 「외국 문학의 수용과 한국 문학의 방향」에 대해 문자 그대로 '정담(情談)'을 나누기 위해서인데, 우선《외국문학》의 창간을 축하드립니다. 우리가 외국 문학을 전공으로 삼든 혹은 한국 문학을 연구하든 자국 문학과 무관한 외국 문학 연구를 생각할 수 없는 것과 마찬가지로, 외국 문학과 완전히 절연된 상태에서 이루어지는 한국 문학의 성과도 생각할 수가 없습니다. 특히 우리로서는 우리 현대 문학의 출발에서부터 좋건 싫건 간에 외국 문학과의 관련을 맺어 왔었습니다. 또 우리의 정치, 경제, 문화적 조건이 외국의 그것과 복잡하게 얽혀 있는 한 앞으로도 한국 문학과 외국 문학과의 관련은 계속될 것입니다. 그런 의미에서 이른바 '신문학(新文學)' 80년에 달한 오늘날 외국 문학의 수용의 문제와 한국 문학의 방향에 대한 논의는 어떤 형태로든 있어야겠다고 생각합니다. 이런 점에 대해서는 두 분 선생님이 평소에 깊이 살펴 오신 것으로 알고 있습니다만,

이야기의 전개상 몇 가지 작은 항목을 설정해 보면 어떻겠습니까? 우선 외국 문학이 어떻게 인식되어 왔고 현재는 어떻게 인식되고 있는가 하는 점을 이야기함으로써 대담의 서론으로 삼았으면 합니다. 그리고 둘째로 외국 문학 연구자의 한국 문학과의 연관이 어떻게 설정될 수 있는가, 셋째로 외국 문학의 연구 방법론과 비평 방법이 한국 문학을 보는 데에 어떻게 공헌하고 있는가를 점검해 보고 또 가능하다면 이와 관련해서 우리 자신의 방법론을 정립할 수는 없는 것인지 생각해 보면 어떨까 합니다. 그리고 마지막으로, 세계 문학 속의 한국 문학이라는 문제를 생각해 보는 것이 좋을 것 같습니다.

김윤식 저도 우리에게 제시된 것과 같은 주제를 놓고 이야기한다면 방금 정명환 선생님께서 말씀하신 절차에 따르는 것이 좋을 것 같습니다.

김우창 저도 거기에 동의합니다.

외국 문학에 대한 인식의 과거와 현재

정명환 그러면 이왕 제가 이야기를 꺼냈으니 저부터 말씀드리죠. 주지하다시피 우리 근대 문학의 출발점이 되고 있는 신문학의 대두는 외국 문학의 직접적인 충격, 자극, 영향으로부터 비롯된 것이었습니다. 그리고 오늘날까지 우리 문학의 변천 과정은 외국 문학과의 관련을 무시하고 논의될 수 없습니다. 이 기간을 통괄해 볼 때 1945년의 해방이 우리의 외국 문학 수용 과정에 있어서 하나의 분기점이 된다고 생각됩니다. 즉 해방을 전후하여 외국 문학이 한국 문학에 수용되는 경로, 종류, 밀도에 있어서 상당한 양적·질적인 차이가 있었던 것 같습니다.

김윤식 그 말씀을 하시기 전에 먼저 짚고 넘어가야 할 말이 있습니다.

'외국 문학'을 우리는 '서구 문학'으로만 인식해 왔다고 생각이 드는데 그렇기 때문에 외국 문학이라는 개념이 저에게는 퍽 생소하게 느껴집니다.

정명환 물론, '외국 문학'이라는 말은 이제 '서구 문학'을 포함하여 보다 넓은 개념으로 받아들여져야 하겠지요. 예전에는 외국 문학이라고 하면 일반적으로 서구 지역에 제한된 문학을 지칭하는 것이었으나, 요즈음은 그 범위가 대단히 확대되어 있는 것으로 알고 있습니다. 그뿐 아니라, 해방 이후 우리는 식민지 시대와는 다른 여건에서 외국 문학을 연구, 수용하게 되었습니다. 무엇보다도 외국 문학에 대한 지식이나 정보가 다양화되고 심층화되었던 점을 들 수 있습니다. 이것은, 과거에 주로 일본을 매개로 해서 접했던 외국 문학을 이제는 우리 스스로가 해당국의 언어로 직접적으로, 그리고 여러 각도를 통해 받아들이게 되었던 점과도 관계가 있습니다. 역설적이지만, 그 결과로 우리는 외국 문학으로부터 어느 정도 자유롭게 되었다고 생각합니다. 그러한 반가운 경향은 특히 1970년대 이후에 두드러지게 나타난 것 같습니다. 창작에 있어서도 또 비평에 있어서도 외국의 이론이나 작품을 표준으로 하여 우리 문학을 보려는 관례는 오늘날에는 거의 소멸되어 있습니다. 요컨대, 이제는 한국 문학이 더 이상 외국 문학의 결정적인 영향 아래 놓여 있지 않다는 것인데, 이것이 제가 '외국문학에 대한 인식의 과거와 현재'라는 표제로서 말씀드리고 싶은 요지입니다.

서구 지향적 인식과 제3세계 문학적 시각

김윤식 방금 정명환 선생님께서 말씀하신 '외국 문학에 대한 인식의 과거와 현재'를 진심으로 감명 깊게 들었습니다. 특히 한국 문학이 더 이상 외국 문학의 결정적 영향 아래에 있지 않다는 말씀은 정말 감개무량합니다. 우리 근대 문학을 공부하는 한 사람으로서, 저는 우리 문학이 신문학 이후 서구 문학을 쳐다보면서 추종하는 그런 환경 속에서 성장했다고 생각했습니다. 그래서 우리 작가나 작품에 대한 비평 방법도 대개의 경우 서구 문학을 표준으로 하여 우리 문학을 견주는, 일종의 자학적인 증상을 나타냈던 것 같습니다. 우리의 작가 자신이 서구 문학이 해바라기 현상을 보였기 때문에 연구자도 자연히 그 영향 관계에 관심을 갖지 않을 수 없었고 이것은 곧 한국 문학 연구 방법을 서구 문학의 그것에 종속시키는 잘못된 결과를 가져왔던 것입니다. 우리 작가들이 바라보았던 서양의 문학들이 대개 서구의 문학들을 일컫는 것이라고 보는데, 물론 초기에는 러시아 작가들의 영향도 많이 받았으나 곧 프랑스, 영국, 미국, 독일 등의 서구 중심 문학권의 영향을 주로 받아 왔던 것이 사실입니다. 예를 들면, 1921년에 나온 김억의『오뇌(懊惱)의 무도(舞蹈)』와 같은 시집은 외국 문학이 한국 문학에 미친 공적 가운데 하나라고 할 수 있습니다. 왜냐하면 이 시집 하나로 그 당시 많은 시인들에게 막대한 영향을 끼쳤기 때문인데, 김억의 서구적이고 세기말적이며 상징주의적인 그런 시들이 1920년대에서 1930년대까지도 거의 표준적인 규범으로 간주되었던 것입니다.

영미의 모더니즘을 포함해서 서구 중심의 상징주의 문학 경향이 우리나라 대표적인 작가들에게 그처럼 영향을 끼치게 된 것은 그러한 퇴폐적이고 상징주의적인 시들이 식민지 시대의 한국 지식인의 성향에 맞았기 때문이라고 볼 수 있을 것입니다. 다시 말해서 그러한 서구의 문학들이 우리의 당시 현실과 어떤 관련이 있는지 여기서 명확히 논증하기는 어렵지만, 문학에서도 특히 퇴폐적이었던 문학 경향을 우리 문학에서 주류로 받아들였다는 점은 그것이 식민지 치하의 민족 현실과 어느 정도 동질화된 표현이었다는 데에 이유가 있지 않을까 생각합니다. 이런 경향은 제가 보기에는 1950년대 전후 세대에도 그대로 연결되는데, 즉 1950년대 전후 세대에 풍미했던 이른바 실존주의 문학도 1920~1930년대 상징주의 내지 모더니즘 사조와 비교해 볼 때 그 수용의 사회적 동기에 있어서는 동질적인 것으로 보입니다. 6·25로 인해 벌어진 여러 가지 극한 상황도 궁극적으로는 식민지 상황과 동질적인 것입니다.

그러니까 요약해서 말하면 김억의 『오뇌의 무도』에서부터 6·25 전후 문학에까지 외국 문학에 대한 우리의 인식은 현저히 서구 지향적이었으며, 그것도 서구 문학의 여러 흐름들 가운데 퇴폐적이고 병적인 경향에 그 초점을 맞추고 쳐다보았다고 할 수 있겠습니다. 서구 문학에 대한 이러한 해바라기 현상이 상당히 바뀌기 시작한 것은 러시아 문학이라든가 남미 문학의 주된 흐름을 이루고 있는 리얼리즘 계통으로 외국 문학을 인식하게 된 1960년대 이후가 아닌가 생각됩니다. 이 1960년대에 이르러 퇴폐적인 서구 모더니즘이나 전위 문학적인 요소를 불식하고 한국 현실과 훨씬 가까운, 이를테면 19세기 러시아 문학이나 오늘의 제3세계 문학 쪽으로 외국 문학을 받아들이는 인식의 변화가 크게 일어났다고 봅니다.

이러한 외국 문학에 대한 인식의 변화가 정명환 선생님께서 말씀하신 대로, 오늘의 한국 문학은 외국 문학에 대해 콤플렉스를 거의 느끼지 않는다는 말을 가능케 했을 겁니다. 이 말은 《외국문학》이라는 이름으로 이 잡지가 나오게 되는 1980년대에, 한국 문학이 외국 문학을 어떻게 인식하고 있는가, 또 어떻게 인식해야 하는가를 살피는 데 있어서 매우 중요한 말이라고 생각됩니다.

정명환 지금 김윤식 선생님께서 외국 문학에 대한 우리의 인식을 역사적으로 통찰해 주셨는데, 짧게 말해서 서구 문학으로 대표되었던 외국 문학에 대한 한국 문학의 의존도가 한결 낮아졌다는 것이죠. 확실히 문학 사조로서의 서구 문학을 맹목적으로 따르는 작가나 작품은 오늘날 거의 눈에 띄지 않습니다. 가령, '나는 상징주의다', '나는 모더니즘을 모토로 삼겠다'고 자처하고 나서는 경향은 거의 소멸되어 가고 있다고 생각합니다. 이것은 동시에 역사적으로 특수한 우리나라의 상황이 그런 현상들을 소멸시킬 수밖에 없었다고 보이는데요. 대신 이제는 제3세계 문학이나 아직도 흘러 들어오고 있는 서구 문학을 타자로서 인식하고 있어야 한다고 저는 생각합니다. 즉 그것이 제1세계 문학이든 제3세계 문학이든, 이것은 우리의 것이 아니라 남의 것이라는 분명한 인식이 있어야 한다고 봅니다. 이 '남의 것'에 대해서 우리는 어떤 태도를 취해야 할 것인가, 바꿔 말해서 외국 문학에 대한 우리 자신의 입장은 어떤 것인가를 밝혀 나가야 합니다. 물론 외국 문학이 계속 흘러 들어오고 있기 때문에 사실 한국 문학의 외국 문학과의 관계가 점차 복잡하게 얽히면서 양자의 구별이 갈수록 애매해져 가고 있습니다. 그리고 이렇게 애매해져 가는 과정이 또한 우리의 것이 생성되는 과정이라고 생각됩니다.

서구 문화도 일본 문화와 마찬가지로 제국주의적

김우창 정명환 선생님의 말씀대로, 그리고 김윤식 선생님께서 동의하신 대로 외국 문학 또는 서구 문학에 대한 우리 문학의 태도가 상당히 성숙되었다는 것, 그래서 외국(서구) 문학을 맹목적으로 추종하거나 모방하는 경향이 사라지고 요즈음은 그것과 일정한 거리를 유지하면서 타자로서 인식하고 있다는 것, 즉 대상적인 인식으로 외국 문학을 대하게 되었다는 것은 옳은 지적이고 저도 그것에 공감하는 바입니다.

하지만 그러한 지적에 덧붙여서, 어떤 경로를 통해서 한 문화가 성숙한 자기 인식에 이르게 되었느냐는 문제도 함께 생각해 봐야 할 것 같습니다. 그렇다고 저에게 그에 대한 답변이 마련되어 있는 것은 아닙니다만, 단순히 현상적인 관찰에 의한 연구 과제로서, 우리 문학이 어떻게 성숙 단계에 놓이게 되었느냐를 문제 삼을 수는 있다고 봅니다. 저로서는 우리 문학이 성숙하게 된 요인 가운데 한 가지로 우리의 정치적인 의식의 고양을 포함시켜야 한다고 생각합니다.

서양 문물 내지 서양 문학이 우리 문학과 문화에 관련을 맺게 되는 형태는 일본을 통하는 간접적 접촉의 경우와 서양과 직접적으로 접촉하는 경우의 두 가지였습니다. 식민지 시대에는 일본 문화가 근대로의 이행이라는 관점에서 보아 우리보다 선진적이었고 따라서 이를 수용하는 것이 요구되었지만, 동시에 일본은 우리 민족의 압제자로서 그 문화를 수용하는 데 따른 심한 저항을 일으키게 했던 양면성을 지니고 있었습니다. 일본은 우리에게 억압자이면서 동시에 문화적으로 우러러 보이는 양면적 존재였던 만큼 당시로서는 우리 문학이 그러한 일본 문화의 영향에서 벗어나기란 그렇게 쉬운 일이 아니었습니다. 당시에는 문화적 욕구와 현실의 정치적 억압 사이의 이러한 양면성을 명확히 인식할 수 없었지만, 해방을 문화적인 측면에서 볼 때 그것은 이러한 상황으로부터의 해방을 의미하였으므로 해방을 맞으면서 그 양면성에 대한 인식이 가능하게 되었습니다.

당시의 서양 문화는 주로 일본을 통해서 접촉하게 되었지만, 오늘날 제3세계를 구성하고 있는 대부분의 아시아·아프리카에서와는 달리 서구문화는 우리에게 직접적인 억압자가 아닐 것으로 여겨졌으므로 우리는 그것을 거리낌 없이 받아들이게 되고 거기에 일방적으로 기울어지지 않았나 생각합니다. 그러나 일본 문화나 서구 문화 모두 제국주의적인 테두리 속에 있었다는 사실, 즉 비록 우리에게는 일본이 제국주의의 악역을 대신했다 해도 서구 문화도 궁극적으로는 제국주의적 속성을 갖고 있다는 점을 간과해서는 안 될 줄 압니다.

아시아·아프리카 등의 제3세계 국가들에게는 서양 문화가 직접적인 정복자의 문화라는 측면이 강하게 부각되었기 때문에 그것의 수용에 대한 저항들이 있어 왔습니다. 따라서 서구 문화의 수용은 일반적으로 그들의 내적 요구에 따라 선택적이고도 조심스럽게 이루어졌습니다. 그에 반해 서양 문화의 해방자의 문화로 나타나게 될 때, 그 영향력 내지 그 악영향에 대해 사람들은 거의 무방비 상태에 놓이게 됩니다. 그것의 결과가 요즈음 자주 거론되고 있는 문화적 식민주의입니다.

요즈음 비로소 서양 문화를 주체적 시각에서 새롭게 인식하고 재평가하고자 하는 바람직한 경향이 일어나고 있는데, 그것은 우리의 문화적 역량 자체가 향상된 탓도 있지만 이런 경향은 우리의 정치·경제·사회적 상황을 제3세계적 관점에서 파악하고자 하는 노력과 병행해서 진행되고 있는 것이 눈에 띕니다. 우리의 문학적 인식에 있어서도 서구 문학을 객관적인 거리에 놓고 바라볼 수 있는 주체적인 분위기가 현저히 성숙되었다고 할 수 있습니다. 이처럼 우리 문학에서 주체성이 형성되기까지 특히 오랜 시간이 걸렸던 원인은 우리 문학 자체의 뒤늦은 자각뿐만 아니라 한반도의 특수한 정치적 상황과도 관련이 있다고 생각합니다.

정명환 그렇습니다. 우리의 역사적 상황에 대한 주체적 인식과 더불어 제3세계 문학이 소개됨으로써, 우리 문학의 가치를 새롭게 평가하고 서구 문학에 대한 맹목적인 추종 관계를 지양하여 그 가치를 객관적인 입장에서 재검토할 수 있는 비판적 안목이 길러졌다는 점은 확실합니다.

김우창 제가 지금 말씀드린 것을 되풀이하자면, 우리가 서구 문학에 대해 성숙한 태도를 지니게 된 것은 단순히 외국 문학의 수입이 반복되고 그것이 축적된 결과가 아니라, 우리의 의식이 성숙한 결과라고 보아야 할 것입니다. 우리 문학의 이러한 성과는 문학 내부의 계기보다는 정치적 의식이 전반적으로 성숙한 데 따른 부수적인 부분이라는 측면이 강합니다.

김윤식 우리 문학사의 시대 구분이 대체로 정치적인 사건에 의존하고 있다는 사실이 시사하는 것도 그러한 지적과 무관하지 않죠.

　정명환　그러나 그렇다고 해서 우리 문학사의 시대 구분에 있어서 각 시대의 특징을 규정하는 요인들 가운데는 역시 문학의 내적인 요인도 있다는 것을 무시할 수는 없을 것입니다. 물론 어떠한 경우에도 문학적 시대 구분이 정치적 상황과 완전히 분리되는 것은 아니지만, 그와 동시에 우리 작가들이 보여 준 치열한 작가 정신과 그들의 작품이 구축한 문학적 업적에 의해 시대 구분이 되는 문학사의 내적 기준이 존재한다고 생각합니다. 또 그러할 때, 우리는 한국 문학의 독자적 가치를 인식할 수 있으며 그러한 독자적 가치가 서구 문학을 바라보는 객관적 안목을 갖게 했다고 봅니다. 60년대 이후 일군의 작가들이 지속적인 작업을 통하여 이룩한 업적이야말로 우리 문학을 서구 문학에 대해 하나의 독립적인 실체로 바라보게 했지 않습니까?

정복자의 문화인가 해방자의 문화인가

　김우창　외국 문학 전공자의 한국 문학과의 관계를 염두에 두고 지금 말씀하신 것 같은데요. 우리 문학은 신문학 초기에서부터 서양 문학을 규범적인 형태로 생각하고 이를 모방함으로써 그 속에서 우리 문학이 내적으로 성숙해 왔다는 관점에서만 우리 문학을 이해하고 평가한다면, 이는 우리 문학 연구에서 심각한 문제가 아닐 수 없습니다. 서구 문학 가운데 퇴폐적이고 세기말적인 문학 현상이 우리에게 수입되어 풍미한 사실을 부분적으로 인정한다 하더라도, 그러한 사실 때문에 우리 문학을 서구 문학의 서툰 모방품으로 매도해 버리는 부정적인 시각은 곤란하다고 생각합니다. 제국주의적 사회, 전쟁의 폐허, 이데올로기적인 극한 대립 등 당시 서구의 절박한 상황과 유사한 우리의 역사적·정치적 상황과 함께 서구 문학이 우리에게 호소력을 가질 수 있는 우리 내부의 복잡다단한 문화적 혼란 등을 고려해야 외국 문학 수용 과정에 대한 평가가 보다 정확해지리라고 생각합니다. 물론, 그렇다고 해서 외국 문학의 일방적 추종 현상을 두둔해야 한다는 말은 아닙니다. 우리 문학이 신문학 초기부터 서구 문학을 모방해 왔다고 흔히들 말하지만, 이러한 평가는 제가 보기에는 작가 쪽보다는 연구자 쪽에, 창작 활동보다는 비평 이론에 해당되는 말이라고 생각합니다. 작가는 머리로 쓰는 것이 아니라 자기 가슴으로 써야 하며, 경험과 더불어 자기 느낌이 와야 비로소 쓸 수 있기 때문에 모방만으로는 작품 생산이 불가능합니다.

이에 반해 문학 이론가들은 서구 문학을 연구하면서, 그 이론을 객관적으로 평가하지 못하고 서구 문학의 비평 기준을 곧바로 한국 문학의 비평 기준에 평행 이동시킨 것이 아닌가 모르겠습니다. 우리 문학이 과거에는 서구 문학을 모방했지만 지금은 성숙한 단계에 도달했다고 말하는 것은, 그러니까 우리의 문학 이론 부문에 적용되는 것이지 창작 부문에는 적용되기 어렵다는 말씀입니다. 다시 말해서 문학 이론에서의 모방적 관점이 한국 문학 전반을 모방적이라고 이해해 버리는 결과를 불러온 측면도 있다는 거죠.

김윤식 김우창 교수의 그러한 지적은 매우 의미심장합니다. 그러나 근래에 와서는 문학 비평이나 문학 이론 등 서구 문학의 연구 방법을 그대로 빌려 쓰는 단계에서 벗어나 있다는 것을 강조하고 싶습니다. 서구 문학의 현재의 연구 방법이 어떠하든 그와는 상관없이 그 이론들을 도식적으로 우리의 문학적 현실에 적용시키는 오류는 이제는 거의 발견되지 않습니다. 어떠한 새로운 이론이라도 이제는 그것을 우리의 입장에서 다시 여과시키는 연구 풍工가 눈에 띄게 늘어나는 추세입니다.

김우창 하지만 과거 문학 이론의 서구 지향적 태도는 분명히 짚고 넘어가야 할 것입니다. 가령, 마르크스주의 문학 이론만 하더라도, 1920년대 말에서 1930년대에 걸친 시기에 실제로 서양이나 일본에서 하는 모델로 우리의 문학 현실을 이야기하려 한 사실은 부인할 수 없다고 생각합니다. 그러나 작가들은 반드시 그러한 이론적 성향을 그대로 따른 것은 아니었다고 봅니다.

김윤식 물론입니다. 그런데 작가가 창작 활동에서 외국 이론을 그대로 모방하지 않았다는 것은 그들이 외국 이론을 객관적으로 평가하고 우리의 현실과 외국 이론의 관계를 정확하게 정립했기 때문이 아니라, 작품을 쓴다는 작업 자체가 어떤 이론을 그대로 모방하기가 불가능하다는 것과 관계가 있지 않을까요?

김우창 맞습니다. 창작은 하나의 창조 행위이므로, 머리로 따라 하자고 해서 그대로 되는 것이 아니니까요.

김윤식 일제하 상황과 지금의 현실을 비교해 보면 문학 연구의 기본적인 연구 자료에서도 그 차이가 분명히 나타납니다. 어쨌든 우리 문학의 현재 상황은 더 이상 서구의 이론을 가지고 휘두를 수 있는 상황이 아니며, 설사 서구의 문학 이론을 그대로 우리 문학 현실에 적용하려 해도 통용되지 않는 상황입니다.

정명환 이제 이야기는 자연스럽게 외국 문학 전공자와 한국 문학의 전개에 관한 상호 관계로 넘어가는 것 같습니다. 이와 관련해서 저의 개인적인 경험을 말해 보겠습니다. 제가 한국 문학에 관심을 갖고 평론을 쓰려고 했던 것은 프랑스에서 공부하고 한국에 돌아온 1950년대 후반부터였습니다. 그 동기가 된 것은, 당시 한국 문학계에서 외국 문학에 대한 이해, 특히 평론계에서의 외국 문학에 대한 이해가 피상적이고 잘못된 지식에 의거해 있지 않느냐 하는 의심이었습니다. 그리고 제가 그 당시 느낀 또 하나의 것은 서구 문학에 비해 한국 문학이 재미없다는 것이었습니다. 그래서 저는 프랑스에서 얻은 그나마의 지식으로 이 문제, 즉 한국 문학 작품은 왜 재미없는가를 조금이라도 깊게 다룸으로써 앞으로의 한국 문학에 도움을 줄 수 있을 것이라고 생각했습니다. 그 당시 한국 문학에 대한 평론에서 저의 입장이나 방법론은 완전히 외국 문학의 그것에 의존한 것이었는데, 또 그 무렵에는 그러한 평론이 어느 정도 설득력이 있었던 것 같습니다. 물론 오늘날에 와서는 그런 식의 태도가 전혀 통용되지 않습니다만 1960년 전후만 하더라도 외국 문학을 전공하는 사람이 비교적 적었습니다.

외국 문학 전공자와 한국 문학의 바람직한 관계 양식

그래서 어떠한 일을 해도, 그것에 대한 정확한 평가가 내려지지 않는 상태였고 서구의 이론은 완전히 소화되지 않은 것이라도 한국 문학에 대해 쉽게 설득력을 가질 수 있었습니다. 그러나 지금은 외국의 문학에 대한 이해는 그 양과 질에 있어서 엄청나게 발전했기 때문에 과거와 같은 태도는 다시 되풀이될 수 없습니다. 따라서 한국 문학에 대해 이야기할 경우에는 외국 문학자는 더욱 신중해질 수밖에 없습니다. 오늘날 외국 문학자가 한국 문학과 관련을 맺을 수 있는 길에는 두 가지가 있다고 생각됩니다. 첫째는 시나 소설, 평론 등을 쓰면서 한국 문학에 직접적으로 참여하는 길이 있겠고, 둘째로는 한국 문학에 대해서는 전혀 이야기하지 않으면서 자기 전공 분야의 연구와 교육을 통해 타인의 창작 활동이나 비평 활동에 새로운 정보나 자극을 주는 간접적인 길입니다.

또 한편으로 보면 전에는 외국 문학자들이 우리 문학에 끼어들었지만, 요즈음은 김윤식 선생님처럼 한국 문학을 공부하는 분이 외국 문학을 연구하고, 이를 다시 객관적으로 검토하여 자기 자신의 분야 속으로 그것을 수용해 가고 있는 실정입니다. 이런 바람직한 경향은 나날이 짙어 가고 있습니다. 따라서 앞으로는 외국 문학자가 자신의 전공을 통해서만 한국 문학에 간접적 영향을 주는 일이 더 많아질지도 모릅니다.

김윤식 정명환 선생님의 지적은 한국 문학을 하는 사람들이 깊이 음미해야 될 부분이라 생각합니다. 외국 문학자와 한국 문학의 관계에서 반드시 염두에 두어야 할 점은, 서구 문학을 한국 문학에 수용하려 할 때 그 대상이 되는 문학적 경향이 서구 문학사 속에서 어떤 위치를 차지하고 있으며, 또한 한국 문학과의 관계는 어떤 식으로 정립될 수 있는지를 우리의 주체적 관점에서 객관적인 비판의 과정을 반드시 거쳐야 한다는 사실입니다. 일제 시대에 우리 문학인들 사이에서 논의되던 서구 문학은 서구의 근대 문학이라는 테두리를 벗어나지 않았습니다. 톨스토이나 도스토옙스키 작품 혹은 상징주의나 모더니즘 같은 문학 사조를 예로 들면, 당시에는 그러한 작가의 작품들이나 문학 경향들을 서구 문학사에 대한 전반적인 이해 속에서 받아들였다기보다는 그것들이 곧 서구의 가장 새로운 작품이며 문학 경향이라는 점에서, 말하자면 패션의 형식으로 받아들였다는 인상을 받습니다. 만약 외국 문학에 대한 최신의 연구 성과를 통해 한국 문학에 새로운 정보나 자극을 주는 것이 외국 문학 연구자가 한국 문학에 관여하는 길이라면, 그것도 외국 문학을 패션의 형식으로 받아들이는 태도와 별로 다를 바가 없을 것입니다.

외국 문학의 수용은 문학사적 맥락에서 주체적 비판을 통해

정명환 외국 문학이 간접적 경로이든 직접적 경로이든 한국 문학에 영향을 줄 수 있다고 할 때 저는 그것이 최신의 외국 문학이라는 의미로 그 중요성을 평가하는 일은 부적당하다고 생각합니다. 예를 들어, 18세기의 라블레를 전공하는 사람도 그에 대한 깊이 있고 새로운 연구를 통해서 우리 문학을 형성하는 데 도움을 줄 수 있을 것입니다.

김우창 작가나 문학이 론에 대해 깊이 있게 접근하려면 그런 작업도 필요하겠지만, 저의 생각은 조금 다릅니다. 요즈음의 서구 문학이라고 해서 과거의 서구 문학과 전혀 다른 최신의 경향을 나타내고 있는 것은 물론 아니지만, 그렇다고 해서 서구 문학사의 광범위한 모든 부분이 곧 우리 문학의 발전을 위해 유용하다고 생각하지는 않습니다. 서구 문학이 우리 문학에 대해 의미를 지닌다면 그것은 서구의 근대 문학이란 점에서 의미가 있다고 봅니다. 라블레를 예로 들 경우에도, 그 문제를 유추적인 범위에서 성격 지운다면 "우리나라에서도 이런 문학적 현상이 있는데 라블레에게도 이런 게 있구나." 하는 정도일 것입니다. 근대적인 것의 배경에는 두 가지 직접적인 요인이 있다고 생각합니다.

첫째로, 세계는 이제 하나가 되어 가고 있다는 현상을 들 수 있겠지요. 외국의 작가에게 문제시되고 있는 것은 동시에 우리 작가에게도 중대한 의미를 갖는다고 말할 수 있을 만큼 세계는 하나의 동일한 공간 속에 놓이게 되었습니다. 따라서 그 속에서 일어나는 일에 대해서는 어느 누구에게나 거의 동일한 인식이 가능하게 되었다고 생각합니다. 서구에서 시작되었던 '근대화'가 지금은 전 세계적으로 확대되었습니다. 그 과정은 한 국가의 전체 경제를 세계 자본주의 시장 체제 속에 편입시켜 전 세계를 동일한 경제권으로 묶어 나가는 과정으로 이해할 수 있습니다. 이란이나 이라크 등지에서 분쟁이 발생해서 석유 공급에 장애가 생기게 되면, 세계의 다른 나라와 마찬가지로 우리도 당장 기름값과 석유 관련 제품의 가격 체계에 혼란이 일어나는 것을 볼 수 있습니다. 또한 핵전쟁의 문제도 우리 민족의 운명과 동떨어진 문제가 아니라, 바로 우리 민족의 생존과 직결되는 문제입니다. 이러한 사실로도 서구 문학사의 전반적인 흐름 속에서 중요한 위치를 차지하는 사건이나 주장을 정확히 이해하는 것이 우리 문학의 전개에 대한 이해에도 도움이 된다고 충분히 말할 수 있습니다.

'근대'는 세계의 동질화라는 의미

둘째로, 서로 고립되어 있는 세계나 서로 문화권이 다른 지역 사이에서 발견되는 동시성을 지적할 수 있습니다. 우리나라를 비롯하여 서구 이외의 지역이 세계 시장과 정치적 국제 질서 속에 편입된 것은 비교적 근래의 일입니다. 그러나 지금처럼 국제적으로 서로 긴밀하게 결합되기 이전의 단계에 있어서도, 문화에 있어서는 각기 독립성을 유지하면서 각 지역 간의 동시적 동질성이 발견되었습니다. 물론 그것이 지금의 세계에서처럼 분명하게 드러나는 것은 아니었지만 말입니다. 겉으로 드러나는 접촉이 뚜렷하지 않다 해도 과거의 상호 이질적인 문화권 사이에 어떤 부분에서는 '상동 관계'가 존재한다는 사실은 역사가뿐만 아니라 문학 연구가들의 주목을 요합니다.

최근에 이와 비슷한 문제에 관심을 보이는 역사학자가 있는데, 예를 들어 미국의 월러스틴(Wallerstein)은 그의 '세계 체제 이론'에서 바로 이러한 과정에 대해 다루고 있습니다. 가령 16세기나 17세기의 영국이나 독일에서 발생한 사건이 어떻게 세계사적으로 동시적 영향을 끼쳤는가를 밝힘으로써 그는 우리가 하나의 세계에서 살고 있다는 의식, 즉 세계사 속에서의 동질성을 확인할 수 있다고 생각하는 겁니다. 그의 이러한 생각을 옳은 것으로 받아들인다면, 우리에게 중요한 문제로 부각되는 것은 동시에 서구에서도 중요한 문제로 부각되는 것이며 그 반대의 경우도 마찬가지라고 말할 수 있게 되겠죠.

정명환 세계가 자꾸 좁아져 하나의 세계가 되고 있는 사실이 문학 연구에 있어서 보다 중요한 문제라면, 그것은 근대(近代) 특유의 문제라고 생각됩니다. 김우창 선생님의 말씀과 같이, 서구의 경우 19세기 이후의 문학적 표현이나 사상적 체계가 우리에게 더욱 친근하게 받아들여진다는 사실에는 저도 전적으로 동감입니다.

하지만 달라진 세계, 다시 말해서 하나가 되어 가는 세계에 있어서 우리의 시대적인 문제를 생각해 볼 때, 고전적인 것이 줄 수 있는 의미라든가, 고전적인 것에서 받을 수 있는 시사도 중요하다고 생각합니다. 변화되는 세계 속에서도 고전적 세계와 나누어 가질 수 있는 어떤 보편적인 요소도 있지 않겠는가 생각해 봐야 할 것 같습니다. 문화적 현상 속에는 겉보기로는 달라진 의상을 입고 나타나지만 보편적인 실체성을 안에 감추고 있는 것이 있지 않을까요? 예를 들어 희랍 시대의 고전 작품이나 중국의 고전 작품이 오늘날의 세계를 볼 수 있는 새로운 시각을 제시해 줄 가능성은 항상 존재하리라고 생각해 볼 수 있단 말입니다. 물론 직접적인 호소력을 주는 것은 근대적인 것이겠죠. 그러나 다른 한편으로는 고전 작품을 통해서 오늘날의 문제를 새롭게 조망해 보고 오늘날의 현상의 의미와 한계를 논할 수 있는 가능성은 얼마든지 있습니다.

김우창 그렇습니다. 근대 사회가 17세기 이후에 세계를 하나로 만들어 간다는 생각 자체가 상당히 거친 일반론이지만, 근대 사회를 다른 시기와 구별되는 특유한 세계로 인식하려면 17세기 이후 서구의 근대 문명에 의해 세계가 변형되어 가는 과정을 지적해야 합니다. 근대화 과정이 많은 사람들에게 유익함을 제공해 준 만큼이나, 그 과정에서 부수적으로 수반되는 현상으로 말미암아 보존되어야 할 가치(예컨대 생활의 공동체적 규범)가 파괴되는 유익하지 못한 점도 적지 않다는 사실도 역시 인식해야겠죠. 근대화 내지 산업화가 시작되기 전인 17세기 이전의 인간의 삶은 물질적인 면에서는 어려움을 겪었을지 모르지만, 정신적인 면에서는 좀 더 근원적인 모습을 보여 주는 시대였다고 볼 수도 있기 때문입니다.

정명환 요컨대 제가 하고 싶은 말은, 만약 지금 우리가 살고 있는 세계가 모든 사람에게 동일한 유일한 세계이고 그 테두리 속에서만 우리의 사고를 전개할 수 있다고 생각한다면, 겉으로 드러나는 현상만을 인식할 수 있을 뿐 그 현상 밑에 가려져 있는 본질적인 가치를 간과할 위험이 있다는 것이지요. 우리가 현재 살고 있는 세계에 시선을 고정시키고 우리가 직접 겪고 보는 일이나 주위에서 이야기되는 사건만을 문학에서 다룬다면, 옛날이나 오늘날이나 역사 속에서 보편적으로 발견되는 요소들을 문학에서 도외시하기 쉽습니다. 그러나 역사를 관류하여 면면히 흘러온 그러한 요소들에 대한 지속적인 관심을 보임으로써 현대 세계를 재조명하고 그 속에서 현대의 문제들에 대한 보다 본질적인 인식과 해결책을 발견할 수 있으리라 봅니다. 이러한 의미에서 고전 작품이나 고전적 가치관도 문학 연구에서 빼뜨릴 수 없는 부분이라고 저는 생각합니다.

그럼 여기서 문학의 연구 방법론으로 화제를 발전시키기로 하죠. 한국 문학에 있어서 연구 방법론은 많은 경우 서구에서 형성되고 발전되어 온 문학 이론이나 방법론을 수용하는 차원에 머물러 있었고, 또 지금도 어느 정도 그렇다고 생각됩니다. 이러한 우리의 현재의 상황은 우리 문학을 보는 시각을 길러 가는 데 어떠한 의미를 가지고 있는지에 대해 말씀을 나누어 보았으면 좋겠습니다.

우리 문학에 대한 자기반성적 전통의 구축 작업 절실

김우창 서구에서도 자신들의 문학적·철학적 경향들이, 예를 들어 '해석학'이나 '기호학(sémiotique)'의 경우에서처럼, 삶의 근원적이고 본질적인 측면을 문제로 삼기보다는 언어의 의사소통의 기능에 천착하는 추세를 보이고 있다는 반성이 자체적으로 나오기도 합니다만, 최근 들어서 서구인들은 정치학이나 사회학에서뿐만 아니라 문학에 있어서도 자기반성적인 (self-reflective) 견해들을 활발하게 전개하고 있는 것 같습니다. 이런 식의 문제 제기 방식이 문학 자체에서 먼저 시도된 것이 아니라, 정치학이나 사회학 등 다른 사회 과학에서 문제 제기한 관점을 문학에서 뒤따라 수용한 것이 아닌가 하는 생각이 들기도 하는데요. 아무튼 자기반성적 경향이 문학의 연구 방법론에서 두드러지고 있다는 점이 우리의 눈을 끕니다.

이에 반해 우리나라에서는 문학 자체에 대해서 말할 때도, 자기반성적인 전통이 비교적 약하다는 인상을 받습니다. 그 이유는 한국 문학에서 비평가로 활동하는 사람 가운데 외국 문학을 전공한 사람이 많다는 사실에서 찾을 수도 있겠지만, 그보다 더 본질적인 이유는 우리의 독자 측에도 자기반성적 시각이 부족하다는 데에 있다고 봅니다. 따라서 무엇보다도 시급한 일은 우리의 문제를 반성적 의미에서 깊이 성찰하고 우리의 현실에 구체적으로 적용될 수 있는 이론을 개발하고, 그러한 전통을 세워 나가는 일이라고 생각합니다.

정명환 김윤식 교수님은 국문학을 전공하시는 분이면서도 서구의 문학 이론들에 대해서 많이 알고, 국문학 연구에 서구 문학의 이론이 어떻게 관련되어 있는가를 깊이 생각하고 계신 것 같은데…….

김윤식 실은 그렇지도 않습니다. 제 개인적인 입장에서 말한다면, 저는 6·25 이후 대학을 졸업하여 문학 이론이나 방법론을 영어로 된 책들을 통해 겨우 접한 세대라 할 수 있습니다. 그래서 그런지 제가 문학을 논할 때는 대체로 서구 이론들을 그 기저에 깔고 있었지 않나 생각됩니다만, 서구 이론에 근거한 우리 문학 작품에 대한 분석 태도는 1920년대에까지 소급될 수 있습니다. 우리의 근대 문학사에서 1920년대의 문학 비평의 모델은 '변증법적 설명 모델'이라 할 수 있는데, 예컨대 20년대 프롤레타리아 문학은 바로 그러한 설명 모델에 꼭 맞는 문학 경향이었다고 봅니다. 이러한 경향을 보여 준 우리나라의 카프 문학은 다소 모더니즘적인 요소와 혼합되어 있기도 하지만, 이 시기의 한국 문학은 대체로 동양의 정적(靜的)인 주자학적 세계와 서양의 동적(動的)인 이데올로기적 마르크스주의가 동질적인 구조를 이룬 문학 세계를 구축하고 있었다고 할 수 있을 것입니다. 이처럼 20년대 문학 이론의 틀은 다양한 세계관과 문학 경향이 혼재해 있었기 때문에 어떤 의미에서는 변증법적 설명 모델이 당시의 문학 상황을 설명하기에 편리했는지도 모릅니다. 그러나 1930년대에 들어오면, 문학 비평은 '유기체적인 설명 모델'이라 부를 수 있는 형태로 조금씩 변해 가는데, 정지용의 시론이 바로 그렇습니다. 이를테면 그의 시론에 나타나는 "태반이 돈다"라든가 "꾀꼬리가 노상 우는 게 아니다"라는 표현들은 그가 유기체적 설명 모델에 의존하고 있다는 것을 시사해 줍니다. "시인은 한 그루 나무다"라는 박용철의 비유에도 낭만주의적 비평의 전거인 유기체론적인 설명 모델이 투영되어 있습니다. 1940년대 우리 문학 비평의 주된 경향은 최재서의 본격적 문학 연구에 의해 체계화된 '분석적인 설명 모델'로 나타납니다. 지금까지 거칠게 살펴본 우리의 비평 이론들의 변천 과정을 시기적으로 정리하면 '변증법적 설명 모델-유기체적 설명 모델-분석적 설명 모델'로 진행되었다고 말할 수 있겠는데, 이것은 '유기체적 설명 모델-변증법적 설명 모델-분석적 설명 모델'의 순으로 진행되었던 서구의 문학사적 흐름에서 약간 어긋나 있습니다.

우리 문학사나 문학 이론에서 상당히 많은 변화를 겪게 된 것은 1950년을 전후한 시기였습니다. 그 당시 제2차 세계대전 후 서구에서 풍미했던 실존주의 문학이 수용되면서 우리의 문학 이론과 방법론에 큰 영향력을 행사했습니다. 여기 계시는 정명환 선생님은 당시의 실존주의적 문학 방법을 직접적으로 받아들이고 활동하셨으니까 그때의 상황을 잘 아시겠지요.

정명환 그 당시에 저는 실존주의 문학의 문학사적 혹은 철학사적 의미를 정확하게 인식하지 못한 상태에서 그 사상이 한국 문학의 발전을 위해서 필요하다고 생각했을 따름이죠.

김윤식 1960년대에 들어와서 한국 문학 연구에 영향을 끼친 서구 문학 이론으로는 하우저 등의 문학 사회학적 이론을 들 수 있습니다. 당시 우리 상황에서 루카치의 예술 이론을 직접 번역하기는 어려웠다 할지라도, 대신 하우저, 아도르노 등의 이론을 소개함으로써 문학 사회학적 비평 모델이 사용되기 시작했습니다. 주지하다시피, 문학사회학적 입장은 문학 작품을 사회적 산물로서(as a social production) 인식하는 '반영론'의 전제 위에서 있는데, 그에 못지않게 문학 작품 즉 텍스트의 자율성을 강조하는 또 다른 비평 그룹이 1970년대에 대두했습니다. 특히 1970년대 한국 문학은 당대의 비평이 당대의 창작을 조명하고 판별해 나가는 우리 문학사에서 보기 드물게 창조적이고 활발한 비평 공간을 만들어 놓았습니다. 그것은 '문학의 사회성'과 '문학의 자율성'에 각각 역점을 둔 《창작과비평》과 《문학과지성》 사이의 생산적인 균형에 힘입은 바 크지만, 어쨌든 이때부터 우리 문학 비평은 우리 문학 작품 내부에서 우러나오는 자생적인 논리에 따라 다양하고 심화된 설명 모델을 갖게 되었습니다. 따라서 그것이 구조 발생적 소설 사회학 이론이든, 현상학적 상상력 이론이든, 비판적 리얼리즘 논의이든, 1970년대의 비평의 틀은 단순히 수용된 것이라기보다는 우리의 문학적 입장을 통과함으로써 생략되거나 강조되는 형태로 나타났습니다.

1970년대 비평의 틀은 우리의 문학적 입장을 반영

정명환 그 점과 관련해서 저도 한 가지 지적해 두고 싶은 것이 있습니다. 그것은 근래에 와서 우리의 문학 비평 분야에서 일본적 요소가 청산되었다는 점입니다. 우리는 일제 시대부터 문학 이론이나 연구 방법론에 있어서 대부분 서양 이론을 수용해 왔던 것이 사실입니다. 그러나 외국 문학을 수용할 때에도 일본을 경유하는 경우와 우리가 직접적으로 연구하고 수용하는 경우는 서로 다른 결과로 나타납니다. 예컨대 작품 자체를 기준으로 하여 그 작품을 평가하지 않고 작가의 성장 과정이나 인간상을 너무 부각시킨다거나, 혹은 작중 인물 속에서 그 모델이 된 사람을 추적하는 따위의 문학 외적인 기준으로 작품을 다루는 경향이 이제는 그렇게 눈에 띄지 않는다는 말입니다. 아직도 일본에서는 존속되고 있는 이런 경향은, 하기야 서구의 이른바 전통 비평에서 유래된 것이기는 하겠지만…….

김우창 이제 우리 문학의 수준도 일본의 그것에 뒤떨어지지 않을 만큼 향상되었다고 생각합니다. 또 문학 분야에 있어서만큼은 일본의 식민지 유습들에 대한 반성과 함께, 우리 문학 내의 일본적 요소가 거의 청산되었다고 봅니다. 무엇보다도 요즈음 우리 문학을 담당하고 있는 세대들은 식민지 교육을 받은 앞 세대와는 달리 일본어를 거의 모를 뿐 아니라 우리 문학의 일본적 요소에도 전혀 감염되어 있지 않습니다. 따라서 이제 우리도 일본 문학 혹은 문학의 일본적인 요소들을 어떤 혐의 사실로 몰아 버릴 것이 아니라, 일본 문학도 지금 우리가 대하고 있는 여러 외국 문학들 가운데 하나로서 객관적 관점에서 살펴볼 필요가 있을 것입니다. 우리가 우리 문학의 주체라 한다면 일본 문학을 꺼려 할 까닭이 없습니다. 일본 문학 전체에 대한 거부는 역설적으로 말하면, 아직 우리 문학이 일본적 요소를 전혀 극복하지 못했다는 것을 뜻할 수 있기 때문입니다.

일본 문학은 같은 동양 문화권에 속해 있었고, 지역적으로도 이웃해 있으므로 공통된 부분이 많았을 것으로 여겨집니다. 그러나 우리가 서구 문물의 수용 과정에서 일본에 뒤떨어지게 되었고, 또 그로 인해 그들의 식민지로 전락한 경험이 있기 때문에 일본 문학과 공통된 성격을 지닌 부분에 대해 지나칠 정도로 거부감을 나타내는 경우가 있었습니다. 이제 일본 문학과 공통점을 지니고 있다고 하더라도, 그 부분을 우리 문학에 대한 일본 문학의 일방적인 영향 관계로 단정하여 거부해 버리지 말고 우리 문학의 범위로 끌어들여 오히려 우리 문학을 풍성히 하는 쪽으로 나아가는 것이 우리의 성숙된 태도가 아닐지 모르겠습니다.

문학의 자기 정립을 위해 고유의 이론을 발굴·체계화시켜야

김윤식 그러나 그렇게 되기 위해서는 우리 문학의 주체성을 지탱시켜 주는 비평 기준이나 문학 이론이 우리에게 마련되어 있어야 할 것입니다. 그래서 저는 외국의 문학 이론을 소개하는 것도 중요하지만, 과거의 우리 고유의 문학 이론들을 발굴하여 외국 이론과 대비하는 작업도 중요한 일이라고 생각합니다. 가령 연암(燕岩)의 글을 살펴보면, 단편적이기는 하지만 소재론, 주제론, 문장론 등 연암 자신의 이론들이 발견됩니다. 물론 이것은 한 가지 예에 불과합니다만, 묻혀 있는 우리 자신의 문학 이론을 발굴하는 것이 시급한 과제입니다. 그런 연후에 그것을 외국 이론과 비교하는 작업도 있을 수 있겠고, 그것을 오늘의 어법으로 정립시킬 수도 있을 것입니다. 우리에게는 서구 문학 이론에 대해 가졌던 관심에 비해 우리 고유의 문학 이론에 대한 관심이 현저히 빈약한 편입니다. 그것은 우리의 문학 이론이 서구의 그것에 비해 논리적 구조가 허술한 때문이기도 하겠지만, 무엇보다도 오늘의 문학 담당자들의 한문 해독 불능과도 관계가 있는 것 같습니다. 또 우리 문학 이론을 발굴한다 해도, 그것이 중국의 이론과 어떤 관계가 있는가를 확인하기가 대단히 어렵다는 점도 있습니다. 더욱이 우리 고유의 문학 이론을 발견했다고 해서, 고대 혹은 중세 문학을 평가하는 기준이었던 것을 곧바로 오늘의 현대 문학에 적용할 수도 없는 일입니다. 그러나 우리 자신의 문학 이론을 체계화하고 연구하는 작업이 있어야만 서구의 문학 이론과의 비교 작업도 가능하며 밀려오는 외국 문학 이론들 속에서 우리 문학의 자기 정립도 가능할 것입니다.

정명환 그렇습니다. 한국 또는 동양의 고전 문학 연구에 대해 기대하는 것 중의 하나는 우리 고유의 문학 이론을 발굴하고 체계화시키는 일일 것입니다. 그 체계화란 과거의 문학적 기준에 의해서만 이루어지는 것이 아니라, 오늘날 우리에게 통용되고 있는 문학적 기준에 의해 재해석되고, 재평가·재음미되는 것으로서의 체계화라고 저는 생각합니다. 지금 얼핏 머리에 떠오르는 것인데요. 가령 『문심조룡(文心雕龍)』에서 '신을 울리는 것은 문체의 힘'이라고 한 문체론은 오늘날 우리에게도 참으로 깊이 살펴볼 만한 가치가 있다고 생각해요. 과거의 우리 고유의 문학 이론이나 동양의 문학 이론을 체계적으로 연구하고 발전적으로 수용해서, 가능하다면 더욱 보편적인 가치를 갖는 문학 이론을 우리 손으로 성립시킬 수 있으리라 믿고, 또 앞으로 나올 우리의 젊은 문학 연구가들이 꼭 그렇게 해야 한다고 말씀드리고 싶습니다.

김윤식 고유하고 독창적인 한국 문학 이론의 정립은 비단 국문학 연구자에게만 짐 지울 수 있는 문제는 아닐 것입니다. 우리 문학에 관여하는 많은 문학 연구자도 여기에 동참해야 할 줄 압니다. 창작 활동은 작가가 그 주위에서 일어나는 사건이나 현상을 작가 자신의 감수성으로 직접 포착하고 표현하는 작업이기 때문에, 작가가 속한 사회의 전통과 사상적 배경과는 떨어질 수 없는 관계를 맺고 있으며, 그런 의미에서 비평이나 문학 이론에 비해 외국의 영향을 상대적으로 적게 받는다고 하겠습니다. 해방 후 우리 문학의 전개 과정도 이런 측면이 반영되어 창작에 있어서는 괄목할 만한 성과들을 이루어 놓았습니다. 그러나 문학 이론에 있어서 우리의 성과는 아직은 미미하여 여전히 외국 이론에 의존하는 상태에 머물러 있는 편입니다.

정명환 한국 문학의 이론적 성과가 아직도 미미하다는 김윤식 선생님의 지적은 우리 문학의 현 상태에 대한 아픈 지적이기도 하지만 한편으로는 정직한 고백이라고도 생각됩니다. 그러나 앞서 누누이 지적되었듯이 외국의 문학 이론이 우리 문학에 미치는 영향력에 있어서도 상당한 변화가 있었다는 점을 무시해서는 안 될 것입니다. 가령, 김윤식 선생님의 문학 연구 방법이 서구의 어떤 특정한 문학 이론에 입각해서 나온 것이라고 말할 수 없듯이 특정한 서구의 문학 이론이 곧이곧대로 우리의 비평 모델로 적용되기보다는 우리 문학 속에서, 또 우리 문학 작품의 도움을 받아서 은연중에 반영되고 그것이 또 새로운 우리 문학 이론을 생성시키는 것이 아닐까요?

김우창 이건 좀 다른 문제이긴 한데요. 우리 문학이 창작 분야에서는 괄목할 만한 성과를 이룩했는데 비평·문학 이론 분야에서는 외국 문학에 비해 낙후되었다는 말씀에 대해서는 저는 좀 유보적인 입장에 있습니다. 물론 우리의 창작이 질적·양적으로 상당한 성장을 한 것은 사실이지만, 그 발전이 작가 자신의 능력이나 노력에만 달린 것은 아니었을 겁니다. 거기에는 우리의 비평·문학 이론 분야가 외국의 그것에 비해 뒤떨어져 있다는 점을 인정한다 해도, 그렇다면 우리의 창작 분야는 과연 세계 무대에 내놓아도 손색이 없는 수준에 와 있다고 자신 있게 말할 수 있을까요? 우리의 창작이 우리의 문학 이론에 비해 괄목할 만한 성과를 이룩했다는 말이 괜히 작가들에게 자만심을 줄까 염려됩니다. (모두 웃음) 제가 보기에는 우리의 비평·문학 이론 분야와 마찬가지로 우리의 창작 분야도 세계 수준에 이르는 것은 아니라고 봅니다.

우리 문학의 이론적 성과를 어떻게 볼 것인가

러시아에서도 중세부터 활발한 문학 활동이 있었지만, 러시아 문학은 19세기의 푸시킨 이후에야 비로소 세계 무대에 등장했습니다. 독일 문학이 세계 무대에 대두된 것은 레싱과 괴테 이후였다고 봅니다. 한 나라의 문학이 세계 수준에 들어가고 안 들어가고 하는 기준이 무엇이냐에 대해서는 단정적으로 말하기 어렵지만, 우선 탁월한 작가의 작품이 있어야 할 것이고 그 작가를 둘러싼 시대와 사회가 문제적이어야 할 것입니다. 우리 문학이 아직 세계 문학의 단계에 이르지 못했다는 것은 서구 문학의 수준과 대비해서가 아니라 세계 문학의 수준과 대비해서 하는 말입니다. 우리가 지향해야 할 사회의 지표가 산업화에만 있다고 생각하지 않습니다. 물질적인 풍요를 위해서 산업화가 강조된다 하더라도, 우리가 지켜 나가고 강조해야 할 부분은 분명히 있습니다. 우리의 산업화가 서구를 모델로 하고 있다 해서 우리 삶의 다른 부분도 서구의 모델에 따라가야 할 필요는 없으니까요.

김윤식 지금 우리의 삶은 서구 문물을 접촉하기 전의 상태, 즉 우리가 전통적 삶이라고 생각하는 상태와는 분명히 다르며, 또 이제는 그 상태로 되돌아갈 수도 없습니다. 이렇듯, 삶의 방식이나 문화 양식에서 현재의 우리는 우리의 전통과 불연속적인 관계에 있습니다. 그러나 우리의 삶·문화에 있어서 전통적 양식을 부분적으로 되살릴 수 있는 영역이 분명히 있습니다. 문화는 사회 경제적 여건들에 비해 어느 정도 '지체 현상(遲滯現象)'을 보이기 때문입니다.

우리가 아무리 산업화된 사회 구조 속에 살고 있다 하더라도 우리의 행동과 사고방식을 제어하는 관습·습관 속에는 여전히 유교적 규범이 알게 모르게 작용하고 있는 것처럼, 문화 내지 문학은 산업이나 기술과는 달리 지속적으로 과거의 영향을 받고 있는 부분이 있습니다. 그러나 또한 우리가 서구적이라고 부르고 있는 부분이 물질적 영역에서든 정신적 영역에서든 우리의 현실적 삶과 전혀 별개의 부분이 아닌 한, 우리의 전통 승계 문제는 단순히 복고주의적인 방식으로는 해결될 수 없죠.

'한국적인 것'은 전통과 근대의 역동적 조화에서 찾아야

김우창 우리 문화의 전통적인 것과의 동질성을 유지하면서, 이질적이지만 이미 우리의 삶의 중요한 부분을 구성하고 있는 서구적인 것에 어떻게 대응하느냐가 우리 문학 담당자들의 과제입니다. 이러한 과제는 우리와 비슷한 역사적 경로를 걸어온 대부분의 제3세계 작가들에게도 공통된 것이기도 한데요. 식민지 상태를 벗어난 후에도 자국어가 아니라 그들을 문화적으로 동화시킨 서구어(주로 불어, 영어, 스페인어)로 작품을 쓰고 있는 그들에 비하면, 우리의 작가들은 모국어를 사용한다는 점에서 우리 민족의 문화적 뿌리와의 접맥이 훨씬 용이한 위치에 있다고 할 수 있습니다. 적어도 우리 작가들은, 이를테면 불어로 작품을 쓰는 작가가 모국어와의 분열로 인해 고통받는 소외를 경험하지 않아도 되지 않아요? 그런데 제3세계 작가들에게는 모국어의 상실이 자신들의 정신적 귀국을 더욱 강렬하게 부채질하고 있다는 사실입니다. 에메 세제르 이후 식민주의적 인종주의에 대한 반대 명제로 표명되었던 '흑인성(négritude)'은 아프리카 흑인 문학을 그들 전통의 흑인적인 내용, 즉 생명적이고 마술적인 내용에 갖다 붙여 줌으로써 흑인 문학을 세계 문학 속에 자리 잡게 한, 전통적인 것과 근대적인 것이 함께 어울린 한 본보기일 것입니다.

김윤식 지금 예로 드신 '흑인성' 내지 '흑인적인 것'과 관련해서 저도 그런 지적을 하기도 하고 또 듣기도 합니다만, 우리가 흔히 말하는 '한국적인 것'의 속성과 범주가 어떤 것인지에 대해 저 자신 명확한 생각을 갖고 있지 못합니다. 가령 한국 문학을 한(恨)의 문학이라고 말할 때, 그 '한'이 한국적인 것의 속성인지……. 그에 대해 저는 심히 회의적입니다. 우리 문학을 한의 정서만으로 얘기하려는 데에는 좀 수상쩍은 점이 있는 것 같습니다. 방금 김우창 선생님이 말씀했듯이, 우리의 전통적인 것과 근대적인 것(=서구적인 것) 사이의 역동적 조화 속에서 우리 문학의 '한국적인 것'을 찾아야 하지 않을까 생각합니다. 그렇게 될 때 한국 문학의 세계 문학을 향한 출구를 찾게 되는 것은 아닐지…….

정명환 화제가 자연히 우리의 넷째 주제인 한국 문학과 세계 문학의 관련으로 넘어왔군요. 세계 문학과 한국 문학의 관련성에 대한 논의는 우선 한국 문학의 '자기 정체성(self-identity)'을 확인하는 일에서 시작되어야 하겠죠. 우리 문학의 자기 정체에 대한 확인은 1920년대에서부터 최근의 1970년대에 이르기까지, 주로 민족 문학의 논의를 통해 대단히 활발하게 진행되어 왔다고 할 수 있습니다. '민족 문학'이라는 말이 사용되는 시기와 배경에 따라 개념의 차이가 있었지만, 어느 경우든 우리가 사용하고 있는 민족 문학의 개념은 우리 민족이 우리 자신의 현실적 삶 속에서 절실하게 느끼고 인식한 것을 우리의 언어로 형상화한 문학이라는 보다 넓은 의미를 갖는다고 저는 생각합니다.

민족적 삶의 전체상을 담을 때 세계사적 보편성 획득

물론 민족 문학에 가해진 문학 외적인 부담이 민족 문학의 올바른 발전에 지장을 초래한 점도 있지만, 민족 문학론에 다소 방어적이고 배타적인 면이 있다는 것도 사실입니다. 저는 우리의 민족 문학론이 민족주의 이데올로기의 도구로서 문학을 논하는 것이라면 그것에 반대합니다. 또는 그와 다른 의미에서 민족 문학을 논할 때도 거기에 자기중심적인 한계 설정을 하는 것은 좋지 않다고 봅니다. 문학은 삶의 전체를 포용하면서 그 구체적인 모습을 형상화시키는 작업이기 때문에, 민족 문학도 그런 테두리 내에서 생각해야 할 것 같습니다. 어느 나라의 문학이든 그것은 결국 그들의 민족 문학의 내용을 이루게 되겠지만, 그것이 그들 삶의 전체상을 담고 있을 때는 그 민족만의 삶이 갖는 특수성을 뛰어넘어 세계적 보편성을 띠게 되잖아요? 저는 우리의 민족 문학이 한국의 문화적·역사적·사회 경제적 상황 속에서 우리의 삶이 어떠한 형태로 세계사적 보편성을 품고 있는가를 보여 줄 때, 그 속에서 우리 민족의 삶의 구체적 모습과 역사적 지향점을 선명하게 드러낸다고 생각합니다. 그렇지 않고 민족 문학이 갖는 지역적 특수성만을 강조하는 데 머문다면, 그것은 배타적이고 방어적인 표현에 불과하거나 일종의 지방색 문학이 되겠죠. 세계 문학이 각각의 민족 문학이듯, 민족 문학은 그것이 진정한 문학적 진실을 담고 있을 때에 언젠가 세계 문학으로 열리게 됩니다.

이와 관련해서, 한국 문학을 외국에 번역 소개하는 일도 한번쯤 생각해 볼 문제입니다. 한국 문학이 세계로 이어지는 길은 우리 스스로가 발벗고

나서서 우리 문학을 선전하는 데 있다기보다 우리 문학의 가치를 인정하게 될 유능한 학자나 연구자·번역자가 외국인 중에서 많이 나오도록 유도하는 데 있을 겁니다. 우리를 존재시키는 것은 타자라고 생각합니다. 다른 사람이 우리를 인정할 때 우리 문학을 외국으로 소개할 수 있는 것이지 우리 스스로 인정받기 위해서 소개 활동을 벌이는 것은 별 의미가 없다고 봅니다.

김윤식 저도 정명환 선생님 말씀에 동의합니다만, 한 마디 덧붙인다면, 우리의 번역이 조금 서툴더라도 우리의 좋은 작품을 가능한 한 외국어로 번역해 둘 필요는 있다는 점입니다. 한 사례를 말씀드리자면, 연전에 일본의 나카가미 겐지(中上健次)라는 작가가 무당에 관해 연구하기 위해 우리나라에 온 적이 있었습니다. 그때 우연히 일어판 한국 문학지인《한국문예》에 번역되어 실렸던 윤흥길의 「장마」를 읽었는데, 그것을 계기로 「장마」와 그 작품의 작가에 대해 관심을 갖게 되었던 모양입니다. 그가 곧 윤흥길 씨와 만나 문학적 친분을 나누게 되었고, 일본에 건너가 그의 작품을 번역·소개하는 등의 문화 교류가 이루어진 일이 있습니다. 그때의 문학 교류가 계기가 되어 윤흥길 씨의 장편 소설과 단편 소설들이 그 뒤에도 일본에서 번역 출판되어 일본 출판계에 이름을 전하게 되었는데, 어떻게 해서든 일단 우리 문학을 외국어 번역 소개할 수 있는 공간이 마련된다면 우리 문학이 외국의 작가나 연구가들과 관계를 맺을 수 있는 자연스러운 계기가 이루어질 수 있다고 봅니다.

내적 우수성을 통해 우리 문학을 전파해야

정명환 물론 그렇겠지요. 그러나 그렇게 되기 위해서는 우선 우리의 정치적·경제적 지위가 좀 더 높아져야 할 필요도 있겠지만, 무엇보다도 한국 문학을 연구하는 외국 문학인의 층이 점차 두꺼워져야 한다는 것이 보다 중요하다고 생각됩니다. 과연 어떤 방법으로 이런 여건들이 이루어지느냐는 것이 어려운 문제이긴 합니다만.

김우창 그것은 가령 한국 문학을 모르면 그들에게도 정신 발전 면에서나 교양 면에서 뒤떨어지게 된다는 통념이 암암리에 작용할 수 있도록 우리 문학의 내적 우수성을 통해 자연스럽게 우리 문학이 퍼져 나가는 단계에 이르러야 가능하지 않을까요.

정명환 동감입니다. 그런데 그런 단계가 어떻게 해야 열리겠습니까?

김우창 그것이 어떤 공공적인 차원에서 행해지는 선전이나 로비 활동으로 이루어지는 것은 아니라고 봅니다. 그것은 정말 유치한 짓이에요. 우리 문학이 밖으로 알려지는 것은 알려질 만한 가치가 우리 문학 속에 있을 때 저절로 이루어질 것이며, 또 알려질 필요가 있다면 그것은 우연적인 계기에 맡겨져야지 어떤 의도적이고 인위적인 노력으로 되는 것은 아닐 것입니다. 앞서 말한 윤흥길 씨의 경우처럼 말입니다. 문학계 전체나 작가 자신이 스스로 나서서 자기 문학을 선전한다거나 로비 활동을 한다는 것도 우스운 일이고, 그런 활동의 부족으로 우리 문학이 노벨상을 못 받고 있다고 생각하는 것은 아주 잘못된 사고입니다. (모두 웃음)

정명환 그렇습니다. 그런데 그와 같이 개별적인 수준에서 이루어지는 우리 문학의 대외적 소개나 전파를 고려할 때 시는 다른 나라 말로 전달되기가 무척 어려운 반면, 소설은 많은 경우 번역에 의한 전달이 가능하지 않을까 생각합니다.

김우창 소설을 다른 나라 말로 옮겨 준다고 할 때 거기에 값할 만한 몇몇 의미 있는 작품들이 분명히 우리에게 있다고 저도 생각합니다. 그러나 번역할 수 있고 번역할 만한 가치가 있는 작품은 소설뿐 아니라 우리의 시에도 있다고 저는 생각합니다. 노벨상을 받을 만하냐 그렇지 못하냐가 우리 문학의 수위를 재는 척도일 수는 없습니다. 다만 저의 개인적 견해를 말씀 드려도 된다면, 이를테면 미당의 시는 노벨 문학상을 받는다고 해도 그 상의 무게가 하등의 부담이 되지 않는 탁월한 작품으로서, 우리 시의 고유한 보편적인 몫입니다. 물론 그의 시 전부가 그렇다고 말할 수 없는 부분이 있긴 합니다만.

문학적 가치 평가 척도로서의 고유성과 보편성

문학적 가치 평가의 척도로서 고유성과 보편성을 논의하게 될 때, 그 양자는 동전의 앞뒤를 이루는 관계에 있음을 잊어선 안 될 것입니다. 우리의 문학적 유산에 나타나는 고유한 가치가 우리에게만 특출나게 있는 것은 아닐 것입니다. 저는 고향, 뿌리(혈연)에의 집착, 한의 정서 따위가 곧 우리 문학의 고유한 특성인 것처럼 정식화하는 것에는 반대합니다. 그런 것들은 다른 나라 문학에도 얼마든지 있을 수 있습니다. 제가 말씀 드리고 싶은 것은 우리 문학이 고유하게 갖고 있는 특성들은 사실 어느 나라나 갖고 있는 보편적인 요소들 가운데 어느 정도 내재되어 있는 것들이라는 점입니다. 우리 문학은 우리가 보편적으로 가지고 있는 것을 독특하게 표현한 것이라 생각합니다. 예를 들면 영국에서 시작되었던 낭만주의가 전 유럽의 사조로 확산될 수 있었던 것은 영국 사람의 고유한 감성을 뛰어넘어 많은 사람들에게 공감을 느끼게 하는 공통적인 그 무엇인가가 있었기 때문일 것입니다. 대부분 세계적으로 영향력을 행사한 예술 사조나 문학 경향을 보면, 그 사조나 경향이 지니고 있는 고유한 쪽의 보편적인 요소에 대한 사람들의 공감력이 크다는 것을 알 수 있습니다. 다시 말해서 자기의 것을 지속적으로, 그리고 자기 나름대로 추구할 때 거기서 고유한 것이 보편적인 것으로 전달되며 그만큼 호소력이 커진다고 할 수 있겠습니다. 그러할 때 우리 문학도 세계 문학의 무대에 자연스럽게 올라가게 되겠죠.

한 가지 더 말씀 드린다면, 앞서 논의되었던 민족 문학의 문제도 이와 관련되어 있다고 생각됩니다. 물론 근래 우리 사이에 자주 거론되고 있는 민족 문학이 지나치게 전투적인 슬로건을 내걸고 우리 문학을 단일한 가치와 목표의 협궤로 몰아넣는 것처럼 보이는 면도 있어서, 그러한 민족 문학 논의가 당위성의 지나친 강조에 의해 결국 작가가 자기의 느낌·의도대로 쓰는 것을 암암리에 억압하는 경향이 있긴 하지만, 저는 그럼에도 불구하고 민족 문학의 긍정적인 측면이 있다는 것을 부정하고 싶진 않습니다. 적어도 민족 문학에 있어서 그 '민족'이라는 말이 모든 다른 형태의 문학에 대한 이민족 적대 감정(xenophobia)을 뜻하는 것이 아닌 한 말입니다. 저는 민족 문학이 한 민족의 보편적인 삶, 문화의 내용을 충실히 표현하고 이것을 세계사적 단계로 끌어올리려는 노력을 게을리하지 않는 한, 민족 문학은 좋은 의미로 또 적극적인 태도로 받아들일 수 있다고 생각합니다. 중요한 것은 우리가 문학을 이야기하는 자리에서 '민족'을 논할 때, 그 '민족'은 어떤 생물학적인 특징에 의해서가 아니라 그 민족이 가질 수 있는 삶과 문화의 보편적 내용에 의해 표현되고 이해되고 또한 평가되어야 한다는 점입니다. 그 삶과 문화의 보편적인 내용은 역사적인 것이며 역사 안에서 이루어진다는 것은 두말할 나위 없죠. 그리고 그것이 역사적이면 역사적일수록, 개별사로서의 역사를 뛰어넘어 그 역사 밖에 있는 사람에게까지도 감동을 전하게 됩니다. 저는 민족 문학 옹호론자는 아닙니다만, 민족 문학의 긍정적인 측면을 잠시 생각해 보았습니다.

민족 문학 논의의 다원적 관점

정명환 작가나 작품에 대해서 민족적 현실을 직시해야 한다든가 혹은 민족에게 방향을 제시해야 한다는 등의 주문은 이제는 좀 피했으면 하는 생각이 듭니다. 창작 활동에 대해 일정한 방향의 주문을 반복하기보다 작가의 상이한 세계나 지향을 그대로 받아들이고, 작품 분석을 통해 작가의 진정한 문학 세계를 보여 주는 보다 개방적인 태도가 필요하지 않을까요. 즉 이제까지의 전통이나 관습적인 사고방식에 대해 반발하는 아방가르드적 경향이나 심지어 얼른 보기에는 초민족적인 발상을 가진 사람까지도 포용할 수 있을 정도로 민족 문학의 개념이 넓어져야 합니다.

김우창 맞습니다. 우리가 민족 문학이라고 할 때도 일정한 방향성에만 강조를 두지 말고 다양한 관점에 대해서 조망할 수 있는 시각의 확대가 이루어져야 할 것입니다.

정명환 작가는 자신의 독자적인 세계를 가지고 있고, 그 세계관에 기초하여 대상을 관찰하고 표현하게 됩니다. 따라서 자신의 세계관이 변화하지 않는 한 아무리 현실적 당위성을 강조해도, 그것을 올바로 나타내 주는 작품은 써지지 않습니다. 작가는 자신에게 가장 절실한 것을 다루고 쓸 수밖에 없으며, 문학적 가치를 평가하는 데 있어서도 창작 활동의 이러한 측면을 존중해 주는 것이 마땅하죠.

김우창 작가는 자기가 꼭 필요하며 절실하다고 느끼는 것을 써야 한다는 정명환 선생님의 말씀은 지극히 당연한 것입니다. 작가는 남의 평가에 흔들리지 않고, 자신의 생각을 정직하게 표현할 줄 알아야 합니다. 문학 작품에서 감동을 받게 되는 것도 작가의 그러한 진실성 때문입니다. 독자를 의식하고 문단의 분위기를 의식하고 문학 비평의 시각을 의식하면서 창작 활동에 임한다면, 문학이 가질 수 있는 본질적 가치인 감동은 생각할 수도 없습니다. 그러나 한 작가에게 절실하게 다가오는 세계도 태어날 때부터 주어져 있는 것이 아니라, 작가가 자신이 살고 있는 사회에 뿌리를 내리고 살아가는 과정에서 문화적·사회적으로 생성되는 것이니만큼, 작가의 세계관도 일정불변의 것이 아니라 변화되어 나가는 것입니다. 따라서 작가의 입장에서 절실한 체하면서 쓰는 거짓 문학은 마땅히 배격되어야 합니다. 작가는 자신의 세계관을 변화시키고 사회적인 문제에 대해서 끊임없이 진실하게 되새김질해야 할 것입니다.

《외국문학》은 새롭고 이질적인 문학과 만나는 공간이어야

정명환 어떻습니까. 이 정도면 할 이야기는 대개 한 것 같습니다. 이제 이 정담을 마무리짓는 마당에서, 새로 출범하는 《외국문학》에 대해 저의 기대를 한두 가지 말씀드리고 싶습니다. 우선 《외국문학》은 우리 문학이 새롭고 이질적인 문학과 만나는 자리를 마련해 주었으면 합니다. 그런 만남은 우리 자신을 보다 객관적으로 볼 수 있는 시각을 제공하여 진정한 의미의 주체성 확립에 이바지할 것입니다. 둘째로, 경향주의적이며 환원주의적인 편집 경향에서 벗어나 주었으면 합니다. 이른바 정설이나 신념을 다시 뒤집어서 부단히 재검토하고 반성하는 과업을 계속하고 애매성과 양립성을 존중할 수 있는 풍토를 조성해 주시기를 바랍니다.

김우창 《외국문학》에 대해서 말하고 싶은 것은, 지금 꼭 필요하지 않다고 하더라도 외국 문학에 대한 비판적이고 객관적인 넓은 연구 풍토를 조성하고, 그런 연구 결과가 소개되는 매개체가 되었으면 하는 바람입니다. 그와 동시에, 이것이 학술 잡지가 아닌 만큼 교육받은 일반 독자들이 관심을 갖고 교양으로 재미있게 읽을 수 있는 수준으로 논의를 수렴하는 게 좋지 않을까 생각됩니다. 너무 객관적이고 전문적인 잡지일 경우 보통 독자에게 호소력을 약화시키는 결과를 초래하기 때문입니다. 일반 독자의 호소력을 잃는다면, 그것은 바로《외국문학》에서 제기되는 문제에 대한 관심이 직접적으로 표현되지 않는다는 것을 의미합니다. 그러므로 비록 외국 문학을 대상으로 하더라도 우리의 현실을 인식할 수 있도록 노력하고 우리의 문제를 제기하게 되면 일반 독자에 대한 호소력을 얻으리라 믿습니다. 그렇다고 해서 모든 문학 연구로부터 어떤 교훈을 끄집어낸다는 것은 망발에 불과합니다.

우리 문학에서 부족한 것 중의 하나는 객관성인데, 그것은 객관성의 가치에 대한 적절한 인식이 부족한 탓이라고 봅니다. 많든 적든 어떠한 가치 판단이 객관성을 획득하기 위해서는 상당한 정도의 검증 과정이 필요한데, 그 점에 대해서는 어떤 외국의 경향이나 사조에도 성실한 검증과 비판을 가하는 여유를 보이면서 호소력을 가질 수 있는《외국문학》이 되기를 바랍니다.

김윤식 저도《외국문학》에 대해 두 가지 기대를 걸고 있습니다. 하나는 《외국문학》이 앞으로 우리 문학의 전통을 파헤쳐 우리 문학과 외국 문학의 연관성을 확실하게 지적해 주는 연구 성과들을 담았으면 합니다. 예전에《해외문학》이란 잡지가 나온 적도 있지만,《외국문학》이 우리 문학과의 연관에 대해 그 계보를 조금씩이라도 연구·분석하는 방향으로 편집이 이루어졌으면 좋겠습니다. 두 번째로는 외국 문학을 한국 문학과 대등한 비중으로 다루어 주었으면 하는 바람입니다. 과거《창작과비평》이나《문학과지성》이 기여한 역할의 반 이상이 외국 문학이었는데, 그게 한국 문학의 논점과 일치해 있었기 때문에 외국 문학이란 인식이 별로 없으면서 큰 호소력을 발휘했다고 봅니다. 사실 우리의 기대를 말하기는 쉽지만, 그러한 작업을 실지로 해 나가는 데는 어려움이 많으리라고 생각되는데《외국문학》이 이것을 어떻게 해결해 나갈지 그것에 기대를 걸고 싶습니다.

정명환 저의 서투른 사회 때문에 실속 없는 이야기가 되지 않았을까 두렵습니다. 두 분 선생님께 감사 드리며,《외국문학》이 날이 갈수록 뜻깊은 전문지가 되기를 다시 한 번 축원합니다.

「작품 분석과 사회 분석」 토론 기록

김인환(고려대 국문학과 교수)

김우창(고려대 영문학과 교수)

김문조(고려대 사회학과 교수)

사회 김흥규(고려대 국문학과 교수)

1984년 《민족문화연구》

 김흥규(사회) 이제까지 김인환 교수께서 「작품 분석과 사회 분석」이라는 제목으로 발제를 위해 수고해 주셨습니다. 문학의 사회적 의미와 기능 내지 문학과 사회의 관계라는 커다란 문제 영역 안에 포함되는 오늘의 이 주제는 여러분께서 잘 아시다시피 그 자체의 이론적·실제적 쟁점으로 중요할 뿐 아니라, 우리 사회가 지난 20년간의 이른바 근대화 내지 산업화 과정과 병행하여 매우 심각한 사회 정치적 갈등을 경험하면서 당면하지 않을 수 없었던 현실적 문제의 일부로서도 심각한 것이라 생각됩니다. 그리고 이것은 바로 오늘의 쟁점이면서 내일의 문학과 사회에 기대되는 전망의 문제이기도 할 것입니다. 매우 까다롭고도 논쟁적인 이 주제에 대해 준비하면서 김인환 교수께서는 오늘의 이 자리에서 제시한 내용이 어떤 한정된 과제에 관한 명백한 연구 결과이기보다는 문제의 윤곽을 새로이 정리하고 공동적 토론의 자리로 이끌어 내기 위한 발제의 선을 넘지 않는다는 점을 전제한 바 있습니다. 오늘의 이 모임은 문제 자체의 성격이라든가 이러한 취지를 고려하여 단순한 질의·답변보다는 참가자 모두가 주제에 관해 함께 생각하고 모색하는 입체적 토론의 기회가 되었으면 합니다. 그런 점까지 유의하여 오늘의 약정 토론자로 서로 다른 분야를 전공하신 김우창·김문조 교수 두 분을 초청했습니다. 우선 사회학을 하시는 김문조 교수께 발제 내용에 관한 의견을 부탁드리겠습니다.

김문조 우선 문학 방면에 대한 이렇다 할 소양도 없는 제가 문학 연구 발표의 토론자로 나서게 된 것을 여러분께 송구스럽게 생각합니다. 제 전공이 문학 사회학 또는 예술 사회학과는 거리가 멀어서 그렇기도 하지만 다년간 문예 작품을 접촉할 기회가 주어지지 않아서 독자적인 수준에서의 상식마저 제대로 유지하지 못하고 있는 처지이기 때문입니다. 그러나 이런 모든 점을 무릅쓰고 토론에 응해 보고자 한 것은 좋은 말씀 접해 들을 기회를 스스로 속박하지 않아야 하겠다는 생각에서였습니다.

구체적 토론에 들어가, 우선 발표자 김인환 교수께서는 "사회란 의사소통의 네트워크이다."라는 대전제하에 "대화의 맞물림이 사회 형성의 기본 원리가 된다."고 말씀하셨습니다. 사회생활에 있어서 대화의 단절은 사회 해체를 초래한다는 점을 의미하는 것이겠지요. 이러한 대화 단절에 대한 원인을 김 교수께서는 첫째, 대화의 규칙이 지켜지지 않았을 때와 둘째, 대화 당사자들의 시각이 대립될 때의 두 가지로 나누고, 양자를 동등하게 취급하고 계시지 않나 생각합니다. 저는 이상 두 가지의 원인 중에서 적어도 문학 작품의 사회 분석에는 대화의 기법이나 효율성과 관련된 규율의 문제보다 오히려 시점의 차이라는 것에 더 큰 비중을 두어야 하는 게 아니냐 하는 생각을 했습니다. 왜냐하면 대화와 사회의 관계에 있어 대화 규칙을 존중하는 입장에서는 전자가 후자를 이끌고 있다고 보는 반면 시각의 차이를 강조하는 입장에서는 오히려 사회가 대화를 촉진 또는 저해한다는 사회 중심론적인 관점을 바탕으로 할 것이기 때문입니다. 특히 조세희의 '난장이' 소설을 두고 말한다면 거기에 등장하는 사용자와 노동자 사이의 잘 돌아가지 않는 대화의 근원은 테크니컬한 차원에서의 문제가 아니라 거의 전적으로 상황 인식의 차이라는 시각의 대립에서 오는 것이라고 단정지어도 무방하지 않을까 하는 생각입니다.

문학사가들의 말을 빌리면 소위 순수와 참여의 논쟁이 활발했던 1940, 1950년대, 그리고 1960년대의 리얼리즘의 시대를 지나 우리의 문학적 관심이 농촌 문학, 변두리 문학 등의 순서로 이동해 왔다고 하는데 이러한 취급의 추이와 곁들여 왜 '난장이'류의 노동자 소설이 요즈음 우리 주변에서 성행하고 있는가 하는 이유부터가 근대화 또는 산업화라고 불리는 작금의 사회 변동으로서 풀이할 수 있으리라 생각합니다. 우리나라는 물론이요 선진 공업국들도 모두 예외 없이 체험했던 사실의 하나는 산업화의 제일차 충격은 농촌으로 떨어진다는 것이었습니다. 산업화는 쉽게 말해 농업이 공업에 주도권을 넘겨주는 것이니까요. 따라서 농민들이 농촌에서 일터를 잃고 도시로 나가게 되는 이농 현상이 일어나겠지요. 이농이란 말은 실상 지역적 이동과 직업 이동을 합한 복합적 의미를 내포하는 것인데, 산업화의 초기 단계에서는 농촌 해체가 일어나므로 농촌이 주체가 되는 농촌 소설이 성행했을 것이고, 다음 도시화라는 지역 이동만이 일어난 경우 도시 변두리의 뜨내기들이 소설의 중심 인물로 자주 등장했겠고, 그 이후 특히 수출 산업의 신장과 함께 대부분의 도시 부랑자가 공장 노동자로 흡수되는 직업 이동까지 완수된 오늘날과 같은 시점에서는 공장 노동자가 소설에 많이 나타나는 것이 당연하지 않느냐 하는 느낌입니다. 이렇게 20여 년의 산업화 과정을 통해 나타난 하나의 결과가 공장 노동자층이며 바로 이 새로운 계층의 등장이 바로 시각 형성의 주체가 되지 않았겠는가 하고 가정해 볼 수 있지 않은가 싶습니다.

우리에게 제시된 근대화의 청사진은 흔히 웨스턴 모델이라고 말하는 수렴 이론에 기초한 것이라고 볼 수 있습니다. 가령 산업화가 달성되면 국제적으로 보아 선-후진국 간의 차이, 그리고 한 국가 내에서는 지역 간 또는 계층 간에 존재하던 구조나 문화적 간격이 좁혀지리라는 것, 더불어 생활 수준 역시 균등해지리라는 전망이지요. 그런데 '난장이' 소설이 묘사하고 있는 산업화의 결과는 그러한 일반적 예측과는 부합되지 않았다는 점을 가리키고 있습니다. 공장 노동자로 대표되는 극빈층과 이와는 반대로 엄청난 부를 축적하고 있는 부유층 간에는 대립적 시각이 형성되고 그것이 차츰 굳어져 상대방에 대한 불만과 증오로 발전하고 마지막에는 결국 살인에까지 이르고 만다는 것이 '난장이' 소설의 기본 줄거리입니다. 그런데 여기서 소설의 스토리 자체보다도 시각의 단절을 초래하게 된 근본 요인이 무엇인가를 밝혀 내는 일이 중요하겠지요. 조세희의 소설에 기초한다면 상하 계층 간의 생활 조건의 차이가 현실 인식 또는 생각하는 방법을 나누는 근거가 되지 않았던가 하고 생각합니다. 생활 조건을 결정하는 것 중에는 말할 나위 없이 경제적인 것이 가장 큰 몫을 차지하리라고 봅니다만 이에 못지않게 조세희는 생활 환경의 차이랄까 하는 것도 적지 않게 생각하고 있는 것 같아요. 예를 들어 꽃나무, 냉난방 이런 것들로 꾸며진 부유층의 환경, 이와 대조되는 폐유가 떠도는 방죽이라든가 하는 식으로 말이지요. 그렇다고 열악한 생활 조건이 그대로 새로운 시각의 형성으로 화하게 되리라고 믿는 것은 결정론적 이해라고 생각됩니다. 빈곤이 존재한다 하더라도 그 원인에 대한 합의가 존재할 가능성도 있을 테니까요.

일반적으로 같은 현상에 대한 사람들의 인식이 틀려질 때 바로 시각의 차이가 형성되리라 봅니다. 그러면 '난장이' 소설에 등장하는 상하 계층의 사람들이 각기 빈곤을 얼마나 달리 인지하고 있는가를 확인해 볼 필요가 있지 않을까 생각합니다. 우선 가장 일반적인 수준에서 오늘날의 빈곤을 흔히 절대적 빈곤과 상대적 빈곤으로 나누고 있습니다. 상대적 빈곤은 빈곤감이나 불만이 단지 느낌에서 나온다는 것입니다. 즉 생활 조건 자체가 나빠서 그런 것보다 기대와 현실의 격차가 넓어져 나타나는 느낌이라는 것이지요. '난장이' 소설의 인물들은 분명 일면으로 환상적 열망 같은 것을 지니고 있습니다. 천체로 대변되는, 또는 알쏭달쏭한 외래어들로 표현되는 환상의 세계가 있더군요. 그러나 이와 같은 환상에도 불구하고 노동자 가족이 현실에서 바라는 열망은 상대적 빈곤을 주장할 만큼 그렇게 높은 것이 아니었음을 알 수 있습니다. 영수가 영희에게 먹고 싶은 것을 물어보았을 때 대답은 뷔페 같은 것이 아니었습니다. 사이다, 포도, 라면, 빵, 사과, 고기, 계란, 쌀밥 이런 것이었지요. 따라서 그들의 빈곤이 과잉 기대로 인한 상대적 빈곤이라는 설명은 적어도 이 소설에서는 해당되지 않을 것 같습니다. 그렇다면 작중 빈곤을 정말 궁핍하여 느끼는 절대 빈곤이라고 이해할 수밖에 없겠는데 여기에 대해 계층 간의 해석이 어긋나고 있음이 보입니다. 은강 그룹 소유주나 그 주변의 부유층들이 빈곤층에 대해 가지고 있는 태도는 그들은 게으르고 부정직하고 더럽고 무책임하다는 식의, 따라서 빈곤은 경쟁에서의 낙오일 뿐이지 우리 책임은 아니다라고 보는 입장입니다. 반면 근로자들의 입을 통해 나타나는 자신들의 빈곤에 관한 해석은 빈곤이 기업가들에 의한 소득의 불공정한 분배에 있다는 것, 즉 임금이나 환경 개선을 외면한 극대화된 이윤 추구에서 나온 결과라는 인식을 바탕으로 하고 있습니다. 생활 조건에서 유래되기 시작한 이러한 두 대립된 사고는 점차 격화되어 부유층은 빈곤층을 벌레라고 하고 빈곤층은 부유층을 악당이라고 해서 증오감이 차츰 커지게 됩니다. 그래서 아버지를 난장이라고 부르는 악당은 "죽여 버려." 그러니까 "그래 죽일게.", "꼭 죽여." 이러한 대화 거부로까지 발전됩니다. 이러한 일련의 과정을 초래하는 궁극적 원인을 캐고 보면 결국 사회 조건 때문이 아니겠느냐 하는 것이지요.

시각 형성이 이루어지는 직접적 계기는 난장이의 다음과 같은 말에서 명료하게 나타나고 있습니다. "나는 거짓말을 못하는 사람이다.", "나쁜 일이라고 한 적이 없네.", "우리는 열심히 일했네.", "기도도 열심히 했네.", 그러니까 해 볼 것은 다 해 보았는데도 불구하고 납득할 만한 결과가 나타나지 않더라는 것이지요. 여하튼 이러한 경험을 통해 형성되는 그들의 시각은 가난이 거짓, 부정, 게으름, 무성의 이런 것들로부터 연유한다고 생각하는 부유층의 관점과 본질적으로 다를 것이라는 점이 명확해지는 것 같습니다. 빈곤층들은 열심히 일하면 응분의 보답을 받게 된다는 자율 경쟁적 개방성을 —— 이것이 바로 그전 경제 이론의 기본 전제가 되리라고 생각합니다만 —— 의심합니다. 따라서 대화의 공전이나 깨어짐이 있었다면 그것은 형식성이나 세련미에서 오는 차이라기보다 시각의 대립으로 그렇게 될 수밖에 없지 않았겠는가 하는 생각이 듭니다. 이러한 현상은 바로 마르크스가 말하는 계급의식이나 계급 이해의 출현이 아니겠느냐는 류의 연상도 가능은 합니다만 제 주관이 가미된 견해로는 오히려 그러한 정치 이념과 반대가 아닌가 하는 생각이 듭니다. 작품에서 난장이 일가가 바라고 있는 것은 "같은 배를 타고 있다고 생각하라."는 말에서 느낄 수 있듯 투쟁과 지배가 아닌 공동체적 사랑인 것 같습니다. 그들이 부유층을 경원하고 적대시하는 이유는 자기네들보다 더 많은 것을 가졌다는 이유에서가 아니라 근본적으로는 부유층이 "사랑으로는 아무것도 없을 수 없다."는 메마른 인생관을 갖고 있기 때문이리라 추측됩니다. 그래서 조세희는 털여귀풀, 버들아귀, 또는 미나리아재비와 같은 귀를 간지럽히는 단어와 서정적 수법으로 그가 추구하는 사랑의 세계를 미화시키고자 한 것이 아니었겠는가 생각합니다. 이런 점에서 오히려 작가의 서정적, 시적 표현 방법이 불필요한 것이었다기보다 합목적적이었겠다 하는 제 나름대로의 생각을 가져봅니다.

사회 예, 김문조 교수께서 여러 가지 흥미로운 문제들을 제기하고 아울러 새로운 논점들을 덧붙여 주셨습니다. 또 한 분의 약정 토론자이신 김우창 교수께 의견 제시의 기회를 드린 다음에 발제자의 답변을 듣기로 하겠습니다.

김우창 김인환 교수의 발표는 1970년대 1980년대 우리 사회 사정에 긴밀하게 관계되어 있는 것입니다. 조세희 소설이 보여 주고 있는 것은 갈등에 차 있는 사회이고 그 갈등은 또 노사 간의 갈등으로서 파악되어 있습니다. 김 교수의 논문이 보여 주고 있는 것은 갈등의 상황 속에서 어떤 기준을 가지고 그 갈등 문제를 생각해 나갈 수 있느냐 하는 것 같습니다. 그런데 김문조 교수가 말씀하셨듯이 기술적인 의미에서 대화 규칙을 범하는 것이 문제라기보다는 시각의 차이가 더 문제입니다. 시각의 차이는 규칙하고는 큰 관계가 없는 듯하고 단지 시각의 차이의 문제가 아니라 생존 방식의 차이, 서로 다른 각도에서 같은 상황에 얽혀 있다는 사실에서 오는 것이라는 느낌이 듭니다. 극단적으로 말하면, 대화가 안 되는 것은 보는 게 차이가 나기 때문이 아니라 사는 게 다르기 때문이고 그 삶을 가능케 하는 근본 바탕이 서로 모순되게끔 얽혀 있기 때문에 그렇지 않은가 합니다.

대화의 규칙이라는 것은 일단 대화할 생각이 있고 대화를 해서 손해가 없을 경우에 문제가 되는 것입니다. 대화할 생각도 없을 뿐만 아니라 대화를 하면 손해가 난다는 입장에 있을 때 대화의 규칙은 뒷전에 물러나는 것이 아닌가 합니다. 우리가 갈등 상황을 보고 누가 잘하고 못했느냐를 가리고 상황을 판단하는 데 어떤 기준을 적용할 필요가 있습니다만 대화의 기준, 규칙이 어떤 상황에서 전개될 수 있느냐에 대한 고찰이 반드시 필요하지 않나 하는 생각이 듭니다. 결국은 규칙을 몰라서 안 지키는 것이 아니라 그것은 생존의 문제이기 때문에 그리고 어떤 상황에서는 규칙을 지킬 수 있고 어떤 상황에서는 지키지 않아야 하기 때문에 기준이나 규칙보다는 기준 성립의 조건을 생각해 봐야겠다는 느낌이 듭니다. 기준 성립의 조건에 관한 문제는 대화의 규칙 문제가 아니라 현실에 무슨 세력이 움직이고 있느냐에 대한 고찰이 되겠죠. 결국 김 교수의 발표가 정태적이라는 느낌이 드는데, 그것보다는 동적으로 사회 세력이 어떻게 움직이고 있으며 그것들이 어떻게 갈등을 일으키며 어떻게 갈등으로부터 벗어나서 조화할 수 있느냐와 같은 좀 다른 종류의 고찰이 필요하지 않느냐 하는 생각이 듭니다.

요즘 신문에서도 느끼는 것이지만 모순과 갈등으로 가득 차 있는 것이 우리의 사회입니다. 현실은 언제나 그렇다고 볼 수도 있지만 또 사실은 그렇지 않다고 생각할 수도 있고 또 그렇지 않은 것을 찾고 싶은 것이 우리의 욕구입니다. 그런 경우에 대화의 규칙을 문제 삼아야 되지만, 그것은 현실 세력 속에서 대화의 규칙이 어떻게 생겨날 수 있느냐는 문제가 되지 않나 합니다. 그러니까 갈등을 일으키고 있는 사회의 문제를 고찰한다고 할 때 세 가지 면에서 그것을 고찰할 수 있을 것 같습니다. 첫째는 어떻게 하면 우리가 대화를 잘할 수 있겠는가 하는 수사적인 기준을 문제 삼는 경우이고, 둘째는 이런 수사적인 기준이 지켜지지 않는 현실 세력을 살펴보는 경우입니다. 현실 세력을 살펴봤을 때, 수사적 규칙이 잘 지켜져 있으면 좋겠지만 대부분 그렇지 않을 테니까 그것이 현실이고 여기서 그칠 도리밖에 없다고 얘기할 수 있겠죠. 그러나 다른 한편으로, 이 두 개를 합치려면 현실적인 세력으로부터 수사적인 기준이 어떻게 생겨나느냐 하는 것을 다시 문제 삼아야 될 것 같아요. 다시 말하면 갈등이 있고 모순에 찬 세력 속에서 어떻게 정의가 탄생하느냐에 대한 동적이고 역사적인 관심이 또 하나 성립할 수 있다는 생각입니다.

대개 갈등을 중시하는 사회학적 고찰에서는 현실적인 세력이 어떻게 변했느냐, 가령 누구는 돈을 얼마나 벌고 누구는 얼마를 받기 때문에 서로 일정한 분량의 사회에서 생산된 재화를 서로 가지려고 하는 경우 이런 문제가 생긴다는 식의 현실적인 고찰이 이루어지겠죠. 그러면 이러한 현실적인 것들이 어떻게 부딪쳐서 정의가 탄생하겠느냐는 것은 역사라든가 사회의 움직임에 대한 깊이 있는 통찰 위에 한편으로는 좀 더 희망적인 전망이 필요할 것이고, 다른 한편으로는 말할 것도 없이 실천적인 의지가 있어야 되겠죠. 어떻게 이런 현실적인 세력으로서의 정의, 현실 세력으로서의 수사적인 규칙이 성립될 수 있느냐에 대한 이론적인 관심과 더불어 실천적인 의지가 작용해서 비로소 그런 것이 이루어지지 않을까 합니다. 김 교수의 발표는 문학적이라기보다는 사회학적이라고 할 수 있는데, 그것은 아마 김문조 교수가 동의하지 않을지 모르지만, 평면적이고 정태적으로 보았다는 점에서 수량적이고 계량적인 사회학적 접근에 비슷한 것이 아닌가 합니다. 물론 역사적인 변화에 주목하고 그 역사적인 변화 속에서 정의가 어떻게 탄생하느냐에 대해 관심을 갖는 사회학적인 접근도 있지만, 단지 정태적으로 사회 현상을 기술하고 그 사회 현상의 규칙을 처방하는 사회학이 상당히 많기 때문에 대략적으로 말해서 이것은 사회학적이 아니냐는 생각이 듭니다. 이런 데 대해서 문학은 오히려 역설적인지는 모르나 좀더 역사적이라는 생각이 듭니다. 왜냐하면 문학은 사회 일반의 집단적인 범주의 움직임을 한쪽으로 의식하지만 더 집중적인 관심은 구체적인 인간이 나날이 어떻게 살아가고 있느냐에 있기 때문에, 그러한 개념화하고 일반화할 수 없는 나날의 삶들이 모여서 하나의 집단적인 세력을 이루고 그것이 단순한 힘으로써 작용하는 것이 아니라 일반적인 이념에 어떻게 접근해 가느냐에 대한 것에 관심을 가지고 있기 때문에 필연적으로 역사성을 띨 수밖에 없습니다. 아마 문학이 사회학적으로 취급될 수 있다면, 그것은 정태적인 의미에서보다는 동태적인 관점에서 사회를 보는 역사적인 사회학이어야 할 것입니다.

다음 약간 부분적인 문제 하나를 말씀드리겠습니다. 조세희 소설에 대한 평가를 말씀하시면서, 그 스타일이 시적이 아니라 건조하고 메마르고 현실적이면 좋지 않았겠는가 하셨는데 이 말은 대결을 사회 문제의 해결 방식으로 생각한다는 뜻 같기도 하고, 사회의 변화라는 것이 어떤 파국적인 단계를 거쳐서 이루어진다는 뜻 같기도 합니다. 김 교수는 스타일과 근본적인 착상을 연결하시는데 나는 시적 스타일을 썼기 때문에 파국적인 사회관을 피하고 있는 것이 아닌가 합니다. 조세희가 이것을 현실적으로 꼼꼼하게 메마른 문체로 썼더라면 그것은 파국적인 결론에 이르지 않았을까 하는 생각이 듭니다. 그러한 것을 피하는 수단으로써 시적인 문체를 차용한 것이 아닌가 합니다. 가령 임금 문제에 대해 말씀하시면서 "이것은 충분한 증거 없이 너무 비약적이다."고 말씀하셨는데 그러한 토론을 공개적으로 증거를 제시하면서 하자면 모든 증거를 공정하게 다룰 수 있는 근거가 있어야 되겠죠. 증거에 접할 수 있고, 논쟁의 쌍방이 그 증거를 토의하고 받아들일 수 있는 용의가 있어야 되겠지만, 우리 사회가 증거를 손쉽게 공개적으로 드러내 놓기 어려운 상태에 있습니다. 그렇게 근본 문제를 들추어낼 용의가 없는 상황에서 이야기를 하는 경우, 일일이 상식적으로 용납될 수 있는 증거를 대면서 한다는 것은 굉장히 어려울 것입니다. 그러한 구체적인 문제를 사실적으로 토의할 상황이 성립되지 않았을 뿐만 아니라 실제 이 소설에 들어 있는 상황을 공개적으로 근본적으로 토의할 용의가 없는 상황에서 그것을 김문조 교수가 지적하신 대로 갈등이 아니라 사랑을 통해서 해결하려고 했을 때는 환상적이고 시적인 수법을 통해서 현실 문제에 너무 깊게 파고드는 것을 피하는 도리밖에 없었지 않았나 하는 생각이 듭니다. 조세희가 이것을 근본적으로 파고들려고 했다면 그 책이 출판되지 못했을 테고 자신도 곤란했을 테니까 그것을 시적으로 미화함으로써 우리 생활을 너무나 비참한 것으로 이야기하지 않고 희망의 차원을 유지할 수 있었던 것이 아닌가 합니다.

조세희는 여기서 우리 사회의 모순을 많이 지적하고 있지만 그 모순의 근본 원인으로서 '너희들은 나쁜 놈들이다.'라고 말하는 것이 아니라, '우리는 이렇게 소박한 꿈을 가지고 있다.' 하는 식으로 강조하고 있어요. 전자와 같은 식으로 하면 싸움이 벌어지니까 이렇게 소박하고 유치한, 난장이들이나 가지고 있는 꿈 정도는 통해야 되지 않겠느냐는 식으로 호소하는 것이겠죠. 이러한 여러 가지 찹찹한 동기들이 이 소설로 하여금 시적인 스타일을 사용하게 하고, 실증적인 사회적 조사를 펼치지 않게 한 이유이지 않을까 합니다. 그렇다고 그것이 잘못된 것이라고는 생각하지 않습니다. 조세희가 취하고 있는 그러한 서정적인 스타일은 이 소설에서 매우 효과적으로 이 시점에서 가능했던 보다 나은 사회에 대한 비전을 보여 줬던 방법이었던 것 같습니다. 나쁜 상황에 있을 때 호소보다는 당연한 요구, 정당한 주장이 더 인간의 존엄성에 플러스가 되는 것이라고 생각할 수도 있지만 어떤 경우에는 그것이 오히려 더 많은 고통과 비인간적인 현실을 가져올 수도 있기 때문입니다. 그리고 우리가 조세희 소설에서 보는 그리고 현실에서 보는 여러 가지 모순과 갈등을 해결하는 데 정의에 입각한 주장은 좀 수그러지는 것이 좋지 않겠는가 하는 것이 발표자가 마지막으로 붙여 하신 말씀의 뜻인 것 같은데 그렇다면 임금과 이윤의 문제를 어떻게 구체적으로 해결해야 될 것인가에 대한 김 교수의 견해를 듣고 싶습니다.

사회 이제까지 두 분 약정 토론자의 말씀을 통해서 여러 가지 문제들이 거론되었고, 또 몇몇 부분에서는 관점이나 해석을 달리하는 듯한 논점들이 부각된 것 같습니다. 예정된 순서에 따라, 이에 대해 발제자이신 김인환 교수의 답변을 듣도록 하겠습니다.

김인환 임금과 이윤의 문제는 좀 더 폭넓은 토론의 영역으로 개방되어야 하겠다는 것이 제 생각입니다. 임금과 이윤의 문제를 노동자와 자본가에게만 맡겨 두지 말고 넓은 영역으로 확대하는 방법을 찾아야 합니다. 김우창 교수가 이야기하신 사회적, 역사적 조건의 문제는 저도 중요하다고 생각합니다. 그러나 간단한 상식이 지켜지지 않는다면, 상식보다 더 깊은 차원의 문제가 다루어질 수는 없습니다. 상식의 차원에서 토론의 영역을 확대함으로써 김문조 선생이 지적하신 대로 계급 갈등이 계급의 상호 인정으로 발전할 수도 있을 것입니다.

　사회　우선 김인환 선생님께서 주요 부분에 대해서 간단히 말씀하셨습니다만 덧붙여서 두분 토론자께서 하실 말씀이 있으면 자유롭게 토의해 주시기 바랍니다.

　김우창　지금 제가 평을 한 것은 이 논문을 공격하기 위해서가 아니고 왜 대화가 성립되지 않느냐는 단순히 규칙의 차원에서가 아니라 현실 세력의 차원에서 고찰하는 게 추가되었으면 이 논문이 더 좋았을 것이라는 생각에서입니다. "일한 만큼" 또는 "생산성"의 문제는 누가 정의하느냐에 달려 있는 것 같아요. 단순히 기업가들이 "이것이 일한 만큼이다." 한 것을 그대로 받아들일 수는 없을 것입니다. 그러나 원래 사회적 이상향을 이야기하는 사람들이 다 살 만큼뿐만 아니라 잘살 만큼 주자는 이야기를 하지만 그것을 실천하는 사회는 상당히 드물 것 같고, 적어도 일한 만큼은 주자는 것이 많은 사회에서 이야기되는 것 같습니다. 일한 만큼이라는 것은 좋은 사회면 민주적이고 합리적인 절차를 통해서, 나쁜 사회면 지배하는 사람들의 의도대로 결정되는 것이므로 일한 만큼이라는 개념을 정의하는 방법도 엄밀하게 따져 볼 필요가 있다는 생각이 듭니다. 기업가 측에서 본다면 "이것이 당신들이 일한 만큼이오." 하는 식이 되겠고, 또 일하는 사람 측에서는 "일한 것이 이것보다 더 많소." 하는 식이 되겠죠. 여기에 대해서 경제학자들도 나서서 여러 이론들을 전개했지만, 서로 잘 통하지 않았습니다. 무슨 탓을 잡으려는 것이 아니라 이런 문제를 좀 더 고려하시면서 완성시켜 나갔으면 하는 생각에서 말씀드렸습니다.

김문조 그저 한두 가지만 간단히 부연할까 합니다. 정형시 같은 경우에는 말하는 것의 차원이 상대적으로 가장 큰 비중을 차지하리라고 추측합니다만 '난장이' 소설 같은 이런 부류의 작품을 분석할 때에는 김우창 교수도 지적하셨다시피 거의 모든 것이 생존 문제로 귀착되는 것이 아니겠는가고 판단되는군요. 발표나 토론 중에 임금에 관한 문제가 섬세하게 부각되고 있는 것 같습니다만 저는 임금 자체는 이 소설의 기본 주제가 아닌 것으로 생각합니다. 김우창 교수께서 풀이해 주신 대로 임금에 관한 논쟁은 무척 다양해질 수 있겠지요. 우선 누가 정의하느냐에 따라서인데 예컨대 이상적 공산주의자들은 일단 균분을 주장할는지 모르고 대신 서구식 주장은 에퀴티(equity), 말하자면 투여한 돈이나 노력만큼 분배해야 된다는 것이겠고, 또 극단적 복지 국가 같은 데에서는 사람 수나 일한 양에 관계없이 가장 필요를 느끼는 사람을 우선시해야 한다는 등의 여러 가지 원칙이 있으리라 봅니다. 뿐만 아니라 그런 원칙을 채택하고 적용하는 힘이나 입김의 차이, 즉 어떤 계층이 자신들에게 합당한 분배 원칙을 주장할 만한 힘을 지니고 있느냐 하는 점도 주요 변수로 작용하겠지요. 여하튼 조세희 소설은 여기에 대한 무슨 해답을 얻거나 제시하려는 것이 아니었으리라 여겨집니다. 물론 최저 임금제 같은 이야기가 나오지요. 그러나 그에 대한 주장이 임금 제도 자체의 결함이나 모순을 시정해 보자는 동기에서 출원한 것이라기보다 오히려 사랑을 실천할 수 있는 인간다운 삶을 얻기 위한 요청에서 비롯된 것이고 그런 점에서 그들은 임금 투쟁에 대한 정당성을 찾고 있었던 것이 아닌가 생각됩니다.

김인환 저는 대화란 말을 사랑과 싸움을 동시에 포함하는 의미로 사용했습니다. 야스퍼스도 어디선가 커뮤니케이션의 핵심은 사랑하는 싸움에 있다고 말한 적이 있습니다. 보는 것과 말하는 것과 사는 것은 결국 하나가 아니겠습니까?

사회 사회자인 저도 역시 문학에 관심이 있는 사람이기 때문에 한 가지 질문을 하겠습니다. 우선 김인환 선생께서 답변하시면서 말하는 것과 보는 것과 사는 것이 하나라고 보고 그런 의미에서 대화의 규칙이라든가 대화의 성립에 관한 문제를 중시했다고 말씀하셨는데, 제 생각으로는 문학의 문제가 전부 언어의 문제만은 아닌 것 같습니다. 언어로 이루어진 구조물을 통한 인간의 삶의 문제는 또 사회의 문제이고 또 언어의 문제는 거기에 상응하는 사회적 실체의 문제라고 할 수 있을 것 같습니다. 그러한 각도에서 위 세 가지가 결국 하나이며 곧 일체화된 것으로 보아야 한다는 말씀은 그중에서 언어가 먼저 중요하다든가 그것만이 중요하다든가 하는 것보다는 그것을 포함한 사회 전체를 일단 작품을 보는 시각에서는 구별해 볼 수밖에 없지 않느냐, 그런 말씀으로 이해할 수 있을 것 같습니다. 한 가지 덧붙여 생각할 문젯거리로 토론하고 싶은 것은 지금까지 이야기가 전부 경제학적이고 사회학적인 측면에 관련된 것이 많이 나와서 문학을 전공하는 사회자로서는 교통 정리를 할 능력의 범위를 벗어난 것 같아 문학에 관련된 질문을 하나 할까 합니다. 대개 아시겠지만, 우리 현대 문학에서 1920년대 중엽의 소설을 보면, 그 당시 붙여진 이름으로는 '살인 방화 소설'이라는 것들이 있습니다. 이른바 신경향파 계열의 소설 가운데 작품의 결말이 살인이나 방화로 끝나는 소설들이 있고 그것이야말로 전형적인 파국적 구성을 가지고 있다고 할 수 있습니다. 그 소설들은 노동 문제를 다루고 있는 것은 아니지만 오늘 발표를 들으면서 20년대 중엽의 '살인 방화 소설'이 가지는 파국적 구성 방식과 70년대 나오는 조세희와 같은 작가들의 작품에서 보이는 파국적 구성이 일단은 유사한 어떤 틀을 가지는 것은 사실이겠지만 거기에 차이가 있지 않을까 생각이 듭니다. 가령 차이가 있다면 어떤 것이고 또 그 차이의 의미나 의의는 어떤 것인가에 대해서 생각해 보았으면 합니다.

김인환 1920년대 소설보다 사회적 맥락을 더 뚜렷하게 의식하고 있으나 심리적인 근거에 있어서는 이 작품도 모호하게 처리하고 있습니다. 문체가 여러 가지 불철저한 인식을 가려 주고 있을 뿐입니다.

사회 더 질문하실 것이 있으시면, 기회를 드리겠습니다.

유영대 '노동자와 사용자는 공동체 속에서 같은 배에 타고 있는 처지다. 서로 좀 더 화해롭고 사랑찬 사회에서 살아가는 것이 궁극적인 목표다.'라고 김문조 선생께서 해석하고 있는 것 같습니다. 그런데 김인환 선생님께서 지적하시는 또 한 세계는 「은강 노동자의 생계비」라든지 「내 그물로 오는 가시고기」 등의 소설에서 나오는 세계입니다. 사용자의 표상이라 할 수 있는 회장을 죽이는 해결의 방안은 '상호 이해'라든지 사랑으로서는 해석할 수 없는 상황이 아닌가 합니다. 그렇다면 조세희가 바라는 궁극적인 세계는 어떤 것이었는가를 묻고 싶습니다.

김인환 조세희는 기존의 소유 관계를 보존하면서 사랑에 의하여 최저 임금제를 시행할 수 있는 사회 질서를 바라고 있는 듯합니다.

사회 시간이 많이 경과되어서 한 분의 질문만 더 받겠습니다.

학생 김인환 선생님께서 마지막 결론을 내리시면서 "자연 과학을 받아들여서 사회 과학이 지나치게 계량화됨으로써 인간 생활의 대화마저 차단하게 되었다. 계량화된, 수량화된, 그리고 탈인간화된 속에서, 다시 인간화로 돌아가야 한다."라는 의미로 말씀하셨는데 문학 속에서 대화가 자유롭게 일어나게 하려면, 전문화된 문제를 비전문화된 사람이, 어느 영역까지 터치할 수 있느냐는 문제가 나올 것 같습니다. 전문가가 아닌 사람이 국가 예산이라든가 군대 체계의 전체적인 문제에 어느 정도까지 터치할 수 있고 어드바이스할 수 있는가 하는 문제가 제기될 수 있을 것 같습니다. 여기에 대해서 말씀해 주십시오.

김인환 저는 언어 문제를 직관에 의하여 해결할 수 있듯이 사회 문제도 직관에 의해서 해결할 수 있다고 믿습니다.

　사회　대부분 연구 발표회가 끝날 무렵에는 으레 그렇듯이, 오늘의 발표와 토론도 아직 미진한 것이 남은 감이 있습니다만, 사회자 입장에서는 오늘의 미진함에 좀 더 각별한 뜻이 있다고 생각합니다. 그것은 곧 오늘의 주제에서 이미 표명되었지만 문학과 사회의 문제는 십수 년 이래로 우리 문학과 사회에 관한 여러 가지 성찰의 중요한 핵심 부분이었고, 짧은 시간의 논의로 완전히 다 드러나기에는 너무나도 큰 문제이기 때문에 오늘의 미진함은 앞으로 그런 실마리를 더 확대하고 생각해 나가기에 오히려 유익한 출발점이 될 수 있지 않을까 합니다.

문화의 주체성, 무엇이 가로막나

김윤식(서울대 인문대 교수)

김우창(고려대 문과대 교수)

1985년《신동아》8월호

해방과 자기비판

김윤식 금년이 해방 40년이 되는 해입니다. 그래서 여러 분야에서 정리들을 하고 있는 것 같습니다. 역사는 보태는 것이 아니고 다시 쓰는 것이라고 하는데, 1985년이라는 이 시점에서 지나간 역사를 재평가해 보는 것도 의의가 있을 것 같습니다.

먼저 잘 아시겠지만 우리 문학사적으로는 해방에서 대한민국 정부가 수립된 1948년 8월 15일에 이르는 3년 동안을 해방 공간으로 보고, 그동안의 일을 해방 공간에서 일어났던 문학 현상이다, 이렇게 얘기를 많이 합니다. 그런데 바로 이 해방 공간에 일어났던 문학을 정리할 때에, 해방이 우리 힘으로 된 것이 아니고 밖에서 주어진 것이다 하는 것, 이것이 이 공간 전체를 울리고 있는 제일 큰 분위기인 것 같아요. 말하자면 해방이란 모두가 환희의 노래를 부르고 모두가 흥분하고 모든 것이 제 힘으로 다 가능할 것 같은 분위기였지만, 동시에 이러한 것들이 하나하나 붕괴돼 가고,

여기에서 분노 저항 싸움 갈라짐, 이런 것이 일어난 공간이었다고 볼 수 있어요.

먼저 새 나라 건설과 관계되겠지만, 해방이 되자마자 문인들의 단체가 많이 생겨났어요. 먼저 좌익 쪽에서 단체를 만들기 시작해서, 해방 다음 날 인 8월 16일에 바로 조선문학건설본부라는 것을 임화(林和)가 주도해서 만들고, 조선프롤레타리아문학동맹이라는 것이 9월 17일에 생겨나요. 이 두 개가 대립이 되다가 12월 6일에 통합이 되어 조선문학동맹이 만들어지 고(1946년 2월에 조선문학가동맹으로 명칭을 바꿈), 이것을 중심으로 조선문화 총연맹(朝鮮文化總聯盟), 약칭 문연(文聯)이 되지요. 여기에 대항해서 우익 쪽에서는 1945년 9월에 중앙문화협회가 오종식, 박종화(朴鍾和) 같은 사람 들 중심으로 만들어지고, 문학가동맹에 대항해서 전국조선문필가협회(全 國朝鮮文筆家協會)를 1946년 3월에 만들어요. 이와 함께 청년문학가협회(青 年文學家協會)도 만들어지는데, 김동리(金東里), 조연현(趙演鉉), 조지훈 같은 사람들이 중심이 되지요. 그래서 좌우가 대립이 되어 해방 공간에서 좌와 우의 싸움이 계속 벌어집니다.

당시 좌익 쪽에서 내세운 기본 틀은 새로 건설될 문화의 목표가 프롤레 타리아 또는 사회주의적인 것이 아니고 반봉건적 반제국주의적 문화라는 것이었지요. 다시 말하면 무산 계급의 반자본주의적인 문화가 아니고 부 르주아적인 민주주의 혁명이라야 된다, 이렇게 규정되어 있어요. 우익 쪽 에서는 민족 문화를 내세웠어요. 우리 민족의 정통성, 우리 민족정신을 어 떻게 지키느냐가 핵심적인 주제였지요.

김우창 무엇을 민족정신이라고 하는 겁니까?

김윤식 우리 민족이 어떻게 구체적으로 살아왔느냐 하는 문제지요. 그 것은 손진태(孫晋泰)의 신민족주의(新民族主義)의 영향을 크게 받았는데, 지 배 계급 피지배 계급, 잘사는 사람 못사는 사람, 이것이 다 우리 민족이니까 전부 합해서 우리 민족의 전체적인 행복을 목표로 하는 사회를 세우자는 것이 신민족주의의 기본 틀이지요.

민족 문학 측의 주장으로 관심을 끄는 것은 조지훈 씨나 김동리 씨가 제기한 본령 전개의 문학이에요. 문학은 영원한 것을 다루는 것으로 인간의 영원성, 민족의 영원성에 부합되는 문학을 해야 한다는 주장이지요. 결국 민족 문학이란 비정치적인 문학을 하자는 것이고, 좌익 쪽이 실제로 들고 나온 것은 계급 중심의 노동자 농민을 주체로 한 정치적 성격을 띤 문학이었지요. 여기에서 문학의 논쟁으로 조금 좁히면 누구나 많이 얘기하듯이 김동석(金東錫)과 김동리의 논쟁이 유명합니다. 흥미 있는 것은 문학가동맹의 임화나 김남천(金南天)은 여기에 별로 관여를 안 했어요. 김동석 쪽을 이쪽에서는 정치주의 문학, 비순수로 보았고, 김동리 쪽은 본령 전개의 문학이라고 해서 이것은 순수 문학이라고 얘기하는데, 이렇게 해서 순수냐 비순수냐 하는 논쟁으로 발전이 됐어요.

아직도 해결 안 된 해방 때의 과제

김우창 결국 현실적으로 정치적인 문학이냐 비정치적인 순수냐, 이것이 살아 있는 이슈일 것 같아요.

김윤식 김동리와 김동석으로 대표되는 순수 비순수는 서구의 정신사에서 오랜 논쟁의 역사를 갖고 있지요. 가령 헤겔주의적 입장에서는 이성이 최고의 위에 있고 그 밑에 이성의 통제를 받는 감성이 있지요. 또 레닌의 명제 같은 것을 볼 것 같으면, 예술·문학 같은 것은 정치의 하나의 나사못이 돼야 한다는 것이 아닙니까? 그렇지만 한편에서는 이성과 감성의 대등성을 주장하고 있어요. 다시 말해 감성의 독자성을 강조하는 것이지요.

김우창 어떠한 입장이고 간에 역사적인 차원을 떠나서 얘기할 때는 해결될 수 없지요. 그런 얘기를 들을 때 해방 당시의 문제가 지금까지도 얼마나 생생하게 살아 있는 문제냐 하는 것을 느끼게 돼요. 40년이 지났지만 그때 그 사람들이 중시했던 것들을 오늘날 우리가 아직도 생각하고 고민하고 있잖아요. 이러한 문제들은 바로 해결될 수 있는 것이 아니고, 계속적인 논쟁으로 지속될 수밖에 없는 성질의 것이지요. 사람 사는 데는 답변이 없는 질문이 있을 수 있습니다. 답변이 없다고 해서 물음이 의미가 없는 것이 아니고, 물어봄으로써, 곧 논쟁을 지속함으로써 사람 사는 방법을 찾는 것도 있으니까, 답변 없는 논쟁도 중요하다고 봅니다.

두 번째는 우리가 해방 후에 얼마나 연속적인 시대에 살고 있느냐, 이것을 생각해야 될 것 같아요. 달리 얘기하면 해방 당시에 제기됐던 역사적인 문제가 아직도 해결이 안 된 것이지요. 일본 사람들의 경우를 보면 1860년대에 문제를 삼았던 것이 1900년대까지 지속된 것은 그렇게 많을 것 같지 않아요. 상당히 많은 문제가 해결이 됐어요. 1860년대에 일본은 세계 과학 문명의 변두리에 있었지만 1900년쯤 되면 세계 자본주의와 과학 문명의 중심부로 들어가요. 그러니까 1860년대의 문제와 1900년경의 문제는 전혀 달랐지요. 40년 동안 그만큼 변한 것입니다.

그리고 대화의 문제, 영원한 질문의 문제로서 문학과 정치가 어떻게 관련되느냐 하는 것으로 다시 되돌아가면, 그것은 해결될 수 없는 대화로 지속돼야 할 거예요. 역사와 사회의 조건을 초월한 영원한 것이 있을 수 있다고 얘기하는 것은 상당히 순진한 주장인 것 같고, 또 민족이라는 말 자체가 민족이 가지고 있는 역사적 사회적 조건에 의해서 규정된 삶을 살고 있다는 인식에서 나오니까 민족 문학이라는 말을 쓴다는 것은 그 자체가 모순된 것이라고도 할 수 있지요. 또 한쪽으로 그렇게 얘기할 수 있지만, 다른 한쪽으로는 그렇다고 해서 사람이 완전히 사회적 역사적 조건에 의해서 규정돼 가지고만 살 수 있다고 말하는 것도 인간의 생물학적인 보편적인 여러 가지 특성을 무시한 얘기일 것 같아요. 그래서 역사적으로 사회적으로 규정된 사회 속에서 살고, 그렇기 때문에 자기가 보는 것 자체가 불가피하게 편협된 것일 수밖에 없고, 이러한 시대의 제한 속에서 보편성을 향해서 끊임없이 노력한다고 할 수 있겠지요.

김윤식 해방 공간의 문제점이 지금도 해결되지 않고 지속되고 있다는 것, 그리고 원론적으로 볼 때는 해결되기 어려운 문제다 하는 것, 그리고 앞으로 우리가 분단 문제의 해결에 있어서도 문학적인 과제는 상당히 논의를 많이 해 봐야 되고 깊이 생각해 볼 그런 과제다, 이렇게 해방의 문제를 정리해 볼 수 있겠군요.

김우창 역사라는 것이 교훈을 주는 것도 아니고, 역사에서 교훈을 끌어내려고 하는 것 자체가 역사를 왜곡하기가 쉬운 것 같아서 저는 교훈이라는 것을 아주 싫어하는데, 그래도 교훈이라는 것이 있다면 논쟁으로 지속됨으로써 역사에 기여하는 이슈들도 있다는 것을 우리가 생각할 필요가 있을 것 같아요. 꼭 답변이 나와야만 좋다고 생각하는 분들이 있는데, 답변이 없고 논쟁의 테마로서 지속되는 문제들을 유지시켜 나가는 것이 중요한 경우도 있다는 것이 교훈이라면 교훈이 아닐까 이런 생각이 듭니다.

김윤식 문학에서 성급하게 화해하는 세계를 그리는 것도 좀 문제지요.

김우창 그러니까 문제를 제기하는 그것만도 중요합니다. 오히려 어떻게 보면 문제 제기가 더 중요한 것 같아요. 다음 얘기로 넘어가기 전에 한마디만 덧붙이겠습니다. 해방 후 지금까지 우리 사회의 운명이 정치적 결정에 너무 큰 영향을 받아 온 것 같아요. 문학이라는 것은 어떻게 보면 정치를 떠나서 순수하게 있고 싶은 충동이 있는데, 불가피하게 정치를 가지고 고민하지 않으면 안 되는 그런 상황에 있었기 때문에 불행하고 외로운 문학이었다고 말할 수 있겠습니다. 이것이 정상적인 상태는 아니지요. 이것을 한 가지 덧붙이고 싶습니다.

　김윤식　여태까지 40년 동안의 문학사의 시기 구분도 전부 정치적인 시기로 나누었어요.

　김우창　레비 스트로스는 『슬픈 열대』에서 역사란 불가피하게 우리가 생각하고 그 속에서 살아야 되는 것이면서 괴롭게 만드는 것이라고 했는데, 이 괴롭게 만드는 것과 더불어 한국 문인들이 살 수밖에 없었다는 것은 분명히 서글픈 일이지요.

전후 세대의 6·25 체험

　김윤식　이제 6·25 문학에 관해서 얘기해 보지요. 6·25가 문학에 미친 영향은 우선 민족의 대이동이 낳은 상황을 생각해 봐야 될 거예요. 여기에서 뿌리 뽑혔다는 박탈감이랄까, 그러한 상흔이 깊이 내면화되어 실존주의적인 문제와 연결이 되지요. 그다음에 언어의 재편성 문제와 도시 집중 현상도 꼽을 수 있겠지만, 역시 이데올로기의 흑백 논리화가 6·25전쟁이 던져 놓은 큰 이슈일 것 같아요.

　김우창　그 가운데서 도시 집중 현상은 오히려 60년대 이후 눈에 띄게 일어난 것 같아요.

　김윤식　6·25 문학 하면 구세대의 전쟁 문학과 전후 세대의 그것으로 나눌 수가 있는데, 이 구세대는 대개 종군 작가단도 만들고 해서 많은 활동을 하면서 나름대로의 세계를 펼쳤습니다. 그러나 우리가 6·25문학에서 중시하는 것은 아무래도 전후 세대가 되겠지요. 전후 세대의 작품 활동은 55년부터 시작이 된다고 볼 수 있습니다. 《현대문학》이 1955년에 나왔고 역시 그해에 《문학예술》이라는 잡지가 또 나왔지요. 《자유문학》은 그보다 한해 늦게 나왔고, 《사상계》는 이미 1953년부터 내고 있었어요. 이런 잡지들에 의해서 전후 세대가 등장을 하는데, 이 전후 세대로는 우리가 잘 아는 바와 같이 손창섭(孫昌涉), 장용학(張龍鶴), 서기원(徐基源), 오상원(吳尙源), 김성한(金聲翰) 씨 등을 꼽을 수 있겠지요. 그런데 보통 전쟁문학 하면 반전 문학을 연상하게 되는데, 이 세대들이 쓴 작품들의 특징을 보면 어떻습니까?

김우창 내놓고 반전적인 문학을 했다고 할 만한 것이 얼마나 있을까요. 괴로웠다는 얘기는 있지만.

김윤식 그러니까 휴머니즘이나 뿌리 뽑혔다 하는 상실감, 또 전쟁 자체의 비참함을 다룬 작품들이 논의될 수 있을 텐데, 오상원의 「유예(猶豫)」는 전쟁 자체를 다루었고, 선우휘(鮮于輝)의 작품도 전쟁과 관련이 깊지요. 전쟁으로 인해서 벌어진 모럴의 붕괴 같은 것은 서기원의 「암사지도(暗射地圖)」에서 다루어졌고, 전쟁이 가져온 여러 가지 부조리한 실존주의적 요소는 장용학의 「요한시집」 같은 데에서 볼 수가 있어요. 또 전쟁을 직접 다루지 않았어도 송병수(宋炳洙)의 「쇼리 킴」처럼 기지촌 등 전쟁의 후방을 다룬 작품들도 많지요. 이런 작품들이 종래의 우리 문학과 얼마나 달랐느냐 하는 것을 한번 짚어 보고 넘어가야 될 것 같습니다.

김우창 그 말씀 하시니까 생각나는데, 우리의 경우 전쟁의 체험이 반전적인 문학으로 나타난 것은 아니다 하는 느낌이 하나 들고, 또 염상섭 같은 구세대의 전쟁 체험과 전후 세대의 그것이 상당히 다른 것 같다는 점입니다. 구세대는 전쟁을 상당히 외면적으로 체험한 것 같아요. 말하자면 고생스러워서 보따리 싸가지고 도망가는 그런 얘기가 주고, 전쟁이 내면적으로 깊은 상처를 준 것은 아닌 것 같아요. 그 세대는 선악이 분명했지요. 반면 전후의 세대들은 내면적인 상처를 많이 기록한 것 같아요. 그런 의미에서 실존주의적이고 내면화되고 개체적인 체험을 중시했다는 느낌이 들고,

특히 실존주의가 유행한 것도 그런 것과 관계되는 것 같아요.

이것을 다시 이데올로기 문제와 연결시키면, 이데올로기가 단순화된 것이 관변에서 그렇게 만들었기 때문에 그랬는지 체험 자체가 그랬는지는 알 수 없지만, 인과 관계가 아니라 하나의 병렬 현상으로서 연결이 되는 것 같아요. 그러니까 전후 세대로 불리는 젊은 사람들은 전쟁을 전체적으로 인과적으로 파악하지를 않고, 이미 전쟁은 일어나 있는 것으로서 그 안에서 당한 것들을 기록하였다고 볼 수 있어요. 전쟁을 전면적으로 파악하지 못한 것은 이데올로기의 단순화와 관계가 있겠지요. 반전 문학이라면 전쟁이 정당한 전쟁이냐, 왜 일어났느냐, 전쟁은 나쁘다 이런 식으로 문제를 제기하기 십상일 텐데, 전쟁은 일어났는데 그 전쟁 안에서 우리는 이렇게 체험하고 괴로웠다, 다시 말해서 전쟁이라는 테두리는 일기(日氣)처럼 하나의 기상(氣象)으로 받아들이고, 정해진 날씨 가운데서 기분 나쁜 것, 좋은 것, 이런 것이 개인화되고 실존주의화되고 내면화된 것이지요.

분명하게 알 수 없고 하나의 분위기로서 존재하는 전쟁에 접하게 되고, 전체적으로 파악 못하기 때문에 절망과 좌절은 더 크지요. 전쟁 체험에 대한 기록이 굉장히 많지만, 아직도 6·25를 취급한 소설이 나와야겠다는 얘기들이 더러 나오고 있는 것은 6·25를 내면적인 체험으로서도 파악해야 하지만 하나의 큰 역사적인 정치적인 관점에서 취급하는 작품도 있어야 되겠다는 생각과 관계가 있지 않겠어요. 물론 그것을 전혀 취급 안 한 것은 아니지만 지금도 못하는 것은 이데올로기가 스스로 받아들인 것이든 강제된 것이든 단순화되었기 때문에, 객관적으로 전쟁이 벌어지는 것을 전쟁 밖에 서서 총체적으로 볼 수 있는 언론의 자유, 사고의 자유, 작가의 느낌의 자유가 없었다는 것과 연결이 될 수 있지 않느냐……

이데올로기와 위대한 작품

김윤식 6·25문학은 넓게 보면 분단 문학, 이산 문학이라고도 할 수 있습니다만, 잘됐다 못됐다를 떠나서 6·25 문학 작품에서 어떤 특징들이 나오느냐 했을 때, 문제 제기로서 최인훈(崔仁勳)의 『광장』과 윤홍길의 「장마」를 비교해 볼 수 있어요.

『광장』은 60년에 출판되었는데, 4·19 때문에 나올 수 있었다고 하지요. 최인훈 씨는 좀 나이가 든 세대이고, 윤홍길 씨는 전쟁을 어릴 때 체험한 세대인데, 『광장』은 이데올로기를 논리적으로 다뤄 보려 했고, 「장마」는 샤머니즘적 성격이 짙습니다. 두 안사돈이 각각 아들을 국군과 인민군으로 보냈는데, 아들이 둘 다 죽어요. 그래서 두 안사돈이 원수가 돼 버려요. 그러다가 아들이 죽어서 구렁이가 돼 장마가 들 때 나타나면 아 아들이 돌아왔구나 하는 그런 샤머니즘적인 것인데, 이것은 민화적인 수법이라고도 볼 수 있어요. 민화는 원근법이 없죠. 그러니까 가치가 빠져 버려요. 가치 개념이 빠져 버리는 그런 사고로서 이데올로기를 초월하려고 한 것이지요. 『광장』과 「장마」의 중간적인 것으로는 이문열(李文烈)의 『영웅시대』, 김원일의 『노을』 같은 것들이 있는 것 같아요. 이렇게 논리적인 것, 샤머니즘적인 것, 중간적인 것으로 크게 나눌 수 있을 것 같아요.

김우창 이렇다 저렇다 따질 수는 없지만, 정말 좋은 작품은 안 나왔다, 이것이 일반적인 느낌인 것 같아요. 그렇게 된 데에는 우리의 문학 역량이 미숙하다는 점도 있겠지만, 크게는 정치 상황의 제약을 얘기해야 될 것 같아요. 거듭 강조하지만 이데올로기의 단순화, 이데올로기를 작가가 취급하기 어렵게 된 것, 또 작가 자신이 우리나라에서 정치적인 상황에 대한 뚜렷한 연구를 실제로 할 수 있는 위치에 있지 않다는 것, 이런 것들이 문제인 것 같아요. 6·25라는 것이 근본적으로 정치 상황인데, 정치 상황을 이해할 수 있는 여러 가지 이해 방식에 대한 접근이 제약되어 있거든요. 작가라는 것은 정치적인 상황을 정치적으로 이해하면서 이를 초월할 수 있는 능력이 있어야 되지 않겠어요. 그래야 그것이 단순한 정치사와는 다른 것인데, 오늘 같은 경직된 사회에서는 이 초월이 굉장히 어렵단 말이에요. 어떤 작품도 그것이 좌파의 입장에서 쓰든 우파의 입장에서 쓰든 이미 정해진 입장에서 쓰는 것은 좋은 작품이 아니라고 볼 수 있어요.

『광장』은 이데올로기를 깊이 있게 취급하지 못했고, 그것과 관련되어 구체적인 현실 인식에 있어서 부족한 점이 있는 것 같아요. 단순한 이데올로기의 선택이었지, 그것이 사람 사는 데 관계되어 좋은 점도 있고 나쁜 점도 있다, 이런 것은 접근이 안 돼 있는 것 같고, 또 하나는 이데올로기를 너무 중시해서 실생활의 구체적인 체험이 사상이 돼 있어요. 특히 이북에서의 경험 같은 것을 묘사한 대목은 실감 있게 느낄 수 없거든요.

되풀이해서 말씀드리지만, 정치적인 테두리를 가지고 이해하면서, 동시에 정치를 초월하는 입장에서 개인 체험이 추구되어야 하는데, 그런 것이 없이 개인적인 체험, 실존적인 차원에서만 취급한다면 제대로 작품이 되기가 어렵겠다, 이런 생각이 들어요. 그러나 우리가 정말 문학의 목적에 봉사한다는 입장에서 본다면 둘 다 그 나름의 역할은 가지고 있지요. 그리고 그것이 앞으로 우리가 남북 통일을 한다든지 할 때 문학이 할 수 있는 것 중의 하나인 것 같아요. 물론 이데올로기를 넘어선 민족의 인간적인 요소, 민족적인 공통점, 이것이 상당히 중요한 요소이고, 사실 어떻게 보면 이데올로기보다 더 영원한 것은 개체적인 체험이겠지요.

김윤식 동감입니다.『영웅시대』도 그렇습니다만, 예컨대 남로당이 북에 가서 패배하는 장면을 쓸 경우, 남로당의 이데올로기가 북로당의 그것보다 못해서 패배한 것이냐 어떠냐 하는 이데올로기 자체에 대한 비판이나 대결이 있어야 할 거예요. 이것이 없이 북로당 나쁜 놈이다, 정치적으로 이

응당했다 하면 설득력이 약하지요.

김우창 사실을 사실대로 보는 성숙한 입장이 지금쯤은 있어도 괜찮을 것 같은데……. 얼마 전 월북 작가의 문제에 대해 《현대문학》에서 앙케이트를 많이 돌렸어요. 그것을 보면 가령 정지용이나 김기림은 자의로 간 사람이 아니다, 그러니까 봐 줘야 된다는 주장이 나와요. 이런 관점도 한 가지 있을 수 있지요.

그러나 그 단계를 넘어서 우리가 생각해야 될 것은, 자의로 갔든 타의로 갔든 역사적인 사실을 단지 안 본다고 해서 역사적인 사실이 바뀔 수가 있느냐, 또 우리나 어떤 특정한 사람들에게 불쾌하다고 해서 역사적인 사실을 무시한 역사 이해라는 것이 올바를 수 있겠느냐, 이런 좀 더 포괄적인 관점에서 문제가 돼야 될 것 같아요. 그러니까 월북 작가의 경우도 자의냐 아니냐도 중요하지만 우리가 싫어하든 좋아하든 이미 역사적으로 이루어진 사실을 총체적으로 받아들이면서 새 역사를 생각하는 성숙한 입장에 이르러야 되겠다, 이것이 우리가 더 주장해야 될 문제 같아요. 이미 이루어진 것을 얘기 안 한다면 그렇게 해서 손해나는 것은 우리가 아닐까요. 사실을 판단하고 사실을 제대로 아는 것이 사람 사는 데 절대적으로 중요하다는 그러한 기본적인 전제하에서 학문도 문학도 성립하는 것이란 말이에요. 그런 것과 관련해서 6·25문학 문제도 사실 이루어진 사실을 이루어진 대로 얘기하고, 느꼈던 것을 느꼈던 대로 얘기하는 자유가 확보되는 것에 이데올로기의 자유뿐만 아니라 이데올로기를 초월하는 자유까지도 생길 수 있는 것 같아요.

김윤식 어떤 사실도 문학적으로 검증되지 않고는 극복되었다고 할 수가 없지요.

김우창 문학뿐만이 아니지요. 있는 것을 있는 대로 얘기한 다음에 그것을 기초로 해서 우리가 앞으로 어떻게 설계하느냐 하는 것은 우리가 선택할 문제지요. 사실 자체는 선택의 여지가 없습니다.

《창작과비평》·《문학과지성》

김윤식 이제 60년대를 얘기할 차례인데, 50년대와 60년대는 4·19가 분수령을 이루지요. 4·19는 1년밖에 지속 못했지만 자유의 폭이 우리 역사상에서 상당히 넓게 주어졌던 시대였어요. 그러다가 1년 후에 5·16이 일어남으로써 전혀 다른 상황이 전개됩니다. 자유의 상한선을 맛보았다가 갑자기 이것이 막혀 버리는 체험을 4·19세대들이 당하게 되는 거지요.

이 4·19세대들, 예컨대 김승옥(金承鈺)이라든가 이청준(李淸俊) 같은 4·19세대들은 순 한글 세대들이기도 합니다만, 이들의 세계는 이청준의 「소문의 벽」에서처럼 다른 세대들과는 또 다른 것 같아요. 말하자면 보이지 않는 어떤 감시자에 의해서 고문을 당한다든가 하는 것을 많이 다루고 있어요. 김승옥의 세계도 상당히 내면화되어 있습니다. 이들은 기법도 다양하고 서양 문학의 영향도 많이 받았죠. 대학에서 외국 문학을 전공한 경우도 많고, 세계 문학 전집도 이때 많이 나왔어요. 이들은 인간 내면의 탐구에 대한 여러 가지 방법들도 구사해서 말하자면 근대적인 문학을 전개하려고 했다는 것이 큰 특징이라고 볼 수가 있습니다. 이들 가운데 상당수는 나중에 《문학과지성》이라는 계간지에서 활동하지요.

그리고 60년대 후반기, 정확히 말하면 66년에 《창작과비평》이 간행됩니다. 《창작과비평》의 창간호에는 사르트르의 《현대》 창간사가 실려 있어요. 정명환(鄭明煥) 씨가 번역했지요. 이것이 저는 이 잡지의 성격을 규정했다고 봅니다. 작가로서 지식인으로서 해야 할 일이 뭐냐 하는 것이지요. 사르트르가 말하는 지식인은 진리와 신념에 따라 행동하고 실천하는 자유인이지요. 그렇게 볼 때, 《창작과비평》의 기본 틀은 지식인으로서 갖게 되는 양심을 문학의 목표로 설정해 왔다고 볼 수 있어요. 《문학과지성》은 어떠냐 하면 이 사람들은, 상상력이라는 말을 쓸 수가 있을지 모르겠습니다만, 상상력으로서 현실을 극복해 나가는 입장이라고 할 수 있을 것 같아요. 이와 같은 두 가지의 문학의 전개 방식이 60년대에 우리 문학의 커다란 틀을 형성했다고 볼 수가 있는데…….

김우창 《창작과비평》의 경우 전체적으로 지식인과 현실 상황과의 관계를 끊임없이 생각하는 잡지였을 텐데, 그 뒤 역점이 약간 달라진 것 같아요. 소설에서도 비평에서도 서양적인 것으로부터 토착적인 데로 옮겨 갔고, 지식인과 민중과의 관계를 깊이 있게 논의하게 되는 것 같아요. 민중적인 것을 중심으로 지식인이 무엇을 해야 되느냐, 민중 스스로가 무엇을 해야 되느냐, 이것을 끊임없이 생각한 것이 사실이지요.

김수영·신동엽의 문학 세계

김윤식 조금 시각을 달리해서 김수영과 신동엽의 시에 관해 얘기했으면 합니다. 신동엽은 시 형식을 상당히 개발하였고, 또 역사 의식이랄까 이런 것을 가지고 4·19의 의미나 문제점을 시적으로 함축하기도 했지요.

김우창 시 형식에 대해서 상당히 관심을 가졌던 것 같아요. 신동엽의 시는 현실 문제를 다루면서도 굉장히 서정시적인 운율 같은 것을 살리고, 그것을 새로운 방향으로 개발해 보려고 하는 의지가 보여요. 그것이 성공했느냐 후속타가 있었느냐 하는 것은 따로 논의해야겠지요.

김수영이나 신동엽 두 사람 다 우리의 정치 상황과 현실 상황을 집단적인 갈등 관계 속에서 파악한 것, 이런 것이 특징이 아닌가 생각돼요. 그래서 어떻게 보면 6·25 전의 관점을 다시 계승한 것이라고 볼 수가 있겠죠. 작가들이 4·19 후에는 실제로 우리 사회 안의 깊은 내면적인 균열을 얘기한 것 같지는 않았는데, 이들은 통치자와 피치자의 관계랄까 이러한 큰 흐름 속에 드러나고 있는 균열, 갈등, 이런 관점에서 접근하려고 하였고, 그러한 관점을 새롭게 들춰낸 사람인 것 같아요. 그러면서 해방 후와는 좀 다른 것이, 해방 후가 추상적이었던 데 비해 이들은 다분히 자유의 부재를 더 구체적인 체험, 구체적인 심정을 통해서 얘기하려고 하였다는 것이지요. 이데올로기나 프롤레타리아나 노동 문제를 들추지 않고, 그냥 체험 자체를 얘기하면서 체험 자체의 밑바닥에 흐르고 있는 여러 역사적인 계층적인 분열의 흔적들을 의식하면서 쓴 것이었어요. 그래서 어떻게 보면 해방 후의 작품들보다도 더 문학적인 호소력을 가질 수 있게 된 것입니다. 자유가 없었던 것이 역으로 크게 기여를 한 거죠.

이런 것들은 내면화의 흐름이 짙어지는 우리 문학의 경향과도 연관이 되는 것 같아요. 우리 문학은 전체적으로 내면화가 깊어지는 쪽으로 흐르고 있는데, 그것은 그만큼 근대화된 거예요. 개인적인 의식이 더 강해지고 자아의식이 깊어진 것이지요. 달리 보면 서양화, 서구적인 생활, 서구적인 느낌, 이런 것과도 관련이 되겠지요. 이 내면화를 다른 면으로 얘기하면 심리적인 요소가 강해진 것이라고 말할 수 있겠지요. 얼마 전에 인도의 한 작가를 만났는데, 그는 서양의 심리적인 문학을 특징 지으면서, 심리란 서양인들이 발명한 위대한 도착증이라고 얘기해요. 보다 더 큰 인간 문제를 도외시했다는 거죠. 신동엽에 있어서는 서양의 그런 면을 흡수하면서 종전에 우리가 가지고 있던 전통적인 것을 유지하려고 한 면이 있어요. 그래서 서양적인 것, 미국적인 것, 상업주의적인 것에 대한 본능적인 반발이 있는 것 같아요. 이러한 면은 《창작과비평》에 기고한 평론가나 작가 중에서도 보이는 경우가 있어요.

산업 사회의 문학

김윤식 1960년대는 가장 안정된, 말하자면 가라앉은 사회였는데, 한편에서는 김승옥이나 이청준 같은 사람들에 의해서 내면화된 문학이 전개되고, 또 한쪽으로는 신동엽 같은 사람들에 의해서 전통 문제가 새롭게 부각되어 상당히 균형이 잡혔던 것 같아요. 그런데 1970년대에 들어와 산업 사회와 부닥치지요. 해방 이후 우리 문학이 6·25와 근대화에 의해서 큰 영향을 받는데, 이 근대화 문제는 방랑하는 노동자들을 다룬 황석영의 「객지」, 「삼포 가는 길」로부터 출발한다고 얘기할 수 있을 거예요. 가방 하나에 망치 넣어가지고 떠도는 노동자들이 주인공인데, 사실 그때 한국 사회가 떠돌이 단계에 있었거든요.

이러다가 조세희의 「난장이가 쏘아올린 작은 공」이 1976년에 나오지요. 이때에 올 것 같으면 산업 사회가 돼 버렸어요. 도시 노동자가 돼 버렸단 말이에요. 그러니까 농촌이 깨지고 황폐화하면서 도시 집중 현상이 벌어지는가 하면, 넓은 뜻으로 민중이고, 좀 더 세분하면 근로자들이 대거 출현하고, 노사 문제가 일어나지요. 이렇게 되니까 근로자 문제, 민중 문제, 이것이 문학의 큰 과제가 되었어요. 이와 함께 1980년대에 더 본격적으로 전개되지만, 토착적인 것이 활발히 논의되어 마당굿의 시대가 열리게 되고, 제3세계 문학도 우리 문학과 관련지어 주목받게 되었어요.

김우창 1970년 이전까지는 노동자도 분명한 계층으로 존재하기보다는 못사는 사람들의 일부로 간주되었고, 작가도 대개는 손창섭 씨처럼 못사는 사람들 아니었어요? 별로 직업적인 전망도 분명치 않고 셋방에서 사는, 말하자면 룸펜프롤레타리아적인 요소가 굉장히 강했는데, 이것이 1970년대에 오면서 룸펜적인 것이 떨어지는 노동 계급이 본격적으로 형성되면서 있는 사람과 없는 사람이 계층적으로 분명해지고, 거기에 첨예화된 갈등이 일어날 수 있는 소지들이 많아졌어요. 문학도 지금 말씀드린 대로 룸펜적인 요소로부터 시작해서 룸펜적인 것이 없는 근로자 문제로 시점이 옮겨 갔고, 또 농촌을 떠난 사람의 문제로부터 농촌에서 도시에 와 빈민 생활을 하는 사람들의 문제로 옮겨 갔어요.

그런데 얼른 생각하기에 룸펜프롤레타리아는 작가에 굉장히 가까운 것 같은 입장에 있어요. 지식인 자체가 룸펜으로서 '먹고 대학생'이라는 말도 있잖아요. 그러나 공장 노동자가 성립하면서부터 작가와의 관계가 미묘해진 것 같아요. 작가는 룸펜적일 수는 있어도 실제 공장 노동자는 아니거든요. 여기에서 거리가 생기고, 작가가 직접 대변하기가 어려워진 면이 있게 된 것이 아니냐, 그러니까 문학이라는 것이 문학으로부터 정치적인 차원으로 더 깊숙이 들어가고, 작가는 정치적인 차원에서 매우 애매한 입장으로 바뀐 것이 1970년대부터 1980년 사이의 일이 아니냐, 이런 생각이 들어요. 그러면서 또 한 가지 생각되는 것은 아까 전체적으로 우리 문학이 내면화하고 심리주의적인 것이 된다고 얘기했는데, 이것이 한쪽으로 더 진행되는 것이 아닌가 싶어요. 그리고 다른 한쪽으로는 전문적인 작가의 손으로부터 떨어져 나간 노동자의 문학이 생기고요.

김윤식 197년대를 더 생각해 보면, 리얼리즘론과 제3세계 문학에 대한 논의가 많았어요. 제3세계의 일환으로 우리 문학을 바라봐야 된다는 것이 1970년대의 민중 문학 쪽에서 많이 논의되었고, 또 분단 문제도 제3세계의 입장에서 바라봐야 된다는 의견도 나왔어요. 그리고 문학의 소재상의 문제나 평가 문제에 있어서도 리얼리즘적인 측면에서 바라봐야 된다 하는 것이 1970년대의 하나의 특징으로 나타난다고 볼 수 있어요.

김우창 1970년대 1980년대 오면서 계속적으로 노동자의 문제가 중요해지고, 그러면서 노동자의 문제가 단지 우리 국내적인 문제일 뿐만 아니라 세계 자본주의 움직임의 일환으로서 일어난다 이렇게 보고, 산업화해서 불이익을 겪는 계층이라는 것은 국제적인 관점에서의 세계 자본주의 세력 관계에서도 불리한 입장에 있는 사람들과 같은 입장에 있는 것이다. 이런 생각이 제3세계론과 연결되는 것이겠죠. 국가적으로 불리한 입장에 있는 경우와 사회적으로 불리한 입장에 있는 사람들이 연결되는 것인데, 결국 우리 사회 총체로 볼 때 이중으로 불이익을 감당하고 있는 노동 계층의 문제나 우리 사회의 눌린 사람들의 문제로 이행하려면 단지 우리 국내적인 관련뿐만 아니라 국제적인 관련까지 파악해서 거기서 유대감을 찾아야 된다고 주장되는 것 같습니다.

김윤식 한쪽 눈으로만 보던 것을 세계사적인 시점으로 봐야 된다는 것은 큰 성장이라고 볼 수가 있지요.

김우창 그러면서 세계사를 비판적으로 보는 거죠. 지금까지는 세계사의 흐름에 합류돼야 된다, 근대화하자는 것은 세계사의 흐름에 합류하여 우리도 일등 국민이 돼야겠다는 그런 것이었는데, 이제는 비판적인 입장에 서기 때문에 제1세계와 일치하는 것이 아니라 제3세계와 일치시키고, 또 자본주의적인 관점에서의 세계사와 일치시키는 것이 아니라 거기에 대립되는 입장에 있는 토착적인 전통과 일치시키는 거죠.

김윤식 1970년대와 분단 문제를 볼 때도 제3세계의 관점을 가지고 바라보는 노력들이 많이 있었거든요.

문화에 있어서의 주체와 종속

김우창 해방 후 고급문화의 경과에 대해서 간단히 얘기를 해 보지요. 우리나라에서 미술, 음악, 건축, 이런 고급문화가 실제 얘기할 만하게끔 변모를 보여 준 것은 1970년대에서 1980년대에 이르러서부터다, 이렇게 말할 수 있을 것 같아요. 그전의 음악이나 미술은 서양에 그런 것이 있으니까 우리도 해 봐야겠다, 이런 면이 상당히 강했고, 동양화도 화석화된 상태로 전통이 보존되는 상황이 아니었을까요.

그러다가 1970년대 1980년대에 와서 우리 스스로의 미술, 음악, 연극, 이런 것들이 있어야겠다는 것이 상당히 강해진 것 같은데, 이것은 지금 우리가 얘기했던 문학에서의 현상이나 사회적인 의식이 강해진 것과도 관련되겠지만, 개인적인 여유가 생긴 것도 큰 작용을 했을 거예요. 문화라는 것이 일종의 장식이니까 장식을 생각할 수 있게 된 것이지요. 이 장식이 단순히 장식에 그치느냐 아니면 우리의 사회적인 움직임, 사회를 이해하고 사회를 변혁시켜야 하는 데 깊이 관계되어야 하느냐 하는 문제는 또 논의해야겠지요.

김윤식 1980년대의 주요 과제 두 가지만 얘기하면 예술에서 우리의 주체성을 어떻게 지키느냐, 말하자면 종속화냐 탈종속화냐 하는 주체와 종속 문제, 또 하나는 고도 산업 사회의 문제로 요약할 수 있을 것 같아요. 첫째 주체를 어떻게 지키느냐 하는 것은 우선 시가 쪽에서 많이 거론되고 있어요. 민요체랄까, 판소리 형태랄까, 이런 것이 1980년대에 크게 부각됐죠. 그다음 근대화의 현상, 우리가 책에서나 보던 것이 서울에서 다 이루어져 버리는 고도 산업 사회 속에 들어와 버렸는데, 이것이 작품에서 어떻게 전개될 것인가 하는 것이 제일 큰 이슈가 아닌가 그렇게 생각합니다. 최근에는 전문직 작가 외에도 노동자 출신의 작가들이 나와 노동 문학 또는 현장 문학이 여러 무크지와 관련되어 노동자 문학도 나타났어요.

그리고 김지하(金芝河)의 『대설』이 화제를 모으고 있습니다만, 새로운 시 형식, 문학 형식의 모색, 예컨대 마당 형식이나 노래체 같은 것은 노동자들과 지식인들이 병행할 수 있는 것인지도 모릅니다. 조세희의 「난장이가 쏘아 올린 자은 공」뿐만 아니라 그의 「뫼비우스의 띠」, 「클라인씨(氏)

병」도 산업 사회의 핵심을 찌른 작품이지요. 「뫼비우스의 띠」에 나오는 것처럼 종이를 이렇게 접을 것 같으면 중심부와 주변부가 뒤바뀌어 버리고 도시와 시골이 뒤바뀌어 버려요. 이런 작품이 있는가 하면 마당패라든가 광대 같은 것이 사회의 중심부로 나오고 있는 것이 우리 사회의 특징예요. 또 박노해 씨가 『노동의 새벽』을 냈지 않습니까? 이 사람은 노동자인데 이 시집을 내서 상당히 관심을 갖게 했어요. 전에 있었던 전문직 시인들과는 상당히 다르죠.

김지하의 『대설』과 전통 문화

김우창 노동자가 작품을 쓰게 된 것은 참 좋은 일이지요. 우리 사회에 핵심적인 동력을 제공하는 그런 사람들이 좋은 작품을 쓴다는 것은 우리 사회에도 문학에도 큰 기여가 되겠지요. 그렇지만 노동을 계속하는 사람이 정말 위대한 문학을 생산해 낸 경우는 상당히 드문 것 같아요. 역시 위대한 문학은 전문적인 문학인들이 많이 만들어 내는데, 이것이 어떻게 될지 모르죠.

김윤식 산업 사회를 인간의 저주된 부분이라고 하지요. 산업 사회가 아니라도 인간은 어떤 과잉 상태를 쏟아 버리는, 곧 탕진을 해야 하므로 1년에 몇 번씩 카니발을 열기도 하는데, 매일 탕진을 안 하고는, 즉 매일 축제를 안 하고는 견딜 수가 없게 되어 있어요. 탕진을 하루라도 안 하게 되면 사회가 붕괴되어 버려요. 이런 속에서 계속 카니발을 벌여 빠른 속도로 질주하는데, 이러한 산업 사회에서 우리가 주체를 지키고 민족 문화를 세우고 나가려면 어떻게 해야 되느냐, 생명의 평등 원칙과 산업 사회의 저주된 부분을 어떻게 조화하느냐 앞으로 큰 문제라고 봅니다. 여기에서 김지하의 『대설』이 과연 그런 수준의 작품이 될 수 있느냐 하는 것을 관심 있게 보고 있습니다.

김우창 김지하의 『대설』이나 노동자의 문학은 중요한 현상이지요. 방금 탕진이란 말씀을 하셨지만 산업 사회는 탕진을 해 버리게 하는 소비주의적이고 심리와 내면을 중시하는 작품이 많이 나타나는 데 대해서, 우리나라가 산업 사회로 가면서도 민중적인 에너지를 그대로 표현하고 민중적인 조잡스러움과 단순성 속에서, 나는 그 얘기 별로 좋아하는 말은 아니지만, 민중적인 건전성을 유지하는 예술을 창출한다는 것은 상당히 중요한 현상인 것 같아요. 그러면서도 다른 한쪽으로 산업 사회의 경향으로 봐서 이런 것이 지속될 수 있느냐 하는 데 대해서는 회의도 가는 것 같습니다. 그것이 이루어지면 아주 좋을 것이지만 불안한 느낌이 드는 것이지요. 다시 말해서 민중적이고 토착적인 것은 결국 농경 사회의 문화라고 할 수 있을 터인데, 산업화라는 것을 불가피하게 받아들이면서 동시에 농경 사회에 있었던 좋은 도덕적인 가치, 인간적인 가치를 그대로 살릴 수 있느냐 하는 것은, 한쪽으로는 그게 가능할까 하는 의구심이 들면서도 또 한쪽으로는 그렇게만 된다면 아주 좋고 세계사적으로도 중요한 일일 것이다, 이런 생각이 들어요. 그리고 전통적인 가치관을 생각해 볼 때 사실 우리가 산업 사회라는 것을 우리에게 주어진 궁극적인 운명으로 받아들여야 하는가 하는 문제도 생각해 볼 수가 있을 것 같아요.

다시 농경 사회로 돌아가겠다는 선택은 우리가 한번 제기하고 물어볼 수는 있지만, 불가능한 선택인 것 같아요. 그러나 이것을 생각해 본다는 것은 우리가 반드시 서구적인 발전 모형을 종착역으로 생각할 필요는 없다, 이것을 수정해서 우리의 전통적이고 민중적인 요소를 많이 받아들이면서 새로운 사회를 만들어 나가는 것도 생각해 볼 수 있다 하는 다른 가능성을 생각해 보자는 뜻으로 극단적으로 물어본 것이지요. 또 김지하의 『대설』

같은 작품이 정말 세계 문학적인 의미에서 중요하고, 우리 민족주의 관점에서 정상의 업적을 나타낸 것이라고 말할 수 있느냐, 나로서는 동시대인이라 그런지 모르지만 그렇게까지는 얘기하기가 어렵지 않느냐 이런 생각이 들어요.

그렇게 얘기하는 것은 우리 문학이 앞으로도 가야 할 길이 많다, 정말 민족적으로 중요한 문학을 만들어 내고, 세계 문학에도 단지 세계 문학에 끼어든다는 것보다도 서양 사람도 이 책을 안 보면 안 된다 하는 생각이 들게 하고, 궁극적으로는 후대 사람들을 길러 내는 교육 자료로서도 꼭 필요한 것이다 하는 작품을 기다린다는 뜻이지요. 여기에 다시 문학의 자유가 제기되지요. 그때그때 당대의 사람들이 어떻게 절실하게 그리고 성실하게 살았느냐를 보여 주면서, 또 동시에 이것이야말로 인간의 바른 모습이다 하는 것을 리얼리즘을 통해서 유토피아를 제시를 해 주는 문학을 만들어야 되겠지요.

그런데 오늘날 우리가 보편적인 인간 이념을 보여 주면서 또 동시에 현실 문제를 그려 낼 수 있는 문학을 아직도 산출하지 못했단 말이에요. 그런 문학을 만들어 내는 데 절대적으로 필요하고 중요한 것이 처음부터 얘기해 온 것이지만, 작가가 우리 상황을 아무 선입견 없이 자유롭게 볼 수 있는 자유가 있어야 되겠다는 점입니다. 이것이 위대한 문학을 만들어 내고 위대한 문학이 자양이 되어서 다음 세대를 키우는 가장 기본적인 조건이에요. 구체적으로 얘기해서 이데올로기적인 문제, 정치적인 문제를 편견 없이 볼 수 있어야 되겠고, 아까도 얘기했지만 이데올로기 문제를 초월할 수 있는 자유를 확보해야 되겠다는 점을 되풀이해서 말씀드리고 싶습니다.

이렇게 볼 때 우리는 아직도 해방 이후의 과제가 안 풀려 있다는 거예요. 해방 이후 계속적으로 유지되어 온 일방적인 정치의 중요성이 우리 작가의 자유를 많이 제한하고 있기 때문에, 아직도 우리가 해방의 문제를 열을 내면서 얘기하는 상황에 있다, 그러니까 해방 시대의 문제가 해결이 되어서 결국 위대한 작품을 만들어 낼 수 있어야 한다는 이런 거창한 얘기로 제 얘기를 끝내겠습니다.

김윤식 동감입니다.

윤리적 인간의 따뜻한 회의주의

황지우(시인)

김우창(문학 평론가)

1986년《문예중앙》가을호

8월 4일, 바람이 약간 불고 날은 흐렸다. 이런 날은 나에게 좋은 날이 아니다. 서울에서 돈은 다 떨어지고 더 오갈 데 없어 고향으로 내려가곤 했던 나의 궁핍한 시절 그 귀향의 날은 대개 이랬었다. 날이 흐리고 바람이 불었었다. 이런 날은 실제의 것보다 더 크게 확대되어 오는 그놈의 거지 같은 '마음의 가난'이 어떤 형이상학적인 안식을 갈구하게 한다. 이날 나는『궁핍한 시대의 시인』,『지상의 척도』의 저자, 김우창 교수를 만나기로 한 날이다. 민음사에까지 가는 일은 이혼한 후 처갓집을 찾아가는 것 같은 기분을 내게 주었다. 선생님은 왜 하필이면 거기서 만나자고 하셨는지 좀 야속한 생각이 들었다.

꼭 1년 전이다. 내가 한쪽 귀퉁이 일을 거들고 있던《세계의 문학》의 편집 회의 때 우리는 자못 심각한 문제에 부딪쳐 있었다. 그 자못 심각한 문제에 대한 대처 방안을 각자 말하는 자리에서 차라리 자진 폐간할 수밖에 없다고 말하는 김우창 교수의 결연한 태도에 나는 속으로 대단히 깜짝 놀랐었다. 여간 주의해서 듣지 않으면 알아듣기 힘들 만큼 평소 말소리도 조용조용하고 어떤 의견이든 남에게 강요하지 못하는 버릇을 가지고 있던 선생님으로부터 그런 대쪽같이 꼿꼿한 창이 튀어나온다는 것은 나에게 의외였고, 그리고 반가웠다. 나는, 우리의 자살이 이 시대의 문화의 일식(日蝕)으로 받아들여지기보다는 우리가 먼저 백기를 들어 버린 것으로 받아들여질 터이므로 무의미하다는 견해를 표하긴 했지만, 어쨌든 선생님의, 좋은 의미의 그런 선비 정신을 사랑하게 되었다. 한번 그렇게 되니까, 무슨 일에 몰두해 있는 사람들에게서 발견할 수 있는 방심(放心)의 자리, 예컨대 며칠째 감지 않은 선생님의 어지러운 머리칼까지 좋아지기 시작했다. 그렇지만 반드시 그때 일이 이유가 되어서 그런 것은 아니었지만, 말과 뜻이 어긋난 세상에서 말로 밥 벌어먹고 사는 직장에 있다는 것이 죄 짓는 것 같아 괴로워하다가 나는 얼마 후 충동적으로 자리를 박차고 나와 버렸었다.

내가 정각에 들어섰는데도 선생님은 먼저 와 계셨다. 반년 만이었다. 선생님은 긴 팔을 들어 내게 손을 내밀었다. 그의 악수에는 언제나 힘이 없었다. 자신이 키가 작다는 것에 대한 복수심에서 늘상 '정신의 키'를 강조해 마지않는 젊은 평론장인 정과리와 달리 김우창 교수는 키도 크다. 웃으면 얇은 윗 눈꺼풀이 바지락 껍질처럼 되어 잠긴다. 그날은 머리를 감으신 것 같았다. 그의 하얀 남방 셔츠가 수수하고 깨끗한 느낌을 더해 주고 있었다. 항상 받는 인상이지만 그는 늙고 마른 나뭇가지에 앉아 명상에 잠긴 학 같다. 그 특유의 '방심'이 나에게 전염되었는지, 무슨 말을 해야 할지 그의 면전에서 나는 막막하기만 했다. 이럴 땐 그냥 앉아서 서로를 바라만 보아도 되는 건데…… 굳이 말을 한다는 게 부질없게 여겨졌다. 나의 첫 번째 토픽은 리얼리즘에 관한 것이었다. 그것은, 2년 전에 그에게 제1회 서울예술문화평론상을 안겨 준, 염상섭 초기 단편을 분석한 그의 「리얼리즘에의 길」, 그리고 지난 5월달 이대 개교 백주년 기념 강연에서 했다는 그의 리얼리즘에 대한 성찰에 내 생각이 미쳤기 때문이다. 1930년대 독일어권 문화에서 루카치를 가운데 두고 몇 차례 리턴 매치가 오고 갔던 리얼리즘 논쟁에서도 그랬듯이, 리얼리즘은 무릇 문학이 현실의 위기 앞에 부름받았을 때의 그 '형식과 영혼'에 관한 논의에 연결되어 있었다. 우리의 경우 1970년과 1978년에 일군의 비평가들, 작가들에 의해 리얼리즘 논쟁이 전개되었었는데, 이런 논쟁은 대개 파시즘의 대두로 인한 현실의 위기의 고조와 긴밀히 짝지어져 있다.

1970년대 우리의 리얼리즘 논의도 위기의 현실을 반영함에 있어서 반영의 인식론과 경향성의 윤리 문제를 고루 망라한다. 외부 현실을 묘사한다는 것은, 그것을 묘사하는 사람의 지각이나 이해의 능력과 관련된 인식론적 문제를 끌어들이게 마련이다. 1970년대 우리의 리얼리즘 논의의 근거는, 그러나, 인식론보다는 윤리에 더 기울어 있었다. 사람들 살아가는 구체적 모습을 "묘사함으로써 결과적으로 바람직하지 못한 삶을 사는 사람들을 깨우치는 것이 올바른 문학"이라고 믿는(염무웅,「리얼리즘의 심화 시대」) 일종의 계몽주의적 윤리 의식에 더 의존하고 있었다. 리얼리즘의 심화가 현실 묘사에 의해 결과적으로 사람들을 깨우칠 수 있게 해야 한다는 계몽, 교육, 윤리의 심화를 의미했던 것은 일체의 정치적 통행을 금지했던 1970년대 상황의 경화의 정도에 비례한 것이었지만, 그 때문에 리얼리즘 논의는 1970년대 지식인 문화 운동을 가열시킨 연료 역할을 했다. 리얼리즘은 상황의 정세였다. 그러나 리얼리즘이 '올바른 문학'이라고 말하는 것이 정말 올바른 문학이 되려면 리얼리즘을 올바른 문학이게 하는 이유들을 상황 덕분만이 아닌 리얼리즘 자체 안에서 드러내 보여 주어야만 한다.

김현의「한국 소설의 가능성」은 리얼리즘을 그런 점에서 살핀, 드문 글인데, 그에 의하면 리얼리즘은 한국 소설의 불가능성을 입증할 뿐이다. 본것을 그대로, 혹은 본 것만을 그리는 리얼리즘은 외부의 대상을 자신의 이해의 능력(철학에서 오성이라고 부르는)에 의해 구성하는 주체의 작용을 배제하기 때문에 수동적이고 맹목적이다. 그러면서도 리얼리스트에게는 본 것만을 그린 것이 사회적으로 공리적이고 도덕적으로 교훈적이어야 한다는 덕목이 요구되었다. 김현은 "있는 그대로를 그리면서 동시에 공리적이고 교훈적인 모습이 부각되게 해야 한다."는 소박한 모사 이론과 도덕률의 결합은 모순이며 실제로도 불가능하다고 판단한다. 자기 밖에 있는 대상들을 있는 그대로 그린다는 것이 왜 불가능한고 하니, 아무리 그것들을 그대로 그리려 한다 하더라도 거기에는 그리는 자의 이상화의 계기가 들어가게 마련이기 때문인데, 이는 자연주의자들에게도 그대로 적용되는 사실이다. 이런 인식론적인 이유 외에 사회학적인 이유에서도 한국 사회의 구조적 모순을 리얼리즘 수법으로 드러낸다는 것은 불가능하다는 견해를 김현은 내놓았다. 그것은 리얼리즘에 의해 옹호되었던 서구의 시민 계급의 승리가 우리 사회에 부재하기 때문이라는 것이었다.

이에 대해 염무웅은 그의 「리얼리즘의 역사성과 현실성」에서, 리얼리즘을 모사론과 공리주의의 모순된 결합으로 보는 것은, 설사 순전히 논리적으로는 가능하더라도 또 몇몇 리얼리즘 운동의 대표자들이 그런 결합을 시도했더라도, 리얼리즘 문학의 본래 기능에 대한 피상적 관찰에 지나지 않는다고 말한다. 왜냐하면 낭만주의적 마취에서 깨어나기 위해 외적 사물의 정확한 재생을 목표로 했던 모사론은 역사적으로 "부정된 것이 아니라 극복"되었기 때문이다. 모사론의 그 역사적 극복은 스탕달, 발자크, 플로베르, 디킨스, 톨스토이, 토마스 만 등을 통한, 리얼리즘의 심화를 뜻하는 것으로서, 특히 발자크의 그 유명한 '리얼리즘의 승리'가 그것을 증거하는 것으로 자주 거론되었다. 그러니까 운동으로서의 리얼리즘을 이끈 샹플레리 등의 소박한 모사론을 심화된 리얼리즘의 그것을 김현은 오해한 것이 된다. 염무웅에 의하면 심화된 리얼리즘의 모사론의 참뜻은, 작품이 독자에게 "객관적 사물의 실재 자체를 주는 것이 아니라 사물과 똑같다는 느낌, 즉 사물에 대한 환영을 주려는 의도"에 있게 된다. 이런 사물에 대한 환상을 부단히 생산함으로써 작가는 사물의 기성 이미지, 사고의 상투형을 부단히 부숴 나가며, 그것을 통해 "객관적 현실의 보다 진정한 의미를 거듭 찾아내는 것"이야말로 염무웅은 작가의 임무라고 말하고 있다. 그러나 사물의 환상, 루카치 용어로는 '미적 가상'의 생산을 통해 현실의 보다 참한 의미를 찾아내어 기성 관념에 길든 독자에게 계몽적·해방적 작용을 하게 하는 것이야말로 김현이 "상상력으로 시대의 핵을 잡으라."라고 충고했을 때의 그 상상력의 작용에 다름아니다. 그러니까 김현과 염무웅은 그들이 공유하고 있는 비슷한 문학적 전제를 가지고 한국 문학에서의 리얼리즘의 불가능성과 리얼리즘의 심화를 각기 주장하고 있었다. 이런 차이는 두 사람의 심리주의적 성향과 계몽주의적 성향의 차이와도 관계가 있겠지만, 리얼리즘과 관련된 한국 문학에서의 논란도 대체로 이런 위상 안에서 이루어졌다.

내가 궁금한 것은 이런 위상 안에서 김우창 교수의 견해였다. 그는 말했다. "리얼리즘에 관해 말해야 할 때 저의 착상은 어차피 리얼리즘이 정치와 문학의 관계에서 자주 이야기되었던 것이니까 그것을 문학적 조류로 볼 것이 아니라 그보다 우선하고 넓은 관점, 즉 정치학적 의미에서의 리얼리즘의 관점에서 보는 데 있었어요. 리얼리즘을 18, 19세기 문학사조의 특징의 하나로 들먹이는 문학 기교나 문학적 기술 방법에 국한하는 대신, 실제로 서구 정신사에서 그것의 기원이 되었던 이탈리아 르네상스 시기의 마키아벨리즘에서 시작하는 것이었습니다. 아시다시피 마키아벨리는 모든 정치 현상을 현실적인, 그래서 과학적인 관점에서 보려 했습니다. 도덕적 가치를 무시하고 힘의 역학에서만 현실을 파악하고자 했기 때문에 마키아벨리즘은 현실적인 힘을 정당화하는 권모술수로 받아들여지는 부정적인 의미를 띠기도 합니다. 그러나 그의 『군주론』은 '개판'이 된 이탈리아 현실을 하나의 통일된 민족 국가로 형성하려는 좋은 의도를 갖고 있습니다. 다만 그 좋은 의도가 설교로 실현될 수 없고 또 되지도 않으니까 현실적으로 힘을 가진 자, 요즘 말로 실세를 가진 자에 의해 실현되어야 한다고 그는 생각한 거죠. 따라서 우리는 어떤 형태의 것이든 리얼리즘을 좋은 것만으로도 나쁜 것으로만도 여길 까닭이 없다고 봅니다.

저의 두 번째 착상은 리얼리즘이 우리 동양의 정치 사상적 지도의 어디에 위치해 있는가를 살피는 것이었습니다. 역시 아시다시피, 춘추전국시대의 법가 사상에 기원을 둔 동양적 리얼리즘은 동양 전통에서 계속적으로 배제되어 왔습니다. 사람 사는 꼴을 결정하고 다스리는 정치를 있는 힘을 가지고 하지 않고 그 힘을 '문(文)'으로 화(化)하고 '덕(德)'으로 화(化)해서 바르게 다스리려(정치)했던 유가 사상은 확실히 반리얼리즘이라 부름 직한데, 놀라운 것은 그러한 유가적 통치 원리로서의 문화주의, 도덕주의가 그토록 장구한 세월 동안 현실로 유지되었다는 사실입니다. 이건 굉장히 유니크한, 자랑할 만한 동양 정치 문화의 가치라고 생각합니다. 물론 유교적 정치 문화가 우리에게 자본주의적 생산 양식의 발생을 막아 버리거나 더디게 했다는 지적이 있다는 것도 알고 있습니다. 그리고 지금 황 선생이 지적한 것처럼, 성현의 도덕적 권위를 공자 왈 맹자 왈 하면서 입으로 다둑거리고 위협하기도 하는 유교의 통치 이념이 실제로는 절대적 왕권을 견제하고 당시의 부의 근원인 토지를 겸병하고 신분상으로 귀족인 지주 관료, 이른바 사대부 계급의 현실적인 힘을 덮어 씌운 이데올로기적 상부 구조에 지나지 않는다고 말하는 것도 옳다고 봅니다. 그렇지만 돈꾸러미나 칼끝에서 나오는 힘을 직접 드러내 놓고 정치를 하는 것과 그것을, 비록 위선적이라 할지라도, 도덕적 명분으로 감싸 놓고 말을 듣게 하는 것은 큰 차이가 있다고 생각합니다.

우리의 경우 신채호에 이르러 힘의 관점에서 정치 현실을 파악하기 시작합니다만, 오늘날 문학에 있어서 리얼리즘도 힘에 의해 현실을 이해하려는 세계관의 일부로서 등장한 것이라 봅니다. 이게 우리의 지배적인 정신사적 전통과는 상반되는 것이긴 해도, 아까도 말했다시피, 리얼리즘은 좋은 것이니까 꼭 해야 한다느니 아니면 좋지 않은 것이니까 해서는 안 된다느니 말할 순 없다는 게 제 생각입니다. 리얼리즘도 서구에서 우리에게 들어온 사고 체계의 하나일 뿐이지 흔히 생각하는 만큼 긍정적인 것만도 부정적인 것만도 아닙니다.”

　나는 말했다. “리얼리즘이 힘 가진 자들의 세계관이다는 선생님의 지적과 관련해서 여쭙고 싶습니다. 문학에 있어서 리얼리즘은, 주지하다시피, 근대 서구의 부르주아지들이 장사하고 물건 만드는 그들의 경제 활동에 장애가 되었던 토지 귀족들과 싸우면서 시민적 자유, 평등을 획득해 나가는 과정에서, 그러니까 일정한 역사적 기간에서 그들이 진보적인 역할을 담당했던 시기에서 성취한 문학적 자기표현이었다고 말해지고 있습니다. 이에 반해 우리 경우엔 부르주아 계급이라 할 수 있는 게 일본 제국주의 침탈 과정에서 일본 독점 자본가들의 초과 이윤을 실현시켜 줄 수 있는 수준에서만 자본주의적 요소가 들어옴으로써 형성된 것이었고, 특히 토지 조사 사업의 결과로 드러났듯이 전국적으로 광범위한 봉건적 지주제가 확대되는 등 이런 비자본주의적 요소와 병존하는 자본주의적 요소로서 부르주아지가 구성되었기 때문에 그들이 우리 역사 내에서 진보적 역할을 할 수 있는 자리가 처음부터 없었던 것입니다. 이 같은 역사적 차이에도 불구하고 부르주아지의 승리의 전리품이라 할 수 있는 리얼리즘 문학이 우리에게도 가능한가에 대해 회의적인 견해도 있는데요. 선생님 생각은 어떠신지요?”

　그는 말했다. “글쎄요. 문학에서의 리얼리즘이 부르주아지의 생활 표현이었다는 것은 사실이지요. 그러나 넓혀서 보면 그것은 '상승하는 계급'의 자기표현이라고 말해야 할 거요. 상승한다는 것은 힘을 가지고 있다는 것을 의미하기 때문에 리얼리즘은 힘을 가진 계급의 표현이지요. 그건 문학뿐만 아니라 마키아벨리즘 이후 서양 정치 사상의 변화에 이어서 생각하면, 결국 현실을 쥐고 있는 집단의, 현실을 보여 주려는 노력에서 나온 것이니까 반드시 우리나라에 해당 안 된다고 말할 수도 없죠. 우리나라에도 굳이 부르주아지가 아니더라도 현실을 현실적으로 봐야 한다는 입장이 성립할 수 있으니까 그것은 지배 계급의 관점에서든 지배 계급에 대항하는 계급의 관점에서든 가능하다고 봅니다. 마오가 진시황의 통치 이념인 법가 사상을 선호했던 것을 보더라도 리얼리즘이란 게 단지 부르주아지의 표현이라기보다도 상승하는 계층, 즉 자기 힘을 의식하고 있는 집단의 자기표현이자 결국 힘에 의해서 세상이 움직여진다는 것을 확인하고자 하는 노력이었다고 할 수 있지요. 다만 그 힘이 진보적이냐 반동적이냐는 다른 차원의 문제에 속합니다. 이 문제는 우리가 무엇을 '진보적'이라 하는가에 달려 있기도 한데, 대체로 오늘날 우리의 역사 이해도 '전진하는 힘과 함께 하는 것이 진보적이다.'라는 서구 역사관의 영향 아래 있는 듯이 보입니다. 그런 관점에서 본다면 리얼리즘은 전진하는 힘과 같이 있다는 점에서 분명히 진보적입니다.

그러나 내가 강조하고 싶은 것은, 리얼리즘의 관점에서 역사를 이해하고 정치를 생각하고 문학을 이야기하는 것이 사람 살아가는 사회가 제대로 되어 가게 하는 데 있어서 꼭 옳은 것이냐를 더 생각해 보자는 거죠. 물론 리얼리즘이 역사의 전진하는 힘에 의해 움직여 나가는 한, 그 흐름에 역행하여 다른 어떤 방향을 취한다는 것은 무모하고 소용없는 것이니까 우리가 리얼리즘을 외면할 수는 없는 것이고, 또 오히려 흘러가는 세력과 함께 움직이면서 그 힘을 사람 살기에 더 좋게 변형해 나가는 것이 보다 더 리얼리스틱한 태도라 할 수 있죠. 그렇지만 리얼리즘에 일방적으로 가치를 부여하여 그것만이 올바른 것이다, 혹은 반대로 그것은 천박한 것이라고 말해 버릴 수는 없는 것 같습니다. 리얼리즘에 의해 사람 살아가는 모습이 드러나기도 하지만 그것이 사람 살아가는 근본을 해명해 주는 것은 아니기 때문입니다. 삶은 훨씬 복잡한 것이니까요."

나는 말했다. "1920년대 염상섭 단편 소설들에 대한 선생님의 일차적인 분석은 식민지 시대 지식인들이 갖고 있던 '과상승(Verstiegenheit)'이라는 심리적 특징을 드러내 보여 주고 있습니다. 세상을 보는 눈이 인간 유대의 수평적 확대 없이 수직적으로만 지나치게 상승함으로써 협소화되는 것을 뜻하는 이 '과상승'은 식민지 현실의 경직되고 억압적인 힘에 의한 좌절감, 불안, 광증 등과 같은 징후들을 거느리는데, 염상섭 초기 단편들이 객관적 사건과 상황을 충분히 형상화하는 데 실패하고 있는 것은 그의 주인공들이 이런 과상승의 낭만주의적 질환에서 벗어나지 못한 때문인 것으로 선생님은 설명했습니다. 제 관심을 끄는 것은, 염상섭이 '리얼리즘에의 길'로 들어서는 계기를 설명하신 대목입니다. 즉 '오장을 빼앗긴 개구리가 사지에 못박힌 채 진저리를 치는' 표본실로 표상되었던 식민지 상황에서 그의 주인공들이 자살, 광증, 탈출에의 의지에로 더 이상 쏠리지 않고 그들의 이념과 그 현실을 화해 가능한 것으로 접근시킬 때 염상섭에게 비로소 본격적인 사실주의 작품들이 나온다는 것이었습니다.

절망, 무력감으로 어찌할 바 모르는 감정의 배기를 적는 것이 아니라 객관적 상황을 있는 그대로 거리를 유지하면서 적어 나가는 서술 방법의 전환, 요컨대 그의 리얼리즘에의 길은, 선생님의 관찰에 의하면, 그가 이념에 의한 현실의 심정적 거부를 포기하고 현실로부터 출발하여 현실을 점진적으로 개선하려는 입장을 택하는 데서 열리고 있습니다. 그의 최초의 사실주의 작품이랄 수 있는 「신혼기」의 주인공들이 모두 자산가 계급이라는 사실에서 알 수 있듯이, 그러한 화해의 삶을 가능하게 한 것은 그들이 누리고 있는 사회 경제적 지위라는 것, 그들이 동경 유학생이라는 것과 관계가 있다는 선생님의 지적은 대단히 중요하다고 봅니다. 결국 염상섭의 리얼리즘도 현실 속의 힘의 수용에서 성립된다는 것을 입증한 것이기 때문입니다. 그러나 그 현실적인 힘의 수용은, 비록 앞서 말한 과상승과 관련된 이념의 위기, 현실로부터의 소외를 어느 정도 극복하게 했다 할지라도, 그 현실적인 힘을 매개해 주는 것이 일본 제국주의이기 때문에 그의 리얼리즘을 순응주의로 보이게 합니다. 그의 화해에의 노력, 그의 중도적 개량주의가 적극적인 타협주의를 의미하는 것은 아니었을 것이지만, 1929년 이후 일본의 독점 자본이 본격적으로 진출해 들어옴으로써 그나마 민족-부르주아지도 해체되거나 제국주의의 물적 기반 속에 편입되어 버렸기 때문에 염상섭의 리얼리즘을 받쳐 주는 현실적인 힘은, 『궁핍한 시대의 시인』에서 선생님께서도 밝혔듯이, 전 민족이 수탈 받는 계급으로 전락했을 때 대단히 위해한 것이 아닐 수 없습니다. 더구나 1930년대 초 신간회의 해체는 중도적인 민족주의 좌파가 더 이상 서 있을 수 있는 자리를 없애 버렸습니다. 물론 한편으론 생활이 고달파 일어난 수많은 소작 쟁의, 노동 쟁의가 비등했습니다. 이때 저항할 수도, 저항 안 할 수도 없는 이 이상한 마비 상태에서 염상섭과 같은 중산층 지식인이 취할 수 있는 태도란, 골드만이 장세니스트에게 붙였던 '비극적 태도'에 가까웠던 것 같습니다. 염상섭은 만주로 갔습니다. 그리고 그의 리얼리즘은 일상생활의 따분한 표면만을 충실하게 묘사하는 지나치게 미시적인 세밀화에 가까이 갔습니다. 그럼으로써 자초한 삶의 총체성의 상실은 염상섭에 대한 그의 리얼리즘의 패배로 기록하게 합니다."

그는 말한다. "네. 염상섭에 대한 황 선생의 지적은 옳다고 생각합니다. 그러니 그 글에서 내가, 염상섭을 현실 순응주의자로 결론짓는 것은 지나친 단순화라고 썼던 것은, 상황에 내재하는 여러 관점과 세력들이 작중 인물들을 통해 극적으로 형상화되어 있는 그의 작품상의 기교적인 요소들에 근거를 두고 있습니다. 말의 본디 뜻에서 화해란 곧 순응을 의미하진 않습니다. 약한 힘을 완전히 배제한 선한 힘이란 현실 속에서는 부재의 형식으로 존재한다는 말이 맞는 것 같아요. 실제로 염상섭은 만주로 갔을지언정 총독부로 들어간 것은 아니잖아요? 작가에게 중요한 것은 그런 좋은 것과 나쁜 것, 참된 것과 거짓된 것들이 뒤엉켜 있는 속에서 좋은 것과 참된 것을 끊임없이 지향하는 데 있다고 생각합니다. 오히려 부정적인 세계에 살고 있는 사람이 위안에 목마른 나머지 성급하게 긍정적인 도덕에로 귀의해 버리는 것이야말로 진실로부터 멀어지고 거짓 의식에 떨어지기 쉬운 것이 아닐까요? 이 비슷한 시기에 '님'을 침묵·부재로 파악하던 한용운에게도 해당되는 말입니다. 이것이 비극적 태도이기는 하지만, 우리 글 쓰는 사람들에게는 이런 면도 생각해 보고 저런 면도 생각해 보고 하는 일이 필요하다고 봐요. 황 선생도 어느 글에선가 문학, 예술이 사회 경제적 조건들과 관계가 있지만 거기에 그 의미가 환원되는 것은 아니라는 것에 동의하고 있던데, 오늘은 자청해서 그런 환원주의적 오류를 범하고 있는 것 같군요."

그와 나는 동시에 웃었다. 마침 짜장면이 배달되어 왔다. 우리는 그것을 점심으로 들었다. 나는 꾸중을 듣고 토라진 학동처럼 말없이 면발을 짜장에 묻혀 먹었다. 짜장이 흡사 물에 짓이긴 석탄 가루 같았다. 냅킨으로 입언저리를 씻고 그것을 면이 반쯤 남은 그릇에 버렸다. 물을 마셨고 또 커피를 마셨다. 그것을 마시면서, 나는 무엇을 이런 면에서 생각해 보고 저런 면에서도 생각해얄지 모르겠어, 속으로 중얼거렸다. 나는 내가 사람들을 만날 때마다 내 생각이 바뀌곤 한다는 것을 깨달았다. 그가 나를 향해 환히 웃고 있는 것을 나는 보았다. 화제를 바꿨다.

"제가 보기에는 우리의 1930, 1940년대와 1970, 1980년대 사이에는 구조적 유사성이 있는 것 같습니다. 무엇보다도 현실적 힘의 주체가 독점 자본이라는 점에서 그런 것 같습니다. 독점 자본은 독점 이윤을 거의 무한대로 빨아들이는 그것의 무자비한 속성 때문에 그 시대를 궁핍한 시대이게 합니다. 그 궁핍은 먼저, 상품을 직접 만드는 사람들의 쪼달림을 말하는 것이면서, 생활이 쪼들려 못 살겠다는 사람들의 아우성을 틀어막는 정치적 공간 공포를 만들어 냅니다. 이런 궁핍한 시대에 있어서의 리얼리스트 작가로서 염상섭과 황석영의 비교는 두 시대 간의 리얼리즘에의 길의 차이를 드러내 주는 것 같습니다. 적어도 전자에게 리얼리즘이 이념의 현실에의 화해에서 얻어지는 것이라면 후자에게 그것은 화해 불가능한 세계에서 얻어지고 있다는 것을 발견할 수 있습니다. 황석영에게 현실과의 화해를 불가능하게 만든 것은, 선생님께서 염상섭을 설명했던 공식을 빌리면, 그의 작가적 이념의 하강이라고 생각됩니다. 이 하강을 달리 말하면 심화라고도 할 수 있겠죠. 그의 「객지」, 「돼지꿈」, 「삼포 가는 길」의 주인공들이 부랑 노동자나 산업 노동자들, 도시 빈민들로 구성되어 있다는 것도 바로 그 결과라고 보입니다. 산업화 과정에서 부와 정보와 물리적 힘이 한쪽으로 독점됨으로써 더 궁핍해진 현실을 묘사하는 것 자체가 1970년대 우리 리얼리즘 문학에 일정한 정치 투쟁력을 배가시켜 주었는데, 이 리얼리즘의 힘은 제도가 모든 폭력을 독점했을 때 민중이 전유하게 된 정의로운 명분, 즉 도덕적 힘입니다.

그러나 문제는 리얼리즘 문학을 동력화하는 계기가 이런 도덕적 힘에 기초한다고 할 때, 현실 속에서 고통 받고 있는 약자 편에 서겠다는 작가의 의지는 현실을, 있는 자는 강자이고 악인 반면 없는 자는 약자이고 선이라는 이분법으로 파악하는 시각의 협소화에 노출되기 쉽다는 거죠. 과상승에 대비되는 과하강의 심적 움직임의 귀결이라고나 할까요. 이 점에 대해서 진형준이 그의 「그의 리얼리스트의 상상 체계」에서 날카롭게 분석했듯이, '황석영이 보여 주는 화해 불가능한 세계는 한쪽을 이미 선택해 버린 자의 행복한, 갈등 없는 세계'인지도 모릅니다. 물론 그의 갈등 없는 세계는 타도해야 할 힘의 세계와의 갈등에 대응한 것이긴 하지만, 적대감의 고조에서 기인하는 작가의 도덕적 신념은 그가 그리게 되는 현실을 관념화하는 유혹에 약해지기 쉽지요. 그 관념화는 화해할 수 없는 현실로부터 궁극적 선, 궁극적 행복이 약속된 유토피아에로 쉽게 이끌리는 것 같은데, 이를테면 용화 세상에 대한 묘사로 대미를 이룬 『장길산』은 그런 점을 상기시켜 줍니다. 끼니 좀 굶었다고 대사를 그르치게 되는 대목이 묘사된 『임꺽정』에 비하면 확실히 『장길산』은 덜 리얼리스틱한 부분이 발견됩니다. 최형기와의 대결에 있어서도 승리의 무협지적인 해결은 오히려 리얼리즘의 승리를 약화시키는 것처럼 보이기도 하고, 무엇보다도 저에게 장길산은, 경우에 따라서 민폐도 끼치고 축첩과 같은 당대 지배 계급의 모순에 물든, 때때로 포악한 성깔의 일면을 드러내기도 하는 임꺽정에 비해 인물의 전형성에 있어서 훨씬 단순하다고 느껴졌습니다. 그의 죽음을 끝내 보여 주지 않는 결말에서도 알 수 있듯이 『장길산』은 인물의 전형화라기보다는 인물의 신화화에 기울어 있다고 보였습니다. 그는 죽지 않고 그가 완성한 봉산 탈춤 속에 살아 있다는 예술적 승리의 제시는, 「가객」에서 죽은 수추가 강 건너 저자 바닥의 노래 속에 살아 있음을 확인하는 것과 마찬가지로, 현실 속의 패배, 현실의 상실을 예술 형식에서 보상받으려는 낭만주의에 다름 아니죠. 그러니까 황석영은 리얼리즘의 뒷문으로 다시 낭만주의를 불러들이고 있는 셈인데 정도의 차이는 있을지라도 방법에 있어서는 리얼리즘, 정신에 있어서는 민중 문학으로 일컬어지는 1970년대 이후의 우리 문학관에 이 같은 굴절이 공통되게 있지 않나 생각됩니다. 물론 그러니까 잘못됐다고 주장하는 것은 아니고요, 리얼리즘의 두 축, 즉 객관적 현실 반영과 그 반영의 객관성 속에 내재한 경향성 가운데 작가 자신의 도덕적 과하강으로 인해 주관적으로 주입된 경향성이 작품의 표면에 그냥 들켜 버리는 것을 즐기는 경향이 있다는 겁니다. 실제로 한 작품의 잘되고 못됨을 가름하는 기준이 투철한 작가 의식이니 작가의 철저한 시대 의식이니 건강한 민중 의식이니 하는 '의식' 쪽에 놓여 있습니다."

그가 말했다. "의미 있는 관찰이라고 생각합니다. 그러나 그것이 보다 일반적인 주장이 되기 위해서는 좀 더 많은 범례들의 설명이 있어야겠죠. 경향성이란 작품 속의 상황과 행위 자체로부터 발생해야지 노골적으로 제시되어서는 안 된다는 루카치 생각이 그런 것이었죠?" 나는 말했다. "그렇습니다. 백낙청 교수의 『민족 문학과 세계 문학』에 대한 선생님의 서평, 「민족 문학의 양심과 이념」에서도 이미 지적된 생각들이기도 하고요."

그는 말했다. "백 교수의 생각도 역사의식은 객관적 역사에서가 아니라 본질적 역사에서 구현된다는 데에 강조점이 있기 때문에 서구 발전 사관과는 궤를 달리 하고 있다고 보입니다. 한 작품 자체에 확보되어 있는 사실에 대한 충실성이나 구조적 완벽성에 지나치게 연연해하지 않는 것도, 또 자족적인 예술을 거짓된 예술로 보는 것도 반드시 리얼리즘의 입장에 뒤따르는 귀결점은 아니었지요. 정치적 동기를 가진 리얼리즘의 입장에서도 문학 작품을 현실에 대한 사실적 탐구의 방법으로 보기 때문입니다. 그렇다고 해서 리얼리즘이 아니라고 말할 순 없다고 봅니다. 우리의 리얼리즘 문학에 윤리적 감각, 도덕적 에너지가 높은 것은 사실입니다. 이건 우리 사회의 돌아가는 모양이 형편없는 데서도 기인하지만, 글로 하는 행위에 도덕적 사회적 책임 의식이 많이 강조되었던 우리 유교적 전통에서도 연유한 것일 겁니다. 따지고 보면 역사·현실이 힘의 투쟁에 의해 움직인다는 서구 리얼리즘 정치 사상도 비도덕적 관점일 뿐이지 부도덕한 관점은 아닙니다. 적어도 나쁜 힘을 통제하고 좋은 힘을 구현해야 한다는 점에서 윤리적인 생각을 포함하고 있지요. 도덕성의 기초를 행위의 동기에 두느냐 그 결과에 두느냐에 따라 이야기가 달라지겠지만, 마키아벨리도 궁극적으로 좋은 이탈리아 사회의 건설이라는 도덕적 명분을 가졌던 거 아니에요? 다만 그는 그 궁극적으로 좋은 목적을 실현시키기 위해서는 악마와도 타협할 수 있다고 말함으로써 좋은 목적과 나쁜 수단을 분리시켰을 따름입니다. 그런데 문제는 그랬을 때의 그 궁극적으로 좋은 것, 궁극적으로 행복한 것에 있는 것 같아요.

리얼리즘이 불가피한 역사의 추이이고, 또 우리가 현실을 사실의 규율에 의해 이해하고 정확하게 기록하는 것도 중요하지요. 그렇지만 목적에 의해 정당화되는 모든 행위가 다 정당하다고 하는 생각을 부지불식 간에 문학에서도 받아들이는 것은 문학을 위해서도 우리의 사회적 삶을 위해서 바람직하지 않다고 생각합니다. 도덕이란 걸 목적에 의해 '궁극적으로' 정당화되는 것으로만 볼 게 아니고, '오늘 이 순간'에도 정당한 것으로 보아야 합니다. 특히 문학이 오늘 이 순간의 삶을 어떻게 잘살 것인가에는 관심을 갖지 않고 '궁극적으로 잘살 것'에만 관심을 갖는다면, 우리의 삶은 야비하고 짐승스럽고 덧없는 자연 상태에 버려지게 될 것입니다. 이건 우리가 자랑할 만한 가치를 갖고 있는 우리 전통에도 어긋날뿐더러 '힘의 우위'만을 신뢰하는 서양 사람들의 생각에 끌려다니는 것이 될 것입니다. 지금 이 순간의 삶의 행복한 공간이 보이지 않고 사람 살 만한 터전이 보장되어 있지 않으니까 궁극적인 행복의 약속을 받고 싶어 하는 경향도 있겠지요. 그러나 궁극적 행복의 약속 때문에 지금 여기의 불행한 삶을 감수하도록 하는 데 기여할지도 모르는 유토피아니즘에도 대비해야 할 것입니다. 다른 한편으로는 오늘 억압받는 사람들이 궁극적으로 행복한 내일을 위해서는 어떠한 수단도 가리지 않아도 좋다고 생각하는 혁명적 폭력에 대해서도 작가는 유보적이어야 할 것입니다. 작가의 기본적인 기능이 지적 정직성 즉 사태를 객관적으로 인식하는 데 있는 한, 그는 궁극적으로 내일에만 정당한 것만이 아니라 오늘 이 순간에도 정당한 것을 말해야 하기 때문입니다. 작가는 이처럼 이중의 책무를 갖는다는 점에서 정치가나 혁명가와 구별된다고 봅니다." 나는 말했다. "고리키가 레닌에 대한 우정과 결별이라는 이중의 관계를 맺었던 것도 그 때문이라고 말할 수 있겠군요."

그는 말했다. "그렇지요. 고리키가 사회 혁명의 과정에서는 어떤 종류의 죄악도 허용된다고 믿고 있다고 레닌을 비난했던 것도 그 때문이며, 이건 그가 정직한 작가였다는 것을 말해 주는 것이기도 하지요. 레닌 같은 사람들에게는 도덕성이란 궁극적으로 오는 것인 반면, 작가 고리키에게는 궁극적으로 정직해야 한다는 것만이 아니라 매 순간 언제나 정직해야 한다는 것을 의미하는 것이었으니까요. 레닌에게는 모든 것을 옳은 절차와 수단에 의해 하려다가는 아무것도 안 되니까 나중에 전체가 옳게 된다면 부분적으로 옳지 않은 것도 허용될 수 있지만, 고리키로서는 그것의 불가피성을 인정한다 하더라도 그때그때의 정직성을 포기할 수는 없는 거죠. 작가는 이중의 부담을 지고 있습니다."

나는 말했다. "우리에게 그나마 문학이 활력을 가질 수 있었던 것도 선생님께서 말씀하신 그런 작가적 정직성과 관련된 도덕적 에너지에 힘입은 것인지도 모르겠습니다. 특히 1970년대 상황에서 우리의 리얼리즘 문학은 정치 영역에서 금제되었던 현실을 수용하면서 그런 도덕적 에너지의 강압(降壓)을 보였고 이 과정에서 우리 문학은 정치와 동일한 현실을 부성(父性)으로 둔 이복(異腹) 관계에 있게 되었습니다. 1980년대 민중 문학의 위력도 민중 세력의 정치적 상승과 밀접한 관계가 있었죠. 민중 세력의 정치적 상승은 마침내 노동자 시인 박노해의 대두로 문학 생산 주체를 변화시키는 단계에까지 이르렀으며, 지금까지 문학적 표현의 대상으로만 있어 왔던 민중과 작가의 계급적 아이덴티티 문제를 야기시켰습니다. 이 문제는 1980년대 문학 논의에 자주 거론되기도 했지만, 제가 보기엔 민중 문학의 성공이 그 생산 주체가 민중 자신이냐 아니냐에 달려 있는 것은 아닌 것 같습니다."

그는 말했다. "그건 그렇습니다. 우리 문학이 민중 현실에 친근해 있는 것은 작가들이 다른 분야에 비해 사회적으로 민중 계층에 가깝다는 사실과 무관하지 않을 거예요. 하다못해 미술이나 음악 분야만 해도 외국 유학이라도 다녀와야 행세하게 되어 있는데, 우리 작가들 보세요. 대개 불우했던 사람들이 많아요." 그와 나는 웃었다. 그는 말을 이었다. "그렇다 하더라도 작가가 민중 자신인 것은 아니죠. 꼭 그래야만 좋은 민중 문학이 씌어질 수 있다고 말할 수도 없죠. 아무리 험한 꼴을 경험했다 하더라도 그것을 다른 사람들이 그럴 듯하게 믿을 수 있게끔 형상화하는 것은 다른 특별한 능력을 필요로 하니까요. 아까도 말했다시피 작가의 기본적 덕목은 사태를 객관적으로 인식할 수 있는 능력과 그것을 그럴 듯하게 형상화할 수 있는 기량에 있습니다. 제가 늘 학생들한테 강조하는 바이지만, 체험과 의식만으로 문학이 되는 것은 아니죠. 문학 작품이 자서전은 아니잖아요? 자서전에서야 나는 늘 나의 의식과 체험의 주인공이지요. 그러나 그것이 객관적 인식이 되려면 나의 의식과 체험을 남의 그것에 대해서만큼 리서치해야 하고 자기의식의 지평을 넓혀 그것의 사회적 관련을 따져 볼 줄 아는 능력이 필요합니다. 그런 능력이 작가의 고유한 자질(spécialité)이며, 또 이런 자질을 갖추고 있다면 그가 민중 자신이든 지식인이든 그는 이미 작가임에 틀림없습니다. 작가의 계급적 아이덴티티는 사이비-문제라고 봅니다.

문학과 정치의 관계에 있어서도, 오늘날 문학의 활기가 그것이 정치와 결부된 데서 온 것인 만큼 문학은 정치와 지속적으로 관계를 맺고 거기에 에너지를 받아야 하겠지만, 제 생각으로는 문학이 곧 정치와 등가 관계에 있다고는 보지 않습니다. 다시 말해서, 문학 작품이 정치적 효과를 주느냐, 작가의 정치의식이 얼마나 진보적이냐 반동적이냐, 혹은 작가의 정치 활동이 얼마나 치열한 것이냐가 그 작품을 평가하는 기준이 될 순 없다는 겁니다. 작가가 좋은 도덕적 명분과 진보적 정치의식 속에서 활동하는 것이 그의 작품을 형성하는 데 중요한 체험 영역을 제공하겠지만, 그것이 곧 좋은 작품을 보장해 주지는 않으니까요. 삶에 대한 통찰력, 문학적 기량은 어쩔 수 없이 개인적입니다."

나는 말했다. "1980년대 전반기는 누가 뭐래도 시가 기승을 부린 시기였습니다. 저는 그것을 '불행한 시대의 시의 복받음'을 불러본 적이 있는데요, 어떤 이는 1980년대 시를 '상황의 아들'이라 하더군요. 1970년대 리얼리즘 소설들이 했던 역할을 오늘의 시가 대행하고 있다는 느낌은 듭니다. 그만큼 이 시대가 급박했다는 것을 말하는 것이겠지만, 어쨌든 시를 중심으로 이 시대를 뜨겁게 달구었던 민중 문학의 열기가 작년과 근년 들어 왠지 시들해진 것 같고 갑자기 무기력해진 것 같은 느낌을 받습니다. 이 느낌은 아마도 지금까지 민중 문학에 이념적으로 동승해 왔던 민중 운동 자체가 이제 정치적으로 성숙하여 현실 앞으로 돌파해 나감으로써 갑작스럽게 맞게 된 동공화(洞空化)에서 오는 일시적 현상이 아닌지 모르겠어요. 요즘 눈에 띄는 서정시에로의 회귀도 이와 무관한 것 같지 않습니다. 여기서 두 가지 태도가 있을 수 있겠지요. 하나는 문학이 정치 운동의 선봉에서 정치적 표어와 일체가 되어 운동의 이데올로기에 복무해야 한다는 태도, 다른 하나는 이제 문학에서 정치적 하중이 덜어졌으니까 문학은 제자리로 돌아와야 한다는 태도를 취하는 것입니다."

그는, 나는 어느 쪽이냐고 물었다. 나는 모르겠다고 답했다. 같이 웃었다. 그가 말했다. "어느 쪽이든 다 실험해 봐야겠죠. 지금까지 우리 문학이 현실 묘사를 통해 사회 세력의 기본적인 의식화에 기여해 온 것은 사실이죠. 그러나 이제 노동 운동이나 농민 운동의 성숙함에 따라 우리 현실은 의식화 단계를 지나 정치 조직화의 단계에 이르렀다고 보여집니다. 정상적으로 진행된다면 이제 정당이 결성되어야죠. 문학이 한없이 의식화만 반복할 수도 없고, 문학의 매체인 언어의 속성 자체가 아무리 좋은 소리라도 반복되는 것을 지겨워하게 되어 있으니까, 특히 우리 현실이 의식화만으로 세력을 형성할 수 있는 단계를 지나 버렸으니까 얼핏 문학이, 민중 문학이 무력해진 느낌이 드는 거 아닐까요?"

나는 말했다. "저도 그렇게 생각됩니다. 그와 관련하여 정치적 표어와 일체화된 문학의 무력감에 대해서도 이야기할 수 있을 것 같습니다. 싱클레어가 말한 예술의 선전 기능도 작품 자체가 갖는 설득력에서 찾아야지 작가의 주관적 선언에서 찾아서는 그 선전의 능동성을 기대하기 어렵다고 봅니다. 구체적이고 감각적인 것의 명료함 속에서 어떤 보편적인 것을 품고 있는 작품의 자기 완결성, 풍부함, 미묘함이야말로 선전의 능동적인 사회적 기능을 보증해 주기 때문입니다. 작품 속의 상황과 행위에 유기적으로 맺어져 있지 않다는 점에서 싱클레어의 선전 개념을 루카치가 비판하는 것을 읽은 적이 있습니다. 이것은 문학을 또다시 '아지-프로'의 기능에 의해 탈수시키려는 성급한 시도들에 매우 시사적이라고 생각합니다. 작가의 실천은 그처럼 저절로 일어나게끔 자연스러운 선전 기능을 하는 '영혼의 엔진'을 만드는 것이라고 보는데요." 그가 말했다. "동감입니다."

나는 말했다. "실천이라는 말이 나와서 떠오른 것인데요, 일전에《중앙일보》칼럼에서 선생님께서 '자기가 생각한 것과 행동하는 것이 완전 일치하는 사람은 미치광이뿐이다.'고 쓰셨는데, 진리란 아주 간명한 사실의 역설이구나, 새삼 깨우쳐 주는 명언이었습니다. 그러고 보니까 생각과 행동이 완전히 일치된다는 것이 얼마나 비정상적인 것인지요!"

그가 빙그레 웃었다. 그는 말했다. "하도 지행합일(知行合一), 언행일치(言行一致)만 강박 관념적으로 강조되다 보니까, 물론 그것도 중요하지만, 지행(知行), 언행(言行)의 분리도 중요하다는 것을 말하고 싶어졌던 때문이었습니다. 누구보다도 작가는, 아까도 말했듯이, 내일의 진실을 위해 오늘의 진실을 버릴 수도 있는 정치가와 달리, 오늘과 내일의 전체적 진실을 생각하고, 깊이 궁리하고 발견해야 하는, 고된 노역에 선고받은 존재입니다. 작가의 실천은 그런 점에서 훨씬 복잡한 것인데, 또 복잡하다는 것은 어떤 의미에서는 단순하다는 이야기도 되죠. 정치가의 결단은 그때그때 신속하게 내려야 하는 급한 결단인 데 비해 작가의 결단은 머릿속에서 하는 것이기 때문에 이 생각도 해 보고 저 생각도 해 볼 수 있는 여유가 있으니까요. 물론 생각만 많이 하고 행동하지 않으면 정신 분열에 시달리게 될 수도 있지만, 더 위험한 것은 무력감에서 나오는 행동입니다. 나는 끊임없이 생각만 하고 말만 하고 있으니 병신이 아니냐, 나는 겁쟁이에 불과한가, 나는 왜 이리 무력한가 하는 자책감에서 나오는 행동은 하지 말아야 할 것입니다. 그런 행동은 자칫 자기 파괴적이기 쉽기 때문입니다." 나는 말했다. "그런 무력감이 동기가 되어 나오는 행동이 어쩌면 분신이라는 극단적 형태와 쉽게 만나게 되는 것인지도 모르겠습니다. 그렇게 나올 수밖에 없게 한 상황의 외압에 더 주목해야겠지만요."

그가 말했다. "노동자·대학생들의 잇단 분신은 분명히 우리 사회의 병인(病因)에서 오는 것이죠. 그 병인 중의 하나는 우리 사회가 과도하게 이데올로기적으로 멍들어 있다는 데 있다고 봅니다. 이데올로기란 누군가도 말했듯이 생각하는 의무를 회피하게 합니다. 그런 탓으로 우리 사회는 삶의 구체성이 모두 탈각되어 버린 추상적 관계로 각질화되어 버렸습니다. 그 추상적 관계가 단단해지면 해질수록 우리의 행동도 관념적 충동에 쉽게 지배받게 되는 것 같아요." 나는 말했다. "선생님의 글들을 접할 때마다, 각자가 진실을 전유하고 있다고 고집할 때 그 갈등을 화해로 이끌어 줄 수 있는 진리의 간주관적인(intersubjective) 장(場)을 찾아 주려는 선생님의 지적 노력이 우리의 눈먼 혼돈의 시대에 얼마나 소중한 것인가를 새삼 느끼곤 합니다. 서로의 진실이 소통되지 않는 궁핍한 시대에 나의 주관성 속 깊이 너의 주관성이 닿아 있는, 나의 진실과 너의 진실을 서로 재어 볼 수 있게 하는 진리의 열린 통로에서 이 지상의 척도를 찾는 것이 야비하고 짐 승스럽고 덧없는 인간의 삶에 문화의 옷을 입혀 주게 될 것입니다. 문학은 거기에 기여해야 한다고 생각합니다. 문학은 다양한 인간의 내면 훈련이 짜낸 피륙물이니까요."

그가 말했다. "진리의 패러다임이 절대적으로 설정될 땐 그 패러다임 은 억압적인 것이 됩니다. 진리에 의해 세워진 플라톤의 이상 국가가 얼마 나 억압적인 것입니까? 또 소련에서처럼 진리를 당이 독점할 때 다른 진리 를 말하는 사람은 정신 병동으로 보내집니다. 도덕적 이유로 감옥에 보내 지는 일도 없고 진리를 이유로 정신 병동으로 보내지는 일이 없는 사회, 우 리가 그런 사회를 향해 한발 한발 나아가야 하지만, 또 그것이 쉽지 않다는 것도 알아야 하겠죠." 그가 쓸쓸하게 웃었다. 그는 문득, 요즘 우리에게 얼 마 전에 돌아가신 김성식(金成植) 같은 분이 없다는 것을 아쉬워했다. "선 생님께서 그런 사표가 되어 주셔야죠." 하고 내가 말했더니 그는 "우리 세 대는 모두 부패했어요." 하고 잘라 말하는 것이었다. 그가 1936년생이니 까 올해 우리나라 나이로 51세가 된다. 나는 그의 지혜를 흠모한다.

밖으로 나왔다. 날이 개어 있었다. 보신각 앞으로 걸어 나왔다. 사람들 이 하루 세 끼 밥 먹고 잠자는 일과 관계가 먼 건물에는 어떤 신성(神性)이 깃들어 있는 듯이 느껴진다.

국민 주권 반드시 정착시켜야

권두 토론 1987년을 결산한다

김우창(고려대 문과대 교수, 영문학)

이돈명(변호사)

한배호(고려대 정책과학대학원장, 정치학)

사회 한상진(서울대 사회대 부교수)

1987년《신동아》12월호

주권을 되찾은 해

한상진(사회) 금년은 민주화 운동이 나름대로 결실을 맺으면서, 6월 사태에서 보듯이 다양한 계층들이 결합해서 민주화 항쟁을 전개하는 모습을 보여 주었고, 또 8월에는 전국적인 노동자 항의가 일어났습니다. 이런 것들은 우리 사회가 새로운 질서를 창조해 가는 과정에서 여러 가지 긴장과 갈등을 느끼고 있다는 것을 단적으로 반영하는 것 같습니다. 오늘은 올 한 해를 종합적으로 평가해 보면서 12월의 대통령 선거에 관한 중요 쟁점들을 정리해 보는 식으로 1987년도의 의미를 총결산해 보았으면 합니다. 우선 여러 가지 사건들을 겪어 오시면서 1년의 의미를 총체적으로 어떻게 평가하시며 또 어떠한 사건들이 가장 중요한 것이었다고 생각하시는지 말씀을 해 주셨으면 합니다.

이돈명 먼저 대통령을 손수 뽑는 권리를 국민으로부터 앗아 간 후 금년에는 오랜만에 미흡하게나마 그 주권을 되찾았다는 점이 크게 평가될 수 있다고 생각됩니다. 그 주권을 찾아오는 운동은 줄기차게 계속돼 왔었는데, 결정적인 것은 금년 1월에 있었던 박종철 군 고문 치사 사건이었던 것 같아요. 이때부터, 그때까지는 비교적 관심을 표시하지 않았던 일반 국민들이 이 정부 권력의 본질에 대한 평가를 하기 시작하지 않았나 생각합니다. 그리고 그 열기가 올라가고 있는 판에 나온 4·13조치가 있은 후에 박종철 군 치사 사건의 축소 조작 사건이라는 것이 폭로가 되면서 6월 10일 오후에 그 규탄 대회를 가졌는데 그것이 정말 놀라울 정도로 국민적 호응을 얻었고, 6월 10일에서 6월 26일까지 매일 전국적으로 동시다발의 대규모 항쟁이 전개돼 6·29선언을 나오게 하고 그 결과 개헌 협상이 이루어졌다고 하는 것이 금년에 제일 드라마틱하고 역사적으로 큰 뜻을 갖는 것이 아니었나 그런 생각을 해 봅니다.

한배호 저는 조금 시간을 길게 잡아서 해방 이후 우리의 정치 변화의 본질을 보면서 그 맥락 속에서 1987년을 전환기라는 말로 표현해 보고 싶어요. 제 나름대로는 우리의 정치 체제를 '권위주의적 보수 체제'라고 지칭을 해 보는데, 우리나라에 있어서 정치 변화의 기본 성격은 그런 권위주의적 보수 체제와 대중주의 정치 사이를 일종의 진자처럼 왔다갔다 하는 과정을 겪어 온 것이 아닌가 합니다. 관점에 따라서는 4·19도 하나의 대중주의 정치 체제로 갔다가 그것이 다시 5·16으로 군부 관료적 권위주의 체제로 돌아온 것으로 볼 수 있고, 오늘의 시점이라는 것도 군부 관료적 권위주의 체제가 심각한 딜레마에 봉착하여 또 다른 정치 체제로의 전환을 꾀하지 않으면 안 될 시점에 와 있는 것이 아닌가 이렇게 파악을 해 봅니다.

그런데 지금의 군부 관료적 권위주의 보수 체제에는 다 아시다시피 정통성의 딜레마라는 아주 심각한 딜레마가 있습니다. 이런 정통성의 딜레마 속에서 7년 동안 정권이 계속돼오다가 결국 밑으로부터의 압력, 그리고 그런 딜레마 자체가 조성하는 일련의 압력 때문에 작년에 조치가 취해진 것이고, 그 이후 금년에 들어서 일련의 사태가 일어난 것으로 봐야 하지 않겠느냐 하는 겁니다. 그중에 특히 딜레마를 더욱 심화시킨 한 요인이 제5공화국 집권 동안에 나타난 일련의 대형 부정 사건들이고 그에 못지않게 큰 영향을 미친 것이 있다면 1985년의 2·12 국회 의원 선거였다고 봅니다.

6월 항쟁은 민중 연합의 승리

금년에 우리가 겪은 일들은 궁극적으로는 장기적인 흐름 안에서 우리 사회가 어떻게 새로운 질서를 만들어 내느냐 하는 문제와 관계가 있을 것입니다. 다만 특별히 금년에 이러한 변화가 생기게 된 단적인 계기가 된 것은 말씀하신 대로 박종철 군 고문 치사 사건, 4·13 조치, 6월 초에 있었던 민정당의 후계자 선정, 이런 것들로 보입니다. 이 사건들은 표면적으로는 민주화에 관계되는 사건이기도 하지만 그보다는 더 근본적인 인간성의 차원에 관계되는 문제인 것 같아요. 이렇게 인간의 근본적인 문제에 대해서 소홀한 사회가 과연 옳은 사회겠느냐 하는 느낌을 모든 사람이 다 느꼈을 거라는 말이지요.

어떻게 모든 사람이 근본적으로 가지게 되는 인간의 도리에 대한 기본적인 느낌을 완전히 무시하고 몇 사람의 조작에 의해서 인간의 생명이 취급될 수 있겠는가, 어떻게 의견의 차이라는 단 하나의 이유로 형무소에 가고 또 죽을 수 있겠는가, 어떻게 국가 민족의 장래가 불과 몇 사람의 생각에 의해 좌우될 수 있느냐 하는, 말하자면 민주 질서보다 더 깊은 차원의 사람이 살아가는 근본적인 문제에 거슬리는 일들이 일어났고, 그래서 인간이 사는 데 있어서 적어도 이 정도는 갖추고 살아야 되겠다고 하는 최소한의 기본적인 규범이 정부 당국자들에 의해서 침범되었기 때문에 그전에 초연하게 있던 사람들까지도 단결해서 이런 계기를 이룬 것이 아닌가 하는 느낌입니다.

사회 저는 사회학을 하기 때문에 이런 시각을 하나 제시해 보고 싶습니다. 주체에 관한 문제인데요. 6·10사태에서 6·29까지의 놀랄 만한 국민적인 일체감은 사실상 굉장히 폭넓은 민중적인 경험이었고 어떤 의미에서는 민중 연합이라고 하는 것이 가시적으로 드러났다고 생각합니다. 우리 사회에는 그동안 다양한 계층 또는 세력들이 성장을 했어요. 우선 양적으로 볼 때 젊은 청년 세대가 상당히 증가해 왔고 그들의 교육 수준도 다른 어떤 연령 세대보다도 빠른 속도로 향상돼 왔습니다. 또 그에 못지않게 생산 노동자들이 빠른 속도로 증가해 왔고, 마지막으로 신중산 계층이 빠른 속도로 증가하면서 80년대에 들어서는 그 가운데서도 특히 넓은 의미의 문화 활동에 종사하시는 분들, 그러니까 교육, 문화, 출판, 종교 활동에 종사하시는 분들이 굉장히 많이 늘어납니다.

그런데 박종철 군 치사 사건을 통해서 윤리 문제가 아주 심각한 문제로 터지면서 사회 저변에 그야말로 이제는 이 현실을 도저히 용납할 수 없다 하는 넓은 공감대를 만들어 주었습니다. 이러한 공감대의 가장 선봉에 서 있었던 집단이 신중산층이 아니었을까, 저는 이렇게 생각을 해 봅니다. 동시에, 명동 성당이 하나의 상징이었습니다마는 그 당시 교회의 역할도 대단히 중요했고요. 이렇게 되면서 결국 학생 청년 세대를 중심으로 한 급진 노선의 운동이 신중산층의 적극적인 호응을 받아 다소 온건화되고, 그와 함께 국민적 지지가 훨씬 더 확산되면서 결국 6·29라고 하는 전환기적인 돌파 국면이 마련되지 않았겠느냐, 저는 그렇게 보고 있습니다. 그래서 결국 연령 면에서는 젊은 학생 세대, 계층이라고 하는 차원에서는 신중산층, 그리고 계급이라고 하는 차원에서는 노동자층이 민주화를 향한 전환기적인 돌파 국면을 뚫는 데 연합을 한 획기적인 의미를 1987년도의 경험에서 확인할 수가 있지 않았느냐 이런 생각을 해 봅니다.

한배호 앞에서도 말씀드렸습니다만, 1987년이라고 하는 해는 길게 보면 해방 이후부터, 조금 가까이 본다면 군부 관료의 권위주의 체제가 등장한 1960년대 이후 우리 사회가 겪은 정치 사회적인 변화 속에서 형성된 여러 가지 세력들이 자기들의 요구를 전면에 나와서 주장하는, 어떻게 보면 하나의 대결 경쟁 또는 갈등의 광장이 마련되고, 그 속에서 뭔가 새로운 질서를 창조해 나가느라 진통을 겪을 해라고 볼 수가 있어요. 1987년은 그런 의미에서 상당히 중요한 해입니다. 군부 관료 권위주의 체제가 지배했던 그 기간에 있었던 두드러진 추세라고 할까 중요한 변화로 지적할 수 있는 것이 몇 가지가 있다고 생각합니다. 우선 그동안 권위주의 체제에 도전하는 민주 세력의 저항과 투쟁이 상당한 탄압과 억압에도 불구하고 꾸준히 강화되어 왔고, 이러한 상황이 계속 벌어짐으로써 인권이라는, 어떻게 보면 추상적이고 우리나라 사람들이 잘 이해하지 못하던 개념이 상당히 경험적이고 실감 나는 개념으로 인식되면서 인권에 대한 국민들의 이해와 관심이 상당히 고조되었다는 사실도 중요한 변화였다고 생각을 해봅니다.

또 하나는 군부의 정치적 역할, 정치 참여에 대해서 무언가 확고하게 부정적인 자세와 태도가 국민 사이에 일반화되고 보편화되는 현상으로 나타났던 것이 아닌가 생각됩니다. 이러한 일련의 변화 속에서 제5공화국은 기본적으로 심각한 딜레마를 가지고 출발했던 것입니다. 그 딜레마를 해결하기 위한 고육지책의 하나가 단임제로 나타났다고 볼 수 있겠습니다만, 단임제만으로는 그것이 해결이 될 수 없다는 한계점을 인식하고 있었기 때문에 개헌에까지 가지 않을 수 없었던 것이 아닌가, 그것이 1986년까지 나타났던 현상이고, 그러한 조치에 대한 국민의 저항, 민주 세력의 저항이 이러한 새로운 변화를 가져오지 않을 수 없는 추세를 만든 것이다 이렇게 볼 수 있을 것 같아요.

대중주의적 세력과 현상 유지적 세력의 갈등

사회 지금 한 교수께서 세력들 간의 대결의 광장이 전개되고 있는 게 아니냐, 군부 통치에 대한 반감이 보편화되었다 하는 말씀을 하셨는데 그러한 양상이 어떤 식으로 전개되고 있는 것인지, 또 체제의 비리 모순이라고 하는 것이 어떤 식으로 퍼지고 있는 것인지…….

이돈명 그것은 한마디로 표현하기는 어렵겠지요. 오늘날의 군부 보수 정치 체제는 국민의 지지를 얻지 못하고 생겨났기 때문에 인위적으로 자꾸 권위를 키워 나갔는데, 그에 대한 저항 세력들이 투옥되고 법정 같은 데서 부닥치고 하는 현장이랄까 일선에서 제가 얻은 결론이 하나 있습니다. 군부 보수 체제가 제3공화국 이후 건설을 앞세우자 처음에는 국민들이 잘 따라갔어요. 그러나 1970년대에 들어와 배고픈 서러움을 잊어 가고 6·25를 경험하지 못한 전후 세대들이 자라나면서 사정이 달라졌습니다. 경제 건설을 위해서는 유신이 불가피하다는 식으로 몰고 가고, 그런 체제에 머리 좋은 사람들이 밀착해서 지식과 이론을 제공해서 불법적인 체제를 자꾸 연장해 가는 속에서 전후 세대들 사이에 그 사람들이 내세우는 가치관을 부정하고 새로운 가치관을 찾고자 하는 의식이 생겨납니다. 이것이 1970년대 후반부터 현재까지에 이르는 저항 세력들의 기본적인 신념이 아닌가, 이런 생각이 듭니다.

아시다시피 학생들이 처음에는 학원의 자유를 되찾는 운동을 벌이다가 경직된 정권이 있는 한 학원 자율화는 찾을 수가 없다는 결론에 도달했고, 그래서 그것이 반정부적 투쟁으로 발전이 된 것이거든요. 노동자들도 처음에는 자기들의 권익 운동으로 시작했으나, 자꾸 정치 권력이 들어서 기업주 편을 들어주고 경우에 따라서는 기업주를 제쳐 놓고 정치 권력이 떠맡아서 억압을 해 버리니까 정치 투쟁을 하지 않고서는 도저히 자기들 권익을 찾을 수가 없다는 의식을 갖게 됩니다. 그렇게 해서 정치 투쟁을 하다 보니까 학생들의 의식이 높아져서 국제적인 관계, 역사적인 데에서까지 문제의 뿌리를 찾기 시작했고 그것이 반미 운동으로까지 진전되게 된 것입니다. 이렇게 볼 때 앞으로 과연 정권 교체가 될는지 모르겠습니다마는, 민주화라는 것이 정권 교체만 가지고 되는 것도 아닐 것이고, 진실한 민주화가 되려면 지금까지 있었던 잘못된 권위주의에서 파생된 가치관 대신에 새로운 가치관을 되찾는 전환점을 확실하게 이룩해야 될 것이 아닌가 그런 생각이 듭니다.

한배호 그동안 형성된 여러 사회 세력 혹은 정치 세력들을 어떻게 볼 것이냐 하는 것은 상당히 중요한 문제입니다. 좀 단순화해서 본다면 파퓰리스틱한 경향을 지니거나 그러한 이념적 추세를 규정하는 세력들이 하나 있겠는데 그 특징은 사회·경제적인 평등을 요구한다는 점입니다. 여기에는 물론 학생도 포함될 수 있겠고, 일부 노동자도 포함될 수 있겠고, 또 그동안 억압돼 있던 정치 참여의 기회를 회복해야 되겠다 하는 신중산층이랄까, 이런 세력도 포함이 된다고 볼 수 있겠습니다. 이들은 현상의 변화를 요구하는 세력으로 일단 유형화를 해 볼 수가 있겠고, 그다음에는 오히려 현상 유지를 바라거나 나아가서는 구질서적인 것을 유지하려고 하는 세력이 있습니다. 이 세력 속에는 그동안 체제의 혜택을 받아 온 세력, 그리고 특히 군부가 포함이 될 수가 있겠죠. 물론 군부라고 다 그렇다고 볼 수는 없겠습니다만……. 따라서 지금의 상황을 대중주의적 세력과 현상 유지적 세력 사이에 대립과 갈등이 표면화되는 상황이라고 볼 수 있겠고, 그래서 그것을 통해서 새로운 정치의 기반이 형성되고 있는 상황이 아니냐, 그렇게 파악해 봅니다.

정신적 권위, 가치관, 질서의 순환

김우창 우리가 지금 겪고 있는 상황은 의식적으로 그렇게 얘기만 안 됐을 뿐이지 대문화 혁명 속에 있다고 말할 수도 있습니다. 지금 한 선생께서 이해관계를 달리하는 세력들이 분명하게 조정을 겪어야 되는 관계에 놓이게 됐다 이런 말씀을 하셨는데, 그것은 맞는 얘기이면서 우리나라에서는 아직도 그것이 우리가 알아볼 수 있을 형태로 분명하게 형성된 것 같지는 않다는 느낌도 들어요. 지금의 우리 사회는 잘사는 사람까지도 포함해서 많은 사람들이 굉장한 불안과 혼란 속에 놓여 있고, 모든 사람들이 상처를 입고 있는 사회가 아닌가, 단순히 서양 사람들이 생각하는 그런 갈등보다도 더 큰 변화 속에 있다 하는 느낌입니다.

인권 문제 같은 것도 서양에서처럼 그저 표현의 자유라든지 집회의 자유라든지 인신의 자유라든지 이런 식으로 표현하기에는 너무나 절실합니다. 많은 사람들이 우리 사회가 폭력적이다, 인간 대접을 안 해 주는 사회다 하는 느낌을 갖고 있다 이겁니다. 너무 심하게 이야기하는지는 몰라도, 우리 사회는 계급 전쟁 이전의 만인 전쟁의 상태다, 모든 사람이 다 불리한 상태에 있어서 사회에 팽배하고 있는 폭력을 자기에게 유리하게 사용하려고 하는 성향이 두드러지게 나타나고, 이것이 곧 윤리 규범의 문제와 연결되고 있다, 이런 생각이 들어요. 앞에서 이돈명 선생이 새로운 가치관 말씀을 하셨는데 그 새로운 가치관이 등장하는 터전이 어디냐 하는 것이 문제라고 봅니다. 저는 그것이 한쪽으로는 기존 가치관과 뿌리를 같이하는 것으로 생각이 됩니다.

무슨 이야기냐 하면, 우리가 지금 권위주의적인 지배 체제와 문화 체제를 가지고 있고 거기에 대한 반작용으로써 급격한 세력이 등장했다고 흔히 지적들을 합니다만, 이 권위주의라는 것을 다시 들여다보면 이것은 권위 없는 권위주의입니다. 권위라는 것이 엄격한 의미에서 정신적인 권위를 포함한다고 할 때 권위 없는 권위주의가 하는 일은 모든 정신적인 권위를 파괴하는 일이고, 그것으로 해서 젊은 세대들이 모든 사고에 있어서 권위보다는 자기주장을 더 근본적인 근거로 삼는 결과를 가져오게 됩니다. 이것이 권위주의적 정권에 대해 반항하는 심리적인 의미에서의 동기가 됐다, 이런 생각을 합니다. 그러니까 권위주의적 정치 체제에 참여한 사람들의 권위 파괴나 또 그것을 반대하는 젊은 세대의 권위에 대한 불신이나 일체의 가치 파괴, 일체의 권위 파괴, 일체의 이념적 붕괴 이런 데서 나온 것이 아닌가 하는 생각이 들어서, 새 가치관으로 대체될 때는 이런 탐색이 좀 더 있어야 믿을 만한 가치관과 질서가 나오지 않겠나 하는 겁니다.

우리가 지난 백 년 동안에 겪었던 전통적인 문화 가치와 더불어 정치적인 사회 체제가 파괴되고 또 식민지 체험, 전쟁 체험 이런 것들이 너무 겹쳤기 때문에, 사회학적인 정치학적인 분석이 다 정당하면서도 보다 더 깊은 의미에서의 사회 전체의 재구성, 문명 전체의 재구성, 이런 것이 요청될 만큼 뿌리 깊은 면도 가지고 있다, 이런 느낌이 있어서 말씀드립니다.

사회 김우창 선생 말씀은 문명사적인 의미에 있어서의 새로운 가치관을 만들어 내려고 하는 보다 더 진지한 고민과 사색이 필요하다 이런 말씀이고, 또 현재 학생들 사이에서 일견 발견되는 대안적인 가치관, 문화라고 하는 것도 좀 더 유심히 살펴본다고 하면 뜻밖에 권위주의 문화와 같은 뿌리로 가지고 있는 면이 있지 않느냐, 하는 말씀이신 것 같습니다. 그러나 이런 면도 무시할 수는 없는 것 같아요. 뭐냐 하면, 우리가 염려하는 부분이 있기는 하지만, 일단은 전통적인 가치관으로서 개인 중심적 출세 지향적 상승 이동 지향적인 가치관보다는 좀 더 확실히 평등 지향적인, 그런 의미에서 이른바 민중적인 자기 정체성을 확립하려고 많이 노력을 하는 면들이 나타나고 있고, 수직적인 관계보다는 수평적인 관계를 더 중요시하는 가치관들이 최근 많이 나타나는 것 같거든요. 또 어떤 의미에서는 공동체적인 문화를 회복하려고 하는 상당히 진지하고 다양한 노력을 하고 있는 것 같기도 해요.

또 제가 좀 주목하고 싶은 것은 현상적으로 볼 때 학생들도 폭력을 쓰고 그 안에 획일주의가 작용하기 때문에 여러 가지 문제가 있다고 생각은 하지만, 그래도 학생 대중들의 근래의 경향을 보면 그 자체에 대한 어떤 비판이라고 할까 문제 의식을 느끼는 것이 분명한 것 같고, 그런 의미에서는 전통적인 힘 만능주의, 수단 만능주의, 돈 만능주의를 넘어서려고 하는 노력이 미약한 형태일망정 상당히 다양하게 나타나고 있는 것이 아닌가 하는 느낌을 받습니다만…….

이돈명 제가 접촉해 본 젊은 사람들에게 공통적으로 느끼는 것은 '더불어 살자' 하는 것입니다. 이것을 다른 말로 표현하면 평등 의식이나 같은 생각이겠지요. 그리고 정당한 일에서 정당한 보수를 받고 창의력을 발휘해서 민족을 위해 일해 보자, 이런 쪽 생각이 비교적 젊은 층에 많이 깔려 있는 것 같아요. 그리고 반미 운동에서부터 시작이 되는 것인데, 우리 민족이 강대국에 끼어서 그들 장단에 춤을 추는 그러한 것을 뛰어넘어서 주체적인 문화를 지키고 발전시키면서 세계 평화에 기여하자, 대략 그런 생각들을 하고 있는 것 같아요. 내가 남들보다 못사는 것이 내가 못나서 그런 것이 아니냐, 하는 식의 생각을 갖기보다는 주어진 여건하에서 성실하게 살아간다는 그 자체, 그런 데서 우리가 큰 희망을 가질 수 있는 것 같아요.

김우창 학생들의 공동체적인 의식, 더불어 산다는 평등 의식, 이런 것이 앞으로 우리한테 더 중요한 가치 규범이 되고 또 그것이 우리 사회에 확립되어야 되겠다 하는 데 대해서는 저도 그렇게 생각은 하지만, 그러한 움직임 가운데 너무나 많은 부정적 에너지가 참가하고 있는 것이 아닌가 하는 생각도 있습니다. 쉽게 종교적인 말로 하면 사랑보다는 증오가 많고, 또 사랑 속에도 증오가 숨어 있는 요소가 전혀 없는 것은 아니다 이런 느낌이 들거든요. 물론 사람의 문제라는 것이 투쟁과 갈등, 미움으로 해결해야 되는 문제들도 있겠지만, 그런 것들을 포함은 하면서도 또 동시에 그것이 늘 보편적 원칙 안에 포용될 수 있어야 되겠다, 이런 말씀입니다.

군부 통치로 심화된 사회·문화적 해체

한배호 우리 사회에 있어서의 폭력 또는 인간성 상실 문제는 어떻게 보면 사회 문화적 해체 현상과 연결시킬 수 있는 문제인데, 그걸 조금 더 가까이서 볼 때 그런 사회 문화적 해체 현상이 더 심화된 때가 군부 관료 시대다, 저는 이렇게 보아요. 그 체제가 채택했던 개발 전략이라고 하는 것이 절차보다는 성과를 중시했고, 그에 따라 효율성을 지나치게 강조한 나머지 절차와 법 질서의 파괴를 가져오는 사태에까지 갔던 것이 아닌가, 따라서 반대 세력에 대한 무자비한 억압과 탄압, 폭력에 대한 의존도의 강화, 이런 현상이 그 체제의 특색으로 등장했다고 보아야겠지요. 그 과정에서 문화 사회적인 해체 현상이 매우 심화되었고, 우리는 그 유산을 물려받아 오늘까지 왔다고 봐야 될 거예요.

따라서 27년이라고 하는 기간 동안에 그 체제가 만들어 놓은 결과가 이같은 문화 사회적인 해체 현상이라고 본다면 결국 우리 사회에서 자유 민주주의를 정착시키는 것이 얼마나 어려운가 하는 것을 간접적으로 시사해 준다고도 볼 수 있어요. 즉 어떤 문화적인 의미, 가치 지향의 문제에 있어서 우리 사회에는 국민적 합의가 없다 하는 얘기예요. 국민적 합의가 없다고 하는 것은 결국 사회적 통합이 어렵다는 얘기고, 사회적 통합이 어려우면 의회 민주주의, 자유 민주주의 체제는 어렵습니다. 왜냐하면 정당이라든지 의회 체제라든지 또는 단체들의 역할 같은 것으로 볼 때 우리 사회에는 다원주의적인 의회 민주주의, 자유 민주주의 체제를 뒷받침해 줄 수 있는 문화적 여건이 매우 허약한 상황에 있거든요. 그렇다고 한다면 오늘날 여러 세력들의 다양한 요구와 입장, 그들이 추구하는 전략과 경쟁, 또는 대립의 양상이라고 하는 것도 대중주의적인 분출 현상으로 봐야 되지 않겠느냐, 이것을 자유 민주주의적인 시각에서 보기는 어렵다 하는 생각이에요.

사회 대중적인 열망의 분출이라고 하는 이야기는 결국은 변화에 대한 밑에서부터의 욕구를 중간 수준에서 수렴해서 나름대로 조직화하고 여과하고 표출시키는, 넓은 의미의 갈등의 제도화 현상이지요. 그동안 우리 사회에서는 국가 주도적인 산업화의 과정에서 여러 가지 이유로 밑으로부터의 의사를 수렴하는 기능을 하는 조직들 또는 지도자들이 체계적으로 파괴되었다, 이게 파괴되니까 결국 개인은 조직이 없는 대중으로 무방비 상태로 노출된 것이지요. 말하자면 시민 사회(civil society)라고 하는 것이 폭력으로 파괴가 된 거예요. 이런 것이 급격하게 사회적인 문제로 대두하게 되는 것이 전환기적인 현상입니다. 특히 공권력이 약화될 때는 이게 큰 사회 문제로 터지거든요. 같은 전환기적인 상황을 겪어 가는 다른 나라들과 비교할 때 우리가 좀 더 심한 것 같아요.

조직화 운동은 정치 발전의 기틀

이돈명 아까 한배호 선생이 대중주의적 분출 현상이라고 표현을 하시면서 자유 민주주의적인 의회 제도는 어렵지 않겠는가 하는 걱정의 말씀을 해 주셨는데, 제가 보기에는 그렇게까지 비관할 것은 없다 하는 생각이 들어요. 지금 여러 가지 중간 집단 혹은 이익 집단들이 파괴된 것은 틀림없어요. 또 지금 시점에서도 그런 것이 다시 결집력을 갖추고 재정비를 추진하면서 정권에 참여할 수 있는 길이 아직 열리지 않고 있는 것이 사실이지요.

그러나 저는 그러한 일이 지금부터 시작될 수 있는 것이 아니냐, 이런 생각이 들어요. 그동안 반공 이데올로기를 국민의 지지를 받지 못하는 정권을 연장하는 데 엄청나게 이용하고, 또 획일적으로 억압하고 누르지 않으면 우리 민족이 생존을 누릴 수 없는 것처럼 자꾸 선전을 하곤 했는데, 그러한 보수 세력을 지금도 무시할 수는 없지만 그렇다고 해서 그러한 생각으로 국민적 통합을 얻어 가는 것은 이미 어렵게 되었습니다. 그리고 국민들이 큰 저항으로 그런 것들을 이겨 냈기 때문에 그러한 자기 권익을 옹호하려고 하는 각 계층 간에, 개별적 이익 집단 간에 그러한 조합 내지 조직화 운동이 이루어지고 그것이 점차 정치적으로 발전할 수 있는 기틀이 이제부터 마련되지 않을까 그런 생각이 들어서 비관만은 하지 않아요.

노동자들의 자제로 일단락된 노동쟁의

사회 지금까지 얘기들이 크게 볼 적에는 민주화 문제와 연관되는 얘기들입니다. 이제는 노사 문제를 중심으로 이야기를 해 보았으면 합니다. 노사 문제의 경우 그동안 노동조합이 형식상 있기는 했지만 노동자들이 노동조합을 신뢰한다거나 노동조합 간부들이 자기들을 위해서 일하고 있다고 생각하는 일은 극히 저조했어요. 그러니까 결과적으로는 조직이 없는 대중 또는 원자화된 개인으로 노출된 상태에서 오늘날의 전환기적인 상황을 맞이하고 있는데, 그런 관점에서 노동 문제를 좀 언급해 주시지요.

이돈명 8월부터 시작해서 9월 중순까지 계속되었던 노동 쟁의에 관해서 이런 얘기를 많이 들었어요. 현실 정치 체제의 변화를 추구하는 사람들까지도 포함해서 중산층에 속하는 사람들이, 노동자들이 지금까지 눌려 있었으니까 자기 권익을 찾고자 하는 운동은 백번 좋은데 이렇게 동시다발로 한꺼번에 일어나면 수습이 안 되는 것이 아니냐, 또 그것을 핑계 삼아서 군대가 밀고 나와 버리면 이것도 저것도 다 틀려 버리는 것이 아니냐, 그래서 굉장히 걱정들을 많이 했어요.

그런데 제가 보기에는 상당히 순조롭게 해결되어 가더라고요. 잘 되어 가는데 8월 하순 들어 느닷없이 전경련 관계자를 국무 회의에 불러다 놓고 공개 국무 회의를 하더니 그와 동시에 임금 투쟁을 하는 노동자 쪽을 탄압하기 시작하는 바람에 오히려 많은 혼선을 가져왔습니다. 그 후에 구속자도 많이 생기고……. 만일 8월 하반기에 들어서 정부 권력이 그렇게만 나오지 않았더라면 정말 멋들어진 드라마처럼 노사 문제가 해결되었으리라고 봐요. 어찌 되었든 지금까지의 노사 문제가 진정되고 난 후에 아주 반가운 현상은, 기업주가 노동조합을 보는 시각이 6·29 이전과는 달라졌다는 겁니다. 그전에는 노동조합이 생기면 회사가 망하는 것으로 생각했던 기업주가 상당히 많았습니다만 지금은 건실한 노조가 있으면 기업의 활동이 더 원활해지고 생산성도 올라간다, 이런 것을 조금씩 인식하기 시작한 것 같고, 조금 더 인간적으로 그들을 대우해 주려는 경향이 있는 것 같아요. 그래서 금년에 있었던 노사 운동은 시작에 불과했지만, 상당히 뿌리를 견실하게 내린 것이 아닌가, 일단 저는 그렇게 생각합니다.

한배호 노사 관계에 있어서 문제의 발단은 기본적으로 60년대 이후의 정치 체제에 있습니다. 저임금 정책에다 수출 위주의 개발 전략을 추구하다 보니까 거기서 희생이 오는 것이고, 또 그런 과정에서 자꾸 탄압을 할 수밖에 없는 상황에서 노동 삼권을 박탈할 수밖에 없었고, 그게 유신 체제에 와서는 더 악화되었고, 그런 것이 쭉 누적화되어 온 상황에서 지금 이런 문제가 터진 것이에요. 결국 군부 관료의 권위주의 체제가 와해될 수밖에 없는 상황에 왔기 때문에 당연한 귀추로서 이런 노사 문제의 분출 현상이 나올 수밖에 없지 않느냐라고 봐요.

이게 앞으로 원만하게 잘될 것이냐 하는 것에 대해서도 비관론 낙관론이 함께 나오는 것 같은데, 일단은 노동자들이 자제하려고 하는 자세가 분명히 보였고, 앞으로 체제 변화의 가능성이 있다고 하는 전망이 보이니까 노동자로서도 어느 정도 여유를 가지고 좀 더 관망하는 자세에서 자중해야 되겠다 하는 태도를 취할 수 있었던 게 아닌가 하는 생각이 돼요. 또 기업가들 자신의 태도에도 변화가 온 것이 사실입니다. 과거처럼 기업가들이 가부장적인 태도로 해결하거나 그에 못 미칠 때에는 관권 개입을 통해서, 말하자면 공안 사법적인 차원에서 해결하는 방식 가지고는 해결할 수 없다 하는 것을 그들 자신들도 이제는 인식하게 되었어요. 앞으로는 우리 사회 여건에 맞는 노사 관계의 패턴이 어떤 것이어야 되겠느냐, 그게 어떻게 정착할 수 있겠는가 하는 것이 아마 문제일 것입니다.

외부 세력 운운은 과장된 얘기

사회 제가 금년 노동 쟁의에서 인상적으로 본 것이 있어요. 뭐냐하면 금년 노동 쟁의는 주로 부산, 창원, 울산 등지에서 시작됐는데, 다 대기업들입니다. 그리고 전부 중화학 공업 부문들입니다. 이것이 점차 경인 지방으로 넘어왔는데, 경인 지방에서도 그 주종은 다 대기업들이었고, 중화학 부문, 기간산업 같은 데서 먼저 일어났어요.

그런데 이 사람들의 실상을 보면 다른 부문의 노동자들에 비해 상대적으로 대우가 나은 셈입니다. 기술 수준도 높고. 그럼에도 불구하고 이 사람들이 먼저 쟁의를 일으키게 된 데는 물론 여러 가지 이유가 있을 수 있겠으나 아주 현저하게 드러나는 것이 창원, 울산 지방 생산직 노동자들의 80퍼센트 정도가 고졸 이상이라는 점입니다. 그리고 굉장히 깨어 있는 사람들입니다. 이러한 조건이 있었기 때문에 조직화가 가능했던 것입니다. 이렇게 볼 때 그들과는 다른 조건에 있는 노동자들의 경우는 어떻게 될 것이냐 하는 이것이 사실 문제예요. 기업이 영세하고 종업원 수가 작다 보니까 조직화도 안 되지요, 그렇다고 해서 생산성이 높은 것도 아니지요, 단순 노동자들이지요. 이런 사람들이 굉장히 많이 있는데, 이런 사람들의 복지 문제가 앞으로 어떻게 될 것이냐, 이게 큰 문제인 것 같습니다.

그리고 한 마디 더 말씀드린다면 경영자들, 사용자들을 만나 보면 태도가 좀 바꾸어진 것같이 보이는 면도 있는데, 그래도 제겐 좀 의심쩍은 것이, 이분들이 외부 세력 얘기를 시종일관 너무 많이 해요. 물론 그게 없다고 얘기는 못하겠지만 과장이 심합니다. 실제로 그 안에서 일어나고 있는 것을 보면 노동자들이 어떻게 문제를 풀어 가야 한다는 것 정도는 이미 알고 있단 말이에요. 그래서 바깥에서 제휴가 들어간다고 하더라도 그것을 거절하고 있는 상황이 대부분인데, 사용자들이 시종일관 외부 세력 때문에 일어났다고 이야기하는 것은 경우에 따라서는 다른 부작용을 가져올 가능성이 있지 않겠느냐, 그 점은 좀 분별이 되어야겠다 하는 생각이 들어요.

이돈명 기업주들이 외부 세력을 운위하는 것 자체가 방금 말씀대로 완전히 과장입니다. 노동 운동이 극히 미미했던 1970년대에는 종교계나 지식층의 응원을 목마르게 바랐어요. 그래서 자꾸 도와주십시오 했는데, 1980년대에 들어와서는 외부에서 지원해 주는 것을 결코 원하지 않습니다. 당신들이 우리한테 관심을 표명해 주는 것은 좋지만, 와서 이래라저래라 하는 것은 원치 않는다, 우리가 모르면 가서 묻겠다, 이렇게 바뀌기 시작해가지고 1980년대 중반 이후부터는 양상이 많이 달라졌습니다. 금년 여름에 있었던 노동 쟁의에서는 대기업일수록 노동자들이 이른바 학출 근로자들을 상종을 안 했습니다.

또 하나는 폭력 얘기인데, 지금 노동 운동 하는 사람들은 노동 집약적인 중소기업에 있는 근로자들의 경우도 가장 무서운 적이 폭력이라고 말합니다. 폭력을 쓰면 노동 운동이 좌절된다는 것을 알기 때문에 절대 안 씁니다. 그러니까 교활한 기업주 같으면 거꾸로 프락치를 넣는다든가 해서 조장을 해요. 그래가지고 뒤집어씌워 버리는 예가 부분적으로 있을 정도로 근로자들 자신은 극히 일부를 제외하고는 폭력을 자제합니다.

한배호 감각적으로 느끼는 것이지만 이번의 노동 쟁의에서는 한풀이적인 요소가 많았다고 봐요. 그동안 계속 억눌려 왔던 것에 대한 일종의 반작용이라고 볼 수가 있어요. 그렇지 않고서야 어떻게 그렇게 자연 발생적으로 전국에 일시적으로 번질 수 있느냐 이 말입니다. 이것이 조직적인 무엇에 의해서 움직여진다면 그렇게 나올 수 없었을 거예요. 자발적이고 자연 발생적으로 한꺼번에 발생했다는 자체는 한풀이적인 요소가 있기 때문입니다. 그렇기 때문에 자제도 가능했을 겁니다.

통일 문제에 대한 인식이 바뀌고 있다

사회 이제 다음 얘기로 넘어가서 통일의 문제, 민족 문제에 관해 말씀을 좀 해 주셨으면 합니다. 다 기억하시겠지만 작년 가을에 건국대 사건이 터져 한때는 세상에 참 많은 충격을 주었습니다만, 우리의 민족적인 정체성을 확립한다고 한다든지 또는 통일 지향적인 적극적 자세를 더듬어 본다든지 하는 의미에서 여러 가지 사건이 터졌습니다. 그런 사건들의 의미를 어떻게 평가하고 넘어가야 될 것이냐, 이런 문제를 얘기해 봐야 될 것 같습니다.

김우창 통일을 해야 된다는 것은 너무나 당연한 얘기이지만, 저는 통일을 추상적으로만 얘기하면 실감이 잘 안 난다고 느끼고 있어요. 우리가 사는 것과 관련해서 통일 문제가 제기되어야 실감이 날 텐데, 오늘날 이루어지고 있는 우리 사회 안에서의 발전도 통일과는 관계가 없기 때문에 나쁘다, 이런 식으로만 본다든지, 순전히 이념적으로만 통일 문제를 가지고 국내 문제를 재단하려고 하는 것은 저같이 문학 하는 사람한테는 실감이 안 난다, 이런 느낌이 들어요.

한배호 통일이라는 것이 1950년대에는 주로 대결이라는 의미를 내포한 것으로 이해가 되다가 1970년대에 와서는 이 대결이라는 차원이 완전히 사라진 것은 아니지만 그것에 추가해서 의도나 목적이 어떤 것이었든 간에 남북 공동 성명이 나올 정도로 평화 공존적인 차원을 더 강조하는 의미로 바뀌었습니다. 그러면서도 아직도 이 두 가지 차원이 서로 엇갈리는 것이 사실이에요. 근래에 와서는 평화 공존이라는 차원을 넘어서서 남북 화해라고 하는 차원을 강조하고 나오는 세력도 있는 것 같아요. 기독교 세력 같은 데서도 단순히 평화 공존적인 차원보다는 적극적인 의미로서 화해라고 하는 것을 들고 나오는 것 같고, 거기다 아주 급진적인 세력에 이르면 통일을 유니티라는 의미로, 유니피케이션이 아니라 단일화라고 하는 의미로 이해하려고 하는 차원도 있는 것 같습니다. 같은 낱말이지만 그것에 부여하는 의미는 다르다 이거예요.

앞으로 어떠한 차원이 우리 사회에서 더 중요성을 띠게 되고 또 그 의미가 어떤 의미로서 많은 사람에 의해서 받아들여지느냐 하는 것은 여러 가지 요소에 달려 있다고 봐요. 다만 그런 가운데서도 적어도 1980년대, 1990년대에는 대결적인 상황은 역시 지양해야 된다고 하는 욕구와 추세가 자꾸 더 높아지는 것 같고, 이젠 평화 공존, 더 나아가서는 남북 화해까지도 가야 된다는 요구와 주장이 더 높아질 가능성이 있지 않겠는가, 그러나 구체적으로 그게 무얼 의미하느냐, 어떤 방법으로 그것이 가능하냐 하는 문제는 또 그것대로 여러 가지 복합적인 요인이 작용할 것으로 봐야 되겠지요.

북한에 대한 사실적 이해의 기초 쌓아야

사회 이제는 우리가 민족 문제, 통일 문제에 대해서 너무 방어적인 입장에 있지 말고 조금은 적극적으로 대처해야 되지 않겠느냐 하는 느낌을 저는 강하게 받습니다. 어떤 의미에서는 우리가 좀 더 자신을 가지고 개방 체제를 추구해 가면서 민족 문제, 통일 문제에 대해 좀 더 새롭고 근본적인 어떤 감수성으로 재구성해 가며 거기에 대한 공감대를 넓힐 수 있는 적극적인 노력이 있어야 되겠다, 그런 것이 국민적인 차원에서 냉전 시대의 유산을 벗어나야 된다고 하는 역사적인 필요성에서 보더라도 필요하지 않을까 그런 느낌이 들어갑니다.

다른 하나는, 지난 1년을 돌아보면 통일 문제에 대해서 특히 일부 학생들이 대단히 급진화되어 가는 모습을 보였습니다. 그리고 그것이 큰 사회적인 문제를 일으키고 있습니다. 여기서 우리가 얘기를 해야 될 부분은, 북한에 대한 구체적인 정보나 지식이 너무 결여되어 있다고 하는 심각한 문제입니다. 지적인 갈망이 대단히 큰 젊은 세대에서 북한을 우리 민족의 일부라고 보는 것까지를 나무랄 수는 없는 것이고, 그런 한에 있어서는 북한에 대한 공정한 정보와 지식이 보급되고 그 위에서 학문적인 논의가 있어야 되는데, 이것이 너무 차단되니까 상대적으로 북한을 미화시키는 경향에 쉽게 빠질 수 있지 않겠느냐 하는 것입니다. 이런 의미에서 북한 문제에 대한 좀 더 개방적인 정책이라고 할까, 이런 것이 필요하지 않을까 싶습니다.

김우창 학문적으로는 북한에 대해서 사실적 이해의 기초를 쌓아 가야 할 것 같아요. 이념적이나 선전으로 또는 선택적으로가 아니고 사실적인 이해를 쌓아 가는 작업, 이게 지금 제일 중요한 것 같아요.

이돈명 지금 반독재 투쟁, 소위 민주화 투쟁을 전개하는 과정에서 통일 논의가 재론된 것은 전후 세대들이 남북이 대결하고 있는 상황에서는 민주화 투쟁이 어렵다 하는 것을 의식하기 시작했고, 그것이 영향을 주어서 통일 논의가 1980년대에 들어서서는 다수 국민의 절실한 소망으로 받아들여진 것이 아닌가 합니다. 이런 것은 과거에 우리가 못 느끼던 것이라고 봅니다.

그리고 특히 최근 대만·중공의 관계가 급속히 호전되고 있고 동서독의 경우는 외적인 통일 저해 세력이 우리보다 훨씬 많은데도 불구하고 자기 노력으로 질적인 면에서 사실상 분단을 극복하는 운동이 벌어지고 있는데, 우리만이 유일하게 이렇게 동떨어져 있으니까 여기에서 오는 충격도 젊은 세대들한테, 통일을 희구하는 세력들에게 큰 힘을 부여하고 있는 것으로 보입니다. 이러한 상황이 지금 우리가 이 시점에서 맞고 있는 하나의 변화가 아니겠느냐, 이렇게 보여요. 그런데다 특히 중공이 쭉 실용주의 노선을 택해 공개 정책을 추구하고 있고 소련에서도 고르바초프가 등장한 이후로 과감한 평화 정책을 추구해가니까 지금 우리가 통일을 위해서는 가장 좋은 국제적 여건하에 있다고 하는 인식이 날로 커져 가고 있어요.

통일 논의의 복병, 급진 노선

사회 이 문제는 평소 제가 의문을 느끼고 있는 문제이기 때문에 말씀을 드리고 싶은데, 우리가 민족의 동질성을 회복한다, 민족 이질화를 극복하자, 미국에 대해서도 좀 떳떳이 하자, 통일을 향해서 우리가 힘을 합쳐서 나가자, 그런 명제에는 하등의 문제가 없습니다마는, 그럼에도 불구하고 저는 지금 우리가 처해 있는 전환기적인 상황의 앞날을 다소 위협할 수 있는 복병의 하나가 여기에 있지 않나 생각하고 있습니다.

예컨대 민주화 운동이다, 노동 쟁의다, 평등 문제다 했을 경우, 그러한 것들을 다소 급진적으로 주장한다 하더라도 제 느낌에는 사회의 중심 부문에 있는 집단들이 그것을 흡수할 수 있는 능력을 어느 정도는 가지고 있습니다. 그런데 규범적으로는 대단히 옳은 이야기이지만 실제로 통일 문제를 너무 이념적으로 급진화시키다 보니까 요새 학생들이 통일 문제를 논의하는 것은 마치 사회주의 혁명을 하자, 또는 북한 체제에 정통성을 부여해서 그와 같은 것으로 나가자, 이런 식으로 논의하는 것으로 알려질 가능성이 있단 말이에요.

사실 통일에 관한 밑으로부터의 지평을 넓혀 가자고 하는 것과 지금 말씀드린 이념적으로 아주 급진화된 노선이라고 하는 것은 구별이 돼야 할 것 같은데 실제로 이 노선이 체제에 의해서 항상 주목을 받는 면이 있고 경우에 따라서는 그것을 필요 이상으로 과장하는 측면도 있는 것이 사실입니다. 그러니까 이것이 혹시 일반 시민, 넓은 의미의 중산층의 기대와 사회 운동 사이의 간격을 앞으로 필요 이상으로 더 넓히는 방향으로 가지 않겠느냐, 그럴 경우에는 오히려 썩 좋은 형상이 되지 않을 것이다, 이렇게 보고 따라서 일반 시민이라든지, 특히 우리 사회의 여론을 주도해 가고 있는 신중산층이 젊은 세대에서 나오고 있는 민족주의적인 열망, 통일 지향적인 것을 어떤 형식으로든지 수용을 한다 할까 흡수하려는 노력을 해야 하지 않겠느냐 하는 것을 말씀드리고 싶습니다. 동시에 통일을 향해서 나가는 운동 노선이 너무 급진화되는 것은 앞으로의 전환기적인 상황을 놓고 볼 때 자제하는 것이 좋지 않을까 하는 생각을 저는 평상시에 하고 있습니다.

한배호 저는 지금 우리 사회에 있어서 관련된 기본이 되는 가장 중요한 가치를 정치적 민주주의와 경제적 민주주의 그리고 통일, 이 세 가지로 봅니다. 그런데 지금 통일 문제를 다른 가치와 관련시켜서 주장할 때, 어떤 가치를 주장하는 사람들이 통일을 더욱 주장하고 있느냐 하는 것이 매우 문제가 된다고 봅니다. 가령 정치적 민주주의에 있어서 어디까지나 참여를 요구하되 급진적인 참여를 요구하는 세력, 경제적 민주주의의 분배 문제와 관련해서 급속한 분배, 급진적인 평등의 실현을 요구하는 세력이 통일 문제를 요구할 때, 상당히 오해의 소지를 가질 수도 있고 사회에 혼란을 가져올 수도 있어요. 지금 일부 급진적인 세력들이 주장하고 있는 선통일이라고 하는 것이 그런 오해를 일으킬 수 있는 소지가 있지 않느냐 하는 느낌입니다.

공명 선거가 정통성 시비 해소의 관건

이돈명 결국은 정치적 민주주의를 이번에 얻느냐 못 얻느냐 하는 문제가 통일 문제와 직결이 된다고 봐요. 만일 현 체제와 같은 정권이 선거를 통해서 다시 연장이 된다고 하면 지금 걱정하시는 문제가 점점 더 먹혀 들어갈 가능성이 있어요. 앞으로 정말 우리가 바라던 정치 체제만 이루어지면 각계각층의 다양한 요구를 수렴해서 조화를 이룰 수 있는 민주주의의 장점이 되살아날 테니까 그런 급진 세력이 약화될 것이고 보면, 중산층이 튼튼하게 자리를 잡을 수가 있다, 그렇게 되면 지금 두 분이 걱정하시는 그런 급진적인 통일 논의도 결국은 소수의 주장으로 전락해 버리게 되지 않느냐, 그런 식으로 낙관이 된다, 이런 얘기입니다.

김우창 되풀이합니다만, 북한에 대한 사실적 이해를 넓혀야 된다 하는 것이 지상 과제일 것 같습니다. 그리고 사실적 이해를 구축하기 위해서 한 가지 필요한 것은 북한에 대한 선의를 허용해야 될 것 같아요. 이 선의의 틀이라는 것은 공산주의 체제나 남한의 체제나 인류 역사의 진로 안에서 있을 수 있는 선택이다, 그런데 우리의 선택은 이것이다, 이 정도는 돼야 합니다.

사회 방금 통일 문제에서 드러났듯이 민주화라고 하는 것은 그 자체로 우리가 지금 추구하고 있는 하나의 가치이면서 목표입니다만, 또 이것에 못지않게 평등화라든지 통일 문제를 좀 더 확고한 기반 위에 추구하기 위한 바탕이 된다, 그렇게 볼 수 있겠습니다. 그런데 금년은 어찌되었든 여야 합의에 의해서 개헌이 성사되었고 선거전이 목하 진행 중입니다. 이제 정말 참된 민주 정부가 들어서고 그 힘에 의해서 우리 사회가 안고 있는 많은 문제들을 차근차근 풀어 가려고 하면 국민 대중의 지지를 받는 확고한 리더십 지닌 민주 정부가 들어서야 된다고 생각해 봅니다마는 현실적으로는 다소 애로가 예견되는 상황이 아닌가 합니다. 이 문제에 대해서 좀 말씀해 주시죠.

한배호 이번 선거의 의미는 국민들에게 정권 선택권을 부여했다는 것이 가장 중요한 것일 겁니다. 또다시 정통성 문제가 계속 나올 것이냐 하는 것은 두고 봐야 하겠습니다마는 누가 당선이 돼서 어떤 정부가 수립이 되든 간에 일단 민주적인 절차를 밟아서 선출했다고 하는 점에서는 정통성 시비의 상당한 부분은 해소될 것으로 봐야 됩니다.

정통성 시비가 계속 부담을 안겨 주는 문제로 잔존할 경우에 이것이 가져오는 부작용은 상당히 심각할 겁니다. 따라서 이 기회에 정당성 위기를 실질적으로 해소하는 쪽으로 선거가 진행돼야 되겠다 하는 것이 많은 사람들이 바라는 일이고 또 그렇게 돼야 될 것으로 봅니다. 그럴려면 공명선거가 돼야 하고, 공명선거에 의해서 국민들이 선택한 지도자라면 일단은 국민들이 승복하고 따라야 된다고 봐요. 물론 이번에 후보자의 난립이라는 현상을 놓고 시비가 일고 있습니다마는 우리 상황에서 4명이 나오는 건 있을 수 있다고 봐야 돼요. 후보가 난립해서 당선된 사람의 지지율이 적다 많다 하는 것을 가지고 계속 시비를 한다면 그것은 비생산적인 논쟁밖에는 안 될 것이고, 그런 의미에서 일단은 이번 선거 결과를 통해서 정통성 문제가 어떻게든 매듭이 지어져야 할 것이다, 하는 생각을 가지고 있습니다.

민주화 운동 명분 손상시킨 야권 분열

사회 미래를 전망해 볼 때, 정통성과 대표성을 확실히 확보한 민간 정부가 들어서기 위해서는 마지막 순간까지 야권 후보 단일화에 대한 문제는 계속 얘기가 되어야겠지요.

한배호 야권 자체의 분열은 어떻게 보면 단순히 권력의 문제가 아니고 우리의 정치 문화적인 차원에서 한계점이 드러난 게 아닌가 하는 생각이 듭니다. 그걸 극복하지 못한다면 패배하는 경우에도 그것을 정당히 받아들여야죠.

사회 야권이 만일의 경우 선거에서 패배한다고 할 경우 상당히 큰 개편이 불가피한 것 아니겠습니까?

한배호 어떤 의미에서는 정치 생명 자체를 상실할 수도 있는 상황에까지 가지 않겠느냐 하는 얘기를 하는 사람도 있어요.

이돈명 야권 후보 단일화를 많은 국민이 원하고 있다는 것은 결국 야권이 분열될 경우 군정 종식을 못 시키는 것 아니냐 하는 전제 위에 서 있는 것 아닙니까.

김우창 분명한 선택이 되기 위해서는 야권에서 단일화를 했어야지요.

한배호 지금 일부에서는 공명선거가 보장될 수 있도록 거국 중립 내각을 수립하라는 주장도 나옵니다만, 지금은 무엇보다도 27년 동안 이끌어 온 체제가 어떤 성격의 것이냐 하는 것을 전제로 놓고 얘기를 해야 돼요. 그런 체제의 제약 속에서 이루어지는 선거라고 하는 것을 전제로 한다면, 야권의 단일화가 돼야죠.

이돈명 단일화 운동은 계속 전개될 것으로 봅니다. 사실 단일화 문제가 통일 문제만큼 어려워요. (웃음)

김우창 민족사적인 관점에서 볼 때 우리의 민주화 투쟁이라는 것은 공동체적인 이념을 위해서 많은 사람들이 힘을 합칠 수 있다는 것을 보여 준 것입니다. 그런데 지금은 그 상당히 높은 차원의 투쟁이 대권 경쟁이라는 개인적인 차원으로 떨어져 버렸어요. 이것이 아쉬운 일입니다. 그동안에 구축해 온 여러 가지 민주화 투쟁 자체의 명분이 손상이 돼 버린 거죠.

이돈명 운동을 하는 단체도 내부에서 보면 단일화 문제에 있어서는 전부 양분입니다. 지금 우리 사회에는 단일화를 시킬 수 있는 권위가 없어요. 이것이 우리나라 정치 문화의 한계예요.

사회 이제 마지막을 다사다난했던 1987년이 지나가고 1988년에는 새 정부가 들어섭니다만, 1988년에 대한 기대라 할까, 이런 것을 한마디씩 하시고 끝내지요.

한배호 저는 아까 얘기한 대로 전환기라는 용어를 쓰고 싶은데, 금년이 민주적인 정치 체제로 전환을 하는 아주 중요한 계기가 돼야 할 뿐 아니라, 그러한 민주적 정치 질서, 민주적 정권이 우리 땅에 필히 정착할 수 있는 계기가 되어야겠다 하는 말씀을 드리고 싶습니다. 그것을 정치 질서의 공고화 과정이라고 정치학에서는 표현하는데, 아무리 정권 교체가 되고 선거를 통해서 새로운 정권이 수립된다 하더라도 그것이 공고화되는 과정이라는 것은 또 다른 과정을 거쳐 나가야 됩니다. 우리나라에서 거세게 일어나고 있는 민주적 요구에 비추어 본다면 이것은 하나의 대세인 것만은 틀림없지 않으냐 하는 생각이 듭니다. 그러나 여기서 우리가 첨가해서 경계해야 할 것은, 아직도 반민주적 세력이 상당히 뿌리를 내리고 있을 뿐만 아니라 그 세력에 의한 새로운 변화의 시도라고 하는 것도 배제할 수 없는 상황이기 때문에 어떻게 하면 민주적 정권이 그러한 반민주적 세력까지도 흡수하면서 우리 사회에 폭넓은 지지 기반을 가진 민주적 정권으로 공고화돼 가느냐, 이게 큰 과제라고 생각합니다.

민주적 정치 질서의 정착이 최대 과제

그것이 내년부터 몇 년 사이에 이루어져야 할 큰 과제인데, 그러한 과제를 그래도 가장 능률성 있게 그리고 효율적으로 달성해 갈 수 있는 정권을 이번 기회에 뽑아야 된다 하는 것이 제일 큰 당면 과제 같고, 그게 1987년에 의미를 부여하느냐 못하느냐에 대한 하나의 키가 될 수 있지 않을까 하는 얘기입니다.

이돈명 결국 민주주의라고 하는 것은 국민이 지키는 것이지 뽑힌 대통령이 지키는 것은 아니란 말이에요. 우리 국민들이 이 점을 명심해야 된다고 봅니다.

김우창 저는 무엇보다도 우리 국민들이 민족의 장래를 좀 길게 내다보고 깊이 생각해서 조심스럽게 행동을 했으면 좋겠다는 말씀을 우선 드리고 싶고, 또 한 가지 저는 문학 하는 사람인데, 이 좌담회에 초대받은 것 자체가 수상한 상황입니다. (웃음) 저는 대부분의 사람이 정치에 관심 없이 살 수 있었으면 좋겠다, 그리고 정치에 관심 없이 사는 사람이 편하게 살 수 있는 사회가 됐으면 좋겠다, 이런 말씀을 드리고 싶습니다.

사회 하여튼 1987년은 여러 가지 사건들로 점철된 한 해였습니다마는, 또 지금부터 남은 한 달여의 시간이 굉장히 중요한 것 같습니다. 이 남은 시간에 오늘 여기서 거론되었던 방향으로 국민의 지지를 받는 민주화된 새 정부가 출범할 수 있고, 또 그 힘에 의해서 우리 사회가 안고 있는 여러 가지 과제를 성공적으로 풀어 나갈 수 있기를 기대하면서 오늘 이 좌담회를 끝내겠습니다. 감사합니다.

변혁기의 대학과 대학교수

이 시대의 대학과 대학인의 역사적 책임은 무엇인가

김우창(고려대 교수, 영문학)

김진균(서울대 교수, 사회학)

1988년《사회와 사상》10월호

학문의 주체성과 교육 과정

김진균 오늘 우리가 할 대담에 대해서는 잡지(《사회와 사상》) 측의 요청이 상당히 자세히 제시되어 있습니다만, 왜 이 시대에 '대학'이 문제로 부각되고 있고, 학문과 사회에 대한 대학의 관계는 무엇이며, 우리나라 대학의 실상과 바람직한 미래상은 무엇인가 하는 문제로 집약될 수 있겠습니다. 먼저, 우리들이 대학에서 겪고 있는 일에서부터 문제에 접근해 보기로 하지요. 선생님, 현재 1970년대나 그 이전과 비교해 볼 때 대학의 커리큘럼에 좀 바뀐 게 있지 않습니까?

김우창 교수가 바뀐 경우에는 가르치는 내용이 달라지기도 하지만 큰 테두리로 볼 때 바뀐 것은 별로 없는 것 같습니다. 문학을 이해하는 데 사회적인 관점이 많이 도입되긴 했습니다만, 특히 영문학의 경우에는 우리 현실과 직접적인 관계도 없기 때문에 큰 변화가 없다고 봐야 되겠지요.

김진균 그런데 우리나라 서양사학과에서 박사 과정을 수료한 분을 전임으로 채용하는 경우를 보았습니다. 보통 프랑스사 전공자를 채용할 경우에는 프랑스에 가서 공부하고 온 분들을 임용하곤 했는데, 요즈음은 서양 역사도 우리의 관점에서 보아야 한다는 식으로 관점상의 변화 양상이 나타나는 것 같습니다. 이러한 현상들이 최근 인문 과학 분야에서 새롭게 나타나는 특징이 아닌가 합니다. 그리고 1980년대에 와서 사회 과학계에서도 이러한 인식의 변화가 몇 단계를 거쳐 오지요. 즉 한국 사회를 제3세계론적으로 인식하자 하던 것이 한국 사회 자체를 정확하게 제3세계의 범주로 놓고 보자는 쪽으로 나아갔고, 여기에서 한국 사회를 분단 사회로 보자, 그러다가 근래에는 신식민주의 혹은 종속적 자본주의로 보자는 데까지 변화해 왔습니다. 물론 사회학과에서도 커리큘럼상으로 이런 추세에 따라서 몇 과목이 변화되는 것을 볼 수 있습니다. 요즈음에는 정통 마르크스주의를 소상히 잘 아는 분들, 또 그것을 비판할 수 있는 분들이 대학에 전임으로 있어야 학문을 풍부히 발전시켜 나가고 또 한국 사회의 성격에 대한 인식을 심화시키는 데 이론적인 자산을 축적할 수 있지 않느냐 하는 식으로 변화되고 있습니다.

김우창 주체적인 관점에서 볼 때 좋은 발전입니다. 마르크스주의적 입장에서 이해하든 제3세계의 입장에서 이해하든 그것이 서양적일 가능성이 많기 때문에 이 땅에서 공부하고 체험하고 한 분들이 서양학 분야에도 있어야 되겠다는 것은 발전적인 것이라고 볼 수 있습니다. 지금 말씀하신 대로 전체적인 경향으로 제3세계나 마르크스주의적 관점에서 보는 것도 서양 것이라는 면이 있기 때문에 거기에도 문제는 있는 것 같습니다.

김진균 그런데 그것은 요즈음 이렇게 해결하고 있습니다. 한국 사회 자체의 역사성, 즉 역사적으로 내려오는 여러 가지 특징들이 자본주의 사회의 구조와 어떻게 서로 연관되느냐, 그래서 자본주의 일반 이론으로 접근해야 하는 부분과 자본주의가 각 문화·역사·정치·사회에서 다양하게 나타나는 특수한 형태들을 함께 이해하자는 겁니다. 다시 말해 개별 사회의 특수한 부분들을 자본주의 발전 단계, 국면, 역사적인 특수성 등으로 보자는 생각이지요. 그러니까 서양적인 것을 그대로 받아들이던 것보다는 인식이 한 단계 진전한 셈이지요.

김우창 그러니까 어떻게 보면 오늘날 우리가 겪고 있는 자본주의적 발전이라는 것 자체가 서양적인 현상이라고 할 수 있습니다. 그리고 자본주의에 대한 이해는 그것이 비판적인 이해든 긍정적인 이해든 서양 사람들이 많이 해 왔으니까 그들의 방법을 배워 올 수밖에 없다는 면도 있지요. 그래서 주체적인 관점에서 학문을 한다 하더라도 역시 서양적인 것도 이해를 해야 됩니다. 지식이 어디서 오느냐보다도 무엇을 위해 어떻게 존재하느냐가 더 중요하지요.

김진균 모든 이론은 각기 그것이 발생할 만한 토양과 변화 발전될 만한 계기와 조건이 있습니다. 그것을 세계 근대사에서 찾아본다면 직·간접적으로 우리 한국 민족사와도 관련이 되지요. 우리나라가 세계 자본주의와 만나는 시기를 보통 개항기로 보는데, 그전에 세계는 벌써 자본주의의 충격을 받아 가기 시작합니다. 서양에서 영국, 프랑스, 독일, 미국 등으로 자본주의 국가들이 형성되어 가는 과정이 있었고, 이들의 세계 지배 과정을 통해 지구상에 있는 어느 사회, 국가든지 간에 직·간접적인 충격을 받게 되었던 것이지요. 따라서 어떤 사회나 국가가 현재의 상태로 발전한 것은 자본주의의 충격에 대한 대응으로서 형성되었다고 볼 수 있겠지요.

김우창 미개발이라는 것도 발전의 함수 관계에서 생겨난다는 말씀이시지요?

김진균 예. 그렇게 본다면, 그 흐름에 한국 민족 사회라는 것도 자리를 잡게 된 것이고, 그 어떤 단계를 거쳐 지금은 분단된 민족 사회로서 체제도 다르고, 그 한쪽은 종속적 자본주의 사회로 나가고 있는 것이지요. 그래서 요즈음 내적으로는 민주화와 통일 문제가 대두되면서 대외적으로는 자주화 문제가 대두되고 있습니다. 결국 대학 사회에서 우리가 하는 학문의 내용이 이런 문제들하고 어떻게 얽혀 있는가, 또 학문을 하는 주체인 우리는 어떤 태도로 우리의 과제에 임해야 되겠는가 하는 문제가 심각하게 고려되어야 할 것이 아닌가 생각됩니다.

김우창 대학 사회가 보수적이기 때문에 쉽게 바뀌지는 않겠지만, 가령 경제학 분야에서 학생들이 마르크스주의 경제학을 요구하고 정치 경제학에 대한 요구가 점점 커지면서 커리큘럼상에도 변화를 보이고 있고, 현재 잘 되는 대학도 있고 그렇지 못한 대학도 있지만 결국은 수용을 해야 되겠지요.

김진균 그런 요구에 부응해서 지금 사회학계 내지 사회학과 내에서도 이제까지 미국 쪽의 사회학에 경도되어 있었던 시각들이나 패러다임이 문제점으로 지적되고 있습니다. 사회학과에서는 '한국 사회론'이란 과목을 별도로 두고 있습니다. 사회학 개론, 사회 조사 방법론, 사회 계급론, 조직 사회학 등등의 서양에서 나온 교과 내용만을 가르치다 보니까 우습게도 '한국 사회론'이란 과목을 따로 설정하게 되는 난센스가 지금까지 계속되고 있지요.

김우창 잘못된 것이기는 한데 사회학에 대한 연구가 축적된 것이 적어서 불가피한 현상이라고 볼 수 있겠지요. 서양 것을 무비판적으로 덮어씌우니까 우리 것은 매우 예외적이고 특수한 현상으로 보이는 이데올로기적인 면이 있고 또 우리 학문의 역사가 짧아서 불가피한 점도 있습니다. 이런 불가피한 추세는 우리 사회의 성장과 더불어 점점 더 극복되겠지요.

김진균 국사학 분야에서 거의 등한시해 온 해방 전후의 현대사 부분을 그동안 사회 과학 분야, 특히 정치학·경제학·사회학에서 많이 연구했는데 최근 들어 국사학 쪽에서도 이 부분을 연구하기 시작했고 동양 사학에서도 20세기 중반 부분을 취급하기 시작하는 경향을 보입니다. 이런 학문적인 노력들이 현재 한국 사회를 어떤 시각으로 보아야 되겠느냐 하는 데로 집중되고 있고, 대체로 자본주의 사회의 발전이라는 전제하에서 한국 사회를 식민지 혹은 신식민지 상태 등의 개념으로 규정하고 있습니다. 이런 추상적인 수준에서의 논의가 최근에는 구체적이고 실증적인 방향으로 나아가 한국 근현대사의 복원이 이루어져 가고 있으므로 그 성과가 점차 사회 과학 일반에 기초 자료로 제공될 것으로 기대해 봅니다.

학문의 객관성과 당파성

김우창 앞으로 반드시 비판적인 관점에서 오늘의 구체적인 상황을 분석해야 되겠느냐 혹은 오히려 체제 긍정적인 관점에서 보아야 되겠느냐 하는 것은 사람들의 입장에 따라 두 가지가 모두 있을 수 있겠습니다만, 꼭 비판적으로 되기는 어려울는지 몰라도 우리의 현실로 보아 그렇게 되는 것이 당연스러운 것이 아닐까요?

김진균 당연하긴 하지요. 그런데 이것이 당연하게 되려면 당연하게 만드는 싸움이 있어야 되거든요. 그래서 요즈음 그러한 싸움에 뛰어든 사람들을 많이 보게 됩니다. 예를 들어, 지리학에서는 요즈음 '농촌 공간'이란 개념에 대하여 이야기를 하는데, 이것을 농업 경제적인 관점에서만 보지 말고 여기서 살아가는 대다수 민족 구성원 내지 민중의 공동체적 기반으로서 인식해야 한다는 것이고, 또 커뮤니케이션학에서는 정보를 일종의 헤게모니 현상으로 파악하여 권력의 중요한 수단으로 보고 있습니다. 이 것을 국내의 정치 권력과의 관계뿐만 아니라 통신 위성망을 구축하고 있는 정보 제국주의와 관련시키면서 주권 문제까지 제기하고 있습니다.

김우창 저는 낙관적으로 생각해서 젊은 분들이 자꾸 등장해서 대학에 그런 것을 제도적으로 정착시키는 투쟁이 전개되리라고 봅니다. 학문은 어떤 사회에서나 자기 현실을 설명하지 않으면 안 되는 것이지만, 거기에 우려되는 면도 없지 않아 있습니다. 말하자면 우리가 정보를 가져오는 것이 국제적인 문화적 헤게모니라고 해서 왜곡된 일방된 정보만을 가져온다고 생각하면, 그다음 단계는 정보라는 것은 모두 헤게모니를 위한 투쟁의 소산이다, 또 우리가 독자적으로 만들어 내는 정보도 헤게모니 쟁탈은 아니더라도 투쟁적인 수단이다, 이렇게 생각될 수도 있고 이런 관점에서 보면 오늘날까지 우리가 해 온 학문도 결국은 계급 투쟁이나 국제 간의 제국주의적 투쟁의 수단으로 되고 마는데, 그러다 보면 학문의 객관성, 보편성, 공정성 이런 이념 자체가 상실되어 버리는 면은 없을까요.

김진균 그래서 요즈음 한편에서는 학문의 당파성 내지 가치로부터의 자유가 제기되고 있지요. 우리가 '민중' 개념을 사용하면서 민중에 기반하는 것도 당파성을 지니는 것으로 되는데, 이때 당파성의 정당성은 민족 사회와 인류 사회의 관련 면에서 규정되어야 합니다.

김우창 그러니까 전통적으로 학문의 보편적 이념이나 객관성·공정성을 버리지 않는 사람이 가치로부터 중립되려는 것을 비판하려면, 가치로부터 중립되었기 때문에 객관성 자체를 비판하는 게 아니라 그것 역시 사실은 숨은 당파성이기 때문에 비판하는 것 같습니다. 다시 말하면 객관성에 대한 이념을 버린 것은 아니지요. 또 민중의 편에서 무엇을 해야 된다고 할 때 그 민중의 당파성이 인간의 보편적 해방에 관계된다고 마르크스주의자들은 말하지 않습니까.

보편적 이념의 추구와 산업 사회적 기능의 추구

그런데 우리나라에서는 상아탑이라는 것이 너무 훔볼트적인 규정, 말하자면 객관적인 거리에서 사물의 진리를 밝힌다는 상아탑관이 많이 들어와 있는 것 같아요. 그런데 어떤 책을 보니까 독일의 대학교수·학생들이 나치 히틀러의 등장에 상당히 동조적인 바탕이 되었을 때 이미 비스마르크가 교수들을 특권 계급화해서 상아탑에 모셨더군요. 그래서 현실로부터 눈을 돌리게 하려는 의도가 배후에 깔려 있었다는 점을 우리가 상당히 조심해야 되겠지요.

김우창 우리나라에 훔볼트적인 의미에서 대학 이념이 있느냐고 할 때 그렇지 못한 것 같습니다. 우리가 서양 것을 가져올 때 서양에 있으니까 그냥 가져온 것뿐이지 내면적인 깊은 의미에서, 그것이 부르주아 교양의 이념이든 아니든 간에, 훔볼트적인 이상을 가져온 것 같지는 않아요. 우리나라에서의 학문은 산업 사회에 봉사하는 역할을 많이 한 것이 아닌가 생각되는데, 훔볼트적인 의미에서의 대학의 이념은 교양에 기초해 있고, 교양이라는 것은 어떤 종류의 보편적인 인간 이념에 봉사하는 사람을 우선 만들어 내고, 거기에 기초해서 전문적인 지식을 구사하여 사회에 봉사한다는 이념을 가졌다고 한다면, 우리나라에 그런 것은 없었던 것 같습니다.

김진균 훔볼트적인 것과 산업 사회적인 것의 차이는 미국과 서독에서 교수들에게 연구비를 주는 방법의 차이에도 반영되어 있는 것 같습니다. 미국은 기업체들이 재단을 만들어서 연구비를 학교로 보내는데 조금 즉각적인 연구 효과를 노리는 것 같고, 반면에 독일은 바이엘 회사 같은 데서 어느 교수에게 연구비를 주면서 연구 대상이나 연구 방법 혹은 연구비를 사용하는 데 대해 일체 간섭을 하지 않는단 말입니다. 우리나라의 경우를 보면 교수가 사회에 대하여 관계를 맺는 방식이 대단히 위국적이지요.

김우창 우리나라에서는 전통적인 서당 교육 같은 데서 훔볼트적인 이념을 찾아볼 수 있고, 지금은 프로젝트주의적인 대학이 지배적인 모델이라는 생각이 듭니다. 대학에 훔볼트적인 보편적 이념 — 이것은 부르주아의 특정 기능을 수행하기 위해 만들어 놓은 것이기는 하지만 — 마저도 제대로 뿌리를 내리지 않고 있는 것이 오늘의 실상인 것 같습니다.

김진균 그 원인은 어디에 있다고 보십니까?

김우창 그것은 사회 현실과 인간에 대한 충분한 이해가 부족한 데서 비롯된다고 봅니다. 대학에서 과를 설정하는 것을 보아도 보편적 이념이라는 게 전혀 없는 것은 사실인 것 같습니다.

김진균 구태여 이야기한다면 상당히 기능주의적인 비전만 깔려 있기 때문이라고 할 수 있겠지요. 국민 윤리를 교양 과목으로 설정하는 게 아마 단적인 예가 되겠지요.

김우창 국민 윤리 문제는 물론 정권 유지의 차원에서 발생된 것이 사실이지만, 다른 한편으로는 보편적 인간 윤리라는 것이 한 사회에서 생활하는 데 필요하다는 의미에서 생각할 수도 있습니다.

김진균 저는 요즈음 학생들을 가르치다 사고하는 방식이 우리하고 상당히 다르다는 것을 느낍니다. 국민학교 시절부터 오엑스 문제와 사지선다형 정답 요구에 근 12년 가까이 훈련받아 오면서 그것이 특히 20대 젊은이들의 사고하는 방식에 상당한 영향을 주고 있습니다. 오엑스라는 것은 상호 배제적인 것이어서 내가 맞으면 저쪽은 틀려야 되는 것이지요. 사지선다형도 하나의 정답만을 요구하니까 자기가 선택한 것은 반드시 옳아야 되는 것이고 나머지는 배제되어야 할 틀린 답이 되어야 하지요. 이런 방식을 사람들은 '군사 문화'적인 사고라고도 표현합니다. 학생들이 한국 사회를 인식할 때 변혁 운동이나 체제 옹호의 어느 한쪽을 택해야 한다는 강박 관념에 몰리고 있는 듯한 사고와 행동 양식을 볼 수 있습니다. 이것은 바로 사물의 상호 관계를 이해하면서 포용해 가는 것을 저해하는 결과를 가져오지요.

김우창 시험 제도를 그렇게 해 왔기 때문에 생긴 것이기도 하고 우리 사회가 갖고 있는 병적인 방향하고도 일치하는 것 같습니다. 자기가 깊이 생각하고 판단하는 것보다도 정보 처리하는 능력으로 판단하는 전체적으로 외면화된 인간, 정보를 처리하는 인간, 자기에게 주어진 기회를 최대한으로 활용하는 인간으로 정형화해 가는 것과도 관계가 있는 것 같습니다. 우리 교육 자체가 정보 흡수 능력을 길러 주는 쪽에 교육의 중점을 두고 있거든요.

독점 자본의 정보 지배에 대한 저항 운동의 필요성

김진균 제가 우려하는 것은 결국 그와 같은 능력을 많이 갖춘 졸업생이 국가 기구와 경제의 중요한 독점체로 들어갈 거란 말이죠. 개인에게는 경제적인 보상이 돌아오겠지만 사회 전체적으로 볼 때 그 사람의 그릇된 사고방식이 사회적으로 많은 영향을 미치는 영역으로 가는 셈이 되거든요. 선생님 표현대로 정보 처리 능력이 적은 사람들이 결국은 중소기업 쪽으로 가든지 독점 자본의 지배를 받는 쪽의 영역에 깔리게 된단 말입니다. 그렇게 되었을 때, 지배적인 쪽에 가담한 사람들이 소위 피지배 쪽을 이해할 수 있는 한계는 너무 뚜렷하지요. 그렇다면, 지금 대학생들이 민주화 운동도 많이 합니다만 그 운동 부분이 지배적인 쪽의 정보 공세를 상쇄시킬 만큼의 효과를 발휘할 수 있겠느냐 하는 점도 따져 봐야 할 것 같습니다.

김우창 사실 어떤 의미에서든지 정부와 체제가 가지고 있는 정보를 능가할 만한 정보를 가지고 있을 뿐만 아니라 그것을 조정하여 거기에 맞설 만한 힘을 가질 수 있느냐고 했을 때, 우려되는 바가 많다고 할 수 있습니다. 독점 자본주의라는 차원을 떠나서라도 사회가 거대화해지면서 불가피하게 사회 조직이 이루어짐에 따라 우리가 가지고 있는 의식 작용이라는 것이 정보 단위로 환원되고 기계적으로 처리되고 있습니다. 자본주의 체제뿐만 아니라 사회주의 체제에서도 정부 계획 경제를 가지고 합리적으로 통제하려고 할 때 인간적인 상호 작용 속에서 일어나는 주고받음보다는 간단하게 개량화할 수 있는 정보가 중요해지는 것은 사실인 것 같거든요.

김진균 그것은 정보의 독점에서 볼 수 있는 권력의 집중 문제를 사회적으로 어떻게 통제하느냐 하는 통제 형태에 관한 문제입니다. 독점 자본주의 사회에서는 그냥 두어 버리면 독점 자본이 그것조차도 독점해 버려 권력이 집중되는 현상이 나타나게 되고 권력 집중을 두려워한 쪽에서는 민중의 힘, 국가의 힘 등으로 통제해 보려는 양상이 나타나게 되지요.

김우창 자본주의 체제하에서는 다원적인 대응 세력이 허용되는 데 비해서 사회주의 사회에서는 그런 세력이 존재하기가 더욱 어려운 것 같아요.

김진균 그것은 역사적으로 지금 실험 단계인 것 같아서 말하기가 어렵고 자본주의 체제하에서 다원적이라는 것이 정말 다원적이 되겠느냐 하는 점도 의문스럽습니다.

김우창 여러 가지 문화적인 조작이나 선전이라든지 자본의 움직임으로 모두 조정이 된다고 볼 수도 있지만 간접적인 조정과 직접적인 통제 사이에 차이가 있는 것도 사실이거든요. 어느 체제가 그것을 허용하느냐에 관계없이 그러한 대응 세력이 자꾸 다원적으로 존재하는 것이 좋다는 생각을 해 봅니다.

김진균 우리나라는 기본적으로 자본가와 노동자 계급이 확실하게 자리 잡은 사회이지만 동시에 많은 분화된 계층들이 중간에 있는데 분화된 다양한 계층 내지 이익 집단들이 자기의 요구를 자유롭게 표현할 수 있게 되고 다른 집단들의 요구를 객관적으로 비판할 수 있게 되면 지금의 학생 운동은 많이 줄어들 거라는 생각을 해 봅니다.

김우창 학생 운동의 면에서는 줄어들지 모르지만 다른 의미에서의 관심은 지속되어야 하지 않을까요. 투쟁적인 의미에서 운동이 줄어들지 모르지만 가령 노동자가 자기를 직접적으로 표현한다는 것이 제일 바람직하다는 입장도 있을 수 있지만 표현을 잘하는 대변자가 필요하다든지 학문적으로 연구를 한다든지 해서 노동자 문제를 노동자가 아니면서 이야기할 수 있는 사람들도 존재하는 것은 사실입니다. 이것은 노동자의 경우뿐만 아니라 어떤 계층의 경우에도 그렇습니다. 계급이 분화됨으로써 다원적으로 자기들의 의견과 이익을 자유롭게 표현할 수도 있지만 동시에 분화되기 때문에 자기 요구를 표현하지 못하는 경우도 많을 겁니다. 어떤 경우에나 지식인이 노동자를 위해서 할 수 있는 기능은 많다고 생각합니다.

김진균 물론 그런 게 있지요. 요즈음 학생들이 계속해서 변혁의 문제, 통일 문제, 자주화 운동 등을 제기시키고 있습니다만 결국 학생들에게만 그 문제를 떠맡겨 놓을 수는 없는 일입니다. 대학교수는 이런 문제를 어떻게 해야 되고 대학 전체로서는 어떻게 이것을 포섭해 가야 되겠느냐 하는 문제가 있습니다. 이는 대학 내지 대학교수들이 전체 사회에서 어떤 위상에 있어야 되느냐 하는 문제와도 관련됩니다.

체제에 대한 봉사에서 사회 발전에 대한 봉사로

김우창 우리 대학이 기존 체제에 봉사하는 기능적인 자기 인식을 가지고 있었다는 측면을 암암리에 비판한 셈인데, 기능적으로 사회에 봉사해 온 개량 경제학이라든지 자유 민주주의 정치학 등이 우리 경제 발전(종속적)에 도움이 되어 왔다는 것은 사실이지만, 계층에 따라서는 그래도 살 만하게 되었다고 생각하는 사람들이 많아진 것도 부정할 수 없는 것 같아요.

김진균 경제가 이만큼 발전할 수 있게 한 우리의 민족적인 저력은 긍정적인 것으로 받아들이자, 우리 사회가 만약 분단되지 않은 상태에서 민주적으로 발전할 수 있었다면, 다시 말해 우리가 19세기 말부터 나타나고 있는 자주성이나 민주성이라고 하는 것을 확보하면서 역사를 발전시켜 왔다면, 인간의 존엄성뿐만 아니라 민족적인 긍지까지도 상당히 느끼면서 살 수 있지 않겠느냐 하는 생각도 듭니다. 그러나 지금 우리는 분단되어 있고, 양적인 발전을 하면서도 독점의 심화, 종속의 심화가 계속되고 있어서 여기에서 비롯되는 질곡들이 너무나 엄청나다는 인식을 갖지 않을 수 없습니다.

김우창 자주적인 관점에서 보면 우리가 미국 자본주의와 종속적인 관계에 있다고 볼 수도 있지만, 그것은 체제 안에 있는 사람들 간의 상호 의존 관계라고 할 수 있습니다. 요즈음 버마를 보면, 그들이 지향하는 것은 오타키(autarky, 경제 자립 국가) 아닙니까. 그런데 그것이 현실적으로 가능하냐 하는 문제들은 비판적인 분들이 검토해 주셔야 할 것 같습니다.

김진균 그것은 생산력 발전에 관한 기본적인 인식의 문제가 되겠지요. 생산력 발전은 절대적으로 자본주의가 우세하다, 이것은 마르크스도 이야기한 것이 아니냐, 이런 식으로 강조하는 분도 있지만, 사회주의 사회의 생산력 발전을 어떤 수치를 가지고 절대적으로 비교하려고 하면 선진 미국 자본주의 같은 데에 비해서 월등히 낮지요. 그렇다고 해서 사회주의 사회가 지금까지 이룩해 온 성과를 무시할 정도는 아닙니다. 그리고 생산력을 발전시키면서도 생산의 사회적 관계에서 얼마만큼의 모순을 드러내느냐 드러내지 않느냐 하는 모순의 질적인 문제도 따져 봐야 하겠지요.

김우창 제가 말씀드린 것은 그것을 일률적인 이념하에서 볼 것이 아니라 더 구체적으로 문제를 이야기해야 한다는 것입니다. 자본주의의 생산에 따르는 여러 가지의 사회 모순, 그 사회 모순이 생산성을 위해서 지불할 만한 대가가 될 만한가 하고 반문할 수도 있지만, 가령 폴란드에서 요즈음 스트라이크를 많이 하는데 이론적으로 말하면 거기에 계급 모순이 없는데 왜 노동조합이 있느냐, 노동자 국가에서 노조가 별도로 성립할 필요가 있느냐, 이런 이야기가 나올 수 있습니다. 현실적으로 폴란드에는 그런 사회적인 모순이 있는 것 같지는 않거든요.

김진균 현재 어느 사회주의 국가를 막론하고 노조는 기본적으로 인정합니다. 아무리 사회주의 국가라 하더라도 경영 기술상에 있어서 명령하는 자가 있고 명령받는 자가 있기 때문에 그런 부분에서 생길 수 있는 문제가 있거든요. 따라서 거기에는 역시 노조가 있어야 된다는 것이고 그래서 유고나 소련 등에도 노조는 다 있습니다. 한길사에서 낸 『한국사회연구』제1집에서도 그동안의 여러 학문의 패러다임이 우리 사회의 성격을 이해하는 데 얼마만큼 기여했는가 하는 문제를 특집으로 다룬 적이 있는데 결국 의도대로는 다 이루어지지 않았습니다. 그 이유는 두 가지가 있었는데 하나는 대학 내지 학계의 문화적인 풍토로서 후배가 선배를 비판하지 못한다는 점이고, 다른 하나는 지금까지 학문의 초점이 우리나라의 모순과 정면으로 대결하려고 하지 않았다는 겁니다. 그러니까 지금 선생님이 제기한 그 부분에 있어서도 국민이 심정적으로 용납을 한다고 하더라도 객관적으로 왜 그렇게 되었는가에 대한 설명이 필요하겠지요. 그런데 그 설명도 제대로 안 되고 또 모순의 발생 원인이나 그 해결 방법도 전혀 강구되지 않고 있습니다.

김우창 아까 제가 말씀드린 것은 우리나라에서 비판적이고 보다 더 주체적인 학문의 성립이 필요하지만 동시에 모든 문제를 이념적으로만 처리하는 것보다 현실적으로 고민할 여지를 더 많이 남겨 두어야 하지 않을까 하는 의미에서 한 말입니다.

대학 사회의 문제점과 해결 방안

김진균 저도 동감입니다. 이제 대학 내부 문제, 그중에서도 학문 연구와 학생 교육을 담당하고 있는 교수들의 처지와 역할 등을 얘기해 보지요. 먼저, 선생님이 계시는 고려대의 경우 강의 전체가 전임 교수로 다 충당되는 것은 아니지요?

김우창 적정 수준을 어디다 설정하느냐 하는 문제는 있습니다만, 숫자적으로 보아서 교수 600명에 학생 2만여 명이니까 부족하지요.

김진균 근래에 대학원이 많이 확충되어서 국내에서 공부하는 사람도 많아졌는데, 이 사람들이 자리를 잡거나 갈 길이 참 어려운 것 같습니다. 제 생각으로는 우선 해결할 수 있는 방법이 전임 교수들의 책임 시간을 한 학기에 두 강좌 정도로 줄이는 것인데, 그렇게 되면 상당한 폭은 생길 수 있겠지만 대학에서 재정 문제를 자꾸 거론하면 그것도 어렵게 되겠지요. 국가 예산 중에서 교육 분야에 투자되는 비용이 상당히 적은데, 대학에 대한 정부의 지원이 제공되어 젊은 학자들을 많이 채용해야 할 것입니다. 전번에 전국대학강사협의회가 창립되고 성명서도 발표됐는데, 공부하는 방법이나 강의하는 방법은 차치하고라도 직업으로서 학문을 하게 될 때 만나게 되는 문제들을 상당히 절박하게 제기하고 있는 것 같더군요.

김우창 학교와 학생 사정으로 봐도 그렇고 교수가 되겠다는 사람으로서도 그렇고 지금 교수를 훨씬 더 늘려야 되는 것은 사실입니다. 그런데 근본적인 문제는 재정이겠지요. 재정 문제도 절대적인 의미에서 돈이 있느냐 없느냐보다도 무엇을 더 소중하게 여기고 국가에서 돈을 쓰느냐 하는 게 중요합니다. 결국은 사회적인 의지가 어느 쪽을 향하느냐에 달려 있을 텐데, 가령 우리 체제 안에서 말한다면 기업체에서 적극적인 지원이 있어야 됩니다. 기업체에서 모든 사회 활동을 지원하는 패트런(patron)이 되는 게 옳으냐 하는 데 대해서 회의는 가지만 현실적으로 괘씸한 생각이 들 때가 많아요. 지금 우리 대학이 기업 요원 양성소로 돌변해 있는 마당에 기업이 대학에서 키워 낸 인재들(?)을 그것도 다 공짜로 받아들이고 있습니다. 그래서 우리 사회가 제대로 된 교육 운영을 하기 위해서는 어떻게 해야 되겠느냐는 것을 떠나서 지금 당장 기업에서 돈을 많이 대야 될 것 같아요.

김진균 이런 문제와 관련하여, 요즈음 재야 운동권에서 제기하고 있는 반전, 반핵, 평화 협정 체결 등의 문제들을 다음과 같이 구체화시켜 요구할 필요가 있습니다. 평화 협정을 체결하면 군사비가 서로 상당히 억제될 수 있다, 예컨대 제트기나 팬텀기 한 대만 덜 사도 서민 대중들이 살 수 있는 임대 주택을 몇 평짜리로 얼마나 더 지을 수 있고, 또 농민이나 빈민에게 실시하는 의료 보험은 얼마만큼 지원해 줄 수 있고, 또 국민학교 교실은 얼마나 더 많이 지을 수 있고, 국민학교 선생은 얼마나 더 채용할 수 있고, 나아가 대학에서까지 얼마만큼의 재정 지원을 해 줄 수 있는가로 환산해서 구체적으로 제시하는 작업을 하게 되면 평화 협정 체결 같은 문제도 결국은 학교생활을 포함한 우리 생활 전반에 연결된다는 인식을 하게 되겠지요.

김우창 대부분의 나라에서 예산의 가장 큰 비중을 차지하는 게 교육과 군사비이니까 서로 모순되는 관계에 있다는 것은 주지의 사실일 터인데, 구체적으로 제시해 줄 필요는 있겠지요. 사실 군사비에 쓰는 돈을 교육에 투자한다든지 다른 목적으로 쓴다고 할 때 그것을 꼭 대학에 투자하라고 할 명분은 없지요. 대학의 지원이 우선적인 것도 아닐 테니까…….

김진균 우선은 노동자들이 밀집해서 사는 곳의 탁아소 시설이나 그들의 주택 문제 등을 해결하는 데 쓰여져야 하겠지요. 지난번 강사 협의회 만들 때 보니까 서울대시간강사협의회 사람들이 서울대학교 노조를 만들었는데 그것이 주축이 되어 전국강사협의회도 만들었습니다. 그러니까 다른 대학의 강사들도 노조를 만들 가능성이 많아졌습니다. 이런 문제가 단순히 대우 문제로 그치지 않고, 대학의 교수들이 대학 운영에 어떤 식으로 의결권을 가지느냐 하는 문제로까지 발전되어 검토될 필요가 있습니다.

대학의 자율성·진리성·공익성

김우창 대학의 권력 체제가 어떻게 되어야 하겠느냐 하는 말씀이신데 교수 협의회를 조직해서 총장도 선거하고 예산도 책정하고 하는 것이 민주적인 방식이긴 하지만 대학을 구성하는 주체적인 결정권을 가진 사람들이 대학교수뿐이냐 하는 말도 나오겠지요.

김진균 그런데 사립대보다 국립대의 대학 운영이 1970년대부터 학생들을 어떻게 단속하느냐에만 집중되어서 이런 면에서의 자율성이 너무 훼손되었습니다. 서울대교수협의회에서는 내부적으로 대학교수가 의결권을 행사하는 교수대의회라는 최고 의결 기관을 두고 대외적으로는 문교부보다 상위의 위치에서 대학 교육을 관장하는 대학 교육 국가 위원 같은 것을 두어 예산이나 인사권까지 총장이 행사하도록 해야 되지 않느냐, 그래야만 구조적으로 대학이 자율성을 확보하는 길이 열린다고 이야기한 적이 있습니다. 재정권·인사권을 대학 단위에서 확보해야 되고, 교과 과정의 설치 등도 대학 자체에서 결정하도록 해야 합니다.

김우창 자율화를 어떻게 실현하느냐에 대해서는 이론적 현실적 문제들이 있을 것 같습니다. 그래서 정말 대학이란 무엇인가부터 근본적으로 생각해 보아야 되지요. 대학을 구성하고 있는 요소는 몇 가지가 있는데 크게 나누어 보면 대학을 이루고 있는 공동체 성원이 있고, 그러나 그것은 자급 자족하는 공동체는 아니기 때문에 사회 속에서 그 위치가 정당화되어야 하니까 사회의 공익도 대학 구성 요소의 하나라고 할 수 있지요. 따라서 현실적으로 대학을 구성하고 있는 교수, 학생, 직원 등 세 가지 요소에다 또 보이지 않는 공공 요소를 포함할 수 있는데 이 네 가지가 어떤 부분에서 어떤 비율로서 참여해야 되고 어떤 제도로 해야 되는가는 상당히 어려운 문제입니다. 그런데 여기에서 교수가 제일 중요한 위치를 차지해야 하는 것은 자명합니다. 교수가 똑똑해서라기보다 대학은 진리를 탐구하고 그 진리를 통해 사회에 봉사하게 한다는 면에서 그 존재 이유와 함께 중요한 위치를 점하고 있기 때문이지요. 그런데 진리에 관계된 부분에서는 전적으로 교수가 자율적이어야 된다는 말에도 이론적으로 볼 때 문제점이 하나 있습니다. 진리란 다수결의 원칙에 따른 민주적 절차에 의해서 가장 잘 밝혀진다고 할 수 있지만, 다수결과 진리성이 일치하지 않을 때도 있습니다. 어떻게 대학이 진리가 존재할 수 있는 공간을 최대한으로 확보하면서 동시에 민주적인 절차를 통해서 진리가 옹호되도록 하느냐 하는 것도 다수결로만 해결되는 것은 아니지요.

　김진균　어느 해부터인지 확실치는 않지만 대학의 총학생회장들이 밖에서 인정을 해 주었든 그렇지 못했든 학생들의 직선에 의해서 당선되었습니다. 이 총학생회장들은 거의 전부 공안 당국에 의해서 집시법이나 보안법 등으로 체포 구속되는 사태가 벌어졌는데, 우리가 민주 사회를 만들어 간다고 할 때 적어도 2만여 명에 달하는 학생들의 직선으로 뽑은 학생회장들은 상당히 존중되어야 한다고 생각합니다. 그래서 학생자치회·대학·대학교수는 대학 사회의 민주화에 적극적인 노력을 함께 펼쳐 가야 합니다.

김우창 선생님이 말씀하신 부분은 선거에 관계없이 옹호되고 존중되어야 합니다. 다른 한편으로 학문과 정치의 면에서 표현의 자유가 아무런 제한 없이 보장되어야 하지만, 그것을 실제 행동으로 옮기는 것이 100퍼센트 보장될 수 있느냐 하는 문제가 제기됩니다. 왜냐하면 사상이나 이념의 차원에서는 서로 모순되는 것이 병존할 수 있지만 현실 행동의 장에서는 서로 모순되는 것이 동시에 관철되려면 문제가 발생할 수 있습니다. 학생들의 투쟁이나 표현은 적어도 견해의 관점에서는 100퍼센트 보장되어야 하지만 실제 행동의 차원에서 그것이 어느 정도 보장될 수 있느냐는 데 대해서도 어떤 단계나 절차를 상정해 놓아야 하는데, 그것은 앞으로 더 연구되어야 할 것입니다.

김진균 교수협의회를 각 대학에서 잘 운용해 보는 것이 좋을 것 같습니다. 지금 연합체는 아니지만 민주화를 위한 전국교수협의회가 만들어졌거든요. 이것을 충분히 시험해 보는 과정에서 좋은 방법이 나올 수 있겠지요.

김우창 전체적으로 우리 교수들의 정치의식이 높아져야 되는 것은 사실입니다. 공적으로 하는 일에 좀 더 책임을 느끼는 자세가 필요하지요.

대학·민족·세계의 길

김진균 이제 시간도 오래 지나고 했으니 오늘 이 대담의 주제와 관련하여 마무리 짓는 말씀을 한두 마디 해 주시지요.

김우창 우선 우리 대학이 좀 더 책임 있는 지식인 사회가 될 수 있도록 제도적인 조치들을 단행해야 한다고 봅니다. 정치적 개선 못지않게 사회 풍토도 개선되어야 하고 보이지 않는 압력도 없어져서 좀 더 책임 있는 지식인들이 있는 곳이 될 수 있도록 해야 하고 교수들이 정치적으로 보다 높은 의식을 갖는 사람들이 되었으면 하는 소망을 가져봅니다.

김진균 그것은 전체적으로 학문의 성격 문제가 될 것입니다. 보다 많은 민족 성원들을 위한 학문, 또 한 민족이 다른 민족의 삶과 문화를 침해하지 않게 하기 위한 학문의 존재를 생각한다면 결국 우리가 해야 할 학문의 성격이 자연스럽게 규정될 수 있을 것입니다.

김우창 가령 우리가 우리 민족을 위해서 봉사한다고 하면, 한쪽으로는 생물학적인 의미에서는 우리 편이니까 우리 민족에 봉사한다는 것도 있지만, 또 우리 민족이 자랑스럽기 때문에, 보편적인 관점에서 볼 때 우리는 미국 사람보다 더 인간적인 사회를 만들어 가고 있기 때문에 우리 민족을 위해서 일해야 되겠다는 생각도 할 수 있겠지요. 그러나 단지 우리 것이기 때문에 그런 것이 아니고 그것이 어떤 나라 사람이 보아도 가장 사람다운 본래의 모습에 맞게 살아가는 방법이기 때문에 우리 것을 만들고 지켜 간다고 하는 그런 상태가 되면 제일 좋을 것 같습니다.

김진균 사실 우리 민족 분단은 두 개로 대립되어 있는 세계 체제의 극단적이고 첨예한 모순의 표현이지요. 따라서 우리가 분단 모순을 해결한다는 것은 곧 세계적인 모순을 풀 수 있는 가장 기본적인 해결 고리를 우리가 만들어 주는 것이 될 수 있고 또 그렇게 할 수도 있습니다.

김우창 자기 사회를 건설하는 것과 보편적 인간 역사를 일치시켜 이해하는 것, 즉 우리의 분단된 사회를 인간적인 통일된 사회로 만드는 것이 곧 세계사적인 보편적 문제라고 생각할 수 있습니다.

김진균 그러한 생각을 갖고 학문도 하고 대학도 건설해 간다면 인도 시인이 이야기했듯이 그야말로 동방의 등불이 될 수도 있고 또 그렇게 되지 않으면 안 될 것입니다. 그것을 해결해 가는 것이 우리 민족 자체가 생존해 가는 길이기 때문입니다. 선생님, 장시간 동안 좋은 말씀 해 주셔서 감사합니다.

88올림픽 결산 좌담

강철규(산업연구원 선임연구위원)

고영복(서울대 사회대 교수, 사회학)

박상섭(서울대 사회대 부교수, 정치학)

사회 김우창(고려대 문과대 교수, 영문학)

1988년《신동아》11월호

국민적 합의 도출에 성공

김우창(사회) 7년여 동안 우리 사회의 큰 이슈로 부각돼 왔던 서울 올림픽이 끝났습니다. 잘 치렀다는 평가가 있는 반면 너무 호화스러웠다는 이야기도 있지만 어쨌든 큰 사고 없이 올림픽을 치름으로써 오랜 '숙제' 하나를 풀어낸 기분이 듭니다. 오늘 이 자리에서는 서울 올림픽에 대한 평가와 함께 올림픽 이후의 문제들을 이야기해 보도록 하지요. 제 생각 같아서는 올림픽 자체에 대한 인식론이 문제인데 우선 스포츠 사건으로서의 올림픽을 얘기하고 그다음에 문화, 정치, 사회, 경제적 관계에서의 영향을 점검해 보면 어떨까 싶습니다. 고 선생님부터 말씀해 주시지요.

고영복 당초 예상은 올림픽이 싱겁게 끝나지 않을까 싶었으나 일종의 국민적인 열광을 일으키기도 했고 또 잔치 기분으로 성대하게 치름으로써 대체로 긍정적인 평가들을 하는 것 같습니다. 한국은 과거에 구심점 같은 것이 좀 희미했다고 할 수 있는데, 올림픽을 통해 국민적인 합의 같은 것을 도출하는 데 성공했다고 생각합니다. 그런데 문제는 올림픽이 과연 국민들의 전체적인 참여를 통해서 이루어진 것이냐 하는 점입니다. 매스 미디어를 비롯해 여러 보조 기관들이 총동원되어 협조를 했다는 것이 역력히 나타났는데 매스 미디어의 조작들이 너무 심하다보니까 일상적인 일이 중지되고 덩달아서 정서적인 흥분을 자아내게 하는 센세이셔널리즘이 크게 일어나서 관심이 없던 층까지도 관심을 갖게끔 만들었고 올림픽을 실상보다 더 환상적으로 보게끔 만드는 현상들이 곳곳에서 벌어졌다고 볼 수가 있겠죠. 그런 면에서 상징적인 조작이라고 할까요, 위로부터의 현실 조작이 주효한 면을 찾아볼 수 있습니다. 그런 면에서 보면 정치나 언론이 과도하게 올림픽을 이용하고 또 그것을 자기 목적을 위해서 활용한 면을 찾아볼 수 있습니다.

열등감 벗어나는 계기로

사회 그러나 일반적으로 서울 올림픽은 성공적이었다는 평가를 받는 것 같아요. 국민 통합 효과와 정치적으로 자신감을 길러 주는 면도 있었고요. 저는 처음부터 서울 올림픽을 상당히 회의를 가지고 보아 왔지만 실제 TV를 통해서 여러 가지를 보는 가운데 비교적 잘 한 일이었다는 느낌을 가졌거든요. 처음에는 어떻게 해서 우리 현실에 직접적으로 기여하지 않는 상징이란 것이 이렇게 중요하냐 하는 것을 의심스럽게도 생각하고 그 현상을 어떻게 설명할 수 있겠느냐는 생각도 했지만 나중에 중요하다는 것은 인정이 됐어요. 그러나 왜 그것이 중요한가는 이해가 안 돼요. 왜 이런 사건이 있어야 되느냐? 이런 비생산적인 일이 사회 투자로서도 잘 된 것이며 우리가 반드시 이런 데 투자를 해야 되느냐? 또 올림픽에서 메달을 따는 것이 정말 생산적인 업적인가 등의 의문이 일어나는 것이죠.

고영복 올림픽은 냉철하게 따지면 체육하는 사람들이 자기들끼리 논 것에 불과하지요. 그런데 그것이 국민적인 합의를 자아내게 하는 것은 여러 가지 이유가 있다고 봐요. 언뜻 생각나는 것이 우리에게는 전통적으로 내려오는 민족적인 잔치라는 것이 있었는데, 이것이 근대화라고 할까 사회적인 발전 과정 속에서 완전히 쇠퇴하고 경쟁 일변도로 생존 경쟁에 시달려 오다보니까 소위 논다고 할까 기분 풀이한다고 할까, 이런 데 대해서 굶주리고 있었고 그런 욕구가 잠재화되어 있었지요. 이번 올림픽을 계기로 해서 밖으로 표출하는 장을 마련한 것이 아닌가 생각합니다.

그리고 또 하나는, 우리에겐 지금까지 약소국가 피압박 민족이라는 열등감 같은 것이 있었는데 그런 감정이 올림픽을 통해 어느 정도 희석됨으로써 자신감을 갖게 해 주었다는 점입니다. 이번 올림픽에 대비해 정부는 상당한 투자도 했고 강훈련을 시키는 등 여러 가지 노력을 했지만 우리도 다른 나라에 필적하는 어떤 힘이 있다고 하는 것이 경기 하나하나를 하는 과정에서 입증됐어요. 사실 약소민족의 어떤 서러움을 우리는 이제까지 경제적인 성장으로 보상해 보려고 노력했는데 그것은 끝없는 싸움이었습니다. 그런데 이번에 체육이라는 영역에서 소위 민족적인 우월성을 확인할 수 있는 계기를 마련해 주었다는 점에서 뭔가 이제까지 감춰져 있었던 열등감 혹은 오랜 서러움을 푸는 통로를 마련했기 때문에 올림픽이 일종의 조작이고 상징임에도 불구하고 국민들이 이에 매달리고 그것을 통해 위안을 얻으려는 요소들이 결합됐지 않느냐, 이렇게 생각합니다.

허위의식 조장한 측면도

박상섭 대중 사회의 놀이가 대부분 소외된 형태로 전개된다는 것이 제일 큰 문제인데, 저는 올림픽이 놀이마당으로서 모든 사람들이 참가하는 어떤 본능을 살려 줬다고 하는 점에 대해서는 좀 달리 생각합니다. 논다고 하는 것은 자기가 참여해서 놀아야 되는데, 노는 것을 그림을 통해서 봐야 되고 남이 노니까 나도 논다고 하는 어떤 허위의식을 조장해서 같이 놀았던 것처럼 착각하게 만드는 대중 사회의 기본적인 특징이 가져오는 전형적인 모습이 이번 올림픽이 아닌가 생각되기 때문입니다. 그리고 김 선생님이 말씀하신 자존심의 문제를 저는 이렇게 봅니다. 우리가 그동안 자기 스스로에 대해서 자신감이 없었다고 하는 것은 사실이고 이런 기회를 통해서 자기를 다시 한 번 확인할 수 있는 계기가 되었다고 한다면 상당히 긍정적으로 평가할 수 있습니다. 그러나 앞으로는 다른 방면에서도 그런 노력을 해야 되지 않을까 합니다. 스포츠만이 자기를 확인하는 유일한 방법인가에 대해서 문제의식을 갖고 다른 분야로 확산하는 노력을 해야 한다는 것이지요.

그리고 또 하나 생각해 볼 점은 이번 올림픽에서도 공산권 국가들이 메달을 독점했는데 과거에 우리는 그런 현상에 대해서 비판적인 성향을 보여 왔습니다. 정치가 잘 안 되니까 체육을 통해 통치권의 정당성을 찾으려 하고 전체주의적인 통제 체제에서 강제적인 훈련을 받다보면 운동을 잘하게 된다는 평가였지요. 그러나 이제는 우리도 그 대열에 속하게 되었어요. 메달을 거의 다 휩쓴 소련, 동독, 미국 세 나라 다음이 한국이지요. 나머지 상위권에 속한 나라로는 서독이 있는데 그것은 서독의 국력에 비추어 볼 때 자연스러운 결과라고 얘기합니다. 그러나 10위권 내에 든 불가리아, 헝가리, 루마니아 이런 나라들의 경우는 뭔가 부자연스럽다고 생각합니다.

헝가리나 불가리아를 보고 국력이 강하다는 얘기는 아무도 하지 않거든요. 그런데 이제 우리가 그 위치에 섰다고 하는 점은 한번 생각해야 될 문제입니다.

저는 또 올림픽 기간 중 우리 언론이 보여 준 태도들을 점검해 보고 싶어요. 저는 사실 언론이 없었다면 그동안 그렇게 열광할 사람들이 누가 있었겠느냐 하는 것에 대해서 기본적으로 회의를 하는 입장입니다. 거세게 일었던 소련 붐도 다분히 언론에 의해 과장된 것이 아닌가 싶어요. 따라서 언론 매체가 가지는 기능과 역기능에 대해서 검토해 보아야 할 것 같습니다.

정치 세력과 대자본의 '합작품'

사회 매스 미디어가 허상을 만든 면이 많기는 한데 그 문제는 뒤에서 이야기하기로 하지요. 아까 고 선생께서 말씀하신 대로 이번 올림픽에서는 우리의 근대화 과정에서 없어졌던 축제적인 면이 부활되었고, 국제 사회에서 열등한 입장에 있다는 것을 보상받아야 되겠다는 자아의식이 발현된 측면이 있는 게 사실인 것 같습니다. 그리고 박 선생 말씀은 국력이 약한 나라가 메달을 많이 따냈다는 것은 합리적인 질서와 테두리 안에서 자연스럽게 성장해 온 스포츠가 아니기 때문에, 자연스러운 사회 활동과 합리적인 사회 테두리 안에서 성장하는 스포츠가 돼야겠다는 말씀이신 것 같아요. 그래서 그런 것과 연관시켜서 합리적이고 균형 잡힌 사회 발전 속에서 스포츠가 어떤 방식으로 존재해야 되느냐는 점을 이야기해 보면 좋을 것 같습니다.

강철규 제 생각에는 스포츠 자체는 놀이라는 의미 외에도 인간 능력의 한계에 도전해 본다는 의미도 있고 해서 그 자체는 좋다고 생각합니다. 그리고 이번 올림픽에서 우리가 목표했던 메달 6개보다 훨씬 더 많은 12개를 따내 4위를 한 것은 반가운 일이긴 하지요. 그러나 그 결과에 대해 뭔가 석연치 않은 느낌이 들긴 하는데 그것을 저는 이런 식으로 해석하고 싶습니다. 우리가 금메달 12개를 따내 4등을 했다고 해서 스포츠 강국이냐 하면 그것은 아니라는 겁니다. 이는 우리 스포츠가 전 국민의 저변 위에서 이루어진 것이 아니기 때문일 겁니다. 대표 선수 몇 사람만 뽑아가지고 3년이고 4년이고 격리된 장소에서 훈련을 시켜 메달을 땄기 때문에 일반 국민과 거리가 있다는 느낌이 드는 것이지요.

그런 현상이 어떻게 해서 가능하냐 하면 그것은 한국 자본주의와 밀접한 관련이 있습니다. 우선 올림픽 유치 자체가 상당한 정치적 목적이 있었지만 그 이면에는 한국의 경제를 움직이는 대자본들이 함께 유치 작업에 나섰어요. 그리고 그 이후부터 지금까지 대자본이 스포츠에 적극적인 투자를 해 왔어요. 그렇기 때문에 비판적으로 본다면 이번 올림픽은 한국의 정치 세력과 대자본과의 합작품이 아니냐, 국민들은 거기서 소외되고 수동적인 형태로 따라간 것이 아니냐, 그런 시각이 있을 수 있는 것입니다. 물론 자본가로서는 여러 가지 목적이 있었겠지요. 올림픽을 통해 전 세계에 자기 기업을 알림으로써 상품 수출을 확대한다든지 자본 진출을 한다든지 하는 목적이 있을 텐데 그 이면에는 기업의 이윤 추구 활동과 관련이 있습니다. 그래서 스포츠 단체 지원 활동에 적극적으로 나섰다고 볼 수 있지요.

사회 아까 박 선생은 헝가리나 루마니아가 메달 많이 땄다고 해서 그게 곧 국력의 반영은 아니라는 말씀을 하셨는데, 꼭 그렇게 볼 수만은 있느냐는 생각이 들어요. 동독이나 헝가리의 경우 체육 인구의 저변이 굉장히 넓고 일반 시민이 쉽게 접근할 수 있는 체육 시설이 많다고 합니다. 국력을 어떤 방식으로 해석하느냐 하는 문제는 있겠지만, 모든 사람이 스포츠에 자연스럽게 접근할 수 있고 그에 따른 자연스러운 결과로서 우수 선수가 나왔다고 한다면 그것도 그 나름의 국력의 반영일 것 같아요.

고영복 그런 나라들의 속사정을 잘 모르긴 하지만 피상적으로 보면 스포츠 대회에 메달을 많이 딴 나라는 상대적으로 전체주의적이고 독재적인 경향을 가진 나라가 많습니다. 정부가 주도한다든지 중앙 집권적 통제하에서 의도적이고 계획적인 훈련을 하는 나라일수록 체육 성적이 좋아요. 그런 점에서 보면 이번 올림픽에서 우리가 메달을 많이 땄다는 것은 우리 체제와 관련해서 묘한 뉘앙스를 주는 것 같습니다.

그리고 개·폐회식에 실제로 참석한 사람들 중에는 너무 돈을 많이 썼지 않았느냐 하는 평을 많이 해요. 투자할 곳도 많은데 체육 행사를 위해서 몇 백 억인지 몇 천 억인지 모르지만 엄청난 돈을 투자했다는 것은 생각해볼 문제입니다. 체육 행사를 위해서 그처럼 막대한 투자를 했다면 그 투자를 결정한 힘은 뭐냐를 따져 보아야 합니다. 그 투자가 좀 더 국민적인 참여와 합의에 의해서 결정된 결과라면 더욱 좋았을 것 아니겠습니까. 이번에는 요행히도 성과가 좋았기 때문에 국민들이 호응을 했지만, 앞으로 민주적인 통로를 통해서 결정되지 않은 어떤 거국적인 행사가 또 결정된다고 할 때 반드시 박수를 쳐야 될 일이냐는 의문스럽습니다.

사회 이렇게 엄청난 투자가 민주적인 절차를 거치지 않고 이루어질 수 있었다는 것은 무서운 현상이죠.

강철규 참고로 올림픽에 돈이 얼마나 많이 들어갔는가를 보면, 직접 간접 투자를 합해서 1982년에서 1988년까지 2조 4000억 원이 투자됐습니다. 1984년의 L. A. 올림픽이 4000억 원, 1976년의 몬트리올 올림픽이 우리와 비슷하게 2조 4000억 원이 들어갔고 1964년의 동경 올림픽은 우리보다 훨씬 많은 12조 원이 들어갔어요. 동경 올림픽 때는 직접 간접비 말고 올림픽 관련 조성비, 예를 들면 아파트촌 올림픽 공원, 다리 건설 등에 엄청나게 들어갔기 때문입니다.

박상섭 그중에서 남은 것은 어떤 것이고 낭비로 없어진 것은 얼마나 되는지요.

강철규 낭비라는 얘기는 뭣한데……. 그 자체가 시설 투자이기 때문에 투자 기간이었던 1982년부터 1988년 사이에는 그만큼 GNP에 들어가게 되어 있습니다. 그러니까 경기 부양 효과는 있습니다. 금년의 경우 총 투자액의 2.4퍼센트인 7000억 원이 올림픽에서 나오는 것입니다. 그리고 지난 7년 동안 총합계에서는 총 투자의 1.6퍼센트 정도가 올림픽에의 투자인데 그렇게 해서 국민 소득도 증가해요. 시설 투자를 통해 일자리가 생기기 때문이죠. 그 투자 이후에 남은 것은 경기장, 올림픽 공원, 아파트 등인데 문제는 앞으로 우리가 이것을 얼마나 잘 이용하느냐는 점입니다. 만약에 경기장을 유용하게 이용한다면 그것은 사회 간접 자본을 합친 결과가 돼요. 그러나 그것을 이용하지 않고 그냥 놔 둔다면 낭비라고 할 수 있죠.

사회 투자 액수도 문제지만 투자의 성질, 즉 우리 사회의 프라이어리티를 볼 때 그런 투자가 과연 올바른 것이었느냐가 근본문제일 것 같습니다.

강철규 옳은 말씀입니다. 경제학에서는 기회비용이라고 하는데, 그만한 돈을 다른 데 투자했으면 국민 총생산이 얼마나 늘었을까 하는 계산을 여러 가지로 해 봅니다. 예를 든다면 그 돈으로 학교를 더 지었다든가 공장을 하나 더 세웠다든가 하면 어떤 효과가 나올 것이냐를 계산해 봐야 되겠습니다마는 순수하게 경제적으로만 보면 더 효율적인 데가 많이 있어요. 주택에 투자했다든지 농업 생산성 향상에 투자했다든가 도시 영세민의 주거 환경을 개선하는 데 썼다든가 하면 국민 생활 향상에서는 훨씬 기여하는 바가 크겠죠.

사회 모든 길이 일직선으로만 가는 것은 아니기 때문에 어떤 때는 우회가 더 빠른 길일 수도 있지요. 그러니까 딱 잘라서 합리적이었다, 아니었다고 얘기하기는 어려운 것 같습니다.

고영복 그러나 결과가 좋으면 수단 방법을 가리지 않아도 좋겠느냐는 문제는 계속 남는다고 보아야지요. 한국 사람들의 심리 속에 들어 있는 성과 위주의 사고방식, 즉 결과가 좋으면 다 용서한다는 것이 느껴집니다. 다만 이번 올림픽이 한국 사람의 심리적인 변화에 끼친 영향은 컸다고 생각해요. 나는 체육이 다른 분야에 비하면 나름대로 합리적이고 능력의 평강에 있어서 객관적인 척도가 있다고 봅니다. 그래서 체육을 통해서 하층민들이 사회적 상승을 할 수 있는 통로가 비교적 공정하게 개방이 돼 있다고 보는데 이번 대회 역시 하층민들의 상승 욕구를 북돋웠다고 하는 면에서 상당히 긍정적인 면이 있다고 봐요. 문제는 체육에도 엘리트주의가 강하게 침투해서 성적이 뛰어난 층만 발탁되고 그 밑의 층은 사회적으로 내버려지는 현상이 있다는 것입니다. 이것은 긍정적인 효과 밑에 도사린 부정적인 효과로 지적할 수 있을 것입니다.

또 앞에서도 잠깐 얘기했지만, 해방 이후 지금까지 우리는 국민적인 합의를 도출하는 데 성공한 일이 거의 없었습니다. 그런데 이번 올림픽을 통해서 우리가 합의한 공감을 가지고 같은 목적을 위해서 합심할 수 있는 어떤 계기가 오면 우리 국민도 단합할 수가 있고 총력을 기울일 수 있다는 가능성을 보였습니다. 이런 가능성이 앞으로 정치나 경제 분야에서도 구체적인 형태로 나타나지 않을까 하는 긍정적인 면이 있습니다. 그런 반면에 기대 수준을 너무 높였다고 하는 문제점도 있습니다. 즉 체육에서와 같이 모든 것에 있어서 세계에서 몇 등 안에 들어가야 되겠다는 식으로 무리한 요구를 할 수도 있을 것이고, 개·폐회식이나 기타 여러 가지 문화 행사에서 볼 수 있었듯이 너무 호화찬란한 행사를 했기 때문에 현실보다 더 과대한 욕구를 불러 일으켜 소비 성향을 자극하고 비생산적인 부분에 대한 욕구를 팽창시킴으로써 이런 높아진 욕구 수준에서 오는 뒤처리를 어떻게 해야 될 것이냐는 문제를 남겨 주었습니다. 따라서 상대적 박탈감이나 열등감의 해소 방안이 앞으로의 과제가 될 것입니다.

박상섭 저는 체육의 사회적 상승 이동이라는 현상에 대해서는 불만을 갖고 있습니다. 주로 사회적 상승 이동이 제대로 안 되는 사회에서 체육을 통한 상승 이동의 길이 터져 있는 데다가 그런 상승 이동의 기회가 전체적으로 볼 때 과연 얼마나 되는 것인가가 의문스럽기 때문입니다. 결국은 하나의 상징에 불과하지 않은가. 어떤 특별한 재간을 가진 사람에게 상징적으로 스포트라이트를 비추고 갑자기 영웅시하는 것은 한국 사회의 비민주성을 보여 주는 일이라고 봅니다. 이번에 메달을 따낸 선수들은 신데렐라같이 됐지만 나머지 선수들은 어떻게 되었습니까. 우리 언론에서는 바로 그런 점에 착안하는 역(逆)의 사고를 할 줄도 알아야 하는데 매스 미디어들이 그런 점에는 눈을 돌리지 않았어요.

기초 투자에 유의할 시점

사회 스포츠라는 것은 강제에 의해서라기보다는 자유롭게 선택해서 하는 일인데, 이것을 안 하면 큰일난다는 식의 강박 관념 속에서 이루어질 때 그 스포츠의 성질 자체도 문제이고 수련 과정에서도 집단적인 규율이 지나치게 강조되는 등 문제가 있지요. 특히 가난한 사람이 신분 상승의 수단으로 스포츠를 선택할 경우 더욱 많은 문제가 있을 겁니다.

강철규 경제적인 면에서 보면 이번 올림픽은 긍정적인 면과 부정적인 면이 다 있어요. 먼저 긍정적인 면을 말씀드리면 가장 큰 것은 공산권 진출의 계기가 되었다는 것이고, 기업들이 자사 브랜드의 이미지를 세계에 널리 알릴 기회가 되었다는 점입니다. 다만 동구권 진출 문제에 있어서는 아까고 선생님이 말씀하신 것처럼 욕구가 과대한 것 같아요. 기업들이 공산권에 진출하면 엄청난 수출 확대가 이루어질 것으로 기대하고 있는데, 통계를 들여다보면 기대에 비해서 현실은 그다지 밝지 않습니다. 지금 전세계의 연간 무역량이 4조 5000억 달러 정도가 되는데 그중 공산권 국가들이 하는 무역은 10퍼센트 정도인 4500억 달러밖에 안 됩니다. 우리나라의 현재 무역량이 1000억 달러 가량이니까 공산권 시장에 진출해 보아야 무역량이 크게 증가하지 못한다는 것이죠. 최근 수준으로 볼 때 50~60억 증가하면 굉장히 많이 증가하는 것이라는 생각이 듭니다.

제가 보기에는 동구권이나 소련에 팔 만한 우리 상품은 거기서 사 줄 만한 구매력이 없습니다. 돈이 없어요. 그래서 새로운 시장을 개척한다는 의미에서보다는 우리가 공산권에 진출할 계기가 됐다는 점에서 긍정적인 평가를 할 수 있지요. 동구권에 비해 중국은 엄청난 시장인 것은 틀림없어요. 하지만 거기도 역시 구매력이 약하기 때문에 한계가 있다는 점을 말씀드리고 싶어요.

사회 어떻게 보면 올림픽이라는 것이 거대한 PR인데, 그 PR의 자금은 전 국민이 부담하고 PR에서 오는 경제적 소득의 대부분은 기업들에게 돌아가는 문제는 어떻게 보십니까?

강철규 문제의 핵심을 지적해 주셨는데, 올림픽은 아까도 말씀드린 것처럼 정부와 대기업이 앞장서서 유치했고 진행해 왔지 않습니까? 그래서 공산권이라든가 대외 진출에 관심을 갖는 것 역시 업계라고 생각합니다. 업계는 올림픽을 통해서 무역 이익을 더 얻을 수 있는 계기를 마련했는데, 그것이 어디로 가느냐를 보면 지금 김 선생님 말씀하신 것처럼 수출하는 업체한테 1차적으로 갑니다. 국민 일반에게는 다만 간접적인 혜택이 돌아올 뿐입니다. 그리고 수출을 안 하는 내수 기업 역시 간접적인 효과밖에 얻는 것이 없어요.

박상섭 아까 공산권과의 무역 문제에 있어서 환상을 갖게 만드는 부분들이 있다고 하셨는데 저 역시 그런 환상으로 인해 오히려 역작용이 생기지 않을까 걱정이 됩니다. 공산권 국가들은 외국과의 관계를 유지하는 데에 일정한 패턴이 있는데 우리는 그것에 대한 사전 지식이 거의 없어요. 제 생각에는 이런 기회에 기초 투자를 해 놔야 될 것 같아요. 기초 투자는 하나도 없이 동구권도 문만 열리면 다 열리는 것이다 하는 식의 착각을 갖는다면 이것은 상당히 조심해야 되지 않을까 싶습니다.

사실 우리의 외교 경험을 냉철히 따져 보면 1945년 해방 이후부터 지금까지 외교라고 할 만한 과정을 주체적으로 나서서 한 경험이 거의 없어요. 대부분의 경우 미국의 등에 업혀 다녔는데, 이제 처음으로 혼자 힘으로 걸어 보겠다고 걸음마를 하는 것이죠. 이런 과정인데 국민들한테 너무 불필요한 기대감과 환상을 주는 경향이 있어요. 그에 대한 책임을 저는 정부보다는 언론이 져야 한다고 봅니다. 동구권에 대한 체계적인 연구가 없이 달려들었다가는 엉덩방아를 찧고 놀라는 일이 생길지도 모릅니다.

공산권에 대한 인식 전환의 계기

사회 올림픽이라는 것이 국내 사건이면서 또한 국제적인 사건인데 올림픽을 통해 우리 국민 전체가 간접적이든 직접적이든 국제적인 경험을 했습니다. 그런 점을 생각할 때 우리가 국제적인 개방 상태 속에서 살아갈 준비가 되어 있느냐 하는 점을 따져 봐야 된다고 보는데, 어떠세요. 단일 문화 속에서 계속 살아온 우리가 다문화의 접근에 정신차릴 수 있을 것으로 보입니까?

고영복 거기에 앞서 한 가지 짚고 넘어가야 될 것은, 서울 올림픽이 공산주의에 대한 국민들의 이미지를 바꾸는 데 기여했을 거라는 점입니다. 우리는 오랜 반공 교육 속에서 공산주의라는 것이 무섭고 악의 상징이라는 식의 교육을 받았는데 올림픽을 통해 동구권 국가들과 접촉하면서 공산주의에 대해 새로운 시각을 정립하지 않았겠느냐는 생각을 해 봅니다. 물론 그것은 그동안 한국의 전위 세력이 벌여 온 사상적인 운동에도 어느 정도 힘입은 바 있지만, 올림픽을 통해 보다 자연스럽게 나타난 현상이라고 할 수 있어요. 그런 점에서 나는 앞으로 우리의 보수 일변도적인 정치를 사회주의적이랄까 비자본주의적 시각에서도 볼 수 있는 가능성을 심어 주었으며 우리가 가지고 있는 편협성 같은 것을 깨뜨릴 수 있는 기반이 조성됐다고 봅니다. 이것은 뜻하지 않은 수확이라고 생각합니다.

따라서 앞으로는 우리 정당이라든지 정치 구조가 이질적으로 보이는 목소리들을 연합할 수 있는 힘을 길러야 할 것 같습니다. 이제까지 가지고 있는 대한민국이라는 창구, 우익 일변도의 창구만 가지고서는 아무리 개방적으로 접촉을 한다고 하더라도 한계에 부딪친다는 말이에요. 하나의 창구가 아니라 여러 창구나 통로를 한국 사회 자체 내에서 마련하는 자극들이 있지 않으면 바람직한 변화를 흡수하지도 못하고 이제까지 얻었던 것을 놓치지 않을까 하는 조바심이 납니다.

흑백 논리 역작용의 우려도

박상섭 제가 걱정하는 것 중의 하나는 과거 공산주의 국가에 대해 갖고 있던 흑백 논리가 뒤집혀서 역으로 작용할 수도 있다는 겁니다. 예를 들면 체코의 경우 상당히 고도로 발달된 문화적 기반을 갖고 있는 나라인데 여태까지 우리는 그런 점을 모르고 있었어요. 흉악한 공산 국가로만 알고 있었던 것이죠. 그러나 올림픽 같은 계기를 통해 체코의 실상을 알고 난 후 무조건적으로 경도될 수 있는 현상, 그게 바로 흑백 논리의 역작용입니다. 따라서 동구권과 접촉을 할 때는 다원적으로 받아들일 수 있는 굵은 신경이 필요합니다.

사회 국민들의 대부분이 다문화적인 상황 속에서 살아 본 경험이 없어서 여러 가지 문화에 접하면서 제정신을 차리고 사는 훈련도 필요하다는 생각이 듭니다. 일례를 들어 신문에 크게 났던 미국 선수의 절도 사건이나 NBC 편파 보도의 경우 그걸 미국 정부가 한 것과 같은 차원에서 보는 것은 다원적인 문화 배경을 갖고 있는 사람들과 접근하고 그 사람들을 어떻게 대하느냐에 대한 훈련이 부족했기 때문이라는 면이 있거든요. 물론 미국과 한국 사이에 무역, 정치, 문화, 군사 면에서 불균형이 있고 그런 데 대해서 비판적인 느낌이 드는 것은 사실이지만 이번 사건들은 근본적으로 문화적인 차이에서 비롯된 것이라는 생각이 들어요.

고영복 나는 좀 달리 봐요. 이번에 문제가 되었던 미국 NBC의 편파 보도 사건은 우리나라의 매스 미디어가 일대 반기를 든 사건이라고 봅니다. 과거에는 한국이 미국에 도전한다는 것은 감히 생각도 못한 일이었지요. 그런데 이번에는 우리도 미국에 대해서 일대일로 도전할 수 있는 가능성이 있음을 보여 줬다는 점에서 나름대로 긍정적인 의미가 있다고 봐요. 다만 이럴 때 뭐가 문제가 되느냐 하면, 자유 진영 속에서의 한국의 위치가 여태까지는 다소 동정적으로 보호되다가 미국과 일대일로 맞상대하려고 나섬으로써 공산 진영보다는 오히려 자유 진영 쪽에서 한국을 견제하는 현상이 초래되지 않을까 우려됩니다.

보다 성숙해져야 할 언론 매체

강철규 사실 NBC의 편파 보도에 대해 국민 감정이 폭발한 배경에는 그동안 미국이 줄기차게 한국에 가해 온 통상 압력 문제가 있습니다. 그 통상 압력은 잘 아시다시피 서너 갈래로 나오고 있습니다. 한국 상품의 대미 수출 규제, 한국에서의 농산물 서비스 시장 개방, 지적 소유권 보호 법률 제정 압력, 그리고 원화 절상 압력 등입니다. 그런 압력이 가해지는 동안 한국 국민의 대미 감정이 상당히 악화돼 오다가 이번 사건을 통해서 폭발하지 않았는가 생각됩니다. 반면에 동구권에 대해서는 과거에 우리가 알던 사회주의권과는 다소 다른 것 같다는 어떤 충격과 그들의 문화적 공세가 그들에 대한 반사적인 호감으로 연결돼 균형을 잃은 듯한 면도 있는데 그건 시간이 지나면 해결될 문제라고 봅니다.

박상섭 우리 국민들은 좀 즉흥적인 데가 있는데 이것은 우리의 문화와 관련이 있다고 생각합니다. 국내 정치적으로 계속 눌려 오는 동안 웬만한 것은 참아 내지만 어떤 지점에 가서는 못 참겠다 싶어 확 터지고 마는 이것이 저는 좋은 태도는 아니라고 생각합니다. 문제가 있을 때마다 조금씩 해결하도록 해야 될 것 같아요. 올림픽 기간 중에 빚어진 미국과의 문제도 그동안 응어리가 많았다고는 생각하지만 이번에 그런 식으로 과잉 반응하는 것이 과연 옳았는가는 생각해 볼 문제입니다.

이번 사태에는 언론 매체들의 책임이 크다고 봅니다. 미국 선수의 절도 사건이 일어나던 날 TV의 9시 뉴스를 보니까 앵커맨의 첫 마디가 그 얘기더군요. 그 코멘트에 5000년 된 문화를 가진 국민에 대해서 200년 된 문화를 가진 나라가 문화 운운할 수 있느냐고 하던데 다른 채널로 돌렸더니 그쪽 앵커 역시 비슷한 얘기를 하고 있더군요. 그걸 보면서 저는 여론을 이끌어 가는 소위 오피니언 메이커들이 과연 제대로 하고 있는가 의심스러웠어요. 이런 현상은 방송뿐만 아니고 신문도 마찬가지였어요. 국민보다 한 발 앞서서 흥분하고 가르치려고 든다는 것은 분명히 문제가 있어요.

고영복 한국이 서구 문화를 받아들이고 근대화되었다고는 하지만 기본적인 틀에서는 우리의 재래적인 민족 문화의 틀을 벗어나지 못했거든요. 아직도 다른 나라를 볼 때 이 민족 문화의 틀로써 보려고 하는 습성이 강하단 말이에요. 물론 그것이 올림픽을 계기로 해서 충격받고 개선의 여지가 있음을 알기는 했지만 아직 다른 나라의 문화를 다른 나라의 입장에 서서 보는 관용성이나 개방성을 기대하기는 시기상조입니다. 그런 점에서 언론 기관의 담당자들이 그런 보도를 하는 것은 어느 정도 이해될 수 있다고 생각합니다. 오히려 매스 미디어가 국제적인 감각으로 그까짓 것 하는 식으로 다루었더라면 국민들이 상당한 반발을 보였을 겁니다.

문화라고 하는 것은 정치나 경제보다도 변화의 속도가 느립니다. 문화, 민속, 생활 관습 같은 것은 상당히 오랜 시간을 거쳐서 변화하는 것이에요. 우리가 잘못된 것은 고쳐야 되겠지만, 이번 사건의 경우 일반이 보인 반응 속에는 우리 자신을 찾으려고 하는 에스프리 같은 것이 있다는 것을 보여 주었다는 점에서는 어느 정도 이해해 줄 수 있지 않을까 싶습니다.

올림픽의 정치적 이용 주의해야

강철규 외국 문화를 수용하는 데에는 그 주체가 누구냐 하는 문제가 중요한 것 같아요. 우리 사회를 보면 그 주체가 사회의 일부 상층부이지 시민은 아닌 것 같아요. 그러다 보니까 아까 박 선생이 말씀한 것처럼 매스 미디어가 시민을 가르치고 리드하려는 현상이 나타납니다. 시민 의식이 여론을 형성해서 언론을 끌고 가는 것이 아니라 그 반대이지요.

고영복 그것은 언론인들의 엘리트 의식 때문이라고 생각됩니다. 이런 언론인들의 엘리트 의식이 자칫 잘못해 질 나쁜 정치적인 엘리트와 연합하게 되면 큰 문제를 초래할 수도 있습니다. 하지만 지금까지 언론은 압력 단체 역할도 하고 날카로운 비판 의식을 보여 줌으로써 국민들로부터 평가를 받고 있는 편이지요.

사회 이제 결론 삼아 올림픽이라는 커다란 경험을 바탕으로 우리 사회가 더욱 발전되려면 어떻게 해야 하는가를 한 말씀씩 해 주시죠.

고영복 올림픽을 무사히 치르긴 했지만 한 가지 아쉬운 것은 국민들이 외국에서 온 손님들을 접할 수 있는 기회가 좀 더 개방되었더라면 하는 것입니다. 테러의 위험도 있고 정치적인 문제도 있어서 그러기는 했을 테지만 이런 행사가 통제 속에서 치러진 행사였다는 점은 다소 문제가 있어요. 앞으로는 이런 큰 행사를 할 때 역시 밑으로부터의 자발적인 힘에 의해서 이끌어질 수 있는 길을 모색해야 할 것 같습니다. 우리가 자유 민주주의를 신봉하고 개방 사회로 나아간다면 그런 행사가 있을 때 그것을 전담할 수 있는 민간 기구라든지 전문 기구에 위임해서 치를 수 있는 수준이 되어야 합니다.

또 하나는 올림픽의 정치적 이용 가능성 문제입니다 한국이 올림픽을 유치할 때 일본의 전 수상 다나카 씨가 한국에 와서 자기는 일본이 올림픽을 유치하려고 할 때 상당히 반대했다고 했는데, 그 이유가 흥미로워요. 올림픽이 국민들을 흥분시키고 전체주의적인 어떤 통합의 무드를 일으켜 정치적으로 이용될 수도 있는 행사이기 때문에 반대했다는 겁니다. 다시 말하자면 일본의 군국주의가 부활할 수 있는 계기가 되지 않을까 우려되었다는 것이죠. 그의 견해가 우리나라에 그대로 적용된다는 것은 아니지만 국민 감정이라 할까, 어떤 정서적인 통합을 정치적으로 악이용하는 일을 주의 깊게 지켜보아야 합니다. 올림픽이라는 것이 위에서부터 유도된 합의임에도 불구하고 국민들의 공감을 불러일으킨 것은 사실인데, 이것을 통해 정치적인 목적을 이룰 수 있다고 착각해서 권위주의적이거나 전체주의적인 정치의 가능성을 혹시 생각한다면 오히려 하지 않은 것만 못한 결과가 돼요.

열린 세계를 향하여

박상섭 지금 말씀하셨듯이 올림픽이 정치적으로 이용되면 안 되겠고 올림픽을 통해 생긴 자신감이 사회 전체의 성숙을 위한 에너지로 전환되어야 할 겁니다. 그럴 때 민주화의 여정이 좀 더 단축될 수 있을 것 같아요.

강철규 올림픽이 우리 경제에 어떤 영향을 미쳤으며 올림픽 이후의 경제가 어떻게 될 것이냐에 많은 관심이 쏠려 있습니다. 그런데 제 생각에는 그런 관심이 단기적으로는 중요한 문제이지마는 잘못 생각하면 올림픽과 한국 경제를 직결시켜서 한국 경제는 전적으로 올림픽에 의해 좌우되는 듯한 논리에 빠져들어 갈 가능성이 있어요. 그러나 실상을 보면 올림픽과 관계없이 지금 한국 경제가 안고 있는 어려운 과제들이 많이 있습니다. 부의 재분배, 농업, 도시 영세민, 중소기업 문제 등 산적한 난제들이 상당합니다. 이런 구조적인 문제들을 이번 계기에 올림픽과 경기 변동이라는 차원에서만 보지 말고 경제 발전의 목적, 국민이 고루 잘살 수 있는 사회를 이루기 위해서 앞으로 한국 경제의 어려운 과제들을 어떻게 풀어 나갈 것인가 하는 데에 관심을 돌려야 한다는 생각입니다. 그리고 올림픽을 위해 마련된 각종 체육 시설은 국민 체위 향상을 위해서 널리 개방해야 합니다. 그렇게 함으로써 국민 전체의 체육 저변을 확대하고 그 속에서 선수를 선발하고 그 사람들을 올림픽에 임해서 훈련하는 방식으로 전환되어야 할 겁니다. 메달은 많이 따지 않아도 좋으니까 국민 전체가 참여할 수 있는 스포츠, 즉 사회 체육 운동이 활성화되어야 한다는 생각입니다.

　사회　결국 올림픽이라는 것이 크게 한번 논 것인데, 놀았다고 해서 해야 되는 일들이 없어진 것도 아니고 있었던 문제들이 풀린 것도 아니므로 제자리로 돌아가서 그동안 놔 두었던 일들을 차근차근 풀어 나가야겠지요. 또 올림픽을 통해 우리가 한쪽 세계를 닫고 살 수만은 없다는 것을 깨달았는데, 이것은 중대한 의미를 갖습니다. 특히 동구권과의 여러 분야에 걸친 접촉에서 한국인들이 흥분을 느낀 것은 가두어 놓고 살게 하면 답답함을 느끼는 인간의 본성이 작용한 것입니다. 그 열려진 것을, 대외적으로도 그렇고 국내적으로도 그렇고, 모든 사람들이 쉽고 투명하게 참여할 수 있는 그런 상태로 발전시켜 나가면 좋을 것 같습니다. 물론 열려 있다고 해서 주체성을 상실한 개방이 되어서는 곤란하겠지요.

　오랜 시간 동안 감사합니다.

3부

1990~1999

80년대 한국 시의 전개

김명인(문학 평론가, 풀빛 출판사 주간)

김우창(문학 평론가, 고려대 영문과 교수)

김철(문학 평론가, 교원대 국문과 교수)

정과리(문학 평론가, 충남대 불문과 교수)

1989년《오늘의시》12월호

발제: 80년대 시의 전개(정과리)

1

화려했던 시의 시대는 지금 자취도 없는 듯이 보인다. 비록 저널리즘의 과장이 끼어들기는 했지만, 1980년대 전반기의 문학을 휩쓴 것은 분명 시의 홍수였다. 그리고 그것에는 그 나름의 까닭이 없는 것이 아니었다. 그것은 무크의 파도를 타고 범람하였다. 그 점에서 그것은 발빠른 문화를 요구하는 시대의 산물이었다. 그것은 기존의 등단 절차를 비웃으면서 확산되었다. 그 점에서 그것은 문화의 민주화, 세속화 과정 속에 놓인다. 노래 시·벽시 주창과 함께 그것은 장르 해체의 주장을 낳았다. 그 점에서 그것은 새로운 문학의 궤도로 진입하는 로켓이었다. 요컨대 시의 시대는 이념·제도·형태에 있어서 두루 진보주의의 시대였다.

아니다. 또 다른 이유들이 숨어 있었다. 시가 만발한 광장의 시간적 전면에는 1970년대 문학에 대한 권력의 살해가 있었고, 그것의 공간적 전면에는 정치적 정복을 달성한 권력의 문화적 관용이 있었다. 시의 꽃들이 흐드러지게 피어난 곳은 정확히 정치적 울타리의 바로 안쪽이었다. 누구나 시인이 될 수 있었던 시대, 누구나 좋은 시 한두 편은 가지고 있었던 그 시대의 시는, 그러나 그 기세등등하던 1970년대의 문학, 문화의 영역을 독점하고 과학적 분석과 정치적 발언을 도맡아 왔던 문학의 어처구니없는 무기력에 대한 자기 모멸을 은닉하고 있었다. 장르 해체의 주장은, 그러나 문학 그 자체에 대한 의심은 수반하고 있지 않았으며 더 나아가, 벽시도, 노래 시도 모두 '시'의 이름으로 불리길 원함으로써 부르주아 문화에 대한 향수를 알게 모르게 흘리고 있었다. 시의 팽창은 문학 사회학적 현상이었지, 문학의 위기를 타개하려는 실천적 노력의 하나는 아니었다. '시의 시대'라는 말이 저널리즘적 과장이라는 이유가 여기에 있다. 그때에도 좋은 시는 많지 않았다. 그때에도 현실과 문학의 동시적 갱신을 온몸으로 밀고 나가려 한 시는 여전히 적었다.

어쨌든 식탁은 만찬이었고, 그 자리엔 모두가 요리사며 동시에 회식자로 초대되었다. 그 민주화가 『홀로서기』와 『접시꽃 당신』에 와서 절정에 달했을 때, 시는 문득 맥이 빠지기 시작하였다. 대체로 6월 항쟁과 시간적 궤적을 함께 하면서 시에 대한 사람들의 열광은 대하 소설로 서서히 옮겨 가고 있었다. 가외의 얘기지만, 대하소설은 교포 소설에게, 교포 소설은 다시 북한 문학에게 자리를 양보하고, 이제 북한 문학에 대한 호기심 자체가 시들해지는 현상을 우리는 보고 있다. 그리고 조만간에 문학이 문화적 마이너리티로 전락할 시대가 올지도 모른다.

2

그 많은 문학 장르들 중에 왜 그때는 시가 돋보였던가? 가장 광범위한 동의를 얻은 대답은 기동력이었다. 글쓰기와 글 읽기와 배포가 모두 굼뜬

산문 장르(특히, 소설)에 비해서 시는 생산과 유통과 수용 전반에 걸쳐 속도를 거의 무시할 수 있고, 따라서 숨돌릴 여지를 주지 않는 압제적 현실에 가장 신속한 응전을 할 수 있다는 것이었다. 한국인에게 시는 감정과 거의 동의어라는 점을 염두에 둔다면, 그러한 진단은 충분히 수긍될 수 있을 법하다. 그러나 적어도 두 가지 이상의 이유가 더 있다. 우선, 앞의 것을 교환의 직접성이라고 이름 붙일 수 있다면, 가담의 직접성이라고 할 만한 것이 있다. 허물어진 벽을 넘어 문학의 성으로 진입하는 데에 시는 가장 효율적인 복구 자원일 뿐 아니라, 입성의 자격을 부여해 주는 가장 보편적인 호패였다. 그것은 열정의 돌일 수도, 전시의 배지일 수도 있었다. 그러나 이보다 더 중요한 이유가 있다. 진리의 직접성이라고 이름 붙일 만한 것이 그것이다. 지금까지 시는 항상 진리의 달을 직접 가리키는 손가락이었다. 손가락이 중요한가, 달이 중요한가라는 논쟁이 있었지만, 시가 달의 주변을 배회하지 않는다는 것은 자명한 장르적 특성으로 받아들여져 왔다. 1980년대 전반기의 시도 그 성격에 존재 근거를 두고 있었다. 사람들은 한마디 말로 이 세상의 악마성이 설명되고 단죄되기를, 저 세상의 광휘가 우리의 마음 속에 재림하기를 열망하고 있었다.

그렇다. 1980년대 전반기의 한국 시는 광주로부터 시작했다. 광주 체험은 "원죄와도 같은 결정적 모티브"(성민엽)가 되었고, 시인이면 누구나 '그 해 5월'에 대해서 한 편 이상의 시를 썼다. 그와 나란히 "아우슈비츠 이후에도 시는 존재할 수 있는가"라는 고통스러운 물음이 있었다는 점에서, 시의 폭발은 일종의 아이러니였다. 시인들은 시를 쓸 수 없게 만드는 상황에서, 그럼에도 불구하고 시를 썼거나, 이 세상이 시를 쓸 수 없게 한다는 내용의 시를 씀으로써 시의 존재를 입증하려고 했다. 시의 목을 움켜쥔 그의 문법의 명제는, 그러니까 실은, 사실을 가리키는 것이 아니라, 가치를 부추기는 명제였다. 역설의 가치, 진리의 전면적 상실의 순간이 진리의 전면적 재수립의 계기라는 당시의 보편적 역설에 행동의 불을 당기는 것이 그 명제의 실질적 의의였다. 절대 부정이 절대 긍정으로 전화하는 바로 그 순간 텅빈 허무의 시적 공간은 동시에 무한한 가능성으로 충만할 것이었다.

절대 부정과 절대 긍정이 항상 모순의 관계를 이루지는 않는다. 부정이 곧 긍정의 전제가 되는 경우도 있었으며, 1980년대의 집단 무의식은 적절한 사례이다. 그렇게 되기 위해서는 그 진술에 시간과 지역이라는 범주를 끼워 넣는 것만으로 충분했다. 채광석과 김정환이 거듭 역설했듯이 민중의 헐벗음을 풍요로 바꾸는 것이 문제가 아니라, 민중의 헐벗음이야말로 새 세상에서의 민중의 주인 됨을 보장해 주는 가장 확실한 징표였다. 전 시대의 논의들이 단칼에 적의 논리로 매도된 것도 이때였으며, 운동의 세대 교체의 주기가 급격히 짧아지기 시작한 것도 1980년대였다. 문학의 차원에서, 그것은 기존의 문학적 관습과 규범에 대한 정면 도전을 낳았다. 그것이 이룬 최대의 문학적 혁명은 그때까지의 문학이 기대어 있던 인문주의적 신화를 발가벗겼다는 것이다. 시는 사람의 산물이 아니라, '시를 쓰게 하는 것' 그 자체로 환원되었다. 시를 쓰려면 안목과 기교를 길러야 한다는 전 시대의 묵시적 동의는 도대체 어떤 안목이며, 무엇을 위한 기교인가라는 회의와 항변에 파묻혀 버렸다. 시는 시를 읽을 줄 아는 사람들의 전유물에서 만인의 향유물로 바뀌었다. 1980년대의 시는 시 자체를 부정함으로써 자신의 시를 세웠다. "나는 파괴를 양식화한다."는 황지우의 그 유명한 발언은 1980년대 전반기의 문학적 분위기를 축약하고 있었다. 아니다. 1980년대 시의 호전적 낭만주의가 자기 부정을 새 세상의 원리 자체로 삼은 경우는 드물었다. 진리의 전면적 복원이 항상적 강박 관념이었던 것과 마찬가지로, 파괴가 양식화되기까지의 시간은 지나치게 지루할 수도 있었다. 그것을 앞당기기 위해서 부정의 대상은 자신에게서 타자로 옮겨지고, 현재는 과거로 내던져질 수도 있었다. 1980년대 시의 자기 부정은 거대한 긍정의 세계를 도입하는 계기에 불과할 수도 있었다. 사회 과학과 신화가 거리낌없이 시를 자처하게 되는 일('민중 시'와 '시 운동')이 실제로 일어났다. 거기서 시는 사람의 산물이 아닌 대신, 무당과 계급의 산물이었고, 시는 교양과 기술을 요구하는 대신 이념에 복무하는 도구이거나 감각에 몸을 내맡길 때 솟아나왔다. 창조의 신화는 제작 혹은 방류의 신화, 인문주의적 신화는 정치적 혹은 원시적 신화로 대체되었다.[1]

3

광주(정치적 압제)만이 1980년대 한국 사회를 규정하는 것은 아니다. 광주와 더불어 생겨난 새로운 양상은, 사회적으로는 '거대 소비 사회'로의 진입이었고, 문화적으로는 '탈(脫)문자 문화'(전자·기계 문화, 스포츠, 영상)의 가속화된 발달을 들 수 있을 것이다. 그것은 한국 자본주의의 예기치 않은 성공에 많은 것을 빚지고 있었다. 그러나 적어도 1980년대 전반기에 있어서 그 새 양상들은 정치적 현실을 은폐하는 알라바이로서 인식되었고, 또 상당 부분 그렇게 기능하였다.[2] 이 반문학적, 특히 반시적 양상들이 시의 폭발에 큰 영향을 미치지 못한 것은 그 때문이었다. 그렇다고 해서 그것

---

1 두루 알다시피 그중 하나는 지구인들의 우주인에 대한 집중 포화를 받고 추락하고 말았다. 눈앞의 진리를 요구하는 시대에 그 내용마저 세상 저 너머에 설정한 체계의 불행이었다. 하지만 비행선을 띄워 올렸던 사람들은 그것을 절망으로 잇지 않고 경험으로 받아들였고 그것을 거울로 지상에 살아남았다. 그들의 시는 1980년대 후반기, 신감각주의라고 이름 붙일 만한 신세대의 시적 경향으로 이어진다.

2 그러나 그것들은 1980년대 후반기의 한국 사회를 광범위하게 지배할 운명을 가지고 태어난 것들이었다. 그리고 여기에서 한국 사회에 대한 아주 이질적인 두 개의 진단이 발생한다. 운동권과 소장 사회·경제학자들이 주창하는 민중 주체의 현실 변혁론과 한상진·복거일·이윤택 등에 의해서 산발적으로, 그리고 불명료하게 제기되기는 하지만 앞으로 상당히 힘있는 이데올로기를 형성하리라 예측되는 중간층 중심(이때의 중간층은 명시적으로 주장되는 바는 아니나, 대체로 고급 교육과 젊은 연령의 화이트 칼라를 가리키는 듯하다.)의 사회 개혁론이 그 둘이다. 아마 이 둘의 대립은 앞으로 좀 더 첨예해질 것이며, 반면 운동권 내부의 주체 사상파와 민중 민주주의의 싸움은 조만간 어느 한쪽으로 수렴되지 않을까 여겨진다.

들이 간단하게 무시될 성질의 것은 아니었다. 거대 소비 사회와 탈문자 문화의 조합으로 태어날 것이 이른바 '기호-교환 가치'가 지배하는 사회이고, 집 없는 기호들의 자동 번식이라면, 그것은 잠정적으로 문자에 기생해 육체적 생명을 확대시켰고, 그때 시는 그것들이 그것을 낡은 외투처럼 벗어 버리게 될 때까지 아주 맞춤한 숙주가 되었다. 똑같은 형태, 똑같은 내용의 말들이 표현만 바꾸어 지칠 줄 모르고 재생산되었다는 것, 질리는 법 없이 그것들에 열광하면서 끊임없이 시인을 갈아치우는 독자들의 존재는, 요컨대 시인은 세상을 발견하는 대신 규정하기를 즐기며, 독자는 시에서 무엇을 깨우치기보다는 이미 알고 있는 것을 다채롭게 확인하기를 원하는 사회 심리학적 현상은 그러한 사실에 대한 가장 확실한 증거라고 할 수 있다.[3]

자본주의의 가공할 문화적 특징은 그 불가사리적 성격에 있다. 그것은 자신에 대한 가장 격렬한 비판조차 자신의 일부로 빨아들인다. 많은 비판 문화들은 자신이 자본주의의 늪에 깊이 빠져든 후에야 그 사실을 알게 된다. 자본주의 자체의 측면에서 보자면 그것은 그것이 변신에 아주 뛰어나다는 것을 의미한다. 단 한 가지, 그 방향은 일률적이다. 모든 살아 있는 것들에게서 넋을 빼앗아 버리는 것, 다시 말해 삶의 시공간적 깊이와 굴곡을 제거하고 조각들의 무한한 자의적 조합으로 이루어지고 증식하는 자동 세계를 이루는 것. 시기가 무르익으면 그 세계의 주도체 자체가 그 자동 증식 과정 속에 편입될 것이다. 무수한 기업들이 발흥하고 도산하며 자본주의 경제를 확대시킨 초기 자본주의의 양상은 그 계통적 과정에 대한 개체

---

3 이러한 판단은 또 다른 증거를 요구한다. 정말 오늘날의 독자는 깨닫기보다 확인하길 좋아하는가? 나는 일간 신문과 잡지들에 실리는 '독자란'을 증거로 제출한다. 자세한 분석을 요구하는 것이긴 하지만, 그 난의 지배적 담론이 실어 나르는 것은 평가와 기분의 언어이지, 질문과 대화의 제기·제의가 아니다.

적 한 모습이라 할 수 있으며, 현대 사회에서의 정치적·경제적·문화적 권력의 세분화, 다국적 기업으로부터 국제 기업 연합으로의 경제 체제 전환, 넓혀 말해 제국주의로부터 국가 연합으로의 전환은 그 미래적 현상에 대한 가장 직접적인 문화적 인식이다. 사람에 따라서는 그 세계가 '멋진 신세계'로 보일 수도 있을 것이다. 삶의 뿌리를 무시해도 된다는 것만큼 멋진 일이 어디 있겠는가, 우리는 그러한 세대의 출현을 벌써 보고 있다.

4

1980년대의 한국 시는 전면적 진실의 복원에 조급해하면 할수록 편입의 회로에 빠질 가능성을 더욱 키우고 있다. 진지한 사람들에 의해 우려되었던 그 당시의 각종 형태의 단편성은 한국 시의 반현실주의가 현실의 물결에 휩쓸리고 있다는 것을 보여 주는 증거였다. 그것은 사람들이 애써 위안했던 것처럼 역량의 미성숙이 아니라, 구조의 한계였다. 하지만 그것만으로 80년대 한국 시의 성취가 부정될 수 있는 것은 아니다. 그것은 부인되고 단죄될 성질의 것이 아니라 불가피한 전제였다. 문제는 그것을 정직하게 받아들이고 어떻게 극복하는가에 있었다. 그것은 앞에서 말한 부정과 긍정의 긴장을 얼마만큼 잘 이끌고 가는가의 문제라고 할 수 있었다. 절대 부정에 대한 부정으로서의 절대 긍정의 세계가 자신이 부정한 세계와 똑같이 속도전과 물량주의에 휘말리고, 그와 똑같이 기호의 수사학에 빨려드는 그 속내에는 세계의 주도권을 대체하면 만사가 해결되리라는 소박하고도 끈질긴 욕망이 있었다. 그것이 절대적 소외를 느끼게 하고, 동시에 마찬가지의 논리로 절대적 충만으로 들뜨게 할 수 있었다. 우리는 앞에서 헐벗음이 곧 주인됨의 전제임을 보았다. 그렇다. 그러나 중요한 것은 그 사실의 확인이 아니라, 헐벗음이 감추고 있는 새로운 삶의 풍요로운 가능성을 발굴하는 것이었다. 그러니까 실은 헐벗음이 전제가 아니었다. 현실의 자로 잴 때 아무것도 아닌 것이 그 자신의 새로운 도량형을 만들어 내고 있다는 것, 현실에 의해 박탈되는 삶 속에 새로운 삶의 양식이 일구어지고 있었다는 것, 헐벗음이 아니라 새로운 형태의 풍요가 문제였다. 절대 부정을 절대 긍정으로 전화시키는 것이 중요한 것이 아니라, 절대 부정 속에 움트고 있는 긍정의 싹의 발견과 북돋움이 1980년대의 한국 시가 실제 당면한 과제였다.

나는 그것을 '나머지'라는 말로 표현한 적이 있다.(「80년대의 시 생산」) "지배 체제의 가치 계산에서 남는다"는 것, 그것은 "현실로부터 소외되었다."는 발언보다 생산적이고 당당할 수 있다고 말했다. 그 성찰을 거쳤을 때 1980년대의 시는 다시 현실로 되돌아온다. 그는 좌절을 승리로 성급하게 뒤바꾸려 하기보다는 "비극을 비극으로 받아(들여)/ 비극을 일상 품목의 하나로 만"(김정환)든다. 그리고 비극이 그 스스로 생기로 전환하는 데에서 시들이 태어날 것이다.

무엇이 남는가? 지난 시대의 눈으로 볼 때 '시적인 것'은 현실에 남아 있지 않았다. 도저한 산문성의 세계, 무참히 무너진 삶의 유적들, 뜻없고 황폐한 일상만이 남아 있었다. "도쿄 호텔에서, 5세기 후 발굴단 인부들이, 달라붙은/ 남녀의 화석을 긁어낼" 이 "디럽게 붙"은 세월 속에서 황지우는 "나는 미래를 포기한다"고 주기하였고, 최승자는 "개 같은 가을"을 내뱉었다. 그러나 바로 거기가 새 문학의 원천이었다. 그들에겐 그 더러운 현실을 제외하고는 기댈 데가 없었고, 그들이 그렇게 부인하려 한 과거는 그들 삶의 뿌리였다. 과거의 문학 또한 예외가 아니었다.

1980년대의 직전에 '반시 선언'과 김광규의 「늦깎이」(덧붙여, 김준태의 「생명예찬」)가 있었다는 것은 무척 시사적이다. 그들은 일상의 문을 열고 들어가 시를 길어 낸 최초의 시인들이었다. 그들의 명제가 '반-시'이었고, 그들의 문법이 산문의 뒤집기였다는 점에서 그들은 이미 1980년대의 징후였다. 그러나 그들이 의미하는 바는 좀 더 복합적이다. 그들은 1970년대가 1980년대의 토대였음을 역으로 증거하고 있었다. 그들의 산문 속의 시, 시 속의 산문은 1970년대의 문학이 문학과 현실의 대립 구조를 하나로 통일 시키는 데 기울여 온 노력의 연장선상에 있었다. 문학/사회의 대립은 이미 서로의 살을 더듬고 있었다. 1970년대의 비평은 그 통일로의 지향에 반성 혹은 실천이라는 이름을 붙였다. 그 반성 혹은 실천이라는 명제가 구체화 되면서 1970년대의 문학은 '범속한 트임'의 세계로 진입하였다. 1980년대 의 문학의 자양은 1970년대에 있었다.

그러나 어쨌든 1980년의 의미는 '단절'이었다. 정치적 폭압이 모든 문 화적 꿈들을 말살하였을 때, 그 통일로의 지향은 다시 명제로 환원되었다. 하지만 본래의 대립으로 돌아갈 수 없는 것이 또한 시의 현실이었다. "시 의 사다리"(황지우)는 이미 거두어져서, 시는 이미 현실 그 자체였다. 그때 1980년대의 시가 처음 한 일은 현실을 거꾸로 비-현실로 만드는 것이었 다. 그들은 현실의 한복판에서, "사람이 사람을 괴롭히고, 그러나 죽지 않 을 만큼 짓이"기는 이 현실을 "신비"(이성복)라 지목하였다. 벌어진 싸움은 문법과 비유의 싸움이었다. 현실을 합리화하는 논리와 그것을 추악의 늪 으로 던지는 은유의 싸움이었다. 시는 현실의 이름으로 그 싸움을 벌임으 로써 현실과 같은 힘을 얻을 수 있었는데, 하지만 싸우는 두 당사자가 실은 본래 하나였기 때문에, 상대방에 대한 싸움은 곧 자기 자신에 대한 싸움이 되지 않을 수 없었다. 그 싸움은 안팎이 없는 싸움이었고, 따라서 그것은 경계와 끝장을 모르는 싸움이었다. 1980년대 시의 비유가 그렇게도 숨가 쁜 변주를 보여 준 것도, 1980년대 시의 문법이 처절한 자기 해체를 수반 한 것도 그 때문이었다.

1980년대의 시는 그 거대한 싸움을 통해서 현실 그 자체를 새로운 현실 로 변형시켜 나간다. 그 문법과 비유의 싸움이 가장 직간접적인 형식으로 맞붙었을 때 그것은 "피투성이 희망"(김정환)의 모순 어법, 아니 차라리 모순의 선포를 낳았다. 모순은 해소될 것이라기보다는 끝끝내 물고 늘어질 것이었다. 그 선언이 시이면서 동시에 관념이었기 때문에 그것은 크게 두 가지 가능성을 앞에 두고 있었다. 모순의 개념 자신이 신비화되고 굳어 버리는 것, 그리고 모순이 그 스스로 모순의 자손을 번식시키는 것, 물론 지금 우리의 관심은 두 번째에 대해서이다.

모순의 싸움이 잉태한 세계는 두루 '현실'의 이름을 가졌지만 그 모양은 다채로웠다. 그것은 현실의 들판 위에 전진의 바퀴를 굴릴 수도, 현실 안을 열고 나갈 수도, 현실을 타고 그 위에 두께를 입힐 수도 있었다. 그것을 모두 열거하기는 불가능하다. 나는 대강의 분류 체계만을 세운다. 우선, 생활의 세계가 발굴되었다. 그 이전까지 시의 관할이 아니라고 여겨졌던 생활의 생동하는 리듬이 시의 울타리를 단숨에 무너뜨린다. 그 리듬에 의하면 생활은 단조롭지도, 가난하지도 않은 것이었다. 그것은 "아/ 없어, 선명하게 없"는 "노동 속에 문드러"진 "지문"에 대한 분노와 "모래에 싹이 텄나/ 사장님이 애를 뱄나/ 이 좋은 토요일 잔업이 없단다"는 풍자와 "이불 홑청을 꿰매면서" 아프게 찌르는 "각성의 바늘"이 한데 어우러져 '노동의 새벽'(박노해)을 향해 넘쳐 흐르는 강물이었다. 그것은 "퍼낸다고 마를 강물이더냐고" "껄껄 웃"(김용택)는 여유와 저력을 또한 품고 있었다. 그 저력이 어디서 나오는가 하는 쪽으로 눈길을 돌렸을 때 1980년대의 시는 '이야기'의 산중을 탐사하기 시작하였다. 이야기란 곧 내력을 의미하였고, 내력은 현실의 개별적 물상들의 밑바닥에 흐르고 있는 집단적 삶의 역사였다. 그것은 "바닷물에 담가 놓은 통나무"에 스며든 "바닷물"(최두석)이었고, 그 바닷물은 단순히 드넓음만을 속성으로 가진 것이 아니라, "변화와 발전"을 치르어 내는 살아 숨쉬는 바다였다. 1980년대 시인들은 그 이야기를 누룩으로 광포한 현실의 크기에 맞먹는 깊이와 분단과 폭압의 한국 현대사를 버틸 시간적 넓이를 가진 상상의 세계를 쑤어 낼 수 있었다. 그 바다에 서식하고 그 바다에서 자란 어족들이 그 바다의 표면으로 솟아 오를 때 그 바다는 또한 생명의 바다였다. 1970년대의 인문주의의 양분을 흡수하면서 그 세계를 넘어선 것이 바로 이 생명 사상이었다. 그것은 인간 자유의 활달성을 빨아들이고 그것을 소화시켜 다시 세상 밖으로 흘려보냈 다. 그럼으로써 그것은 '인간다움'을 요구하는 인문주의적 궁정의 담을 헐 고 보편적 참여의 광장을 넓힌다. 그에 의하면, 바윗돌을 뚫고 핀 민들레로 부터 우르렁대는 천둥에 이르기까지 살아 있지 않은 것이 없었고, 세상은 그 살아 있는 것들이 엮어 내는 화응과 융합의 세상이었다. 그 세상은 때로 는 산문적 현실을 아우르면서 그것을 대 낙관의 경지로 여기는 '훤한 세상' (고은)이며, 때로는 세상의 정제된 더러움을 혼돈 속으로 되던짐으로써 생 기들이 충만하고 불꽃 튀는 '요란법석'(『남(南)』)의 세상이기도 하였다. 혹 은 생명들의 기운, "생명의 황홀"은 생명들 자체에서 나오는 것이 아니라, 생명들 사이에서 피어 올랐다. 시는 만물에 취하는 대신, "만물이 드나드 는 길목이 많아서/ 만물교통의 중심이며/ 천지(天地)를 꿰고 있"는 "눈부 신 아홉 구멍"의 '몸뚱아리 하나'를 열심히 놀려 모든 순간 다아 "내 열심 에 따라 피어날/ 꽃봉오리"(정현종)를 피워 내기도 하였고, 때로는 "내 눈 이 타인(他人)을 완성시킨다!"(황동규)는 마음의 환한 자유로움에 이르기 도 하였으며, 또는 그 사이가 죽임과 생명의 사이이기도 하여서, "바람이 거나 구름이거나 귀신이거나 간에/ 변하지 않고는 도리 없는 땅 끝에"서 "내 속에 차츰 크게 열리어/ 저 바다만큼/ 저 하늘만큼 열리다/ 이내 작은 한 덩이 검은 돌에 빛나는/ 한 오리 햇빛/ 애린/ 나"(『애린』)의 하염없는 애 가를 부르기도 하였다. 그것이 혼돈이든 트임이든 애조이든 자유자재로움 이든 그 바다 ── 생명의 세계는 모두 '자기 해방'이라는 심리적 핵자를 가 지고 있어서 거칠고 딱딱한 현실에 크고 무수한 하늘 구멍을 열어 주고 있었다. 이 현실을 여는 생명의 활기가 또한 이 현실에 다름 아니라면, 그 모순을 끝끝내 살아가는 시인들도 있었다. 그들에게는 "고상한 것, 근사한 것은 일용적인 것, 필수적인 것"과 다를 바 없어서, "가을의 누런, 지는 잎을 '내장의 고름'이라고 상상"(오규원; 김현, 「무거움과 가벼움」)하면서, 그러나, 그 "화농하는 육체"에서 "꽃의 개화"를 그려 내었다. 이들이 그리는 세계는 풍자와 야유의 세계이기도 하고, "부패하는 광물질"(이하석)의 고통의 세계이기도 했지만 동시에 "이 어이 거친 삶"의 세계이기도 하였다. 그 삶은 지속을 가진 불모와 생성이 동시적인 삶이었다. 그것은 현실과 한 치의 오차도 없이 맞붙어, "발효하는 시체의 냄새"의 생산적 부패와 "보름달을 임신한 박이 배가 부르고/ 흰 달빛을 지붕에 환히 뿌리"(최승호)는 분산적 생산이 하나로 엉켜 나아갔으며, 등짐 진 '인고의 어머니' 품으로 파고들어 감으로써 누워 세상을 펼치는 '어머니의 사랑'(이성복)을 길어 냈고, "가랭이가 찢어지"고 "내장을 모두 도려내 버리"는 사막을 길을 지우고 "가면 뒤에 있"(황지우)는 길을 찾아내었다. 모순을 끝끝내 살아 나가는 과정을 통해 그들은 "성냥개비로 별자리"를 다 태웠을 때 전체를 만났고, 한 사람의 생애에 온 세상의 생애가 가로지르는 '상관성으로만 존재하는' 존재들의 관계를 이루어 내었다.

이 모든 것들이 1980년대 시가 이룩한 거대한 성취였다. 이것이 정치적 현실과 왜 관련이 없겠는가. 나는 이것들이 1987년 6월 항쟁의 문화적 밑자리를 이루었다고 감히 말할 수 있다. 1980년대의 생산적인 시들이 나아간 그대로 6월 항쟁은 가능성의 혁명, 영구 혁명을 요구하는 모순의 혁명이었다. 그렇다. 모순은 폭발하거나 삭제되거나 지연되는 것만이 아니었다. 그것은 그의 내력, 생활, 생명, 삶을 스스로 이끌고 가면서 끊임없이 갱신되고 무한히 넓어지고 두꺼워 가는 통일의 역사이기도 하였다.

5

6월 항쟁이 있었고 세상이 바뀌었다. 여전히 반파쇼, 반제국주의, 반독점 투쟁은 존재하고 있으나, 지배 권력도 자신을 변신시키는 데 능란했으며, 투쟁의 양상도 달라졌다. 문화적 차원에서 그것은 파묻혔던 의식들의 대지로의 부상과 1980년대 전반기의 시를 내내 옥죄고 있던 죄의식으로부터의 탈피를 낳았다. 그 긍정적인 의미에서 깊이는 사라졌으며 '수평적 확산'의 구조를 가진 백화 제방의 시대가 도래하였다. 시는 죄의식을 벗어던진 대신 1980년 전반기에 그가 떠맡았던 역할, 즉 전면적 진리의 즉각적 복원을 담당할 특권도 함께 버렸다. 시, 그리고 문학 전반은 1980년대 후반기에 광범위하게 퍼지기 시작한 새로운 문화적 체계들과 실제적으로 혼용되었다. 그것 또한 시가 감당해야 할 과제이며, 1980년대 시 내부에 항존해 온 경직화/활기의 모순도 시가 넘어서야 할 산이었다.

시는 여전히 제 일을 찾아가고 있었으나, 독자들은 서서히 시의 지대로부터 철수하고 있었다. 1980년대 중반기에 『홀로서기』와 『접시꽃 당신』이 베스트셀러가 되었던 게 아마 고비였던 것 같다. 그것은 시가 문화 영역에서 지배적 자리를 차지하고 있다는 특이한 한국적 현상을 가장 화려하게 증거해 주는 것이었으면서, 동시에 시 안에 무수히 많은 이질적 문화 체계들이 기생하고 있다는 것을 보여 주는 것이기도 했다. 그 시집들이 대대적인 판매량을 기록하여 국세청으로 하여금 가난한 문화 단체를 넘보게 한 것은 그것들이 대중의 문화적 욕구에 적절히 몸을 내주었기 때문이었다. 이미 대중은 1980년대 전반기가 마련한 토대 위에서 자기 드러냄의 문화를 요구하고 있었고, 시는 대중이 뛰어놀 마당이 되기에는 지나치게 협소했으나, 중반기까지는 다른 문화 체계들이 아직 성숙해 있지 않았다. 시로서는 그것이 기회였겠지만, 다른 문화 체계들에게 시는 의욕적인 활용의 대상이었다. 시는 그것들에게 시적 권위를 빌려 주면서 동시에 감상적 수

필, 일용할 위안의 휴게실이 되었다. 조만간에 보다 효율적인 문화 장치들이 출현할 것이며, 그것들이 1980년대 중반기에 시가 누린 상품 가치를 대체할 것이고, 이미 그 현상이 진행되고 있다. 전자 사서함은 '자신을 감춘' 문화들의 수평적 교류를 촉진시키고 있으며, 시, 비평들에도 저마다의 서랍을 제공하고 있다. 사족을 달자면, 이러한 깊이가 제거된 수평화 현상 자체는 문화 사회학적인 현상일 뿐, 도덕적 판단의 대상이 아니다.

물론, 다시 말하지만, 시는 여전히 제 일을 찾아가고 있었다. 앞에서 열거한 시인들이 활동을 멈추지 않고 있고, 그 연장선상에서 새로운 시인들이 끊임없이 출현하고 있다. 1980년대 전반기의 시가 보여 준 생활의 리듬은 "물결은 자신이 물결인지 모르고/ 산으로 들로 강으로 도랑으로/ 떠다녔지만, 여기저기 헤어지며/ 작은 부딪힘도 찢어짐도 기억하면서/ 서서히 자신이 물결임을(⋯⋯) 몸으로 깨닫게"(백무산) 됨으로써 삶의 굴곡을 획득하기도 하고, 이야기는 과거로부터 현실로 이동해 '해학의 소리'로 변용되어 "현실이 어려움을 이겨내는 힘이 되어 주면서 또한 그것을 바라보는 사람에게는 그들의 어려움을 더 아픈 것으로 받아들이게 하는 힘"(윤중호; 박혜경, 「뿌리 뽑힌 삶과 웃음의 내면화」)으로 크기도 하며, 모순의 거친 삶은 황폐한 "거리의 상상력"으로 나아가 "입 속의 검은"(기형도) 죽음을 끄집어내는 '그로테스크 리얼리즘'(김현, 「영원히 닫힌 빈 방의 체험」)의 갈래를 낳기도 하였다.

1980년대 후반기의 시는, 그러나 달라진 지평선에서의 작업을 또한 감당해야만 했다. 문화의 수평화 현상과 수평 문화의 확대라는 산업 정보 사회의 현상 앞에서 시는 그것과 몸을 뒤섞지 않을 수 없었다. 삶의 내력을 추구하고 부패 속에서 개화를 보던 전반기의 시적 경향은 여전히 이어지면서, "거름"에 육체적 느낌(허수경)이 생생하게 구체화되기 시작하고, 일상 속에서의 날 것 그대로의 감각, 경쾌하게 반동하는 감각들이 신감각주의 시인들을 만들어 내고 있었다. 그들의 시는 1980년대 후반기의 문화와 함께 커 오면서 그것을 대변하기도, 그것에 대한 고뇌를 보여 주기도 한다. 그들은 그것을 교묘하게 뒤집어 그것 자체에 대한 풍자와 정치적 풍자의 복합적 세계를 낳기도 하고(유하), 그것 안에 숨어 있는 섬뜩한 '자기애'를 낯선 물건처럼 꺼내 놓기도 하며(황인숙), 그것과 과거로의 꿈 사이에 꾸불 꾸불한 터널을 뚫기도(이창기) 한다.

나는 모른다. 비교적 젊은 세대의 시들이 어떻게 발전할 것인가에 대해서. 나는 다만 그들의 시는 새 문화적 현상과 문학이 나눌 교류 혹은 싸움이라 여기고 아직 모색할 뿐이다. 장래 전반에 대해서도 나는 모른다. 이제 문자 문화의 자리를 대신할 새로운 문화, 무선 전선과도 같이 사방에 떠돌 무소부재의 문화 앞에서 문학은, 시는 무엇을 할 수 있을 것인가? 아마도 문학은 그 뿌리 없는 문화의 뿌리를 되묻는 일에서 자신의 삶을 발견할지 모른다.

비극적 상황과 '진리의 직접성'

김철 안녕하십니까? 바쁘신 가운데 이렇게 참석해 주셔서 감사합니다. 오늘 좌담의 주제는, 1980년대 우리 시 문학의 전개를 훑어보고 1990년대의 전망이랄까 하는 것을 논의해 보는 것입니다. 대단히 막연하고 진부한 주제이기는 합니다만, 다행히 정과리 선생께서 잘 정리를 해 주셨으므로, 이것을 토대로 논의를 진행했으면 합니다. 정 선생의 발제문은 대단히 현란한 수사학이 동원되어 있습니다만, 제 생각에는, 이것 자체가 1980년대 시의 복잡다단함이랄까 하는 것을 반영하고 있는 듯도 보입니다. 어쨌든, 이 발제문 중에서 먼저 1, 2, 3절을 중심으로 얘기를 나눠 보고, 그다음에

4, 5절에서 얘기된 부분을 다시 짚어 가는 방식으로 했으면 합니다. 그러면 발제자인 정과리 선생께서 먼저 말씀해 주십시오.

정과리 제가 겪은 묘한 감정의 혼란부터 고백해야 할 것 같군요. 발제문을 쓰려고 하는데 갑자기 1980년대 전반기의 문학이 까마득하게 멀어져 보이는 거예요. 분명 왕성한 문학의 움직임들이 있었고, 특히 시 분야에서는 굉장한 운동이 벌어졌던 것은 분명한데요. 몇몇 시인 작품들을 제외하고는 그렇게 무성했던 것들의 혼란스러운 움직임만이 머리에 스치고 그 실내용이 전혀 떠오르지 않더군요. 하지만 1980년대 전반기의 문학이 1987년 6월의 문학적 토양인 것만은 또한 분명하지요? 문학사적 사건이라고 부를 만한 것이 굽이쳤었다는 확신만은 버릴 수 없더군요. 그 의미를 밝히는 일은 이후 1980년대 후반기의 문학을 이해하기 위한 중요한 단서가 될 뿐 아니라, 한국 문학의 방향에 대한 뜻깊은 시사점을 던져 줄지도 모르지요. 이런 번잡스러운 생각을 정리해 본 것이 앞부분입니다. 제가 되짚어 보기에는 이렇습니다. 1980년대의 문학의 가장 큰 심리적 지배 요인이 1980년 광주라 한다면, 광주란 많은 작가들과 평론가들이 공통적으로 적기했듯이 아우슈비츠로 비유되는, 전면적 진실의 상실을 의미한다고 할 수 있습니다. 그것은 그 이전까지의 성취들을 완벽한 무로 돌리는 한편, 진실의 총체적인 복원을 상대적으로 강하고 급하게 요구하게 됩니다. 내용적·형태적 과격성이라고 불린 1980년대 초반의 문학이 무수한 소집단 운동들, 장르 해체의 주장, 문단 등용 절차의 거부 등을 통해 종래의 문학 개념에 격렬한 비판을 가한 것은 전자에 관련된 것이고, 이념에 대한 문학의 종속(복무) 현상을 낳게 된 것은 뒷부분과 관련이 있는 것 같습니다. 그리고 그러한 성격, 즉 전면적 진실의 탈환에 대한 요구가 가장 잘 드러날 수 있었던 문학 장르가 '시'가 아니었던가 합니다.

김철 제가 읽기로는, 정 선생님이 여기에서 1980년대 전반의 정황이라는 것을, 첫째는 뭐니뭐니해도 '광주'의 충격이라고 할까? 여기에서 파생된 것들로부터 풀어 나가고 있고, 또 한편에서는, 그럼에도 불구하고 1980년대에 급격하게 팽창을 이룬 자본주의 사회 속에서의 문맥, 이 두 가지 측면에서 얘기를 풀어내고 있는 것으로 들립니다. 우선 지금 여기에서 얘기할 부분은 '광주'인데요. 이 발제문은 1980년대 하반에 흔히 "시의 홍수였다.", "시의 찬란한 개화였다." 등등으로 얘기되고 있는 것들이 사실은 저널리즘적 표현에 지나지 않는 것이었다고 말하고 있습니다. 그러나 또 한편 '광주'의 충격 앞에서 그러한 현상이 나타날 수 있었던 것은, 시 양식이 지닌 '진리의 직접성'이라는 데에도 그 요인이 있다고 합니다. 다시 말해서 진리의 전면적인 상실, 전면적인 가치의 몰락, 이런 것으로부터 그것을 다시 전면적으로 복원하려는 열망이 급격하게 고조되었고, 그러한 때에 시가 그 진리의 직접성을 담보할 수 있는 양식으로 비쳐졌다는 뜻이겠습니다. 대체로 이런 문맥에서 1980년대의 정황이라고 할까, 특히 1980년대 초를 규정지을 수 있는, 가장 강력한 구속력이라고 할 수 있는 광주 문제와 연관시켜서 김 선생님께서 먼저 말씀해 주시죠.

김우창 아까도 얘기했지만, 정 선생이 글을 쓰시는데 분명한 기억들이 나지 않는다는 말씀을 하셨는데 나도 그런 느낌이 들어요. 기억이 잘 안 되는 것은 이제 늙어 가는 현상인데, 정 선생은 늙어 가는 것은 아닐 것 같고, 얘기를 들으니까 정 선생님이 기억을 잘 못한다거나 내가 늙어 간다거나 이런 것만은 아닌 것이 있다는 것을 말합니다. 아까 얘기한 대로 기억을 잘 못해서 개인적인 이유로 안 되는 것도 있지만, 기억할 만한 시가 없다는 얘기도 돼죠. 왜 기억할 만한 시가 없느냐 하는 것은 여러 가지로 이야기할 수 있지만 시가 기억할 만한 언어이기를 그쳤다는 것입니다. 옛날의 김소월, 한용운, 이런 분들의 시라는 것은 외우려 하지 않아도 저절로 외워지는, 기억되는 시들이죠. 그런데 기억할 만한 언어로 시가 쓰이지 않게 됐다는 얘기인데, 이것은 형식으로 봐서도 알 수 있습니다. 그리고 내용적으로 우리가 기억할 만한 사정을 말하는 시들이 포함이 안 됐다는 얘기도 되는데, 그것은 기억할 만한 것이 없어서라기보다도 기억할 만한 것이 너무 많아서 그런 것 같습니다. 아까 '현란하다'라는 형용사도 있었지만, 시가 현란하게 된 면도 있습니다. 물건들이 많아지고 감각적인 자극이 많아지고 말이 많아졌습니다. 이에 따라 시가 저널리즘에 가까워졌다는 것입니다. 신문 기사를 읽고 우리가 대충 이런 것이 있었다는 것은 기억하고 사건의 내용은 기억하겠지만, 정확한 언어와 사건과 생각이 — 세 개가 합쳐져서 딱 고정된 명상으로 머리에 넣는다는 것은 어려운 일인데, 시도 신문 기사적인 것으로 바뀌었다는 감을 느끼게 됩니다. 그것은 정과리 선생께서 지적하신 대로 자본주의 사회가 확대되어서 그 영역에 들어가게 된 것이 그 중요한 이유라는 생각이 듭니다.

김명인 기억할 만한 시가 없다는 말씀을 하셨는데, 저는 1980년대 전반기에는 시가 읽을 맛이 난다, 나오는 시들마다 절창이라는 생각이 들었거든요. 그리고 개인적인 얘기인데, 저도 어쭙잖게 시를 쓰려 했던 적이 있었는데, 1980년대에 많은 새로운 시인들이 등장하고 그들의 시가 주는 충격과 감동이 워낙 커서 주눅이 들어가지고 나는 시는 못 쓰겠구나라고 일찌감치 포기할 정도였습니다. 이런 것이 제가 1980년대 전반의 시에 대해 느꼈던 것들인데, 기억이 오래되어 어느 시가 좋았는가 물으면, 금방 대답할 수는 없지만 사실 많았죠. 초기의 하종오나 오월시 동인들, 박선욱 씨 등이라든지……. 하여튼 지금도 기억이 새로울 정도거든요. 기억이라는 차원의 문제에서는 지금 김 선생님께서도 말씀하신바 시가 기억할 만한 언어로 쓰여져야 하지 않겠는가라는 것은 중요한 지적 같습니다. 시라는 것의 원형, 서정시의 원형에 대한 향수라고 할까요? 그런 것에 대한 미련이 남아 있는 사람들 — 저도 그러한 부류 중의 하나입니다만 — 에게는 확실히 요즘 시의 변화가 눈에 보이죠. 시의 신문 기사화를 말씀하셨는데, 저도 그 점에선 동의합니다. 다만 그것을 나쁘게 볼 필요는 없을 것 같다는 생각입니다.

정과리 혹시 그런 이유는 없을지 모르겠습니다. 지금의 1980년대 후반기라는 상황이 1980년대 전반기를 기억하지 않게끔 하는 요인은 없는지요?

김우창 기억할 만한 시는 없다고 지적하시기도 했고 시의 시대라고 이름이 붙었던 시대였던 것도 사실인데, 김명인 선생님 말씀대로 하면 기억 못하는 것은 정 선생과 나의 개인적인 잘못 같아요. 시가 많이 나오고 화려하고 좋았다는 인상을 주는데도 불구하고 기억 못하는 사람들이 있느냐고 하는데, 시가 많이 나오는 것이 시가 없어져 가는 시대의 마지막 발악인지도 모르지요……. (웃음) 내 느낌으로는 우리 시는 전통이 옛날부터 낭만주의적이고 지금도 낭만주의적인데, 근래에 쓰여지는 시들은 특히 낭만주의적이라는 생각이 들어요. 낭만주의라는 것이 어디에서 나오냐면 변해 가는 시대에 대한 반작용에서 나오는 것입니다. 이것에 대해서, 지적으로 또는 자기 생활이나 의지를 통해서 대응하지 못하는 데서 오는, 대응 불가능에서 나오는 여분의 에너지가 감정으로 나온다. ─ 이것은 사르트르가 주로 '감정론'에서 가지고 있는 생각인데, 즉 감정적 반응이라는 것은 현상을 마술적으로 처리하려는 것이라는 것이 사르트르의 생각인데, 꼭 그렇게 말하지는 않더라도 세상 돌아가는 것에 적절한 행동적 반응도 불가능하고 이성적 이해도 불가능할 때 감정적으로 시가 쏟아져 나오는 면도 있는 것 같거든요. 엄청난 에너지에서 나오는 것이 아니라 반작용으로서의 문학적 표현이라는 것은 항구적인 것은 못 되는 것 같아요. 우리 사회가 돌아가는 것에 대한 비판적인 시들 중 불평하는 신음 소리로 시를 쓰는 것이 많아요. 불평이라는 것은 큰 인생에 대한 비전에서 나온 불평은 괜찮은데,

모르거니와 오래 읽기가 어렵습니다.

매슈 아널드가 자기 시에 관해서 얘기하는데, 매슈 아널드의 시는 우수적인 분위기가 많거든요. 아널드는 자기 시를 비판하면서, 행동적인 에너지가 없는 시라는 것은 좋은 시가 될 수 없다고 했습니다. 매슈 아널드는 흐르지 못하고 정체되어 얽힌 감정을 부정스럽게 얘기하는 것이 좋은 시는 아니다라는 생각을 가지고 있습니다. 1930년대 예이츠가 옥스퍼드 대학에서 나오는 시집을 편집했는데, 서문에서 하고 있는 얘기에도 "행동적에너지, 적극적 에너지가 없는 시라는 것은 제대로 된 시가 아니다."는 내용의 말이 있습니다. 이런 것이 예이츠가 영시의 파시즘이라는 데에 동조를 하게 되는 시발이기도 할 것입니다. 에너지를 좋아하고 행동적인 것을 좋아하고 파시스트들을 좋아하고 이렇게 연결도 되겠지만 아널드나 예이츠나 얘기한 그러한 부정적인 것만 가지고 시를 쓸 수 없다는 판단을 가집니다. 내가 우리 시에서도 김용택 씨 시 같은 것을 보고 상당히 반갑게 생각한 것은 김용택 씨 시가 현실 참여적인 시이면서 농촌의 건전한 삶에 대한 강한 느낌이 들어 있기 때문에 공감을 가지고 봤거든요. 농촌의 삶에 대한 상당히 강한 긍정에 기초해 가지고 이러한 삶을 파괴하려는 것에 대한 강한 저항을 표현하려고 한 것 같거든요. 낭만적인 감정은 많이 표현됐는데 그것이 시대에 대한 반작용적인 표현으로 적극적이고 행동적이고 운동적인 에너지가 부족한 것이기 때문에 기억할 만한 것들을 만들어 내지 못했다는 생각은, 물론 그것만 가지고는 너무 단순한 생각이기는 합니다.

정과리 진실의 즉각적인 복원에 대한 요구가 강하면 강할수록, 거꾸로 현실을 열고 들어갈 문고리를 더욱 찾지 못하지요. 의지와 열정에 의해서만 지탱되는 움직임은 브레이크와 핸들이 고장난 자동차와 같으니까요. 1980년대의 문학에서 우리는 분명 그러한 현상을 읽을 수 있습니다.

김철 1980년대 전반, 특히 '광주'와 연관시켜서 그 당시의 상황을 생각해보면, 김우창 선생님은 그것을 감정의 과잉 상태, 혹은 낭만적인 반작용이라고 말씀하셨지만, 제 생각은 이렇습니다. 1970년대의 문학은 사회 변혁의 중심에 있을 수가 있었습니다. 그 시대의 변혁 운동을 이끌고 있었던 가치들은, 이른바 이성, 지성, 양심 등으로 표현되는, 인문주의적 혹은 부르주아적 이념이라고 할 수 있었습니다. 그런데 1980년 '광주'의 충격 앞에서 그것들은 무참하게 좌절되었습니다. 그 결과 변혁 운동 내에서의 문학 운동의 주도권은 물론이고, 1970년대 운동을 이끌고 있었던 가치 체계랄까 하는 것도 모조리 폐기 처분해야 될 것처럼 여기는 심정적 반응이 급격하게 나타났다고 생각됩니다. 그것의 구체적인 표현이, 소설 양식의 경우, 수기라든가 르포 등의 갑작스런 확대, 이른바 소설 침체론, 장르 확산론 등으로 드러났던 것이 아닌가 생각됩니다. 그런데 시 양식의 경우는 어떻게 해석해야 할지를 잘 모르겠습니다. 정 선생처럼, 진리의 직접성에 근거해서 그것을 추구하는 노력들이 이른바 시의 홍수라는 양상으로 드러난 것인지, 아니면 김 선생님 말씀처럼, 낭만적 혹은 감상적인 반작용인 것인지…….

김우창 그리스에서 시는 교육의 주된 항목이었습니다. 호메로스에서 무엇을 배웠냐면, 그것을 가지고 나라도 다스리고 사람도 사귀고 가정도 꾸려 나가고 싸움은 어떻게 하고, 동료 관계는 어떻게 어떻게 유지하고 하는 등의 현실적인 지식도 얻었지만, 그러나 현실적인 지식을 만들어 내는 중심적인 태도, 이런 것을 배웠습니다. 이러한 호메로스가 희랍 사회에 중요한 작용을 했다면 어떻게 보면 그것은 단순한 사회였기 때문에 많은 것을 배울 수 있었겠죠. 그런데 사회가 복잡해짐에 따라서 그러한 것은 불가능해집니다. 옛날 한국 문학이나 중국에서도 시라는 것이 호메로스의 의미에서의 교육적 가치를 갖지는 않았지만 사람이 살아가는 데 있어서의 핵심적인 오리엔테이션, 방향을 잡는 데 있어서 여러 가지 중요한 역할을 했다고 하겠습니다. 이것은 여러 가지 이유로 그랬을 것 같아요. 하나는 그 사회가 간단했기 때문인데, 사회가 간단하다는 것은 그 사회적 정신적 통일성, 정신적 가치 체계 속에서 움직이는 사회라는 말입니다. 그 핵심적인 심성 성향을 가진 사람은 시를 잘 쓰고 다른 것도 잘할 수 있다고 생각한 것입니다. 옛날에 우리나라에서 과거를 보는데 시를 가지고 했다는 것은 시적 감성을 가진다는 것이 군수 노릇하는 데 중요하다는 것이죠. 그러니까 육법전서를 가지고 하는 것보다는 시적인 균형 감각을 가지고 사물을 판단하는 것이 중요했다는 것이죠. 시가, 전체적으로 문학적인 심성, 문학적인 감성이라는 것이 오늘날에 와서 사회를 움직이는 그 핵심으로부터 벗어져 나가고 있기 때문에 시 자체가 사회를 파악하기도 어려웠고 또 사회에서 시에 관심을 가질 필요도 없게 되었습니다. 고등고시 보기 위해서 시를 잘 쓸 필요도 없지요.

정과리 씨는 시가 진실을 직접적으로 찾을 수 있다고 했습니다. 시가 진실을 직접적으로 찾을 수 있는 부분이 있는 것 같아요. 그것은 무엇인가 하면 엄청난 부정이라든지 인간이 견딜 수 없는 악, 여기에 대해서 견딜 수 없다고 얘기하는 것은 복잡한 기술적 지식이나 이성적 판단이 필요 없습니다. 사회가 극도로 잘못됐을 때 시적인 심성 또는 직접적인 직관적 가능성이 그 순간에 진실을 포착할 수 있지요. 광주에서 사람이 총칼에 맞아 죽었을 때, 그것이 나쁜 일이고 견딜 수 없으며 도저히 용납할 수 없는 일이라는 것은 복잡한 사회 과학적 이해도 필요 없고 직접적이고 심성적으로 파악할 수 있다는 것이죠. 그러나 부정적 상황을 심성적으로 시적으로 직접적으로 파악한다는 것과 정말 커다란 의미에서 거대한 사회의 변화와 그것을 움직이는 역사적인 여러 가지 맥락을 직접적이고 직관적 또는 실천적 감성으로 받아 낸다는 것은 다른 일입니다. 그러니까 사회가 잘못 되어 가고 그 잘못 되어 가는 것이 극적으로 표현되면 표현될수록 시는 진실에 가까워지기 쉽지만 그 경우 이외에는 시는 점점 핵심에서 벗어나서 주변으로 밀려나게 되는 것이라고 볼 수도 있을 것 같아요. 대체적으로는 유감스러우면서도 시 잘못이라기보다는 사회가 시로부터 멀리 가고 있는 것입니다. 살아 움직이고 있는 맥락을 파악하는 데 있어서, 고등 고시에서 시가 필요 없듯이 별 필요가 없다고 해야 할는지 몰라요. 옛날에는 임금님도 시가 필요했고, 교수도 필요했고, 하다못해 해군 제독도 시가 필요해서 충무공도 썼습니다. 실제로 해군 제독으로서 함대 사령관 노릇을 하는 데 필요했을 거예요. 통일적 감수성으로서 자기의 판단을 공고히 하는 데 매우 필요한 것이겠죠. 그런데 지금 와서 시를 쓴다고 해서 해군 제독, 참모 총장이 될 것 같지도 않고……. (일동 웃음) 그러니까 같은 얘기지만 오늘날 살아 움직이고 있는 에너지와 시적인 에너지 사이에는 굉장한 거리가 생긴 것이라는 생각이 듭니다. 광주 사건도 있고 여러 가지 사건들이 있지만, 실제로 오늘날 시에 일어나고 있는 우리 현실에 대한 진짜 이해는 나 같은 사람이 이해할 수 없는 깊은 심층적 분석을 통해서 아는 것이 아닌가 합니다.

김명인 처음에는 황당무계해서 말씀을 못 드렸는데, 말씀을 듣고 나니까 이해가 됩니다. 정과리 선생님이나 김 선생님 말씀은 통하는 것 같습니다. 낭만적, 감성적 표현 그것이 1970년대 초반 이후 전반적으로 진리의 직접성을 드러내는 하나의 중요한 매개로서 동원될 수 있었겠다는 생각이 들고, 비슷한 말씀이 되겠습니다만, 제가 비극의 상투화라는 말을 했던 적이 있는데, 그러한 직접적인 대응 또는 낭만적 정서적 대응, 이런 것들만으로는 부족하다고 사람들이 생각하기 시작했을 때 시가 지루해지기 시작하고 문제 해결에는 도움이 안 되고, 오히려 생활 자체는 생과 사가 왔다갔다 하는 절대의 순간을 삼는 가운데서 사람은 때에 따라서 잡혀 가기도 하는데 시인들만 계속해서 아픈 척하고 있던 상태가 있었던 것입니다. 1980년대 중반으로 넘어오면서 이런 상황에서 좀 벗어나는 것 같은데 6월항쟁 등을 통해서 생활과 투쟁이 건설되고 그에 기초하여 정치의식도 크게 발전했는데, 시가 그러한 것을 담기에는 김 선생님의 말씀처럼 좀 버겁지 않겠는가 하는 말씀이죠.

시적 대응과 시 형태의 변화

김철 1980년대 초반의 시의 홍수란 일시적인 현상이었을 뿐이지, 이미 시가 사회를 움직이는 핵심으로부터는 벗어져 나가고 있었다, 어떤 행동적 에너지들은 이미 상실된 채로 굴러가고 있었다, 그런데 그것은 단순히 시 자체의 잘못이라기보다는 이미 전통적 공동체적 결속력이 불가능한 사회 구조의 맥락에서 파악되어야 할 것이다, 대체로 이런 정도로 얘기를 정리할 수 있겠습니다. 그렇다면 이제 우리의 논의는 자연스럽게 이 사회 구조의 문제, 특히 자본주의의 급속한 팽창과 분화, 이 문제로 접어들 수밖에 없겠습니다. 정 선생은 발제문에서, '1980년대 한국 시가 전면적 진실에 조급해하면 할수록 도리어 그 회로에 편입될 가능성'을 지적하고 있는데, 이것은 매우 정확한 지적이라고 저는 생각합니다. 이러한 현상은 특히 이른바 민중 시 혹은 노동 시의 계열에서도 어김없이 드러나고 있다고 생각합니다. 또 한편으로, 이러한 지적과 함께, "절대 부정 속에 움트고 있는 긍정의 싹의 발견과 북돋움, 이것이 1980년대 시가 안고 있는 과제"라는 말을 하고 있는데, 이 점에 대해서는, 정 선생께서 다른 논문에서, '나머지'라는 말로 재미있게 표현하는 것을 보았습니다. 1980년대 한국 사회의 자본주의 진행과 이점을 연관시켜 말씀을 해 주시죠.

정과리 1980년대의 의미 있는 문학을 저는 1980년대의 낭만적 열정의 회오리에 밑받침되면서 동시에 그것을 극복할 수 있었던 문학적 노력에서 찾았습니다. 그 극복의 단서는 제가 보기에는 소위 소외론적 시각으로 부터의 탈피입니다. 즉, 이미 선험적으로 존재하는 진실을 잃었다는 생각, 현실로부터 밀려났다는 생각, 불평 혹은 현실에 대한 반작용으로서의 현실 비판 등으로부터의 탈피 말입니다. 그런 시각은 그것이 주장하는 유토피아가 무엇이든 기존 현실에 대한 인정, 기존 현실에 소속되고 싶은 욕구를 은밀히 뒷면에 감추고 있습니다. 그게 없다면, 현실로부터 밀려났다는 생각 자체가 필요 없겠지요. 현실의 근원적인 변혁은, 현실에서 소외되었다고 생각하기보다는 지금의 현실에 없는 무엇을 만들어 낼 수 있다고 생각할 때, 진리는 상실되거나 되찾아지거나 하는 것이 아니라, 구성되는 것이고 그것은 끊임없이 변혁된다고 생각할 때, 그 변혁은 기존 현실의 수량적 확대가 아니라 패러다임의 대체라고 볼 때가 아닐까 생각했습니다. 김우창 선생님께서 방금 쓰신 표현을 빌리면, 불평 대신에 행동적 에너지가 나올 수 있는 것이 아닐까 합니다. 그리고 그때 비로소 현실 속에서 현실에 대해 떳떳할 수 있지요. 현실에 대한 집착을 버린 이만이 지금 자신이 딛고 있는 현실적 조건을 객관적으로 바라보고 자신의 일부로 인정할 수 있고, 그것을 새로운 사회의 자양으로 재구성할 수 있을 테니까요.

김우창 꼭 긍정적이어야 한다는 얘기는 아니고 부정적인 에너지도 소극적인 반작용보다는 큰 작용의 일부로서 되어야 합니다. 우선 긍정적이어야 한다고 하면 흔히 소시민적이라는 용어도 나올 것 같고, 또 한편에서는 적극적인 에너지라고 해 가지고 적극적이고 영웅적인 것을 쓰다 보면 허황된 것이 쉽고, 그래서 시 쓰기가 상당히 어려울 것 같아요. 1980년대 시에 대해서 좀 전에 기억을 할 수 없다고 하면서, 이것은 나쁘다는 얘기로 들리는데, 그래서 전부 죽어 없어진다는 얘기는 아녜요. 다른 형태가 만들어지는 것이죠. 그러니까 우리가 쉽게 외워가지고 위로도 받고 기분도 좋아지고 그러던 시 형태에서 텍스트를 봐야 기억하는 형태로, 그러니까 구전적인 형태에서 훨씬 더 문어적인 형태로 바뀐 것이지 시가 죽어 없어졌다는 얘기는 아니죠. 그러니까 외고 즐기는 형태에서 보는 형태로 바뀐 것이 상당히 깊은 의미는 있을 것 같아요. 한 가지 얘기할 수 있는 것은 에세이에 가까워진다는 것이죠. 에세이라는 것은 감정적인 호소보다도 잠깐의 성찰과 반성을 요구하는 것입니다. 나 자신에 대해서 회의를 많이 가지게 하는 현상인데, 시를 보고 감동받았다는 것은 이해하기 어려운 단어 중의 하나입니다. 그래서 이제는 시 비평을 하지 말아야 한다고 생각하는데, 나로 하여금 새로 생각하게 하고 기억할 수 있게 하는 것은 있지만, 감동받았다고 할 수 있는 시는 별로 보지 못한 것 같아요. 일반적으로 봐서 주로 귀로 듣는 언어에서 시각적인 언어로 바뀔 때 생각의 요소라는 것이 더욱 중요해집니다. 귀로 듣는 것은 감정이 훨씬 쉽게 움직이는데, 음악이라는 것이 직접적이고 감각적인 데에서 알 수 있듯이 귀라는 것이 눈보다는 직접적인 감각을 갖고 있는 것이거든요. 깜짝 놀라는 것도 큰 소리에는 깜짝 놀라도 색깔이 현란해서 깜짝 놀라는 법은 없는 것이거든요. 종전의 기억하고 외고 즐기는 형태에서 텍스트를 봐야 알 수 있는, 기억을 되살리는 시가 됐다는 얘기이고, 그것에 따라서 시도 감동을 주지 않는 시란 있을 수 없겠지만 정서를 움직이면서 생각을 많이 하게 하는 쪽으로 변했다는 것이죠.

김철 선생님이 늙어 가신다는 것만은 아닌 것 같습니다. 시를 시간표를 줄줄 외듯이 자기의 삶의 모델로 삼는 경우는 드문 것 같고, 재미있다든가 우리 사는 꼴이 이렇구나 하는 정도의 공감에서 그치는 경우가 일반적인 것이 아닌가 하는 생각입니다.

김명인 산문시라든가, 부분적이고 즉각적인 진리의 흐름이 아닌 전반적인 진리의 드러냄이라는 서사적 시도들이 있다고 생각하는데, 그러한 시도들의 대표를 이루는 것은 김지하였다고 생각돼요. 그다음에 그 대척점에 놓이지만 최근 박노해의 시가 있습니다. 이 둘이 여러 가지 내용에서는 다르지만 기본적으로 그러한 시의 한계를 각자의 입장에서 극복하고자 했다는 점에선 공통된다고 봅니다.

김우창 시가 앞으로는 어떻게 될는지 모르겠지만, 생각을 촉구하는 시가 감동을 주는 시보다 많이 나오고 그런 것을 쓸 사람들이 많이 생길 것입니다. 시의 독자들은 줄어들겠지요. 그러나 시인이 기본적으로 더 기억해 낼 만한 언어를 만들어 내야 할 의무는 있는 것 같아요. 그래서 김지하의 시 같으면 계속적으로 전통적인 리듬을 유지하려고 하는 시인데, 전에 어떤 글에서 비춘 적이 있지만, 김지하 시인의 전통적인 리듬은 상당히 중요하고 실험해 봐야 할 부분이라고 생각합니다. 그래서 김지하 시『대설 '남(南)'』같은 경우 내용도 검토해 봐야 하겠지만, 김지하 시가 실험하고 있는 전통적인 판소리의 리듬 같은 것이 상당히 중요합니다. 청록파나 김소월 등 1920년대 시인들의 시 리듬이라는 것은 노래에 가까운 시 리듬입니다. 유려하고 서정적인 것이죠. 판소리 리듬은 서정적 부분도 있지만 굉장히 다양한 내용을 담을 수 있는 리듬이거든요. 그래서 판소리 같은 것은 실제 현실의 소리가 많이 들어가죠. 잡설, 욕설 등 그렇기 때문에 판소리의 리듬이라는 것은 20세기에 와서 우리나라의 시인들이 주된 시적 리듬이라고 생각하게 된 서정적인 것보다 훨씬 다양한 것이기 때문에 우리 시각이 다양하게 되고, 산문적이 되고, 현실 사회 속에 깊이 들어가게 된 점에 있어서, 이러한 실험이라는 것이 어떻게 될는지 상당히 중요하다는 느낌을 받습니다.

리듬을 유지하고 기억할 만한 언어를 만들어 낸다는 것은 중요한 일입니다. 리듬을 살리는 시가 어려울 것 같으면서도 버리기는 더욱 어려워질 것 같아요. 그것은 시인의 노력으로도 되어야 하겠지만, 우리 사회 조건이 되어야 그것이 가능하게 될 텐데, 리듬 있는 언어라는 것은 기억하기도 좋고, 애들 수학 공식 같은 것도 시로 만들어서 외면 잘 외워지지 않습니까?

리듬은 언어의 양식화입니다. 언어 자체가 양식화된다는 것은 생활 자체가 양식화된다는 것을 의미합니다. 생활 자체가 양식화된다는 것은 우리의 사회 생활이 양식화되어야 한다는 것이죠. 사회생활의 양식화된다는 것은 정치적인 차원에서는 정치가 양식화되어야 한다는 것입니다. 그 얘기는 달리 한다면 정치에 웅변이 필요해야죠. 어떻게 보면 시는 웅변의 일부이니까 정치에 웅변이 필요하다는 것은 정치가 인간적 드라마라는 말입니다. 오늘날 우리 정치인이나 사회를 움직이는 것은 인간적 드라마가 아니라 기술적 결정입니다. 인간적 판단보다는 여러 가지 세부적 기술적 판단이 필요한 사회로 바뀌어 가고 있습니다. 칸트가 미학을 논하는 것을 판단력 비판이라고 했는데, 미적 판단력 비판이라고 하지 않고 왜 판단력 비판이라고 했습니까? 미적 판단력이라는 것은 모든 판단력의 기본이라는 개념이 칸트에 들어 있는 것입니다. 그러니까 웅변을 잘한다든지 인간적 판단을 잘한다든지, 이런 것에 미적인 판단력이 있습니다. 얘기가 복잡해졌지만 사회 자체가 인간적 드라마 속에서 인간적 판단력을 필요로 할 때, 미적 판단력과 인간적 판단력이 기본적인 것으로서 중요한 것이 됩니다. 사회는 점점 그렇게 안 되어 갑니다.

우리 사회를 움직이는 것이 계리사이고 컴퓨터이게 되어 가겠지만, 그것만으로 끝나지는 않는 사회가 됐으면 좋겠다는 생각이 들어요. 서양 사회도 보면, 점점 그렇게 되어 가고 있고, 우리도 그렇게 되어 갈 것 같지만, 기술적 판단을 추구하면서 인간적 판단이 불가피한 요소로서 작용하고, 시적 판단이 필요한 사회가 되어 가야 시도 좋은 시가 나올 수 있다고 얘기할 수 있습니다. 다른 한 가지는 우리 시인들이 공부해야 한다는 것입니다. 경제에 대해서도 알아야 하고 정치에 대해서도 알아야 하고 계리사 하는 일에 대해서도 알아야 하고 과학에 대해서도 알아야 하고, 우리 생활에서 필수적인 여러 기술적 판단이 어떻게 해서 인간적 판단으로 흡수될 수 있는 것인지에 대한 공부를 해야 합니다. 시인도 끊임없는 노력을 해야 하겠습니다. 그러니까 시인이 공부한다는 것은 숫자며 기술이며 하는 것을 다 공부하라는 것이 아니라 여러 사람들의 노력을 통해서 시인이 그러한 것의 꼭대기에 설 수 있게 하는 감성의 기능을 가질 수 있어야 한다는 말입니다. 이것은 사실 매우 황당무계한 얘기인데. (일동 웃음)

김철 선생님 말씀을 듣고 있으니까 계속 산업화되는 시대에서 시가 설 자리가 없는 것처럼 들리기도 하고, 또 어떻게 생각하면 오직 시가 살아남을 수 있는 길은 그것이라는 얘기처럼도 들리는데…….

김명인 기술 사회가 사람 사는 사회가 되려면, 절대로 시가 있어야죠. 그런데 그것은 좋은 시인도 나와야 하겠지만 오히려 사회가 중요한 결단을 해야 가능하죠.

시와 자본주의의 유통 구조

김철 1980년대 시의 중요한 특징으로 들 수 있는 것은, 이른바 노동 시의 양적·질적 성장일 것입니다. 그런데 이것이 불가사리 같은 자본주의의 팽창력 속에서 그만 그 '회로' 속으로 편입되어 버리는 현상도 분명히 있습니다. 김명인 선생은 이 점을 어떻게 생각하시는지? 그리고 여기에 연관시켜서 생각나는 것은, 지난번 백무산 씨의 '이산문학상' 심사 소감에서 김우창 선생님께서 '야유도 정확하게 해야 한다.'고 말씀하신 적이 있는데…….

김명인 기본적으로 민중 시가 되었든 해체 시가 되었든 시 운동이 심화되는 것은 철저하게 이 사회의 산물이고 그 점에서 이의를 달 것은 없다고 생각합니다. 그러나 한 사회의 산물이라는 점에서는 같다고 해도 그 사회를 극복하는 것과 그 사회의 손바닥에 노는 것과는 조금 다르지 않겠어요? 인간이란 결국 갑자기 외계에서 날아오기 전에야 그 사회의 여러 가지 관계 속에 놓여 있는 것이고, 그 사람이 하는 생각이란 것도 꼼짝없이 그 사회의 산물입니다. 인간이 계속해서 어떤 방식으로든 사회를 변화시켜 오고 그것이 때로는 극적으로 때로는 완만하게 이루어진다는 차이는 있겠지만 역시 변화의 싹은 이 사회 속에 있는 것입니다. 그 동력은 신화적인 것일 수도 있고 낭만적인 것일 수도 있고, 과학적인 것일 수도 있습니다만 1980년대 민중 시를 얘기할 때 분명히 그 내부에 질적인 차별성이 존재합니다. 어디나 마찬가지겠지만 특히 민중 시는 전통적인 시법을 배운 사람들이 작가, 문인으로서 일반적으로 가질 수 있는 계급적, 존재적 기반이 있고, 여태까지는 시인으로서 규정될 수 없었던 사람들에게서, 시인을 산출할 수 없었던 계급에서 시를 쓰는 사람들이 나왔다는 그 차이가 1970년대와 가장 중요한 질적 차별성으로 존재합니다. 민중 시라고 통칭합니다만 초기엔 민중 시라는 말이 주로 쓰여졌고 나중엔 민중 시라는 말이 많이 안 쓰여지고 대신 노동 시 또는 노동 해방 시라는 말이 주로 쓰여지면서 그것의 선도성에 기대어 오히려 전에 민중 시에 참여했던 시인들이 뭔가 반성적인 변화 과정을 겪는 그런 양상이거든요. 탈락하거나 아니면 쫓아오거나 아니면 관념적이든 실제 실천에서든 앞서 나가거나 어떻거나 새로운 존재 조건과 새로운 계급적 기초에서 산출된 시인들의 노력에 대해 항상 상대적으로 규정을 당하는 입장에 놓이게 됨으로써 흔히 전문적인 지식인 시인들의 위기가 얘기가 되고, 극복이라는 것도 결국 그런 새로운 계급 주체와의 관련 속에서 언급이 됐습니다. 우리가 지금 여기에서 논의하고 있는 사람들도 마찬가지로 그동안 전통적으로 문학을 담당했던 사람들의 시의 논의로만 새로운 인간형, 새로운 인간형에 의해서 창조되고 발전되는 새로운 문화, 그 안의 문학, 그 안의 시, 이런 것들을 충분히 이해한다는 것,

충분히 그 안에서 입장을 갖는다는 것, 이런 것들은 사실 힘들고 어려운 작업입니다. 그래서 지금 이른바 당파성을 견지한다는 것, 그러한 당파성을 견지하면서 문학을 한다는 것의 의미를 그냥 전통적 기반에 놓여 있는 상태에서는 제대로 납득하기 힘든 거죠.

　정과리　제 얘기는 그런 뜻이 아니었고 이렇게 설명을 드릴 수 있을 것 같아요. 그러니까 이른바 민중 시 중에서도 뛰어난 시들은 있습니다. 김정환에서부터 시작해서 박노해, 백무산 등의 뛰어난 민중 시 혹은 노동 시들이 있었죠. 그리고 이 시들이 왜 뛰어났던가 하는 것은 실은 김명인 씨가 지적했던 것처럼 우리가 종래에 시적이라고 생각하지 않았던 부분을 시에 도입함으로써 시를 갱신했다는 데에서 찾을 수 있을 것 같아요. 김정환의 경우에는 삶의 비참함은 한탄될 것이 아니라 곧 새 삶의 근거라는 관념이 그것이라 할 수 있고요. 박노해의 경우는 시에 생활의 리듬을 부여했지요. 다만 제가 발제문에서 민중 시가 자본주의 사회의 회로에 말려들고 있었다고 한 것은 개별적인 시 작품을 두고 한 이야기가 아니라, 민중 시적인 경향을 두고 한 이야기예요. 그 경향을 단적으로 말하면, 효용성 일변도의 문학 이해라고 할 수 있어요. 그 효용성은 물론 심리적 고양이라는 이름의 효용성이고, 그것을 위해서 요구되는 것은 작품의 질, 시인의 고뇌, 문학적 노력, 작품이 보여 주는 삶의 모습에 대한 이해가 아니라, 내용의 급진성, 다시 말해 이미 알고 있는 내용을 누가 얼마나 강도 높게 얘기했느냐, 시인의 이용 가치, 다시 말해 그의 작품이 대중을 동원하는 데 얼마만 한 프리미엄을 얻고 있느냐, 이념에의 일치, 작품에 대한 즉각적인 판결이지요. 그럴 때 문학은 써먹고 버리는 소모품에 지나지 않습니다. 한 가지 예를 들어 볼까요? 얼마 전에 한 운동권 학생이 시인을 강연에 초대하고 싶다고 왔어요. 그래서 1980년대 초반에 탁월한 민중 시인으로 공인을 받고 있었고, 연말 일간 신문에 '평론가가 뽑은 올해의 베스트 텐' 같은 난에 으뜸자리를 차지하기도 했던 김모 시인을 추천했어요. 그런데 그가 누군지 전혀 몰라요. 그리곤 다시 여성 문제를 주제로 하고 싶은데 여자면 더 좋겠다고 그래요. 그래서 이번에도 기독교적 정신 위에서 여성 해방의 문제를 추구함으로써 상당한 문학적 성과와 민중주의적 명망을 동시에 얻고 있었던 한 분을 추천했어요. 그랬는데 역시 모르는 거예요. 말을 바꾸면, 민중 시적 경향에서는 시인들이 끊임없이 갈아치워진다는 얘기죠.

김명인 박노해, 김남주, 백무산이 있잖습니까?

정과리 지금은 그분들이 최고의 인기를 누리겠죠. 그러나 얼마 지나면 그분들도 그 인기 회로 내에서 다른 사람들로 대체되지 않겠어요? 그런데 문제는 그것이 자본주의 사회의 상품 유통 구조와 다를 바 없다는 것이죠.

김명인 그것은 상품의 유통 질서 내에서 그렇겠죠. 제 생각에는 시건 소설이건 간에 출판이 돼서 발표가 되는 한에서는 필연코 정 선생님이 얘기하는 그런 현상이 벌어집니다. 저도 똑같이 이해하는데, 문제는 지금 박노해나 김남주나 백무산이나 그전의 김정환 씨나 그러한 유통 구조가 아닌 또 다른 유통 구조, 이러한 자본주의적 상품 구조가 아닌, 어떻게 보면 원시적인 유통 구조인 대학이나 현장에서 그때그때 운동적 필요에 의해서 광범위하게 차용되고 수용되는 그런 과정은, 꼭 상품 질서에 의한 유통과는 다른 방식으로 오래 남아 있고 사용 가치 그 자체로 사용되는 측면도 있단 말예요.

김철 자본주의라는 것이 불가사리처럼 다 잡아먹어 버리는 현상들이 분명히 있단 말이죠. 그랬을 때 자본주의 바깥에서의 유통 구조라는 것이 어떻게 양식화가 되고, 지배적인 양식이 될 수 있을까요?

김명인 그런 양식은 지금은 주변적인 양식이죠. 그런데 그것은 자본주의적 양식, 사회 제도, 나아가 자본주의 사회의 사회 관계 전체를 폐절하거나 그것을 지양하고 극복하고자 하는 운동이 그 나름대로의 구조를 갖고 있다는 것이거든요. 인적인 물적인 나름대로의 구조를 갖추고 있고 그 안에서 유통이 되는 것이거든요. 그리고 그것은 현재는 분명히 주변적이기는 하지만 그것이 점차로 중심적인 것으로 이동하리란 것을 의심하지 않습니다.

김우창 두 분이 얘기하시는 것은, 민중 시 진영의 새로운 시, 새로운 인간형이라고 하는데, 내가 판단하기에는 우리나라 시는 전통적인 민중 시쪽으로 계승된 것 같아요. 새로운 시라는 것은 여기 황지우 선생 같은 분이 대표적인데, 특이한 민중적인 면도 있고, 새로운 면도 있고.

김명인 잡종의 시 등도 있는데. (일동 웃음)

김우창 어떻든 간에 새로운 것은 흔히 장정일이라든지 이성복이라든지 이런 비민중 시 쪽에 있고 민중 시가 새로운 것 같지는 않은데, 나쁘다는 의미는 아니죠.

정과리 제가 읽은 바로는 그렇습니다. 박노해의 시가 다른 점은 사실은 그전에는 우리가 생활이라는 것을 시적인 것이라고 여겨 오지를 않았는데, 박노해 언어는 생활의 언어 그 자체였거든요.

김우창 시인이 다 자기 생활 얘기를 하지 않습니까? 그런데 그것이 어떻게 양식화가 되느냐의 문제인데, 박노해의 경우도 우리가 아는 생활이죠. 자기가 독특하게 체험한 것보다는 다 알아볼 수 있는 것으로 새로운 생활이라기보다도 자기의 생활을 가지고 당대적인 시라는 모양에다 맞춰 놓은 것이 아닐까요? 박노해는 박노해 나름대로 이것이 노동자의 생활이라는데 초점을 맞춰서 얘기하는 것이지 꼭 유니크한 무엇을 느낄 수 있게끔 하는……

김철 정 선생 말에 의하면 박노해 시가 그랬는데 이제 와서는 박노해 시에서도 생활이 빠져 버린단 말예요.

정과리 요즘은 박노해 시를 별로 좋아하지 않습니다.

김철 저도 그 부분을 좋지 않게 생각하는데 박노해 시의 탁월성은 생활의 유니크한 표현이라든가 그런 것에 있었는데, 생활이 빠져 버리면서…….

정과리 김 선생님께서는 박노해 시의 '생활'이 유니크하지 않다고 말씀하시는 것 같은데요. (일동 웃음)

김우창 원래부터 박노해 시나 대부분의 민중 시가 그대로 나쁘다는 얘기는 아닌데, 자기의 생활을 그대로 정확하게 기록하는 것보다도 노동자 생활의 예 아닙니까? 노동자에게 생활도 이런 게 있구나 하는 느낌을 주는 것이 아니라 노동자의 생활은 이렇다는 하나의 예죠.

정과리 제 생각은 그렇거든요. 엄격한 의미에서 생활과 관련이 없는 시가 어디에 있겠습니까? 다만 생활이 불편하다는 말을 하거나 혹은 생활의 불편함이 시를 쓰게 하거나 해 왔지만, 생활이 정말로 살 만하다라는 것은 아마 박노해가 한 것 같아요. 그의 시 「천생연분」이 기억에 남는데요. 얼굴이 잘생긴 것도 탈렌트를 못 따라가고 밥 하기로는 요리 강사를 못 따라가지만 살아볼수록 당신이 오지게 좋더라는 표현이 있는데…….

김우창 그것은 탈렌트가 미인이고 역시 교양이 있어야 하고 그런 것에 대한 반대 이미지로 만든 것이기 때문에 역시 유니크하다고 할 수 있을 것 같지 않아요. 우리가 아는 일반 상투형에 대한 반대 상투도 있는 것 같아요. 그것이 나쁘다는 얘기만도 아니고 내가 얘기하려는 것은 노동 시, 참여 시가 전통적인 시를 계승한 것이라는 얘기죠. 전통적인 시를 계승한 것이기 때문에 나쁘다는 것보다도 전통 시의 장점을 가지고 있다는 것인데, 이 장점이라는 것은 다른 시보다 근본적으로 엄숙한 시라는 것입니다. 아무리 개인적인 것이라도 옛날 시라는 것은 집단적 삶에 대한 관심을 가진, 이러한 것이 사람 사는 데 중요한 것이라는 암시가 암암리에 들어 있다는 의미에서, 집단적인 삶의 모범에 대한 관심을 가지고 있는 것이기 때문에 좋은 것입니다. 그것은 꼭 유니크하게 나오리라고 볼 수는 없죠. 누구나 알아볼 수 있는 것을 해야 하니까. 그런 결과 형식도 시 모양에 가장 가까운 것이 참여시거든요. 실험적인 것도 없이 솔직담백하게 옛날식으로 쓰던 것과 가장 가까운데, 형식도 그렇고 내용도 그러합니다. 그 대신에 상투적이고 우리가 살아가는 삶의 깊이를 심화시키고 현실을 정확히 이해하고 그런 면에서는 부족한 것 같아요. 공적인 얘기를 한다는 것은 웅변에 가까운 것이란 말예요. 웅변이라는 것은 한 번 들으면 그만이지 두 번 들으면 진력나는 것이거든요. 3·1절 기념사라든지 광복절 기념사를 보면 좋은 소리는 다 나오지만 주의해서 듣는 사람은 하나도 없거든. 그러면 이것을 어떻게 극복해야 하는가는 나도 잘 모르겠어요. 단지 아까 마침 김 선생님이 말씀하시니까 얘기하는 것인데, "미움도 정확해야 한다."라는 것은 매우 암시적인 얘기입니다. 노동자의 생활을 정확하게 그려 내기 위해서 노력하는 것, 이것밖에 다른 도리가 없다는 생각이 들어요. 언어라는 것은 단순하고 현실이란 무한하니까…….

민중 시와 해체 시

김철 그런데 아까 황지우 씨 얘기도 하셨고 장정일 씨 얘기도 하셨는데, 같은 맥락에서, 자본주의 체제에 수렴되어 있는 것이든, 그 안에서 노는 것이든 어쨌든 자본주의 사회에 대한 대응의 양상이 1980년대에 있어서 노동 시라든가 민중 시의 형태로 나타났다면, 다른 한편에서는 양식 파괴적이라고 할까? 해체 시라는 형태의 것들이 나타났지요. 이것이 자본주의에 대한 올바른 방식으로의 전면적인 대응인가? 아니면 자본주의 자체의 부정적인 산물인가라는 두 가지 상이한 시각이 있을 것 같습니다. 김명인 선생님께서 먼저 말씀해 주시죠.

　김명인　저는 자본주의 사회에서 자본주의 사회를 미화한다거나 모순과 갈등이 없는 살 만한 사회로 인식하는 시는 시가 될 수 없다고 생각합니다. 누구나 다 공감하겠지만 어떤 시든지 시의 꼴을 갖추려면 현실에 대한 반성적인 성찰이 있어야 하고 현실이 아무리 안정된 사회라 할지라도 반성적인 성찰이 시의 모습이 될 텐데, 우리나라 사회는 식민지적 성격과 발달된 자본주의적 성격이 복잡하게 얽혀 있는 사회이고 그것에 의해서 여러 가지 문제들이 파생되는 사회이기 때문에 이 사회에서 시가 쓰여진다면 어떤 식으로든 간에 기존 체제와의 불일치, 비화해성, 이런 것들이 드러나게 된다는 겁니다.

　거칠게 말해 민중 시, 노동 시, 해방 시의 경우 전달하고자 하는 메시지에 자본주의 체제에 대한 강력한 반대와 자본주의 사회를 폐절하고자 하는 의지가 강력하게 드러나고 있는 것이고 반면에 해체 시든 뭐든 모더니즘 계열에 속해 있다고 보는 시들은 문자를 문학의 형상으로 만들어 가는 형식, 그것 자체를 가지고 체제에 대한 저항을 수행하는 것 같고, 내용 면에 있어서는 이 사회가 변화하는 본질적 핵심 고리가 있다고 파악하기보다는 그런 것은 없다고, 따라서 모든 부분에서 싸워야 한다고 생각하는 것 같습니다. 전면전이라는 점에선 민중 시 계열과 같지만 모더니즘 쪽의 전면전은 다양한 분야에서의 집적거림, 수만 가지의 거부, 생활상, 의식상의 디테일 하나하나에 대한 작은 거부로 이루어진다는 겁니다. 이는 민중 시 계열이 자본주의적 질서를 폐절하는 데는 일정한 핵심 고리가 있고 그 핵심 고리를 격파함으로써 해방과 자유가 올 수 있다는 인식을 기본으로 가지고 있는 것과는 구별됩니다.

　정과리　가는 길이 상당히 다르다는 것은 분명한 것 같아요. 왜 그런 형태의 파괴 시가 나오느냐 하는 점에 대해서 생각해 볼 필요가 있는데, 사실은 내가 그 안에서 살고 있기 때문이라는 것이죠. 현실이 바로 자기 현실이라는 것을 고뇌할 때 바로 자기 삶의 체계, 그리고 자기가 생각했던 언어 체계, 이런 것들에 대한 반성과 해체와 갱신, 이런 것이 나오거든요. 그런데 아까 노동시는 내용주의라고 얘기를 했는데, 그 많은 노동시들이 내용이 확실하니까 모델이 있으니까, 현실 변혁의 내용을 선택한 대신에 사실은 아주 보수적인 형식을 채용하고 있거든요. 이것은 무슨 얘기냐면 사실은 자본주의 사회가 요구하는 시적 형태와 상당 부분 맞아 떨어진다는 얘기죠. 자본주의 사회가 이렇게 파편화되고 상당히 복잡한 사회인데, 교과서에서 시 쓰라고 하면, 아주 아담하고 짧고 정형화된 시를 넣어 놓거든요. 왜 그러냐면 그것이 알리바이가 될 수 있기 때문입니다. 우리 사회는 이런 사회라는 알리바이를 만들어 놓은 것인데, 그 부분을 고민하는 사람들은 사실은 알리바이로 기능하는 언어에 대한 반성, 혹은 그것이 바로 내가 쓰는 언어 그 자체이기 때문에 끊임없이 형태를 파괴할 수밖에 없는 것이죠. 지금 노동 문학 쪽을 가장 현실주의자라고 말씀하시는데 제가 보는 시각으로는 그 현실주의는 항상 다른 세상의 모델을 갖고 있는 현실주의자인데, 저는 이야기할 때가 상당히 힘들 때가 많은데 이것을 현실주의라고 얘기할 수 있을까? 실제로 모더니즘이라고 얘기되는 것은 어쨌든 여기에서 살아야 한다는 것, 여기에서 살면서 이 세계를 바꿔야 한다는 것이거든요. 그러니까 모델이 없다는 얘기죠.

김우창 민중 시의 형식이 전통적이고 민속적이라 해서 그것을 알리바이라고 생각하는 것, 형식이 좋으니까 여기에다 죽겠다고 한다고 해서 결국 거짓말 하는 것이라고 판단하는 사람은 없을 것입니다. 이론적으로 형식이 정연하니까……. 죽겠다는 소리를 정연하게 한다고 해서 정연하게 보이니까 살 만하다, (일동 웃음) 그것은 이론적인 얘기죠.

김철 아니 그런데 단서는 달아야 해요. 사실은 그렇습니다. 제 생각에는 우리나라의 전통적인 시 관념들이 축약되고 잘 정제된 시들을 요구할 때, 그 구분이 상당히 모호한데, 실은 그것을 탐구해 가는 쪽과 사실은 그것을 양산하는 쪽, 혹은 이미 그것을 편하게 빌려 와서 남다르게 양단하는 쪽이 있거든요. 정말로 탐구해 나가는 시가 있는가 하면 모양은 비슷하게 나오는데 실은 그 방향은 정반대인 시들이 있는 것이죠.

김우창 탐구해 가는 것이 필요하다는 것은 납득이 가는데, 정연하게 말하는 것이 알리바이라는 것은 나로서는 그런 생각이 드는데, 아픈 놈은 자기 병 증세도 설명할 수 없어야 한다, 횡설수설해야지, (웃음) 아픈 놈이 어디가 아프다고 하는 것은 성한 놈이다라는 논리가 되는 것이란 얘기죠.

김철 해체 시가 그 논리의 정당성을 입증하기 위해서 다른 계열의 것들을 대립적인 위치에 놓고 얘기할 필요가 없고 이쪽의 얘기를 보다 정연하게 얘기해 줘야 할 필요성이 있지 않느냐? 하는 것이죠.

김명인 민중 시가 일정하게 안정적인 형식을 답습하는 것처럼 얘기되었지만, 사실은 내용주의라는 것이 뭐냐면, 형식은 그대로 답습하고 내용만 좋으면 된다는 얘기가 아니라 내용이 우선이라는 것이거든요. 그 내용의 변화에 따라서, 내용의 필요에 따라서 형식이 변한다는 것이거든요. 그것은 김지하의 『대설』의 경우에서 알 수 있습니다. 내용의 필요에 의해서 형식이 결정된다는 것은 고전적인 명제입니다. 저는 또한 어느 정도 같은 맥락에서 황지우 등의 전문적인 작업에 대해서도 일정한 평가를 하는 편이거든요. 어차피 시라는 것이 항상 담는 내용이 다른 작은 양식이므로 모든 작품에서 전체를 담아 낼 수는 없죠. 그런데 부분을 다루지만 그 부분이 전체에 의해서 매개되어 있다, 전체로 향하는 징검다리다, 라고 할 때와, 그 부분을 부분 그 자체로 각개 전투의 대상으로 파악하는 것과는 차이가 있다고 생각합니다. 오히려 이런 말씀을 드릴 수 있을 것 같습니다. 이러한 해체적 경향, 다양한 방식으로 기존 사회가 제공하고 있는 언어 체계를 깨

나가는 것 자체가 옛날에 정과리 씨가 비유했듯이 사장이 공장 내에 디스코장을 만들어 놓고 노동자들에게 디스코를 마음대로 추게 하는 것과 같은 것이 아니겠느냐 하는 것이죠. 무슨 말씀이냐면, 이 안에서 맘대로 놀아라, 무슨 짓을 해도 좋으니까 본질적인 것만 건드리지 말고 별별 내용을 다 써 봐라 한다는 것이죠. 저는 이런 해체 시니, 모더니즘 계열의 반성적인 접근 같은 것들이 본질은 건드리지 않으면서 자본주의와 싸우려고 하는 것이 가장 큰 특징이라고 생각합니다.

정과리 실은 이 전체가 문젭니다. 전체를 밀고 나가는 것 말입니다. 여러분들이 모더니즘, 혹은 형태 파괴, 혹은 해체라고 부르는 일련의 문학적 경향들은 바로 이 전체가 아주 복잡하다는 생각에서 나오는 겁니다. 이 전체가 하나의 개념, 어떤 전체를 일거에 뽑아내고자 하는 의식의 투철성만으로 간단히 파악될 수 없다는 것이죠. 실제 전체에는 의식, 개념뿐만 아니라 생활의 구체성, 아주 사소한 육체의 운동 같은 것들도 다 포함되어 있는 게 아니겠어요? 물론 본질적인 것과 비본질적인 것을 가려야 한다는 주장에 이해가 안 가는 바는 아닙니다. 그러나 본질적인 것만 중요하다면 비본질적인 것들은 왜 존재하겠어요? 그것들은 사람들이 본질적이라고 부르는 것들과 다양·다기하게 얽혀서 이른바 본질적인 것에 의해서 그 생존을 부여받고 있거나, 혹은 그 본질적인 것을 부추기거나 은폐하거나 또는 그 본질적인 것을 변형시키면서 자기 운동을 끊임없이 하고 있단 말입니다. 사람에게서 두뇌와 심장과 수족만을 도려내고 살과 털은 버린다면 그게 사람이겠어요? 고깃덩어리죠. 중요한 것은 이른바 본질을, 핵심을 뽑아내는 것이라기보다는 중요한 것으로 부각된 것과 그렇지 않은 것들 사이의 연관 아니겠어요? 제가 볼 때 노동 문학, 민중 문학은 그 대신 전체를 자꾸 간단한 걸로 축약시키는 방향으로 나간단 말입니다.

김철 전체를 축약시킨다기보다는 오히려 본질을 찾겠다는 뜻이죠. 정 선생님의 발제문 중에서 '나머지'라는 부분이 그러한 것을 지향하는 것이라는 생각이 듭니다. 80년대 시를 얘기할 때는 조금 나눠서 얘기할 필요가 있지 않나 싶어요. 예를 들어 황지우나 이성복의 경우와 정 선생이 신감각주의라 불렀던 황인숙, 이창기, 장정일, 이런 사람들은 좀 다르게 파악해야 하지 않겠나 싶거든요. 그런데 해체를 말하는 사람들에게 내가 묻고 싶은 것이 있습니다. 해체가 의도하는 뜻은 잘 알겠지만 해체라는 것을 자꾸 하다 보면 자기 자신의 문법에 의해서 자꾸 해체시킬 수밖에 없다고요. 그렇죠? 그랬을 때 말하자면 본래 해체가 지향했으리라고 생각되는 '열린 세계'라는 그런 세계로 가는 것이 아니라 오히려 자폐적인 공간 속으로 들어가지 말라는 보장이 어디 있는가? 그런 부분이 말하자면 신감각주의라 불렀던 그런 시에서 선명하게 드러나는 것이 아닌가? 그러니까 황지우나 이성복의 시가 필연적으로 변모하는 것도 그런 데서 오는 것 같고, 그랬을 때 자폐적인 공간으로 빠지지 않을 수 있게끔 자기를 보장해 줄 수 있는 근거를 어디에다 마련할 것인가? 만일 해체론에 따르면 그 근거조차도 중심이 되니까 부셔 버려야 한다고요. 그러면 어떻게 될 것인가? 이것이 항상 의문입니다.

정과리 저의 사전에서 해체는 곧 재구성입니다. 말을 바꾸면, 해체는 자신의 문법에 의해서 해체시키는 것이 아니라, 세계의 문법과 자신의 문법 사이의 긴장이 새로운 문법을 모색하는 과정 속에서 나온다는 것이 그 첫 번째 의미입니다. 황지우 시의 "길은 가면 뒤에 있다"는 진술은 그것을 적절하게 요약하고 있지요. 그리고 그 두 번째 의미는 중심의 파괴는 중심의 부재를 의도한다기보다는 오히려 중심의 확산, 그러니까 이제는 중심이라는 말로 이야기할 수 없는 것들의 동등한 관계 맺기를 지향한다는 겁니다. 중심/주변의 대립 구조를 상관성의 구조로 바꾸겠다는 거지요. 이 경우 이런 의혹이 가능할 겁니다. 상관성에 대한 주장이 곧 상관성만을 중심으로 놓는 또 하나의 중심주의가 아닌가 하는 의혹말입니다. 여기에 대해서는 두 방향의 대답이 가능할 것 같습니다. 우선, 논의의 틀이 다르다는 겁니다. 한 평면 위에서 무엇이 제일의적이고 무엇이 부차적인가 하는 논의에서 그 평면 전체의 구도가 문제가 됩니다. 말을 바꾸면 상관성에 대한 주장은 실은 주장이 아니라 상관성의 실천이 되어야 한다는 것입니다. 그것이 무엇을 주장한다면, 그것은 '자신만이 옳다'는 것을 내세우기 위해서가 아니라 그 주장을 통해서 타자와의 관계가 어떻게 변할 수 있는가를 모색합니다. 그런 의미에서 이른바 해체는 이론도 주장도 행동도 아닙니다. 그것은 어떤 작업, 그 작업을 통해서 그 의미가 부여될 뿐인 미정형의 작업입니다. 그러나 그럼에도 해체 또한 지금 당장으로서는 한 평면 위에서 시시비비와 경중을 가리는 논의의 구도 속에서 살지 않을 수 없습니다. 해체를 행하는 자의 사유의 구조가 여전히 그 안에 있고 그가 사용하는 언어의 구조가 여전히 그렇습니다. 그것이 때로는 자신의 의사에 반하여 자신을 격렬하게 주장하게 하기도 하고 타자의 행위를 독립 단위로 설정하여 그것에 점수를 매기게 하기도 합니다. 벌써 저도 지금의 이야기를 하면서 '~해야 한다', '~일 뿐이다'라는 당위, 유일성을 전제로 하는 발언을 수차례 하지 않았습니까? 해체는 불가피하게 자기 배반을 살지 않을 수가 없습니다. 그러나 실은 이 이율배반을 '사는' 것이 문제입니다. 해체하는 자가 그 이율배반을 범하거나 호도하거나 주저하거나 하지 않고 그것을 산다면, 그는 그 이율배반을 통해서 자신의 주장까지 포함하여 문제에 참여하고 있는 주장들의 관계를 재구성해 낼 수 있을 겁니다. 해체는 가담하면서 가담의 전체적 관계 자체를 다른 것으로 바꾸기를 꿈꿉니다. 해체는 곧 재구성이라는 명제의 또 다른 뜻이 여기에 있다 할 수 있습니다. 다시 한 번 당위형의 발언을 하자면, 해체는 행하는 것이 아니라 사는 것입니다. 이러한 상관성의 실천, 모순을 살기의 구체적 실천을 저는 황지우의 낙타의 순회, 진흙 소를 탄 최승호, 이성복의 이른바 '연애시', 이인성의 소설에서 봅니다. 아니, 그것들은 그것들과 함께 상관성, 모순을 살게 해 줍니다. 모순을 산다는 것은 모순을 타파한다는 것과는 조금 다릅니다. 융해의 방향과 추구의 방향이 있습니다. 한쪽은 스며들고 겹쳐지고 뒤섞이면서 그 모순 자체가 스스로의 힘으로 변형될 수 있는 길을 모색합니다. 다른 쪽은 모순을 극복할 분명한 전략과 도달해야 할 목표가 설정되어 있습니다. 그다음에 남는 일은 그곳에 가기 위한 전력의 매진이지요.

김명인 한쪽은 사랑으로 가고 한쪽은 산으로 올라가는 식으로……. (웃음)

정과리 예, 그렇게 비유할 수 있을지 모르겠습니다. 현재 한국의 말들은 대체로 후자의 구도하에서 움직입니다. 그것이 전자의 문학적 삶을 이해하지 못하게 하는 요인이 되기도 합니다. 그리고 제가 신감각주의라고 이름 붙인 비교적 젊은 세대의 시적 경향에 대해서 저는 아직 이렇다 할 결론을 가지고 있지 않습니다. 그 시적 경향이 무한한 가능성을 가지고 있다는 얘기도 되겠지요. 때로는 그들의 시는 감각의 날 것 그대로의 반응에서 나옵니다. 마치 어린이의 반응이 신선하듯이 그것들은 무척 상쾌합니다. 때로는 그들의 시는 그 날 감각 자체가 날 것이 아니라 구성되는 것이라는 것을 그 스스로 보여 주고 고뇌합니다. 황인숙의 고양이는 지네이기도 하지요. 전자의 경우는, 어린이의 천진성이 또한 어린이의 편협함을 짝으로 가지고 있듯이 자폐적인 시니시즘, 말초적인 말놀이에 빠질 위험이 있습니다. 후자의 경우는 그들의 감각을 존재케 하는 정황, 그들의 감각을 날 것 그대로의 감각으로 여기게 하는 정황적 요인들과의 대화로 그들을 안내할 수도 있을 것입니다. 그 점에서, 저는 그들이 최근에 내세우고 있는 '일상적 서정'이라는 것에 대해, 그 용어에 대해서는 찬성하지 않지만 그 뜻에 대해서는 은근히 기대를 가지고 있습니다.

김우창 그런데 정 선생님이 조금 시험적이고 아방가르드적인 그게 모더니즘인지 해체인지 모르겠는데 하여튼 비참여시를 옹호하시는데, 제가 보기에는 근본 바탕은 김명인 선생님이 하시는 것이나 똑같은 것 같아요. 그것은 이놈의 사회는 살 수 없는 사회니까 어떻게 좀 해 봐야 하겠는데, 거기에는 이 방법도 있고 저 방법도 있다고 얘기하시는 것 같은데, 저는 두 분 다 너무 부정적으로 우리 사회를 보시는 것 같아요. 이것을(발제문) 보면, 컴퓨터에다 적은 것인데……. (웃음) 너무 일률적으로 부정적으로 보기 때문에 옹호하기가 어려워지는 것 같습니다. 그게 아니라 건설적인 면이 상당히 있고, 새로운 것을 만들고 사람이 살 만한 사회를 만드는 데 있어서 막히는 것들이 많으니까, 전통적인 사고방식이랄지 그러한 것을 터 가는 우리 사회에 대한 좀 더 긍정적인 관점을 세우면 좀 더 옹호하기가 쉬워지지 않을까, 하는 얘기입니다.

여기 정 선생이 쓰신 글의 끝에 좋은 말씀을 하셨는데 "시가 뿌리 없는 문학에 뿌리를 되묻는 일을 해야 한다."라는 말입니다. 이 비유가 문제 해결에 도움이 되는지는 모르지만, 원인이야 어떻든 간에 뿌리만 있던 나무에 가지가 많아지는 것이 요즘 사회입니다. 가지가 너무 많아져서 누가 한마디로 호령해도 얘기가 안 통하는 시대가 되어 버렸는데, 이것은 나무가 무성하다는 얘기이기 때문에 사실은 좋은 면도 많죠. 그런데 나무가 무성해지니까 모양이 어떻게 생겼는지, 어디에다 비료를 어떻게 줘야 할는지, 가지에다 비료를 줘서 나무가 죽게 될려는지 이전에 뿌리가 분명할 때는 뿌리만 붙들고 늘어지면 됐는데 요즘은 파악하기가 힘든 상당히 가지가 많은 사회가 됐습니다. 그런데 그 이유가 어디에 있느냐? 어떻게 해서 그렇게 가지가 무성한 사회가 됐느냐 했을 때 거기에 문제가 있기는 있겠죠. 거기에 화학 비료를 너무 많이 줘 가지고 조금만 가면, 열매가 맺어 봐야 그 열매는 다 못 쓰게 된다고 파악하는 사람도 있을 것이고, 그런 열매라도 열리면 안 열려서 밑둥만 있는 것보다는 낫지 않겠느냐고 하는 이런 사람도 있을 것입니다. 여러 가지 생각이 있을 수 있기 때문에 우리 사회를 부정적으로만 보는 것에서 더 복합적으로 봐야 하겠다, 요즘 유행하는 말로 하면, 변증법적으로 다양한 모순들이 갈등을 일으키고 있는 사회로 보는 것이 옳은 것이라는 생각이 듭니다. 그래서 뿌리 비유를 다시 들면, 뿌리를 물어보는 게 시는 신데, 이놈의 가지는 다 꺾어 버리고 뿌리만 붙들고 있자, 뿌리가 제일 중요한 것이 아니냐? 가지만 붙들고 늘어지면 무슨 소용이 있느냐는 쪽이고, 다른 편은 가지가 무성하기 때문에 가지를 이리도 해 보고 저리도 해 보고, 죽은 가지도 있고 산 가지도 있는데, 죽은 가지에 올라가서 법석을 떠는 인상을 줄 때도 있고, 산 가지를 붙들고 열매가 나오는 것을 보자는 쪽도 있고, 그래서 문제의 뿌리를 파악하기가 어렵다는 것이죠.

그런데 사람이 뿌리가 없이는 살 수 없는 것이고 뿌리가 없이 살면 김 선생이 지적하시듯이 단편적이 되고 현란하고 정신이 없는 속에 사람의 생활 자체가 온전하지 못하게 되는 측면이 있습니다. 뿌리를 찾기는 찾되, 가지가 너무나 다양해져서 뿌리가 어디에 있는지 찾기가 어렵게 되었지요. 가지는 다 없애 버리고 뿌리로 돌아가자고 하면 간단하겠지만, 바로 그 가지가 생명 현상이기 때문에 그 가지의 부분을 다 검토하면서 전체 모습과 아우러져 뿌리를 파악해야 한다고 말할 수 있습니다. 우리의 삶이 한 사람의 비전으로 살 수 없게 각자의 삶을 살게 되어 있다는 것이거든요. 그러면서 하나라는 것도 확인해야 된다는 이야기입니다. 이것도 횡설수설이 됐는데, 마침 비유가 좋아서 우리 실험적인 작업이나 민중 시 작업도 훨씬 복합적으로 보아야 합니다.

자기 성찰과 지평의 확대

김철 선생님께서 변증법적으로 잘 정리해 주셨는데, (웃음) 그러면 마지막으로 1990년대 시에 대해서 얘기를 해야 할 것 같은데, 먼저 정 선생님께서 말씀을 해 주시죠.

정과리 김우창 선생님께서 '뿌리 없는 문화'라는 비유를 통해서 폭넓은 종합과 따뜻한 충고를 해 주셨는데요. 실은 제가 발제문의 마지막에서 그러한 표현을 쓴 것은 시에 대한 조금은 비관적인 예측을 하면서입니다. 문화 공간에서 시가 차지하는 비중이 급격하게 줄어들 것이고, 시뿐만 아니라 문자 문화 자체가 상당히 위축되면서 영상·전자 통신 등 새로운 문화가 그 자리를 차지하리라 생각되는데요. 그 새 문화들이 문자 문화와 근본적으로 다른 것은 뿌리를 묻지 않았다는 것입니다. 그것들은 역사적 경험을 요구하지 않고 시·공간을 초월해서 한없이 교류되고 향유될 수 있습니다. 어쩌면 이러한 문화의 득세는 이미 시작하고 있는지도 모르며, 1980년대 후반기의 문학의 침체는 그것과 상당한 관련이 있다고 저는 생각합니다. 이런 문화적 정황에서 문학은, 그리고 시는 어떻든 살아남긴 남을 것입니다. 문제는 어떻게 살아남느냐겠지요. 아마 1990년대에는 문학(시)의 자기 존재에 대한 근본적인 성찰이 문학의 최대의 과제가 될 가능성이 큽니다.

김명인 저는 문학의 민주화, 세속화라는 말로 1980년대 문학 전반을 요약하고 싶은데 특히 거기에서 피해를 제일 많이 입은 것이 시죠. 피해라는 말이 어폐가 있기는 하겠지만, 전통적인 의미에서의 시의 신화나 시적인 것에 대한 일정한 향수, 이런 것들이 대체로 발가벗겨진 시대가 1980년대라는 생각이 듭니다. 그런데 시라는 장르에서 고전적인 품격과 그로부터 뿜어나오는 고도의 지적 충격을 더 이상 기대하는 것은 무리인 것 같고, 그 대신에 세속화되고 민주화된 상태, 그 상태로서의 만족, 이것이 저는 필요할 것이라고 생각합니다. 그런 점에서 오히려 대중적인 문화 양식의 하나로 언제든지 쓸 수 있고 표현할 수 있는, 고통 그 자체를 표현할 수도 있고 아니면 선전 선동의 무기로서 표현될 수도 있는, 표현하고자 하는 주체의 필요에 의해서 다변화되고 다양한 변화가 있을 수 있는 양식으로 정착하는 게 바람직하다는 겁니다. 과거의 시가 해 왔던 계몽적 역할, 또는 신화적 역할, 함께 나누고 간직해야 할 상징의 역할 이런 것에 집착하는 것이 안타깝다는 생각도 듭니다. 그리고 전 아직 소설 장르에 대해서는 신뢰를 계속 가지고 있습니다. 설사 컴퓨터 문화 같은 새로운 문화 양식들이 지배적이게 된다고 할지라도 기본 텍스트, 또는 원본, 이런 것으로서의 서사 양식의 역할은 계속 할 것 같거든요. 이렇게 생각하면 특정 장르에 대한 사형 선고보다는 그 개념과 역할의 변화를 수용하는 편이 낫지 않겠는가 하는 생각입니다.

김우창 시가 나빠진다는 것보다는 우리 사회가 나빠지는 것이죠. 적어도 시의 관점에서는 그러한데 시인이 먹고살기도 어려워지고 시인을 알아주는 사람도 없어지고, 시 읽는 사람은 적어지고 하겠지만, 그렇다고 해서 시가 나빠진다는 얘기는 아닐 것 같아요. 당위적으로 말하면 정 선생이 말씀하신 것처럼 뿌리에 대해서 가장 많이 물어봐야 될 것 같습니다. 포스트모더니스트들이 얘기하는 것처럼 이미지의 세계가 오늘의 세계라고 한다면 그런 속에서도 뭔가 중심이 잡힌 이미지를 가져야겠다는 사람들이 생길 테니까, 물론 소수겠지만, 답하는 것보다 물어보는 것에 대해 역점을 두어야 할지 모릅니다. 물어보는 데서 종전의 시보다는 더 단단해지고 깊이 있어지고 침착해지고 성숙한 시들이 나올 가능성이 있을 것 같아요. 그것은 시 자체가 무력해짐으로써 깊이 생각할 여유는 더 많이 생기는 수도 있죠.

김철 대체로 오늘의 얘기들 중에서 우리가 공감을 얻었던 부분들은 말쓸대로 시의 사회적 무력감이라고 할까요? 그것은 어차피 피할 수 없는 현상이나, 그것이 반드시 비관적인 현상이 시의 역할의 잘못으로 보기에는 무리가 있을 것 같군요. 그러나 오히려 그럴수록 앞으로 시가 해야 할 역할이라는 것은 있지 않겠는가? 그렇게 볼 수 있습니다. 제 생각에는 80년대라고만 생각했을 때 1970년대와는 다른 경향이란 것이 보다 더 심화되고, 물론 이것은 자본주의적 발전에 그대로 조응하는 것이겠습니다만, 아까 김우창 선생님 말씀대로 우리가 만일 10년 후쯤 1990년대 후반에 가서 1990년대 시를 논의하는 자리에서 사실은 그 두 가지 지향이 결국은 같은 것을 지향하고 있었다는 결론을 낼 수 있지 않나 하는 생각이 듭니다.

김우창 한 가지 더 보태면, 우리가 나쁜 의미에서든 좋은 의미에서든 세계사에 등장한 것은 사실이죠. 지금까지는 세계사에 등장하지 못했다고 할 수 있는데, 이것을 분석하면, 국제 자본주의 시장의 침탈로 세계사에 등장할 수 있었다고 볼 수도 있고 여러 가지 의미로 분석될 수 있겠지만, 한국 사람이라는 것이 세계 지역으로, 알아 주는 사람들의 일부가 된 것입니다. 또는 다른 나라에서 알아 준다는 뜻도 되고, 우리가 세계의 많은 곳을 의식하게 됐다는 뜻도 되지요. 이것은 문학에도 상당히 중요한 의미를 갖게 되리라고 생각해요. 알려진다는 사실이 곧 문학이 좋아진다든지 어떤 경우에도 문학 하는 사람이 자기가 하는 일이 세계 한복판에 있다는 느낌이 없으면 제대로 된 것이 안 나오죠. 자신감이라는 것이 그만큼 중요하죠. 자기가 하고 있는 것이 가장 높은 세계사적인 지평에 그대로 연결되어 있다는 자신감을 갖는 것이 상당히 중요합니다. 그렇지 않으면 눈치보게 되고, 몸사리게 되고, 그렇게 되다 보면 이류적인 글이나 쓰게 되는 것이죠.

세계 문학을 창출하거나 성숙한 문학을 창출하는 데 있어서 한계 의식을 갖지 않는다는 것은 아주 중요하죠. 한계 의식을 갖는다는 것은 갖고 싶어서 갖는 것이 아니라 한 사회나 문화가 오늘날과 같이 여러 나라와 밀접한 관계가 있는 상황 속에서 국제적으로 처해 있는 위치에 따라서 저절로 그렇게 되는 것이지요. 우리가 지금 어떤 의미에서든 세계사에 등장하게 되고 세계사적으로 많은 것을 의식하게 되고, 동시에 알고 보니까 별것이 아니다라는 느낌도 생기고 이런 상태에 있는 것이죠. 또한 좋은 뜻이든, 나쁜 뜻이든 간에 많은 작품을 생산할 수 있게 되어, 나도 거의 매일 시집을 한두 권 이상씩 받는데, 다 볼 수가 없는 정도로 시집이 산출되고, 이런 현상은 정말 좋은 시나 작품이 나올 수 있는 전야에 있다는 느낌이 들게 하는 것이죠. 그러니까 앞으로 좋은 시가 나올 것이다, 좋은 작품, 정말 성숙하고 만대의 정신의 양식이 될 시가 나올 것이라는 낙관적인 생각을 갖게 됩니다.

김철　다른 말로는 이를테면 사회 모순을 바라보는 데 있어서도 가령 이곳에서의 모순이 곧 세계사적 모순의 집약이다, 그래서 모순을 인식하고 파고들어 가는 데 있어서도 거기에서도 또한 한계감이 없는 그런 것이 되지 않겠느냐? 이렇게 생각할 수도 있겠습니까?

김우창　꼭 그런 것은 아니고 가령 우리나라에서는 장자가 부모를 모시는데 시베리아의 어느 부족은 말자가 모십니다. 이런 것을 통해서 사람이 경험할 수 있는 모든 가능성에 대해서 우리의 인식이 확대되는 것이죠. 그러면 장자가 모시지 않는 경우만 죽일 경우라는 소리가 좀 약해지죠. 그러니까 부모를 모시지 않는 장자에게 죽일 놈이라고 하면, 시베리아 민족은 웃긴다라고 할 것 아닙니까? 그러나 장자가 모시는 경우도 있고, 말자가 모시는 경우도 있고, 둘 다 있을 수 있지만, 알고 보니까 장자가 모시는 것이 제일 좋더라고 얘기하면, 시베리아 부족의 말자가 모시는 데에서 우리가 잘못 하는 것은 아닌가라는 느낌을 받을 수도 있지요. 사람 사는 가능성에 대해서도 더 많은 것을 아는 것이지요. 내가 구체적인 면에서도 아는 것이 상당히 많다고 자신 있게 생각해야 되고 또 사실, 우리 작가가 아는 것이 지금은 상당히 많죠. 그랬을 때 실제로 알고 있기도 하겠지만, 아는 것에 대하여, 느끼는 것에 대하여 또 자신감도 생기고 이런 것이 중요하죠.

김철 말씀을 듣다 보니까 한 가지 여쭙고 싶은데, 그러니까 그것도 일종의 이데올로기 아니겠습니까? 장자가 모시는데, 사실은 말자가 모시는 데도 있다는 것을 알게 되면서 이데올로기 혹은 금기의 체계들이 무너지고 새로운 지평이 열리게 되는 것이겠지요. 1980년대 우리 사회의 중요한 특징은 바로 이데올로기, 특히 반공 이데올로기의 붕괴라고도 할 수 있겠습니다. 그러나 사실은 다른 형태로 계속 완강하게 지속되고 있다고 하는 시각도 있겠습니다. 제가 생각하기에는 반공 이데올로기가 엄청나게 흔들린다고 볼 수 있는 측면도 있지만, 또 한편으로 보면 묘하게 형태를 바꿔서 잔존하는 측면도 있어요. 이를테면 사회주의나 공산주의에 대해서는 그럴 수 있다고 이야기하는 사람들이 많아지는데, 사실은 그 반공 이데올로기가 어디로 전이됐냐면 반김일성주의라는 것으로 됐다는 것이죠. 그러니까 전에는 반공주의자였지만 이제 사회가 돌아가는 것을 보니까 이제는 그런 것만을 가지고는 안 될 것 같으니까 '그럼 그것은 내가 용인하마, 그러나 김일성주의만큼은 안 돼.'라는 그런 식으로 전이되는 부분들이 있단 말예요. 아무튼 이런 이데올로기의 변화라고 할까? 이데올로기적 지평의 넓혀짐이라고 할까? 그런 것들이 앞으로 어떻게 될 것인지? 또 그것이 어떻게 문화 생산에 사회적으로 영향을 끼칠 수 있겠는지요?

김우창 김일성을 모르고 있는 사람은 김일성을 알고 있는 사람이 김일성을 말할 때 입 딱 다물고 있어야지 뭐 아는 척하고 나설 수 있겠습니까? 모든 것에 대하여 열려 있어야 하겠지요. 별것 없더라, 원래 생각하는 대로 하는 것이 좋겠다, 이런 결론에도 이르게 되겠죠. 해체주의 일부도 그런 것이겠죠. 이놈 소리 들어 보고 저놈 소리 들어 보니까 그것에 홀려 가지고 하다 보니까 사실적 결과라는 것이 그렇게 대단한 것이 아닌 것이라고 생각하게 되고 그러다 보니까 어떤 체계적인 사고를 가지고는 현실 생활을 하기는 어렵다, 이런 생각이 서양 사람들의 체험에서 만들어 낸 것이 해체주의라든지 포스트모더니즘이라든지 이런 것 같은데, 그 비슷한 현상도 생길 것입니다. 우리가 완전히 자유화는 안 됐지만 정치적인 차원에서의 이야기고, 보고 싶으면 김일성 선집도 볼 수 있고 그런 상태이기 때문에, 사상적인 측면에서의 자유화될 수 있는 소지는 준비가 되어 있는 것 같습니다. 새로운 진리에 황홀해지는 일도 있겠죠. 그러나 진짜로 성숙해지는 것이란 많은 사상의 가능성으로부터 자기의 생각으로 돌아오는 것인데, 그러나 원래부터 자기 생각 속에만 들어 있는 것과 다른 많은 사상의 가능성을 알고, 주눅도 들었다가 흥분도 하다가 하면서 자기 사상으로 돌아오는 것과는 전혀 다른 것입니다. 스스로 돌아가는 곳이라는 곳은 원래 아무 데도 안 가고 있었던 장소와는 다른 곳 아녜요? 그런 의미에서도 지금까지는 주눅이 들 때도 많고, 갑자기 확 뛰는 것 같아서 흥분할 때도 많고 그랬는데, 조금 더 거리를 갖고, 좀 더 냉정하게 우리가 사는 현실에 비추어서 판단해야 할 점이 앞으로도 더 많이 있을 것이라고 생각됩니다. 젊은 세대들은 우리처럼 주눅이 들고, 우리처럼 흥분할 필요가 없을 것 같아요. 사상의 자유는 결국 이러한 의미를 가질 것입니다.

김명인 시가 상징할 것이 없고 다 까발려져서 은밀하게 수수해야 할 부분이 없어진 것도 같은데, 아까 제가 시의 시대가 다시 올지도 모른다는 게 우리가 지금 처한 상황이 안정화된 추세인 것 같지만 전혀 반대로 격동의 상황을 예비하고 있는 것 아닌가, 만일 지금 새로이 그런 상황이 온다면 엄청난 충격을 수반하는 것일 텐데, 그럴 경우 사실 1980년대 초반에 나타났던 진실의 직접성의 매개로서의 시의 시대가 다시 올지도 모르는……

정과리 김명인 씨의 희망이자……. (일동 웃음)

김우창 얘기를 끝내려고 하면서 자꾸 길어지게 만드는데, (일동 웃음) 시의 시대가 온다는 것은 시가 잘 팔리고 독자가 많이 늘어나고 신문에 잘 나온다는 것보다는 오히려 진짜 시의 시대라는 의미일 것입니다. 시인이 진짜 해야 할 일이란 것은, 간단히 얘기하면 국회 의원이 쓰는 언어를 시인이 만들어야 해요. 국회에서 주고받는 말이 높은 시적인 내용을 가지고 있어야 해요. 그 언어가 인간적 진실을 높은 차원에서 가지고 있는 언어여야 합니다. 국회 의원이 하는 소리가 우리 심금을 울려서 눈물을 짜내는 말이 되고 인간의 사랑에 대한 깊은 이해에서 나오는 말이고, 싸우면서도 상대방을 존중할 줄 아는 데서 나오는 말이고 인간의 여러 가지 복합적인 비극적인 상황을 인식하면서 그 안에서 최선을 다해서 문제를 해결하려는 데서 나온 말이 되어야 한다는 말이죠. 시적이면서 사실적이면서 높은 인간적 진실을 가진, 좀 거창하게 말하면, 이러한 언어가 되는데, 그러한 언어를 국회에서 사용하게 되면 그것이 시의 시대가 오는 것이죠. 시가 잘 팔리는 것은 시의 시대와는 별로 상관이 없습니다.

김철 오늘 좌담은 대충 이 정도에서 마무리해야 될 것 같습니다. 사실 저희들은 김명인 선생님하고 정과리 선생님이 다시 한 번 대격돌(?)을 벌여 주지 않을까 은근히 기대했었는데 그것보다는 김우창 선생님의 고전주의적 통찰에 저희들이 많은 가르침을 받았고 그 점 매우 뜻깊게 생각합니다. 모두 수고하셨습니다. 감사합니다.

90년대 민족 문학의 진로

김우창(고려대 교수, 문학 평론가)

백낙청(서울대 교수, 문학 평론가)

조동일(서울대 교수, 문학 평론가)

사회 김재용(연세대 강사, 문학 평론가)

1991년《문학》

80년대 우리 문학의 일반적 특징

김재용(사회) 더운 날씨에도 불구하고 민족문학작가회의가 주관하는 좌담회에 이렇게 참석해 주셔서 감사합니다. 1990년대 우리 민족 문학에서는 국내외의 현실 변화와 더불어 새로운 차원에서 풍부한 작품과 논의가 나오리라고 기대됩니다. 그러나 아직 어떤 모습으로 진행될 것이고 또 되어야 할 것인가에 대해서는 쉽게 예측할 수 없는 게 숨길 수 없는 오늘의 우리 문학 현실입니다. 그런 점에서 세 분 선생님의 의견을 들어 봄으로써 앞으로 전개될 우리 문학의 풍요로운 성과를 조금 더 높이기 위하여 이 자리를 마련하였습니다. 특히 세 분 선생님께서는 1960년대 중반 이후 일선에서 비평과 연구 활동을 해 오신 분이기에 역사적 경험을 토대로 더욱 좋은 진단과 처방이 나올 수 있으리라 기대합니다. 우선 1990년대 우리 문학에서 제기되는 여러 과제를 본격적으로 논의하기 전에 1980년대 우리 문학에 대한 개괄과 평가를 하는 것이 좋을 것 같습니다.

조동일　예, 먼저 제 기본 입장, 시각을 먼저 밝히겠습니다. 저는 '문학 비평가'라고 하고 불리기보다는 '문학사가'라고 불리기를 원합니다. 그리고 1980년대 문학을 반성하는 문학사가의 관점에서 한번 해 보겠습니다. 그것은 무엇을 말하냐면, 우리 문학사의 오랜 전개에서 볼 때 1980년대 문학이 어떤 특징과 의미를 갖고 있는가 하는 얘기가 되겠습니다. 대체로 1980년대 문학에 관해서 세 가지 특징을 잡아낼 수 있는데 사실 이것은 주최 측에서 잡은 것입니다만 저도 동의합니다. 첫째는 정치·사회적인 문제에 대해서 깊은 관심을 가지고 치열한 논란을 벌인 것이 큰 특징이고, 두 번째는 장시, 서사시, 그리고 긴 소설이 많이 나온 것이 두 번째 특징이고, 세 번째로는 기존의 문학 갈래 — 장르 — 에 대해서 불만스럽게 생각하고 그것을 대치할 수 있는 새로운 갈래를 모색하는 움직임이 많이 나타났다고 하겠습니다.

　이 세 가지 특징은 제가 보기에는 우리 문학사의 오랜 전개에서 우리 근대 문학 내지는 현대 문학이 이제는 정상화되었다는 증거입니다. 자아 회복의 진통이 이제 제대로 결실을 거두었다고 우선 말할 수 있겠습니다. 정치·사회적인 관심은 그렇습니다. 우리 문학의 특징은 정치·사회적인 관심이 각별한 것이라고 말할 수 있습니다. 이웃의 일본 문학과 비교해 보면, 고전 문학에서 일본 문학은 정치·사회적 관심이 적은 것이 특징이라고 일본 문학사가들도 분명히 말하고 있습니다. 거기에 비해서 우리 문학은 정치·사회적 관심이 큰 것이 특징입니다. 중국 문학과 비교해도 그렇게 말할 수 있습니다. 그런데 근대 문학을 시작할 때 우리가 가진 그러한 특징, 어떤 점에서 그 장점을 상당히 잊어버리고 일본을 통해서 전해지는 서양 문학의 영향을 받아 한쪽에는 순수 문학을 해야 한다는 논의가 많이 대두되어 그쪽을 따랐는데, 그 순수 문학이 강조된 것은 일본식이라고 생각합니다. 신변잡기 위주의 가벼운 서정주의 문학, 그것이 일본풍입니다. 또 한편으로는 프롤레타리아 문학을 한다면서 노동자 생활을 일면적으로, 다른 사회 관계를 배제하고 그것만 그리는 것이 바람직하다는 또 하나의 극단적인 방향이 있었습니다. 그런 편향성을 극복하고 사회적인 관심과 정치적인 문제를 문학에서 폭넓게 다루게 된 것이 우리 문학사의 방향이 정상화된 결과라고 얘기하고 싶습니다. 다만 아직도 더러 사회적인 대립과 사상적인 논란의 복합적인 관계가 무시되고 문제를 단순화시키는 경향이 있다는 것은 정상화를 위한 전환이 아직 미흡하다는 증거로 보겠습니다.

그리고 긴 시와 긴 소설의 문제는 그렇습니다. 우리 문학사에는, 장편 서사시나 서사무가로 전승되고 또 더러 기록된 문학으로도 드러나고 판소리로도 변모를 했던 서사시의 전통이 뿌리 깊게 남아 있고 또 강한 영향을 끼쳐 왔습니다. 오늘날 장시, 서사시를 쓰는 시인들이 스스로 얼마나 의식하고 있든 그러한 전통과 맥락에 닿고 있습니다. 그런 전통을 힘써 계승하는 것이 당연하다고 생각합니다. 그 점도 특히 일본 문학, 중국 문학과 비교해 볼 때 우리 문학의 뚜렷한 특징으로 확인됩니다. 오늘날 일본 문학이나 중국 문학에서 장편 서사시를 가지고 아무도 논란하지 않는 것과 좋은 대조를 이룹니다. 대장편 소설 또한 그렇습니다. 고전 소설 가운데는 백여 책이 넘는, 현재 단행본으로 10여 책이 넘는 대장편들이 여러 질 있습니다. 많은 등장인물이 등장하고 복합적인 구성을 가진 작품들이 있어 오늘날의 대장편이 그런 전례와 연결된다고 생각합니다. 다만 오늘의 시인, 소설가들이 그러한 연결을 좀 더 의도적으로 생각하지 못하고, 또 길이를 늘이는 데 급급해서 밀도와 압축이 부족한 작품을 산출하는 것이 문제라고 생각합니다.

세 번째로 기존의 문학 갈래를 불편하게 생각하고 해체와 실험이 성행하는 것은, 이식된 근대 문학의 갈래 체계 즉 세상에 유행하는 '문학 개론'에서 규격화한 문학 갈래의 체계가 근대 문학의 자생적인 모색의 성과와 맞지 않고 또 오늘날의 문학을 제도권의 문학과 제도 밖의 문학으로 갈라

놓는 구실을 하고 있으므로, 자생적인 근대 문학의 여러 가지 실험적인 성과들을 잇고자 하는 노력 ─ 탈춤, 판소리는 물론이고 사설시조, 잡가, 만담에 이르기까지 ─ 들까지 당연히 계승해야 한다는 주장이 그 근저에서 작용하고 있다고 생각합니다. 또한 오늘날 문학으로 인정되지는 않지만 문학의 기능을 아주 잘 수행하고 있는 제도권 밖의 문학을 공식화하기 위해서도 문학 갈래의 개편이 요구됩니다. 민요시 운동이 활발하게 일어나는 것도 이와 관련된다고 생각합니다. 이식된 근대 문학을 주체적인 근대 문학으로 바꾸어 놓기 위한 시도가 다양하게 일어나고 있습니다.

그러나 지금 제가 제시하고 있는 이런 진단이 명확하게 이루어지지 못하고, 많은 경우에 자연 발생적으로, 무의식적인 변화가 모색되고 있을 따름입니다. 문학사 이해의 거시적 안목과 오늘날의 비평이 어긋나, 문제를 분석하고 방향을 제시하는 비평 활동이 제자리를 잡지 못하고 있습니다. 1980년대 문학의 이러한 세 가지 변화는 우리 문학의 방향이 정상화되고 있다는 증거이되, 다만 자체 점검과 평가가 미흡해서 많은 과제를 1990년대로 넘기고 있다고 생각합니다.

사회 '문학사가'라고 자처하셨고 그에 걸맞게 1980년대 우리 문학이 갖고 있는 몇 가지 특징을 우리 문학의 전반적인 흐름 속에서 그 의미를 짚어 주셨는데, 그러면 우리 문학에 대해서 항상 각별한 애정을 가지고 비평 활동을 해 오신 김우창 선생님께서 말씀해 주시죠.

김우창 지금 조 선생이 역사적으로 개론하셨는데 대체로는 조 선생의 말씀들이 타당하다고 봅니다. 그러나 정말 우리 전통적인 여러 가지 문학 양식들을 다시 되살리자는 운동이 표출되어 1980년대 문학이 형성됐다고 보기는 좀 어려운 것 같습니다. 단지 그 원인이 어디에 있든지 간에 결과적으로 그런 양상을 띠었다고 말한다면 직접적으로 동의하는데, 일반적으로 이야기해서 1980년대가 정치적인 시대인 것은 틀림이 없습니다. 조 선생이 말씀하신 것은 연속적인 현상이면서 또한 1980년대 전두환 정권의 등장, 그것으로 인해 억압적인 체제가 강화되고 여러 가지의 반억압적인 체제에 대한 인식이 커졌다는 것으로 이어진다고 하여야 할 것입니다. 문학 자체로서 자기 회복 운동이면서, 새로운 양상을 띠면서 정치적인 시대에 들어섰다고 말할 수 있습니다. 또 조 선생이 방금 말씀하신 대로, 과거 어느 때를 소급해 봐도 우리 문학은 정치·사회적인 관심이 굉장히 큰 문학인데, 지금 말씀드린 바와 같이 1980년대에 와서 그것이 두드러지게 나타났다는 것이죠.

문학으로 들어와서 볼 때에 조 선생이 지적하신 대로 장시나 장편 소설 등 장편 형식이 그 특징으로 되었다 하는 것도 맞는 이야기입니다. 그것도 지적하신 대로 우리 전통이 계승되면서 또 동시에 정치·사회적인 관심의 다른 표현이라고 말할 수 있겠습니다. 그래서 정치적인 관심이라는 것은 상황의 전체를 얘기하기 위해서 역사적인 맥락 속에서 봐야 하겠다는 경향이 나타났다는 뜻입니다. 장시나 장편 소설이라는 것이 대개 역사적인 성격을 갖는 것이었다, 즉 역사라는 현상을 통해서 오늘의 정치 현상을 이해하려는 노력이었다 그렇게 생각합니다. 역사를 새로 쓴다는 것은 정치적인 시대에 있어서 저절로 일어나는 것이라고 생각합니다. 그것은, 누가 과거 역사를 점유하느냐 하는 것이 상당히 중요한 정치 투쟁의 일부이기 때문에 그 일환으로 이해할 수 있습니다. 여기에서 역사적인 성격을 지닌 장시, 장편 소설들이 나오는 것이 아닌가 생각합니다.

그렇다고 해서 모든 사람들이 다 정치적인 관심만 가지고 문학을 하는 것은 아니지만, 작가가 정치와의 관계 속에서 자기 위치를 점검해 나가는 시대가 1980년대 사회가 아니었는가 합니다. 순수 문학이라는 것도, 순수 문학 아닌 것에 대한 반대 명제로 성립되기 때문에, 정치적인 관심이 나타나지 않는다고 보이는 작가들도 사실은 정치적인 관심과 관계 속에서 자기 위치를 생각하지 않을 수 없는 시대였다고 생각합니다. 우리 사회 변화의 근본 동력이 진짜 정치에서 나왔느냐 하는 것은 의문이 좀 있다고 생각합니다. 어떻게 보면 정치도 정치가 스스로 걷잡을 수 없는 경제적 사회적 변화에 대한 하나의 대응적인 행동, 대응적인 조치로도 볼 수 있습니다. 그러니까 대체적으로 더 큰 경제적 사회적 변화에 대한 반응으로서 여러 가지 정치적인 작품이 나온 것이라 할 수도 있습니다. 문학만을 놓고 볼 때 문학은 생활인의 일상적인 인식에 깊이 관계가 있기 때문에 정치 이상의 테두리에서 볼 필요가 있습니다. 정치적인 관심이라는 것은 우리 사회의 경제적 사회적인 움직임을 따라서 일어나는 여러 가지 의식의 변화가 표출된 것이라고 간접화해서 볼 수도 있습니다. 문학은 정치 사회 현실에 대해 직접적인 변화를 표현할 수도 있고, 또 경제적 사회적 변화로서 일어난 여러 사람들의 일상적인 의식을 반영할 수도 있습니다.

사회 김 선생님의 말씀은 아까 조 선생께서 말씀하신 1980년대의 우리 문학 운동이 갖고 있는 자기 회복 운동의 '일환'으로서 결과적으로 그렇게 볼 수 있겠지만 더 직접적으로 보면 1980년대가 지닌 정치적인 시대와 억압적인 것을 반대하면서 싹트는 모든 흐름에서 볼 수 있다고 말씀해 주시고, 정치적 지향을 강하게 드러내지 않은 작품 또한 사실은 정치적 상관관계 속에서만 이해될 수 있다고 말씀해 주셨습니다. 그러면 1980년대 민족 문학 운동의 한복판에서 활동해 오신 백 선생님의 평가를 들어 보겠습니다.

백낙청 조 선생께서 정상화라는 말씀을 하셨는데, 저도 1980년대 문학이 여러 가지 문제점을 지녔음에도 불구하고 문학이 본래 가져야 할 다양하고 풍성한 성격을 갖는 방향으로 진전되어 왔다고 생각합니다. 정상화를 얘기하시는 가운데 한편으로는 새로운 갈래를 모색하는 현상을 찾아보면서 동시에 우리 문학에 옛날부터 존재하던 정치·사회적 관심이 더 높아졌다는 점을 지적하셨는데, 사실 그런 양면이 함께 드러났다는 것이 중요한 현상이라고 생각합니다. 왜냐하면 흔히 다양화나 다원화를 얘기하는 사람들이 진정한 다양화라기보다는 정치적 관심이랄까 또는 특정한 입장을 배제한 나머지만으로 이루어지는 부분적 다양화만을 그렇게 부르는 일종의 기만적 다원주의에 해당하는 경향도 없지 않습니다. 그런데 우리 80년대 문학에서는 종전에 억압되었던 정치적인 관심이나 주장이 표출되면서 동시에 다른 면도 다양해졌다는 의미에서 정상화라고 봅니다.

이런 노력이, 먼 과거의 문학사까지 돌아볼 능력이 제게는 없고 우리 세대의 경험을 얘기한다면, 사실은 4·19 이후에 시작되는 문학의 정상화 작업 내지는 복원 작업의 연장선상에 있다고 생각합니다. 그리고 1970년대 초부터는 그런 노력이 민족 문학이라는 개념을 중심으로 진행되어서 한편으로는 억압적이고 기만적인 다원주의, 공식적 다원주의에도 저항하는 양면의 노력을 기울여 왔다고 하겠습니다. 그 과정에서 우리는 우리 민족이 당면한 역사적인 위기 의식을 강조하고 거기에 대한 정치적인 대응을 강조하면서도, 이것이 어디까지나 적어도 문학에 있어서는 문학을 통한 대응이 되어야 한다는 점을 강조해 왔습니다. 이런 작업의 연속선상에서 1980년대에 들어와서 역사적으로 두 개의 큰 고비가 있었다고 할 수 있습니다. 하나는 1980년 5·17 이후 소위 신군부의 집권과 광주 항쟁이고, 다른 하나는, 1987년의 전국적인 국민 항쟁을 통한 전두환 정권의 종말이지요. 이 두 가지 고비 모두에서 우리 민족 문학 운동은 이것을 또 하나의 민족적인 위기로 파악하는 동시에 여기에 성공적으로 대응할 때에 우리 문학이 더 높은 단계로 진출할 수 있다는 신념을 가지고 맞섰습니다. 1980년 당시의 위기라는 것 자체는 누구나 쉽게 합의할 수 있는 명제인데, 문학 내에서 그것이 갖는 의미는 단순히 전두환 정권의 억압에 의해서 우리의 건강한 문학이 압살당한다든가, 압살까지는 아니더라도 크게 위축되는 그러한 위기만이 아니라, 문학의 반응 자체가 이 위기를 너무나 단순하고 소박하게 인식할 때 억압자의 손을 거치지 않고도 우리 스스로 문학을 빈곤하게 만들 수 있는 그런 위기였다고 하겠습니다.

이런 양면의 위기에 대응하는 가운데 우리 민족 문학 진영 내부에서도 여러 가지 논란이 있었지요. 그러나 어쨌든 사회 전반에 걸쳐서 우리가 5공화국의 억압에 짓눌리지 않고 우리 민중 역량을 키워 6월 항쟁을 성립시켰듯이, 우리 민족 문학 진영 내부에서도 대체적으로 역량의 증대를 가져오고, 또 이에 자극을 받아서 민족 문학 운동에 직접 속하지 않는 부분에서도 여러 가지 의미 있는 작업이 이루어졌다고 생각합니다. 1987년의 경우는 일단 억압적인 정권의 종말을 가져온 것이기 때문에 이것을 1980년과 똑같은 의미의 위기라고 할 수는 없겠죠. 그러나 한편으로는 정치적으로 5공화국의 종말을 가져오기는 했습니다만, 6공화국의 정권 담당층을 볼 때 5공과 기본적으로 다른 것이 아니기 때문에 국내에서뿐만 아니라 대외 관계에서의 예속이라든가 하는 종래의 위기가 계속된 것입니다. 그러면서도 문학 내부에 있어서는 조금 다른 양상의 위기를 가져왔다고 생각합니다. 다시 말해서 한편으론 그런 억압에 의해서 위축될 위기는 계속 안고 있지만, 종전처럼 정권의 직접적 탄압에 의해 말살될 위기는 없어졌는데도 불구하고 그 이전에 견지하던 자세에 그대로 집착함으로써 우리 스스로가 문학을 빈곤하게 만드는 면이 분명 있었습니다. 그리고 다른 한편으로는 지금 어느 한 부분에서 사태가 개량됐기 때문에 기본적인 위기 자체가 해소됐다는 착각에 빠져, 그런 착각에 수반되는 여러 가지 문학 현상이 있는 가운데, 민족 문학이 자기 위상을 확실히 세우고 알찬 결실을 맺어 나가는 데 여러 가지 혼란이 일어났다고 생각합니다.

그런 의미에서 1987년 이후 특히 1990년대 들어와서 여러 가지로 변화하는 세계 속에서 우리 민족 문학이 새로운 위기를 맞은 것이다.'라는 얘기를 했습니다만, 이때의 위기라는 말은 첫째로 본래부터 민족 문학은 역사적인 위기에 반응하는 문학으로 나왔기 때문에 어떤 의미에서는 위기를 먹고 사는 문학이다, 다시 말해 새삼스러운 사태가 아니라는 뜻을 상기할 필요가 있고, 다른 한편으로 위기라는 말은 엄밀히 말해 파탄이나 혼돈이 아니라 새로운 기회를 맞았다는 뜻이기 때문에, 저는 아까 조 선생께서 정상화라고 표현하신 1980년대의 그런 발전을 딛고 1990년대에 우리가 더욱 뜻있는 열매를 맺을 수 있으리라는 확신을 갖고 있습니다.

작품과 작가를 통해 본 80년대 문학의 여러 양상

사회 1980년대 문학의 전반적인 특징을 말씀해 주셨는데 이제 구체적으로 들어가서 작품과 작가를 대상으로 말씀을 나누어 보겠습니다. '80년대' 하면 누구도 부정할 수 없는 것이 노동 현실을 다룬 작품이 많이 발표되었고 또 그것에 관한 논의가 무성했다는 것입니다. 그리고 이러한 흐름이 단순히 소재의 측면이 아니라 그것이 지향하는 세계관과도 깊은 관련을 맺고 있는 것으로 보이는데 이 점에 대해서 어떻게 생각하고 계시는지 우선 김우창 선생님께서 말씀해 주시죠.

김우창 정리를 많이 해 온 것이 아니기 때문에 뭐라고 특별하게 말할 것은 없는데, 하여튼 노동 의식의 분명한 부각이 우리 사회의 민주적 발전의 일부를 이루고 있는 것이 사실입니다. 노동 운동의 작품 중 투쟁적인 면을 강조하는 것이 있고 사실적인 것을 반영하는 것이 있습니다. 그 두 측면 중에서 하나는 미래 지향적이고 하나는 사실적이고 지엽적인 성격을 가졌습니다. 이 두 가지를 합친 작품들이 좋지 않나 생각해요. 실제로 박노해 씨의 작품이라든지 최근에 활동하는 백무산 씨라든지 김남주 씨 ── 김남주 씨가 노동 운동에 직접 관계하는 것은 아니지만 ── 등의 작품들은 그런 지엽적이고 사실적인 면과 미래 지향적인 면, 두 가지가 합쳐져서 효과적입니다.

　사회　이번에는 백 선생께서 말씀해 주시죠. 특히 소재의 문제보다는 최근 활발하게 논의되어 온 노동자 계급 당파성의 문제와 관련시켜 말씀해 주시죠.

　백낙청　노동 문학이라고 얘기할 때 먼저 생각할 수 있는 것이 역시 노동 현실을 소재로 한 문학입니다. 소재주의에 빠져서는 안 된다는 것은 당연한 얘기지만, 소재 선택이 당파성과 전혀 무관할 수도 없는 것이죠. 또 한 가지는 작가의 신원 문제인데 이것 역시 노동자가 썼느냐 안 썼느냐 하는 것에 집착해서 작품을 판단하는 것은 어리석은 일이지만 쓴 사람이 어떤 사람이고 어떤 생활 체험을 갖고 있는가 하는 것이 작품에 담긴 관점과 무관할 수는 없을 것입니다. 그러한 점에서, 1970년대에도 없었던 것은 아닙니다만 1980년대에 들어와서 노동 또는 농민 현장의 필자들에 의한 작품들이 많이 나오고, 또 이들 중 대부분이 자기네의 생활 체험, 투쟁 경험들을 다루었다는 사실은 아까 말한 우리 문학의 다양화, 정상화를 위해 크게 기여했다고 생각합니다. 노동자 계급의 당파성이라고 표현되는 '관점'의 문제와는 조금 차원이 다르긴 합니다만, 어쨌든 민족 문학의 올바른 관점을 수립하는 데도 중요한 기여를 했습니다. 저 자신은 1985년에 쓴 글에서 '각성된 노동자의 눈'이라고 표현한 바가 있습니다. '각성된 노동자의 눈'으로 쓰여진 작품이라는 것은 반드시 소재가 노동 현실에 한정되지도 않고, 또 그것을 쓴 사람이 노동자라고 해서 반드시 각성된 노동자인 것도 아니며, 노동자가 아니라고 해서 그런 눈을 체득할 수 없다는 전제도 성립될 수는 없다고 생각합니다. 반면에 그러한 눈으로 우리 현실에 대해서 직시할 수 있을 때 실제로 노동 현장을 피해 가면서 단편 소설이나 단시 이상의 것을 쓴다는 것도 흔하지 않은 일이겠지요. 또 아직까지 우리 상황에서는 노동자가 아닌 작가가 그런 관점을 체득하는 경우도 그다지 흔한 일은 아니라고 생각합니다. 그래서 전반적으로 그런 새로운 소재의 소설들이 많이 나오고 또 신원이 다른 새로운 작가들이 많이 등장하면서 그런 관점이 부각됐는데, 다만 민족 문학 운동을 하는 사람들 가운데에는 이런 현상을 두고서 1980년대를 노동 문학이 주도해 왔다고까지 표현하는 분들이 있는데, 이 점에 대해서는 생각을 달리 합니다. 좁은 의미의 노동 문학이 1980년대 문학에 소중한 기여를 하기는 했지만, 아직까지는 새로운 소재를 소개했다든가 새로운 신원의 필자를 발굴했다든가 하는 선에서 그친 경우가 많았고 정말 각성된 노동자의 눈을 담은 높은 수준의 작품을 실제로 이룩한 경우는 아직껏 한정되어 있다고 생각합니다. 오히려 1970년대 또는 그 이전부터 활동을 계속해 온 기성의 시인·소설가들, 이런 분들의 활약이 역시 1980년대까지는 주도해 왔고, 지금 시점에 있어서도 그 주도성이 크게 변하지는 않았다고 생각합니다.

1980년대의 노동 문학에 대한 저의 대체적인 평가는 그런 것이고, 이 중에서 두드러진 작품 성과를 낸 분들을 든다면 역시 박노해 시인이 있고 백무산의 『만국의 노동자여』라는 시집도 높이 평가하고 싶습니다. 또 김해화 시인의 경우에는 사실 1980년대에 나온 『인부수첩』보다 최근에 나온 『우리들의 사랑가』라는 시집이 훨씬 훌륭한 성과라는 생각을 하는데, 그러나 1990년대에 들어와서 계속 발전하는 것을 볼 때 김해화 시인 역시 1980년대에 등장한 중요한 시인으로 꼽아야 할 것 같습니다. 그 외에도 여러 사람을 꼽을 수 있습니다만, 여기서는 일단 특히 주목할 만한 소설가로서 방현석 씨와 정화진 씨를 거명하는 정도로 대신하지요.

조동일 저는 신경림, 김지하, 고은, 세 사람을 통해서 오늘날 시가 모색하고 있는 바에 대해서 말씀드리겠습니다. 신경림을 중심으로 해서 지금 전개되고 있는 민요시 운동을 나는 4차 민요시 운동이라고 명명합니다. 제1차 민요시 운동은 18~19세기 동안에 한시를 가지고 민요를 나타내려 한 운동입니다. 제2차 민요시 운동은 신채호 시대에 민요를 가지고 개화 애국의 사설을 나타내려고 한 것입니다. 제3차 민요시 운동은 1920~1930년대에 김억이나 김소월 같은 사람의 시에서 볼 수 있는 것입니다. 첫 번째 민요시운동은 민요를 한시로 옮겨 놓으려 했으므로 한시의 쇄신에는 기여했지만 민요의 발전에는 도움이 되지 못했습니다. 두 번째 사람들은 민요의 인기를 이용해서 자기의 주장을 전달하려고 했기 때문에 차질을 빚어냈습니다. 1920~1930년대에 민요시 운동을 일으켰던 사람은 민요를 단순 소박한 정서의 표현으로 보아 그 의의를 크게 축소했습니다. 지금의 제4차 민요시 운동은 그러한 잘못을 상당히 시정하고 민요를 폭넓은 민중의 삶을 나타내는 것으로 보고, 오늘날 민중의 문제를 민요시를 통해 담고자 하는 매우 바람직한 방향이라고 생각합니다. 그러나 거기에도 두 가지 결함이 있다고 봅니다. 1920~1930년대 사람들처럼 민요가 가지고 있는 그 창의력을 제약하지는 않았지만, 다양하고 발랄한 표현을 충분히 이루어냈다고 보기는 어렵습니다. 그다음에 민요시를 가지고 세상에 유행하는 근대시에 대응하는 새로운 시학을 이룩하려는 이론적인 노력이랄까 작전이랄까 하는 것이 상당히 부족해서 단순 소박한 발상에 머무르고 있다 하겠습니다. 민요의 율격과 그 변형 방식에 관한 인식이 매우 부족한 것을 지적할 수 있습니다.

그런데 김지하는 훨씬 더 의도적인 계산으로 창작을 하고 단순 소박한 것을 넘어서서 적극적인 실험을 하기를 좋아했다고 생각합니다. 김지하의 두 가지 실험 가운데 '담시'라고 하는 것은 서사 민요의 전통과 판소리식 율격이나 문체와 깊이 연결되어 평가할 만한 성과를 거두었으나, '대설'이라는 것은 극단적인 실험의 한 파탄을 보여 주었으며 그야말로 엉뚱한 짓을 하다가 나가떨어진 결과라고 생각합니다. 그러나 실패에서 교훈을 찾게 하는 의의가 적지 않다고 생각합니다. 고은에 관해서는 고은 시집의 해설을 쓰면서 '선승이면서 광대인 고은의 시'라고 제목을 붙였습니다. 고은은 선승으로서의 말이 없는 것과 광대의 수다스러움 양쪽을 다 보여 주고 있어서 예사롭지 않습니다. 서양풍의 시가 아닌 우리 시를 다시 이룩하기 위해서는 농민 시를 만들든지 광대 시를 만들든지 선승의 작업으로 돌아가든지 하는 작업이 필요한데, 그 시가 새롭게 이룩될 수 있는 가능성에 대한 시학적인 통찰력이랄까 하는 것이 덜 철저하고, 그래서 또 선승의 시와 광대의 시가 따로 놀고 있는 것이 문제입니다. 근본적인 쇄신의 가능성을 보여 주면서도 속시원한 데까지 나가지 않은 채 조심스러움과 수다스러움에 머무르고 있는 것이 아닌가 생각됩니다.

이미 말한 세 가지 경우에 모두 민중의 시를 위해 크게 기여한 바 있으나, 그 방법이 문제입니다. 소재를 앞세운다는 것은 의미가 없고, 또 민중의 언어랄까 발성, 호흡, 그러한 것을 좀 더 풍부하게, 좀 더 신들린 듯이, 그러면서도 깊은 설득력을 가져야 할 것입니다. 이 시대 우리 민중 문학을 위해 여러 사람이 바람직한 작업을 많이 했고, 그 성과가 1980년대 문학의 중요한 업적으로 기록되고 있습니다만, 한마디로 얘기해서 작가로서는 체험적 각성이 미흡하고, 또 작가 자신이나 평론가들이 창작의 방법과 방향을 제시하는 이론적 작업이 아직은 소박한 상태에 머물러 있어서 앞으로는 적극적인 노력이 있어야 하지 않을까 생각합니다.

김우창 우리가 오늘 심문받는 식으로 하지 말고 자연스럽게 돌아가면서 합시다. (웃음) 백 선생님이 말씀하신 노동 문학의 문제, 즉 좋은 작품을 낸다는 것은 우리가 다 알고 있는 사실로, 신분에 관계되는 것만도 아니고 사회 정치에 관계되는 것만도 아니고 개인의 재능으로 관계되는 것만도 아니고 그게 다 관계되어서 간단하게 얘기할 수 없는 복합적인 요인이 되어 좋은 작품이 나온다고 얘기를 할 수 있을 것 같습니다. 작품은 특별하게 타고난 재능이라기보다는 사회적으로, 개인적으로, 또 계층적으로 갖고 있는 복합적인 요인이 이루는 어떤 특이한 화학 현상이라고 말할 수 있겠습니다.

그리고 아까 민요시 운동을 말씀하셨는데, 김지하 씨와 신경림 씨, 신경림 씨는 특히 김지하 씨보다 전통적인, 민요적인 정서를 많이 갖고 있습니다. 그러나 가락이라든지 힘을 보면 김지하 씨의 '담시' 쪽이 더 강합니다. 물론 「대설」은 좀 문제가 있지만 말입니다. 전통적이고 민요적인 분위기, 그것 못지않게 자기가 갖고 있는 언어를 구사할 수 있는 힘과 관계가 있다는 말입니다. 김지하 시나 신경림 시 중 어느 쪽이 옳은가를 얘기하기는 어렵겠지만, 신경림 시가 전통적인 것을 가지고 있으면서 사실은 김지하 시가 더 전통적인 힘을 가지고 있다고 일단 이렇게 얘기할 수 있습니다. 달리 얘기하자면 신경림 씨 시에 사회적인 내용이 많지만, 그에 접근하는 태도는 신경림 씨가 주관적인 데 비해서 김지하 씨의 경우는 민요적 생활을 투영하지 않으면서도 더 객관적인 언어를 구사하고 있습니다. 그래서 그 소재나 스타일만 가지고 판단하기는 어렵습니다. 궁극적으로는 개인적인 언어 구사의 힘에 달려 있다는 것이 그런 점에서도 드러나지 않는가 하는 생각입니다.

김지하 시인의 '담시'의 경우 민요적인 내용보다는 민요적인 스타일이 중요하다는 느낌을 갖고 있어요. 그리고 그 스타일이라는 것은 민요적인 기반에서 나오는 여러 가지 정서와 생각을 더 직접적으로 표현할 수 있게 하는 가능성을 가진 스타일이라는 것이죠. 그것은 그 내용보다도 스타일 자체가 더 중요하다는 것입니다. 민중적이고 보통 사람들이 느끼는 정감이나 사상을 구어체에 가깝게 표현할 수 있는 스타일, 이것이 판소리나 옛날 민요 스타일의 핵심이라고 생각하는데 사람 사는 것이 농촌에서도 살 수 있고, 도시에서 살 수도 있고 시대에 따라 여러 가지로 달라질 수 있는데 그러한 사람들이 정서와 사상의 직접적 표현을 가능하게 해 주는 스타일이라는 면에서 김지하 씨의 '담시' 같은 것은 중요한 실험이라는 생각이 듭니다. 이를테면 신문에 난 것을 보면 우리 농민이 15퍼센트 정도라고 합니다. 이러한 인구 변화 속에서 민요가 종전 스타일과 감정을 가지고 존재할 수 있을까요? 옛날 민요를 계승하면서 동시에 상당히 달라지면서 표현될 수밖에 없는 것이죠. 언어 자체도 생활 기반이 달라지기 때문에 옛날 것이 그대로 계승되지는 않을 것입니다.

조동일 지금 말씀하신 것을 이렇게 정리해 보겠습니다. 바람직한 창작이 이루어지기 위해서 첫 번째 조건이 민중적 삶의 예술적 체험이라고 말하겠습니다. 그냥 민중적 삶이 아니라 예술적 체험이라는 민중의 언어를 생동하게 구사하는 능력, 민요시를 천연스럽게 지을 수 있는 재주, 음악의 장단과 가락을 몸에 익히는 수련까지 필요로 합니다. 그런 것들은 민중 문학을 배타적으로 하기 위해서 소중한 것이 아니라, 민중 문학에 더할 나위 없이 좋은 밑천이기 때문에 반드시 갖추어야 합니다. 두 번째는 정치적 사회적인 의식이죠. 세 번째는 문학 이론적인 각성과 그 실험 정신, 또는 그것을 평가하는 비평적 안목입니다. 그 셋 가운데 1970년대, 1980년대로 오면서 두 번째인 정치적 사회적 의식이 매우 강조되어 왔습니다. 어떤 의미에서는 그것이 만인인 것처럼 생각해 왔고, 그런 의미에서 아까 백낙청 선생이 지적한 것과 같은 폐단도 나왔습니다. 김지하가 특별했던 것은 첫번째 것을 갖추었고 세 번째 것에 대해서도 관심을 가진 데 있습니다.

지금은 정치적 사회적 의식이 그리 모자라지 않고, 어떤 의미에서는 이미 상식화되어 있고, 또 그것으로는 부족하다는 것이 잘 알려져 있기 때문에 첫 번째인 민중적 삶의 예술적 체험과 수련이 다시 중요시되는데, 오늘날의 생활이나 교육 그리고 사회 환경이 그것을 참으로 어렵게 만들고 있습니다. 그래서 작가가 되고자 하는 사람은 대단한 각오로 특별한 자기 훈련을 하지 않을 수 없습니다. 그러나 그것 못지않게 중요한 것이 창작을 하는 데 대한 이론적 미학적 각성과 실험, 그것을 평가하는 능력이라고 생각합니다. 다시 말하면 작가가 그런 의미에서 탁월한 예술 이론가를 겸하는 것이 최상이고, 그렇지 못하다 해도 이론적인 관심을 가지고 작업을 하고 비판적 검증을 즐겨 받아야 하겠습니다. 그런데 비평가가 이론적 점검의 작업을 제대로 수행하지 못해서 문제입니다. 미학적 이론적 점검과 방향 제시가 작가의 자기 수련과 함께 대단히 중요한 문제로 제기되고 있다 하겠습니다.

백낙청 지금 신경림, 김지하 두 시인에 대한 얘기가 나왔고, 앞서 고은 시인에 대해 말씀하셨는데, 고은 시의 경우에 '선승과 광대'라는 틀을 가지고 평가하는 것은 다소 문제가 있지 않나 생각합니다. 두 낱말을 해석하기에 따라서는 그 양극 사이에 모든 것이 다 포괄될 수도 있지만, 결국 선승과 광대가 각기 보통 사람과는 다른 양극이라고 할 때 그 중간에 자리 잡고 있는 것이 바로 조 선생이 말씀하신 민중적 삶일 것입니다. 그리고 결국은 이 민중적 삶을 얼마나 예술적으로 자기 것으로 만드느냐, 얼마나 잘 드러내느냐 하는 것이 관건인데, 고은 씨의 경우 상식적인 뜻에서 선승일 수도 있고 광대일 수도 있다고 말한다면 고은의 시가 가진 다양한 면모 중의 두 가지를 잘 지적해 냈다고 할 수는 있지만, 훨씬 많은 다른 면이 누락되지 않는가 하는 생각이 들어요. 조 선생이 이번에 해설을 쓰신 시집 『해금강』은 짧은 시들의 모음인데, 그전의 서사시도 있고 『만인보』와 같은 연작시도 있고 서정시 중에도 '선승'과 '광대'라는 양극과 거리가 먼 작품들이 많지요. 이런 것을 볼 때 고은 시인에게서 중요한 점은 무엇보다도 그가 우리 시대의 생활인으로서의 체험과 경험을 예술적으로 표현하는 데 뛰어나다는 점이라고 먼저 말해야 옳을 것 같습니다. 그것이 선승의 면모로 나타나기도 하고 광대의 면모로 나타나기도 하지만 어차피 우리 시대의 체험이라는 것은 어느 한 개인이 만족스럽게 다 표현하는 것이 불가능할 정도로 복잡하게 전개되고 있습니다. 그러나 적어도 우리가 훌륭한 시인에게 요구하는 것은, 한편으로는 우리 민족에게 전승된 삶의 미덕이랄까 보람에 대한 건강한 의식을 가지는 동시에, 다른 한편으로는 변화하는 현대 세계의 최첨단적인 인식도 아울러 가져야 한다는 점일 텐데, 이 두 가지 요구에 다른 누구보다도 잘 부응하고 있다는 점에 고은 선생의 탁월성 ─.

조동일 그 점은 동의합니다. 민중의 삶을 어떻게 하면 더 잘 형상화하는가 하는 것이 문제이지요. 그런데 선승의 말 없음과 광대의 수다스러움이 아직은 아주 양극화되어 있지요. 수다스러울 때는 정말 긴장과 압축 없이 수다스럽고, 말이 없을 때에는 거의 무책임할 정도로 말이 없어요. 그래서 선승이 민중적 삶을 다루는 방식과 광대가 다루는 방식을 하나로 결합시켰을 때 고은 시가 완성될 것이라고 이야기한 것이죠. 또 한 가지 말씀드리면 긴 시와 긴 소설이 압축과 긴장이 부족하다는 것은 공통적입니다. 그래서 길어지더라도 압축과 긴장이 있어야 하는데, 그것은 상업성과도 관계가 있습니다만…….

김우창 물량주의지.

조동일 일종의 물량주의죠. 길면 좋다, 소설을 쓰면 열 권은 되어야 한다는 동조가 있는데 1990년대에는 좀 더 압축되고 응축된 작품이 나와야 하겠습니다.

사회 다음 문제로 넘어가기 전에 1980년대의 부분이 워낙 다른 부분에 비해서 비중 있는 대목이기 때문에 좀 더 얘기해도 될 것 같아요. 노동 현실을 다룬 문학 작품에서 시작해서 1980년대 민중 현실을 예술적으로 형상화한 작가들 예컨대 고은, 신경림에 대한 논의가 있었는데 여기서 빠뜨리고 넘어갈 수 없는 부분이 분단된 조국의 현실을 다룬 작품이라고 생각합니다. 특히 장시와 대하 소설이 주로 이 분단 문제와 관련되어 창작되곤 했는데 이에 대해선 백 선생님께서 우선 말씀해 주시죠.

백낙청 글쎄요, 제대로 이야기가 되자면 어떤 작품의 어떤 부분이 이러저러하다든가 하며 검증을 하고 가급적 폭넓은 합의를 이루어 나가야 할 텐데, 그러려면 첫째로 작품을 충분히 읽었어야 하고 두 번째 이것을 논의할 만한 충분한 시간이 되어야 하는데 지금은 그럴 형편이 아닌 것 같습니다. 전반적으로 얘기하면, 긴 작품을 쓰려는 의욕을 품게 되고 그런 시도가 활발하게 나온 것 자체는 일단 긍정적으로 보겠는데, 구체적인 효과에 있어서는 우리가 자족할 만한 것인지 의문입니다. 긴 작품 중에서 황석영의 『장길산』에 대해서는 대체로 의의를 평가하면서 제 나름대로 비판을 가한 바 있고, 그 밖에 1980년대의 대표적인 성과로 꼽히는 것이 『태백산맥』인데, 10권 전부를 독파하지 못한 처지에 이런 말을 해도 될는지 모르겠습니다만, 『태백산맥』은 그 시점에서 어떤 소재를 과감하게 부각시켰다든가 그밖에 여러 가지 높이 사 줄 부분이 있습니다만, 전체적으로 『장길산』만한 수준에도 못 미치지 않았는가 합니다. 어쨌든 『태백산맥』이 우리 문학에 새로운 경지를 만든 획기적인 작품은 못 된다는 얘기가 되겠지요.

김우창 아까도 얘기했지만 상황이 많이 바뀌니까 그것을 현실적으로 이해하기 위한 노력으로서 큰 작품들이 나오는데, 그것은 제가 아까 농담 비슷하게 물량주의라고 얘기했는데 우리 문학도 큰 것을 만들어야 하지 않겠느냐 하는 시대적인 압력도 작용하지 않았나 싶습니다. 어쨌든 사회와 인간을 전체로서 파악하기 위해서 역사를 소재로 하는 『장길산』 같은 긴 작품이 나왔습니다. 그것은 또 역사 점유의 정치적 투쟁의 의미도 가지고 있다고 생각합니다. 『태백산맥』에 대해서는 좋은 작품인가의 문제를 떠나서 그것도 역사를 전체적으로 풀어 나가려는 노력이라고 할 수 있고 오로지 정부의 공식적인 역사에 대한 관점에 대해 대체적인 관점을 제시하려 했다는 의미를 가지고 있습니다.

오늘날에 와서 북한이 우리 전통적인 민족 공동체를 계승하고 있다고 생각하는 사람도 있고, 남한이 그렇다고 생각하는 사람도 있고 여러 가지가 있는데, 북한이나 남한이나 다 같이 역사적인 맥락 속에서 가능했던 길이었다는 일반적 인식은 생겼다 할 수 있습니다. 그러나 이것을 『태백산맥』이 이룬 것은 아닙니다. 그동안의 여러 가지 정치 투쟁, 또 사회 에너지의 한 표현입니다. 그러나 어떤 경우이든 투쟁적으로만 역사를 보면 소설이 안 됩니다. 계속적으로 어떤 정치적인 입장을 유지하려 한다는 것은 작품에 상당한 무리를 가져오게 되죠.

조동일 제가 우리 문학의 오랜 특징이라고 말했던 것을 지금 김우창 선생님이 말씀하신 것과 연결시키겠습니다. 우리 문학의 오랜 특징이 다양한 삶과 주장을 동시에 등장시켜 작품화한 데 있다고 생각합니다. 불가피하고 자연스러운 상황을 설정해 놓고, 삶을 대립적으로 투쟁적으로 그리면서 작가는 좀 더 높은 차원에서 독자와 토론을 전개하는 작품이 훌륭하다는 것을 문학사를 통해 알 수 있습니다.

『장길산』은 그렇지 못해 불만스럽게 여깁니다. 작가가 그 배경이 되는 시대를 숙지하지 못하고 체험의 깊이가 모자라, 이런저런 자료를 얻어 지면을 메워 나가는 방식으로 소설을 쓴 것이 우선 문제입니다. 소재를 넉넉히 휘어잡아 사실성과 진실성을 획득하기에는 역부족이 아니었던가 하는 느낌이 듭니다. 특히 우리 전문가에게 친숙한 자료를 생으로 써먹었을 때에는 소설이 아닌 서투른 논문이라고 할 정도에 이르고 그러한 자료가 가지고 있는 속의 의미를 잘 찾아 묘미 있게 활용해야 하는데, 그냥 집어넣는 대목이 많아요. 그 점은 선의로 자기가 잘하려 해도 불가피했다고 인정하겠으나, 다른 일면에는 선의를 인정할 수 없는 더욱 두드러진 결함이 있습니다. 중국 무협 소설, 마카로니 웨스턴 식으로 흥미를 조성한 것은 우리 문학의 체질과 맞지 않고, 독자를 상당히 오도한 잘못이 있습니다. 그 작품이 높은 평가를 받기 때문에 그 오도의 죄가가 더욱 크다고 생각합니다. 그 점에 관해서는 작가의 책임을 정식으로 물어야 한다고 생각합니다. 그 작품이 사실적이냐 하는 데 문제가 있고, 어떤 감동과 의미를 주는가 하는 데 또 문제가 있어요. 그 시대, 다루는 사건 속에서 이룩되는 삶의 보람과 가치, 투쟁과 시련을 견디어 나가는 자세랄까 하는 데서 감동을 주어야 하겠는데 주인공 일당 도적들의 승패에 관심을 가지게 합니다. 소설은 싸움의 승패가 아닌, 이것이 주는 의미와 감동에서 독자를 끌어야 한다는 원칙과 어긋나는 결과에 이르렀습니다.『장길산』이 가지고 있는 문제점에 대해서 준엄한 비판을 하면서 80년대 문학을 결산할 필요가 있습니다. 물론 그것이 대단한 문제작이었고 큰 작품이었다는 데 대해서는 동의를 하고, 또 그런 작품이 나와 많은 독자를 얻은 것을 부정적으로 보지는 않습니다. 아마 80년대에 이루어진 문학의 변동 중에 반드시 짚어져야 할 것이 잘 팔리는 소설과 좋은 소설의 근접입니다.

백낙청 잘 팔리는 소설과 좋은 소설이 1980년대에 와서 과연 근접했는지는 잘 모르겠어요.

조동일 과거 어느 때보다 근접했고 다른 어떤 나라보다 근접하지 않았는가 생각합니다.

백낙청 그렇죠. 다른 어떤 나라, 특히 선진 자본주의라고 하는 나라보다는 근접했고, 특히 시의 경우에 좋은 시는 으레 안 팔리는 것이 서방 선진 자본주의 사회의 특징인데 우리는 그렇지 않다는 것은 중요한 지적이죠.『장길산』을 볼 때『장길산』이 갖고 있는 문제점에 대한 인식에서는 저의 논의와 기본적인 차이는 없다고 봅니다. 제가 긍정적인 이야기를 앞세우면서 이런저런 비판을 했는데, 대체로 기본적인 인식은 일치하고, 다만 표현의 방식이나 비중을 얼마나 두느냐 하는 데서 차이가 났으리라고 봅니다. 그리고 1980년대와는 달라서 1990년대에 와서는 좀 더 근엄하게 비판하고 논의해야 한다는 것에 대해서는 동의합니다.

다만 그중에 두 가지만 말씀 드리고 싶은데 하나는 사실성의 문제입니다.『장길산』이 다루는 시대의 삶이 실제의 삶과『장길산』내에 담겨 있는 내용이 다르다는 얘기는 여러 사람이 했고 최근에 강영주 씨가 논문을 통해서 자세히 밝혔습니다만, 이것은 분명히 작가가 근접시키려고 노력하면서도 역부족으로 못한 측면이 있습니다. 그러나 작중의 현실상이 숙종조 시대가 아니고 이후 시대의 삶에 가깝다 하더라도 그것 나름의 의미가 없는 것은 아니라고 생각합니다. 물론『장길산』의 문제점이 단순히 사실주의적 정밀성의 부족만이 아니고, 지금 조 선생이 얘기했듯이 원 자료를 생경하고 무책임하게 썼다든가 하는 여러 가지가 있기는 하지요. 또 하나는 무협지적인 요소라고 하신 것인데 그것도 양면이 있다고 봐요. 무협지적 측면, 또는 꼭 같은 성격은 아니겠습니다만 연극이나 드라마에서 소위 신파적인 요소라든가 노래에서 사람들에게 친숙한 뽕짝 가락을 활용할 것인가 말 것인가 하는 문제가 다 이와 연관되는 문제들로 그렇게 간단치 않다고 믿습니다. 무협지적인 요소가 과다하다고 비판한다면 좋지만, 무협지적인 면이 있기 때문에 한마디로 마카로니 웨스턴이라는 식으로 배격할지는 재고해 봐야 될 것 같습니다.

조동일 그런데 내가 강조해서 말하고 싶은 것은 이것입니다. 긴 시와 긴 소설은 정말로 공부를 해야 쓸 수 있는데 공부하지 않고 쓰려고 하는 데 문제가 있습니다. 대작을 졸속하게 만들려는 폐단을 이제는 1980년대를 위해서가 아니가 1990년대를 위해서 좀 더 준엄하게 지적해야 한다고 생각해요.

사회 1980년대 문학을 되돌아보면서 마지막으로 짚고 넘어가야 할 문제는 앞서 여러 선생님께서 1980년대 문학 상황이 정치와 매우 밀접한 연관을 맺고 있었다고 말씀해 주셨는데, 1980년대 작품 중에서 언뜻 보아 직접적으로 정치와 관련되어 있지 않은 듯하지만 어떻게 보면 그것 역시 정치적 자장에서 벗어나지 못한 것처럼 보이는 작품들이 있습니다. 이런 작품들은 일반적으로 적절한 명칭이 없기 때문에 여러 가지 방식으로 불립니다. 심지어 '해체 문학'이라고 부르는 논자도 있습니다. 이 부분에 대해서 민족 문학과 관련지어 말씀해 주시죠.

김우창 '해체 시'라는 것이 있습니까? 실험 시적인 시들이 있기는 있는 것 같기는 한데 그것이 해체 시로 들어갈 수 있는지……. 우리 문학도 1970년대, 1980년대에 있어서 정치 변화, 사회 변화를 겪고 있지만 여기서 문학의 역할은 상당히 특이한 것이라고 생각합니다. 문학이 직접적으로 사회 변화와 정치 변화의 원인을 제공해 주고 있는 셈이고, 이런 것은 유기적인 우리 사회 변화의 급격성, 사회의 여러 가지 모순점들과 연결이 되는 것이죠. 마치 동구라파에서 극작가가 대통령이 되는 식으로 직접적으로 문학하는 사람들이 사회, 정치 변화에 직접적으로 관계되는 일이 많아지고 있다는 것이죠. 그것이 나쁘다거나 좋다는 얘기도 아니고 현상이 그렇다는 것이죠. 그러나 문학은 다른 차원에 있기 때문에 그 다른 차원으로도 봐야 합니다. 문학하는 사람들은 오늘을 위해서 작품을 쓰기도 하지만 내일을 위해서 씁니다. 다음 세대가 성장하는 데 읽을거리를 만들어야 합니다. 문학의 최종적인 기능은 교육입니다. 다음 세대가 지속적으로 살아가는 데 문학이 중요하고, 그 문학이 세상살이에 중요한 역할을 한다는 겁니다.

정치적인 소설도 본인의 의도와 관계없이 그 사회 속에 있는 어떤 종류의 의식 변화, 우리 인간과 삶에 대한 인식의 변화를 표현하는 수가 있습니다. 황석영 씨의 작품이 무협지적인 성격을, 여기에 있다면 화를 낼지 모르지만 그런 면도 없잖아 있습니다. 그것은 오늘의 현실이 무협적인 때문입니다. 그러니까 나쁜 의미의 무협이 반영이 될 수도 있습니다. 본인의 의사에 관계없이 정치적인 소설도 반드시 의도대로만 정치적인 타깃을 향해서 일로매진하는 것이 아니라 그 사회의 총체적인 문화적 변화를 반영합니다. 그런가 하면 황동규 씨나 이문열 씨와 같은 사람은 오늘의 행태에 관계되는 의식의 변화, 정치적으로는 포착되지 않는, 그러면서 정치와 관계되는 변화에 직접적으로 관계됩니다.

얘기가 너무 길어졌는데, 정치의식이라는 것이 형태가 여러 개라는 것을 생각할 필요가 있습니다. 특히 급진적 입장을 취하는 사람들에게 그런 느낌을 갖는데 그때그때의 목표가 무엇이냐 하는 것도 중요하지만, 매우 중요하면서도 그것이 폐단이 되는 수가 있습니다. 말하자면 비유해서 요즘 보약 사건과 비슷한 면이 있습니다. 건강을 걱정하는 사람이 보약을 먹고서 기운을 차려야 하겠다고 생각하는 것은 자연스러운 일인데, 그보다 더 중요한 것은 일상적으로 밥을 규칙적으로 먹고 건전한 운동을 함으로써 건강을 유지하는 것입니다. 그와 마찬가지로 정치적인 의식도 한 목표에 집중했을 때 보약 같은 성격을 가질 수 있지만 그것만이 정치의식을 유지하는 유일한 방법은 아니라는 것입니다.

백낙청 '해체 시'가 따로 있는지 없는지는 나도 김 선생님과 마찬가지로 잘 모르는 상태입니다만, 어쨌든 흔히 '해체 시'라고 일컬어지는 것이 반드시 정치적인 시와 배타적인 것은 아니라는 것을 짚어 두어야 할 것 같습니다. 가령 1980년대 초 황지우의 시를 해체 시라고 많이 얘기해 왔고 형식의 해체니, 형식의 파괴니 하는 관점에서 황지우와 기타 소설가 중에 이런저런 사람들이 많이 거론됐지요. 특히 민족 문학 운동의 역사적 정치적 관심에 냉담한 사람들이 높이 추켜올려진 것은 사실입니다. 그러나 황지우 개인의 행적을 떠나서 그 시만 보더라도 그것은 결코 정치의식이 없는 시는 아니죠. 오히려 그 시점에서 정치적인 저항을 자기식으로 명백하게 표현한 시라고 봐야지요. 그것이 가장 바람직한 형태의 정치적 저항의 시였는가, 또 그 시의 소위 형식 파괴라는 것이 시인 자신이 가진 민족 문학적 인식을 제대로 구현했는가 하는 식의 비판을 할 수 있겠지만 말이에요.

그런데 정말 중요한 것은 막연히 정치의식이 있느냐 없느냐라는 점이 아니라 해체 시든 해체 소설이든 그것이 재미도 있고 이 시대의 삶을 제대로 예술적으로 표현한 작품인가, 시의 언어 자체가 우리의 생활 경험을 제대로 표현하면서 독자에게 문학적인 감동을 줄 만한가, 이런 차원에서 그 작품들을 분석해야 한다고 생각합니다. 가령 베케트라는 사람의 소설이나 희곡이, 우리 주변의 소위 실험적인 작품이라든가 해체 문학이라는 것에 영향력을 행사하고 논의의 대상이 되는 경우도 많습니다만, 저는 많이 읽지는 않았지만 베케트의 경우 우선 말 자체가 ─ 아까 김우창 선생님께서 김지하의 '담시'를 얘기하신 것과도 통하는 이야깁니다. ─ 정말 생활인들의 구어의 리듬을 타면서 거기에다 자기의 독창적인 사고와 감정을 더한 그 문체 자체에서 오는 재미와 맛이 있고, 친근감이 있으며 기막힌 해학이 담겨 있습니다. 그냥 기존의 소설 형식을 파괴하는 것만이 아니고 옛날의 이야기꾼을 상기시키는, 독자를 사로잡는 재미가 있어요. 그런데 이런 재미를 빼고 그 외형만을 우리말로 옮긴다면 얼마나 지루하겠습니까. 그런데 실제로 이것이 새로운 소설이니까 알아야 하겠다는 책임감을 갖고 읽지 않으면 읽기 힘든 작품들이 우리 주변에서 많이 쓰여지고 있습니다. 그런 작품들에 비한다면 황지우의 초기작에는 말 재미도 있고 단순히 말장난만이 아닌 현실 의식도 있거든요. 그런 것의 연장선상에서 본다면 최근에 유하 같은 시인이 있죠. 얼마 전 『바람 부는 날이면 압구정동에 가야 한다』라는 새 시집을 냈던데, 거기 보면 역시 우리 시대의 다양한 사람들이 쓰는 언어의 리듬을 살리면서 시를 쓰고 있고, 아까 고은 씨 이야기를 하면서 말씀드린 대로 우리 민중 본래의 건강한 삶에 대한 인식과 현대 도시인의 첨예한 의식, 이런 것이 결합된 측면이 있습니다.

　　그러니까 이렇게 재능이 발휘되고 작품으로서 괜찮은 시들과 그렇지 못한 시들을 우선 가려야 할 것이고, 정치의식의 문제도 표면적으로 얼마나 드러냈는가 하는 것을 따지기보다 작품으로 구현된 의식의 역사적 의미가 무엇이며 정치적인 함의가 무엇인가에 우리 논의가 집중되어야 하리라고 생각합니다. 그러면서 대체로 김 선생님이 아까 하신 말씀에 동의하는데, 다만 거기에 한 가지 꼬투리를 붙인다면 아까 제가 '기만적인 다원주의'라는 말을 했습니다만, 소박한 정치의식을 경계하는 태도에는 그것 나름의 함정이 있다고 생각됩니다. 반성이라든가 통찰, 다각적인 비판, 이런 훌륭한 말 속에는 그 나름대로, 가짜 보약은 아니겠고 오히려 공인된 신경안정제 비슷한 요소가 없지 않다는 점을 지적하고 싶습니다.

김우창 그 점은 동감입니다. 객관적으로 정리할 수 없어서 그렇지, 어떤 작품은 심각하게 우리 삶 깊은 곳에 가 있고, 어떤 작품은 굉장히 현란한 측면을 가지고 있음에도 불구하고 그렇지 않다는 것은 다 느끼고 있고, 또 직접적으로 정치적인 목표가 안 보이더라도 모든 사람에게 오늘의 삶 깊은 곳에 가 있다는 느낌을 주는 작품은 깊은 의미에서 정치적인 것이죠.

조동일 서두에서 했던 얘기를 조금 부연해서 지금 제기된 문제에 소견을 덧붙이겠습니다. 서두에서는 이렇게 말했어요. 서양에서 수입된 근대 문학의 갈래 체계, 문학 개론이 시는 이런 것이고 희곡은 이런 것이고, 소설은 이런 것이라고 가르쳐 주는 규범이 문제입니다. 그것이 오늘 우리 삶을 나타내기에 매우 불편한 문제점이 있습니다. 또 거기에 포함되지 않으면서 실제로 문학의 기능을 잘 수행하고 있는 것도 있어서 제도권 밖의 문학이라고 말할 수 있는 것도 있습니다. 문학사를 회고해 보면 근대 문학을 모색하는 과정에서 다양한 실험을 했는데, 그 가운데 상당 부분이 폐기되거나 망각되고, 이식된 갈래 체계가 정착됐어요. 그래서 이식된 갈래 체계가 갖고 있는 불편한 점을 깨닫고, 또 '우리가 실험해 보다가 완성도 하지 못한 채 중도 폐기한 것이 무엇인가' 찾고자 하면서 기존 갈래의 해체라는 현상이 일어나는 것은 평가할 만한 일이라고 생각합니다. 다만 그런 작업에 대한 진단과 자각이 부족해서 빗나가기 일쑤입니다.

마당극이라는 것도 그러한 현상 중의 하나죠. 오늘날 제도권의 연극이 우리 사람을 나타내기에는 부족하다는 점과 과거 탈춤이 민중 예술로서 소중한 의의가 있었다는 점 그 두 가지 이유에서 마당극이 요망됩니다. 그러나 마당극을 하는 사람들은 정치의식은 있으나, 예술 운동을 할 능력이나 안목이 모자라기 때문에 차질이 생깁니다. 그래서 오늘날 제도적 연극이 가지는 결함에 대해서 체계적인 대응을 하지 못하고 하나의 예외적인 말썽을 일으키는 데 그치죠. 또 과거에 탈춤이 가지고 있었던 장점을 오히려 없애 버리고 탈춤의 인기에 정치적 구호를 갖다 붙이는 억지 접목을 하면서 정치 운동으로서는 그것대로 성공을 거둔 면도 있지만, 예술 운동에서는 오히려 우리가 가진 예술적 가능성을 평가절하하고, 어떤 의미에서는 심하게 말해서 명예 훼손하는 결과에 이르렀다고 할 수 있지요. 지금 우리가 예술의 여러 분야에서 몸에 맞지 않은 옷을 입었기 때문에 옷을 고쳐 입고 싶은 운동이 광범위하게 일어나도, 엄밀한 진단과 평가, 학문적 비평적 반성이 모자라 차질이 빚어지고 맙니다.

김우창 저는 실험적인 것에 대해서는 계속 열려 있어야 한다고 생각해요. 백 선생님께서 기만적 다원주의는 경계해야 한다고 말씀하셨는데, 특수한 사람들의 구미에 맞는 것만을 규범으로 들어서 다른 것은 안 된다고 하면 문제가 됩니다. 문학 일반적인 태도에 대해서는 그런 생각이 들고, 다른 한편으로는 문학이 사람 사는 데 있어서 정치·사회적 그리고 윤리적 의미를 가진다고 할 때 가장 밑바닥에 드러나는 근본적인 문학의 관심사는 '인간 공동체'입니다. 어떻게 인간이 서로 행복하게 잘살 수 있는가 하는 문제인데 그 공동체는 일반적인 규정이 불가능합니다.

구체적인 현실에서 공동체는 농촌에 있는 촌락입니다. 그러나 전통적인 의미에서의 공동체가 없어지고 있습니다. 우리나라뿐만 아니라 세계적으로 산업화가 이루어져 공장에서 기계 돌려 먹고사는 사회는 다 그렇습니다. 문학에 있어서 공동체 문제가 핵심이라고 할 때 구체적인 의미에서의 공동체 문학을 산출하기는 매우 어렵다는 것이죠. 옛날의 공동체 속에 있었던, 사람과 사람의 바른 관계에 대한 원시적인 관습이 어떻게 새로운 형태 속에 살아남느냐 하는 것이 오늘날 문학의 과제입니다. 그런 경우 문학의 형태에서도, 옛날 사회에 있었던 문학이 갖고 있던 형태는 살아남을 수 없을 것입니다. 옛날 문학이 갖고 있던 사람의 삶은 이제 다른 관계 속에서 재정립되어야 하는지, 그 물음이 그런 문제에 대한 사고가 어떤 형태로 구현되느냐 하는 것은 새로 발견되어야 할, 연구되어야 할 과제입니다. 그러니까 그것은 새로운 형태, 새로운 표현 양식, 새로운 인간관계에 대해 계속적으로 열려 있는 것으로 이해해서 바라보아야 하는 것입니다.

민족 문학론과 리얼리즘론

사회 1980년대의 문학에 대한 평가를 개괄적으로 했는데, 이제 논의를 옮겨 보죠. 1980년대에는 작품 창작과 더불어 비평적 논의가 매우 활발했던 시기로 기억됩니다. 특히, 민족 문학과 그것의 미학적 기초를 이루고 있는 리얼리즘에 대해서는 매우 활발한 논의가 있었고, 최근에 백 선생님이 이에 대해서 새로운 논의를 제기한 적도 있습니다. 1990년대에도 이 문제가 계속 논의되고 한층 더 심화될 것으로 기대되기 때문에 이 자리에서 이 문제에 대해 생산적인 논의를 해 주셨으면 합니다. 이 부분에 대해서는 백 선생님보다는 오히려 조 선생님께서 말문을 열어 주시는 것이 좋을 것 같은데요.

조동일 '사실주의' 문제와 '제3세계 문학론'에 연결시켜서 우선 소견을 개괄적으로 말해 보겠습니다. 민중 문학, 민족 문학, 세계 문학이라는 것을 우리는 대립적이거나 배타적인 개념으로 볼 것은 아니라는 점을 먼저 말씀 드리고 싶습니다. 하나씩 확대되는 개념으로 보아야 합니다. 민중 문학이 민족 문학을 만들고, 민족 문학이 세계 문학을 만든다고, 하나씩 자리를 옮겨 가면서 확대되는 개념으로 보는 것이 바람직합니다. 우리가 왜 민중 문학을 해야 하는가 하는 이유는 민중의 삶을 배타적으로 옹호하려는 것이 아니라 민족 문학의 활기와 창의력을 확보하고 재능과 체험의 원천을 민중 문학에서 얻어서 활용하자고 하는 데 있습니다. 또 민중의 삶을 힘써 다루는 것은 민족의 삶을 민중의 삶에서 가장 치열하게 다룰 수 있기 때문입니다. 또한 민족 문학을 하면서 그 특수성을 옹호하지 않고 세계 문학의 보편성을 적극 찾아나가는 것이 바람직한 태도라고 생각합니다. 우리가 세계 문학을 얘기하면 그것은 곧 서양 문학이라고 경계하는데, 서양 문학이 곧 세계 문학이라는 등식은 어디서 보든지 무너졌습니다. 서양 사람들도 그렇게 생각하지 않는데 우리가 공연히 너무 경계하고 있다고 생각합니다.

이제 세계 문학이 무엇이고 어떤 방향을 나가야 하는가 하는 문제에 대해서 원칙적으로 피차가 대등한 권리를 갖고 있되, 지금으로서는 제3세계에 있는 사람들이 더 많은 관심을 갖고 있고, 문제의식이 치열하고 세계 문학을 다시 일으키는 데 앞장서서 주도적인 구실을 해야 하기 때문에, 우리 민족 문학의 분발이 요청되고, 우리 민족 문학을 근거로 하고 우리 민족 문학의 역량을 발휘해 세계 문학의 보편성을 새롭게 창조하는 데 좀 더 힘써야 하겠다는 생각입니다. 그러기 위해서 우리 전통 계승에 있어서 오늘날 세계 문학의 보편성을 더 쇄신하고 확대하는 데 기여할 수 있는 것이 무엇인가를 적극적으로 찾아 계승해야 하겠습니다. 각성된 민중의 구비 문학과 비판적 지식인들의 문학, 양쪽이 다 소중하다고 생각합니다. 비판적 지식인의 문학 자체가 이미 18, 19세기에 각성된 민중 문학을 상당 부분 수용했던 전례를 오늘날 우리가 재현할 필요가 있고, 구체적으로는 구비 문학과의 연관, 한문학과 연관이 다 긴요하다고 생각합니다.

왜 민중 문학 내지 민족 문학이 사실주의 노선을 택해야 하느냐 하는 문제 또한 문학사적 고찰이 필요합니다. 과거의 문학이 고정화된 창작 방법 또는 그 시대 지배 이념에 의해서 격식화된 표현을 벗어 버리고, 말하자면 글을 위한 글을 짓는 데서 삶의 지혜를 위해 글을 짓는 쪽으로 전환하기 위해서는 사실주의가 필수적이었습니다. 오늘날도 글을 위한 글이 아니라 삶의 지혜와 경험을 가지고 글을 짓는 것을 사실주의라 하겠고, 서양에서 들어온 기존의 여러 가지 문학 이론 또는 어떤 창작 방법론에서 말하는 전례에서 벗어나서 삶을 생동하게 나타내면서 비판 의식을 발휘하는 것이 사실주의라고 정의하고 싶습니다. 그래서 묘사나 재현 위주의 사실주의라는 협소한 개념에서 벗어나야 합니다.

지난 시기에 한편에서는 탈춤, 판소리를 통해서 성장한 사실주의가 있고, 또 한편에서는 박지원 같은 탁월한 작가가 이론과 실제 양쪽에서 실험한 사실주의가 있습니다. 박지원은 창작 방법을 말하면서 '한편으로 글 짓는 것은 한자로 말하면 이문위희(以文爲戲)하는 것이다, 그냥 즐거움을 맛보는 것이다.'라고 말함으로써 기존 관념이 들어오지 않도록 하고, 또 민중적인 즐거움을 받아들이려고 하면서, '또 한편으로는 글을 쓰는 것은 이문위전(以文爲戰)이어서 싸움'이라고 했습니다. 싸움을 할 때에는 유격전의 방법을 쓰더라도 승리하는 것이 바람직하다는 이론을 전개하며 자기 이론의 극단적인 실험으로 「호질(虎叱)」 같은 작품을 내놓았습니다. 그러면서 박지원의 이런 창작 방법론이 구현되기까지 철학 사상에 대한 반성과 변혁이 아주 치열하게 이루어지고 문학과 철학 양면에서 박지원의 작업이 수행되었습니다. 그런데 철학과의 관련이 지금까지 잘 밝혀지지 않았기 때문에 박지원에 대한 이해가 상당히 미흡했습니다. 그래서 근래에 이 문제를 자세히 다루어서『문학사와 철학사와 관련 양상』이라는 이름의 책을 내기로 하고 준비하고 있습니다. 박지원의 창작 방법론과 「호질」에 이르기까지의 변화가 어떤 문학적인 반성과 철학적인 각성을 통해서 이루어졌는가를 밝혀 나가는 데 주안점이 있습니다.

근대 이후에 서양 근대 문학을 받아들이지 않는 나라는 이 지구상에 하나도 없다는 사실입니다. 이제는 그것이 이식이냐 아니냐 하는 문제를 얘기하는 것도 과거지사입니다. 들어온 것에다 어떻게 자기 것을 보태가지고, 서양 것과 우리 것을 합쳐서 서양에도 없고 과거 우리 것에도 없던 더욱 바람직한 문학을 이룩해야 하는 데 문제가 있습니다. 둘을 잘못 합쳐서 양쪽의 장점을 다 잃어버릴 수도 있고, 잘 합쳐서 더 큰 것을 만들 수도 있는데, 그러기 위해서 전통의 창조적 계승의 문제가 심각하게 제기됩니다. 그러한 것의 한 예로 채만식의『탁류』와 같은 작품을 들고자 하는데, 판소리의 수법을 활용해 작품에서 그리고 있는 갈등 관계에다가 서술자와 서술내용의 갈등을 덧붙임으로써 묘사 위주의 사실적인 사회 소설에서는 도저히 찾아볼 수 없는 긴장된 전개를 하면서 전통적인 시각과 현재 수난의 갈등이라는 의미까지 내포하고 있어요. 이러한 것이 서양에서 들어온 사실적인 사회 소설에다가 자기 것을 보태서 서양 사람이 이룩하지 않은 새로운 성과를 만들어 낸 한 좋은 본보기인데 비슷한 본보기를 가진 터키 작가 야사르 케말, 이집트 작가 마흐푸즈, 나이지리아 작가 치누아 아체베에게서도 볼 수 있습니다. 8월 하순 국제비교문학회 제13차 발표 대회에 가서 이에 관한 논문을 발표할 작정입니다. 전통적 서사 문학이 근대 소설과 어떻게 연결되어서 제3세계 문학의 새로운 발전을 위해서 어떤 적극적인 기여를 할 수 있는가 하는 것이 오늘날 세계적인 관심사입니다. 우리는 이에 대해 깊은 관심을 가지고 힘써 논의할 필요가 있습니다. 그렇게 하면서 문학 비평과 연구에서 주체성과 보편성을 함께 확보해야 하겠습니다.

김우창 문학이 현실을 그려 내야 하는 것이 당연하지만, 현실이라는 것은 어떤 특정한 관점에서 해석되는 현실이기 십상이지요. 물론 백 선생께서 그랬다는 말은 아닙니다. 리얼리즘을 얘기할 때 모든 작품이 다 리얼리티를 그리려고 한다는 것을 전제로 할 때, 그 리얼리티가 뭐냐는 것은 해석이 다 다를 수 있는데 그 해석을 너무 좁게 하면 안 될 것입니다. 또 모든 사람이 다 현실 속에서 살지, 현실 바깥에서 사는 사람은 한 사람도 없다고 하고 모두 현실적이라고 하는 것은 별로 도움을 주는 것이 아니기 때문에 그 현실이 어떠한 특정한 형태를 가지고 얘기하는 것도 불가피한 것이기는 합니다. 또 그러한 특정 양태나 흐름을 보여 주고 있는 현실 묘사만이 참으로 현실적인 현실이다라고 얘기하는 것이지요. 문학이 세계 문학 전집 속에 존재하는 것이 아니라 우리 사회 속에, 역사 속에 존재한다는 것을 상기하는 것도 리얼리즘에 대한 관심과 자연스럽게 연결되는 긍정할 수 있는 입장입니다. 그렇다 하더라도 현실에 대한 비평적·이론적·철학적 해석에 입각해서 작품을 쓰는 것은 무리라고 생각이 듭니다. 현실론은 정치적일 수도 있고, 비정치적일 수도 있고, 우파적일 수도 있고, 좌파적일 수도 있습니다.

그러나 작품이 현실로부터 우러나온 것이 아니라 의도적인, 이미 정해진 철학적·사회학적·정치적 입장을 가지고 모든 것을 재단할 때 현실을 왜곡할 수도 있습니다. 작가가 해야 하는 작품의 현실성과 구체성에 관한 심각하고 어려운 사고, 즉 비평적·철학적·정치적 사고가 아닌, 작가적 사고를 대치할 수는 없다는 것입니다. 작가라는 것이 제 고집으로 써야지 무슨 이론을 가지고 써서는 안 된다는 얘기가 있죠. 물론 제 고집이 어디에서 나왔는가 하는 것이 문제죠. 기독교도가 가진 고집이 다르고, 한국 사람이 가진 고집이 다르고, 미국 사람의 고집이 다르기 때문에 제 고집대로 써야 한다는 것도 간단하고 자명한 것은 아닙니다. 그러나 작가가 리얼리즘이나 민족 문학론, 이런 것에 대해서 아는 것도 중요하지만 작가 자신은 고집스러운 작가적 사고를 다른 것으로 대체하면 안 됩니다. 물론 제 생각만으로 쓸 수는 없겠죠. 그것은 작가가 초인이기를 기대하는 것이기 때문에 다른 여러 사람 생각이 들어가지만 그래도 작가의 고집을 최종적인 기준으로 삼아야 할 것입니다.

사회 두 선생님의 의견을 들으신 백 선생님의 의견은 어떻습니까?

백낙청 리얼리즘이라고 하면, 흔히는 현실을 올바르게 반영했느냐 안 했느냐 하는 것을 리얼리즘의 기준으로 삼고 있습니다. 그러나 저 자신은 현실을 올바르게 반영하려는 의지가 훌륭한 작품을 쓰는 중요한 조건의 하나이고, 다른 한편 훌륭한 작품이 쓰여졌을 때는 쓰는 사람이 현실을 직접적으로 어떻게 그려 냈는지를 떠나서도 자동적으로 따라오는 결과의 하나가 올바른 현실 반영이라고 생각합니다. 하지만 현실 반영 자체에서 예술 작품의 본질적인 성격을 찾는 데는 다소 문제가 있다고 생각해서 그런 의견을 개진한 적도 있는데, 이 자리에서 그것을 재론하기에는 적합하지 않은 것 같습니다. 다만 우리가 리얼리즘이라고 할 때는 어쨌든 작가 개인의 주관으로써는 어쩔 수 없는, 그러니까 작가의 주체성과 무관하지는 않지만 작가 개인의 주관으로 함부로 좌우될 수 없는 현실이 있고, 그것을 존중하는 자세로 문학을 해야 한다는 것이 전제되겠지요. 좀 더 구체적으로 말하자면 그때의 현실이라는 것은 추상적으로 말하는 세계니 대상이니 하는 것이 아니라 실제로 나만이 아닌 다른 많은 사람들도 함께 살고 있는 현실, 그런 의미에서 민중의 현실입니다. 개개인이 귀한 생명이고 개인들인 그러한 인간들이 함께 살고 있는 현실이지요. 그렇기 때문에 리얼리즘 문학은 민중의 현실에 대한 관심을 전제하는 것이고, 그런 의미에서도 민중 문학의 성격을 띠는 것입니다. 또 아까 조 선생이 지적하셨듯이 이것은 민족 문학으로 발전하는데, 그것은 한편으로 우리 상황에서 민중 현실이 우리가 민족으로서 당면하고 있는 여러 가지 문제와 직결되어 있다는 점에서 그렇고, 또 더 나아가서는 이것이 단순히 민족 하나만의 현실이 아니라 우리 시대에서 많은 민족들이 각기 제 나름으로 민중의 문제를 민족 중심으로 생각하지 않을 수 없는 경우가 많기 때문에 거기에서 민족 문학의 보편성이 나오기도 한다고 봅니다. 그래서 민중 문학에서 민족 문학으로 가고, 민족 문학에서 세계 문학으로 나가는 자연스러운 길이 발견된다고 할 수 있겠습니다.

다만 한 가지 첨언할 것은, 우리나라 또는 우리 민족의 단위로 볼 때는 민중 문학에서 민족 문학으로 나간다고 하겠지만, 세계 민중이라는 단위에서 보면 민족 문학에서 민중 문학으로 나가는 측면도 있을 것 같습니다. 다시 말해서 개별적인 민족 문학들이 범세계적인 민중 문학을 이루고, 그것이야말로 오늘날 우리가 소망하는 세계 문학의 가장 바람직한 형태가 될 것이라는 이야기지요. 그래서 이런 문제에 대해서 앞으로는 민중 현실을 좀 더 엄밀하게 인식하고 분석해서 민중 현실은 어떤 것이고 거기서 어떤 성격의 민족 문학이 요구되는지 또 전 세계적으로 어떤 종류의 민중 문학을 이룩하고 세계 문학을 수립할 수 있는가 하는 검토까지 나가야 하리라고 믿습니다.

그리고 이때에 '사실주의' 또는 '리얼리즘'의 문제가 중요한 쟁점이 된다고 믿습니다. 저 자신은 사실주의와 리얼리즘이라는 용어를 구별해서 사용해 왔습니다. 그 이유는 좁은 의미에서의 사실주의, 제가 리얼리즘과 구별하는 사실주의는 실증의 정신을 반영하는 문학이라고 생각됩니다. 실증 자체는 어떤 의미에서는 정확한 현실 인식의 기초를 이루면서 동시에 실증만으로는 우리가 제대로 알 수 없는 현실 전체 또는 핵심적인 진실을 알고자 할 때 방해가 되는 일면을 갖고 있습니다. 실제로 서양에서 사실주의의 발전 과정을 보면 실증주의적인 현실 은폐 방식에 영합하는 경향도 있었다고 봅니다. 그러한 면을 구별하는 의미에서 실증의 정신을 존중할 만큼은 존중하되 어디까지나 역사적인 진실의 핵심을 찾아내는 데 주력하는 리얼리즘이라는 것을 별도로 생각해 보자는 것입니다. 그런데 아까 김 선생님이 사실주의라는 것은 좋지만 특정한 관점에서 볼 우려가 있다고 하셨는데, 이때 특정한 관점이라는 것은 어떤 편협한 관점을 의미하신 것이겠지요. 그러나 진정한 리얼리즘과 구별되는 사실주의는 오히려 주체에 의한 일체의 개입을 배격한 '불편부당한 실증의 자세'라는 것을 표방했고, 반대로 진정한 리얼리즘은 언제나 특정한 관점에서의 리얼리즘이 되지 않을 수 없는 것입니다. 역사의 주어진 시점에서 현실을 가장 진실하게 볼 수 있는 특정한 관점에서 현실을 있는 그대로 보고자 하는 노력입니다.

그러면 특정한 관점 내지 '당파성'과 현실을 있는 그대로 보고 반영한 다는 것이 어떻게 양립할 수 있는가 하는 어려운 문제가 생기지요. 그것은 단순히 어려운 문제가 아니라 도저히 양립할 수 없는 이율배반이라고 주장하는 것이 실증주의이고 과학주의인 반면, 그렇지 않고 역사 발전의 어느 단계에 이르면 객관성과 당파성을 겸비하는 관점이 가능해진다는 입장이 있습니다. 제가 '각성된 노동자의 눈'이라는 말로 표현하고자 했던 것도 바로 그런 것인데, 다시 말해서 남의 노동으로 살지 않고 자기 노동으로 살기 때문에 세상을 바로 볼 수 있는 기본적인 건강성을 바탕으로 하되, 현실의 복잡한 면을 충분히 감안할 수 있을 만한 최고 수준의 각성을 이루었을 때 그것이 가능하리라는 것입니다. 그렇다고 해서 전지전능한 신처럼 완벽한 것은 아니고 역사의 그 시점에서는 가장 타당한 관점이라고 주장할 만한 정도겠지요. 그나마 '내가 그것을 이룩했다.'고 섣불리 주장하다 가는 아무짝에도 쓸데없는 독단에 빠지기 쉽습니다만, 어쨌든 그것이 가능하다는 전제로 끊임없는 노력을 하는 것이 리얼리즘의 기본 자세이고, 그런 의미에서 제가 사실주의라고 구별하는 이념과는 다른 면이 있다고 하겠습니다.

　조 선생 말씀 가운데 서양 문학이 곧 세계 문학은 아니라는 점을 못박으셨는데 물론 전적으로 동감입니다. 또 그 명제를 문자 그대로 주장할 사람은 드물 겁니다. 다른 한편, 말은 그렇게 해 놓고 실제로 그렇게 안 되는 경우가 많지요. 안 되는 경우는 결국 세계 문학 속에서 서양 문학이 아닌 우리 문학이 어떤 역할을 맡아야 할 것인가, 또 그러기 위해 우리가 무엇을 할 것인가에 대해서 충분한 공부도 없고 실력이 미비한 까닭도 있고, 동시에 세계 문학 속에서 서양 문학이 차지하는 위치가 무엇인가 하는 것에 대해서도 우리의 공부가 부족하기 때문이라고 생각합니다. 가령 서양 문학이 세계 문학의 전부가 아니라는 것은 누구나 동의하는 바이고 매사를 서양 중심으로 보는 것은 곤란하다는 데 대해 지금은 많은 사람들이 동의하고 있음에도 불구하고 실제 논의를 진행하다 보면 서양 문학이 세계 문학의 중심이듯이 논의가 흘러가는 경우가 서양 사람들뿐만 아니라 우리들 가운데도 있습니다. 그것이 단순히 잘못된 서양 편향이냐 아니면 그렇게 되는 어떤 객관적인 근거가 있는 것인가, '객관적인 근거'라고 할 때는 그런 편향을 조장하는 허위의식만이 아니고 정말 현대 사회의 진행 과정에서 서방 세계가 좋든 싫든 맡아 온 중심적인 역할이 있고, 그에 부수되는 문학적 성과가 있었기 때문이 아닌가를 좀 따져 봐야 된다는 겁니다. 특히 서양 문학을 전공하는 입장에서는 그것을 제대로 규명해서 중심성을 갖는 만큼은 인정을 해 주고, 그 도를 넘어서는 논의에 대해서는 제동을 걸고 반박을 하고 대안을 제시하는 것이 긴요한 과제라고 느끼고 있습니다.

　조동일 리얼리즘의 문제도 그렇습니다. 지금 아프리카 소설의 리얼리즘을 둘러싸고 유럽 사람들은 리얼리즘이 아니라고 말하는데 이거야말로 아프리카 리얼리즘이다 하는 논쟁이 치열해요. 그런 논란에 대해서 깊은 관심을 가지고 새로운 이론을 전개할 필요가 있습니다. 사실주의와 리얼리즘을 구별해서 19세기 리얼리즘을 특별히 사실주의라 하고, 그 밖에 다른 것은 다 리얼리즘이라는 견해에 대해서 불만입니다. 사실주의는 아주 다양하고 다원적인 성향을 띠고 있어서 서양의 19세기 것과 그 밖의 것을 나누는 양분법이 별 효용이 없습니다. 마흐푸즈 소설의 비판 정신, 아체베 소설의 정신적 자부심 고취 등을 다시 구분해서 그 다양성을 문제 삼아야 합니다.

백낙청 그것은 각 나라가 다르게 나온다기보다는 오히려 현실에 대해 깊은 관심을 갖고 있는 제3세계라든가 또는 서양 내부의 사람들 중에서 공동으로 나온 얘기이고, 그것이 서양의 기존 학계에서 주로 이해되는 사실주의로서의 리얼리즘과는 분명히 다르게 나타나는 것이죠. 그리고 우리나라 학계가 다 그런 것은 아닙니다만, 불행하게도 서양 학계에서 정리한 사실주의를 그대로 받아서 리얼리즘을 사실주의로 번역하는 경우도 많으니까 그런 의미에서 저는 리얼리즘이라는 말이 생경하기는 하지만 그냥 쓰자는 것이고, 일부에서는 비슷한 취지로 사실주의와 현실주의를 구별하기도 하죠.

조동일 중요한 얘기이기 때문에 의견을 붙이지 않을 수 없는데, 사실주의와 리얼리즘은 같은 말인데 제1세계의 사실주의가 있고 제2세계의 사실주의가 있고 제3세계의 사실주의가 있습니다. 그 셋은 서로 같기도 하지만 다른 점이 더욱 문제가 됩니다. 그 점이 특히 아프리카에서 가장 치열한 논란의 대상이 되고 있습니다. 소수의 논자들은 제2세계의 리얼리즘과 제3세계의 리얼리즘은 같다고 말하고, 다수의 논자들은 제2세계의 리얼리즘과 제3세계의 리얼리즘은 다르다고 말하고 있어요. 적어도 사실주의, 리얼리즘을 논의하기 위해서 아프리카 쪽의 논란도 참고하고 함께 다루는 것이 90년대 비평가의 할 일이라고 생각합니다.

백낙청 지금 제2세계와 제3세계의 리얼리즘이 같냐는 문제는 제 생각으로 한 마디로 같다, 아니다라고 말하는 것보다는 오히려 — 제가 리얼리즘론을 전개하면서 제3세계에 대한 인식을 강조해 왔고 그래서 일각에서는 그것을 '제3세계적 리얼리즘론'이라고 이름지으면서 비판하기도 했습니다만, 제가 생각건대 제2세계의 리얼리즘론이 적어도 제1세계에서 주류를 이룬 사실주의 개념을 비판하고 나왔다는 점에서는 기본적으로 제3세계의 입장과 일치하되, 구체적인 실현 과정에서 이러저러한 문제점이 생겼다라고 표현하는 것이 타당할 것 같습니다.

제3세계 문학과 우리 문학

사회 리얼리즘 문제를 논의하면서 제3세계 문제가 자연스럽게 나왔는데 이에 대해서 논의를 해 주시죠. 1970년대도 제3세계 논의가 있었지만, 그 당시의 논의와 오늘날의 논의는 약간 성격을 달리한다고 생각합니다. 오늘날 현존 사회주의가 위기에 처하면서 새롭게 우리 자신을 인식할 필요가 생기게 되었고 이에 따라 제3세계 문제가 새로운 각도에서 떠오른다고 할 수 있을 텐데요.

조동일 제 자신이 문학을 공부해 온 경력을 보면, 저도 처음에 불문학이라는 서양 문학을 하다가, 다시 국문학으로 전공을 바꿨다가, 근래에는 제3세계 문학에 대해서 다소 무리함에도 불구하고 관심을 가지고 얘기하려고 애쓰는 것은 지식의 균형을 이루자는 생각이 작용하고 있다고 생각합니다. 문학론을 정상화하기 위해서 무엇보다도 먼저 지식의 균형이 필요합니다. 어떤 것이 좋고 나쁘고 의미가 있고 하는 것을 논하기보다도, 이것도 알고 저것도 알아가지고 비교하는 것과, 내가 이것을 알기 때문에 말은 어떻게 하더라도 결국 이것을 옹호하는 데로 가는 것은 다르다고 생각합니다. 개인으로도 지식의 균형이 중요하지만, 우리 학계나 문학 하는 사람들이 서양 문학, 우리 문학, 제3세계 문학 등에 대해서 지식의 균형을 취하고, 연구·소개·번역도 균형을 취하는 것이 우선 시비곡절을 떠나서 절대적으로 중요합니다. 그렇게 하기 위해서 우리는 피차 노력해야 되겠다고 생각합니다.

그리고 지금 말씀하신 바와 같이 서양 문학이 세계 문학으로서 주도적인 구실을 해 왔다는 사실을 부인하는 것은 어리석은 일이고 사실과 전혀 부합되지 않습니다. 그러나 지금 서양 문학의 영향과 작용에 대해서 제3세계 여러 나라에서는 각기 어떻게 대응하고, 어떻게 고민하고, 어떻게 극복을 시도하는가 광범하게 살펴야 합니다. 우리나라 영문과, 불문과 학자들도 아프리카에서의 영문학, 인도에서의 영문학이 어떻게 논의되고 어떻게 비판되는가에 관심을 돌리면 크게 유익하리라고 생각하고, 강의에서도 아프리카 사람이 영어로 쓴 소설, 아프리카 사람이 불어로 쓴 소설을 강의하고 연구하는 것은 아주 시급한 일이라고 생각합니다. 제가 대강 살펴본 바로도 인도 사람은 인도 사람대로, 아랍 사람은 아랍 사람대로, 아프리카 사람은 아프리카 사람대로 서양 문학에 대응하고, 자기 전통을 계승하고, 새로운 방향을 찾기 위해서 각기 대단히 애를 쓰고 있어요. 그런 사정을 알아 서양 문학에 대응하는 자세에 관한 광범한 비교 연구를 해야 합니다.

김우창 조 선생님이 말씀하신 것은 이상으로서는 대단히 좋은데, 실제로는 역량이 부족해서도 못하고 관심을 안 가져서도 못합니다. 또 동시에 백 선생님이 말씀하신 대로 서양 문학의 독특한 현실을 인정하는 것이 중요하다는 생각이 듭니다. 그것은 단지 힘이 있어서가 아니라 그야말로 우리 허위의식 때문에 그런 것이 아닌가 하는 느낌을 끊임없이 가지면서 생각하는 것이지만, 새로운 문학, 서양의 문학, 서양의 계도적인 실험이 인류 역사에 있어서, 세계사에 있어서 독특한 위치를 갖고 있다는 느낌을 지워 버리기는 어렵습니다. 그러니까 힘이 세서가 아니라 그것이 인간이 이룩한 독특한 하나의 발전이었기 때문에 중요한 것입니다. 그것이 모든 발전 방향을 대표하고 있다고 생각하고 싶지 않지만, 매우 독특한 것을 대표한 것은 사실이고 어떻게 생각해야 할지 객관적으로 생각해 볼 필요가 있다는 것이죠.

또 하나는 지금 우리가 마치 독자적인 현실을 갖고 있는 것처럼 얘기하는데, 좋아하든 싫어하든 아파트가 올라가고 경제 발전을 이룩하고 하는 현상이라는 것은, 비판적으로 보느냐 그렇지 않느냐를 떠나서, 서양으로부터 온 많은 기술, 관례에 의해서 조성되고 있는 현실인 것은 틀림없습니다. 물론 이것은 어떻게 보면 가공할 결과를 가져올 사태를 벌여 놓을 수 있습니다. 어쨌든 우리가 의식적으로는 뭐라고 하든지 간에 오늘날 우리 현실을 만들어 내고 있는 것, 그 경제·사회 현실을 만들어 내고 있는 배경에 들어 있는 문화적인 관련을 얘기하는 것은 중요한 일입니다. 사실 영문학 또는 서양 문학이 갖고 있는 독특한 세계사적 업적을 떠나서도 그것은 우리 현실에 깊이 개입되어 있기 때문에 이집트 문학과 나이지리아 문학과 같은 것이 아닙니다.

조동일 지금 우리가 하는 것이 무슨 개화기 초에 개화냐 수구냐 하는 논쟁이 아닙니다. 선생님 말씀은 다 맞습니다. 그렇기 때문에 우리가 서양 것을 하나라도 우리에게 유익하게 섭취하는 비결이 무엇인가 찾는 것이 문제입니다. 서양 사람이 하는 식의 서양 이해를 위해서 얼마나 많은 인원이 필요할까요? 아마도 전국 영문학 교수는 1000명쯤 될 겁니다. 2000명, 3000명 가량이 될지도 모릅니다. 지금도 영문학 교수는 국문학 교수보다 많은데 더 많은 인원을 배정해서 하자는 것은 무의미한 얘기입니다. 어떻게 하면 우리는 우리의 시각에서 우리의 목적에 맞게 서양 문학을 섭취할 수 있는가에 대해서 백낙청 선생님이 근래에 많은 논의를 펼치고 있는데, 우리의 주체적인 시각을 가지고 우리 문학의 문제점과 관련시켜 서양문학 작품을 읽어야 한다는 원칙에 대해서는 우리 백 선생님이 충분히 강조했으니까 되풀이하지 않겠습니다.

그런데 덧보태고 싶은 것은 비교 연구의 필요성입니다. 인도 사람은 어떻게 고민하고 있고, 나이지리아 사람은 어떻게 고민하고 있는가를 직접적으로 비교하면서 공부하면 교수나 학생에게 크게 유익할 것입니다. 나이지리아 문학은 불행히도 거의 영문학입니다. 대부분 영문으로 썼습니다. 케냐의 은구기도 영어로 썼어요. 그런데 또 은구기라는 사람이 케냐에 영문학과가 있어야 하느냐 없어야 하느냐에 대해서 심각하게 논의를 전개하고 있어요. 그런 사례까지 남아 제3세계에 있어서의 영문학은 어떻게 문제되고 있는가를 광범하게 연구할 때 우리 주체적인 인식은 훨씬 쉬워지고 명료해질 것입니다. 이런 얘기를 하면 대부분의 영문과 사람들은 이렇게 말합니다. 영문학도 다 못하는데 나이지리아 사람이 영어로 쓴 것을 돌볼 여지가 어디 있느냐? 이렇게 말한다면 국어도 다 못하는데 영어를 시작했느냐 하는 것만큼이나 천박한 논의로 떨어져요. '한국 문학과 제3세계 문학'을 강의하면서 그 작품들의 번역판을 강의하고 있습니다. 그 작품 영어판을 교재로 쓰고 싶은 생각도 간절하나, 내가 영문과를 제쳐 놓고 그렇게 월권하는 것은 말썽의 소지가 있을 것이라 해서 자제하면서…… 영문과에서는 전공 과목·교양 과목 강의에서 아프리카, 인도 작가가 영어로 쓴 작품, 그와 관계되는 평론들을 강의하는 것이 당장 긴요하다고 생각합니다. 역량이 모자라고 안 모자라고는 없습니다. 영문학 박사가 못 하는 일을 국문학 하는 사람이 하려고 작정하는데, 영문학 하는 사람이 역량이 모자라서 못한다는 것은 적당하지 않은 얘기라고 생각합니다.

백낙청 조 선생께서 제기하신 과제는 매우 중요하고 사실 방대한 과제이기 때문에 불가피하게 여러 사람이 협동을 해야 하고, 일정한 역할 분담이 따르기 마련이라고 생각합니다. 그래서 저 같은 사람은 일찍부터 제3세계적 인식, 혹은 제3세계 문학에 대한 관심이 우리 민족 문학적 관심에 불가분한 것이라는 주장을 하면서도 실제로 제3세계 문학에 대해서 본격적으로 논의한 것은 없어요. 한편으로는 영미 문학을 제 나름대로 제3세계적 관점에서 다시 읽어 보자 하는 것이 중요한 관심사였고 또 한국의 문학을 제3세계와의 연대 속에서 해 보자는 취지의 비평 작업을 해 왔는데, 어차피 역할 분담이 불가피한 상황이라고 느끼기 때문에 제3세계 문학을 따로 더 못한 데 대한 죄의식은 별로 없습니다.

조동일 서론적인 논의는 많이 펼쳤죠.

백낙청 그리고 지식의 균형이라는 말씀을 하셨는데, 지식의 균형이 너무나 어긋나 있으니까 그야말로 시비곡절을 가리기 전에 이것저것 부각시켜 보자는 것은 일리가 있는 얘기죠. 그러나 장기적으로 보면 그것만이 아니고, 어느 선에서 정확한 균형을 세울 것인가에 대해 우리가 서양 문학에 관해서도 정확한 인식을 가지고, 또 제3세계 문학에 대해서도 좀 제대로 알고 나서야 균형이 잡힐 것입니다. 동병상련도 좋지만 요는 병을 이겨야 하니까요. 그런데 서양의 독특성에 대해서 김 선생님께서 많이 말씀하시는데 사실 엄밀히 따지자면 독특하지 않은 것이 어디 있습니까? 다 저 나름으로 독특하죠. 서양의 경우가 독특하다는 것은 16, 17세기경에 그 당시 매우 특이한 현상이라고 할 수 있던 자본주의 세계 경제가 성립을 보기 시작하면서 오늘날 그것이 전 세계적으로 자기 체제를 강요할 수 있는 힘을 갖게 됐다는 이런 의미의 독특성일 텐데, 그러한 의미의 독특성을 인정하면서, 동시에 그런 발전이 지금 어떤 단계에 와 있고 앞으로 어떻게 나갈 것인가를 따져 볼 필요가 있습니다. 서양에서 발단된 이 독특한 현상을 무시하거나 경시해서는 안 된다는 것은 당연한 얘기입니다만 무시하지 않으려고만 하다가 끌려다니며 이것을 극복할 전망을 찾지 못할 우려가 있지요. 사실 서양 문학이나 서양 역사의 독특성에 대한 강조가 문자 그대로의 독특성보다 오히려 그 보편성에 대한 맹신으로 변할 우려가 항상 존재하는데, 김 선생님이 지적하신 대로 서양 문학 자체의 발전 과정을 좀 더 엄밀하게 분석하되 그 자체 내에 어떤 모순을 내포하고 있고 그 모순의 발현 과정에서 지금이 어떤 단계에 해당하는가라는 문제 의식을 갖고서 그 독특성을 좀 더 제대로 논의해야 하리라고 생각합니다.

김우창 지금 백 선생님의 말씀에 근본적으로 이견이 없는데, 그래도 나는 백 선생님이 말씀하신 것보다는 서양 문학의 가치를 좀 더 인정하고 싶습니다. 독특한 문화적인 업적으로 말입니다. 예를 들어 우리의 고려 청자라는 것이 한국 사람들이 많이 얘기하는 세계사적 업적입니다. 그러나 고려 청자를 가지고 밥을 먹어야 한다든지 그것을 쓰지 않으면 야만이라든지 하는 얘기는 전혀 말이 안 되는 것이죠. 또 그것이 독자 발전 또는 인간 발전의 유일한 가능성인 것처럼 말하는 것도 어리석은 일입니다. 서양 문학이 독특한 업적인 것을 인정한다고 해서 서양 문학이 인간 발전의 유일한 길이고 그것을 안 하는 놈들은 다 이상한 놈들이다 하는 얘기가 되는 것은 아닙니다. 서양 문학은 상당히 독특한 인류의 문화적 업적입니다. 그러나 그것이 유일무이한 세계 문학이고 보편적인 것은 아닙니다.

그리고 리얼리즘 문제에 대해서 한 가지 말씀드리면, 아까 조 선생님이 어떤 특정한 입장에서 당파적인 성격을 강조한 리얼리즘을 공박하는 것처럼 말씀하셨는데, 나는 좀 더 포괄적으로 리얼리즘에 대해 여러 가지 의견이 있을 수 있다는 것을 인정해야 한다고 생각합니다. 바로 제3세계를 공부하는 의의 중 하나가 바로 서양 역사의 진보의 관점에서 파악한 리얼리티뿐만 아니라, 다른 리얼리티도 생각해야 합니다. 리얼리즘 문제라면 문학 문제라기보다 사실은 정치 문제죠. 이란에서의 이슬람 혁명을 생각해보지요. 이란의 정치적 발전에서 이슬람 혁명이라는 것은 서양 사람들이 얘기하는 유물적 정치 사관으로 또는 발전론으로 보면 뭐라고 해석할 것인가? 적어도 비세속적이라는 의미에서는 전근대적이고 보수적이고 반동적인 정치 발전이라고 할 수 있습니다. 서양 사람들의 세속적 사관에서 본다면 세속화랄지, 물질적 생산 능력이 계속 이루어지는 쪽이 역사 발전이고, 또 사회주의적 관점에서는 더 평등하게 되고 민중 권력적인 것으로 가는 것이 발전인데 그런 관점에서 이슬람 혁명이라는 것을 반드시 보수적, 반동적, 전근대적인 것이라고 볼 수 있느냐 하고 말할 수 있습니다.

그러나 '이슬람적 정치 발전을 모색하는 것도 있을 수 있지 않겠냐고 말할 수는 없을까' 하는 생각이 듭니다. 또 나이지리아가 지금 물질적으로도 발전해 나가는 형성 시기에 들어가 있지만, 나이지리아 사람들이 아프리카 사람들의 정신적 권위, 합리적인 원칙으로는 설명할 수 없는 아프리카적 정신을 회복하는 것이 중요하다고 할 때, 어떻게 보면 그것은 상당히 반동적이고 보수적인 면이 있는 것도 사실이지만 그렇다고 할 수 있겠느냐고 반문할 수 있습니다. 아프리카 사람들의 절실한 필요가 있고, 이슬람 사람들의 절실한 필요가 있는데, 거기에 맞는 역사 해석 이것을 전부 세속적, 물질적, 유물적 발전의 관점에서만 볼 수 있느냐 하는 데는 문제가 있습니다.

리얼리즘의 문제는 정치적인 문제인데, 어느 나라에서 하나의 리얼리즘 해석, 궁극적으로 하나의 역사 해석, 이것을 지탱하기는 어렵지 않나 합니다.

백낙청 저의 리얼리즘론을 공박하기 위해 이슬람 얘기를 꺼내신 것은 아니죠? (웃음)

김우창 분명히 여러 가지 의견이 있을 수 있는데 한 관점에서 얘기할 때 문제가 있다는 것이죠. 그리고 어떠한 해석을 가지고 작가적 사고를 대체하는 것은 문제가 있지 않느냐 하는 얘기입니다.

사회주의 리얼리즘과 포스트모더니즘

사회 제3세계와 관련하여 우리 민족 문학을 검토하였는데 여기서 빠뜨릴 수 없는 것은 오늘날 우리를 감싸고 있는 세계 체제 특히 현존 사회주의와 발전된 자본주의에서의 문학 문제입니다. 1989년 이후에는 우리 문학계 일각에서도 발전된 자본주의에서 맹위를 떨치고 있는 것처럼 보이는 '포스트모더니즘'이 들어와 상당한 논의를 벌이고 있는 것 같습니다. 이 문제에 대해서는 김 선생님께서 먼저 말씀해 주시죠.

김우창 가장 큰 사건은 제2세계의 붕괴라고 할 수 있습니다. 이것은 세계사적으로 중요한 일입니다. 그것이 무너졌다고 우리가 당장 굶어 죽는 것은 아니기 때문에 오늘의 세계 실상에 대해서 생각하는 의식상에 있어서 큰 사건이라고 할 수 있습니다. 개인적으로 얘기하면 나는 소비에트 체제에 대해 동조하거나 긍정적으로 보거나 하는 것은 아닌데도 불구하고 그것이 우리 문제를 생각하는 데 얼마나 중요한 역할을 했는가를 이제 깨닫게 됩니다. 사람들에게 그런 사회가 존재하고 있다는 것은 그것을 좋아하든 싫어하든 간에 우리에게 매우 중요한 모델이었는데, 그것이 깨진 것은 굉장히 충격을 주고 있으리라고 생각합니다. 포스트모더니즘의 문제는 대체적으로 부정만 할 것은 아닙니다. 그런데 포스트모더니즘이나 해체주의가 우리에게 얘기해 주는 것 중의 하나는 이데올로기 비판입니다. 드만이 꼭 포스트모더니스트라고 하기는 어렵지만, 그의 생각의 핵심은 언어적 현실을 물질적 현실로 잘못 이해하는 데 대한 비판입니다. 그런 것은 상당히 심각하게 받아들일 여지가 있죠. 또 그것은 특히 사회주의 이데올로기에 대한 비판만은 아닙니다. 드만은 언어 체계와 물질 현실을 혼동하는 것은 마르크스의 『도이치이데올로기』를 잘못 읽은 때문이라고 합니다.

그러나 진리도 없고 가치도 없고 역사도 없는 것이 포스트모더니즘이라고 한다면 그것은 상당히 편한 나라에 사는 사람들이 하는 얘기죠. 왜냐하면 사회 현실에 핵심이 없다는 것은 핵심이 있기 때문에 핵심을 풀어 가야 한다는 비판적 의미로는 받아들일 수는 있지만, 우리 현실의 경우 사회적인 규범, 경제적인 질서가 안 되어 있기 때문에 괴로운 것인데, 우리나라에서 허무주의로서의 포스트모더니즘은 근본적으로 사회 역사의 핵심을 이루려고 하는 노력이 아직도 미숙한 상태인 우리나라에서 극단적 형태의 포스트모더니즘이 비판적 기능을 가질 수 있는가 하는 것입니다.

백낙청 연초에 《창작과비평》 창간 25주년을 기념하는 토론회 자리에서 제가 이런 이야기를 했습니다. 이제까지 근대에서 벗어났다고 자처한 예술 이념이 두 가지가 있는데, 그 하나가 탈현대 또는 탈근대를 내세우는 '포스트모더니즘'이고, 또 하나는 바로 사회주의권에서 얘기해 온 '사회주의 리얼리즘'입니다. 거기서는 범세계적으로 자본주의가 끝장난 것은 아니지만 세계 큰 부분에서 다음 단계의 역사가 시작되었고 이것이 현존 자본주의의 붕괴를 가져올 것이라는 전제 아래, 자본주의 시대를 근대라고 한다면 사회주의 시대는 근대를 벗어난 '현대'이고 거기에 걸맞은 예술 이념이 사회주의 리얼리즘이라고 얘기했던 것입니다. 사회주의 리얼리즘론의 다른 공과가 무엇이건, 제2세계를 점점 확장시켜 제1세계를 무너뜨리자는 주장은 어긋난 것이죠. 제1세계가 앞으로 어떻게 될지는 모르지만 일단은 제2세계가 먼저 무너지고 있는 것이 분명합니다. 따라서 사회주의 리얼리즘론이 탈근대의 이념이라고 자처하는 것은 근거 없는 얘기가 되겠습니다. 남은 것이 포스트모더니즘인데, 냉전에서 제1세계가 제2세계에 대해 일단 승리를 했기 때문에 제1세계의 포스트모더니즘이 더욱 기세등등한 상태에 있는 것은 분명한데요. 그러나 따지고 보면 사회주의 진영이 무너지면서 그만큼 자본주의 진영이 강화되었고 자본주의가 더욱 위세를 떨치게 되었지, 어떻게 자본주의 시대가 끝나고 탈근대라는 새로운 시대 또는 사회로 들어서는가라는 의문은 누구나 상식적으로 가질 수 있습니다.

그리고 포스트모더니즘론도 여러 갈래가 있습니다만, 그것이 자본주의적 근대에서 벗어난 새로운 시대를 설정하는 한에 있어서는 전혀 근거 없는 낭설이고 혹세무민하는 이론이라고 생각합니다. 반면에 포스트모더니즘론 논자들 가운데는 자본주의 시대가 지속되고 있다는 전제 아래 자본주의 발전이 전혀 새로운 단계에 들어갔기 때문에 종전의 자본주의 시대에서 통용되던 예술 이념과는 다른 이념이 요청되며 그것이 포스트모더니즘이라는 주장도 있습니다. 제임슨 같은 사람이 만델의 후기 자본주의론에 의거해서 후기 자본주의의 문화 논리가 포스트모더니즘이라고 말하고 있고, 또 데이비드 하비 같은 사람은 만델의 개념 틀이 아니고 조절론자들이 얘기하는 탈포드주의 즉 포드주의 시대 이후의 조절 체제, 이른바 신축적인 조절 체제에 상응하는 문화 논리가 포스트모더니즘이라고 주장하기도 합니다. 이런 경우들은 자본주의 시대의 존속이라는 엄연한 현실을 부정하는 얘기는 아니기 때문에 혹세무민한다고까지 말할 수는 없고 실제로 경청할 만한 부분이 많이 있는데, 다만 지금 제가 말씀드린 두 가지 대표적인 예만 하더라도 시기 구분이 명백히 달라요. 만델의 후기 자본주의론은 제2차 세계대전 이후를 후기 자본주의 시대라고 보고 있으니까, 다시 말해서 포드주의 체제가 전성기에 들어와 있고 미국의 헤게모니가 의심의 여지없던 시대를 가리키는 것이고, 조절 이론에서 말하는 탈포드주의적 또는 신축적인 축적 체제의 시대는 대개 1970년대 초 이후부터입니다. 다시 말해서 미국의 절대적인 헤게모니가 일단 붕괴하고, 그렇다고 해서 미국이 세계 최강국이 아니라는 의미는 아니지만 제2차 세계대전 후의 '브레튼 우즈 협정' 체제가 지속되던 1960년대까지와 같은 그러한 주도권은 상실한 상태에서 새로운 체제로 들어가면서 포스트모더니즘이 등장했다는 식으로, 벌써 자기들끼리도 얘기가 달라요. 그러니 우리도 누구의 얘기가 얼마만큼 맞는지를 가려 가면서 받아들일 것은 받아들이고 비판할 것은 비판해야 한다고 봅니다.

그런데 기본적으로 저는 세계사에서 근대는 자본주의 시대인 만큼, 이 가운데 어느 단계를 '포스트모던'이라고 해서 마치 근대에서 완전히 벗어난 듯한 인상을 주는 것은 아무리 좋은 의도를 가져도 부작용이 더 많다는 생각입니다. 오히려 근대라는 시대가 과연 어떤 시대이고 자본주의라는 체제가 어떤 체제인가 하는 것을 우리가 명확히 짚어가지고 그것의 본질적인 특징이 지금 오히려 더 분명하게 드러나고 있는 것은 아닌지를 따져 볼 일이고, 그러면 그것을 넘어설 수 있는 이념은 무엇인가도 차분히 연구해 봐야 합니다. 그런데 지금이 포스트모던한 시대다, 포스트모더니즘이다라고 '포스트'라는 말을 붙여가지고 자본주의적 근대를 이미 넘어섰다는 환상을 갖는 방식보다는, 오히려 리얼리즘이 낡았다면 낡았다고 할 낱말에 새로운 내용을 담아가지고 정말 이 시대의 진실이 무엇인가를 정확히 인식한 위에서 다음 시대로 나갈 수 있는 길을 제시하는 이런 방향이 되어야 한다는 것이 저의 기본적인 생각입니다.

물론 포스트모더니즘으로 일컬어지는 구체적인 작품들 가운데는 이런저런 차이가 있고, 또 본인이 포스트모더니스트라고 자처하고 나섰음에도 불구하고 오히려 리얼리즘에 가까운 작품들도 있습니다. 또 흔히 포스트모더니즘으로 분류되는 논리 중에도 데리다같이 스스로 엄밀한 논리 전개를 하는 그런 논자들의 경우에는 비판적인 전통의 연장선상에 놓인 작업이라고 부를 여지가 없잖아 있습니다. 어떻게 보면 계몽주의의 비판적인 전통의 연장선에서 계몽주의 자체의 부정에 도달하는 결과를 낳았다고 볼 수 있습니다. 그런데 18세기의 계몽주의 자체가 우리 역사에 소중한 것을 보태 준 일면과 그것이 억압적으로 작용하고 특히 제3세계에 대해서는 제국주의 논리로 작용한 일면이 있기 때문에, 우리가 계몽주의 전통에 대한 부정이나 해체를 무조건 외면할 이유는 없습니다. 그러나 계몽주의적 비판과 해방의 이념을 전적으로 부정하는 것은 서양에서나 제3세계에서나 수긍하기 힘든 일입니다. 따라서 서양하고 우리 현실 사이에 다소간의 편차는 있지만, 서양에서는 괜찮은데 우리에게는 문제가 있다고 얘기하는 것만으로는 불충분하고, 서양에서도 긍정적인 면과 부정적인 면이 다 있겠지만 어느 쪽이 더 많은가부터도 따져 들어가야 한다고 생각합니다.

우리 주변에서는 요즘 포스트모더니즘 논의가 한창인데 제가 볼 때는 그래요. 한편으로 우리의 문화 식민지적 풍토 때문에 포스트모더니즘이든 모더니즘이든 뭐든지 새로 나오면 위세를 떨치게 되어 있습니다. 다른 한편으로는 포스트모더니즘론이 자리 잡기가 어려운 것이, 우리 입장에서는 모더니즘과 포스트모더니즘이 잘 구별되지 않아요. 사실 포스트모던한 작품이라고 떠드는 작품도 옛날에 우리가 알던 모더니즘 작품 또는 서양에서 모더니즘 시대에 이미 나온 작품과 별로 다를 게 없는 경우가 많습니다. 그것은 우리가 낙후했기 때문에 포스트모더니즘을 아직 못 받아들여서 모더니즘을 포스트모더니즘이라고 오인하고 있어서라기보다, 제3세계 상황에서 서양의 문화적인 침략이 이루어질 때 그들이 모더니즘이라고 부르는 것과 포스트모더니즘이라고 부르는 것이 뒤섞여 들어오게 마련이고 실질적으로 비슷비슷한 효과를 거두기 마련이기 때문이라고 생각합니다. 그래서 그 포스트모더니즘이라는 것이 우리 사회의 약점과 관련되어 사실 나쁜 면으로 더 많이 작용하고 있지만 장기적으로 큰 힘을 발휘하기는 힘들다고 보는 것이, 모더니즘이라는 상품과 포스트모더니즘이라는 상품이 너무 헷갈려서 포스트모더니즘 장사에 지장이 많게끔 되어 있지 않은가 합니다.

조동일 저는 문학사가라는 점을 전제했는데 끝으로 제기된 문제, 그런 관점에서 말씀드리겠습니다.『한국문학통사』라는 문학사를 쓰고, 문학사 서술의 이론과 방법이 도대체 어떻게 돌아가고 있는가를 탐색하는 작업을 근래에 하고 있습니다. 서양에서의 문학사, 일본·중국·남북한의 문학사에 관해서도 비교하면서 지금 제기되는 문제들을 논하고자 합니다. 사회주의 문학론은 문학과 사회, 문학과 이념과의 관계를 규명하는 데 결정적인 기여를 한다고 하면서 배타적 독점적 당파성을 주장해 왔습니다. 그런데 사실, 하겠다는 작업을 제대로 하지 못했어요. 그래서 하겠다는 작업을 잘해서 설득력을 갖기보다는 배타적 독점적 당파성을 정치적으로 옹호하고 학문 외적인 방법으로 유지해 오는 데 힘써 왔기 때문에 거기에 문제가 있는 것이죠. 이제 동구와 소련의 변화로 그 배타적 독점적 당파성은 무너졌습니다. 그러면서 문학과 사회에 대해서 하겠다고 장담한 연구를 실제로 하지 않았다는 내막을 은폐할 길이 없어졌어요. 열어 놓고 보니까 유물사관에 의한 문학사 서술은 실제 서론에 머물렀어요. 중국도 마찬가지입니다.

  그래서 이제는 사회주의 문학론에 대한 찬반과는 별도로 문학사와 사회사를 함께 연구해야 할 과제가 널리 개방되고 있습니다. 사회주의가 붕괴했다고 해서 이제는 그것을 하지 않아도 된다는 것은 말이 안 되고, 이제 통제는 무력해졌으니까 누구나 그것을 해야 할 과제가 떨어진 것입니다. 사회주의를 반대한다고 해서 문학과 사회의 관계를 논하지 않아도 되는 면책이 생기는 것은 아닙니다. 이제 우리는 문학과 사회, 문학과 이념의 관계를 문학 원론의 관점에서, 우리 문학사 입장에서 힘써 연구해야 합니다. 그 점에서 북한도 마찬가지입니다. 그 작업을 제대로 하지 않으면서 당파성이라는 논리로 약점을 옹호, 위장해 온 것은 잘못입니다. 이제 세계 문학사를 제대로 서술하기 위해서 서로 격려하고 서로 비판하고 서로 협력할 시대가 왔다고 생각합니다. 남북한에서 각기 서술한 우리 문학사를 서로 근접시키고 합치고 하는 작업이 통일을 지향하기 위해 아주 긴요할 뿐만 아니라 그건 세계사적 과업의 하나여서 더욱 소중합니다. 그런데 그동안의 경과를 솔직하게 말하면, 북한에서 문학과 사회, 문학과 정치 이념에 대한 연구를 사실은 제대로 하지 않고 지내왔습니다. 연구 성과가 빈약합니다. 그 실패를 거울삼아 이제 그런 연구는 하지 말아야 한다는 것이 아니라 그쪽에서 한다고 했지만 그렇게 하지 못했기 때문에 우리가 그 문제를 논하는 데 더욱 적극성을 가져야 하겠습니다. 사회주의 문학인의 문제 제기와 전개 방식을 처음부터 배척하지 말고 받아들이면서, 다면적이고 총괄적인 연구 속에서 그 장점을 살리고 그 배타성을 제거하는 데 공동의 노력을 해야 할 때가 왔다고 봅니다.

우리 문학사 서술을 새롭게 하는 과업은 제3세계 문학사를 근거로 세계 문학사를 다시 인식하는 과업과 직결됩니다. 제3세계 문학사를 매개로 해서 세계 문학사를 수입하는 작업을 다 하지 못하더라도 그 기본 설계를 하는 것이 우리 학계에 주어진 최대의 사명이라고 생각합니다. 그런데 포스트모더니즘이라는 것이 그 작업을 방해합니다. "봐라, 포스트모더니즘이 맞지 않느냐? 사회주의가 무너졌으니 거대 이론은 이제 무용하게 됐다."라고 하는데, 우리는 이제 새로운 거대 이론을 우리 책임하에 수립할 단계에 이르렀습니다. 그런데 과거의 실패를 들어 새 작업을 하지 말라고 하니 차질이 생깁니다. 우리가 정말 속 차리고 큰일을 하려고 하는데 방해 전파가 와서 그것을 하는 것은 무익하다고 말하고, 문학의 역사성과 사회성, 이념성을 우리는 중요시하면서 새로운 거대 이론을 다시 만들려고 하는데 그렇게 하지 말라고 하니, 의식 교란에 대처하지 않을 수 없습니다.

포스트모더니즘이 따지면서 읽는 독서 방법이라고 하겠는데, 가진 장점을 구태여 말한다면, 두 분이 지적한 것처럼 방법의 엄밀성이라든가 까다롭게 따져야 한다고 말하는데, 우리가 할 일이 하도 커서 까다롭게 따지고는 도저히 못합니다. 지금 우리는 이제 엉성하게라도 전체를 한번 구성해 봐야 하는데, 까다롭게 따지기만 해서는 자손 대대로 제대로 못하고, 또 연구 인력이 부족해서도 그런 식으로 할 수 없습니다. 오늘날 언어와 현실의 관계가 핵심이죠. 언어와 현실이 대응 안 된다면 그 논란도 의미가 없어집니다. 거기에서도 우리가 취할 태도는 분명합니다. 서양 문학 전공자들이 포스트모더니즘으로 먹고살 거리를 만들고, 심하게 말하면 인기 없는 영문학의 재흥을 기하는 계기로 만들 것인가, 아니면 포스트모더니즘이 우리에게 무엇인가 하는 문제를 잘 정리하고 비판 소화한 결과를 우리 민족 사회에 내놓느냐? 이제 영문학은 선택의 기로에 놓여 있습니다. (일동 웃음)

1990년대 우리 문학의 전망

사회 1980년대 우리 문학을 전반적으로 개괄하고 평가하는 것으로 시작하여 민족 문학론과 리얼리즘론, 제3세계 문학과 관련된 우리 문학의 자기 인식, 그리고 현존 사회주의와 발전된 자본주의에서의 문학 상황 등을 차례로 살펴보았습니다. 이제 이런 논의를 바탕으로 1990년대 우리 문학의 방향과 전망을 말씀해 주시면 고맙겠습니다.

백낙청 1990년대 우리 문학에 대해서 저는 기본적으로 우리가 더욱 알찬 결실을 거둘 수 있다고 앞서 말씀드렸습니다. 새로운 위기라는 말을 쓴 것도 그 위기의 성격에 대해 우리가 정확히 인식하면서 제대로 대응할 때 열릴 수 있는 가능성을 전제한 이야기지요. 여기에 대해 지금 길게 부연할 것은 없고, 한두 가지 문제에 집중해서 몇 말씀 드리기로 하겠습니다. 하나는 노동 문학의 문제인데, 1980년대 내내 민족 문학 진영 일각에서 그동안 이루어진 노동 문학의 성과를 과대평가하기도 하고 또 어떤 의미에서는 아예 생경하고 문제점투성이인 것을 좋다고 잘못 평가하기도 했는데, 요즘 와서는 그런 논의가 크게 인기를 잃었다고 할까, 많은 사람들이 식상한 느낌도 있습니다. 그런데 거기에 대해 반성을 하는 가운데 노동 문학이나 우리 사회의 노동 현실에 대한 관심 자체가 도리어 너무 희박해질 우려가 있지 않은가 합니다.

저는 사실은 1990년대야말로 우리 사회의 계급 문제가 더욱 심각하게 부각되리라 봅니다. 왜냐하면 그동안 1987년 이후로 우리 현실에서 여러 가지 정치적인 개선이 이루어지기는 했습니다만, 현 체제가 기본적으로 추구하고 있는 방향은, 1980년대에는 기층 민중이냐 아니냐를 가릴 것 없이 집권 세력에 속하는 소수의 계층을 제외한 대부분의 사람들에게 억압적인 정치 체제였던 데 비해서 1987년을 계기로 그중에서 좀 나은 편에 속하는 중산층이라든가 지식인이라든가 이런 사람들은 그래도 살 만한 세상으로 많이 변해 왔다고 생각합니다. 그런데 6·29선언에 좋은 말이 많았고 너무 좋아서 텅 빈 공약으로 끝난 말도 많습니다만 그렇게 훌륭한 공약 사항에 애당초 안 들어 있던 것이 노동 문제입니다. 처음부터 구도가 노동자들이라든가 기층 민중의 인내는 계속 요구하면서 나머지 사람들이 이제부터는 조금 더 숨 쉬고 살 수 있는 세상을 만들어 보겠다는 구도였고, 그 구도가 어느 정도는 실현됐다고 봅니다.

그렇기 때문에 우리 사회가 발전하고 부분적인 개선이 이루어지면 이루어질수록 계급 대립은 더욱 격화될 것이고, 따라서 노동 운동에 대한 최근의 가혹한 탄압이 결코 일시적인 현상만은 아니라고 봅니다. 다시 말해 노동 문제가 정치적인 이슈로도 계속 남을 것이고, 문학에 있어서도 80년대식의 소재나 신원 차원에서 돌파의 필요성도 아직 어느 정도는 남아 있을뿐더러 새로운 형태의 억압에 효과적으로 대응하는 그야말로 각성된 노동자의 눈이 그 어느 때보다 절실한 상황이라고 믿습니다. 그러므로 노동 문학의 진전을 우리는 계속 북돋우어 나가야 한다고 생각합니다. 다만 진정한 의미에서 북돋운다는 것은 덮어놓고 좋다고 칭찬하는 것이 아니라 오히려 엄정한 비평 논의를 통해서 어느 것이 더 낫고 어느 것이 덜 철저한가를 가려 주는 작업이라고 생각합니다. 다른 한편 이제까지 주도적으로 활약해 온 기성 문인들이라든가, 또 보통은 민족 문학 진영에 속하는 것으로 본인이나 남들이 인식하지 않는 작가들도, 자신이 잘 모르는 노동자 현실의 중요성 앞에서 위축될 필요는 없고 각기 자기 처한 위치에서 '각성한 노동자의 눈'을 체득하기 위해 더욱 분발하고 발전해야 할 것이라고 생각합니다.

다른 한 가지는 조 선생께서 누차 강조하신 비평과 이론의 문제인데요. 제3세계에서 독자적인 목소리를 내기 시작하려는 바로 이 단계, 하필 이 대목에 해체주의니 포스트모더니즘이 나와가지고 거대 이론을 부정하고 또 거대 서사를 부정하는 것이 결코 우연이 아니라는 지적에 저는 동의합니다. 다만 거대 이론이라고 할 때, 사실 해체론의 지적대로 그것이 갖는 함정이 분명히 있다고 저는 믿습니다. 따라서 거대 이론이 필요하냐 안 필요하냐 하는 식의 논의를 넘어서서, 넓은 시야를 갖고 우리에게 필요한 가설을 끊임없이 세워 나가되 어디까지나 핵심은 구체적인 정세, 구체적인 작품에 대한 구체적인 분석에 두어야 한다고 봅니다. 그러다보면 작품의 경우도 까다롭게 따질 것은 따져야 하고, 이론의 경우도 따질 것을 따져야 하는데, 더 중요한 것은 얼마나 까다롭게 구느냐 하는 것 자체가 아니라, 우리가 아무리 큰 포부를 가지고 원대한 계획을 수립하여 나가더라도 일 자체는 하나하나 작은 것부터 다져 나가는, 작품 하나를 이야기하고 문학 이론을 하나 펼치더라도 정말 일심을 모아서 기반부터 다져 나가는 자세를 갖는 것입니다. 그동안 우리는 너무 쇄말적인 연구에 빠지기도 했지만,

다른 한편 문학 연구 또는 문학사 분야에서 거창한 종합의 시도를 한다는 것이 실제로 그 분야에서 올바른 성취의 초석이 되기보다는 말하자면 문헌 정보학적 차원의 논의에 끝난 것이 많고, 또 그것마저도 부실한 문헌 정보를 편의주의적으로 이용하는 폐단이 많았음을 반성해야 할 형편이 아닌가 합니다.

조동일 작가가 할 일, 비평가가 할 일, 이론가 내지는 문학사가가 할 일이 상호 관계에 있다는 사실을 말하고, 비평가가 할 일에 대해서는 여러 가지로 잘 지적하셨습니다. 우리는 이론가 내지 문학사가의 기능이 상당히 약했기 때문에 그동안에 문학의 문제를 상당히 임기응변적으로 처리해 왔고 인간적 관심사에 매몰되어 있었다고 생각합니다. 지금 서양 문학을 전공하는 분들도 좀 더 이론적인 작업을 해 주는 것이 우리에게 도움이 되겠고, 우리 문학을 전공하는 사람들도 물론 이론가 내지는 문학사가의 작업을 더 열심히 해서 오늘날의 문학을 위해 지침을 제공해 줄 수 있어야 하겠습니다. 1990년대 문학의 방향을 개척하기 위해서 거대 이론적인 과제와 역사 철학적인 방향에 대해서 많은 치열한 논란이 이루어지는 것이 좋겠고, 가능한 한 시야를 많이 확대하고, 제3세계와 문화 교류를 활발하게 하고, 또 비슷한 고민을 가진 사람들끼리의 긴밀한 접촉이 이제는 대단히 긴요해졌다는 생각을 합니다. 특히 포스트모더니즘이든 무엇이 나오면 즉시 수입해다 파는 얄팍한 수입상, 이것을 자체 정리하기 위해서도 대응 이론이 활발하게 마련되어야 하겠습니다. 1970~1980년대 동안에 작가는 어떤 허용되지 않는 주장을 함으로써 공감을 얻었고 그것을 미덕으로 삼았는데, 우리 사회에 아직까지도 법적인 제약과 여러 가지 좋지 못한 관행이 남아 있기는 해도 전 세계적으로 어떤 주장이 허용되고 안 되고 하는 것은 자꾸 의미가 없어집니다. 그래서 어떤 것이 타당하고 공감을 줄 수 있고, 어떤 것의 가치가 큰가? 즉 이제는 무엇을 반대하기보다도 무엇을 내놓는 창조자로서의 자세를 가지고 자기 작업을 확대하고, 또 조직적으로 훈련해야 합니다. 작가가 체험의 훈련이 없이는 일상생활에 매몰되어 세상의 유행 따라다니기에 꼭 좋게 되어 있습니다. 자기 창작 방법에 대한 이론적, 사상적인 반성이 이제 작가들에게는 절실하게 필요하고, 비평가가 옆에서 같이 토론해 주는 것이 더욱 긴요해지는 시대가 됐다고 생각합니다.

오늘 좌담에서 통일 문제에 대해서는 많은 얘기가 없었는데, 통일 지향의 문학은 기본 특징이 다양성과 융통성이라고 생각합니다. 다양성과 융통성 속에서 서로 다른 주장이 함께 수용되어 토론을 벌이면서, 선의의 경쟁을 통해 더욱 바람직한 방향이 모색되어야 할 것입니다. 그래서 해야 할 연구, 비평, 창작의 과업 가운데 특히 문학사 서술에서 그런 자리를 만드는 것만이 제 직접적인 소관사라고 생각해 힘써 노력하고자 합니다.

김우창 포스트모더니즘에 대해서 너무 부정적인 의미로 신경들을 쓰시는 것 같은데, 오늘날 우리가 문학 세계에 살고 있으니까 우리 사회에서 굉장히 중요한 지적 관심사라고 생각하지, 우리 사회 현실 안에서는 극히 작은 현상이기 때문에 너무 걱정하실 필요는 없지 않을까 합니다. 중요한 타깃은 사회 현실이지 문학적 실험이 아닙니다. 이건 여담이고, 1990년대에 대해서 앞을 내다보라는 얘기인데 점쟁이도 아닌데 앞을 내다보기는 어렵고, 또 앞을 내다본 대로 되기도 어렵겠죠. 최근에 포스트모더니즘의 교훈도 그렇지만 사회주의권에 있어서의 교훈도 청사진 가지고 접근하기는 현실이 너무 복잡하다는 것입니다. 포스트모더니즘은 간단히 말하여 이성 비판이라고 할 수 있습니다. 이 비판을 통해서 그 이성이라는 것이 도대체 쓸모없는 것이다 하는 결론을 내릴 수도 있고, 이성 비판을 통해서 이성이 더욱 풍부해지는 가능성도 있습니다. 이성의 특징 중의 하나는 자기비판입니다. 우리가 역사를 제1원리에 대한 이론적 구성을 통해서 일목요연하게 파악한다는 것은 다시 생각하여야 할 도그마입니다. 그렇다고 해서 사람이 이성과 진리에 대한 탐구 없이는 살 수 없기 때문에 이성적 입장은 여전히 존재할 것이고 또 필요할 것입니다.

아까 조 선생님께서 '모던'이나 '포스트모던'을 구별하는 것이 역사적으로 의의가 있다고 하셨습니다. 자본주의의 업적, 자본주의 경제의 풍요성, 유연성을 통해서 같은 체제, 같은 모순의 체제 속에 살면서도 사람들이 느끼는 것이 달라지고 그것이 질적인 변화를 가져올 수 있습니다. 가령 오랜 경력의 영국 노동당 의원이 이런 이야기를 쓴 것이 있습니다. 1930년대에 있어서의 중요한 정치적 프로그램은 평등이었다. 영국 사회를 좀 더 사회적인 평등을 확보해 주는 사회로 바꾸는 이것이 노동당의 중요한 프로그램이었고, 또 자기가 하는 데도 중요한 것이었다. 그러나 근년에 와서 자신이 현장으로 들어가 여러 사람과 얘기하고 조사해 보면, 노동자들이 평등에는 관심이 없다. 이제 영국에서 근본적인 문제는 평등의 문제가 아니다. 평등에 기초해서 정치적인 움직임을 일으키는 시대는 지나지 않았는가. 노동자가 실제로 자신들이 기본적인 의미에서의 인간적인 생활을 확보하는 데 억압을 받고 있다고 느꼈을 때는 불평등이라는 문제가 중요하지만, 일정 수준에 이르러서 저 사람보다는 못살지만 나도 내가 필요한 정도로 먹고 자고 휴식을 취하는 기본적인 일에서 별 부족한 것이 없다고 할때 다른 사람이 잘사는 데 대해 관심이 없어지기 때문에, 노동자들이 평등의식에 대해서는 큰 관심이 없다는 것을 알게 됐다. 그래서 앞으로 노동당은 정책을 크게 바꿔야 할 것'이라고 주장한 것입니다. 자본주의 체제가 생산성이 높아지면 사회 평등의 문제는 강한 이슈가 안 되는 것 같습니다. 대개 평등의 이슈가 커지는 것은 저 사람과 내가 차이 있게 사느냐 하는 것도 작용하지만, 그것은 자기 생활이 괴로울 때의 이야기입니다. 그런 관점에서 볼 때 근대 자본주의에서 자본의 생산성이 매우 풍부해지면서, 그것이 물론 여러 가지 착취, 제3세계에 대한 수탈, 이런 것과 연관되어 있는 것은 사실이지만, 그에 대한 적대적 의식은 상당히 달라질 것이고, 또 질적인 변화를 가져올 것이라고 생각됩니다.

앞으로 우리나라에서 자본주의가 어떤 형태로 지속될 것인가에 대해서 국내 사정만 가지고 얘기하는 것은 어렵고 여러 가지 국제적 국내적 조건에서 살펴보아야 할 것입니다. 오늘의 추세로 이야기해 보죠. 자본주의가 굉장한 풍요성을 확보했다고 해서 개인적 차이가 줄어드는 것은 아니고 오히려 더 커질 수 있습니다. 미국의 예를 보더라도 레이건 통치하에서 있는 사람과 없는 사람의 간격은 훨씬 더 커졌습니다. 그럼에도 불구하고 이것이 1930년대에 있어서 사회적인 상황과 다른 것은 계급적 차이가 전체적으로 커졌음에도 불구하고 아까 말한 의미에 있어서 아주 초급한 억압을 당하는 경우는 줄어들었습니다. 계급적 차이는 증대됨에도 불구하고 계급적 갈등은 약화되고, 동시에 그 계급 의식이 사회적 정치적 세력으로 전환될 가능성은 옛날보다 약해졌다고 할 수 있습니다. 우리의 경우도 그렇게 발전된 현실은 아닌 종속적인 위치의 차이가 있지만 약간 그런 현상이 일어날 것이라고 생각합니다. 계급적 갈등은 커지지만 그것이 큰 정치적인 힘으로 전환될 가능성은 줄어들지 않을까 하는 것입니다. 포스트모더니즘과 관련시켜서는 포스트모더니즘은 바로 자본주의의 여러 가지 모순이 그대로 계속되고 심화되면서도 실제 경제적 풍요로 인해서 일어나는 가상으로서 이루어지는 것이라고 할 수 있습니다.

그런 의미에서 이제 사회 자체가 이성적 분석, 비판적인 인식을 당위적으로 요구하면서, 실제로는 요구를 안 하게 되지 않을까? 그래서 앞으로 비판적 이성은 쇠퇴하고, 경영적 이성은 번성할 것이 아닌가 하는 느낌입니다. 그래서 인문적 이성은 쇠퇴하고 인문적 가치의 관점이 후퇴함으로써 문학의 가치를 옹호하는 사람들은 점점 소외당하고 숫자도 줄어들 것입니다. 그래서 좋은 문학 작품이 많이 팔리는 것도 점점 줄어들 것이고,

비디오를 좋아하고, 문학 작품을 안 보는 경향이 생길 것입니다. 그래서 문학하는 사람들이 느끼는 것도 상당히 다른 것이 될 것이며, 상황은 더 불확실하고 위험하고 그만큼 시적이라고 할 수도 있겠습니다.

백낙청 우리가 한 마디씩만 하고 마치기로 했는데 내가 한 마디 더 하는 게 반칙이 될지는 모르겠지만, 김 선생님이 너무 많이 말씀하시는 동안에 먼저 하던 얘기에 대한 기억이 흐려지기도 쉽겠기 때문에 앞으로의 토론을 위해서 김 선생님 얘기와 내가 하고자 했던 얘기의 다른 점만 요약해 놓고 싶어요. 우리가 제3세계적 인식을 강조할 때는 김 선생께서 영국의 예를 들어 말씀하신 것과 같은 그런 경향이, 그것이 설혹 제1세계의 대세라 하더라도 전 세계적으로 불변의 대세가 아니라는 전제가 깔려 있는 것입니다. 또 하나는, 제가 노동 문학의 중요성을 강조할 때는 적어도 우리 사회에서는 계급의 차이가 벌어질 뿐만 아니라 앞으로도 계속 갈등이 심화되리라는 전제를 깔고 있습니다. 그것이 바람직하냐 아니냐는 문제를 떠나서 사실이 그러하리라는 예측을 담은 이야기니까 세월이 흐르면서 밝혀지겠지요. 물론 한쪽에서는 계급 문제에 대한 인식이 점점 흐려지는 '제1세계적' 대세에 추종하는 경향도 있겠지만, 그런 대세에 추종하느냐 안 하느냐 하는 것 자체가 그 사람이 소속된 계급과 생활 경험에 따라 크게 달라지고 따라서 계급 간의 갈등을 계속 낳으리라는 것이지요. 김 선생과는 그런 견해 차이가 있다는 점에 독자들도 유의해서 더 활발한 토론이 전개되면 좋겠습니다.

조동일 인문 과학적인 가치가 존중되는 것이 우리 사회의 특성이라고 믿고, 18세기 이전에는 그 점에서 동양 사회가 서양 사회보다 우월했다고 믿고 앞으로도 그게 지속, 발전되기를 바랍니다. (웃음)

사회 이번 토론이 세부적인 측면에서 다소 미흡한 점이 없는 것은 아니지만 90년대 우리 문학을 행하는 데 있어서 짚고 넘어가야 할 문제는 대충 거론한 셈으로 생각합니다. 각 선생님의 의견들이 상충하는 부분이 상당히 있었는데 이는 창작, 비평 그리고 연구 활동을 하시는 모든 분들에게 좋은 공부거리와 생각할 거리를 충분히 제공할 것으로 믿습니다. 아무쪼록 이번 토론이 90년대 우리 민족 문학의 풍요로운 발전을 위해 밑거름이 되었으면 합니다. 더운 여름에 장시간 활발하게 토론해 주셔서 감사합니다.

척도 없는 시대의 척도 찾기

우남식(《현대예술비평》편집 주간)

김우창(문학 비평가)

1991년《현대예술비평》가을호

이 글은《현대예술비평》에서 기획한 '오늘의 비평가' 그 첫 번째의 작업으로 김우창 선생과의 대담을 정리한 것이다. 이 대담이 직업적인 평론가에 의해 이루어지지 않은 것은 이 글이 가질 수 있는 가능성과 한계에 대한 유추를 가능하게 한다. 가능성은 이왕의 기성 평론가가 대담을 할 때 갖게 되는 도식성, 논리성, 이론적 얽매임으로부터 자유로울 수 있으리라는 것이고, 그 자유로움으로 인해 유지되는 거리가 아직 조명되지 못했던 문학 평론가 김우창에 대한 다른 측면을 보여 줄 수 있으리라는 것이다. 우리는 한계보다는 가능성에 기대고 그럼으로써 그의 문학의 깊이를 이해하는 데 도움을 주었으면 하는 바람을 가지고 있다.

그를 처음 만난 것은 1985년도 겨울이었다. '일'을 위해 그를 방문한 일이 있었는데 중무장을 한 차림새였는데도 불구하고 여전히 추웠고 지금까지도 그 한기가 잊혀지지 않는다. 방학 중이었는데 그는 학교 연구실에 있었다. 방학을 맞아 썰렁한 교정 건물 한켠에서는 민속 연구반 학생들이 꽹과리를 치는 소리가 따가웠고 물어물어 찾아간 그의 연구실은 썰렁했다.

낡은 목제 책상 한 귀퉁이에 기대고 있던 그가 나를 맞고 깍듯하긴 하지만 의례적인 인사를 했다. 그리고는 낚아채듯이 그의 원고를 넣어 앞으로 끌어안고는 황급히 연구실을 나왔다. 말로만 듣던 혹은 글로만 읽던 '큰 평론가'에 대한 기대 때문이었는지도 모르겠다. 사무실로 돌아와 200자 원고지에 촘촘히 박아 쓴 그의 원고를 한 장 한 장 보면서 주제넘게 몇 번 고개를 주억거리던 기억이 난다.

무엇보다도 나는 그를 열정적인 사람이라고 못박고 있었고 그가 이룩해 낸 문학적 깊이를 흠모하고 있었다. 몇 해 만에 다시 만나게 된 그를 보면서 나는 다시 한 번 그의 문학과 삶에 대한 열정, 그리고 그 깊이를 확인할 수 있었다. 하나 더한다면 연륜에서 오는 지혜 그리고 섬세한 따뜻함이 스며 있는 그의 모습에서 삶의 모습을 관조하는 철인의 일면을 엿보았다면 지나친 찬사일까? 열 시 반에 그의 연구실에서 만나기로 하였다. 하지만 10분 정도 늦게서야 그의 연구실에 도착할 수 있었는데, 그는 이미 시간에 맞춰 우리 일행을 기다리고 있었다. 시간보다 늦어 몸 둘 바를 몰라 하던 우리에게 그는 '서울은 그런 도시'라고 일축하였다. 그것은 그의 말대로 '서울은 살 만한 도시'가 아니고 '좋은 도시'가 아님에도 몸담고 살 수밖에 없는 생활의 끈, 혹은 그 부박함에 대한 일깨움 때문은 아니었는지 모르겠다.

그가 창을 뒤로 하여 앉고 우리 일행이 그를 마주 보고 앉았다. "대담을 한다고 하는데, 시험 보듯이 질문하고 그 질문에 맞춰 아주 논리적이고 이론적으로 답하는 것은 내게 익숙하지 않다." 우리는 잠시 난감해졌다. 나는 특히, 무엇인가 들켜 버린 듯한 기분이었다. 서울은 그런 도시라고 말할 때의 자연스럽던 그의 어조, 그리고 무슨 말인가 길게 이어질 것만 같았던 그의 말이 중단되어 버린 것이 언제부터인가 명함 내밀면서 인사하고, 습관적으로 시계를 들여다보고, 말 중간중간 전화를 받아야 하는 일상, 혹은 일과성에 대한 질책, 짜증스러움같이만 여겨졌던 것이다. 그는 도시에 대해 남다른 부정적인 체험이라도 있는 것일까. 도시에서 태어나고 자란 우리와 달리 자연에의 친화력이 자연스레 몸에 밴 그에게 도시는 세속스럽고 천박한 무엇, 특히 서울은 흉물스러운 무엇인가? 인생의 4분의 3을 서울에서 보냈다고 말하는 그에게 서울이 주는 불편함과 불쾌함, 보다 근본적으로 사람이 살 만한 곳이 못 되고 정 붙일 수 없는 곳이라고 단정하는 근거는 어디에서부터 연유하는 것인가?

"서울이 사람이 살 수 없는 도시라는 것은 분명하다. 서울이 살 수 없는 도시이고 서울의 문제라는 것은 우리가 몇 살에 서울에 왔는가 하는 것을 떠나서 사람과 사람의 관계가 적대적인 관계에 있다는 것이다. 이것은 단지 서울에 국한된 이야기만은 아니고 시골에 가도 마찬가지라고 할 수 있다. 인간관계가 이미 적대적으로 되어 있기 때문에 우리가 사람을 만나면 가져야 할 좋은 느낌, 어떤 친밀감 같은 것들은 거세되고 경계심, 적대감만 작용하게 된다."

우리는 타인에 대한 경계심에 관한 한 철저하고 엄하게 교육 받고 자란다. '낯선 사람'을 조심하라, '친절하게' 하는 사람이 있거든 더욱더 조심하라. 일간지의 사회 면, 교육 잡지에는 낯선 사람과 위험한 인물을 동일시하고 '위험'과 '공포'로부터 자신을 지키고 보호하는 법에 대해 상세히 기술되어 있다. 성인이 된 지금, 우리집 아이와 조카들에게 내가 받고 자란 교육에 보다 강도를 더하여 교육을 한다. 그리고 '누구인지 물어본 후 문을 열어 줄 것'이라는 당부 대신 비디오폰을 설치한다.

"그러면서도 서울이 문제라는 것은 자연적인 것을 포함하여 여기서 저기를 왔다 갔다 한다든지 물건을 산다든지 일상생활을 유지하는 데 있어 불편이 너무 많은 도시라는 것이다. 간단히 예를 들면, 버스를 타고 내리는 일은 일상의 교통수단으로 굉장히 중요한 것이다. 영국 같은 데서는 버스를 타고 내리는 일을 별다른 불안감 없이 조급해하지 않고 할 수 있다. 하지만 우리는 차비 꺼내고 차를 타기 위해 달음박질을 하고 하는 것들이 굉장히 급한 가운데 이루어지고 있다. 왜냐하면 차가 가 버리거나 야단맞을까봐 그런 것이고 또 이것들이 언제부터인가 습관처럼 몸에 배어 버렸다."

나는 그의 말에 동의한다. 서울에서의 등하교, 출퇴근, 상점에서 물건을 구입하는 일, 입시, 취직 어느 것 하나 '투쟁 정신'의 고취 없이 가능한 일이기는 한가. 그럼에도 주눅이 든 채 기사 아저씨의 눈치를 봐야만 하는, 불편하고 유쾌하지 못한 기억 한둘쯤은 서울에 사는 누구나가 가지고 있는 기억이다. 서울에 대한 그의 이야기는 중단이나 그침이 없다. 친밀한 관계 속에 놓여 있어야 할 인간관계가 적대 관계에 놓여 있다는 근본적인 문제에서부터 일상용품을 구입하는 데 따르는 사소한 불편까지도. 그런 것들을 알고 있으면서도 서울에 몸 담을 수밖에 없는 의미, 명분, 당위성이라고 할 수 있는 것은 무엇인가.

"근본적인 것은 역시 경제라고 할 수 있겠다. 그 밖에 서울에 정치니 문화니 하는 것들이 집중되어 있는 것도 그 한 이유이다. 하지만 보다 근본적으로는 한국 사람들이 뭔가 잘못 생각하고 있는 것 같다. 나 같은 경우도 대학 진학을 위해서 서울에 왔다지만 다들 서울에 오는 이유가 교육을 위해서라고들 한다. 난 늘 교육을 위해서 서울에 온다고 하는 것에 대해 의심스러운 전제에 입각해 있다. 이것은 우리가 교육이라는 게 책을 통해서나 개념을 통해서 혹은 종이 위에 쓰는 것을 통해 이루어지는 것이고 인간을 결정한다는 것에 입각한 것이다. 하지만 서울하고 시골하고 비교했을 때 서울의 아이들이 얼마나 궁핍한 환경에서 살고 있는가, 궁핍한 환경에서 산다는 것은 실제 산 체험으로서 흡수할 수 있는 감각적인 자극제라는 게 거의 없다는 것을 의미한다. 서울의 아이들은 아파트 안에 갇혀 학원이나 과외에 다니고 놀 수 있는 공간마저도 거의 없다고 봐야 할 것이다. 심지어는 골목조차 없고 또 있다고 하더라도 골목은 폐쇄성을 가진 단절된 공간이라고 할 수 있기 때문에 늘 범죄의 가능성을 가지고 있다. 그리고 서울이라는 곳은 무슨 일인가가 항상 일어나고 있으니까 그 잡다한 것을 배제하는 정신 작용을 계속하지 않으면 살 수가 없고 그러다 보니까 습성화가 되어 버리고 만다. 우리에게 의미 있는 체험이라는 것은 지적으로도 자극을 주어야 하지만 감성적으로나 감각적으로나 믿을 수 있는 테두리가 전제되어야 의미 있는 체험이 일어나는 것이다. 그러니까 우리 교육에 있어서는 시험 보는 데 서울이 좋다 하는 것이지, 진짜 깊은 의미에서 교육이 되는 게 아니다 싶은 생각이 강하다."

1960년대 이후 '돈을 벌기 위해' 혹은 '상급 학교' 진학을 위해 도시, 특히 서울로 유입되기 시작한 이농 인구는 급기야 오늘날 심각한 도시 문제와 농촌 문제를 아울러 야기시키고 있다. 엄밀한 의미에서 '경제'도, '교육'도, '인간'도 부재 상태에 있는 서울!

"서울에서의 삶이 척박함에도 불구하고 의미가 있다면 여러 사람 사이에서 생각이 생겨나기 때문에 생각의 자극을 받는다는 것이다. 혼자 있게 되면 이야기도 안 하고 할 수도 없지만 생각도 안 하기가 쉽기 때문이다. 그러니까 많은 말, 생각, 이런 것들이 사람과 사람이 서로 부딪치는 데서 일어나는 분비물인 것 같다는 생각을 하게 된다. 사람이라는 게 어떤 측면에서 보면 술하고 똑같다. 자극제이다. 사람이라는 게 술하고 비슷한 도취 상태를 일으킨다. 군중 같은 것은 술이 진해지는 것이라고 할 수 있기 때문에 도시에서는 군중 현상을 즐기게 되고 또 많이 일어나게 되는 것이다. 그러니까 사람과의 부딪힘 속에서 분비물로서 사고도 더 많이 일어나고 감정도 더 섬세해지고 풍부해지고 다양해진다는 것, 또 하나는 이런 부딪힘이 도취제로 작용하기 때문에 그것이 인생의 전 실상인 것처럼 유일한 진리인 것처럼 생각하게 되는 것이다. 하지만 대부분의 인간 사회라는 것은 조용하다. 뉴욕이나 몇몇 큰 도시들을 제외한 미국이나 서구도, 다 조용하다. 특히 동구라파 같은 데는 더 조용하다. 우리는 이런 데 익숙치 않아서 죽은 동네다, 소외된 사회다 하지만 그렇지 않다. 그 기준에 뭔가 문제가 있는 것이다. 이것은 우리 문학에도 관계된 것인데 우리 문학 작품에도 이런 묘사들이 나온다. 문학도 우리 사회에서는 도취적이고 흥분적이고 군중적인 것만 강조되는 면이 있는 게 사실이다. 이것은 서울에 살고 한국 전체가 서울 비슷한 데가 있고, 이런 것들하고 깊은 연관이 있다고 하겠다."

우리가 살고 있는 도시에 대해서 그리고 우리의 문학에 대해서 이야기하는 그의 모습에 그늘이 진다. 그럼에도 그의 어투는 흥분되지 않고 가끔씩 '얘기가 너무 길어져서' 하는 말이 간투사처럼 삽입될 뿐이다. 그의 이야기에 귀를 기울이며 잠시 스쳐 간 일이긴 하지만 가혹하게도 나는 그가 향수에 젖어 있는 것은 아닌가 하는 생각을 해 보았다.

"고향에 대한 이야기를 자주 하게 된다. 하지만 나의 경우는 고향이 우리의 뿌리이고 어떤 특별한 연관이 있어서라기보다 우리의 유년 체험이 이루어졌다는 의미에서 그렇다. 프로이트의 이론, 특히 유아 결정론에 대해서는 학문적으로 심도 있는 논의가 이루어져야 하겠지만 어릴 때의 삶이 인간 형성에 아주 중요하고, 어려서 경험한 지각 작용이라는 것은 나이 들어서의 지각 작용과는 굉장히 다른 강도를 가지고 있기 때문에 그런 의미에서 자주 이야기하게 되는 것 같다."

그는 1954년 대학(서울 문리대)에 입학하기 위해 서울에 왔다. 그의 말에 의하면 36년 전인가 37년 전인가이다. 그 당시 그는 돈암동에 살았었는데 전후의 가난함도 한 요인이 되었겠지만 동숭동까지 걸어서 등하교를 하였다. 성북동에 살면서 학생들을 가르치던 1960년대에도 그는 동숭동까지, 운니동까지 걸어서 출퇴근을 하곤 하였다. 불과 40년이 채 되지 못한 시절의 이야기인데 자동차도 사람도 많지 않았다. 전후의 빈민국에서 후진국,

개발 도상국을 거쳐 지금 우리는 소비가 미덕인 시대에, 선진 산업 사회를 꿈꾸고 있다.

20세기 후반기, 달리 말하면 세기말인 지금, 우리는 포스트모던 시대에 살고 있다. 각종 학술지와 문예지에는 포스트모더니즘에 관한 글이 실리고, 상가의 상품 선전 문구에서조차 '포스트모더니즘' 운운하는 문구를 발견하는 일이 어렵지 않게 되었다. 한때 낯설고 생경하던 단어가 이제 내가 몸담고 있는 이 시대, 사회, 이웃을 동시대인으로 묶는 동아리의 역할을 하고 있다. 우리가 원하든 원하지 않든 이 상황을 후기 자본주의와 연계하던 '포스트모던'한 시대 혹은 상황이라고 규정짓는 데 많은 사람들이 동의하고 있다. 결국 20세기 후반기의 가장 대중적이고 특징적인 한 현상으로서 포스트모더니즘을 수용해야 할 것 같다. 특히 루카치적인 질서 감각, 흑백 논리에 익숙해 있는 우리에게 포괄적이면서도 다양한 문제 제기를 통한 현상 규명이라든가, 다원화된 가치 존중은 특정한 이즘을 떠난 측면에서 그 공을 인정해도 될 것 같았다.

"포스트모더니즘에 관한 논의가 활발한데 어떤 것이든지 다양한 관점에서 여러 사람의 견해가 많이 나와 풍부해진다는 것은 좋은 일이라고 생각한다. 그러나 우리나라에 포스트모더니즘이 적용되느냐 하는 데는 문제가 있고, 그에 앞서 포스트모더니즘 자체가 서구의 것인데 그것에 대한 옳은 진단이 있는가 하는 문제가 선행되어야 할 것이다. 우선 우리나라에서는 진리라는 것에 대해서 거대한 덩어리라고 생각하는데 다원적으로 생각할 필요가 있다고 생각하고 그런 면에서 포스트모더니즘의 긍정적인 측면을 인정해도 될 것 같다. 하지만 단순히 부르주아 후기, 자본주의 퇴폐적 현상 중의 하나다라고 하는 것은 경솔한 것이다. 그러나 지금 내가 진리를 거대한 경직된 어떤 것으로 생각하는 것에서 보다 다원적이고 유연하게 생각해야 한다는 것은 우리나라에서의 입장은 아닐 것이다. 왜냐하면 아직 우리 사회에서 가장 중요한 것은 진리라고 할 수 있으니까. 하지만 서구에서는 다원적인 가치가 공존하기 때문에 진리가 문제가 되지 않는다."

그는 늘 그렇듯이 문제의 핵심에 쉽게 접근한다. 문제의식을 제고시킨다는 의미에서 그의 말은 의미 있게 받아들일 수 있지만 나의 생각으로 포스트모더니즘에 관한 논의를 유보시키기에 용어 자체가 이미 무분별하고 무차별적으로 사용되고 있는 것으로 생각된다.

"우리 사회에서 포스트모더니즘을 논의하기 위해서는 우리가 후기 산업 사회냐, 선진 산업 사회냐, 근대적인 사회냐, 이런 데 대해 논란이 있을 수 있다. 하지만 논의할 수 있는가 없는가 하는 차원을 떠나서 우리에게 더 근본적인 것은 단순하게 우리가 살고 있는 사회의 질서가 너무 경직되어 있다는 점에서 일어나는 문제가 아닌가 생각된다. 우리는 우리의 지금 삶이 살 만한 것이 되게 하는 정치적 문화적 경제적 질서를 가지고 있다고 이야기하기가 어렵다. 우리 사회에서는 어떻게 해야 여러 사람이 잘사느냐 하는 것이 문제이고 어떻게 해야 우리가 좀 더 사람다운 삶을 확보할 수 있는 정치적 경제적인 지혜를 만들어 나갈 수 있느냐가 큰 문제라고 할 수 있다. 그러니까 포스트모더니즘이 해당이 되든 되지 않든 우리 사회에서 점유할 수 있는 위치하고 서구에서 점유하고 있는 위치하고는 전혀 다르다고 볼 수 있다. 그러나 서구의 관점에서 볼 때 포스트모더니즘의 진리 비판, 이성 비판, 이데올로기 비판은 중요한 역사적 의미를 가지고 있다고 생각한다. 이를테면 데리다 같은 경우도 그의 사상의 바탕을 이루고 있는 비판적 의식을 보아야 한다고 생각한다."

그는 비판적 기능을 중요시한다. 비판적 기능은 탐구하고자 하는 치열한 정신 작용에 의해서만 가능하기 때문에 비판적 능력에 앞서 탐구를 강조하고 그런 의미에서 그에게 대학은 그 의미와 존재 가치를 가진다.

"서구에서 어떻게 보든지 나는 우리나라에서는 포스트모더니즘의 비판적 기능이 중요하다고 본다. 물론 그것이 제1원리는 아니다. 하지만 제1원리보다 중요한 것은 제1원리에 대한 탐구이다. 나는 이 탐구 작업에서 중요한 자리를 차지하고 있는 게 예술이라고 생각한다. 하지만 우리나라에서는 그 기능을 다하고 있지 못하다. 그러나 제1원리가 없이도 우리가 살 수 있다고 하는 게 포스트모더니즘의 원리라고 한다면 우리 사회에 호소력을 오래 갖지 못할 것이다 하는 생각이 든다."

인생의 반을 살았다고 하는 지금도 내가 몰두하여 고민하고 있는 것 중의 하나는 삶의 정도(正道)에 관한 것이다. 그것은 달리 말하면 '바르게 사는 삶'이고 '진리를 따르는 삶'이라고 할 수 있다. 그러나 우리가 바르게 살고 진리를 따른다고 할 때 그 기준, 진리는 무엇인가? 아니 그 기준은 있기나 한 것인가? 간단없는 회의가 이어지곤 한다. 그는 『지상의 척도』라는 제목으로 한 권의 평론집을 낸 바 있다. 횔덜린의 시구를 인용한 그 책을 통해, 나는 그의 비평 작업이 갖는 구체적 의미를 획득해 낼 수 있었다.

"그렇다, 횔덜린의 시에 지상의 척도가 있는가, 그런 구절이 나오는데 횔덜린이 미친 다음에 쓴 시이다. 온전한 정신에서 나온 것인지 어떤지는 모르겠다. 그렇게 질문을 하고는 있다 없다 답변을 안 한다. 그게 긍정문이 아니고 의문문인데 독일어로 하면 키프티어스, 이즈 데어인데 그러면 거기에 대해서 답변이 있어야 하는데 답변은 없다. 한쪽으로는 이 땅 위에서 무엇을 잴 수 있는 척도가 없다는 이야기도 되고 다른 한쪽으로는 우리가 막연히 느끼는 척도들이 있다는 이야기도 된다. 내가 책 제목을 지을 때도 그런 의미였고 우리가 혼란한 시대에 살면서 다 척도를 원하지만 한쪽으로는 척도가 없는 것, 또 어떤 경우에 한 사람의 척도는 다른 사람의 비척도이기 때문에 한 사람이 어떤 척도를 정해 놓고 이렇게 하자 하면 다른 사람은 괴롭다. 그렇기 때문에 척도가 있는 것이 꼭 좋은 것인지도 모른다. 사람이 살면서 느끼고 생각하고 감각하고 하는 것을 기록하고 거기에다가 양식을 부여하고 그러면서 척도가 없는 것은 아니지 않느냐, 하는 느낌을 끊임없이 우리에게 표현해 주는 것이 문학이 하는 일이 아니냐, 하는 생각을 한다."

그는 '인간성의 어떤 종류의 인간이 즐겨 하는 부분', '인간성이 불가능하게 하는 계약', 이런 것들을 척도라고 말한다. 그리고 그것을 '인성'이라고도 이야기한다. 나는 막연하고 어둡던 어떤 부분이 잠시 환해지는 느낌을 받는다. 그러나 그 느낌은 잠깐이다. 오히려 더 불가해한 느낌에 빨려든다. 한편으로는 '선문답' 같다는 생각도 든다. 그는 문학 언어라는 말을 자주 쓴다. 그는 문학 언어를 가리켜 실제적인 절실한 상황 속에서 일어나는 언어에 가장 가까운 언어라고 정의한다. 그런 의미에서 한용운이나 김소월의 여성적인 어미를 예로 들고, 염상섭과 이문구의 소설에서 보여 주는 '잘된' 대화를 실감난다고 표현한다. 그리고 요즘에는 대화를 잘 쓰는 소설가가 드물다는 것에 아쉬움과 안타까움을 숨기지 않고 드러낸다.

"대화란 사람이 하는 일이고 어떤 상황에서 나오는 이야기이다. 상상에 의해 구축된 어떤 상황 속에서 사람이 말을 하는 것, 시에서도 그게 중요하다. 가령 서정주 선생의 시의 탁월성은 이미지의 화려함, 강렬함 같은 것에서도 드러나지만, 또한 그것이 우리가 알아들을 수 있는 생생한 대화라는 점에도 있다. 나는 그게 서 선생의 중요한 업적 중의 하나라고 생각한다. 서 선생은 어떤 이야기를 해도 대부분의 경우에 ──최근에 나온 산시는 안 그런 것 같다.── 그것이 살아 있는 사람의 언어라는 게 암암리에 나온다. 문학이, 소설이나 시가 글임에는 틀림이 없지만 말을 모방하는 글이다."

지난 1980년대까지는 리얼리즘 미학이 문학의 사회성과 정치성이 강조되는 가운데 압도했던 시기였다. 문득문득 지난 시간을 돌이킬 때 보이는 그의 회한을 엿볼 때마다 나는 가슴이 아렸다. 그것은 정도의 차이는 있을지언정 우리 모두가 겪을 수밖에 없었던, 가깝게는 유신 이후 80년대의 상황이고, 더 멀리는 개화기 이후 우리 근·현대 사회의 아픈 체험이고, 과오이기 때문이다. 하지만 체험해 보지 않음으로써 우리가 걸었던 희망, 그리고 그 좌절을 어떻게 인내해야 할까? 그는 문학의 사회성을 강조한 비평가의 한 사람이다. 문학과 사회(현실)의 관계가 단순한 차원에서 논의될 수 있는 것은 아니지만, 고도의 정신 작용, 굴절에 의해 변용시키고 반영된 것이라는 데에 대개의 사람들이 동의를 하고 있다.

"문학은 사회적인 활동이다. 그것을 단순히 이념적인 체계를 통해서 설명할 수 있는 것은 아니다. 그러니까 이념적인 체계, 마르크스라든가 헤겔이라든가 이런 게 잘못됐다는 것은 아니고 그것 나름대로 문학이 사회에 대해서 어떤 관계를 가지고 있는가 하는 것에 대해서 가장 분명하게 탐색해 오고 유익한 결과들을 제공해 온 것이라고 할 수 있다. 사회나 역사에 대해 어떤 특정한 입장에 서서 문학을 재단하는 것, 그것이 스스로 끊임없이 좁아지고 끝내는 편협주의에로 귀착되는 것을 반성하지 않는 것, 나는 그것을 유감스럽게 생각한다. 일반적으로 이야기할 때 문학의 의의는 사회적인 데서 오기도 해야 하지만 동시에 개인적인 데서 와야 한다. 개인적인 삶이라는 것은 사회적인 것을 떠나서는 의미가 없기 때문이다. 사회적인 게 인간의 전부는 아니지만 혼자 사는 사람은 혼자 사는 사람의 방식으로 사회적 내면화에 이른다. 사회적인 것이 문학의 전부라고 할 수는 없지만 문학이 사회 속에서 어떻게 작용하느냐 하는 것을 설명해 주는 데 아주 중요한 역할을 하는 게 마르크스라든지 루카치라든지 하는 사람의 이론이기도 하다."

개인적인 시각이긴 하지만 한동안 우리 작품들을 읽으면서 가졌던 생각 중의 하나는 지나치게 많은 작품들이 소재주의에 머물러 있는 것은 아닌가 하는 것이었다. 다른 측면에서이긴 하지만 우리 문학에 드러나는 경직성·상상력의 빈곤을 문화적 축적이 빈약하다는 사실과 함께 한계로 인정해도 무리가 없을 것이다.

"당대에 주목하지 않은 작품이 살아남은 경우는 드물다. 당대에 주목되던 작품이 여과되어 또 우리 후대에도 읽히는 것이기 때문이다. 그때그때 발표되는 작품을 읽고 점검한다는 것은 중요하고 비평가나 혹은 서평가가 해야 할 일이다. 책임 회피하기 위해 하는 이야기지만 작가하고 비평가하고의 관계는 도둑과 탐정과 같다. 탐정은 언제 어느 곳에 도둑이 들어올 것을 예견하고 막지는 못한다. 다만 사건이 터지고 난 뒤에서야 비로소 도둑은 어떤 경로로 침입을 했고 어떻게 빠져나갔을 것이다, 라고 추리를 할 뿐이다. 문학 작품이 선전도 하고 도덕적인 메시지도 전달하고 있는 것에 대해 반대는 하지 않는다. 하지 말라는 법이 있는 것도 아니고 그것도 있을 수 있는 일이니까. 어떤 목적에 봉사하는 언어라는 것이 그 나름의 필요를 가지면서 목적이라는 것은 매이는 것이기 때문에 메시지 가진 문학에 반대는 안 하면서도 그런 작품이 좋기는 어렵다 하는 생각을 한다. 그런 의미에서 우리 작품이 이래야 한다 하기는 어렵고 단지 오늘의 시점에서 작가들이 자유롭게 쓰는 것이 필요하다고 본다. 그렇다고 해서 모든 것에 초연하라는 이야기는 아니다. 그런 것을 의식하면서 잊어버리는 모순된 균형 속에서 써야 한다는 것이다. 사회의식 같은 것도 그렇다. 우리가 사회의식이나 현실 의식을 갖지마는 거기에 대해서는 중요한 것일수록 숨어 있는 경우가 많다. 반드시 눈앞에 나와 있는 것만이 중요한 것은 아니다. 민중 작가의 경우, 사사건건이 작품마다 센텐스마다 통일이 안 될 테니까 '내가 막중한 도덕적 책임을 가지고 있다.'고 하는 것은 기분은 좋은 일이겠지만 반드시 그것이 통일에 관계된 복잡한 여러 현상들을 기술하는 데 꼭 도움이 되는 것은 아니다."

사랑은 동서고금을 통한 문학 작품의 가장 중요한 테마이고 많은 작가들은 사랑을 주제로 한 좋은 소설을 쓰는 것을 평생의 원으로 삼는다. 아가폐적인 사랑이 있는가 하면 에로스가 있고, 정적인 사랑이 있는가 하면 동적인 사랑이 있다. 또한 사랑은 모든 종교의 가장 중요한 교리이고 실천 덕목이기도 하다. 그는 우리들 일상에서의 사랑의 필요성과 작가에게 있어서의 사랑의 필요성을 이야기한다. 그의 어투는 조금도 다름이 없지만 나는 허를 찔린 듯한 느낌을 받는다. 더구나 그는 작가에게 '인식론적으로라도'라고 한계를 지정해 주는 것이다.

"문학은 공식으로 되는 게 아니라 그 사람의 느낌의 깊이에서 나오는 것이다. 느낌의 깊이라는 게 어떻게 해서 확보되느냐 하는 것은 상당히 복잡한 문제이다. 오늘날 우리 사회가 삭막하고 부패해 있지만 작가들도 깊이 사랑하고 있는 것이 — 작가에게 인격자가 되라고 하는 게 아니고 — 작가의 인식론적인 방법으로 필요하다 생각한다. 사랑하고 너그러워지고 이런 것들이 작품을 쓰는 데 있어서 인식론적으로, 인간을 보는 데 있어서 이해의 폭을 넓히고, 보편성을 가지고 보고, 궁극적으로는 이성적으로 보고 더 궁극적으로는 진보적이고 인간적으로 평등한 사회를 구현하기 위해 노력해야 한다. 사회 전체가 그렇지만 투쟁도 필요하고 증오도 필요하고 이론도 필요하고 그러나 투쟁과 증오와 이론 뒤에 있는 것은 인간에 대한 심정적인 너그러움이다. 작품에서 상투적인 인물을 만들어 내지 않기 위해서라도 그것은 절실히 요구된다. 그런데 우리나라에서는 너무 그게 부족하다. 그건 작품에도 부족하고 사회 전체에도 부족하다. 이해하고 용서하고 너그럽게 대하고 양보하는 것의 중요성은 흔히 간과된다. 물론 그것만 가지고는 안 된다. 투쟁도 필요하다. 하지만 모순된 균형이라는 것, 미워하고 투쟁하는 것도 어느 정도는 필요하지만 정확해야 한다. 오든이 얘기한 걸로 미움도 정확해야 한다. 우리는 싸잡아서 신이 나서 이야기하는데 구체적으로 정말로 우리가 미워할 것이냐 하는 것은 그때그때 사정에 따라서 봐야 할 것이다. 궁극적으로 미움 자체가 중요해서가 아니라 보다 나은 사회, 인간적인 사회를 위해서 그런 미움이 생길 수 있는 근거가 없어져야 한다는 것이다.

사랑은 인식론으로서 필요하고 그래야 상투적인 언어, 상투적인 인간 상황 창조에서 벗어날 수 있다. 구체적으로 보다 더 너그럽게 보려고 하면 모든 나쁜 사람에게도 그럴 만한 사정이 있고 그럴 때 그 사람이 인간적으로 그려질 수 있고 그럴 때 참으로 나쁜 것이 무엇인가를 알 수 있다. 다른 퇴폐적이고 상업적인 문학은 대체로 상투적이고 인간에 대한 깊이 있는 이해의 부족을 그대로 노출한다.”

영문학 하면 제일 먼저 떠오르는 것은 셰익스피어다. 영어를 언어로, 문자로 배우기 시작한 이래, 우리는 셰익스피어를 함께 경외의 대상으로 주입받는다. 괴테나 실러, 카뮈나 톨스토이를 알기 이전부터 영문학은, 보다 엄격히는 영어는 개도국의, 제3세계의 학생들에게 극복해야 할 어떤 것이 되어 버리는 것이다.

“영문학을 하면서 비평도 하고 그러니까 이것도 저것도 안 되고 어중간한 입장이 되어 버려 요즘에 와서는 허무감이 많이 든다. 하나라도 꼼꼼하게 할 일이지, 이것저것 해가지고 아무것도 안 됐구나, 하는 생각이 들고 다른 한쪽으로는 우리 시대가 문화적으로 성숙해 있지 않기 때문에 어쩔 수 없이 어느 한 방편을 취할 수밖에 없었다 하는 자기 위안의 생각을 한다. 영문학하고, 우리 문학하고, 다 영향을 받았다.”

그가 영문학을 전공하게 된 것은 문학에 대한 관심과 애정이다. 외국 문학 중에서도 영문학을 공부하게 된 것은 문학이 갖는 경험주의적인 측면이 영국 전통이 가지고 있는 실증주의적이고 경험주의적인 면과 자연스레 접목되었을 것을 짐작하는 것은 어려운 일이 아니다. ‘잘 빚어진 항아리’를 보는 즐거움, 우리는 눈으로 손으로 어루만지면서 감각하고 그 감각은 정신의 깊은 곳에 살로 가 닿는다. 마주 닿음은 정신의 고양을 낳고 고양은 카타르시스를 가져다준다. 우리는 매양 문학 작품에 매혹당하고 그 끌림을 즐겁게 받아들인다.

"어릴 때 시도 쓰고 소설도 쓰고 했지만 일찌감치 이건 안 되겠구나, 했다. 소박하게 이야기하면 책 읽고 하는 게 좋으니까 영문학을 하게 된 것인데 그랬으니까 영문학보다는 문학이 더 하고 싶었다는 이야기가 되겠다. 하지만 글을 쓰게 하고 문학에 관심을 가지게 한 것은 우리 현실 문제 때문이었던 것 같다. …… 하지만 현실을 뛰어넘는 데 있어서는 부족했다는 생각이 든다."

우리가 흔히 말하는 문체는 스타일을 우리말로 옮긴 것이다. '문체'라는 어의 속에는 이미 한 작가의 문학적 개성·감수성이 포함되어 있다. 원색적인 비유이긴 하지만 뷔퐁의 '문장은 사람 자신이다.'라는 말은 아직도 우리에게 유효하다. 플로베르의 '관조의 방식'이나 기로의 '세계와 예술에 대한 비견'도, 공감의 폭을 넓혀 준다. 우리는 글의 내용을 통해서 작가를 만나고, 문체는 그 길을 제시해 준다. 그 길은 작가에 따라 다르고, 향기와 품격도 다르다. 미문이 있는가 하면 악문이 있고, 오문이 있다. 그의 문체는 그의 문체가 지닌 한계에도 불구하고 한국 평단에서 독보적인 위치를 구축한 것으로 평가받고 있다. 그 평가의 타당성·객관성을 인정하게 해 주는 것은, 그의 글의 외양이 가지는 세련된 품격이고, 격을 유지시켜 주는 것은 철학적 사색의 깊이와 논리성이다. 그의 글에 드러나는 균형은 곧 그의 삶의 균형이고 조화이다.

"글을 잘 썼으면 하는 바람을 가지고 있지만 글쓰기라는 게 참 어렵다는 생각이 글을 쓸 때마다 새삼스럽다. 그런데다가 성의를 다하지 못하는 경우도 있고 우리말을 충분히 잘 구사하지 못하기도 한다. 또 그것 자체가 참 후회스럽게 생각하는 것 중의 하나인데 청탁에 의해 마감에 쫓겨 쓰다 보니까 들여다보고 공을 들여서 생각할 여유를 못 갖는 것이다. 좀 잘 써야 할 텐데 하지 못하는 것, 하지만 대체적으로 스타일에 주의는 하지 않고 가장 간결하고 직접적으로 전달해야겠다는 생각은 늘 하게 된다. 좋은 편견이라고 생각하지는 않지만 대체적으로 장식적인 글은 좋아하지 않는다."

작가에게 있어서 작품집을 내는 의미는 '집적'과 '정리'로 요약될 수 있다. 집적이란 한 작가의 내면 세계, 혹은 사상이 모이고 쌓이는 것을 의미한다. 반면 정리란 일반적으로 일체의 군더더기를 제거해 버린 상태를 이른다. 이 경우, 정리는 작품집을 냄으로써 자신을 객관화시키고 한 단계 나아갈 수 있는 계기를 마련해 주는 징검다리의 의미와 한 단락을 마침하는 의미를 지니고 있다고 하겠다. 연륜이 깊은, 평단의 오랜 그가 두 권의 평론집을 낸 지도 10년이 가깝다. 과작이기도 하겠지만 세 번째 평론집을 준비하고 있다는 이야기를 들은 것도 한참인 것 같았다.

"정치적인 것에 관여하느라고 책을 낼 틈이 없었고 그냥 모아서 낸다는 것에 대해 매력을 못 느낀다고 봐야 할 것이다. 첫 평론집도 얼른 마음이 내키지 않았는데 밀려서 내게 되었다. 이번에는 그런 타성이 더 심해진 것 같다. 잃어버린 원고도 많고 여기저기 흩어져 있어서 나오지 못했다. 민음사에 조판이 시작된 지 1년 반이 되는데도 교정을 안 돌리니까 나오지 못하고 있다. 교정을 보지 않으면 어떠냐고 하지만 마음이 내키지 않는다."

우리 세대는 황순원과 최인훈에게서, 서정주와 김현에게서 문학적 영향을 받은 세대들이다. 니체나 사르트르, 키르케고르나 카프카도 우리에게 영향을 준 철학가이고 작가이다. 『지각의 현상학』으로 우리에게 잘 알려진 프랑스의 사상가 메를로퐁티에게서 영향을 받았다고 말하는 그의 모습은 행복해 보인다. 우리가 영향을 받아 그 빛으로 성장을 하고, 또 넘어서야 할 스승을 마음에 담아 두고 있다는 것은 한 개인의 삶에, 얼마나 다행한 일인가?

"더러 그런 질문을 받는다. 독문학이나 독일 철학도 중요했고 영문학······ 그리고 괴테 같은 사람도 좋아했다. 또 돌이켜보면 철학적인 영향으로 나에게 더 충격을 준 것은──상당히 나이가 들어서의 일이긴 하지만──메를로퐁티라고 할 수 있다. 메를로퐁티는 실존주의자이다. 실존적 구체성······ 실존주의라는 것은 사르트르에도 나오지만 구체적 실존에 대한 관심을 추상적으로 이해하는 모순된 입장을 가지고 있다. 또 현상학이라는 것도 구체적인 현실에 대한 것으로 사물 자체를 보는 것, 그러니까 주관적이면서도 사물하고 연결이 되는 것이다. 메를로퐁티의 중요한 저술인 『행동구조』는 생물학이나 실험 심리학에 있어서의 새로운 관찰을 많이 인용하고 있다. 그러니까 사르트르에 비해서 과학적이라고 할 수 있다. 또 하나는 메를로퐁티는 매우 복잡한 의미에서 마르크스주의자이고 또 현실 참여론자이다. 사르트르와 같이 현실 운동에 참여했고 또 관여했던 정치적 조직들이 있는데 마르크스주의적이면서 실존주의적이고 현상학적인 관찰이 드러나는 것이다. 또 그러면서도 경험주의적인, 좀 묘한 정치적 입장들을 표명하고 있다.

메를로퐁티의 『행동구조』 같은 저술은 책 제목에서도 드러나듯이 거대한 역사적인 무엇이 아니라 실제 일어나고 있는 구체적인 행동, 작은 행동을 포함한 것이다. 거기에 구조라고 하는 것은 큰 문제를 다하고 있는 것이다. 그다음에 중요한 저서인 『지각의 현상학』을 보면 지각이라고 하는 것은 상당히 구체적이고 감각적인 현상을 말한다. 현상이라고 하는 것은 현상학자들이 이야기하는 것처럼 구체적인 사물에 충실하면서 그 사물이 드러내고 있는 본질적인 것을 드러내려고 하는 것이다. 그러니까 두 번째 저작을 보더라도 구체적인 느낌을 제목에 가지고 있는 것이다. 사변적인 철학자로서 쓴 예술론으로 「눈과 유화」라고 하는 중편 정도의 에세이, 그리고 세잔에 관한 글이 있다. 철학자가 쓴 아주 구체적이고 잘된, 설득력 있는 예술론이다. 그 글에도 과학적이고 철학적이면서, 미술이라고 하는 아주 구체적이고 감각적인 예술, 이것을 결합시키려는 노력이 보인다. 아주 특이한 사상가인데 그가 나에게 아주 중요한 생각의 틀을 준 게 아니냐 하는 생각이 든다."

한국 문학이 갖는 위상은 어디일까? 우리 시대의 작가와 비평가, 그리고 독자는 오늘의 우리 문학에 대해 어떤 느낌, 어떤 생각을 가지고 작품을 대하는가? 불행한 예감이긴 하지만, 90년대 이후 문학이, 보다 비약적이고 폭넓게는 인쇄 매체가 누려 왔던 전대미문의 호황을 누리지는 못할 것이라는 생각이 든다. 그런 비관적 예감에도 불구하고 아직 많은 사람들은 작가가 되고자 하는 꿈을 키우고 있다. 또한 아직도 많은 독자는 문학 작품에서 삶의 곤궁함에 대한 위안을 얻기도 하고, 사소하게는 시간을 보내기 위한 단순한 오락거리로 문학 작품을 찾기도 한다. 문학 비평가로서 오늘의 우리 문학에 대해 갖는 그의 바람은 무엇이고, 비판적 시각은 무엇인가? 나는 그의 고조된 억양, 빠른 말투 속에 오늘의 우리 문학에 대한 애정과 질책이 드러나기를 바라고, 그는 내 기대를 배반한다.

"한국 문학에 대해 되도록 이야기를 하지 않으려고 한다. 게을러서 많은 작품을 읽지도 못하고 또 지난 일에 대해서 후회하는 이야기를 많이 하게 되는데 정치에 너무 많이 끌려다닌 것 같다. 관심도 가지고 강연도 다니고 글도 쓰고 했는데 너무 허망하게 끝나 버렸다. 물론 영어 선생 하다 보니까 그때그때 일어나고 있는 일에 대해 잘 모를 수도 있겠고, 발표되는 당시의 작품을 읽기 위해서는 어떤 의무감을 가지고 읽어야 하는데 의무감보다는 재미로 작품을 보는 습관이 들어 있는 까닭도 있다고 할 수 있다. 다른 하나는 문학이라는 게 여러 사람이 해야 되는 것이면서 불가피하게는 엘리트적인 것이다. 시대가 지나고 나면 대부분의 글 쓰던 사람들은 망각 속으로 멀어져 가게 되고 전문가들이나 박사 논문 쓰는 사람들에게나 관심 대상이 된다. 또 하나는 민중주의 관점에서 보는 사람하고 나 같은 사람하고의 큰 차이일 텐데 인간 정신에 신비스러운 게 있어서 어떤 사람은 보다 더 창조적이고 시대의 모든 인간적인 욕구를 높게 더 예술적으로 표현할 수 있는 것 같다. 그러니까 셰익스피어나 톨스토이를 보면 그 시대의 다른 작가들을 보지 않아도 되는 것이다. 결국 살아남은 문학이라고 하는 것은 얼마 안 될 것이다. 그러면서 역설적으로 이야기하면 높은 산이 있으면 밑에 얕은 산이 많은 것과 같은 이야기이다. 수없이 많은 사람들의 문학 활동이 있기 때문에 거기서 시대를 대표하는 작품들이 나올 수 있다고 본다. 실제 그때 쓰이고 있는 작품들은 모두 중요하다. 그러나 그 자체로 중요한 것은 아니다. 그것이 모여서 하나의 위대한 예술적 통합을 이루기 위한 기초로서 필요한 것이다. 그런데 의무감으로 책을 읽지 않고 재미로만 보는 사람들은 꼭대기만 보기가 쉽다. 그때그때 필요하면서도 잊힐 작품에 대해서는 소홀하게 된다. 그래서 현장 비평을 안 하는 것도 있고 또 거기에 너무 흥분할 필요가 없다고 생각하는 것도 있다. 어떤 작품이 큰 문학이 되고 우리나라 사람들이 살아가는 데 큰 영향을 주는 업적이 된다는 것은 두고 봐야지 간단히 이야기할 수 없는 것 같다. 그러나 제일 중요한 것은 시간이 없고 게을러서이다.”

그는 오늘의 한국 문학에 대해 이야기하는 것을 달가워하지 않는다. 성실한 답변이긴 하지만 마지못해 하는 투가 역력하고 그나마 자신의 게으른 탓으로 돌린다. 나는 자신의 탓이라고 이야기하는 그의 모습에 당혹감을 느끼면서 그것을 질책으로 받아들인다. 작가 의식의 부재라든가 철학성의 빈곤, 혹은 문학을 입신의 도구로 삼거나 유행을 쫓는 경박함……. 부끄러운 일이라면서 우리 문학사에 20세기 이전에는 문학 작업을 필생의 업으로 삼은 전업 작가가 전혀 없었다는 그의 지적을 다시 새겨 본다.

연구실 안쪽에까지 들어오던 볕이 한뼘이나 짧아져 그의 등뒤에 닿을 때까지 우리는 자리를 옮기지 않았다. 우리는 아직도 할 말이 많아 보이는 그와 함께 연구실을 나왔다. 하고 싶은 이야기가 많은 세대, 아니 가장 많은 일을 했고, 또 해야 할 이야기가 많은 세대라는 생각에 나는 숙연히 그의 뒤를 따른다. 여름날의 일광은 눈이 부시고 그 눈부심을 이기지 못해 우리는 그늘로 비켜선다. 한여름의 볕은 그늘로 비켜선 우리를 쫓고, 그는 손을 들어 우리를 배웅한다. 가까이 다가선 그의 모습은 너무 커서, 나는 천천히 뒤로 물러서며, 그에게 인사한다. 볕을 가리기 위해 작은 손그늘을 만들었던 손을 얼른 내리면서.

인간성의 과학을 지향하며

노명식(한림대 교수, 서양사)

김우창(고려대 교수, 문학 비평)

장회익(서울대 교수, 물리학)

김영식(서울대 교수, 과학사)

사회 김용준(《과학사상》편집인, 고려대 교수, 화공학)

정리 모태준(서울대 박사 과정, 과학사)

1992년《과학사상》봄호

과학과 인간, 과학과 사회 문제 다루는 잡지

김용준(사회) 먼저, 바쁘신데 이렇게 나와 주셔서 감사합니다. 새로이 탄생하게 된《과학사상》은 계간으로 발간될 예정입니다. 원래는 '인간과 과학'이란 제호로 내려고 했었습니다만 사정이 여의치 않아 '과학사상'으로 바뀌었습니다. 그러나 그 취지는 변한 것이 없다고 생각합니다.

잘 아시다시피 오늘날을 '과학 기술의 시대'라고 합니다. 또 우리가 살고 있는 현재를 과학 문화 또는 기술 문명의 시대라고도 합니다. 요즈음 같은 잡지의 홍수 시대에 또 한 권의 잡지를 더한다는 것이 근자에 많이 논의되는 잡지 공해를 더 한층 부추기는 것이 아닐까 우려도 했습니다. 그러나 과학 문명 혹은 현대 기술 문명을 올바르게 비판하고 과학과 인간의 관계, 기술 사회에 있어서 인간 윤리의 문제를 집중 조명하여 다가올 21세기를 향한 올바른 비전을 제시해야 한다는 시대적 사명 의식이 앞섰습니다. 또한 발행인이신 이성범 회장께서도 전적으로 저희와 뜻을 같이하고 격려해 주셔서 모험인 줄 알면서도 그야말로 사명감을 가지고 수준 높은 계간지를 만들겠다는 결심을 이렇게 굳히게 되었습니다.

오늘날 우리는 과학 기술이 고도로 발전한 결과 원래 과학과 기술의 본뜻은 망각해 버리고 거기서부터 나오는 산물 또는 제품이 과학이 되고 기술이 되어 버린, 말하자면 잘못된 과학 기술의 시대에 살고 있는 것 같습니다. 더욱이 최근에는 이데올로기로서의 과학과 기술이라는 말도 있고 제도로서의 과학과 기술, 심지어는 제품·상품으로서의 과학과 기술이라는 말도 쓰이는 등 과학과 기술이라는 용어의 수난 시대가 아닌가 착각이 들 정도입니다. 이러한 문제를 비판하고 올바르게 풀어 나가는 데《과학사상》이 제몫을 해야 하지 않을까 합니다.

저도 화학을 전공하는 과학자의 한 사람입니다만, 오늘 이 자리에는 물리학을 전공하시는 장회익 선생님, 프랑스 역사를 연구하고 계신 노명식 선생님, 또 물리 화학과 과학사 두 분야에서 학위를 받으시고 과학사를 우리나라에 정착시키는 데 큰 역할을 하고 계신 김영식 선생님, 전공은 영문학입니다만 폭넓게 오늘날의 문명을 비판하고 계신 김우창 선생님을 모셨습니다.《과학사상》의 창간에 즈음하여 여러 선생님들의 좋은 의견과 본 잡지에 바라시는 점 등을 기탄없이 듣고자 합니다. 우선 우리 사회에서《과학사상》같은 대중 잡지가 필요한 이유를 생각해 보면서 이야기를 시작했으면 합니다.

김영식 우리나라에 잡지가 많다고는 합니다만 과학 계통의 잡지는 중고등학생을 상대로 하는 수준에 머물러 있습니다. 그동안 일반 지식인들이 과학과 관련해서 인간, 사회 문제를 깊이 있게 생각할 수 있는 잡지가 없었는데《과학사상》이 나오게 되어서 매우 반갑게 생각합니다. 반갑다는 말은 이러한 요구를《과학사상》이 충족시켜야 한다는 의미이기도 합니다.

근대에 들어와서 과학 기술이 중요해지고 사회의 여러 문제들과 연관되어 있기 때문에 일반인들이 과학 기술을 무시할 수도 없고 나아가 어느 정도 이해도 해야 하고 생각도 가지고 있어야 하는 상황입니다. 다른 한편으로는 과학 혁명 이후 과학의 역사가 전개되는 과정에서 과학 기술이 극히 전문화되었습니다. 심지어 최근에는 같은 과학자들끼리도 다른 분야의 과학에 대해서는 잘 모르고 있는 실정입니다. 우리가 같은 분야로 생각하는 물리학 분야 속에서도 가령 고체 물리학자는 입자 물리학자의 세부적인 연구 내용을 잘 모르고 있어요. 일반인들이 과학 기술에 대해서 알고 다루어야 할 필요성은 굉장히 늘어났는데 한편으로는 과학 자체가 어려워져서 과학자들조차도 모든 과학을 이해할 수 없고 따라서 일반인들은 꿈도 꿀 수 없을 상황이 전개되었습니다. 이 점이 우리가 처해 있는 현대 사회에서 가장 큰 문제입니다. 모든 사람이 전문적인 과학 기술을 이해할 수도 없고 또 이해하는 것을 바랄 수도 없는 상황에서, 일반인들이 현대 사회를 살아가면서 부쩍 중요해진 과학이란 요소를 어떻게 경험하고 다루고 사용해야 할 것인가 하는 문제가 대두한 것입니다.

앞서도 말했지만 이런 문제가 전문 과학 지식을 이해하는 것으로는 해결되지 않습니다. 따라서 중요한 것은 과학이 우리 사회에서 어떤 위치에 놓여 있고, 어떤 문제를 제기하며, 과학 활동의 성격이 어떤 것이고, 과학자들은 어떤 사람들인가 하는 관점에서 과학을 이해하고 다루는 일일 것입니다. 지금까지의 과학 잡지들은 초보적인 과학 지식의 소개이거나 생활 과학의 문제들을 다루고 있습니다만《과학사상》은 좀 더 깊이 있게 다양한 각도에서 과학 문제를 생각하는 잡지가 된다면 우리 사회가 크게 필요로 하는 요구 한 가지를 충족시켜 줄 수 있으리라고 봅니다.

김우창 아주 중요한 잡지가 될 것으로 기대합니다. 정부에서도 과학 기술에 대한 투자 없이는 선진국이 될 수 없다면서 얼마만큼의 돈을 투자하겠다는 등의 기사가 매일 신문에 나오고 있지 않습니까? 과학 기술이 발전하고 또 발전된 기술이 국민 복지에 올바르게 기여하고 세계 인류 발전에 도움을 주는 데 그 비용이 쓰일 수 있도록 감시하는 것도 절대적으로 필요합니다. 과학 투자 정책과 연구 방향에 대한 전반적이고 비판적인 검토가 어느 때보다 절실하게 요청되고 있어요. 또 개인적인 성취욕, 명예욕, 물질욕에 의해서 과학 연구가 왜곡되지 않도록 감시해야만 합니다. 《과학사상》은 이러한 기능을 위해서도 꼭 필요합니다.

사회 이야기를 풀어 나가기 위해, 먼저 과학의 발전 과정을 더듬어 보면서 그때그때 과학의 역사가 주는 교훈에 대해 살펴볼까 합니다. 과학의 역사를 논하자면 그리스 시대까지 거슬러 올라갑니다. 김영식 선생님께서 그리스 시대의 과학의 특징과 이후의 17세기 근대 과학이 갖는 내용들의 차이점을 일반인들이 쉽게 이해할 수 있도록 설명해 주십시오.

김영식 아리스토텔레스를 중심으로 형성되어 중세까지 계속된 아리스토텔레스 과학은 고대 그리스의 과학이라고 할 수 있는데 17세기 과학 혁명을 거쳐서 뉴턴이 핵을 만들었다고 할 수 있는 근대 과학과는 여러 가지 차이가 있습니다. 구체적인 내용과 전문적인 개념에서 큰 차이가 있는데, 큰 특징으로서 아리스토텔레스 과학은 인간 중심의 과학인 데 반해서 뉴턴의 과학, 근대 과학은 인간으로부터 벗어나서 좀 더 객관적인 과학이 됐습니다.

예를 들어 우주 구조만 해도 아리스토텔레스 과학에서는 인간이 사는 지구가 당연히 우주의 중심에 있고 안정되게 정지해 있으며 그 주위로 하늘이 있고 신이 그 맨 바깥에서 인간을 돌보고 있다고 합니다. 그런 의미에서 인간 중심일 뿐 아니라 인간의 일상 경험과도 부합됩니다. 아리스토텔레스의 논리는 땅이 정지해 있는 것은 당연하고, 무거운 것은 아래로 가고, 아래로 가는 무거운 것은 본연의 위치인 지구 중심을 향해서 떨어지고, 가벼운 것은 위로 올라가고, 또 하늘은 중심에 있는 무거운 지구 주위를 돈다는 것입니다. 모두 인간의 경험과 직접 관련이 있는 것이죠. 그에 반해 뉴턴의 관성 개념을 보면 움직이는 물체는 계속해서 움직이려 한다고 합니다. 다만, 실제 우리가 경험하는 물체 중에서 계속 움직이는 물체는 없습니다. 가령 수레를 끌어도 힘을 주어야 움직이지 힘을 주지 않으면 정지하게 됩니다. 아리스토텔레스는 물체가 운동하기 위해서는 힘이 작용해야 하고 작용이 그치면 정지한다고 했습니다. 이것은 인간의 경험을 바탕으로 경험과 직접적으로 연결되어 있습니다. 그러나 근대 과학은 경험으로부터 한 차원 더 내려가 추상화해서 관성의 개념 같은 것을 만들어 냈습니다. 일상 경험에서는 마찰이나 저항이 있어서 관성 운동이 일어나지 않지만 이런 것들을 모두 제거하면 가능하다는 식입니다. 실제로 그런 일은 존재하지 않지만 머리 속에서 추상화해서 해낼 수 있었습니다. 빨강이란 색도, 빨갛게 보이지만 그걸 파고 들어가면 빨간색을 내는 물질 입자의 구조나 운동이 있기 때문에 가능하다는 식의 설명을 풀어놓습니다. 한마디로 인간의 일상적인 경험이나 감각 중심에서 벗어나 이치나 객관성 등을 가지고 추상화, 이상화, 그리고 이론화해서 사물과 자연을 보는 과정이었다고 말할 수 있습니다.

사회 이렇게 시작한 근대 과학은 과학뿐만 아니라 당시 사회에도 상당한 영향을 미쳤다고 봅니다. 얼마 전에 노 선생님께서는 『자유주의 원리와 역사』란 책을 쓰셨죠. 이 책을 보면 여기저기에서 자유주의와 근대 과학의 발전 사이의 상관성이 논의되고 있습니다. 근대 과학의 출현이 당시 서구의 사상에 미친 영향을 살펴보았으면 좋겠습니다.

노명식 자유주의는 개인주의를 그 철학적 기반으로 하는 이데올로기인데, 개인주의 철학은 근대 과학의 발달 속에서 형성되었습니다. 그런 의미에서 자유주의는 과학의 영향을 받았던 것이죠. 예를 들어 자연과 나, 객관적인 물체와 주관적인 나, 즉 주체와 객체를 구분하는 태도가 과학에서 비롯되었습니다. 현대에 들어와서 상대성 원리니 불확정성 원리니 하는 것이 나와서 과학 자체에도 주체와 객체의 구별이 가능한가에 대해 부정적인 시각을 제기하고 있습니다만, 근대 과학이 시작되면서 비로소 객체와 주체를 구분하고 개체에 대한 자각이 싹텄다고 볼 수 있습니다. 거기서 개인을 절대 존중하는 개인주의 철학이 성립될 수 있었던 것이죠.

물론 개인주의 철학을 성립시킨 것이 근대 과학만이라고는 말할 수 없지만 가장 중요한 요소는 주체와 객체를 구별하여 주체가 객체를 객관적으로 인식하는 과학이었습니다. 거기서 개인이 가장 존귀한 존재고 최고의 가치를 지닌 존재라는 생각이 발달하면서 개인에게 가장 중요한 것은 개인의 자유라는 생각이 함께 나오게 됐습니다. 개인이 가장 중요하다는 생각과 근대 과학의 발전은 병행해서 진행된 것 같습니다. 그리고 개인주의 철학을 바탕으로 한 자유주의 사상이 자연을 자유로이 연구하게 되는 과학적 태도에 영향을 주고 동시에 과학 역시 사람들의 사고하는 태도에 영향을 주었습니다. 우주를 관찰하면서 우주의 질서정연한 운동 법칙이 사회와 역사에도 있지 않겠느냐 하는 합리주의적 역사관을 낳게 하여 사회와 인간을 보는 태도를 근본적으로 변혁시켰습니다. 그리하여 우주관과 세계관을 중세적인 것에서 근세적인 것으로 근본적인 변화를 일으키게 한 것은 과학이었습니다. 그렇게 볼 때 자유주의와 거기에서 이어져 가는 민주주의, 사회주의 등 모든 이데올로기가 궁극적으로는 근대 과학에서 출발했다고 볼 수도 있겠습니다.

사회 그렇습니다. 최근에는 근대 과학 혹은 뉴턴 과학의 패러다임이 갖는 문제점이 지나치게 강조되는 경향이 있습니다만, 역사적으로 보면 이 뉴턴의 패러다임이 인류 사회에 미친 영향은 지대하다고 말할 수 있습니다. 허버트 버터필드(Herbert Butterfield)의 말을 인용한다면, 과학 혁명에 비교할 때 르네상스나 종교 개혁은 한낱 에피소드에 불과하다고 말할 정도로 과학 혁명이 인류에 미친 영향은 엄청난 것이지요. 과학자의 입장에서 장회익 선생님께서 근대 과학의 발전이 보여 주는 긍정적 의미에 대해서 한번 짚고 넘어갔으면 합니다.

장회익 근대 과학 하면 뉴턴의 물리학이 중심이 되는 것이고 그 영향은 19세기 말까지 그대로 내려왔습니다. 뉴턴 당시에도 그렇고 19세기 말까지 내려오면서도 뉴턴의 물리학은 합리적이고 합법칙적인 사고방식을 가능케 해 주었다는 점에서 많은 긍정적인 의미를 갖고 있어요. 물론 그것이 경직된 형태로 나타나서, 그 어떤 새로운 이념의 발전을 가로막기도 하고, 특히 현대 물리학으로 이끄는 새로운 사고에 부정적인 영향을 미친 측면도 무시할 수는 없겠죠. 이제 그런 측면에서 많은 반성이 나오고 있습니다만 역사적으로 보면 긍정적인 면이 대단히 많았습니다.

그럼에도 불구하고 20세기에 들어서서 상대성 이론, 양자론이 대두되면서 과학도 잘못될 수 있다는, 과학 자체가 만들어 내는 도그마를 또 한번 깨뜨리게 되었습니다. 이런 의미에서 과학은 더 한층 높은 수준의 긍정적인 측면을 갖게 되었습니다. 다시 말해서 종래에 과학적이라고 하면 과학이 마지막 해답이라는 이미지를 가졌던 것인데, 이러한 생각에 대해서 깊은 반성을 하게 되었고 과학이 최종 진리가 아니라는, 과학의 불완전성을 과학 스스로 밝힘으로써 보다 나은 발전을 가능케 했던 것입니다. 이런 모든 것들이 우리의 정신문화에 여러 각도로 영향을 주고 있다고 봅니다.

그러나 우리 사회를 돌아보면 우리는 서구의 근대 과학을 우리 풍토에서 성장시켜 나온 문화 전통을 가지지 못했습니다. 어느 날 갑자기 과학이란 것을 등에 업고 높은 물질문명이 밀려들어오자 과학이란 것이 이런 것이구나 하고 인식했던 것이죠. 한편으로는 미신이나 종래의 불합리한 생각들이 과학을 통해서 반성될 수 있는 계기도 마련되었습니다. 다만, 과학의 표피적인 측면이 주로 받아들여졌고 과학에 대한 이해도 그 수준에 머물고 말았습니다. 앞에서도 지적하신 것처럼 과학을 맹신하다가 다시 과학에 환멸을 느끼고 급기야 우리가 처음에 생각했던 것처럼 과학이 그리 대단한 것이 아니고 오히려 우리의 정신문화를 황폐화시키는 것이 아닌가 하는 반과학적인 사조도 일어나고 있습니다. 아직도 우리가 역사 속에서 과학을 키우지 못했기 때문에 이런 결과가 나왔다고 봅니다. 고전 물리학에서부터 현대 과학에 이르기까지 과학이 지닌 여러 측면과 이것이 보여 주는 새로운 세계상을 이제 우리 문화 속에 제대로 정착시키는 작업이 매우 절실한 단계에 와 있다고 하겠습니다.

사회 이제 화제를 바꾸어 오늘날의 과학이 안고 있는 문제와 그 해결 방법 등을 살펴보기로 하겠습니다. 과학사를 연구하고 계신 김영식 선생님께서는 얼마 전 『역사 속의 과학』이란 책도 엮어 내셨는데, 과학이란 무엇이라고 정의할 수 있는지 또는 오늘날 보통 사람들이 일반적으로 가지고 있는 과학이라는 개념은 무엇을 의미하는지 역사적 차원에서 이를 점검해 주셨으면 합니다.

김영식 과학이란 무엇인가에 대해서 간단히 의미 있는 대답이 나온다는 것은 사실 좀 어렵습니다. 과학의 역사, 과학의 철학 등 과학과 관련된 무엇을 다룰 때, 흔히 논리적으로 생각하면 과학에 대한 어떤 것을 다루니까 과학을 먼저 정의해야 한다고 생각하기 쉽습니다. 그러나 과학이란 무엇이냐에 대해서 화학, 물리학 등과 같은 것이라는 대략적인 생각은 갖고 있기 때문에 실제로 거기에 대해서 말하다 보면 과학이란 것에 대한 생각이 점점 체계적으로 깊어지게 되리라고 봅니다. 이런 이유로 해서 저는 과학이 무엇인가라고 정의하는 데 회의적입니다. 실제로 정의한다고 해 본들 그것이 모든 과학에 부합되는 것도 아니고, 또 모든 과학에 부합되는 과학을 정의하다 보면 별로 의미가 없는 정의가 되고 맙니다.

오늘날 일반인들이 흔히 가지고 있는 '과학적'이란 의미는 17세기의 괄목할 만한 과학의 발전을 보고 느꼈던 18세기 계몽사조 당시의 생각과 거의 같습니다. 과학이란 합리적이고 힘이 있고 무언가 문제를 풀어낼 수 있고 과학 아닌 것들이 갖고 있는 단점들이 다 제거된 것이라는 등의 의미를 갖고 있습니다. 그 당시 사람들은 미신이나 독단이 사회의 큰 폐해라고 보았는데 과학에는 이런 것들이 없다고 생각했었습니다. 따라서 과학적이라고 하면 무조건 좋고 힘 있고 뭘 해내는 것이라는 생각이 자리를 잡았는데, 이것이 지금까지 일반인들이 생각하는 '과학적'이라는 의미와 크게 다르지 않다고 봅니다.

그러나 실제로 과학자들이 과학 활동을 하는 데 있어서 취하는 방법이나 과학이 실제 사회에서 산업 기술에 응용되면서 제기하는 문제들은 일반인들이 갖고 있는 과학이란 것과 상당히 거리가 있다고 봅니다. 따라서 일반인들은 과학의 내용만이 아니라 방법, 성격, 과학자들의 행동 유형 등 여러 면에 대해서는 잘 모른 채 과학은 훌륭하고 힘 있고 합리적이라고 생각하고 있는데, 이런 태도는 어떤 면에서 일종의 미신에 가깝다고 볼 수 있습니다. 그 결과 실제 과학이 제기하는 문제와 관련해서 일반인들은 일단 과학에 대해서 실망하기 시작하면 과학에 대한 반감이 극도로 커져서 과학이 모든 나쁜 것의 근원이라고까지 생각하게 되는 것입니다.

과학 기술의 문제도 문화, 문명과 관련지어 생각해야

사회 오늘날 과학 기술의 문제를 단순히 과학 기술 하나만 떼어놓고 생각할 수는 없을 것 같습니다. 모든 일이란 전후 관계와 사회적 맥락에서 그 뜻을 헤아려야 하겠죠. 역사적으로 과학 혁명도 이런 평가가 가능합니다. 『인간 등정의 발자취』를 쓴 야콥 브로노프스키(Jacob Bronowski) 같은 사람은 과학 혁명을 삼각 혁명으로 봐야 한다고 주장합니다. 과학 혁명을 산업 혁명과 미국의 독립 혁명과 연결 지어서 삼각 혁명으로 생각해야 한다는 것이죠. 이처럼 과학의 문제는 당시의 정치, 사회, 문명이나 문화와 따로 떼어 생각하기가 매우 어렵습니다. 김우창 선생님께서는 문화 비평적인 관점에서 오늘날의 과학 기술을 우리가 살고 있는 문명, 문화와 관련지어 비평해주셨으면 합니다.

김우창 과학이 우리 생활에 매우 중요하고, 세계사적으로도 중요하다는 것은 여러 번 지적되었습니다. 오늘의 역사는 순전히 과학 발전의 결과로 생겨났다고 볼 수도 있습니다. 그런데 우리의 경우 우리 나름대로 과학적 전통을 갖고 있다고는 하지만, 세계사적인 견지에서 볼 때 과학의 역사에 늦게 참여했습니다. 서양에서는 이미 과학 발전이 가져오는 여러 가지 문제점들에 대해 과학 자체가 비판을 해 오고 있습니다. 우리는 늦게 세계의 과학 기술 문명에 참여하게 되었으므로, 과학 진흥을 하는 동시에 과학 기술 문명에 대해서 지금까지 나온 여러 가지 비판도 참고해야 할 입장에 있습니다.

노 선생님께서 과학이 개인의 자유를 가져오는 데 굉장히 중요한 역할을 했다고 말씀하셨습니다만 또 다른 각도에서도 과학과 문화의 관계를 생각할 수 있습니다. 조지프 니덤(Joseph Needham)의 어느 책에, 중국 사람들에게도 이미 옛날에 황하(黃河)를 다스리려면 우(禹)임금을 바라보지 말고 황하를 보라는 얘기가 있었다는 말이 나옵니다. 여기서 우임금 말을 듣지 않고 황하를 보고 연구한다는 것은 권위에 의해서 사고하지 말고 경험적 사고, 즉 사물을 보고 사고하라는 말입니다. 경험적 연구, 관찰이 중요하다는 것은 동시에 개인의 이성적 작업이 중요하다는 것입니다. 권위에 대해서 참고는 할 망정 복종할 필요는 없다는 얘기죠. 이것은 양면적인 뜻을 가지고 있습니다. 황하를 본다는 것 자체는 우임금의 권위 대신에 자연의 권위, 자연 과학의 법칙적 세계, 필연의 세계에 순종해야 한다는 것을 의미합니다. 그러기 위하여 개인의 경험적 중개가 필요합니다. 한쪽으로 과학은 개인의 자유, 개인의 탐색을 풀어 주는 역할을 하면서 다른 한편으로 인간이 구성한 것으로 보이지 않는 외적인 권위, 과학적 필연성의 세계에 복종해야 하는 그런 의무를 지우고 있습니다. 개인을 해방하면서 동시에 또 개인이 살고 있는 세계의 과학적 질서에 순응할 것을 요청한다는 것입니다.

17세기부터 계속되어 온 과학적 질서라는 것은 외부로부터 주어진 자명한 객관적 질서이고 여기에 대해서 인간적인 어떤 질서가 개입할 여지가 없다는 인식은 과학 문명을 억압적인 것으로 느끼게 하는 한 원인이 되었습니다. 과학 이론의 발전과 그 비판 과정을 통해서 과학 자체도 인간적 구성을 통하여 이뤄진 것이지 반드시 객관적 질서와 필연성을 제시한 것만은 아니라는 인식들이 생겨난 것이 오늘의 시점인 것 같습니다.

베이컨의 "아는 것이 힘이다."라는 말은 과학적인 기술의 힘을 가리키는 것이기도 하지만 그 속에는 아는 사람이 사회를 지배하게 된다는 사회적인 힘에 대한 암시도 들어 있습니다. 종전에는 비과학적인 이데올로기가 사회 지배의 수단이 되었지만 지금은 과학이라는 이름을 가진 이데올로기가 지배 수단이 된다는 의미를 갖고 있습니다. 과학은 인간을 해방시키면서 동시에 다른 필연성에 의해서 인간의 삶을 통제하려고 합니다. 여기서 다른 필연성이란, 우리가 무조건 복종해야 하는 외부적인 법칙적 세계일 뿐 아니라 사회적인 의지까지도 포함할 수 있습니다. 그것이 사실 지배체계의 한 부분을 이룰 수도 있습니다. 하이데거가 철학을 비판할 때 강조했듯이, 과학은 역사적 실존에 대한 한 국민의 결정으로부터 나온 측면이 있습니다. 그런데 결정한 사실 자체가 상실되고 과학에서 드러난 것이 전부 객관적이고 논박할 수 없는 진리처럼 인식되는 것은 옳지 않다는 인식론적 반박이 여기에서 나올 수 있습니다.

사회 그렇다면 이러한 인식하에 오늘날 우리가 지향해야 할 새로운 과학의 모습은 무엇이라고 보십니까?

김우창 과학은 인간의 자유를 넓혀 주었고, 동시에 수긍할 수 있는 법칙적인 세계를 약속했습니다. 그러나 오늘날 법칙적인 세계란 것도 필연적이고 대치할 수 없는 것으로만 이루어진 세계는 아니면 그 이상의 과학도 가능하다는, 보다 큰 의미의 자유에 대한 상상력과 사회 행동이 필요한 것이 아닌가 생각합니다. 또 문화의 일부로서 과학적 태도가 절실합니다. 문화의 일부로서 인간의 문제, 사회의 문제를 해결해 나가는 데는 과학뿐만 아니라 과학적 태도가 중요합니다. 한편으로는 서양 사람들이 발전시켜 온 과학에 대한 비판도 수용하면서, 우리가 갖고 있는 과학과는 좀 다른 모습의 보다 인간적인 입장을 살리는 과학이 되어야 합니다. 과학이 인간적인 내용을 가진 그리고 자체 비판을 가진 그런 과학적인 태도가 필요하다고 봅니다. 이것은 나중에 다시 한 번 말씀 드리겠습니다.

인간성의 과학을 지향하며

사회 아주 중요한 말씀이라고 생각합니다. 선생님의 말씀을 들으면서 르네 뒤보스(René Dubos)의 말이 떠올랐습니다. 그는 『인간이기 때문에(So Human An Animal)』라는 책에서 지금까지 우리가 추구해 온 과학은 'science of thing' 즉 물체, 사물에 대한 과학이었는데 앞으로 우리가 추구해야 할 과학은 'science of humanity' 즉 인간성의 과학이라고 했습니다. 이 같은 맥락에서 《과학사상》은 인간성의 과학을 지향하고 있습니다. 노명식 선생님께서도 이에 대해 한 말씀 해 주시죠.

노명식 앞에서 말씀드렸듯이 근대 과학의 출현은 개인의 자각과 병행되었습니다. 이 개인의 자각은 또 역사적으로 르네상스와 관계가 있습니다. 르네상스는 고대 그리스·로마 문화의 회복 운동이고 자연과 인간의 발견이었습니다. 중세의 가톨릭 문화 속에서 자연과 인간은 모두 하나님의 은총 아래 예속되어 있었습니다만, 르네상스를 통해서 인간에 대한 자각이 이뤄졌고, 인간을 교회의 권위로부터 해방시킨 것은 종교개혁이었습니다.

자각된 개인이 과학을 발전시켰고 과학의 원리를 생산 기술에 응용하게 되면서 인류 역사상 일찍이 없었던 산업 혁명이 일어났습니다. 역사적으로 자본주의는 세계 여러 곳에 있었지요. 로마에도 있었고 고대 바빌로니아에도 있었습니다만 그때의 자본주의는 상업 자본주의 단계에 머물러 있었기 때문에 자본주의라고 할 수 없었죠. 그러한 상업주의가 산업 자본주의로 발전한 것은 오로지 서양의 근대 사회에서뿐입니다. 과학 기술을 이용해서 공장을 세웠기 때문에 산업 자본주의가 가능했고 여기서 중요한 것은 과학이었습니다. 과학의 힘, 과학의 원리를 생산 기술에 응용할 수 있었을 때 비로소 산업 혁명이 본 궤도에 오를 수 있었던 것입니다.

그런데 19세기 중엽 이후 과학에서 일종의 과학주의(scientism)가 생겨나면서 과학 자체가 종교가 되는 현상을 낳았어요. 과학 자체는 가치 중립적인 것인데도 불구하고 그것이 과학주의가 되면 우주와 역사의 모든 것을 과학의 원리, 과학의 기준에 따라 평가하게 되고, 과학 자체가 가치 중립이 아니라 그 자체의 가치 체계를 갖게 되었습니다. 그 사실을 극명하게 보여 주는 것은 19세기에 등장하는 콩트의 실증주의라는 역사 철학과 마르크스의 유물 사관인데, 이들은 과학의 이름으로 역사를 해석합니다. 과학의 이름으로 역사를 해석하고 자연 과학적인 법칙을 역사에서 발견할 수 있고 만들 수 있다고 주장합니다. 따라서 자연에 필연적인 인과의 법칙이 있듯이, 역사도 필연적 인과 관계에 의해서 변화한다고 주장합니다. 역사적 필연성이란 말이 그것이지요. 그런데 자연의 필연성은 그 필연의 법칙을 우리가 이해하면 그것을 인간 목적에 유용하게 통제할 수 있지만 역사적 필연성은 인간이 통제할 수 없고 오히려 그 필연성 속에 인간이 갇히게 됩니다. 이 사실은 19세기 당시의 사람들이 미처 자각하지 못했던 것이지만 오늘날 20세기에 와서 양차 세계대전을 겪으면서 심각하게 인식되었습니다.

우리나라에서 해방 후에 사상적 혼란이 극심했을 때 마르크스주의자들은 모든 것을 과학적으로 해결한다고 선전했습니다. 유물 사관은 과학주의 산물이고 과학주의적 역사관이니까 그 역사관과 역사 법칙에 의한 결론은 모든 것이 과학적일 수밖에 없었던 것이지요. 그런데 지금 와서 돌이켜보면 과학이란 말이 심히 유린당했고 침범당했었다는 것을 확인할 수 있습니다. 역사적으로 과학이란 이름의 횡포는 유물 사관에만 있었던 것이 아니라 자유주의에도 있었습니다. 가령 애덤 스미스(Adam Smith) 이래의 19세기의 고전 경제학자들의 경제 이론은 이론적으로 상당히 훌륭했습니다만, 경제학이라는 과학의 이름으로 가난한 사람들, 힘없는 사람들을 진보의 방해물이라고 해서 착취하고 짓밟았습니다. 1934년 영국의 신구빈법(新救貧法)은 가난한 사람들을 구제하기는커녕 완전히 짓밟아 버리는 비인간적 제도였는데 과학의 이름으로서 그것이 강행되었던 것입니다. 맬서스(Malthus)의 인구론이라는 경제학에 의해서 모든 정책을 추진해 나갔던 것이지요.

사회 우리의 경우는 어떻다고 보십니까?

노명식 우리나라에서는 '과학 입국'이란 말을 많이 씁니다. 그런데 이것은 과학 지식을 보다 많이 얻어서 그것으로써 생산 기술을 향상시키면 나라가 번영한다는 극히 단순한 논리인 것 같은데, 제가 보기에는 그런 식의 과학 교육은 아무리 해도 소용없다고 봅니다. 중요한 것은 과학 교육을 통한 과학적인 사고방식 또는 생활 태도, 합리적인 사고라고 봅니다. 우리나라의 국민 생활에서 한 가지 예를 들어보면, 모든 행동의 규범을 객관적인 기준에 의거하여 제정한 것이 법인데, 오늘날 우리의 현실은 어떻습니까? 준법 정신이란 무조건 법을 지키자는 것이 아니라 법은 사회의 객관적 기준이므로 누구나 똑같이 지켜야 한다는 정신이고 원리입니다. 어떤 사람은 지키고 어떤 사람은 지키지 않아도 된다는 것은 과학적 사고에 있어 있을 수 없는 일입니다. 그런데 우리나라에는 그러한 준법 정신이 전혀 없습니다. 그 이유는 우리 국민에게 과학적이고 합리적인 사고방식과 생활 태도가 없기 때문입니다. 과학 정신, 과학적인 사고방식과 생활, 행동 양식은 과학 지식이나 생산 기술보다 더 중요합니다. 자연 과학만을 잘 가르친다고 해서 과학적인 사고가 되는 것은 아닙니다. 철학적 사고나 역사적 사고도 과학적 사고에 중요한 역할을 하는 것입니다.

사회 과학이란 이름으로 횡포가 심했다는 지적을 하셨는데 비약하는 얘기가 될지 모르지만 최근 동구권과 소련이 무너지면서 과학적 변증법, 과학적 유물론까지 허물어졌다는 생각이 듭니다. 과학이라는 독단이 어느 한편에서는 허물어졌다고 할까요. 우리의 사정도 마찬가지라고 봅니다. 박정희 시대에 국민의 과학화를 부르짖었는데 그때의 과학화는 완전히 국민의 병영화였거든요. 말하자면 버튼을 하나 누르면 모두 일사불란하게 움직여야 한다는 차원의 과학화였어요. 오늘날에도 우리나라에서 과학화는 흡사 기계화, 획일화의 의미를 띠고 있는 것 같아요. 근심스럽습니다. 그렇다면 이런 문제점들을 극복하고, 세계적인 흐름과 우리의 특수성을 함께 생각할 때 앞으로 지향해야 할 과학은 어떤 모습이 되어야 하는지 좀 더 구체적으로 살펴보았으면 합니다.

인문학자들은 '과학이 무너졌다'면 반가워해

김우창 대체적으로 저와 같은 인문 과학, 문학을 하는 사람들은 과학이란 말을 좋아하지 않는 경향이 있습니다. '과학이 무너졌다'라는 소식이 조금이라도 들려오면 대개는 반가워합니다. (일동 웃음) 20세기에 와서 서양에서 양자론이다, 불확정성이다, 아인슈타인의 상대성 등이 얘기될 때 정확한 이해에 기초하지는 않았지만 그것을 반가워하고 그 문제를 많이 논의했습니다. 그 이유는 철학적인 것도 있겠지만 심정적으로 과학적인 것에 대한 반감이 들어 있었기 때문입니다. 그것은 과학이 가지고 있는 합법칙적 세계가 주는 필연성이 어떤 억압적인 성격으로 느껴졌기 때문이죠. 모든 것이 과학적으로 정연하게 필연적으로 돌아가면 사람 살기가 답답하지 않느냐는 것을 심정적으로 느끼거든요. 인문 과학 하는 사람들은 과학 안에서 과학 자체의 너무 자신만만함에 비판이 일어나는 것을 좋아합니다. 그런데 이것은 심정적인 차원의 문제이기도 하지만 과학 자체에서도 완전히 결정적인 것을 얘기하는 것보다는 불확실성, 우연성이나 개연성을 열어 놓는 것이 더 과학적이라 할 수 있지 않나 하는 생각이 듭니다. 이것은 토머스 쿤(Thomas Kuhn), 파이어아벤트(Feyerabend), 라카토스(Lakatos) 등의 과학적 방법론에 대한 역사적·철학적 반성에서도 나타나지만 과학자의 과학하는 체험에서도 드러나는 일입니다.

앞서 노 선생님께서 자연 과학이 개인의 자각과 병행해서 일어났다고 말씀하셨는데 실제 오늘날에 있어서 역사적인 교훈을 살리지 못한다고 봅니다. 개체 발생은 계통 발생을 반복한다고 하지만, 오늘날 과학하는 사람들이 개인을 자각하면서 과학을 하고 있느냐 하면 그렇지 않다고 생각됩니다. 오히려 지금의 과학은 개인이 없는 집단적이고 조직적인 과학의 관행에 순응해야 가능한 것이 되었습니다. 과학의 유토피아가 비인간적 디스토피아가 되는 것은 이런 연속선상에서입니다. 역사적으로는 개인의 자각과 과학의 발생이 일치되는 것 같으면서도 실제로는 개인을 자각하면서 과학하는 것이 아니라 과학자들이 집단적이고 조직적이고 필연적이고 어떻게 보면 전체주의적인 세계에 흡수되기 쉬운 심리 상태에 있는 것을 목격합니다.

교육에 있어서도 올바른 과학 교육을 하려면 우리나라에서도 그렇고 외국에서도 그렇지만 개인적 자각과 과학 교육을 병행하는 것이 과학의 본래 정신에도 맞고 과학을 창조적으로 실시하는 데도 부합된다고 봅니다. 이런 교육이 불가능해진 것은, 다른 사람이 하니까 나도 한다는 모방 과학을 하기 때문입니다. 내가 필연적인 느낌을 가지고 어떤 자각을 통해서 과학을 하게 될 때 외부적으로 부가된 가치 기준이 자신의 것으로 내면화될 수 있습니다.

바로 이것이 인문 과학을 하는 사람으로서 과학에 바라는 소망입니다. 개인적인 자각을 가르친다는 것은 단순히 과학의 체계만이 아닌 과학을 하나의 과학적 행위(scientific activity)로 가르쳐야 한다는 말입니다. 과학하는 사람을 개인적으로 자각하는 한 행동인으로서, 또 과학을 인간적인 행위와 활동으로서 보여 주는 과학 교육이 필요하다고 하겠습니다. 너무 체계성만 보여 주지 말고 과학적 행위 속에서 보여 주는 과학, 거기에서부터 과학 정신이란 것도 교육이 되고 과학 정신은 필연적으로 개인적인 호기심, 창의성으로 연결되고, 다른 한편으로는 절대적인 것, 초월적인 것에 대한 욕구로 승화되는 것입니다. 이렇게 될 때 앞에서 노 선생님께서 지적하신 개인적 자각과 과학적 지식이 병행해서 일어나는 교육적 효과를 볼 수 있을 것입니다. 그러나 지금 우리나라에서는 과학뿐 아니라 여러 가지 사회적인 면에서도 단순히 모방적인 상태에 있기 때문에 내면적 자각으로부터 일어나는 학문은 과학에서도 그렇고 다른 데서도 기대하기 어렵다는 생각이 듭니다.

　사회　한편으로는 과학 내에서도 현대 과학이 주는 의미에 대해서 깊은 성찰이 일고 있는 듯합니다. 예를 들어 뉴턴의 고전 역학은 원인과 결과가 필연적으로 연결되는 결정론적 인과론입니다. 그런데 20세기에 들어와서 아인슈타인의 상대성 이론이나 하이젠베르크의 불확정성 원리 등이 등장하면서 엄격한 의미의 결정론적 인과율이 무너졌고, 최근에는 분자 생물학에서 우연성의 과학이란 말도 등장하고 있습니다. 그리고 이러한 현대 과학이 주는 철학적 의미와 교훈에 대해 여러 가지 논의가 있었습니다. 이러한 필연성과 우연성의 문제가 자연 과학에서는 어떤 의미를 갖고 있는지 장회익 선생님께서 간단히 설명해 주시기 바랍니다.

　장회익　뉴턴 이후 자연의 합법칙적인 질서가 분명하게 드러나게 되고 자연을 합법칙적으로 파악하려는 자세를 지니게 됩니다. 이 논리가 좀 더 확장되어서 이제는 자연 이외의 다른 많은 것들도 합법칙적인 관점에서 이해하려는 자세 등 대단히 긍정적인 면이 많아졌습니다. 사회에 있어서도 합법칙적인 질서를 서로 존중하고 인정하게 됐으니까요. 그런데 문제는 그런 논리에 지나치게 구속되는 경향이 있다는 겁니다. 또 과학 자체에서도 뉴턴이 파악했던 합법칙적인 질서가 거시적인 세계에서 나타나는 하나의 근사치일 뿐 절대적인 질서가 아니라는 사실이 밝혀지고 있습니다. 좀 더 미시적인 단계로 내려가면 거기에는 불가피하게 불확정성이 성립한다는 것이죠. 현대 과학이 얻은 커다란 변화라고 볼 수 있습니다.

　한편 또 어떤 경향이 있느냐 하면, 합법칙성이란 것은 무너졌다, 모든 것이 불확정성이고 우연이다라고 하는 반대 극단에서의 해석이랄지 사상도 암암리에 퍼져 나가고 있습니다. 조금은 지나치고 위험한 해석으로 보입니다. 왜냐하면 현대 양자론의 바탕이 되는 논리에도 여전히 대단히 높은 차원의 합법칙성이 성립되고 있으며 이러한 합법칙적 이론 테두리 내에서 어떠한 불확정성이 나타나기 때문입니다. 물론 아인슈타인 같은 사람은 우주의 질서 속에서 보다 엄격한 합법칙성을 추구했습니다만, 설혹 현대 양자론이 말해 주는 불확정성을 그대로 받아들이고 그것이 자연의 기본적인 질서라고 우리가 인정하더라도, 전체의 체계는 역시 더 높은 합법칙적인 또는 합리적인 질서 속에 싸여 있다고 봐야 합니다.

한편 분자 생물학 등에서 말하는 '우연성'의 문제는 불확정성 원리에서 말하는 우연성과 상당히 다른 의미를 내포하는 것으로 보입니다. 즉 이것은 생물학적 기능이 파악하고 의존하는 자연 질서 속에서 나타나는 우연성과 필연성을 말하는 것으로 다분히 활용 주체적 조건에 의존하는 우연성과 필연성의 문제입니다. 이러한 점에서 설혹 양자 역학의 불확정성이 성립하지 않더라도 크게 달라질 것이 없는 것입니다. 아무튼 과학이 보여 주는 내용이 과연 어떤 것인지 어느 한쪽으로 치우치지 않고 올바르게 이해하고 해석하는 자세가 중요하다고 봅니다.

노명식 과학과 개인적 자각의 문제에 있어, 그것은 근세 서양에서 자연 과학이 일어나기 시작할 때는 자아(self)를 자각한 사람들에 의해서 시작되었다는 것을 말할 수 있을 뿐이지요. 근세 이전에는 교회의 권위가 우주관은 어떻고 인간관은 어떻다는 것을 가르쳤고 사람들은 그것을 그대로 수긍했습니다. 개인은 그 권위 밑에서 아무런 자각을 못했죠. 그러다가 개인이 교회와 전통의 권위를 부정하고 권위로부터 자기 자신을 스스로 해방시켜 가게 되었을 때 나와 자연, 나와 물질, 나와 다른 사람의 관계를 전통적으로 가르쳐 오던 인습적이 아닌 각도에서 생각하게 됐습니다. 그런 의미에서 권위로부터 해방된 개인의 자기 자신에 대한 자각이 근대 과학을 만들어 내는 바탕이 됐다는 것입니다. 그러나 그러한 과학이 근래에 와서는 과학주의로 변하면서 오히려 몰자각적인 현상을 보이게 된 것으로 알고 있습니다.

자연에는 물리적 자연(physical nature)과 인간적 자연(human nature)이 있다고 봅니다. 인간적 자연을 연구의 대상으로 할 때에도 물리적 자연의 연구 방법을 그대로 사용할 수 있느냐는 대단히 심각한 문제입니다. 그런데 고전 경제학파로부터 시작해서 오늘날에 이르기까지 모든 사회 과학과 역사학은 인간의 현상까지도 과학적으로 탐구하고 관찰해서 법칙을 만들 수 있다고 주장해 왔습니다. 인간과 사회의 모든 것을 법칙적이고 결정론적으로 해석할 수 있다는 것이죠. 그런데 요즈음 역사학에서는 결정론적 해석을 하지 않고 있습니다. 어떤 사건에서는 경제적 요인이 더 중요하고 다른 경우에는 심리적인 요인 혹은 또 다른 경우에는 정치적인 요인이 더 중요할 수도 있다는 것입니다. 역사학에서의 이러한 연구 방법의 변화는 자연 과학의 영향을 받은 것입니다. 20세기의 상대론과 양자론의 패러다임에서, 자연 과학이 결정론적인 차원에서 비결정론적으로, 일원론적인 데서 다원론적으로 변화할 때 역사학도 그렇게 되어 가고 있다는 것을 카(E. H. Carr)는 『역사란 무엇인가』에서 잘 지적하고 있습니다.

이는 과학주의적인 태도가 변했다는 것인데, 그러면 과학주의적인 태도가 왜, 어떻게 생겼느냐, 이에 대한 아널드 토인비(Arnold Toynbee)의 해석이 재미있어요. 버터필드가 쓴 '과학 혁명'이라는 말을 토인비는 '17세기의 정신 혁명'이라 표현하고 있습니다. 이는 과학이 종래의 종교의 자리를 차지한 것을 강조하기 위해서 한 말인데 서양에서 과학이 기독교의 자리를 차지하게 된 것은 커다란 정신 혁명이었던 것이고 정신 혁명의 결과 과학주의가 탄생했다는 것입니다.

서양은 신교와 구교의 종교 전쟁을 16, 17세기를 통해 백수십 년 동안 치렀습니다. 다른 곳에선 종교 전쟁이라면 속권과 교권의 싸움이 보통인데 서양에서는 같은 기독교 안에서 정통과 이단의 싸움이었습니다. 형제 간의 싸움이란 본래 남남 간의 싸움보다 더 치열한 법이지요. 근세 초의 서양의 종교 전쟁은 형제간의 싸움과 마찬가지로 몹시 치열했습니다. 오랫동안 무서운 전쟁을 치르는 가운데 사람들은 기진맥진해졌어요. 마치 우리나라 해방 후에 좌익이니 우익이니 해서 자기도 모르게 하루아침에 반동이 되고 빨갱이가 되어 죽어 가는 경우처럼 종교 전쟁이 백수십 년 동안 지속되는 사이에 사람들은 종교 문제니 정치 문제니 하는 데 대해 싫증도 나고 겁도 났어요. 거기서 사람들은 정치나 종교와는 상관없이 자유로이 지적 활동을 할 수 있는 것을 자연 연구에서 찾았습니다. 자연의 연구는 가치관과는 상관없이 가치 중립적으로 자유로이 할 수 있었기 때문이었습니다. 그런데 근세 자연 과학을 시작한 그 사람들은 종교에 혐오감을 가지고 있었기 때문에 종교 자체를 부정해 버렸습니다. 과학과 종교는 피차 그 영역의 침범 없이 얼마든지 잘해 나갈 수가 있는 건데 근세 과학자들은 종교를 적대시하고 혐오했습니다. 거기서 근세 서양 과학은 반종교적인 것이 되었습니다. 그것은 곧 기존 가치 체계의 부정이었는데, 그 부정은 자기 자신을 도그마화·종교화하면서 자기를 절대시하는 과학주의가 됐던 것입니다.

현대 과학에 대한 반성으로 신과학 운동 일어나

사회 한편 현대 과학에 대한 반성 중에는 신과학 운동이 있습니다. 사실 역사를 돌이켜보면 오늘날 신과학 운동이 있기까지 많은 굴곡이 있었습니다. 쿤 학파와 포퍼 학파 간의 논쟁, 프리초프 카프라(Fritjof Capra) 류의 문명 비판, 일리야 프리고진(Ilya Prigogine)이 제기한 우연성의 문제 등 여러 조류가 있었습니다. 극단적인 경우로 파이어아벤트는 "나는 지적 무정부주의자(intellectual anarchist)다."라고 선언하기도 했죠. 우리의 경우에는 신

과학 운동을 한다고 했더니 미신 같은 것을 들고 와서 신과학이라고 억지를 부리기도 합니다. 지금 우리에게 중요한 것은 분명히 합리적인 사고방식입니다. 우리 사회가 충분히 훈련되지 않은 상태에서, 오늘날 서구에서 동양 사상에 관심을 갖고 노자니 장자니 하는 것을 보고 우리나라에서는 크게 혼란을 일으키고 있는 것 같습니다. 이에 대해 어떻게 생각하십니까?

김영식 앞에서 김우창 교수께서 과학에서 뭔가 잘못되면 반갑다는 말씀을 하셨는데, 이것이 일반적인 반과학적 감정입니다. 이것은 18세기 말부터 이미 서구 지식인들 사이에서 생겨났던 느낌이었어요. 결정론적이고 기계론적인 뉴턴 과학이 인간의 일상 경험과는 떨어진 추상적인 이치를 따지고 발전시켜 온 결과 18세기에 오면 그 논리가 자연 과학만이 아니라 모든 부문에 적용되지만, 과학이 발전하면 할수록 사람들이 과학으로부터 느끼는 소외감은 커집니다. 가령 17세기까지는 보통 철학자라고 하면 자연 과학의 책도 볼 수 있었고 토론도 가능했습니다. 뉴턴이나 데카르트가 모두 철학자인 동시에 과학자였어요. 그러나 18세기에 오면 불가능해집니다. 과학자들이 하는 일이 힘 있고 중요하고 또 절대적인 진리를 찾고 있는 것 같은데, 이제는 일반 지식인들로서는 그들이 뭘 하는지 알 수 없게 되고 따라서 점점 더 소외감을 갖게 되었지요. 이렇게 해서 과학에 대한 반감이 생기게 되었고 이런 상황은 19세기까지 계속됩니다.

결정론적인 발전이 더 심화되었고 20세기 초에 와서 비결정론적인 요소가 생겼다고는 하지만 장 선생님께서 지적하신 바와 같이 역시 전체적인 틀은 결정론적으로 짜여 있습니다. 다시 말해서 뉴턴 이후의 기본 방향은 20세기 초에 약간 변화가 있었다고는 하지만 전체적으로는 바뀌지 않았고 결정론적 색채가 좀 줄어들었을 뿐입니다. 과학을 연구해 나가는 사람들의 연구 과정을 봐도 더 결정론적으로 되었습니다. 또한 과학은 이제한 개인이 천재적인 머리를 가지고 하는 게 아니라 점점 더 큰 집단에 속하고 돈도 많이 들고 기계도 더 크고 비싼 것을 써야 하는 상황입니다. 개인적인 감정이나 취미로부터는 벗어나서 집단적으로 대규모로 수행되고 개인으로서는 어쩌지 못하는 식이 되었습니다. 게다가 19세기 말부터 산업기술과 연관되면서부터는 처음에는 여러 가지 편안함을 낳고 많은 문제를 해결해 주는 것으로 보였지만 원자탄에서 볼 수 있듯이 굉장히 심각한 문제를 낳게 되었습니다. 과학이 점점 힘 있고 중요한 걸로 느껴지지만 사람들은 반대로 이에 대해 굉장히 소외감을 갖고 많은 문제점을 지닌 것으로 생각하게 되었기 때문에 차츰 과학의 특징과 반대되는 것들을 찾았습니다. 쿤이 나왔을 때 사람들이 좋아했던 것도 쿤에서 볼 수 있는 상대적인 과학관 때문이었죠.

　신과학 운동의 주조도 뭔가 잘못된 것이 있는데, 그것은 과학의 흐름이 아닌 것에서 뭔가를 찾으면 해결책이 나온다고 믿는 생각입니다. 그래서 동양 철학에서 찾고 심지어 미신에서도 찾게 되는데, 사람들이 좋아할 태세도 돼 있고 또 일견 피상적으로 그럴 듯한 얘기들이 많아 솔깃해집니다. 그러나 우리가 접하고 있는 과학의 문제는 오랜 역사를 통해서 생겨난 결과입니다. 그동안 과학이 거대화되고 전문화되고 산업과 연관되는 과정에서 생긴 문제인데, 이 과정은 비가역적(irreversible) 과정입니다. 다시 돌아갈 수 없는 과정이죠. 내용의 문제, 행해지는 형태의 문제, 그것이 낳는 사회적인 문제 등은 역사적 과정을 거쳐서 생겨났기 때문에 이것을 해결하기 위해서는 지난 과정을 무시하면 안 됩니다. 이런 문제를 해결하는 것이 이 잡지의 발간 목적이기도 한데, 과정을 철저하게 이해하고 내용도 하나하나 이해하며 또 발생된 문제도 당시의 상황과 관련된 역사적 맥락에서 풀어 보아야 합니다. 동양은 서양의 자연 과학을 만들어 내지 않았고 산업화의 과정도 거지치 않았으며 거대화·전문화의 과정도 없었는데, 동양의 자연관과 사상을 보고 우리의 해결책이라고 한다면 이는 전혀 해결할 수 없는 상황이 됩니다. 과학으로 인한 문제점은 잘 지적하고 있지만 그것을 해결하려는 자세에서는 너무 손쉬운 방법을 취하고 있는 것 같습니다. 지금 우리에게 보다 중요한 것은 우리가 안고 있는 문제의 핵심은 무엇인지, 어떻게 해서 생겨났는지 그것을 먼저 제대로 이해하는 작업입니다. 당장 손쉬운 해결책을 찾자는 것은 아직 이르다고 봅니다.

사회 좋은 지적이라고 생각합니다. 신과학 운동을 펼치기로 몇 사람이 모여서 논의하고 난 다음에 받은 느낌이 지금 지적하신 것과 똑같았습니다. 사실 신과학이란 용어는 역사가 깊습니다. 갈릴레오는 아리스토텔레스의 역학에 도전하는 자신의 역학을 신과학이라고 불렀고, 19세기까지 잘 알려지지 않았지만, 이탈리아의 역사학자이자 철학자인 비코(Vico)가 종교적 권위에 도전하기 위해 『신과학(*Scienza Nuova*)』을 쓴 것은 1721년이었습니다. 역사적인 전환점에서 그때그때마다 신과학이란 말을 써 왔는데, 우리가 신과학을 한다고 하니 신비한 과학을 하는 것처럼 여기더군요. 파이어아벤트가 최근에 『지식에 관한 세 가지 대화(*Three Dialogues on Knowledge*)』란 책을 냈습니다. 매우 재미있게 잘 썼습니다만, 이 책도 그의 사상을 충분히 이해하지 못하고 피상적으로 읽으면 오해하기 쉬울 것 같아요.

현대 과학은 또한 인간의 가치나 윤리 문제에도 큰 도전을 해 오고 있습니다. 20세기 전반을 물리 과학의 시대라고 한다면 후반은 생명 과학의 시대입니다. 1952년 왓슨(Watson)과 크릭(Crick)이 DNA의 구조를 밝혔고, 뉴턴의 방법론이 생명계에도 적용되어 분자 생물학이 발전했습니다. 그런데 생명 과학의 발전은 한편으로는 과학과 윤리라는 새로운 문제를 부각시켰습니다. 유전 공학 등이 안고 있는 새로운 문제들은 원자 폭탄의 문제 못지않게 심각한 부작용을 낳을 것으로 보입니다. 이런 관점에서 생명 과학 등에서 나타나는 '과학과 인간의 윤리' 문제에 대해서도 짚고 넘어가야 할 것 같습니다.

생명 과학은 과학과 윤리라는 문제를 부각시켜

김우창 지난 1968년에 조직된 로마클럽에서 『성장의 한계(*The Limit of Growth*)』라는 보고서를 발간해서 세계적으로 상당한 영향을 미쳤는데 작년에 로마클럽에서 또 그와 유사한 책을 냈습니다. 『최초의 세계혁명(*The First Global Revolution*)』이 그것입니다. 이 책은 두 부분으로 나뉘어 있는데 앞부분은 『성장의 한계』에 나오는 말 그대로 '문제 설정(problematique)'이라고 해서 오늘날 과학 문명이 지니고 있는 여러 가지 문제점들을 다루었습니다. 뒷부분은 저자가 새로 만든 단어 '해결(resolutique)'의 내용으로 여러 가지 해결책들을 제시하고 있어요.

김영식 선생님께서 지적하신 대로 해결을 잘하기 위해서는 문제 설정을 잘해야 합니다. 문제 설정에 대한 충분한 연구도 없이 역사적인 현상을 어떤 한 종류의 해결책으로 하루아침에 마술적으로 다룰 수 있다고 주장하는 것은 옳지 않습니다. 생명 과학의 경우 종자 개량 등을 통해 녹색 혁명이 일어나서 많은 문제들을 해결했습니다. 아직까지 사람이 굶어 죽어가고 있는 곳이 있습니다만 로마클럽 보고서도 지적하듯이 전체적으로는 농산물 잉여가 생겼고, 이제는 농산물이 부족해서가 아니라 남아돌아 가서 문제가 생기고 있습니다. 이런 일은 30~40년 전만 해도 전망하기 어려웠던 일이었습니다. 환경 오염을 줄이는 미생물학적인 기술이 발전하고, 다수확이면서도 병충해에 강한, 따라서 화학 비료와 살충제의 사용을 줄이게 하는 여러 가지 종자들이 나왔습니다. 의료 보건 분야의 발전도 생각할 수 있습니다.

그러나 이와 동시에 윤리적 도덕적 차원에서 우려하는 소리가 높습니다. 철학적으로 말하자면 인간 역사에서 인간이 자유를 확대해 오고 자연을 통제하는 능력을 길러 왔다는 것이 반드시 인간 행복에 기여했느냐는 의문입니다. 오히려 자유 증대가 인간을 불행하게 만든 것도 상당히 많다는 인식이 들었던 것이죠. 인간이 자유를 확대하면서 근본적으로 침범할 수 없는 성스러운 영역으로 생각한 것이 자연의 질서인데 그 질서까지도 인간이 마음대로 한다는 것은 불안한 일입니다. 자연 질서 속에는 인간도 포함되는데, 인간을 구성하고 있는 생명이 어떤 필연적인 질서를 갖지 않고 인간이 마음대로 할 수 있다고 할 때 형이상학적이고 철학적인 두려움을 갖게 됩니다.

생명 공학을 통한 것은 아니지만 과거 우생학 운동이 나치즘과 연결되었고, 미국의 사회적 다윈주의가 가난하고 모자란 사람들을 사회에서 격리하고 인종을 분리하려는 정치 이론에 이용된 적도 있습니다. 오늘날의 유전 공학도 정치적 목적에 이용될 가능성을 배제할 수 없을지 모릅니다. 과학의 결정론적인 면에 대해서 사람들이 반감을 가져온 것은 우리의 개인적인 체험과도 맞지 않고, 자유로운 인간이기를 원하는 우리의 소망과도 맞지 않기 때문입니다. 또한 결정론적인 세계관이 전체주의적인 정치 질서에 이용되었던 기억을 갖고 있기 때문이기도 합니다. 예를 들어, 나치즘 속에도 생물학적인 결정론이 들어 있고 마르크스주의에도 어떤 면에서는 같은 생각이 들어 있습니다. 따라서 사람들은 결정론적인 세계관에 대해 정치적인 의미에서 두려움을 갖고 있습니다.

사회 이런 역사적 경험과 교훈을 우리는 충분히 살려야 할 것입니다. 이 사실이 우리가 논의하고 있는 새로운 과학의 모습에 어떤 시사점을 준다고 보십니까?

김우창 과학이 완전히 객관적인 사물의 질서만을 밝히는 것이 아니라 인간이 만들고 구성했다는 사실을 밝히는 작업은, 한편으로는 과학 자체에 대한 비판이기도 하지만 다른 한편으로는 과학적 진리도 인간 공동체로부터 나온다는 것을 증명하고 설득하려는 노력이기도 합니다. 과학이 완전히 인간이 마음대로 조작해서 만들어 내는 것이 아닐망정 인간 공동체 안에서, 인간적 관심사 안에서 성립한다는 사실을 분명하게 수립할 필요가 있습니다. 이것은 과학 자체를 위해서도 중요하지만, 과학과 사회의 관련성은 또 달리 생각해야 하는 면이 있습니다.

의학 문제를 한 가지 예로 든다면, 미국에는 매우 희귀한 병을 앓고 있는 사람을 치료할 수 있는 약을 연구하는 데 대한 장려법이 있습니다. 오판 드러그법이라고 부르는데, 어떤 종류의 호르몬을 고정하는 약을 개발하는 데 30만 달러가 든다면 그 투자의 회수를 위해서 독점을 인정하는 법입니다. 당연한 일로 생각되지만, 다른 한편으로는 30만 달러를 들여서 어떤 한 사람의 문제를 해결할 것인지 혹은 사회적인 보건 환경 개선에 사용할 것인지를 결정하는 것은 사회 윤리의 문제입니다. 이처럼 의학의 문제에 있어서도 단지 과학 자체의 문제만이 아닌 여러 가지 사회적 결단을 내려야 할 일이 많습니다. 유전 공학을 통해서 새 제품을 만들어 내고 품종을 개량할 때도 사실상 과학의 문제뿐 아니라 사회 정책적인 차원에서도 여러 가지 균형 있는 결정이 요구되고 있는 겁니다. 과학 기술이 환경 전체에 미치는 영향을 예측할 수 없다는 사실은 지금 과학 기술 문명의 중요한 문제가 되어 있습니다. 우리는 이미 환경 오염 문제를 통해서 많은 교훈을 얻고 있습니다. 과학적 발전이나 구체적인 적용으로써 생명 과학에 있어서 여러 가지 문제를 해결하려고 할 때도 분명하게 과학은 그것이 과학 공동체 또는 더 확대해서 사회 공동체, 인간 공동체 안에서 일어나고 있다는 사실을 명심해야 합니다. 과학을 하는 사람 또는 현실적으로 그것을 응용하는 사람들이 이런 사실을 확실하게 인식하는 것이 매우 중요하다고 생각합니다.

과학이 보여 주는 올바른 비전에 충실해야

사회 얘기를 듣다보니 언뜻 하이젠베르크의 『부분과 전체』 서문이 생각납니다. 첫마디가 "과학은 인간에 의해서 이루어진다."라는 겁니다. 하이젠베르크의 지론이죠. 우리가 과학 기술의 가치 중립을 논할 때, 그것은 과학 기술에 의해서 만들어진 이론이나 제품에 대한 것을 일컫는 것인데, 자칫 잘못하면 과학 기술 그 자체에 대한 것으로 잘못 이해하는 경우가 많습니다. 과학 기술자가 가치 중립일 수는 없지요. 그의 개인적인 관심이나 가치, 희망 등이 그의 작업 속에 들어가게 되니까요. 『배신의 과학자들』을 읽어 보면 과학자 개인의 명예욕, 부욕, 우선권에 대한 집착이 과학을 얼마나 왜곡하는지 잘 드러나지 않습니까. 더 나아가 과학 기술은 과학 기술자가 속한 과학자 사회, 인류 공동체의 가치와 관심에서 나온 것이라 할 수 있지요. 그러므로 과학은 사람들 속에서 나온 것이고 사람들을 위하여 사용되어야 한다는 인식을 깊이 해야만 할 것 같습니다.

얼마 전 장 선생님께서는 『과학과 메타과학』이란 좋은 책을 쓰셨죠. 이 책에서는 과학의 구조적 특성과 과학이 보여 주는 우려스러운 모습과 함께 과학이 보여 주는 비전에 대해서도 깊은 고찰을 하고 계십니다. 자연 과학자의 한 사람으로서, 앞으로의 과학의 진로라고 할까 과학이 나아가야 할 올바른 방향은 무엇이라고 생각하시는지요.

장회익 만약에 과학이 없었더라면 생겨나지 않았을 문제들이 요즈음 많이 발생하고 있습니다. 과학이 모든 것의 주범이라고까지 할 수는 없겠지만 현대의 많은 문제들은 과학을 기술에 활용하고 그 기술을 인간이 사용하는 과정에서 생겨난 것이 사실입니다. 물론 과학이 원인 제공자라는 측면에서 큰 책임을 가지고 있지요.

그런 반면에 과학은 문제를 푸는 데도 도움을 줄 수 있다고 봅니다. 현재 진행되고 있는 과학의 관행이 그대로 진행된다면 어렵겠지만 과학을 이해하고 발전시키는 방법에 변화가 온다면 가능하다고 봅니다. 현재 과학 기술이 제기하는 문제는 과학 기술 자체에 있다기보다는 우리의 가치관에 있다고 봅니다. 역사적으로 다듬어져 내려온 가치관이 있고 또 최근에 변화하고 있는 여러 가지 가치관이 있는데, 지금 가장 커다란 문제를 일으키는 가치관은 인간의 본능적인 욕구를 무조건 추종하려는 것이라 할 수 있습니다. 과학의 힘으로 원하는 것들을 성취할 수 있음을 알게 되자 기술을 최대한으로 활용해서 '향상'이라는 미명하에 자꾸만 본능을 좇고 있습니다. 여기에 근본적인 문제가 있다고 봐요. 쉽게 해석하면 모든 사람을 물질적으로 더 잘살게 만들자는 것인데 그것이 결과적으로는 가장 위험스러운 생각입니다. 왜냐하면 만약 현재 과학 기술이 제공해 주는 모든 수단을 사용해서 모든 사람이 지금보다 몇 곱절 잘살게 된다면 그 결과는 지구 생태계의 파멸입니다. 이대로 가면 인류의 장래가 몇천 년간 더 지속된다는 것이 대단히 어려울 것이라는 점에서 볼 때 우리 문명이 추구하고 있는 소위 '행복 지향'의 가치관은 커다란 문제를 지니고 있습니다.

그 해결책은 다시 과학으로 돌아가는 것입니다. 과학이 보여 주는 비전, 즉 문명이 만약 이대로 진행된다면 어떻게 될 것이고 지구의 생태계는 어떠어떠한 모습으로 되고 말 것이라는 것 등을 분명히 보여 줘야 합니다. 인간이 본능적인 욕구를 어떻게 가지게 되었는가에 대해서도 과학은 설명해 줄 수 있습니다. 과거 35억 년의 역사 속에서 인간의 본능은 그때그때 역사적인 필요성에 따라서 생겨난 것입니다. 여기서의 역사는 문명사 이전의 진화사에 해당되는 역사입니다만, 어떠한 상황에서 우리 인류의 선조가 어떤 필요성에 따라 본능을 가지게 되었는가를 우리가 파악해야 합니다. 그럴 경우 본능 충족의 범위가 정해질 수 있는데, 이것은 어디까지나 본능 본래의 필요성만큼만 충족해야 한다는 것을 가르쳐 줍니다. 한편 현재의 가치관에 따라 기술 문명을 그대로 밀고 나간다면 대단한 문제가 발생한다는 사실을 깨달아야 합니다. 그러한 것을 보여 줄 수 있는 것이 바로 현대의 과학입니다. 걱정스러운 것은 현대 과학이 과연 그러한 노력을 하고 있느냐 하는 것입니다.

역사적인 필연이기도 하지만 지나치게 쪼개지고 전문화돼서 과학하는 사람들 또한 과학이 보여 주는 전체 비전을 스스로 보지 못하고 있어요. 과학이 미래에 대한 메시지를 보여 줄 수 있음에도 불구하고 그것이 전체로 묶여 하나의 비전으로 떠오르지 못하고 있어요. 과학자들을 포함해서 일반 대중 속으로 과학의 비전이 들어가고 다시 가치관으로 전환되어 문명의 방향을 바꾸는 것은 현 시점에서 대단히 중요한 문제입니다. 과학하는 사람들이 일차적으로 그런 노력을 해야 할 것이고, 또 주위에서도 과학이 올바른 방향으로 나아가 비전을 보여 주고 그것을 통해서 과학이 무엇을 말하려 하는지를 들으려는 자세가 필요합니다. 그때 비로소 건전한 과학문명이 건설될 것입니다. 과학의 출발점이 진리를 파악하고 우주를 관찰하고 나 자신이 어떤 것인가를 파악하는 작업인 만큼 과학의 본래 기능을 회복하는 일이 우선돼야 합니다. 또 본래 기능을 회복한 과학이 주는 메시지를 겸허하게 받아들여 현재 우리가 갖고 있는 가치관이 잘못되었다면 그것도 고쳐 보려는 자세가 절실합니다.

사회 이야기를 정리하는 의미에서 제 생각을 몇 마디 할까 합니다. 프리먼 다이슨(Freeman Dyson)은 『무한한 다양성을 위하여』라는 책에서 21세기를 예언하면서 가장 중요한 기술 혁명을 유전 공학, 인공 지능, 우주 식민지의 개척이라고 전망했습니다. 이들 기술들은 과학적으로 각각 유전학과 세포 생리학, 정보 과학과 신경 과학, 우주 물리학과 연결되어 과학과 기술을 근본적으로 변화시키고 인간의 삶의 양식이나 질을 획기적으로 바꿀 것이라고 내다보았습니다. 그런데 앞에서 우리의 논의에서 정리되었듯이 이러한 과학 기술의 발전이 궁극적으로 인간을 위한, 인간성을 위한 것이 아니라면 아무 의미가 없겠지요.

이런 맥락에서 로저 스페리(Rogers Sperry)의 글은 많은 것을 시사해 줍니다. 1981년에 노벨 의학상을 받기도 했던 그는 『과학과 가치관의 우선순위』라는 책에서 쪼개고 또 쪼개서 가장 근본적인 것에서 환원적으로 설명하려는 뉴턴 이래 지금까지의 과학을 상향적 인과 관계(upward causation)라고 말했습니다. 그러나 이제부터는 하향적 인과 관계(downward causation)를 지향해야 한다고 주장합니다. 이것을 바퀴에 비유해 설명해 보면 바퀴를 구성하고 있는 모든 물질은 일차적으로 물리 화학적 성질을 그대로 지니고 있지만 일단 바퀴로 구성되고 나면 굴러가는 제3의 성질이 나오게 됩니다. 이제 바퀴를 구성하고 있는 물질은 굴러간다는 보다 고차원적인 성질 밑에 있고 그것을 거역하지 못한다는 것이죠. 그런데 이 제3의 성질은 갑자기 엉뚱하게 나온 것이 아니라 물리 화학적인 성질들과 상호 작용하면서 나타난 거죠. 마찬가지로 우리가 보고 느끼고 경험하는 실제 세계는 단순히 원자나 소립자 등의 저차원의 힘에 의해서가 아니라 보다 고차원의 인간의 의식, 도덕, 정치, 윤리 등에 의해서 지배되고 있고, 따라서 이로부터 하향적으로 상호 인과 관계를 찾아야 한다는 것입니다. 이것을 그는 멘탈리스트 홀리스트 패러다임(mentalist holist paradigm)이라고 불렀습니다. 이것은 앞으로의 과학이 기본적인 것만을 추구하는 분석적, 세분적, 환원적인 것보다는 전체적인 것, 종합적인 것을 지향해야 한다는 것을 시사해 줍니다.

앞으로 이 잡지는 현대 과학의 문제점들을 분석하고 비판하면서도 앞으로 자연 과학이 나아갈 길, 과학 문명이 지향해야 할 길을 종합적·전체적으로 모색해 나갈 것입니다. 특히 한국 사회가 처해 있는 상황을 직시하면서 과학이 본래의 사명을 다 할 수 있도록 비전을 제시할 것입니다. 시간이 많이 지났습니다만, 앞으로 이 잡지에 대한 희망 사항을 덧붙여 주신다면 책을 만들어 가는 데 큰 도움이 되겠습니다.

과학 문제에 국한하지 말고 전체적·종합적 시각에서 풀어 나가야

노명식 자연에는 물리적 자연과 인간적 자연이 있다고 말씀드렸는데, 전자는 자연 과학적 방법으로 연구가 가능하지만 후자는 그렇게는 될 수 없다고 봅니다. 인간이 분명히 자연과 다른 본질을 가지고 있다는 것은 부정할 수 없는 사실입니다. 인간 이외의 누구도 자기 주변 환경과의 관계를 객관적으로 인식하는 존재는 없습니다. 이렇게 볼 때 인간만이 만물의 영장이라고 할 수 있어요. 인간적 자연도 자연이므로 인간도 연구의 대상이 될 수 있습니다. 따라서 인문 과학이나 사회 과학도 성립될 수 있지요. 하지만 인간은 자연의 일부이면서도 자연과는 다른 존재로서, 그 가장 근본적인 구별은 인간에게는 양심이 있다는 사실입니다.

그러므로 과학도 도덕적 인간이 하는 것입니다. 과학은 어디까지나 인간이 조절하고 인간을 위하여 사용되어야 합니다. 인간을 얽매고 인간을 불행하게 하는 과학이 되지 않도록 할 수 있는 것도 역시 인간이라는, 두 분의 말씀은 정말 귀담아 들어야 한다고 생각합니다.

우리나라에서 일어나고 있는 정치 사회적인 혼란이나 과학 사이에서 일어나고 있는 문제들도 모두 다 결국은 우리 국민이 어떤 인간들이냐 하는 데에 있다는 생각이 듭니다. 자연 과학이 오늘날까지 어떤 문제들을 안고 발전했는지 그 과정을 제대로 알지 못하고 해결하려고 했을 때 엉뚱한 논의가 나오는 것처럼, 자본주의가 어떻게 발전했고 의회 민주주의가 어떤 상황에서 어떻게 자라나왔는지를 잘 모르는 사람들이 국회에 앉아 있고 경제를 운용하고 있는 것 같아요. 다른 분야도 마찬가지입니다. 이렇게 보면 한국에 있어서 과학의 문제만이 아니고 모든 문제가 한국 국민의 지적·도덕적 수준과 깊은 관계가 있다고 생각됩니다. 이렇게 볼 때,《과학사상》은 좁은 의미의 과학 문제에 한정되지 말고, 과학 문제가 실은 우리 사회 전체의 문제, 즉 정치, 경제, 교육, 문화, 사상 등 일체의 복합적인 문제와의 관계 속에 있다는 자세를 가지고 접근해 주시기 바랍니다.

김우창 장 선생님의 지적대로 과학이 많은 문제를 일으키고 있으면서도 동시에 그 해결책이 과학 안에 있다는 것은 동감입니다. 문제는 그 방향이나 가치관이겠지요. 과학적으로 연구를 하는 데 있어서 세계적으로나 우리의 현실에서도 전체적인 시각이 긴급하게 요청되고 있습니다. 분석적이기보다는 위에서 전체적으로 통합해서 보는 입장을 유지하는 것이 중요합니다. 원래 과학이란 전체를 연구하려는 인간적인 요구이고 그 활동 속에는 이미 세계 전체에 대한 전제가 들어 있습니다. 또 과학적 지식이 추구해야 할 바도 인간과 자연 전체의 모습이라고 봅니다. 이런 필요성은 이론적 요구로서만이 아니고 현실적으로 등장하고 있습니다. 예를 들면 환경 문제 같은 것에서 볼 수 있듯이 과학이 부분적 과학 활동에 종사하다 보면 궁극적으로 자가당착에 빠지게 됩니다.

종합적으로 볼 때 매우 중요한 것은 인간을 보아야 한다는 사실입니다. 인간들은 누구나 인간이기 때문에 흔히 인간에 대해서 잘 알고 있다고 생각합니다. 또 생물학적으로나 의학적으로도 인간을 잘 알 수 있다고 생각하는데 사실은 과학적 연구 대상 가운데 가장 어려운 것이 인간입니다. 인간에 대한 이해는 오랫동안 역사적으로 축적된 인문 과학적인 지혜로써 접근해야 하는 부분도 있습니다. 과학적으로 인간을 이해하기 위해서는 이런 지혜로부터 많은 것을 배워야 합니다. 반면에 인문 과학을 연구하는 사람들도 자연 과학적 지식을 무시하면 안 됩니다. 인문 과학도 동물 생태학, 콘라트 로렌츠(Konrad Lorenz)의 동물 행태학(ethology), 비난이 많지만 사회 생물학, 유전학, 진화론 같은 자연 과학적 지식을 통하지 않고서, 단지 철학적 반성이나 문학적 기술을 통해서만 인간을 안다는 것은 어리석은 짓입니다. 결론적으로 말하자면 인간을 이해하고 인간성의 과학을 지향하기 위해서는 이런 것들을 종합적으로 사용해야 할 것입니다.《과학사상》이 이러한 과학과 인문학을 연결하는 역할을 해야 한다는 것을 잊지 말기를 당부합니다.

마지막으로 과학 교양이 매우 중요합니다. 앞에서 과학 투자와 과학 정책의 비판을 말했는데, 이것은 민주적인 과학 교양이 없이는 제대로 성취될 수 없습니다. 과학 교양을 키우는 데 이 잡지가 아주 중요한 역할을 해주기를 기대합니다. 그런 의미에서 범양사가 해 온 것과 같은 과학 저널리즘(scientific journalism) 활동이 중요하다고 봅니다. 현대 사회에서 과학 교양의 중요성을 생각해 볼 때, 우리나라 대학에서도 특별한 과정으로 키웠으면 합니다. 근년에《뉴욕 타임스》의 글레이크(Gleick) 기자가 쓴 『혼돈(Chaos)』을 재미있게 읽었습니다. 문외한인 저도 무슨 소린지 알 수 있게 씌어졌어요. 상당히 실질적인 내용도 담고 있습니다. 우리나라에서도 이런 제대로 된 교양 과학을 담당할 과학 저널리즘을 적극적으로 양성해야 합니다. 과학 교양을 시민 교양으로, 즉 우리 국민 문화의 일부로 만드는 일은 매우 중요합니다. 그런 의미에서 과학 교양을 시민 교양의 일부로 확립하는 데 이 잡지가 중요한 역할을 해 주길 당부드립니다.

장회익 현재 우리나라에서 위정자를 포함한 많은 사람들이 과학의 중요성을 상당히 인식하게 되었어요. 그런데 과학이 아직도 우리 문화 풍토 속에 자리잡지 못하고 있습니다. 그렇기 때문에 이런 분위기가 어떤 기능을 하게 될지 대단히 위험스러운 면이 있습니다. 과학이 힘 있고 이용 가치가 있으니까 뭔가 해 보자는 정도가 현재 우리의 분위기인 것 같아요. 과학을 우리 문화 속에 제대로 정착시키는 작업을 여러 측면에서 해야 하겠습니다만 《과학사상》은 특히 이 점에서 선도적인 역할을 하겠다는 사명 의식을 갖기 바랍니다.

또 하나의 희망 사항이 있습니다. 우리는 전통적인 과학 문화를 갖지 못하고 과학을 수입하는 입장, 다시 말해서 서구 과학과는 다른 문화 전통을 가지고 있습니다. 그래서 과학을 도입하는 과정에서 단지 기존의 과학을 만들어 낸 사회를 모방하고 그 수준을 따라가는 데 급급했습니다. 이제는 과학을 좀 더 다른 시각에서 보고 우리의 지금까지의 전통과 융합시켜서 한 단계 올리는 작업도 할 때라고 봅니다. 서구 사회에서는 도저히 이룩할 수 없었던 균형된 과학 문화를, 우리는 과학을 새 풍토로 가져왔기 때문에 이룩할 수 있을는지도 모릅니다. 욕심입니다만 《과학사상》이 우리 식의 과학 문명을 이루어 내는 데도 한몫하겠다는 적극적인 생각도 가졌으면 합니다.

김영식 《과학사상》에 대한 저의 기대나 바람은 서두에 말씀 드린 바 있습니다. 또 방금 여러 선생님들이 말씀하신 바에 동감합니다. 다만 한 가지 사족을 덧붙이자면 이런 여러 가지 희망 등을 받아들여 새로운 잡지를 만드는 데 있어 기존 잡지들의 관행에서 과감히 벗어났으면 하는 것입니다. 예를 들어 너무 교수나 기존 저명 필자에만 의존하지 말고 젊은 사람들을 포함해서 새로운 필자층을 발굴하도록 하고, 매호 원고 마감에 쫓기지 않도록 미리 장기적인 계획을 세워서 알찬 내용을 꾸며 나가시기 바랍니다.

사회 작년 말 하이데거의 수제자인 오토 푀겔러(Otto Pöggeler) 박사가 한국에 왔었습니다. 리셉션에서 그는 중국, 일본, 한국을 비교하면서 한국은 유교, 불교, 기독교가 공존하는 특수한 사회인데 이 사회를 보러 왔다는 말을 하더군요. 그런데 문제는 이런 다양성을 서로가 인정하고 받아 주려는 정신이겠지요. 우리의《과학사상》도 다양한 목소리 속에서 보다 높은 차원의 화합과 비전을 제시하는 잡지가 되려고 노력하겠습니다. 오늘 지적해 주신 좋은 말씀들도 적극 수용할 것입니다. 앞으로도 많은 관심을 가지고 지켜봐 주시기 바랍니다. 또 이 잡지가 우리 모두의 것이란 애정을 가지고 따가운 비판과 더불어 적극적인 참여를 부탁드립니다. 장시간 대단히 감사합니다.

시와 미와 정치 일관된 조명

전집 5권 출간 고려대 김우창 교수

최구식(《조선일보》 기자)
1993년 4월 17일 《조선일보》

"그의 평론은 수삼 편에 지나지 않지만 그의 날카로운 비평관은 한국 시에 영향을 끼치고 있다." 1975년에 나온 어문각판 『세계문예대사전』의 김우창 항목에 들어 있는 내용이다. 이 원고는 1973년에 쓰여졌다. 당시 저서가 한 권도 없고, 발표 논문도 설명처럼 수삼 편밖에 되지 않은 평론가에 대해서는 이례적인 평가였다. 그로부터 18년, 사전 편집자의 안목은 옳았던 것으로 판명됐다. 그는 한국 시에 영향을 끼쳤다는 말로는 충분치 않을, 인문학 전반에 걸친 방대한 업적을 쌓아올렸다. 그의 문학과 사상, 1980년대에 활발히 썼던 정치적 평론을 모두 모은 전집이 출간됐다. 『궁핍한 시대의 시인』, 『지상의 척도』, 『시인의 보석』, 『법 없는 길』, 『이성적 사회를 향하여』 등 5권이 민음사에서 나왔다.

"살아 있는 사람의 전집을 만들어 준 것을 보면, 이제 그만 쓰라는 말 같기도 하고." 말문을 연 김우창 교수(고려대)는 특유의 나직나직한 말투로 지금까지의 자신의 학문과 사상에 대해 이야기했다. "『궁핍한 시대의 시인』과 『지상의 척도』는 각각 1977년과 1981년에 냈던 것을 다시 낸 것이고, 나머지 3권은 그 후 지금까지 썼던 글들을 모은 것입니다. 12년 만에 세 권을 한꺼번에 낸 셈이군요. 내놓으면서 가만 생각해 보니 제가 30대에 처음 세웠던 계획에서 크게 벗어난 것 같지는 않습니다."

그의 계획은 이런 것이었다. 시와 미와 정치, 이 세 요소의 본질은 무엇이고, 또 그것들이 인간에게는 어떤 의미를 가지는 것이며, 서로 간의 관계는 어떤 것인가를 캐내는 것이다. "제가 하버드에서 썼던 박사 학위 논문의 제목이 바로 '시와 문화와 정치'였습니다. 서른한 살 때이지요. 제가 보기에 인간이란 의식적 합리적이기도 하지만, 그 깊숙한 밑부분에는 이와는 전혀 다른 심성적 욕구가 깔려 있다고 봅니다. 시와 정치는 각각에 대한 표현이라고 봅니다." 이 때문인가. 1980년대 들어 그의 정치적 발언의 강도는 사뭇 높아졌다. 그러나 시절이 지난 지금은 별로 말하지 않는다. "문학이 지금 위기라는 말들이 많습니다. 사실이기도 합니다. 소설이란 것은 원래 장터에서 여러 동네서 온 사람들이 모여 낯선 고장의 이야기를 듣는 것에서 출발했고, 시는 인생과 자연의 경이로움에서 출발하는데, 요즘에는 이런 것들을 통하지 않고도 다 되게 되지 않았습니까. 예컨대 낯선 고장의 이야기는 저널리즘이 대신하고, 경이로움 같은 것은 천체 물리학 등 과학이 대신해 줄 수가 있지요. 문학의 영화는 지금은 바랄 수 없게 됐습니다. 그러나 문학이 없어지는 사회는 불행한 사회입니다."

문학을 통하지 않고는 깊이 있고 조화된 언어가 닦이지 않고, 그렇게 되면 위엄 있는 인물이 나오기 힘들다는 것이 김 교수의 지론이다. 이런 논리에서 그는 한국인이 이룩한 세계적인 보편인으로 충무공 이순신 장군을 꼽았다. 김 교수는 지난해 가을부터 4월 초까지 영국 케임브리지대학에서 17~18세기 유럽 사상사를 연구했고, 서울에 잠시 들렀다가 15일 일본 동경대로 다시 떠났다. 삼십이립, 일이관지. 그를 잘 아는 한 문학인은 그의 일생을 이렇게 평가했다. 적어도 지금까지는 그랬다는 것이다.

작가의 진실이 작품 분석 척도

필봉비평문학상 김우창 교수 대담

이현주(《한국일보》기자)
1993년 5월 8일《한국일보》

제4회 팔봉비평문학상 수상자로 결정된 김우창 씨(57)는 폭넓은 인문 과학적 지식과 섬세한 언어로 우리 문학의 심연을 헤쳐 왔다. 수상 평론집 인『심미적 이성의 탐구』(솔, 1992)는 깊은 철학적·비평적 사고를 바탕으로 작가와 작품의 은밀한 감각과 사유 체계, 그리고 그것의 바탕이 되는 사회를 읽게 하는 책이다. 1936년 전남 함양에서 태어나 서울대 영문과를 졸업하고, 미국 코넬대에서 석사 학위, 하버드대에서 박사 학위를 받은 그는 74년부터 고려대 영문과 교수로 재직하고 있다. 지난달부터 일본 동경대 교환 교수로 가 있으나 6월 3일의 시상식에 맞춰 일시 귀국할 예정이다.

『심미적 이성의 탐구』는 1982년에 나온『지상의 척도』이후 10년 만에 나온 책입니다. 1980년대를 관통하면서 스스로 달라진 것이 있다면 무엇입니까?

"본래부터 문학은 다른 사회적, 문화적 관련 속에서 보자는 뜻을 가졌지만, 1980년대를 지나면서 실제 글 자체가 문학에서 사회와 문화로 확대되어 간 것으로 생각됩니다."

'심미적 이성'이란 무엇입니까?

"개인으로나 사회적으로나 사람이 살아가는 원칙으로 이성이 필요합니다. 그러나 이 이성이 너무 간단한 법칙이 되면, 그것에 지배되는 삶은 너무 좁아집니다. 감각적, 일상적, 형이상학적 느낌으로 보충될 필요가 있습니다. 법칙적으로만은 포착되지 않는 심미적 원리가 들어 있는 이성 — 이것이 심미적 이성입니다."

선생의 문학과 비평이 지향하는 바는 무엇입니까? 또 『지상의 척도』가 없는데 문학과 세계를 정리하는 척도는 무엇입니까?

"사람이 살 만한 세계를 생각하는 데 문학도 공헌할 바가 있어야 한다는 것이 문학에 대한 나의 기본적 생각이 아닌가 합니다. 지상에는 딱 부러지는 척도가 없지만, 또 전혀 없는 것은 아닙니다. 느낌으로, 특히 시적 느낌으로 짐작이 되는 척도가 있습니다. 객관적 타당성이 부족하더라도 여러 사람이 합의하는 민주 정치의 척도도 있습니다. 물론 과학, 과학적 타당성, 이성 — 이러한 것도 척도입니다. 사람을 넘어가면서, 사람이 만드는 또는 헤아려 보는 척도입니다."

작가나 작품을 분석할 때 어떤 것을 가장 중요하게 생각합니까?

"작품의 진실입니다. 작가의 진실된 마음, 마음이 인식하는 진실 — 그러나 이러한 것은 간단한 의도나 주장으로 드러나는 것은 아닙니다. 진실의 인식은 그것을 위한 훈련과 자기비판으로 가능합니다. 내가 진실을 이야기한다고 할 때, 참으로 내 이야기가 진실이 되는 것은 아닙니다."

영문학 전공자로서 한국 문학을 비평하는 데 도움이 되는 부분과 방해가 되는 부분이 있을 것 같습니다.

"한국의 전통에 대하여 모르는 것이 많이 문제입니다. 진리는 부분적 구체적 사실 속에 드러나지만, 보편성을 지향하는 바가 없이는 얻어지지 않습니다. 국민 문학은 세계 문학 또는 문학의 보편적 지평쯤에서 그 참 모습을 드러냅니다."

선생의 글에서는 일반적인 문학 비평과는 달리 경제학적, 사회학적 개념을 많이 보게 됩니다. 문학과 사회 과학을 연결하는 데 어려운 점은 없습니까?

"이론적으로는 쉽지 않겠으나 현실적으로는 어려움이 없습니다. 우리가 사는 것이 바로 사회적, 경제적, 정치적 현실이기 때문에, 우리의 삶을 돌아보면 저절로 그것에 이르게 되고, 문학은 이 삶을 돌아보는 가장 유연한 방식의 하나입니다."

산업화 시대, 개인주의 시대에 문학은 무엇을 해야 합니까? 또 문학이 할 수 있는 것은 무엇입니까?

"어느 때나 마찬가지로 좋은 세계를 만드는 데 문학이 기여해야겠지요. 한편으로 사람이 독자적인 마음과 삶을 가진 존재라는 것을 확인할 필요가 있습니다. 다른 한편으로 독자적인 삶은 그것에 맞는 세상이 없으면, 불가능한 것이 됩니다. 문학은 사람의 본성의 자연스러운 표현에 관계됩니다. 복잡한 사회일수록 본성은 바르게 확인되기 어렵습니다.

1977년 『궁핍한 시대의 시인』, 1981년 『지상의 척도』, 1992년 『심미적 이성의 탐구』까지 선생은 전환기에 책을 내곤 하셨습니다. 책을 내는 시기, 글을 발표하는 시기를 결정하는 데 특별한 이유가 있습니까?

"특별한 이유가 없습니다. 나의 글은 대부분 그때그때의 요청으로 쓰인 것입니다. 이 '때'가 지나면, 그 의의가 많이 줄어드는 것일 것입니다. 미련과 욕심 또 아쉬움이 이것들을 모아 책이 되게 합니다. 그러니까 근본적으로 내야 할 이유가 없다고 하겠습니다. 바쁘거나 게으르다거나 하는 이유도 크게 작용했습니다."

선생께서 대학 학부를 정치학과에서 영문학과로 옮기신 것으로 알고 있습니다. 여기에 사연이 있을까요?

"젊을 때의 객기의 한 표현이겠습니다. 단지 대학에서 배우는 정치 이론이 내가 느끼는 삶과는 너무 동떨어진 것이라는 불안은 가졌던 것으로 기억됩니다. 정치학이 인간을 외면적으로 인식하는 데 비해 삶을 조금 더 내적으로 파악하는 것이 문학이라는 생각을 가지고, 문학을 공부하기로 한 것이 아닌가 합니다."

한국인의 꿈 10년 전 10년 후

이홍구(평통 수석부의장)

권태완(인제대 교수)

김우창(고려대 교수)

이상우(서강대 교수(21세기위위원장))

이인호(서울대 교수)

정근모(고등기술 연구원장)

최병렬(민자당 의원)

안병훈(《조선일보》 전무)

정리 박해현, 김한수(《조선일보》 기자)

1994년 1월 29일 《조선일보》

이상우 오늘 이 자리는 10년 전의 주제 '한국인의 꿈 한국인의 이상'을 다시 보면서 21세기를 내다보고, 그때와 달리 오늘의 시점에서 어떤 궤도 수정이 필요한가를 논의하기 위해 마련됐습니다. 10년 전 당시에는 민주화가 최대의 과제였습니다만, 이제 우리도 문민 정부를 갖게 됐습니다. 또한 냉전 구조도 와해됐고, 그 당시 북한의 위협이 국내의 개혁에 제약 요인이었습니다만, 객관적으로 우리의 대북한 우위가 생겼고, 국민들 마음속에 자신감이 생겼습니다. 당시 대외 환경을 논할 때는 적대적인 중국과 소련을 빼놓을 수 없었는데, 바로 10년 사이에 우리는 이들 두 국가와 수교를 했고, 유엔에도 가입함으로써 대한민국이 국제적 지위를 확보했습니다.

민주화 욕구서 국제화로

10년 전에는 우리 사회의 사상적 분열이 문제됐으나, 세계사적 조류에 영향을 입어 그럭저럭 극복되고 있습니다. 어떤 의미에서 아직까지 이념적 통합이라고 말할 수는 없지만, 적어도 우리의 미래 설계에 있어서 극단적 이념 분열은 생각하지 않아도 되지 않는가라는 생각이 듭니다. 민족적 자신감이 높아졌고, 경제도 10년 전보다 선진형 산업 구조의 기초를 확보했고, 국민들의 민주 역량도 높아져 주권 의식도 향상됐습니다. 이상이 10년 동안 일어난 중요한 조건의 변화들입니다. 오늘의 우리 앞에 주어진 과제를 말한다면, 요즘 국제화 얘기를 많이 하는데, 우선 국가의 국제 경쟁력 확보가 중요한 과제로 떠오르고 있습니다. 환경 문제가 중요해지면서 자연과 성장의 조화가 중시됐습니다. 참여 의식이 민주화와 더불어 폭발적으로 늘어나 민주화 이후 민주 체제를 유지 관리하고 안정화하는 것도 어려운 과제가 됐습니다. 통일도 이제는 피부에 닿는 현실화된 문제가 됐습니다. 통일 성취 이후 통일 한국의 관리를 많이 논의하게 됐습니다. 그리고 가치관의 문제도 있습니다. 지금 이 시점에서 10년 뒤의 한국을 보면 어떤 모습이 되겠는가를 여러분들께서 말씀해 주십시오.

이홍구 10년 전보다 잘된 부분이 많다고 생각합니다. 토론 주제를 세 가지로 정하면 좋겠습니다. 첫 번째는 10년 전과 지금이 어떻게 달라졌는가, 그때 좀 예상 못했던 것을 다시 정리해 보고 두 번째로는 우리의 꿈이나 이상의 내용이 달라져야 하는지, 우리의 과제에 대해서 말씀해 주시고 마지막으로는 일종의 미래학적-미래 투시적 성격으로 아마도 우리가 21세기 들어가서 다시 만난다면 그때쯤 이렇게 되지 않을까를 짚어 보면 좋을 것 같습니다.

김우창 저는 문화적인 차원에서 10년 전과 비교한다면 문화에 있어서 지평의 변화가 가장 큰 것이라고 봅니다. 그 당시 문학계와 예술계는 민주화와 정치적인 것에 깊이 관심을 갖는 것이 옳고, 1980년대 중반 이후 문화활동이 많은 사람을 자극해서 중요한 일을 한다고 생각했습니다. 지금와서는 그러한 정치적 지평이 문화 활동에서 사라져 버리고 말았습니다.

사상 분열 극복 단정 일러

이인호 10년 전과 비교할 때 제일 큰 것이 사회주의 체제 붕괴 이후 사상적 풍토가 달라졌다는 것입니다. 전문가들도 그때 사회주의가 그렇게 쉽게 무너지리라고 예측하지 못했습니다. 그러나 제가 볼 때 사상적 분열극복이란 표현은 지나치게 강한 표현이 아닌가 합니다. 그 분열은 아직도 잠정적으로 우리 사회에 깊이 깔려 있습니다. 사회주의 체제를 낳았던 요인들이 무엇인가를 생각할 때 우리 사회에 아직 그 요인들이 숨어 있습니다.

권태완 적어도 10년 전에 비해 과학 기술 투자에 대한 의식은 높아졌습니다. 내년만 해도 정부 예산에서 과학 기술 투자가 30퍼센트 올라가고, 2000년대까지는 GNP의 5퍼센트 수준이 될 것 같습니다. 그러나 과학 기술에서 첨단이니, 최첨단이니 하는 말을 남용함으로써 국민들이 다른 나라를 따라잡아야 한다고 생각해야 하는데, 마치 우리의 과학 기술 수준이 다른 나라보다 높은 것으로 착각하게 만들지나 않았나 합니다.

최병렬 국가 발전이란 측면에서 본다면 그동안 엄청나게 발전했습니다. 평화적 정권 교체를 두 번씩이나 했고 경제도 성장했고, 며칠 전 신문 보도를 보니까 서울에 등록된 자동차 숫자가 270만 대나 된다고 합니다. 올림픽을 성공적으로 치르고 한국 사람의 위상이 달라졌습니다.

정근모 10년 전만 해도 공해 환경 문제를 얘기하면 70년대의 여운 때문에 반체제니 했는데, 요즘에는 환경 문제를 긍정적으로 의식하고 있습니다. 정부만 해도 1987년 몬트리올 의정서 때는 모르고 손들었지만, 1992년 리우 회의 할 때는 전 국가적 관심을 기울였습니다. 우리 국민들도 세계 속의 시민 의식을 갖게 된 것입니다.

이홍구 바깥에서 우리는 근대화와 민주화의 모범 국가로 평가받고 있습니다. 이렇게 되니까 뛰어야 할 목표가 없어지면서 허전해졌습니다. 그리고 세계가 하나의 단위로 변해 가는데, 어떻게 그 공동체를 향해서 나가야 하는가도 불분명해진 불확실한 시대를 산다고 생각하게 됐습니다. 그렇다면 현재 그리고 앞으로 국가가 선결해야 하는 심각한 과제가 뭐냐를 각자의 관심 분야에서 좀 더 심층적으로 말씀해 주십시오.

이인호 '잘살아 보세'라는 구호를 갖고 열심히 뛰었는데, 과연 잘산다는 것이 무엇을 뜻하느냐를 생각하게 됩니다. 풍요 속에서 사람답게 살 수 없게 만드는 것이 무엇이냐를 이제는 심각하게 생각해야 할 때입니다. 물량적으로 측정될 수 없지만, 삶에서 중요한 것이 많이 상실되고 파괴되고 있는데 그것이 무엇이냐를 잡아내려는 노력조차 없었습니다. 사람에 대한 연구와 관리를 위해서 우리가 얼마나 노력해 왔느냐 하는 의문이 듭니다.

전통 가치 무분별 파괴

김우창 우리가 근대 사회로 들어간다는 것은 어지러운 사회로 들어간다는 뜻입니다. 일원적 가치에서 개방적 가치의 사회로 들어가는 것입니다. 선진국의 경우 그것은 일원적 가치에서 가치가 없는 사회로 들어갔습니다. 그동안 근대화를 하면서 우리는 우리의 전통 가치마저 파괴했기 때문에 서구보다 훨씬 더 어려운 상황에 놓여 있습니다. 선진 사회가 이룩한 몰가치적 사회와는 또 다른 각도에서 가치를 세워야 하는 것입니다. 이런 점에서 문화와 교육이 중요한데, 문화도 소비적 문화가 아니라 일정한 방향을 주는 문화가 나와야 합니다. 그러나 그렇게 해야 한다고 믿지만, 과연 그것이 가능한가라는 생각이 듭니다.

이상우 한마디로 말해서 이 시점에서 이뤄야 할 과제는 조화의 과제라고 봅니다. 중앙과 지방과의 조화, 소비와 생산의 조화, 빈부의 조화, 자연보존과 성장의 조화 등을 생각할 수 있습니다. 민주화라는 것도 국내 4300만 명의 조화이고, 앞으로 남북한의 조화도 지향해야 합니다. 올해 들어 세계화가 대한민국의 새로운 지표가 됐는데, 국제 사회에서 통용되는 준칙과 규칙을 준수하고 그 속에서 살아가면서 세계사 발전에 기여하는 것도 조화의 과제입니다.

정근모 내년이면 그린 라운드가 있고, 그다음에는 테크놀로지 라운드가 옵니다. 그때 우리 사회나 개인의 경쟁력을 어떻게 강화해야 하는가를 생각할 때, 우리의 시계를 짧게 잡으면 기술을 외국에서 사 오는 것만 보게 되고, 길게 잡으면 거기에 연결된 기술 교육이라든지 시스템까지 바꿔야 하는 것이 보입니다. 예전에는 저작권만 생각했지만, 이제는 신지적 재산권, 산업 저작권, 정보 재산권 등이 들어오기 시작할 겁니다. 신지적 재산권 같은 것은 소유주가 죽을 때까지는 물론 플러스 50년까지 갖습니다. 그러니까 시계가 달라집니다. 한국인들은 재주가 많으니까, 오히려 이런 시대에 더 좋아질 수 있습니다. 그러니 이제 시야를 넓혀야 합니다.

이홍구 내년 4월 유엔 본부에서 월드 소셜 서밋(world social summit)이 있습니다. 외무부에서도 잘 모르던데, 국가 원수들이 모여서 사회를 어떻게 운영해 나갈 것인가를 의논합니다. 자연 보존에 대해서는 의식이 높아졌지만, 사회 보존에 대해서는 인식이 부족합니다. 어떻게 각 사회가 갖고 있는 가치를 보전할 수 있는가에 관심을 가져야 합니다. 한국적인 가치, 주체성을 어떻게 보존하느냐를 논의해야 합니다. 우리 사회 전체가 논의할 수 있는 논의의 초점을 찾아야 합니다. 그 초점을 찾기 위한 지식인의 리더십이 있어야 합니다.

최병렬 소위 산업의 국가 경쟁력이란 것이 심각해졌습니다. 실제로 일본의 30~40퍼센트 수준에 불과합니다. 어떤 통계를 보니까 93년에 중국 본토에 여러 나라에서 투자한 돈이 1000억 달러입니다. 우리나라가 동남아에 비해서 상대적 우위를 갖고서 팔고 있는 자동차, 철강, 조선 등의 분야에 투자하는 것입니다. 앞으로 3년 정도면 중국의 이런 공장이 돌아갈 수 있게 됩니다.

UR 등 겁내지 말아야

안병훈 저는 신문 기자의 입장에서 본다면, 우루과이 라운드다, 그린 라운드다 해서 자꾸 국민들에게 겁주기만 할 것이 아니라, 남이 오면 우리도 그만큼 노력을 하니까 그만큼 풍부해진다는 생각을 갖도록 해야 합니다. 오히려 저들이 와야 우리도 잘된다는 생각을 가져야 한다고 봅니다.

이홍구 그럼 오늘 모임의 마지막 라운드로 이건 우리가 꼭 해야 한다는 것이 있다면, 말씀들 해주십시오.

이인호 저는 초점이 시급하게 맞춰져야 할 것이 교육이라고 봅니다. 교육 효과는 15년 내지 20년 후에 나타나는데, 지금 절망적인 것은 과거의 우리 교육이 잘못됐기 때문에 앞으로도 우리가 그 후유증을 앓아야 한다는 것입니다. 한 학생당 투자하는 교육비란 것이 낙후돼도 상당히 낙후되어 있습니다.

김우창 영국 신문의 사설을 보니까 우루과이 라운드라는 것이 잘사는 나라들이 결속해서 못사는 나라를 혼내 주는 협정이라고 썼습니다. 그렇다면 우리는 잘사는 나라와 못사는 나라 중에서 어디에 속하는지를 생각해야 합니다. 못사는 나라에 속한다면, 우리가 잘사는 나라 쪽으로 가기 위해 어떻게 해야 하는가를 생각해야 합니다. 그 협정을 세계사적 차원에서 바라보고 대안을 제시해야 합니다. 이제는 한국적 가치와 세계적 가치를 함께 생각해야 합니다.

위상 변화 '하기 나름'

정근모 20세기는 분석의 시대였습니다만, 21세기는 합성의 시대입니다. 분석의 시대에서는 역사, 물리 등 각 전공별로 갈라졌습니다. 합성의 시대에서는 문화와 과학이 합하면 새로운 분야가 튀어나옵니다. 지금 무궁무진한 조합이 가능합니다. 그러니까 조합을 통해 새로운 영역을 창출해야 합니다.

안병훈 요즘에 국제화 얘기를 많이 하는데 국회에서도 여야가 똑같은 얘기를 한 것이 아마 처음이 아닌가 합니다. 한국 사회는 상호주의가 없이 서로 마찰이 많았습니다. 서로 싸우는 것만이 아니라 하나로 합쳐서 무엇인가를 만들어 내려는 의식이 중요합니다.

권태완 국민 식생활을 보면 음식의 3분의 1이 가공식품입니다. 미국은 90퍼센트라는데 우리도 그렇게 될 수밖에 없을 것입니다. 그러나 우리 농산물이 그 가공식품의 원료로 쓰이지 않고 있습니다. 농업과 식품 공업 사이에 괴리가 있는 것입니다.

최병렬 저는 미래 예언을 하나 하겠습니다. 21세기에 한국인들이 상당히 잘할 것이라고 내다봅니다. 우리나라 사람이 그렇게 간단한 백성이 아닙니다. 교육 개혁, 기술 교육 모든 것이 이대로는 안 된다는 것을 국민들이 충분히 알도록 해서 난상 토론을 거친 뒤 정부가 최종 결정을 내린다면 21세기에 대한민국이 지금보다 나아질 것이라고 봅니다.

이상우 우리가 처해 있는 환경이 복잡하고 빨리 바뀌고 있습니다. 불확실하고 위험도 주지만, 역으로 기회도 줍니다. 현재의 환경은 우리가 하기에 따라서 좋은 여건이 될 수 있습니다.

이홍구 국제화는 제가 생각했던 것보다 빨리 이뤄지고 있습니다. 어쨌든 21세기는 잘될 것 같고, 저는 21세기 최초의 월드컵을 우리나라에서 개최해 남북한 공동으로 함흥에서부터 남쪽까지 하나가 되도록 하겠습니다. (웃음) 오늘 이렇게 좋은 말씀들 해 주시느라 장시간 고생들 많이 하셨습니다.

공경의 문화를 위하여

김종철

김우창

1995년《녹색평론》11~12월호

　　김우창 교수는 오늘날 우리 사회에서 드물게 보는 균형 잡힌 인문적 지성의 한 귀감이다. 여러 방면에 걸친 그의 지적 작업의 성과는 이미 현대 한국 문화를 구성하는 가장 창조적인 자산의 일부를 이루고 있다는 데 동의하지 않는 사람은 많지 않을 것이다. 그의 작업에서 우리가 흔히 느끼는 것은 지적 분석과 성찰의 깊이와 견고함이지만, 이것은 아마도 비범하게 포괄적인 시야와 강한 도덕적 충동의 결합에 의한 것인지 모른다. 그러나 조금 달리 보면, 그러한 견고성과 깊이는 한 지식인의 오래된 지적 습관 속에 뿌리깊이 내재되어 있는 에콜로지적 사고 경향의 결과라고도 할 수 있을 듯하다.

　　근년에 김우창 교수는 '심미적 이성'에 관해 자주 말해 왔다. 심미성의 본질은 간단히 말하여 조화와 균형에 대한 감각이다. 김우창 교수에 의하면 현대 사회의 근본 불행은 이른바 기술적 이성, 경영적 이성의 일방적인 비대화의 필연적인 귀결이다. 단기적 물질적 이득을 위해서 가능한 것이라면 모든 것을 거침없이 한다는 태도야말로 — 그리고 그러한 태도에 내포되어 있는 무한한 권력 욕망이야말로 ── 오늘의 가공할 생태적 위기의 진정한 원인인지도 모르는 것이다. 따져 보면, 생태적 위기는 권력주의 문화로부터 자유로워질 수 있는 우리의 능력에 의해서만 극복될 수 있는지도 모른다. 에콜로지 문제의 핵심은 근본적으로 경(敬)의 문제라고 김우창 교수는 말한다.

(이 대담은 원래 독자들에게 공개할 것을 전제로 한 공식적인 대담이 아니라 사제지간의 사담이었다. 그중 뜻있는 발언으로서 공개할 만하다고 생각되는 일부를 김우창 교수의 허락을 얻어 여기에 정리 소개한다.)

김종철 선생님, 무척 오랜만에 뵙습니다. 《녹색평론》 창간호가 나왔을 때 찾아뵌 이후 오늘 처음인 것 같아요. 그때 책의 목차를 훑어보시면서 시의적절한 잡지를 시작했다고 말씀을 해 주셨지요. 그동안 자주 찾아뵙고 잡지 일에 관하여 도움 될 말씀을 많이 들었어야 했는데, 건강도 좋지 않은 데다가 일에 늘 쫓기니까 서울 나들이하는 게 뜻대로 잘 안 되더군요. 게다가 그 사이 선생님께서 외국에 나가 계신 때가 많았고요. 실은 오늘은, 《녹색평론》이 이번 호로 창간 4주년을 맞이하는데요. 늘 조금이라도 쓸모 있는 책을 만들어야 한다는 의욕은 간절하지만 역부족이었어요. 특히 이번에는 지금까지 해 왔던 것보다는 앞으로는 좀 더 나아가야 할 필요가 있다는 생각이 앞선 탓인지 모르지만 어느 때보다도 벽에 부딪친 느낌, 앞이 막힌 느낌이 듭니다. 그래서 모처럼 선생님을 한번 뵙고, 여러 가지 말씀을 들어보고 싶어서 덮어놓고 이렇게 왔습니다.

김우창 그동안 내가 김 선생한테는 직접 전달하지 못했지만 책이 집으로 매번 부쳐져 올 때마다 우리 내외는 《녹색평론》이 현재 우리나라에서 제일 중요한 잡지라고 감탄하고 그랬지요. 지금은 전부 이해관계로만 움직이니까, 세계적으로도 에콜로지 문제를 다루는 잡지를 한다는 게 퍽 어려운 일일 텐데……. 편집도 어렵지만 경제 문제가 제일 힘들 것 같고. 실제《녹색평론》을 좋아하는 사람들이 꽤 있어요. 물론 돈이 될 만큼 많은 사람들은 아니지만……. 대학생 독자들이 많이 있을 것 같은데?

김종철 저도 처음에는 대학생 독자들을 많이 염두에 두었는데 실은 전혀 잘못 짚었던 것 같습니다. 정기 독자 명단에도 대학생은 거의 없고, 지금 잡지는 시중 판매는 거의 포기하고 있지만 서울의 대학 주변 서점에는 책을 비치해 놓고 있는데 거의 다 반품으로 돌아오는 실정입니다.

김우창 내가 여기서 영문과 대학원 강의를 하면서 한번은 게리 스나이더, 로빈슨 제퍼스, 로버트 블라이 ― 세 사람의 시인과 『심층 에콜로지 (Deep Ecology)』라는 세션이라는 사람이 편집한 앤솔로지를 가지고 수업을 했는데, 세미나에서 오는 반응으로는 제일 좋은 것 같던데……. 다른 표준적으로 하는 영문학 강의에서와는 달리, 이것은 상당히 학생들에게 마음으로 직접 호소하는 바가 있는 것이라는 느낌이 들어요.

김종철 제 경험으로도 학생들이 강의를 들으면서는 이 문제에 대하여 꽤 흥미를 느끼는 것은 틀림없는데, 그런데 이런 것을 자신들의 진정한 문제로 여기지는 않는 것 같아요.

김우창 이슈를 좀 더 확장했으면 좋을 것 같던데, 너무 좁게 하지 말고……. 가령 요즘 큰 문제가 있잖아요. 프랑스 핵실험이라든가 지자체하의 쓰레기 처리 문제라든가…….

김종철 저는《녹색평론》이 환경 잡지라고는 보지 않습니다. 당장의 환경 문제에 대한 구체적인 접근은 그런 분야를 실무적으로 전문으로 다루는 잡지들도 있으니까 거기에 맡기면 될 것이라고 보고, 저희는 그런 문제를 좀 더 근원적인 인간 문제에 결부시켜서 인문적인 각도에서 풀어나가야 하지 않을까 생각하는데요. 실제로 국내의 필자 중에서 이런 방향으로 쓸 수 있는 사람을 구하기가 쉽지 않습니다.

김우창 환경 문제와 연결시켜서 프랑스가 핵실험하고 있는 무르로아 섬 문제 같은 것을 다루면 독자 교육에 좋지 않을까, 사람들이 보통 시사 문제에는 관심이 많으니까 그것과 결부하여 의식을 확대해 나가는 작업이 있어야겠지요. 시사 문제는 선전이 미리 되어 있는 것이기도 하니까 그것을 출발점으로 해서 핵실험 같은 건 크게 다루어야 할 문제지요. 신문에서 보니까 일본에서 술 파는 사람이 프랑스에서 수입한 포도주를 손님들이 보는 앞에서 다 깨 버리는 일종의 시위를 했다고 합니다. 일본 사람들은 상당히 예민해요. 재무 장관이란 사람이 실지로 거기까지 배 타고 가서 항의도 했잖아요. 오늘 아침 신문에도 났지만 거기 산호초에 균열이 많이 가서 상당한 위험성이 있다는 것도 그렇고······.

김종철 요즘 자주 발생하는 지진도 그 핵실험하고 관계가 있지 않을까 하고 생각하는 사람도 있더군요.

김우창 일본 사람들이 핵실험 같은 문제에 예민한 건 물론 원폭 피해를 입은 점도 있고, 또 아무래도 우리보다 핵실험 장소에 더 가까운 점도 있어서이겠지만, 다른 한편으로는 일본의 분위기라는 게 있는 것 같아요. 뭐냐 하면, 김 선생도 알다시피 내가 2년 전에 영국 갔다 오다가 일본에서 한 학기 살았잖아요. 그때 느낀 것은 우리나라나 미국 같은 나라보다도 영국이나 일본은 정치에 부드러운 언어가 통하는 사회라는 것이었지요. 어떤 정치적 이슈가 있어서 그걸 토론하는 과정에 그건 인도적인 견지에서 된다 안 된다 하는 얘기가 통하는 사회인데, 미국 사람들은 그런 논리가 아니고 늘 이렇게 하면 손해난다 아니다 하는 계산을 앞세우거든. 일본에서는 확실히 미국적 방식과는 다른 게 있다는 걸 느꼈어요. 그리고 영국에서도 그래요.

영국에서는 석탄에서 기름으로 주에너지를 바꾼 뒤에 폐광 조치가 많이 이루어졌잖아요. 아마 지금 남아 있는 광산 노동자들은 몇천 명 정도

일 텐데, 이들이 에너지 정책에 항의하여 런던에서 시위를 하는데 20만 명이 참가했어요. 그러니까 직접 이해관계가 있는 광부의 가족들 말고도 일반 시민들도 참가했다는 것이거든. 그리고 이 문제가 텔레비전이나 신문에서 계속 보도되고, 정치하는 사람들도 국회에서 발언을 하는데, 그 발언 내용의 중심이 뭐냐 하면 광부들과 그 가족들의 생계 문제를 어떻게 하느냐 하는 거였어요. 그 문제에 대한 조처가 있느냐, 되어 있으면 어느 정도까지 되어 있느냐? 그러니까 인도주의적 관심, 사람에 대한 동정적 관심(compassion)이 주요한 정치적 레토릭을 구성하고 있다는 얘기죠. 여기에 비하면 미국 쪽에서는 흑백 문제를 보아도 그렇지만 정의의 문제, 옳고 그름, 비용 문제, 손익이라는 기준, 그래서 늘 투쟁적이고 대립적이지요. 영국이나 일본 사람들은 그건 인간의 도리가 아니다, 불쌍하지 않느냐 하는 각도에서 처리하는데, 미국 사람들이 보면 그건 감상적이라고 할 거예요. 믿지도 않을 거고.

김종철 정치라고 하면 항상 대결을 생각하고, 기껏해야 이기심에 바탕을 둔 타협을 생각하는 풍토에서는 좀 상상하기 어렵군요.

김우창 생태학적 문제가 중요한 문제가 되려면 그것이 인도적인 문제, 공생의 문제로 얘기되어야 합니다. 『심층 에콜로지』라는 책에서도 얘기되고 있지만, 자연계에 대한 깊은 존경심이 필수적이라는 거죠. 계산적인 것만으로는 안 돼요. 물이 나빠지고 공기가 더럽혀져서 사람이 살기에 힘들어진다라는 시각만이 아니라 자연에 대한 외포감, 생명체들에 대한 배려가 있어야 하고, 다른 사람들의 고통을 생각하는 게 중요하다는 거죠. 그러니까 따지는 것만으로는 안 될 것 같아. 맹자는 이(利)가 아니라 의(義)를 생각하여야 한다고 했지만, 실은 의(義)로도 안 되고, 전통적인 말로 하자면, 인(仁)이라야 되겠지요. 그런데 우리의 문화 속에는 인(仁)이 들어설 자리가 없잖아요. 모든 게 대결적이거든. 노동 운동에서도 보면 시혜적인 것은 거부하고 투쟁으로 쟁취해야 한다고 그러잖아요. 이왕이면 자연스럽게 화해 속에서 이루는 게 좋은데, 그렇게 하면 주구 노릇 하게 된다고 하잖아요. 사회 전체에 퍼져 있는 게 그런 자세인 것 같아요.

김종철 다분히 남성주의적인 문화의…….

김우창 남성주의 쇼비니즘이죠. 그러니까 개미 한 마리라도 생각하는 자비심이 있어야지 순전히 정의나 이익 계산만으로는 곤란할 것 같아요. 정의란 결국 힘의 균형의 문제니까, 투쟁하려면 힘이 세어야 한다고 생각하게 되거든. 《녹색평론》을 보면서 내가 느끼는 게 그래요. 말하자면 강성 정치 이데올로기에 대하여 연성 정치 수사학을 권장하는 게 녹색 이념의 핵심이 아닐까 하고.

에콜로지 문제 해결하려면 어쨌든 힘의 논리를 극복해야 할 것 같아요. 자크 시라크 프랑스 대통령 같은 사람의 행동도 결국 자기주장이거든. 지금 당장에 프랑스에 핵폭탄이 왜 필요해요? 우리가 결정했으니까 핵실험 해야 된다는 거 아니에요? 순전히 의지의 주장이지. 강하게 주장하는 것이 민족적, 국가적 의무이고, 남성으로서의 의무라고 생각하죠. 세계 여론 때문에 마음 바꾸면 약한 놈으로 병신처럼 취급받을 것이다……. 그런 점에서 정말 에콜로지 문제의 궁극적인 해결은 심층 에콜로지를 얘기하는 사람들의 말이 맞는 것 같아요. 도덕적 각성도 필요하고, 또 하나는 부드러워질 필요가 있어요.

김종철 얼마 전에 잠시 일본에 다녀오셨지요. 무슨 모임이 있었습니까?

김우창 일본문화연구소라는 곳에서 '동서양의 이상향'이라는 제목을 놓고 세미나가 있었는데, 열흘 전쯤 그 일로 다녀왔습니다. 거기서 주제 발표를 한 일본인 교수에 의하면 서양에서의 유토피아라는 것은 엔지니어링에 기초한 거다라는 거죠. 그러니까 도시를 새로 만들고, 집을 짓고, 사람을 틀에다 넣고, 다른 한편 동양에서의 유토피아는 자연 속에서 유유자적하는 것이라고 해요. 일본을 연구하는 어떤 프랑스 사람이 쓴 책을 읽어 보니까 동양 사람과 서양 사람의 자연 이해를 비교하면서 앞으로의 세계에서 동양적 자연 이해가 필요하다고 말하고 있어요. 풍수설도 생각 나름으로는 의미가 있고.

김종철 서양에서도 풍수 비슷한 것은 있어 왔던 것이 아닌가 싶은데요.

김우창 우리만큼은 아니더라도 물론 있었지요. 어떤 지역을 성스러운 곳이라고 생각하거나 에너지가 있는 곳으로 본 것이라든지. 땅 자체가 지혜로운 곳이라거나 아니라거나 하고 보았죠. 이번에 어떤 독일 문학자가 말하던데 유럽에서는 늘 산은 성소로 생각되고 있다고 해요. 우리와 공통되는 점이죠. 그러나 우리의 풍수에서처럼 모든 부문에 적극적으로 삼투되어 있는 것으로 보지는 않는 것 같아요. 실제 우리는 살아가는 데 땅에 대한 관계를 제일 중시하잖아요. 니담은『중국의 과학과 문명』에서 한국에서 지도가 제일 발달했다고 했는데, 우리의 지도가 발달한 것은 풍수와 관계있을 거예요.

김종철 명당 찾느라 많이 다닌 결과일까요?

김우창 우리나라 옛 그림을 보면 지도와 비슷한 데가 있어요. 실제 윤곽만 그린 게 많잖아요? 서양의 감각적인 그림들에 비하면 우리 그림들은 거의 기호에 가깝거든. 어떤 미국 사람이 연구한 것을 보면 중국 송대(宋代)에 시장터에서 팔던 지도와 산수화가 아주 비슷하다고 해요. 지도와 풍수와 그림은 모두 연결되는 점이 있어요. 토지에 대한 직관적 이해가 나타나 있다고 할까. 레비스트로스가 말하는 '구체성의 과학' 같은 것에 가까운 발상이 공통하게 보여요. 서양에서 지리학이 발달된 것은, 땅을 구체적인 것으로서가 아니라 기하학적인 공간으로 환원할 수 있는 어떤 정신적 경향이 있었던 때문일 거예요. 이런 것도 에콜로지에 관계될 텐데……

김종철 풍수가 체계화되기 전에 이미 그보다 옛날 사람들은 기본적으로 살아 있는 땅에 대한 직관적인 인식이 있었던 게 아닐까요?

김우창 그러니까 우리가 깊이 생각해 보아야 할 것은 구체적이고 직관적인 경험을 사상(捨象)하지 않고 그것을 살리면서 어떻게 하나의 과학적 체계로 정립할 수 있는가 하는 점입니다. 이건 내가 평소에 그냥 직관적으로 생각해 본 것이지만. 서양 사람들의 지리학이라는 것은 그러한 것을 다 버리고 제거함으로써 생긴 체계인데, 그러하지 않고 어떻게 하면 구체적으로 느끼는 것을 포함하면서도 체계화할 수 있는가? 오늘날 토지 문제니 도시 문제니 하는 것들을 해결하려면 물론 서양적인 관점이 없어서도 안 되지만 그와 동시에 동양적인 직관을 실용적으로 이용하려는 시도가 있어야 할 것 같아요. 우리나라 사람들이 미신적이긴 하지만 예전에는 생명 존중 사상이 많았잖아요.

김종철 그런데 지금은 왜 이렇게 변해 버렸을까요?

김우창 유교의 영향이 큰 것 같아. 직접적이고 구체적인 것은 외면하고 모든 걸 이론적으로만 하려고 하다보니까. 예전에 본 글이지만, 김시습의 글에 개천에 가서 물고기 잡을 때 성긴 그물로 잡아야 한다고. 이런 얘기가 참 많거든. 불교적인 발상이면서도 실용적 관점이죠. 이건 별로 설득력은 없는 것 같지만, 이규보의 글에도 이런 얘기가 있어요. 한번은 밖에 나갔다 들어오니까 아이들이 마당에다 굴을 파놓고 여름에 서늘하고 겨울에 따뜻해서 좋을 거라고 하니까, 이규보가 그건 하늘의 도리에 어긋난다, 여름엔 덥고 겨울엔 추워야지, 그것이 이치라고 하면서 다시 덮어 버리라고 해요. 요즘 감각에는 안 맞지만 이런 얘긴 꽤 있어요.

김종철 그런데 그런 단편적인 에피소드들이 연결되어 정신 문화를 형성하고 있어야 할 것인데, 어쩌다가 한 번씩 나오는 얘기라면 무슨 의미가 있을까요? 아까 선생님께서 말씀하셨듯이 유교 문화의 영향일지 모르지만 어떻든 우리가 사물을 추상적으로 보는 경향이 많은 것 같습니다. 동학의 두 번째 지도자였던 해월(海月) 선생에 관한 자료를 보면, 그분이 한문을 못했고 그래서 직접 말씀하신 것을 제자들이 받아써서 전해진 기록들이 대부분인데, 그러면서도 한글로 손수 쓰신 유일한 글이 있잖아요. 그게 아기 가진 부인들과 살림하는 여성들에게 주는 가르침인데, 예를 들어 육식을 하면 태아에게 나쁜 영향을 미친다, 김치나 떡을 썰 때는 반듯반듯하게 썰고, 마당에 함부로 개숫물을 버리지 말고, 식은밥과 새밥은 한데 섞지 말라──이런 너무나 구체적인 얘기를 자세하게 적었어요. 저는 이런 자상한 얘기들이 필요할 만큼 유교가 밑바닥 백성들에게는 너무나 먼 추상적 윤리 체계였던가 하는 생각을 하기도 했습니다. 요즘 잡지 일 하면서도 절감하는 겁니다만 우리나라 사람들의 원고를 받아 보면 구체적인 자기 현실에서 출발하는 글이 참 드물어요. 그냥 추상적인 얘기로 시종하고 마는데, 그건 누구에게도 진정으로 도움이 될 수 있는 게 아니잖아요.

김우창 정치의 세계에서도 그래요. 지금 여야를 막론하고 무엇을 구체적으로 해 보겠다는 프로그램이 없고 추상적이잖아요. 지식인들도 그렇죠. 맨날 들고 나오는 게 통일이란 말이죠. 물론 당위적인 얘기지만, 보통 사람들 대다수에게는 제일 먼 얘기일 수도 있잖아요. 예를 들어, 의료를 어떻게 고친다, 교육은 어떻게 한다, 노동 문제를 구체적으로 어떻게 풀어 나간다.──이런 데 대하여 체계 있는 얘기가 없다는 게 우리 정치의 제일 큰 문제라고 봐요. 구체적으로 사람 사는 문제에 관계된 얘기가 없다는 거…… 신문에서 정치 자금 얘기할 때도 그것 때문에 이런 데 가야 할 돈이 저리로 갔다고 구체적인 지적도 있어야 하는데.

김종철 요즈음은 어떻게 된 셈인지 새삼스럽게 민족주의적 감정을 부추기는 발언이나 책들이 인기 있는 것 같아요. 10년 전쯤보다 더 심해진 듯하지 않습니까?

김우창 《녹색평론》에 『무궁화꽃이 피었습니다』를 비판하는 글이 실렸던데, 그런 글은 널리 좀 읽혔으면 좋을 것 같더군요.

김종철 어떻든『무궁화꽃』이라는 책이 엄청나게 많이 팔린 책이니까, 그런 현상에 대하여 문화적 진단이 반드시 필요하다고 보았습니다. 그래서 권혁범 씨가《녹색평론》에 쓴 비판적인 글이 신문의 문화 면에서 인용될 법하다고 생각했는데 거기에 관심을 보인 문화부 기자는 전혀 없더군요.

김우창 우리나라 기자들의 오리엔테이션이 문제지요. 현실을 창조하는 사람들이 기자들인데 기자들이 그렇다고 하면 그런 줄 알지, 우리가 아무것도 모르잖아요.

김종철 그럼요. 신문이나 방송 기자들의 영향력은 정말 굉장할걸요. 선생님 같은 분이 아무리 대학에서 강의를 하더라도…….

김우창 다 그렇죠. 우리는 달리 아는 방도가 없는데, 기자들이 조그만 것도 크게 보도하면 큰일이 일어난 거죠. 5·18문제도 처음엔 보도 안 했잖소. 여기저기서 문제가 커지고, 신문이 욕을 먹고 하니까 비로소 보도하기 시작했지. 기자들의 자질과 소양 문제인데, 한편에서는 대학에서 교육이 제대로 안 되고 있고, 또 한편에서는 신문사의 부패 문제가 있고. 요전번에 피천득 선생님이 인촌상을 수상하시게 되어《동아일보》새 사옥에 가 보았더니 18층이에요. 그전에 광화문에 있던 5층짜리 꾀죄죄한 사옥에 비하면 굉장하던데, 그걸 유지하려면 돈 많이 벌어야 하겠어요. 이런 것이 언론의 질에 깊은 관계가 있을 거예요. 대학 졸업 후 매스 미디어 쪽으로 가는 사람과 다른 쪽으로 취직하는 사람 사이에 월급이 차이가 많이 나요.

김종철 그런가 하면 기자들이 월급은 많이 받는데 한편으로는 몹시 혹사당하는 모양입니다.

김우창 그것도 문제예요. 생각도 하고 책도 보고 해야 하는데 자기 일을 성실하게 하는 게 중요한데 지금은 어떻게 해서든 때우는 게 중요하게 되어 버렸거든. 노동조합은 작업 조건을 향상하고 질 높이는 데 관심을 가져야지요. 기자들에게 시간 여유를 많이 주고, 수련 기회를 주고, 위로 여행 말고 적어도 1년쯤은 해외에 머물면서 다른 사회를 깊이 있게 이해하고 연구도 할 기회를 갖게 하고.

김종철 요즘은 너나없이 기를 쓰고 관광 여행에 광분하고 있는 세태이지만 이런 상황은 아마 매일매일 하는 일이 재미있는 게 못되는 것과 관계있지 않은가 싶습니다. 휴가보다 더 중요한 것은 날마다의 일을 즐겁게 할 수 있는 조건을 만드는 것일 텐데요.

김우창 KBS 입지 조건이 영국 BBC보다 훨씬 나아요. 그렇지만 프로그램으로 나타나는 성과는 BBC와 비교도 안 되잖아요.

김종철 그러니까 상투적으로 생각하듯이 돈이나 제도가 아니라 근본적으로는 정신과 문화의 문제가 아닌가 싶습니다. 영국 사람들 신문만 보아도 종이 같은 물자를 굉장히 아끼잖아요. 에콜로지 문제의 핵심도 결국 이런 것과 관계있는 게 아닐까 생각합니다. 무엇을 좀 아끼고, 근원적으로 보려고 하는……

김우창 그래요. 역시 사람과 바이오 시스템, 사람과 공간과의 관계가 핵심일 것 같아요. 사람이 너무 자기중심으로만 본다는 게 문제지요. 동물과 다른 생명체에 대한 관계가 아주 중요한 것 같아요.

김종철 동물에 대한 관심을 얘기하면 감상적인 태도라고 하잖아요. 동물이나 자연에 관심을 가져야 한다고 말하면 아직 중요한 건 인간이지 자연이 아니라는 등, 인간과 자연이 무슨 별개의 존재인 것처럼 얘기하는 사람들이 특히 지식인들 사이에 많은 것 같습니다.

김우창 살벌하게 험상궂게 생각하고 느끼고 행동하는 것을 자랑스럽게 여기는 태도가 우리 문화 속에 많은 것 같아. 내가 좋아하는 옛날 얘기가 하나 있는데, 제사를 지내려고 소를 끌고 가는데 신하가 임금에게 집에서 기르던 짐승을 어떻게 도살할 수 있겠느냐 하니까 임금이 그게 옳은 말이라면서 소는 잡지 말라고 그랬거든. 그러니까 다른 신하가 그러면 제사를 어떻게 지냅니까, 그러면 양을 잡아서 하라고 임금이 말해요. 그러자 신하가 하는 말이 아까 소는 안 된다고 하고서는 양은 괜찮다고 하니 그건 일관성이 없는 일 아닙니까, 그렇게 항의를 하니까, 소는 가까이서 내가 늘 보아 온 놈이고 양은 보지 않았던 놈이니까 안 본 놈 잡아서 하자는 거라고. 이건 논리적으로는 안 맞는 얘기지만 틀림없는 인간의 자연스러운 심정이거든. 개 잡아 먹는 것도 마찬가지지요. 사람 알아보는 짐승하고 그렇지 않고 사냥해서 잡은 짐승하고는 다르다는 것을 인정할 정도는 돼야 되지 않겠어요. 일관성으로만 논리적으로만 생각할 수는 없죠.

그 임금이 참 현명한 사람이었던 것 같아요. 익히 보던 짐승은 놔 두라는 게 말은 안 되는 얘기지만 그게 또 엄연한 인간 현실의 일부란 말이죠. 저번에 여기 고려대 한 모임에서도 얘기했지만, 공자의 가르침에 아무리 잘못이 있어도 제 아버지는 고발해선 안 된다는 게 있잖아요. 시민 정신이 앞서고, 시민으로서 정의감과 의무가 앞서야 된다고 생각하는 사람들은 이런 공자의 말씀을 잘못이라고 보겠지만, 역시 사람이면 자기 아버지는 다른 아버지하고는 다르다고 느끼는 것이, 그런 예외를 인정하는 게 인간적이죠. 아버지의 잘못을 시민 정신과 정의의 이름으로 고발해야 한다는 건 논리적으로는 맞지만 인간 현실을 충분히 고려한 건 아니거든.

김종철 동물이나 생명체에 대한 태도가 관건적이라는 선생님의 말씀이 중요한 것으로 생각되는데요. 가령 일본 사람들의 경우는 우리와 상당히 차이가 있는 게 아닌가 싶어요.

김우창 나라(奈良) 같은 지방에 가 보면 사슴이 시내에서 돌아다니고 있어요. 또 교토 지방의 산에서는 원숭이들이 보호받고 있어요. 금붕어 같은 것도 장식으로 기르고 있지만, 그렇게 하더라도 붕어를 기르는 게 중요하다고 생각해요. 돌보아 주고 그러면서 다른 생명체와 공생하는 걸 배우는 게 아이들에게 대단히 좋은 일일 것 같아. 우리 어릴 때 기억으로는 그럴 필요가 없는데도 뱀 같은 걸 보면 기어이 때려잡거든.

김종철 사슴이 돌아다닐 정도로 그렇게 조용하고 한적한 도시가 있나요?

김우창 수천 년 동안 내려온 전통이라고 해요. 아무도 건드릴 생각을 안 하니까. 나라에 있는 공원에는 사슴 주라고 비스킷을 파는데, 주기도 전에 사슴이 막 덤벼들어서 손을 물릴 뻔도 했어요. 콘라드 로렌츠의 자서전에 보면 아이들에게 어항 주기 운동을 하는 얘기가 있어요. 그렇게 해서 아이들이 에콜로지를 배운다는 거죠. 어항 속에 적절한 생태적 균형이 갖춰지면 청소를 안 해도 되고 물갈이 안 해도 된다는 거 아니에요? 공부를 하면 어항 속의 에콜로지에 대한 과학적 지식을 얻는다는 거지요. 로렌츠는 라인 강에 제방 쌓으면 안 된다고, 습지가 없어지면 생태적 균형이 무너진다고, 그런 사회 운동도 하지만, 아이들에게 어항 주기 운동도 하면서 상도 주고 하는 걸 중요하게 생각하지요. 그걸 보면서 또 내가 느끼는 것은 다른 생명체를 돌보는 데도 지식이 필요하다는 거예요. 좋은 마음만 갖고 있다고 되는 건 아니잖아요. 윤리적 감각과 과학적 이해를 결합해야 에콜로지를 바르게 지키면서 살 수 있거든.

일본 사람들에겐 우리보다 에콜로지에 대한 지식이 확실히 더 있는 게 아닌가 싶어요. 일본의 절에 가 보면 풀이든 나무든 연못이든 정성스럽게 손이 안 간 데가 없어요. 교토의 어떤 절에 가서 내가 느낀 게 이렇게 하고도 해탈하고 싶은 생각이 날까, 현세가 이렇게 좋은데 무엇 때문에 피안으로 가고 싶어질까…… 아무튼 단지 아름다움에 대한 느낌뿐만 아니라 깊은 과학적 이해가 없으면 그거 못하거든.

김종철 진짜 과학이겠네요. 아름다움을 지키고, 생명을 기르는 데 필요한 과학이라면…….

김우창 영국에서도 느낀 것이 그런 것이에요. 영국에도 정원이 참 많아요. 임금들이 살던 큰 정원도 있지만, 노동자들의 조그만 집에도 대여섯 평짜리 정원들이 대개 있어요. 그런데 자세히 보면 집집마다 식물들의 종류가 달라요. 재래종인 것도 있고 아닌 것도 섞여 있지만 아무튼 굉장히 다양한 식물군을 각기의 취미에 따라 화초의 개성을 살려서 기르고 있어요. 그렇게 하려면 식물학에 대한 지식이 없이는 되지 않지요.

김종철 정원 가꾸고, 식물 기르는 건 그런 일이 우선 재미있으니까 하는 게 아니겠어요?

김우창 그리고 그게 마음을 진정시켜 주기도 하죠. 어떻게 보면 정치적 순응주의를 길러 주는 방법이라고도 하겠지만, 자연과 인간의 관계, 토지에 대한 이해, 자기 마음의 순치 — 이런 게 살벌하지 않은 사회를 만드는 데 밑거름이 될 수 있는 게 아닌가 싶어요.

김종철 자신의 삶터를 그만큼 아끼게 되니까 환경 훼손 같은 것에 대하여 자연히 예민하게 되는 점도 있겠지요. 우리는 이사 가면 그만이라는 생각들을 하고 지내니까 자기 터전을 지킬 의지도 그만큼 약하고요.

김우창 그런 점에서 우리가 아파트에 몰려 사는 것도 큰 문제죠. 땅은 부동산이라는 가치 이외로는 생각 안 하고 사는 것도 그래요. 케임브리지에 있으면서 절감했던 것은 거기 집들은 밖에서 보기에는 참 초라하고 미국 사람들 집에 비하면 아무것도 아닌데, 그런데도 집집마다 정원이 화려한 것은 아니지만 전부 꽃들이 다르고…… 거기에 얼마나 많이 보통 사람들의 과학이 들어 있는가 하는 거였어요.

비슷한 시기에 영국과 일본에서 연속해서 살아보면서 두 문화 사이에 비슷한 걸 참 많이 느꼈는데, 일본에서도 영국 사람들 못지않게 정원 가꾸기나 화초 보살피는 일 같은 꼼꼼하고 잔손질 가는 일을 즐기면서 하는 사람들이 많아요. 이건 좀 다른 얘기지만 도쿄에서 교토 가는 기차를 타고 도시락을 사먹는데, 도시락이 수십 종류나 되면서 각기 개성이 있어요. 이름도 달보기 도시락이라든지 범선타기 도시락이라든지 하면서 시적이에요. 도시락 안의 음식이 배치된 모양도 그런 걸 연상하게 해 놓고…….

김종철 우리처럼 기차 식당을 대기업이 독점하는 그런 시스템은 아닌가 보죠.

김우창 바로 그게 지금 일본이 미국과 무역 마찰을 일으키는 문제의 하나잖아요. 일본에는 소기업 보호 정책이 있는데, 대기업이 동네에 진출하려면 그 동네의 동일 업종의 작은 업체의 동의를 모두 받아야 한다는 규정이 있어요. 미국이 큰 연쇄점을 가지고 들어가려고 하는데 그런 정책이 방해가 되니까 그걸 없애라는 것이죠. 슈퍼마켓을 열려면 그 동네 구멍가게들의 동의가 필요하다는 지금의 규정으로는 진출이 불가능하니까.

미국의 압력으로 깨질지 어떨지는 모르지만, 일본의 동네 가게들은 저마다 개성이 있어요. 어떤 사람 말로는 일본 사람이 장사에는 천재라는 거잖아요. 나도 도쿄에 있을 때 작은 찻집에 자주 갔는데, 의자도 몇 개 없고 손님도 한두 사람밖에 없는 곳이지만, 아주머니가 혼자서 커피 같은 걸 정성스레 끓여 주면서 손님하고 재미있게 얘기 나누고 그래요. 아까 얘기한 도시락이나 정원 가꾸기나 그런 것과 함께 일본 사람들 동네에 흔한 조그만 상점들은 일본의 수공업적인 문화 전통이 상업성에 결합되어 나온 것으로 보이는데, 이런 것들이 그 사회에 심리적 안정을 부여하는지도 모르죠. 거기 비하면 우리는 너무 정치적이거든. 정치라는 게 좋고 정의로울 때도 있겠지만 결국은 지배 체제를 이룰 수밖에 없는 것이라면 너무 거기에 매달려 산다는 건…….

김종철 좋은 도시락 사먹고 하는 그런 일에 사람의 구체적인 행복이 있을 텐데, 우리는 어느 틈에 지방마다 가진 특색 있는 음식마저 다 획일화되었잖아요.

김우창　근본에 있는 것은 경(敬)의 문제인 것 같아요. 사람들이 지금까지 해 온 것에 대한 존경심이 없으니까. 공구신독(恐懼愼獨)이라는 말이 있지요. 경은 두려워하는 것과도 관계가 있습니다. 지금 우리는 주먹으로 때리는 것 말고는 스스로 무서워하는 게 없어요. 어떻게 보면 다른 사람을 존중하는 건 무섭기 때문에 존중하는 건데. 저 사람에게는 내가 알 수 없는 무엇이 있다는 느낌, 이게 사람의 기본 관계 중의 하나잖아요. 우리는 머릿속에 전부 자기 나름의 이론이 있어서 저건 뭐고 이건 뭐고 라고 구분해서 아무것도 아니라고 생각하죠. 어떻게 보면 유교적 합리주의의 소산인지도 몰라요. 귀신같은 건 없다고 생각해 왔으니까. 사람의 마음에 있는 무서운 세계도 그렇고.

　　김종철　그런 의미의 영성(靈性)이 결핍된 문화 전통이니까, 산업화를 유별나게 급속히 이룰 수 있었던 게 아닌가 싶어요. 보이지 않는 어떤 존재에 대한 외경심이 정말 살아 있었다면 아무런 가책 없이 땅과 생명을 파괴하는 일이 이렇게 거침없이 진행될 수 있을까요?

　　김우창　유교 문화란 게 이론적으로 따지기 좋아하는 합리주의에 치중하는 것 같아요. 나는 미국 사람들이 스스로 자기네 역사를 짧다고 말하는 것에 대하여 늘 무슨 소린가 이상하게 생각했어요. 350년이면 결코 짧은 세월이 아니거든. 그런데 보드리야르의 『아메리카』를 보면서 미국 역사가 짧다는 것의 의미를 짐작해 보게 되더군요. 사람이 살아가는 데 여러 가지 방식이 있겠지만, 하나는 선례에 따라 사는 방식이 있겠고, 또 하나는 이치에 맞게 사는 방법이 있겠지요. 또 막무가내로 사는 방법도 있겠고. 그런데 합리성을 쫓는 것과 역사를 존중하는 것이 기본 원리인데, 미국 사회란 청교도에 기초한 사회이니까 아무래도 가톨릭에 비하면 합리주의를 강조할 수밖에 없죠. 18세기의 미국 혁명도 합리적 사고가 강해요. 그러니까 역사와 이성이 대립한다고 할 때 미국인들은 이성을 취하는 태도를 당연하게 받아들였고, 이것이 미국의 역사를 짧게 만든 게 아닌가 하는 거죠.

예를 들어, 길을 내는 데 필요 없는 건물이 서 있으니까 그걸 없애라 한다면 그건 합리적인 사고죠. 그러나 옛날부터 여기 있었는데 불필요해도 돌아가야 하지 않겠는가 하면 그게 역사적 사고란 말이죠. 그러니까 미국이 역사가 짧다는 건 물리적인 의미에서 짧다는 게 아니라 미국이 공리주의 사회라는 걸 의미하는 거라는 생각이 들어요. 그런 의미에서 우리나라도 공리주의, 합리주의 문화가 아닌가, 그래서 고속 전철이 경주를 뚫고 지나가게 하고. 옛날이야 어쨌든 지금 내 생각에 중요한 것이라면 그만이라는 사고방식이란 말이죠. 우리나라 좌익 문학 사상도 그래요. 가령 모택동의 중국에 비교해 볼 때도 이북의 이론이 훨씬 정연하잖아요. 역사를 무시하니까. 중국에서는 가령 마르크스주의 문학 이론을 구상할 때도 그걸 엄격하게 만들면 이태백이도 두보도 도연명이도 전부 나쁜 놈이 된단 말이죠. 그러면 아무것도 남는 게 없으니까 그렇게 되면 자기네 이론이 엉터리라는 게 판명되거든. 그래서 이태백이도 두보도 이런 좋은 점이 있다고 양보하다 보면 이론이 복잡해지죠. 그런데 이북의 문학 이론은 얼마나 정연해요. 우리에게 대작가들이 있으면 그렇게 못하죠. 옛날 고전 작품들이 다 나쁘고 자기만 제일이라면 누가 믿어요.

우리는 새것이 나오면 옛것을 없애 버립니다. 그러다가 보니까『삼대목』 같은 옛 시집도 다 없어지고, 백제 유적도 없어지고, 오래된 건축도 다 없어지잖아요. 그런 의미에서 물리적인 역사는 길지만 미국처럼 우리도 역사가 매우 짧은 민족이라고 해도 될지 모르지요.

김종철 지난번 삼풍 사고 때, 대구에서 시민들이 자기네가 살고 있는 아파트들은 어떤가 하고 걱정하니까 시장이라는 사람이 하는 말이 우리나라 아파트들은 20년 지나면 재개발하니까 20년 정도 견디지 못할 아파트는 별로 없으니까 걱정할 것 없다는 논리였어요. 그런 말에 사람들이 수긍하고, 그러니까 모두들 하루살이처럼 사는 데 익숙해 있다고 말해도 되겠는데, 이러고서야 어떻게 우리가 자기 집과 자기 삶터에 정붙이고 살 수 있겠습니까?

김우창 그게 제일 큰 문제인 것 같아요. 내가 서울시 자문위원인가 하면서도 앞으로 200년, 300년 후 우리 후손들이 어떻게 살 것인가에 대한 비전 없이 도시 계획해서는 안 된다고 말한 일이 있지만……. 좋은 집이나 도시는 후손을 위해 지은 거란 말이죠. 자기 당대에 잘 먹고, 잘살고, 관능적인 데 다 써 버리겠다는 생각으로는 그게 불가능하죠. 어떻든 후손을 생각한다면 다른 사람들도 돌보아야 한다고 생각을 안 할 수가 없잖아요. 저 혼자만 잘살 수는 없으니까. 그러니까 지금 당장 있는 사람 좀 편해 보자고 하는 기준 가지고는 좋은 사회를 만들 수 없지요. 이게 다 에콜로지에 본질적으로 관계되는 문제잖아요. 장기적으로 보고 넓게 보면서, 그냥 막 살 게 아니라 몇백 년 뒤의 후손들이 노니는 광장도 생각하면서……. 전에는 입에 풀칠이라도 하고 사는 게 급선무였지만 지금은 이런 문제를 깊이 생각해야 할 텐데, 그 사이 너무도 뒤틀려져서 잘 안 되는 게 아닌가 모르겠어요. 모든 걸 경제로만 생각하고…….

김종철 그렇더라도 조금이라도 어딘가에 희망의 조짐이 보여야 할 텐데요.

김우창 그래요, 지금은 사회주의도 저렇게 되었고, 시장의 논리만이 의기양양한 때라, 무슨 다른 대안이 나와야 할 것 같아요. 우리나라도 그렇고 세계적으로도 새로운 아이디어와 실천들의 결집이 필요해요. 시간이 오래 걸리겠지요.

20세기 말의 지성, 문화, 문학

김우창(고려대 교수, 영문학, 문학 평론가,《세계의 문학》편집위원)

유종호(이화여대 교수, 영문학, 문학 평론가,《세계의 문학》편집위원)

이남호(고려대 교수, 국문학, 문학 평론가,《세계의 문학》편집위원)

1995년《세계의 문학》봄호

이남호 오늘날 우리는 20세기의 막바지에 있습니다. 세기말이란 산술적인 시기 부분에 불과한 것이지만, 오늘날의 여러 가지 상황은 세기말이라는 말에 그 이상의 의미를 부여할 수밖에 없을 것 같습니다. 이념의 와해, 역사의 종언, 생활 문화 양식의 대지진, 가치의 혼돈 속에서 세계는 대변혁의 와중에 있다고 생각됩니다. 그렇다면 현재 우리의 위상이 무엇이고 우리는 무엇을 생각해야 되고 또 무엇에 주목해야 하는가라는 물음이 실존적인 의미를 띠게 될 것입니다.

《세계의 문학》은 창간 이래 우리 사회와 문화 그리고 문학에 대한 지적 성찰과 바람직한 인간적 가치 추구를 위하여 나름대로 노력해 왔습니다. 그러나 오늘날의 세기말적 상황은 그러한 성찰과 추구를 다시 한 번 근원적으로 따져서 그 지향의 현실적 에너지를 새롭게 확보해야 할 것을 촉구하고 있는 것으로 보입니다. 그것은 곧 참된 인간적 가치를 현재형으로 재생하는 노력일 것이며 나아가 지성의 시대적 책무에 실질적으로 충실하고자 하는 일일 것입니다. 이런 배경 속에서 우선 현재 세계사 속에서 그리고 우리 역사의 원근법 속에서 지금 우리가 처해 있는 위치나 위상이 어떤 것인가, 좀 막연한 질문이 되겠습니다만 현재 우리 상황, 역사적 위상, 이런 점을 서두로 해서 이야기를 풀어 보면 좋겠습니다.

세기말과 지성

유종호 요즈음 거대 이론이 붕괴했다든가 그 유효성을 잃었다든가 하는 말들을 흔히 합니다. 그런데 제기하신 화두나 주문하신 전망 개진이 신용이 실추된 거대 이론의 일환으로 느껴져 말을 꺼내기가 솔직히 두렵습니다. 달력상으로 보아선 이제 20세기 말이고 곧 21세기를 맞이한다고 하지만 실제 생활하는 사람의 실감으로선 1985년이나 1995년이나 크게 차이가 있는 것은 아닌 것 같습니다. 대지의 귀중한 양곡을 축낸 한 사람의 경험을 말한다면 일체의 지적 전망이나 일정한 관점에 의거한 미래 예측이라는 것이 별로 근거 없는 것이라는 느낌을 많이 받게 됩니다. 이러저러한 사상가나 지적인 예언자들의 지혜로운 목소리에 귀기울여 왔는데 고지식하게 그 실현 개연성을 기대하거나 희구한 것은 아니지만 별로 믿을 만한 것이 못 되는 것 같습니다.

'우리 시대 혹은 우리 문화의 현 단계'를 얘기하면서 단선적 선조적(線條的) 함의가 농후한 발전론을 개진하는 경우도 보지만 어디까지나 희망적인 관측 이상은 아닌 것 같습니다. 비근한 예로 소련의 즉각적 붕괴를 이른바 전문가라는 이들도 예측하지 못했듯이 역사 이론과 미래 전망 패러다임의 지적 선수들이 작성한 청사진이라는 것이 늘 현실하고는 거리가 있기 때문에 역사의 불가측성에 대한 소홀은 위험한 것이라 생각됩니다. 따라서 역사의 불가측성을 넘어서는 미래 전망에 대해서는 용기도 의욕도 느끼지 못합니다. 구태여 말해 본다면 불가측성이야말로 단 하나 확실한 것이라고 할 수 있을지 모르겠습니다.

　김우창　한편으로는 21세기가 정말 눈앞에 있다는 실감이 나지만, 다른 한편으로는 내가 얼마만큼이나 20세기에 속하는 사람인가 하는 생각도 듭니다. 내가 과연 20세기에 속하는 사람인가 하는 느낌은 얼마나 나 자신이 20세기 역사 이전의 인간인가 하는 생각과 연관되어 있습니다.

　현재 우리가 아주 오래전의 사람이라고 여기는 신문학 초창기의 문인들은 거의 1900년 이후에 태어났어요. 우리 신문학사에 나오는 사람 가운데 19세기에 살았던 사람은 한용운 정도이고, 그 외 대부분의 신문학 문인들은 1900년 이후에 태어났어요. 외국과 비교해서 생각하면, 가령 영문학에서 현대 시인으로 여기는 예이츠는 1865년도 출생이고 엘리엇도 1888년 출생입니다. 우리가 모더니스트라고 말하고 20세기 인물이라고 말하는 많은 영국 문인들이 19세기에 태어났다는 점을 주목할 필요가 있습니다. 일본 현대 문학의 시초라 할 수 있는 나쓰메 소세키 같은 사람도 19세기에 태어난 사람이지요. 이에 비해 우리 현대 문학은 20세기 이후의 현상이라고 봐야 할 것입니다. 이광수나 최남선의 작품만 하더라도 벌써 1910년대 이후가 됩니다. 여기서 생각할 수 있는 것은, 우리의 현대 문학이라는 것이 얼마나 20세기의 현상인가, 그러면서 또 얼마나 비 20세기적인가 하는 문제입니다. 그러니까 20세기에 태어나서 진짜 20세기적인 작품을 쓰고 20세기적인 삶을 사는 데 얼마나 많은 시간이 걸렸는가를 생각하게 되는 거죠. 그러다 보니까 나 같은 사람도 19세기와 20세기가 뒤범벅이 된 세월 속에서 살아왔구나 하는 생각이 드는 것입니다. 현대적이고 20세기적인 것이 좋은 것인지 나쁜 것인지는 별개의 문제이지만, 나는 전통적인 삶으로부터 현대적인 삶으로 옮겨 가는 중간적인 단계에서 살아왔다고 할 수 있고, 그런 점에서 나에게 21세기는 당혹스럽다고 할 수 있습니다.

　유종호　우리가 젊었을 때에는 우리 사회에 18세기적인 것, 19세기적인 것, 20세기적인 것이 공존하고 있다는 생각을 가졌습니다. 그래도 새로운 것이 가치 있는 것이고 낡은 것은 어떤 극복해야 될 대상이 아닌가 하는 막연한 느낌을 가지고 있었는데 지금은 그런 느낌도 없어지고, 뭔가 엄청나게 세상이 바뀌고 지각 변동이 이루어지고 있는데 우리의 의식이라는 것은 과거의 타성과 관습 때문에 따라가지 못한다는 느낌이 점점 커져요. 아나톨 프랑스가 '요즘 젊은 사람 문학 모르겠다.'라고 했다는데 그게 단순한 반어가 아니라는 걸 어느 정도 실감을 하게 되었어요. 새로운 사람들이 들어서고 있다는 느낌입니다.

　이남호　서구나 일본의 경우와는 달리 우리의 20세기는 19세기적 요소가 여전히 많은 사회였다는 말씀을 하셨는데, 일본의 경우도 우리와 사정이 크게 다르지 않겠습니까? 전통적인 것과 외래적인 것의 혼재에 따른 문제는 모든 비서구적 사회에서 공통적으로 부딪히는 문제라고 생각됩니다.

　유종호　우리 젊었을 적에는 20세기적인 것은 우리가 자꾸만 개발해야 할 어떤 것이고 옛것이라고 하는 것은 별로 중요하지 않다는 막연한 일직선상의 진보주의 비슷한 생각을 갖고 있었습니다. 막연하나마, 그런 생각을 잠재의식 속에 갖고 있었고, 그것이 세계 문화를 바라보는 하나의 시각이었다고 할 수 있었습니다. 그러나 이제는 그런 생각도 희미해지고 정말 우리가 어떤 방향으로 가는 것인지, 좋은 방향으로 가는 것인지, 하는 전체에 대한 전망이 흐릿해진 것 같습니다. 일반적인 경향을 얘기하는 것이고 사사로운 경우가 아닙니다.

　이남호　선생님 말씀대로, 전망 내지는 비전의 희미해짐 또는 안 보임, 요즘 사회 과학의 유행어로 말하면 '전망의 불투명성' 내지 '대문자 역사관의 와해' 같은 것들이 우리 지식 사회나 사회 전반에 관류하는 하나의 지적

에토스인 것은 분명한 것 같습니다. 그래서 지금 20세기에 대해 어떤 말을 해야 할지, 어떤 의미 있는 진단과 설계를 해야 할지에 대해서 솔직히 알 수 없다는 말씀들인데, 우리가 지금, 미술가들이 세상을 바라보고 묘사할 때 가지는 어떤 원근법적 포인트와 같은 어떤 지적 중심축 같은 것을 가지고 있지 못하다, 견고하게 딛고 설 터전이 없다라고 했을 때, 우리 지식 사회나 20세기 말의 지적 풍경을 전망의 불투명성으로 가게 한 원인 같은 것을 다시 한 번 정리하면 어떻게 되겠습니까?

유종호 어디까지가 자기의 고유한 생각인지 또 어디까지가 타자의 암시나 영향의 소산인지는 분명치 않겠지만 누구나 살고 있는 이상 막연한 대로 나름대로의 미래 전망을 가지고 있을 것입니다. 어느 정도 정교하게 의식하고 있느냐 아니면 수동적인 것이냐 하는 차이는 있겠지만요. 내일 없는 삶은 있을 수 없으니까요. 나의 빈약한 경험에 의하면 희망했거나 기대했던 것과는 다른 방향으로 세계와 역사는 진행되어 온 것이 아닌가 생각해요. 가령 1960년대에 루이스 멈퍼드 같은 문명 비평가라고 할까, 관찰자는 인공위성 띄우기나 달 로켓 발사를 20세기의 피라미드라며 그 낭비성과 위험성을 비판했습니다. 그리고 그 비용을 세계 평화나 제3세계 빈곤 퇴치에 써야 할 것이라고 얼마쯤 이상주의적이고 규격화되어 있는 생각을 개진했습니다. 그가 그렇게 되리라고 예측하거나 단언한 것은 물론 아닙니다. 그러나 이성적인 공동 노력이 터무니없는 낭비를 줄이면서 보다 합리적인 미래 실현을 위해 가시적인 노력을 기울이리라는 희망만은 피력했고 또 공명한 사람들도 많이 있었을 것입니다. 공상적인 계획의 현실화라는 것도 반드시 희귀한 것만은 아니니까요. 그러나 세계는 이성의 희망을 완전히 비켜 온 셈이지요.

멈퍼드는 건축이나 도시 문제에도 일가견이 있는 전문가이며 허만 멜빌에 대해서도 선구적인 연구서를 낸 바 있는 전신(電信) 기사 출신의 이색적인 문명 비평가입니다만 로켓이나 인공위성 띄우기를 통해서 개발되고 축적된 기술 공학의 엄청난 위력이 세계에 미칠 영향력을 제대로 평가하지는 못했던 것 같습니다. 가령 일부의 지적대로 과도한 군비 경쟁을 경제적으로 감당하지 못했다든가 컴퓨터 기술의 상대적 낙후나 활용상의 열세가 소련의 붕괴에 일조했고 동구권 몰락에 서방 TV의 영향이 작용했다는 것이 사실이라면 기술 공학에 일가견이 있는 전문가로서도 미래 전망은 소루했다고 할 수밖에 없습니다. 한편 사회주의 진영이 19세기의 사회 과학이나 세계관에 묶여 있어 20세기 대전환의 중간까지밖에 이르지 못할 것이라고 한, 가령 『20세기의 의미』의 케네스 볼딩 같은 사람의 전망은 훨씬 단단한 것이었지만 핵폭발의 폭음과 쇠약한 과잉 인구의 흐느낌 소리라는 두 가지 위험성이 지구상의 진화 과정의 종말을 의미한다는 것 이상은 상상하지 못했지요.

우리의 미래는 점점 더 인문적 지식인의 인문주의적 상상력이 감당할 수 없는 방향으로 내닫는 것이 아닌가 생각합니다. 인문적 지식인의 설 자리가 비좁아져 간다는 생각을 하게 됩니다. 다만 지구 환경상의 대변화나 무서운 새 질병과 같은 생체적인 위기가 불가측성의 일부로 다가오는 것은 아닌가 하는 재앙의 상상력 같은 막연한 불안을 갖고 있습니다.

이남호 김우창 선생께서 19세기, 20세기 말씀을 하셨는데, 가령 1930년대의 이상 같은 이도 자기 몸은 19세기에 살고 있는데 자기의 의식으로 20세기 문학을 하기 위해서 자신이 얼마나 고통스러운가를 얘기하고 있거든요. 이상 같은 이가 재미있는 모델인 것 같고, 그다음에 1950년대 손창섭 같은 이는 어떻습니까? 그도 역시 보편적으로 보면 19세기를 산 것 같은데, 19세기로부터 벗어나서 20세기를 살려고 한 것 같습니다. 그러니까 누구의 어떤 작품은 19세기적이고 누구 작품은 20세기적인 것이 아니라, 한 작가 속에 19세기와 20세기가 공존하고 있다고 생각됩니다. 특히 최근에는 민족주의의 이름으로 19세기 또는 18세기적 과거로 되돌아가려는 움직임들이 있는 실정입니다. 그렇기 때문에 21세기가 눈앞에 와 있지만 21세기에 대해 이야기하기가 더욱 어려운 듯합니다. 그러나 과거와 현재의 연장선이 곧 미래라고 한다면, 우리의 과거와 현재를 좀 더 구체적으로 이야기해 봄으로써 미래도 어느 정도 짐작해 볼 수 있지 않을까요?

김우창 추상적으로 얘기를 하니까 19세기, 20세기가 되는데 이남호 선생님이 얘기한 대로 비서구 사회와 서구 사회의 문제로 옮겨서 구체적으로 생각하는 게 좋겠어요. 이상이 19세기와 20세기를 동시에 경험한다고 할 때 서양의 의미에서 19세기와 20세기를 경험하는 게 아니라 말하자면 조선조 시대와 식민지 시대를 동시에 경험한다 이런 얘기였을 거예요. 그렇게 해석해야지, 보들레르와 엘리엇을 동시에 경험한다는 뜻은 아니었을 거예요. 지금 얘기도 더 구체적으로 옮겨서 18세기, 19세기, 20세기 하는 것이 서양 얘기가 아니라 우리 비서구적 사회인 한국과 서양과의 관계에서 18세기, 19세기, 20세기를 이야기하면 더 분명해질 것 같아요. 그렇게 보면 우리 신문학의 역사가 짧다는 것, 신문학의 많은 부분이 현대적이 아니라고 생각하는 것도 우리가 필요로 하는 만큼 서구화에 이르지 못했다는 느낌에 닿아 있습니다. 최근 대통령이 정치적인 목적으로 만들어 낸 세계화라는 것을 단순한 야유의 대상이 아니라 그럴싸하게 느끼며 받아들이는 것 자체가 우리가 서양이 만들어 낸 세계사의 흐름에 지금 합류해 가고 있다는 느낌을 사람들이 가지고 있기 때문일 거예요. 그러니까 짧은 현대화의 역사를 생각해 보면 우리가 점점 더 세계적인 흐름 속에 들어간다, 세계사에 들어간다, 또는 세계 자본주의 시장의 일부가 되어 간다, 그리고 점점 고유한 전통적인 사회로부터 비전통적이고 무국적적인, 세계적인 역사의 흐름 속에 들어가는 과정이라고 할 수 있습니다. 그런데 우리가 세계화라는 것을 문제 삼는다는 것 자체가 우리에게는 비서구적 사회 속에서 서구가 지배하는 테두리 안으로 흡수되어 들어가고 있다는 느낌이 지금 아직도 남아 있기 때문일 것입니다. 바로 이 지점에서 우리의 위치를 생각해 볼 수 있겠고, 또 미래도 막연하게나마 생각해 볼 수 있을 것입니다.

미래가 불투명하다지만 적어도 한 가지는 투명할 것 같아요. 서구 자본주의의 강력한 힘과 서구 과학 기술의 계속적인 지도적 역할 속에서 싫든 좋든 간에 우리가 그 사람들에 의해 구성되는 세계 속에 진입해 들어가게 될 것입니다. 우리 것이 완전히 없어지지는 않으면서도, 표현 양식들은 적어도 서구 사람들이 '우리도 알 만하다'는 방향으로 변화될 것이고, 또 생활 양식도 서구 사람들의 그것과 점점 유사해질 것입니다. 한 마디로 말해서, 세계화 속에 진입, 흡수가 가속화될 것이다, 이 정도는 이야기할 수 있지 않을까요?

이남호 서구 사람들이 만든 세계 속으로 우리가 점점 진입해 들어갈 수밖에 없을 것이다라는 말씀에 동감입니다. 그런데 이 경우, 현대 세계란 그 바탕이 서구적인 것이면서 동시에 서구적 전통을 넘어서는 공간이 점차 확대되어 간다고 볼 수 있을 것 같고, 그리고 그것 자체가 큰 변화 속에 있으므로 현대 세계 자체를 문제 삼아 봐야 될 것 같습니다.

김우창 그것이 불투명하게 느껴지는 것이겠죠. '역사의 종언'이란 말도 그래요. 그것이 유행어가 되기는 했지만, 두 가지로 이해가 됩니다. 후쿠야마가 역사가 끝났다고 할 때 정말 아무런 변화도 없고 평평한 엔트로피의 세계가 된다 이런 뜻은 아니고, 변화는 계속적으로 있지만 변화에 대한 이성적 파악이 불가능하다, 이런 얘기일 것 같아요. 변화의 이성적 파악이라는 것은 변화의 실체를 알아서 우리의 지적인 욕구를 충족시킨다는 의미도 있지만, 동시에 이성적 파악을 통해서만 이 변화에 작용할 수 있게 되지요. 마르크스 같은 사람이 세계를 변화시킬 수 있다고 본 것은 역사를 이성적으로 이해할 수 있다고 보았기 때문이에요. 그것이 하나인데, 지금 이성적으로 무엇이 정말 세계를 어렵게 만드느냐 하는 것은 정말 알기 어렵게 되었지요. 또 하나는 마르크스가 세계를 이성적으로 이해할 수 있다고 생각한 것은 역사 속에 두 가지 힘이 작용하고 있다고 봤기 때문이에요. 얼른 보기에는 돈 많은 사람들이 세계를 지배하고 있는 것 같지만 그러나 돈 없는 사람이 누를 수 있는 스위치도 있다고 생각을 한 것이지요.

그런데 오늘날에는 약자가 가지고 있는 스위치가 하나도 없어요. 옛날에는 아무리 자기가 돈 많다고 난리를 쳐봐야 사실은 우리 스위치가 더 중요하다, 이것만 누르면 다 무너지고 우리 세상이 된다, 이런 게 있었는데, 지금은 그런 스위치가 보이지 않기 때문이죠. 그런 입장에서 기술과 과학과 자본을 갖지 못한 보통 사람의 관점 또는 인간적인 관점에서 바꿀 수 있는 것이 아무것도 없다는 이야기가 됩니다. 요약해서 말씀드리면, 미래는 예측 불가능한 것이라기보다는 다만 순전히 이성적인 관점에서 파악하기 어렵다는 것입니다.

영상 문화와 대중

이남호 우리가 출발을 좀 더 조그만 문제로 해서 점점 넓혀 가면 나을 뻔했는데 큰 문을 처음부터 열고 나가려고 하니까 이야기가 커진 것 같습니다. 어쨌든 그 큰 문이 좀 열린 것 같은데 그 안에서 볼 수 있는 경험적이고 조그만 사례들을 한번 얘기해 봤으면 좋겠습니다. 가령 저는 이런 생각을 합니다. 우리 사회가 20세기에 들어와서 서구 사회화의 과정을 쭉 밟고 있고 그 동력이 지금도 계속되고 있고 앞으로도 계속될 거라는 전망을 해 주셨는데 저도 그렇게 생각하지만 1980년대를 즈음해서 그 이후와 이전의 동력의 성격이 틀리지 않느냐, 지금까지는 비서구적인 어떤 아이덴티티를 가지고 서구화를 위해서 이렇게 매진해 들어갔다면 1980년대 이후 지금 현재 상황에서는 우리가 세계화의 전략 혹은 근대화, 서구화의 전략이라는 차원은 그 이전과는 조금 성격이 다르게, 물론 19세기적인 것과 20세기적인 것은 혼재해서 가지고 있지만 상당 부분 서구적인 일상 문화의 바탕 위에서 서구 속으로 들어가기라는 점에서, 또 그 서구적 세계가 지금 엄청나게 변하고 있다는 점에서 그 이전하고는 성격이 조금 다를 것 같습니다. 가령 정보 통신과 영상 매체의 놀라운 발전과 확산은 우리가 과거와는 전혀 다른 세계에 살고 있다는 느낌을 주기에 충분한 것 같습니다.

정보 통신, 영상 매체의 확산과 관련하여 저의 일상적 체험의 인상을 하나 말씀드리겠습니다. 최근 들어 사람들은 인류 역사상 가장 자기 시간을 못 갖는 삶을 살고 있다는 생각이 듭니다. 인류 역사를 보면 하루에 12시간 노동을 했다 하더라도 12시간 노동을 마치고 집에 와서 정말로 자기 혼자일 수밖에 없는 삶을 살아왔다고 생각되는데, 최근 와서는 각종 레저 문화, 특히 영상 문화, 비디오 문화, TV 문화 이런 것들 때문에 하루에 5시간을 노동하든 8시간을 노동하든 우리 모두가 24시간 내내 자기 시간을 갖지 못하고 뭔가 외부적인 오락적 요소에 의해서 자기 시간을 빼앗기고 있고 지배당하는 그런 삶을 사는 것이 아닌가, 그런 생각이 좀 듭니다. 이것은 우리 삶의 바탕에 있어서 꽤 중요한 문제가 될 수 있을 것 같습니다.

유종호 《세계의 문학》이 처음 나온 1970년대 중반만 하더라도 우리 사회의 많은 사람들이 일정 수준으로 생활을 향상시키기 위해서 산업화를 중시했고, 또 보다 실속 있는 민주 사회의 실현이 중요한 사회적 목표였습니다. 그런데 오늘의 물질 생활은 그 당시에 비해 현격하게 좋아진 것 같습니다. 당시만 해도 경제 성장의 혜택은 일부 소수층의 것이었고, 대부분의 사람들은 그게 눈에 안 보였는데, 1980년대 후반부터는 눈에 띄기 시작해 일단은 상당히 풍요해졌다고 할 수 있습니다. 그리고 인권 문제만 하더라도 그때보다도 아주 향상이 되었고, 외관상으로는 여러 면에서 훨씬 희망에 찬 그런 시대에 살고 있지요. 그런데, 그렇다고 모든 사람이 행복하고 만족하냐 하면 그렇지 않죠. 우리가 비근한 사실로 아는, 범죄가 많아졌다든가, 교통 체증이 심해진다든가, 하여튼 풍요에 동반해서 나온 부작용 같은 것들이 너무나 많기 때문에 지금 생각하기에는 물질적 욕망이 어느 정도 충족되고 보니까 괴로운 점이 많다는 걸 느끼고 있습니다.

따라서 지금 우리 상황에서 요청되고 있는 것은 정말 삶의 질에 있어서, 또 생활의 질에 있어서, 사회의 질에 있어서 소망스러운 것이 무엇인가 하는 점이죠. 이런 것에 대한 막연한 얘기는 있지만, 또 늘 상투적인 말로 하는 얘기는 있지만, 거기에 대한 구체적인 방법과 같은 것에 대한 모색은 없는 것 같아요. 그리고 앞으로는, 전반적으로 세계에 노출되고 개방되어야하기 때문에 정말 외부와의 상호 작용 속에서 이루어지지 않으면 안 되기때문에 사실 앞으로의 생활이라고 하는 것이 더 어려워지는 것이 아닌가하는 예감을 가집니다. 많은 것이 이루어졌지만 동시에 이것만 가지고는안 된다는 느낌이 다시 절실해지니까 행복하지 않은 것 같아요.

또 이 선생님이 말씀하시는 것은 이렇게 생각할 수 있을 것 같아요. 혼자 있게 될 때 일단 TV를 보고 있다 하더라도 그것은 프라이버시 내부에서의 선택이잖아요. 가령 군대에서처럼 너 반드시 이거 해야 된다는 것이아니고, 일단 프라이버시 공간이고 그 프라이버시 공간에서 자기가 하다보니까 그렇게 된다는 점에서 그것도 하나의 선택이죠. 완전히 강요된 것은 아니잖아요. 그러니까 우리가 살면서 우리의 삶이라는 것이 열악한 것에 의해서 침해당하고 있는 느낌을 주는 건 사실이지만 그건 조정할 수 있는 문제라고 생각해요. 그래서 풍요와 같은 것을 통해서 얻어진 프라이버시의 활용이라고 하는 것은 개인의 자각적이고 주체적인 선택에 의해서조정될 수 있는 문제가 아닌가, 그렇게 생각이 드는데요.

이남호 개인적인 차원에서는 그것이 선택이라고 할 수 있겠지만 사회적인 차원에서 그것은 선택의 여지가 없는, 모든 개인에게 있어서 결정적으로 작용하는 어떤 우리 사회의 특징이라고 생각됩니다. TV를 보고 안 보고는 개인적인 선택인데 우리 사회 전반을 생각할 때 지금 남한 4000만 국민들 중에서 TV의 영향을 안 받는 인구가 없다고 짐작이 됩니다. 그 가운데서 과연 TV의 영향력, 작용력으로부터 거리를 두고 주체적으로 선택할 수 있는 인구의 수, 그리고 그 사람들의 TV가 작용하고 있는 문화에 대한 반작용력 이런 것들은 너무나 미미해서 이렇게 사회적인 차원에서는 별로 고려할 수도 없을 힘일 것 같은데요.

유종호 그것은 역시 지금 이 선생의 개인적인 관점이 아닐까요. TV 같은 것이 새로 보급됨으로써 우리나라 사람들의 생활이 얼마나 풍부해졌는가. 그건 시골의 노인들이나 교육받지 않은 사람들의 생활을 생각해 보면 알아요. TV가 없었을 적에 이 사람들이 그러면 무엇을 했겠느냐는 생각을 해 보면 TV는 그들에게 상당히 보탬이 되는 거고, 또 지금 우리나라처럼 고학력 사회에서는 대중문화나 우리의 잠재의식까지 침공해 들어오는 외부 정보 사회의 어떤 특징들은 각자가 책임져야 할 문제라는 생각이 듭니다. 없는 것보다는 나은데, 우리가 염려하고 비판하는 것은 이 가능성을 좀 더 유용하게 활용하지 않고 겨우 요 정도에서 그치느냐는 것이지 그 자체는 우리가 누리는 하나의 복이라고 생각해야 할 것 같아요.

이남호 그 점에 있어서 선생님과 좀 다른 생각을 해 보고 싶습니다. 지금 문명의 혜택을 말씀하시고 그것의 기본적인 긍정적 가능성 같은 것들을 인정하시고 우리가 충분히 활용하지 못하기 때문에 문제가 되는 것이지 그 자체가 문제되는 것은 아닐 것이다, 이런 말씀을 해 주셨는데 저는 그런 문제를 이렇게 보고 있습니다. 지금 우리가 사회의 이런 측면들이 중요하게 문제된다는 것은 그것이 이미 인간의 통제 능력을 벗어나서 자체적인 나쁜 동력으로써 이 세계와 인간을 지배하기 시작했다고 판단되기 때문입니다. 그것에 대해서 인간들이 주체적으로 대항할 수 있는 힘이란 거의 미미할 수밖에 없다는 사회적 측면을 강조하고 싶습니다. 그렇게 본다면 최초의 가능성으로서는 긍정적인 측면을 가지고 있는 것이라 할지라도 이제는 그것 자체가 인간의 힘을 벗어나 자체 동력으로서 인간 사회를 너무나 강력하게 지배하고 인간들이 제어하기 어려운 어떤 방향으로 나아가기 때문에 저는 문명 전반에 대해서 그 어떤 위기감을 느끼고 있습니다.

유종호 인간이 만들어 낸 인간의 산물이 결국은 우리를 지배하는 어떤 괴물이 된다는 것은 기계, 테크놀로지, 핵무기 등등을 문제 삼을 때 흔히 지적되는 측면이지요. 그러나 가령 「질마재 신화」 같은 것을 볼 때 옛날 사람들의 생활이라는 것이 얼마나 황량하고 왜소하고 그랬겠습니까? 그런데 거기 질마재 마을에 TV 하나가 들어갔다고 생각하면 그 사람들한테 그건 굉장한 축복이란 말이지요. 그러니까 문제되는 것은 이 선생이 지적한 대로 인간의 산물이라는 것이 인간 통제의 범위를 벗어나서 우리를 억압하는 새로운 괴물로 등장했다 하는 것인데요. 이러한 억압적인 요소를 인정하면서 그것이 가지고 있는 가능성을 고려해 가면서 이것을 활용해야 한다는 생각을 해야지 너무 부정적으로 생각하면 우리의 전망도 불투명해질 뿐만 아니라 인간 미래에 대해서 전혀 비관론이 되지요.

김우창 두 분 말씀 다 옳은 얘기죠. TV가 들어와서 좋다는 것, 더 좋을 수가 있는데 잘못 사용하는 부분이 상당히 있다는 것, 그리고 TV 때문에 사람이 황폐해졌다는 것, 심성도 황폐화되고 개인적 공간도 없어졌다는 것이 다 문제죠. 그런데 TV를 대신할 수 있는 문화가 없는 것이 중요한 우리의 문제 중의 하나인 것 같아요. TV도 있으면서 그 병리에 대응하는 문화가 있어야 될 텐데 우리에게는 지난 100년 동안 명상적이고 생각하는 문화가 없었던 것 같아요. TV 자체가 문제라기보다 그런 것이 문제인 것 같아요. TV의 나쁜 점을 중화할 수 있는 것이 우리 문화의 책임이기도 하고 심성의 책임이기도 하고 역사의 책임이기도 하죠.

케이블 TV를 해야 되느냐 안 해야 되느냐를 정부가 상당히 망설이다가 결국은 하기로 했는데요. 왜 망설였냐 하면 모델이 없었기 때문입니다. 미국을 보니까 잘 된다, 일본은 안 된다, 나라마다 사정이 다르기 때문에 모델을 세우기 어려웠다는 것이지요. 우리는 잘 될지 안 될지도 모르면서 케이블 TV를 하기로 했는데, 그것은 하겠다는 사람이 있으니 해 주자는 엉터리 민주주의, 인심 쓰기에서도 나왔겠지만 또 본능적으로 '하면 잘 될 거다'라는 느낌이 있어서 마구 덤벼들어 해 주자 이렇게 됐을 겁니다. 본능적인 느낌이라는 것은 우리는 일본보다 미국에 가깝다는 판단이었겠죠.

일반적인 이야기지만 일본 사람들은 잔재미가 많은 문화고 미국은 큰 재미는 있어도 잔재미가 없는 문화입니다. 우리 문화는 잔재미보다는 큰 재미를 찾는 큰 문화, 즉 술을 적당히 마시고 세상을 아름답게 보는 것보다 진탕 마시는, 즉 작은 낙을 찾는 것보다는 큰 쾌락을 찾는 문화이기 때문에 케이블 TV 같은 큰 무엇이 오면 무언가 될 것이라는 판단이 이루어졌을 것입니다. TV의 악영향 중의 하나가 우리의 정신을 빼놓는 것인데 이것에 대응할 수 있는 조용한 문화, 쾌락의 문화가 아니라 낙의 문화가 우리 생활에 있었다면 두 분이 말씀하시는 것들이 다 좋았을 겁니다.

이남호 케이블 TV가 현재 시기상조냐 적당한 시기냐 이런 논의들이 있는데, 케이블 TV가 들어와서 우리 삶에 어떤 영향을 미치느냐, 사람다운 생활을 하는 데 있어서 어느 정도 영향을 미치고 긍정적이냐 하는 논의의 결과라기보다는, 실질적으로 케이블 TV를 시행하게 된 결정적인 이유는 다른 곳에 있다고 봅니다. 가장 큰 이유는 정보 통신 시스템을 전 국가적으로 갖추어 국가 경쟁력을 높이자는 요인이 가장 컸던 것으로 보입니다.

김우창 그것도 중요한 요인이지만 결국 정부가 하자는 것이 아니라 장사꾼들이 덤벼서 하자는 것 아닙니까? 장사가 된다고 판단한 것이죠. 단순히 국가 정책 차원에서 그것이 중요하다고 보고 전체적으로 통신 산업에 중요한 결단을 내려서 일본을 더 앞서야겠다는 차원도 있지만 궁극적으로는 장사꾼들의 입김이 컸습니다. 우리 문화 요소가 일본보다는 미국에 가까운, 즉 화끈하고 치열한 것을 좋아하는 것과 연결되는 것 같아요. TV도 적당히 보면 되지만 취해서 곤드레만드레 될 때까지 TV를 보니까 문제가 생깁니다.

이남호 그것이 정부의 판단이든 장삿속이든지 간에 케이블 TV라는 엄청나고 혁명적 변화를 유도하는 매체를 실행시키는 힘은 케이블 TV가 좋으냐 나쁘냐 하는 인본적인 판단의 논의와는 무관한 다른 요인이고, 이것에 의해서 이 세상의 변화가 이루어지고 강화된다는 점을 강조하고 싶습니다. 그렇기 때문에 우리가 인간이 만들어 낸 문명 세계에 대하여 개인적으로 선택할 수 있을지 몰라도 세계적인 차원에서는 거의 속수무책일 것이라는 판단이 내려집니다.

김우창 제가 그 의견에 한 가지 더 보태겠습니다. 인본적 판단과 독재적 판단이 있습니다. 모든 사람이 하겠다는 데 어떻게 막겠습니까? 그것에 한 가지 문제점이 있습니다.

유종호 지금까지 논의된 것은 프랑크푸르트학파의 문화 산업 비판, 그리고 미국의 대중 사회 비판론자들이 거론한 대중 사회 및 대중문화 비판과 맥을 같이한다고 생각됩니다. 대중문화의 역기능이나 폐해를 극복하기 위해서는 일반 국민들의 교육 수준을 높여서 방파제로 삼는다는 것이 생각해 볼 수 있는 타개책이었지요. 급진파들은 근본적인 사회 개혁이나 변혁을 통한 극복을 구상했지만 사회 통제를 통한 제재란 더욱 끔찍한 일임이 현실적으로도 증명된 바 있습니다. 이건 항구적인 문제인데 결국 교육을 통해 각성된 자아나 개인들이 극복할 수밖에 없을 것 같아요. 획일화 없이 사회적 교정책을 강구하기란 어려운 문제니까요.

김우창 무엇에 대한 각성을 하느냐 하는 게 문제인데 세계 시장에서 무한 경쟁에 각성시키자는 게 오늘날 대학의 논리 아닙니까. 그렇게 각성해서도 안 되죠.

세계화의 논리와 현실

이남호 지금 대학들도 세계화하고 정부도 세계화한다고 하는데, 그것과 관련해서 우리 사회의 세계화 문제에 대해 논의를 진행시켜 보지요.

김우창 대통령이 한마디 하니까 모두 그렇게 휩쓸려 가고 있습니다. 신기하게도 대통령이 한마디 하니까 독재적으로 강요한 것도 아닌데 모두가 그걸 이야기하고, 마치 진리가, 역사의 핵심이 드러나는 것처럼 모두들 이야기하는데 그것이 어떤 메커니즘에 의해서 그렇게 되었을까요?

유종호 우리나라에서 입장을 분명히 한다는 것은 세계화 혹은 좁아지는 세계에 대한 외국의 담론 중에서 하나를 선택하여 그것에 의존하여 단호하고 분명하게 이야기하는 것을 말합니다. 우리가 그것에 대하여 단호하게 말을 못하는 것은 우리가 능력이 없어서 그런 것이기도 하지만 또 한편으로는 외부에서 진행되고 있는 담론 하나를 채택해서 내 것으로 만드는 데에도 저항을 느끼기 때문입니다. 꼭 부정적으로 보아야 할 것도 아니고 분명한 생각을 가지고 있는 것 자체는 공부를 많이 했다는 증거도 되지만 동시에 남의 의견을 그대로 수용하고 있다는 것을 뜻하기도 합니다. 실제 우리나라에서 세계화라는 것은 말을 좋게 해서 그렇지 우루과이 라운드를 통해서 외국의 모든 시장과 상품이 들어오는 것에 대하여 무제한적으로 개방하게 되는데 이 개방하는 상태를 이겨 내자면 도전으로 간주하고 외국 것을 받아들이면서 동시에 우리 것을 외국으로 내보내자는 대응 논리 속에서 세계화라는 말이 좋으니까, 해외 자본과의 무한 경쟁 속에서 노출되어 있다고 말하기보다 듣기 좋고 편하게 세계화라는 말을 쓰게 되는 것 같아요. 그래서 얼마쯤 안도감을 느끼게 되지만 정부가 말하는 것은 보다 구체적이고 현실적인 문제인 것 같아요.

김우창 사실에 입각해서 설명해 주셨는데, 내가 신기하게 생각하는 것은 왜 대통령이 세계화를 이야기하니까 모두가 아우성을 치느냐 하는 것이죠. 대통령이 세계화 얘기를 안 했으면 아직 국제화라는 말로 통했을지도 모르죠. 제가 말하고자 하는 것은 대통령이 한 마디 하니까 역사의 대진리로 등장하게 되는 이유가 뭐냐, 말하자면 사실적 설명 외에 우리나라 안에서 여론 풍토의 밑바닥에 들어 있는 메커니즘은 무엇인가 하는 점이죠.

유종호 권력의 논리이자 그 힘의 예증 아니겠어요? 대통령이 권력도 막강하고 일반 투표를 통해 선출되었는데 대통령의 얘기하고 보통 사람의 얘기하고 같겠어요? 권력의 후광과 위세의 실체를 보는 것 같지 않습니까. 한편 우리 언론처럼 양면성이 강한 분야도 없을 거예요. 권력에 대해서 매우 비판적이지만 또 가장 민감하고 영합적인 것도 신문 아닙니까. 시시비비주의라는 긍정적 측면이 있는 것도 사실이지만 심층적이건 의식적이건 일종의 권력 숭배로 호응하는 면도 있지 않을까요? 거의 만장일치던데요. 대안이 없기는 하겠지만.

김우창 전두환 씨 등장했을 때는 정의 사회 구현이라는 게 슬로건이었는데, 갑자기 정의의 논의가 많아졌거든요. 우리나라 여론 풍토에 있어서 매우 재미있고 연구해 볼 만한 게 아닌가 생각이 듭니다.

유종호 요즈음 신문들이 전보다 더 엇비슷해졌습니다. 연예란, 스포츠란의 상대적 중시라는 면에서뿐 아니라 논조나 토픽 선택이 더 유사해졌습니다. 상업주의가 빚어내는 유사성이겠지만 점점 더 개성을 잃고 획일화되어 가는 것 같습니다. 그전엔 다른 신문에 취급하는 것을 피하는 경향이 있었는데 요즘에는 똑같이 나오데요. 말까지도 그래요. 신문에서도 가령 차이성이란 말 대신에 차별성이라고 써요. 정적성에 문제가 있지요. 차별은 인종 차별 혹은 성차별, 차별 대우란 말에서 볼 수 있듯이 차가 있고 구별하고 공정성이 없다는 부정적 함의가 있어요. 말이란 변하는 요소도 있게 마련이지만 엄밀성을 훼손하는 방향으로의 변화는 피해야 할 것입니다. 한번은 국민 감정이란 말을 쓴 일이 있었는데 신문사에서 국민 정서로 고쳐 내더군요. 북쪽의 개인 숭배 현상도 비슷한 것 아닐까요? 우리 사이에 이성의 자발적 정지 현상이 샤머니즘의 잔재를 통해 강력히 남아 있는 것인지 혹은 피암시성이 강해서인지 다수 추종 성향이 강한 것 같습니다. 권력과 힘의 언어가 전염성이 강하지요.

김우창 바르트가 쓴 유행에 관한 책 있잖아요. 그런 분석도 필요할 것 같아요. 우리나라 여론 형성 채널들이 특히 거기에 약한 것 같아요. 유행어 하나가 생기면 그것이 보편적인 것이 되죠. 그러니까 모드에 대한 분석 같은 것이 필요하다고 봐요.

유종호 애드거 앨런 포의 단편에 「군중 속의 인간」인가 하는 것이 있는데 혼자 있지 못하는 인간 불행이랄까 그런 것이 주제가 아닌가 해요. 신체적 물리적으로만 혼자 있지 못하는 것이 아니라 정신적으로도 혼자이지를 못하는 것인 것 같아요. 군중 있는 곳에 진실이 없다는 철학자의 말은 단순한 냉소주의가 아니지요. 그러한 사정과 관련되는 국면이 아닐까요? 혼자이기가 두려워 국민 정서, 차별성이라고 하자, 세계화를 외치자, 이렇게 되는 게 아닌가 생각합니다. 심층적인 수준에서 말입니다.

이남호 단순화시켜서 얘기하면 세계가 좁아지니까 세계화가 필요하고 그래서 세계화를 떠드는데, 유종호 선생님 말씀하신 대로 무한 경쟁 시대, UR의 시대, 개방 시대에 대한 대응 전략을 좋게 말해서 세계화라고 할 수 있을 것 같습니다. 그런데 원칙적으로 세계화란 보편주의의 추구이며, 공존 공생의 논리 아닙니까? 우리는 무한 경쟁 속에서 무조건 승리하기라는 쪽으로 세계화를 강조하는 것 같아요. 개방 시대 또는 무한 경쟁 시대에 있어서 대항 논리로서의 세계화와 인류 전체와의 공존 공생으로서의 세계화는 완전히 다른 문제인가, 아니면 그 상반된 지향이 세계화 속에서 연결될 수 있는 것인가에 대해 의문이 듭니다.

유종호 실질적으로 세계화는 하나의 구호나 명분이고 세계화가 이용되는 현상은 다국적 거대 자본들이 국경의 관세를 없애고 쳐들어오는 것 아니겠어요. 그러니까 현실과 명분을 가만히 따져 보면 괴리가 있는 것 아니겠어요. 강한 사람의 입장에서 보면 보편성이라고 할 수 있겠지만 거기서 잘 적응하지 못거나 약한 자의 입장에서 보면 거기에 보편성의 이름까지 붙인다는 것은 너무 밑지는 장사 아니겠어요.

이남호 그런데 우리가 영화나 문학 같은 것을 세계 시장에서 많이 팔아 돈을 벌자고 했을 때, 숭고한 이념으로서 보편성을 내세우지 않더라도 보편적으로 수용될 수 있는 미학과 가치를 내세워야 잘 팔리지 않겠습니까? 그런 점에서 볼 때 연관이 있을 것 같습니다.

유종호 그것은 세계화 문제나 이런 것이 생겨나기 이전부터 계속 있어왔고 근본적으로 성질이 달라지는 것은 아닐 것 같은데요. 성질이 무디어지기는 하겠지만.

김우창 이상적으로 보면 보편적인 인간 이념과 세계 시장에의 편입은 별개로 생각할 수 있겠지만, 현실적으로 볼 때 국제적인 여러 정치적 기업들의 경쟁 속에서 세계화라는 것이 이루어진다 하더라도 그 안에서 보편성이라는 것이 배워지고 생겨나고 현실화되고 하지 않을까요? 한국 사람들이 인도나 중국에 가서 장사를 잘하려면 우리나라에서 일하는 외국 노동자들을 함부로 부려먹을 수는 없는 일이죠. 실제로 국경을 초월하는 인간성이나 보편적인 인권에 대한 것이 시장 경제의 확대와 더불어 생겨나는 것은 사실일 것 같아요. 분리해서 생각하기는 어렵죠. 세계화하려니까 정부에서 유엔 인권 협약에 가입한다든지 하는 것이 다 얄팍한 장삿속에서 하는 것이지만 실제 장삿속을 차려 가는 사이에 처음에는 명분을 위해서 내세웠던 인권이라는 것도 인정하게 되고 또 느끼게 되는 게 아닐까요, 내적으로도 말이죠. 우리가 네팔 사람들을 공정하게 대접할 필요는 명분상으로도 그럴 뿐만 아니라, 우리가 네팔에 가서 장사를 할 때 사람 대접을 받기 위해서도 꼭 필요한 것이지요. 네팔에서 텔레비전을 팔려고 하는데 너는 한국 사람이니까 안 된다 그런 일이 생겨날 수 있죠. 일률적으로 이야기하는 것보다는 나쁜 것 좋은 것이 다 동시에 일어나니까 전혀 무관하다고 하기는 어려울 것 같아요. 그래서 연결돼서 일어나고 실제 나쁜 현상을 수반하고 있는 세계화 없이는 보편적인 인간성 이념도 생겨나고 배워지고 현실화되기는 어려울 것 같아요.

세계화 속의 민족·민주주의

이남호 그 대목에서 제가 한 가지만 질문을 드리면 그런 세계화나 달라지는 세계 상황 속에서 민족 문제나 민족주의 문제는 어떻게 이해해야 하는가 하는 점입니다. 최근, 민족주의는 세계화와 세기말의 달라지는 상황을 배경으로 해서 특히 우리 삶을 주체적으로 고민하는 사람들에게는 중요한 문제가 된 것 같습니다. 해방 50년, 동학 100년 등에 관한 관심과 연결되어 민족주의는 한편으로는 배타적으로 강화되는 느낌이 있고, 다른 한편으로는 개방 물결 속에서 민족 정체성이 약화되는 느낌이 있습니다. 서울대학교에서 일본학 연구소가 이제는 설립될 것인가, 그간에는 그 안에서 저항이 상당히 많았는데 이렇게 상황도 달라지고 했으니까 일본어과나 일본학 연구소라든가 이런 것에 대해 너그러워지는 의견도 있던데요. 정체성이나 주체의 문제는 동전의 양면인데 이제 세계화의 시대 속에서, 후진국 사회와 식민지 역사를 겪은 우리들 배경에서 민족주의, 민족 정체성의 문제를 어떻게 풀 것인가 하는 것이 문제가 됩니다.

유종호 요즘 신문에 많이 나오는 것이 체첸공화국 사태 아니에요. 민족이라고 하는 것이 최근의 가장 중요한 문제이고 해결이 안 될 것 같은 문제라고 생각이 돼요. 그걸 뭐 어떻게 하겠어요. 가령 일본학 연구소 같은 것을 세우는 것은 우리가 필요해서, 오히려 민족주의적 입장이기 때문에 그것이 필요한 것이지, 일본 사람들 좋은 일 시키자는 것 아니잖아요. 영국 문학도 공부하고 러시아 문학도 공부하는데 왜 일본만 빼느냐? 그러니까 그것은 우리의 필요를 위해서 하는 것이지 일본 사람에게 선심 쓰는 것도 아니고 민족주의 입장에서도 일본에 대한 양보 사항은 아닌 것 같아요.

민족주의의 불가피성이랄까 이런 것에 대해서 반론을 제기하는 사람은 없을 것 같아요. 다만 방법론적으로 어떻게 우리의 민족적인 이해관계를 손상함이 없이 외국과 평화롭게 살고 동시에 세계화 추세 속에서 외국 것을 받아들일 것은 받아들이고 우리의 실속을 채우느냐 이런 문제가 되겠지요. 근본적으로 방법론이 문제지, 우리가 어떻게 민족주의를 해소해야 되겠다든가 민족 감정은 원시적인 감정이라든가 해서 폄하할 수 없는 것이 아닌가 합니다. 그것은 인류의 현 단계에선 해결이 안 되는 문제가 아니겠어요? 이게 해결이 된다면 그야말로 인류의 가장 어려운 문제가 해결되는 것이고, 미국의 흑백 인종 문제가 해결되는 것이고, 이스라엘과 아랍족의 문제가 해결되는 건데 우리 입장에서는 우리의 민족적 이해관계를 위험에 빠뜨리지 않으면서 동시에 평화롭게 사는 관계, 성숙한 세계의 일원으로서 사는 관계, 이런 걸 모색하는 것이 중요한 게 아닌가요.

김우창 일본 사람하고 우리하고 생물학적으로 보면 거의 다르지 않죠. 좀 다른 사람도 있겠지만 피차 대개 비슷한데 다르다는 것은 우리 머릿속에 있는 거지 생물학적인 근본적인 카테고리가 아니에요. 여러 해 전 수업 중에 그런 이야기를 하니까 한 학생이 벌떡 일어나 나가더군요. 요즘 그런 얘기를 해도 그럴 사람이 없겠지만.

유종호 나간 학생이 예외적으로 특수한 경우 아니겠어요?

김우창 그것도 우습게 생각되지만 민족이 사람 사는 현실의 카테고리라는 것은 사실이에요. 우선 민족이라는 것도 다 없애자는 식으로 우루과이 라운드 하는 사람들도 GNP 통계 나오면 전부 국가별 순서에 신경을 쓰거든요. 우리가 일본 국적을 가지고 있느냐 한국 국적을 가지고 있느냐, 일본 사람으로 정말 대접을 받고 있느냐 한국 사람인데 일본 국적만 갖고 있느냐 하는 이런 것들이 정말 직접적으로 개인 생활에 큰 의미를 가지고 있기 때문에 무시할 수 없는 카테고리지요. 단순히 생물학적으로 차이가 없는데 일본 사람이기 때문에 임금이 3만 불 되는 곳에 살고 한국 사람이기 때문에 만 불 안 되는 곳에 살고 하는 것을 볼 때 굉장히 중요한 현실이니까 우리가 그것을 무시하고 빼고 생각하는 것은 어렵죠. 또 우리의 생활 감정에 있어서도 언어와 문화 습관이라는 것이 사람 사는 데 있어서 아주 중요한 요인 중의 하난데 언어와 문화 습관 그리고 역사를 무시하는 것도 문제고 어쨌든 민족이라는 것을 뺄 수 없는 것이라고 해야 되지만 민족이라는 것이 가지고 있는 문제적 성격을 상당히 알아야 할 것 같아요. 그것이 대내적으로 억압적으로 작용하는 경우가 많으니까. 민족 하면 너는 민족 반역자다 하는 소리가 금방 나오니까.

어떠한 사람도 민족적 틀을 떠나서 살 순 없지만 그 카테고리에 속해서 산다는 것이 그 사람의 자유와 생의 향유에 굉장히 강한 억압적, 당위적 범주로 작용하고 있는 것이 상당히 많다는 것뿐만 아니라, 작은 의미에서 우리가 일본 공부하는 것도 반민족적이다, 또는 오렌지를 사먹는 것도 반민족적이다라고 억압적으로 작용하는 경우에 어떻게 취급해야 하는가 하는 문제가 있지요. 또 대외적으로 흔히 지적되듯이 제국주의나 공격적인 침략 행위 정당성의 근거로서 민족의 번영이라는 것이 작용할 때 어떻게 취급해야 하는가를 생각해야 합니다. 뿐만 아니라 민족이라는 카테고리가 하나의 민족 단위 속에 살고 있는 사람의 정신적 도덕적 삶의 결정적 부패 요소로 작용하는 경우가 많습니다. 그러니까 민족을 위해서는 일본놈들은 속여도 된다, 러시아 사람들은 체첸을 때려 죽여도 된다, 또는 그 반대, 이런 종류의 민족과 민족 간의 관계를 설정하는 데 있어서 민족이 절대적 카테고리이기 때문에 도덕적 고려라든지 보편적 고려라든지 하는 것은 고려할 필요조차 없다, 이런 것이 민족과 민족 간의 관계를 아주 위태롭고 우리가 이성적으로 받아들이기 어렵게 하는 것도 있지만 그러한 관점이 사회 속에 침투함으로써 사회 안에서 모든 사람의 관계는 권력의 관계, 집단과 집단의 투쟁의 관계로 생각이 되고, 개인도 없고, 민족의 이름 아래 저놈 속여도 된다 또는 죽여도 된다는 극단적인 생각도 나오게 되지요. 그렇기 때문에 민족 내부의 도덕적 삶의 질을 굉장히 저하시키는 차원도 있고, 대내적으로도 문제고 대외적으로 문제고, 더 큰 차원에서 민족의 일원으로서, 인류의 일원으로서, 사람으로서, 생물체로서 사는 데 있어서, 도덕적으로 높은 삶을 사는 데 있어서도 굉장히 위험스러운 요소를 가지고 있죠. 민족이란 굉장히 중요한 카테고리면서 우리가 그것을 떠나서 살 수 없는 것이면서 또 아주 위험스러운 면들을 가지고 있는데 이런 것들에 대해 충분히 도덕적 고려의 대상으로서 민족 공동체를 생각하는 것이 내 생각에는 그 민족 자체에도 좋고 받아들일 수 있는 것 같아요.

대중문화와 고급문화

이남호 민족 문제에 관련해 요즘 많이 이야기되는 광고가 있죠. 정신대 여성이 화면에 나오면서 광고 카피가 '또다시 정복당할 것인가, 정복할 것인가'로 나오는데 이걸 가지고 민족주의 논의를 많이 하고 있는 것 같습니다. 거기에서도 드러나듯이 광고의 힘, 광고의 파급 효과는 큰 것 같은데요. 이와 연관시켜 그 어느 때보다 위력적인 힘을 발휘하고 있는 영상 매체, 광고, 상업주의, 그것에 기반한 대중문화의 현상과 문제점에 대해서도 이야기했으면 좋겠습니다.

최근 우리 지식 사회에는 문화에 대한 관심이 매우 높아지고 있습니다. 그런 관심과 더불어 문화를 어떻게 볼 것인가에 대해 이론적 논의가 상당히 이루어지고 이론이 소개되고 토론이 되고 그것이 '문화론 열기'라는 흐름을 형성하고 있다고 할 수 있죠. 그러한 우리 사회에서 정보 문화 사회로 접어들면서 문화에 대한 관심이 높아지는 것은 사회적으로 여유가 생겼다는 얘기죠. 흔히 문화 소비 사회라고 하지만, 우리 사회는 문화를 향유하고 소비할 수 있는 객관적인 조건이 일단 넓어졌다, 특히 문화적 소비주의가 확대되었다고 할 수 있습니다. 이에 대한 지적 탐색이 유행인데, 많은 경우 그 탐색은 인간 표현의 정수로서 문화관, 엘리엇류의 문화관 시대는 무너졌다는 것을 전제합니다. 그간의 고급 중심의 문화관이 알게 모르게 억압적이고 특권적인 측면이 있었다고 보는 것이지요. 지금의 대중문화 사회에서는 그런 문화에 대한 시각의 변경을 요구한다, 일단 삶의 기회의 확대라는 측면에서 대중문화마저도 새로운 삶의 양적 질적 기회의 확대로 수용해야 한다, 그래서 문화에 대한 지배적인 형식으로부터 이탈되는 측면들이 배경이 되고 있습니다. 그리고 문화가 위력을 떨치고 있으니까 문학 비평도 사회학적 논의도 문화 분석의 성격을 점점 더 강화시키고 있는 것 같습니다. 이런 점을 어떻게 이해할 것인가, 그것이 바람직한가, 우리의 사회학적 담론이나 비평적 담론들이 문화 분석에 의존할 때 놓치고 있는 점이 없는가 하는 점도 아울러 이야기해 나갔으면 좋겠습니다.

　김우창　문화에는 진보적 성격과 보수적 성격의 양쪽이 있는 것 같습니다. 문화는 종전에 보지 못하던 새로운 눈으로 새로운 감각, 새로운 생각, 새로운 창안들을 만들어 내고 그것을 통해 인간의 새로운 능력, 새로운 감성을 확대해 나가려는 측면이 있고, 또 한편으로 엘리엇적 문화는 보수적이라고 하는데, 저는 문화는 깊은 의미에서 보수적이라고 생각해요. 문화는 습관의 연장이지요. 모든 것이 끊임없이 변화하는 시간의 흐름 속에 있는 인간 생존 가운데에서 시간의 흐름을 고정할 수 있는 공간적인 안정성을 만들어 내기 위해 집을 짓고 그러한 집에 일정한 질서를 주고 거기에 일정한 습관을 가지고 살죠. 물론 록 음악 속에서 정신없이 지내는 것도 필요하지만, 일상적으로 밥은 어디서 먹고 용변은 어디서 보고 옷은 어디에 걸고 하는 습관의 연속선상에 문화가 있는 면이 강하고 그런 습관 중에서 무엇이 오래 지킬 만한 것인가가 중요할 것입니다. 무엇이든 새것이 좋다는 사람에게는 습관은 없을수록 좋겠지만 사람은 습관 없이는 살 수 없고 정해진 공간적 질서 없이는 살 수 없기 때문에 그러한 것을 방어하는 큰 계획 중의 하나가 문화라고 생각됩니다. 그러므로 문화는 우리의 지각과 느낌과 생각에 대한 일정한 습관화라고 볼 수 있죠.

　노동자 계급 문제도 그래요. 영국 노동자 문화의 중요한 연구 중의 하나가 1950년대에 나온 선구적인 연구가 리처드 호가트(Richard Hoggart)의 『교양의 효용(The Uses of Literacy)』인데 거기 보면 호가트가 이런 얘기를 하고 있어요. 노동자 집에 가면, 집의 장식으로 벽난로를 해놓고 거기다 물건을 놓고 응접실을 해놓고 하는 것이 19세기 부르주아적인 것으로 눈에 띈다고 지적하고 이것이 영국 노동자들이 끊임없이 변화하는 산업 변화 속에서 자기의 정체성을 확보하고 생활의 일정한 안정성을 부여하는 굉장히 중요한 수단이 됐다는 긍정적 평가를 하는 짤막한 구절이 있어요. 그런 데서 보는 것처럼 내가 그렇게 변화하는 사회 속에서 일정한 질서를 만들어 내고 일정한 질서 속에서 생명을 유지하고 그 이상으로서 사람답게 살고 하는 데 있어서 근본적인 질서에 문화는 깊이 관계되어 있다고 생각해요. 그러니까 현란한 것, 새로운 것, 보수적이지 않은 것만 문화의 핵심이라고 할 수 없죠. 물론 그 점을 문화가 많이 가지고 있지만 그것은 이차적인 것이고 진짜 문화의 기능이라면 보수성에 있다고 생각해요.

노동자가 추구하는 것은 안정성이에요. 노동 투쟁이라는 게 안정된 직업을 달라는 거예요. 쓰다가 버리고 그날그날 목숨을 부지하는 생명이 아니라 내일도 보장되고, 모레도 보장되고, 내 아들이 보장받을 수 있고, 내가 아파도 보장받을 수 있는 생명이 노동자 투쟁의 핵심일 거예요. 깊이 보수적인 갈구죠. 그런 실존적 보수성의 확보가 진보적, 정치적 수단을 통하지 않으면 안 된다는 게 노동자의 진보 운동과의 관계지, 그 사람들이 변화를 요구한다 해서 안정된 집과 직업을 가지고 병 없이 살고 싶다는 실존적 갈구까지를 부정하는 것은 아니죠. 한국에서도 그렇고 서양에서도 그렇고 사람 생존의 깊은 보수성에 대한 이해가 부족하기 때문에 정치 운동에 대한 분석도 잘못되는 경우가 많고 문화에 대한 분석도 잘못되는 경우가 많다고 생각해요.

이남호 김 선생님께서는 우리가 문화를 바라보는 근본적인 자세나 태도, 시각에 대해서 흥미로운 말씀을 해 주신 것 같습니다. 이 문제와 관련돼도 좋고 혹은 이 문제와 조금 동떨어지더라도 문화를 대중문화, 특히 영상 문화에 대해 이야기해 보도록 하죠. 얼마 전 아주대 병원이 TV 드라마 세트로 나오면서 그것 때문에 거기 입시 경쟁률이 몇십 대 일이 되었다고 하더군요. 그리고 중앙대 연극영화과가 옛날과는 달리 지금은 내신 1등급 학생들도 못 들어가는 그런 과가 됐다든가 또 민예총에서 문화론 강좌를 여는데 사람이 미어터진다든가 하는 식으로 대중문화 혹은 대중문화론에 대한 폭발적인 관심과 사람들의 관여가 이루어지고 있습니다. 이런 현상과 관련해서 대중문화 문제를 좀 이야기해 보도록 하죠.

유종호 김우창 선생은 우리 쪽에서 널리 수용되고 있는 문화 이론이라는 것이 대체로 이데올로기 폭로의 모티프에 너무 의존하고 있기 때문에 의심스러운 구석이 있다는 것이고, 이남호 선생은 우리 시대가 이제 엘리엇 같은 사람들의 문화 이론을 더 이상 받아들이지 않는다는 얘기 같습니다. 저는 이 부분에 관한 한 의견을 좀 달리합니다. 엘리엇이 말하는 문화나 그 사람이 쓴 작품이 이른바 고급문화라는 점에서 엘리트 문화인 것은 사실인데 그 엘리트 문화의 시대가 지나갔다는 관찰에는 회의적입니다. 또 과연 엘리트 문화의 시대가 있었느냐 하는 것도 검토를 해 보아야 한다고 생각합니다. 가령 엘리엇 시의 독자는 1920년대 이후 늘어났으면 늘어났지 줄지는 않았습니다. 영어 사용 국민 사이에서도 그렇고 여타 사회에서도 사정은 마찬가지일 것입니다. 1930년대에나 1990년대에 있어서나 엘리엇의 독자들은 한정되어 있었고 있습니다. 그렇다면 엘리트 문화의 시대는 있지도 않았고 따라서 지나가지도 않았다고 할 수 있습니다. 옛날과 다른 점이 있다면 엘리트 문화에 대한 전례 없는 폭로 비평이 대두하여 그것을 당당하게 탈신비화하고 그 위신을 훼손케 했다는 것입니다. 그리고 부의 상대적 증가와 보편화에 따라 대두한 새 문화 향수층의 다수파를 포섭하는 데는 성공하지 못했다는 것이지요. 그렇다고 엘리트 문화의 향수자가 대거 탈락하거나 전향하여 대중문화 쪽으로 탈주해 간 것은 아니라고 생각합니다.

고급문화의 폭로 비판자들은 인간의 내면성을 숭상하고 외적 현실로부터의 이반(離反) 성향이 있는 고급문화가 결과적으로 억압적인 현실을 외면함으로써 억압적인 현실을 용인하고 그 지속을 방조한다고 얘기합니다. 그런 면이 있을 것입니다. 그러나 그러한 설명으로 고급문화가 탕진되는 것은 아니겠지요. 고급 문학에는 폭로 비평으로 탕진되지 않는 심미적 요소가 있고 그것은 계기만 부여되면 많은 사람들에게 호소력을 발휘할 것입니다.

옛날부터 있어 온 민중 음악이나 민중 문학을 보더라도 실상 민중들이 민중 음악이나 민중 문학을 스스로 만들어 내는 것은 드물고 위에서부터 다 떨어져 내려오는 거죠. 실제 예술사가들이 분석한 것을 보더라도 민요라는 게 정말로 교육받지 못한 사람이 자연 발생적으로 노동을 하다가 만들어 내는 것이 아니라 고급 예술에 있던 걸 주워 모아 이걸 속화시켜 쉽게 만든 것이 많습니다. 다시 말해서 고급문화라고 하는 것이 단순히 엘리트주의자들이 사회의 엘리트적인 계급 구성이나 지배권을 유지하기 위해서 자기네들끼리 만들어 내는 것이 아니라 어떤 내재적인 가치가 있어서 이것이 많은 사람들에게 호소를 하고 있다, 그렇기 때문에 이런 것이 밑으로 내려와 대중문화, 민중 문화, 혹은 민중 음악이 되는 것이 아니냐 하는 거죠. 그러니까 지금 이 시대에 갑자기 많은 사람들이 다 전향을 해 원래의 터전을 버리고 간 것이 아니라 대중문화 향수에 충원되는 사람들은 새로 대두한 새 향수층입니다. 그러니까 이것은 분명히 맥을 이을 것이고 그 나름대로의 내재적 가치, 고급한 가치를 가지고 있을 것입니다. 고급한 가치라는 것은 무엇이냐, 일반론으로 얘기하기는 어렵지만 실제로 분석을 하면 가능한 것 같아요. 우리는 저급한 유행가와 조금 괜찮은 가곡과 정말 좋은 음악을 구분할 수는 있는 거죠. 반복적인 감상이 가능한 것이 있고 반복적인 감상에 견뎌 낼 수 없고 대번 멀미 나는 것들이 있으니까요.

정말로 고급 예술이나 엘리트 예술의 향수가 사람의 심성까지 고와지게 하느냐는 별개의 문제지만 가능하면 고급한 것에 접근할 수 있도록 해야죠. 그것이 사람들의 정신적 건강이나 행복에도 기여하고 그 사람들의 시간 소비에도 좋은 방법이 되고, 결국에는 그것을 확산시키게 하는 것이 필요하며 또《세계의 문학》같은 것을 우리가 만드는 것도 일단 그런 전제가 깔린 것이 아니냐, 그렇게 생각을 해요. 수요가 많아진 것은 새로 문맹 수준을 벗어난 사람들이 고급 예술에 노출될 기회가 적어서 대중문화 쪽으로 가는 것이니까 그런 외적인 숫자에 너무 구애받을 필요는 없을 것 같아요.

김우창 그런데 문제는 대중 예술, 대중문화가 못 쓴다는 것이 아니고 그 나름의 존재 가치가 있고 그 나름대로 권장될 필요가 있는데, 대중 예술에 대한 경박한 분석의 방법, 경박한 이해가 문화 전체에 대한 이해의 전범이나 모델이라는 경향이 있는데 이건 문제가 되는 것 같아요. 대중문화도 실존주의에서 말하는 본래적인 삶의 표현으로서 이해하는 게 아니라 그야말로 재미로 보는 것 같아요. 대중 스타가 태어났다가 사라지고 하는 것처럼 항구성이 없는, 그때그때 소비품으로 보는 것에 대해 호가트는 노동자 계급이 가지고 있는 항구적이고 중요한 생활 비전으로서의 생활 양식이 있다는 얘기를 하는데 그런 거까지 포함해서 모든 것을 전략적 관점에서 분석을 하다 보니까 모든 문화 연구가 소비주의적 관점에서 또는 이데올로기적 비판의 관점에서 접근을 하게 되죠. 그러니까 대학 같은 것도 국제 경쟁력을 가지고 상품 생산에 기여해야 한다는 것이 대학의 기본적인 기준이 되어 있지 않습니까? 상품 생산에 기여하는 것도 중요하지만 그것이 근본이 아니라는 인식까지도 마모되어 가는 현상 같은 게 문제인 것 같아요. 그런 문화에 대한 소비주의적 접근 — 문화 자체가 소비주의일 수도 있고 아닐 수도 있지만 — 이 대중문화나 고급문화에서 확연히 구분되는 것은 아닌 것 같아요. 그러나 대중문화가 소비적이고 일시적인 면이 더 강한 것 같아요. 그보다 더 문제인 것은 그것에 접근하는 소비주의적인 관점이 문화 전반에 바탕을 이루게 되는 경우가 어느 사회보다 우리 사회에서 더 심하다는 사실이지요.

유종호 경험적으로 볼 때, 문학이나 고급 예술이 인간에게 미치는 형성적인 순기능 혹은 형성력, 이런 것이 분명히 있는 것 같습니다. 그리고 천박한 대중 예술이 경우에 따라서는 사람들에게 진정성으로 느껴질지 모르지만 무엇인가 사람을 천박하게 만드는 것은 사실인 것 같아요. 그건 경험론적으로 증명할 수 있을 것 같아요. 관찰도 가능하고요.

김우창 실질적으로 문화가 사람을 순응하게 만드는 것은 맞다고 생각해요. 문화는 사람을 순하게 만들기 때문에 문화라는 것이 늘 권력을 정당화하는 이데올로기다 이런 얘기가 나오지만 그런 면이 틀림없이 있는 반면 사람이 순하지 않고 또 어떻게 살아요. 그러니까 어떤 질서에 복종해야죠. 사람은 질서에 복종 안 할 수도 있고 그것이 사람 존재 특성이기도 한데 사람이 살고자 하면 오히려 복종해야 되는 법이죠. 과학적인 훈련이라는 것도 깊은 순응에서 나온다고 생각해요. 베이컨이 지배하기 위해서 순응한다 이런 얘기를 했다고 해서 베이컨을 부르주아적 이데올로그라고 비판할 수는 없을 것 같아요. 자기의 끓어오르는 정열을 참고 지켜보고 실질적으로 아주 구체적인 의미에서 자기 몸을 컨트롤하고 집중하고 할 수 있는 힘이 없는 사람이 무슨 실험을 해요. 실험 못 하죠. 실험을 하려면 많이 참아야 돼요. 우선 물리적으로 막 움직이려는 몸을 굉장히 정태적인 상태로 놔야 되는데 순응함이 없이는 자연 과학도 성립이 안 되고 아무것도 성립이 안 되죠. 그런 한편으로, 순응에는 지배 세력에 대한 순응이 포함되어 있어요. 그렇다고 해서 사람이 순하게 살아서는 안 된다고 일반화해서 사람 사는 법칙을 생각하는 것은 심각한 문제인 것 같아요.

나는 깊은 의미에서 예술 문화란 깊은 의미의 순응을 가르치는 것, 참으로 순응해야 할 게 뭔가에 대해서 식별할 수 있어야 하는데, 운명이라고도

하고 필연성이라고도 하고 하느님이라고도 하고 정의라고도 하는 것들이 다 이와 연관이 있을 것입니다. 문학이라는 게 다 이런 것을 얘기하는 게 아닙니까? 그런 것은 인간이 가지고 있는 육체적인 본능적인 것에 대한 절제와 규율 없이는 불가능하지요. 과학 실험 자체가 그때그때 자기 맘대로 해서는 안 되는 것이죠.

이남호 문화가 사람을 순화시키고 고상하게 만든다, 이런 말씀을 하셨는데 그건 일단 문화라는 걸 고급한 것으로 생각하고 말씀을 하신 것 같은데, 그러면 지금 현재 우리 주변의 대중문화도 그런 순화적인 기능을 갖고 있는가, 그렇지 않으면 오히려 역기능을 하고 있는가? 우리 대중문화들에 대해서는 어떻게 생각하시는지 첫 번째로 여쭈어 보고 싶군요. 두 번째로는 그렇다면 현대의 소위 고급문화라는 것들 중에서 — 그것도 여러 종류가 있습니다만 — 가령 백남준의 비디오 예술이라든가 또 보수적인 눈으로 보기에는 당혹스러운 행위 설치 예술이라든가 하는 것도 문화의 긍정적인 기능, 순화나 고상하게 만드는 데 기능하는 고급 예술로 볼 수 있는지, 이 두 가지를 여쭈어 보고 싶습니다.

김우창 잘 모르니까 요즘 우리나라 대중문화, 대중 예술을 뭐라고 하기는 어렵지만 두 개가 사실 필요한 것 같아요. 노래라는 게 두 가지가 있죠. 해서 신나는 노래가 있고 들어서 좋은 노래가 있죠. 그러니까 거지 같은 노래도 신나게 불러서 나쁠 것 없고, 사실 신나게 부를 노래가 어려우면 안 되죠. 신나게 부를 노래가 브람스니 베토벤 식으로 되면 아무도 입 다물고 노래할 기회를 못 갖게 되죠. 신나게 부르려면 노래가 좀 나빠야 돼요. 그런데 너는 그냥 듣고만 있고 한번도 하지 마, 혼자도 하지 마, 술 좌석에서도 하지 마, 하는 사회는 괴로워서 살 수가 없는 사회죠. 그래서 양쪽이 별개의 것이 아니고 서로 순환 작용이 있을 걸로 생각이 돼요. 고급문화가 대중문화의 모티프가 된다는 얘기인데 그 반대의 경우도 많지요. 대중문화가 고급문화에 흡수되어 창조성이 생길 수도 있고 또 순환의 관계가 있으니까 양쪽 다 있어야 될 것 같습니다.

그러나 이제 늙어 가면서 보수화하는 사람이 굳은 뼈에서 뭐든 경직화되는 관점에서 얘기를 하면, 우리나라에서는 순화하고 명상하는 문화는 소멸되고 그렇지 않은 것으로써 모든 문화를 저울질하려는 것, 그것이 상당히 문제가 되죠. 그건 상업주의에도 관계가 되고 민족주의와도 관계가 있어요. 가령 농악이라든지 사물놀이라든지 이런 것이 인간의 음악적 표현의 최고 표현이라고 생각하고자 하는 경향, 그러니까 중요한 음악적 표현이고 음악 표현의 중요한 한 부분이라고 할 수 있더라도 그것이 우리 것이기 때문에 우리 시대의 음악적 표현의 최고봉이라고 얘기하는 것은 굉장히 유감스러운 것 같아요. 그러니까 상업주의도 관계가 되지만 좋은 뜻에서 얘기하면 민족주의적인 자기 긍정과 자기주장에도 문제가 있는 것 같아요. 그러니까 나쁘다는 게 아니라 그게 다 있으면서도 동시에 고급문화도 있어야 되고 그 순환 관계가 성립하는 상태였으면 좋겠다고 생각해요.

유종호 백남준이나 또는 가령 행위 예술이라고 하는 것은 그보다 중요한 흐름이 규범(norm)이나 주류로서 존재하니까 그것에 대한 하나의 부록이나 일탈이라는 의미를 지니는 것이겠지요. 다만 우리 사회에서는 대중문화의 위세와 폭이 지나치게 비대하고 거기에 대한 저항소나 해독제가 너무 미미하다는 것에 문제가 있는 것 같습니다. 헤르만 헤세가 말하는 '문예란(Feuilletons)' 문학이 표준이 되어 간다는 징후가 점점 더 뚜렷해진다는 것입니다. 한때 우리 사이에서는 시인 작가가 문학 작품이 저널리즘이 아니라는 데서 긍지를 느꼈던 시절이 있었습니다. 그런데 요즘엔 저널리즘과 차이가 없다는 것을 도리어 긍지로 느끼는 듯한 풍조마저 팽배해 있습니다. 시단이나 작단의 '무슨 무슨 현상'이라는 것도 따지고 보면 문예란 문학의 패권주의의 표현이지요. 독자가 없다는 것이 자랑이 될 수 없는 것처럼 독자가 많다는 것도 그 자체로서 가치 있는 것은 아니라는 자명한 이치가 간과되고 있는 것 같습니다. 질보다 양이 우선되는 물량주의 정신 은 졸속적 근대화 과정의 사회적 에토스인데 그것이 모든 분야에 침투해 있는 것 같아요. 상업주의라고 한 마디로 처리하지만 민중 숭배나 민중주 의 풍조와도 연관되지요. 원인은 복합적이지요.

포스트모던 시대와 문학의 위기

이남호 지금 자연스럽게 주제가 문학 쪽으로 넘어왔는데 선생님께서 문 학에 대한 뼈아픈 지적을 해 주셨습니다. 문학적 상황에 대해 선생님께서 일언지하에 비관적으로 지적을 내려주셨는데 저도 여기에 대해서 더 덧 붙일 말이 없을 것 같습니다. 제 생각도 전적으로 동감입니다. 이런 문학적 상황을 막아야 한다고 할 때, 그러면 구체적인 방법은 있을 수 없겠지만 고 려해야 할 상황은 있지 않을까 생각이 되는데요. 문학에 종사하고 있는 사 람들의 노력이나 문학 속에서의 노력만으로는 아주 많이 모자라지 않느냐 하는 것입니다. 이런 문제는 우리 사회의 전반적인 분위기, 대중문화의 분 위기, 대중문화의 어떤 위력적인 영향력 이런 것들하고 맞물려 들어가지 않나 생각이 듭니다. 그리고 대중문화뿐만 아니라 우리 생활 양식 전반적 인 것과 관련해서, 가령 중학생들 중에 아무 머리 좋은 우수한 학생들이 세 계 명작 동화나 청소년 동화 이런 걸 읽을 시간에 컴퓨터 앞에만 있다든지 TV의 코미디 프로 앞에서 시간을 다 보내고, 이런 휴식 시간을 벗어나면 입시 공부를 해야 되는 이런 공간 속에서 성정하고 생활을 영위하는 이런 사회 분위기 속에서는 앞으로 문학을 하는 몇몇 분들이 노력과 각성을 하고 해도 비관적이지 않을까. 그런 점에서도 우리가 이런 대중문화나 변화된 생활 양식을 문제 삼아야 되지 않나 이런 생각이 듭니다.

김우창 이 선생이 대중문화라고 하는데 국민 문화라고 해야 할 거예요. 대중들만 하는 게 아니라 국민 모두가 하니까 국민 문화라고 해야죠.

유종호 위기라는 말 속의 '기(機)'는 기회라는 말이지 않습니까? 위기가 기회로 활용될 수 있다는 생각이지요. 그렇다면 오히려 지금과 같이 열악한 조건 아래서 문학을 하는 사람들이 진정 문학 정신에 투철한 이들이고 거기 정진할 수 있는 것이라 말할 수 있는 게 아닐까요? 예컨대 카프카나 파스테르나크 같은 사람이 말이지요. 그런 사람들이 몇 사람만 나와도 고급문화의 계보가 유지되는 것이기 때문에 그렇게 비관적으로만 볼 것도 아니라 생각합니다. 사실 괴테나 스탕달의 향수층이 살아생전에 얼마나 되었겠어요. 그전엔 걸핏하면 예술가는 굶어 죽는다고 했습니다. 굶어 죽을 걱정만은 안 해도 되니 세상은 많이 좋아진 것이고 예술가의 경우도 예외는 아니지요.

이남호 지난번에 선생님께서 재미있는 말을 해 주셨는데 신춘 문예의 응모작들이 굉장히 많더라, 문학 지망생들이라는 게 다 문학 소비자들이 아니냐 그러니까 앞으로 문예지를 하든, 문학 작품을 쓰든, 뭔가 문학 공간을 긍정적으로 생각해 볼 수 있다, 이런 말씀을 해 주셨는데 저는 이런 생각이 듭니다. 과연 지금 이 젊은이들 가운데 문학을 지망하는, 신춘문예에 투고하는 이런 사람들이 어떤 사람들이냐? 정확하게 실증적으로 조사하지는 않았지만 제가 보기에는 문학을 좋아해서 —— 근본적으로 조금은 좋아하겠죠, 좋아하겠지만 —— 문학을 완전히 좋아해서 문학 책을 많이 읽고, 문학에 열정이 있어서 하는 사람들이라기보다는, 우리 사회가 이렇게 포스트모던하게 변화해 가니까 경제적 자유와 일상적 자유를 동시에 누릴 수 있는, 제도 속에 자기를 구속시키지 않을 수 있는 방법이 뭐냐를 찾는 사람들이라는 느낌을 받아요. 젊은이들이 자유직을 선호하는데 아무것도 투자하지 않고 자유직으로서 자기의 사회적 위치를 갖출 수 있는 방법이 무얼까? 요즘 방송 스크립터라든가 드라마 작가 같은 것을 고급 인력의 여성들이 선호하는데요. 그러니까 젊은 신세대적 삶을 살고자 하는 젊은 여성들에게 공지영 씨나 신경숙 씨처럼 소설을 써서 돈을 좀 벌고 여성지에도 나오고 하면서 자신의 위치를 사회적으로 확보하는 것이 상당히 이상적인 모델일 거예요. 이런 것의 한 방편으로써 문학 지향이 많은 게 아닐까요.

김우창 그런 사람들 가운데서 출발하는 게 아니겠어요. 그런 사람이 어디로 가느냐가 문제지요. 비관적으로 얘기하셨고, 위기를 기회라고 하셨는데, 기회의 측면도 상당히 있다고 봐야죠. 우리 사회가 지금 좋은 문학이 없지만 옛날에도 좋은 문학이 세계적 수준에 이르지 않은 것이 사실 아니에요? 셰익스피어도 없고 두보도 없고 그랬는데 그런 것 중의 주요한 원인의 하나가 도학군자가 너무 많아서 그런 것 아니에요? 모든 도학적인 관점에서 삶을 규제하다 보니까 실제로 예술적 미적 표현이라는 게 억압됐다고 얘기할 수 있겠죠. 물론 다른 측면, 경제적인 원인도 많겠지요.

간단히 얘기하면 지난날 우리 사회에서 개인의 자유로운 삶은 불가능했고, 언제든지 가족과 사회 조직 속에서 엄격히 통제받는 삶을 살아야 했습니다. 우리 문학에 있어서도 큰 문학을 못 이룬 이유가 감각의 자유가 없어서, 감각적 삶의 풍부성, 인간의 감각적 깨우침이 부족한 것이 작용했다 생각해요. 요즈음 소비문화라고는 하지만, 이런 소비문화 속에서 사람의 감각이 더 풍부해지고, 더 자유로워지고, 개인이 살아가는 시나리오가 더 다양해지고 선택의 여지가 많아지는데 그 자체가 바람직한 것이기도 하지만 문학의 중요한 구성 요인으로서도 필요한 것이라는 생각이 들어요. 이런 것들이 장기적이고 역사적인 관점이라고 볼 때 한국이 더 좋은 문학을 산출해 나가는 요인들을 형성한다는 입장이 가능한 것 같아요. 감각과 개인의 자유에 대한 느낌과 포용성이 커지는 한편 그것에 대한 통합 작용이 있어야 해요. 감각적인 것이 발전하면서 통합되는 작용을 통해 비로소 커다란 인생의 비전이나 인생의 모습으로 드러날 때 좋은 작품이 가능해진다고 생각해요. 통합 수단으로서 이성적인 생각부터 발전시켜야 되고 도덕적 감각도 풍부해져야 하고 또 인간의 보편적인 생의 유대에 대한 느낌도 풍부해져야 하고 인간 삶의 사이클에 대한 이해도 필요해요. 요즘 작품은 사이클에 대한 이해가 부족한 것 같아요. 사이클이란 태어나서 죽는다는 것, 혼자 사는 게 아니라 세대적 연관 속에 있다는 것이죠. 시간적 통합, 공간적 통합 또 철학적이고 형이상학적 관점에서 인생 전반에 대한 통합을 통해 통일성 있고 깊이도 있는 작품을 이루어야죠. 깊이라는 것은 통합 작용, 즉 단순한 합리성을 초월한 통합 작용을 통해 이루어지죠.

감각과 개인적 삶의 해방, 합리성이라는 게 통합 작용을 하는 데 아주 중요한 작용을 하면서 그것을 피상화하는 작용을 하는 것이기 때문에 위험도 가지고 있지만 자기 삶과 사회, 자연에 대한 합리적 사고의 증진, 철학적 인간 생존에 대한 통합 작용 이런 것이 다 위대한 예술을 만들어 내는 구성 요건이지요. 도학이 그 나름의 인간 삶의 통합 작용을 했지만, 그러나 그것이 가볍고 좁은 범위의 다양한 감각적, 실존적 삶을 포용하지 못했죠. 오늘날 일어나고 있는 어떤 종류의 문학이 부정적인 것은 아닌 것 같아요. 인생에 대한 느낌이 확대되어 가는 하나의 과정으로, 역사적으로 봐야 긍정적 계기가 될 수 있죠. 도학만 가지고 절대 문학이 안 돼요. 어떤 감각적, 실존적, 개인적 자유 없이는 절대 예술이 안 되죠. 그런 것이 지금 여러 가지 피상적인 차원에서 신장되고 확대되고 있는데, 그것이 이젠 늙어 가는 사람들한테는 보기 싫은 현상처럼 보이지만.

유종호 지금이 에너지가 많은 시대인 것은 확실하잖아요. 에너지가 분출하는 시대니까요. 그 에너지가 부정적인 방향으로 나오는 것도 있겠지만 예외적으로 소수파의 경우에 긍정적으로 표현되면 좋겠지요.

김우창 좋은 작품이 나오려면 소외된 사람이 더 있어야 될 것 같아요. 소외를 나쁘게도 생각하지만 어떤 종류의 지적 작업에서도 자기의 에너지가 분출되는 대로 움직이는 사람한테는 지적인 결과가 안 나와요. 문학 작품도 지적인 작용이 필요하다고 할 때 앞뒤를 재고 좌우를 볼 수 있는 여유가 있어야 문학 작품이 나오겠지요. 과학적 발견도 마찬가지고요. 너무 시류적 인기나 정치적 유행, 상업적 유행 등에 얽매이지 않고 냉정한 눈으로 볼 수 있는 작가가 필요한 때가 된 것 같아요. 물론 그때의 정치적 상업적 유행에 관여하는 면도 있어야죠. 시대의 정열이 있어야 좋은 작품이 나오니까. 그러면서도 거리를 두고 냉혹한 눈을 가질 수 있어야 해요. 사람 사는 게 많은 모순된 것을 통합해서 이루어지는데, 사람은 논리가 제일 편하니까 자기도 모르게 그렇게 한쪽을 선택하지만 양쪽에 다 필요한 것이 있잖아요. 시대의 삶에 참여하면서도 시대에 거리를 두어야죠. 작가라는 게 고독해야 되잖아요. 고독하지 않은 작가라는 게 없는 것 같아요. 여러 사람들하고 휩쓸려 다니는 사람이 좋은 작가가 되는 경우는 세계적으로 드문 것 같아요.

유종호 오에 겐자부로도 그래서 작품이 없잖아요. 너무 역사에 휩쓸려 버려서 작품 창작의 에너지가 그쪽으로 너무 분산된 것이 아닌가 해요.

이남호 그러면 선생님 말씀은 오에 겐자부로가 작품이 없다, 지식인으로서는 높이 평가할 수 있어도 소설가로서는 높이 인정을 하지 않는다는 것입니까?

유종호 그 사람으로 하여금 노벨상을 타게 한 것이 삼십대 작품인데, 사십대 오십대 되도록 그전 걸 능가하는 작품을 못 썼다는 것 아니에요? 그 작품 자체도 내가 보기엔 억지스럽고 오히려 젊은 시절 쓴 단편 같은 게 기가 막힌 게 많죠. 그 사람 특유의 문학적 통찰 같은 것을 보여 주는 작품은 대개 젊을 때의 작품인 것 같아요. 그 사람 너무 일본에서 지식인으로서 바쁘게 살다보니까 소설가로서는 어떤 한계를 보여 준다는 이야기입니다.

김우창 괴테가 『빌헬름 마이스터』에서 '예술이 성립하려면 체념해야 된다'고 얘기하는데 그것이 필수 조건인 것 같아요.

이남호 오에 겐자부로가 일본 왕이 주는 훈장을 거부하고 자신을 세계 시민으로 내세우고 민족주의를 단호하게 거부하는 태도를 취하고 있는데 그런 자세에 대해서 선생님은 어떻게 생각하십니까?

유종호 굉장히 훌륭한 태도 아니겠어요? 일본에서는 황실에 대한 국민들의 경의가 굉장하기 때문에 잘못하면 집이 폭발될 가능성도 있는데 그런 얘기를 토로하고, 일본이 과거 침략 전쟁에 대해 사과해야 한다고 했어요. 지식인으로서는 본받을 만한 아주 모범적인 태도 아니겠습니까.

환경론과 우리 문학

이남호 이제 다른 문제로 넘어갔으면 합니다. 오늘날 문제를 이야기하면서 환경 문제를 안 할 수 없습니다. 환경 문제는 제가 생각할 때는 생존의 문제인 것 같습니다. 우리의 모든 문명, 정치 경제적인 구축 자체가 환경이라는 반석 위에 이루어져 있는데, 환경 문제가 지금 상태로 가서는 다른 것들도 다 사상누각이 되어 버린다는 생각을 갖게 됩니다. 우리 사회와 관련해서 환경 문제를 어떻게 생각해야 되는지, 또는 지금 환경 논의를 크게 나누면 환경 관리론자들도 있고 생태론자들도 있어 근본적으로 경제 성장을 늦추거나 멈추어야 된다는 입장도 있습니다. 이런 논의들의 현실성 문제도 이야기될 수 있겠고요. 또 최근에 언론사를 중심으로 환경 운동이 활발한데, 물론 그것이 없을 때보다 있을 때가 낫고 장기적으로 보면 좋은 영향을 미치겠지만 현실적으로 볼 때는 거짓된 모습들이 많은 것 같은데 이런 문제들도 함께 얘기를 해 보았으면 좋겠습니다. 지난날, 정치 경제학이 한창 위력을 떨치고 사회의 어떤 키 포인트가 되는 논의였다면, 지금은 환경 정치학, 환경 경제학, 환경 생태학 쪽이 키 포인트가 되는 논의가 되어야 하지 않겠습니까?

김우창 지난 학기에 우리 대학원생들한테 환경 문제하고 관련해서 미국 시를 가르쳤어요. 미국 사람들이 생각하는 환경 문제에 대한 입장을 종합해 놓은 괜찮은 책 중에 디볼(Devall)과 세션(Session)이 공저한 책으로 『심층 생태학』이라는 책이 있어요. 심층 생태학, 이 말은 원래 노르웨이의 철학자 아르네 네스(Arne Naess)가 만들어 낸 말인데, 심층 생태학의 근본적인 태도는 환경 문제는 정신적인 문제라는 거죠. 그러니까 환경이 이 상태로 가면 다 죽는다, 자원을 아껴야 한다, 자연을 보기 좋게 하기 위해서 유지해야 한다, 자연을 우리가 보존하지 않으면 나중에 다 죽는다와 같은 환경 관리론이라든지 자원론이라든지 하는 입장을 넘어서서, 환경 문제는 깊은 정신적인 태도에 관계되어 있다고 생각하려는 것이 심층 생태학이죠.

심층 생태학의 관점만 가지고 환경 문제를 해결할 수는 없죠. 그러나 문학과 예술에는 깊은 관계가 있다고 생각해요. 우리가 나무를 유지하고 산을 보호하고 물을 아끼고 동물을 귀여워하는 것은 그것들을 재료로 해서 우리가 살자는 점도 있지만 그것에 대한 바른 관계를 갖는 것은 깊은 도덕적 의미를 가지고 있죠. 도덕적인 면을 간단히 얘기해서 슈바이처가 유명하게 만든 말로 '생명에 대한 외경'이란 말이 있습니다. 생명을 함부로 여기지 말자, 존재하는 모든 것에 대해서 매우 조심스러운 태도를 가지자는 거죠. 그러니까 물을 혼탁하게 하거나 공기를 오염시키는 게 우리가 사는

데 큰 영향이 없다 하더라도 그것을 함부로 하지 않고, 세계에 존재하는 우리가 이해할 수 없는 신비의 존재로서, 우리와 같이 짧은 삶을 유지하고 있는 생명체로서, 나무라든지 풀이라든지 이런 것을 존중하고 그것으로부터 많은 것을 풀어나가고 한다는 것은 생태학적이거나 환경 문제를 초월한 도덕적, 정신적, 철학적 차원의 문제이고 그것이 단순히 놀음이 아니라 아주 깊은 의미를 갖는 게 사실인 것 같아요.

'Deep Ecology'라는 것은 그런 관점에서 환경을 이야기한다는 철학적 움직임이에요. 그런데 우리나라 사람들도 그런 걸 많이 했죠. 김시습이 수필처럼 쓴 것에 고기를 잡으려면 큰 것으로 잡으라는 게 있어요. 불교적인 관점에서 어린 것 죽여가지고 살지도 못하게 하는 것은 곤란하지 않느냐, 큰 그물로 잡아야 큰 고기가 잡히지 않느냐 작은 공기는 빠져나가게 해야 한다는 것인데, 이것은 순전히 공리적으로도 해석할 수 있어요. 어린 고기는 키워서 먹어야지 다 잡아먹어 멸종시키면 안 된다는 뜻으로 생각할 수도 있겠지만 그 말은 아닌 것 같아요. 김시습은 불교를 많이 생각한 사람이니까, 불교적인 관점에서 먹고 산다는 게 불가피한 필연 중의 하나지만 이것은 다른 생명도 생명을 향수하게 하면서 동시에 먹을 수 있어야 한다는 것으로 봐야 할 것 같아요.

서정주 씨 자서전을 보면 사람이 세상 물건을 손님이 남의 집 찾아가듯이 써야 한다는 구절이 나와요. 손님이 남의 집에 가서 다 먹어 치우고 다 더럽게 만들어 버리고 하면 안 되죠. 될 수 있으면 자기 흔적을 안 남기고 예의를 갖추고 쓰고 자고 그러고 나가야지요. 그것이 서정주 선생님이 1960년대에 쓴 자서전에 나오거든요. 환경 문제가 논의 안 될 때도 시인이 자연스럽게 가지고 있는 세상에 대한 공경스러운 태도죠. 그러니까 환경 문제는 환경 문제이기도 하지만 사람이 사는 데 있어서 매우 근본적인 문제죠. 우리가 어떻게 바르게 사느냐에 대해서 우리가 사다 쓰는 물건에 대해서 우리가 함께 존재하는 생명체를 우리가 어떻게 하느냐에 대해서 생각하는 것이니까요. 문학과 아주 깊은 관계를 맺고 있는 것 같아요.

우리는 뱀도 잡아먹고 닭도 잡아먹고 몸에 좋다 하면 일체 주저 없이 먹어 버리고 하는데요. 혐오 음식 먹는 걸 보더라도 모든 걸 공리적으로 보고, 전부를 단백질로 보고 탄수화물로 보죠. 영국 같은 데서는 닭을 죽이려면 몇 초 안에 죽여야 한다는 법이 의회에서 통과된 일이 있어요. 그건 사치스럽고 역겨운 일이라고 할 수 있겠지만 모든 걸 잡아먹고 보약이 된다면 먹어치우고 하는 게, 우리 사회의 삭막한 인간관계 속에서 서로 이용하고 내 목적을 달성하기 위해서 또는 국가 목적을 달성하기 위해서 민족의 정의를 위해서 죽여도 된다는 생각들과 연결되어 있죠. 그렇기 때문에 이건 공리적인 입장에서 단지 자원 보존하고 숨도 쉴 수 있고 맑은 물도 지켜야 한다는 게 아니라 보다 깊은 철학적인 의미를 갖고 있고 문학 하는 사람들이 신경을 써야 될 문제지요. 문학 하는 사람들이 그것 없이는 시를 못 쓰는데 그 얘기를 안 하면 누가 합니까.

유종호 우리 현대 문학 쪽에서도 가령 이태준의 『문장강화』에는 「일목초에의 사랑」이란 글이 예문으로 나와 있어요. 환경 문제가 대두하기 이전 30년대의 글인데 산야에서 자연을 접할 때 사랑과 공경으로 대해야 한다는 취지인 것으로 생각됩니다만 자연에 대한 경의를 강조한 것으로서 단순한 공리적 태도 이상의 것이 보입니다. 이러한 태도는 얼마 전까지 일반적이었다가 이른바 근대화 과정에서 우리가 잃어버린 것이 아닌가 해요. 우리 옛글에도 많이 나오지만 가령 『백록담』이나 『청록집』 같은 세계는 자연에 대한 경애로 일관된 자연에 대한 송가라고 할 수 있지요. 새로 조명해야 할 국면이지요.

김우창 자연을 깊이 관찰하고 여기서 기쁨을 느끼고 단지 자연과 같이 있다는 자체가 기쁨을 주고 이러한 근본적인 삶의 태도가 있다고 한다면 환경 문제가 안 일어나지요.

이남호 환경 문제의 철학적인 면에 대해 말씀해 주셨는데 이건 조금 빗나간 일이지만 제가 관심 있어 드리는 질문입니다. 선생님이 전에 쓰셨던 「시카고 공항과 포스트모더니즘」인가 그런 글을 보면 인위적 공간 속에서 인간의 삶이 가능한 것인가 이런 문제를 말씀해 주셨는데 바로 그 문제를 질문 드리고 싶어요. 포스트모던 공간이라는 게 지극히 반자연적이고 인공적인 공간 아닙니까? 점점 인위적인 공간이 많이 만들어지고 지금 주변에 둘러보면 난초 하나, 풀 한 포기 제대로 없고 하늘이나 산이나 강이나 이런 것을 볼 수 없는 공간 속에서 사람이 죽 살아가게 됩니다. 이처럼 자연과 단절된 공간 속에서는 자연과의 교감 능력이나 생명에 대한 외경 의식도 생기지 않으리라 짐작됩니다. 그렇다면 그런 공간 속에서의 문학과 예술은 어떻게 될까요?

김우창 사람이 자연에 대한 외경심을 가져야 된다는 것을 물화해서 패스티시적으로 만드는 것도 문제가 있지요. 자연에 못지않게 사람의 생명이 잘 보호받고 사람이 행복하게 산다는 것이 중요하기 때문에 개발할 건 해야 되지요. 이건 내가 가진 하나의 독단적인 생각이지만 사람이 사는 데 있어서 타자의 존재 없이는 사람이 정신을 잃고, 사는 재미, 보람을 못 느낀다는 생각이 들어요. 인간이 인간에 대해서 갖는 관심이라는 것은 다른 사람에 대한 관심이기도 하고, 다른 사람이 또 나를 봐 줄 수 있는 유일한 존재이기 때문에 그렇기도 해요. 그러나 인간에 대해서 완전히 타자적일 수 있는 존재는 정말 다양합니다. 나무나 풀이라는 것은 이해할 수 없고 이야기할 수 없으면서 우리와 같은 생명체라는 좀 더 타자적인 넓은 존재이고 하늘이라든지 별이라는 것은 좀 더 이해할 수 없는 거고 그보다 더 이해할 수 없는 것들을 생각하다 보면 하느님도 생각하고 귀신도 생각하고 이런 것 아니겠어요? 그런데 사람의 생리적인 구조 속에 타자성에 대한 깊은 요구가 있다고 생각해요. 완전히 쓸쓸해서는 살 수가 없죠. 또 친밀하게 느끼는 한편, 정말 이해할 수 없기 때문에 공경을 하고 외경심을 갖는 것이 사람 생활에 일상적으로 필요하고 일반적으로 필요하다 생각이 듭니다. 완전히 인위적인 공간 속에 사람이 사는 경우 내가 독단적으로 느끼는 인간의 형이상학적 범주에 큰 문제가 생기고 결국은 자기 본질로부터 소외되고 마찰이 일어난다는 느낌을 갖고 있습니다. 모르지요. 과학적인 생각은 아니니까.

유종호 옛날 사람들이 쓴 동요나 동시를 보면 전부 다 자연 속의 모든 것이 일종의 완상의 대상이 되어 있어요. 채소 하나 까치 하나 전부가요. 그리고 우리나라 사람들이 모두 다 농촌을 떠나왔잖아요. 그리고 또 대부분 사람들이 농촌이라는 것을 가난과 동일시하고 궁상과 동일시하고 아주 빨리 벗어나고 싶은 것으로 생각하고 있습니다. 옛날 동시 속에는 이런 자연의 모든 것이 놀라움의 대상이고 우리한테 기쁨을 주는 것이라는 느낌이 있었는데 요즘 동시에선 완전히 사라진 형편이고 또 그것 써 봤자 어떤 어린이들이 이해하겠어요. 그런 것은 우리와 인연이 멀고 가난한 것이고 우리가 넘어설 것이다, 이런 생각을 가지고 있기 때문에 정말로 한국 사람들이 공해 문제에 대해서 다소 무감각하고 자연에 대한 파괴가 심한 것도 그런 심리적인 것과 관련이 있는 것 같아요. 그리고 우리만 해도 시골에서 자랐기 때문에 시골을 더럽힌다 하면 뭔가 나 자신이 더럽혀지는 것이다, 고향에 가 산불이 났으면 내 산이 아니지만 아깝다는 생각이 드는 것과 마찬가지로 시골이 오염되면 도회지 오염과 다른 느낌이 드는데 이런 것이 도시 사람들한테는 완전히 없어진 것이지요. 그러니까 자연에 대한 사랑, 『청록집』에 나오는 자연 묘사 이런 것이 정말 현실 도피가 아니고 우리가 살고 있는 공간에 대한 하나의 애정의 표현이었다는 식으로 세계를 새롭게 해석할 필요가 있을 것 같아요.

김우창 사람의 정신의 건전성을 유지하는 데 그런 게 필요한 것 같아요. 사람은 옛날부터 맑은 것 좋아하고 그랬지요. 정신이란 것이 따로 있는 게 아니고 늘 주변의 자연물에 의해 삼투되는 것이라면, 옛날 사람들이 마음을 물에 비유한 게 맞는 것 같아요. 검은 데 있으면 검고 퍼런 데 있으면 퍼렇고 검은 것을 보다 보면 모든 것이 흐려져 보이고 상황 자체를 파악할 수 없고 자기 자신을 파악할 수 없게 됩니다. 그래서 맑은 걸 보려는 게 단지 맑은 게 좋아서 그런 게 아니라 우리의 정신적 균형을 위해서 가지고 있는 실존적 요구인 것 같아요. 나쁜 사람들 속에만 있으면 자기 마음도 나빠지게 되지요. 마음이란 게 실체가 있는 게 아니고 투명한 것이어서 주변에 의해 그대로 물이 드는데 이것이 맑은 상태가 유지됨으로써 비로소 자기를 제대로 보고 남을 이해하고 세계를 이해하게 된다고 생각해요. 그래서 『청록집』 같은 것도 도피라고 생각할 수만은 없는 것 같아요.

유종호 새롭게 평가해야 할 것 같아요. 요즘 그런 시 쓰면 읽겠어요? 웃음감이나 되지. 그런데 생각해 보면 그것이 정말로 좋은 것이었다는 생각이 듭니다. 실제로 시로서도 한국 시의 고전인데 이런 옛날 시인들은 새롭게 평가해야 되죠.

김우창 아까 얘기한 『심층 생태학』이라는 책에서 강조하는 게 인본주의에서 벗어나야 한다. 사람은 세상을 구성하는 많은 부분 중에 극히 작은 부분에 불과하다는 것입니다.

이남호 제가 조급한 결론으로 몰고 가도 되겠습니까? 점점 더 인위적인 생활 공간을 많이 만들어 놓는 포스트모던한 문명 상황이란 근본적으로 인간다운 삶에 있어서 상당히 멀어지는 부정적인 문명의 진행 방향이다, 이런 결론까지도 이야기될 수 있을까요?

김우창 그건 두 가지로 얘기할 수 있을 것 같아요. 자연이라는 것은 인간 밖에도 있지만 인간 마음에도 있는 것이에요. 인간 자신도 자연의 일부이니까. 우리가 만들어 내는 많은 인위적 구조물이라는 것도 인간적 표현이고 그런 의미에서 그것은 자연의 일부이기도 하죠. 인위적 구조도 사실 자연의 궁극적 모습인데 인위적인 구조의 확대가 무조건 나쁘다고 하기 어렵습니다. 인간이 만들어 낸 구조물이 너무 많아서는 안 되지만, 또 그런 구조물을 만드는 인간의 마음 속에는 미적인 것에 대한 어떤 균형이라든지 대칭이라든지 조화라든지 하는 것에 대한 갈구가 있어요. 건축 문화 같은 것도 이런 조화를 나타냄으로써 인위적인 동시에 인간 내적인 자연 속에 형성하는 힘을 가질 수 있다는 점이 있죠. 일률적으로 그것이 뭐라고 얘기하긴 곤란하죠. 국제 공항 얘기하면서 말했지만 건축물이 똑바로 서야되죠. 수평을 잘 지키고 있어야죠. 똑바로 서야지 그래서 무너지지도 않고 보기도 좋아요. 그리고 건축물과 인접 공간의 궁극적인 좌표는 하늘과 땅이라고 할 수 있지요. 그러니까 건축물이 똑바로 서고 수평하게 서고 하는 것은 사실은 우리가 내면화해서 가지고 있는 자연의 깊은 일부의 표현이거든요.

이남호 개인적인 관심이 있어서 자꾸 질문을 드리는데, 소위 포스트모던한 미학들이라는 것이 지금 선생님 하신 그러한 기준들로부터 일탈하거나 배반하는 성격을 강하게 갖고 있지 않습니까, 그래서 포스트모던이라고 불리는 것 같은데요.

김우창 포스트모던한 게 균형이라든지 규범으로부터 일탈해서 점점 일탈적인 성격을 가진 건축물이나 환경을 만들어 내는 것이라고 할 수는 있지요. 그러나 우리의 지각과 생각을 혁신하고 규범을 새롭게 확장하기 위해서는 늘 일탈이 필요합니다. 한편, 건축물과 예술 작품이란 그것이 너무나 유기적인 통합적 구조이기 때문에 우리가 개념적으로 옮겨서 이해하기가 굉장히 어렵죠. 그러니까 포스트모던 건축이 이러저러하다는 공식을 가지고 우리나라가 만들어 놓은 것은 미국이나 프랑스에서 포스트모던이 만들어 낸 것하고 실제 효과는 굉장히 다르죠. 외국의 건축물들은 우리것하고는 달리, 환경과의 관계나 결의 문제를 도외시하지 않아요.

우리나라에서 제일 많은 건축 양식이라는 게 인터내셔널 모던 스타일이에요, 바우하우스에서 시작된. 그런데 바우하우스 사람들이 한 인터내셔널 모던 스타일은 그 나름의 좋은 점이 있어요. 그 나름의 정신성도 강하고……. 우리나라에 들어와서는 그것은 돈 절약하는 방식, 제일 간단한 방식이 되었어요. 인터내셔널 모던 스타일처럼 부동산 확보하는 데 편리한 스타일이 없죠. 아무 장식도 필요 없고 그냥 궤짝처럼 만들어 놓으면 되죠. 그러나 바우하우스에서 만든 것하고 우리나라에서 만든 것하고는 전혀 성격이 달라요. 이건 우리나라의 백자 같은 것을 봐도 백자를 이조 시대에 만들어 놓은 것하고 오늘날에 만든 것하고 형식적으로 같은 것 같지만 성격이 전혀 달라요. 백자처럼 만들기 쉬운 게 어딨어요. 실제 문화 속에 산출된 백자라든지 동양화는 잘 보면 달라요. 그러니까 예술을 얘기할 때는 어떤 개념적으로 파악한 양식의 특성만 가지고 이야기하기는 굉장히 어렵다는 거죠. 그것은 유기체이기 때문에 그것의 환경과의 관계, 그것이 이루어지는 물질적 성격, 그걸 만들어 놓은 사람까지 생각하면서 종합적으로 이해해야 하기 때문에 어려운 것 같아요.

성찰의 지혜를 위하여

이남호 마지막으로 우리 문화, 사회, 정치 등 전반적 차원에서 현재 간과되고 있는 것, 그러나 간과하거나 무시해서는 안 되는 그런 측면들에 관해 남기실 말이 있다면 어떤 것이 있을까요?

유종호 과거에 역사 정치 상황 같은 것 때문에, 자기의 입장을 뚜렷하게 해야 한다는 필요성에 의해서 그런지는 모르지만 경직된 것이 너무 오랫동안 목소리를 크게 하고 이런 것이 호응을 많이 받아 왔습니다. 그러나 거대한 이론이라고 하는 것도 좀 목소리를 많이 죽이고 하니까 구체적이고 세목적인 것에 대해서 좀 찬찬한 연구를 하는 것이 소설에도 필요하고 시에도 필요하고 문화 전반에 필요하지 않을까 이런 막연한 생각을 가지고 있어요.

김우창 많은 것이 불확실해지고 인간과 사회를 이해하는 거대 이론이라는 것이 다 없어지고 하는 그런 판국이지만 항구적인 요소는 있다고 봐요. 지금 이 시점에서 항구적이라는 것은 인간 내면 속에 있다는 생각이 들어요. 그러니까 사람이 원하는 것들의 일정한 모습들이 옛날이나 지금이나 같이 있다고 봐요. 자연을 필요로 한다든지 행복을 필요로 한다든지 다른 사람을 존중해야 되고 존중하는 것이 내면에도 있고 인간의 생물학적 조건에도 있죠. 그러니까 참새가 많이 먹으면 쌀을 한 섬 먹으랴 하는 식으로 참새가 한 섬을 삽시간에 먹을 수 없는 것처럼 우리한테도 그런 인간의 한계가 있고 필요로 하는 게 있다고 생각됩니다. 오늘날의 문학은 항구적이라는 것을 확인할 필요가 있다고 생각이 돼요. 그것이 옛날식으로는 안 되고 오늘의 조건에서 어떻게 성립하느냐는 서로 얘기되어야 하고 그러면서 다른 한편으로는 작은 것들에 대한 섬세한 관찰, 관심을 가져야 할 것 같아요. 이론적으로 해서 될 게 아니고 심성이 그래야 되겠지만 그러면서 필요한 게 개방성이죠.

만인에 대한 개방성인데 물건도 서양 것도 쓰고 중국 것도 쓰고 그러자는 얘기로 해석될 수도 있지만 인간 경험 자체에 대한 개방적인 심성이 있어야 돼요. 근데 그중에서 인간에게 가장 필요한 것 중에 하나가 단지 이성적인 의미에서의 개방, 감각적인 의미에서의 개방이 아니라 심성적 개방이 필요한 거죠. 그래서 다른 생물체와 다른 존재와 다른 인간에 대한 연민 같은 것이 있어야 된다는 생각이 들어요. 자비라고도 할 수 있고 사랑이라고도 할 수 있고, 이것을 도덕 군자처럼 문학 작품에서 표현해야 된다는 얘기는 아니고 연민이라든지 다른 사람에 대한 너그러운 이해라는 것이 인식론적 가치를 갖는다 이런 생각을 해요. 그것 없이는 다른 사람도 다른 사물도 다른 생물체도 이해할 수 없다고 생각해요. 그러니까 계급적 분석, 경제적 분석, 프로이트적 분석 뭐 여러 가지 분석하는 방법들만으로는 다른 존재를 충분히 이해하기 어렵다고 봐요. 생물학적 조건에 대한 연민과 기독교적 의미에서 사랑과 불교적 자비, 유교적으로는 인위적 관용의 태도가 없이는 그 사람을 이해할 수 없고 그 나무를 이해할 수 없고 그 과일을 이해할 수 없고 그것들이 사는 세계도 이해할 수 없다고 생각합니다.

그러니까 인간이라는 게 정말 뭔가, 인간의 항구적이라는 것이 세계 속에 어떻게 표현되는가 하는 것을 이해하는 데는 지적인 개방도 필요하지만 그런 심성적인 측면에서의 너그러운 연민 같은 것이 필요할 것 같습니다. 선과 악을 다룰 때에도, 문학적인 설득 방식이라는 건 악도 한번 연민을 가지고 이해해 보고 악이라는 걸 얘기할 때 설득력을 가진다고 생각해요. 문학의 특이한 인식, 인간 생명에 대한 인식 방법이 그런 거라 생각이 돼요. 악을 처음부터 악이라고 해서는 설득력이 없죠. 악을 우리가 연민과 관용 속에서 이해하려고 해도 결국 옳지 않은 거다 할 때 설득력을 갖지 처음부터 이게 나쁜 겁니다 해서는 설득력이 없죠. 우리 문학 속에는 어떤 너그러운 의미에서 'charity', 라틴어로는 '카리타스' 같은 것이 부족해서 우리 문학 작품이 세계적인 수준에 오르지 못하는 측면이 있어요. 현재 문학에서도 그런 느낌이 들어요.

훌륭한 고전적 작품에는 항상 이런 면이 있으며, 그것도 하나의 항구적인 원리 같아요. 거대 이론이 없어지고 세상이 불투명하다고 해서 이런 항구적인 원리가 불필요하거나 없어지지는 않을 거예요. 언제든지 사람이 새로운 상황에서 항구적인 것을 확인해야 된다는 것은 문학뿐만 아니라 사람 사는 가운데서 기본적인 어떤 것 같아요. 새로운 상황에서 이런 항구적인 요소를 어떻게 회상하고 새롭게 여기느냐 하는 게 중요하죠. 그리고 그런 걸 하는 중에 너그러움이란 게 정말 중요한 요소지요.

이남호 제가 하고 싶은 말도 두 분 선생님들의 말씀 속에 포함되어 있는 것 같습니다. 서정주 선생님의 수필 가운데 아주 흥미롭게, 기억이 남게 읽은 것 중의 하나가 「마지막까지 내 시 정신을 지키는 것」인가 하는 짤막한 수필이 있습니다. 거기서 서정주 선생님이 말씀하시기를 자기 시 정신을 마지막까지 지키게 하는 게 두 가지가 있는데 하나는 '자포자기'이고 다른 하나는 '연민'이라고 말하고 있습니다. 연민에 대해서는 방금 김 선생님께서 아주 풍부하게 그 내포를 넓혀 주셨습니다. 자포자기라는 것도 오늘날 우리 상황에 있어서의 참으로 내포를 키워 볼 만한 말일 것 같습니다.

오늘날 엄청난 문명의 발달로 그 어느 시대보다 풍족한 생활을 누리면서도 새로운 위기와 도전에 직면하고 있다면, 그것은 욕망과 속도의 무한 팽창과 그것을 가능하게 하는 인간들의 한계를 모르는 의지 때문일 것입니다. 우리의 문명이 바벨탑의 비극으로 치닫지 않기 위해서는 인간의 한계를 깨닫는 것이 중요할 것입니다. 무한 욕망과 무한 속도에 대한 자기 절제, 다시 말해 세상이 어떤 식으로 유혹해도 스스로 자포자기할 수 있는 주체적 선택이 필요할 것 같습니다. 이것은 개인의 차원에서도 그러할 것 같습니다. 앞에서 유 선생님께서 말씀하신 대로 너무 많은 현실적 관심과 참여가 작가에게 이롭지 못한 것처럼, 개인적 삶에 있어서도 많은 부분 자포자기할 줄 아는 지혜가 필요할 것 같습니다. 유혹이 많은 세상에서, 경쟁의 시대에서 자포자기란 자칫 퇴보가 되기 쉽겠지요. 그러나 퇴보의 의미가 아니라 엄격한 자기 통제를 통한 자기 절제의 지혜로서 자포자기를 생각할 수 있습니다. 복잡하고 유혹이 많은 세상에서 보다 적극적으로 자신을 절제하는 태도가 오늘날 우리 삶의 모든 면에서 강조되기를 바랍니다.

　김우창 마지막으로, 이 선생님 하신 말씀에 한 가지만 붙여도 됩니까? 우리가 작은 가치, 사람을 참으로 행복하게 하는 작은 것들, 내실 있는 것들을 지켜야 하지만 사람 사는 역설 중에 하나는, 작은 것이 작은 것을 넘어서지 못한다면 작은 것을 지킬 수 없게 되는 경우가 굉장히 많다는 것이에요. 또 세계화라는 것도 우리가 정말 내실 있는 삶을 살기 위해서 필요할지 몰라요. 내실 있고 작게 조용하게 살겠다고 해가지고 조용하게 사는 게 가능하지 않을 경우가 많기 때문에 그런 패러독스가 있는 것을 또 한번 인정할 필요가 있지 않느냐 하는 거죠. 간단한 답변은 없는 것 같아요. 오늘날, 내실을 위해서 조용하게 살기 위해서 조용하게 삽시다, 이래서는 조용하게 사는 것이 유지가 안 되는 것이 세상의 문제니까요.

　일동 고맙습니다.

사람은 무엇으로 사는가[1]

김우창
김종철
1997년《포에티카》봄호

지적 자서전을 위한 노트

김종철 선생님 안녕하십니까. 오랜만에 뵙겠습니다.《포에티카》편집진의 요청으로 선생님 말씀을 들으러 왔습니다.《포에티카》측에서는 오늘 저와 말씀을 나누는 가운데 선생님의 철학적 사유나 심미적 이성의 형성 및 전개 과정, 그리고 요즘에 선생님께서 생각하시는 여러 가지 구상들 내지 새로운 지상의 척도들이 폭넓게 드러날 수 있기를 희망하고 있습니다. 특히 그동안 선생님께서 글로는 밝히시지 않으셨던 개인적인 이야기들, 가령 지적 자서전의 자료가 될 만한 이야기들에 관심을 가지고 있는 것 같았습니다. 물론 선생님께서 사사로운 이야기를 잘 하시는 성품이 아니라서 걱정되긴 합니다만, 그래도 궁금한 것들을 여쭈어 보기로 하겠습니다.

이 글은 1997년 1월 30일, 김우창 선생의 자택에서 있었던 대담을 정리한 것이다. 이 대담을 위해 영남대 교수이며《녹색평론》발행인인 김종철 교수께서 수고해 주셨다.(게재지 주)

좀 엉뚱하게 생각하실지 모르겠는데, 선생님께서는 몇 살 때부터 글을 읽기 시작하였는지요?

김우창 별로 중요한 얘기 같지 않습니다. 서너 살 때부터 한문을 배웠지요. 아버지한테 맨 먼저 배운 건 천자문이었습니다. 유치원에 들어가기 전이었지요.

김종철 그 후로도 한문 책 많이 읽으셨습니까? 특별히 한문 공부라도 하셨는지요?

김우창 그랬어야 한다고 생각합니다. 전혀 읽지 못했습니다.

김종철 선생님의 어린 시절 모습이 궁금합니다.

김우창 김 선생답지 않습니다. 그런 게 다 궁금하다니요? 저는 아직 지난 시절을 찬찬히 되돌아볼 때가 되지는 않았다고 생각하는 편입니다. 아직 늙지 않았습니다. 또 굳이 돌아본다고 하더라도 나는 이렇게 살았노라고 얘기할 주변머리가 있는 것도 아니고요. 자꾸 캐물으시니 몇 가지만 억지로 이야기하지요. 어린 시절에는 평범한 아이였습니다. 운동도 잘하고 놀러 다니기도 잘했습니다. 농구와 축구를 즐겼던 것 같습니다. 그러다가 왜 그랬는지 모르겠지만 중학교 3학년 이후 운동에는 별 관심을 가지지 않게 되었지요. 그 대신 이런저런 책을 읽었습니다. 고등학교 3학년 때는 꽤 컸는데, 중학교 때는 키도 작고 몸도 약한 축에 들었습니다. 그래서 저는 그때 이후 늘 내 키가 작다고 생각하며 살았는데, 나중에 보니까 한국 사람들의 표준 키에 비해 작은 것은 아니더군요. 다만 제가 다른 친구들보다 두 살 어린 나이에 학교에 들어갔기 때문에 늘 작다고 생각했던 것 같습니다. 소학교 3학년 이후 제가 책의 세계에 관심을 가지고 책을 많이 읽었던 것은 제 나름대로 정당성을 부여하기 위한 노력이 아니었던가 생각합니다. 비록 키도 작고 체구도 왜소하지만, 키 큰 다른 친구들이 알지 못하는 많은 것들을 알고 있다고 생각할 수 있는 일종의 어린 치기일 수도 있었어요.

김종철 중학교를 다니시다가 해방을 맞으셨지요. 일제 강점기와 해방 건국기, 그리고 전쟁기를 거치는 시기였기에 읽을 만한 책들이 그리 많지 않았을 것 같은데요.

김우창 맞습니다. 우리말로 된 책들은 그리 많지 않았죠. 그래서 일본 책이나 나중에는 영어로 된 책들을 읽었습니다.

김종철 고등학교 시절은 어떠했는지요?

김우창 어릴 때, 또 젊을 때, 사람이 책으로 얼마나 영향을 받는 것인지 모를 일입니다. 설사 영향을 받더라도 제대로 이해하고 받는 것도 아니고. 우연적인 요소가 한 사람에게는 중요성이 없고 다른 사람에게는 과장된 중요성을 띠게 됩니다. 고등학교 때, 번역된 『파우스트』를 읽었는데, 정확히 이해했다고 말하기는 어려우나, 거기에서 얻는 것은 지적인 추구의 중요성과 같은 것에 대한 확인이 아니었나 합니다. "노력하는 사람은 방황한다."는 말 같은 것이 마음에 오랫동안 남았습니다. 이 말은 우선, 저지를 수 있는 실수가 용서될 수 있다는 것을 말하여 사람의 행동에 자유로운 폭을 허용하는 것 같아서, 어떤 해방감을 주는 말이었습니다. 다른 한편으로 이 말은 추구의 삶을 정당화하는 것입니다. 사람 사는 세계가 얼마나 까다로운 것입니까. 이 말은 한편으로는 세간의 규칙을 부정하면서, 다른 한편으로는 그 부정의 정당성을 내적인 추구의 정신에 부여하는 이중의 작용을 합니다. 해방하면서 구속하는 것이지요. 그것도 제대로 공부한 것도 아니고 또 이해한 것도 아니지만, 고등학교 때 이런저런 철학 책들을 읽으면서 독일의 관념 철학에 특히 관심을 가지게 되었는데, 나에게 매력이 되었던 가르침은 비슷한 것이었던 것으로 생각됩니다.

중요한 것은 마음이고, 세상의 일들은 그 표현으로서만 의미가 있다는 생각이지요. 이러한 생각은 고등학생의 자기 해방의 한 공식이지만——해방되면서 다시 구속되는 그런 공식이지만, 이것은 오랫동안 내 생각의 틀의 하나로 남아 있게 된 것이 아닌가 합니다. 다만 나이가 들어감에 따라 이 정신적 자유의 폭이 넓게 존재하려면, 어떠한 외적인 조건, 사회적인 조건이 있어야 하느냐에 대하여 더 많은 관심을 기울이게 된 것이라고 할 수 있습니다. 사람의 생각이나 삶이 얼마나 좁은 틀 안에서 개미 쳇바퀴 돌기를 하는가를 생각하면, 정떨어지는 일이지요.

김종철 선생님께서는 그동안 여러 가지 의미 있는 사유 틀과 비평 용어 내지 철학적 개념을 제시하셨는데, 그중 대표적인 것이 '심미적 이성'이란 용어가 아닐까 싶습니다. 사회와 역사의 이해를 위한 근본적 기제를 다시 생각해 본 「심미적 이성」이란 글에서 변화하는 현실에 대한 구체적인 개인들의 주체 작용을 강조하며, 그 원리로 메를로퐁티를 인용해 '심미적 이성'의 중요성을 역설하신 바 있습니다. 거기서 선생님께서 "유동적인 현실에 밀착하여 그것을 이성의 질서 속에 거두어들일 수 있는 한 원리"라고 규정하신 심미적 이성이야말로 현실을 놓치지 않으면서도 구체적 보편성에로 이를 수 있게 하는 하나의 원리가 아닐까 생각해 보았습니다. 이 개념이나 글이 아니더라도 간혹 선생님과 메를로퐁티와의 사상적 철학적 대화 관계를 생각하게 되는데, 메를로퐁티에 대한 생각은 어떠신지요?

김우창 영향이라고 해야 할는지 무엇이라고 해야 할는지 모르지만, 제 생각과 메를로퐁티의 생각에는 어떤 친화 관계가 있다고 생각됩니다. 메를로퐁티를 읽은 것은 고등학교 시절은 아니고 좀 더 나이가 든 후의 일인데, 지금까지 그의 『지각의 현상학』은 한 세 번쯤 읽었습니다. 구체적 실존이란 문제에 대해 많은 것을 생각하게 해 준 메를로퐁티는 실존주의적이면서도 마르크스주의적이었고 또 현상학적 관찰에 일가를 이룬 학자였습니다. 아까 김 선생께서 정리해 주신 대로 구체적이고 유동적인 현실에 밀착하여 응시하되 그것을 이성적인 질서 속에 정위시킬 수 있다는 생각에 도움을 준 셈이지요. 사변적인 철학자로서는 드물게 쓴 메를로퐁티의 예술론 중에 「눈과 유화」라는 글이 있는데, 미술이라고 하는 아주 구체적이고 감각적인 예술 세계를 과학적이고 철학적인 담론으로 잘 해석한 글이라고 생각합니다.

김종철 선생님의 선친께서는 당대의 유력한 정치인이었던 것으로 알고 있습니다. 선생님께서도 처음에는 당시 최고 인기학과였던 정치학과에 입학하셨다가 나중에 영문학과로 바꾸셨지요. 혹 이런 과정에서 선친의 특별한 기대나 만류 같은 것은 없었습니까? 또 전과하신 특별한 계기라도 있으신지요?

김우창 글쎄요. 아버지는 비교적 간섭하지 않으셨습니다. 1954년 대학에 입학했는데, 당시에는 실제 정치 상황이나 대학의 정치학 강의나 별로 배울 것이 없다는 느낌이었습니다. 게다가 저는 일찌감치 책 읽고 직장에 출근하는 게 좋다고 생각해 온 편이어서 한 번도 실제로 정치를 해 보겠다는 생각을 해 본 적은 없습니다.

영문학을 한 것은 잘한 것인지 못한 것인지 알 수는 없는 일이나, 지나고 보면, 그것이 무엇을 의미했는지는 짐작할 수 있습니다. 영어의 세계가 우리 사회 이외의 세계의 관점에서 우리 문제를 볼 수 있게 하는 데에 도움을 주었다고 하겠습니다. 물론 영어 책 보느라고 우리 책을 덜 보았으니까, 한쪽으로 유식해지면서 다른 한쪽으로 무식해졌습니다만. 그리고 우리 자신의 입장으로부터도 소외되는 결과도 되었고. 다른 학문보다 문학을 한 것이 한 가지 이점 —— 이것도 손해를 동반하는 이점을 주었다고는 생각합니다. 그것은 추상적인 정치 동원의 계획이나 개념의 구조에 넋을 잃기 쉬운 철학을 대하면서 한편으로 구체적인 인간과 그 체험의 중요성을 생각하게 한 것이 문학 공부가 아닌가 합니다. 이것은 문학 중에도 특히 영문학의 경험주의적 전통에도 관계가 있는 것이라고 생각합니다. 그러나 다른 한편으로 내가 쓴 글을 되돌아보면, 독일이나 프랑스의 이론을 인용한 것이 더 많은 것을 발견합니다. 그러면서, 내가 영문학에 별로 관련이 없는 사람이라는 생각도 합니다.

김종철　대체로 선생님 세대에는 좋은 교사를 만나기 어려웠으리라고 짐작합니다. 불행이자 역설적으로 행복일 수 있는 조건이지요. 제대로 가르침을 받을 스승이 별로 없었다는 것은 기본적으로 불행한 사태이지만, 스승이 없기에 빨리 그리고 진지하게 깨우쳐 제대로 된 스승이 되겠다는 다짐을 하게 한다는 점에서 역설적이지만 행복한 조건이라고 말해 볼 수 있겠다는 것입니다. 그런데 그런 사정은 정치학 쪽뿐만 아니라 영문학 쪽도 비슷했던 것 아닙니까.

김우창　비슷했지요. 그래서 미국으로 공부를 하러 갔는지도 모릅니다. 좀 건방진 생각이었지만, 여기서는 더 배울 게 없다는 생각이 들었습니다. 아시다시피 제가 대학을 다닐 때는 실존주의풍이 매우 강했어요. 삶도 그렇고 공부도 그렇고 저에게 실감으로 다가오는 것이 중요했는데, 여기서의 공부가 그렇지 못했던 거지요.

김종철　하버드 시절은 어떠셨는지요.

김우창　처음에 하버드에 갔을 때는 사실 건성으로 다녔습니다. 서울대학에서 8년 가르치다 떠난 유학이었는데 기대에 비해 실감이 적었습니다. 그래서 한 1년 공부하다가 버펄로로 떠났지요. 그래도 하버드에 대한 미련은 남아 있었던지 1980년에 다시 거기에 가게 됐을 때는 이번에는 제대로 공부를 해 봐야겠다는 다짐을 했지요. 하버드에 비해 버펄로 시절은 제게 꽤 중요했습니다. 내가 취직해 간 미국학과는 문제를 근본적으로 생각하는 사람들이 많았습니다. 미국 내의 소외 계층, 소수 민족, 여성, 아메리카 인디언 등의 연구들이 강했습니다. 정치적으로는 그렇지 않을는지 모르지만, 이념적으로는 아메리카 인디언의 관점이 가장 근본적으로 문제를 제기한다고 할 수 있습니다. 우리가 사회를 비판하더라도 대개, 문명의 진보라는 관점을 버리지 않게 마련입니다. 그러나 어떻게 보면 모든 문명 사회보다도 더 좋은 사회를 이룩했던 것이 어떤 종류의 아메리카 인디언이었다고 할 수 있습니다. 이 책도 거기에서 처음으로 읽은 것이지만, 스탠리 다이아몬드의 저서, 『원시를 찾아서』의 한 주장은 문명이라는 것이 현실이 아니라 이데올로기라는 것인데, 이것을 처음으로 심각하게 생각해야 된다는 것을 버펄로에서 깨달았습니다. 물론 문명의 억압 체제에 대해서, 원시 공동체만을 이상화하는 것은 낭만적 꿈에 불과하지요. 문제는 단순히 무엇이 좋으냐가 아니라, 오늘의 현실로부터의 이행 ── 어디로 가든지 건너가는 길이 있느냐 하는 것이니까요. 이것은 마르크스의 출발점의 하나입니다.

그러나 문명에 대하여 근본적으로 생각하는 것은 늘 필요합니다. 한국 사람의 생각은 우리가 높은 문화를 가진 민족이라는 것이고, 그것을 자랑으로 생각하다 보니, 역사와 세계의 다양한 문화를 하나의 자로 재려고 하고, 그러다 보면, 선진 후진의 척도에서 우리가 열등하다는 것도 받아들일 용의를 가지게 됩니다. 차이가 있되, 그 차이가 반드시 가치의 차이가 아니라는 것을 우리는 사회적으로나 개인적으로나 인정하지 아니하려는 경향이 있습니다. 문명이나 문화가 이룩한 것이 없다고 하는 것도 잘못이지만, 그것이 요구하는 엄청난 대가에 대해서 생각하여야 합니다. 그러한 것이 가능한지는 모르지만, 인간적 희생이 없는 문화와 문명이 무엇인가, 이것이 가장 근본적인 물음의 하나이어야 하는 것은 분명합니다. 물론 모든 물음이 답을 갖는 것은 아니고, 많은 경우 물음을 열어 놓는다는 것이 중요합니다.

버펄로에서 배운 것에는 작은 생활상의 지혜들도 있지요. 한번은 우리 과의 과장을 하던 친구하고 벼룩시장에 세간을 사러 갔습니다. 서랍장을 사려는데, 서랍이 네 개가 있어야 하는 장에 서랍이 세 개밖에 없어요.

내가 익힌 습관대로, 짝이 모자란 것은 안 사는 것으로 알았는데, 이 친구가 있는 서랍만 쓰면 되지, 한 칸 없는 것이 무슨 상관인가 하는 것이었습니다. 사람 사는 데에, 틀을 따라서 생각하고 행동하는 것이 아니라 자신의 진정한 필요에 따라서 사는 것이 중요하다는 교훈을 나는 그때 배웠습니다. 우리가 사는 일에 얼마나 의미 없는 틀들이 많습니까. 생각에나 사는 일에나 마찬가지지요. 세속적인 의미의 학위를 하버드에서 받아서 이익을 얻지 않았다고 할 수 없겠지만, 공부가 된 것은 버펄로에서였습니다.

한국 문학의 도덕성과 윤리성

김종철 몇 년 전에는 하버드에 가서 한국 문학 강의를 하셨다고 알고 있습니다. 여기서는 우리 문학과 사회에 대한 비평을 활발하게 하시긴 하지만 대학에서는 영문과에서 주로 영미 시를 가르치시잖아요. 미국에 가서 한국 문학을 강의하시면서 우리 문학과 비평 혹은 우리 문학의 연구 상황에 대한 생각이 많으셨을 텐데요.

김우창 사실 영문학과에서 강의하면서 우리 문학에 대한 글을 쓸 때는 편했던 것 같습니다. 그런데 국문학에 대한 강의를 하려니 부담이 많더군요. 그래서 이런저런 자료를 챙겨 가 준비를 많이 했습니다. 거의 완성 단계의 체계적인 논문을 써 가지고 강의했어요. 그런 바람에 수업을 대화식으로 하지 않고 지나치게 일방적으로 진행한다는 볼멘소리를 듣기도 했지만, 저로서는 무언가 절박하게 건질 만한 것이 있어야 한다고 생각했던 게지요. 새로 생각하여야 할 것이 많았습니다. 가령 현대 문학이 최남선이나 이광수로부터 시작했다면, 그전에는 무엇이 있었던가를 말하지 아니할 수 없었습니다. 그리하여 황매천을 이광수와 나란히 놓고 말하는 것이 좋겠다고 생각했습니다. 매천은 1910년에 자결했고, 춘원의 『무정』이 나온 것은 1917년, 이 두 사람은 거의 동시대인이었습니다. 그러나 그들은 시대에 대한 태도가 달랐을 뿐만 아니라, 전혀 다른 세계의 사람들이었습니다. 이 것이 무엇을 뜻하는가. 한 시대와 시대의 문화와 삶의 방식이 극에서 극으로 바뀐다는 것이 무엇을 뜻하는가, 이러한 것을 이해하고 설명할 필요가 있었습니다.

염상섭과 같은 경우에도 한국적 관점이 아니라 보편적으로 이해할 수 있는 관점에서 설명할 필요가 있었습니다. 그러한 것은 저절로 한 시대와 시대가 허용하는 정신적 태도와의 관계를 설명하는 것이 될 수밖에 없었습니다. 사람은 대체로 정해진 사회의 관습에 따라 삽니다. 그러나 이 관습으로는 살 수 없는 시대가 있습니다. 이 차이를 윤리와 도덕의 차이로 생각해 보았습니다. 그리고 염상섭의 문제는 이 테두리 안에서 설명해 보려 했습니다. 염상섭은 문학적 테두리 안에서이지만 전체적인 한국 사람들의 주된 정신이 무엇이었는가를 물었던 작가였습니다. 특히 초기 염상섭의 주된 과제 중의 하나는 도덕적인 요구가 강한 사회에서 과연 어떻게 살 것인가의 문제와 관련됩니다. 그는 도덕적 삶과 윤리적 삶은 다르다고 성찰한 매우 드문 작가였습니다. 윤리적인 삶은 구체적인 상황에서 형성됩니다. 규범적으로 사회가 요구하는 도덕과는 달리 가족 윤리나 개인 윤리 같은 것은 구체적으로 매 순간 형성된다는 겁니다.

가령 내가 부르주아인데 혁명가인 내 친구를 고발할 수 있느냐 하는 것, 친구의 설득이 있었는데 할아버지의 가정 내적 요구에만 순응할 수 있느냐 하는 문제 이런 것들이지요. 『삼대』에서 알 수 있는 것처럼 말이지요. 염상섭은 이광수와는 달리 사회의 추상적 도덕 원칙보다는 형성적인 의미에서의 윤리라는 것이 보다 더 높은 것이라고 생각한 드문 작가였던 것입니다. 구체적인 상황에서 개인과 개인, 개인과 사회가 만나는 방식에 보다 관심을 기울였던 거지요. 나쁜 의미에서의 관습적 윤리가 아닌 구체적 윤리에 대한 관심 말입니다. 그런 가운데 염상섭은 당시 한국 사람들이 관심했던 권력이나 돈, 사회적 체면 등에 문제의식을 가진 성찰을 보일 수 있었는데, 그럼에도 불구하고 그는 구체적인 윤리의 진정한 효용과 전체적인 삶의 감각 속에서 윤리의 핵심적 의미 등에 대한 질문에 답변을 준비하고 있는 것 같지 않았습니다. 아무려나 부족한 대로 구체적인 한국적 상황에서 연원된 독특한 윤리적 내용이나 의식, 감각 같은 것들을 찾고 전달해 보고자 했던 것입니다.

조선 시대에 대한 문제적 접근

김종철 최근 들어 조선조의 그림에 관한 이야기 등에 여러 관심을 표명하시는데 제가 알기에 조선조에 대한 선생님의 관심은 요즘뿐만 아니라 예전에도 많이 있었던 것 같습니다. 한 20여 년 전에도 말입니다.

김우창 호기심도 있고 재미도 있습니다. 사실 요즘의 시에서 별로 재미를 못 느끼거든요. 차라리 옛 시가 더 재미있는 것 같아요. 좀 정리해서 말하자면 한문으로 된 우리의 전통 놀음에서 현재 우리네 삶의 실상을 풀어볼 수 있는 지혜도 얻을 수 있을 것 같고, 또 나이 든 탓도 있을 겁니다. 그렇다고 해서 빠르게 격변하는 현실의 한복판에서 전통적인 것은 부정되어야 한다거나, 옛것으로 돌아가야 한다거나 하는 입장을 가지려는 것은 아닙니다. 오늘의 사회나 문화 제도 속에서 개인적으로나 사회적으로나 사는 방법이 꼭 하나일 수는 없습니다. 다원적인 생각, 다원적인 삶의 방식이 있을 수 있을 텐데, 그 여럿 중의 하나로 조선조적인 삶을 상정해 볼 수 있겠다는 생각은 합니다.

한 사회의 이것을 취하고 저것은 버리고 하는 것은 불가능한 것으로 생각합니다. 사회의 한 요소는 사회의 총체적인 역학 속에서만 의미를 갖는 것일 것입니다. 가령 효도는 그것만 떼어 내면 별 의미를 갖지 못합니다. 미국은 핵가족의 발달이 유럽의 발달 이전에도 빨랐던 나라입니다. 그 원인을 한 마디로 설명하는 것은 무리겠지만, 어떤 사람들이 지적하듯이, 그것은 넓은 토지에서 토지를 취득하는 것이 아주 쉬웠다는 사정하고 관계가 있는 것은 틀림없습니다. 아들을 아버지의 엄격한 통제하에 두는 것이 어려울 수밖에 없었습니다. 세대에 걸쳐 제한된 토지에서 살아야 하는 필요에 효도가 관계가 없다고 할 수 없습니다. 또는 효도를 생각하면, 그것이 임금이나 국가에 대한 충성에 이어지면서, 그것에 우선하는 것이라는 것을 생각하지 아니할 수 없습니다. 우선한다는 것은 자연적 삶 — 제일차적 관계가 다른 모든 인간 관계에 우선한다는 것을 말합니다. 매우 인간적인 인식입니다. 그러나 이 자연적 삶이라는 것은 여러 다른 면에서의 자연적 삶 — 농업 경제를 포함한 자연적인 삶의 뒷받침이 없이는 불가능합니다. 효의 사회적 확대는 조선조에서 이미 드러났습니다.

한 사회의 어떤 것을 간단히 취하여 올 수 있다는 것은 어리석은 생각입니다. 이것은, 요즘 대학에서 도입한다는 경영학적 대학 운영을 포함하여, 서양의 것을 끌어오는 경우도 마찬가지입니다. 다른 사회 그리고 역사에서 배운다는 것은 그 사회에서의 역학을 연구함으로써 오늘날 우리가 살고 있는 사회의 역학을 우리 스스로, 새롭게 더 열심히 생각하게 된다는 것을 말합니다.

김종철 선생님께서 보시기에 조선 시대에 시란 무엇이었습니까? 반드시 유교적인 생각을 시로 표현한 것은 아니었죠. 도교적인 느낌도 많이 있고…….

김우창 유교적이냐, 도교적이냐 하는 것은 전문가들이 더 따져 보아야 할 문제겠지만, 그보다는 시가 유자(儒子)들의 일상적인 삶에서 빼놓을 수 없는 한 부분이었다는 점에 주목할 필요가 있습니다. 한시에 표현되어 있는 자연과 인간에 대한 느낌보다는 시 자체가 생활의 일부였다는 점을 말입니다. 일종의 생활 형식이었던 거지요. 유자들이 모이면 늘 시를 지어 자기 기능을 표현하고 화제를 나누었지요. 이렇게 생활의 일부였던 시는 유자들의 마음을 전통적인 마음 상태로 돌아가게 하는 역할을 했을 것으로 생각됩니다. 이때 전통적인 마음 상태란 곧 그들이 생각했던 바른 마음 상태나 한가지죠. 가령 불교에서 염불을 왼다든지 기독교에서 주기도문을 왼다든지 하는 것처럼, 그 제도가 원하는 경건한 마음 상태에 이르게 하는 데 시가 기능했던 셈입니다. 물론 자신의 개성적인 마음을 표현한 시들이 없는 것은 아니지만 대개 유자들에게 있어서 시란 방금 말씀 드린 바와 같은 기능의 측면에서 의미가 있었지요. 개성 표현으로서의 시가 아니었기에 모든 사람들이 시를 지을 수 있었던 것입니다. 시를 지으면서 전통적인 마음 상태에 귀의하고 사회적 제도를 내면화했다는 것에 저는 관심을 가집니다.

여기서 '자연'의 문제가 중요하게 대두됩니다. 자연은 그들에게 시를 짓게 하는 중요한 마음 상태를 부여했을 뿐만 아니라 미적 만족감, 조화감을 갖게 했고 또 부단히 우주적 철리를 상기하게 해 주었던 겁니다. 요즘 김 선생 같은 분들에 의해서 주창되고 있는 이른바 심층 생태학에서 자주 강조되고 있는 것이, 자연을 관리의 대상으로 볼 게 아니라 철학적이고 의미론적으로 이해하고 공감하는 대상으로 보아야 한다는 관점 아닙니까? 이와 비슷한 것 같아요. 유자들이 시를 통해 자연을 노래하면서 자연을 일상화하는 과정에서 자연과 인간의 공감의 벡터는 우주적으로 열릴 수 있었던 거지요. 이런 것들은 세계적으로 독특한 점입니다. 물론 시적 업적 면에서가 아니고 일상에서 자기 마음을 경건한 상태로 귀의하게 하고 그 경건한 상태에서 자연과 조화를 이루며 그 마음을 제도화하려는 생활 형식의 측면에서 말입니다.

김종철 그 같은 생활 형식은 20세기 들어 거의 단절된 느낌입니다. 요즘은 시가 그렇지 않지요?

김우창 예, 그런 전통은 거의 단절된 느낌입니다. 시와 더불어 자연 상태에서 마음의 평정을 도모하려는 전통은 유자들뿐만 아니라 기층 민중 전통에서도 마찬가지였다고 생각되는데, 요즘은 사정이 많이 다릅니다. 20세기가 괴로운 시대였기 때문일까요?

김종철 20세기가 물론 제일 괴로운 시대로 다가오는 것은 사실이지만 조선 시대에도 그렇지 않았습니까? 제가 무슨 통계를 보니까 조선 말기에는 전 인구의 반 이상이 노빕디다.

김우창 노비 문제뿐만 아니라 형편없는 일도 많았지요. 가령 『한중록』에서 보이는 사도세자나 영조의 행태를 보십시오. 자기 기분에 맞지 않는다고 그 자리에서 궁녀를 칼로 베어 죽이는 사도세자나 그렇다고 아들을 무지막지하게 뒤주에 넣어 죽이는 영조나 할 것 없이 정신이상자이지요.

김종철 그러니까 그 사람들이 믿었던 것과 말했던 것, 행동했던 것 사이에 차이가 많았던 것 아닙니까.

김우창 서양 사람들이 유교에 대해서 쓴 것을 보면 이렇게 답답한 사회에서 어떻게 살았을까 하는 느낌을 많이들 표현합니다. 그런데 러시아에서 레닌이나 스탈린도 그랬던 것처럼 원래 의도는 그런 게 아닐 수도 있지요. 잘하려고 했는데 결과적으로 그렇게 안 된 경우 말입니다. 사실 14세기에 이루어졌던 유교 혁명, 조선조 혁명은 곧 유교 혁명인데, 유교 혁명이라는 게 좋은 사회로 이어지지 않은 면이 많죠. 거기에 또 좋은 사회라도 누구를 위해 좋으냐가 문제지만, 좋은 사회를 만나서 나한테는 더 좋은 사회고, 너희한테는 덜 좋은 사회, 이렇게 만드니까 원래부터 거기에 문제가 있는 거지요. 동시에 좋은 사회를 만든다는 하나의 이데올로기에 인간의 힘든 현실이 다 망라되지 않는다는 데 가장 큰 문제점이 있지요. 그러니까 새로운 사회도 그럴 것 같은데, 이성적인 개혁을 만들어 놓고 그 개혁을 실천하려고 하면서 사람들한테 그게 안 맞아 들어가서 자꾸 문제가 생기면 거기에 대응책을 세우고 고치려고 하는데, 그렇지만 근본적인 틀 때문에 도저히 고쳐지지 않는 것이지요. 그런데 근본적인 틀이라는 건 좋은 틀이죠. 바로 나쁜 틀이 아니라 좋은 틀이었기 때문에 인식의 곤혹스러움이 생깁니다. 나쁜 틀에서도 문제가 생겼겠지만, 좋은 틀이었기 때문에 더 안 고쳐지고…….

김종철 보통의 경우엔 조선 시대라고 하면 억압적인 사회였다는 생각이 먼저 떠오릅니다. 특히 성적인 억압, 여성이 느끼는 억압상은 매우 심했을 겁니다. 여성적 관점에서 조선 시대를 달리 보면 매우 문제적인 접근을 할 수 있을 것이라고 생각합니다.

김우창 남성과 여성의 관점이 다르다는 것, 매우 중요합니다. 조선조 시대가 억압적 사회라고 하지만, 어떤 사람한텐 더 억압적이고 어떤 사람한텐 덜 억압적인 사회인데, 조선조의 남자는 성적인 면에서 상당히 제마음대로였던 것 같아요. 다른 면에서도 상당히 편하게 살 수 있었던 것 같기도 하고요. 현대 시에서 에로틱한 정조는 그런 사정이 계속된 측면이기도 하고, 또 다른 면에서는 억압적 제도의 해체에서 연유된 것이기도 할 겁니다.

그러니까 계급과 사회적 위치에 따라서 달랐지만 조선조는 대체적으로 억압된 사회, 성적인 면에서 억압적 사회인데, 그것이 해방될 수 있었다는 느낌이 신문화가 드러나면서 많이 생겨났지만, 사회적 여건으로 볼 때 해방적으로 나올 수 있는 것은 아니었습니다. 에로스의 관점에서 충족된 사람은 맥없는 사람인데, 우리 사회가 필요로 하는 건 맥없는 사람이 아니었습니다. 억압이 많아 분통도 많이 터뜨리고, 성도 많이 내고 하는 사람이 필요한 사회였는데, 행복한 사람이 생겨 버리면 곤란한 사회, 불행한 사회였기 때문에 불행한 사람이 많이 필요한 사회였는데, 행복한 사람이 생겨야 되겠다고 자꾸 얘기하면 나쁜 놈이 되어 버리죠.

김종철 매우 흥미로운 말씀입니다. 에로스가 사회적으로 적절히 유통되고 있어야 정상일 것 같은데요. 그러니까 그런 문화적 형식도 사실 유교 전통의 억압적 성격과 관련될 수도 있는 것 아닙니까?

김우창 그럴 수 있겠습니다. 유교 전통이라는 건 도덕적 절차와 의식을 중시했습니다. 요즘 흔히 대쪽 같은 사람이라는 표현을 하는데, 도덕적 의식과 강한 의지를 가지고 유교적 가치를 사회적으로 추구하는 사람이 당시 존경받았는데, 그런 사람들일수록 상당히 억압적인 측면이 많았지요. 그런데 유교가 꼭 그렇게 딱딱하고 억압적인 전통을 낳을 필요는 없었던 것으로 생각합니다. 제가 어떤 글에도 썼는데, 공자가 제자들을 모아 놓고 묻습니다. 너희들 하고 싶은 것이 무엇이냐? 한번씩 얘기해 봐라, 하니까 대개 나라 정치를 잘해 보고 어쩌고 운운합니다. 그런데 한 제자가 기수에 목욕하고 산꼭대기에 올라가서 비파나 한번 쳐 보고 싶다고 말하지요. 그러니까 공자가 무릎을 치며 바로 그것이 내가 하고 싶은 얘기라고 말합니다. 이런 예화에서도 알 수 있듯이 공자는 그다지 딱딱한 사람은 아니었던 것 같습니다. 『논어』의 문제적인 첫 머리만 해도 그렇습니다. 공부할 것을 권면하는 「학이(學而)」편의 맨 처음에 나오는 게 공부해야 좋은 사람이 된다, 이런 게 아니지요. 공부해야 과거 잘 보고 나라를 위해서 좋은 일 한다, 이런 얘기를 한 게 아닙니다. 공부하면 즐겁지 않느냐(學而時習之, 不亦說乎), 이렇게 말합니다. 공부해서 이익 될 것을 구하는 것이 아니라 재미있으니까 공부하고 그러니까 좋은 것이라는 공자의 이 말은 생각해 볼 만합니다.

그런데 도덕적 의지를 강하게 하는 것은 정치와 연결된 것입니다. 또 계급 사회와 관계가 있는 것 같습니다. 통상 너 내 말대로 해라, 하면 잘 안 들죠. 반면에 너 내 말대로 하지 않으면 그것은 옳지 않다고 말해야 듣지요. 이렇게 도덕을 가지고 정당화해야 내가 없을 때도 열심히 하지 내 힘으로 만 하려고 하면 나만 없어지면 제 맘대로 하고 맙니다. 그러니까 계급 사회 에서 억압적 언어, 도덕적 언어라는 건 상당히 강하게 연결되어 있습니다. 도덕적 언어라는 건 굉장히 무서운 언어죠. 도덕적 언어가 지배 언어라는 것, 우리나라에 쓰이는 글의 상당한 부분이 '그래야 한다' 이렇게 돼 있죠. '그래야 한다'지, '이렇게 돼 있다, 내가 보니까 이렇게 돼 있다', 이런 게 아 닙니다. 그것만 가지고 통계적 연구를 해보면 재미있을 것입니다.

김종철 선생님, 그 같은 억압적인 성격, 혹은 부정적인 의미에서의 도덕 성의 강요 같은 것은 지배 문화나 지배 담론의 특성 아니었던가요. 민중 문 화에서는 양상이 좀 달랐던 것 같은데요.

김우창 문화를 '보편성에로의 고양'이라고 한 헤겔의 말은 맞는 말일 것 입니다. 지배 계급은 지배의 목적을 위해서라도 보편적이 되지 아니할 수 없습니다. 다만 그 보편성이란 거짓된 것이다, 구체성을 결여하고 있는 것 이다라고 할 수는 있습니다. 그 대신 민중이야말로 역사의 보편적 가능성 을 대표한다고 할 수도 있습니다. 그러나 마르크스식 표현으로 아직 그 보 편성은 주체적으로 쟁취된 보편성은 아니기 쉽습니다. 그것이 어떤 것이 든지 간에, 예술은 보편성의 입장에 깊이 관련되어 있다고 생각됩니다. 그 러면, 또 다른 하나는 그것이 깊이 개인적이라는 것입니다. 보편성에까지 심화된 개성, 개성으로 구체화된 보편성 — 이러한 것이 문화의 높은 업적 에 관계가 있다고 나는 생각합니다.

고전적 작품의 위대성을 무시할 수는 없지만, 근대 예술은, 음악이든, 건축이든, 회화이든, 시든, 늘 하나의 개성 속에서 통합된 예술의 업적이었 습니다. 하여튼 제가 민중의 한 사람이 아니라서 그런지 몰라도 민중을 가 지고 많은 것을 해결할 수는 없다고 생각합니다. 특히 예술의 경우 그렇습니다. 그러니까 진짜 높은 의미에서의 예술은 민중이 만들고, 민중이 즐기고, 민중이 알아듣고 하는 건 아닌 것 같아요. 민중으로부터 에너지가 오는 건 사실일 겁니다. 모차르트가 독일 민중의 무도 음악을 기초로 해서 자기 음악을 만든 것은 사실이지만, 그것은 모차르트식으로 만든 별개의 것이지, 모차르트의 음악 자체가 민중 음악일 순 없습니다. 간혹 라디오 같은 데서 경상도 어디, 전라도 어디서 채취한 민요라고 나오는 것을 듣는 경우가 있는데, 그것은 진짜 세련된 음악이 아니라 한갓 음악의 자료(생 소재)일 뿐이라는 생각을 합니다. 물론 세계적으로 고전 음악이 상업적으로 쇠퇴하면서, 또 유행이 많이 바뀌면서, 요즘엔 음악 자료 같은 음악도 많이 성행하는 모양입니다마는, 그래서 음악하고 음악 자료하고 혼돈을 많이 하고 있는 게 요즘의 추세이기도 합니다만, 그것은 엄격히 구별되어야 한다고 생각합니다. 민중적인 요소는 매우 중요한 것이지만, 그 자체로보다는 우리에게 정말 깊은 만족을 느끼게끔 예술적으로 형상화될 때, 그리고 사회 전체의 형성적 문화로 승화될 수 있을 때, 더욱 중요해진다고 생각합니다. 물론 민중에게도 좋고요.

이것은 다시 한 번 문명의 비극적 모순을 생각하게 합니다. 원시 공동체를 벗어나서는, 일상생활의 예술, 장인이 만드는 일상 용품의 아름다움을 빼고는, 예술 그 자체는 늘 생산의 잉여에 관계해서 생겨났습니다. 이 잉여는 대체로 지배 계급이 착취 또는 착복했고, 여기에서 떨어진 떡고물로 빚어진 것이 예술입니다. 사르트르는 민중의 피와 눈물이 들어가야 했던 예술—가령 파르테논을 예로 든 것 같습니다만, 한 방울이라도 그러한 것이 들어간 예술은 없어도 좋다고 말한 일이 있습니다. 동의하지 아니할 수 없는 말입니다. 그러나 다른 한편으로 과거의 위대한 예술이, 어떠한 모순에서 나왔든지, 예술이 사람의 정신을 고양하고, 위로를 주고 하는 것은 사실입니다. 눈물 없는 예술이 어떻게 가능하느냐 하는 것은 쉬운 답변이 없으면서, 끊임없이 문제를 삼아야겠지요.

옛날에는 어쨌는지는 모르지만, 적어도 근대적 예술에서, 처음부터 예술은 고상한 것이니까, 민중의 피와 땀에 관계없이 위대성을 추구할 수 있다고 하는 것은, 다른 문제를 제쳐두고라도, 위대한 예술에 이르지는 못하는 것일 것입니다. 클라우스 만의 소설 『메피스토』는 나치 정권에 타협하며 예술만을 추구하려 한 사람의 이야기를 다루고 있지만, 이 소설이 보여주는 것처럼, 허위의식에 입각해서 진정한 예술을 만들 수는 없지요. 예술도 일종의 허위 의식이지만, 인간적 진실을 모른 체 눈감는 허위의식은 아닙니다. 모차르트는 오스트리아의 작은 궁정의 귀족들에게 붙어산 사람이지만, 그 예속적 지위에 대하여 늘 저항감을 가지고 있었습니다. 계급 사회, 관료 사회, 전체주의 사회에서, 예술가는 모순 속에 있는 존재일 것입니다.

일본식 예의와 미적 만족의 세계

김종철 선생님의 글 속에서 그렇게 분명하게 드러내신 것 같지는 않은데, 제 느낌에는 선생님께서 뭐랄까요…… 일본 문화에 대한 취미가, 동양적인 취미가 있는 게 아닌가 싶은데요.

김우창 어렸을 때 일본 교육을 조금 받긴 했습니다만, 잘 몰랐고 최근 일본에 가서 강한 인상을 받았습니다. 일본과의 관계는 간단히 답할 수 없는 복잡한 면을 가지고 있습니다. 당위적으로 말하여, 우리가 일본이나, 중국 또는 다른 아시아 여러 나라와 같은 미래 속에 살 것이라는 것은 분명합니다. 완전히 우호적인 관계가 될 수 있느냐 하는 것은 별개로 하고, 피차에 좋은 자극이 되는 관계가 되어야 한다는 것은 길게 볼 때, 당연한 요구입니다. 물론 정리되어야 할 것이 많이 있지만, 그것도 이러한 미래의 요구라는 관점에서 생각해야 할 것입니다. 유럽을 보면서 나는 생각합니다. 영국이나, 프랑스나, 이탈리아나, 독일 또는 폴란드가 독자적으로, 그것이 좋은 것이든 나쁜 것이든, 유럽의 문화, 그리고 이들 각 나라에서 향유하고 있는 문화가 가능했겠느냐 하는 것입니다. 조지프 니덤은 유럽의 근대 과학이 유럽의 다양하면서 하나로서 서로 작용하는 국가 공동체가 있어서 발달할 수 있었다고 말한 일이 있습니다. 어느 나라도 그 자체만으로 풍부한 문화를 발전시킬 수는 없습니다. 그리고 유럽을 볼 때, 높은 문화는 대체로 여러 차원에서 서로 작용할 수 있는 근린의 사회들 속에서 성장한다는 느낌을 나는 갖습니다. 우리는 미국에서도 배우고 러시아에서도 배워야겠지만, 지역적으로 강한 문화권 속에 위치함으로써 풍부한 문화 사회로 될 수 있다고 생각합니다. 우리가 뛰어난 문화 국가가 되는 것은 뛰어난 아시아 문화와의 관계에서일 것입니다. 그러면서 세계 문화와 관련되는 것이지요.

일본에서 받은 인상을 말하기 전에 또 좀 보탤 말이 있습니다. 그것은 어떤 사회가 우리에게 강한 인상을 주는 좋은 것들이란 그 사회의 영원한 본질이 아니라는 것입니다. 좋은 것은 잠깐입니다. 르네상스라는 위대한 시기는 역사에서 긴 구획을 차지하지만, 하우저가 말한 것으로는, 그것이 보여 주는 고전적 균형은 20년간의 것이라고 합니다. 우리는 물건 하나를 기기묘묘한 것으로 감탄을 가지고 볼 수 있습니다. 문화나 문명은 단순히 그러한 기기묘묘한 것 또는 그 집적이 아니라, 그러한 것들을 포함하는 전체적인 삶의 균형을 말합니다. 이 균형이 짧은 동안일 수밖에 없다는 것은 무상한 세상사의 불가피한 결과인지 모릅니다. 이 균형은 다른 한편으로, 그것을 통합하는 그때그때의 시대의 현재성에 관계됩니다. 간단히 오늘 잘살면 과거의 것이 좋게 보이고, 오늘 못살면 과거의 것이 쓰레기로 보이는 것이 아닌가 합니다. 또는 과거의 잘살던 것도 하나의 총체로서의 모습으로 우리의 심상에서 통합되어야 위대한 것으로 느껴지게 되지요. 중국에 가서 보고 중국 문명이 만들어 낸 엄청난 것들을 찬양할 수는 있지만, 그것이 풍기는 조화감이나 균형 — 아름다움을 느끼기는 어렵습니다. 나는 잠깐이지만, 중국에 가 보고 이러한 생각을 갖게 되었습니다. 이것은 일본에도 적용됩니다. 지금 일본의 많은 것이 좋아 뵈는 것은 일본의 본질에 관계된다는 것보다도, 일본이 이루고 있는 오늘의 균형 — 여러 가지 요인으로 설명해야 되는 균형으로 인한 것일 것입니다. 물론 이 균형의 요소가 되는 것이 그들의 역사에 없었던 것은 아니겠지요. 올더스 헉슬리가 20년대엔가 일본에 갔을 때, 그는 일본이 얼마나 엉성하고 지저분한 곳인가에 주목했습니다. 지금은 다들 일본의 청결과 짜임새에 놀라지요.

3년 전에 일본에 머물면서 내가 강한 인상을 받은 것 가운데 두 가지만 말하겠습니다. 하나는 예의고 다른 하나는 일상생활에서의 미의 기능입니다. 물론 이것도 우리 사회의 문제를 의식하는 사람이 받은 인상이기 때문에, 일본 자체를 말하는 것이라기보다는, 어떻게 보면, 일본에 가서 깨닫게 된 우리 사회의 문제점이라고 할 수도 있지요. 강한 인상의 하나는 일본 사람들이 참 예의바르다는 것이었습니다. 예의에 강한 인상을 받는 것은 그것이 사회적 갈등 — 일상생활에서의 차원에서의 사회적 갈등을 완화하고, 우리의 삶을 평화 속에서 영위하게 하는 요소라는 것을 보았기 때문입니다. 예의는 이성적 질서와 다른 것이면서, 이성적 질서의 일부입니다. 사람과 사람 사이에 평화를 보장하는 이성적 질서가 있은 다음에 본격적인 의미의 삶이 가능합니다. 이런 의미에서 이성은 삶 자체는 아니고, 삶을 가능하게 하는 전제 조건입니다. 나는 오랫동안 예의의 억압적인 성격을 보아 왔기 때문에, 예의를 같은 관점에서 생각하기를 거부했습니다. 일본 경험 후 나는 이런 점에 대해서 생각을 달리했습니다. 물론 이성이나 마찬가지로 그것이 본질적인 것은 아닙니다.

저보고 흔히 '이성주의자'라고 말하는데, 이성을 절대적이라고 생각해서 그런 건 아니고, 물론 자기 사는 데 중요하지만, 절대적인 측면은 어디에 있느냐면, 사람과 사람의 관계를 규정하는 데서 절대적이라고 생각해요. 그걸로 다 해결되는 게 아니고 사람과 사람의 관계를 정의롭게, 적절하게 대처하고, 그다음 사는 데 자기가 잘해야지요. 그러니까 우선 사람의 관계를 정상적인 것으로 유지하는 제도를 얘기하고, 사회를 얘기하는 것이 절대로 중요하지, 전체적으로 그렇게 중요하다라고 얘기하는 건 아닌데, 더러 그렇게 생각하는 사람들이 있는 모양입니다. 저는 지금 전체의 사회적 합리성을 말하고자 하는 것입니다.

예의의 핵심이 뭐냐고 할 때, 유교적인 관점에서 보면 다른 면도 있겠지만 결국 현실적으로는 윗사람한테 잘해라, 이렇게 되어 버려요. 흔히 사회학적 분석에 의하면 일본은 수직 사회라고 합니다. 다테 사회라고 하는 수직 사회임에도 불구하고 윗사람과 아랫사람의 관계가 반드시 부리는 관계는 아니에요. 돌봐 주는 관계라는 면이 상당히 강하게 있습니다. 윗사람은 더 책임을 많이 가지고 돌봐 주고, 아랫사람은 윗사람을 위해서 절대적으로 충성하며 책임을 다합니다. 말하자면 좀 복잡하고 미묘한 수직 사회인 것 같아요. 단순히 명령에 복종하는 수직 사회는 아닌 것 같습니다.

예의의 핵심은 겸손이에요. 왜 겸손이 필요하냐 하면 철학적으로 얘기해서 나와 같은 존재는 아무것도 아니니까 크게 보면, 자기를 너무 크게 생각하는 자체가 미친 생각이니까 그런 면도 있지만, 사회적인 관점에서 볼때 자기를 내세우기 시작하면 그 사회는 깨지는 사회예요. 나를 죽이고 낮춰야 예의가 성립됩니다. 서로 자기를 높이려 들면 싸움만이 들끓는 예의 없는 괴로운 사회가 됩니다. 우리는 어떻습니까. 자기를 내세우는 사람들이 너무 많지요. 앞다투어 위에서 내리누르려 하지요. 길거리에서 자동차 사고가 나면 서로 큰 소리로 아우성을 치며 싸움을 벌입니다. 제가 관찰한 일본 사람들은 그러지 않았습니다. 속으로는 안 그러겠지만 적어도 사회 관계에 있어서 자기를 내세우는 것을 아주 나쁘게 봐요. 자기를 낮춰야 돼요. 어린아이들에게 가르치는 내용도 다릅니다. 우리는 어른한테 인사 잘 해라 이게 핵심이죠. 서양 사람 경우는 항상 정직해라 그럽니다. 그런데 일본 사람들은 남에게 피해 주지 말라고 가르칩니다. 그들은 남의 집에 갔을 때 항상 피해가 되지 않는지 묻습니다. 그들의 일상 용어 중에 아주 중요한 것이지요.

이렇게 자기를 낮추는 예의의 문제는 조선 사회에서도 있었습니다. 우리 유학사에서 유명한 게 퇴계하고 고봉하고 주고받은 논쟁인데, 나이가 스무 살 차이예요. 퇴계는 나이도 많고 벼슬도 많이 한 사람이었습니다. 그런데 퇴계가 고봉에 답변하는 것을 보면 내용도 진지하려니와 아주 겸손하고 아주 예의 바르지요. 스무 살 차이인데도 함부로 하는 게 아니에요. 이렇듯 옛날 우리식으로 해도 자기를 낮추는 예의는 퍽 중요한 것으로 보입니다. 요즘 우리 사회는 자기 주장이 매우 강한데, 이는 한편으로 보면 억압으로부터의 해방적 측면도 없는 것은 아니지만, 다른 한편으로는 부정적인 측면도 많습니다. 자기 자랑을 많이 하는 것도 마찬가지입니다. 글쓰기도 그렇지요. 글쓰는 데도 정말 내가 겸손한 마음을 가지고 무엇이 옳은가를 알아봐야겠다고 쓰는 것과, 이것이 옳은 것인데 너희들은 왜 모르느냐? 이렇게 쓰는 것과는 설득력이 달라요. 우리나라에서는 설득력이 있을는지 모르지만, 세계적으로 설득력이 없죠. 소설가의 경우도 그렇습니다. 자기가 상상적으로 상정한 인물에 대해 겸손한 마음을 가지고 진지하게 생각하고 연구하고 또 상상할 때 깊이 있고 의미 있는 인물을 창조할 수 있고, 세계를 형성할 수 있을 텐데 그 점에서 약한 것 같습니다.

김종철 예의 문제 말고 다른 것은 어떻습니까? 가령 미적인 문제라든가…… 일본 문학의 문제라든가…….

　김우창　일본의 문제 중의 하나는, 아이러니컬한 얘기지만 갈등이 없다는 겁니다. 그러니까 사회의 갈등이 묵살되는 면이 있습니다. 이것이 연장되어, 국제 관계에서도, 자신들이 갈등의 원인이 되었다는 것을 인정하지 않고, 어디까지나 선의의 국민이 자기들이라는 식으로 비현실적인 주장을 하는 면이 있는 것 아닌가 하고 생각할 수 있습니다. 전전(戰前)에 일본의 학자로서 한비자를 해설한 사람이 있는데, 일본 사람들은 착한 사람들이라 한비자의 냉소적 현실주의를 이해할 수 없을 것이라고 하면서 설명을 하는 부분이 여러 군데 있습니다. 이것이 한국을 점령하고 있던 것은 물론이고 중일 전쟁, 난징 학살 등이 벌어지던 때입니다. 이러나저러나 내가 하는 말은 물론 현실 문제를 이러한 심리적 태도만으로 말하는 것은 옳지 않다는 것을 전제하고 하는 말입니다. 그러나 일단은 갈등 없는 사회가 좋지요. 우리는 문 밖만 나서도 갈등 천지인데 말입니다.

　갈등을 없애는 데 아까 말씀드린 겸손과 예의가 사회적으로 중요하게 작용하고 있는 것은 분명합니다. 한국의 어떤 사람이 일본에 갔다 와서 유럽에 비해 일본에서는 볼 게 없었다고 말하는 것을 들은 적이 있습니다. 유럽에 가면 커다란 사원이 있고, 조각이 있고, 그림이 있고, 음악이 있고 한데 일본에는 그런 것이 없다는 것이었습니다. 그러나 제가 보기에 일본처럼 아름다운 게 많은 사회는 드문 것 같아요. 어떤 데서 아름답냐면, 포장지 하나의 디자인에서부터 수십 종의 도시락에 붙어 있는 개성적이고 시적인 이름들, 어묵 꼬치 끝에 새겨진 돛단배 모양의 조각들 등등, 미적인 것이 굉장히 많습니다. 저는 그걸 보면서 보통 사람이 이걸 만들면서 돈 벌려고만 하는 것이 아니라 만드는 데 재미와 만족을 느끼는구나, 그래서 자기 인생에 만족할 수 있고, 사회적인 갈등이 적구나 하는 것을 느꼈습니다. 아무튼 일본은 보통 사람이 미적인 만족을 느낄 수 있는 여러 가지 수단이 발달된 나라입니다. 작지만 아름다운 것에 대한 만족을 위한 궁리가 제일 많은 나라의 하나가 일본이 아닐까 생각합니다. 그것이 일본으로 하여금 지금 세계 시장에서 상당히 성공하게 만들지 않았을까 여깁니다. 많은 사람들이 자기의 미적 만족을 느낄 수 있는 것이 많다는 것이 어떻게 가능할 수 있을지 상당한 흥밋거리가 아닐 수 없습니다.

　물론 일본 사람들은 미적인 것을 존중하기 때문에 합리적인 자질이 부족하고 도덕적인 책임감이 약한 편이긴 합니다. 아시다시피 우리와의 관계에서 여러 가지 문제점들을 많이 노출시키기도 하고요. 그러나 좋은 것만 떼어서 본다면 보통 사람이 만족하면서 살 수 있는 사회, 미적인 것을 존중하는 전통, 그리고 협동적인 전통 같은 것은 우리가 생각해 볼 문젭니다. 일본에는 봉건적인 전통도 많이 남아 있는데 동시에 민중적이기도 합니다. 도자기 하나 만드는 사람, 우동 한 그릇 요리하는 사람, 이런 사람들이 존중받는 사회니까요. 이런 분위기가 수직적이고 봉건적으로 보이는 사회 관계를 유기적인 인간관계로 끌어갈 수 있는 겁니다.

낭만주의, 비판과 반성

　김종철　화제를 좀 바꾸어 보겠습니다. 요즘 우리 사회는 날로 비속화 일로에 있는 것 같습니다. 한보 사태도 그렇고, 여기저기서 사람살이의 품위에 어긋나고 있는 느낌입니다. 진정한 의미에서의 생명은 경시되고 사회 어디서나 각박한 경쟁의 논리만이 무성합니다. 대학에서마저 인문적 교양이 무시되고 허울 좋은 경영 논리들이 횡행합니다. 뭔가 심각한 진단과 반성이 절실히 요구되는 시점이 아닌가 싶습니다.

　김우창　교양의 의의는 사람의 존중에 있습니다. 이것은 사람의 마음을 존중하는 것입니다. 그러나 이 마음은 자신의 깊은 곳에 이른 마음입니다. 그런데 그것은 역설적으로 마음이 물질적 조건으로부터 일어난다는 것을 인정하는 것이기도 합니다. 결국 깊은 곳에서 마음과 몸, 또 물질은 하나이기 때문입니다. 얄팍한 표면에 남아 있는 마음은 온갖 조종의 대상이 될 수 있습니다. 관념에 의해서, 선전에 의해서, 얄팍한 물질적 유혹에 의해서. 깊은 곳에 있는 마음은 자발성 속에서 움직입니다. 그것은 나의 피상적인 의식으로도 마음대로 조종하기 어려운 것이지요. 교양은 이러한 마음과 몸과 물질의 과정들의 심화에 관심을 가지고 있습니다. 요즘은 모든 것이 사람의 조종, 마음의 조종에 집중되어 있습니다. 우리를 조종하여 어떠한 정치 이념에 복종하게 하고, 물건 사는 데에 정신을 팔게 하고, 생산성의 원칙에 우리를 복종하게 하려고 합니다. 대학은 사람과 물질을 나의 목적에 맞게끔 조종하는 기술을 만들어 내고 가르치고 파는 곳이 되어 가고 있습니다.

여러 가지 문제점을 논제로 삼을 수 있겠지만, 한 가지 핵심적인 것은 사람이 함부로 조종되는 존재가 아니라는, 마음대로 경영되는 것이 아니라는 것을 다시 한 번 상기하는 것이라고 할 수 있습니다. 옳은 지적입니다. 제 느낌에는 사람을 함부로 할 수 없다는 것은 윤리적인 문제에 앞서 생물학적인 문제인 것 같습니다. 대학의 교양 영어 교재에 흔히 나오는 텍스트인데 「코끼리 쏘아 죽이기」라는 읽기 자료가 있습니다. 조지 오웰의 글이지요. 사형수를 데리고 사형장으로 가는데 그 사형수가 흙탕물을 가려 딛고 갑니다. 죽으러 가는 마당에 그 절명의 순간에 흙탕물이 뭐길래 가릴까 하는 생각이 들 수도 있습니다. 여기서 새로운 사고가 시작됩니다. 사회적으로 한 사람에게 사형을 내려도, 개인의 가장 기본적이고 내면적인 느낌마저 억제할 수는 없는 것이지요. 사회적인 외부 사건도 영향을 행사하지만 그보다는 개인의 내면적 느낌이 중요한 것이지요. 근본적으로 생각해 보면 사람이 인격이 있어서 존경받을 수 있기보다는 독자적인 생명의 리듬이 있기에 존중받아 마땅한 것이 아닐까 생각합니다. 아주 깊은 생물학적 문제지요.

조선조 사회에서의 큰 문제점 중의 하나는 감정의 불수의성을 인정하라는 것이었습니다. 지금부터 이 사람을 좋아해, 하면 좋아할 수 있다고 생각한 것이지요. 그러나 그렇게 할 수 없지요. 감정이 저절로 일어나야 되는 것 아닙니까. 자기 마음대로 안 되는 게 감정인데 말입니다. 감정의 불수의성을 무시하고 도덕적 의무를 강조하려는 경향은 오늘에도 지속되는 느낌이고, 거기서 많은 문제들이 발생하고 있다고 봅니다. 마르크스주의와 모택동주의의 차이를 그 의지주의(voluntarism)에서 찾은 사람이 있습니다. 의지주의가 사람의 주체적 의지를 강조한 것은 좋은 일이지만, 사람이 객관적 조건하에서 산다는 것을 무시하여, 많은 고통을 낳을 수 있고, 마르크스의 어떻게 보면 인간 조건에 대한 비극적 인식을 뒤집어 놓는 것입니다. 모택동의 의지주의는 물질적 조건에 대한 인간의 의지의 우위를 강조한 것이지만, 동시에 그것은 다른 사람, 피통치자의 마음도 내 마음대로 만들어 낼 수 있다는 생각을 만들어 냈습니다. 동양적 전통에서 나온 것이기는 하지만.

진보주의자의 이성적 곤혹

김종철 의지주의를 낭만주의와 관련지으시니까 드는 생각인데, 다른 차원에서 지금 우리 사회가 매우 낭만적인 분위기에 젖어 있는 것 같지 않습니까? 좋은 의미에서 낭만적 열정이든, 나쁜 의미에서 낭만적 허상이든 말입니다. 시가 읽히지 않는다고 아우성인데 여전히 시집들이 많이 쏟아져 나오는 것도 수상하고요.

김우창 확실히 낭만주의 시대다 이렇게 생각해요. 많은 사람들이 낭만주의적 정열 속에서 살기 때문에, 허황하고 보기 싫은 것도 많고…… 대체적으로 세상에서 이로운 일이 생기는 건 미친 사람들이 하는 거 아닙니까? 미치지 않고는 새로운 일이 안 되는 것 같아요. 그러니까 합리적으로 이성적으로 건전하게 해 나간다는 사람은 아무것도 새로 시작 못 하죠. 눈에 보이지 않는 것을 뭔가 꾸미려면 미쳐야 하기 때문에. 그렇지만 어떤 독특한 에너지가 있는 것은 사실이지요. 기존의 진보주의는 대개 그것을 위험하다고 보게 마련인데, 그 점에서 이미 보수주의라고 할 수도 있을 것 같아요. 진보주의라는 것은 대개 이치대로 합시다 하는 생각을 많이 하거든요. 이치대로 하자는 것은 있는 사태를 전부 균형 있게 다시 조정하자는 얘기지, 존재하지 않는 새로운 것을 만들어 내자는 얘기는 아니기 때문에 진보주의의 딜레마 중의 하나가 이름은 진보적이고 발전적이면서 실은 보수적인 생각을 하고 있다는 사실입니다. 요즘 이런 생각을 하면서 저 자신도 그 동안은 상당히 진보적이라 생각했는데, 이미 얼마나 보수적인 사람인가 하는 느낌을 갖게 됩니다. 오늘날 경제 제일주의, 상업주의, 비즈니스 문명에 대해서 상당히 비판적으로 싫은 느낌을 가지고 있으면서도, 그 사람들이 얼마나 미친 사람들인가, 또 미친 데서 얼마나 많은 에너지를 끌어와서, 미래의 보이지 않는 가능성들을 열고 있는 사람들인가, 하는 느낌을 가져요.

김종철 그런 세상에서 보수적이지 않으면서 진보적인 입장을 계속 유지할 수 있는 입장은 어디에 있다고 보십니까.

김우창 대개 진보주의라는 건 보수적인 것 같아요. 그중에 가장 보수주의자가 김 선생 같은 분이지요. 환경이나 녹색 문제에 관심 갖는다는 것은 사람 사는 데 근본적인 한계들을 늘 의식하는 것이거든요. 그런데 그 한계라는 것은 앞으로 올 것이기도 하지만, 태곳적부터 있던 한계, 바로 김 선생이 번역하신 『오래된 미래』라는 제목 자체에 나와 있잖아요. 미래라는 게 새 것에 있는 게 아니라, 매우 오래된 것에 있다는 것, 그러니까 근본적으로 우리가 사는 틀을 바꿀 수 없는 거라는 생각을 밑에 깔고 있기 때문에 가장 보수주의적인 사람이 환경주의자죠.

김종철 하여간 보전하자는 거 아닙니까?

김우창 위의 것은 역설적으로 말해 본 것입니다. 사람이 자유롭게 산다는 것은 아무것이나 해 본다는 것은 아닐 것입니다. 모호하고 모호하기 때문에 위험한 것이지만, 자유롭다는 것은 어떤 필연성 속에서 자유로운 것이라는 철학자들의 말은 사실일 것입니다. 거꾸로 서 다니는 것도 자유이고, 사람 죽이는 것도 자유이고, 내가 번 돈 내 마음대로 쓰는 것도 자유이지만, 어떠한 가능한 일은 사람이 하고 싶은 것이 아니고, 해서는 다른 하고 싶은 것이 아니 되는 것이고, 해서는 사람 사는 것을 근본적으로 부정하는 것이고 그러하지요. 중요한 것은 자유에 못지않게 사람이 지켜야 하는 것이 무엇이냐를 확인하고, 이것으로서 사람의 자유에 호소하는 것입니다. 다만 이런 경우에 필연성의 한계의 깊은 보수적 성격도 인정하여 그것을 경계하는 것일 것입니다. 필연성으로 자유에 호소하는 것 —— 이런 공식, 철학자들이 이야기해 온 공식이지만, 이러한 공식이 인간의 자발성과 운명적 제약을 통합하는 것인데, 이 역설적 통합은 인간의 본성을 확인하는 학문적 방법이기도 합니다. 필연성이라도 사람이 자유의사로서 동의할 수 없는 것은 무엇인가 문제가 있는 것이 아니겠습니까?

여기에 관련되어 있는 것은 깊은 본성의 문제이기도 하고, 교양적 깨우침의 문제이기도 하고, 설득의 문제이기도 합니다. 사람이 자동차도 만들어 내고, 컴퓨터도 만들어 내고 하는 것이지만, 근본적으로는 뭔가 믿을 수 있는 것이 없으면 못 사는 것 같아요. 환경, 보수주의니 사회주의니 의미에서의 진보주의를 얘기하는 사람이라는 것은 이성적 계획이라는 이미 지금부터 정해진 계획에 따라서 미래를 만들어 보자, 하는 사람들이기 때문에 이성적 계획이라는 자체의 어떤 한계나 그 필연성에 따라서 살아가는 것이죠. 그보다 더 근본적인 의미에서 사람 사는 데 한계를 얘기하는데 환경에 관심이 많이 있다는 것은, 자연이라는 건 사람 사는 데 영원한 테두리고 도저히 사람을 벗어나서는 안 된다는 생각이고, 이렇게 생각해 볼 때 사람이 의지하고 살아야 되는 것은 발전하는 미래이기도 하고 자유이기도 하지만, 어떤 한계인 것 같습니다. 진보니 보수니 하는 카테고리 자체가 우리 삶의 실상을 설명하는 데 크게 모자라기 때문입니다.

이성적 기획의 옹호

김종철 선생님께서는 정치학과에서 변신을 하셨지만 초기부터 주된 관심 중의 하나가 인간 삶 속에서의 정치 문제였습니다. 실제로 우리 사회에서 정치 문제가 대단히 중요하게 작용했었고요. 그런데 밖의 정치 문제도 있지만 선생님께서 스스로 생각하시기에, 선생님의 글이 문학 비평뿐만 아니라 신문에 실린 칼럼이라든지 여러 가지 다양한 글이 있는데, 그런 글들을 쓰시면서 나름대로 좋은 의미에서 정치적 의도 같은 것도 있었으리라 생각합니다. 글들이 조금씩 바뀔 수도 있고 한데, 글쓴 사람의 의도가 읽는 사람에게 전달되고, 그 소통 과정에서 설득되고, 설득되어서 읽는 사람의 생각이 바뀌고 행동이 바뀌고, 그런 글의 정치성 말입니다.

김우창 정치적 글을 쓴 것은 우리의 실존적 삶이 정치에 관련되어 있기 때문입니다. 절실한 문제에 대해서 절실한 동기를 가지고 쓰려고 했을 뿐입니다. 제가 글을 쓰는 사람으로서 글 쓰는 동기가 절실하면 저의 삶도 절실해진다고 생각한 편입니다. 아까부터 실존주의 운운 했는데, 실존주의라 해서 내가 내 자신에 대해서 절실한 것만을 쓴 것은 물론 아닙니다. 우리가, 많은 사람이 절실하게 느끼고 나도 절실하게 느끼는 것, 내가 자신에 대해서 절실하게 느끼는 게 아니라 우리가 사는 형편에 대해서 절실하게 느끼는 것, 그러다보니 정치 문제에 대해서도 많은 관심을 가졌던 것 같습니다.

정치 문제나 사회 문제를 대하면서도 저는 주로 나는 이렇게 이해하고 생각하는데 당신 생각은 어떠하냐고 묻는 대화적 방식을 택하고자 했습니다. 보통 정치적 행동이라는 것은 공감하는 세계도 아니고 이해하는 세계도 아니고 그야말로 카리스마적 세계라고 할 수도 있습니다. 동물들의 종족 보존 방식도 이와 비슷하고 아가교 같은 사이비 종교 집단의 행태도 그렇습니다. 카리스마적 정치 행태나 현상에 대해 선험적으로 좋다 나쁘다 이렇게 말할 수는 없을 것입니다. 다만 인간의 정치적 행동의 일부로서, 과정으로서 중요한 것이기에, 겸손하게 사태를 분석하고 이해한 연후에, '나는 이렇게 생각하는데, 당신은 어떻게 생각하십니까?'라고 질문을 던지는 것은 힘의 세계, 카리스마의 세계에서 매우 가냘픈 언어가 되어 버리고 마는 것 같습니다. 특히 우리의 상황과 우리의 집단적 분위기 속에서는.

김종철 어쩌면 선생님의 정치적 커뮤니케이션은 늘 실패했을지도 모릅니다. 나는 이렇게 생각한다, 당신은 어떻게 생각하는가라고 대화를 요청했지만, 피드백은 제대로 될 수 없었던 상황이었기 때문입니다. 선생님 글의 수신자들의 반응 태도도 문제였지만 그보다는 커뮤니케이션 상황의 지시 대상이자 콘텍스트였던 우리네 실제 정치 현실의 불행한 상황 때문에 그랬을 것입니다. 그런데 거꾸로 생각해 보면 바로 그 불행한 상황이 오히려 선생님께서는 실감 있는 정치적 사유, 인문적 지혜를 열어 나가는 데 구체적인 재료를 제공해 줬다는 점에서는, 역설적인 의미도 있지 않습니까?

김우창 그런 면도 있지요. 그러나 정신적으로 저를 늘 복잡하게 만들어서 정작 근본적이고 창조적인 사유를 보인 글을 쓰지 못하게 방해한 측면도 있습니다. 그때그때의 관심이 절실하고 중요하다고 생각하며 끌려다닌 느낌도 없진 않고. 불행 의식에서가 아니라 행복에서 나오는 글이 있어 마땅합니다. 얼마나 찬양할 것이 많습니까? 또 얼마나 생각할 수 있는, 빛나는 것들이 많습니까? 그러한 글을 썼더라면 하는 생각이 간절합니다.

김종철 늘 현실이 당장 발밑의 진실을 탐색하도록 만들었기 때문에 장기적인 전망을 갖고 학문적 비평적 작업을 하지 못한 아쉬움이 있다고 하시는데, 만약 상황이 그렇지 않았다면 어떤 진리의 기획을 하고 싶으셨는지요? 제 개인적인 생각에는, 그럼에도 불구하고 지속적으로 선생님 나름의 '심미적 이성의 기획' 같은 것을 중요하게 추구해 오신 게 아닌가 하는 생각이 듭니다만⋯⋯.

김우창 내가 만약 이성적인 기획을 추구해 왔다면, 그것은 우리가 사는 것 자체에 이성적인 요소가 있기 때문일 겁니다. 메를로퐁티의 책 이름에 『센스와 난센스』라는 것이 있지 않습니까. 여기에서 센스는 감각, 의미, 방향을 의미하는데, 이 복합적 의미를 하나로 하면, 감각에 이미 방향이 있다는 것이지요. 가장 구체적인 것 가운데 이성이 있다는 것이지요. 내가 희망하는 것은, 나의 관심은 늘 구체적인 것에 대한 것이었는데, 그것에 이미 어떤 이성적인 방향성이 있었으면 하는 것입니다. 이것은 메를로퐁티를 아전인수격으로 말하는 것입니다. 그가 말한 것은 작은 글이 모여 큰 이성적인 것을 이룬다는 말은 아니고, 현실의 구조에 대한 것이니까.

현실 문제로 돌아가서, 교수가 중요한 연구를 하는 중에 학생이 작은 문제를 가지고 왔다고 하면, 어떻게 해야 하는가를 생각해 보지요. 두 요구의 모순에 고민은 마땅히 있어야 하겠지만, 나의 느낌은 학생의 작은 문제를 우선시하여, 큰 연구를 잠깐 중단하는 것이 옳다는 것입니다. 어떤 진보주의자들은 역사와의 비밀한 약속이 있기 때문에, 역사의 이름으로 작은 인간적인 것들은 무시할 권리가 있다고 생각하는 수도 있습니다. 나로서는 늘 그러한 큰 기획에 대하여 신념을 갖기가 어려웠고, 또 나 자신의 능력이나 사명에 대하여서도 신념을 가질 수 없었습니다. 내가 글을 쓰게 된 것도 큰 기획이나 야심이 있어서라기보다는 우연적으로 그렇게 된 것이었습니다. 이러한 여러 가지 면에서의 신념의 결여가 나의 글이 그때그때의 잡문이 된 것에 관계가 있을 성싶습니다.

김종철 선생님 생각하시기에 20세기에 모색했던 '이성적 기획' 중에서 여전히 유효한 것이 있다면 어떤 것들이고, 새롭게 요청되는 기획들이 있다면 어떤 것들이겠는지요? 그리고 새로운 '지혜의 시대'는 어떻게 열어나가야 하겠는지요?

김우창 이성적 계획이 다 좌절되었다고 만약 포스트모더니스트들이 생각한다면 그것은 두 가지 요인 때문일 것입니다. 사람이 그전처럼 사는 게 핵심이 아니라는 것과 이성이 현실에 작용할 수 있는 기획이 상실됐다는 것이 바로 그것입니다. 가령 마르크스주의라는 것은 하나의 이성적 세계관인데 마르크스주의 관점은 이성적인 것에서 오는 점도 있고 사회주의 이상에 호소하는 점도 있습니다. 더 강렬한 것은 이상적인 것이 현실 속에서 실현되는 계기가 있다는 것인데, 이성에 대한 불신이 생기는 것은 이성 자체에 대한 불신도 있겠지만 현실에 작용하는 계기가 없다는 회의 때문이기도 할 겁니다. 그래서 현실을 움직이는 세력으로 성질 급한 사람한테 직접적으로 호소할 수 있는 이성적 계기라는 것은 당분간 상실됐다고 보는 것도 옳다고 생각합니다.

그러나 사람 사는 데 필요한 것으로서 이성이란 것은 여전히 중요하다고 봅니다. 진리의 존재가 의심된다고 하더라도 진리의 중요성이나 필요는 없어지지 않는 것처럼, 이성의 중요성이나 필요도 마찬가지라고 여깁니다. 합리적으로 사람 사는 관계를 정하고 이치를 만들지 않고서야 어떻게 인생을 즐겁게 살 수 있겠습니까. 이성으로 간단히 얘기하면 사람들이 아까도 예의에 대해 얘기했지만, 예의라는 게 사람과 사람 사이의 공간을 만들어 내기 때문에 중요하죠. 이성도 마찬가지입니다. 물론 이성은 통합의 원칙입니다. 그러면서도 따로 있을 것을 따로 있게 하는 이치입니다. 삶은 이 틈에서 함께 또 따로 영위됩니다. 남녀의 사랑이 있고 이웃을 사랑하라는 말이 있지만, 이것은 어느 것이나 이성에서 나오는 것은 아니라고 할 수 있습니다. 그러면서 가장 값진 인간성의 표현입니다. 그러나 이 사랑의 전제에는 우리가 다 따로 있는 존재라는 것이 있습니다. 이성의 질서와 통합의 원리이면서도, 또 이 따로 있음의 질서 — 따로 있음의 질서라는 말은 하나의 패러독스입니다마는 — 이러한 질서를 만들어 주는 것이 이성이라는 것도 생각해 둘 필요가 있습니다.

우리나라 사람들은 고양이를 별로 좋아하지 않는데 그 이유 중의 하나는 말을 잘 안 듣기 때문입니다. 개는 말을 잘 듣는데 고양이는 그렇지 않거든요. 그런데 모든 것을 말 잘 듣는 상태로 만들려는 것은 위험합니다. 어리석기도 하고요. 흔히 사람들은 동물원에 가서 동물이 잠자고 있으면 작대기로 쑤셔 봐야 하잖습니까. 저 동물하고 나하고 별개의 개체, 다른 생명, 다른 존재라는 인식이 결여되어 있기 때문입니다. 헤겔이 얘기한 것처럼 현실적인 것과 이성적인 것은 하나입니다. 무슨 얘기냐 하면 현실에 존재하는 것에, 혼란과 함께 일정한 이성적 질서가 있는 것을 부정하기는 어렵습니다. 그리고 우리가 이성적인 것을 말하고 원하고 하는 것 자체가 생물학적 생존에 있어서 그러한 것이 필요했기 때문에 우리의 깊은 곳에서 그것의 필요를 느끼는 것이 아닌가 합니다.

도덕의 문제도 그렇습니다. 도덕적인 것, 남한테 너그럽게 해야 한다는 것, 이런 것들이 살아남아 있다는 것은 사람 살아가는 데 원칙이 필요했다는 것이죠. 생물학에서 이타주의의 의미에 대해 연구해 놓은 결과들도 꽤 있는데 같은 결론을 내리는 것으로 보입니다. 결국 이타적으로 행동하는 게 종족 보존을 위해서도 좋다고 생물학적으로 결론을 내리고 있거든요. 자기는 죽어도 그러니까 남을 사랑하고 자기를 희생하는 놈이 사회 전체적으로 필요하기 때문에 그런 이성과 도덕이 살아남는거다, 이러한 이야기입니다. 이성을 문제 삼는 자체가 사람 사는 게 그것으로 움직여지는 것이기 때문이라는 생각을 다시 하게 됩니다.

오늘의 현실에서 이성이 죽은 것으로 보일는지 모릅니다. 또 인간성의 이상—물질 소비와 권력 또는 힘겨루기로 정의되는 인간성 이외에는 모든 것, 보다 만족스러운 인간성의 실현 그리고 한 사람이 다른 사람에 대하여 좀 더 생각하는 그러한 이상의 실현이 현실 속에서 죽어 없어진 것으로 보일는지 모릅니다. 그러나 그것에 대한 필요와 소망이 없어진 것은 아닐 것입니다. 우리나라에서 이것은 특히 필요하고, 우리가 거죽으로 그렇게 아니 보이더라도 우리가, 깊이 갈구하는 것입니다. 문학 하는 사람을 비롯하여, 깊이 느끼고, 생각하는 사람들의 몫의 하나가 이것을 말하는 것일 것입니다.

김종철 시간이 많이 지났습니다. 선생님께서 워낙 이런저런 지혜와 상념이 많으신 분이라서 줄곧 귀담아 듣다보니 이렇게 많은 시간이 흐른 줄도 몰랐습니다. 오늘 선생님께서 해 주신 여러 말씀들을 들으면서 선생님의 세계에 좀 더 가까이 다가갈 수 있었던 것 같습니다. 그러면서 사람은 과연 무엇을 어떻게 사는가 하는 근원적인 질문을 제 자신에게 많이 던져 보았습니다. 지금 저의 마음은 매우 무겁습니다. 선생님께서 워낙 많은 문제들을 여러 층위, 여러 갈래에서 제기하셨기 때문에 어떻게 그 문제들을 탐구하고 모색할 수 있을까, 후학 된 자로서 그렇다는 것입니다. 하지만 그동안 선생님께서 보여 주신 '심미적 이성'의 기획과 탐구와 실천, 그리고 오늘의 말씀을 통해서 새로운 '지혜의 시대'가 다원적으로 열릴 것 같은 느낌이 듭니다. 오랜 시간 동안 말씀 감사합니다.

　김우창　원래 그럴 생각이 아니었는데, 혼자만 많이 얘기한 것 같아 미안합니다. 언제 따로 시간을 내어 김 선생님의 말씀도 들어 보기로 하겠습니다. 고맙습니다. 대구까지 길이 멀겠군요.

한일 비판적 지성의 만남[1]

가라타니 고진
김우창
1997년《포에티카》가을호

한일 진보적 세력의 교류

김우창 가라타니 고진 선생님은 일본 지식인으로서 한국에 관심을 갖고 있는, 특별한 분입니다. 선생님이 한국 독자에게 하고 싶은 말이 많으실 거예요. 일본과 한국의 관계는 전적으로 우호적인 건 아니라고 생각됩니다. 한국인과 일본인이 만나면 복잡한 한일 관계에 대한 이야기부터 떠올리지 않을 수 없습니다. 오늘 대담은 한일 관계의 일반론에서 시작하여 세계 문학에서 동아시아의 위치, 보다 나은 사회를 향한 전망 등을 다뤄 보면 좋겠습니다.

가라타니 고진(이하 가라타니) 제가 한국이라는 나라에 관심을 갖게 된 것은 1960년부터였습니다. 1960년은 일본에 안보 투쟁이라고 해서 전국적

---

1 이 글은《포에티카》의 초청으로 방한한 가라타니 고진 선생과 고려대 김우창 선생을 모시고 이루어진 대담 내용을 정리한 것이다. 1997년 6월 24일 민음사 회의실에서 있었던 이 대담의 통역에는 세종대 일문과 박유하 교수께서 수고해 주셨다.(게재지 주)

인 투쟁 운동이 일어난 해였는데, 마침 한국에서도 4·19 학생 혁명이 일어났습니다. 저 자신도 운동에 참여했기 때문에 그 시기에 운동을 했던 한국 사람들은 무엇을 생각하고 있는지 알고 싶었습니다. 국가 레벨이 아니라 개인 대 개인의 차원에서 한국 학생 운동 세대에 대한 관심을 갖고 있었던 것입니다. 몇 년 후인 1965년에 한일 간 외교 관계가 정상화되었지만 같은 사고방식을 가졌던 한국 학생 운동 세대에 대한 정보는 제대로 얻지 못했습니다.

1960년대 일본에는 과거 공산당 이념의 지배로부터 벗어난 신좌파가 생겨났습니다. 신좌파란 1960년을 전후한 안보 투쟁에 참여했던 사람들이었는데 그들은 그때까지의 공산당원들의 사고방식에서 벗어나려 했습니다. 그리고 한일 간의 교류는 국가 간의 교류를 제외하면 일본의 신좌파와 한국의 좌파 간의 교우뿐이었습니다. 일반적으로 생각할 때 그 신좌파라고 하는 것은 한반도에서 북한만을 이상화시켰습니다. 남한은 단지 독재 국가로만 여겼습니다. 그런데 그러한 벽을 깬 것이 일본의 소설가 나카가마 겐지라고 할 수 있습니다. 그는 소설 『장마』의 작가 윤흥길 씨를 일본에 소개하는 데 주력했고, 그 자신이 한국에 와서 작품 취재를 하기도 했습니다. 그러나 당시 반한(反韓)적 입장을 고수했던 일본 지식인들은 그를 비판했습니다. 심지어 그는 남한의 중앙정보부와 연계되어 있지 않은가 하는 의심까지 받았습니다. 제가 한국과의 교류를 본격적으로 생각한 것은 나카가마 겐지가 죽고 난 뒤였습니다. 아까 말씀드렸듯이 그전부터 한국에 대한 관심은 있었지만, 실제로 한국에 대해 공부를 하게 된 배경에는 나카가미의 뜻을 이어받는다고 하는 의미가 있었습니다.

그와 저의 우정은 오래된 것이었습니다. 우리가 처음 만났을 때 저는 스물다섯 살이었고, 그는 스무 살이었습니다. 그 뒤 우리는 줄곧 교분을 나눠 왔습니다. 우리 두 사람의 관계는 가족 내에서 장남과 차남의 관계로 이야기할 수 있을 것 같습니다. 그는 나보다 나이가 어렸고, 판단력은 좀 떨어졌을지 모르지만 직관력이나 행동력은 훨씬 앞서 있었습니다. 내가 관망할 때 그는 적극적으로 나서서 행동했습니다. 그는 일본의 천민 집단인 '부락' 출신이었습니다. 그는 자신의 개인사적 체험을 토대로 제3세계적 문학의 가능성을 지향했습니다. 나카가미에게는 다른 사람들이 그를 따라 움직이도록 만드는 힘이 있었고 나도 그를 따라 행동했던 경우가 많이 있습니다. 나카가미는 이론의 존재에 대해서는 모르면서도 직관적으로 이론을 실행에 옮긴 작가라고 할 수 있습니다.

김우창 1960년대 일본에서 학생 운동이 한창일 무렵 동경에 가 본 적이 있습니다. 그 운동에서 생긴 여러 분파 중 하나가 '적군파'였습니다. 최근 레바논에서 그 적군파의 잔존 세력이 체포됐다는 보도를 본 적이 있습니다. 1960년대 한국 학생 운동의 성격은 적군파 정도까지는 나가지 않았었는데, 적군파에 대한 가라타니 선생님의 생각은 어떻습니까?

가라타니 그때 운동을 한 세대는 지금 50대입니다만, 그 사람들에게는 후계자가 없습니다. 무슨 이야기냐 하면 신좌파라는 사람들은 구좌파를 비난하고 나온 사람들이었지만 결국에는 같은 결과를 낳았다는 것입니다. 그런 점에서 보면 허무한 결과였습니다. 연합 적군파 사건이 대표적으로 말해 주고 있습니다만, 1970년대 일본에선 끝까지 운동의 뜻을 이으려면 '연합 적군파'가 되거나, 아니면 신좌파의 한계를 절감하고 좌파이기를 포기하는 일 중 택일할 수밖에 없었습니다. 1972년 일본에서는 '아사마 산장 사건'이라는 사건이 있었는데 그것은 신좌파의 한계를 보여 주는 사건이었습니다. 즉 아주 부정적인 장소에서 마르크스에 대해 생각하지 않으면 안 되는 상황에 처한 것입니다. 제가 마르크스의 사상을 근본적으로 다시 봐야겠다고 생각했던 것도 그때였습니다. 좌파에 대해 절망한 경험이 있는 사람으로서 저는 『마르크스, 그 가능성의 중심』이라는 책을 냈습니다.

김우창 일본의 마르크스주의자, 공산주의자, 좌파들은 복잡한 한일 관계 속에서 한국에 대해 유대감을 갖고 있었습니다. 일제하에서 식민지 조선에 대해서 그랬고, 해방 이후에는 북한에 호감을 표시했습니다. 한일 간의 복잡한 관계를 초월해서 건설적으로 양국 지식인이 만날 수 있는 자리가 좌파 이데올로기였는데, 적군파가 사라졌듯이 그 시대도 끝났습니다. 따라서 앞으로는 어떤 것에 근거해서 한일 양국 지식인이 서로 뜻을 모을 수 있겠습니까?

가라타니 아까도 말씀드렸듯이 국가 레벨의 형식적 교류가 아니라 다른 레벨의 교통이 있어야 한다고 봅니다. 개인과 개인 간의 연대가 기반이 되어야 한다고 봅니다. 소련이 붕괴한 뒤에도 마르크스주의에 또 다른 가능성이 남아 있다고 보는 사람도 있습니다. 그러나 저는 마르크스주의가 좀 더 절망을 겪어야 한다고 생각합니다.

마르크스주의와 유토피아

김우창 공산주의란, 특정한 문제를 해결하면 모든 문제를 해결할 수 있다는 입장입니다. 가령 생산 체제와 같은 것을 바꾸면 인간의 모든 문제를 해결하는 열쇠를 찾을 수 있다는 것이지요. 그러나 인간 사회를 보면, 전체적 관점에서는 해결이 불가능하고 좀 더 경험적인 국면에서 구체적인 해결을 모색해야 할 과제들이 많습니다. 밀턴의 『실락원』에서 아담과 이브가 에덴에서 쫓겨나 걸어가는 장면은 천국이 아니라 결국 땅 위에서 구체적으로 삶터를 마련하는 것을 의미합니다. 공산주의 이후, 인간의 조건은 '실락원' 이후와 비슷한 감이 듭니다.

가라타니 저는 공산주의를 낙원으로 생각한 적은 없습니다. 마르크스가 활동하던 시기에도 유럽에 유토피아적 사고방식이 없었던 것은 아닙니다. 제가 생각하기에 마르크스는 헤겔파에서 좌헤겔파를 비판하며 나온 사람 이라고 할 수 있습니다. 이때 마르크스가 지향했던 것은 칸트의 시점으로 되돌아가서 비판하는 것이었다고 생각합니다. 그는 헤겔의 변증법, 절대 정신의 자기실현과 역사의 종말에 들어 있는 유토피아적 요소를 비판했습 니다. 그에게 유토피아적인 관념은 별로 없었다고 생각합니다. 오히려 마 르크스주의의 의의는 아직 경제라고 하는 관념이 형성되지 않았던 19세 기 독일의 상황에서 그런 비판적인 관점에서 경제를 바라보았다는 데에 있다고 생각합니다.

김우창 선생님은 독특한 마르크스 해석을 가지고 있는 것으로 알려져 있습니다. 그런데 유토피아의 문제에 있어서, 제가 볼 때는 마르크스가 유 토피아적 요소를 비판했던 것이 바로 유토피아적이었습니다. 마르크스가 유토피아적 요소를 부정하고 비판한 것, 즉 헤겔이 이원적으로 정신과 물 질이라고 나누어 생각한 것을 물질 위주로 합치시킨 것은 마르크스의 현 실주의처럼 보이지만, 달리 생각하면 물질 속에서 정신적인 요소가 역사 적 단계를 통해서 실현된다고 본 점에선 오히려 더 유토피아적인 것이 아 닙니까?

가라타니 칸트의 이념을 두 가지로 나눌 수 있다고 생각합니다. 하나는 구성적 이념, 즉 유토피아를 자신이 직접 만들어 가는 것입니다. 칸트는 그 것을 비판합니다. 다른 하나는 통제적 이념, 즉 실제로 실현되지는 않더라 도 현실을 규제하고 현상을 비판해 나가는 힘으로서의 이념입니다. 저는 이 후자의 이념을 마르크스가 수용했다고 생각합니다. 제가 이런 생각을 하게 된 것은 1990년대 이후입니다. 현실적으로 공산주의가 존재할 때에 는 특별히 큰 목소리로 말할 필요가 없었지만, 아무것도 형체가 안 남게 되 었으니 그들이 생각한 통제적 이념에 대해 말할 필요가 있다고 생각했던 것입니다. 그렇지 않으면 현실을 비판하는 힘은 나오지 않습니다.

　김우창　서양의 네오마르크스주의자들은 실천적 차원에서 비판적 차원으로 나갔습니다. 그러나 마르크스의 혁명, 사회주의자들의 혁명은 단순히 비판적인 것이 아니었습니다. 마르크스주의는 그 비판적 차원보다는 실천적 차원에 더 강한 매력이 있습니다. 마르크스주의에 비판적 차원이 있는 것은 부정할 수 없지만, 사회주의 혁명과 같은 것은 마르크스주의의 비판적 차원으로만 볼 수 있는 것이 아닙니다. 그것은 혁명적인 이념이 실현될 수 있다는 믿음과 연결되어 있습니다. 이념이 비판적인 것보다는 현실에 그 역사적 단계로서 실현될 수 있다는 것이 마르크스주의의 힘입니다. 제가 이렇게 보는 것은, 마르크스주의에 기대를 걸었던 사람들이 오늘날 부딪히게 되는 문제는, 비판적 관점이 없어졌다는 것이 아니라 세계를 보는 실천적 지렛대가 없어졌다는 것이기 때문입니다. 마르크스주의의 실천적 전략으로서의 매력이 현실성을 잃어버리게 된 절망감이 전 세계 좌파의 고민입니다.

　가라타니　마르크스는 유토피아의 실현 가능성 자체에는 관심이 없었다고 생각합니다. 그저 현 상황에 대한 비판적인 관점이 필요하다고 생각한 거지요. 이 둘 중에 상대적으로 선택해야 할 필요성이 생깁니다. 마르크스가 밝힌 것은 자본주의의 문제점이었습니다. 자본주의가 변했다고들 하는데 실제로는 그렇지 않습니다. 실제로는 국가 자본주의가 되었을 뿐입니다. 그러한 사실을 말하는 일이 비판입니다. 저는 마르크스주의 자체에는 그다지 관심이 없고 어떤 관념(유토피아)의 '상황'이 아니라 '비판'에 관심이 있었습니다. '세계 시민'이라는 말이 있지만 실제로는 어렵습니다. 네이션(nation)을 바탕으로 한 인터내셔널(international)이 아니라 개인적인 차원의 인터내셔널(international)이 필요합니다.

　마르크스에 대한 얘기를 했습니다만, 그런 정치적인 상황에 1970년대의 문학을 연결시켜 이야기할 수 있습니다.

메이지 20년대에 일본은 근대 문학의 확장을 경험했습니다. 서구적 근대 사회를 세우려는 정치적 운동이 좌절된 가운데 일본은 근대적 국가를 세웠습니다. 그 같은 정치적 좌절로 인해 문학은 개인의 내면으로 빠져들었습니다. 그 같은 근대 문학의 성립 속에서 현실적 타자가 배제되었습니다. 이와 똑같은 상황이 1970년대에 반복되었습니다. 정치 운동의 좌절이 문학으로 수렴된 것입니다. 저는 그런 움직임에 대해서 우려합니다. 그로 인해 배제된 문학의 가능성을 회복시켜야 한다는 문제의식이 있습니다.

오늘, 문학의 상황

김우창 비판적 마르크스주의가 현실에 어떤 관련이 있는지 딱하게 보일 때가 있습니다. 얼마 전 영국 신문을 보니 최고의 악문가(Bad Writer)로 프레드릭 제임슨이 뽑혔더군요. 2등은 롭 윌슨이 선정되었고요. 문학의 문화에 대한 비판에 긍정적인 면이 있다고 보십니까?

가라타니 지금 문학에 대한 비판의 필요성을 얘기하셨습니다만, 저는 문학이라는 말을 조금 다른 의미에서 쓰고 싶습니다. 저는 1980년대까지는 이른바 문학 비평을 하는 비평가로 활동했습니다. 그 이후에는 다른 작업에 임했습니다. 그러나 저는 바로 그 시기부터 진짜 '문학'을 시작했다고 생각합니다. 문학의 범위는 다양하게 설정할 수 있겠습니다만, 문자로 씌어진 언어라는 의미에서 글쓰기를 문학이라고 할 때 저에게 있어서는 쓰는 일 자체가 문학입니다. 문제는 문학을 어떤 개념으로 생각하는가입니다.

지금 김 선생님께서는 문학에 효용성이 있는가에 대해서 이야기하셨습니다만, 지금 일본은 문학의 효용성을 의심하는 단계가 아니라 문학 자체가 없다고 이야기하는 시점에 와 있습니다. 실제로 일본에서는 문학 비평서 출판도 줄어든 상태입니다. 저는 문학 비평에서 멀어져서, 철학, 건축, 미술 쪽으로 얘기를 많이 하고 있고,《비평공간》도 그런 의식을 갖고 하고 있는 일입니다만, 저와 같은 작업을 하는 사람 외에는 문학은 문학, 철학은 철학이라는 식으로 나뉘어 있는 상황입니다. 지금 일본에서는 문학을 비판한다든가, 내면을 비판하는 일이 있지만 그런 일 자체가 이미 의미가 없다고 볼 수 있겠습니다.

김우창 우리 사회에는 해야 될 일이 너무 많고, 있을 수 없는 일도 많고, 일어나지 않아야 될 일도 많은데, 이런 상황에서 문학을 최후의 파수꾼으로 생각하는 것이 가능하겠습니까?

가라타니 일본에서도 비슷한 상황이라고 할 수 있습니다. 20~30년 전까지만 해도 어떤 사회적인 문제에 대한 작가나 비평가의 발언이 힘을 가지고 있던 때가 있었지요. 현재는 문학의 효용이니 하는 말 자체를 할 수가 없는, 그런 것에 대해서 아무도 생각하고 있지 않은, 그런 상황에 와 있다고 말할 수 있습니다.

일본 사회와 경제 문제

김우창 화제를 다른 방향으로 돌려 보겠습니다. 일본 사회에서 중요한 문제라고 생각하는데 일본의 경제에 대해 어떻게 생각하십니까?

가라타니 현재 일본의 경제적 성공은 1939~1940년에 확립된 '총동원' 체제를 기반으로 하고 있습니다. 전쟁이 끝난 이후에 비군사화되면서 경제 발전의 원동력이 되었던 것이 현재에 이어진 셈이죠. 그런데 그런 일본적 시스템이 1980년대 말쯤 해체되기 시작했습니다. 다른 말로 하면 일본적 시스템의 붕괴라고 할 수 있을 것입니다. 그것이 지금 보이는 바와 같이 일본 경제에 여러 가지 문제들을 낳았습니다. 거기에 어떻게 대처해 갈 것인가가 문제가 되겠습니다. 현 상황에 대해서는 전체적으로 볼 때 부정적입니다. 그냥 이대로 대충 해 나가면 될 것이라는 사고방식이 만연해 있는데, 저는 거기에 대해서 비판적입니다. 일본인들의 경제적인 존재 방식은 이대로 대충 해 나가면 해결될 문제가 아닙니다. 우리가 현재 대단히 위기적인 상황에 처해 있다는 인식이 필요합니다.

김우창 일본은 빈부 격차가 제일 작은 사회라고 평가되는데, 그것과 지금 일본의 위기가 어떤 관계에 있다고 생각하십니까?

가라타니 일본에 빈부 차이가 없다고 말씀하셨습니다만, 그것은 일본의 근대라고 하는 시기가 자본주의적인 것을 억제했기 때문에 나온 결과라고 생각합니다. 다시 말하면 파시즘적인 움직임에 의한 것이었다고 말할 수 있는 것이죠. 즉 공산주의에 대항해서 그런 태세를 취한 것인데, 그것은 자본의 이익을 제한시키는 정책이었다고 말할 수 있습니다. 구체적으로는 개인 자본가를 억제하고 법인주의를 만든다든가, 노동조합을 국가가 나서서 만들게 한다든가, 모든 산업을 국가가 관리한다든가, 토지나 건물에 대한 규정이 주인이 아닌 임대자를 보호하는 쪽으로 정해진다든가 하는 식의 정책을 추진한 결과였다고 말할 수 있습니다. 그런데 이런 정책이 1980년대까지는 문제가 없었습니다. 그렇게 할 수 있었던 것은 소련이란 나라가 있었기 때문에 가능했지요. 그러나 이제 다른 자본주의 국가들에서 나타나고 있는 빈부 격차 등의 문제도 부상할 것입니다.

유교와 데카르트

서울에 오기 전에 선생님 논문을 읽어 보았습니다만, 한국에 대해 생각할 때 유교 문제가 새롭게 부상되고 있다는 말씀이 있었습니다. 근대를 극복하고자 생각하면 꼭 주자학 문제가 나오게 됩니다만 일본에서는 주자학 대신 니시다 기타로 철학이 거론됩니다. 제 생각에 니시다 철학이라고 하는 건 거의 주자학이나 마찬가지입니다. 당시에는 니시다 철학이 일본에서는 유일하게 통합적 사상이었습니다. 그래서 전통 같은 것도 정치와 융합되었지요. 에도 시대에는 주자학이 통합적인 것이었습니다. 말하자면 유럽의 토마스 아퀴나스적 존재입니다. 여러 가지 의미에서 일본의 근대는 단순히 유교의 문제가 아니라 주자학 문제로 생각해야 합니다. 또 한국 자본주의 논쟁이 있다는 이야기도 읽었습니다만 일본에서도 1980년대에 일본의 자본주의를 어떻게 이해해야 되느냐를 둘러싸고 논쟁이 있었습니다. 그러나 저는 일본이 아니라 세계적 관점에서 자본주의를 바라보면서 유교 문제와 결부시켜야 되리라고 생각합니다.

김우창 작년에 독일에 가서 이 이야기를 한 적이 있습니다. 말씀하신 논문은 그때 독일인들의 요청으로 쓴 논문인데, 제가 그 논문을 통해 말하려고 했던 것은 유교가 어떻게 한국의 발전에 기여했는가를 논의하는 의견들을 평가해 보려는 것이었습니다. 제 생각에 유교는 한국에 있어서 매우 중요하고, 가라타니 선생님 말씀대로 일본에서도 중요합니다. 철학은 역사 운동과 관계가 없는 듯하면서도 역사 전체의 움직임을 요약해서 보여 줍니다. 서양에서는 데카르트나 칸트 철학의 주체 정신이 서양의 근대성 발전에 있어서 중요했듯이, 동양에 있어서, 특히 한국에 있어서는 유교가 주체적 입장의 정리를 맡았습니다.

가라타니 선생님 논문을 보고 결론에는 저도 공감했습니다. 선생님이 데카르트의 주체성과 한국적 주체성을 연결시켜 생각하고 계신 부분에서, 유교보다 데카르트가 더 중요하다고 말씀하신 것 말입니다. 1980년대 중반 일본에서 포스트모더니즘이 한창일 때, 그때 저는 모던을 근대의 연장이라고 생각했었습니다. 포스트모던 시대라고 해서 비판적 성찰이 바뀌거나 없어지는 것은 아닙니다. 철학과 비평의 차이를 이야기하자면, 철학이라고 하는 것은 어떤 형식을 취급하는 것이고, 형식이란 역사에 따라 바뀌는 것입니다. 그에 비해 비평이라고 하는 것은, 장소의 이동이 중요하지 않을까 생각합니다. 구체적으로 말하자면, 모던에서 다시 포스트모던으로 바뀌었다고 하면 반대가 되었다고 생각하실지 모르지만 그건 반대가 아닙니다. 그런 의미에서의 이동이 아니라, 근대 비판이 필요하다고 생각되는 지점에 오면 근대를 비판하고, 포스트모던 비판이 필요한 지점에서는 포스트모던을 비판하는 그런 의미에서의 이동이라고 얘기할 수 있습니다. 저는 그런 점에 비평의 비평성이 있다고 생각합니다. 지금, 데카르트라든가 마르크스 등, 여러 철학자들의 얘기가 나왔습니다만, 저는 그들이 낸 결론 자체는 별 대단한 것은 아니었다고 생각합니다. 그들의 체계 자체를 좋아하는 것도 아닙니다. 다만 그들은 제가 말한 의미에서의 비평성을 가지고 있었다는 의미에서 그들의 자세를 좋아합니다. 동경하는 부분도 있습니다.

김우창 데카르트 안에는 데카르트 비판이 들어 있습니다. 현 시점에서, 서양적인 세계가 된 오늘의 시점에서 데카르트는 매우 중요한 철학자입니다. 데카르트와, 데카르트 비판이 포함되어 있는 데카르트 철학의 특징이라면 자기 비판적이라는 것입니다. 물론 이성에는 한계가 있습니다. 그러나 옳으냐 그르냐의 문제를 떠나서, 사람이 사는 데 무엇을 하느냐가 중요하다고 생각합니다. 이성이고 반이성이고 간에, 여러 사람이 모여 사는 데 이성은 불가피한 것이지요. 포스트모더니즘도 모더니즘의 일종이고 이성적 입장을 버릴 수는 없다고 봅니다. 유교가 의미를 가질 수 있다면, 그것은 유교가 가지고 있는 독특한 반성적 계기를 통해서입니다. 저는 이렇게 생각합니다.

가라타니 저도 한마디 덧붙이겠습니다. 데카르트를 생각할 때 이원론적으로, 즉 합리론이라든가 경험론 등으로 생각하는 경우가 있습니다만, 자세히 보면 이것이 어떤 한 입장에 멈춰 서 있었던 것이 아니라, 합리론에서 경험론으로, 그다음 다시 한 번 경험론을 비판하며 합리론 쪽으로 옮아 간 것을 볼 수 있습니다. 마찬가지로 마르크스도 독일 이데올로기와 영국 경험론 사이를 문제가 있을 때 오갔다고 하겠습니다. 예를 들면 런던에 망명했을 때에는 경험론자들에 대해서 헤겔의 제자다운 발언을 했습니다. 중요한 것은 그 사람의 최종적인 입장이 무엇이었느냐가 아니라 그때그때의 필요에 따른 운동, 이동이 중요하다고 생각합니다. 그것이 제가 생각하는 비평입니다. 제가 비평이라는 말에 특히 애착을 느끼는 것은 그 때문입니다. 저는 철학자라고도 사상가라고도 불립니다만, 저는 스스로를 비평가라고 부르고 있습니다. 철학이라고 하는 것은 하나의 작은 입장에 멈춰 있는 것이고, 그런 의미에서는 엥겔스나 마르크스나 다 마찬가지여서 문제가 있지 않나 생각합니다. 1인 2역이라고도 할 수 있는 그런 위치가 중요하지요. 스피노자 같은 사람은 주체성, 데카르트를 비판했습니다만, 데카르트적인 작업을 했습니다. 주체성의 비판이 다시 주체적이 되는, 그런 것이죠. 저는 바로 그러한 입장 자체를 중요시하고 싶습니다.

오늘의 출판 상황

김우창 독일이나 북유럽에서는 예술가와 작가에 대한 지원 정책이 많습니다. 북유럽에서는 심지어 한 작가의 책이 도서관에서 대출되는 횟수에 따른 저작권료를 지급하는 것으로 알고 있습니다. 일본은 어떻습니까?

가라타니 일본에서는 출판사가 만화로 돈을 벌어서 문학 출판을 운영하고 있습니다. 일본에는 약 400개 정도의 문학상이 있습니다. 각 지방에 따라서 그 지방과 관계있는 작가의 이름을 딴 문학상이나, 그 지방을 소재로 한 작품상이 있습니다. 실제로는 중앙 문단 작가들에게 그 상이 돌아갑니다.

김우창 요즘 일본 작가들을 보면 옛날 이야기를 풀어서 쓰는 일이 많은 것 같습니다. 가령 시바 료타로가 대표적인 예가 아닌가 합니다. 서양적 의미에서 작가와는 다른 '이야기꾼'의 역할을 많이 하는 것 같습니다. 우리나라에서도 사정은 마찬가지입니다. 당대적 이야기를 하기보다 재료를 갖고 이야기를 만드는 것이지요.

가라타니 그것은 역사라는 형태를 취한 '허구'입니다. 자신한테 유리한 소재만 갖고 이야기를 만드는 것이지요. 예를 들면 작년에 NHK에서 대하 드라마 「도요토미 히데요시(豊臣秀吉)」를 했었는데, 그 이야기가 나오게 되면, 마지막에 꼭 임진왜란 — 일본에서는 '조선 출병'이라고 하는데 — 이야기가 나오게 마련입니다. 그런데 끝에 보니까 임진왜란이 도요토미 히데요시의 뜻이 아니라 그 아랫사람의 음모에 의한 것이라는 식으로 이야기가 전개되고 있었습니다. 그래 놓고 그것을 역사라고 말하고 있는 거지요. 오늘의 한일 관계에 맞게 역사를 꾸미는 것입니다. 역사를 소재로 당대의 샐러리맨들의 출세담, 즉 현대의 기업 체제 속에서 어떻게 살아갈 것인가 하는 이야기로 만들어 버린 것입니다.

김우창 도요토미 히데요시가 세운 오사카 성에 가 본 적이 있습니다. 그곳에서 도요토미의 만년의 시 한 편이 적혀 있는 것을 봤는데, "인생은 이슬로 태어나 이슬로 사라지며, 성을 지은 일도 꿈속의 일"만 같다는 것이었습니다. 현실적, 정치적 사실에 대해서 로맨틱한 태도를 취하는 일본인의 특성을 가장 대표적으로 보여 준 경우가 아닌가 합니다.

천황제의 의미

가라타니 일본 사람들이 역사를 제대로 못 쓰는 것은 한마디로 천황의 탓이라고 생각합니다. 이것은 아까 나왔던 근대적 주체의 문제와도 연관이 되는 문제라고 하겠습니다. 일본과 한국의 차이를 생각해 봤을 때, 일본이 왜 그렇게 됐는가 하면 에도 시대 때부터의 무사들을 봤을 때, 최고 책임자가 되는 것을 피하는 경향이 있습니다. 그래서 본인이 권력을 가지면서도 완전한 최고 책임자가 되지는 않았던 것이죠. 그러면서 자기의 정체성과 권위를 유지하기 위해서 천황의 권위를 이용했습니다. 천황 자체는 실제 권한이 없었는데도 권력을 받쳐 주는 존재였기 때문에 천황이 권력 유지에 이용되는 상황이 계속되어 왔다고 이야기할 수 있습니다. 종전 후에도 역시 마찬가지였다고 생각합니다. 현재 헤이세이 천황이 있습니다만, 그 사람이 7년 전에 즉위할 때 '나는 헌법을 지키겠다.'라고 말했습니다. 그런데 그 대목은 취임사 원래의 초고에 없던 말을 천황이 자기 마음대로 만들어 했다는 이야기가 나중에 돌았습니다. 이것도 재미있는 현상이라고 할 수 있습니다. 천황이라고 하는 것은 헌법상으로 상정된 존재인데,(상징 천황) 그 천황이 나는 법을 지키겠다고 말했다는 점이 그렇습니다. 그 이야기를 듣고 우익들은 대단히 낙담하고 실망했었지요. 천황이라는 것이 뭔가 보다 더 깊은 뜻이 있는, 의미가 있는 대단한 존재라고 생각했는데, 그가 국민이 만든 헌법을 지킨다고 말한 사실에 대해서요. 반면에 사회당은 천황도 국민이 만든 헌법을 지킨다고 말하면서 환영했습니다.

김우창 일본의 천황제란 세계에서도 특이한 제도인데, 이를 어떻게 설명해야 합니까?

가라타니 저는 그 점은 한국과도 관계가 있다고 생각합니다. 최원식 선생님 책에서도 어딘가에 인용이 되어 있었던, 어떤 일본 학자가 이야기한 말입니다만, 즉 이제까지 역사를 봤을 때 일본이라고 하는 나라는, 몽골이 쳐들어왔을 때도 그랬고, 러시아라든가 중국하고의 관계를 봤을 때도, 항상 한국이라는 나라가 중간에 있어서 쇼크를 완화시켜 주는 완충제 역할을 했었죠. 그래서 외국하고 직접적인 접촉을 안 해도 되었던 겁니다. 보통 영국과 일본이 비슷하다는 말을 합니다만, 그런 의미에서는 영국과 일본이 다릅니다. 즉 그런 식의 조건, 일본의 존재 방식 조건을 한국이 결정해 온 역사가 있었다고 이야기할 수 있는데, 다시 말하면 일본의 특수성이라고 하는 것에는 한국이 관여하고 있는 것입니다. 그러한 사태 ,즉 직접 외국으로부터의 공격이나 침략을 받지 않을 수 있는 상황은, 국경을 꼭 정해 놓을 필요도 없고 전통을 이어 갈 수 있는 환경을 만들어 주었습니다. 국경이라는 것이 만들어지기 위해서는 기본적으로 절대적인 권력자, 중심이 필요해지는 법입니다만, 그런 상황이 바로 절대적인 권력자, 전통이라든가 권위를 만들지 않아도 존재 가능한 시스템을 만들지 않았나 생각합니다. 일본의 천황제라고 하는 것은 그렇게 생각할 수 있습니다.

김우창 흔히 영국인들을 일컬어 합리적 경험주의자들이라고 합니다만, 영국은 유럽 여러 나라 가운데에서 왕이라고 하는 것을 가장 높이 생각하는 나라입니다. 네덜란드, 덴마크, 노르웨이 이런 나라들과 비교해서 영국 왕은 높은 존재입니다. 정치적 권력에는 직접 관여하지 않으면서도, 굉장히 상징적 존재로서 커다란 의의를 가지고 있습니다. 그것이 한편으로는 영국을 상당히 안정된 사회로 만들면서도, 다른 한편으로는 불합리성으로 가득 찬 사회로 만듭니다. 그 점은 일본도 비슷하지 않습니까?

가라타니 그런 의미에서는 비슷하다고 말할 수 있겠지요. 아마 섬나라라는 조건도 관계가 있을 겁니다. 역시 한정된 공간에서 경험으로 판단해서 일을 진행시킨 결과라는 특징도 일본과 영국을 비슷하게 만든 원인이 아니었나 생각합니다. 다만 좀 다른 점은 영국은 원래 왕을 대체적으로 외국인을 데려다 앉히는 그런 나라였습니다. 왕은 왕이지만 처음부터 자신들하고 직접적인 관계가 없는 별개의 존재로 취급하는, 특별히 아무것도 할 필요도 없는 상징적인 존재로 생각한 거지요. 하지만 왕 자체는 외국인이었고 아이덴티티의 문제하고는 관계가 없었습니다. 그게 일본과 영국의 다른 점이 아닌가 생각합니다.

김우창 북한에서는 김일성이 지나간 자리마다 표시를 해 놓는데, 영국에서도 왕이 지나간 자리마다 흔적이 남습니다. 그래서 영국인들에게 그 둘이 뭐가 다르냐고 했더니 제대로 설명을 하지 못합니다. 영국은 평등하다고 하지만 역시 강한 계급 사회가 아닌가 합니다. 계급 사회의 불합리성은 임금의 상징적 신성화에 관계되어 있습니다.

가라타니 영국에선 혁명이 일어나면 왕을, 즉 절대 권력을 죽이고 외국인을 데려와 왕을 삼았습니다만, 일본 역사에서는 이런 것을 전혀 볼 수 없었습니다. 일본은 천황의 신비화가 절대적으로 필요했습니다. 근대에 들어와서도 천황은 새롭게 부각될 정도로 천황의 존재는 절대적이었습니다. 메이지 천황은 독일 헌법에 근거하여 만들어졌고, 다이쇼 천황은 이른바 다이쇼(大正) 데모크라시의 위기 속에서 출현한 것입니다. 즉 당대에 어떤 대표성이 필요했기 때문에 만들어지는 것이죠. 합리적 측면에서 말하자면 일본 천황은 조만간 은퇴해야 할 거라고 생각합니다. 신비화하는 것이 아니라 천황 자신의 의견도 들으면서 자연스럽게 천황제가 없어져야 할 것으로 봅니다.

아시아적 동일성의 문제

김우창 세계 역사 속에서 아시아라는 것이 별도의 의미를 갖는가라는 질문을 던져 보겠습니다. 유럽의 경우 다양한 사회 문화가 하나의 테두리 속에 존재하면서 유럽 전체를 구성했습니다. 그만큼 지역적 인적 교류가 다양하게 전개된 것입니다. 아시아의 경우 앞으로 미국, 유럽보다는 동북아시아 내에서 지역 문화를 세우는 것이 필요하지 않은가 합니다.

가라타니 세계사라고 하는 것은 현 시점에서 과거를 되돌아봐서 재구성한 것입니다. 근대 초기에 오카쿠라 텐신 같은 미술사가가 '동양은 하나'라고 외쳤습니다. 서구 열강이 아시아를 지배하려고 할 때 아시아인은 동일성을 가져야 한다고 말했던 것입니다. 서구의 힘이 부각되었기 때문에 그런 아시아적 동일성이란 의식이 처음 나오게 되는 것입니다. 서양이 말하는 동일성도 무언가에 대항을 해 나가는 속에서 그 의식이 생긴 것입니다. 유럽의 경우도 역시 미국과 아시아에 대한 방어 의식이 있었기 때문에 동일성을 말하는 것입니다. 그런 움직임 속에서 동아시아권이라고 하는 것도 불가피하게 생겨나겠지요. 그런 의미에서 동일성이라고 하는 것은 실제로 존재하는 것이 아니라 또 하나의 동일성에 대립하며 그 의식이 만들어지는 것이라고 생각합니다. 실제로 아시아의 공동성이 경제적 관점에서 분명히 제기될 것입니다. 일본은 이 시점에서 반드시 다시 한 번 대동아 공영권의 문제점을 되새겨야 합니다.

김우창 서양이 타자로 존재하니까 아시아적 동일성이 제기되는 것도 맞습니다만, 여기서 우리는 조지프 니덤의 문제 설정을 생각해 봐야 합니다. 그는 "왜 17세기까지 유럽보다 선진적이었던 중국의 과학 기술이 그 이후 뒤떨어졌는가"라는 질문을 던졌습니다. 그가 보기에 서양이 여러 국가 공동체에서 다양한 사고를 발전시킨 데 비해, 중국은 너무나 통일된 상태라 그 같은 발전을 계속하지 못했던 것입니다. 다양한 공동체 안에서 산다는 것이 궁극적으로 창조적 문화를 낳는 요인이 됩니다. 아시아도 대동아 공영권 같은 문제점을 극복하면서 서로 협동적으로 살 수 있는 길을 찾아야 하리라고 봅니다.

가라타니 기본적으로는 그렇습니다만, 일본인인 저로서는 그렇게 간단하게 말해 버릴 수 있는 문제는 아닙니다. 동일성을 내세워 공동체를 구성하는 일 자체가 문제가 있다고 할 수 있습니다. 하지만 앞서 말씀드렸듯이 그런 움직임은 필연적으로 나올 것이고, 그렇다면 일본이나 중국이 아닌 한국이나 대만 같은 나라가 중심이 되는 형태로 만들어져야 할 것입니다. 유럽에서도 베네룩스 3국이라든가 네덜란드가 중심이 되고 있는데, 이 나라들은 과거에 침략을 당했던 나라들입니다.

저는 국가라고 하는 것을 전면적으로 내세우지 않는 차원에서의 교류, 즉 개인 레벨에서의 교류가 필요하다고 생각합니다. 다만 그렇다고 하더라도 '국가'의 책임은 계속 논의되어야 할 것입니다. 옛날과 지금이 다르다고 한다면 국가 차원에서의 교류가 아닌, 사회적인 레벨에서의 교류가 많이 생겨났고 실제적으로 교류가 이루어지고 있다는 사실입니다. 방금 말씀하신 학회에서의 발표 같은 것도 그런 교류의 하나라고 할 수 있겠습니다. 국가라는 틀을 만들지 않고는 상대를 보지 못하는 사람들이 많이 있는데 그래서는 안 된다고 생각합니다. 그럴 때는 개인에 바탕을 둔 민중이라고 하는 것도 중요해집니다만, 이런 것에 대해서 백낙청 선생도 얘기를 하고 계시죠. 저는 민중이라고 하는 것은 물론 의미가 있다고 생각합니다만, 다만 민중만큼 국가에 흡수되기 쉬운 존재도 없다고 생각하고 있습니다. 그런 의미에서 볼 때 민중 차원보다는, 그런 일을 가능한 한 구체적으로 할 수 있는 문인이나 지식인의 역할이 중요하다고 생각합니다.

국가라는 조건과 개인의 연대

김우창 가령 일본에서 태어난 사람과 아프리카의 빈국에서 태어난 사람은 그 운명의 길이 서로 엄청나게 다릅니다. 어느 국가에 속하느냐가 개인의 행복을 결정하는 것이 현실입니다. 국가는 그런 의미에서 개인의 운명에 절대적 조건입니다. 국가를 초월하는 것은 그러므로 현실 차원에서 어렵습니다.

가라타니 물론 실제로 국가를 초월하는 것은 불가능합니다. 제가 말한 것은 그런 의미에서 이념을 초월하는 것은 아니었습니다. 그런 것이 아니라 자기 나라에 속하면서 자기 나라에 비판적인 사상과 사고방식으로 투쟁하는 사람들끼리의 연대를 뜻한 것이었습니다.

김우창 마지막으로 한국 사람들에게 하시고 싶으신 말씀이 있으면 한마디 하시죠.

가라타니 한국분들께 드리고 싶은 말씀은 구체적으로는 『일본 근대 문학의 기원』에 씌어 있다고 생각해 주시면 좋을 것 같습니다. 어쨌거나 한 가지 우려가 되는 점은 어떤 책이든지 상황이 다르면 좀 잘못 받아들여지는 경우가 있습니다. 저는 그 책에서 근대 비판, 주체 비판, 문학 비판이라고 하는 것을 했습니다만, 역사적인 문맥을 이해하지 않은 상태에서 받아들여지지 않았으면 하는 게 제 바람입니다. 아까 말씀드렸듯이 저는 비평이라고 하는 것을 장소의 이동이라고 생각하고 있으므로, 책에서 이야기하고 있는 것과 완전히 반대되는 이야기를 할 수도 있습니다. 실제로 그런 작업을 해 왔습니다. 그런 의미에서 단 한 권의 책만으로 제가 이해되는 상황에 불안감을 느낍니다. 그런 의미에서 이 책을 읽어 주시는 분들은 제가 이 자리에서 한 이야기를 참고하시면서 책을 읽어 주셨으면 고맙겠습니다.

김우창　지금 시점에서 세계적으로 공통 과제를 찾기 힘들지만, 더 많은
교섭을 통해 공통의 과제를 확인해야 한다고 생각합니다.

인문학 또는 우리 정치 공동체의 민주적 영혼에 대하여

홍윤기(동국대 철학과 교수)

김우창(문학 평론가, 고려대 영문과 교수)

1999년《당대비평》여름호

실패한 인문학자?

홍윤기 안녕하십니까? 만나 뵙게 되어서 반갑습니다. 학계와 문학 비평권에서 선생님의 활동상과 진가는 너무나 잘 알려져 있기에 독자들에게 별다른 소개가 필요 없다고 느껴집니다. 선생님께서는 단지 영문학자로서만이 아니라, 말 그대로 인문학자로서 폭넓게 활동을 해 오셨고, 또 사회에 문제가 생길 때마다 적극적인 발언을 통해 지식인의 역할도 충실히 해 오셨다는 것이 중론입니다만…….

김우창 아니에요. 돌이켜 생각해 보면 그저 흐리멍덩하게 살아오지 않았나 하는 느낌뿐입니다. 겸사가 아니고요.

홍윤기 저도 그동안 글로만 뵙고, 실제로 뵙기는 오늘이 처음인데, 처음 만났다는 기분이 들지 않습니다. 그런데 선생님께서는 미국에 유학 가셔서 석사 과정에서는 영문학을 전공하셨지만, 박사 학위는 미국 문명사로 받으신 것으로 되어 있던데, 그 사이에 무슨 곡절이 있으셨던 건가요?

김우창 미국에서 공부하려면 전체 역사의 맥락 안에서 미국 문학을 공부하는 것이 좋겠다는 생각을 했던 것 같아요. 미국 문명사 가운데서도 자기 분야를 몇 개 선택해서 하라고 하는데, 저는 문학을 주로 하고 경제사와 철학을 했습니다.

홍윤기 윌리스 스티븐스를 중심으로 학위 논문을 쓰셨지요? 유종호 선생께서 쓴 선생님의 프로필을 재미있게 읽었습니다. 그때 학위 논문을 무려 1300매나 썼다가 4분의 1로 줄이셨다고요. 어떤 구상을 갖고 계셨는지요?

김우창 공부를 잘 못하니까 길어졌겠지요. 버나드 쇼가 그랬다던가 파스칼이 그랬다던가, 한 편지 끝에 "시간이 없어서 편지가 길어지는 걸 용서하여 주십시오."라고 썼다고요. 생각이 부족하면 길어지는 거지요.

홍윤기 오늘 이 귀중한 만남의 화두라고나 할까요. 그걸 뭘로 잡을까 많이 고민을 하다가, 가만히 생각해 보니 선생님 자신이 화두가 되어야 하지 않을까 하는 생각이 들었습니다. 선생님께서는 1966년에 《창작과비평》에 처음 글을 발표하신 것으로 되어 있는데, 돌이켜보면 30년 넘게 글을 써 오셨다는 얘기가 됩니다. 그렇다면 이제쯤은 '김우창 읽기'가 나와야 하는 게 아닌가 하는 생각이 들었던 것이지요. 오늘 이 자리는 앞서 선생님을 소개할 때도 얘기했습니다만, 현실에 부단히 관심을 갖고 적극적으로 발언을 해 온 한 인문학자 김우창 읽기를 위한 예비 논고라는 성격을 가지면서, 형식적으로는 김우창 선생님 자신의 '인문학자 김우창 읽기'라는 좀 특이한 형식을 따라가 볼까 합니다.

김우창 좋습니다만, 뭘 해 놓은 게 있어야 그런 것도 나올 수 있을 텐데요.

홍윤기 선생님은 한국의 현대 인문학사에서, 문학의 영역에서 출발해서 철학, 역사학, 사회 과학 등 인문학의 전 분야에 걸쳐 광범위한 발언을 해 오신 몇 안 되는 분 가운데 한 분이시죠. 유종호 선생께서 쓰신 글을 잠깐 인용하면, 선생님은 "독서나 글쓰기에서 고도의 정신 집중, 지칠 줄 모르는 왕성한 지적 호기심, 책 읽기를 지적인 모험의 흥분으로 바꿀 수 있는 천부적 이해 능력을 갖고 계신다."라고 하면서 한 마디로 그것은 '탐구 정신의 승리'라고 했습니다.

김우창 유종호 선생이야 친구니까, 나쁜 소리 하면 욕먹을 줄 알고 그런 식으로 얘기한 거겠죠. (웃음)

홍윤기 제가 보기에는 상당히 용기를 내서 그런 말씀을 하신 것 같은데요. (웃음) 오늘의 주제인 인문학과 관련해 말씀드리자면, 지금 한국은 인문학의 위상이 처음으로 커다란 위기를 맞고, 학교에 따라서는 인문학 전공 학과 자체의 존폐가 문제가 되는 상태에 놓여 있는데, 그렇다면 이러한 엄혹한 상태에 놓여 있는 인문학에 대해서도 '성공한 인문학자'로서 발언을 하실 때가 아닌가 하는 생각이 듭니다.

인문학이 필요 없는 시대

김우창 실패한 인문학자로서 발언을 한다면 모르겠지만······ 그런데 본격으로 얘기에 들어가기 전에 한 가지 밝혀 두고 싶은 게 있군요. 저는 '인문학'이라는 표현보다는 '인문 과학'이라는 표현을 씁니다. 인문학도 과학적이어야 한다는 생각 때문이에요. 서양 사람들, 특히 독일 사람들은 인문학은 과학이 아니라고 늘 얘기하지만요. 그야 어쨌거나 우리나라에서는 과학적인 게 더 필요하다고 봐요.

인문 과학이 잘 안 되는 게 다른 특별한 이유가 있어서라기보다 우리 사회가 잘 돌아가지 않아서 그런 것 아니겠습니까? 속되게 표현하자면, 돈이 최고인 세상이 되니까 돈 버는 것과 무관한 학문이 무슨 소용이 있느냐 하는 식이지요. 저는 김대중 정부가 돈 버는 것만을 강조하는 것을 보면서, 김대중 정권이 어려운 처지에서 뭔가 바로잡으려 노력하고 있고, 또 다른 사람이 정권을 잡아 다른 정책을 폈어요. 어쩔 수 없는 측면이 있었을 거라고 생각은 하지만, 우리 사회가 좀 더 투명한 사회가 되어야 한다든지 합리적이고 능률적인 사회가 되어야 한다고 강조하는 가운데서도 무엇을 위해 능률이 중요하고 무엇을 위해 투명해져야 하는가에 대해서도 동시에 얘기를 해 주어야 하지 않느냐 하는 생각을 합니다. 그런데 정부가 돈 버는 것만이 필요한 일인 양 이야기하니까, 학교도 그렇게 좇아가고, 그 밖의 다른 데들도 다 그렇게 좇아가고 있어요. 그러다 보니까 문학 하는 사람도 돈 버시오, 하는 식으로 사회 전체 분위기가 돌아가는 거지요. 그게 사람들이 위기를 느끼는 내적인 이유가 아닐까 생각합니다. 외적으로야 연구비가 적다든지, 학생 받기가 어렵다든지, 박사 학위 받아 봐야 어디 갈 데도 없다든지 하는 것이 되겠지만, 내적인 위기는 사회 전체의 분위기와 실은 맞물려 있는 겁니다. 능률과 투명성이 하나의 수단에 머물지 않고 지상 목표가 되어 사회를 전부 그쪽으로만 몰아가는 것, 바로 여기에 인문 과학의 위기도 관계되는 게 아닐까요? 이런 분위기에서는 인문 과학이 설 자리가 없어져 버리죠.

그러나 다른 한편으로는 이런 생각도 들어요. 정부의 방침 자체야 그렇다 치더라도, 우리 사회는 왜 이렇게 허약한가 하는. 높은 사람이 뭐라고 한 마디 하면 사회 분위기가 전부 그쪽으로 몰려가요. 미리 알아서 다 그렇게 하려고까지 하죠. 대학 같은 데도 교육부에서 제도 고치면 돈 주겠다 하니까, 이 돈이 무슨 의미가 있는 돈인지도 생각지 않고, 그 돈을 받아 정말 좋은 대학이 되겠는지 고려도 없는 상태에서, 무조건 돈을 받으려고만 해요. 자기 나름의 생각과 판단을 가지고 행동하기보다는 그냥 시대 분위기에 좇아서 이리 몰리고 저리 몰리는 분위기, 그건 이 사회에 인문적 전통이 없다는 이야기겠지요.

그렇다고 능률이나 투명성이나 하는 것이 중요하지 않다는 얘기는 아닙니다. 예를 들어 공산주의가 실패한 것도 그 원인에는 생산의 능률성을 확보하지 못했다는 점이 있어요. 공산주의에서는 생산 능률을 혁명적 사기를 북돋아서 확보하자는 생각을 하지 않습니까? 그러나 이건 인간성을 너무 낙관적으로 본 것일 테죠. 그에 반해 돈만 가지면 다 된다는 생각은 인간성을 너무 나쁘게 보는 것이겠지요. 그러니까 공산주의가 망했다고 자본주의적 능률이 유일한 생산 능률의 길이라고 생각하는 것은 지나친 단순화입니다. 그런 점에서 우리는 어떻게 현대적인 생산 방식 속에서 능률을 확보할 수 있느냐 하는 문제를 더 세밀하게 봐야 할 것 같아요. 이와 동시에 생산 능률을 올리는 데 중요한 요소 중의 하나가 도덕성이라는 사실을 잊지 말았으면 해요. 도덕성이라는 문제를 도외시하고 자본주의 방식대로만 하면, 요즘 같으면 IMF가 하라는 대로만 하면 잘살 거라고 생각하는 것, 이런 것이 분위기를 전부 돈만 벌자는 쪽으로 몰아가는 겁니다. 최대한 능률을 발휘해서 일해야 한다는 것, 이것이 꼭 돈 벌라고만 해서 되는 거냐 하는 데 대해 한번 회의를 가져보는 것이 좋을 것 같습니다.

홍윤기 그러니까 역설적으로 돈 벌려고만 해서는 오히려 돈이 더 잘 안 벌리는 측면도 있다는 데 생각이 미치지 못한다는 말씀이시죠?

김우창 그뿐 아니라 또 그래 가지고 과연 사람 사는 사회가 되겠느냐 하는 거지요. 능률을 높여야 한다는 건 맞는 얘기겠지만, 그것과 자유 시장 경제를 무조건적으로 받아들이자는 것은 다른 얘깁니다. 돈만 벌면 좋다는 식으로 사회 분위기를 몰아가서는, 인문 과학 하는 사람도 사기를 잃을 테고, 학생들도 이거 해서 뭐하나 하는 생각에 인문 과학을 경시할 테고, 그런 것들이 복합적으로 작용해서 인문 과학의 위기가 가속되는 것일 테죠.

인문학을 어떻게 할 것인가

홍윤기 선생님의 인문학 수행 역정을 쭉 듣고 나서 나중에 들었으면 하는 얘기가 먼저 나온 셈이군요. 인문학이 위기를 맞는 데는 그와 아울러 인문학이란 학문 자체가 어느 정도는 현실의 소용돌이에서 벗어나 있고, 또 그 성격상 현실에 직접 개입하는 경우가 거의 없는 학문이라는 점과도 관련된다고 할 수 있을 것 같습니다. 선생님께서 최근에 쓰신 글 중 「혼돈의 가장자리」(《과학사상》, 1998년 가을호)라는 글을 읽으면서, 저는 개인적으로 인간이 무엇인지 생각하는 데 큰 도움을 받았습니다만, 지금이야말로 도대체 인간이란 무엇일까에 대해서 인문학 하는 사람들이 설득력 있는 견해를 내놓아야 하지 않나 하는 느낌이 들었습니다.

지금까지 인문학은 연구실이나 전문 매체 등을 통해 동료들끼리 상당히 편하게 해 올 수 있는 측면이 있었습니다. 그러나 아까 선생님께서도 말씀하셨지만, 요새는 돈이 되지 않는 지식은 지식이 아니라는 생각들이 팽배해 있습니다. '신지식인'이니 '지식 강국'이니 하는 얘기도 따지고 보면 그런 것이죠. 모든 것이 '화폐 환원주의'로 귀결된다는 느낌입니다. 철학의 발생을 탈레스로부터 잡고, 거기서부터 인문학이 시작한다고 보더라도, 인문학의 전통은 어언 2600년이라는 짧지 않은 시간을 이어 온 셈인데, 이제 우리는 그 인문학이 말살될지도 모른다는 최대의 위기 앞에 놓여 있는 상태입니다. 그런데 이 같은 인문학의 위기는 실제로 기초 학문의 위기 전체를 가장 상징적으로 대변한다고도 할 수 있습니다. 사회 과학 같으면 그 기초 학문에 해당하는 경제학은 경영학에 밀리고, 또 과학 기술 시대라 하면서도 기초적인 자연 과학 분야들은 거의 쑥밭이 되어 가는 추세입니다. 이와 같은 시점에서, 더욱이 한국이라는 현실의 공간 속에서, 선생님께서 인문학자로서 40년 가까이 수련과 집필을 해 오시며 가슴에 담아 둔 이야기들은 없으신가요? 인문학의 뒷세대들에게 특히 학문하는 자세와 관련하여 한 마디 해 주셨으면 합니다.

김우창 외연적으로 얘기하면 분과 과학이 크게 발달한 시대이긴 하지만 분과 과학에 공통되는 종합적인 정신이 없다는 생각이 들어요. 그게 과학적으로 정당화하기에 어려움이 있을지 모르지만요. 종합적인 정신이 없는 데는 여러 가지 이유가 있겠지만, 가장 큰 이유는 우리가 단절된 전통 속에 산다는 점이라고 봅니다. 고려 시대나 조선 시대 사람들이 생각한 것과 20세기에 들어온 뒤의 사람들이 생각한 것 사이에는 서양 것과 일본 것으로 인한 단절이 있습니다. 또 하나는 20세기에 들어와서는 인문 과학이 실천적인 요구가 아주 강한 상황 속에 놓임으로 해서 충분히 깊고 넓게 생각을 진행시키기 어려웠다는 점입니다. 다시 말해서 과거에 대한 반성에서부터 인문 과학을 시작하기가 어려웠다는 겁니다. 그런 점에서 동서 간의 통합이 필요하다는 생각이 듭니다.

다른 한편으로 내포적으로 얘기한다면, 이러한 게 중요한 가치다, 이러한 것을 따라서 살아야 한다고 제시하는 것보다도 인문 과학에 있어서 더 근본적인 것은 탐구의 정신이 아닌가 하는 생각이 듭니다. 끊임없이 인간에 대해서 묻고 사회에 대해서 묻고 자기 자신에 대해서 물어야 하는데, 급격한 상황에서 살다 보니까 근본적으로 물어본다는 것 자체를 별로 달가워하지 않게 되었습니다. 금방 답변을 내놓으라고 할 뿐, 한 번 더 과학적으로 생각해 보려는 정신이 부족해진 거죠. 그래서 과거에 대해서도 근본적으로 캐묻기보다 과거에 우리는 이렇게 했으니까 지금도 이렇게 하는 게 좋겠다 하는 식으로 행동하는 예가 많습니다. 이를테면 정권 담당자들이 툭 하면 들고 나오는 충효 사상 같은 것을 생각할 수 있겠죠. 과거로부터 우리가 어떻게 살아 있는 지혜를 배울 것인가, 과거 사람들은 무엇을 생각하고 왜 그렇게 생각했는가에 대해서 현대적인 관점에서 탐색을 해야죠.

오늘과 비슷한 주제로 작년에 중앙대에서 강연할 때도 그런 말을 한 적이 있는데, 가령 주자학이면 이(理)가 어떻고 기(氣)가 어떻고 사단칠정(四端七情)이 어떻고 얘기하기보다 이것들이 무엇을 뜻하는지를 요즘 사람들이 이해할 수 있도록 이야기해 주어야 하지 않겠는가 하는 겁니다. 안된 이야기지만, 사와이라는 일본의 한 젊은 교수가 작년에 강연차 성균관대에 와서, 한국 사람들은 유교 서적을 『성경』같이 취급을 한다, 마치 무슨 지상 명령이라도 되는 것처럼 여긴다, 하는 말을 하더군요. 좀 더 여러 각도에서 캐물을 줄을 모른다는 것이었습니다. 예컨대 성리학을 집대성한 중국의 주희(朱熹) 같으면 그가 송대의 역사 사회적 환경 속에서 그 이미 이루어진 실천적인 사회 양상을 어떻게 이론화한 것인지, 또 그것을 조선에서 크게 일으킨 이황(李滉) 같으면 조선조의 역사 사회적인 여건 아래서 주희의 성리학을 어떻게 변용시켜 표현하였는가 하는 데 자기는 관심을 가지고 있다고 하더군요. 전 그게 정당한 관심이라고 봅니다. 이가 어떻고 기가 어떻고 해야 요즘 무슨 말인지 알아듣기도 어렵고 또 그렇게 물어봐서는 답변도 얻어지지 않지요. 그러니까 과거에 대한 반성이란 현대적인 물음의 형태로 던져져야 한다는 생각이 들어요.

정리하자면, 우리 인문 과학은, 첫째로는 과거와 너무 단절이 되었기 때문에, 둘째로는 20세기의 우리 현실을 지배하는 이념들이라는 게 적어도 미래 지향적인 관점에서 볼 때는 성리학이 아니었기 때문에, 즉 서양 것을 배워야 현대 국가를 만들 수 있기 때문에, 세 번째는 과거의 것을 물어도 현대적으로 물어야 의미가 있었을 텐데, 과거 우리의 것이니까 하자는 식으로 빈 관념만 되풀이해 왔기 때문에, 과거 반성에 입각한 인간에 대한 사고를 하지 못한 게 아닌가 하는 겁니다. 앞으로도 동서 통합이나 여러 학문 간의 통합을 다 이루지는 못하더라도, 인간에 대한 관점에서 어떤 통합적인 정신이 있어야 한다는 것, 거기에서 핵심은 인간에 대해 과학적으로 물어봐야 한다는 것임을 강조해 두고 싶습니다. 과학적으로 묻는다고 해서 마치 무슨 생물학적으로 공학적으로 묻는다고 들릴지 모르지만, 그런 것만이 아닙니다. 내적인 체험에 대해서도 우리는 도그마틱한 방식이 아니라 현상학적으로 물어볼 수 있고, 또 내성을 통해서 물어보더라도 타당성 있게 물어볼 수 있다는 뜻이죠. 결론적으로 인문 과학을 하는 사람에게는 물어보는 정신, 동서 간의 사상적 차이를 통합하려는 노력, 그리고 여러 인문 과학과 사회 과학에서 인간에 대한 각각의 이해를 종합해 보려는 노력, 이 세 가지 것이 필요하지 않나 하는 생각이 듭니다.

선택된 가능성으로서의 사실

홍윤기 선생님께서는 과학에 대해서, 좀 지나칠지는 모르지만 독일식으로 말하자면 '증오의 애정'이라고나 할까요, 미움이 섞여 있으면서도 사랑하는, 뭐랄까 교착된 감정을 갖고 계신 건 아닌가 하는 생각이 듭니다. 선생님께서는 명백히 사실 중심적인 실증적 과학관에는 반대하면서도, 과학의 에토스, 과학의 모럴에 대해서는 아주 높이 평가하고 계십니다. 비판 이론, 포스트모더니즘, 혹은 그 이전의 독일 관념론 등 (영미 분석 철학을 제외하고) 서구에서 인문학을 공부한 사람일수록 과학주의에 대해 꽤 비판적인 정신을 기본적으로 습득하고 있는데, 선생님께서는 그런 비판에 익숙하시면서도 과학이 가지고 있는 에토스를 많이 강조하시는 것을 봤습니다. 그런 점에서 과거를 과학적으로 연구한다는 것이 단지 역사적 사실에 입각해서 실증적으로 공부한다는 차원을 넘어 과거에 대한 반성이라는 의미를 지닌다고 선생님은 말씀하십니다. 그런데 사실 반성이란 과학적이라기보다는 오히려 과학적인 법칙이나 사실에 대한 과감한 거부와 같은 데서 출발하는 것이라고 봐야 할 것입니다. 그런 점에서 역사에 대해 현대적 질문을 한다고 했을 때 그 과학적으로 묻는 방식이란 어떠한 것이라고 생각하시는지요?

김우창 비판 이론에서는 실증 과학에 대해 여러 가지로 비판을 많이 하지요. 하버마스도 『인식과 관심(*Erkenntnis und Interesse*)』에서 실증 과학 비판을 많이 하고, 또 『이론과 실천(*Theorie und Praxis*)』에서도 살아 있는 이론이란 방 안에 앉아서 나오는 것이 아니라 실제적인 데서 나온다고 말하지요. 그리고 실제 상황의 논리를 단순한 실증적 합리성과는 다른 것으로 말하였습니다. 뒤에 의사소통 이론 같은 데서도 그런 얘기들을 많이 하죠. 저도 그런 게 옳다고는 생각합니다. 그러나 학문도 그렇고 사회도 그렇고 사실에 대한 존중이라는 건 모든 인간 활동에서 기본이라는 생각이 들어요. 사실을 명백히 하지 않고는 아무 데도 설 자리가 없기 때문이죠. 허공에 떠 있는 것같이 됩니다. 사실에 대한 존중이라는 점에서 저는 과학적이라는 말을 쓴 겁니다. 이와 동시에 과학적이라는 건 생각하는 데 있어서의 논리성 같은 걸 이야기하기도 합니다. 논리성이란 단순히 삼단논법적인 선형적(線形的)인 논리에 따라서 움직여야 한다는 것을 말하는 것은 아니에요. 사고한다는 것은 대부분의 경우 어떤 장(場) 속에서 이루어지는 것 같아요. 그러니까 장의 여러 가능성과 현실성을 종합적으로 비교하고 검증하는 것이 사고가 아닌가 해요. 삼단논법적으로 결론을 내는 것도 사고의 하나겠지만, 하나의 있는 사실을 두고 여러 가능성의 장 가운데서 어떠한 경로를 통해 현재와 같은 사실이 되었는가를 검토하는 것이 실은 더 중요하지 않나 합니다.

홍윤기 여러 가능성 중에서 표출로서의 사실을 말씀하시는 거죠?

김우창 가능성의 장 가운데서 어떤 것이 현실화되는가에 대한 검토가 아주 중요하다고 생각합니다. 그런 것은 선형적인 의미에서는 논리적인 사고가 아닐는지 모르지요. 하지만 그것이 과학적 사고의 일부임에는 틀림이 없고, 또 논리적 테두리 안에 있다고 생각이 돼요. 그래서 가능성의 장 안에서의 현실을 이해하는 것, 그러니까 역사도 반드시 실증적으로 일어난 사실만 가지고 이야기하는 것이 아니라 있을 수 있는 사실 가운데 왜 이것이 사실, 곧 현실성(actuality)이 되었느냐 하는 것을 검토하는 일이 아주 중요하다고 생각합니다.

가령 우리나라의 근대화론 같은 것을 예로 들어 말할 수 있겠지요. 일본인들이 우리나라에 와서 철도도 놓고 병원도 짓고 학교도 만들고 해서 우리 사회를 근대화했다고 말하는데, 그것도 물론 인정을 해야 되는 사실 중 하나이기는 하겠죠. 동시에 그런 역사에 대해 우리가 더 이해하려면 일본인이 그런 걸 안 했으면 한국 사람들도 안 했겠느냐, 혹은 한국 사람은 어떤 다른 방식으로 했겠느냐 하는 가능성을 검토해 보아야 하는 겁니다. 그래야 일본인 덕택에 근대화되었다는 결론이 정당한가를 알 수 있는 것 아니겠어요? 그러니까 역사적인 것에서 가장 분명해지지만, 여러 가능성 가운데 어떻게 해서 어떤 것은 하나의 현실이 되고 어떤 것은 현실에서 잊혀지고 은폐되는가 하는 가능성의 장에 대한 사고, 이것 역시 과학적인 사고의 일부라는 생각이 듭니다.

한 가지 더 보태어 말씀드린다면, 현실이라는 것을 가능성의 장에서 일어나는 실증적인 사실이라고 이해한다면, 거기에는 어떤 주체가 어떤 관심을 가지고 그 사실을 바라보느냐 하는 문제가 중요하게 제기될 수밖에 없다는 것입니다. 그 주체는 어떤 가능성이 어떤 현실 속에 있을 수 있는지, 그중에서 어느 것이 더 중요한지 또 더 실천 가능성이 있는지에 관심을 갖기 때문에, 그 주체의 입장이라는 게 아주 중요해집니다. 그러니까 사실은 일정한 입장의 행동적 선택과 사실의 장의 가능성의 합작으로 이루어진다고 하겠습니다. 그런데 그 입장을 마음대로 정하면 현실에 대한 판단이 매우 자의적인 것으로 되고 말아요. 따라서 그 입장의 보편화 노력이 중요하게 되죠. 이러한 것이 문화 속에 들어 있는 공정성이라든지 보편성에 대한 관심이 아닌가 합니다. 우리가 완전하게 공정하고 보편적일 수는 없지만, 그 입장이 될 수 있으면 공정하고 보편적인 것으로 가려고 노력해야겠죠. 이것이 옛날에는 교양이라는 말로 표현되기도 했습니다. 수신제가(修身齊家)라는 말로도 표현되었어요. 가능성을 보는 눈이란 그 입장하고 관계가 있지만, 그 입장이라고 하는 것이 반드시 개인적인 것만은 아니죠. 상호주관적인(inter-subjective) 면도 있고, 또 그런 것을 넘어선 인간의 이상적인 가능성이라는 면도 있어요. 이런 것을 내포하고 있는 게 한 시대에 있어서 철학적인 사고라는 생각이 들어요.

잘은 모르지만, 저는 우리나라에서 실학(實學) 좋아하는 것에 대해 조금은 못마땅하게 생각합니다. 실학을 제대로 이해하려면 그 사람들의 철학적인 관점에서 이해하려고 해야 합니다. 실학자들이 인간을 어떻게 이해하고, 어떤 의미에서 인간이 더 보편적으로 살고 더욱더 평화공존적인 관점에서 살 수 있다고 생각했는지, 그리고 그런 관점이 어떻게 가능했는지, 이런 것과 관련시켜 이해해야 할뿐더러, 이들이 이러한 인간관을 현실적으로 어떻게 실현하고자 했는지 그 실제적인 방안에 대한 검토도 동시에 이루어져야 합니다. 그러지 않고 실학이란 실증적으로 검증될 수 있는 실용적인 학문이라든지, 이용후생(利用厚生)하는 학문이라든지 하는 식으로만 접근하면 자칫 인간을 손상시키는 학문으로 빠질 수 있다고 생각합니다. 그래서 과거를 이해한다는 것은 그때 역사적으로 가능했던 관점들 속에서 그 사람들이 무엇을 어떻게 선택했는가 하는 관점을 유지하면서 이루어져야 한다는 생각이 드는 겁니다. 당대의 사회적 규범을 당연한 것으로 받아들이고 이거 좋은 거니까 우리도 하자는 식으로 받아들여서는 안 됩니다. 그 시점에서 인간 이해가 어떠했고 인간이 무엇을 할 수 있다고 생각해서 그와 같은 역사적 현실을 만들어 냈는가를 이해하는 것이 중요합니다. 그래야 오늘 우리가 인간을 어떻게 바라보아야 하고 앞으로 무얼 해야 하는지 생각하는 데 도움이 되지 않나 합니다.

심미적 이성이 왜 중요한가

홍윤기 사실에 대한 아주 흥미로운 개념이군요. 선생님께서 말씀하시는 사실성의 개념은 어느 면에서는 당장 있는 사실로서 완결된 것이라기보다는 선택된 현실태로서 연속되는 것이고, 사실이란 것은 그 자체로서 현실을 전부 대변한다기보다 항상 여러 가능성 가운데 있는 하나로 선택된 사실이라고 이해했습니다. 사실에 대한 아주 특이한 접근법이 아닌가 하는 생각이 듭니다. 민음사에서 나온 선생님의 전집을 보면 문학 비평에 속할 그들 가운데 시인 읽기가 압도적으로 많은 것을 보게 됩니다. 시 읽기에 이렇게 큰 애정을 갖는 개인적인 동기가 있으신지요? 아울러 소설보다도 시를 읽는 작업을 통해 정신적 성장이라든가 경지를 개척해 오신 선생님의 읽기 경험 또는 비평 경험에 대해서도 말씀을 좀 해 주시지요.

김우창 그걸 일일이 설명하긴 그런데, 읽는 데 시간도 덜 걸리고, (웃음) 개인적인 성향도 작용했을 테죠. 그러나 오래 그렇게 해 오다 보니까 시라는 게 소설보다도 더 중요하다는 생각이 들게 되었습니다. 소설, 특히 리얼리즘 소설들은 사회에 대한 이해를 도와준다는 점에서 사회적으로 중요한 역할을 할 수 있기는 하지만, 근본적으로 인간이 세계 내에서 존재하는 방식에 대해 더 많은 얘기를 해 줄 수 있는 것은 시라는 생각이 들어요. 세상 살아가다 보면 결국은 자기와 세계가 부딪치는 주객 대결 비슷한 현상이 일어나지요. 그때 단순히 지적인 것만도 아니고 감성적인 것만도 아니고 더욱이 생산력을 통한 것만도 아닌, 이런 것들을 다 종합한 상태에서 세상과 맞부딪치게 됩니다. 세상에 대한 직관적인 이해를 얻는 능력, 이런 것이 사람한테는 있는 것 같습니다. 그걸 통해서 세상을 보는 것인데, 시는 그렇게 세상을 보게 해 주는 것으로서 인간이 세상 내에 존재하는 데에 중요한 인식 계기 같은 것을 제공해 준다고 생각합니다.

시는 거짓말 같으면서도 (물론 소설도 분명하게 허구적으로 구성되는 것이지요. 그렇다고 해서 거짓말은 아니고, 또 허구를 통해 진실을 드러내 주기는 하지만) 소설 같은 허구적인 구성의 요소가 적고, 더욱 직접적으로 세상에 부딪쳐서 세상을 드러내는 인간의 기능에 깊이 관계되어 있다고 보는 것이지요. T. S. 엘리엇의 『캔터베리 사원의 살인』이라는 작품을 보면 캔터베리 대주교가 왕과 갈등을 겪다가 결국 순교한다는 얘기가 나옵니다. 이때 캔터베리 대주교는 자기가 그렇게 할 수밖에 없다는 말을 해요. 자기가 왕을 거역하는 것은 실은 자신의 전 존재가 그렇게밖에 할 수 없다는 데 동의하기 때문이라는 것이지요. 자신의 전 존재가 동의한다는 것, 이런 것하고 시적인 능력은 깊은 관계가 있다고 생각합니다. 단지 머리로만 동의하는 게 아니라, 뭔가 그렇게 할 수밖에 없다는 느낌이 든다는 겁니다. 물론 고집불통으로 그럴 수도 있겠지만, 깊은 생각 속에서 그럴 수밖에 없다고 느끼는 것은 단순한 고집불통과는 다르죠. 예컨대 루터를 끌어다가 법황청에서 마음을 바꾸라고 하니까, 나는 달리 할 수가 없다고 대답했던 마음가짐 같은 거죠. 그것은 단지 합리성만을 얘기하는 것도 그렇다고 감정만을 얘기하는 것도 아니에요. 많은 것이 연결된 상태의 인간의 능력과 관계되는 겁니다. 시가 얘기해 줄 수 있는 것은 인간이 어떻게 그의 존재의 핵심으로부터 세상을 바라보고 또 어떻게 자신의 행동을 결정해야 하는가 하는 것입니다.

홍윤기 선생님께서는 한문 시에 대해서도 많이 언급하시고 인용도 많이 하셨습니다만, 특히 한국 현대 시들에 대해 많은 천착을 해 오셨습니다.

『궁핍한 시대의 시인』에서 뤼시앵 골드만의 『숨은 신』을 인용해 가면서 한국 현대 시의 초기 상황, 특히 한용운 시를 해석한 것은 저에게는 깊은 감명을 주기도 했습니다만, 선생님께서 한국 소설보다 시에 많은 점수를 주시는 것은 시가 갖고 있는 그런 종합적인 능력과 직관적인 이해의 완결적인 표현 능력 때문이 아닌가 하는 생각이 듭니다. 그러나 시 안에서도 선생님이 갖고 계시는 척도에 따라 약간의 우열이 매겨지는 것 같습니다. 한국 시에서 현대성이라는 것이 어떤 식으로 나름의 완결된 표현을 갖는다고 보시는지 묻고 싶군요. 가령 서구의 현대 같은 것을 논할 때 보들레르의 시가 항상 등장하곤 하는데, 그렇다면 한국이 추구한 현대성을 가장 대표적으로 보여 줬다고 생각되는 시가 있다면 어떤 것인지요?

김우창 20세기의 시를 보면서 두 가지를 생각할 수 있습니다. 현대라는 것이 가장 괴로운 시대인데, 우리 현대 시인 가운데 그래도 좋은 시와 함께 훌륭한 인간적인 품위를 보여 준 사람이 한용운이라든지 이육사라든지 하는 사람입니다. 이 분들은 전통적인 교양의 바탕에 서 있는 사람들이에요. 시 말고 다른 부분도 보면 전통적이 교양이 한국 현대사에 남긴 업적과 서로 관계가 있다는 생각이 들어요.

그러나 그 전통적인 것이 오늘을 길게 대표할 수는 없겠지요. 그러니까 새로운 것을 만들어 낼 수밖에 없다는 얘기가 나오는 것일 테고요. 오늘날 인간이 어떻게 존재해야 하느냐에 대해서 새로운 언어로 새롭게 표현되어야 하는데, 새로운 것을 시도하기 위해서는 전통적인 교양이 주는 여러 가지 도움에서 벗어나는 도리밖에 없기 때문에 실패하기가 쉽지요. 가령 김기림 같은 경우도 현대적인 시인이면서 방금 이야기한 시인 또는 청록파 시인에 비해 더 깊이가 있다고 하기는 어렵거든요. 바로 거기에 딜레마가 있는데, 그 딜레마를 어떻게 해결해야 하느냐 하는 것은 아직도 쉬운 문제가 아니라는 생각이 들어요. 우리 시대의 언어만 해도 역사에 한두 번 있을

까말까 하는 전무후무한 변혁기에 있거든요. 단군 시대에는 무얼 해 먹고 살았는지 모르지만, 국민 대다수의 사람들이 산업 사회 속에서 어떤 식으로든 일을 하면서 먹고살게 된 것은 역사상 지금이 처음일 것입니다. 그런데 문제는 이와 동시에 우리가 느끼고 생각하고 말하는 것이 전적으로 바뀌고 있다는 겁니다. 이러한 시대에 깊이 있는 인생이 뭘 뜻하는지 알아간다는 게 지극히 어려운 일이에요. 김소월 같은 사람이 한문 교양을 가지고 있었는지는 잘 모르겠지만, 언어를 구사하는 데 전통적이고 민속적인 면이 많지요. 또 한용운이나 이육사는 불교적이든 유교적이든 한문 교양을 지녔던 사람이고, 조지훈도 그런 게 어느 정도 있었어요. 그러다가 그런 교양이 점점 희박해져 가는데, 바로 이런 게 우리 현대 시를 바라보는 데 중요한 대목입니다. 그런 전통적 교양을 담은 시들이 새로 등장하는 사회의 표현이기는 어렵다고 봐요. 새로 나타나는 사회의 표현은 달리 모색될 수밖에 없지요.

홍윤기　저한테는 현재 이 불행한 변혁기에 사는 한국 현대 시인들은 사실상 실패할 운명에 처해 있을 수밖에 없다는 말씀으로 들리기도 합니다.

김우창　계속적으로 모색할 도리밖에 없다는 말이지요.

홍윤기　선생님은 황지우 같은 시인에 대해서는 기묘한 현대적 감수성을 지녔다고 표현하시고, 그러면서 또 김지하 시인에 대해서는 중심의 무거움을 지적하면서 꽤 불안한 평가를 내리고 계십니다. 이런 평가와 관련하여 제가 좀 짓궂게 말씀 드리자면, 선생님께서도 실은 현실에 대해서 안정된 입지를 갖고 있지 못한 게 아닌가 하는 혐의를 두고 싶습니다. 선생님께서는 하나와 여럿의 모순을 거머쥔 구체적 전체성으로서 시의 특성을 표현하시면서 구체적 대상이나 체험의 지양을 말씀하시고, 그렇기 때문에 시가 불가피한 단편성을 갖고 있으면서 여러 가지 갈등을 포용한다는 이야기를 하셨습니다. 제가 보기에는 시에 대한 이런 입장이 1980년대 초의

「시의 언어와 사물의 언어」에서부터 지금까지도 그 기조가 유지되고 있다고 생각됩니다. 그런데 사실 하나와 여럿의 모순을 거머쥔다는 게 말을 하기는 쉬워도 그것이 구체적으로 어떻게 존립하는지는 사람들에게 명확하게 이해되기 어렵습니다.

제가 보기에 1991년도에 「심미적 이성」이라는 글을 쓰시면서 선생님의 입장이 본격적으로 메를로퐁티의 심미적 이성 쪽으로 기우신 것 같습니다. (제가 보기에는 메를로퐁티 얘기를 쓰시면서도 상당히 김우창적인 의미를 부여하면서 쓰시는데.) 실제로 심미적 이성이라는 말은 비이성적 이성이라는 말과도 통할 수가 있다는 생각이 듭니다. 심미적이라는 것이 어떤 감각이나 아름다움하고 통하는 것이고, 이성은 그런 감정적인 변화를 거부하는 것인데, 선생님께서는 그런 역설적인 표현을 쓰면서 굳이 이성을 얘기하고 계십니다. 저는 이 이성이라는 개념이 철학에서 통용되는 이성 개념하고는 상당히 달라서 의아해했는데, 그 글을 읽다 보니까 선생님께서는 이성 개념을 특수로부터 해방되어 보편으로 나아가는 능력이라는 의미로 사용하고 계신 게 아닌가 하는 생각이 들었습니다. 제가 보기로 이것은 헤겔적인 구도를 따르는 것 같은데, 꼭 그렇지만은 않은 점은 그 이성의 끝에 가서 예술을 끌어들이면서 그 과정이 아름다움이 가질 수 있는 초월성으로 나아간다는 점입니다. 그러다 보니까 거기에 신비한 입장이 나타나게 되는 것 같습니다. 또 헤겔이 쓴 개념을 끌어들이면서도 거꾸로 헤겔을 다시 뒤집어 초월로 나아가는 식이지요. 저는 아름다움이라는 감각이 이런 역설을 견뎌 가면서까지 끝까지 아름다울 수 있다는 확신을 선생님께서는 하실 수 있는지, 한다면 어떤 근거로 그렇게 하시는지가 궁금합니다. 선생님께서는 아름다움의 감각이 사람에게 근본적인 감각이라고 자신 있게 말씀하시고, 아름다움의 감각이 일반적인 만큼 삶의 원초적 충동에 이어져 있다고 하면서 이성을 전혀 비이성적인 충동과 연결시키고 계십니다.

김우창 제가 정확히 사고하지 못한 부분이 있습니다. 근본적으로는 헤겔이 미라는 것을 정리하면서 구체적 보편성이라는 말을 하고 있는데, 이런 말 자체가 모순적이지요. 구체적이고 감각적인 요소가 있으면서 거기에 또 이데아적인 요소가 있다고 하니까요. 그게 출발점이긴 한데, 헤겔은 결국 세계 정신의 정리 과정에서 이성 세계로 완전히 지양되어 가고 맙니다. 뭐랄까요, 저는 그보다는 좀 더 흐릿하게 생각했다고나 할까요?

메를로퐁티는 마르크스주의자이고 그런 의미에서 역사에 대한 합리적인 구도를 생각하기는 하지만, 상당한 부분은 실존주의적 입장을 취하고 있어요. 그의 말대로 하자면 헤겔은 비행기를 타고 가며 내려다보는 고공 비행의 사유를 한 사람에 해당하지요. 메를로퐁티는 그와 달리 땅 위에 발붙이고 있는 사람의 구체적 감각 속에서 이성의 가능성을 천착했습니다. 그는 땅 위에 있는 사람의 입장에서 볼 때 그런 모순이란 끊임없이 일어나는 것이라고 생각합니다. 헤겔도 따지고 보면 구도로만 그렇지 실제로 예술에 대한 이해 같은 데서 보면 꼭 그렇지만도 않아요. 비극을 좋아하는 것만 봐도 알 수 있지요. 헤겔의 이론에 의하면 현대에 와서는 비극이란 씌어질 수 없는 것이지만, 실제로는 비극이라는 것이 계속 씌어지고, 또 그것이 현실과 인식의 중요한 계기가 됩니다. 결국 보편적 구체성 혹은 구체적 보편성이라는 말이 틀린 것은 아닙니다. 다만 궁극적으로 이상이나 정신에 의해서 초월되지 않는 단계에서 완전한 이성적 이해, 이성적 구도라는 것은 불가능하다는 생각이 들어요.

저 역시도 실존적으로 생각합니다. 제 책의 제목 하나를 『지상의 척도』라고 했는데, 횔덜린의 글에서 취한 겁니다. 횔덜린은 지상의 척도라는 건 없다면서 하늘에는 천둥이 치고 땅에는 꽃이 피고…… 이런 식으로 매우 흐릿하게 이야기하기 때문에 무슨 소린지 알 수 없습니다만. 최근에 보니까 베르너 막스가 독일에서 그런 이름으로 책을 냈더군요. 『지상에 척도가 있는가?(*Gibt es auf Erden ein Maß?*)』라고. 저의 경우는, 지상의 척도는 없을지라도 시적인 직관에 의한 어느 정도의 동의는 있다는 정도의 의미로 썼습니다. 이성적 척도라고 하면 벌써 이성적으로 계량할 수 있는 것을 떠올리게 되는데, 우리가 지상에서 사용할 수 있는 척도란 계량적인 것이기보다는 시적인 것이죠. 나아가 상호 간의 소통을 통해 어느 정도의 척도가 성립할 수도 있다고 생각합니다. 이때 중요한 것이 아름다움이라는 것이지요. 아름다움이란, 예컨대 취미란 사람 나름이라는 얘기가 있듯이, 일률적이지는 않지만, 그것에 기초하여 칸트의 공통감(Gemeinsinn, sensus communis) 같은 것이 성립할 수 있습니다. 그것은 시적인 직관에서 오는 것, 아까 말씀 드린 것처럼 이성적인 것을 넘어 좀 더 복잡한 파토스가 뒤섞인 것이 아닌가 하는 생각이 듭니다. 그런 데서 나오는 시적인 직관이 어떤 좋은 조건 아래서는 공통감으로서 일종의 척도가 되어, 각각이 다르면서도 공통된 어떤 것을 가질 수 있도록 해 주는 것이 아니냐는 것입니다.

사회 질서라는 것도 두 가지로 이야기할 수 있는 것 같아요. 하나는 너무 빡빡하지 않은, 서로 다르기 때문에 다른 것을 참작할 수 있는 그런 것이어야 한다는 것입니다. 모든 사람이 마릴린 먼로만 좋아하면 싸움이 나겠지만, 좋아하는 점이 다들 차이가 나서 자기가 택한 애인으로써도 서로가 행복할 수 있는 조건이 갖추어지는 것이지요. 그런 점에서 여러 가지 아름다움이 많은 사회가 좋은 사회인 것 같습니다. 다른 하나는 그래도 이성적인 것이 중요하다는 점입니다. 사회의 기본 약속이라는 면에서는 이성적인 것이 여전히 중요합니다. 미적인 향수나 인생의 향수와 같은 측면에서는 이성이라는 게 50퍼센트 정도 중요성을 갖는다면 아름다움의 향수는 90퍼센트 정도의 중요성을 갖는데, 사회의 약속이나 제도라는 측면에서는 이성적인 것이 90퍼센트 이상 중요성을 차지한다고 보는 겁니다.

다시 시로 돌아가서, 김지하나 황지우 씨의 경우, 그들의 모순 인식 능력이 그들로 하여금 오늘의 시대의 중요한 시인이 되게 합니다. 최근의 『어느 날 나는 흐린 주점(酒店)에 앉아 있을 거다』에 있는 시들은 가장 현실 적인 시입니다. 그러나 높은 삶의 가능성을 보여 주는 시들은 아니지요. 그런데 그러한 가능성을 말하는 것은 거짓말이 되니까.

신화를 창출하는 예술로서의 정치

홍윤기 선생님께서는 정치에 대한 발언을 꾸준히 해 오셨고 철학의 관점에서 보더라도 조금도 빠지지 않는 훌륭한 통찰들을 내놓으시는데, 현실 정치의 강퍅한 동정을 하나하나 지적하기보다는 그 도덕적 기반을 약간은 먼 거리에서 지적하고 계신다고나 할까요? 현실 정치에 대한 발언 수위가 흑백 대비가 분명했던 군사 독재 정권 시절보다는 어느 정도 민주적인 사회가 정착하고, 자유와 민주 같은 시민적 가치가 더 다양하게 제기되는 시점과 많이 조응하는 것도 볼 수 있습니다. 선생님께서 정치적 발언을 많이 하시는 계기를 두고, 현실 정치와 관련을 맺어 왔던 선생님 집안의 분위기도 적잖이 작용한 게 아니냐는 얘기도 들었습니다. 그런데 방금 하신 말씀과 관련해서, 도덕이라든지 심미적이라든지 하는 것들이 어떻게 그처럼 가파른 투쟁의 장인 정치에 개입하여 들어갈 수 있는지에 대해 말씀해 주시기 바랍니다.

김우창 특히 현대에 와서 사람이 사는 데 절대적 조건이 된 것이 바로 정치가 아닌가 하는 생각이 듭니다. 정치야말로 사람이 사는 것을 규정하는 것이지요. 정치적 질서가 사람이 살 만한 것이어야 하겠다는 것은 모든 사람에 다 주어진 불가피한 조건이라고 생각합니다. 그러나 정치적인 조건이 전부는 아니겠지요. 제 생각으로 정치적 질서는 도그마틱한 질서라기보다 사람이 사회를 이루며 사는 데 필요한 약속의 체계가 아닌가 합니다. 어떻게 해서 가장 좋은 약속의 체계를 만들어 내느냐, 다시 말해 도그마틱한 것이 아니라 유동적이면서 모든 사람이 어울려 삶을 향수할 수 있는 약속의 체계를 만들어 내느냐 하는 점에서 정치를 파악해야겠지요.

제가 약속의 체계라 하는 것은, 독자적인 합리적 질서를 가진 것이면서도 동시에 거기에 어떻게 관계하고 어떻게 사는 게 보람 있게 사는 것이냐 하는 문화적 이해에 의하여 삼투되어 있는 것입니다. 규범적이고 강압적인 것은 아니지만, 사회에서 시적인 이해로서라도 우리가 이렇게 사는 것이 좋겠다는 정도의 것을 의미합니다. 그리고 이와 관계해서 합리적 약속의 질서로서 정치적 질서가 병존해야 하겠다는 생각이 듭니다. 아울러 사회적으로 규정되지 않는 부분이 개인의 삶 속에 있는 것이 중요하다는 생각이 요즘 점점 더 듭니다. 모든 것이 사회적으로 규정되면 곤란하다는 것이지요. 자기만의 세계를 가질 수 있어 이 개인적인 행복의 중요한 부분이라는 것을 인정해야 한다는 것이지요. 이런 것을 전부 다 정치 체제로 만들 수는 없어요. 사회 문화적으로 설명하지 않으면 안 되죠. 정치가 인간을 규정하는 중요한 부분이기는 하지만, 정치에만 너무 의존하면 답답해서 숨쉬기가 어려운 사회가 되지 않겠어요?

홍윤기 서구에서는 정치의 위상이 상대적으로 약화되고, 정치의 경계라 하는 것도 일상생활에서 상당히 희석되고 있습니다. 그런 만큼 '정치'라는 용어보다도 '정치적인 것'이라는 용어를 써서 정치 현상이 전 사회적으로 분산되고 순환되는 것을 표현하기도 합니다. 그러기 때문에 일상에서 정치적인 것을 재조직하는 것이 새로운 정치적 비전이 아니겠느냐 하는 얘기들도 나오는 것 같습니다. 그래도 한국 같은 경우는 폭력적인 야만을 대변하는 정치 혹은 정치적인 것의 잔혹성이 인간의 운명을 바꾸어 버리는 것을 너무 많이 봐 오며 지내긴 했지만요.

김우창 그런 데 너무 익숙해져 있죠.

홍윤기 예. 지금도 여전히 노동자가 대학에 몰려다니면서 농성을 벌이지 않으면 안 되는, 옛날과 동일한 패턴이 반복되고 있다는 사실이 우리를 우울하게 합니다. 그러나 그 가운데서도 옛날과는 좀 다른 측면이 보이기도 합니다. 정치적 폭압의 일방적 추적에 의해 쫓기던 과거와 달리, 이제는 여러 대립 세력 간의 약속 위에서 초법적인 기능을 가진 노사정위라는 기구가 세워지기도 했습니다. 그랬는데 참여 주체들 사이의 불신과 운영 미숙으로 와해에 직면하면서 민주노총 주도로 현재와 같은 노동자 파업이 벌어지게 된 것이지요. 어쨌거나 이걸 보면서 우리는 정치적으로 약속할 능력도 없는 허약한 사회 체질밖에 갖고 있지 않나 하는 비감을 느꼈습니다. 게다가 국회라는 것도 말할 수 없는 불신을 받고 있지요. 민주주의라고는 하지만 믿고 의지할 만한 약속의 체계도 없고 제도도 제대로 돌아가지 않고, 그나마 노사정위처럼 좋은 뜻으로 만든 기구까지 왜곡되어 가는 상황에서 일종의 정신적 아노미 상태가 오지 않을까 두려움이 큽니다. 이런 상황에서 우리 정치에 과거와는 다른 비전이 있다고 보시는지요?

김우창 길게 봐야 하지 않을까요? 지금 노동계와 정부가 대립되어 있는 것이 유감스럽기는 하지만, 한편으로는 불가피한 현상의 하나가 아닌가 하는 생각도 듭니다. 노동자가 정부를 믿지 못하고 정부가 노동자를 믿지 못하는 이런 사회적 신용 자본이 부족한 환경 아래서, 어떻게 하면 서로 믿을 수 있느냐 하는 문제가 해결될 때까지는 이러한 투쟁은 불가피한 측면이 있다고 봅니다. 얼마 전 국민 연금 문제로 한참 시끄러웠는데, 택시 타고 가면서 운전사한테 당신은 소득 액수를 신고했느냐고 물으니까 안 했다고 해요. 왜 안 했느냐 하니까 정부에서 떼어 먹으면 어떻게 하냐고 하더군요. 몇 년 후에 다시 제도가 바뀌면 자기만 손해라는 겁니다. 그래서 제가 그것 맞는 말이라고 했어요. 국민 연금이라는 게 좋은 제도이지만, 우리 상황에서 그것을 실천하기에는 몹시 어렵다는 생각이 듭니다. 지금 노동자들이 당장 생존의 문제, 작업 조건의 문제 등 많은 문제 아래 놓여 있겠지만, 그 밑바닥에는 정부가 노동자들을 위해 일할 수 있는지에 대한 깊은 불신이 깔려 있어요. 노동자뿐만 아니라 국민 전체가 정부를 믿지 못하는 거지요. 국민과 정부 간의 신뢰는 눈에 보이지는 않지만 우리 사회가 가져야 하는 큰 사회 자본 중의 하나지요. 물론 우리가 그런 신뢰를 갖지 못하는 것은 김대중 정부의 잘못이기 이전에 우리 역사가 그런 경험이 없기 때문이겠죠. 그런 상황에서 지금처럼 계속해서 약속을 안 지키면 폭력이 벌어지는 것은 당연하지 않나 하는 생각이 듭니다.

정치인의 인간적 성숙과 정치 발전

홍윤기 정말 그렇습니다. 믿음은 돈 드는 일이 아닌데, 그런데 이 믿음이 없으면 돈을 버는 것도 어렵지요.

김우창 작년에 IMF와 관련해서 《신동아》에서 글을 써 달라기에 이 정부가 할 수 있는 일은 도덕적 투명성을 높이는 것밖에 없다는 말을 한 적이 있습니다. 경제학 하는 사람들이 우리나라에서 부패 탓에 오는 손실이 얼마인가 계산 한번 해 봤으면 좋겠어요. 구조 조정에서 감원이다 뭐다 하지만 부패에서 오는 손실을 다 계산해 보면, 부패만 없으면 감원이고 뭐고 필요 없는 것 아닌가 하는 생각이 들어요. 그런데 지금 정부가 그런 일을 할 수 있을 것 같지 않아요. 모든 사람이 부패에 발을 담그고 있기 때문이죠. 이것은 도덕적·문화적 부패와 관계가 있고, 미학적인 것과도 관계가 아주 큰 것 같습니다. 미학적이란 내면에서 찾아지는 느낌을 말합니다.

정치하는 사람 가운데 자기가 그래도 인간으로서 이 세상에 태어나 뭔가 내놓을 만한 일을 했다, 이런 느낌을 가질 만한 정치가가 몇이나 있을까요? 그런 정치가들이 있다면 싸움도 덜 할 것 같고 부패도 덜 할 것 같아요. 바깥에서 높은 것만 찾지 말고 마음속으로 자기가 그래도 보람 있는 인생을 살았다 하는 느낌을 갖고 싶어 하는 정치가가 있었으면 좋겠어요. 도자기 만드는 사람이 내가 그래도 도자기 하나는 잘 만들었다, 그래 참 만족할 만한 인생을 살았다 하고 느끼는 것처럼 말이죠. 정치하는 사람도 뭔가 국민이나 스스로를 위해서 괜찮은 일을 했다는 자기 충족적인 느낌을 갖는다면, 정치가 덜 부패하게 되지 않겠나 하는 거죠. 우스운 생각이 드는 것이, 옛날부터 가령 대통령이라는 높은 사람이 카퍼레이드를 하면서 초등학생까지 동원해 가지고 길가에서 국기를 흔들게 하지요. 그것까지는 좋아요. 그런데 자기가 뻔히 동원해 놓고도 야, 국민이 나를 알아 주는구나 하고 즐거워한다는 거예요. 이렇게까지 자기반성이 부족한 사람들이 지금도 태반이지 않나요?

홍윤기 정치인의 영원한 소망이면서도 이룰 수 없는 꿈이 있다면, 국민 전체로부터 존경받는다는 환상일 텐데요.

김우창 미적인 인간, 자기 충족적인 인간은 그렇지 않을 겁니다. 자기한테 충족적인 느낌이 있어야 할 테니까요. 조선 시대 이황이 이런 얘기를 한 게 있습니다. 고려 시대의 이자현이라는 사람을 두고 한 말인데, 이 사람이 정계에 있다가 은퇴해서 산속에 조그만 집을 짓고 살고 있었대요. 그를 두고 참 고상한 분이라고 하는 사람이 있는가 하면, 어떤 사람은 고상하다는 소리를 듣고 싶어서 그런다고도 했답니다. 이황이 그래도 단지 개념만 주무른 사람이 아니라 인간에 대해 깊이 느낀 분이라는 걸 여기에서도 알 수 있는데, 자기 마음속으로 자연 속에 가서 조용하게 사는 것을 즐기는 바가 없으면 어찌 그런 일을 했겠느냐고 하였답니다. 고상하다는 소리를 듣기 위해서도 아니고, 깨끗하다는 소리를 듣기 위해서도 아니고, 마음속으로 즐기는 바(所樂)가 있어서 그랬다는 거지요. 자기 마음속으로 보람을 느끼는 인간이야말로 미적인 인간입니다. 정치에도 이런 것이 있지 않나 싶어요. 그런데 그러지 않고 권력을 휘두른다든지 높은 사람이 된다든지 외적인 의미에서 좋은 소리 듣고 박수갈채 받고 하는 데만 매달리는 것이 문제지요. 그럴려면 돈이 필요하겠지요.

홍윤기 그 동기만 부여되면 좋을 텐데요.

김우창 자기 마음속에서 느끼는 보람에 따라서 정치가 움직인다면 정치가 부패할 이유가 없을 텐데요. 물론 전부한테 그걸 기대할 수는 없더라도, 어느 정도만이라도 그런 기대를 할 수 있다면 도덕적 부패도 훨씬 적어지지 않을까요? 그러니까 정치, 도덕, 미적인 성취감 등등이 모두 얼크러져 있는 것 같아요. 정치인은 소신의 사람이어야지요. 소락(所樂)과 소신(所信)은 서로 멀지 않습니다. 좋은 정치가 있다면, 보통 사람들도 웬만큼 먹고살 만한 경우, 그래서 나라가 정말 잘된다면 세금 더 받는 것 반대하지 않을 거라고 봅니다. 그러나 세금 내면서 늘 나라에서 이걸 과연 제대로 쓰는지, 누가 빼 가는 거 아닌지 하는 의심을 거두지 못해요. 이런 상태에서는 정치가 잘 되기 어렵지요. 그런 점에서 이것은 굉장히 장기적인 문제라는 겁니다.

하나만 더 보태어 얘기해 보죠. 서양 사람들 우리나라 사람 보면 늘 민주화되었느냐고 묻는데, 사실 우리 같은 나라는 민주화에 못지않게 기본 질서가 문제입니다. 서양 사람들은 기본 질서를 어느 수준에 올려 놓았기 때문에 더 민주적이 되어야 한다는 말들을 합니다. 그러나 우리에게는 (민주주의에 기초한) 기본 질서를 어떻게 만들어 내느냐 하는 것이 당장의 과제입니다. 민주주의만이 과제가 아니라는 말이에요. 그 기본 질서에는 도덕도 들어 있고, 미도 들어 있지요.

헌법이란 말은 영어로는 콘스티튜션(constitution)이라고 하고 독일어로는 페어파숭(Verfassung)이라고 하는데, 이건 뭘 만들고 구성한다는 뜻이지요. 그러니까 헌법이란 어떻게 사회를 하나의 체제로 구성하느냐 하는 말이지, 법을 딱 정해 놓고 너 지켜라 하는 것은 아니죠. 훨씬 더 능동적인 의미를 가지고 있는 게 독일어나 영어에 나타난 헌법의 뜻이요. 미국의 한 정치 철학자가 미국 혁명 당시의 기본 문제는 '콘스티튜션 오브 리버티(constitution of liberty)'라고 얘기한 적이 있어요. 자유 헌법이라고 번역할 수도 있지만, 자유의 구성이라고도 번역할 수 있지요. 그게 서로 모순되는 이야기거든요. 구성이라는 것은 자유를 제약하는 것이니까요. 제 마음대로 되는 것은 카오스지요. 자유를 어떻게 구성하느냐 하는 것이 민주 사회의 구성에 있어 핵심 문제입니다. 서양 사람들은 콘스티튜션을 기본적으로 가지고 있으니까, 주로 리버티가 문제가 되지요. 그러나 우리는 리버티도 없고 콘스티튜션도 없었어요. 어떻게 자유라는 것을 가지고 그와 반대되는 것을 만들어 내느냐, 이게 민주 사회가 안고 있는 기본 문제인데, 거기에 대해서 당연히 법률 제도와 행정 제도도 연구해야겠지만, 그 사이에는 자유를 어떻게 구성하느냐, 어떤 종류의 자유를 신장해야 하느냐, 그것이 구성적 측면과 양립할 수 있느냐 없느냐 하는 사회 문화적 측면들까지 연구해야 한다고 봅니다.

홍윤기 우리가 정치를 바로잡기 위해서 가령 무얼 하지 말라 하는 것도 있겠지만, 정치를 통해서 스스로 어떤 경지에 도달했거나 어떤 성과를 이룬 사람들을 북돋아 줌으로써 정치의 본래적 가치를 부추기고 부패를 막을 수도 있을 것 같습니다. 그런데 지금 한국에서 의원 입법하는 경우 의원들이 법안을 발의하는 것은 전체 법안 가운데 15퍼센트밖에 안 된다고 합니다. 외국의 경우에는 어떤 법률안이 한 의원에 의해 발의되면 그 의원의 이름을 붙여 주는 일종의 입법 실명제 같은 관행이 있다고 하던데요. 그런 식으로 업적을 길이 기리는 일들이 필요할지는 모르겠습니다만, 그와 동시에 인문학적인 관점에서 정치가들이 이룬 업적을 긍정적이든 부정적이든 비평하는 일이 앞으로 필요하지 않을까 합니다. 가령 언론은 아주 철저하게 성과 원칙에 따라서 기사를 써 버리고는 합니다만, 인문학자의 임무 중 하나가 인간됨을 헤아리는 것이 있다면 현실 정치인들의 정치적 업적 평가 내지는 그에 대한 심미적 탐구 같은 것도 이들 인문학자들이 할 수 있지 않을까 하는 생각도 듭니다.

선생님께서는 최근에 「사람 알기의 어려움」이라는 글을 쓰신 걸로 압니다만, 고정된 내용을 가진 작품에 대한 비평도 좋지만, 정치인이나 관료들같이 끊임없이 살아 움직이는 인간들에 주목해서 그들의 인간적 행적을 인문학적으로 추적해 볼 의향은 없으신지요? 이를 통해 부정해야 할 가치는 배척하고 어떤 가치는 사회적으로 공론화시켜 줌으로써 건전한 명예심을 장려하는 일 같은…….

모든 사람이 참여할 수 있는 '아름다움'

김우창 그보다도 먼저 공공 문화가 있어야 한다는 점을 강조하고 싶군요. 저는 영국 신문을 그런 대로 높이 평가하는데, 그들은 사람이 죽으면 오비튜어리(obituary, 사망 기사)라는 걸 내지요. 《가디언》 같은 경우는 신문의 반면을 차지할 정도로 기사를 크게 내요. 찬사도 아니고 욕하는 것도 아니고 그 사람의 행적에 대해 객관적으로 평가를 내립니다. 그 사람이 죽기 전에 미리 써 놓는 거지요. 몇 년 전에 하버드에 잠깐 방문 교수로 간 적이 있었는데, 한 번은 교수 회의에 참가한 적이 있어요. 그때 마침 해리 레빈 교수의 죽음에 대한 보고를 해요. 미국에서 비교 문학으로 세계적으로 알려진 교수지요. 그 당시 보고위원장이 스탠리 호프만이라는 정치학

교수였는데, 그를 포함해 보고 위원이 세 명이었어요. 레빈이 그 1년 전에 죽었다고 하더군요. 그러니까 1년 전에 위원회를 만들어서 그 보고서를 쓰게 했던 거지요. 문학적이기도 하고 객관적이기도 한 보고서였습니다. 그 사람의 죽음에 관한 일종의 보고 문학 같은 거지요. 교수 회의에서 보고서를 쭉 낭독을 하고, 회의록에 기록을 합니다. 한 교수가 죽으면 거기에 대한 평가를 그렇게 1년 동안 연구해서 작성을 하는 겁니다. 퍽 인상적이었어요.

불행히도 우리에게는 그런 게 없어요 전통에도 그런 객관적인 기록은 별로 보이지 않습니다. 사관(史官)들이 하기는 했지만, 너무 기계적이고 또 선악만 가지고 일방적으로 평가한 것들이었지요. 미국의 정치 철학자 한나 아렌트(Hannah Arendt)가 정치 행동에서 가장 핵심적인 것은 여러 사람 가운데서 행동한다는 것의 보람, 여러 사람들이 보고 그 행동이 훌륭하다고 평가해 주는 데서 오는 보람이라고 했는데, 이것은 마르크스가 정치를 이해관계에서 보는 것이나 마키아벨리적 관점과는 다르죠. 그는 이것을 공공 행복(public happiness)이라고 했어요. 여러 사람들 가운데서 훌륭하게 행동하는 것, 이것은 중요한 행복 중의 하나입니다. 정치의 장에서도 그것이 실현된다는 생각이 아렌트의 정치 철학에 많이 엿보입니다. 전적으로 맞는 것은 아니지만, 그런 요소가 있는 것은 사실입니다.

단지 정치 철학이나 오비튜어리만이 아니라 서양 사람들이 오늘날 이룩해 놓은 제도의 밑바닥에도 그런 관념이 들어 있다고 생각됩니다. 그리스의 도시나 로마를 가도 그렇고 파리를 가도 그렇고 이들 도시에 가면 공공 광장이 있지 않습니까? 거기에 정부 청사가 있고 박물관이 있습니다. 우리 같으면 세종로 비슷하죠. 물론 상징 조작을 위해서 이런 걸 만들었다고 얘기할 수도 있습니다. 이를테면 베를린이나 빈 같은 데서 보이듯이 제국의 위엄을 보이고 싶다는. 그런 부정적인 측면이 있으면서 동시에 공공

장소의 위엄이라는 것을 보여 주는 측면도 있다고 생각해요. 이것이 우리 도시를 상징하는 핵심 부분이라는 것이지요. 저도 우리 지방 도시 계획에 참여해서 글도 써 보았지만, 우리나라 지방의 유지라는 사람들이 자기가 정말 공공 광장의 높은 차원에서 사는 사람이라는 느낌을 갖는 것을 별로 못 봤어요. 이 도시를 공적으로 사람들에게 영감을 주는 장소로 만들어야 겠다는 정서를 우리 문화 속에서는 별로 찾을 수가 없어요. 우리 도시가 전체적으로 보기 흉한 것도 이런 점하고 관계가 있다고 저는 생각합니다.

공적 시설에 대한 냉소적인 관점도 가능하지만, 동시에 그것이 공적 문화를 만드는 데 중요한 요소가 된다는 긍정적 측면도 지니고 있다고 봅니다. 거기에 또 미적인 요소가 작용한다는 게 저의 생각입니다. 예전에 피천득 교수가 어디에 시를 쓰셨는데, 피천득 교수가 그걸 제게 보여 주고 어떻게 생각하느냐고 해요. 그리스 로마의 영광이라는 게 뭐냐, 이게 다 사람 고혈을 짜서 만든 것인데 이게 뭐가 좋으냐 그랬는데, 지금 생각해 보면 그건 한 관점일 뿐이에요. 마땅히 그렇게 생각할 면이 있지요. 세계의 좋은 문화유산이라는 게 다 백성의 피를 짜서 과시하려고 만든 것 아니에요? 그러나 동시에 사람들이 먹고살고 남으면 자기의 에너지를 공적인 아름다움을 위해 사용하는 것은 필요한 일이라고 생각합니다. 지금 우리 사회가 먹고살 만한 사회가 되었다면, 그다음은 에너지를 모아서 모든 사람이 참여할 수 있는 아름다움을 만들어 나아가야 한다고 생각합니다. 사람들의 덕성도 높여 주고 말이죠. 그런 데서 사람들은 고양감을 느끼고, 정치인들이 자기 확인도 하게 됩니다. 공적인 에너지를 문화적·미적인 데로 집합해서 표현하는 것, 이게 반드시 나쁘지만은 않다는 생각이 들어요. 다만 착취적인 측면이 배제된다면요.

서구의 도시들이 좋다고 느낀다면, 그것은 한편으로 자기 나라뿐 아니라 제국주의적으로 식민지 착취를 많이 해서 그렇게 된 것이면서, 다른 한편으로는 그 사람들의 국민적 에너지가 공적인 문화 속에서 표현되어 나온 한 자국이 아닌가 하는 생각이 들어요. 이런 것은 한쪽으로는 권력의 착취와 모순을 나타내는 것이지만, 동시에 공적인 아름다움을 만들고 거기에 국민들이 참여하도록 하는 데 기여한 것이라는 생각을 갖게 하지요. 그 결과가 오늘날 서양의 도시로 나왔습니다. 그러니까 이 도시들은 착취와 식민주의, 그리고 공적인 문화, 이 세 가지 요소가 합쳐져서 나온 거죠. 우리 동양에서도 여민동락(與民同樂)이라는 말이 있지요. 동양에도 공적 공간과 공적인 삶의 위엄에 대한 느낌이 없었던 것은 아닙니다. 예(禮)나 악(樂)이 거기에 관련되어 있지요. 그러나 이러한 공적 공간이 사직(社稷)이나 선조, 또 왕조와의 관련에서가 아니라, 공동체 전체의 참여로 이루어진다는 생각은 부족하지 않았나 합니다. 이 공간은 결국 관료적 권세로 대체된 것으로 생각됩니다. 여민동락이라는 게 공적인 표현으로 이루어질 때 정치도 더 높은 차원에 이르고 사람 사는 것도 더 고양된 차원에 이르게 되지 않나 하는 겁니다. 전부 자기 권세만 보이려고만 할 게 아니라 말이죠. 자기 권세도 좀 보이면서 사회 모든 사람들이 참여할 수 있는 고양된 인간 실현의 장소를 만들어 내는 것이 가능하지 않겠나 하는 겁니다.

홍윤기 선생님께서 오늘 정치에 대해서 두 가지 기억할 만한 말씀을 들려주신 것 같습니다. 그러니까 그것이 없었더라면 사적인 개인으로 전락하고 말았을 사람들 사이에 이른바 약속의 체계를 만들어 하나의 거대한 방향을 정한다는 것이 그 하나이고, 정치라는 게 어차피 혼자 할 수 없는, 곧 공동체의 영혼이 될 수밖에 없다고 할 때, 이 공동체의 영혼이 되는 과정이 구체적으로 존재한다는 것이 또 다른 하나입니다. 이와 함께 자유에 대해서도 제가 듣고 싶었던 것보다 훨씬 더 많은 말씀을 들었습니다. 자유가 결핍된 시대의 자유와 자유가 보편화된 시대의 자유는 그 의미가 다를 텐데, 어느 면에서는 우리 사회에서 이제 자유가 기본적인 것이라는 점은 대체로 인정하게 된 것 같습니다. 그 자유가 질적으로 어떤 수준에 있는지는 논란이 있겠지만, 지금 자유를 억압해서 권력을 잡을 수 있다고 생각하는 사람은 아무도 없다는 데까지는 온 것 같습니다. 그렇다고 했을 때 그 자유를 질적으로 어떻게 고양시키느냐 하는 문제가 중요한 문제가 되겠지요.

그런 점에서 현재의 인문학 위기를 크게 두 가지 측면으로 볼 수 있다고 생각합니다. 하나는 인간이란 무엇인가, 인간이란 어떻게 사는 것이 바람직한가, 그리고 인간은 지금까지 어떻게 살아왔는가 등 인간의 기본 문제에 대한 답을 하는 것이 인문학의 과제라고 했을 때(선생님께서는 그와 관련하여 인간성, 후마니테트(Humanität) — 선생님께서는 칸트가 임종할 때 이야기를 쓰시면서 이 후마니테트를 인간의 존엄이라는 말로 과감하게 의역을 하셨던데요 — 그리고 인간의 이미지 등의 말씀을 주욱 해 오셨고, 거기에서 또 자유도 얘기하셨는데), 인문학의 위기는 일차적으로 인간에 대한 근본적 문제를 던짐으로써 존립해 왔던 인문학의 기초가 지금도 과연 유지될 수 있는지를 회의하게 만들었다는 점입니다. 그래서 가령 선생님께서 인간이라고 했을 때 인간이 갖는 고유성, 예컨대 육체, 공동체, 그리고 자연과 같은 것들을 통일적으로 함축하는 의미로 보고 계신데, 그 가운데 어느 것 하나 유지하기가 만만하지 않게 되었습니다. 가령 육체 같은 경우 후마니테트 또는 인간의 개성이 중시될 수 있었던 중요한 배경 가운데 하나는 우리가 타고난 육체라는 것이 그 인간에게 단 한 번, 그것도 그 인간에게만 주어진다고 하는 육체의 유일무이성(uniqueness fo the body)일 겁니다. 그런 점에서 지금 인간 복제라고 하는 중요한 문제가 제기되어 있다고 하겠습니다. 공동체의 해체 과정과 같은 것은 더 얘기할 나위가 없을 것 같습니다.

아마 현대 사회를 움직이는 가장 경이로운 산물 중의 하나가 개인의 탄생일 텐데요, 이 점에서 선생님께서 국제 공항에 대해 말씀하시던 것이 기억납니다. 공항에선 모든 게 편리한데 왜 거기에 안 사는가를 문제로 삼았는데, 저는 선생님께서 조금 안이하게 생각하신 건 아닌가 하는 생각이 듭니다. 선생님께서는 아무리 편하다 해도 누가 거기에 살겠느냐고 하셨습니다. 더불어 살 사람이 없지 않느냐는 것이었죠. 그런데 실제로 원룸 시스템 같은 것이 학원 주위에 보급되는 속도를 보면, 편하기만 한다면 다들 문 걸어 잠그고 자기 할 일 하면서 살 거라는 것이지요. 또 선생님께서 인류 공영의 위기 감각을 가장 짙게 표출하시는 부분이 아마 자연의 붕괴라는 측면이 아닌가 생각됩니다. 과학의 직접적 인식 대상으로서의 자연이라는 현상은 거의 사라지고, 과학이 가공해서 만들어 놓은 과학적 부산물에 대한 과학이 지금 나와야 하는데, 그게 과연 정통적인 과학의 패러다임으로 움직일 수 있을지에 대해서는 의문입니다. 다시 말해서 인문학을 유지해 왔던 인간의 본래적 이미지가 다시 우리 인문학에 주어지기가 본성적으로 굉장히 힘들어졌다는 생각이 듭니다.

두 번째로는 한국 인문학의 위기와 같은 경우는 그동안 인문학이 해 온 것이 뭔가에 대해 나름의 자성을 해 볼 때 인문학의 사회적 개입에 있어 그 관리를 지나치게 소홀히 해오지 않았는가 하는 점을 생각해볼 수 있습니다. 급기야는 인문학 망한다 하니까 누구도 편들어 주지 않을뿐더러, 인문학의 위기를 전혀 자기의 위기로 느끼지 않는 사회적 무관심이 문제가 되는 것 같습니다.

첫 번째 문제로, 인문학의 기본 범주를 커다란 격동의 한가운데로 몰아넣는 정보화 사회, 유전자 공학, 생태계 파괴 이 세 가지 현상은 21세기에도 결코 물러설 것 같지 않습니다만, 이런 점들에 대해 선생님께서 거시적 안목에서 갖고 계신 생각은 어떠신지요? 두 번째 문제와 관련해서, 한국 인문학의 사회적 연관성(social relevance)에 대한 자각과 관련한 선생님의 입장이 어떠신지 들려주실 수 있는지요?

인문학에서 표현하는 공동체는 가능한가

김우창 많은 문제를 꼭 극단적인 정치적·경영적 관점이 아닌 데서 풀어 나갈 수 있지 않겠는가 하는 생각이 들어요. 그러니까 인문학적인 것이 사회 문제 해결에서 결코 무관한 것은 아니라는 거지요. 영국에서 대처 정부 이후 광산을 몇 개 폐광시켰는데, 정확한 숫자는 기억이 안 나지만, 이때 직장을 잃은 광부들의 숫자는 몇천 명 안 되었어요. 그때 그러한 폐광 조치에 반대하는 데모가 런던에서 벌어졌는데, 무려 10만 명이라는 사람이 모였어요. 그 사람들이 다 광산 노동자도 아니고 그렇다고 노동조합 사람들도 아니었어요. 그 얘기를 듣고 이 사회는 우리 사회와 성질이 상당히 다른 사회구나 하고 느꼈지요. 자기와 이해관계가 없는데도 함께 움직여 주는 사회라는 걸 알았습니다. 영국에서는 정치가들 발언에서도 '컴패션 (compassion, 자비)'이라는 용어가 중요한 어휘의 하나입니다. 이런 걸 보면 정치에도 뭔가 다른 차원, 이를테면 인문적 가치 같은 차원이 있을 수 있겠구나 하는 느낌을 받게 됩니다. 우리도 뭐 그런 게 전혀 없지는 않겠지만요.

사람이 이해관계가 다르다고 해서 언제나 서로 죽이고 난동 피우고 하지만은 않지 않습니까? 서로 간에 이야기도 나누고 하는 걸 보면 인간 사회가 반드시 살벌한 것만은 아니지 않겠어요? 소련이 망한 다음에 어떤 사람이 순전히 부정적인 감정에 기초한 사회가 오래 갈 수 있느냐고 평을 하는 걸 들은 적이 있습니다. 모든 것을 감시하고 적대하고 투쟁의 대상으로만 보는 사회, 혁명 후에도 계속해서 내부적으로 계급 투쟁을 진행해야 한다면서 서로 의심하고 고발하는 부정적인 감정에만 기초한 사회가 오래갈 수 있느냐는. 이것은 부자연스러운 사회이고, 그러니까 망했다는 말이었습니다. 그런 점에서 인문적 가치가 사회나 정치에서 중요한 역할을 할 수 있다는 생각을 해 보았습니다.

인문 과학이 오늘의 현실에 어떻게 대처할 수 있느냐 하는 문제와 관련하여 저는 복제 문제, 환경 문제 등에 대해 지속적으로 사고를 해 나가야 한다고 생각해요. 개인적인 얘기지만, 우리 아이가 수학 교수를 하는데, 요즘 세상에 현실하고 아무 관계도 없는 수학을 해서 뭘 하느냐 하는 말들을 합니다. 저는 사회 현실과 아무 관계가 없어 보이는 것이라도 필요한 거다, 무슨 문제든 깊이 철저하게 생각하는 사람이 있어야 한다, 이렇게 말합니다. 현실과 아무 관계가 없고 아무 작용도 하지 않는 것 같아도 환경 문제나 복제 문제, 공동체 문제 등 인문 과학의 문제들을 계속해서 골똘하게 생각하는 사람들이 있어야 한다고 생각합니다. 사회 과학도 마찬가지고요. 직접적으로 어떻게 관계되느냐 하는 것은 다른 사람에게 맡기더라도.

아마 궁극적으로 생각해야 할 것은 인간의 가능성에 못지않게 인간의 한계일 것입니다. 경제 성장, 행복의 증진, 이러한 것이 오늘의 최대 가치입니다. 그러나 이것은 지구 자원의 한계에 부딪치게 되어 있었습니다. 인간 생존의 한계, 그를 에워싸고 있는 허무와 죽음과 신비의 한계도 있습니다. 환경, 자연, 유토피아, 생명 복제 등도 이러한 한계 속에서 생각해야 할 것입니다. 인간성의 관점에서도, 무한한 욕망과 무한한 능력의 확장에서 사람이 행복을 얻을 수 있을는지. 사회나 인간이나 궁극적인 한계 속에서는 무한한 팽창이 아니라, 일정한 균형을 지향하는 것이 되어야 하는 것이 아닐는지요. 말하자면 어떤 역동적 균형(dynamic equilibrium) 같은 것 말입니다. 그리고 금욕이나 절제, 그리고 삶과 우주의 신비에 대한 외경심 같은 것은 단순히 빈곤한 시대의 덕성이 아니라, 인간 생존의 항수(恒數)가 되는 덕성일 것입니다. 사회 제도의 여러 테두리도 인간이 한계를 가진 존재이기 때문에 필요한 것일 것입니다.

많은 것을 현실적으로는 철저히 제도의 관점에서 생각해야 한다고 봅니다. 어떻게 제도를 만들어야 우리가 사람처럼 살아나갈 수 있느냐 하는.

지금 시점에서 핵심적인 것은 공동체라고 생각이 들어요. 아까 말씀하신 개인이라든지 공동체라든지 자연 환경이라든지 과학이라든지 또 사이버 공간에서의 생존이라든지 여러 가지가 있겠지만 그중에서 핵심적인 것은 공동체 문제 같습니다. 확실히 말하기는 어렵지만, 생물학적으로 보더라도 사람은 공동체 안에서 살아갈 수밖에 없는 것 같아요. 성장 과정도 그렇고. 약한 존재이기 때문에, 호랑이처럼 혼자 살 수도 없을 테고요. 이와 동시에 공동체라는 것이 반드시 다중을 말하는 것은 아니고, 육체를 가진 인간이 인지할 수 있는 범위의 공동체가 기초적이라고 봅니다. 형태 없는 군중 속에서 살기는 어려울 것입니다. 동대문 운동장에 모여 있는 사람들 속에서 정신 차리고 살기가 어렵지요. 그런 점에서 상당히 구체성을 가진 공동체가 중요하다는 겁니다.

홍윤기 그렇게 말씀하시니까 가족 중시라는 생각이 먼저 드는데요.

김우창 가족도 지금 해체되어 가고 있죠. 며칠 전 신경림 선생이 신문에 글을 썼어요. 아시다시피 사회 참여를 많이 한 분인데, 어디 아무도 모르는 데 가서 한 1년 지냈으면 좋겠다는 말씀을 하시더군요. 그런데 그 내용은 전 같으면 상당히 부르주아적 환상이다 싶은 것들이었어요. 어디 가서 집을 정하고 아침이면 밥을 먹고 다방에 가고 차를 마시고 모르는 사람들하고 말은 안 하더라도 친교를 가지고 지내고……. 집이 있고, 식당이 있고, 다방이 있고, 다니는 데가 있고……. 저는 그 글을 보면서 신경림 같은 분이 그런 얘기를 하면 이건 사는 데 필수적인 거다 하는 생각이 들었어요. 생활 공간으로서의 느낌을 주는 공간이 필요하다는. 그러면서 속으로는 이건 돈이 꽤 많이 드는 건데 신경림 선생이 돈을 많이 모아 놓았나 하는 생각이 들었지요. (웃음) 가족 이외의 구체적인 생활 단위가 필요하다는 거지요. 지금 서울 사람들을 한번 둘러보세요. 저 집 가면 내가 믿을 수 있는 국밥이 있고, 저 집 가면 내가 믿을 수 있는 쌀이 있고, 이런 게 전혀 없이 정말 혼란스럽지 않습니까? 늘 저 사람 믿을 수 있을까 하고 의심하면서 사는 상태예요. 믿을 수 있는 생활의 안정권이라는 의미에서 공동체가 필요한 겁니다.

또 공동체는 동심원적으로 여러 개가 필요하다고 봅니다. 최대한도의 단위는 서로 인간적 교류를 할 수 있으면서 동시에 정치적 결정을 내릴 수 있는 구체적인 것이어야 합니다. 오늘의 국가와 일치한다고 할 수도 있지만 그 단위가 얼마나 큰 것이 되는 건지는 모르겠습니다. 정치적 공동체, 생활 공동체 이런 여러 가지가 동심원적으로 존재해야 하는데, 이러한 공동체의 테두리가 없다면 사람 살기가 어려워진다고 봅니다. 역설적으로 이것은 사람이 근본적으로 개인이기 때문이지요. 군중 속에서 견디기가 어려운 것은 군중은 개인을 존중하지 않기 때문입니다. 자기 동네에서라면 아, 저 사람은 누구네집 아무개고 하는 것을 다 알기 때문에 함부로 대할 수가 없지요. 저절로 개인으로서 저 사람 사정 내가 봐 주어야지 하는 생각이 일어나게 됩니다. 구체적인 공동체라는 것은 이와 같이 개체가 그래도 살 수 있는 공동체인 것 같습니다.

만약 이런 것이 이상적인 얘기라면, 최소한 필요한 건 의미 있는 정치적 결정을 내릴 수 있는 공동체라고 할 수 있지 않을까 합니다. 노동조합이 노동자한테는 공동체일 수 있지요. 이러한 공동체를 특별히 이야기하는 것은 그것이 개인과 집단의 문제를 해결하는 하나의 단체가 될 수 있기 때문이기도 하고, 또는 그것이 지금 세계에서 가장 위협받고 있는 것이기 때문이기도 합니다. 세계화라는 것도 문제가 거기에 있는 것 같아요. 세계화가 경제적으로 세계가 한 단위가 되는 것이라고 한다면, 경제적인 힘을 통제할 수 있는 정치적 공동체가 동시에 존재해야 합니다. 그러나 정치적 공동체도 없고 문화적 공동체도 없어요. 서로 공동의 문제를 토의할 광장이 없는 세계화라는 것이 무엇을 의미할지는 회의가 든다는 겁니다. 지금의 세계화가 우리가 어찌 해 볼 도리 없이 진행되는데, 이런 세계화 과정 가운데서 정치적으로 의미 있는 공동체를 어떻게 확보하느냐 하는 것은 그만큼 중요한 문제가 아닌가 싶습니다.

홍윤기 현재의 국제기구로는 아무래도 문제가 있겠지요?

김우창 예. 그리고 정치적 공동체라는 것은 오늘날의 민족 국가 단위만도 아닌 것 같습니다. 예컨대 대한민국이 구체적인 의미에서 공동체에 대한 중요한 결정을 전부 내려야 한다면 그것도 무서운 일이거든요. 실제로 사는 사람들의 공동체가 있어야지요. 그러니까 동심원적 공동체를 세계화 추세 속에서 어떻게 유지하느냐, 어떻게 이를 제도적으로 만들어 나가느냐, 그리고 거기에서 가장 핵심적인 것으로 정치적 결정을 공동체적 관점에서 할 수 있는 단위가 어떻게 유지해 나갈 수 있느냐 하는 방도를 생각해야 합니다. 그러한 공동체가 제도적으로 어떻게 가능한가 하는 것을 생각하는 것이 인문 사회 과학의 중요한 과제인 것 같습니다.

다른 한편으로 세계화가 피할 수 없는 추세라고 한다면 하나의 큰 덩어리는 안 되더라도 어떻게 그것이 연합적인 것이 되느냐 하는 것이 세계적으로 중요한 문제라는 생각이 들어요. 어떻게 하면 작은 공동체를 많이 만들어 살면서도 동시에 거기에 완전히 구속되지 않고 다른 공동체들과 자유롭게 교류를 나누면서 연합적인 체제를 이룩하느냐 하는 거지요. 아울러 우리가 국가 공동체 안에서 어떻게 하면 작은 단위들 속에서 자기 삶을 보람 있게 실현하고 생존해 가느냐 하는 것도 제도적으로 꼭 해결해 나가야 할 문제인 것 같습니다. 유럽의 경우를 보면 영국이나 프랑스, 독일의 사회 민주주의적인 정권들은 자기들이 미국과는 다른 종류의 사회적 결속을 유지하면서 동시에 경제적 능률을 높이고 세계 시장에서 경쟁력을 갖추는 사회를 만들고 싶다고 표현하는 것을 볼 수 있습니다. 생각이 깊은 정치인들이 그런 문제에 관심을 갖는다면 세계화 속에서도 불가능한 것은 아니지 않나 싶어요. 세계화는 굉장히 큰 틀이기 때문에 큰 틀로 우리의 운명을 결정하기도 하지만, 동시에 우리가 거기서 여러 가지 꿈틀거릴 수 있는 공간도 그만큼 많을 겁니다.

홍윤기 세계화를 단지 공포와 두려움의 추세로만 받아들일 것은 절대 아니라는 말씀이지요?

김우창 장황하게 얘기했습니다만 세 가지로 요약해서 말하자면, 세계화라는 게 자본주의적인 세계화든 아니든 간에 세계가 하나로 간다는 건 불가피한 추세거든요. 또 좋은 면도 있고요. 세계적인 인식이 생겨서 아프리카 사람들이 굶어 죽으면 우리가 도와주어야겠다는 생각도 들 수 있는 것이지요. 그런 세계적인 지평이 하나 있고, 또 국가 공동체라는 지평도 있습니다. 국가 공동체 안에서도 또 작은 여러 집단들의 공동체의 문제가 있고요. 이와 같이 세계를, 하나의 일관된 것 속에서 파악하기보다 서로 다른 변수로서 파악하면서 서로 모순을 일으킬 수도 있는 이러한 것들을 어떻게 하나로 거머쥐어서 우리 삶에 도움이 되도록 하느냐 하는 생각들이 필요한 겁니다.

인문학은 무엇을 먹고 사는가

홍윤기 선생님께서 심미적 이성으로써 의도하는 초월은 상당히 내재적인 초월이 되겠습니다. 완전히 외향적인 바깥으로의 초월이라기보다…….

김우창 초월을 말하니까 드리는 말씀인데, 사람한테는 더 넓고 보편적인 차원에서 살고 싶은 충동이 있게 마련인 것 같아요. 이해관계 속에서 모두 자기 이익만 차리고 자기만 빛내려고 하는 것만은 아닌 것 같아요. 그것이 자기 생존에 방해가 안 되게끔 마련되어 있는 공간이 무엇이냐 하는 것이 문제지요. 어떤 적절한 정치적 공간 안에서는 그런 것이 실현될 수 있다고 봅니다. 초월의 계기를 말하자면, 우선 지각의 문제 같은 것을 들 수 있겠죠. 메를로퐁티도 그런 말을 했지만, 지각의 현상 속에 이미 초월적인 요소, 이데아적인 요소가 들어 있어요. 사람의 가장 낮은 감각적 차원으로부터 높은 정신적 행동에까지, 그것이 왜 있는지 알 수는 없지만 어떤 이데아적인 요소가 다 들어 있는 것 같습니다. 되도록 경험적으로 생각해야겠다고 하는 마음 때문에 그런 얘기는 별로 하지 않지만요. 실제로 사람 가운데는 그런 게 있는 게 아닌가 합니다.

홍윤기 그동안 비판 이론에서는 비판의 정당성 근거를 외부적인 모순에서 찾아왔는데, 복지 사회가 되고 민주주의적 정치 질서도 상당히 안정되면서(물론 신자유주의 개혁 이전의 이야기입니다만) 비판의 거점을 확보하기가 대단히 어려워지자 하버마스가 택한 전략은 인간의 일상생활, 즉 땅에 발붙이고 있으면서도 끊임없이 그 땅을 벗어나고자 하는 근거를 언어 행위 속에서의 타당성 요구에서 찾는 것이었습니다. 말하자면 인간이 진실해야 한다거나 진리를 추구해야 한다거나 혹은 도덕적 규범을 정확히 지켜야 한다거나 하는 욕구는 실현되어야 할 목적이 아니라 이미 언어의 구조로서 우리에게 선재한다는 걸 증명하고자 많은 노력을 기울였습니다.

선생님은 지각의 현상 속에 이미 이데아적인 요소가 들어 있다는 말씀으로 그 점을 깨우쳐 주셨습니다. 이것은 선생님께서 공들여 논증하고자 했던, 전경(前景)을 보려면 반드시 배경이 필요한데 그 배경까지 포괄하고자 할 때 이성이 멈춘 그곳에서 초월이 시작되는 것이 아니겠느냐 하는 말씀과 어느 정도 연결이 되는 것 같습니다. 그런데 그러다 보면 가장 비속하고 권력 욕구에 떠는 정치인들에게도 그들 스스로에게 꿈이 있다는 것을 일깨워 주는 작업이 필요하지 않을까 하는 생각이 듭니다. 가장 부패한 권력자도 자기 스스로는 그렇게 부패 분자로 보이는 것을 원치 않으리라는 점에서 말입니다. 예를 들어 과거 안기부의 이룰 수 없는 꿈 중에는 국민으로부터 적극적인 애정과 신뢰를 받는다는 것이 있었습니다.

김우창 그래서 그 사회의 인문적 전통이 얼마나 강한가 하는 것이 중요하다는 거지요. 자기 인생을 반드시 외적으로만 생각하지 않고 자기 마음속에 있는 초월적인 계기의 실현으로 보는 것 말입니다. 그런데 여기에 한 가지 더 보탠다면 초월적 계기에 따라서 움직이는 사람은 무서운 사람일 수가 있기 때문에 정치적 공간에서 그것이 너무 강조되어서는 곤란하다는 것입니다.

홍윤기 정치인으로서 초월적인 계기만 따라 움직이는 사람은 굉장히 무서운 사람이다, 이런 말씀이십니까?

김우창 초월적인 계기라는 건 각자가 자기 운명을 완성한다는 의미에서 개별적으로 해석되는 게 좋고, 사회 전체적으로 초월적인 것을 추구하게 되면 광신적이고 독재적인 것이 나올 수도 있다는 얘기지요. 히틀러도 그런 사람이지요. 초월적인 요소가 마음속에 다 있는데 그것이 하나의 사회 속에서 숨은 통합 원리로서는 작용하되 겉으로 드러나는 통합 원리로는 작용하지 않도록 하는 것이 중요하다고 봅니다.

하버마스에 대한 얘기를 재미있게 하셨는데, 저는 하버마스가 많은 것을 소통 관계 속에서만 이야기하고 그래서 초월적인 차원을 너무 없애 버린다는 느낌을 받았습니다. 우리 사회는 자기 마음속의 것을 내놓아서 남한테 강요하는 것은 옳지 않지만, 마음속에 믿고 있는바 나는 이러이러해야겠다는 신념이 없이는 살기 어려운 사회거든요. 독일은 더 편한 사회니까 모든 걸 소통 속에다 맡기고 살아도 되고, 그래서 그런 소리가 나오나 보다 그렇게 생각했는데, 지금 말씀을 들으니까 하버마스도 초월적인 것이 선재적으로 주어져 있다는 말을 했군요. 하버마스를 다시 더 읽어 보아야겠습니다.

홍윤기 그러니까 거기에서 끊임없이 강조되는 것이 반사실적 사실성입니다. 언어에서 의사소통이 되려면 반드시 전제되어야 하는 네 가지 가치란 그것이 사실적인 실행 여부와 관계없이 사실적 행위를 하는 데 전제되어 있어야 사실적 의사소통이 가능하다는…….

김우창 그게 바로 요청(postulate)이죠.

홍윤기 예, 그것을 칸트적으로 해결하는 것을 피하기 위해 설(Searle)의 담화 행위론(speech act theory)을 끌어들입니다만, 전에 하버마스의 동료였던 아델이 한국에 왔을 때 이것을 가지고 자랑하는 것을 봤습니다. 설은 자기 이론을 만들어 놓고 백 년 가도 자기 이론이 무슨 뜻을 지녔는지 모르지만, 독일의 사변 철학 전통에서는 그 뜻을 읽어 낼 수 있었다면서요. 어쨌거나 선생님 말씀대로 정치인들(어디 그들만이겠습니까)에게도 그들의 삶이 참으로 자기 스스로 가꾸어 가는 만큼 좋은 삶이 될 수 있다, 정치인 스스로가 자기 삶을 회복할 가능성이 있고 어떤 계파의 보스에게 종속될 수 없는 자기 삶이 있다는 점을 일깨우는 논리를 우리 인문학이 적극적으로 개발해야 하지 않을까 하는데요.

김우창 독일에는 자기가 스스로 운명을 하나로 만들어 나간다는 '빌둥(Bildung)'이라는 개념이 있는데, 그것이 사회 전체에서 부과하는 모델을 임의로 좇아가는 함의가 있기는 합니다. 그런데 이 빌둥 개념이 독일에서는 정치로부터 후퇴해서 이른바 내적인 의미로만 사용되었습니다만, 그런 게 살아 있으면 좋겠다는 생각을 해 봅니다. 우리 사회도 유교적인 전통을 죄다 수직적인 인간관계로만 얘기하는데, 내면 수양이라는 굉장히 중요한 개념이 실은 거기에 있어요. 자기 스스로 자기 운명을 만들고 형성해 간다는 거지요. 빌둥이란 개념 자체가 형성이라는 뜻을 가지고 있지요. 형성해 간다는 이 빌둥 개념이 우리 전통에도 있지만, 이렇게 자기 운명을 스스로가 형성해 가기 때문에 반드시 일정한 모델에 맞출 수는 없는 거지요. 자기가 내적으로 파악하고 자기한테만 주어져 있는, 어쩌면 유니크한 이데아의 실현을 필요로 하기 때문에 자기 발견이 필요한 것일 테고요. 실러도 미적인 것의 형식적인 요인이 인간 형성에 작용한다고 했을 때는 그런 측면을 생각했을 법하지만, 실제 현실 정치 속에서 그것이 어떻게 작용하느냐 하는 것은 굉장히 어려울 것 같기는 합니다.

홍윤기 선생님께서 처음에 제가 성공한 인문학자라고 말씀드렸을 때 자신은 실패한 인문학자라고 받으셨는데, 지금 현실 정치에서의 어려움을 말씀하시니까 저도 인문학자로서 실패가 예고된 사람이 아닌가 하는 생각이 듭니다. (웃음)

김우창 빌둥이니 수신이니 하는 문제와 관련시켜 한 가지 더 말씀드린다면, 수신이니 교양이니 하는 것이 돈 드는 일이라는 사실입니다. 유교 전통에서도 수신을 하는 사람들은 선비들, 먹을 것이 충족된 사람이었고, 독일의 경우에도 빌둥이란 노동자들이 아니라 중산 계급 이상의 시민적 가치였습니다. 민주주의 사회, 평등한 사회를 지향한다고 할 때 수신된 사람이나 수신 안 된 사람이나 다 수혜를 누려야 한다는 점에서, 그 현실성에 회의가 들기는 합니다.

그런데 요즘에 와서 저는 그래도 민중적 지지로 등장한 김대중 정부가 온통 하는 말이 돈 벌라는 것뿐인 걸 보고, 이게 도대체 어디서 나온 것인지 한번 생각해 볼 필요를 느꼈어요. 한쪽으로는 돈 벌자는 사람들하고 합작해서 나왔다는 해석이 가능하죠. 그러나 다른 한쪽으로는 민중주의에서 나온 게 아닌가 하는 생각이 들어요. 김대중 정부를 움직이는 이념이 무엇인지 현실적으로 더 연구를 해 봐야 하겠지만요. 왜냐하면 민중적 사고에서 교양적 가치란 그다지 중요한 게 아니거든요. 민중이란 깊은 교양에는 별 관심이 없어요. 어느 면에서 보자면 교양은 사치일 수 있지요. 이 점은 각 나라의 대학 조직을 봐도 알 수 있어요. 영국의 대학이 인문 과학 중심으로 되어 있는 데 비해, 스칸디나비아나 러시아 같은 데는 인문학보다는 실용적 학문이 더 강조됩니다. 흐루시초프니 고르바초프니 하는 사람들은 인문학자가 아니라 농업 전문가, 엔지니어였고, 말렌코프는 전기 전문가였어요. 교양적 이상과 민중적 가치 사이에는 상당한 모순이 있다는 겁니다. 따라서 간단히 인문적 가치만 얘기할 수는 없다는 생각이 드는 거예요. 간단히 말해서 민중에게 제일 중요한 것은 먹고사는 문제잖아요? 먹고사는 문제를 초월한 분야가 따로 있다고 생각하기는 어려운 것 아니겠어요? 인간의 가치에 대해 생각하는 것도 필요하지만, 장기적으로 볼 때는 이것만 얘기해서는 어렵다고 봅니다.

다시 뒤집는 이야기이지만, 그렇다고 먹고사는 일만 생각하는 것도 균형을 얻는 일이라고 할 수 없습니다. 그것은 사람의 사람됨에 맞는 일도 아니고, 장기적으로는 먹고사는 일을 그르칠 수 있습니다. 사회 유기체설은 정치적으로 악용되는 경향이 있는 것이지만, 사회 기구는 사람의 신체 또는 사람의 됨됨이에 대응하는 면이 있습니다. 사람의 생물학적 기초야말로 모든 것의 토대이지만, 꿈꾸고 생각하고 아름다움을 원하고 하는 것도, 그것 없이는 살기 어려운 것일 것입니다. 또 이것이 한 사람에 집중되면서도 또 사회적 분업으로 상승 작용을 일으키는 것도 사실입니다. 이것을 완전히 분리하는 것도 잘못이지만, 하나로 몰아가는 것도 잘못이지요. 좋은 사회는 섬세한 균형을 가진 존재일 것입니다. 그 핵심에 있는 것이 인문 과학이겠지요. 사람이 하는 일에 마음가짐과 사람됨이 중심이듯이. 그렇다고 해서 그것이 가장 높은 대접을 받아야 한다는 말은 아닙니다.

홍윤기 김대중 정부가 가지고 있는 대중주의적(populist) 경향이라고나 할까요, 이것이 대학 개혁 정책에 상당히 강하게 나타난다고 할 수 있겠죠.

김우창 물론 민중주의적 경향이라는 건 아직 추정이지요. 스칸디나비아 국가의 대학이나 러시아의 대학이 인민에 봉사한다는 것은 너무 당연한 일인데, 이들은 이념으로 봉사하기보다는 구체적인 기술로서 봉사해야 한다고 생각합니다. 이런 점을 고려할 때 우리 사회에서 이미 성장해 온 민중적인 이념도 이런 데 어느 정도 관계될 수 있지 않나 하는 가설도 생각해볼 수 있다는 거지요.

홍윤기 지금까지 인문학을 해 오신 분들이 현실 정치에 대응하는 양상은 대체로 세 가지로 나타나는 것 같습니다. 하나는 현실 정치의 흐름에 맞서 직접적으로 행동하고 글을 쓰는 경향입니다. 이와 달리 현실 정치에 전적으로 초연해 있는 아주 무관심한 경향이 있고, 선생님과 같이 직접적으로 행동에는 관여하지 않으면서도 어느 정도 떨어진 거리에서 관심을 잃지 않고 나름대로 의견을 제기하고 비판을 가하는 경향도 있습니다. 지난 시대 군부 정권 아래서 인문학은 그다지 필요하지는 않지만 정신의 장식물 정도로 요구되었던 측면도 있었고, 일제 시대 이래 관습적으로 여겨 온 대학의 이념 때문에 대학 교육의 중심에 놓여 있으면서 실제로는 방치되는 경향도 있었습니다. 그런가 하면 1980년대 이래로 인문학은 아예 비활동적인 것으로 도외시되기도 했습니다. 이 과정에서 역설적으로 인문학은 대단히 행복한 방치의 공간을 누려 오다가 급작스레 위기에 그대로 노출된 셈입니다.

김우창 유산을 먹고 살아온 거죠. 자기도 모르게 받은 유산. 조선조의 선조들, 일본의 식민주의자들이 만들어 놓은 것을 무슨 속인지도 모르고 빼먹고 살아온 것이지요.

홍윤기 예. 그런 가운데 한국의 인문학자들은 교수들 간의 책 읽기와 세미나 정도의 교류 속에 안주하면서 실질적으로 사회에 대해서는 거의 관여하지 않고 지내왔다고 할 수 있습니다. 그러니까 정권 측이나 정권에 반대하는 측이나 인문학에 대해 적극적으로 관심이나 애정을 보일 수 있는 여지는 찾아보기 힘들었습니다. 그러면서 동시에 그 찾아보지 않은 무관심의 틈을 스스로 상당히 만끽해 왔다고도 생각해 볼 수 있습니다. 오늘 선생님과 얘기를 나누면서, 인문학과 인문주의적 활동들도 이제는 적극적으로 장사판에는 끼어들되 장사꾼이 되어서는 안 되는, 그런 어려운 과업을 지니고 있지 않나 하는 생각이 들었습니다.

김우창 저는 정말이지 별로 해 놓은 것도 없이 교수 생활을 마칠 때를 맞아서 몹시 섭섭합니다. 자기 위안이랄까, 사람이란 시대를 벗어나기가 어렵다는 생각도 들고, 시대의 한계 속에서 그럭저럭 살아왔으니까 이 정도 하고 끝내는 게 좋지 않은가 하는 생각도 듭니다. 홍 선생 같은 분이 다음 번에 잘하셔야지요.

홍윤기 얘기에 푹 빠져서 시간이 이렇게 지난 줄도 몰랐습니다. 너무 감사합니다. 글로 선생님을 뵈온 것 이상으로 많은 것을 얻어 가는 것 같습니다. 역시 만남이 아주 중요하다는 생각이 듭니다.

김우창 저도 아주 재미있게 이야기했습니다. 젊은 분들이 활동을 많이 하니까 저도 더 많이 배워야겠다는 생각이 절실해집니다.

학술지《비평》창간 김우창 고려대 교수

조용호(《세계일보》기자)
1999년 6월 21일《세계일보》

합리적 이성을 중시하며 균형잡힌 시각으로 한국 문학의 향도 역할을 해 온 문학 평론가 김우창(金禹昌, 63, 고려대 영문학과 교수) 씨. 작년부터 비평이론학회 회장으로 활동해 온 김 씨는 최근 반년간 학술지《비평》을 창간, "거대 이론이 실종된 혼돈의 시대"를 반성적 사유를 통해 극복할 것을 표방했다. 학회나 그룹 활동에 관심을 두지 않았던 그가 정년을 앞둔 시점에 이르러 한국 비평 이론의 새로운 모색을 위해 팔을 걷어붙이고 나선 것이다. 김 씨는 경제학-사회학적 개념을 풍요롭게 동원해 문학을 한국 사회 과도기의 한 반영물로서 분석해 왔다. 문학 평론의 영역에만 안주하지 않고 그의 관심을 한국 사회 저변으로 폭넓게 확대시켜 온 것이다. 김우창 씨는 창간사를 통해 "세계 자본주의 현실은 오늘날 가장 강력한 독단론이다. 지금의 단계에서 우리가 필요로 하는 것은 철저하게 자기 반성적 사유이다. 우리는 독단론과 내면적 반성을 넘어가는 사회와 인간에 대한 새로운 사고를 희망한다."라고 기술하고 있다. 지금 우리에게 절실한 것은 철저한 반성적 사유를 통해 우리 나름의 중심을 확보하는 일이라는 것이다.

'동서의 전통 이론과 현대의 이론들을 하나의 변증법적 과정 속에 존재하게 한다.'는 기치를 들고 나온 그의 생각을 들어 본다.

새로 창간된 《비평》은 학제 간 연구를 강조하고 있다. 그 배경은 무엇인가.

"비평이론학회는 1992년에 영문학자들 중심으로 탄생됐다. 지난해 이 학회의 회장직을 맡게 되면서 회원들의 전공 분야를 다양화해서 학제간 연구가 가능하도록 유도했다. 한국 학계에서 학제 간 연구가 미비한 이유는 일차적으로는 제도의 문제지만, 서구에 젖줄을 대고 있는 의존적 연구 풍토 때문이다. 자기 중심도 확보하지 못한 처지이기에 서로 교류해 보았자 도움이 되지 않는다는 무의식이 지배해 왔다."

'자기 반성적 사유'를 특별히 강조하는 이유는 무엇인가.

"여기에서 '반성'이란 잘잘못을 따지는 일차적인 의미만을 내포하지 않는다. 첫째는 지금까지 해 온 일이 무엇인가를 되살피는 일이다. 둘째는 학문의 방법으로서 이성적으로 사고하는 것이다. 이성적인 것은 곧 반성적이다. 옛 선현들의 말씀을 따르는 것이 전통적인 사고방식인데 왜 따라야 하는가를 이성적 사유로 따져서 합리적인 설득 근거를 만들어 내는 행위처럼 우리가 새로운 학문을 하기 위해서는 근거를 찾아서 근본적으로 돌아보는 자세가 중요하다. 세계적인 학문 공동체에서 살아남기 위해서도 필요한 일이다. 우리의 전통 사상과 서양의 이론들까지 비판적인 거리를 두고 합리적인 근거를 찾아내는 작업이야말로 지금 시점에서 절실하다."

왜 지금 그러한 태도가 절실한가.

"지금까지 우리 사회는 해방이나 민주화, 통일 등과 같은 절박한 요구들이 지배해 왔다. 국가라는 배를 이끌고 어느 항구까지 도달하는 것만이 절대 목표였다. 그러나 지금은 그 배를 가라앉지 않게 하는 게 더 중요한 시점이다. 거대 이론은 사라지고 우후죽순처럼 다양한 군소 이론들이 서구에서 몰려오고 있다. 이러한 상황에서 우리는 대내외적인 이론의 현주

소를 차분하게 반성적으로 검토해야 할 필요성이 절실한 것이다. 돌아보는 것은 퇴행적인 행위가 아니라 바로 현재를 만들어 가는 작업임을 강조할 필요가 있다."

새로운 세기를 앞두고 문화의 질이 달라지고 있다. 연성화와 오락화가 두드러지는 양상을 어떻게 보는가.

"문화가 이벤트 오락 상품 디자인 따위의 보조 수단으로 전락해 가는 느낌이다. 이러한 문화를 주도해 가는 서양인들은 그들 나름의 자기 문화에 대한 통일적 관점이 있다는 사실을 간과해서는 안 된다. 그러나 우리는 그저 휩쓸려 가기만 하는 형국이어서 안타깝다. 서구에서는 문화의 오락화를 주도하면서도 나름대로 마음의 중심이 서 있다. 우리도 바깥에서 유입되는 문화에 허겁지겁 따라가서만은 안 되고 우리 나름의 '마음의 중심'을 합리적인 근거를 바탕으로 하루빨리 마련해야 한다."

요즘 문학판과 작품을 보는 소회는 어떤가.

"한마디로 깊이가 사라진 것 같다. 문학이란 재미로도 읽지만 뭔가 재미 속에 깨우치는 즐거움이 있어야 한다. 1980년대에 비해 지금은 본질적인 문학을 하기에 여건이 좋아졌다. 비로소 한국 작가들은 과거의 부담에서 비교적 자유로워진 셈이다. 지금 문학은 지난 시대처럼 민주화니 민중운동이니 통일이니 하는 뻔한 답을 요구하지 않는다. 뭔가 구체적이고 초월적인 힘이 문학에 담겨야 한다."

우리는 지금 어디로 가고 있는가

21세기 인문학의 새로운 패러다임을 위하여

도정일(고려대 교수, 영문학)

김우창(경희대 교수, 영문학)

1999년《문예중앙》가을호

BK 21과 인문 과학

도정일 뵙게 돼서 기쁩니다. 먼저, 요즘 선생님을 사로잡는 개인적 관심사가 무엇인지 궁금합니다. 밤에 무슨 생각을 하십니까?

김우창 먹고사는 일이죠. (웃음) 이것은 사실 하나의 관심사로 풀어 갈 수 있는 문제는 아닙니다. 그동안 우리가 사는 환경이 많이 좋아진 것은 사실입니다. 그런데 인간에게 문제가 있으면 거기에 대한 해법이 있을 법한데, 그 해결에는 한계가 있는 듯합니다. 정년 퇴직을 얼마 안 남겨 둔 저의 개인적인 감상인지도 모르겠습니다. 도 선생님은 어떻습니까?

도정일 골똘히 생각해 봐야 할 문제들이 있긴 있는 듯한데, 그럴 시간이 없다는 것이 고민입니다. 사위불망(士爲不忘)이라, 서생(書生)들이 바쁘게 살면 안 된다고 했는데 저는 대책 없이 살고 있습니다. 지난 몇 년 간 정신없이 끌려다녔습니다. 지금도 그렇군요. 내일 아침까지 '두뇌 한국 21'에 관한 칼럼을 하나 써야 하고 오후에는 '스크린 쿼터' 문제 심포를 지원하러 가야 합니다. 이런 일이 거의 매일 있습니다. 정신의 풍비박산, 이것이 저의 고민입니다. 개인 문제는 개인 문제고, 저는 요즘 21세기에 인간은 어떻게 바뀔까, 문화는 어떻게 될까, 인간에게 이 행성을 유지할 능력이 있을까. ── 이런 문제들을 생각해 보고 있습니다. 저는 문화의 미래에 상당히 비관적입니다. 지구를 장악할 만한 가치가 지금의 인간에게 있는가에 대해서도 부정적인 생각을 갖고 있습니다. 신야만의 시대가 오고 있다는 생각도 듭니다. 제가 살지 않을 미래 세계를 왜 걱정해야 하는지 그 까닭도 잘 모르면서 말입니다.

김우창 도 선생의 견해에 덧붙여 지적하고 싶은 것은, 우리나라는 출판과 소비에 비해 공급이 과하다는 점입니다. 신문사의 경우 뉴스가 될 때마다 찍어 내면 되는데 매일 찍어 내야 하니까 잉여와 부작용이 생깁니다. 우리 같은 서생이 바쁜 이유의 하나겠지요. 범위를 확대하면 인간의 지구 경영 능력에 관한 문제가 되겠습니다.

도정일 자유로운 대담입니다마는, 이야기 줄거리를 잡기 위해서《문예중앙》이 제시한 화두의 순서를 따라갔으면 합니다. 질문지에는 인문학 위기의 실체, 1990년대 문학의 공과, 진정한 문학과 대중의 만남은 불가능한 것인가 등의 문제가 있습니다. 먼저 인문학 문제를 얘기하면 자연스럽게 21세기 전망 문제도 들어갈 수 있고, 인간의 변화 가능성의 문제도 다룰 수 있을 것 같습니다.

김우창 도 선생께서 의견을 제출하신 게 있는데, 그걸 먼저 이야기하면 어떨까요?

도정일 인간이 외부 세계를 향해 있던 시선을 거두어 "나는 뭐지?"라고 자기 자신에게로 시선을 돌리는 순간 인문학이 탄생했습니다. 인문학의 위기라는 문제는 지금 학계와 언론뿐 아니라 사회적으로도 화두가 되어 있습니다. 그러나 인문학의 가치가 무엇이고 인문학의 위기가 어째서 사회적으로도 위기일 수 있는가에 대한 인식과 논의는 상당히 부족한 형편입니다. 인간을 향한 성찰의 시선, 그게 지금 어디로 가 있는 겁니까?

　김우창　지금은 인문학의 위기를 넘어 전 세계적인 차원에서 학문의 위기 상황입니다. 그렇다면 무엇이 위기의 핵심인가? 저는 최근 교육부 정책을 보면서 한 가지 의문을 갖게 되었습니다. 경제개발연구원과 경제학과 대학원, 교육개발연구원과 서울대 교육학과의 차이는 무엇인가? 교육부는 지금 모든 학문의 기구와 모델을 교육개발원에서 만듭니다. 국가의 명령과 요구에 따라 교육 정책과 체제를 바꾸는 거죠. 대학은 국가 발전에 기여해야 하지만, 국가의 지시에 따라 봉사하는 기관이 아닙니다. 이것을 정당화하는 것은 경제입니다. 교육부에서 내놓은 'BK 21'의 수단은 돈입니다. 예전에는 관권으로 밀어붙였는데, 지금은 돈을 가지고 대학을 움직입니다. 학문의 본질과 대학의 기능을 변질시키는 부정적인 사태가 발생하고 있습니다. 경제학과와 경제개발원의 차이는 무엇이겠습니까? 그것은 자유로운 탐구 정신의 유무입니다. 자유로운 탐구의 정신이란 자기가 문제를 제기하고 자기가 해답을 찾는 것입니다. 자유로운 탐구 정신의 말소는 지금 우리 학문이 처한 가장 큰 문제이며, 인문 과학의 위기도 근본적으로는 여기에서 기인합니다. 모든 학문 가운데서도 다른 무엇보다도 인간의 자유로운 탐구 정신에 기초해 있는 것이 인문 과학인데, 우리 시대는 인문학자들에게 실용성에 봉사하는 전문 기술인이 될 것을 요구하고 있습니다. 이로 인한 갈등과 간극이 인문 과학이 처한 위기의 실체입니다. 사실 더 큰 위기는 과학에 있습니다. 자연 과학은 자연에 대한 기본적인 탐구이기 때문에 자유로운 정신이면서 실용성과 직결됩니다. 자연 과학의 경우 학문의 정신이 실종된다는 것은 생산성의 척도에 따라 기술 발전에 그리고 경제 발전에 이바지하라는 것을 의미합니다. 그러나 과학 기술은 당장의 실용적인 것에 영향을 끼치므로 경제의 관점에서 극히 중대한 사안입니다. 인문학의 위기의 일정 부분은 인문학자들 스스로가 초래한 것입니다. 정부에서 자연 과학 분야에 투자하는 것을 보고, 우리도 혜택을 받아야겠다는 마음에 프로젝트성의 연구로 학문을 변화시키고 있습니다. 정부가 가시적 성과가 뚜렷한 과학 기술에 투자하는 것은 당연하지만, 학문 전체가 자본 시장에 말려들어 가는 것은 안 됩니다. 실용적인 부분은 어쩔 수 없지만, 인문 학도들이 자본의 논리에 말려들 때 인문 과학의 왜곡이 발생합니다.

도정일 내일 서울에서는 전국 대학교수들이 모여 'BK 21' 반대 시위를 갖습니다. '두뇌 한국' 사업에 대한 교수들의 비판이 쏟아지고 있습니다. 국가가 생존 경쟁의 차원에서 21세기에 주도적 사업이 될 분야에 집중 투자하는 것에 대해서는 아무도 뭐라 하지 않습니다. 그러나 '두뇌 한국' 사업 내용을 보면, 인문·사회 과학 분야에 몇 개 영역을 정해 놓고 그걸 하면 돈 주겠다는 식의 계획을 짜 놓고 있습니다. 그 몇 개 영역을 '누가' 정했는지 우리는 모릅니다. 학문의 자유와 자율성이라는 것은 돈으로 계산할 수 없는 거대한 가치입니다. 당근 내미니까 따라가는 일부 교수들도 있다고 들었습니다. 대학에서의 전문적 학문 분야들은 그 하나하나가 그 자체로 우주이며 교수 한 사람이 그 우주의 탐험자일 때도 있습니다. 선생님이 말씀하신 것처럼 자유로운 탐구의 가치가 돈의 논리, 부가가치의 논리로 대체될 때 학문 세계에서는 큰 왜곡이 발생합니다. 중국 문화 혁명 때의 홍위병 논리는 "당신의 연구가 사회주의를 위해 무엇을 할 수 있는가?"라는 것이었습니다. 20세기 말 한국의 논리는 "당신의 연구가 돈을 위해 무엇을 할 수 있는가?"라는 겁니다.

김우창 대학교수에게도 문제가 있다고 봅니다. 응하지 않으면 됩니다. 응한다는 것 자체가 정책 수단에 봉사하고, 학문의 본질을 바꾸는 데 봉사하겠다는 의사 표현입니다. 'BK 21'을 특정 대학에 특혜를 주고 지방 대학을 궁지에 몰아넣는 까닭에 생기는 밥그릇 싸움으로 보는 것은 문제의 본질을 흐리는 것입니다. 이 문제는 진정한 학문의 자유와 주체성이라는 근본적 시각에서 접근해야 합니다. 또 하나, 인문 과학이 학문의 자유로운 심장을 옹호하고 많은 사람들에게 도움을 주는 학문을 해 왔는가 하는 반성이 필요합니다. 근본적인 반성으로 나아가지 않고서는 인문학은 오늘의 위기를 감당하기 어려울 것입니다. 제인 제이콥스의 『더 데스 앤드 라이프 오브 그레이트 아메리칸 시티스』라는 저서는 도시 개발의 문제를 여러 형태의 돈, 즉 천재지변을 일으키는 돈이나 점진적인 돈과 관련시켜 이야기합니다. 결론은 어떤 형태의 돈이든 막대한 돈을 도시 개발에 투여하면 도시의 유기적인 생활 기반은 다 파괴된다는 것입니다. 장기적으로 도시의 유기성과 자기 갱생력은 상실되며, 많은 사람들은 생활 터전을 잃게 됩니다. 사람이 하는 일에는 점진적인 개발이 필요한 영역이 많이 있습니다. 특히 정신적인 부분은 천재지변을 통해 이루어지지 않습니다. 교육이라는 단어에서 육(育)이라는 말 자체가 학문이 유기적으로 발전하는 것을 보여 줍니다. 한두 달 사이에 학문 체계를 만드는 일에 교수들이 응한다는 것 자체가 문제입니다. 우리 사회에서 학문의 존재 방식에 대한 근본적인 의문을 갖게 하는 행태입니다.

동·서양의 인문학 전통에 관한 논의

도정일 좋은 말씀입니다. 우리는 대학의 역사가 얇고 근대 학문의 자생적 기반이 없었기 때문에 학문 체계를 서구에서 도입했습니다. 전통의 부재와 역사의 일천성, 또 지난 50년간의 여러 가지 억압적이고 부정적인 외적 조건 하에서 우리 학문은 충분한 성숙기를 가질 수 없었습니다. 지금은 돈의 논리, 시장 논리가 가장 심각한 외적 왜곡 요인이 되고 있습니다. 학문과 교육의 역사가 일천하다 해도, 50년 세월이 그리 짧은 것도 아닙니다. 그동안 한국 인문학은 무엇을 했습니까?

김우창 난 50년이라는 역사가 너무 짧은 것 같아요. 인문학이 수모를 당하는 이유의 하나는 좋은 집을 지어 놓았어야 뜯어서 고치는데, 판잣집을 지어 놓았으니 어떻게 고치느냐는 생각이 들기 때문이기도 한 거죠. 또 다른 하나는 우리 학문의 대외 의존에 관계되어 있는 문제입니다. 사실 우리 학문의 많은 부분이 서양의 수입물로 채워져 있는 탓에 돈만 들여 사 오면 된다는 생각이 적지 않습니다. 이런 의식이 우리 학문의 불균형을 계속 심화시키고 있습니다. 이것을 바로잡는 것이 학계의 최대 현안입니다.

도정일 우리가 인문학이라고 부르는 것의 전통은 대체로 서양적인 것입니다. 동양에도 인문학적 전통이 없는 것은 아니지만, 저는 인문학의 시발점이 그리스 아카데미아 철학에 있다고 생각합니다. 나는 누구인가, 삶의 목적은 무엇인가, 인간이란 무엇인가. ── 이런 질문의 전통은 그때부터 생겨났습니다. 인간에 대한 이 사유의 전통 위에 근대 인본주의가 가세해서 '휴머니티즈(인문학)'의 학문적·문화적 전통이 확립됩니다. 서양의 근대를 연 계몽 철학은 이런 전통이 없었다면 나올 수 없었을 겁니다. 이 전통에서 제가 중시하는 것은 인간에 대한 생각이 언제나 공동체와 사회 정의의 문제, 권력의 정당성과 진리에 대한 질문, 개인 자유와 집단적 규범 사이의 관계에 대한 문제들과 연결되어 있었다는 점입니다. 60년대 이후 개인 자유, 자율성, 인간 중심주의 등의 근대적 가치를 도마에 올리는 치열한 질문들이 제기된 것도 저는 인문학적 전통의 연장이라 보고 있습니다. 동양 전통 속에는 이런 질문의 역사가 없거나 대단히 박약하다고 저는 생각합니다. 질문의 성격이 다르다는 것 자체가 열등성을 의미하는 것은 아닙니다.

그러나 저는 동양 문화권 전체가 인간의 자유와 인권이라는 층위에서 인문 문화적 정신의 빈곤을 경험해 왔다고 생각합니다. 동양 전통이니 동양 사상이니 말하지만, 동양의 전통적 뿌리를 대표하는 인도와 중국을 보면 '동양 사상'을 말하기 민망한 데가 많습니다. 시집오는 여자가 혼수 적게 장만해 왔다 해서 남편과 시어미가 작당해서 지금도 여자를 불태워 죽이는 곳이 현대 인도입니다. 인간에 대한 존중의 수준으로 말하면 중국 역시 자랑할 만한 문화가 아닙니다. 19세기 말 서양의 어떤 인류학자가 중국인 연구를 하느라 북경에 갔다가 관계 당국에 '죽은 사람' 공급을 의뢰했는데, 목 없는 시체들이 그에게 배달되었습니다. 형장에서 처형된 사람들이죠. "목이 붙어 있어야 한다."라고 하자 다음 날 포승에 묶인 남자들 한 트럭이 왔습니다. "이건 사형수들이다. 당신 마음대로 해라."라는 것이 인솔자의 말이었습니다. 중국 사람들에게는 미안한 얘기지만, 나는 인간의 권리 문제에 관한 한 현대 중국이 19세기 말의 중국에서 크게 발전했다고 보지 않습니다. 사회주의 반세기에도 불구하고 말입니다. 인문적 정신이란 학문 세계만의 것으로 국한되어서는 안 됩니다. 그 정신은 사회적으로 문화적으로 확산되고 뿌리 깊어져야 합니다. 우리에게는 이런 의미의 인문적 정신의 전통이 박약하고 학문적 역사까지도 일천합니다. 지금 한국에서 학문의 존재 방식에 대한 근원적 질문은 이 점에서 출발해야 하지 않을까요? 학문과 문화는 서로 이어져야 하지 않을까요?

김우창 역사적으로 볼 필요가 있습니다. 우리나라에는 이름은 인문학이 아니지만, 더 긴 전통이 있습니다. 인문학이라는 어휘에서 '문'을 봅시다. 동양 사상에서는 '문'이란 하늘에도 있고, 땅에도 있으며 사람에게도 있는 것이라고 되어 있습니다. 동양의 학문은 기본적으로 인문학이었습니다. 우리의 인문학은 학문을 더 포괄적으로 보며, 더 긴 역사적 전통을 갖고 있습니다. 우리 학문의 역사가 짧다는 것은 서양적인 의미에서입니다. 우리가 서양적인 학문을 해야 하는 것은 서양 학문이 우수해서가 아니라, 오늘의 세계가 옛 동양의 인문학으로는 설명되지 않기 때문입니다. 서양적 인문학은 서양의 과학 정신을 많은 부분 흡수하여 오늘과 같은 서양의 현실과 학문 체계를 만들어 냈습니다. 서양의 인문학은 서양이 만들어 놓은 세계에 발을 들이밀고 사는 한 또는 그 세계에 비슷한 세계를 만들려고 하는 한 오늘의 인간을 이야기하는 데 빼놓을 수 없는 부분입니다.

도정일 제가 인문학의 뿌리를 고전 철학과 근대 인본주의에 두는 것은 이들 모두 '인간의 발견'과 관계되고 인간에 대한 질문의 새로운 구성과 관계되기 때문입니다. 제 의문은 동양 전통이 발견한 인간이란 무엇인가, 인간에게서 문(文)을 발견한다는 것은 어떤 것인가 하는 점입니다.

김우창 동양에서 하늘의 문, 땅의 문, 인간의 문이 있다는 것은 세계 이치의 핵심 속에 인간이 존재한다는 뜻입니다. 동양에도 포괄적인 인간 중심주의가 있었습니다. 이는 유교 철학의 핵심 논리였던 인성 문제에서도 나타납니다. 인간의 본성이란 무엇인가. 그것은 타고난 대로의 인간의 마음입니다. 인간을 자연의 일부로 본 사고의 결과입니다. 동양에서도 인간을 포괄적인 자기실현의 존재로 생각했고, 서양도 크게 다르지는 않았습니다. 그러나 동양은 지나친 인간 중심적 사고로 인해 과학적인 면으로 자연과 인간을 이해하는 데 약한 단점이 있습니다.

동양적 인간관

도정일 한국 근대 문학의 역사는 100년에 불과합니다만, 그 100년의 성취에 대한 저의 평가는 그리 높은 것이 못됩니다. 한국 문학에는 대체로 인간에 대한 근대 인문학적 주제 의식이 없습니다. 이 점은 무엇보다 동서양 인문학 전통의 차이에 기인한다는 생각이 듭니다. 서양적 근대를 초극한다면서 내놓는 것은 샤머니즘, 신비주의, 흐리멍덩한 득도(得道)주의, 불교 경전이나 도가 사상을 흉내낸 도통(道通)주의 같은 것들입니다. 자연 속의 인간이라지만, 제가 보기론, 다소 도발적으로 말해서 최근의 우리 문학에는 자연도 없고 인간도 없고 사회도 없습니다. 문학에 종사하는 사람들, 특히 창작자들은 훨씬 더 치열하게 생각해야 합니다. 선생님의 말씀처럼 동양에도 인간을 중히 여기는 사유가 있었다면, 근대 서양이 발전시킨 개인 자유나 권리의 신장 등과 비교했을 때 인간 멸시와 인명 경시 같은 동양적 풍조는 어떻게 설명될 수 있을까요?

김우창 사상이나 느낌의 유무가 아니라, 그것을 제도적으로 구현할 수 있었느냐가 문제라고 봅니다.

도정일 생각과 느낌은 있었는데 공적 제도로 바꾸어 내는 노력이 없었다는 말씀입니까?

김우창 인간 중심주의라는 것은 세상 만물 속에서 내가 중심이다, 즉 더 넓은 콘텍스트 속에서 인간이 중심이라는 것입니다. 철학자 찰스 테일러는 사람을 존중해야 한다는 생각은 많은 사회에서 있어 왔지만, 이것을 국민적인 제도로 발전시킨 것이 서양이라고 말합니다. 서양은 이를 합리적인 관점에서 제도화했고, 또 인간을 존중하지 않는 많은 요인들과의 투쟁 속에서 제도를 만들어 냈습니다. 서양은 사람 사이에는 반드시 갈등이 있고 존중받지 못할 가능성이 있다는 인식하에 법과 제도를 만들기 위해 노력해 왔습니다. 이에 반해 동양에서는 법제화될 만큼의 갈등이 부족했다고 볼 수 있죠. 테일러에 의하면, 서양의 법률 제도하에서는 개인의 권리가 침해됐을 때 개인이 국가 권력의 일부를 활용해서 국가 권력에 대응할 수 있는 방식을 만들었습니다. 동양에서는 국가가 절대적인 우위에 있었기 때문에 이러한 방식이 불가능했습니다. 동양에서는 인간을 도덕적으로 파악했습니다. 전체에 대해 자기를 내세우는 것은 부도덕한 것이었습니다.

서양은 현실적으로 자기 이익을 위해 국가와 싸우는 것을 인정했습니다. 동양은 인간을 고결한 존재로 보았고, 서양은 인간을 복잡한 존재로 보았던 것입니다.

도정일 아카데미아의 고전 철학자들은 비이성적·비합리적인 것과 투쟁할 수 있는 능력을 인간의 최고 미덕으로 생각했습니다. 서양적 인문 정신의 출발이 여기에 있습니다. 이 점과 관련하여 선생님의 말씀은 인간을 폄하하고 멸시하는 적대적 환경이 동양보다는 서양에서 많았고, 그렇기 때문에 서양에서는 적대 세력과 싸우려는 투쟁이 일찍 싹틀 수 있었던 반면 동양에서는 모순과 대립의 관계가 미약했기 때문에 사회적 제도로의 발전이 성취되기 어려웠다는 뜻입니까?

김우창 고대 전제 사회에서는 동서양이 차이가 없습니다.

도정일 고대 그리스 사회는 소아시아 국가들, 이집트, 페르시아, 리디아 등 주변 국가들에 비해 훨씬 그 전제성(專制性)이 약했던 사회입니다. 그것이 그리스인들의 긍지였죠. 그렇다면 억압적 전제 사회에서보다는 전제성이 약했던 사회에서 민주주의적 전통이 먼저 출발하고 법의 정신과 이성의 투쟁이라는 요청이 먼저 나오게 되었는가. ── 그 까닭이 설명되지 않습니다.

김우창 다시 한 번 역사적 관점이 필요하다고 하겠습니다. 어느 시대 어느 조건하에서나 민주주의가 절대적 가치일 수는 없습니다. 그런 의미에서 저는 민주주의가 정말 좋은 가치인가에 대해 의문을 갖고 있습니다.

도정일 소크라테스도 그 때문에 죽었습니다. (웃음) 고대 동아시아 사회는 그리스보다 더 강한 인간 존중의 풍토를 가지고 있었을까요?

김우창 난 어느 쪽이나 이상 사회가 없었다는 비관적인 느낌이 듭니다. 인간의 이성은 매우 제한된 기능을 갖고 있습니다. 이성은 근본적으로 갈등을 전제로 하는 원리입니다. 아버지가 어떻게 아들에게 손해나는 일을 하겠는가? 이것이 동양적 사고입니다. 최근 미국에서는 한 미성년 체조 선수가 아버지가 자신에게 접근하지 못하도록 법률에 요청한 일이 있었습니다. 판결은 아버지의 잘못으로 났습니다. 고발이란 공산주의나 합리주의의 덕목입니다. 공자는 아버지의 잘못을 고발하지 말아야 한다고 하였습니다. 공자는 모든 개인이 동등한 사회 질서 속에 있다는 것을 인정하지 않았습니다. 보편적이고 합리적인 질서보다는 특수하고 예외적인 관계, 감정 질서를 존중한 것이죠. 공동체란 보편적이면서 특수한 개념입니다. 그것은 배타적인 특수 관계를 존중하는 면이 있습니다.

서양적 이성은 한편으로는 공동체를 구성하고, 또 한편으로는 공동체를 파괴하면서 작용하는 원리입니다. 소크라테스의 시대에는 신의 말씀과 인간의 이성 중 어느 것을 삶의 원리로 삼아야 하는가에 관한 논쟁이 있었습니다. 이에 반해 동양에서는 이성의 파괴성과 부정성에 대해 상당한 두려움을 가졌습니다. 공동체적이고 정서적인 것을 강조했던 것은 이 때문입니다. 인간 사회에는 이성주의의 바탕과 이성주의를 초월하는 여러 요소가 공존하기 때문에 어느 것을 선택할 것인가는 역사적인 문제라고 생각합니다. 저는 합리주의자라는 말을 듣지만, 그것을 모든 문제에 대한 답변으로 보는 것은 아닙니다. 그러나 개인과 공동체가 복잡한 이해관계 속에 또 넓은 세계 속에 얼크러져 살아야 하는 오늘에는 합리성과 이성은 꼭 필요한 가치입니다. 절대적인 가치로서가 아니라, 공동체가 파괴된 현장에서는 반드시 필요한 덕목입니다.

도정일 아비가 잘못했을 때 고발해야 하는가, 업고 도망쳐야 하는가 했을 때 동양은 후자를 권고합니다. 아비와 아들의 관계는 물론 이성적으로 규정할 수 있는 것이 아닙니다. 문제는 상징적, 정서적, 사적인 가치들이 공동체의 규범을 대체하고 몰수해 버림으로써 균형을 깬다는 데 있습니다. 현대 한국 사회를 망치고 있는 제일 요인은 합리적 판단으로 사안을 가리지 않는 이런 태도입니다. 우리 사회에는 이성적인 투쟁의 정신이 성숙하지 못했을 뿐만 아니라 그런 전통도 없습니다. 동양이 인간을 이성과 감성의 균형체로 보지 않고, 정적인 것을 우위에 두어 균형을 파괴한 것은 오늘날 한국과 동양 전체가 안고 있는 문제의 근원입니다.

김우창 내가 읽은 한 중국의 사회학자는 전통적 예의가 현대 중국의 부패를 은폐하는 작용을 하고 있다고 비판했습니다. 공동체의 삶에서 제일 중요한 것은 현실 인식입니다. 또 지금의 현실에서는 절대적으로 이성적인 것이 필요합니다.

도정일 역사의 어떤 시기에는 공동체를 형성하기 위한 합리성이 필요했지만, 지금은, 역설적이게도 이성의 과잉 혹은 타락이 오히려 공동체 유지를 위협하는 것은 아닐까요? 저는 서양적 합리성에 대한 무조건의 예찬자가 아니라 그것의 역사적 유용성과 한계를 함께 보고자 하는 편입니다.

김우창 이성은 무색투명한 것입니다. 이성적 질서 속에서 이성을 넘어가는 인간적 영역을 구출해 내는 것이 우리의 과제입니다. 이는 서양 사회와 달라질 수 있는 우리의 가능성이기도 합니다.

도정일 저는 18세기 서양의 계몽 철학을 중요하게 생각합니다. 계몽 철학의 투쟁 대상은 권력, 곧 국가와 교회였습니다. 인간의 자유와 존엄을 지키려는 투쟁 속에서 인문학의 체계가 발전했습니다. 제 관점은 동양에는 어떤 것을 관철하려는 투쟁으로서의 인문학의 전통이 미약하지 않은가 하는 것입니다. 특히 우리는 근대적 국민 국가를 형성하는 데 필요한 정신 자세, 행동 강령, 가치 체계로서의 인문학 교육에는 실패하지 않았나 싶습니다. 인문학의 위기를 짚을 때 어떤 외적 위기 요인보다도 이 실패가 먼저 문제로 제기되어야 할 것 같습니다.

김우창 시민의 자유는 근대의 핵심 문제입니다. 권력이 없는 사회에서 사람이 살 수 있는가? 이는 푸코의 생각처럼 불가능한 일입니다. 벗어날 수 없다고 아무 권력이나 받아들여야 하는 것은 아닙니다. 어떻게 하면 공정한 권력을 구사할 수 있는가, 전제적인 권력으로부터 어떻게 자유를 확보할 수 있는가가 문제입니다. 그런데 한국과 같은 제3세계 국가에게는 주체적 역사를 새로 건설해야 하는 문제, 곧 권력을 '구성'하는 문제가 시급합니다. 권력에 대항하는 것도 중요하지만, 공정한 권력에 복종하는 훈련도 필요합니다. 모든 규제를 풀라고 하지만, 동시에 다른 종류의 규제가 필요합니다. 규제의 성격이 바뀌는 것이지 근본적인 규제가 없어질 수는 없습니다. 인간 사회에서 권력의 불가피성을 냉정하게 인식해야 합니다.

20세기 한국 문학에 대하여

도정일 이젠 우리 문학 쪽으로 이야기를 선회했으면 합니다.

김우창 우리가 이야기한 것이 관계없는 것은 아닙니다. 요즘 경조사에 내는 부조금이 문제되자, 이것이 미풍양속이라는 옹호론이 나옵니다. 정말 놀랐습니다. 부패의 온상에 눈감는 세태를 보며, 한국 사람의 자기 인식이 이렇게 빈약한가 하는 데 실망했습니다. 문학은 자기가 하는 일에 분명한 인식을 가지는 일이 중요합니다. 결혼을 축하하는 마음이 없는 사람이 축하한다고 축하금을 내야 하는 것은 일종의 자기기만입니다. 다른 한편으로 도덕적인 성격을 가진 인간의 감정 상태를 미화해서 그것으로 허위 행동을 잘못 인식하게 하는 것은 우리나라의 사회 구조 때문입니다.

도정일 민을 등쳐먹고 사는 것은 조선 시대 이후 지금까지 우리의 유구한 전통입니다. 서양이 수행했던 것 같은 관료 합리화가 동양권 전체에서는 완전한 역사적 생략으로 남아 있습니다.

김우창 경조금의 문제에서, 그것을 낼 필요가 있다면, 다른 이름으로 불러야 합니다. 뇌물이라든지 또 갯돈이라든지, 자기의 감정과 행동, 사회 관계에 대한 정확한 인식이 필요합니다. 또 바른 이름, 정명(正名)이 필요합니다. 공무원의 '체력 단련비' 같은 것도 마찬가지입니다.

도정일 공무원들은 개혁에 반발합니다. 수십 년 동안 받아 온 것을 자기 대에 와서 받을 수 없다는 것이 불만인 거죠. 공무원 처우 개선은 시급한 문제지만, 제가 보기론 관료 부패의 문화적 뿌리는 처우 문제와는 별개의 것입니다.

김우창 W. H. 오든의 시에 "정확하게 미워하는 법을 배워야 한다."라는 구절이 있습니다. 우리는 정확하게 미워하고, 사랑하고, 슬퍼해야 합니다. 그런데 남의 장례식에 가서 슬픈 체하는 것이 잘못된 것이라는 인식이 없습니다. 이에 반해 서양의 장례 전통은 좋은 인상을 줍니다. 그들은 먼저 미망인을 위로합니다. 가장 슬픈 사람과 슬픔의 위계질서를 존중하는 것이죠. 한국 문화는 감정의 차원이 아닌 규범의 차원에서 재정비되어야 합니다. 문학에서도 사정은 마찬가지입니다. 어떤 것은 감정으로, 어떤 것은 규범의 차원에서 표현해야 하는데, 작가들은 이를 완전히 혼동하고 있습니다. 많은 사실의 문제를 감정 인플레이션으로 해결하려는 작품이 많은 것은 심각한 문제입니다.

도정일 근대 문학 100년의 시점에서 몇 가지 문제를 제기하겠습니다. 한국 문학의 성취와 실패는 무엇인가, 한국 근대 문학에서의 문제는 무엇이고 1990년대 문학과 관련해서는 최근의 문학 생산물이 보이는 일반적인 문제점은 무엇인가, 한국 문학의 왜소성은 어디에 연유하는 것인가, 그 왜소성이 이제는 비평적으로 점검돼야 할 단계가 아닌가 하는 등등의 문제입니다. 한국 문학의 왜소성이란 이렇다 할 작품이 없고 특히 보편적 주제 구성력이 미약하다는 뜻입니다. 작가들은 이러저런 이야기를 써내면서도 그 이야기를 어떻게 생각할 만한 중요한 주제로 응집시킬 것인가의 문제는 고민하지 않습니다. 선생님은 우리 문학을 어떻게 성찰하고 계십니까?

김우창 우리는 현대에 있어서 20세기 문학을 지나치게 크게 보고 있습니다. 너무 전경에 놓여 있는 탓에 원근법의 오류를 범하고 있습니다. 옛날에는 국문 문학이 주류 문학이 아니었고, 20세기만 한 분량이 축적된 시기가 없었기에 물리적인 의미에서 시간의 왜곡이 발생했습니다. 한 시대에 나온 문학이란 일정한 한계가 있습니다. 문학은 개인에게 중요한 문학, 공동체에 중요한 문학, 사회·인류 전체에 공헌하는 문학 등 여러 위상을 갖고 있습니다. 저는 매년 행해지는 신춘 문예를 보면서 착잡한 느낌을 갖습니다. 매년 작가를 생산하여 부질없는 고무를 하는 것은 아닌가 우려됩니다. 많은 사람이 작품을 쓴다고 해서 당대 전체나 문학사 전체에 기여하는 것은 아닙니다. 그렇다고 쓰지 말라고 할 수는 없죠. 문학은 여러 층위로 존재하니까요. 20세기 문학 평가에 지나치게 집착하는 것은 시간의 원근법에 있어 우리 문학이 가지고 있는 특정한 문제로 하여 기대 수준을 높이하고 있는 때문입니다. 우리가 계속 활발하게 자국 문학을 생산해 왔다면 상황은 달라졌을 것입니다. 우리는 우리 문학의 전통을 재구성할 필요가 있습니다. 여기에는 현대적 관점의 문학 유산이 많지 않다는 점을 생각하여 새 문학 건설에 필요한 다른 동서양 문학이 포함되어야 합니다.

도정일 선생님께서 지적하신 국문학의 재구성이라는 문제는 흥미롭고 중요한 문제인 듯합니다. 좀 더 자세히 말씀하신다면?

김우창 우리는 유사 이래 최대의 변화를 겪고 있기 때문에, 그 변화에 적응해서 새로운 문학적 표현을 창조해야 하는 어려운 시점에 있습니다. 그러나 너무 많은 것을 기대하기는 어렵습니다. 거대한 변화에 우리의 감수성과 표현 능력이 적응하기에는 아직은 힘들고 벅찹니다. 또 하나, 도 선생은 주제가 작다고 느끼시는 것 같은데, 주제가 크다고 해서 『쿼바디스』가 『율리시즈』보다 큰 작품은 아닙니다. 주제를 크게 잡는다고 해서 거대한 서사적인 작품이 나오지는 않습니다. 작은 것을 크게, 큰 것을 작게 취급할 수도 있습니다. 우리는 또, 한국이 세계에서 장구한 역사를 가지고 있으면서도 세계의 중심에서 벗어나 있었다는 것을 인정해야 합니다. 우리는 동양적인 것의 매우 좁은 형태를 문학에 표현하고 있었습니다. 보다 복합적인 세계의 언어를 배우고, 옳든 그르든 주류의 역사의 어휘와 문법을 익히는 데에는 시간이 필요합니다. 제가 미국에서 한국 문학을 가르칠 때, 심훈의 『상록수』에 채영신이 야학을 하다가 학생을 80명만 수용하라는 파출소의 통지를 받는 장면이 교재에 나왔습니다. 심훈은 이를 일본의 탄압처럼 그리고 있는데, 자세히 보면 파출소의 통지는 야학 건물이 허약하기 때문에 80명 이상을 수용하면 안 된다는 것입니다. 미국 사람들은 이것이 왜 탄압인지 이해하지 못합니다. 심훈은 파출소의 좋은 명분이 거짓말이라는 것을 여러 장치를 통해서 보여 주었어야 했습니다. 이런 허술함은 최근 작품에도 많이 있습니다. 이야기를 만들 때 합리적 사고가 없이는 문학작품이 안 됩니다. 주제가 크고 작은 문제도 있지만, 문학의 감수성이 합리적 테두리 안에서 움직이지 않으면 좋은 작품이 나올 수 없습니다. 다시 한번 옳고 그름의 문제는 차치하고, 그것이 오늘의 세계의 주류적 언어입니다. 비주류의 체험과 현실을 ── 그 나름으로 값이 있을 수 있는 이것을 주류의 언어로 말하여야 합니다.

　도정일 좋은 지적이십니다. 소설만이 아니라 시도 대책이 없습니다. 물론 문학은 추상도 논문도 분석도 아닙니다. 분석과 이성, 해부적인 노력이 텍스트 표면에 드러날 필요는 없습니다. 그러나 그런 노력이 작품의 배후에는 깔려 있어야 합니다. 이것의 중요성을 망각한 채 어떤 이야기를 진술하게 엮어 나간다는 것은 어불성설입니다. 감성적인 것, 한국적인 혹은 동양적인 것들에 호소하기만 하면 된다는 사고도 문제입니다. 앞서 제가 말씀드린 주제는 반드시 큰 주제를 의미하는 것이 아닙니다. 저는 주제 의식을 문제 구성력이라고 부르는데, 이는 주제의 크고 작음을 의미하는 것이 아니라 작은 주제라도 그것을 아주 흥미로운 문제로 구성해 낼 수 있는 능력을 뜻합니다. 1980년대 문학이 큰 주제를 잡았다가 넘어진 형국이라면, 1990년대 문학은 주제의 다양화에도 불구하고 근본적인 문제 구성력의 빈곤을 보인다는 점에서는 마찬가지입니다. 이런 문제가 어디에 연유하는지 저는 무척 궁금합니다. 작가의 능력 부족인지, 교육의 실패인지, 심포지엄을 열어 한참 따질 필요가 있는 문제입니다.

김우창 문학은 근본적으로 통합된 인간성을 표현해야 합니다. 감정과 이성을 종합적으로 합쳐서 하나의 인간적인 태도를 구성하고, 이로써 사태를 분명히 인식하는 인식의 도구를 만들어야 합니다. 작품에서 종합적으로 접근해야 할 것을 감정으로 호도해서는 안 됩니다. 그러나 동양적인 전통이 없기 때문에 인문학의 위기가 오고 문학의 혼미가 온 것은 아닙니다. 무엇보다 먼저 자성하는 노력이 필요합니다.

도정일 제가 보기로는 지난 100년간 한국인이 겪은 경험 중에서 가장 큰 것은 동양과 서양의 만남, 더 정확히는 조선과 서양의 조우입니다. "조선은 어떻게 서양을 만났는가?"라는 질문, 이 만남이 한국 사회와 한국인에 어떤 충격을 주었는가라는 질문에 대한 문학적 탐구는 우리 문학의 과제 중의 과제입니다. 현대 작가들은 반드시 그 문제를 직접 다루지 않더라도 배경에 그 문제의식을 갖고 있어야 한다고 저는 생각합니다. 우리는 정치적 운명의 여러 변화와 부침 때문에, 자율적 근대화도 수행하지 못했을 뿐 아니라 외부로부터 밀어닥친 근대를 수용하고 정착시키는 데도 실패했습니다. 19세기 말의 지식인들은 근대적인 생각을 많이 갖고 있었지만 이를 사회적으로 확산시킬 통로를 갖고 있지 못했습니다. 이광수의 경우 근대적 합리성과 동양 전통 사이의 갈등이라는 문제의식이 있었지만 이 갈등과 충격의 경험을 녹여 내는 능력은 제한되어 있었습니다. 그의 초기 단편 「소년의 비애」는 동서양의 만남이라는 문제에서 보면 아주 흥미로운 작품입니다. 그러나 그 작품에서 문제의식은 그 후 이광수에게서 흐지부지해집니다. 두 이질 전통의 만남이라는 사건 자체를 곰곰이 생각해 보고 거기에서 훌륭한 문학적 제재를 발견하는 능력과 노력의 빈곤 —— 여기서부터 무언가 잘못된 것이 아닐까요? 1930년대에 모더니즘 문학이 전개된다고 말하지만, 이 모더니즘은 사회적 기반을 갖고 있지 못한 기형적이고 병적인 모더니즘입니다. 우리에게도 모더니즘 문학이 있었다라고 말하는 것이 중요한 것이 아닙니다. 서양의 예술 모더니즘이 모더니티에 대한 불평, 비판, 거부의 충동에서 나온 것인 반면, 우리의 1930년대 모더니즘은 배척할 전통이 무엇인지조차 모르고 도입된 피상적·감각적·감상적 모더니즘입니다. 지금의 세계화라는 문제에 있어서도 이에 대응하는 한국 문인들의 능력과 자세는 근본적 문제보다는 문제의 왜곡을 더 많이 불러일으키고 있다는 생각이 듭니다.

김우창 근대를 수용한다는 것은 근대적 인간으로 살아남는 데 핵심적인 과제였습니다. 이를 위해 모더니즘도 필요했을 겁니다. 김기림의 시 「태양의 풍속」에는 이제 오후의 예의를 다 버리자는 말이 있습니다. 순종과 순응의 역사를 버리고 새로운 활기찬 출발을 해야 한다는 것이죠. 이 글이 1935년에 나왔는데, 그 시절에 어떻게 활기찬 출발이 가능합니까? 모더니스트들의 근대화에 대한 느낌과 주장은 정당했지만, 사회적 기반을 얻을 수는 없었습니다. 그러면서도 그들은 근대 문물에 심취했던 것이죠. 그들은 정치적·산업적 동력에 관심을 가져야 했지만, 그럴 수 없는 상황이었습니다. 이는 개인적인 것이 아닌 시대적인 비극이었습니다. 일본에게 주권을 빼앗긴 것이 결정적이었습니다. 우리는 일본에게 주권을 빼앗길 만큼 약한 상태에 있었습니다. 그러나 처음부터 잘못되었다는 것은 아닙니다. 조선은 유토피아적 개혁을 가지고 출발한 나라였지만, 결국 그로 인해 몰락의 길을 걸었습니다. 그 결과의 하나가 역설적으로, 문학에 관계된 예를 들건대, 전업 작가가 없는 현상입니다. 일본과 중국은 달랐습니다. 명치유신 전후 일본에는 이미 문학을 써서 밥을 먹는 사람들이 상당수 있었습니다. 옛사람들이 서양의 기교를 배워서 새 작품을 산출했습니다. 우리에게 전업 작가가 없었던 것은 소설가를 지탱할 수 있는 경제적·이념적 기반이 없었음을 뜻합니다. 근대의 초에 작가라는 사회적 지위는 물론, 문학 표현과 기술 등 모든 것을 새로 만들 조건이 확보되지 않았던 거죠.

1990년대 문학은 우리에게 무엇인가

도정일 1990년대는 어떨까요?

김우창 1930년대 이태준의 소설에만 해도, 주인공이 친구 하숙집에 얹혀서 한 끼라도 더 밥을 얻어먹으려고 고민하는 이야기가 나옵니다. 이제 우리 문학은 사회 경제적 기반이 확보된, 그래도 살 만한 시기를 만났습니다. 또 소설가를 포함하여 장인을 천시하는 유교적 이데올로기의 한계가 오늘날에 와서야 비로소 극복되고 있습니다. 이런 의미에서 좋은 시대이지요.

도정일 서양의 경우에는 소설(novel)이라는 형식 자체가 이전의 허구적 산문체 이야기와는 매우 다른 새로운 장르입니다. 한국 근대 문학의 특색의 하나는 서양의 근대 서사인 소설과 우리의 또는 동양적인 전통 서사의 혼용입니다. 이 점을 어떻게 봐야 할지 저로선 아직 판단이 서지 않습니다. 소설이라는 신장르의 한국적 변용이라 보아야 할지, 아니면 우리 근대 문학의 발전을 저해한 부정적 요인으로 보아야 할지 혼란스럽습니다. 우리 작가들은 근대 문학의 특성을 소화하는 훈련이 미흡했습니다. 이로 인해 옛날 이야기와 근대적 서사 장비의 혼합처럼 보이는 작품이 많이 산출되어 왔습니다. 홍명희의 『임꺽정』은 전통 서사적 이야기는 될 수 있지만 근대적 소설은 아닙니다. 그런데 이 작품은 지금도 한국 작가들에게 작가 수업의, 또는 소설 쓰기의 전범처럼 여겨지고 있습니다. 『삼국지』는 고교생의 필독서가 되어 있고 대학생들은 무협지나 보고 있습니다. 『삼국지』, 무협지가 성장 세대의 주 독서물이 되는 사회는 문화적으로 희망 없는 사회입니다. 이것도 인문 교육의 실패 결과라고 말해야 할 것 같습니다. 무엇이 생각할 만한 문제인가를 문제를 알게 하는 일이 중요합니다. 문학 교육에서도 마찬가지입니다. 예를 들면 이언 와트의 『소설의 발흥(The Rise of the Novel)』 같은 책은 대학 문예 창작과나 국문과의 필수 텍스트가 되어야 합니다. 소설이라는 장르가 왜 발생했는가를 아는 일은 소설 쓰기의 기초입니다. 신세대 작가들은 장르에 관한 기초 교육도 없이 소설 쓰기에 달려드는 것 같아요.

김우창 이 점은 우리의 취약점이기도 하고 강점이기도 한 것 같습니다. 지금까지는 취약점으로 작용한 것 같은데, 앞으로는 강점으로 작용할 수도 있을 것입니다. 서양의 합리성의 바탕 위에 전통을 되살리는 것이 한국 문학의 독자성을 되살리는 길입니다. 우리의 현실과 정신 상태, 전통을 서양의 합리적인 구성 안에서 구현해야 합니다. 이를 통해 자연히 서양 소설에 대한 비판적인 태도 또한 확보될 수 있습니다. 아이러니와 풍자, 서양 소설이 가지고 있지 않은 페이소스, 파토스를 새롭게 형상화한다면, 전통 기법은 오늘의 문학에 분명 유익한 힘으로 작용할 것입니다.

도정일 1990년대에 들어와 탈근대적 사유가 유행하면서 이질적인 서사 형식이 섞이는 장르 혼용이 발생하고 있습니다. 일부 젊은 작가들은 터무니없는 환상성과 판타지 요소들로 뒤범벅된, 환상적이면서도 전통 서사적인 서사들을 직조해 냅니다. 지금 '판타지 소설'이라는 것이 뜨고 있습니다. 지난 30년간 별 관심을 끌지 못했던 과학 환상 소설이 독자를 얻고 있는 것 같아요. 그런데 문제는 소설이라는 근대 장르의 필수적 요청의 하나인 '탐구 정신'이 여기서는 실종하고 없다는 사실입니다. 판타지 소설은 환상적 이야기를 쓰면서도 생각할 만한 문제를 추구할 수 있습니다. 어슐러 르 권의 『어둠의 왼손』은 1960년대에 나온 과학 환상 소설입니다. 미래 세계에서 남자와 여자는 분리된 성으로 사는 것이 아니라 중성 양식으로 존재하고, 사랑이나 성애의 필요가 있을 때에만 서로 성태(sexuality)를 결정해서 선택한다는 이야기입니다. 이번에는 내가 여섯 달 동안 남자를 할 테니 너는 여자를 해라, 그런 식으로 말입니다. 성태 양식은 다시 바뀔 수 있습니다. 이 환상 소설은 적어도 "인간 사회는 어떻게 지금의 성차 사회(gendered society)를 넘어설 수 있는가"라는 주제를 추구하고 있습니다. 환상은 환상으로만 끝나지 않습니다.

서양 기원의 과학 환상 소설은 20세기 초반에 헉슬리, 오웰, 자미아친 같은 반(反)유토피아 소설에 자극된 이런 문제의식들, 주제들, 생각할 화두들을 안고 있습니다. 문학적 상상력이 기술과 인간의 관계라는 문제를 탐구한 역사는 상당히 깁니다. 메리 셸리의 『프랑켄슈타인』, 조너선 스위프트, 새뮤얼 버틀러, 윌리엄 모리스의 소설들은 그런 문제를 추구한 주요 성취들입니다. 여기서 다시 전통의 부재가 문제되는데, 지금 우리의 판타지 소설들은 기술적 환상을 다루면서도 고도 기술 사회와 인간의 문제라는 주제 의식은 미약합니다. 우리 전통만 전통이 아닙니다. 세계 문학의 전통은 누구의 것이라 말하는 일조차 우스운 인류의 공유 자산이고 전통입니다. 그런데 지금의 우리 판타지 소설에서도 제가 보기엔 모방이 정신을 상회하고 있습니다.

김우창 길게 보면, 20세기를 넘어 실험적인 것을 해 볼 필요는 있습니다. 환상이나 공상 소설은 일종의 놀이인데, 누구의 손에서 노느냐가 문제입니다. 부처님 손에서 노느냐, 상업주의 속에서 노느냐가 문제입니다. 아쉽게도 전자는 매우 적습니다. 지금의 한국 문학은 근본적으로 '돈'과 '매스 미디어'라는 두 M신에 의해 지배되는 경향이 있습니다.

도정일 1990년대 작가들이 기발한 환상을 동원하는 것은 그 자체로는 재미있습니다. 그러나 전자 게임과 소설은 같은 차원을 지향할 수 없습니다. 소설 독자가 게임을 할 수도 있고 게임 좋아하는 사람이 소설을 읽을 수도 있습니다. 그러자면 두 문화 형식은 서로 차이를 가져야 합니다. 문학은 미적 경험 외에도 판단, 윤리, 사유의 문제를 포기하지 못합니다. 최근 미국의 어떤 문화 평론가는 미국 사회를 가리켜 '문화가 개판이 된 사회'라 말하고 있습니다. 21세기가 미국적 오락 문화의 세기가 된다면 그야말로 그것은 '개판'입니다. 그런데 지금 우리는, 정부와 문화 산업이 다 같이 그런 사회를 모델로 삼고 있다고 여겨집니다.

예술과 오락의 근본적인 차이는 예술이 인간 능력의 절정, 인간이 더 이상 넘어갈 수 없을 정도의 최고 수준을 지향하고 보여 준다는 점입니다. 마리아 칼라스는 "무대에서 나를 대체할 사람은 없다."라고 노상 말했습니다. 이건 오만이기보다는 마리아 칼라스만이 보여 줄 수 있는 절정의 수준을 지켜야 한다는 예술가적 의무의 표현입니다. 오락은 구태여 이런 절정을 염두에 두지 않아도 됩니다. 소설의 경우, 저는 근대 산문이 그런 예술적 절정의 하나라고 생각합니다. 그가 아니면 쓸 수 없는 산문 — 작가는 그런 산문의 생산을 자기 의무로 생각해야 합니다. 영화 작가가 최고의 영상 표현을 추구한다면 소설가는 최고의 독특한 산문을 추구해야 합니다. 그런데 1990년대 작가들에게는 이런 산문 예술을 향한 열정이 모자랍니다. 그리고는 게임, 만화, 영화에 목 내밀고 그것들을 모방하려 듭니다. 문학이 오락으로 존재할 것인가 아닌가라는 문제를 신세대 작가들은 고민해야 합니다. 고급 예술/대중 예술의 경계가 흐려졌다는 소리는 20세기 후반에 나온 가장 졸렬한 진술의 하나입니다. 예술에서 고급성의 문제는 권력-부와 연결된 정예주의의 문제가 아니라 인간이 도달할 수 있는 최고의 수준을 포기하느냐 마느냐의 문제입니다. 스포츠에서의 기록 경기가 우리를 매혹하는 것도 이 수준 때문입니다. 저는 소설 첫 장에서 그 산문의 수준이 "아니다" 싶으면 읽지 않습니다. 쓰레기통을 향해 스트라이크로 내던지죠.

　김우창　놀아도 큰 손 안에서 놀아야 하는데, 그렇지 않아서 문제가 생긴 듯합니다. 사실 심각한 문학도 있어야 하고, 놀이의 문학도 있어야 합니다. 문학이 노는 사실에만 사로잡혀 있고, 이를 조종하는 것은 대중 매체이니 문제입니다. 심각한 주제도 중요하지만, 작가는 자기만의 주제를 발견해야 합니다. 우리 문학은 사회가 주는 주제에 너무 흡수되어 가는 면이 있습니다. 이것은 대중 사회의 현상인데, 작가의 세대 구분에 대해 관심이 많은 것도 이 때문입니다. 록스타처럼 작가를 세대 구분에 의해 인식하는 것은 소모적인 일입니다. 작가가 자기 마음대로 논다고 착각하지만, 사실은 대중 매체와 자본주의가 작가를 가지고 놀고 있습니다. 마치 소모품처럼요. 무수히 등장하고 사라지면서 대중 속에서 노리개가 되고 있는 것이죠.

　도정일　한국 사회의 주 문화 수용자와 소비자는 대부분 젊은 세대입니다. 대중 매체가 젊은 세대에 아부하지 않으면 안 되는 조건이 거기 있습니다. 문학잡지들마저도 필자를 소개할 때 생년월일과 이력을 모두 밝힙니다. 적어도 이 사람이 고정 간첩은 아니다, 혹은 아주 늙은이는 아니라는 것을 보여 주어야 하는 거죠. (웃음) 이 관행은 좋게 말하면 투명성이고, 나쁘게 말하면 외설성, 즉 엿보기와도 같은 것입니다. 투명성-외설성은 문학의 적입니다. 문학이 무작정 모호성을 위한 모호성을 추구해서는 안 되지만, 의미의 두께랄까요, 의미의 풍요한 잉여는 모호성, 암시성, 상징성에 있습니다. 그러니까 필자에 대한 정보도 투명해야 한다는 것은 한켠으로는 우리의 반공 문화와 관계되고 한켠으로는 엿보기 문화의 편만과 관계있어 보입니다. 문학잡지들조차 의식 없이 이런 관행을 따라가는 것은 문화 매체로서 생각해 보아야 할 점입니다. 시대의 노리개가 되지 않기 위해서 말입니다. 아까 문제 구성력을 이야기했지만, 우리가 서양적 근대와 만나는 과정에서 정리하지 못한 것이 또 있습니다. 그것은 역사에 대한 생각, 혹은 시간관의 문제입니다. 근대적 의미의 직선 시간 형식이 조선 땅에 들어온 것은 구한말입니다. 직선 시간의 형식 속에 살지 않았던 사람들에게 그것은 거대한 충격이었습니다. 그런데 초역사적인 혹은 순환 시간적인 전통 세계관와 근대의 새로운 시간관 사이의 갈등이라는 문제 역시 우리 문학에서는 제대로 다루어진 적이 없습니다. 제가 갑자기 이 화두를 꺼내는 것은 전통적 농경 사회에서 산업 사회로의 이행 과정에 겪어야 했던 갈등 경험의 문학적 표출이 별로 없다는 문제 외에도, 21세기 미래 사회라는 것과 연결 지었을 때, '미래'를 생각하는 사회적 사유랄까 비전 같은 것이 우리 문학에는 그리 친숙한 것이 아니지 않은가라는 의구심 때문입니다. 유토피아건 반유토피아건, 미래 사회를 서사화하려는 시도는 우리 근대 문학에서 전무합니다. 왜 그럴까요? 문학이 사회적 사유를 방기한 것은 아닙니까?

김우창 책임을 따진다면 모든 지식인에게 있다고 봅니다. 한국에도 역사를 만든다는 생각은 있었습니다. 그러나 모델이 다릅니다. 서양에서는 발전 사관의 출현 후 역사는 보다 큰 완성을 향해 간다고 생각했지만, 동양은 보다 나은 사회를 만들어야 한다고 생각하기는 했으나 서양에서처럼 미래를 향해 무한히 뻗어 나가는 사회가 아니라, 옛날 요순시대의 이상을 재현하기 위해 노력했던 것이죠. 역사를 바르게 만들어야 한다는 동양의 역사관은 무한한 상승이 아닌 일정한 이상 모델에 접근하는 것으로, 서양과는 목표의 성격이 다릅니다. 이런 근본적인 차이를 가져온 것은 결국 산업입니다. 농업에 기반한 동양은 정태적이고 균형 잡힌 성격을 갖고 있고, 자본과 과학 기술에 기초한 서양은 계속적인 팽창의 성격을 갖고 있습니다. 농업 사회와 산업 사회의 차이가 역사에 대한 태도를 다르게 했지만, 역사가 인간의 어떤 규범적인 상태를 실현하는 것이라는 생각은 동서양이 비슷합니다.

　도정일　농경 사회는 기본적으로 자연 질서에 근거합니다. 요순시대의 재현이라는 것은 새로운 것의 전개로서의 역사이기보다는 과거의 모델을 되찾고자 하는 반복 재현의 모델입니다. 반대로 근대 시간관에 입각한 역사는 과거로부터의 이탈, 즉 어떻게 멀리 도망가서 과거에는 없었던 사회를 만들어 낼까라는 관심에 연결되어 있습니다. 역사를 어떻게 보아야 하는가는 지금 미래 문학을 생각할 때 핵심적인 부분이 된다고 여겨집니다.

　김우창　농업의 성격 자체가 기술적인 요소가 개입되지 않고는 팽창할 수 없습니다. 농업에 기초하여 이상적인 사회를 실현하려면 일정한 균형 상태에 있어야 하는데, 과도한 인구 팽창이 불균형을 가져옵니다. 케임브리지 대학에서 인구와 사회 구조를 연구하는 그룹이 있는데, 그들은 제도와 인구는 그릇과 내용물의 관계에 있으며, 내용물이 많으면 그릇이 깨진다고 말합니다. 농업적 이상 사회는 제도와 인구의 균형을 필요로 합니다. 그런데 농업이 잘 되면, 인구가 불어나게 마련입니다. 그리고 일정한 한도에서는 인구의 증가는 농업에 도움이 됩니다. 그러나 모두 일정한 내에서의 이야기입니다. 그러나 다시 우리는 산업과 인구와 제도의 한계를 인식하지 않을 수 없는 시점에 와 있습니다. 산업 사회는 팽창된 미래에 대한 비전을 가지고 있지만, 지금 환경적인 한계에 부딪쳐 있습니다. 농업적인 사회에 기초한 환경관과 인간관이 다시 환영받는 시대가 올 것입니다.

　도정일　생태학적 상상력은 지금 문학의 상상력을 대표하는 듯이 보입니다. 생태론적 상상력이란 농경 사회적 상상력입니다. 그러나 21세기의 세계가 농경 사회로 회귀하지는 않을 겁니다. 그러니까 사회는 고도 기술 사회로 계속 달려가고 생태론적 상상력은 그 역방향의 가치를 강조한다는 문제가 발생합니다. 생태론적 상상력이 21세기 문학의 중심 상상력이 된다면, 고도 기술 사회가 지향하는 방향과는 거의 반대편에 서게 될 것입니다. 이 경우 문학은 어떤 힘을 가질 수 있을까요? 또 문학을 포함한 인문학은 끊임없이 기술 사회에 대한 '투덜거림'의 역할만 수행하는, 소수 의견의 창구로만 남게 되는 것일까요?

21세기의 가능성, 그 빛과 그림자

김우창 지금같이 황당무계한 놀이가 팽창하는 상황에서 생태적인 문제가 문학의 중심 주제가 될 수 있는지는 의문입니다. 생태 사상이란 인간의 한계에 대한 사상인데, 문학은 생태계에 관심을 갖지 않아도 늘 '한계'를 생각하는 영역입니다. 종교나 운명, 죽음은 그 대표적인 것이지요. 놀이를 하든 좋은 이야기를 하든 문학은 인간의 한계에 대한 명상을 담고 있습니다. 문학이 이러한 역할을 계속해 나간다면 일반적인 또는 근본적인 수요로부터 근본적으로 벗어나지는 않을 것입니다.

도정일 메멘토 모리(memento mori, 죽음의 환기)로서의 인문학을 말씀하시는군요. 그런데 미래 기술 사회는 그런 종류의 '인간의 한계'를 지워 없애는 사회를 지향하고 있습니다. 생명 공학은 조만간 인간 수명을 120세까지 늘려 놓을 것으로 보입니다. 두뇌 정보의 자유로운 인식도 지금 기술 상상력의 범위 안에 들어와 있습니다. 예를 들어 김우창 선생님의 머릿속에 든 지식 정보를 빼내서 다른 사람에게 순식간에 이동시킬 수 있는 것이죠. 실제로 개체의 생명 한계를 뛰어넘는 수명 연장, 정보의 무한 이동, 재생, 복제가 가능한 시대가 오고 있습니다. 지금까지 인간에게 운명이라 여겨졌던 한계가 상당 부분 제거되는 시대로 진입하고 있습니다. 이런 시대가 오면 문학과 인문학이 유지해 온 한계에 대한 명상은 치명상을 입지 않겠습니까? 21세기에 인간에 대한 패러다임은 전면 바뀔 가능성이 있습니다. 복제 인간이 출현하고 유전 정보의 자유로운 변경과 조작, 사이보그 인간의 경우처럼 인간과 기계 사이의 관계가 전면 새로 규정되고 인간의 전통적 정서 구조인 희로애락이 약물에 의해 얼마든지 조절되는 시대가 온다면 지금과는 다른 인간이 출현할 가능성을 부정하기 어렵습니다. 자연진화 아닌 기술 발전이 '후인간(posthuman)'을 탄생시킬 때 문학은 어떻게 될까요?

김우창 환경과 생명의 문제는 총체적인 차원에서 생각해야 합니다. 생명 공학은 총체적인 결과에 대해 생각하지 않습니다. 제도, 복지, 주택 등의 복잡한 연쇄 작용을 고려하지 않습니다. 물론 이는 매우 실용적인 관점입니다. 저는 환갑이 지났는데도 아주 조금밖에 살지 않았다는 생각이 듭니다. 우주 전체의 스케일에서 볼 때 인간은 형편없이 찰나적인 존재입니다. 이것을 생각하면 겸손해지지요. 저는 사람이 100년을 살아도, 그 마음속에는 문학이 근본적으로 필요로 하는 인간의 한계와 초인간의 신비에 대한 감각이 있을 거라고 생각합니다. 신비를 찾는 것은 제어할 수 없는 인간의 감각입니다. 컴퓨터가 인간을 자유롭게 하고 그 한계를 넘어갈 수 있게 할까요? 인간 존재의 한계보다도 컴퓨터 기술의 제약에 갇히는 것이 되지 않을까요. 반대로 부정적인 전망도 있습니다. 일례로 컴퓨터 정보 통신에서 수많은 정보를 얻는 과정에서 우리는 프로그래머들의 노예가 됩니다. 앞으로는 프로그램의 근본적인 테두리 밖에서는 지식도 생겨나지 않고, 새로 만들어 갈 수도 없을 것입니다.

도정일 약물로 인간의 감정과 정서를 순식간에 바꿀 수 있다면, 선생님이 말씀하신 정확하고 진정한 감정의 경험이라는 것은 기술적 조작의 영역으로 끌려들어 갈 것이고, 놀라움과 경탄의 능력 또한 살아남기 힘들지 않겠습니까?

김우창 놀라움은 자기가 제어할 수 있는 영역을 넘어가는 경험, 타자와의 만남의 경험입니다. 자기 수양의 문제를 넘어 우리에게는 타자 및 세계에 대한 정확한 인식이 필요합니다. 인간을 약물로 조종한다면 다른 사람과 사물이 있을 필요가 없으며, 철저히 비윤리적인 세계가 될 것입니다. 윤리는 타자와의 관계에서 생깁니다. 정확히 느끼고 생각한다는 것은 외계와의 관계를 정확히 한다는 뜻이며, 여기에서 윤리적 감각도 생겨납니다.

도정일 고도 기술 사회가 열어 놓는 새로운 가능성이 한쪽에 있습니다. 문제는 이 가능성을 인간이 추구해야 할 것인가의 당위성 여부입니다. 아직은 복제 인간 불허라는 쪽으로 윤리적 명령이 내려지고 있지만, 저는 21세기 전반에 복제 인간은 출현하리라 보고 있습니다. 장기 복제도 이미 복제입니다. 자본은 복제 기술을 결코 포기하지 않을 겁니다. 수명 연장과 유전자 치료술, 장기 복제 등은 오히려 인간 존중의 기술이라는 강력한 논의도 대두하고 있습니다. 인간의 탁월성이라는 것은 지금까지는 한계의 제거보다는 한계에 대한 투쟁에서 나왔다고 말할 수 있습니다. 예술가의 삶은 아주 대표적인 경우죠. 문학의 경우에도 재능을 발휘한 사람들의 상당수가 이런저런 정신적·신체적 질병이나 결함, 자연적·사회적 한계 상황에 놓였던 사람들입니다. 이런 한계들이 인간에게서 위대성을 발휘하게 한 것이죠. 그들은 주어진 대로만 움직인 것이 아니라 카드 이상으로 움직였습니다. 미래 사회가 열어 놓는 사회는 단연 우생학적 사회입니다. 그러나 우생학은 문화 예술과는 별 관계가 없습니다. 여기서 저의 페시미즘은 우생학적 고려가 다른 모든 고려 사항을 압도해 버리는 사회로의 진행을 인간이 막아 낼 수 있을 것인가라는 점입니다.

김우창 다른 가능성에 대한 탐색이라는 것은 일종의 놀이인데, 모든 것을 생산하고 바꾸는 사람들이 어떤 손에 속해 있느냐가 문제입니다. 이들이 바른손 안에서 놀 수 있도록 만들어야 합니다.

도정일 우리가 알 수 없는 변화의 개입 가능성을 인정해야 하는 것이 미래라는 시간입니다. 완벽한 통제 조작의 세계, 이 세계에 대한 윤리적 선택 판단은 그때까지 축적된 과거에 의해 이루어집니다. 그런데 미래에서는 이 판단이 반드시 미래 사회를 움직일 수 있는 추동력이 될 수 있는 것이 아니기 때문에, 어떤 세대가 어떤 방향을 선택하고 정한다는 것 자체가 무의미해지게 됩니다.

김우창 모든 가능성을 폐쇄하면 안 됩니다. 미래의 문제는 너무나 추상적입니다. 미래의 가능성은 열려 있어야 합니다. 그러나 그 가능성을 이렇다 저렇다 논의화하는 것은 무의미하고, 오늘의 세계를 걱정하여야 합니다. 오늘의 세계가 바른 상태에 있다면, 내일의 가능성은 오늘이 믿을 수 있는 것인 만큼 믿을 수 있는 것이 될 것입니다. 믿을 수 있는 오늘이 믿을 수 있는 것인 만큼 믿을 수 있는 것이 될 것입니다. 믿을 수 있는 오늘이 만들어 내는 생명 복제 기술은 믿을 만하고, 믿을 수 없는 오늘이 만드는 생명 복제 기술은 믿을 수 없는 것이 됩니다. 그것이 재난이냐 축복이냐 하는 것은 그것이 누구의 어떤 제도 속에 있느냐에 달려 있습니다. 우리가 할 수 있는 일은 사회가 두 M(Money and massmedia)에만 지배당하지 않도록 만드는 것입니다. 이 사회를 깊은 인간적 배려가 들어 있는 사회로 바꾸어야 합니다. 인간 의식이 발전한다는 것은 명백하며, 인간의 미래와 관련된 평화주의적 사고가 퍼져 나가고 있는 것도 사실입니다. 공격적·투쟁적인 것은 평화적인 것으로 변증법적으로 승화될 것이며, 개인과 공동체를 동시에 존중하는 사고가 많이 생길 것입니다. 오늘을 바르게 하는 것을 통해서 과학 발전이 인간 존재에 금상첨화의 요인이 될 수도 있을 것입니다.

천사에게 보일 인간의 덕목들

도정일 약간의 낙관적 가능성은 남겨 놓으시는 편이군요. 모든 세대는 자기 세대와 그다음 세대에 관심을 둡니다. 전통적인 패러다임으로 설명할 수 없는 변화 가능성도 열어 놓아야 하지만, 인간이 생각할 수 있는 세계가 길어야 100년인데 그 100년의 시간 폭을 떠난 먼 미래를 생각한다는 것은 무의미합니다. 고도 기술 사회에서도 우리가 희생시키지 말아야 할 것은 있습니다. 인문학의 역할은 이것을 찾아내고, 그것의 중요성과 가치를 다음 세계에 계승하는 일입니다. 릴케는 천사에게 내보일 인간의 목록이란 걸 만든 바 있습니다. 인간 존재의 정당성이랄까 아름다움, 인간이 중요한 이유를 천사에게 입증하고 그 천사에게 내보이며 자랑할 인간은 어떤 인간일까, 그런 얘깁니다. 영화 「베를린 천사의 시」도 그런 목록을 추구합니다. 천사에게 내보일 인간 미덕의 목록, 김우창 선생님의 목록은 무엇입니까?

김우창 도 선생부터 고백을 하시죠. 도 선생의 목록은 무엇입니까?

도정일 저는 목록이 없습니다. (웃음)

김우창 참 어려운 질문입니다. 제 생각엔 경탄의 능력인 것 같습니다. 경탄이란 고통 속에서도 찬미할 수 있는 능력입니다. 이것은 아무나 가질 수 있는 것도, 의도적으로 계발할 수 있는 것도 아닙니다. 릴케의 「장미의 내면」이라는 시는 장미의 내면과 또 그 장미의 내면이 사람의 내면 속에 생겨나는 과정을 노래하고 있습니다. 경탄한다는 것은 우리의 마음속에 사물이 새로 생겨났다는 뜻입니다. 마음속에 공간을 만든다는 뜻이죠. 이는 사회적으로도 존중받아야 생겨나는 덕목입니다. 경탄할 수 있는 능력을 자기 마음속에, 또 다른 사람의 마음속에 살려야 합니다. 릴케는 자신이 찬미하기 위해서 태어났다고 말한 바 있습니다. 또 퇴계는 공경이라는 덕목을 높이 샀습니다. 경이란 존중한다는 뜻으로, 영어로 번역하면 'mindfulness'입니다. 이에 관해 고려대학교 심리학과의 김성태 교수가 쓴 『경과 주의』라는 좋은 책이 있습니다. 경은 주의하고, 주의해서 본다는 것입니다.

　제가 말씀드리는 경탄이란 놀라움을 가지고 찬양한다는 것을 의미합니다. 다른 사물과 존재에 대한 외경심은 우리가 살아가는 데 가장 중요한 덕목입니다. 저는 학생들이 데모를 강제적으로 하려는 것을 보고 대단히 놀라곤 했습니다. 정치적인 목적을 위해서는 동원의 불가피성이 있겠지만, 사람들이 다 스스로 느껴서 하는 상태, 이것이 비록 불가능할지라도 옳은 상태일 것입니다. 우리의 현실에서는 실현 불가능한 이상이기는 하지만, 그 중요성을 인정하는 사회가 좋은 사회이지요. 그런데 신통한 것은 이것을 '이성'으로 이야기하든 '도'로 이야기하든, 사람의 마음에는 자기의 이익에 배치되더라도 합리적인 것에 수긍하는 마음이 있다는 사실입니다. 나는 우리가 인간으로서, 이 사회의 공동체의 일원으로서, 국가의 일원으로서 이렇게 할 수밖에 없다고 생각하는 순간이 있다고 생각합니다. 이것이 서양식으로 말하면 경탄, 놀라움입니다. 이 아름다운 세계, 고통이 많음에도 불구하고 릴케식으로 말해 모든 것을 긍정할 수 있는 세계, 성리학의 관점으로 말하면 모든 것을 공경할 수 있는 세계, 이런 세계를 이야기하는 것이 시인이고, 문학이고, 사람의 마음이라고 저는 믿습니다.

　도정일　경탄하는 능력이 인간 최고의 미덕이라면, 신에게도 그런 능력이 있을까요? 제가 의미하는 신은 동양적 의미의 신은 아닙니다.

　김우창　『성경』에는 창조하는 이야기가 나오지 않습니까? 하느님이 보시니 좋았다, 하느님이 기뻐하셨다는 이야기가 있습니다. 하느님은 전지전능한 존재이므로 놀랄 일이 없겠지만, 이미 아는 것도 새롭게 보는 데서 생기는 기쁨을 갖고 있다고 생각합니다.

도정일 만약 천사가 인간에게 네가 꺼내 놓을 게 뭐냐, 내놔 봐라고 요구해 오면 "저에게는 놀라운 능력이 있습니다. 당신에게는 그 능력이 없지 않습니까?"라고 대답하면 되겠습니까?

김우창 거꾸로 이야기하면, 경탄하는 능력이 사람보다 훨씬 많은 게 천사 아닐까요? 블레이크의 묘사 중에 천사들이 손뼉을 치면서 '호산나 호산나' 하고 찬미하는 장면은 천사들의 경탄의 능력을 단적으로 보여 줍니다.

도정일 인간이 꺼내 놓을 것은 결국 천사나 그보다 상위 존재인 신이 갖고 있는 능력에 비슷한 것들, 결코 그에 근접할 수 없지만 유사한 것들이라는 얘긴가요? 아니면 신에게는 없는, 인간만의 것이어야 할까요?

김우창 사람의 경탄에는 비극적 요소가 있습니다. 천사와 신에게는 비극성이 없죠. 사람은 경탄할 수 없는 것에도 경탄합니다. 사람에게는 또 천사나 하느님에게는 없는 고통스러운 사랑이 있습니다. 실존주의자들은 사랑이 결여에서 나온다고 하지만, 저는 사랑이 하느님에 이르는 씨앗으로서의 천사적인 마음이라고 생각합니다. 인간은 맨스 안젤리쿠스, 천사적인 마음의 이끌림을 받아서 더 높은 사랑으로 가는 존재입니다.

도정일 '경탄의 비극적 요소'라는 표현은 참으로 좋습니다. 인간은 그자신 이해할 수 없는 모순을 끌어안고 그 때문에 갈등하며 사는 존재입니다. 저는 모순 대립물들의 완벽한 공존 상태가 신이라는 생각을 갖고 있습니다. 신에게 그 상태는 아무 문제가 되지 않습니다. 그러나 인간의 경우는 다르죠. 아침에 한 말과 저녁에 한 말이 다르면 당장 갈등을 겪어야 하는 것이 인간입니다. 일관성의 요구가 인간에게는 너무 크고, 도덕성이니 윤리성이니 하는 부담이 거기서 생깁니다. 윤리적 요청을 외면할 수 없다는 것이 가장 인간적인 특성이 아닐까 싶습니다. 갈등과 번민이 인간의 몫입니다. 19세기 프랑스 시인들, 랭보, 말라르메, 보들레르 같은 시인들은 시를 통해서 모순 대립의 공존을 기도했던 것 같습니다. 역설, 모순 형용, 표현할 수 없는 것의 표현 등은 그런 시도입니다. 선생님의 관점에 따르면 이들도 결국은 어떤 신적인 것을 지향했다고 말할 수 있겠군요. 그런데 저는 그것까지도 신의 모방이기보다는 신에게 문제가 되지 않는 것이 어떻게 인간에게는 문제가 되는가, 그 문제로 인간이 어떻게 번민하는가를 보여주는 것이라 해석하고 싶습니다. 60년대 이후의 서양 사고들, 탈구조주의며 탈근대론이 인간에게 요구되는 윤리적 일관성의 문제를 경시하고 신화에 나오는 페르세우스적 인간, 부단히 모습을 바꾸는 인간을 마치 인간 모형처럼 제시한 것은 존재의 비극성을 희극성으로 대체한 경박스러운 경우 같아 보입니다.

김우창 사람이 참 못된 면도 있지만, 나는 사람의 마음속의 이상적인 요소에 대해 경탄할 때가 많이 있습니다. 아무리 섹스를 이야기해도 남녀 관계에는 꼭 이상화가 따릅니다. 아무리 과학적이고 생물학적인 시대가 되어도 인간은 이상화 단계를 반드시 거칠 것입니다.

도정일 옛날에도 신들은 인간에 대해 놀라워하면서, 왜 인간은 고개를 들어 하늘을 보는가라는 의문을 가졌습니다. 물론 지금 사람들은 좀체 하늘을 보지 않습니다. 돈 떨어지지 않나 쳐다보는 경우를 제외하고는.

김우창 뭔가 밝은 것, 이상적인 것에 대한 지향이 인간과 인간 사회의 여기저기에 숨어 있습니다.

도정일 현대 예술에 오면 이상의 지향보다는 어떻게 하면 더 낮은 곳으로 내려갈까 하는 악마적인 생각이 깃들어 있습니다. 포르노 소설의 정당성을 주장하는 논의들도 예술이 왜 반드시 "저 높은 곳으로"만을 추구해야 하는가, 이제는 "저 낮은 곳으로"가 필요하다는 의견을 제시합니다.

김우창 인간이 경탄하는 존재라는 것은 인간이 언어나 표상 속에 포착되지 않는 존재라는 뜻입니다. 성스럽고 아름다운 것, 이를테면 좋은 노래도 세 번 들으면 싫어집니다. 이는 일반적인 습관을 이야기하는 것이자 좋은 것의 존재 방식을 이야기하는 것이기도 합니다. 예술이 아래로 내려간 다는 것은 위로 오르는 것과 마찬가지로 필요한 일입니다.

　도정일　비슷한 생각입니다. 선생님이 번역한 아우어바흐의『미메시스』에는 서양, 특히 히브리적 전통에서 나사렛 예수는 가장 높은 존재가 가장 낮은 곳으로 내려간 경우이고 그래서 가장 높은 것(수블리미타스)과 가장 낮은 것(휴밀리타스)이 거기서 하나로 만난다고 말하고 있습니다. 포르노는 이 미학을 엉뚱한 용도로 쓰고 있습니다만, 예술의 힘은 그런 두 극단의 만남과 연결에 있다고 저는 생각합니다. 1960년대 비평가 존 웨인은 "신의 언어와 동물의 언어에 가까이 다가갈 때 시가 탄생한다."는 말을 남기고 있습니다.

　김우창　양쪽이 다 필요한 것이죠. 가장 중요한 것은 현실을 정확히 보는 것입니다. 현실 속에 있는 여러 요소를 정확히 파악하고, 정확히 드러내는 것이 지적 작업의 핵심이 되어야 합니다. 우리나라 사람들은 좋은 것을 너무 좋아하는 경향이 있습니다. 작가도 꼭 좋은 것을 이야기해야 한다는 강박에 사로잡혀 있지요. 그런데, 도 선생님은 리얼리즘에 대해 어떻게 생각하십니까?

　도정일　리얼리즘은 근대 소설의 발생 조건이고 이유이며 약속입니다. 소설의 발생과 리얼리즘이 불가분의 관계에 있다는 것은 늘 기억되어야 합니다. 그런데 한국에서 일정 기간 전개된 리얼리즘론은 '문제'를 더 많이 일으켰다는 것이 제 생각입니다. 우선 작품은 이렇게 저렇게 써야 한다는 식의 독선적 처방을 제시함으로써 한국적 리얼리즘론은 불행히도 작가의 상상력을 옭아매고 황폐화하는 데 기여했습니다. 둘째, 한국 리얼리즘론은 '진리 독점'이라는 고약한 동기와 논리를 갖고 있었습니다. 진리는 이것이고 리얼리티는 이것이다라고 말하는 것은 우매한 반예술적 논리입니다. 이런 경향을 저는 리얼리즘론의 관념화라 규정하고 있습니다. 그것은 플라톤식의 관념적 실재론에 더 가깝지 예술 리얼리즘이라 보기 어렵습니다. 그래서 "문제는 리얼리즘이다."라는 주장은 역설적이게도 "리얼리즘이 문제다."라는 의미에서는 옳은 주장이고, 특정의 리얼리즘을 고수해야 한다는 의미에서는 받아들이기 어려운 구호입니다. 현실 탐구는 작가에게 맡겨 두어야 합니다. 그에게 자유를 주고, 그 자유의 문학적 행사 결과에 대해서는 책임을 지게 해야 합니다. 오늘 선생님과는 이런 화두 외에 영상 서사와 문자 서사의 문제, 현 정부의 문화 예술 정책 등의 문제도 다루고 싶었는데 어느 틈에 시간이 많이 가 버렸습니다. 추후 좀 더 진지한 논의를 진행하기로 하고 오늘 대담을 마칠까 합니다. 고맙습니다.

영상 문화와 인문학의 만남

박명진(서울대 언론정보학과 교수)

김우창(고려대 영문과 교수)

사회 성완경(인하대 미술교육학과 교수)

『이미지는 어떻게 살고 있는가』(생각의나무, 1999)

성완경(사회) 오늘 이 대담의 자리가 마련된 취지는 영상문화학회 창립의 배경에 관해 밝힌 선언문[1]의 내용으로 어느 정도 가늠되지 않을까 생각합니다. 선언문에서 지적되었듯이 오늘날 점점 더 일상화되고 그 위력이 커지고 있는 영상 문화의 여러 현상과 더불어 이것이 인문학의 위기라는 문제와 맞물리면서 새로운 학제적 연구의 필요성이라는 공감대가 서서히 형성되어 가고 있다고 보입니다. 이 대담은 이 같은 현상의 내용과 그 의미를 생각해 보고 또한 학제적 연구가 가능하기 위한 기본 전제에 관련된 문제들을 생각해 보기 위해 마련된 자리라고 일단 정의할 수 있지 않을까 합니다.

김우창 이런 일이라는 것은 사회하는 분의 조형물이니까, 사회하는 분 솜씨대로 참석자인 우리는 가만히 있는 게 하나의 방법이겠죠.

성완경 동의합니다. 가급적 편안하게 물 흐르듯이 그렇게 따라가 보기

---

1 선언문 「영상문화학을 위하여」 참조.(게재지 주)

로 하죠.

박명진 여기 참여하고 있는 분들의 학문 분야도 다양하고, 여기서 영상이라고 포괄하고 있는 것도 너무나 넓기 때문에 정돈되고 체계화된 토론은 어려울 것 같습니다. 제가 부탁드리고 싶은 것은 이야기할 수 있는 것다 이야기하고 나머지는 정리하시는 분이 맡아 주시면 어떨까요?

영상/이미지의 정의

김우창 현재 진행되고 있는 이런 영상 문화 제 현상에 대한 주목과 학제적인 연구의 필요성이 제기되었다는 사실 자체가 무엇을 뜻하는가, 왜 그런 게 생기게 되었는가, 이에 대한 이야기부터 시작하는 것이 좋으리라 생각되네요.

박명진 그 이야기 전에, 제가 오래전부터 머릿속에 가지고 있으면서 아직도 풀지 못한 문제가 하나 있거든요. 그런데 마침 이런 학회를 만든다고 그러니까, 그 숙제가 우선 풀려야 하겠다는 생각이 듭니다. 그것은 영상, 이미지에 대한 정의입니다. 저널리즘에서 말하는 영상이라는 것도 그 개념이 모호하고, 영상문화학회 주요 회원들의 글도 주의 깊게 봤는데, 거기에도 영상에 대한 뚜렷한 정의가 없는 것 같아요. 영화나 매체 영상뿐만 아니라 모든 종류의 영상 이미지를 포괄하는 굉장히 외연이 넓은 개념인 것 같아요. 그런데 영상(映像)은 빛 '영(映)'자를 쓰는 단어입니다. 실제의 모습을 빛의 작용을 통해서 복사해 낸 상을 말하는 것이죠. 그런데 빛 '영'자에 영상에 포함되는 것들은 사진, 영화, 비디오 등입니다. 회화, 조각, 건축, 만화, 그래픽 디자인 등은 포함이 안 됩니다. 화상, 형상, 도상 등의 용어로 불립니다. 그리고 비디오를 통하더라도 실제의 상을 빛의 작용을 통해서 복사해 낸 것이 아니고 만화 영화같이 그림으로 그린 화상을 기계 작용을 통해 복사해 낸 경우에도 엄밀히 말하면 영상이라고 부를 수 없겠지요. 도표, 도식, 청사진 같은 것도 영어나 불어에서는 영화나 사진과 마찬가지로 이미지(image)라는 용어로 포괄되는데 우리말에는 그것을 다 포괄할 수 있는 용어가 없습니다. 그래서 영상학회라는 명칭으로 학회를 창립하고자 한다면 혼동을 피하고 학회의 학문적 대상을 명확히 하기 위해서도 이 문제에 대해서는 좀 짚고 넘어가야 되지 않을까요? 서양 말의 이미지처럼 다 포괄할 수 있는 용어를 찾을 수 있다면 좋겠고, 그렇지 않다면 이걸 어떻게 차별화해야 할 것인지 논의가 되어야 할 것 같아요. 제가 영상 커뮤니케이션을 가르치면서 실제 부딪쳤던 문제입니다.

김우창 용어나 개념은 사람들이 쓰면서 정의되는 것이 아닐까요. 영상이란 원래 좁은 의미를 가졌어도 여러 사람이 이 이야기를 하는 사이에 다른 뜻으로 쓰인다면 확장된 의미를 가지겠지요. 일반적으로 영화라든지 시각 매체를 이야기할 수도 있지만 우리 생활에서 시각 현상이 굉장히 중요해지는 사실도 포괄할 수 있지 않겠습니까? 그러니까 정치인들이 이미지 관리를 한다든지 대통령이 텔레비전에 출연할 때 얼굴에 분을 바르고 나온다든지, 이런 것까지도 시각 현상이 인간 생활과 우리의 사회에서 매우 중요해진다는 뜻이기 때문에, 그런 것들이 우리의 문화나 사회 심리에서 뭘 나타내느냐 하는 것과 연결돼 있을 겁니다. 또 만화가의 그림이라든지, 색채라든지, 영화라든지, 시각적인 것을 매체로 사용해서 자기 표현의 수단으로 사용하는 것들, 이 모두가 다 연결된 현상이기 때문에 영상이라고 하고, 그런 것들을 다 취급하기 시작하면 영상이란 단어의 의미가 달라지면서 정의될 것 같습니다.

박명진 기존에 사용하던 용어가 없다면 그렇게 될 수도 있겠지요. 하지만 출발점에서 이미 화상, 도상, 형상 등 사용해 온 용어가 있는데 그것을 무시하고 영상에 모두 포괄해서 사용하자, 그러다보면 의미가 확장되게 되는 것 아니냐는 생각은 엄밀한 용어 정의가 요구되는 학문 영역에서는 위험한 발상일 수 있지 않을까요? 앞으로 영상이란 말을 그렇게 포괄적으로 사용할 수도 있겠지만, 그러려면 최소한 관련 학자들(국어학자 포함) 간에 그 같은 사용을 정당화할 수 있는 논리의 개발과 유권 해석이 선행되어야 할 것입니다.

김우창 이미지라는 말이 어느 정도 익숙해진 말이지만, 도상이라든지 하는 말처럼 한자어를 만들어서 쓸 수가 있습니다. 영상도 그렇고 심상(心象)도 그렇지요. 상도 한자로 쓰면 여러 가지 상이 있지요. 인상(印象)이라고 할 때 쓰는 상(象)도 있지만 사람 인(人) 변이 붙은 상(像)도 있고 양상(樣相)이라고 할 때의 상(相), 영어로 'aspect'도 있지요. 우리말은 한자 한 글자만을 가지고 표현하는 것을 싫어하는 언어이기 때문에, 익숙해진 것이 영상이니까 그것을 사용하는 것인데, 사용하는 사이에 여러 사람이 그 문제에 대해서 이야기해 나가면 의미는 확대되고 포괄적으로 이미지란 뜻도되는 것이 아닌가 하는 생각이 드네요.

몸과 이미지

성완경 현대인들은 폭넓게 말해 시각 문화 안에서 살고 있습니다. 시각 언어적·시각 미디어적 전달 형식이 생활에서나 예술에서나 점점 우위를 차지하고 있는 현실 속에 살고 있습니다. 꼭 시각적인 것만이 아니라 시청 각적, 그리고 공감각적인 것까지 포함해서요. 그런데 이와 더불어 몸의 중요성이 커졌다고 할지, 외계의 사물하고 몸 사이의 긴밀한 관계랄지, 몸의 의미가 새롭게 주목되고 있지 않나 생각됩니다. 비유하자면 마치 자동차

운전할 때 운전자가 시각적 사실만 논리적·추리적으로 파악하여 대응한 다기보다는 핸들이라든지 자동차 자체가 몸의 연장(확장)이듯이 그렇게 한꺼번에 몸으로 상황 판단을 하며 재빨리 대응하는데, 마치 이것에 비유될지 모르겠습니다. 몸이 따라가지 못한다거나 또는 이와 반대로 몸으로 반응한다, 몸이 움직인다 이런 식의 문제가 중요해지고 있습니다. 이처럼 몸의 확장으로서의 사고, 몸으로 느끼고 몸으로 반응하는 식의 지각과 사고와 행동 양식이 점점 두드러지고 있지 않나 생각되는데요, 이런 점이 일상에서도 느껴지고 또 예술에서도 대중문화 속에서도 더욱 두드러지고 또 때로는 의도적으로 추구되고 있다고도 느껴집니다. 물론 몸의 문제는 단순한 것이 아니어서 간단히 얘기될 수 있는 것이 아니라고 봅니다만, 이런 현상에 대해서도 이 자리에서 얘기가 좀 되면 좋지 않을까 생각합니다.

김우창 현대의 특징 가운데 하나는 몸의 시각화와 객체화 현상입니다. 가령 결혼의 조건으로 예전에는 얼마나 건강한가, 맏며느리감인가라는 것이 중요시되었으나 요즘에는 인물이 잘나야 된다, 미인형이다, 영화배우 같이 생겼다, 하는 것이 중요시된다는 것 자체가 말하자면 몸이란 일정한 게 아니고 사회적으로 정의된 건데, 말하자면 시각화된 육체를 중요시하게 된 거지요. 우리 몸은 실제 파악할 때 별로 의식되지 않는 존재, 불투명한 존재인 것에 대해 객관화해서 파악하게 되었습니다. 이런 것이 카메라, 광고, 영화, 선전, 미디어를 통해서 확산되는 것 같습니다.

박명진 몸에 대한 사회적 관심이 증가하고 있는 현상은 시각 미디어를 통해 육체라는 것이 시각화, 객체화되어 확산된 덕이라기보다 육체의 사회적인 이해가 변해서 육체의 개념이 재구성되고 있기 때문이라고 보는 게 옳을 것 같다는 생각도 듭니다. 미디어에서 몸의 표상이 늘고 있는 것은 그런 현상의 반영이 아닐까 싶어요. 김우창 선생님은 몸의 객체화를 말씀하시는데 제가 생각하기에는 육체가 객체화되어 가는 상태가 아니고, 점점 주체화되어 가는 변화가 아닌가 하는 그런 생각이 들거든요.

성완경 얘기가 흥미 있는 지점에 들어선 것 같습니다. 앞서 제가 최근에 더욱 두드러지는 현상으로 공감각적인 인지 방식, 시청각이자 공감각적·다감각적인 전달 방식과 사고방식 이런 것들이 강화되고 있는 경향에 대해 잠시 말씀드렸는데, 사실 이 점도 시각화된 육체라고 방금 말씀하신 육체의 사회적 이해 방식의 변화를 떠나서 이야기하기 어려운 점이 있는 것도 사실입니다. 일단 현상적으로 보면 시각 문화의 우위와 더불어서 몸의 우위, 그리고 공감각적인 것들이 드러난 지점을 주목하면서 그 의미를 살피는 문제일 텐데요.

박명진 시대적인 변화를 단지 시각화된 육체라는 의미에서 바라본다는 것은 소극적인 태도가 아닐까요? 항상 육체라는 것은 이성과 정신에 억눌려 부정되는 그런 위치에 있었던 것은 아닐까요? 그런 의미에서 객체화되는 육체가 아니라 육체가 주체화되고 있다는 징후 같은 것들이 보이는 것 같아요.

김우창 저는 영상에 대해서 긍정적이라기보다는 부정적 관점에서 말씀을 드립니다. 영상과 시각 문화, 육체와 육체의 변형에 대해서 관심이 많은 것은 우리나라 같은 청교도적 유교 문화와 관련 있는 것 같아요. 육체 억압의 문화 안에서 육체의 해방에 대한 관심이 있었기 때문에 이에 대한 관심이 확대되는 것입니다. 다른 한쪽으로는 그러한 육체 해방에 대한 감각이 결국 우리 사회 구조에 의해서 다른 방향으로, 즉 육체가 객체화·시각화·상품화되는 쪽으로 흐르게 된다는 말이죠. 이것은 성(性) 문제도 마찬가지입니다. 성 해방의 가능성을 생각할 수 있지만, 대개 그것은 사회가 가능하게 하는 해방의 형식 속에서 완성되기 때문에 성 해방의 추구는 결국 그 사회에서 주장하는 성적인 해방의 형식을 취하게 됩니다.

가령 자유로운 매춘이라는 형식이라든지, 요즘 같은 성 자유 형식 속에서 성 충동이 해방되는 경우 오늘날의 자유로운 성관계라는 것은 정말 주어진 성관계가 아니고, 사회 구조 속에서 정의되는 것이기 때문에, 성 해방을 추구하는 사람은 오늘날 사회 구조 속에서 정의되는 형태도 해방감을 느끼게 됩니다. 육체나 시각의 문제에 있어서, 시각적으로 달라지는 육체에 대한 관심을 갖는 것도 단일화된 억압적 문화로부터 나온 자연스러운 충동이며 그 충동이 해방을 경험하는 것은 오늘의 상업 문화의 형태 속에서 이루어지는 것입니다. 그러니까 가치를 부여하기 전에는 진정한 해방이라고 하기도 어렵고, 또한 해방이 아니라고 하기도 어렵습니다. 매우 알쏭달쏭한 사회적인 과정과 인간의 육체에 대한 자기 인식을 복잡한 사회적 관계 속에서 이해하는 게 옳다는 생각이 드네요. 긍정도 부정도 하기 어려운 그런 유동적인 이해를 갖는 게 옳다는 생각입니다.

육체의 시각화/성의 해방과 상업적 메커니즘

박명진 그런데 결국 상업적인 메커니즘이 성 해방이라든지 육체의 시각화에 결정적인 역할을 한 것이라는 말씀이신가요?

김우창 배고픈 사람이 음식을 찾는 것은 너무나 자연스러운, 문화적 제약을 넘어서는 욕구이지만, 그 음식에 대한 욕구가 만족되는 것은 어느 사회에서 제공하는 음식의 형태로 바뀌어 만족하게 된다는 얘기지요. 그러한 음식을 먹는 것이 인간 해방을 의미하느냐, 인간이 느끼는 식욕의 가장 완성된 형식을 의미하느냐 하는 것은 전혀 다른 문제입니다. 식욕이 참다운 인간 행위이기도 하면서 또 동시에 문화적 행위도 되는 것처럼, 성과 육체도, 다른 이야기가 없이, 결국 거기에다 육체의 확장이나 해방, 육체의 긍정적인 주체화와 같은 가치 부여적인 말을 사용하기는 어렵습니다.

박명진 일단 선생님의 말씀은 현재 관찰되는 육체의 해방, 성 해방에 대한 추구가 유교 전통 사회의 억압적 문화로부터 분출되는 해방에 대한 욕구 때문이고, 이런 것들을 상업 문화가 결국은 육체의 상품화, 시각화라는 형식으로 제공하고 있다는 요지이신가요?

김우창 그것은 사회와 개인 충동과 욕망의 다이내믹 속에서 이해되어야지, 좋다 나쁘다 이야기하기 어렵다는 얘기죠.

박명진 조금 추상적이기는 하지만 성의 해방, 다양한 방식의 육체의 해방은 감각의 해방이라고 봐야 되지 않을까 합니다. 감각 자체는 유교 전통에서뿐만 아니라 서양 전통에서도 마찬가지였다고 생각됩니다. 물론 정도의 차이는 있겠지만요. 감각이 항상 부정되고 억눌려 왔었고 가치 없는 것으로 여겨졌기 때문에, 기존의 사고 체계가 해체되어 가고 있는 시기에 감각 역시 해방의 물결을 타게 된 것이 아닌가 그런 생각이 드네요.

김우창 감각의 해방 자체보다도 그것이 어떠한 형태를 취하느냐가 중요하다고 생각해요.

박명진 저는 감각의 해방 징후를 분명히 나타내 보이고 있는 것이 영상 문화의 확산이라는 형태를 취하고 있다고 생각합니다. 영상 문화란 것도 범람이라는 말로 이해하면 좀 부정적으로 생각이 될 것 같은데, 영상 문화의 확산이 감각의 해방과 굉장히 밀접한 관계가 있다고 생각합니다. 영상 언어라는 것이 결국은 대단히 감각적인 논리를 요구하고 있으며, 문자 언어가 요구하는 것과는 전혀 다른 차원의 논리,(논리라고 말로 표현할 수 있을지 모르겠지만 거기에 대해 누구도 아직까지 이름을 밝히지도 않았고) 감각의 논리와 참 유사하다는 생각이 들어요.

감각 작용과 인식 작용

김우창 가령 감각이란 것이 의미를 갖는 것은 간단히 이야기해서 두 가지인데, 하나는 마음속에 있는 본능 세계, 즉 관능과 관계되기 때문에 관능이 자기 표현을 이루고 자연스럽게 발전하기 위해서는 감각도 자연스럽고 자유로워야 합니다. 감각의 중요성은 감각이 외적 생활에 대한 하나의 징표이기 때문이기도 하지만, 또 인식적인 면에 있어서 객관적 사물 인식의 징표이기 때문입니다. 감각이 자유로워야 주어진 객관적 대상을 자유롭게 인식할 수 있습니다. 감각이 통제되어 있으면 무엇이 고체인지 액체인지 알기 어렵죠. 감각이 선입견에 의해서 움직인다면 곤란하죠. 감각은 여하튼 철학적으로 말해서, 수용 능력과 감수성에 관계되어 있기 때문에 중요하죠. 다시 말해서 감각은 우리 관능적·본능적 생활과 연결되어서 중요하고, 또 객관적 세계에 대한 인식의 기본적인 장으로서 중요한데, 감각이 해방됐을 때 그것은 오히려 인간 생활에 나쁜 영향을 가져올 수도 있습니다. 그러니까 자기 안에 일어나고 있는 여러 가지 본능으로부터 분리된 감각의 고양, 객관적 진리나 진리 의식에서 벗어난 감각의 고양, 이런 것들은 상당히 인위적인 성격을 갖습니다. 환각 마약에 의한 환각 작용, 술에 의한 도취 작용 등도 마찬가지지요. 우리가 알고 있는 오늘날 감각으로부터 해방도 가치 중립적으로 봐야 한다고 생각합니다. 감각의 자유라는 것이 인간 자유의 한 부분을 이루기는 하지만, 또 인간의 다른 측면 진리에 대한 관계, 자기 내면 생활에 대한 관계로부터 분리된 감각의 항진이라는 것이 왜 일어나는가, 내면 생활이나 진리 인식과 분리된 감각이 왜 일어나느냐 하는 것은 사회적으로 설명될 수밖에 없습니다.

박명진 선생님께서 감각에 대해 굉장히 좋은 말씀을 해 주셨습니다. 그런데 제가 이 감각의 해방이라고 말했던 것은 데카르트 식의 인식 방법이 요구하는 그런 억압적인 인식의 형태로부터의 해방이란 의미죠. 감각적 인식 자체가 배격되는 로고스 중심적인 인식 방법이 가치 있는 것처럼 여겨졌고, 수세기 동안 서양을 중심으로 해서 상당수 인류의 정신 세계를 지배해 왔었다는 그런 의미였어요.

김우창 글쎄, 우리에게, 즉 한국에서 데카르트적 인식의 지배가 있었다고 할 수 있을까요?

성완경 여기서 포괄적 중간 정리도 할 겸 잠시 일반적 문제로 돌아가서, 영상 문화라는 것이 왜 지금 중요하게 되고, 그런 현상들 중 이야기되어야 할 중요한 현상이 무엇인가, 다시 한번 뒤로 돌아가 이야기를 하다가 이 문제로 돌아오면 어떨까 합니다.

박명진 우선 우리가 커뮤니케이션 수단으로 영상에 굉장히 많이 의존하고 있고 그 의존도가 점점 증가하고 있기 때문에 일단 관심을 가질 수밖에 없는 것이 아닌가요? 그 이전에 현대 사회에서 영상에 대한 의존도가 높아지는 이유에 대해서 생각해 보아야 할 것 같습니다.

김우창 영상 문화 현상과 관련하여 세 가지 정도 지적할 수 있을 것 같아요. 하나는 영상이 이렇게 부상하는 것은 감각적 경험 해방에 대한 갈구가 우리 사회, 세계, 다른 사람들에게 있기 때문에, 하나는 그 감각의 해방을 상업적으로 이용할 수 있는 가능성이 커졌기 때문에, 또 하나는 더 근본적으로 돌아가서 인간이 세계를 이해하는 데 있어서 세계를 객관화하여 이해해야 한다는 것은 필연적인 요구이기 때문에 그렇다고 할 수 있겠죠. 그런 객관화 수단에서 가장 기본적인 것 중의 하나가 영상화하는 것이지요. 그림이라고 하는 것을 우리는 예술이라고 이야기할 수 있지만, 인간이란 동물의 인식적인 요구란 관점에서 본다면 그것은 대상화하기 위한 하나의 방법 중의 하나입니다. 대상화란 것은 주어진 세계를 일정한 지식과 단순화 속에서 파악하려는 결과이지요. 그림은 실제 체험보다 더 간단하고, 사진도 실제 체험이 굉장히 단순화된 것이지요. 그래서 다른 모든 인식 작용과 마찬가지로 시각 작용과 그것의 객관화라는 것은 인간에게 적용될 때 문제가 생기지 않을 수 없습니다. 인간이 가진 근본적인 욕구 중의 하나가 주체적인 삶을 살고자 하는 건데, 인간의 육체 자체가 시각화되고, 객관화되고, 객체화된다는 것은 문제 있는 일입니다. 사물에 대해서도 시각적으로 파악한다고 하는 것은 우리에게 필수적이고 예술적으로 향수를 주는 계기이면서, 동시에 그러한 예술과 인식은 단순화의 일종이고 도식인데, 현실 자체나 실체 자체와 혼동하는 것은 늘 위험성을 가지고 있는 것입니다. 영상이라든지 객관화라든지 인식이라든지를 일정한 거리를 가지고 문제의 성격을 생각하는 사람들이 꼭 필요하다는 생각이 듭니다. 결국 좋다 나쁘다 하는 것보다도 사람의 욕구와 우리 사회와 역사 속에 일어나는 욕구와 상업적 이윤 추구와 이런 것들이 연결되어서 영상에 대한 관심이 많이 일어난다고 볼 수 있습니다.

성완경 김우창 선생님 말씀 듣다 보니까 1970년대 말이었나요. 후기 산업사회 속의 이미지 문화라 할지 그런 것에 주목을 하려는 의도로 《시각과 언어 1: 산업 사회와 미술》이라는 무크를 펴냈던 생각이 납니다. 그 당시 선생님께서 「산업 사회의 미학과 인간」이란 좋은 글을 기고해 주셨지요. 바로 그 글에서도 이런 주제가 설득력 있게 다루어져 대단히 인상적이었던 기억이 납니다. 지금 그 산업 사회와 미학이라고 하는 관점에서 봤을 때, 이제 벌써 20년 전이 되었는데요, 오늘의 이미지 문화의 상황이 최근 어떻게 다른 조건을 만들고 있고 그 속에 인간 가치라는 문제가 어떤 식으로 조망되어야 할지 새삼 다시 생각해 봐야 할 것 같습니다. 그런데 지금 선생님 말씀을 들으면서 제 자신부터 이 문제에 관해 생각하는 방식의 변화를 다소 느끼는데요. 물론 선생님이 지적하신 대로 이미지 또는 영상 문화가 자본주의 사회에서 더 많은 스펙터클을 제공하고 더 많은 영상 소비를 하게 하면서 사회를 기율화하고 조절하는 기제로서, 권력 관계에 작용하고 있는 점은 엄연한 사실이라고 생각됩니다.

그러나 선생님 말씀 중 마지막 대목에서 이미지란 것은 이 세계의 객관화, 인간의 대상화, 질서 등 단순화시키는 일에 더 관계된 것처럼 들렸습니다. 그런데 제가 조금 전에 변화된 것 같다고 느낀 건 다른 쪽에서 보면, 가령 비디오 아트의 경우를 예로 들어 보면, 물론 작가와 작품에 따라 많은 차이가 있긴 합니다만, 그래도 상당수 작품에서 비디오 테크놀로지가 단순히 시각적 임팩트, 매혹을 주는 차원에 머물지 않고 이를테면 문학적·서사적인 것과 함께 얽혀 우리가 숨을 쉬고 명상하게 한다 할까, 깊은 정신성이나 철학적 화두를 갖도록 해 주는 작품도 있고, 때로는 아주 지적이고 도덕적인 시각에서 문화적·정치적 쟁점 같은 것을 갖도록 해 주는 작품도 있음을 알고 놀라게 됩니다. 이런 작품들은 세계와 인간을 단순히 객관화·대상화시킨다기보다, 오히려 이 같은 단순화에 대한 저항의 가능성에 더 관련되는 사례인 것처럼 보입니다. 비디오 테크놀로지 그 자체의 위력적 현시보다는 훨씬 유연하게 다른 것과 혼합되면서 또 다른 많은 것을 만들어 나가는 것처럼 느껴집니다. 비단 비디오를 사용하는 예술 영역에서만이 아니라 사회 전체의 많은 현상, 영상 테크놀로지를 사용하는 다양한 방식 속에서 그와 비슷한 것들이 병발해서 동시진행되고 있지 않은가 하는 느낌이 들 때도 있습니다. 이렇게 보면 영상 문화는 한편으로는 세계를 굉장히 단순화하고 상품화하고 대상화·객체화하고 조절하고 하는 것이지만, 또 어떤 경우에는 이런 일반적 경향과는 다른 의외의 방식으로, 매우 풍부한 방식으로, 이 세계와 교섭을 하고 대응한다는 그런 생각이 들기도 합니다.

역사적으로 살펴본 영상의 역할

김우창 영상 문화에 대해 부정적으로 이야기하려 한 것은 아닙니다. 그 전의 고정화된 영상에 비해서 새로운 영상이 해방적 기능, 말하자면 해체적인 기능을 하는 것은 사실이지만 해체적 기능을 하면서도 그것은 또 새로운 프로그램을 가지고 있기 때문에 해방적인 지평을 넓혀 나가면서 동시에 새로운 패러다임, 시각적 패러다임에 묶어 놓는 역할을 합니다. 그래서 해방적인 동시에 자유 억압적인 면도 가지고 있어, 사람이 그런 수단으로 정말 자유로워질 수 있느냐 하는 데 대해 의구심을 갖고 있습니다.

박명진 저도 김 선생님의 의견에 공감하면서, 영상이 궁극적으로 인간을 해방시켜 줄 것이라고는 믿지 않습니다. 다만 데카르트적인 이분법적 사유 방식으로부터 벗어난다는 의미에서는 해방적 측면을 가지고 있다는 생각입니다.

김우창 앞서 영상 문화에 대해 부정적 이야기를 많이 했지만, 그것보다는 문제적인 것으로, 여러 가지 가능성을 갖는 중립적으로 보는 것이 좋다는 생각을 가지고 있습니다. 영상 문화가 팽창하는 이유 중의 하나는 상업적 이유도 있고 인간의 욕구도 있지만, 민주화하고도 관계가 있다고 생각해요. 상업적 수단이 민주화의 수단이 되기도 하고, 영상이란 것은 일종의 전달 매체로서 모든 사람에게 접촉하기 쉬운 것 중에 하나죠. 추상적인 그림이나 영상도 있습니다만, 민중적 취향으로 가장 접근하기 쉬운 것 중의 하나가 영상이라고 볼 수 있습니다. 영상매체는 산업적인 근원을 가질 수 있지만, 동시에 많은 사람들에게 해방의 기회와 새로운 경험을 가능하게 하는 기회를 주기도 합니다. 그래서 민주화하고도 깊이 연결되어 있다고 생각하며, 때문에 일률적으로 얘기하기는 어렵다는 생각이 들어요. 그리고 옛날부터 서양의 성화(聖畫)나, 우리나라의 불화(佛畫)는 글을 모르는 사람들을 위한 교육용이었습니다. 그러니까 글씨라는 전달 매체, 사고 수단 이전에 민주적인 성격을 가진 게 영상이거든요. 또 여러 가지 역사적 근원으로부터 확인할 수 있지만, 요즘에 와서도 민주적인 욕구가 많아지고 사회가 더 평등화되는 부분과 연결된다고 말할 수 있습니다.

성완경 르네상스 이후 17~18세기의 목판 삽화, 일러스트레이션 그림 등이 지식의 확장, 지식의 대중적 공유에 큰 기여를 했지요.

김우창 그 이전에 종교화도 해당이 되지요.

성완경 그렇죠. 다만 르네상스 이후 의학, 산업, 천문, 지리 등 여러 영역에서 기초 과학적인 지식을 확장하는 데 이미지가 비주얼라이제이션(visualization), 곧 시각화의 수단으로 사용되었고, 이 같은 시각화가 곧 지식을 확장하고 부르주아의 지식 권력을 획득하고 강화하는 데 중요한 기능을 했지요. 그 이후에도 19세기에 석판술의 보급, 사진의 발명과 그 광범위한 사용, 19세기 말 사진 제판술의 발전, 그리고 이런 미디어를 활용한 대중적인 신문 잡지의 등장, 특히 일러스레이티드 뉴스페이퍼(화보 신문)라든지, 그림이나 사진이 들어 있는 여행기의 출판, 삽화가 들어간 각종 교본, 백화점의 상품 카탈로그, 광고 등 다양한 이미지 인쇄물들의 범람 등으로 이어졌죠. 이런 사실은 근대성의 형성과 이미지의 상호 의존 관계를 나타내는 상당히 중요한 부분인 것 같아요. 오늘에 와서는 전자 영상과 컴퓨터 등에 의해서 이런 측면이 더욱 강화되면서 새로운 국면에 들어서고 있다고 할 수 있겠지요. 그래서 이런 측면에서 본다면 지금 우리가 이야기하는 영상이라는 것은 미디어와 불가피하게 연결되고, 특히 최근에 더욱 두드러지고 있는 현상으로 과학 기술에 대한 사람들의 의존과 신뢰, 과학 기술이 초래하는 변화에 대한 기대와 의존이 커지고 일상화되면서 과학 그 자체가 갖는 권위, 일종의 과학 문화적 이데올로기에도 불가피하게 연결되고 있다고 보입니다.

이제 영상에 관해 말하면 자연히 미디어라든가 예술과 테크놀로지 문제, 과학 문화 등의 주제가 따라나오게 되어 있고, 아울러 이 같은 새로운 과학 문화적 환경, 과학 우위적 환경 속에서 예술의 의미와 역할, 몸의 의미, 영상의 시학과 그것의 이데올로기적인 작용, 또는 정치적 기능 등의 문제가 새로운 차원에서 검토될 것을 요구하고 있다고 보입니다. 사실 이렇게 서로 맞물리는 여러 양상들이 중요하고도 흥미롭게 관찰되어야 한다는 생각이 듭니다. 이 점에서 영상과 짝이 되는 또 하나의 문화론적·비평적 화두로서 과학 문화 지배 시대 그 자체를 주목해 볼 필요도 있을 것입니다.

영상은 과연 대중적 언어인가?

박명진 한 가지 쉽게 납득이 안 가는 것은 영상(화상을 포함한 포괄적 의미)이 과연 민주적인 언어인가 하는 점입니다. 저는 반드시 그렇다고 생각하지 않습니다. 영상을 매우 단순하게 사용할 경우, 누구에게나 접근하기 쉬운 언어이지만, 더 복잡하게 사용하기 시작하면 문자 언어의 경우와 마찬가지로 아주 쉬운 내용의 것도 있지만 전혀 접근하기 어려운 그런 것도 있습니다. 영상은 어떤 의미에서 지식을 대중화하고 민주화했다고 볼 수 있는 측면이 있으나, 대체로 기능적인 이유에서 영상을 사용했던 것 같습니다. 중세나 봉건 시대에 종교적 교화를 목적으로 한 교회나 사찰의 종교화, 산업 혁명 과정에서 노동자들을 위한 작업도 같은 단순 도표 같은 데서 볼 수 있었던 영상 사용을 민주적 사용이라고 볼 수 있을 것인지요. 언어라는 것은 정보를 전달받는 수단으로서만이 아니라 정보를 전하고 의사를 표현할 수 있어야 하는데 문자라는 것은 배우면 곧바로 읽는 것뿐만 아니라 쓰기를 통해 의사 전달과 자신의 의사 전달을 위해 사용할 수 있었지만, 영상은 그렇지 못했습니다. 누구나 그림을 그릴 수는 있었지만, 영상은 독자적으로는 의미 전달이 매우 어려운 언어였기 때문에 재능이 있는 사람이 아니면 표현 수단으로 사용하기는 어려웠지요. 또한 정작 영상이 지식 확장의 수단으로 사용되었다고 볼 수 있는 학술적 사용이나 대중 매체에서의 사용은 19세기 후반부터 아주 서서히 시작된 것이었습니다. 영상의 대중적 생산이라는 것은 상당 기간 동안 굉장히 값비싼 거였어요. 오히려 문자는 인쇄술 발명 이후에 굉장히 많이 확산되고 쉽게 접근할 수 있는 그런 텍스트가 됐지만, 영상은 20세기에 들어와서도 한참 후에야 옵셋 인쇄기가 개발되었고 신문에서도 한참 후에 이미지를 사용하기 시작했습니다. 처음에는 그려가지고 쓰다가 사진 옵셋 기술이 나오기 시작한 것이 20세기 초반이었고, 20세기 중반에야 비로소 확장되기 시작했으므로 영상이 실린 신문이 절대로 싸구려 텍스트가 아니었습니다. 그 반대로 굉장히 비싼 거였기 때문에, 영상의 사용이 자동적으로 민주적이고, 가난하고 글 모르는 사람들에게 교화적인 역할을 했다는 생각은 재검토되어야 하지 않을까요? 영상의 대중적 확장은 문자의 보급이 상당 정도 실시된 이후, 이미 문자가 지식의 대중화에 지배적인 역할을 하기 시작한 연후에 시작되었다는 사실에 주목해야 할 것 같습니다. 이미지의 양면을 보는 것이 중요할 것 같아요.

김우창 보통 사람이 영상 이미지를 가지고 있지 않기 때문에 비싼 거니까 바로 상업적인 여지가 굉장히 생기기도 하겠지요. 그러나 대중 사회에서 지금 비디오 카메라, 만화, 그래픽 등은 전체적으로 접하기 쉬워지고 또 만들 수도 있습니다. 사실 비싸다는 것, 이것도 한마디로 이야기하면 안 될 것 같아요. 역사적으로 봐야지요. 그러니까 개인 콜렉션이 생기고 또 그것이 좀 발전해서 미술관이 생기고 이런 소유의 과정에서는 이미지가 비쌌습니다. 보통 사람은 사진으로 복사된 그림이 아닌, 진짜 미술품을 소유할 수 없었죠. 그러나 영상의 사용은 즉, 향수의 과정에서는 대중적이고 공유적인 성격을 갖고 있습니다. 그러니까 서양에서 벽에다 조각을 한다든지 우리나라의 경우에는 절 벽에다 붙여 놓는 그림을 그린다든지, 이 모든 것은 공유물이었기 때문에 굉장히 비싼 것은 아니었고, 그것이 민중 교화의 수단이었던 것입니다. 보통 사람도 글씨는 연구해야 했지만 그림은 눈만 뜨면 보이는 거니까요.

그러나 어떤 경우에나, 마르크스주의식으로 말해서 영상 매체가 지배 계급의 소유물인 것은 사실이지요. 결국 생산 수단을 가지고 있고, 이념 기구를 가지고 있는 사람들의 손에 들어 있을 테니까요. 교육 도구라는 것도 그런 관점에서 이야기될 수 있는 것이겠지요. 그러면서 그것이 눈을 뜨기만 하면 보이는 자료를 사용하는 것은 사실이지요.

박명진 그런 것도 있지만, 전혀 그렇지 않은 것도 있습니다. 그러니까 이미지를 우리가 말하는 빛 영(映) 자 영상이나, 그렇게 실제 형상을 거의 그대로 복사하는 그런 수준의 영상을 말한다면 그 말씀이 맞는데, 이미지를 분류할 때 열세 가지 수준의 이미지가 있거든요. 지금 우리가 얘기하고 있던 영상이라는 건 1도, 2도, 3도 정도예요.

김우창 제가 말씀드리는 것은 영상을 깊이 들어가면 복잡하지만, 영상이라는 것은 눈에 보이는 것을 그린 것이고, 대중 교화의 수단으로 사용하기에 편리하다는 거죠. 그러니까 어떻게 생각하느냐는 것은 별개의 문제고, 감각적 체험이라는 것은 직접성을 가지고 있기 때문에 그게 미학의 특히 어려운 문제죠. 미학 체험이라는 것은 여러 가지 복잡성을 가지고 있으면서 감각 속에 움직이고 있다는 것이 미학의 절대적인 사실 중의 하나인데, 귀로 들으면 쇤베르크 아닌 별 어려운 음악도 다 들리게 되어 있죠. 그걸 어떻게 해석하느냐는 것은 별개의 문제지만, 감각적 체험으로서 모르는 사람에게 직접적으로 전달될 수 있는 가능성을 가지고 있는 것이 영상입니다.

박명진 이해 못하면 어떻게 전달이 되죠? (웃음)

김우창 그것을 이해할 수 있도록, 전달하는 사람이 맡아서 조종 해석하죠. 예술 활동은 복잡한 것이면서 또 알든 모르든 직접적으로 호소할 수 있는 바탕을 다 가지고 있기 때문이지요. 그 차원에서 대중적 특성을 가지고 있는 게 영상 매체고, 모든 예술적 매체고, 심미적 매체죠.

박명진 그러니까 영상을 폭 좁게 정의한다면, 선생님의 말씀이 맞습니다. 그런데 건축 설계 도면이나 통계 도표도 영상이라고 본다면, 그건 눈만 가지고 다 이해할 수 있는 것이 아니거든요. 그러니까 이해 못하면 눈으로 보았다고 해도 무슨 소용이 있겠습니까? 그것도 문제에 못지않게 배워야 알 수 있다는 얘기지요.

김우창 예술은 감각을 취하고, 감각이라는 것은 누구나 가지고 있기 때문에 일단 모든 사람에게 열려 있는 거죠. 그 점에 대해서 글씨라든지 무슨 상징이나 기호라든지 그런 것들을 판독하려면 공부해야 돼죠.

박명진 그런데 수학에서 포물선, 여러 가지 도식 도표도 다 영상 영역인데, 그건 정말 다 우리가 공부하지 않으면 굉장히 이상한 것들이지요.

김우창 그러니까 초등학생, 전문가, 미술사가가 모두 피카소를 볼 수 있으면서 이해가 다르듯이, 영상도 보는 사람마다 다르기 때문에 해석의 심도가 한이 없는 거죠.

박명진 제가 말씀드리고 싶은 것은 영상 영역에는 예술이라고 우리가 정의할 수 있는 그런 부분만 있는 게 아니라 대단히 실용적인 영상 영역도 있다는 말씀이고요. 그런 경우에 일률적으로 이건 민주적이고 이건 누구나 접근할 수 있다고 말하는 것은 무리라고 여겨집니다.

김우창 다시 말씀드리면, 영상이 아니라 심벌이나 사인이라 할 수 있고, 사인의 의미는 해석하는 사람에 달려 있어요. 그러나 영상에 이런 면이 있어도 심벌적이거나 시인 체계가 모든 사람의 감각적 개체에 기초했다는 것은, 영상 매체가 언어 매체와 다르다는 점을 보여 줍니다. 모르는 사람에게 가르치는 데는 그림을 보여 주는 게 좋죠. 그건 지각 차원에서 의의가 있기 때문입니다.

성완경 영상의 복잡성의 수준이 아주 다양하며, 또 영상에도 집중적으로 다른 영역이 있다는 박명진 선생님의 말씀에 공감합니다만, 그러나 일반적으로 지금 우리가 살고 있는 세계가 비주얼라이제이션의 소통적·민주적 국면에 크게 빚지고 있는 사회라는 것만은 분명하지 않나 생각됩니다. 점점 더 고도화된 방법으로 지식 전달의 효율성이 극대화되고 있습니다. 우리가 하나의 지식 혹은 생각을 기록하고 전달하고 받아들이고 하는 과정에 있어서, 그것의 시각적인 조직화, 시각적 이미지로의 합리적·수리적 조직화의 방식이 점차 폭넓게 사용되고 있습니다. 이를테면 아까 건축 도면 얘기가 있었지만, 사업주 앞에서 건축가가 프레젠테이션할 때 그것을 3차원 시뮬레이션 방식으로 보여 주는 것처럼, 그렇게 효율적이고도 감각적인 구성을 통해서 사람들에게 빨리 전달되게 하는 그런 비주얼라이제이션의 방식이 점차 폭넓게 선호되고 있는 현상 같은 거죠. 이런 예는 무수히 더 많이 들 수 있습니다. 물론 그런 방식 자체가 디자인 혹은 이미지의 질을 자동적으로 고품질로 보장하는 건 아닙니다만. 또 비주얼라이제이션도 여러 다양한 층위와 수준이 있죠. 고도로 논리적인 거나 수리적인 것이 있는가 하면, 아이콘이나 심볼적인 것, 광고 언어적인 것, 더 많이 재현적인 것 등, 어쨌든 이런 효율성과 설득력의 측면에서 본다면 영상의 민주적 속성 혹은 적어도 시각적 소통의 민주적·대중적 속성은 무시할 수 없는 중요한 부분이 아닌가 생각됩니다.

컴퓨터 언어와 하이퍼 텍스트

박명진 아까 왜 현대 사회가 영상 문화에 (학회에서까지) 관심을 갖느냐에 대해서, 제가 처음에 말씀 드렸지만, 학자들이 왜 관심을 갖는가, 그런 학술적인 관심이 거기 왜 생겼는가 등에 대해 저도 굉장히 오래전부터 관심이 있었어요. 그런데 영상문화학회 창립 선언문을 보면 "우리가 이미지를 통한 새로운 인식론의 패러다임의 가능성을 엿보았듯이"라는 대목이 나오는데, 어떤 측면의 패러다임의 가능성을 보았는지 궁금합니다. 단지 사회적인 커뮤니케이션에서 영상에 대한 의존도가 높아졌다는 자체가 결국은 굉장히 의미 있다고 생각을 하는데, 저는 지금 우리가 분명히 굉장한 패러다임의 변화를 겪고 있는데, 그 패러다임이 뭐냐, 그리고 우리가 지금 어떤 방향으로 가고 있는 거냐, 그것을 찾아내기 위한 열쇠 중의 하나가 영상 문화에 있다고 봐요. 영상의 논리 속에서 어느 방향으로 패러다임이 변하는가를 알 수 있는 단서가 있지 않을까 하는 생각을 합니다. 어느 분이 이 책에 쓰신 것을 보면 영상을 시각적인 언어로 보고, 텍스트 위에만 머물러 있지 말자는 얘기를 하셨는데 오히려 전 반대 얘기를 하고 싶습니다. 영상 언어가 뭐냐 하는 것에 우리가 좀 더 깊이 천착해야 된다고 생각하는 것이, 영상의 논리(영상에 문자 문화에서 비롯된 논리라는 말을 쓰는 것이 계속 걸리기는 합니다만, 적절한 용어를 찾지 못하겠군요.)라는 것은 지금까지 우리 문명을, 그리고 문화를 지배해 왔던 시각 언어, 문자 논리랑 전혀 다른 거라고 생각을 하거든요. 그러니까 결국 엄청난 사고 체계의 변화가 이루어지고 있는데 그 사고 체계 변화가 뭐냐 하는 그 열쇠를 저는 영상 언어에서 찾을 수 있다고 봐요. 그리고 그 논리가 실제 문자 언어의 논리와 어떻게 다르냐 하는 점이 의미 있다고 봅니다. 왜 의미 있다고 보느냐 하면 현대 사회의 화두처럼 되어 있는 테크놀로지의 변화 역시 유사한 방향으로 가고 있다고 보기 때문입니다.

예컨대 컴퓨터의 경우, 물론 그것을 문자 언어 방식으로도 사용할 수 있지만, 컴퓨터 글쓰기의 본령이라고 볼 수 있는 것은 하이퍼 텍스트적입니다. 그런데 제가 보기엔 하이퍼 텍스트적인 논리는 영상 논리하고 굉장히 유사한 점이 많은 것 같습니다. 단선적이 아니고 종합적 사고를 요구한다는 점에서, 그리고 대단히 참여적이라는 의미에서지요. 사회적인 변화도 같이 간다고 보는데, 대의적인 민주제가 아니라 참여적인 민주화가 거역할 수 없는 물결이라고 보면 언어 문화에서 볼 수 있는 그 같은 변화 역시 사회 변화의 같은 물줄기를 타고 있는 것이 아닌가 생각됩니다. 아까 영상과 민주화에 대한 얘기가 나왔었지요. 영상이 민주적인 언어다, 라는 주장이 있었는데 저는 영상이 누구나 접근하기 쉬운 언어라는 취지에서가 아니라 다른 관점에서 이 주장에 동의합니다. 영상은 상당히 참여적인 언어이기 때문에 민주적인 언어라고 생각합니다. 문자 자체는 어떤 논리를, 문법적인 논리, 어휘적인 논리 같은 굉장히 억압적일 수 있는 논리를 따라가야 하는데, 영상은 그렇지 않습니다.

우리가 하나의 그림, 사진, 만화 한 컷을 본다 했을 때 어디서 시작해서 어디서 끝내야 한다는 규칙이 없습니다. 내가 중앙에서 시작할 수도 있고 어디서나 시작할 수도 있고, 또 질서를 부여해서 그걸 종합하는 것 역시 사용자의 몫이고, 그런 의미에서 굉장히 참여적인 언어라고 생각합니다. 물론 문자 언어도 우리의 참여를 요구하는 측면이 있지요. 이건 무슨 뜻인가, 숨은 뜻은 뭔가, 이런 걸 생각도 해야 하지만, 우선 거기 써 있는 말이 무엇인가를 이해하기 위해서는 문법과 어휘를 알면 되지요. 즉 함축 의미의 수준에서는 참여를 요구하지만 지식적 의미(denotation) 수준에서는 그렇지 않습니다. 그러나 영상의 경우는 이미 디노테이션의 수준에서부터 사용자의 참여가 요구됩니다. 영상은 독자적으로는 의미 고정이 어려운 언어이기 때문이지요. 그래서 사회적으로 팽배해 가고 있는 참여 민주주의에 대한 욕구, 커뮤니케이션 테크놀로지의 발달 방향, 영상의 언어적 특수성, 이런 것에서 어떤 공통점을 찾을 수 있지 않을까, 저는 이렇게 생각을 해요. 그래서 좀 더 역사적 연구가 필요하다는 생각입니다. 사실 영상이라는 것이 오늘날 갑자기 돌출한 것은 아니지 않습니까? 1만 5000년 전에 알타미라 동굴 벽화도 이미 있었고, 3만 년 전에 그린 것으로 추정된다는 쇼베 동굴 벽화에서도 보듯이 인류 초기부터 영상을 사용했었는데, 그렇다면 그때 영상하고 오늘날 영상하고 어떻게 다른가? 그 이후 그리스, 로마, 이집트 시대, 르네상스를 거쳐 오늘날에 이르면서 영상 사용이 어떻게 달라졌는가 탐구해 보아야 할 것입니다. 아까 근대적인 시각 체계 말씀을 하셨는데, 근대적인 시각 체계는 영상을 해방시킨 게 아니었습니다. 즉 영상을 굉장히 문자적인 논리에 의해서 제작했고, 사용했다고 볼 수 있습니다.

김우창 학자들이 영상에 관심을 갖는다는 것은, 세상 사람들이 다 좋아하니까 관심을 갖는 것도 있겠지만, 영상을 기호학적으로 분석할 수 있다는 점에서 그럴 겁니다. 그 얘기는 영상 안에 이미 박 선생님이 말씀하신 것처럼 논리가 있다는 얘기거든요. 논리는 언제든지 조작할 수 있습니다. 가령 장 보드리야르가 바로 영상을 비판적으로 분석하였는데, 그것을 광고 업계 사람들이 읽어요. 보드리야르는 비판적 논점에서 분석한 것이지만, 비판적으로 일일이 분석을 하니까 광고를 만드는 데 도움이 되는 거예요. 그래서 광고 제작에 사용된다는 거죠. 학자들이 지금 영상이라는 것을 새로운 가능성으로 생각하는데, 그 얘기는 논리적으로 분석을 할 수 있다는 얘기고, 논리적으로 분석될 수 있다는 것은 그것을 조절하는 것이 가능하다는 말입니다. 그러니까 영상을 통해서 선형적인 논리로부터 해방되고 조절 가능성으로부터 해방될 수 있다는 것은 망상에 불과합니다. 그리고 영상 속에도 논리가 있습니다. 말하자면 직접적인 것으로 가장한, 직접적으로 체험하는 것 같으면서도 사실은 논리에 의해서 규제되고 있는, 더 위험한 형태의 조절 수단이 될 수도 있다는 얘기입니다. 숨은 논리라는 것은 위험의 요인입니다. 그 논리는 영상의 제작자에게는 접근 가능하고, 무비판적인 향수자에게는 접근이 허용되지 않습니다. 개방된 논리가 아니지요.

박명진 그건 영상에 국한된 문제는 아니겠지요. 억압적인 요소는 그 내부에 해방적 씨앗을 담고 있듯이 영상의 경우도 해방적 요소 속에 새로운 억압의 요소를 가지고 있다고 유추해 볼 수 있겠지요. 문제는 우리 시대가 벗어나고자 하는 억압의 정체가 무엇이냐 하는 문제와 연관시켜서 영상의 문제를 보아야 한다고 생각합니다.

김우창 결국 영상이란 알쏭달쏭한 양의적인 현상이라는 것이죠. 절대적인 해결책을 가질 수 없다는 것입니다. 영상은 해방이라는 측면을 가지고 있고, 그렇게 느끼는 것은 기분 좋은 것이니까 해방된 느낌을 가질 수 있다는 점에서 좋겠지마는…….

영상 논리는 가능한가

박명진 영상이 '논리'로부터 벗어날 수 없다고 얘기를 하셨는데, 그걸 '로직(logic)'이라고 부를 수 있을까 하는 것은 우리가 풀어 가야 할 과제라고 봐요. 현재의 영상 사용이 '논리적'으로 되고 있는 것은 사실입니다. 근대적인 시각 체계는 문자적 논리에 의해 영상을 사용한 경우라고 봅니다. 예를 들어서 영화, 특히 할리우드 영화의 경우는 영상의 문자 언어적 사용의 대표적인 경우라고 봐요. 편집의 논리라든지, 이야기를 엮어 가는 영화의 내러티브 자체가 영상의 문자 언어적인 조직 방식이라고 생각을 하거든요. 그런데 현재 우리가 근대적인 시각 체계에서 벗어나기 시작했다고 보는 것이, 1960년대부터 서서히 진행되어 온 영화 내러티브의 변화도 그 한 징후라고 생각됩니다. 컴퓨터 하이퍼 텍스트와 결합되면서 영상의 조직 방식 역시 문자적 논리에서 벗어날 수 있는 가능성을 획득하면서 앞으로는 더욱 가속이 붙게 되지 않을까 생각합니다. 즉 영상이 오랫동안 감수해 왔던 문자 언어적인 억압으로부터 벗어나고 있다는 것이지요. 영상이 인류를 해방시켜 줄 거냐 아니냐, 저는 뭐 그렇게 생각하는 것도 아니고, 그것에 대해서는 답도 없고, 그런 방식으로 문제 제기를 할 수는 없을 것입니다. 다만, 궁극적인 인류의 해방은 아니라도 각 시대마다 요구되는 해방의 성격이 다른데, 이 시대가 요구하는 해방의 가능성을 지니고는 있다는 것이지요. 문자 언어의 논리란 단지 도구적 의미의 언어적 논리로 국한된 것이 아니라 수세기 동안 인류의 정신 문화를 지배해 온 가치, 질서를 지배해 온 논리가 아닙니까? 그렇기 때문에 영상이 가지고 있는 본래의 가능성, 본래의 특수성들이 지금 살아나고 개발이 되기 시작했다는 것은 중요한 의미를 가진다고 봅니다. 그리고 컴퓨터의 확산이 그 흐름을 거역할 수 없는 것으로 만들어 주고 있다고 봅니다.

근대적 시각 체계가 존재하는가?

김우창 근대적 시각 체계라고 말씀하시는데, 우리나라에 근대적 시각 체계가 있었다고 믿지 않습니다. 그러니까 근대적 시각 체계, 서양 사람들이 가지고 있는 근대적 시각 체계에서 생산되는 영상을 단편적으로 소비한 일은 있지만, 그 체계를 소유한 적은 없다고 생각돼요. 또 언어의 논리로부터 해방되고 선조성(線條性)으로부터 해방된다고 얘기하는데, 과연 해방될 필요가 있는 근대적 시각 체계가 우리에게 있었느냐는 거죠. 옛날 조선 시대의 일정한 언어 체계나 억압적인 언어 체계가 있었지만, 우리나라에 거기에서 해방될 필요가 있는 언어 체계가 있었는가 하는 문제는 논란의 여지가 있습니다. 단편적인 근대 시각 체험은 있었지만 체계가 있었는지 의심스럽고, 우리가 해방될 필요가 있는 언어 논리라는 것도 우리한테 해당되는 건지……. 서양 사람들은 얘기는 하지만 말입니다.

박명진 저는 해당된다고 봅니다. 근대적인 시각 체계는 분명히 있었던 게, 원근법이라는 게 근대적 시각 체계의 핵심이기 때문입니다. 우리는 사물을 원근법적으로 보는 방법을 국민학교 때부터 배웠다고요. 그리고 그건 우리나라에만 해당되는 게 아니라 전 세계적으로 보편화된 거고요.

김우창 원근법을 도입은 했지만, 원근법이 나오게 된 역사적인, 그것이 세상에 대한 내적인 체험에서 나왔다고 보기는 어렵기 때문에, 서양에서 온 단편적인 시각 체계로부터 생산되는 여러 가지 외형적인 것들을 경험하고 지금도 그것이 많이 퍼져 있지만, 아마 우리나라에 그런 체계가 있고 논리가 있는지 나는 조금 의문이 갑니다.

성완경 우리가 영상을 말할 때, 이 단어가 머릿속에 떠오르게 하는 이미지가 동일하지 않을지도 모른다는 생각이 듭니다. 영상에는 여러 종류가 있습니다. 우선 사회 현상적으로 굉장히 힘 있는 영상, 자본적이고 굉장히 폭넓게 퍼지고 힘을 발휘하는 그런 의미로서의 영상, 이를테면 영상 산업, 영상 문화, 디자인, 건축, 도시 공간, 패션, 광고, 과학, 정치 쇼 등의 영상이 여기에 해당할 것입니다. 이런 영상들은 대개 익명의 대중들을 대상으로 하고, 시장 논리에 의해 대단히 자극적이고 현란하며, 기계적이고 상투적인 언어로 제작되고 유포되는 경향을 띠는 영상들이라고 할 수 있습니다. 이런 영상들이 극단적인, 자극적이면서도 네거티브하게 보게 하는 그런 점을 갖고 있다면, 다른 한편 저 자신의 실제 체험에서 보면, 이런 단순성과는 반대되는 복합적이고 미묘하고 더욱 개인적인 충족감을 주는 영상, 보다 연속적이거나 중층적이며 과거와 현재가 한데 뒤섞여 있는 것으로서의 영상, 뭐 이런 영상의 체험도 하며 살거든요. 이건 우리가 보통 얘기하는 영상, 즉 대개 영화나 TV처럼 문화 산업적으로 얘기하는 그런 영상이라든가 상투적, 상업적인 영상물의 체험과는 다른 방식으로 체험되는 영상이지요. 이런 것들 가운데는 아, 바로 이것이다, 이게 실제적으로 영상의 새로운 확장의 길이다, 라고 무릎치게 하는 그런 것도 많이 있거든요.

예를 들면 전 어제 예술의 전당에서 프랑스에서 온 드쿠플레의 공연을 봤는데, 이 사람은 알베르빌 동계 올림픽 때 환상적 개폐막식 연출로 세계를 놀라게 했던 사람이지요. 그런데 무용단의 공연은 서커스나 대중적 보드빌에 가깝고, 그러면서도 영화나 영상 쇼 같았으며 또 퍼포먼스를 곁들인 비디오 설치 미술 같기도 했습니다. 지금 제가 말씀드리려 하는 것은 이것이 서커스, 광대, 어렸을 적 몸으로 하는 놀이 등 인간 신체의 그 전통적 장인적인 맛을 그대로 가지고 오고 거기에 영상 테크놀로지를 결합해가지고, 여기에 시선이나 프레임의 문제, 만화경 같은 대칭과 반복의 묘미, 이런 시지각 게임의 지적 전통을 맛보게 하는데, 무엇보다도 영상 테크닉스를 쓰면서도 아크로바트의 그 훈련된 신체의 묘미와 신뢰감 같은 걸 불러일으키고, 중세의 전통을 고스란히 살리고 있는 점이 인상적이었다는 것입니다. 대개 미술관의 현대 미술전에서 보는 비디오 등 하이테크 영상의 사용 방식이나 분위기라는 것은 좀 폐쇄적이고 권위적인 편인데 이에 비하면, 이건 극장의 공연 같고 카바레적이고 서커스적이고, 그래서 사람과 훨씬 편안하게 소통하면서 옛것과 현대적인 것이 공존하고 있거든요. 이 점이 제가 얘기하려던 것의 골자인데, 현대적인 영상과 몸, 손, 육체의 단련 혹은 즐거움, 여흥 이런 것들의 전체, 그 연속성과 뒤섞임, 그 시공간적 공존의 독특한 흐름, 그 전체가 다 이미지라고 보거든요. 복합적인 거죠.

이를테면 할리우드 영화나 디즈니식 만화 영화를 보면, 디즈니 만화는 기본적으로, 뭐라 할까, 전 그것을 '개밥통'이라고 봅니다. 어떤 소재도 그 안에 들어오면 결국 똑같은 방식으로 표준화된 개밥으로 전환되도록 조리됩니다. 「백설공주」건, 「미녀와 야수」건, 「뮬란」이건, 혹은 「개미」건 결국은 동일한 조리법일 뿐만 아니라 휴머니즘의 동일한 지평을 가리키는 표지가 됩니다. 다소 모양과 색깔만 바꾸었을 뿐, 동일한 개밥의 서사로 됩니다. 그만큼 지겨운 것이고 그 진부함 때문에 결국은 사람들을 무시하는 방식이라 할 수 있습니다. 거기에 쓰이는 그 말끔한 동화적·사실적 리얼리즘의 그래픽 렌더링도 지겹고 스토리 라인도 그렇고…….

그런데 이런 방식말고 이미지가 훨씬 자유롭고도 복합적으로 사용되는 방식들이 있고 이런 방식은 고급 예술에서건 저급 예술에서건, 혹은 대중 예술에서건 다양한 형태로 발견됩니다. 고급 예술에서의 이런 갈래도 아티스트 북에서 비디오 아트 또는 새로운 공공 미술의 사례에 이르기까지 다양합니다만, 보다 대중적 장르인 만화, 애니메이션, 진(zine), 낙서, 심지어는 술집 광고 전단에 이르기까지 재미있고 생생한 사례가 많이 있습니다. 사람의 삶 속에서의 그때그때의 반응 양식, 자발적인 것들의 다양한 가짓수만큼이나 많다고 해야겠지요. 결국 고급문화의 전통하고 저급 문화의 전통, 엘리트적인 문화하고 대중적인 문화, 세계적인 문화하고 지역적인 것, 그런 것 사이에 복잡한 경계와 상호 침투, 혼합의 단계들이 있는데 영상에 대한 청중 혹은 관중의 반응이라는 것도 그만큼 갈래가 많고 복잡한 것이라고 저는 느낍니다.

이와 관련하여 또 한 가지 생각나는 것이 있습니다. 지난번 이화여대에서 기하학 발표회 때 서강대 불문과의 프랑스인 프랑크 말랭 교수가 세르(Serre)라고 하는 프랑스 만화가의 『삶의 노하우(Savoir Vivre)』에 수록된 한 만화에 대한 기호학적 분석을 시도하여 재미있게 들었는데, 그런데 마지막에 이런 느낌이 들었거든요. 최근 몇 년간 유럽과 미국, 캐나다, 남미 등 외국 문화를 많이 읽었어요. 그냥 읽는 게 아니라 상당히 즐기면서 읽었다고 말씀드릴 수 있는데, 이런 경험에서 제가 얻은 게 만화가 이렇게 미끄러진다고 할까요, 아니면 사람의 상상력을 미끄러지게 한다고 할까요, 어떤 만화적 속도, 만화적 상상력의 속도랄지, 그런 독특하게 미끄러져 들어가는 속도 같은 것이 있는데, 이런 건 언어화하기 어려운 건데, 일탈이라고 할까 아주 놀라운 것들이 많이 있습니다. 그런 걸 분석하는 데 기호학적 방법이 얼마나 적합한가에 있어서, 그 분석의 정교함에도 불구하고 회의적인 기분이 들었습니다. 이를테면 기호학적 분석이란 불가피하게 상당히 구조적이고, 이를테면 대칭이라든가, 유사 관계 등 구조적 관계가 많이 얘기되고, 구조 속의 구조 혹은 구조 위의 구조 식으로 굉장히 논리적이고 구조적이라는 느낌과 더불어, 만화의 기호학적 분석이 과연 얼마나 가능할지 회의적인 느낌도 갖게 되는데, 아까 제가 얘기한 그 몸으로 느끼게 한다는 것에 관계지어 얘기하는 게 가능할지 모르겠습니다만, 만화에서는 상상력이 건너뛰고, 미끄러지는 그런 게 아주 굉장하거든요. 만화처럼 어떤 특정한 장르 속에서 그런 일이 일어나기는 하지만, 사실 일상사 속에서는 그런 일이 더 많이 일어나고 있는 것 같거든요. 미끄러지고 엉뚱한 예정되지 않은 공간으로 건너뛰고 혹은 우회하기도 하고요…….

그렇기 때문에 저는, 제 두 가지 예를 말씀드린 이유는, 어떻게 보면 영상이라는 걸 생각하는 데 있어서 영상이라는 게 워낙, 모더니티의 전통 속에서 영상이 해 왔던 역할, 아까 말씀하신 근대적 시각 체제에 관계된다든가 영상 산업의 획일성이나 상업성이라든지, 그밖에 상당히 기계적이고 극단적이고 건조하고 부정적으로 우리가 봐야 할 그런 걸로 많이 봐 왔지만, 물론 실제로 그런 점이 있었던 것도 사실입니다만, 이제 조금 다른 각도로 더 봐야 될 그런 것이 있지 않을까, 이런 생각이 듭니다. 그 점은 아까 처음에 영상이라는 단어를 정의하고 들어갈 때의 그 정의에도 관계된다고 보거든요. 저는 영상이라는 것에서 중세적이거나 고대적인 것, 또는 민중적인 것을 연상하는 데 전혀 거북함을 안 느끼거든요. 오히려 옛날 미술 대학 다닐 때 공부하던 영상이라든가 미술 이런 것은 훨씬 기교적이고 건조했던 거라면, 그 후엔 오히려 더 영상이라고 생각되는 것에는 거리 축제니 민중 축제니 음식이니 잡담이니 사람 사이의 관계니 복잡한 것들이 다 들어간 속에서의 영상이라는 걸 파악하려고 하는 편이고, 그 점이 더 재미있는 것이 아니냐 하는 생각이 들거든요.

　김우창 매체의 가능성을 일반적으로 얘기하기는 어려운데, 그 가운데서도 여전히 좋은 현상과 나쁜 현상의 사용이 있다는 말이지, 영상 자체가 어떤 성질을 갖는 건 아닐 거예요. 디즈니 만화와, 지금 말씀하신 만화 사이에 매체로서의 차이는 없지요. 그런데 지금 말씀하시는 이야기에서, 그런 경우 재미있는 만화라는 것은 언어하고 관계되는 거지요. 언어나 그림이나 똑같이 창조적으로 사용되는 것이 있고 상투적으로 사용되는 것이 있으니까, 꼭 언어와 밀접한 관계가 있으면 좋은 현상이 된다고 얘기할 수는 없지만, 좋은 언어라는 것은 유머가 있는 것, 위트가 있는 것, 새로운 통찰을 보여 주는 것인데, 그림 안에서도 결국 중요한 것은 거기에 새로운 정신이 움직이고 마음이 움직이고 있느냐, 이게 중요하다는 얘기이지요. 결국 영상 자체는 여러 가능성을 가지고 있지만, 그 가능성의 어떤 것을 사용하느냐 하는 것은 인간 정신 어떤 상태에 있느냐에 달려 있겠죠.

이미지와 가치론

박명진 이미지의 사용에 따라서 다를 수 있다는 얘기를, 지금 선생님 말씀처럼 어떤 도덕적이거나 평가적이거나 하는 의미에서의 사용이 아닌, 다른 사용의 차이로 말씀드리고 싶습니다. 제가 아까 억압적이다, 혹은 해방적으로 쓸 수 있다고 얘기했을 때는 이제까지 문자 언어로 대표되는 논리적인 사고 체계, 합리적인 사고 체계 그런 것들이 갖고 있던 억압성을 얘기하고 싶었던 거거든요. 그리고 물론 아까 성완경 선생님 말씀도 저는 이게 그런 쪽이 아니었나 싶은데, 단지 고급문화적으로 우수한 영상과 저질의 영상, 도덕적으로 숭고한 영상과 이런 것, 또 창조적인 것 비창조적인 것, 이런 의미가 아니라 영상 언어의 특수성과 본령을 회복하는 그런 방식으로 사용하는 것이 있을 수 있겠고, 영상 언어를 문자 언어 식으로 사용하는 방식이 있을 수 있겠다, 저는 그런 차이를 일단은 중요한 것이 아닌가 그렇게 생각해서, 근대적 시각 체계 내에서 영상이라는 것은 중세까지는 안 그랬다고 보는데, 르네상스 이후 근대적 사고 체계에서 영상이라는 것은 분명히 문자 언어 논리적인 그런 방식으로 사용됐다고 생각이 들어요. 그리고 영상이 고유의 그 나름의 본령이 있고, 언어의 특수성이 있는데, 그것을 살려 내는 것이 중요하고 또 지금 그러한 방향으로 가고 있다고 생각이 들거든요. 그래서 영상이 해방적이라고 하는 까닭은, 이미지가 또 다른 어떤 억압성을 가지고 있을 수도 있지만, 아까 제가 강조하고 싶었던 것처럼, 문자 언어로 대표되는 합리적인 사고, 단계적인 사고, 미묘한 사고 이러한 것들이 억압성을 갖고 있기 때문입니다. 그리고 이것은 이러한 것들로부터 해방시켜 줄 수 있는 가능성이 분명히 있다는 뜻입니다. 그것은 영상 언어의 본령을 회복한다는 의미도 되고요.

영상 시대에 있어서 문자 언어의 운명은 무엇인가?

김우창 지금 박 선생님이 말씀하시는 문자 언어의 논리에 대해 전 수용하기가 어렵군요. 문자 언어가 반드시 억압적 성격을 지닌다는 것에 대해 말씀드리면, 며칠 전에 제가 어떤 사람이 쓴 글을 봤는데, 그 글은 동양의 교육 사상에 대해서 쓴 것이었습니다. 그는 맹자에 대해 쓰면서 맹자의 기본적 생각은 윤리를 행동적으로 실천하는 인간을 만드는 것인데, 이를 위해 다음과 같은 얘기를 했어요. 윤리의 기본이라는 것은 인륜이며, 인륜의 기본이라는 것은 우리가 다 알다시피 부부간은 유별하고, 장유유서하고, 군신유의하고 그런 것인데, 그것이 한국 사회를 지배하는 윤리 체계이고 그것이 좋을 수도 있고 문제가 될 수도 있는 것이겠지만, 왜 교육할 때 윤리적이어야 하는지, 왜 인륜이 중요한 것이냐, 왜 그것인 보편적인 성격을 가지고 있느냐, 그것을 어떻게 하면 교육의 수단으로 삼느냐, 교육의 수단으로 삼는 것이 옳은 거냐 그른 거냐, 이런 논리적 검토가 없기 때문에 똑같은 소리구나, 많이 들은 소리 또 하는구나 하는 느낌이 듭니다.

성완경 예, 저도 공감합니다. 저도 문자 언어에 대하여 그것이 박명진 선생님이 아까 말씀하신 대로 영상 언어의 방식과 차별성을 갖는 지점을 찾는 것도 중요하겠지만, 이에 못지않게 문자 언어가 영상 언어와 상호 의존하는 방식이 상당히 흥미로운 분야인 것으로 느껴집니다. 또 어떻게 보면 그 중간도 아닌 또 다른 요소들, 그런 것들이 서로 복합적으로 얽혀지는 부분들이 흥미롭지 않나 생각이 들어요. 그리고 또 참고로 말씀드리면, 이른바 미술에서 얘기할 수도 있고 미술을 떠나서 얘기할 수도 있는데, 그 비디오 내지는 비디오 아트라는 것이 사람들의 주목을 끌고 있습니다만, 최근의 경향을 보면 비디오적 글쓰기 또는 글쓰기로서의 비디오랄까 하는 경향도 주요한 조류로서 주목되고 있기도 합니다. 즉 거의 문자를 쓰는 방식처럼 말입니다.

박명진 그런데 잠깐만, 성 선생님이 조금 전에 말씀하신, 제가 나중에 잊어버릴 것 같아서, 문자 언어하고 영상 언어를 복합적으로 섞어서 사용하는, 혼합적으로 사용하는 것에 관심이 많다고 하셨는데, 저는 이미 그건 문자 언어의 논리에선 벗어난 거라고 봐요. 그것은 멀티미디어적인 그런 사용 말씀이지요? 그러니까 문자 언어와 구조 언어와 영상과 그런 것을 동시에 사용하는 그런 걸 말씀하시는 거예요? 아니면 비디오 아트 그런 걸 말씀하시는 거예요?

성완경 외적 구성물의 특징을 얘기한다거나 구성물의 종류를 얘기한다기보다, 그 안에 들어가 있는 발상이나 상상이나 논리에서 그런 것들이 종횡으로 서로 얽혀 있는, 그 점을 얘기하는 겁니다. 그러니까 아까 문자 언어적 사용 방식이라고 얘기했지만, 사실 영상을 쓰면서 문자 언어적 사용 방식으로 표현하는 것을 만들 수도 있고, 또 언어를 쓰면서도 그 안에서 굉장히 영상적인 그런 것을 만들 수도 있지요.

김우창 오늘날 수학이라 하는 것은 현실적인 것을 떠나 존재하는 것이겠고, 인간의 상상력을 최대 한도로 표현하는 그런 매체의 하나인데, 보통 사람이 이해할 수 없으면서, 그러나 그것이 인간 정신의 자유로운 표현 형태 중의 하나라고 해야 할 것이고, 물리학 같은 게 보통 사람은 알아들을 수 없지만, 사실 시대까지도 물리학 속으로 들어가 버린 듯한 인상을 줍니다. 『괴델, 에셔, 바흐』라는 책이 있지 않습니까? 에셔는 수학과 관계있는 그림을 그렸습니다. '옵틱 아트'는 착시(illusion)에 관한 과학적 연구를 재치 있게 이용한 미술입니다. 물리학자가 제일 시적인 사람들 중의 하나고요. 논리냐 비논리냐 이런 관점에서 해석하는 것은 영사물에 있어서도 그렇게 충분히 쉽게 될 수 있는 게 아니잖아요.

성완경 예, 저는 아까 박명진 선생님 말씀에 연관하여 문자 언어적 발화

방식과는 다른, 문자 언어적 소통 체계와는 다른 영상 시대의 언어 패러다임이 있다는 생각에 기본적으로 공감합니다. 쌍방적 소통 체계라든지 하이퍼 텍스트 등 그런 것들 말이지요. 보다 소박하게는 우선 예전보다 더 많은 사람들이 저렴한 가격으로 사진기, 비디오, 컴퓨터 등 영상 제작 수단이나 통신 수단을 갖고 자기의 표현물을 만들거나 소통하고 있으며, 연령적·성적·정치적·문화적 소수자들에 속하는 커뮤니티들이 과거에 없던 새로운 다양한 표현과 소통을 만들어 내고 있는 현상은 확실히 문자 언어 중심 시대의 그것과는 다른 측면을 갖는 것 같고요, 또 그런 현상의 내부를 들여다보면 언어 자체, 언어의 텍스트적·시학적인 차원에서도, 그리고 그 언어가 배분되는 방식이나 제도, 또 그것을 둘러싼 이데올로기 문제의 차원에서도 변화하고 있는 뭐가 있는 것 같거든요. 비단 소수자의 문화, 주변부 문화만이 아니라 주류의 문화 속에서도 이러한 변화의 물결은 마찬가지로 감지되고 있습니다. 그걸 뭐라 한마디로 표현해야 할지 조심스럽습니다만, 아무튼 그런 변화가 좁게는 예술 영역에서 또 넓게는 삶의 양태 전체에서 진행 중이라는 점을 부정하긴 힘들 것 같습니다.

김우창 가장 거대하게 보면 모든 예술 활동이 그렇고 특히 영상이라는 것은 구성 활동이라고 볼 수 있습니다. 뭔가 창조적인 구성을 해서 노력을 한다는 뜻도 있지만, 그 구성 활동에 있어서 가장 중요한 부분이 공동체 구성이지요. 영상 매체도 공동체 구성과 인간적 삶을 구성하는 데 관계되고, 인간 정신에 관계되는 의미 있는 활동이 되고 소통 수단이 된다는 입장에서 논리적인 세계라든지 과학적인 세계하고 반대되는 걸로만 이해하는 것은 곤란하다고 생각합니다. 아까도 선생님이 말씀하셨지만, 서양의 근대 예술은 인상주의 이후로 계속해서 어떻게 보면 구상적인 세계에 대한 해체적인 작업을 해 왔는데, 그 해체 작업이 서양 사람들 도시나 사회 구성과 관계가 있지 않은가 하는 생각을 합니다. 해체적인 작업이라는 것은 어떻게 보면 구성이 아니라, 그 반대적인 표현에서 구성을 확산시키기 위한 작업이라는 생각이 들어요. 이미 잘 되어 있는 안에서 일어난 일이기 때문에, 아방가르드적인 것이 다 의미가 있지요. 런던에서 만난 시인이 그런 얘기를 해요. 미니멀리즘이라는 것은 최소로 모든 걸 쓰자는 게 아니라, 없는 데서 자꾸 빼서 최소를 만들자는 거다. 그러니까 그건 적극적인 마이너스 상태를 만들자는 거지 원래부터 마이너스 상태가 아니라는 얘기지요. 그러니까 서양 사람들의 해체적인 여러 가지 표현이라는 것이 해방적 기능을 갖고 기분 좋은 것들을 많이 만들어 내는데, 그것은 그 사람들이 이미 가지고 있던 구성적 조건 안에서 한 역할을 맡고 있는 거고, 우리와 같은 사회에서의 그것의 역할과는 상당히 다릅니다. 이런 점에서 우리의 구성적 작업을 어떻게 해야 하는지는 모르지만 우리나라에 있어서 그런 것들을 어떻게 이해해야 하는가는 또 다른 문제라는 거죠.

박명진 가장 기본적인 논리는 삼단논법적 논리이지요. 그리고 그게 바로 문자 언어의 논리였고, 그리고 그것의 시각적인 표현이 바로 원근법이에요. 그러니까 그게 억압적이라는 것은, 반드시 하나의 시점을 선택해서 그다음에 나머지는 차례차례 공간을 배열해 나가야 된다, 그러니까 꼭 대상을 보려면 하나의 시점을 선택하도록 강요받는다는 점에서 굉장히 억압적이라고 봐요. 그런데 동양화에서는 전혀 안 그렇거든요. 예를 들어서 저는 동양 산수화 속에서 오히려 더 리얼리티를 느끼는데, 동양 산수화하고 서양 풍경화의 차이라는 게, 서양 풍경화의 경우 반드시 원근법적인 시각에서 내 가까이 있는 것부터 착착 봐 나가야 하는 거고 이렇게 축소해 나가는 것인 데 비해, 동양 산수화에서는 심원, 고원, 삼원이라고 하는데 그 삼원이라는 게 그냥 객관화시켜서 대상을 보는 게 아니라 자신의 주관적인 체험을, 자기가 산을 봤다, 또 무슨 풍경을 봤다 그런 자기의 주관적 체험을 거기에 형상화시키는 거라고요. 그래서 들여다보면 그건 정말 돌아다니면서 자기가 파악한 것을 하나의 화폭에다 그려 놓은 것인데 그것이 하나도 어색하지 않고 이상하지 않고, 아, 금강산이 이렇구나, 금강산이 정말 이렇겠구나 하는 걸 느끼게 된다고요.

김우창 예술은 관습 속에 있기 때문에 이쪽 관습에서는 이것이 리얼리티고 저쪽 관습에서는 다른 것이 리얼리티이기 때문에 어떤 것이 현실적이냐는 정확히 꼬집어서 말하기는 어렵다는 말이 되는 거겠죠.

성완경 이제 시간이 거의 다 되어 마무리 말씀 한마디씩 돌아가면서 하고 끝내야 될 것 같습니다. 우선 제가 한 말씀드린다면, 제가 몸담고 있는 대학 미술 교육 현장을 보며 이런 생각을 했습니다. 왜 영상 시대가 도래하였는데 구태의연하고 비효율적인 지식과 교육의 체계가 유지되는가, 이를테면 미술의 경우, 전통적 장르 개념이라든지 그에 기반한 보수적이고 완강한 제도라는 게 있는 것이 사실이고, 이로 인한 정체와 답답함이 있는 것도 사실입니다. 반면에 다른 한편으로 영상 시대라고 난리인데 그런 법석이 왜 그렇게 표피적인 것에 머물러 있는가도 문제입니다. 연전에 세종로 사거리 《조선일보》 사옥에 커다랗게 걸린 "산업화에는 늦었지만 정보화에는 앞서 가자" 뭐 이런 표어를 보면서 착잡한 걸 느꼈던 기억이 나는데요. 정보화라는 것이 구호처럼, 겉핥기식이면서도 하나의 정언처럼 위력을 발휘하고 있는 게 오늘의 상황인 것 같습니다.

사실 주의해 보면 우리는 연속성이라는 것이 주는 장점을 너무 무시하고 사는 경향이 있습니다. 조금 전에 얘기했던 주제와 관련해서 이 점을 특히 얘기하는 겁니다만, 우리는 문자 언어적 문해력이라는 게 영상 문화 시대에도 중요하게 요구되는 능력이라는 것을 잊어버리거나 소홀히 하는 경향이 있습니다. 영상 시대라 하더라도 결국은 진짜 문제의 핵심은 문화 그 자체에 포괄적으로 걸립니다. 중요한 것은 결국은 오늘의 영상 시대의 제반 현상이나 여건, 제도, 축적된 전통의 연속성 등 이런 것들을 어떻게 추슬러서 문화의 깊이를 만드느냐 그 문제로 귀결이 되는 것 같습니다. 그런 점에서 보면 멀티미디어 시대의 영상 문화라는 것은 단지 그 자체로, 또는 표피적으로 접근될 수 있는 주제라기보다, 낡은 것과 새로운 것의 공존 속에서 새로 추슬러야 하는 과제가 무엇인가를 더 많이 생각하게 하는 화두라고 보고 싶습니다. 새로운 기계의 효율성, 새로운 테크놀로지에의 적응의 문제만이 아니라, 어떻게 전통과 경험의 연속성, 또는 그 단절과 변화의 층위를 잘 읽어 내고 조직하여 새롭고 충실한 문해력이 높은 문화를 만들어 낼 것인가라는, 그런 진지한 과제를 더욱 실감 있게 던져 주는 화두라는 것이지요. 그래서 그런 것이 단지 영상문화학회에서 앞으로 학회의 방향이나 과제를 어떻게 조정해 내느냐 하는 문제만이 아니라, 사실은 학회의 구성원들도 다 우리 문화 안에서 살고 있고 그런 화두가 던지는 것을 일상 속에서 체험하고 있는 사람들이기 때문에, 결국 그걸 아주 다각적으로 풀어 나가는 새로운 방식들이 요구되지 않나 생각됩니다.

심도 있는 독회와 논문 발표 등 전통적인 학회 활동과 더불어, 실험적이고 적극적인 새로운 유형의 학제 간의 연구도 필요하리라 예상됩니다. 어쩌면 이론가와 생산자들이 함께 참여하는 독특한 프로그램, 예를 들어 아티스츠북 유형의 출판이나 무크 기획, 이론 생산이자 학습으로서의 전시 기획이나 이벤트 기획 같은 적극적 프로그램 패키지를 일부 회원끼리 시도해 볼 수도 있지 않을까 생각도 해 봅니다. 이론과 생산, 메타 이론과 장르 예술을 관통하는 독특한 패키지를 염두에 두고 한 말입니다마는 지금 당장으로서는 희망 사항에 불과한 것이지요. 그러나 어떤 과감한 학제적 시도도 연구자 개개인의 종래의 연구 작업의 연속성을 떠나 생각할 수는 없겠지요. 제 얘기는 이걸로 마칩니다.

김우창 영상이란 복잡한 현상이니까 학제 간의 연구가 필요하겠지요. 그러나 예술하는 사람들이 이런 세미나면 세미나의 문화적 관점에서의 영상 매체에 대해서 생각하는 것에 대해 너무 많이 들으면 곤란합니다. 미술이나 예술적 행위 자체는 체험의 영역이기 때문에 너무 이론적으로 접근하면 안 됩니다. 그러나 오늘날의 상태에서는 이론을 알고 그것을 극복하는 도리밖에 없는 것이 주어진 상황이고, 미술하는 사람들이 그걸 보는 게 불가피하기 때문에, 알면서 체험을 많이 쌓으면서 예술을 하는 수밖에 없겠지만, 예술이 하는 일은 골치 아픈 얘기들 안 하면서 뭔가 심각한 걸 얘기해 주는 것이기 때문에 너무 이론을 따지면 그 기능이 손상됩니다.

영상 매체를 너무 긍정적으로 생각하는 데는 문제가 있다고 봅니다. 전체적으로 보아 영상 매체는 문제 제기적 성격을 많이 가지고 있다고 봐야지요. 영상이 주로 통속적 차원에서 호소하는 것은 정서적인 것인데, 정치에서 시각 매체가 단순하게 작용하는 것이 걱정이고 교육에서도 그런 것이 걱정이지요. 사람들은 매체 시대, 정보화 시대에 앞서 가자고 주장하는데, 저는 남보다 앞서 간다는 게 겁나는 것이라고 생각합니다. 앞으로 나가야 된다고 하지만 윤리적으로 문화적으로 성장할 수 있는 바탕을 어떻게 만드느냐 하는 게 사회 전체적으로 중요하지요. 그러나 전 사회적으로 단번에 시각 매체를 포함하여 기술적인 제도의 확립을 주장하는 것은 우리 사회를 천박하게 만드는 요인 중의 하나가 아닌가 싶습니다.

영상의 정치 경제

박명진 아까 잠깐 얘기가 나왔던 건데 영상 분석에 대해서, 기호학적 분석에 대해서 굉장히 비판적으로 말씀하셨는데, 저도 거기에 동감합니다. 그건 정말 영상에 대해서 엉뚱한 분석 틀을 갖다 대는 거라는 그런 느낌도 들고요. 그러나 아까 선생님이 체험적인 것, 그런 것의 생산이기 때문에 그런 도식적인 틀을 가지고 분석을 하는 데는 한계가 있다, 그런 말씀을 하셨는데, 사실 그게 요새 나오는 영상 분석들을 보면 기호학이 갖는 한계에 대해서 많이 비판하고 요즘 오히려 현상학적인, 그러니까 작가의 체험이라든지 아니면 사회적인 구성원들의 체험을 연상시키는 그런 측면들을 밝혀낼 수 있는 현상학적 분석과 기호학을 결합시키지요. 그다음에 지금 주제가 멀티미디어 시대의 영상 문화인데, 전 우선 멀티미디어 시대라고 그렇게 말씀하시니까 그건 어차피 컴퓨터가 중심이 되고 컴퓨터 디지털 텍스트로 디지털 방식에 의해 영상 텍스트를 생산해 내고 우리가 그것을 사용하고 하는 그 테두리 안에서 결국은 얘기가 돼야 할 것 같은데, 결국 그런 디지털 멀티미디어의 특징이 무엇인가, 그것이 가져다줄 가장 좋은 것들은 무엇인가(해방적이다 아니다를 떠나서)에 대해 질문을 던져야 합니다.

　분명한 한 가지 변화는 20세기 초의 영상을 대량으로 복제해 낼 수 있는 값싼 기술들이 개발되면서 영상에 대한 접근은 쉬워졌거든요. 소비자 입장에서 쉬워지긴 했지만, 아직까지 생산이라는 것은 매우 한정된 사람만할 수 있는 거고, 선생님 말씀에서처럼, 또 아주 값비싼 거였고, 또 그 노하우를 아는 사람들, 그 기술이 있는 사람만이 제작할 수 있는 것이었습니다. 멀티미디어 시대에 좋아지는 것은 누구에게나 생산이 용이해진다는 사실은 강조해야 한다고 생각합니다. 그런 의미에서는 민주적인 발전이라고 보거든요. 그러면서 과연 이게 문화적으로 어떤 함의를 갖고 있느냐 그런 생각을 하게 되는데 결국 거기서는 멀티미디어가 그 음성 언어, 문자 언어, 영상 언어 등 두루 사용하지만 어쨌든 영상에 대한 의존도가 점점 더 높아지고 있는데, 결국 앞으로 그렇게 해서 생산이 용이해진다고 할 때 앞으로 직업적으로 영상을 생산하는 사람들, 그러니까 영화 감독, 미술가, 디자이너들의 역할이 점점 약화되지 않을까 생각합니다. 물론 전문가는 항상 있겠죠. 그러나 전문가의 역할이라는 것이 옛날처럼 완성된 작품을 만들어

가지고 아, 이건 예술 작품이다, 이건 하나의 완성된 영화다, 이렇게 제시하는 그런 시기하고는 양상이 조금 달라지지 않을까 생각합니다. 우리가 옛날에 소비자라고 생각했던 사람들이 이제부터는 생산 영역에 많이 적극적으로 참여하게 될 것 같습니다. 그래서 이제 문화의 생산과 소비, 문화의 전문가와 비전문가, 창조자와 소비자 개념이 굉장히 불분명해지지 않을까 하는 그런 생각이 들면서, 결국은 아까 김 선생님이 염려하셨던 그런 문제로 되돌아가게 되는데, 사실 그렇다고 해서, 교육이라는 것을 어떻게 할 거냐, 그랬더니 선생님께서는 여전히 문자 중심의 교육 같은 것이 그렇게 의미가 약화되지 않으니 상당히 중요하다 말씀을 하셨는데 공감이 가는 말입니다.

영상 미디어 교육의 필요성

박명진 그러나 중요한 것은 이런 엉터리 싸구려 같은 무의미한 그런 영상 생산이라는 것이 확대되지 않기 위해서는 영상 교육이라는 것이 굉장히 중요하다고 생각을 하거든요. 영상 교육이라는 것은 사실 우리에게는 없다고요. 만약에 문자 교육이나 마찬가지로 초등학교 때부터 가르쳐야 된다면, 앞으로 문화의 중심이 될 테니까 그러기 위해서는 인문 교육이 굉장히 강화되어야 하고 인문학적으로 영상 문제에 접근한다는 것이 그래서 굉장히 중요하다고 봐요. 학문적인 뒷받침이 없이 교육을 어떻게 하겠습니까? 그래서 영상에 대한 연구라는 것이 시급하고 절실하고 폭넓게 이루어져야 된다 하는 생각이 들거든요.

그리고 한 가지 덧붙일 것은, 영상이라는 게 오늘날 생긴 게 아니라 인류 역사상 죽 있어 왔기 때문에 그 영상은 뭐였었고, 오늘날의 영상은 뭔지, 대체 어떤 경로를 거쳐서 오늘날에 왔는지, 전 이걸 설명할 수 있어야 되고 그것을 꿰뚫는 어떤 일반 이론이 가능하지 않을까, 그런 생각을 한다고요. 영상 이미지에 대한 폭넓은 연구를 수행하려면, 인문학에 사회 과학도 포괄해야 합니다. 지금 이 영상 생산에 정치 경제학적 우려, 선생님께서 아까도 강조했지만 상업화에 대해서도 많이 말씀해 주셨죠, 이것의 고려 없이 영상 문화를 우리가 이해하려 한다든지, 그 메커니즘을 설명하려 한다는 것이 그렇게 쉬운 일은 아닐 것입니다.

김우창

1936년 전라남도 함평 출생. 서울대학교 문리과대학 정치학과에 입학해 영문학과로 전과했다. 미국 오하이오 웨슬리언대학교를 거쳐 코넬대학교에서 영문학 석사 학위를, 하버드대학교에서 미국 문명사 박사 학위를 취득했다. 서울대학교 영문학과 전임강사, 고려대학교 영문학과 교수와 이화여자대학교 학술원 석좌교수를 지냈으며 《세계의 문학》 편집위원, 《비평》 편집인이었다. 현재 고려대학교 명예교수, 대한민국예술원 회원으로 있다.

저서로 『궁핍한 시대의 시인』(1977), 『지상의 척도』(1981), 『심미적 이성의 탐구』(1992), 『풍경과 마음』(2002), 『자유와 인간적인 삶』(2007), 『정의와 정의의 조건』(2008), 『깊은 마음의 생태학』(2014) 등이 있으며, 역서 『가을에 부쳐』(1976), 『미메시스』(공역, 1987), 『나, 후안 데 파레하』(2008) 등과 대담집 『세 개의 동그라미』(2008) 등이 있다. 서울문화예술평론상, 팔봉비평문학상, 대산문학상, 금호학술상, 고려대학술상, 한국백상출판문화상 저작상, 인촌상, 경암학술상을 수상했고, 2003년 녹조근정훈장을 받았다.

김우창 전집 18

대담/인터뷰 1 :1968~1999

1판 1쇄 찍음 2016년 8월 12일
1판 1쇄 펴냄 2016년 8월 26일

지은이 김우창
발행인 박근섭·박상준
펴낸곳 (주)민음사

출판등록 1966. 5. 19. 제16-490호
주소 서울시 강남구 도산대로 1길 62(신사동)
  강남출판문화센터 5층 (우편번호 06027)
대표전화 515-2000 | 팩시밀리 515-2007
홈페이지 www.minumsa.com

ISBN 978-89-374-5558-2 (04800)
ISBN 978-89-374-5540-7 (세트)